中华优秀传统文化传承发展工程

Project for Transmission and Development of Fine Traditional Chinese Culture

中国民间文学大系

Treasury of Chinese Folk Literature

故事

Collection of Folktales

4-32

江苏卷 | 徐州分卷

Jiangsu Volume: Tales from Xuzhou

中国文学艺术界联合会 中国民间文艺家协会 总编纂

中国文联出版社
http://www.clapnet.cn

图书在版编目（CIP）数据

中国民间文学大系．故事．江苏卷．徐州分卷 / 中国文学艺术界联合会，中国民间文艺家协会总编纂．-- 北京：中国文联出版社，2023.8

ISBN 978-7-5190-5248-5

Ⅰ．①中… Ⅱ．①中… ②中… Ⅲ．①民间文学－作品综合集－中国②民间故事－作品集－徐州 Ⅳ．① I277

中国国家版本馆 CIP 数据核字 (2023) 第 116503 号

中国民间文学大系·故事·江苏卷·徐州分卷

Zhongguo Minjian Wenxue Daxi
Gushi Jiangsu Juan Xuzhou Fenjuan

总编纂　中国文学艺术界联合会 中国民间文艺家协会
终审人　邓友女
复审人　曹艺凡
责任编辑　于晓颖
责任校对　胡世勋　张雉岩
书籍设计　XXL Studio
排版制作　水行时代文化
责任印制　陈　晨
出版发行　中国文联出版社有限公司
地址　北京市朝阳区农展馆南里 10 号，100125
电话　010-85923025（发行部），010-85923091（总编室）
印刷　廊坊佰利得印刷有限公司
开本　635*965，1/8
字数　1310 千字
印张　119
版次　2023 年 8 月第 1 版
印次　2023 年 8 月第 1 次印刷
书号　ISBN 978-7-5190-5248-5
定价　1180.00 元

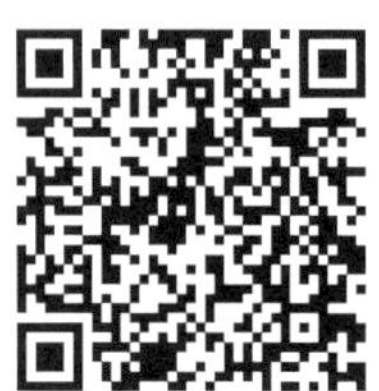

中华优秀传统文化传承发展工程

中国民间文学大系出版工程领导小组

组长　　铁　凝　李　屹

副组长　　徐永军　董耀鹏　俞　峰　诸　迪　张雁彬
张　宏　黄豆豆　冯骥才　潘鲁生

办公室主任　　张雁彬（兼）

办公室副主任　　邱运华（常务）　韩新安　杨发航　邓光辉
谢　力　周由强　暴淑艳　尹　兴

成员　　各省区市和新疆兵团宣传部分管领导和文联党组书记；有关文艺家协会分党组书记；学术委员会主任、编纂出版工作委员会主任和中国文联出版社社长等。

总序

5000多年的中华文化源远流长、灿烂辉煌，滋养着中华民族生生不息、发展壮大，积淀着中华民族最深沉的精神追求，镌刻着中华民族独特的精神标识，也蕴藏着解决当代人类面临难题的传统智慧，是涵养社会主义核心价值观的精神之源，更是我们在世界文化中站稳脚跟的坚实根基。中华优秀传统文化是我们必须世代传承的文化根脉、文化基因，在实现“两个一百年”奋斗目标和中华民族伟大复兴中国梦的历史进程中，追溯中华文化的源流、探究中华文化的传续、前瞻中华文化的走向，对于为中华民族精神家园立根铸魂、为新时代中国特色社会主义事业发展凝心聚力，具有重大意义。

编纂出版《中国民间文学大系》（以下简称《大系》）是新时代传承发展中华优秀传统文化的国家级重点工程。党的十八大以来，以习近平同志为核心的党中央高度重视中华文化的传承发展。2017年1月，中央印发《关于实施中华优秀传统文化传承发展工程的意见》（以下简称《意见》），编纂出版《大系》列为其中的重大工程。《意见》从建设社会主义文化强国，增强国家文化软实力，实现中华民族伟大复兴中国梦的高度，深刻阐述了中华优秀传统文化传承发展的重要意义、指导思想、基本原则和总体目标，对传承发展工程的主要内容、重点任务、组织实施和保障措施等作出了重要部署，是当前和今后一个时期指导我们传承发展好中华优秀传统文化的重要遵循。民间文学是中华优秀传统文化中最主要的基础资源之一，它鲜明而又直接地反映着人民群众的日常生活和价值观、审美观。中国民间文学大系出版工程（以下简称大系出版工程）由中国文联负责组织实施，是中华优秀传统文化传承发展工程的重点项目之一，也是中国民间文学遗产抢救保护与传承的民心工程。这一工程的主要任务是以客观、科学、理性的态度，收集整理民间口头文学作品及理论方面的原创文献，编纂出版《大系》大型文库，完善中国口头文学遗产数据库，为中华民族保留珍贵鲜活的民间文化记忆。在编纂同时，开展一系列以中国民间文学为主题的社会宣传活动，促进全社会共同参与民间文学的发掘、传播、保护，形成全社会热爱、传承优秀传统民间文学的热潮，形成德在民间、艺在民间、文在民间的共识，推动民间文学知识普及与对外交流传播。

民间文学产生于民间，流传于民间，具有与生俱来的人民性。习近平总书记在文艺工作座谈会上的讲话中指出，“人民既是历史的创造者、也是历史的见证者，既是历史的‘剧中人’、也是历史的‘剧作者’”。因为民间文学活动本身就是人民的审美生活，是人民不可缺少的生活样式，具有浓厚的生活属性。民众在表演和传播民间文学时，就是在经历一种独特的生活方式。人民创作、人民传播和人民享受，是民间文学人民性的具体表现。

民间文学是培育和践行社会主义核心价值观的重要载体。首先，民间文学是宝贵的历史文化遗产，是中华民族祖祖辈辈集体智慧的结晶，积淀着中华民族特有的极为丰富的思想道德和文化意识形态。其次，民间文学是人民群众自己的文学和学问，具有最为广泛的人民性，没有哪一种文学艺术形式拥有如此众多的作者和观众。它对人们的生活方式和思想观念所产生的潜移默化影响也是最为深刻和久远的。再次，民间文学是人民群众最为喜闻乐见和熟悉的审美方式，也是最为便利的文学活动形式。每个地方都有祖辈延续下来的传说、故事、歌谣、谚语、小戏、说唱等等，为当地人耳熟能详。这些民间文学一旦进入当地人的生活世界，便释放出强大的感化能量。

新中国成立后，党和政府十分重视民间文艺的传承保护。民间文学搜集抢救整理成果丰硕，为编纂出版《大系》奠定了坚实基础。1950 年 3 月，我国民间文学、民间戏剧、民间音乐、民间美术、民间舞蹈等领域的文艺家与研究家发起成立了中国民间文艺研究会（以下简称民研会；1987 年更名为中国民间文艺家协会），开始在全国范围内统一组织实施中国民间文艺的传承与研究工作。在民研会成立大会上，代表们讨论并通过了《征集民间文艺资料办法》。1979 年 9 月，全国少数民族民间歌手、民间诗人座谈会在京召开，众多民间歌手和艺人恢复名誉，抢救保护民族民间文化遗产工作也随之重启。1984 年 2 月，中宣部印发《关于加强少数民族文学研究和资料搜集工作的通知》。同年 5 月，文化部、国家民委、民研会印发《关于编辑出版〈中国民间故事集成〉〈中国歌谣集成〉〈中国谚语集成〉的通知》，全国各地大批民间文艺专家和民间文艺工作者代表们会聚起来，形成强大的学术力量和社会力量，开始了民间文学抢救整理工作。1987 年至 2009 年，在全国普查、采录的基础上，全国各地民间文学“三套集成”陆续编辑出版。“三套集成”从酝酿、立项到全面实施，历经近 30 年，全国 30 个省市自治区（不含重庆、港澳台）编纂出版 90 卷（102 册），总计 1 亿多字，一大批珍贵的各民族神话、传说、故事、歌谣、谚语等民间口头文学作品，成为民间文学爱好者和研究者的通用读本。进入新世纪以来，中国民间文化遗产抢救、中国民族民间文化遗产保护等工程又相继开展，取得扎实而宝贵的工作进展。为了进一步适应今后文化发展以及科学技术进步带来的阅读、研究与利用的实际需要，2010 年 12 月，中国民间文艺家协会启动实施了中国口头文学遗产数字化工程，已陆续完成 10 多亿字民间口头文学记录文本的数字化存录，最终将形成体系完备的“中国口头文学遗产数据库”，以有效避免因各种因素造成的纸质资料遗失和损坏，并使阅读、检索和利用这些作品及资料变得更为方便、快捷和准确，从而实现更大范围的资源共享。新中国成立70年来民间文艺工作的实践与经验，数十亿字民间文艺资料的积累与储备，数十万民间文艺工作者的心血和智慧，是我国民间文艺事业发展的宝贵财富，也为《大系》的编纂工作确立了综合实力和巨大优势。

大系出版工程是新时代中国民间文学保护、传承工作的扩充、延伸、深化、升华，更是民间文学创造性转化和创新性发展的理论探索和实践行动。《大系》文库按照神话、史诗、传说、故事、歌谣、长诗、说唱、小戏、谚语、谜语、俗语、理论12个门类进行编纂，计划到2025年出版大型文库1000卷，每卷100万字，共10亿字。该工程制订的长期规划、分步骤分阶段分类别的运作策略和实施举措，保障了项目的可持续性发展和科学化运用。

《大系》既是有史以来记录民间文学数量最多、内容最丰富、种类最齐全、形式最多样、最具活态性的文库，也是在民间文学搜集整理领域开展的新时代综合性成果总结、示范性的本土文化实践活动。它将几千年来在民间普遍传承的无形精神遗产变为有形的文化财富，从而避免在全球化语境下民间文学遭遇民众文化失语和传统经典样式失忆的尴尬与窘境，为世人了解中国民间文艺发展规律、应对社会转型和变革所带来的传统文化衰微之势，提供了文化复兴的有效良方和经验范式。

《大系》充分吸收当代民间文学研究的新成果、新理念，在选编标准上，始终坚持正确的政治导向，坚持优秀传统文化的标准，萃取经典，服务当代。各分卷编委会着力还原民间文学的本真形态，忠实保持各民族作品原文意蕴，在内容、形式、类型等方面力求反映出民族风格和当地口承文化传统特点，按照科学性、广泛性、地域性、代表性的“四性”原则，在各类文本中，精心编纂出具有民间文化传统精神和当代人文意识的优秀作品文库。

编纂出版《大系》，我们始终坚持具有鲜明导向的指导思想和基本原则。《大系》汇集全国各地民间文艺领域上千名专家、学者，计划用8年的时间对民间文学12个门类进行搜集整理、编纂出版，是一项复杂的系统工程。《大系》既是党中央交给中国文联的一项重要的文化建设任务，又是民间文艺界的一项重大学术研究活动；既是一项中华民族大型文化精品创建工程，又是一次中国民间文学主题实践宣传活动；既要深入田间地头调查搜集采录第一手资料，又要坐在书斋静下心来进行归纳整理研究。《大系》具有很强的政治性、学术性、专业性、群众性。我们的指导思想是，始终高举中国特色社会主义伟大旗帜，全面贯彻落实习近平新时代中国特色社会主义思想和党的十九大精神，紧紧围绕实现中华民族伟大复兴中国梦，深入贯彻新发展理念，坚持以人民为中心的工作导向，坚持以社会主义核心价值观为引领，坚持创造性转化、创新性发展，坚定文化自信，增强文化自觉，树立正确的价值观、历史观、审美观，积极思考和探索民间文学的继承与发展等时代命题，坚持交流互鉴、开放包容，关注民间文学新的时代内涵和现代表达形式，使我们民族创造的民间文艺更接地气、更有底气、更具生气。

《大系》编纂出版工作确立了“三个坚持”的基本原则：一是坚持社会主义先进文化前进方向和正确价值取向，对民族民间文学中的制度风俗、思想观念、价值理念、乡规家风等加以梳理和诠释，去粗取精、去伪存真，发掘民间文学蕴含的核心价值观，充分发挥民间文学在“美教化、厚人伦、移风俗”等方面的特殊作用；二是坚持广泛性和代表性相结合，在广泛普查和科学分类的基础上，加强对各民族民间文学精神与思想内涵的挖掘和阐发，把强调先进价值观与突出地域文化特色、民族风格密切结合起来，推动建设中华民族和合一体的共同精神家园；三是坚持学术性与普及性相结合，以民间文学理论研究成果和当代文化思想为学术指导，加强民间文学各类别经典文本呈现、精品范本出版，促进民间文学的创造性转化和创新性发展，并注重与时代发展相适应，实现从口耳相传到多媒体传播的时代变化，激活其当代价值，高标准、高质量、高要求地打造体现中国精神、中国形象、中国文化、中国表达的经典传世精品。

编纂出版《大系》是新时代赋予我们的光荣职责和神圣使命。我国各民族民间文艺积淀深厚，灿烂博大，与人民生活紧密联系着，是中华优秀传统文化的土壤和基石。千百年来，我国民间文学薪火相传、生生不息，深深融入中华民族的血脉，深刻影响着中国人的精神世界，印刻着中华民族独特的文化记忆，鲜明地表现着广大人民群众的精神向往、道德准则和价值取向，充分彰显着中国人的气质、智慧、灵气、想象力和创造力，是中华文化的亮丽瑰宝和鲜明标志，不论过去还是现在，都有其永不褪色的价值。但同时也要看到，民间文学又是脆弱的。随着转型期社会的深刻变革和城镇化带来的高速发展，民间文学赖以生存的土壤正在迅速流失，不少优秀民间文学正在成为绝唱，更多的民间文学资源业已消失。因此，抢救与保护散落在中国大地上各区域、各民族现存的不可再生的文化遗产，按照当代学术规范和学科准则，大规模开展民间文学的搜集、整理、出版、推广、研究，激发全社会对我国优秀民间文学的热爱和珍视之情，促进民间文学保护、传承与发展，延续中华文脉，造福人民大众，为繁荣发展社会主义文艺事业提供民间文学精致文本和精彩样式，已成为热爱中华优秀传统文化有识之士的共同心声。

当前，中国特色社会主义步入新时代，在以习近平同志为核心的党中央领导下，各级党委和政府更加自觉、更加主动推动中华优秀传统文化的传承与发展，开展了一系列富有创新、富有成效的工作，有力增强了中华优秀传统文化的凝聚力、影响力、创造力。进一步发扬优秀传统，充分尊重人民群众的思想观念、风俗习惯、生活方式、民族情感、表达形式，充分尊重一代又一代民间文艺创造者、传承者的经验智慧与劳动成果，进一步凝聚共识，精耕细作，落实好、完成好大系出版工程的各项工作，不断书写出中国民间文学新的辉煌，既是新时代赋予广大民间文艺工作者的光荣职责，更是我们共同担当的神圣使命。

我们郑重呼吁：全社会都行动起来，共同承担起抢救中华民族民间文学遗产的神圣职责！

中国文学艺术界联合会

中国民间文艺家协会

2019 年 3 月 5 日

General Prologue

The splendid culture of China, with a time-honored history of more than 5000 years, has ensured the lineage, development, and growth of the Chinese nation, encompassed the deepest intellectual pursuit of the Chinese nation, engraved the distinctive cultural identity of the Chinese nation, containing the traditional wisdom to tackle today's problems faced by humanity. Moreover, the profound culture of China constitutes the spiritual source for cultivating the core socialist values, laying down a solid foundation for us to stand firm in the diverse global cultures. Fine traditional Chinese culture comprises the cultural root and gene that we must transmit from generation to generation. In the historical process of achieving the Two Centenary Goals and realizing the Chinese Dream of rejuvenation of the Chinese nation, China's fine traditional culture is of great significance in tracing the source and course of the culture of the Chinese nation while gaining a foresight of its future direction, so as to reinforce the rootedness and soulfulness of the spiritual homeland for the Chinese nation, and to pool the wisdom and strength for developing the socialism with Chinese characteristics in the new era.

The compilation and publication of the *Treasury of Chinese Folk Literature* (hereafter referred to as "the *Treasury*") is one of the national key projects for transmitting and promoting China's fine traditional culture in the new era. Since the 18th National Congress of the Communist Party of China (CPC), the CPC Central Committee with Comrade Xi Jinping at its core has been attaching great importance to the transmission and development of traditional Chinese culture. In January 2017, the central authorities issued the Opinions on Implementing the Project for Transmission and Development of Fine Traditional Chinese Culture (hereafter referred to as "the Opinions") in which the compilation and publication of the *Treasury* is included as one of the key projects. With a perspective of building China into a country with a strong socialist culture, strengthening its cultural soft power, and realizing the Chinese Dream of the rejuvenation of the Chinese nation, the Opinions not only profoundly expounds the significance, guiding ideology, basic principles, and the overall objectives of transmitting and developing China's fine traditional culture, but also conceives a holistic strategy for a series of projects on their main content, key tasks, organizational implementation, and supporting measures. It is, accordingly, a crucial guideline for us to better transmit and develop fine traditional Chinese culture at present and in the near future.

As one of the most fundamental resources in China's fine traditional culture, folk literature reflects, directly yet vibrantly, the daily life, values, and aesthetics of the people. The Publishing Project for the *Treasury of Chinese Folk Literature* (hereinafter referred to as "the Project"), organized and implemented by China Federation of Literary and Art Circles (CFLAC), is one of the key projects under the framework of the Projects for Transmission and Development of Fine Chinese Traditional Culture, and also a people-to-people exchange project for salvaging, preserving, and transmitting Chinese folk literary heritage. In an objective, scientific, and rational manner, the main tasks of the Project are 1) collect and collate the first-hand materials of folk oral literature and original documents of theoretical studies, 2) set up a large-scale textual library through compiling and publishing the *Treasury*, 3) enrich the Chinese Oral Literature Heritage Database, and 4) keep folk cultural memories alive for the Chinese nation. At the same time of compilation, a series of social publicity activities centered on the theme of Chinese folk literature should be carried out to promote the participation of the whole society in the exploration, dissemination, and safeguarding of folk literature, to unfold vigorous mass campaign for practicing and transmitting the fine traditional Chinese culture, and to reach the consensus that the people are the source of morality, art, and literature, giving impetus both to the popularization of folk literature knowledge and cultural exchanges and communication with foreign countries.

It is precisely because its origin is in the people while its spread is among the people, folk literature stands in the immanent affinity to the people. General Secretary Xi Jinping of the CPC Central Committee pointed out in his speech at the Forum on Literature and Art, "The people are both the creators and the observers of history, and both its protagonists and playwrights." Since folk literary activity itself has shaped not only the aesthetic life of the people, but also the indispensable life model of the people, it bears a strong life-attribute. When people perform and disseminate folk literature, they are experiencing a specific way of life itself. The affinity to the people of folk literature is alive in the concrete manifestations that it has been created, transmitted, and enjoyed by the people.

Folk literature is an important carrier for fostering and practicing core socialist values. Firstly, folk literature is the irreplaceable historical and cultural heritage, representing a crystallization of the collective wisdom handed down for generations of the Chinese nation, while testifying the accumulation of the distinctive and profound philosophical thoughts, moral essence, and cultural ideology attributed to the Chinese nation. Secondly, folk literature stands for people's own literature and learning and boasts the most extensive affinity to the people. No form in literature can match folk literature in terms of the number of creators and audience, and no literary form has exerted such profound and long-lasting yet subtle influence on people's mode of life and way of thinking as folk literature. Thirdly, folk literature is one of the most celebrated aesthetic means that is familiar to the average people and is also the most easily-accessible form of literature. No matter where it is, there must be legend, tale, song and ballad, proverb, drama, telling and singing, as well as other oral genres that are widely known to the local people for generations. Accordingly, once entering the life-world, folk literature will release powerful inspirational appeals.

Since the People's Republic of China was founded in 1949, the CPC and the competent authorities of government at all levels have been attaching importance to transmitting and promoting folk literature and art. The work of collecting, salvaging, and collating folk literature has yielded fruitful results, which lays a solid foundation for the compilation and publication of the *Treasury*. In March 1950, with the initiative of artists and researchers from related fields, such as folk literature, folk operas, folk music, folk fine art, folk dance, and so forth, the Chinese Society for Folk Literature and Art Research (hereafter referred to as "the Society," which was officially renamed as the Chinese Folk Literature and Art Association in 1987) was established. The Society immediately embarked on organizing and implementing the promotion and research work of folk literature and art in a unified way throughout the country. The "Measures for Collecting Materials of Folk Literature and Art" was discussed and adopted at the founding assembly of the Society. In September 1979, the National Symposium of Ethnic Folk Singers and Folk Poets was held in Beijing, with the aim of restoring the reputation of folk singers and artists who had been degraded during the Cultural Revolution, and the work of salvage and preservation of the folk cultural heritage was also resumed along the event. In February 1984, the Publicity Department of the CPC Central Committee issued the Notice on Strengthening the Research and Data-Collection of Ethnic Literature. In May 1984, the Ministry of Culture, the National Ethnic Affairs Commission, and the Society jointly issued the Notice on Compilating and Publishing *The Collection of Chinese Folktales, The Collection of Chinese Songs and Ballads, and The Collection of Chinese Proverbs*. Many experts and workers devoted to folk literature and art from all over the country were convened to form a strong academic force and social synergy and started to dedicate themselves to salvaging and collating folk literature. From 1987 to 2009, the Three Collections of Folk Literature were successively compiled and published on the basis of the nation-wide survey and collection. After nearly 30 years from preparation, project approval to full implementation, the Three Collections finally came into view of readers in 90 volumes (102 copies) in 30 provinces and autonomous regions (apart from volumes of Chongqing, Hong Kong, Macao, and Taiwan), with a total of more than 100 million characters in Chinese. Since then, a great amount of folk oral literary texts, such as myth, legend, folktale, folk song and ballad, proverb, and so forth, have become the general readers both for folk literature enthusiasts and scholars.

Since the beginning of the new century, the Project for Salvaging Chinese Folk Literature and the Project for Safeguarding Chinese Ethnic Folk Cultural Heritage have both been implemented by the Chinese Folk Literature and Art Association (CFLAA) and made remarkable achievements. In order to further adapt to the actual needs of reading, research, and utilization brought about by cultural development along with scientific and technological advancement in the future, in December 2010, the CFLAA initiated and implemented the Project for the Digitization of Chinese Oral Literature Heritage and has hitherto completed the digitization of the folk oral literature of over one billion Chinese characters. The goal of the digitization project is to create a well-established system of the Chinese Oral Literature Heritage Database, to effectively avoid the loss and damage of printed materials caused by various factors, to make reading, retrieving, and using these texts and materials more convenient, fast, and accurate, thereby enabling a wider range of resource sharing.

Over the past 70 years, the practices and experiences of folk literature and art, the accumulation and preservation of folk literary data in billions of Chinese characters, as well as the efforts and wisdom of hundreds of thousands of cultural workers, have constituted the invaluable assets for the development of Chinese folk literature and art, and also established the comprehensive strength and considerable advantage for the compilation of the *Treasury*.

The Project is not only the augmentation, extension, intensification, and sublimation of the preservation work of Chinese folk literature in the new era, but also the theoretical exploration and practical action in transforming and boosting folk literature in a creative way. The *Treasury* is to be compiled under 12 categories, namely myth, epic, legend, folktale, song and ballad, long poem, telling and singing, folk drama, proverb, riddle, folk adage, and theory. It is planned that by 2025, 1000 volumes with one million characters each and one billion characters in total will be registered. The sustainable development and scientific applying value of the Project will be ensured by its long-term planning and holistic measures with operation strategies for implementation in phases, steps, and categories.

The *Treasury* is not only the library that documents the largest number of folk literary texts with unprecedented resources in terms of content, genre, form, style, and living nature throughout history, but also provides a summarization of the comprehensive achievements in the field of collecting and collating folk literature, demonstrating local cultural practices in the new era. It turns the intangible spiritual legacy that has been generally transmitted for millenniums among the masses into tangible cultural wealth, thereby obviating the dilemma and predicament of folk literature suffering both from cultural aphasia of the folks and amnesia of the fine traditional patterns in the context of globalization. To understand the laws governing the evolution of Chinese folk literature and art, to cope with the decline of traditional culture brought about by social transformation, the *Treasury* provides an effective prescription and experience paradigm for cultural rejuvenation.

The *Treasury* fully draws on the new achievements and new conceptions gained in contemporary folk literature research. With regard to the selection criteria, it always adheres to the orientation of the people-centered and the standards of fine traditional culture to make the past serve the present. The editorial committees of each collection and each volume strive to represent the cultural reality and diverse implication of folk literature collected from Chinese people of all ethnic groups, giving specific attention to maintaining ethnic characteristics and local feature of oral-based cultural tradition in terms of content, form, genre, type, and so forth. In accordance with the Four Principles, namely, Scientificity, Extensiveness, Locality, and Representativeness, the well-elaborated Treasury collects fine folk literature works from all kinds of texts that are embedded with traditional cultural ethos and contemporary humanistic perception.

The compilation and publication of the *Treasury* always upholds the guiding ideology and basic principles with well-defined orientation. As a collaborative undertaking of thousands of experts and scholars in the field of folk literature and art across the country, it is a complicated systematic project that is planned to take 8 years to collect, clarify, collate, compile, and publish the folk literature materials under 12 categories. The *Treasury* is not only a crucial task entrusted to the CFLAC by the CPC Central Committee, but also a significant academic research project in the field of folk literature and art; it is not only a large-scale cultural project for promoting fine works of the Chinese nation, but also a promotional activity in practice highlighting the theme of Chinese folk literature; it is thus necessary both to go deep into the field to investigate, collect, and document the first-hand data, and to sit down at the desk to conduct induction, collation, and research with a will.

The *Treasury* is highly political, academic, professional with a strong connection to the grass-roots. Our guiding ideology includes to uphold socialism with Chinese characteristics and comprehensively implement Xi Jinping's Thought on Socialism with Chinese Characteristics for a New Era and the guiding principles of the 19th CPC National Congress; to make the unremitting endeavor to the realization of the Chinese Dream of national rejuvenation and push forward the new development concepts in an all-round way; to adhere to the people-centered approach, the guidance of the core socialist values, and transform and boost traditional culture in a creative way; to have full confidence in culture, enhance cultural consciousness, foster sound values and outlooks of history and aesthetics, and actively ponder over and explore into propositions put forward by the times, including the transmission and development of folk literature; to persist in deepening exchanges and mutual learning in a spirit of openness and inclusiveness, while ensuring the attentiveness of new connotation of the times and the contemporary form of expressions introduced in folk literature. In accordance with the above-mentioned guiding principles, the folk literature created by the Chinese nation should be more grounded, more uplifted, and more energetic.

The compilation and publication of the *Treasury* has established the basic principles of the Three Adherences. First, to adhere to leading direction of advanced Socialist culture and sound value orientation. In the process of clarifying and annotating the conventional custom, idea, conception, and family tradition carried in the ethnic and folk literature, we should discard the dross and keep the essential, eliminate the false and retain the true, explore the core values contained in folk literature, and to give full play to the special role of folk literature in the aspects of "giving depth to human relation, fostering sound moral values, and breaking with undesirable customs." Second, to adhere to the combination of extensiveness and representativeness. On the basis of extensive survey and scientific classification, we should strengthen the exploration and elucidation of the literary spirits and ideological connotation of folk literature among various ethnic groups, integrate the manifestation of sound values with prominent regional cultural characteristics and ethnic features, and promote the construction of a common spiritual homeland of harmony and unity for the Chinese nation. Third, to adhere to the combination of academicity and popularization. Under the professional guidance of the theoretical research results of folk literature and contemporary cultural thoughts, we should strengthen the presentation of fine texts in various categories of folk literature and the publication of quality model-texts, promote the creative transformation and innovative development of folk literature, and lay stress on keeping pace with the times, facilitating the appropriate transition from word of mouth to multimedia communication, and activating its contemporary value. With high standards, high quality, and high requirements, the *Treasury* aims to create a fine library that exemplifies Chinese spirit, Chinese image, Chinese culture, and Chinese expression that will be handed on from age to age.

The compilation and publication of the *Treasury* is the glorious duty and sacred mission delivered to us by the new era. Closely connected to the people's lives, folk literature and art of all ethnic groups of Chinese nation are profoundly developed and accumulated with its splendid, extensive, and broad spectrums, offering soil and cornerstone for the growth of fine traditional culture with Chinese features. For thousands of years, the Chinese folk literature has been passed on from generation to generation, running deep in the blood of the Chinese nation with great influence on the spiritual world of the Chinese people, and thus establishing the Chinese nation an imprint of the distinctive cultural memory. The folk literature in China thus evidently represents the spiritual aspirations, moral principles, and value orientations of the broad masses of the people, fully demonstrating the temperament, wisdom, intelligence, imagination, and creativity of Chinese people, thereby, endowing Chinese culture with the bright gem and distinctive symbol, which has its values that never faded, no matter in the past or at present. At the same time, however, we should be aware of the fact that folk literature is fragile. With the profound transformation of society and the rapid development brought about by urbanization during the transitional period, the soil that folk literature lives on is rapidly losing; many expressions of fine folk literature are becoming swan songs, and more and more folk literary resources have disappeared. Therefore, it has become the shared aspirations of those of vision to salvage and safeguard the existing nonrenewable cultural heritage scattered in various regions and ethnic groups in China, to undertake collection, collation, publication, promotion, and research of folk literature on a large scale in accordance with contemporary academic norms and disciplinary criteria, to motivate the whole society to love and cherish China's fine folk literature, to strengthen the protection, transmission, and development of folk literature so as to continue the lifeline of Chinese culture, and benefit the people's wellbeing, as well as to provide exquisite texts and wonderful formats of folk literature for the prosperity and development of socialist literature and art.

At present, the socialism with Chinese characteristics has entered a new era, the CPC committees and governments at all levels, under the leadership of the CPC Central Committee with Comrade Xi Jinping at its core, have been more conscious and more active in promoting the transmission and development of fine traditional Chinese culture, and launched a series of innovative and productive work, which has effectively enhanced the cohesion, influence, and creativity of fine traditional Chinese culture. In order to further carry forward the fine traditions, we should 1) fully respect the people's ideological concepts, customs and folkways, lifestyles, feelings and sentiments, as well as their ways of expressions, 2) fully respect the experience, wisdom, and labor outcomes of bearers and practitioners of folk literature and art in generations, 3) further consolidate consensus to carry out intensive and meticulous operations, to implement and complete all the work of the Project, and to make new achievements in Chinese folk literature. All these tasks are not only the honorable responsibilities of the practitioners of folk literature and art in the new era, but also the noble mission that we share.

We hereby earnestly call on the whole society to take actions together on the solemn duty of salvaging folk literary heritage of the Chinese nation.

China Federation of Literary and Art Circles (CFLAC)
Chinese Folk Literature and Art Association (CFLAA)
March 5, 2019

（陈婷婷　安德明　巴莫曲布嫫 译；侯海强 审订）

中国民间文学大系出版工程编纂出版工作委员会
“民间故事”编辑专家组

组长　　万建中

副组长　　江　帆　陈建宪

组员　　（按姓氏笔画排序）

马光亭　刘珊珊　李生柱　汪梅田　陈华文
林亦修　尚　炜　钟俊昆　段　勇　郭俊红
黄清喜　康　丽　隋　丽　傅功振　谢红萍
詹　娜　漆凌云

联络员　　康　丽

序言

月亮在白莲花般的云朵里穿行，迎面吹来阵阵凉风，我们依偎在祖母的怀里，听她讲那遥远的故事，《狼外婆》《狗耕田》《七仙女》《叶限》……构成了很多人儿时的记忆。一些故事以文字的形式记录了下来，但大量民间口耳相传的故事，因为演述人的断代而渐渐失传。那些散落在祖国大地上的民间文学“遗珠”，若不能及时得到抢救整理，我们失去的不仅是一个个好听的故事，更是民族文化的根脉。《中国民间文学大系·故事卷》正是举全国之力延续这一根脉的伟大工程，旨在将那些正在被遗忘的民间故事传统重新打捞起来，使之成为永远不会消失的纸质文本，供后人阅读、保存、研究和享用。

一、民间传统生活的“活化石”

民间故事具有浓厚的生活属性，民众在表演和传播民间故事时，是在经历一种独特的生活，一般不会意识到自己在从事文学活动。民间故事演述活动本身就是民众的生活，是民众不可缺少的生活样式。自古以来，民间故事的演述往往不是单独进行，而是和民众的生产生活及各种仪式活动紧密结合，有着很大的实用价值。故此，其价值包含在当地人的思想、历史、道德、审美等一切意识形态里面，也伴随着当地人的一切物质活动，远远超越了单纯的审美维度。民间故事延续了当地的文化传统，深深影响着当地人的生活世界。

民间故事的演述始终与某一生活情境联系在一起。民间故事与生活情境之间的联结最为牢固，同时也具有多向度的社会意义。民间故事的演述过程具有浓厚的表演色彩，但故事的演述者从来都不是独自站在舞台上演独角戏，听众随时随地都有插话、打岔、插科打诨的可能。故事的演述，往往都是因某次偶然的闲谈或者某个偶然发生的事件引起的，演述人通过演述某个与当时当地情景相符的故事，来表达自己的思想感情。因此，对于当地人来说，民间故事具有重要的交流意义。只有在民间故事演述的各种因素的关联情境中以及从头至尾的过程之中把握民间故事的生活形态，民间故事才能被全面理解。譬如，独龙族的“坛嘎朋”贯穿于独龙族各种仪式场合，表现了对祖先丰功伟绩的追忆。这种民间故事现象在民族地区尤为普遍。倘若脱离了具体的生活情境，民间故事便无法演述，也失去了演述的必要。

民间故事演述中机智、调侃的语言，伴随的插科打诨，夸张的形体动作，惟妙惟肖的表情，表演者与观众奇妙的互动，等等，都可引发现场哄堂大笑。恩格斯在《德国民间故事书》中说：民间故事书的使命是使农民在繁重的劳动之余，晚上疲惫不堪回来的时候，娱乐他，恢复他的精神，使他忘掉沉重的劳动，把他那贫瘠沙砾的田地变为芬芳的花园。这是民间文学特有的生活魅力。

在夜间讲故事是民间一种十分普遍的生活现象，有些著名故事集的名称就反映了这种情况。如16世纪中叶意大利斯特拉佩鲁勒收集的一个故事集叫作《愉快的夜晚》。日本故事学家关敬吾说，他开始研究民间故事时，阅读的是一位老大娘演述的《加无波良夜谭》。著名故事家刘德培的很多故事就是在这种场合下获得，在这种场合下演述。夜谈不限于室内，夏季夜晚在室外乘凉，秋收季节夜晚在月光下剥玉米、绩麻，这种轻体力劳动都不妨碍讲故事。在故事的演述和接受的过程中，人们的生活变得更充实，更有情趣。

二、演述者的演述魅力

民间故事的叙述人不是一般的说话人，即不是正在“说话”的人本身，而是一个秉承了某一地方传统并在传播和演绎传统的人物。一个人一旦进入叙事，他就必须改变自己的身份、角色和角度。叙述人是叙述人所创造、所想象、所虚构的角色。他可以根据需要，用不同的声音和方式进行叙述，并伴以各种形体和表情动作。故事的叙述人在演唱或讲故事时极为自然地把“说”扩展为一种表演、一种戏剧化的形式。叙述者不仅是一个故事的叙述人，他们还身兼数职地模拟故事中不同人物的口吻、音容笑貌、行为动作，以有声有色的方式富有临场感地叙述民间故事或演绎民间口头传统。

德国哲学家瓦尔特·本雅明（Walter Benjamin）在《讲故事的人》（1936年）一文中说：“民间故事和童话因为曾经是人类的第一位导师，所以直至今日依旧是孩子们的第一位导师。无论何时，民间故事和童话总能给我们提供好的忠告；无论在何种情况，民间故事和童话的忠告都是极有助益的。”[1] 在这篇著名文章中，本雅明解释了民间文学教育作用的来源：故事演述者拥有丰富的生活经验。他们为两种人，一是远游者，讲故事的人都是

[1]　[德]瓦尔特·本雅明著：《本雅明文选》，陈永国、马海良编，北京：中国社会科学出版社，1999年，第309页。

从远方归来的人，“远行者必会讲故事”。这样一种人见多识广，比当地其他人有着更为丰富的社会阅历，在崭新的生活道路上行进又不会深陷其间。《一千零一夜》中的故事大多来自从遥远地方归来的商人和商船上的水手；中国上古神话中有大量关于远国异人的描绘，《禹贡》《山海经》等都是有关殊方绝域、远国异人的故事。远游者的演述魅力在于空间方面，在于他们和另一空间的联系和有关的知识。人们总想知道山外的世界，远游者拓展了人们的生活空间，这是神秘的、异质的、充满悬念的、可以引发人们不断追问的生活空间。于是，从此人们的生活增添了一种崭新的空间上的联系、比较和向往。

故事演述者的另一种类型是当地德高望重者，他们是一群了解本地掌故传说的人。他们同样见多识广，比当地其他人有着更为深刻的社会阅历，在传统的生活道路上行进又在延续传统。他们是深深了解时间的人，是当地历史记忆的代表和演述者，其行为是在积极延续当地的口头传统，其故事和知识来自于对历史和传统的掌握。演述的魅力在于将过去与现在联系在一起，通过聆听故事，人们知道了现在的生活是对过去的延续，更加理解当下生活的意义和合理性。

两种故事演述人“代表着人们生活和精神世界在空间和时间两个维度上的联系的维持与拓展”[1]。因此，这种演述活动的教育意义是全方位的，不仅是知识、道德及宗教信息的传输，而且让一个地方的文化传统在代际间不断传承，使当地人从故事中获得生活时空坐标上的恰当认定。法国著名藏学家石泰安（R.A.Stein，1911—1999）在《西藏史诗和说唱艺人的研究》[2]一书中，强调故事演述者是当地传统文化和历史的保护者，是一个民族或族群记忆的保持者。因为民间故事属于“过去”或历史，是对过去记忆的意识的母体。他们神圣的责任和目的就是让传下来的意识母体再传下去。

每个演述者都声称是由于听到过这个故事，所以才具有了讲述它的能力。他们用第一人称的口吻叙述事情发展的经过，绘声绘色，手舞足蹈，似乎说的就是历史本身，叙述本身就是历史，俨然就是祖先历史的重现。

三、民间故事的生活意义

在中国，发达的是以抒情行为及其产品为主要研究对象的诗学。直到 20 世纪 70 年代末改革开放后，西方建立在结构主义和现代语言学基础上的叙事学才传入进来。“叙事”又称“叙述”，英文翻译为“narrative”一词。叙事问题是当代人文学科中最具争论性的

［1］ 耿占春：《叙事美学：探索一种百科全书式的小说》，郑州：郑州大学出版社，2002 年，第 21 页。

［2］ ［法］石泰安（R.A.Stein）：《西藏史诗和说唱艺人的研究》，拉萨：西藏人民出版社，1993 年。

问题的核心，叙述就是“讲故事”。“‘讲故事’是‘叙事’这种文化活动的一个核心功能。古往今来的不少批评家都注意到了讲故事作为人类生活中一项不可少的文化活动的意义，不讲故事则不成其为人。”正像世人皆知的《一千零一夜》所喻指的：从人最终的命运来看，“叙事等于生命，没有叙事便是死亡”。它用无穷无尽的故事赞美了故事本身，赞美了讲故事的人。将这部百科全书般的故事集译成中文的纳训先生在“译后记”中提到：伏尔泰说，读了《一千零一夜》四遍以后，算是尝到了故事体文学作品的滋味。

日本学者关敬吾在描写故事演述活动中的这种情形时说：“随着故事情节的发展，不管它的主人公是人，是动物，是天狗，还是老山妖，故事里的主人公、讲故事的人和听众们能完全融为一体。人们沉浸在故事里，形成了一种精神集体。”[1] 演述活动这种现场效果无疑起着联合人们、创造生活的作用。民间故事每篇作品的具体内容各不相同，但其所体现的情绪、思想倾向、生活理想有一定共同性。因此，在演述活动中，作品本身这种共同性经过演述者的发挥，很容易和听众（观众）发生心理共鸣，被听众（观众）接受，使“个体知觉变成集体知觉”，达到人们的共识和共有的精神趋同。

故事演述活动作为民众最基本的生活样式，之所以得以传承，主要不是依靠信仰的支撑，也不是依附仪式的神圣，而是出于民众对审美的基本需要，也是各民族、各地区民众将生活诗意化的产物。因而，其中也深刻地凝聚着各民族、各地区民众的审美理想、审美观念与审美情趣。说故事、听笑话的文学活动本身给人带来身心的欢愉。现实生活中的民间故事各种形式的表演，喜剧的成分远远大于悲剧成分。一些比较严肃甚至神圣的民间表演过程，也总会融入一些插科打诨的形式。江西省赣南地方小戏采茶戏有一种舞蹈动作叫“矮子步”，幽默，诙谐，让观众感官得到满足。“矮子步”模拟并夸张地表现了采茶负重等姿态，老虎头鲤鱼腰，双手柔如月，腕、手、腿、脚、头具有几种不同的节奏，演员根据情感表达的需要可随时调整。整个舞蹈动作融合在完整统一的音乐之中，表现出气氛的欢快活跃，人物心情的舒爽轻松。小孩观看备感亲切，大人欣赏之后如回到童年，有一种返璞归真的舒畅。

民众运用民间故事进行传统的道德教育，这对于中华民族品格的形成，具有不可替代的作用。我国传统的道德思想，相当部分存在于民间故事之中，并借助民间故事得以传播。在民间，传统道德教育主要是通过民间故事演述的形式得以实施的。道德力量的释放往往是在故事的演述中实现的，演述者和听众共同营造了神秘的训诫和警示的氛围。“故事中的事件被看作他们生活的一部分，而不是与他们分离的或者是发生在别人身上的。我们每个人的身上都存在善和恶的潜能，因此每个角色体现了一个完整的人的某一部分。”[2]

[1] [日]关敬吾：《日本民间故事选·致读者》，北京：中国民间文艺出版社，1982年，第5页。

[2] [美]麦地娜·萨丽芭：《故事语言：一种神圣的治疗空间》，叶舒宪、黄悦译，《广西民族学院学报》，2003年第5期，第31页。

故事戏剧性地表现了这些部分，用形象来提醒人们：应该如何行为举止，可能在哪里误入歧途。故事演述完后，在场的人会有一番交流和讨论，这种演述空间、故事和故事之后的讨论都是一个完整过程中的要素。在这个过程中人们（尤其是年轻人）认识到道德的生命意义，从而使人们的行为都符合道德规范。

民间故事对青少年教育的作用更为明显。童话中往往出现魔法宝物母题，如何使用魔法宝物，既是故事情节发展的重心，也是两种道德观念交锋的焦点。魔法宝物实际上是诱使矛盾对立的双方充分表现各自品格和品性的道具。在使用魔法宝物的过程中，善和恶、无私与自私、正义与邪恶、高尚与卑鄙相互对照和衬托，前者建设力的高扬和后者破坏力的放纵泾渭分明。这是借用神灵的手笔摹写人世间善良、憎恶及贪婪的剧本。魔法宝物母题故事非常巧妙地制造了谁都难以摆脱其诱惑的魔物道具，让把玩它的人不得不暴露自己的道德景况。当正义最终战胜了邪恶，儿童欢快的内心也被注入了高尚的情愫。

四、民间故事：核心价值观的载体

培育和践行社会主义核心价值观需要优秀的民族民间故事传统。什么是社会主义核心价值观？它是建立在民族优秀传统文化基础上的，它是历史文化系统中凝聚提炼出来的，分别指向国家、社会和公民个人的价值目标、价值取向和价值准则，而这种公民个人的价值准则在不断规范人的成长，浇铸人的品格。核心价值观的 12 个词尽管都是面向当下和未来的，但也是对中国传统文化包括民间故事传统提炼和升华的结晶，具有鲜明的历时性向度。

培育和践行社会主义核心价值观之所以需要民间故事，主要基于两个方面：一是民间故事是历史的、民族的，或者说是民族历史的积淀。民间故事既是当下的，又是历史的、传统的和民族的，是优秀传统文化有机的组成部分。二是民间故事是民众的、人民的。民间故事根植于民族历史文化的土壤，带有深厚的民族特质；同时，民间故事的创作者和演述者是具有人民思想、愿望的人民本身，因此，民间故事具有直接的人民性。社会主义核心价值观延续着民族精神，承载和演绎着民族精神的民间故事在培育和践行社会主义核心价值观中的作用便举足轻重。我国源远流长的民间故事，从根本上使社会主义核心价值观符合广大民众的意愿和历史发展的方向。在我们建设中国特色社会主义和实现“中国梦”的过程中，当然应该吸取外国优秀的文学形式和文学作品，但最能够代表民族群体的崇高精神，最能够表达这种崇高精神的，不可能是外来的，而只能是本民族具有悠久历史的包括民间故事在内的文学传统。

新华社消息：为更好地培育和践行社会主义核心价值观，发掘、传承中华优秀传统文化，努力实现中华传统美德创造性转化、创新性发展，努力使中华民族最基本的文化基因与当代社会相协调，人民网、新华网、光明网定于 2014 年 7 月下旬起至 2014 年 9 月举办“聚焦核心价值观——中国传统名诗词、名故事、名折子戏推荐活动”。这一活动说明，党委宣传主管部门已认识到，培育和践行社会主义核心价值观需要民间故事。

一般而言，民间故事讲述活动在年节期间以及人生礼仪期间最为活跃。这种群体的场合，是民众进行道德教化的最佳时间。马克思和恩格斯早就指出：人是在十分确定的前提条件下创造历史的，这种前提和条件，包括“传统”在内。讲故事作为社会文化现象之一，它先于个人而存在。民间故事在个体社会化的过程中所起的教化作用，别的东西是不能替代的。所以恩格斯在讲到德国民间故事书的重要作用时，说民间故事书像《圣经》一样培养着人民的道德感，使人们认识到自己的力量、权利和自由，唤起对祖国的爱。

总而言之，新时期的民间故事，本身就是社会主义核心价值观的具体表现，是其承载体系中的有机组成部分，同时民间故事又通过教化、娱乐等途径，不断地把社会主义核心价值观渗入人们的日常生活，使社会主义核心价值观与民间及民族传统紧密联系在一起。利用民间故事开展培育和践行社会主义核心价值观活动，可以在民间、民族和传统情怀的语境中，使核心价值观进入人们的生活世界，并且深入人心。

五、记录文本的学术价值

与其说民间故事是文学的，不如说它是生活的；与其说它是审美的，不如说它是文化的。这是对处于“表演”状态的民间故事所下的判断。也就是说，田野语境中的民间故事不是真正的民间“文学”，而是与生产生活浑然一体的表演文本。从“文学”的角度关注民间故事，民间故事可以与田野没有关系。因为田野中的民间故事已不是纯粹的文学，而是文化与生活。纯粹的民间故事指的就是中国民间文学大系出版工程故事卷中这样的记录文本。故事卷生产的过程就是认识民间故事和将口头表演转化为纯文学文本的过程。

记录文本具有独立于田野之外的意义，以田野语境去衡量记录文本是徒劳的。民间故事文本尽管远离了现实生活和口头语言系统，却更加容易地进入了学术话语系统之中，自在地展开学术历程。以记录文本为考察对象，有着与表演理论和民族志诗学迥异的学术路径，沿着这条路径，产生了“故事形态学”“口头程式理论”和“结构主义”分析方法。记录文本的生命力不在于作品本身的流传，在于不断被阅读，在于被学者们用于建构学术话语、从事学术活动之中。

中外民间文学学者大多关注民间文学的文学属性，而没有认识到其生活属性或排斥其生活属性。民间文学学科的正规名称是“民间文艺学”，是和作家文艺学相对的文艺学。这足以表明以往人们对民间文学的考察和研究主要是基于文艺学或文学的视角。民间文学被记录下来，变成了与作家文学同样的文学文本。唯有“记录”，民间文学才能抖露沉重的生活属性，而给予民间文学纯粹的文学性。民间文学研究的主要流派，有神话学派（包括语言学派）、功能学派、人类学派、心理分析学派、原型批评学派、流传学派、结构学派、符号学派等等。这些流派的研究对象一般也是民间文学的文学文本，而不是民间文学的生活文本。

其实，现有民间文学的学科体系主要是依据记录文本建立起来的。没有民间文学的记录文本，就不可能建构出民间文学的学科体系，也不可能将民间文学进行比较明确的分类，神话学、史诗学、故事学、歌谣学、传说学等也无从产生。记录文本可以让我们更为静态地、清晰地把握各种民间文学的体裁特征。一个无可辩驳的事实是，民间文学的文本研究已经取得了十分丰硕的成果。中国是如此，在西方现代话语的语境中也是这种情况。美国耶鲁大学的哈维洛克（E.A.Havelock）教授 1986 年出版了《缪斯学写：古今对口传与书写的反思》（*The Muse Learns to Write*）一书，提出了“文本能否说话”（Can a text speak?）的著名论断，并尝试让古希腊的文本重新“说话”，使记录的民间文学作品进入民族志诗学和人类学研究的视野之中。研究民间文学的一个重要路径，就是通过对文本的阅读实例揭示出潜藏在这些文本下面的文化无意识，因为如果我们调动一切可资借鉴的手段（诸如符号学、结构主义、原型批评、语义学及传统的文化人类学等），对之进行适当的质询，“文本必然会显示出它表面上试图掩盖的东西”[1]。

大系故事卷为开创我国民间故事研究的新局面奠定了坚实的基础，可以说现在已进入了研究民间故事条件最好的时期，难以胜数的民间故事作品足以满足故事学家们各方面的学术需求。

六、口传故事渐趋枯竭

讲故事实际为一种“话语转述”，因为故事原本就存在，而且演述者从不追问故事的真假。任何叙事都包含虚构的因素，而我们的当下社会却力图追求知识的客观性，包括人文的知识也被披上科学的外衣，冠之为“人文科学”。我们在不断吸纳和输出既不包含故事叙述又不包括讲故事的人即叙述人这一主观立场的知识或所谓的学问。伴随着知识客观化的进程，我们学会了计算、分析、推理、归纳、总结、报道和评述等等，而失去了讲故事的能力。于是，叙事这种古老的表现方式逐渐成为作家们的专利，尤其是明清古典小

[1] ［爱尔兰］安东尼·泰特罗（Antony Tatlow）讲演：《本文人类学》，王宇根等译，北京：北京大学出版社，1995 年，第 1 页。

说显示了其无穷的活力和广阔的空间。信息的密集和更替的加速，促使我们需要直接而快捷地领会真理与精髓，于是不得不抛弃叙事，远离情节，民间故事等逐渐成为古老的传统，成为可供解释的符号。寓言故事中的情节早已被遗忘，凝练为意义深刻而又固定的成语。叙事形式成了累赘，或者成了一种奢侈的我们无法在现实生活中享用的东西。

记得读小学的时候，语文老师时常给我们讲一些民间故事。大家每次听得都很入迷，听完一个总会央求老师："再讲一个吧！"现在的学生似乎已不屑于听故事了，老师也不善于讲故事了，实在要讲的话，只能找一本故事书来读。借助大众传媒，各色各样的新闻将故事遣回故事的家乡。人们不再对传统民间故事津津乐道了。先秦的寓言、汉代的史传、六朝志怪、唐人传奇、宋元话本、明清文人笔记等都在说明当时是讲故事的黄金时代。在过去，民间叙事是在民间社会的一所所大学：尽管这是一些不登大雅之堂的"大学"——瓦子里、街巷间、茶馆烟馆里进行的。在文学、历史、宗教以及哲学、社会学这样一些"文科"成为现代社会大学里的专门知识之前，传统社会里的文化教育以及个人的教养全都是文学性质的。而且对于这个社会中的大多数人来说，所受教育的地方大多是上面所说的休闲与娱乐的空间，而其方式则是听故事的形式。因此，他们的精神世界不仅是用祖先或人类的"过去"所充实的，也是用叙述故事的方式所建造的。现在都不会讲故事了，这却是已往时代里常见的能力和生活现象。

民间口头文学为集体演述，民间口头传统通过参加者共同发出的声音，成为一条口耳相传的流动的传播链。口头传统在"声音"中获得生命。随着私人生活空间的出现，书写语言和书写活动变成"私语"，开始带有鲜明的个人色彩。如今的我们都热衷于个人的独创，养成了具有独白性质的思维习惯。我们再也不会重复口头传统了，再也不擅于在公共场合集体叙述同一个故事。我们已经进入个人化写作的时代，强调一种创造性的书写行为，演述原本就有的口头文学不再为我们所能。

民间故事的实际状况让民间故事研究遭遇前所未有的挑战，即城乡一体化进程迅速导致民间口传故事文本枯竭，民间故事研究不再可能从田野中获得源源不断的文本资源。如今，在大部分乡村，人们已听不到村民演述农耕生活的各种口头故事了。有一典型事例，晋代干宝《搜神记》中有"毛衣女"篇，开头指明故事发生在豫章新喻，即现在的江西新余市。在日常生活中，除了新余仙女湖和仙女洞的导游，现在谁还会演述这一故事呢？这一故事早已失去了演述的环境，口传的链条已然中断。然而，在新余，还有以仙女命名的学校、道路、村落以及人文景观，许多年轻男女还特意到仙女湖畔喜结良缘，仙女故事之符号频频出现并得到广泛使用。这是以现代生活样式演述着"毛衣女"的故事。民间文学文本难以寻觅，而民间文学生活仍在持续。在汉民族地区，传统民间文学的命运大体如是。

七、维护记录文本的本真性

"忠实记录"可以说是"五四"歌谣运动开始以来，一个恒久不变的核心理念。[1] 早期，学者们注意到了方音、方言对于歌谣表达的重要意义，认为这是歌谣的"精神"所在。因而，诸多学者在搜集歌谣时，将注意力投向了方音、方言的记录与解释。

1958 年 7 月召开的全国民间文学工作者第一次代表大会，总结提炼出了民间文学工作的 16 字方针，即"全面搜集、重点整理、加强研究、大力推广"。其中前八个字，演变为"全面搜集，忠实记录，慎重整理，适当加工"。对此，时任《民间文学》执行副主编的贾芝先生，在 1961 年的少数民族文学史讨论会上曾作过一次长篇发言，指出："我同意当面逐字逐句记的。……逐字逐句当面记录，保留的东西显然会更多，可靠性也更大些。不管采取什么方法，都应达到'忠实记录'为准。而由于记录口头文学最大的问题是保持民间语言的问题，因此逐字逐句记录，应当是我们努力学习采用的一个比较好的方法。"[2]

20 多年后，钟敬文先生在给马学良《少数民族民间文学论集》所作序中，再一次强调了忠实记录原则的重要性。[3] 虽然"忠实记录"在"五四"歌谣运动中成为实践准则，在 20 世纪 50 年代的搜集工作中就已提出，并在集成《工作手册》中反复强调，然而对于如何做到忠实记录，除口头文本外，哪些方面也需要忠实记录，则没有更加翔实的具体要求。

其实，只是"一字不动"文字上的忠实，而不注意民间故事表演性的描写再现，并不是真正的"忠实记录"。从以往记录文本实际情况看，造成偏离"忠实记录"境况的根本原因主要不在于对内容的篡改，而是没有将文本置于具体的表演环境当中加以书写。民间文学是演述的，而非陈述的。"（民间文学）可能在劳动中配合一定动作演唱，也可能配合音乐舞蹈载歌载舞，甚至穿插进日常谈话，或者为了劳动、宗教、教育、审美、娱乐等实用目的在各种场合或仪式上说唱而表演。"[4]"民间文学的表演性使其形成多面立体。"[5] 因此，仅仅记录叙述了什么远远不够，还需要书写怎么演述故事，描绘出影响表演的其他因素。民间故事田野作业应该关注的是故事"表演"和表演的现场。应注意故事演述过程

[1] 段宝林：《民间文学科学记录的新成果——兼谈一些新理论的创造与论争》，《广西师范学院学报》，2008 年第 3 期。

[2] 贾芝：《谈各民族民间文学搜集整理问题——1961 年 4 月 18 日在少数民族文学史讨论会上的发言》，载《拓荒半壁江山：贾芝民族文学论集》，北京：文化艺术出版社，2012 年。

[3] 钟敬文：《忠实记录原则的重要性——序马学良〈少数民族民间文学论集〉》，《思想战线》，1987 年第 2 期。

[4] 段宝林：《加强民族民间文学的描写研究》，载段宝林《立体文学论——民间文学新论》，北京：高等教育出版社，2007 年，第 10—16 页。原文发表于《广西民间文学》，1981 年第 5 期。

[5] 段宝林：《论民间文学的立体性特征》，《民间文学论坛》，1985 年第 5 期。

中“语境”和“表演”的因素，包括“演唱的风度：姿势、面部表情、语气以及速度。把他作为一个艺术家来描述”，“观众、听众的反映、评语。包括：听众的成分（青年、老年、妇女、儿童还是其他），肯定的和否定的评价等（这些最好能记进正文中去，放在括号里，如：笑、大笑、鼓掌、欢呼，或‘可惜’、‘好！’等等）”。[1] 这一颇具操作性的“立体描写”办法，至今仍值得民间故事田野记录遵循。

八、让传统故事焕发时代活力

民间故事遗产的传承大多以“保护”为重，保护是活态的，即努力使民间故事遗产维持于生活状态，以口头演说及相关民俗活动为基本生存表征。但从传统民间故事的实际境遇看，一味强调“保护”似乎违拗了现实。民间故事传承所取得的主要成果并非来自于“保护”，反而是“保存”。“保存”就是以实物、文字、图片、音像以及数字化的形式将民间故事遗产呈现出来，属于一种转化型的记录和记忆。

我国各民族都有好听故事和好讲故事的传统，打捞民间故事就是要让这一传统发扬光大，使传统的民间故事融入我们的生活，重新进入富有生气的叙述状态。

民间故事具有极强的时代适应性，原因就在于这一民间体裁的一个特殊性。什么特殊性？故事并不专属于某种民间艺术形式，各种民间艺术形式可能表演同一个民间故事。因此，故事是超越民间体裁的，是其他民间叙事体裁的源泉。各种民间艺术形式在同一空间里可能建构同一故事的共同体。围绕同一个故事，不同的文学体裁可以互相转化。这种转化可以在具体操作中完成，然而在更多情况下，是在自然状态中不知不觉中完成的。这段话实际上已触及“互文性”的问题。“互文性”一词指的是一个（或多个）信号系统被移至另一系统中，就文本而言，就是每一篇文本都联系着若干篇文本，并且对这些文本起着复读、强调、浓缩、转移和深化的作用。在文学文本相互转移的过程中，故事一直处于中心地位。

可喜的是，民间故事这一“元文本”特性正在被有意识地充分利用。国家有关部门正在组织实施中国经典民间故事动漫创作工程，就是用动漫的形式对《盘古开天》《牛郎织女》《精卫填海》等一些中国民间故事进行再创作，让民间故事进入大众传媒，成为影视作品、网络小说和电子游戏创作的基本元素，民间故事已不再专属于口头语言，其讲述的形式具有丰富的科技含量。可以预见，在不久的将来，一些经典的民间故事将会以年轻人喜好的现代样式重新焕发生机，并逐渐进入人们的日常生活当中，展示出强大的社会教

[1] 段宝林：《中国民间文学概要》，北京：北京大学出版社，1981 年，第 306 页。

化功能。

事实上，许多记录文本仍具有旺盛的生命力。甚至还有这种现象：经过重新创编的民间文学反而被民众广泛接受，《格林童话》就是一个典型的例子。尽管民间文学记录文本属于纯文学的范畴，但其毕竟来源于民间的社会生活，本身的特质远远超越了文学本身，为各种人文社会科学的研究提供了可能。已全面展开的大系出版工程将为开创我国民间文学事业的新时代奠定坚实基础。民间故事的记录文本努力保存其应有的口传经验和集体经验，使之能够经受历史的检验，这是民间文学工作者的神圣使命。

万建中

（中国民间文艺家协会副主席、北京师范大学文学院教授）

2018 年 12 月 26 日于京师园

本卷主编　殷召义

《中国民间文学大系·故事·江苏卷》编委会

《中国民间文学大系·故事·江苏卷·徐州分卷》编委会

1
大彭国第一寿星——彭祖

2
下邳开国第一人——奚仲

3
刘邦雕像（楚王陵公园内）

4
汉高祖斩蛇

5
修复后的清代翰林崔焘故居上院

6
丰县周庙村周勃、周亚夫墓碑

7
凤城街道海子崖村（现为海子崖社区）李顺、李安墓碑

8
铜山区利国村中国劳工殉职纪念碑

9

丰县周庄四贤碑遗址

10

丰县七里铺土地庙遗址

11

建国前徐州户部山

12

1970 年，沛县歌风台小院

13

建于明代的睢宁县城万寿宫遗址，现为公园

14

丰县孙楼十里庙村清凉寺

15

汉皇祖陵

16

关羽庙后亭

17

明代徐州城墙

18

徐州城内黄河南岸五省通衢牌楼

19

华祖庙路

20

清代李集镇商贸中心旗杆街旧址（睢宁县李集镇素有“小南京”之称）

21

建于1980年，拆迁于1995年的睢宁县图书馆

22

2000年，睢宁县政府原址

23

1998年拆迁前的县政府小礼堂

24

20世纪90年代，位于徐州奎山的铜山县政府大门

25

原观音阁村小学旧址，1995 年建徐州观音机场

26

睢宁双沟镇华严寺井

27

1956 年睢宁县同仁桥以西的洪学举鱼池

28

1970 年代，睢宁中山路

29

丰县张五楼村拆迁前一角

30

睢宁县戚姬村戚姬搭救刘邦老井

31

丰县史套楼村泰山行宫碑记〔明万历十九年（1591）立〕

32

2012 年重修古下邳圯桥，重塑张良为黄石公跪履雕像

33

睢宁县官路村抗日大沟遗址

34

睢宁双沟镇清朝时期高家楼房

35

清代睢宁昭义书院，现为睢宁高级中学

36

观音机场观音阁遗址

37

铜山县茅村镇刘湾村（现为徐州经济技术开发区东环街道刘湾社区）

38

李窝村

39

20 世纪 80 年代，铜山人民开挖徐洪河

40

大黄山第一个马车客运队

41

1984年，开发废黄河睢宁姚集段实况

42

1984年，大包干农民靠畜力人工种田

43

1952年，徐州市牌楼市场镇河铁牛

44

牛耕画像石拓片（于1952年江苏省睢宁县双沟镇东汉墓出土，现存中国国家博物馆）

45

2020 年《中国民间文学大系 · 故事 · 江苏徐州卷》编辑工作启动会

46

故事采编者张甫文（右 2）在古下邳采访

47

2019 年 5 月，徐州市民间文学专业委员会成立暨故事采编动员大会在李可染故居举行

48

瓦房

49

睢宁古城千年红叶树

50

双沟申家镇宅石——石干娘（石婆婆）

目录

C001 概述

C011 凡例

0001 一 幻想故事

0003 1 猪八戒出世
0005 2 老吵胡
0008 3 大妮二妮
0010 4 瓜田配
0012 5 王拼斗阎王
0017 6 阎王爷判案
0019 7 人心不足蛇吞象（一）
0021 8 人心不足蛇吞象（二）
0022 9 一枚山钥匙
0024 10 石碓臼
0026 11 五千吊钱
0027 12 “鬼当典”
0028 13 酒鬼
0029 14 吃鬼大哥
0030 15 柳老大和哑姑
0032 16 无手女
0034 17 摸先生
0035 18 掉锅铲子
0037 19 宝牌
0039 20 恶终有报
0040 21 蔡大王送礼
0041 22 五鼠闹金殿
0042 23 翁秃子捉妖
0043 24 张仙种高粱
0044 25 小锣叮当响
0048 26 麦糠绳拉塔
0050 27 卖香油敲梆子
0051 28 斗龙王
0053 29 吃判官
0054 30 大拇手指头
0057 31 那么书
0058 32 王二小打柴
0060 33 大巧和小巧
0063 34 “怎么了”
0065 35 借尸还魂
0067 36 淘气王躲岁
0068 37 大头和尚戏柳翠
0070 38 黑漆大门
0072 39 玉兔做媒
0073 40 十年河东转河西
0075 41 天高不算高
0076 42 “仙笔”梁好友
0077 43 走红运的秃子
0079 44 金磨
0080 45 报应
0081 46 刮地皮
0082 47 聚宝盆
0083 48 仁常仁短
0085 49 娃娃酥糖
0086 50 盘龙窝
0088 51 姊妹树
0090 52 鲤鱼精
0092 53 情侣栗
0094 54 蟋蟀
0096 55 白菜与兔子
0099 56 金公鸡下蛋

0100 57 癞蛤蟆想吃天鹅肉
0101 58 义蛇筑坟
0103 59 秀才救蚂蚁
0104 60 人为财死鸟为食亡
0106 61 狗头媳妇
0108 62 蛤蟆精（一）
0109 63 蛤蟆精（二）
0110 64 鹿乳治眼疾
0111 65 屎壳郎夫妻
0112 66 两只小狗
0113 67 青红果
0115 68 苍子花
0117 69 郭一蛟
0118 70 蛇斗青蛙
0119 71 王小闹海
0121 72 酒鳖子
0122 73 杨法师卖马
0123 74 玉蛙传奇
0126 75 花子兄弟
0129 76 解梦
0130 77 贪心的人
0131 78 兄弟俩
0132 79 八步邻
0134 80 憨二发迹
0135 81 憨二
0137 82 宝贝
0138 83 一粒未被炒熟的高粱种子

0141 二 生活故事

0141 （一）生活生产经验故事

0143 84 “粪耙子”三爷
0145 85 拨云杖
0148 86 天年草
0150 87 馋嘴婆
0151 88 狗碑
0153 89 杨百万
0154 90 瞎话篓子
0158 91 张三卖鸡蛋
0160 92 “回门”丢了新媳妇
0162 93 戏迷
0164 94 草驴叫驴一个价
0165 95 三个慌忙星
0166 96 刁三扔元宝
0167 97 李受习武
0169 98 两个水桶的故事
0170 99 贼小留
0171 100 蛤蟆告状
0173 101 贤良墓埋不良人
0175 102 皮匠驸马
0177 103 做梦娶媳妇
0178 104 医怪
0180 105 陈盐坛子
0184 106 石碑为证
0185 107 望夫石
0186 108 寻找摇钱树
0187 109 宋员外选婿
0191 110 大力士张武举
0193 111 晚娘李秀娥
0195 112 南北两搜抠
0196 113 好心使水里去了
0198 114 九女墩
0199 115 依姑林
0201 116 张小二巧遇
0202 117 蒸骨宴
0204 118 打响场
0205 119 葛家庙白马踏青
0206 120 “孙槌”
0207 121 拙媳妇包饺子
0209 122 泼水姻缘
0210 123 闹洞房
0212 124 兄弟卖诗
0213 125 二龙戏珠
0214 126 哪庙没有屈死鬼
0216 127 琴结姻缘
0219 128 “拉”“辣”
0221 129 胞兄弟俩打官司
0222 130 扁担开花鱼打鼓
0223 131 扯王茂地去了
0224 132 宋神医治病良方
0227 133 聪明和愚蠢
0228 134 大花脸说媒的
0230 135 二迂子傅二槐
0233 136 方言惹祸
0235 137 害人反害己
0236 138 坏婆婆
0237 139 空城计只可一次
0238 140 两个小气鬼
0239 141 路不平和旁人踩
0241 142 屈死王茂
0242 143 拾麦老汉对出下联来
0243 144 世事无真
0244 145 算卦的骗术
0245 146 抬杠
0246 147 铁耙耙和尚
0248 148 贤良坟里不是贤良人

0251　149 小馒头不挣钱
大馒头挣钱
0252　150 许愿的结果
0253　151 张大胆和李胆大
0254　152 找驴
0256　153 赵大侃和钱会圆
0257　154 骚和尚
0258　155 扯老婆舌头
0260　156 藏龙卧虎常店村
0261　157 大黑头周殿芳开脸
0262　158 单楼四台对台戏
0263　159 邓襄臣捕蚂蚱
0264　160 斗鹌鹑
0267　161 老光棍儿的儿女情
0269　162 宁舍金盔一顶
0270　163 傻子营
0271　164 塾师行令惊总督
0272　165 孙汝襄飞弹保太子
0274　166 特特蛋
0276　167 剃头匠盘道
0277　168 田知县智断还账案
0278　169 超重的恩德
0280　170 毛驴过桥
0283　171 张木匠戴枷
0285　172 无赖和娇妻
0289　173 要吃还是家常饭
0292　174 玉童娶妻
0295　175 面粉缸中的砒霜
0297　176 我就是这样干的
0298　177 宰相肚里磨开船
0299　178 义狗坟
0300　179 黄二怪
0301　180 消化神
0302　181 雁插林
0304　182 撒豆子
0304　183 花绒线煮扁食
0305　184 梅楼村无梅姓
0306　185 巧下葬
0307　186 穷生碑
0308　187 张老汉巧占天门穴
0309　188 王二捣
0312　189 编笆接枣，锯树留邻
0314　190 猜哑谜
0315　191 赌徒李二
0317　192 二狗诓媳妇
0318　193 糊涂官断糊涂案
0319　194 黄蛤蟆
0321　195 看风水
0322　196 老大领
0323　197 老鸹与王二郎
0324　198 李大胆
0325　199 怕婆子的人
0326　200 请县令
0327　201 人行好事，莫问前程
0328　202 忍
0329　203 三粒黄豆
0331　204 神婆
0332　205 神婆看病
0333　206 神石磙
0334　207 试胆大
0335　208 吓死张大胆
0336　209 抬杠铺
0337　210 掏窟贼
0338　211 吴凤柱的故事
0340　212 铁匠、木匠和鬼
0341　213 张才休妻
0343　214 重结夫妻
0344　215 顾二摆子
0346　216 状元避雨
0347　217 远亲不如近邻
0348　218 蒋念言借龙凤灯
0349　219 徐夫人报恩
0351　220 野狼屯
0352　221 玉蜻蜓
0354　222 原汤化原食
0356　223 治吵嘴药方
0357　224 鳖和路
0358　225 打招呼
0359　226 高家娶鬼
0361　227 捉鬼
0363　228 孤庙“闹鬼”
0364　229 蜂鸦大战
0365　230 义狗伸冤
0366　231 害人如害己

0369　（二）
工匠与交友故事

0371　232 拽梁头
0372　233 二贤庄
0375　234 诫友碑
0377　235 哈冻书
0378　236 对唱
0379　237 少说话为好
0380　238 统统走了
0381　239 真会圆场
0382　240 刘陈相盖屋
0383　241 巧补弹孔
0384　242 三请老师
0385　243 胡二马月
0387　244 止步碑
0388　245 紫砂鸣蛙壶
0390　246 李木匠巧对张弓手
0391　247 木匠和秀才
0392　248 伞葫芦的秘密
0393　249 傅西铭与褚玉璞
0395　250 铁匠刘殿科
0397　251 圣贤愁

0399 （三）

教子与孝子故事

0401 252 百顺一家
0404 253 张仁救继母
0405 254 桑要从小育
0406 255 目不识丁
0408 256 两个儿子不如一匣石子
0409 257 教子有方
0410 258 选子承业
0412 259 小聪明凿木碗
0413 260 把娘接回来
0414 261 孝子孙清
0415 262 丈母娘圆梦
0416 263 哭丧棒
0417 264 父与子
0418 265 曹三训妻
0419 266 烧头炉香的人
0420 267 一包黏糕

0423 （四）

长工与地主故事

0425 268 何老狠挨整
0426 269 放牛小
0429 270 喜礼的故事
0431 271 王小打工
0432 272 财主周老四
0434 273 巧斗地头蛇
0436 274 智斗老财主
0437 275 张肉头和长工
0439 276 “人心黑”
0440 277 王小七巧斗财主
0442 278 拜年
0444 279 常肘子
0445 280 砍一半
0446 281 看见吗？
0447 282 好吃不好吃
0448 283 打赌
0448 284 放牛娃气死财主
0449 285 面条汁
0450 286 王小二智斗王财主
0453 287 聪明的阿生
0454 288 金斧头
0455 289 金马驹子火龙衣
0456 290 骂东家
0457 291 张三和李棍
0458 292 三顿饭一起吃
0459 293 憨伙计

0461 （五）

师生与诗书故事

0463 294 啰嗦先生
0464 295 七贤祠巧联
0465 296 穷书生受辱攻书
0466 297 师生巧“对”
0467 298 写春联
0468 299 状元的师父
0470 300 七岁孩子难倒县太爷
0471 301 母子对诗
0472 302 女店东巧对字谜
0473 303 彭元法对诗
0474 304 师生对“对子”
0475 305 老两口与小两口对诗
0476 306 小妮作诗难新郎
0477 307 单足跳龙门
0477 308 仨女婿对诗四题
0479 309 兄弟四人作诗
0480 310 清河桥二则
0482 311 赞马
0483 312 秀才与棺材二题
0484 313 穷秀才娶妻
0485 314 三句半先生
0486 315 穷人的虱子和富人的虱子
0487 316 住店的作诗
0488 317 唱数来宝要饭的
0489 318 名师出高徒
0490 319 厕所对联

0491 （六）

呆女婿与憨儿子故事

0493 320 憨子学话
0494 321 兄弟俩
0496 322 拜寿
0497 323 一色两样
0498 324 憨子听妈话
0501 325 憨子学话
0502 326 憨子认树
0503 327 憨子相牛
0504 328 歪打正着
0505 329 憨子买话
0506 330 家父出丑
0506 331 书是纸做的
0507 332 憨公子学字
0508 333 傻女婿

0509 （七）

机智人物故事

0511 334 侃爷
0512 335 栽蒜
0513 336 换季
0514 337 画圈
0515 338 治牙
0516 339 分井

0517 340 赛酒
0519 341 摇耧
0520 342 打酒
0521 343 求婚
0522 344 进贡
0524 345 怕妻
0525 346 哭灵
0526 347 吃鬼
0527 348 打神
0529 349 救王槐
0530 350 进学堂
0531 351 换糖缸
0532 352 哄财主
0533 353 打牛虻
0534 354 买罐鼻
0535 355 背磨石
0537 356 考状元
0538 357 店老板赔情
0539 358 贩盐
0541 359 告状
0542 360 算命
0543 361 斗河霸
0545 362 比智慧
0546 363 捉鳖戏官
0547 364 说真假话
0548 365 过桥
0550 366 辨诬
0551 367 火龙衫
0553 368 半年戏
0554 369 圆谎
0555 370 十两银子
0556 371 拉肚灭迹
0557 372 刁人王桂一故事
0560 373 巧媳妇卖菜
0561 374 小皮匠相亲
0563 375 生切鸡蛋
0565 376 不准抬杠
0567 377 刘秀才中状元
0569 378 陈老乐送亲
0571 379 陈老又写状纸
0573 380 李条侯的故事
0576 381 崔兔床的故事
0579 382 李挡言的故事
0581 383 郝挣点算卦
0582 384 胡三棍盗马
0583 385 濑尿精当驸马
0588 386 拾来的“探花”捡来的夫人
0590 387 夏楼御先生
0592 388 智斗“王赌鬼”
0593 389 智斗庄园主
0595 390 “小响么”与“拉魂腔”
0596 391 “曝光”有“误”
0598 392 武林高手高文灿
0603 393 民间名医柳纯风
0605 394 武术高手侯兴武
0607 395 刀笔手张二爷
0609 396 奇妙的批示
0610 397 故事篓子周祥文
0611 398 于锋的故事
0613 399 袖筒里面淌柿子
0614 400 白辫子治丧
0615 401 李拔贡故事二则
0617 402 梁尚德即席作楹联
0618 403 渠景礼传奇
0620 404 三省瓜
0621 405 舅甥打官司
0623 406 蛋钟
0625 407 刘蟠的故事
0627 408 镖师与快手
0628 409 牛三学艺
0631 410 蒋翰林住店
0633 411 李二捣
0634 412 智斗鬼不沾
0635 413 巧斗狡财主
0638 414 吴善人
0639 415 张才能献策
0641 416 白鼠案
0642 417 改一字救一命
0643 418 铁耙耙和尚
0644 419 刚直倔强的鲍爽
0645 420 厉静武智除匪害
0647 421 庞五爷扔下杀牛刀
0648 422 神剪
0650 423 三媳妇当家
0651 424 让先生推磨
0653 425 小大姐选女婿
0654 426 三座坟
0656 427 韩百轴
0657 428 荞麦姑娘
0659 429 聪明的妻子
0660 430 丑妻也是宝
0661 431 挑呱儿
0662 432 巧女
0663 433 巧媳妇（一）
0665 434 巧媳妇（二）
0667 435 摔盆醒母
0669 436 寸草遮丈夫，一女护三官
0670 437 三妮对诗
0671 438 妻子心中有杆秤
0674 439 聪明的儿媳
0675 440 磨豆腐
0676 441 披麻戴孝送侄媳
0677 442 万全店
0678 443 琢磨大嫂
0679 444 蝈蝈换驴
0680 445 有钱买无市

0683 三 笑话

0685 446 鸡蛋黄
0686 447 歇蹄
0687 448 东西
0688 449 把爹搁在哪里
0689 450 老不死的娘
0690 451 算得准
0691 452 要嫁妆
0692 453 一家之母
0693 454 败坏嘴
0694 455 镜子
0695 456 母羊道台公羊岗
0696 457 父子双惧内
0697 458 啃懒筋
0698 459 怕老婆四则
0700 460 屄包
0701 461 听老婆的话没错
0701 462 不要命
0702 463 睡不着
0703 464 白字先生
0704 465 认一边
0705 466 白字争斗
0707 467 错认
0708 468 县官的“亲爹”
0709 469 懒汉遇懒汉
0710 470 头发数不清
0711 471 字谜难倒书生
0712 472 “弟仨就我有爹”
0713 473 疼爱闺女打儿子
0714 474 三句话不离本行
0715 475 “鱼人”不如“憨冬瓜”
0716 476 偷牛逮个拔橛的
0717 477 阿三拾银
0718 478 滚出来的官
0719 479 张三夸富
0720 480 全不懂和假内行
0721 481 老相好
0723 482 难活
0724 483 不是人
0725 484 老搜抠的后事
0726 485 死财迷
0727 486 好赊账
0727 487 李老三剃头
0728 488 拽小辫
0729 489 卖地卖了弟媳妇
0730 490 拍马屁
0731 491 马下牛
0732 492 孟仁会算
0734 493 巧治病
0735 494 耳沉
0736 495 还是乡巴佬厉害
0737 496 打驴
0738 497 教书先生
0739 498 吝啬财主
0740 499 面条换饺子
0741 500 “不吃亏”与“占小巧”
0742 501 诓骗老祖
0743 502 揣肉
0743 503 吹大牛的嘴
0744 504 汤里没放盐
0745 505 近视眼
0746 506 还愿
0746 507 你是最优秀的兵
0747 508 吝啬鬼
0748 509 比酒量
0749 510 恶报
0752 511 饿掉大牙
0753 512 吹空
0754 513 干剃头
0755 514 漏
0756 515 扬名碑
0757 516 二百五传奇
0761 517 刘二捣玄
0764 518 休妻
0765 519 吓哭鞋匠
0766 520 雪里吟诗
0766 521 吉利话
0767 522 写寿联
0768 523 为何当初不吃屎
0768 524 邹二大娘
0769 525 借点
0770 526 心田不正
0771 527 扒皮割耳
0772 528 脸面
0773 529 牛不出头
0774 530 耳朵在此
0775 531 背百家姓
0775 532 蹭饭
0776 533 写招牌
0777 534 大裁
0778 535 胖子
0779 536 相亲
0780 537 坑爹
0781 538 揍爹
0782 539 拆楼
0782 540 看鱼下饭
0783 541 快些喝
0784 542 两全其美
0785 543 倒霉
0786 544 盼小偷
0786 545 巧答聋公公
0787 546 抬杠
0788 547 不会说话的王二
0789 548 倒穿靴子
0790 549 做贼心虚

0791 550 水洗为净
0792 551 绝招
0793 552 草格棒
0794 553 骂大讳
0795 554 胆小鬼
0796 555 喝墨水
0797 556 啥做的
0797 557 假斯文
0798 558 酒徒
0799 559 读书与生育
0800 560 秃子娶媳妇
0801 561 瞎话篓子
0802 562 瞎话书
0803 563 长故事和短故事
0804 564 鞋匠驸马
0806 565 忌讳
0806 566 驴上炕
0807 567 卖姜的
0808 568 猫死啦
0809 569 相亲
0810 570 地好耕，犁子难扛
0811 571 店小二中榜
0811 572 父子采药
0812 573 搭班唱戏的
0813 574 那还用说
0814 575 唯命是从
0814 576 武松打虎
0815 577 戏迷
0816 578 瞎眼
0816 579 抓阄
0817 580 做官服
0817 581 傻丈夫
0818 582 实在母女
0819 583 喜欢说年轻
0820 584 新县令学狗叫
0821 585 醉酒测心
0823 586 瞧闺女
0824 587 一封圈儿信
0825 588 一夜长大啦
0825 589 学识字
0826 590 算命
0827 591 鬼有核
0828 592 沛县的酒

0831
四
寓言

0833 593 井蛙与秀才
0834 594 虱子的对话
0835 595 兔子、狐狸、驴、猴子
0836 596 老雕借粮
0837 597 更雁打更
0838 598 梅花鹿
0839 599 千里驴
0840 600 黄鼠狼送礼
0841 601 寻找真理的白兔
0842 602 骡子梦碎
0843 603 精明人做裤子
0844 604 下棋
0845 605 愚妇探亲
0846 606 知书达理
0847 607 不想扯淡
0848 608 人行好事莫问前程
0851 609 雷劈恶少

0853
附录

0853 一
部分讲述者
及采录者简介

0859 二
收录徐州民间故事的
图书与资料

0863 三
方言对照表

0869
后记

概述

一

徐州民间故事之所以种类繁多、丰富多彩，首先是因为这个地区的地理环境独特。徐州及周边在上古时期为“土气舒缓”“禀性安徐”的徐丘之地，东夷族有一支先民迁此聚居，便称徐夷人，后又有徐国之称；后因帝尧时建大彭氏国，又有彭城别称；直到东汉末年曹操迁徐州刺史部于彭城，改称徐州。据先秦史籍《世本》载：“涿鹿在彭城，黄帝都之。”《舆地志》亦载：“涿鹿本名彭城，黄帝初都。”均是说徐州历史悠久。 徐州地处华北平原东南部、江苏省西北部；东襟黄海、西接中原、北连齐鲁、南屏江淮，自古便是北国锁钥、南国门户、兵家必争之战略要地和商贾云集中心；京杭大运河穿境而过，陇海铁路、京沪铁路两大干线在此交会，形成了全国性综合交通枢纽，素有“五省通衢”之称。古老的地缘优势，涵养了这座城市的胸怀；独特的地理环境所产生的一系列民间故事，必然具有独特的地域性。

其次，是因为徐州是一个人文荟萃之地、名副其实的帝王之乡和两汉文化的发源地。徐州作为西汉楚国、东汉彭城王国的治所，具有超过5000年的文明史和2600多年的建城史，也是我国历史上最有特色、最具影响力的国都之一，全国汉文化遗存最为集中的地区之一。历史上多位帝王的祖籍都在徐州，例如刘邦、刘秀、刘备、曹丕、刘裕、萧道成、萧衍、朱全忠、李昇、朱元璋、洪秀全等，素有“彭祖故国”“刘邦故里”“项羽故都”之称。以最为耀眼夺目的“汉代三绝”——汉兵马俑、汉墓、汉画像石为代表的两汉文化遗存，极具艺术欣赏和考古价值，因此徐州亦有“东方雅典”之称。光辉灿烂的两汉文化，铸就了徐州的城市文脉，在丰富的城市文化源流中占据着极为特殊的地位。无论是蜿蜒逶迤的九里山古战场，还是大气磅礴的刘邦歌风碑、项羽戏马台，大量的文化遗产、名胜古迹，无不折射出这方水土所特有的人文精神。“有情有义”“敢作敢为”成为一代又一代徐州人天然秉承的性格，“两汉文化看徐州”成为世人共知的城市名片。所以，这里世代相传的民间故事风格独特，突显了深厚的两汉文化底蕴和浓厚的传奇色彩。

最后，也是因为经济的快速发展，总是离不开传统文化的滋养，促使了徐州民间故事有序相传、不断发展。徐州不但是一座历史文化积淀厚重、英雄主义色彩较为浓重的城市；而且是一座穿越战争与和平、历经兴替与变迁、始终充满生机与活力的城市。千百年来的龙争虎斗，锤炼了这座城市的豪情。在5000年的历史长河中，徐州发生过许多大型战事，从春秋争霸、楚汉交兵、三国鼎足到唐末藩争、宋金交戈，从国民革命军北伐、中日徐州会战到奠定了新中国成立基石的淮海战役，民族独立与解放的铮铮号角在这里鸣响。连绵战火不但没有阻挡住徐州的发展，反而熔炼了城市的品格，形成了具有传奇色彩的战争文化。所以，这里孕育、传播的民间故事，其主题思想多是反映有着先人传统美德的。徐州人民是勤劳勇敢的人民，是智慧善良的人民，是不屈不挠的人民，更是与时俱进、向美向上的人民。

徐州是江苏省地级市，1986年就被国务院公布为国家历史文化名城。2017年国务院正式批复确立徐州为淮海经济区中心城市，徐州已成为华东地区重要的经济、科教、文化、金融、医疗和对外贸易中心，也是国家“一带一路”重要节点城市、长三角北翼重要中心城市、徐州都市圈核心城市、国际新能源基地，有“中国工程机械之都”之美誉。徐州现辖5个区——铜山、贾汪、鼓楼、泉山、云龙，3个县——丰县、沛县、睢宁县，2个县级市——邳州、新沂，还有徐州国家级经济技术开发区、徐州国家高新技术产业开发区和徐州淮海国际港务区；总面积11765平方千米，常住人口901.85万人。

近年来，徐州已全面进入高铁、地铁时代，更加充分发挥了联系中外经济发展的独特优势，迎来了高速发展的黄金时期。2021年，全市一般公共预算收入完成537.31亿元，全市居民人均可支配收入34217元，多项经济指标增幅居全省前列，在中国城市综合竞争力排行榜上位列第41名。徐州还先后获得了中国优秀旅游城市、全国文明城市、联合国人居奖等称号与奖项。当今的徐州，正以强富美高的崭新姿态向现代化特大城市迈进；她犹如一部百读不厌的书、一道百思不解的谜，令人心驰神往。

无论是徐州的历史，还是徐州的现在与将来，无处不彰显徐文化的魅力所在。难怪中外游客游览徐州，不但因“两汉文化看徐州，名副其实”而赞叹不已，还以“徐州最美、最奇、最有味、最灵动”之语抒发对徐州的爱恋。

深厚的历史文化底蕴，使徐州人民自古就有勤劳淳朴、崇尚学问、不断创新的秉性和风气；所以，在徐州这方水土上才孕育发展了丰富多彩、独具特色的传统文化故事资源，也才有了这部《中国民间文学大系·故事·江苏卷·徐州分卷》（以下简称《徐州故事卷》）。

二

在徐州，民间故事俗称“侃呱”“说瞎话”，讲故事能手多被称之“侃大山”“瞎话篓子”。《徐州故事卷》记述的民间故事，是指与神话、传说并列的狭义民间故事，其种类多、内容广，反映了徐州人民生活中的方方面面，是徐州市民间文化的典型代表。整体故事内容，既有反映百姓生产与生活经验的故事，又有反抗地主老财剥削压迫长工的故事；既有孝敬老人、积德行善的故事，又有勤劳吃苦、好学敬业的故事；既有反映忠贞不渝的爱情故事，也有歌颂追求婚姻自由的感人故事；还有神仙鬼怪的奇异幻想以及梦想成真的故事。无论是荒诞演绎、虚幻稀奇，还是寓意深刻、赋予哲理的故事，无一不是反映徐州地区的先人们在特定的时空里，对理想、情感、知识、审美情趣的寄托，彰显了传统文化的深厚积淀和地域特征。这些有着不同情愫、不同内容的民间故事，依靠奇妙的想象连接着天、地、人三界，创造出一个个动人的艺术形象；或滋养美好的心灵，或鞭挞顽劣世态，给人们以无限的启迪和警醒。它们宛如一条条涓涓细流，将质朴的人生哲理潜移默化地沁入一方民众的心田，不但培养了徐州人民优良道德品质、艺术修养和奋进斗志，更重要的是让徐州人民的生活充满着无限的情趣和追求美好未来的伟大理想。

总而言之，根植于民间的徐州故事，是整个社会发展进步的重要印记与缩影；它们在任何时候都与百姓的世俗生活相关，也都与人类的整体命运相关；它们既具有实用价值又具有科研价值，给文学、艺术、伦理、历史、民族、习俗等人文科学提供了丰富而又重要的资料，已成为人类价值构建、精神生长及生存意义的确证。这些故事语言朴实无华、感情诚挚真实，篇篇题材源于生活、句句集聚艺术风格，娱悦人心、激励奋进，其审美与文学价值不可被低估。

当然，由于时代的不断发展和受当时条件的局限，可能在个别民间故事中，夹杂着落后的、封建迷信的成分和观念。在编选过程中，我们已力求做到了“去其糟粕，存其精华”，尽可能地让经过一代又一代徐州人民口耳相传、已经形成徐州人独创的固有文化成果，永续相传。

三

《徐州故事卷》编纂资料主要来源于四个方面：一是 20 世纪 80 年代开展的“中国民间文学三套集成”普查资料；二是 21 世纪初期实施“中国民间文化遗产抢救工程”时出版的《中国民间故事全书·江苏·徐州市区卷》以及六县市卷本；三是 2009 年江苏省非物质文化遗产普查六县市资料汇编；四是六县市志书、文史资料记载的故事。这些资料大多存放在各级图书馆和民间家庭，均已成为公共资源，不但深受广大百姓喜爱、培养了一代又一代故事新人，而且有的故事还被二次发表在众多报刊上；在有些县、乡村还形成了老故事新讲述，有序相传，更加精彩，在这次调查中再次得到采录。

徐州故事流传于民间，具有与生俱来的人民性。为了方便阅读与精彩呈现，我们在编辑中注重坚持科学分类、突出地域文化特色与民族文化相结合的原则和显著的传承特点，共分为四个一级类：(一) 幻想故事；(二) 生活故事；(三) 笑话；(四) 寓言。其中，生活故事又分出七个二级类。在全市各县（市、区）搜集采录的故事资料共 1300 余篇，通过反复精选，本卷共收录 624 篇（包括异文）。其中，幻想故事 88 篇，占总篇数 14.1%；生活故事共 371 篇，占总篇数 59.5%；笑话 148 篇，占总篇数 23.7%；寓言 17 篇，占总篇数 2.7%。

(一) 幻想故事。幻想故事是徐州民间故事中最富有理想色彩的一类，内容极富幻想特征和象征意义。它把现实生活中不可能发生的现象进行形象化的构思，通过艺术手段和离奇的情节展现在人们面前，让哲理与诗意完美地结合，具有强烈的道德使命感，让听众在潜移默化中受到灵魂的洗礼。徐州地区幻想故事的艺术感染力超过生活故事，民众也最为喜欢。

数千年来，徐州人民因对很多自然现象不能完全理解，便自然信奉世间万物生灵可以成鬼神，时时在掌管并支配着自己。于是在徐州地区有很多庙、庵、寺、祠、坊等，里面塑造了各种各样的鬼神，成为中国传播佛教与道教文化较早的地区之一。有史料记载，东汉时期，楚王刘英封于彭城，当时刘英的府内就居住着由僧人、居士组成的僧团，也是中国历史上出现最早的僧团。在其东邻下邳国，由下邳国相笮融领建的九镜塔矗立在中原东部，世界著名。徐州大兴庙宇由此拉开序幕，也便有“庙宇之多，莫过于邳”的记载。当然，这是一种民间信仰，也是农耕文化的产物。

再者，徐州的山多、水多、动植物种类繁多，在与大自然长期的和谐相处中，人们认识了各类动植物，并得到感悟。无论家禽家畜、野生动物、中草药，都与人们紧紧相连，密不可分。老百姓一直信奉所有动植物都是有灵性的，以人类自身的思想行为去揣摩动植物，想象动植物的生活及其性格与特征，于是便以拟人化的形式演绎出一则又一则动人的故事。如《义狗伸冤》《蛤蟆精》《义蛇筑坟》《青红果》等，都是人们经常流于口头的动植物故事。尤其是丰县文化局干部邓贞兰在 20 世纪 80 年代采编的《狗头媳妇》故事，至今仍在徐州各地普遍传讲。此故事是借助神灵的力量惩罚不孝、虐待老人之人，既是人们的无奈之举，也是人们心灵的呼唤：告诫人们谁都有老去的一天，老人多么想拥有子孝孙贤、含饴弄孙的老年生活啊！媳妇对待婆母不孝，将会变为狗头之人。

在徐州地区流传的幻想故事中，有仙人、精灵、鬼怪等虚幻形象以及宝物、法术等虚幻内容。故事家向人们讲述的幻想故事，不是冰冷的墓葬死人、生硬的石头、泥塑的陶俑，而是有利于人们通过物质的遗存，了解文物背后的文化和相关故事。幻想中的神或仙大多以正面形象出现，如《“仙笔”梁好友》《聚宝盆》《五鼠闹金殿》等。还有《吃判官》《大拇手指头》《那么书》等，是以积德行善为主题，表现惩恶扬善的正义化身终得有饭吃、能生存的幻想故事。亦有以《癞蛤蟆想吃天鹅肉》的想象，将无比霸道的地主老财变成癞蛤蟆，用天鹅肉比喻一心想得到又得不到的东西。至于人鬼姻缘、借尸还魂的故事，是通过人死而复生，显现出人的真诚与虚伪，增强了故事的可读性。在少数情况下，也有以对神和仙的揶揄嘲弄来表达徐州民众的反叛心声的，如《报应》《宝牌》等。还有一些故事表现经受大自然洗礼的徐州百姓巧妙地掌握了除妖降魔的本领，《吃鬼大哥》《翁秃子捉妖》《捉鬼》就属这类故事。在历史的长河中，徐州人民遭受了太多的天灾人祸、兵燹匪患，但他们有自己的理想与愿望，对人生充满着无限希望，于是便有《走红运的秃子》故事、《蔡大王送礼》的故事等。无论何种幻想故事，都有形无形地在撒播着天下太平与传统孝道文化的种子。

（二）生活故事。即世俗故事或写实故事，多取材于现实生活与处世道德。在徐州故事总体内容中，生活故事占有比例最大，共分七个二级类，即生活生产经验故事、工匠与交友故事、教子与孝子故事、长工与地主故事、师生与诗书故事、呆女婿与憨儿子故事、机智人物故事。

徐州地区是华夏农耕文明的重要发源地之一，这些故事发生在这一特定的地理环境下，更多的还是讲述人们对生产、生活的认识和经验总结，以及对美好生活的向往和憧憬。所以，徐州生活故事主题也并非单一，讲述内容既有弘扬诚实守信的善良品格的，也有宣传传统孝道礼仪的；既有反映惩恶扬善、因果报应的，也有传递生活生产经验与深刻哲理的。其故事思想与特点都十分鲜明。故事中的小人物，看似愚钝，实则聪明睿智。这些内容在民间不仅为古人所遵循，时至今日，依然有着很强的借鉴意义。尤其是较多技艺高超的手艺人故事，往往是赞美正直、勤劳、善良、智慧的人，批评懒惰、自私、愚蠢的人，讽刺剥削压迫者。手艺人专注、踏实地做好一件或一种物品，以祖传技艺扶危怜贫、解人之危；他们天生执着、坚强、坚忍、热情，勇敢地面对困难，难能可贵。

生活生产经验故事是生活故事中的重头戏，内容涉及人们生活、生产的方方面面，可谓极为丰富多彩。如《方言惹祸》《扯到王茂地去了》，告诫人们一个地方有一个地方的方言俗语，是一地人们世代相传的常用老话，而且民俗习惯也是不一样的，绝不能片面理解。《贤良坟里不是贤良人》，是反映生活中在出现争执不下或人命关天的大事件时，那些经验丰富的长老总是能想出圆满解决问题的办法来，最终也会达到比较理想的结果。还有《重结夫妻》《骚和尚》等，是传递夫唱妇随、夫妻同心共建美好家庭的经验。

工匠与交友故事，多为传承一门独特技艺、诚实做人处世的故事。而呆女婿与憨儿子故事，主要讲述缺乏智慧的独特人物，多出现在老人祝寿和乡村红白喜事之中，也是增加笑料的有趣内容。

教子与孝子故事，多是讲述教子有方、弘扬传统孝道的内容，诸如《选子承业》《孝子孙清》等。最为感人的是《小聪明凿木碗》：刚入学的小聪明看到父亲给生病的爷爷用木头刻凿的木碗吃饭，很像喂猪的木盆，他也偷偷地找了一块木头学着父亲凿木碗。父亲问他：凿这干什么？小聪明说："我凿只木碗先放那儿，等你老了，留给你用。"也许是小聪明不懂事想跟"大大"学个手艺，也许是小聪明带着气愤想改变父母对待他爷爷的方式，故事中蕴含的哲理却让读者懂得，父母才是影响、教育孩子的最好老师。

长工与地主故事，多是反映新中国成立之前，地主老财剥削雇工的事例。哪里有压迫，哪里就有反抗；以聪明智慧和消极怠工对付财主，既是常年劳累又得不到报酬的雇工们的一种无奈愤怒之举，也反映出雇工们勇于找回尊严的反抗精神。

师生与诗书故事，多是讲述师生之间教与学的关系和不同的应酬关系，以及以诗歌传递情感、揭露社会现实的故事。诗意通俗淳朴，经典精练。如《穷书生受辱攻书》《穷秀才娶妻》等，都是真实反映一地年轻人从小就有崇尚学问的志向。

机智人物故事，在徐州流传广泛久远，传奇色彩浓厚。我们在编纂中之所以把机智人物故事放在重要位置，一是因为徐州是走出皇帝最多、人才荟萃之地；二是徐州人民一直坚信人是决定做事成败的主要因素。一个故事能够打动、吸引听众的因素主要在于人物，故事中的事件就是人物的行为。"只要有了人，什么人间奇迹都可以创造出来"，"切莫说人之初是善还是恶，也别说人好做人难做，自有人评说。"这类故事又分两个二级类，即贤达智斗人物和巧女巧对故事。

徐州的机智人物在每个县区都有形象不一的典型代表，其故事脍炙人口、长盛不衰，世代有序相传。这类故事在长期的传承过程中，常常是多个人的聪明智慧，被集中固定到某一个人物身上。这些故事情节简单、语言诙谐，具有强烈的艺术感染力。

本卷列入的徐州地区机智人物故事，以周七猴子故事最具代表性。古下邳周七猴子的人物原型为清朝康乾盛世年间邳州乡间文人周敬年，据《扒头山周氏族谱》记载："敬年，岁进士，有才学，诙谐。绰号'周七猴子'，趣事很多""乾隆年间卒，学生等为之立碑，称'江北才人'。"关于周七猴子故事在20世纪80年代的《乡土》杂志、《徐州日报》等报刊均有刊载，同时在《徐州民间文学集成》（江苏文艺出版社，1991年12月出版）和《中国民间故事全书·江苏·徐州市区卷》（知识产权出版社，2007年6月出版）

等书均有收录，基本代表了周七猴子故事的整体水平，具有较高的学术研究价值。

周七猴子故事传播较为广泛，不但普遍流传于邳州、睢宁地区，而且相邻的苏、鲁、豫、皖四省交界地区也有传讲。其中传讲最多的还是周七猴子爱打抱不平，爱帮穷人办事的故事。无论是对贪官污吏，还是对狠毒财主，或是对欺诈弱者的村霸，周七猴子不但嫉恶如仇，而且不计个人得失，挺身而出，以惊人的智慧，为民伸张正义，赢得一致称赞、拍手叫好。如《说真假话》故事，周七猴子为了替劳苦一年得不到工钱的雇工出口气，不惜跑了几十里路，让财主雇用自己；结果凭着自己的聪明才智，不仅大骂财主一场，还打破了财主的美梦，将工钱全部讨回。再如《过桥》，周七猴子巧用谐音，将坑害百姓、霸占桥头设卡收钱的当地黄官爷在县衙上治得好惨，就连那个不可一世的县官也没有弄清其原委。

还有《李条侯的故事》《陈老乐送亲》《王二捣》《巧媳妇》等，不同县区的机智人物，各有不同的智慧特点。很多故事只是主人公不同，反映的主题都是深得民众喜欢的。在编纂中，特别注重选取比较经典、精练、有稀奇情节的故事编入此卷，像《崔兔床的故事》《白辫子治丧》等，都是徐州地区独具特色的故事。

徐州地区的巧女巧对故事很多，亦属于机智人物类。这些故事多是控诉封建礼教和伦理观念给她们造成的痛苦，以及表达敢于向封建皇权挑战的勇气。其中以机智敏捷、能言善辩的能媳妇故事居多，向人们传递出敬老爱幼、夫妻恩爱的传统孝悌文化。例如《摔盆醒母》，说的是刚进门的新媳妇发现婆母有虐待婆奶奶的行为，毅然以摔碎婆奶奶长期使用、爬满苍蝇、脏兮兮的吃饭盆教育婆婆说："我不小心把咱家的'传家宝'摔烂了，等你到了奶奶这把年纪，我拿什么给你盛饭孝敬婆婆呢？"一句话说得婆母后悔莫及、幡然醒悟，不但立即改变态度孝敬老奶奶，还要给新娶的儿媳妇作出榜样。此故事虽然短小，但塑造出一位才女"巧媳妇"的丰满形象，尽显徐州人民向来崇尚孝道、有责任担当的高尚品德。此外，还有《赵老九夸媳妇》《寸草遮丈夫，一女护三官》《三妮对诗》《巧斗狡财主》等，都是彰显家庭主妇具有贤孝担当的好故事。

徐州的机智人物，多是底层民众中的一员，他们理解百姓疾苦，利用思辨之长，采取迂回的方式，以毒攻毒，帮助弱势群体、对付压迫者。但有些故事的机智行为，含有捉弄人的恶作剧之意，那都是人们追求快乐的天性使然，说白了就是生活的调味品。徐州人常说：徐州之地的周七猴子多、李条侯多、巧媳妇多。其"多"的含义是说这些贤达智斗人物，他们都是大智若愚、大巧若拙、大辩若讷，具有急中生智、巧言相斗、出人意料的言行和机敏的智慧才华。因此，这些机智人物故事，充分反映出徐州人民具有强悍勇猛、崇尚智慧、有情有义、开明开朗的特点，是徐州人民对于人生和处世态度的一种表现，也是徐州民众地域性格的真实展现。

（三）笑话。即民间笑话，是让人开心快乐的民间故事，讲述笑话和听笑话可以让人享受轻松的欢愉。它通过辛辣的讽刺或讥笑的调侃，一针见血地揭示生活中存在着的各种矛盾现象，画龙点睛地突显出民众的智慧和才干。依据徐州地区流传的笑话内容和社会作用的不同，笑话故事可分为讽刺讥嘲笑话、幽默诙谐笑话等。

讽刺讥嘲笑话，是民众向权威阶层进行抗争的武器，是一种民众性的社会评价。讽刺讥嘲代表了一种民众自发性的匿名舆论，所触及的是当时人们最为关切的话题和最敏感的神经；在嘲讽的过程中，给民众带来极大的心理享受。民众的语言智慧在这类笑话中发挥得淋漓尽致，表现出民众特有的语言艺术才能，诸如《拍马屁》《守规则》《吹大牛的嘴》《认一边》等。

幽默诙谐笑话。幽默不是对对方的轻视，而是运用智慧的语言和善良的愿望释放批判力量，争取得到对方的认同，并达到特别的效果。因此，幽默笑话更多是面向日常生活中的不良风习。诙谐笑话不在于故事情节本身的喜剧因素，主要指语言的滑稽，以“不正经”的态度调侃、调笑社会生活中的权威和表面正经的社会现象，目的主要是寻求开心，如《马下牛》《春满乾坤绿满门》《面条换饺子》《盼小偷》等。

（四）寓言。即民间寓言，是一种带有明显教化或训喻或警世寓意的、短小精悍的故事。寓言是一种形象（故事）和理论（寓意）相结合的边缘文体，它同时作用于人的感情和理智，因而具有较强的说理力量。寓言的形象不同于一般叙事作品中的形象，它很简括，需要读者加以填充和想象。

徐州地区的寓言主要有两种形式，即动物寓言和人物寓言。动物寓言常以动物或其他事物为题材，用类似警喻的方式表现某种具体的教训或某种哲理。寓言一般较短，不重情节的曲折生动，而以紧凑精练的语句突出寓意见长，如《千里驴》《黄鼠狼送礼》《愚妇探亲》等。

四

《徐州故事卷》的编纂和出版，是中国民间文学大系出版工程的重要成果之一。我们在走遍乡村角落、寻访城镇大街小巷的采录工作中，还发现了几个令人欣喜的故事窝子，如丰县赵庄镇、邳州大榆树街、铜山大庙村（今属贾汪区）等。尤其是睢宁的下邳村，该村坐落于岠山南麓，为古时下邳国城邑遗址，被誉为苏北下邳故事第一村。特殊的地理历史，使这个村的民间文学源远流长而又异常丰富，可谓代代相传、绵延不绝；村民们依托这一裹着传统泥土的芬芳来感受伦理道德的熏陶，让该村一直保持良好的社会文明风气。2005年，睢宁县民协主席张甫文与下邳村故事篓子徐维新、刘权义、汤培珠等故事家，在20世纪80年代参与采编“民间文学三套集成”的基础上，又深入该村开展民间故事与民俗文化调查，再次进行民间故事的搜集整理，共计采集民间故事500余篇，从中整理经典故事200多篇，结集出版了《下邳故事》《中国民间故事全书·江苏·睢宁卷》。2009年又编辑出版了《江苏省非物质文化遗产普查·睢宁县资料汇编》《睢宁地名探源》等著作。在古下邳，凡60岁以上的老人，无论男女大多都会讲述“下邳故事”三五段，会讲故事多的人被称作“瞎话篓子”或“故事家”。遗憾的是，随着时代发展和多元文化的涌进，现在的年轻人能讲故事的已寥寥无几了。更令我们十分痛心的是，当年那些痴迷于民间文学挖掘整理、奔波于乡村讲述的故事家大多驾鹤西去，一些最为原始的、最本真的民间故事，也随着“故事篓子”的离世而几乎销声匿迹。在本次采编《徐州故事卷》时，常常不由得让我们想起二十世纪七八十年代亲眼所见、随处可见的讲故事场面。那时无论在城市或乡村，无论是夜晚门前、村头场边、田头树下，男女老幼围坐一起，静听老人滔滔不绝地讲述民间故事，如同当今城市夜晚的大排档；讲述者语调高昂、有声有色，聆听者时而仰天大笑，时而拍手叫绝。那种难忘的场景早已经见不到了。

本卷收录的民间故事，基本上是在徐州民间广泛传播、经久不衰的故事，大都是以“民间文学三套集成”为原始资源，以2005年特色文化普查和2008年非遗文化普查的故事为参考；本次首选的故事资料，编纂中又经过再次采录和进一步修正。这些民间故事大都附有讲述者和采录者的信息，因为他们都是最为忠实缀文明碎片的人，都是一贯崇尚真善美、立志抢救传统文化的人，应该署之真名，流芳千古。经过反复精选的故事，篇幅短小精悍，语言朴实简洁，风格淳朴豪放，乡土气息浓郁，尤其是用原汁原味、独特的方言讲述的故事，更加彰显故事的明白晓畅，通俗易懂，也更加体现了一方水土所养育的民间文学集聚原生态的粗犷浑厚之美，让人们真实感受到这一方水土具有的神奇魅力。

历史云烟消散，文化魅力永恒。地域文化的优秀传统，是一个地方精之所存、气之所蕴、神之所附。在社会昌明、文脉兴盛的今天，承接地域文化之律动，吮吸民间文化之源泉，才能迸发出由地域文化所产生的强大凝聚力和创造力。因此，传承地域传统文化、弘扬祖先优秀文化、保护民间故事这一非物质文化遗产，就是在保护我们的精神财富和精神家园。

《徐州故事卷》的出版，可谓意义深远，功德无量。原本存在于人们口头上、即将失传的民间故事终于得以用文字和数据库技术永久保存下来，这是一份弥足珍贵的文化遗产，是一件惠及子孙、泽被后代的大好事，也为徐州民间文学二次创作打下了坚实基础，为将民间故事尽快搬上电视荧屏和创作成适合不同人群的经典读本开辟出一条新通道，更是为整合徐州文化资源、建设文化强市做出贡献，以实际行动向建党百年贡献一份大礼。这正是我们大力编纂《中国民间文学大系·故事·江苏卷·徐州分卷》的动力，是值得永远铭记的自信与骄傲。

本卷编委会

执笔人　张甫文

凡例

一、 本书系《中国民间文学大系·故事·江苏卷·徐州分卷》（以下简称“本卷”），按照中国民间文学大系“民间故事”编辑专家组制定的“故事卷编纂体例”，收录在徐州市范围内口耳相传的民间故事。

二、 根据“故事卷编纂体例”分类，本卷分幻想故事、生活故事、笑话、寓言四大类，部分大类下面分设二级分类。

三、 为全面反映徐州民间故事的地域分布和流传现状，本卷以县区为单位进行选编。

四、 为保存辖区内某些具有较高学术价值的民间故事，本卷尽量纳入内容相同，但语言表述方式不尽相同的民间故事异文。

五、 本卷编纂资料主要来源于四个方面：一是 20 世纪 80 年代开展的“中国民间文学三套集成”普查资料；二是 21 世纪初期实施“中国民间文化遗产抢救工程”时出版的《中国民间故事全书·江苏·徐州市区卷》以及六县市卷本；三是 2009 年江苏省非物质文化遗产普查六县市资料汇编；四是六县市志书、文史资料记载的故事。

六、 每则故事原则上由标题、正文、注释、讲述者、采录者、采录时间、采录地点、附记组成。大部分文中没有方言，便没有注释；少部分没有附记。

七、 民间故事正文后面没有讲述者的，即为采录者自己以往的积累，不再标注讲述者。

八、 本卷文字使用正规简化字，特殊情况下，如方言所对应的个别地方土字，保留其原有繁体或异体写法，进行注释且于该字后注音、释义。

九、 本卷前列总序、序言、目录、概述、凡例等，其他内容则列于卷末附录。

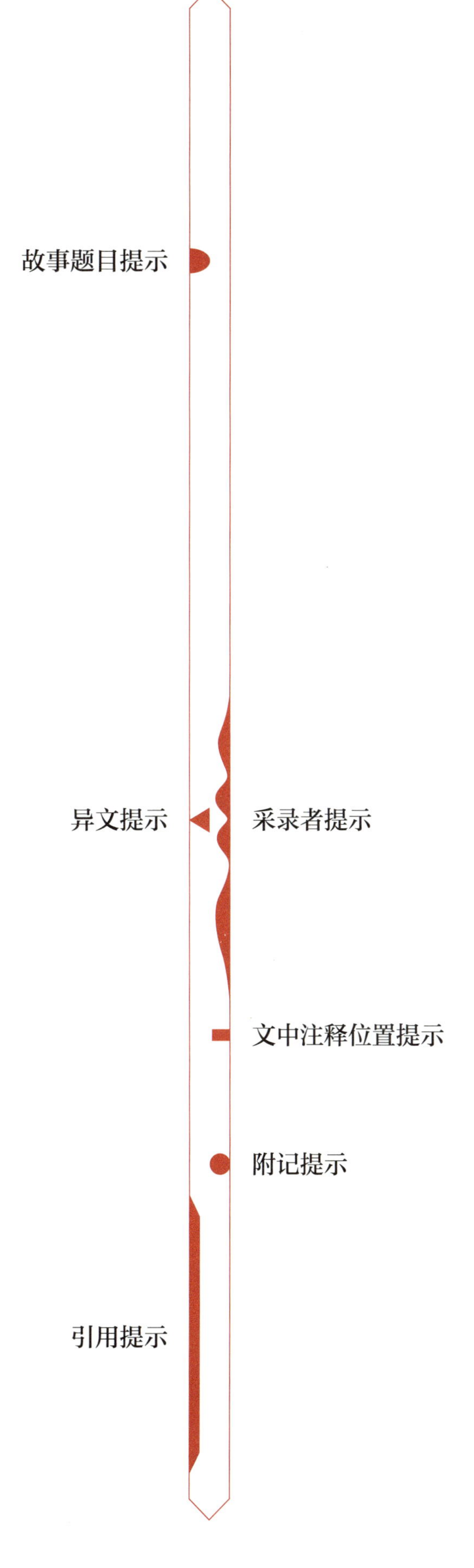
故事题目提示
异文提示
采录者提示
文中注释位置提示
附记提示
引用提示

一 幻想故事

1

猪八戒出世

每年三月三，天上大大小小的神仙都来给王母娘娘祝寿，酒宴就摆在瑶池。神仙里面，酒量最大的是天蓬水神。他最喜欢喝王母娘娘宫里的醇香桂酒；平常喝不到这种好酒，所以好酒到手，喝个没够，不醉不休。

有一次，他来王母娘娘宫中，拜完寿就坐下喝酒，左一盏右一杯，直喝得头重脚轻、分不出东南西北，才头懵懵地离席而去。因为酒喝得太多，出了瑶池他就走错了路，糊里糊涂地闯进了广寒宫。

常言道“酒喝多了误事”。天蓬水神在广寒宫里嬉皮笑脸地缠着仙女嫦娥，耽搁了时间，被值班灵官捉住，押上了凌霄宝殿。玉皇大帝天颜大怒，说他违犯天规，罚下凡间，去东海里一个荒岛上受苦。天蓬水神后悔不及，只得驾起黑云，出了南天门，向东海去了。

南天门到东海有十万八千里路程，天蓬水神边骂边走，不知不觉来到徐州上空。这时正赶上孙猴子降生花果山，只听“轰”的一声巨响，山崩石裂，将天蓬水神吓得不轻；一失脚，卷成一团黑球从云间滚下，正栽到白龙山下晒太阳的老母猪肚里，变成一头小猪崽了。

这头老母猪已经怀胎，正躺在山坡“呼噜呼噜”地睡大觉；冷不防被天上掉下的黑球砸在身上，疼得“嗷嗷”直叫、乱滚乱翻，连猪崽落下地也没觉着。老母猪在山石中滚出了一个石坑，陷入坑底，化成一眼清泉；一窝小猪全抛在坑外，除了天蓬活蹦乱跳地跑走了，其他的全变成黑色的石头，老远望去就像一窝小猪聚在母猪身边吃奶。这就是徐州“母猪泉”的由来。

天蓬水神变成的小猪崽，生下来见风就长，能走能跑，四下里找食吃；不足月就走南闯北，也不管水里生的、树上长的，净拣好的吃。满月那天，它跑到茅村，被小张家的一位老汉捉住，带回家里圈养起来。这位老汉是当地的土地老爷，是玉皇大帝叫他管教好这头小猪的。别看猪小，可性子野，能吃。老汉给它准备一天的吃食，它一顿就给吃得精光，吃完了还“哼，哼，哼”叫着要食吃。过不多久，这猪崽长得又高又大，吃得更多了。吃不饱它就往外跑，老汉用石头垒的猪圈也圈不住它了，只要它用鼻子一拱，石头墙就“哗啦”一声倒了。

后来，它经常溜达。从徐州到利国驿，一路上有十八个清水泉。天旱时，它上“涝泉”去洗澡；天涝了，它到“苇泉”去打溺。除了生养它的“母猪泉”外，每处清水泉都叫它糟蹋得不成样子。它还喜欢爬山找食吃，上了山就把花草树木啃光吃净；吃完了就把山上的红土拱到河里，使周围的山都成了光秃岭，所有的河沟全被填平。真是山头光秃秃，流水无正路。这都是它造的孽。

这头猪走到哪里，就祸害到哪里，越祸害越大。老汉看见，心里难受。他想来想去，只好用铁链子将这猪锁在家里。从此，它性情果然变得温顺起来，后来竟成了贪吃贪睡的大懒猪了。它成天吃了睡、睡了吃，养得肥头大耳、浑身溜圆。老汉看了心中高兴。年底了，老汉知道他的任职已满，便从茅村请来两个杀猪匠，准备杀猪；用这个招吓唬它，让它到季山庙脱胎换骨。

这一天，大肥猪睡醒了，总是瞪着两眼盼老汉来给它喂食。但是它看老汉走路架势不对，手里也没拿食盆，只提一根粗绳子，便警觉起来。等杀猪匠走来，它闻出了气味，自知大祸临头，拼命挣断铁链，“噔”的一下跳出院墙，逃到季山，闯进了山顶上的和尚庙。

天蓬水神下凡后，玉皇大帝知道它走错了路，投错了胎，变成了大肥猪，便派太白金星下凡来点化它成人。太白金星领旨，在徐州西北的季山山顶点石成庙，坐等大肥猪进庙取经。

大肥猪闯进庙里，方丈知道天机不可错过，就将双手一合，念了声“阿弥陀佛”，然后唱道：“大难临头上山来，消灾除难入佛门。”大肥猪听罢，连连点头。

方丈又说：“佛门有十戒，善恶如水火；从善法无边，万恶全解脱。”大肥猪听了又连连点头。

方丈把它领进后殿，命它参禅修行，求得“明心见性”，以便早日修成人形。第一年，大肥猪后殿学经，渐渐修得人形；第二年，他早早晚晚背诵佛经，懂得了佛法，有了神通；第三年，他已经知道自己是天蓬水神转世，自觉根底不浅，心中满足，就不再专心念经了。他整整在后院念了三年经、吃了三年斋，心里老是不自在，便背着方丈施弄法术，从外弄来酒菜开了戒；自称“大老猪”，整天只想着下山寻个快活。

方丈原是太白金星的化身。第一年见犯了天规的天蓬水神有悔改之意，便让他脱掉猪身，成了人形；第二年让他早晚修行，有了神通；第三年本想让他脱下凡胎，修成正果，再返天庭。不料他破坏了佛门清规，一时再难修成正果。于是，太白金星便打发他下山，自谋生路去。

方丈对大老猪说：“你入庙三年，现已期满。下山另投名师去吧！”

这话正中大老猪心怀，老猪便高高兴兴地点头答应了。他收拾好行装，方丈送他出了庙门。临分手时，方丈说：“我还有两句话，你要牢记心上：第一，从今以后，不管走到哪里，不要说你是季山庙里的和尚；第二，不管何年何月，不准重提你的出生地点。”

大老猪一心想着赶快下山，去吃香的喝辣的玩个痛快；别说两句话，再多他也答应。他跪在方丈面前说道：“徒儿全听明白了。如果说出去，就叫大伙割我的耳朵、切我的舌头下酒吃。”

师徒分离，方丈为何要提出这两条呢？他心里有数：大老猪下了季山，一时不会走正道，必然要惹是生非。到了那时，人家找上了季山庙，可不好对付；要是外地人知道了他的老家在这里，不是给咱脸上抹黑吗？

别看大老猪咋咋呼呼、丢三落四地混了一辈子，可他就是没忘师父交代他的两句话。所以世上很少有人知道他是季山庙的和尚，更不知道他出生在徐州城北的“母猪泉”。

大老猪下了季山，听说徐州城最热闹，就来到城里。他见城里卖啥的都有，好吃的东西更多，不由嘴就馋了。别人都是拿钱买吃的，他没钱买，馋狠了就偷，后来叫人家捉住痛打了一顿。

有个好心的老人，见他饿得可怜，便出钱买了酒菜，陪他吃喝了一顿。这一回，他是见酒眼开，一喝就喝过了量。俗话说“酒后吐真言”。他醉了，糊里糊涂地向老人说露了底，这就违背了季山庙前向方丈许的愿。所以直到今天，人都喜欢用猪耳朵、猪舌头下酒哩。

大老猪在徐州游荡了三天，看看无法活下去，就一路向西，在福陵山云栈洞安了家。不久，他又动了俗念，在高老庄招了亲。

讲述者： 杨广民，48 岁，初中学历，农民
采录者： 姚克明，44 岁，郊区文化馆干部
采录时间： 1978 年
采录地点： 徐州市郊区工委门前

附记

本篇选自《徐州民间文学集成》（江苏文艺出版社，1991 年 12 月版）。2010 年 8 月，采录者又以《猪八戒出世》为书名，将自己从事民间文学工作 50 年来所采录的民间故事，结集于作家出版社出版。（柏枝）

2

老吵胡[1]

老吵胡是邳州二龙山上的一条老狼，修炼百年成了精，经常变作一个老太婆在山上乱吵胡。所以，山里人便叫它“老吵胡”。

说起来，那还是早先年的事儿。那时二龙山下住着一户人家，姓高，当家人外出做生意一去未归，高大嫂在家里带着三个闺女过日子。女孩子多了不金贵，随便起个名：大闺女叫大门鼻子，二闺女叫二门栓儿，小闺女叫笤帚疙瘩。这姊妹仨相差各一岁，挨肩生、挨肩长，个个像钟楼上的百灵，既耐惊[2]，又耐怕[3]。

有一天，高大嫂要去山后走娘家，她把三个闺女叫到跟前交代说：“我有事到你姥娘家去一趟，晚上就回来。你们在家要看好门，生人不要搭腔，更甭让进家。”三个闺女回答：“记住了，娘你放心到姥娘家去吧！”

俗话说，隔山十里远，望坡走半天。高大嫂爬岗过岭走累了，口也渴了。她看到山路边有一个小瓜棚，就想前去歇歇脚，找碗水喝。看瓜的老太婆说喝凉水会伤身子，就随手摘一个甜瓜递给她。高大嫂吃了瓜，见这老太婆怪热乎，又坐在那里跟她拉一会儿呱。

老太婆问：“大嫂，你到哪里去的？”高大嫂回答：“俺到山后去走娘家。”

“你家住在哪里？”

“山前。”

“家里有几口人？”

“五口，当家人外出做生意不在家。”

“几个孩子？”

“三个，都是丫头片子。”

老太婆边问边往高大嫂身边挨，两个人越拉越热乎。老太婆说：“大嫂，你头上怎么有一根草呢？”高大嫂连忙摆划[4]一下，把头发上的草撣掉。老太婆又说：“头上有草就有虱子，俺给你逮逮虱子吧！”没等回话，她伸手就把高大嫂揽在怀里，“哧溜”一声，掐开了脑门子，伸嘴把高大嫂的脑浆喝了。原来这老太婆就是老吵胡变的。可怜高大嫂错认了人，死了还不知道自己的男人也是被它害死的。老吵胡吃了高大嫂，又把剩下来的耳朵、手指头装在口袋里，留作晚上的零食。

到了晚上，高大嫂的三个闺女在家里，一等娘不来，二等娘不来，笤帚疙瘩想娘哭起来。这时，老吵胡前来敲门道：“大门鼻子、二门栓儿、笤帚疙瘩来开门！”

笤帚疙瘩一听，以为是娘回来了，咯噔一下不哭了。她忙趿拉着鞋跑去开门。

二门栓儿拦住她，说：“甭忙，听那声音怎么不像俺娘呢！”

大门鼻子心细，说：“让俺先去看看再说。”她贴着门缝往外瞧瞧，小脚、扁长脸，好像是姥娘，就问：“你是姥娘吗？”

“俺是你姥娘呀！你娘今晚不回来了，让俺跑来看看你姊妹仨的。”老吵胡回答。

笤帚疙瘩听说是姥娘，就开门让它进了屋。二门栓儿

[1] 吵胡：方言，吵闹、大声嘶叫。

[2] 耐惊：指不怕惊吓。

[3] 耐怕：指不害怕。

[4] 摆划：邳州方言，划拉、整理。

眼尖嘴快，说："姥娘姥娘，你腚后挂的是什么？""噢，那是给你妗子[1]搓纳鞋绳子用的苎麻，俺掖在腰里头忘记解下来了。"老吵胡说着便把尾巴夹了起来。

老吵胡见这姊妹仨都在屋里头，就一腚䠧[2]在门槛子上，说："唉！人老不中用了，才走这几里路，就累得浑身骨头疼。今晚俺也不上床睡觉了，就靠着这门歪一会儿算啦！"

大门鼻子要给姥娘去做饭，老吵胡说不饿。

二门栓儿要给姥娘端水洗脸，老吵胡说不洗了。

笤帚疙瘩要跟姥娘通腿睡觉，老吵胡喜得哈哈的，说："还是三丫头好。来吧，乖乖！"

"姥娘，你的汗毛咋跟大绗针一样扎人呢？！"笤帚疙瘩一伸腿，就被老吵胡扎得直叫唤。

老吵胡怕露馅，忙从口袋里掏出零食来堵笤帚疙瘩的嘴，说："这是你舅买来给我压咳嗽的，吃吧，小三！"

笤帚疙瘩咬一口，觉得那零食又生又腥，吐出来接在手里一看，哎呀，原来是人的手指头！再一看，那上面还有娘戴的铜顶针子。她这才知道娘被害了，睡在身边的就是老吵胡！笤帚疙瘩没敢哭、没敢叫，悄悄爬起来把娘的手指头递给两个姐姐看。

大门鼻子一看，忙捂脸；二门栓儿看了，鼻子酸；笤帚疙瘩急得团团转。

这姊妹仨都没敢吭一声，相互间递个眼色，想点子来对付这可恶的老吵胡。

"姥娘姥娘，俺要尿[niào]尿[suī]！"大门鼻子突然高声说。

"床前尿！"老吵胡生气地说。

"床前有床神！"

"门后尿！"

"门后有门神！"

"给俺滚出去，到大门口去尿，快去快回！"

大门鼻子支个弯儿跑到大门口，"哇"的一声哭起来。哭着哭着，来了一个卖鸡蛋的，他问大门鼻子哭什么。大门鼻子说："老吵胡吃了俺娘，又要来吃俺姊妹仨，咋办呢？"

卖鸡蛋的说："好办好办，我给你十个鸡蛋，你把它们埋在鏊窝里去烧熟。要是老吵胡来扒鸡蛋吃，就会崩瞎它的眼。"

大门鼻子照办了。

"姥娘姥娘，俺得尿尿！"二门栓儿也大声喊。

"床前尿！"老吵胡说。

"床前有床神！"

"门后尿！"

"门后有门神！"

"给俺滚出去，到大门口去尿，快去快回！"

二门栓儿也支个弯子跑出来，放声哭了。这时，来了一个卖烘柿子的，问她哭什么。二门栓儿说："老吵胡吃了俺娘，又跑到家里来吃俺姊妹仨，咋办呢？"

卖烘柿子的说："甭哭甭哭，我给你十个烘柿子，你放在堂屋门口就行了。要是老吵胡出门来吃你们，它就会滑倒摔断腿。"二门栓儿也照办了。

"姥娘姥娘，我也得尿尿！"笤帚疙瘩在屋里又吵又闹。

"床前尿！"

"床前有床神！"

"门后尿！"

"门后有门神！"

"给俺滚出去，到大门口去尿，快去快回！"

笤帚疙瘩的脖子一鼓多粗，出门来就大放悲声。卖绣花针的走过来，问她哭什么。笤帚疙瘩又把老吵胡要害她一家人的事儿说了一遍。卖绣花针的说："我给你十根大绗针，你一排溜插在堂屋的门槛子上，就能扎伤老吵胡。"

笤帚疙瘩又照办了。然后，她就跟两个姐姐一起，爬到大门口的梧桐树上躲起来。

再说那老吵胡躺在堂屋里，专等着这姊妹仨回来好去吃她们。一等不来，二等不来，老吵胡来气了，说："吃你娘，吃你大，今夜还要吃你姊妹仨！"

等到下半夜，老吵胡饿了，闻到鏊窝里有熟鸡蛋的香味，馋得直淌口水。

[1] 妗子：舅母。

[2] 䠧：音同"拍"，邳州方言，屁股猛然坐下。

“先弄几个鸡蛋吃吃吧！”老吵胡抬腿出了堂屋门，一脚踩在烘柿子上，“扑通”滑倒了，摔断了两条腿。它爬起来往门槛子上一坐，大绗针又扎进了腚，疼得它“嗷嗷”直叫。好不容易爬到鏊窝旁，用火叉去扒鸡蛋，“砰砰砰”，那烧熟的鸡蛋一碰就炸，又把它的眼给崩瞎了。眼瞎腿断腚淌血，老吵胡仍不忘记去吃人。它在院子里打滚发疯，说：“大门鼻子、二门栓儿、笤帚疙瘩你们听着，吃你娘，吃你大，今夜一定要吃你姊妹仨！”

大门鼻子在梧桐树上说：“姥娘，俺姊妹仨都在树上头等着了，你爬上来不就得了？”

老吵胡说：“姥娘眼花了，腿脚也不灵活了，你们下来把姥娘驮上去吧！”

“姥娘，梧桐树下有一只柳条筐子，你到里面坐好，俺们用绳子把你拽上来。”老吵胡一摸，树下还真有一只柳条筐子，它忙叫大门鼻子扔下绳来拴这筐子。

绳系好了，笤帚疙瘩争着要先提。她提着提着，提到树半腰，累得直叫唤：“哎哟，提不动，提不动啦！”说着，猛一撒手，那柳条筐“扑通”掉下地，又把老吵胡的胳膊摔断了。

二门栓儿说：“姥娘姥娘，你别生气。笤帚疙瘩没有劲，让我来提你！”二门栓儿把筐子提到树半腰，也叫喊：“提不动，提不动啦！”手一撒，那筐子又掉在地上，把老吵胡的腰也摔断了。老吵胡是狼变的，也是铁头铜腿豆腐腰；腰一断，它就不能动弹了。

大门鼻子说：“姥娘姥娘，你别生气。两个妹妹没有劲，让我来提你！”

老吵胡瘫在柳条筐子里直哼哼，说：“乖孩子，你慢慢提，我光吃你妹不吃你！”

大门鼻子一听，可气坏了。她提起筐子像打夯一样，一拽一抛、一拽一抛，“扑通”“扑通”，硬把老吵胡活活摔死了。

这姊妹仨为爹娘报了仇，高兴地拍手唱起了山歌：

老吵胡扒鸡蛋哟，嗨，崩瞎了眼儿！老吵胡踩柿子哟，嗨，摔断了腿儿！老吵胡坐门槛哟，嗨，腚上净是针眼儿！

讲述者： 李士云
采录者： 周伯之
采录时间： 1968 年春
采录地点： 睢宁县古邳

附记

本篇选自《中国民间故事全书·江苏·邳州卷》（知识产权出版社，2007 年 6 月版）。老吵胡的故事，起源不详，但流传甚广，几乎各地都有。在邳州叫“老吵胡”，而出了邳州便叫“大灰狼”或“狼外婆”。过去，农村妇女经常会给孩子们讲这个故事，教育他们不要轻信陌生人的话，以免受骗上当。邳州还有一句老话：“男讲‘周七猴’，女讲‘老吵胡’。”是说周七猴子故事能让人发笑；而听了“老吵胡”，会使人难过地掉泪。（柏枝）

3

大妮二妮

一

有一个老嬷嬷，闺女、女婿去了外地，捎信来叫她去照看小孩。老嬷嬷挎着篮子，装上小孩喜欢吃的麻花，上了路。路上有一座山，山里住着一只老狼精，它通人语，会想坏点子。它看见老太太打这儿路过，就装成一个老嬷嬷，到跟前说："老嫂子，天这么热，坐到树下歇歇吧。"那老嬷嬷眼花，认不清真人假人，就坐下来跟老狼精拉呱。老狼精问："你上哪儿去？"老嬷嬷说："到俺闺女家去。"老狼精问："你闺女家有啥人？"老嬷嬷说："闺女跟女婿都不在家，只留下三个小孩：大的叫大妮，二的叫二妮，三的是个小子。三个小孩岁数还小，俺闺女叫我去给她照看照看。"老狼精问："你闺女家住在哪儿？"老嬷嬷说："前边就是她的庄，庄头上有一棵大枣树，枣树底下就是她的家。"老狼精问："你给小孩带了啥好吃的？"老嬷嬷说："一篮子麻花。"老狼精说："给我尝尝行不？"老嬷嬷说："给你个吃吧。"老狼精吃完麻花，把老嬷嬷咬死，穿上老嬷嬷的衣裳，挎着篮子，来到三个小孩的家。

老狼精说："大妮二妮快开门。"大妮问："你是谁？"老狼精说："我是你姥姥。"三个孩子给它开了门。它看到三个小孩，馋得直淌口拉水，心里想：等他三个睡着以后，我再一个一个地都吃了。老狼精哄着三个小孩睡了，叫两个女孩在一头睡，把小男孩搂到自己怀里睡。大妮的脚蹬着了老狼精的尾巴，觉得毛烘烘的，就问："姥姥，你腚上是啥？"老狼精说："你娘怕我冷，给我缝的毛垫子。"老狼精半夜里把男孩吃了。大妮听见"咯吱咯吱"的响声，问："姥姥，姥姥，你吃的是啥？"老狼精说："你娘怕我咳嗽，给我留的胡萝卜干。"大妮说："姥姥，我也想吃。"老狼精说："啃吃嘴的小妮子，给你个吃去吧。"说罢，扔过来一个脚指头。大妮接过来，摸着黏糊糊的，凑着亮光看看，认出来是弟弟的脚指头，吓得不敢吱声，推醒二妮，小声说："姥姥是一个妖精。"两个人想好了逃跑的法子。

大妮喊："姥姥，姥姥，我屙屉屉！"老狼精说："就在门后头屙吧。"大妮说："门后头有门神。"老狼精说："那就去锅屋里屙吧。"大妮说："锅屋里有灶神。"老狼精说："难缠的闺女！去当院里屙吧。"大妮就出了屋。二妮也照着大妮的办法来到当院里。姐妹俩看看打圈，觉得树上最保险，老狼上不去，她两个就爬到了枣树上。

老狼精等着两个女孩回屋，一等不来，二等还不来，就出门来找；见她们都在树上，就问："你两个在树上干啥哩？"大妮说："摘枣吃唻[1]，树上的枣你不知道有多甜。"老狼精说："我也想吃，拉我上去咋样？"大妮说："你拿个筐，再拿根绳子来，坐在筐里，俺两个用绳拉你上来。"老狼精拿来筐、绳子，把绳子的一头扔给大妮，自己坐在筐里。大妮把它拉到半空，说了声："一、二、三。"猛一松手，把老狼精摔到地上，老狼精疼得直叫唤。二妮说："姥姥，姥姥，你别急。俺姐姐刚才没抓紧绳，这一回我来拉你，摔不着你。"老狼精又坐进筐里，二妮把它拉到半空，说了声："一、二、三。"又把老狼精摔下来。

老狼精看出来大妮、二妮故意要摔死它，就瞪着她俩说："我到东山磨磨牙，再到西山磨磨牙，回来吃你姊妹

[1] 唻：来着。

俩！”说完，就出大门走了。

大妮、二妮哭了起来。天亮以后，有一个卖针的来到这儿，听见两个女孩哭得厉害，问她俩为啥哭，她俩把事情说了一遍。卖针的可怜她两个，就拿出一把针，说："你俩把针插在板凳上，等老狼精来了，就叫它坐板凳，把它的腚扎烂。"

卖针的走罢，姊妹两个就照他说的去做了。老狼精回来，她两个装得亲亲热热的，拉着老狼精去坐板凳："姥姥，姥姥，你走累了，搬个板凳你坐下。"老狼精没有提防，往板凳上猛一坐，满腚扎得全是血，疼得嗷嗷叫，说："我到东山磨磨牙，我到西山磨磨牙，回来吃你姊妹俩！"说罢，又出大门走了。

姊妹俩又哭起来。门口来了一个卖石磙的，他问她俩为啥哭，她俩把事情说了一遍。卖石磙的觉得她俩怪可怜的，就搬下来一个石磙，说："你俩把石磙吊在门框上边，把绳子绾上活结，等老狼精来了，松开绳子结，叫石磙掉下来砸死它。"

卖石磙的走罢，姊妹俩就把石磙吊起来。老狼精一回来，她两个和和气气地扶着老狼精进门，说："姥姥，姥姥，你渴了，倒碗热茶你喝吧。"老狼精刚走到门槛上，门上的石磙"扑通"一声掉下来，正好砸在它头上，把它砸死了。

二

姊妹俩挖了一个坑，把老狼精埋上，上边培成一个土堆。过了一会，土堆上长出一棵大白菜。姊妹俩正觉得稀奇，门外边一个货郎走过来，姊妹俩砍下大白菜，换了货郎的一把插花线。

货郎把大白菜搁在筐里，担起挑子往家去，越走越觉得肩后沉得很。路边上的小孩在旁边拍着手，看着他唱："一头轻，一头重，压得个货郎撅着腚。"

货郎回到家，掀开筐盖来看，筐里坐着两个闺女。货郎本来单身一人，就把两个闺女收为女儿；大闺女起名叫大娇，小闺女就叫二妮。两个闺女模样长得差不多，只是大娇脸上有麻子，好吃懒做；二妮长得白净，精巧勤快。

外村有一个小伙子名叫马郎，人实在、会干活，听说货郎家有好闺女，就托媒人来说亲。货郎对着里屋说："大娇大娇出来吧，梳梳头，插上花，去跟马郎成亲吧。"大娇出来问媒人："他在家里干啥活？可有瓦屋可有楼？"媒人说："他在家里会种地，一没瓦屋二没楼。"大娇说："哼！我不去。跟着他，住草屋，喝糊涂，一辈子出力活受苦。"货郎又跟二妮说："二妮二妮出来吧，梳梳头，插上花，去跟马郎成亲吧。"二妮说："只要人才好，种地也不差；有手挣家业，穷点又怕啥！"大娇说："小妮子，会说话。你愿意，你寻他！"二妮说："寻他就寻他。"三说两不说，说定了。

到了喜日子，二妮上轿出门，跟马郎成亲了。马郎在外干活，二妮操持家务，攒了不少钱，存下足足的粮食。过年的时候，二妮穿上新衣裳，头上戴着银簪子，挎着一篮馒头、黄团子，来看大大。二妮在娘家夸马郎咋好咋好，家里啥都不缺；大娇听了后悔得不得了，想了一个坏点子。她说："妹妹，你的新衣裳借给我穿穿再给你。"二妮说："行。"大娇又说："妹妹，你的簪子借给我戴戴再给你。"二妮说："行。"大娇说："我这样一打扮，保准比你俊。咱家连镜子也没有，咱到井边照照影子比一比去吧。"妹妹说："不了，我该回去了。"大娇说："你望你，刚离开家就恋女婿。"姐妹俩到了井边，大娇说："妹妹，你来照照看。"一用劲把二妮推到井里去了。大娇挎上妹妹的篮子，装扮成二妮，去了马郎家。马郎见媳妇变了模样，问："你脸上咋有这么多坑坑[1]？"大娇说："俺娘家没地方睡，叫我睡在豆子囤里，硌了一脸坑。"马郎一摸她的手，说："你的手咋变大啦？"她说："俺娘家顿顿都是贴锅饼，我拍、拍，把手拍大啦。"大娇脱了鞋袜露出大脚，马郎说："你的脚咋也变大了？"大娇说："我在俺娘家天天推磨，跑、跑，把脚跑大了。"

该做饭了，马郎说："你烙的馍好吃，咱烙馍吃吧。"大娇擀面擀不匀，烙馍烂成七八瓣子，正在着急，院子

[1] 坑坑：指麻子。

墙上飞来一只小小虫[1]，对着他们大声喊："麻大娇，烙烙馍，烙一个，烂一个，烙个好的我吃个。"大娇听见小小虫说出她的底细，又恼又怕，拾起一块砖头把小小虫砸死了。这小小虫个子大，大娇把它剁了，配上南瓜烧出来两碗菜，拣肉多的留给自己，肉少的递给马郎。她拿起筷子夹肉吃，肉就变成了骨头。她跟马郎说："肉都盛到你碗里了，咱俩换换碗吧。"换罢，她的碗里还是没有肉。她把小小虫骨头埋在院子里，院子里长出了一棵樱桃树，树上结满了红樱桃。马郎坐在树底下，一张嘴，掉下来一个樱桃，又鲜又甜；大娇坐到树底下，树上落了一只小小虫，大娇一张嘴，一泡鸟粪掉进了嘴里。大娇掂起个斧头，去砍樱桃树，说："我看你再怪！非得砍死你。"小小虫大声说："颠倒颠倒真颠倒，妹妹的女婿姐姐要！"大娇还要砍树，树枝挂住大娇的头发，咋挣都挣不开，马郎帮忙也白搭。大娇只好说："我承认错了，快放了我吧。"话音一落，树枝散开了，小小虫变成了二妮。大娇回娘家去了，二妮又重新跟马郎过了起来。

讲述者： 高昌忠，56岁，本科学历，原丰县史志办主任

采录者： 卜凡柯，78岁，大专学历，退休干部

采录时间： 2020年11月15日

采录地点： 丰县文化馆

流传地： 丰县

[1] 小小虫：小鸟。

4 瓜田配

从前，在白马河北岸有个小村子叫沈庄，庄上有个姓沈的孩子，叫沈良，长得怪喜欢人的。沈良从小念书，先生都夸他聪明，说他将来也许有大出息。可惜，到十二三岁时，沈良家里连连遇上灾星，父母亲一个一个都死了，只撇下十来亩田地。沈良的伯父便把他揽下了。可是伯父发财心切，不容他再上学，而让他在家干活。沈良知道，跟伯父母过日子，哪能像亲爹娘，凡事都要朝人心眼儿上碰。因此，烧锅、推磨、担水、喂牲口，哪里有活他都找着干，再苦再累也咬牙撑着。到了晚上或者有点空闲时，他也看点书，学学二胡、笛子什么的。一开始，伯父母看了就心里不舒服，到后来伯父就说在脸上了："你天天晚上看书，谁有那么多钱给你点灯熬油的？"

沈良一年年长大了，他想：论地，爹娘给我留下了十多亩；论干活，我一年四季不闲着，为什么我抽空看点书就不行呢？他越想越难过，常常是一整天也没有笑脸。伯父母看了就敲贬他："整天价[2]把个死人脸挂拉着，就跟

[2] 整天价：整天，天天这样之意。

人少他二百钱似的，八成想分家了。这会子咱把他养大了，他翅膀硬了，还不该出飞吗！”沈良想找一个知心人倒倒心里的苦水，可是找谁呢，他是一个穷光棍。

说来也奇，离沈庄不远的西南方有个绿山子，山北面一洞里住着一个狐狸精。狐狸精有一个女儿叫翠翠，那翠翠眉清目秀，在狐狸的世界中是一等姿色。可是狐狸精贪财，要把翠翠许给黄鼠狼做三儿媳妇，想赚一笔彩礼。翠翠不答应，就在一个漆黑的晚上从洞里逃出来。往哪里逃呢？她沿着白马河南岸高一脚低一脚地往东走。

可巧，就在这一年，沈良伯父在白马河北边种了一片瓜，这看瓜的事就交给了沈良。沈良在地头搭了一个小棚，晚上他便把软床子搬到棚顶上，在棚顶上看瓜，既看得远又凉快。为打破这夜晚的孤寂，他在棚上拉起胡琴、唱起琴书，把他在家庭里受到的不平，把他心头的苦闷，通过这琴声和歌声都抒发出来。

这天晚上，沈良正唱着，翠翠就到了离他不远的河南岸。翠翠正焦虑着不知何处是归宿，忽听得河北岸隐隐约约像有歌声，声音一会儿大一会儿小，一会儿紧一会儿慢；一会儿像大风急雨，一会儿像细细的流水。翠翠听得着了迷。恰巧，前边不远有座小石桥，翠翠过了石桥就循着歌声来了，见是一个英俊的小伙子。小伙子好像心事怪重，弦歌的调子怪苦。翠翠对小伙子产生了同情和爱慕，就变作一个黄花女子。

沈良正拉唱得激动，忽见棚下站着一个青年女子，不觉一愣。他以为是看花了眼，便停下拉唱，再仔细地看，的确是。沈良便问：“你是谁？”

“是我，大哥！”女子害羞地说。

“你是来做什么的？”

“我听你拉唱得怪好听。”

接着两个人都沉默了。过了一会儿，沈良很不好意思地说：“那……你就过来，来听吧！”翠翠来到瓜棚，两人互相问询起来。翠翠说她爹给她说了一个很不如意的郎君，她是为逃婚才跑出来的。沈良说，他十二三岁就死了爹娘，以后一直跟伯父母过日子，连闲暇时看书也要听闲话，甚至受辱骂。翠翠听了，便说：“你要不嫌弃我，今后俺俩就在一起过日子吧。”打这儿以后，翠翠每天晚上都来，来时还带来一些金银和好吃的，并同沈良商议怎么成婚。沈良也把这事告诉了伯父母，请他们帮助筹备婚事。可是有一天，一个和尚来到这里，说沈良脸上有妖气，定是遇见狐狸精了。沈良不信。和尚问：“你最近可跟什么青年女子说过话？”沈良以实情相告。和尚便说：“那女子是个妖精，是狐狸精所变。你要不信，等她再来时，你看她后衣襟下可有尾巴？如有你就该信了。”晚上沈良一看，翠翠后衣襟下果然有一条尾巴。沈良一连几天都很难受，心想：这样一个好女子，怎么会是妖怪呢？如是妖怪我还能娶她吗？想了好几天，他终于下了决心：什么狐狸精不狐狸精，只要她真心跟我好，视我为夫君，我就要娶她！沈良终于同翠翠成婚了。婚后，小两口日子过得很如意。

几个月后，沈良的伯母得了一场病，一直治不好，伯父便怀疑是翠翠作的怪，村里人也嘁嘁喳喳地乱嚷嚷。恰在这时，沈良出去做生意了，沈良的伯父便请来了那个和尚，要他给除妖。那和尚在沈良家周围转了一遭，拿出一个小匣子，朝沈良家一亮，只见一道金光飞出，和尚说：“狐妖已经被赶跑，从此便不会再来了。”几天后，沈良回来，听说妻子已被赶跑，气得昏了过去，一连几天没吃也没喝，不久就死了。听说沈良死后，村头树林里常有狐狸的叫声：“还我夫君，还我夫君！”沈良家里也常能听到沈良凄婉哀伤的哭诉：“还我新人！还我新人！”

讲述者： 张培增，70 岁，不识字，农民
采录者： 高福源，中学语文教师
采录时间： 1987 年 2 月
采录地点： 邳县薛集乡高集村

附记

本篇选自《中国民间故事全书·江苏·邳州卷》(知识产权出版

社，2007年6月版）。讲述者是一位70岁的农民，不识字，能把这个故事完整地讲述出来，实属不易。采录者整理的文字很平实。（柏枝）

5

王拼斗阎王

阎王爷还了得，哪个敢惹？谁人敢斗？他住在阎罗殿，掌管着生死簿，让谁生谁就生，说谁死谁就死。可俗话说得好："盐卤点豆腐，一物降一物。"他竟败在了王拼手里。王拼是谁？两腿插在墒沟里的庄稼汉，家里穷得吃鸡毛都找不着避风湾，连打鸡的坷垃[1]也没有，寒冬腊月穿着条单裤还露着个腿。正因为他穷，逢年过节，不烧香不磕头更不敬老天；这天上的神、地下的鬼，不但一年到头连王拼一点香味也闻不着，就连土地庙前也见不到他一把纸，阎王爷要想得到他一杯酒就更谈不上了。所以，这些靠香火钱花的鬼神都到玉皇大帝那里去告状，说王拼胆大包天，不敬神、不怕鬼；不给他点颜色看看，他怎么能知道还有天地鬼神？

玉皇大帝闻奏十分气恼，传旨让阎王爷来见。阎王爷接旨后，马上骑着钻天入地卷毛犼[2]，一会儿工夫就来到了凌霄殿。见了玉皇施礼后，问："大帝，传小神来有何

[1] 坷垃：即土块。

[2] 钻天入地卷毛犼：阎王爷的坐骑。

吩咐？”玉皇就把这人间的穷汉王拼的事说了一遍，叫他把王拼拘来治罪。阎王不敢怠慢，翻开了生死簿一看，回禀说：“大帝，小神已查过生死簿，这王拼阳寿还不到，只能把他拘来阎罗殿受罚，让他思过，再放回人间。”玉皇大帝说：“那你就看着办吧。”

阎王爷回到阎王殿，传来了大力鬼、秃子鬼、烂眼鬼、尖腚鬼，把今夜要到人间去捉拿王拼的事讲了一遍。他问四大丑鬼：“你们哪个愿意去？”这四个丑鬼一听都争着要去。那大力鬼力大无穷，另外那三个鬼不敢和他争执。大力鬼就带了勾魂锁，钻出十八层地狱，乘着阴风，一溜火光，来到了王拼家门口，现出了原形。只见这个大力鬼秤钩鼻子鸭蛋眼，头大如斗，身高似塔，往王拼门前一站，大吼起来：“王拼在家吗？”

这王拼白天在南湖乱坟堆里刨了一天地，累得个腰酸腿疼；回到家喝了两碗糊汤子，就钻到那乱草窝里睡着了。突然迷迷糊糊地听见有人叫他：“大拼，大拼，你还不快起！”王拼恍恍惚惚地睁眼一看，不是别人，正是小时候带着他要饭冻死在路上的爹。他还是那样，腰里勒一根稻草绳，脚上穿一双少帮露跟的茅翁[1]，手里端着一个破瓢。王拼一见，大叫：“爹，我可不跟你去要饭啦，再要饭也会把我冻死的。我还有老婆孩子，谁养活他们？”他爹说：“不是的，孩子，我是带你去逃命的。阎王爷要派小鬼来捉拿你，你犯在他们手里啦！”“什么，哪个阎王爷？我没有得罪他，他捉拿我干什么？”“唉，这……你哪里知道，他就是在阴间掌管着生死簿的阎王。你逢年过节不给鬼神烧香燎纸，要抓你去治罪哩！”“哎呀，我穷得连活人的口都糊不住，还顾得了什么鬼神！要是他来了，我自去和他说理。爹你不用怕，还是去要你的饭去吧。”“那好，你多当心就是了。”说着，老头对着王拼头上一拍，转眼不见了。

这一拍，把王拼一下子拍醒了。听听动静，刚交三更天。他明白了，这是死去的爹给他托梦来了。他觉得事情不好，便急忙从草窝里爬起来，摸过旱烟袋，扯了一块破棉花，用火石打着了火，就“吧嗒吧嗒”地吸起烟来。正吸着，就听见门口有叫声。他知道，这一定是阎王派鬼拿他来了！想躲，往哪儿去躲呢？一不做，二不休，扳倒葫芦洒了油；反正是一个穷，这百多斤肉任老阎王怎么处理去。这大力鬼在门口叫了三声，不见动静，就气得直跺脚，把个草屋震得“哗哗”直往下撒土，又大吼一声：“王拼在家吗？”王拼穿上破衣，走了出来，说：“别急，在家。”他打开秫秸笆门子说：“你是什么人？这半夜三更的，乱叫喊什么！”这大力鬼一看，这个王拼果然胆子不小。要是别人见他这副模样早吓得半死了，他却一点也不害怕。于是，这大力鬼就张开大嘴，龇出大牙，叫着：“不说你不知道，一说你吓一跳！我是阎王老爷手下的头名丑鬼，名叫大力鬼，特奉命来拿你的，快跪下受绑吧。”他亮出了手里的绳和锁。

王拼一见，说：“好，好，阎王叫，这就到，我不敢不去。可你要知道，我一人犯罪死了不要紧，撇下家中娘儿几个怪可怜，你等我把南洼那半亩薄地耕完行吧。”大力鬼想，反正走不了你，便说：“走，我看着你去。”这王拼扛着一个破犁铧，怀里抱着一只大公鸡，又唤着那条看门狗，趁着月光，没多会儿来到了洼地边。他放下了破犁铧，用绳子绑上了鸡和狗，吆喝着它们耕地。这鸡和狗不懂号也拉不动犁，王拼就用条子抽；一抽，这鸡和狗就一齐乱叫乱咬。

这阴间的鬼最怕鸡叫狗咬，大力鬼一听鸡叫狗咬，不由得心里打战，说：“王拼，别让它们乱叫，再叫我给你捏死。”“那它们拉不动，我不打怎么办？”

“来，你这亩儿八分的地，我来给耕。”他为了显示自己力气大，要给王拼耕地。王拼听了好不得意，解开了鸡和狗，就把大力鬼用绳子套了个结实，然后用牛皮割的犁纤对着大力鬼搂头盖脸地抽打起来，只打得这大力鬼一蹦多高，“嗷嗷”地乱叫。时间长了，大力鬼挣断了绳子，一溜跟斗跑回了阎罗殿。见了阎王，他“扑通”跪倒，要阎王爷快给他出气。

阎王见大力鬼办事不成，又命秃子鬼去捉拿王拼。王拼用鞭和犁纤抽走了大力鬼，回到家里来。他叫醒了妻子、孩子，让他们不用怕，并嘱咐他们按他的办法去做，来对付这群阴间恶鬼。这秃子鬼带着绳和锁，来到了王拼家

[1] 茅翁：用芦毛编就的棉草鞋。

门，也大叫："王拼在家吗？"王拼说："在家，你进来吧，门没顶。"秃子鬼推开薄笆门，走了进来。他对着秃头摸上一把，头上就淌下鲜红鲜红的血来，他想吓唬王拼一阵，叫他老实地跟自己一块儿去；但一看王拼在家出的洋相，不由得感到十分好笑——这王拼把一个孩子绑在了树上，蒙上了眼睛，他手里正理着一把乱乎乎的猪毛。

秃子鬼说："王拼，你死到临头还出什么花花样，快跟我秃子哥一块儿走。"王拼说："秃子哥你不知道，我家大孩儿长了秃疮没治好，成了个秃子。我怕他长大了说不着媳妇，今晚趁着有空儿，我给他安上毛。你先歇歇，安完了毛我跟你一块儿走。"

秃子鬼一听乐了，一拍秃头说："那好，我的秃头晴天招苍蝇，阴天生白蛆，痒痒得抓心；你也给我安上毛行吧？"王拼说："那好，我今天找来的毛不多，就先给你安上。这安毛要钻眼，你可别怕疼。"秃子鬼说："疼点怕什么，总比整天让人厌烦强。来，你要怎么办就怎么办。"王拼拿起粗绳，把那秃子鬼绑在树上，然后拿起了铁钻，对着秃鬼头"吱吱"地钻起来，直钻得秃子鬼极痛难忍，头上直冒血沫子，大叫："大哥大哥快松手，我可不安了！"王拼却说："这可由不得你了。"秃子鬼拼着命挣断了绳子，一溜鲜血、连滚带爬回到了阎罗殿，见了阎王大叫："王爷，我可不敢再去捉拿王拼啦！"

阎王见秃子鬼又扑了个空，气得咬牙跺脚，问哪个再去。烂眼鬼一旁不信服，说："王爷，我不信那王拼有这么大本事，让我去捉拿他。"阎王应允。那烂眼鬼又来到王拼家门口，推开薄笆门，一直走到院子里。他见王拼正烧着锅，锅里也不知煮的什么，正"咕嘟嘟"往上翻。烂眼鬼说："你这回可跑不掉了！老老实实地跟我走。"王拼说："我根本也没打谱跑。你先稍等一会儿，让我把这治眼的灵丹妙药熬好再走。"

烂眼鬼一听说是治眼的灵丹妙药，来了兴头，说："你这药能治什么眼？"王拼说："你不知道，我花了三年工夫，在山上采了三百六十种草药，配上料子熬成的药。不管是风眼、火眼、泪眼、烂眼都能治好。俺小孩烂眼，原来又出血又淌脓，让我给治好了；不信，你看看。这老少爷们儿一见怪管乎，都来买。我熬好了，留给他娘儿们卖几个钱，我就和你一块儿走。"

烂眼鬼一听，信以为真，说："不忙，你就熬吧。熬好了，先给我治一治。"王拼说："好，你先等一会儿。"那烂眼鬼坐在一边打起盹来。王拼看烂眼鬼睡着了，就端起那翻滚的锅一下子全都倒在那鬼的脸上！这并不是什么药，而是王拼熬的辣椒汤，一家伙把那烂眼鬼的两只大烂眼圈全糊上了。只烫得他又拉又尿，跌跌爬爬，摸回了阎罗殿，一下子倒在阎王跟前，两手捂着脸大叫不止。

没办法，阎王就差手下的第四个丑鬼尖腚鬼去捉拿王拼，并一再嘱咐他，如此这般，小心行事，别再上王拼的当。尖腚鬼撅着个长长的屁股来到王拼家门口，见王拼正在补破衣服，就说："王拼，这回我尖腚鬼来了，不怕你安毛，也不用你点眼；你再敢违抗，用尖腚活活地戳死你。"王拼笑笑说："这你放心，我王拼想跑就不在这里磨蹭了。这裤子露着腚，不能见大世面，裤腰带也断了，让我接上就和你走。来，家里穷得连板凳也没有，你就坐在碓窝子[1]上歇一歇吧。"

尖腚鬼一见怪合适，一下子坐在碓上，谁知他坐下就起不来了。原来这王拼在里面涂了一层鳔，把这尖腚鬼粘住了。王拼接好了裤带说："尖大哥，咱走吧。"这尖腚鬼把碓窝一下子吊了起来。王拼见到时候了，提起圪针条子，从头到腰对着那鬼使劲抽打，边抽边说："叫你走，你不走，别怪老爷情不留。你带着我罢了，还要带走我的碓，快给我搁下！"尖腚鬼乱蹦乱跳好半天，才把碓窝子甩掉，腚上被粘去了一层皮，两手捂着腚，滚回了阴间。

这四大丑鬼都没办成事，阎王火了，骂这些东西都没用，亲自跨上了钻天入地卷毛犼，拍了一拍，就来到了王拼家门前。王拼早先时学会了灯下问鬼，只要点上灯，念动口诀，自有那拘来的小鬼告诉他要问的事；他知道四大丑鬼都没抓住他，临到老阎王亲自出马了。

王拼到邻居家借来一头水牛，给它披上红，戴上花，又把系上红线的铃铛拴在牛脖子上。正收拾着，阎王从地下钻了出来，说："王拼，我看你这回是一个眼的猴儿——没多大玩头了。快坐上我的卷毛犼，我带你去受

[1] 碓窝子：石臼。

刑。”王拼说：“算了，还是骑我的千里独行追风兽吧，它比你的卷毛犺走得快。”阎王一听，叫什么千里独行追风兽，就半信半疑地问王拼：“你从哪里弄来的？怎么个快法？”王拼早有盘算，便胡吹起来：“这追风兽，拍一拍，走八百；掀一掀，走一千；按一按，走八万；掀着尾巴就上天。”阎王说：“那咱换换行吧？”王拼说：“要换必须从头到脚连穿戴都得换，要不，这东西通人性，认出你来，会把你扔下来摔死的。”阎王信以为真，就和王拼换了衣服，又换了坐骑。

这王拼一跨上卷毛犺，大喝一声，只听脚下生风，钻入地下，没多会儿来到阎罗殿。那阎王爬上了老水牛，怎么拍、掀、按也走不动，知道上了当，没办法，只好在后边半天一步地慢慢走。王拼来到阎罗殿门口，早有把门小鬼牵过了卷毛犺，把他迎到大堂上。众小鬼小判一齐跪问：“那王拼被王爷抓来了没有？”

王拼装腔作势地说：“你们一个个都没用，我一到就像牵羊一样，把他套上了。你们看，那戴着个破帽子，穿着破衣服，骑着老水牛的就是。四大丑鬼呢？待他来了，你们给我狠狠打，出出气。”那阎王来到阎罗殿门口，王拼大叫：“快抓住他！”众小鬼小判不由分说，一齐上前，将他按倒在地，一顿猛打。阎王大叫：“别打，我是阎王。”四大丑鬼哪里肯信，边打边说：“我让你点子多，我让你会骗人！”那王拼更是指手划拳，喝令小鬼们一齐上前：“给我打！”

那阎王哪里吃得住这样苦头，一会儿被打得晕头转向，被王拼传上大堂，问道：“你是不是还敢跟鬼神作对？”阎王说：“不敢。”王拼凑近跟前说：“你放不放过我？”“放。”“送我回去。”“好。”于是，王拼脱下了阎王服，穿上了自己的破衣破褂，跨上水牛，洋洋得意地离开了阎罗殿。

从此以后，王拼不烧香、不磕头、不敬神，也平安无事啦。

讲述者： 胡州城，63岁，不识字，农民
采录者： 张敬东
采录时间： 1985年
采录地点： 邳县铁富镇

附记

本篇选自《中国民间故事全书·江苏·邳州卷》(知识产权出版社，2007年6月版)。(柏枝)

异文：斗阎王爷

很久以前，有个叫张三的，精得跟猴一样。这一年大旱，家乡颗粒无收，老百姓连草根树皮都吃光了，张三就领着大伙去“吃大户”[1]。有几个“肉头户”[2]不光不给粮食，还打伤了十几个贫苦弟兄；张三一气之下就领着几十个身强力壮的青年把几个“肉头户”全宰了。几个死鬼到阎王爷那里告了状，说张三聚众行凶，无故杀人。阎王爷听后十分生气，决定捉拿张三。张三会算，他知道自己要到阴间吃官司，便和妻子想好办法来对付。

一天，阎王爷差两个秃鬼来到张三家门口，看到张三夫妻俩正把两个孩子拴在磨系上，便说道：“张三！你吃官司了，快点收拾收拾跟我们走！”

“好，你二位先到屋里歇一会，我正在给两个孩子治头上的秃疮，马上就能长出头发来；治好后，我就跟二位走。”张三很客气地说道。

“只是要快点！回去晚了老爷不会轻饶我们的！”二鬼边说边进堂屋歇息。二鬼心里在想，他要真行，也叫他给咱俩治治，免得弟兄们成天喊我们“小秃”长“小秃”短的。

原来张三是用面粉加石灰拌成泥巴状，把两个孩子的头糊严。又在外边套上葫芦瓢，再用小钻在上面假钻起来。

[1] 吃大户：旧社会每逢灾荒年景，穷人自发组织起来到财主家去强行要粮要物。
[2] 肉头户：指财主家。

不大一会工夫，张三手脚麻利地拿掉葫芦瓢，再除去孩子头上的面糊，又理好头发，再叫二鬼来看。二鬼看后高兴得不得了，说道："张三快请你也给俺俩治治吧！"

"你们是来捉我的！我张三吃了官司，哪还有心思给你们二位治病？我这就跟你们走！"

"别急嘛！只要你能给俺俩治好病，我们就不捉拿你啦！快点吧！"

张三正巴不得呢，他就按照原来的办法，给两个小鬼治秃疮了；所不同的只是用钻真的在两鬼头上钻起来。二鬼被钻得痛苦难忍，血流满面，叫苦连天。过了一阵，张三的妻子剪断绳子，二鬼爬起来就跑，到阎王爷那里交差去了。

第二天，阎王爷又派了两个尖腚鬼来捉拿张三。张三也早已算到，他从邻居家借来两个碓窝子，分别放在大门两旁，里面又灌入半窝深的胶。两个尖腚鬼来到大门外，口口声声要张三快跟他们走！张三妻子出来说道："请二位稍等，让我给孩他爹换件衣服，收拾一下就跟二位走。请里面坐会。"二鬼执意不肯，又因走得实在累啦，想歇歇，顺便往碓窝子上一坐。这下好看啦，两个尖腚鬼的腚都被胶鳔住啦。张三拿出鞭子狠狠地揍，二鬼怎么也起不来，被打得皮肉开裂，苦苦求饶。张三妻子用开水浇化粘胶，二鬼的腚帮子被粘掉一块皮，没命地跑了。他们把这事说给阎王听，阎王爷大怒，决定明天亲自将张三捉拿归案。

阎王爷自认为比别人高明，第二天独自骑"神驹"来捉拿张三。张三借来一头大水牛，又买来五颜六色的纸，剪成条条，把水牛全身贴得花花绿绿。早上他骑着牛走在大路上，正好碰见了阎王爷。

"阎王爷您好！您这是到哪去？我张三这里有礼了。"张三说着下了牛，深深地鞠了一躬。

"你就是张三吗？！"

"回禀老爷，小人正是张三。"

"我是来捉拿你的！乖乖地跟我走吧！这一回，张三你还有什么话好说的！"

"老爷，我这不正是往你那里去投案的吗？"

阎王爷看到张三手里牵的这个大怪物，他可从来未见过，心里捉摸不透，便跳下"神驹"问道："你骑的这个大怪物叫什么名字？我从来未见过。"

"这个嘛，它的名字叫'特'，比你的'神驹'还要快一百倍。'拍一拍，走八百；按一按，走一万'！"

"照你这样说还是个宝物哩！"

"阎王爷，我看这样吧，你是阴间的大王，我是平民百姓，我骑这个'特'，你骑'神驹'，众人看到会笑话的，再说我张三也不忍心呀！咱换换骑吧！"

阎王爷正想骑这个"特"呢，经张三这么一说，就要过来骑。张三忙说："老爷别忙，让我把话说清楚。这个'怪物'要让别人骑，它就不走，还会惊！有一个办法，你别说话，换上我的衣服再骑，它就老实跑了！"

"好，这好办。"

和阎王爷换好衣服，张三骑上"神驹"，很快到了阎王殿。小鬼们见到后，齐声问："老爷回来啦，老爷辛苦啦！张三这小子捉来没有？"

"捉来啦，在后边，马上就到！孩子们，准备好，等会给我狠狠地打！"张三到了阎王殿，往宝座上一坐，当起了阎王爷。

阎王爷跟张三换了坐骑可上当了，那头牛又蹦又跳不让骑；好歹上去了，打死也跑不快。阎王爷又拍又按，老牛还是走不快，走了三天才到阎王殿。张三正在门口等着呢，见阎王爷来了，指使小鬼们就打。小鬼们不容分说，一阵棍棒乱打。阎王爷哀求道："别打，我是阎王爷！"

"你这个滑头！我们再也不上当啦！"小鬼们七嘴八舌地说。张三在大堂上说话了："给我往死里打！"

阎王爷被打死了。张三又回到人间，继续领着穷兄弟"吃大户"去了。

讲述者： 耿现华，49岁，农民
采录者： 陈艳秋，女，31岁，农民
采录时间： 1989年10月
采录地点： 铜山县吴桥乡
流传地： 吴桥乡

附记

本篇选自《中国民间故事全书·江苏·铜山卷》(知识产权出版社，2007年6月版)。

6

阎王爷判案

传说阳间的人如果犯了罪，法官处置不公或不当，城隍老爷就会把他们送到阎王爷那里，由阎王爷再行审判。

有一天，邳州的城隍老爷将阳间的一个贪官、一个财主、一个窃贼和一个郎中，共计四个罪犯一并汇总报给阎王爷。阎王爷看过案卷后，即刻命小鬼把这四个人抓到阎王殿。

阎王爷升堂审判，小鬼先将贪官提上大堂。阎王说："好一个大胆狗头！你身为百姓父母官，竟敢贪赃枉法、搜刮民财，该当何罪？"这贪官向来是欺上瞒下，会耍滑头，心想：认了错定是死罪，狡辩或许还有生的希望。他眼珠子一转，计上心来，连忙叩头禀告："王爷有所不知，下官是看那些百姓整天浪费钱财，挥霍无度，这样下去那还了得！所以我是一片好心，把他们的金钱归拢代为保存，哪里是据为己有？听说王爷您也是常常这样教育阴间官吏的呀，还望王爷您明察。"王爷一听，连连点头说："真是冤枉你了，快回阳间好好干吧。"贪官美滋滋地下得堂来，早有两个小鬼上前恭恭敬敬地陪着他送回了阳间。

接下来再审财主。这财主跪在堂下，贪官编的谎话和阎王爷的判词他听得真真切切，心里也就有了底；到得堂上跪下又忙着连磕了几个响头。阎王喝道："大胆狗头！你身为士绅财主，竟敢重租盘剥，巧取豪夺，该当何罪？"财主连忙叫屈说："小的冤枉啊！王爷有所不知，我门下的那些佃户铺张浪费，糟蹋米粮，这样下去还得了？我看着于心不忍，只好把米粮暂时收缴，代为储存，等到荒年我再发放给他们，我这可是一片好心啊。王爷您不也常说要爱民如子吗？"阎王边听边点头，等财主说完，随即判道："你也冤枉了，快回阳间管好你的佃户去吧。"这财主也美滋滋地被送回了阳间。

临到窃贼上堂听审，他自然心中更有底了。阎王又是一声断喝："大胆狗头！你不当良民，竟敢偷盗街坊邻店，该当何罪？"窃贼连忙磕头说："哎哟喂，王爷您是有所不知，那状子上说的只是一面之词。其实我是看见街坊邻居把衣服用具随便放在门外，任凭风吹日晒霜打雨淋，岂不可惜，这才帮他们收拢临时保管，我这可是一片好心呀。爱惜物用这也是王爷您经常教导的呀！"阎王说："亏你说明了，要不然，又把你冤枉了。快回阳间去好好干吧。"这窃贼也高高兴兴地回阳间了。

这时堂下只剩下郎中了。阎王心想：这是怎么搞的，状纸上写的都是假的，幸亏我审得认真，不然又要冤枉几个好人，这做官掌权实在不容易呀。抬头一看，那郎中已经跪到堂上，就接着审问起来："大胆狗头！你身为治病救人的郎中，为何净弄那些苦汁苦水给人喝，让病人苦上加苦、痛上加痛？"中医先生没做亏心事，自觉理不亏，便说："王爷，上几个您判得草率，这次您又错了。俗话说'良药苦口利于病'，我一生辛苦，踏遍青山采回药草，煎药熬汤；良药虽苦，却能起死回生，我救人性命难道也有罪吗？"阎王一听，拍案大怒："怪不得这阵子上我这来报到的人这么少，原来都让你给治回去了，你这不是拆我的台吗？照你这样下去，我这阎王还怎么当？赶快把他打入十八层地狱！"郎中先生连连叫屈，阎王爷却早已退堂了。

讲述者： 艾福胜，鼓书艺人，在当地颇有名气

采录者： 屈绍金，乡文化站站长，国家级非遗项目"跑竹马"的传承人

采录时间： 2008 年 9 月

采录地点： 邳州市滩上

附记

本篇选自《邳州民间故事传说》(江苏人民出版社，2015 年 3 月版)。

异文：阎王判案

一天，阎王要开庭审理狐狸、麻雀和医生三个鬼魂。

阎王先问狐狸："你在世上做些什么事，从头说来！"狐狸装苦说："俺在世上修行五百年，未得成活仙。平时专为人捉老鼠；有时人们买肉回家，俺怕他们的肉坏了，也背着吃一点。俺还找到一位书生，同他成婚，与他伴读。可怜俺被书生的嫂嫂用铁夹夹住，害死了……"

阎王未等狐狸说完，就当场判决道："你虽是野兽，也做了不少好事，该转世到一个富豪人家当千金小姐。"

小鬼带着偷笑着的狐狸转世去了。

阎王又开始审问尖嘴麻雀："你在世上干什么？老实招来！"麻雀壮起胆子说："俺在世专为庄稼捉害虫，做好事。当俺看到农夫的谷穗大时，怕他们的庄稼倒伏、腐烂，就尖着嘴，啄着一棵棵谷穗，可怜又被狠心的农夫用筐头盖住了，如今阴魂来见你……"

阎王哈哈大笑说："真是为人做好事的麻雀。今天判决你重归人间，当富家少爷！"

麻雀走后，小鬼带来医生鬼魂。

医生说："你被飞禽野兽骗了，它们在世上专给人们干坏事！"阎王大声说："住口！我问你在世上干什么事情？！"医生小声说："俺在世上当医生，凡是人有病魔

缠身，或眼看就要死掉，都被俺救活、治好了，活在人间……”还没等医生说完，阎王拍案大声说：“该死的冤家！今日俺才知道，俺要小鬼去抓人，抓不来的原因还都在你身上。今日判你下地狱受十八年罪！”

阎王休庭后，认为自己清明廉洁、判决公正，哪知地狱中又增了一个冤死鬼呢！

讲述者： 周同领
采录者： 周同兑，25岁，初中学历，农民
采录时间： 1986年9月
采录地点： 新沂市时集乡

附记

本篇原载《中国民间故事全书·江苏·新沂卷》(知识产权出版社，2007年6月版)。

7 人心不足蛇吞象

(一)

从前，俺那南边庄上有户人家，夫妇俩已经五十多岁了，还没有生儿育女。一天，老头到田里看水，忽然看见一条小蛇在水里乱盘，被水淹得奄奄一息。老头非常可怜小蛇，就把它捧回家放在一个大沙缸里饲养。约有两个月后，老妈子怀孕有喜，生了一个男孩。老两口非常高兴，给儿子起个名字叫“小象”；把蛇儿当作老大，小象为老二。小象长到八九岁时，不幸老妈子得病死去。老头只好带着蛇儿和小象生活，生活过得挺好。

一晃光阴，小象长到十八岁了，老头觉得自己年事已高，就把家中的大权交给小象料理。小象见他蛇哥啥事不干，专吃闲饭，白养活它，便经常发脾气，不给蛇哥饭吃。老头看到很心疼蛇儿，就对蛇儿说：“蛇儿，你看老父也不能当家了，我把你养活这么大了，自己也该能去寻食了，父亲总不能养活你一辈子啊！你就离开此地吧！”蛇说：“父亲大人，我走。咱父子就要分开了，我永远忘不了您老人家对我的养育之恩，今后家里有什么事，就到青石山上青石洞去找我。”说罢，摇头摆尾一阵风走了。蛇

儿走后，小象终日吃喝嫖赌，不到两年家业砸蛋[1]。老头一气之下卧床不起，时间不长就死去了。小象更是吃了上顿没下顿，便去找蛇哥。他不知走了多少天，身上带的干粮已经吃完了，也没找到蛇哥。这天路上，上不搭村下不搭店，他心想是难回家了，非死在这荒郊野岭不可。哪知抬头见到前面出现一座小石山，一块大裸石上写着“青石山”三字。小象当时一惊，自言自语：青石山已到，怎么还找不到蛇大哥呢？说话间，在大裸石不远处闪出一个石门，石门上留几个大字：“要得石门开，须得小象来。”小象见此连忙说：“小象到此，石门为何还不开呢？”话刚落音，就听“咔嚓”一声，石门开了，一条大蟒睡在里面。小象一见大哥，忙跪倒哭起来了，说：“大哥我来了。”蛇哥说：“小弟来有啥事？家里过得怎么样？父亲大人还健在吗？”小象说：“俺哥啊，不能提了。自从你走后，两年来不是涝灾就是大旱，草籽不见，万贯家产都卖完了，父亲大人也去世了，家里只有我一个人。”小蛇听到以后非常难过，就说：“你把我的眼睛挖去吧，能值万贯家业。”小象听后精神陡长，用小刀把蛇哥的左眼挖了去。蛇哥疼得昏了过去。

小象辞别大哥，扬长而去。还未到家，听他后庄上正在开宝赌钱，就慌忙跑到赌场，喊道：“别忙，我来了，撞三、碰四、带大个！”把蛇眼（夜明珠）往赌桌上一放，人家抹[2]帽一看，是个二，他输了。小象想，还得找大哥，就此返回青石山；见到蛇哥，又苦苦哀求说：“大哥我又来了。”蛇哥说：“小弟又来干什么的？”“大哥你送我的东西，路上被我丢掉了。”蛇一听愣住了，心里想，要我左眼还想要我右眼。小象说：“大哥你那只眼也给我吧。”“可以，你过来，到我眼前。”蛇哥把嘴一张，吞吃了小象。这就是人们常说的“人心不足蛇吞象”的下场。

讲述者： 吕希凡，男，82 岁，初中学历，睢宁县姚集镇原文化站干部

采录者： 张甫文，男，68 岁，大专学历，睢宁县委宣传部退休干部

采录时间： 2020 年 7 月

采录地点： 睢宁县姚集镇大街

流传地： 睢宁地区

[1] 砸蛋：指败光。

[2] 抹：从上往下拿。如：把帽子抹下来。

8

人心不足蛇吞象

（二）

从前，有个叫王二的人，爹娘死得早，一个人靠卖豆腐过日子。一天，他卖豆腐回来，见路上有一条受伤的小长虫，半死不活地在爬。他把小长虫拾起来装在小布袋里，到家一看，布袋里的鸡蛋被长虫吃了一个。他知道长虫吃鸡蛋，就天天给它吃。

时间长了，王二换来的鸡蛋不够它吃的了，他就用豆腐渣拌鸡蛋给它吃。几年之后，小长虫长大了，豆腐渣也不够它吃的啦。长虫吃不饱，王二不在家它就自己去找吃的。

有一天，王二卖豆腐回来，看到牛屋的门半掩着，进去一看，地上有一片血迹，小牛犊被它吃了。他想，我要是不在家，它吃了别人家的猪羊，我可赔不起。于是，王二走到蛇跟前对它说："你长大了，我喂不起你，你远走高飞吧。"长虫听了王二的话点点头。王二又说："你到东南山上去修炼，可别吃人或人们有用的东西，光吃些飞禽走兽就行。"

大蛇听完王二的话，刮起一阵风飞走了。

大蛇来到东南山上，几年没吃人。等它把山上的獐、狍、野鹿吃完，就吃起人来；吃得东南山周围路断人稀，行人都绕着走。县里派人去捉，捉不了它。府里贴出告示，说：谁要是能捉住大蛇，给他个县官当。

王二卖豆腐在集上听说后，想：蛇是我喂大的，它得听我的话。我到东南山找它去。到了东南山，王二找到了那条大蛇，说："你别在这吃人了，府里贴出告示要捉你，捉住你就没命啦。"

大蛇听了王二的话，点点头，扭身向西北方向飞去。大蛇走后，东南山上就安生了。知府大人听说王二赶走了大蛇，就叫他去当县官。

一年后，正宫娘娘得了瘫痪症，吃了许多太医开的名贵药物也不见轻。有个御医给她开了个药方，要用大蛇的七叶肝花，才能治好娘娘的病。皇帝派人到处去找，也没弄到大蛇的肝花。皇帝只得叫御史写皇榜，贴在四个城门上。榜文上说，谁要能弄到大蛇的肝，叫他当宰相。

这话又传到王二的耳朵里，王二想：当县官不如当宰相。为了当宰相，王二决定去找大蛇要肝花。

第二天，王二进了皇城，揭了皇榜，去见皇帝。王二领了圣旨，带着兵马到西北山上去找大蛇。王二见到大蛇说："我把你从小喂大，现在我该用着你啦。你能答应让我割下你的两叶肝花送给娘娘治病吗？只要治好娘娘的病，万岁爷叫我当宰相。"大蛇听了点点头，然后一翻身，露出白肚皮。

王二割下大蛇两叶肝花来，用针线给蛇缝上伤口，并说："你在这里好好养伤，我走了。"

娘娘吃了王二献的蛇肝后病就好了。王二真的当上宰相啦。

过了三年，娘娘的老病又犯啦，因为，这个药方要用大蛇的七叶肝花，王二只弄来两叶，病根没除嘛。

皇帝只得又传旨说："谁要能弄到大蛇的七叶肝花，治好娘娘的病，封他上殿不参王、下殿不辞王的一字并肩王。"

王二听到这话，跑到后宫见了皇帝，说他愿意再去弄蛇肝。万岁准奏，让王二带一千皇兵去找大蛇。

王二这次找大蛇更容易了。他走到大蛇跟前，说："这几年你的伤养好了吧？我的豆渣、鸡蛋、牛犊都叫你吃啦，我对你的恩情这么大，你不会忘记吧？这次你要再帮我的忙，我就要感谢你啦。”大蛇还是像过去那样点点头。王二接着说：“上次我用你两叶肝花当了宰相，这次我再用你五叶肝花，就能当个一字并肩王。”

大蛇听罢，眼里含满了泪水，心里想：“我知恩报恩叫你当了县官，又叫你当了宰相，可是你又想当一字并肩王啦，真是人心无尽啊！你要我两叶肝花我能忍受着，你要我五叶肝花我还能活吗？”

大蛇把嘴一张，就把王二宰相吞到了肚里。因“相”与“象”同音，后来人们就把贪心不足的人说成是“人心不足蛇吞象”。

讲述者： 董正君，67 岁，做过私塾先生，农民
采录者： 蒋均亮，59 岁，退休教师
采录时间： 1986 年 12 月 28 日
采录地点： 铜山县何桥董庄

附记

本篇选自《中国民间故事全书·江苏·铜山卷》（知识产权出版社，2007 年 6 月版）。

9 一枚山钥匙

古时候，踢球山[1]下有个小村庄，七八户人家，有个叫王二的住在庄西头。王二幼年丧父，娘是个瞎子。他孝敬老人、尊敬乡亲，今天为张家大叔打柴，明天为李家大婶挑水，终天忙碌着，从没有清闲的时候。

一天夜里，王二正躺睡着，一位白胡子老爷爷来到他的面前，说：“王二，乡亲们对你那么好，你得好好地报答他们才是。”王二说：“是的，老爷爷！可俺只能帮他们做点活啊，俺怎样才能使他们富起来呢？”老爷爷说：“这里有一包瓜种子，你拿去种吧，兴许能帮你忙呢！”“老爷爷……”王二大声喊叫，想再和老人说几句话。喊声惊醒了老娘，老娘问他：“孩子，你喊什么？”王二醒来，说：“娘，有个老人要我种瓜，他给了我一包瓜种子。”说罢话，王二真的发现枕边有一个纸包，包着一些瓜种子，于是拿给母亲摸摸。母子两人十分高兴，认为是遇上神仙了。

[1] 踢球山：是当地的一座山，历来有许多美丽的传说和故事。这个故事只是其中之一。

第二天，王二把瓜种拿给乡亲们看，乡亲们都感到惊奇。张大叔说："二娃子遇上神仙了。"李大婶说："二小子，你真有福气！"乡亲们争着看瓜种子，叫王二好好种。王二在山坡下选了块比较潮湿的洼地，把瓜种子种了下去。

王二在瓜地里终天为瓜秧打头、压蔓、浇水、除草。瓜地里遍地是瓜，红的、黄的、绿的、青的、花的，各种颜色的瓜都有。王二等瓜成熟了，摘给乡亲们吃，乡亲们都夸王二是个好把式。

这片瓜地中间，有个瓜长得很特别，像个宝葫芦，熟得也迟；为此王二更加精心保护这只宝葫芦。这天，忽然刮起了狂风、下起了暴雨，王二急忙跑到瓜地，趴在那只宝葫芦瓜上。其余的瓜都让水冲走了，最后只剩这只宝葫芦瓜，王二用身体盖住了它，可他被雨淋得病倒了。王二躺在床上，浑身发烧，迷迷糊糊地说胡话，觉得有一个红衣仙女向他走来，用扇子为他扇风，告诉他："宝葫芦瓜里有一枚金钥匙，能打开踢球山里的宝库；瓜汁能使你的老娘重见光明……"王二醒来时，病已经好了。他背起老娘就往瓜地去，只见那只宝葫芦瓜金光闪闪、瑞气飘飘。王二放下母亲，摘下宝葫芦瓜。如今瓜熟蒂落，从瓜蒂根直流汁水，王二把瓜汁抹在老娘的眼上。老娘觉得两眼发麻，奇痒难忍；用手一揉，眼前一片光明。她第一次看到了儿子的相貌，高兴得直流眼泪。王二掰开宝葫芦瓜上半截，只见一枚金钥匙闪闪发光。王二搀老娘向踢球山走去，只听山里隐约有马驹的嘶鸣声。王二发现岩壁上有个窟窿，里面直冒金光。于是，他把钥匙往窟窿里一投，只听一声巨响，里面走出一位美丽的姑娘，这姑娘便是红衣少女。她身后一匹金马驹拉着银犁在耕银子，一头金毛驴推磨在磨金子；母子两人看到这情形，高兴得说不出话来。仙女一手拉着王二，一手拉着王二的老娘，带着金马驹和金毛驴出了山门。刚出山门，忽听一声响，山门合闭。王二想拿山钥匙，也拿不到了。

打那以后，王二和仙女成了亲。金马驹和金毛驴为全庄的乡亲耕地拉磨，乡亲们过上了安康的生活。那枚山钥匙被王二投入山门中，再也没有出世。

讲述者： 乔裕亮，33 岁，中学教师

采录者： 陈怀建，28 岁，新沂市踢球山小学教导主任

采录时间： 1987 年 6 月

采录地点： 新沂市踢球山乡

附记

本篇选自《中国民间故事全书·江苏·新沂卷》(知识产权出版社，2007 年 6 月版)。(杨增强)

10

石碓臼

从前，刘圩村里住着一户人家，娘儿俩。儿子叫旱生，二十二岁，老娘是一个将近六旬的老太太。母子俩相依为命，过着半饥不饱的生活，住两间看瓜棚似的小草屋，屋子里又烧锅又住人，熏得屋笆黢黑。

这年冬天，旱生到外地给人家扛活。回家路上，看到一个蓬头垢面的老人卧在路上呻吟，慌忙将老人扶起，问道："老人家，怎么了？"老人慢慢睁开眼睛，痛苦地说："肚子疼……疼得要命。"旱生看老人面色灰黄，胡子全白了，身上的破棉袄像油蜡打过一般，烟气熏人。旱生顾不上这许多，背起老人回到家里，叫娘烧姜汤给老人喝。老人喝过姜汤以后，稍微好了些，站起来要走，娘俩怎样劝说也不听；可没走两步，两腿一软，跌坐在地上。旱生急忙扶起他说："恁[1]如果一定要走，俺背恁回家吧！"于是，背上老人上了路。老人伏在旱生背上，一会儿说向东，一会儿又说向西，走了一夜，五更时分才来到老人的家——踢球山上的一座小屋里。两人刚坐定，走进一个十六七岁的小姑娘，穿一件红格褂，说："俺老爹，你怎么这会儿才回来呀？"老人指了指坐在炕头的旱生说："俺在半路上病倒了，是这后生把俺送来的！"小姑娘听了，感激地说："大哥哥，请稍坐，俺去烧茶来。"旱生连忙拦阻说："俺不渴，这就回去。"说着站起来就要走。老人说："等会儿，俺要好好谢谢你。"老人又转过脸对小姑娘说："丫头，领他到后边去，随他拿些什么。"小姑娘领着旱生来到屋后的石崖下，从耳垂上取下耳环，捏成扁圆形，插进石岩缝里一拧。只听得"嘎嘎嘎"一阵响，两扇石门打开了；顿时，山洞里射出万道金光。旱生跟随小姑娘走进石洞，只见石洞两旁摆满了金银财宝。小姑娘对旱生说："你爱拿什么就拿什么，爱拿多少就拿多少，请随便挑吧！"旱生看着黄澄澄的金子、白花花的银子、亮晶晶的珍珠、光闪闪的玛瑙，一样都没有拿；转过身来，看到石门后放着一尊石碓臼，心想，俺家嗑谷都要到别人家去找石碓臼，不如扛了这石碓臼回家用。

旱生扛着石碓臼回到家里，老太太见了很高兴，说："哪里来的石碓臼？"

旱生说："俺把老人送到家，他一定要送我一件东西酬谢我。俺没拿他的金银财宝，就扛了这尊石碓臼回来。"老太太没有埋怨儿子，转身弄了碗谷，倒在石碓臼里，叫儿子嗑谷面烧薄饭。旱生一会儿就嗑好了，老太太用干瓢扒出来谷面，看看里面还有，又扒；扒了一瓢又一瓢，总是扒不完，石碓臼里总还是原来那么些。她惊奇不已，说："这成了聚宝盆了。"对旱生说："生儿，扒一瓢谷面给东院你王大婶送去。"旱生就端了瓢谷面送给王大婶。王大婶感激地说："怎好吃你家谷面？"旱生说："俺家还有。"

于是，旱生家就把谷面东家一碗、西家一瓢周济穷人。这件事传到了县衙，县官听了觉得蹊跷，就派一个精明能干的衙役去旱生家看个究竟。衙役回来禀报说："旱生这穷小子家有一个石碓臼，倒一瓢谷面就再也扒不完。"县官一听，心想：此石碓臼一定是个宝物，待我带人去看个明白。

县官带了人马，一大早就来到了旱生家，要旱生交出宝物；若说半个"不"字，立即将旱生抓进牢房。他们把

[1] 恁：早期白话，您。

石碓臼抢到县衙，县官就叫老婆赶快拿块银子来，放进石碓臼里。果然，从里面取了一块又一块银子，把屋子都堆满了。县官心里盘算着，等把银子弄够了，再把它献给皇上，到那时，准能封个高官。想着想着，就觉得自己已经做了高官，得意极了。

第二天一早，县官就要衙役抬上石碓臼上京城进宝。他们晓行夜宿，一个多月，来到了京城，向皇上献宝石碓臼。皇上听说有人献了个聚宝盆，自然高兴万分，命太监将进宝人宣进皇宫。县官命衙役抬着石碓臼，随着太监进了皇宫。皇上要县官当场表演给他看。县官对皇上说："我主万岁，须拿块银子来放在里面，才能有取不尽的银子。"皇上要太监端盘金子来。县官急喊："一块足够。"县官把一块金子放进石碓臼里，又伸手把它取出来，再拿，可是石碓臼里却空空如也。县官吃了一惊，急忙把那块金子又放进去，还用手把金子在里面翻了个个儿，拿出来，石碓臼里依然是空的。县官傻了眼，吓得脸都变黄了，又连着试了几次，还是和前一次一样，除了放进去的那一块金子，别的什么也没有。皇上非常恼怒，命人将县官拉出去砍了。县官一听，浑身筛糠般地抖了起来，"扑通"一声跪倒在地，高声连喊："万岁，冤枉！万岁，冤枉！"皇上冷笑一声说："你弄凡物冒充宝物，欺骗寡人，还不该死吗？"县官连忙申诉说："臣在县衙试验时，拿出满屋的银子，谁知这会儿不灵了。万岁不信，可派人到县衙看，那满屋的银子还在。"皇上听说有满屋的银子，就说："暂且押下去，待查明虚实再说。"被派去的人数日之后回来启禀万岁说："纯属谎言，县衙里根本就没有满屋银子，他说的那个屋子里一块也没有。"县官听了急忙分辩说："那一定是我夫人转到别处去了。"皇上哪里还听他的胡说八道，把手一摆，过来两名御林军，手持鬼头刀，将县官提出去斩了。原来，那满屋银子，在县官走后就消失了。

旱生被抢了石碓臼，虽然悲伤，倒也没有多大妨碍；因为自己有的是力气，可以凭力气干活苦饭吃[1]，那尊石碓臼也不过是外来之物。几年后，旱生凭自己的辛勤劳动，家里粮食也有了节余，又重盖了三间新草房。在二十六岁的那年春天，旱生结了婚，一家人恩恩爱爱过日子。

讲述者： 毛范氏，女，70 岁，不识字，农民
采录者： 毛善民，35 岁，小学教师
采录时间： 1987 年 12 月
采录地点： 新沂市踢球山乡

附记

本篇选自《中国民间故事全书·江苏·新沂卷》（知识产权出版社，2007 年 6 月版）。（杨增强）

[1] 苦饭吃：方言，即"挣饭吃"。

11

五千吊钱

从前啊，东王庄天天晚上闹鬼，一到天黑了，鬼就出来唠。庄里的人都到天还没黑时，就早早地把自己的门给抵上了。就听外面鬼从庄东喊到庄西："谁敢和我摔跤！快出来！"吓得胆小的不敢吱一下声。有点胆儿的，就扒着门缝往外看，就看见一个黑大个子，一头走一头喊。

有一天，从北乡来了一个生意人，搁庄里的一个酒店里喝酒。喷[1]喝着酒呢，店老板就把店门插上了。这个北乡人很奇怪，问店老板为什么那么早就关了店门。店老板就跟北乡人说了："恁不知呀，俺这儿一到晚上就闹鬼，天不黑就关门已成习惯了呀！"北乡人听说庄上闹鬼，他说他根本不相信，还说他从来不怕鬼。正说着，就听外面有人喊呼了："谁敢和我摔跤快出来！"店老板一听，吓得忙给北乡人说："这不，鬼来了！"北乡人也就不管三七二十一了，打门缝里一看是个黑大汉，就上前把店门给打开了，把袖子往上一捋："我和你摔！"上来就把黑大汉给抱住了。一抱住了，就觉得怀里冰凉冰凉的，他睁开眼一看，原来是五千吊钱。

[1] 喷：方言，表示正在做什么事的时候。

讲述者： 张学生，71 岁，文盲，农民

采录者： 马继杰，23 岁，高中学历，窑村农民

采录时间： 1987 年 3 月

采录地点： 新沂市瓦窑乡

附记

本篇选自《中国民间故事全书·江苏·新沂卷》（知识产权出版社，2007 年 6 月版）。

12

『鬼当典』

从前赶集，都是起五更去赶“夜猫子”集[1]，距离集镇路途远的，经常是半夜里起来，到集上转了一圈天才能亮。

有个“大烟鬼子”[2]，半夜起来去赶集，当走到羊山后的乱葬岗子上，看见许多人躺在那里抽大烟。他摸摸身上没有钱，回头见旁边有个当典，就脱下上衣去当典里换了几个钱，回来买了大烟膏，往地上一躺，就“身倚后墙脚登天，对着照尸灯”，“叭哒叭哒”地抽起大烟来了。他的邻居赶完集路过这里，看他躺在坟场上捏着个泥蛋子当烟膏，拿着草棒子当烟枪，正在忙着抽大烟呢，就照他腚帮子[3]上踢了一脚，问他：“你摸溜地[4]上干什么？”

他眯着眼回答：“我在这里正过烟瘾呐。你来捣的什么蛋！”说着抬起头来一看，自己躺在坟头上，那件上衣还在旁边放着呢！

[1] “夜猫子”集：五更头里开集，天亮散去，故称。

[2] 大烟鬼子：指抽鸦片烟的人。

[3] 腚帮子：方言，屁股。

[4] 溜地：方言，平地。

从那以后，这里就留下了“鬼当典”的地名。

讲述者： 刘全义，男，72岁，初中学历，睢宁县古邳镇原文化站站长

采录者： 张甫文，男，68岁，大专学历，睢宁县委宣传部退休干部

采录时间： 2020年5月

采录地点： 睢宁县古邳镇文化站

附记

此故事在睢宁县古邳镇传讲普遍，也是当地真人真事。20世纪80年代之前，由古邳镇故事家徐维新讲述，后于1987年由徐州市文联姚克明与古邳镇文化站站长刘全义共同采录，并入编《睢宁县民间文学三套集成》一书。（张甫文）

13

酒鬼

从前，咱那地方，对卖四书五经、纸、笔、砚、墨等文化用品的经商者，人们都称他串馆先生。

一日，串馆先生溜乡回家时候，太阳已经落山了，他离家还有好几里路。因为道路熟，天再黑他也可以摸到家；可那天天气不好，天空阴沉沉的，厚厚的乌云霎时遮了半边天，转眼就要下雨了。串馆先生赶紧往前赶，来到不远处一座古庙，他就进庙避雨了。

小雨下的时间不长，一会儿风吹云散，星星出来了。可是天已经黑了，路又不好走，于是他就在古庙里睡下了。大约到了二更天，忽听外面有人叽咕说话声。他从破窗望去，果然有五个人朝古庙走来，其中有一个好像认识；仔细一想，哦，可能是姓王的。他们拿着酒杯、菜盘等，来到古庙里盘腿坐下，就喝起酒来。三杯下肚，其中一个胖子说："诸位，光喝酒太无聊，咱们来个猜酒令，谁赢了谁先喝一小杯，输了罚一大碗。"说罢，其他人齐声说："好！"

有一个瘦个子问："怎么个行令？"

胖子说："第一句话说一个不透风的字，第二句话、第三句话说出内部笔画推移到上面去，第四句话说出笔画移动后的另一个字，就算完了令。"

那个毛胡脸说："你先来一个，做个示范样子。"

胖子说："好！田字不透风，十字在当中。十字推上去，古字得一盅。"说罢，自己举杯喝了一小盅酒。

瘦子说："我来一个：回字不透风，口字在当中。口字推上去，吕字俩有情。"于是，得意地喝了一小盅。

毛胡脸又接着说："困字不透风，木字在当中，木字推上去，杏字赢一盅。"

鬼脸抢先说："这下雨不打伞，该淋到我了。"他说："囹字不透风，令字在当中。令字推上去，含字赢一盅。"大家听了都犹豫一会，才说这个字也算对了吧。

王某人说："不透风的字被你们说完了！"他举杯又想喝，众人齐说："王兄稍慢，咱还得来个酒令，说不出就罚一大碗。"随之有人拿过空碗"咕咕"倒了一碗要罚王某，王某说："莫忙，我想起来了：日字不透风，一字在当中。"

其他人哈哈大笑说："一字推上去，成什么字？"

王某说："一口干大盅。"说罢，端起大碗"咕噜咕噜"灌下去了。这时，躲在庙房拐角的串馆先生觉得好笑，在暗地里发出轻微笑声，被这伙人听见了。他们互相环顾一周，齐说："有人！"于是，就匆匆离开了古庙。

天亮了，串馆先生往回返，走在路上遇到一个熟人，就把昨晚在古庙遇到的情况讲了一遍。那熟人问："是哪个姓王的？"串馆先生说："就是东庄好喝酒的那个，人都喊他'王一罐子'。"那个熟人说："哎呀，就因他贪杯好喝酒，一个月前因喝得过多，已醉死啦！"

串馆先生这才明白，昨夜里所遇到的原来是一群酒鬼，怪不得听到自己笑声就立即散了。这几个不透风字的酒令，至今还在俺黄圩乡民间普遍流传着。

讲述者：胡正余，男，62 岁，初中学历，睢宁县官山镇原黄圩乡农民

采录者：张甫文，男，68 岁，大专学历，睢宁县委宣传部退休干部

采录时间：2019 年 10 月

采录地点：睢宁县官山镇黄圩社区大街

14

吃鬼大哥

从前，在俺高集乡骑戈村的西湖，有个乱葬岗地，人们在大白天中午前后从那路过，就感到害怕。因为在那地方时常听到有人叫唤，就是找不到人影儿。到了晚上，那个地方有很多火炭，还乱蹦乱跳的。夜间，只要你从那路过，火炭就跟着你走，你走它也走，你站它也站，真是吓死人。

俺庄上有个名叫李侠客的，他善走黑路，对那些鬼呀神呀一点都不怕。有一天，李侠客在天庄弹棉花，晚上黑老会儿了，他才回来，正好路过西湖那块葬岗子。刚走近那个地方不远处，忽然见到前面有一只白鸭子，“吧哒”“吧哒”在他前面走。走着，走着，李侠客把他身上的棉花一板[1]，举起背棉花扁担往鸭子上身砸去。“啪嗒”一声，扁担落地，却是不见了鸭子。他低头一看，原来是一块柏木棺材板子。李侠客也不问三七二十一，就把柏木板子带到了家，浇上煤油烧了。棺材板被烧得直往下滴油，李侠客心想，你吓慌[2]我，今天我就要吃掉你。他用酒盅子等着滴下来的油，把它喝到肚里去了。

后来，李侠客每次黑夜里路过这块葬岗子，只听见有人喊：“吃鬼大哥来了，吃鬼大哥来了！”再也没有发现什么东西。

[1] 一板：方言，一扔，即丢在地上。

[2] 吓慌：方言，吓唬的意思。

讲述者：王树喜，男，65 岁，睢宁县原高集乡人，高中学历，退休教师

采录者：张甫文，男，68 岁，大专学历，睢宁县委宣传部退休干部

采录时间：2020 年 9 月

采录地点：睢宁县岚山镇

附记

该故事在二十世纪七八十年代由原高集乡王门村农民、时年 62 岁的王树真讲述，后由东邻骑戈村教师王树喜记录整理，入选《睢宁县民间文学三套集成》。至今，王树喜仍然继续讲述，传播较为广泛。

15

柳老大和哑姑

徐州西北有个柳家寨，光绪年间出过一桩怪事，至今还成为人们茶余饭后的谈资。

寨上有句家喻户晓的歇后语：老二勤快老大懒——一不做二不休。老大特指柳老大，不但懒，还是个酒鬼，单是脸上喝酒摔成的伤疤就有五道——不留下几个记号，称得上喝酒？就凭这副“尊容”，哪个女人愿意嫁给他？

一次，柳老大喝酒归来，有人问他到哪儿去了，他说：“我看望岳父大人去了。谁知岳父也没结过婚，他对我说：‘都是我不好，自己不会生闺女，连累你打一辈子光棍！’”听，就凭这德性，配做新郎么？他二十岁开始提亲，整整提了二十年，提了一百家，散了五十对。据说有位老太婆上门提亲，正赶上柳老大酒后发疯，被他硬硬地抱上床去，当了一次“临时新娘”。从此，媒婆们一见他就兵退四十五，发誓叫他“又老又大”一辈子！

柳老二勤快、温和，模样也耐看，因受哥哥的连累，讨个媳妇也很难。后来他结识了常到河滩放羊的一个哑姑，一来二去，二人就订下了终身。哑姑端庄秀丽，长辫儿大眼，心地善良；若不是有点儿聋哑，堪称百里挑一的美人。

柳老二平时不爱喝酒，结婚这天竟被亲友灌醉了；柳老大本是个酒鬼，这天却破例没有喝醉。亲友走后，他把老二搀扶到自己房中，然后独自闯进洞房，关上房门，一口吹灭红烛。尽管房内一团漆黑，哑姑被摘下蒙头红布后，仍然感觉出对方不是心上人，于是又咬又抓，拼死挣扎。怎奈柳老大手狠力猛，像头发疯的野兽，死死掐住她的脖子，霸占了她。

拂晓时分，柳老二醒过酒来，敲响紧闭的房门，原来兄长把他锁在了里边。柳老大听到老二的喊叫声，冲出来给他打开房门，亮出一把明晃晃的杀猪刀，恶狠狠骂道：“操你娘！天还没亮叫个屁？那女人我先整了，往后只许你喊嫂！有本事，你就另娶一个；没本事，你就钻空子偷一嘴。不答应，我就一刀捅了你！”

这是人说的话吗？柳老二真想大吼一声，与他拼个你死我活。可是，他毕竟是自己的胞兄，况且已闹到这个地步，张扬出去……思前想后，柳老二长叹一声，把脚一跺，转身出走了。从此杳无音信，再也没有回家。

哑姑的抵抗一次比一次弱。嫁鸡狗，跟着走。自己既然被柳老大污了，柳老二又不知去向，哑姑孤独无援，只好逆来顺受，默认了这个事实上的丈夫。哭睡几天后，她开始洗衣做饭，伺候“夫君”。好马不配二鞍，烈女不嫁二夫；是苦是乐，是贫是富，她都任命由天了。

柳老大不因有了个贤良娇美的妻子就过安分日子，照例三天两头去酗酒，酒后就强行扒光哑姑的衣服折腾她；哑姑稍有不从，他便大打出手。哑姑身上青一块、紫一块，伤痕累累，终日以泪洗面。高远莫测的叫作天，无可奈何的叫作命；她咬牙忍受着一切，认为这是命。

不久，哑姑怀孕了，身子一天天笨起来。柳老大打她时，尽量避开她的腹部；于是，哑姑腹部的伤痕少了，其他部位的伤痕多起来。

这天，柳老大醉醺醺回到家中，又要和她干那事儿。哑姑即将分娩，身子很笨，就“哇哇呀呀”地用手比画着向他解释。柳老大怒冲冲拿起一只板凳，不管三七二十一，对着哑姑的头部就是狠狠地一下。哑姑“扑通”栽倒在地，鲜血四溅，手脚挣扎几下就不动了。

起初，柳老大骂她装死，后来见她总是不动弹，这才走近细看，发现哑姑已无气息，不由大吃一惊，忙呼四邻来救。可惜已经晚了，哑姑再也没有醒来，离开了多灾多难的人间。

柳老大说："死了，拉倒，埋掉！四个窝头她都吃得下，怎么就吃不消四个腿的板凳呢？说明她没有跟着我享福的命！"

邻居们可怜哑姑，借钱给柳老大，叫他去买棺材。有人叹息道："为人莫作妇女身，百年苦乐由他人。哑姑的命好薄哟！"

柳老大买来一口棺材，木板薄、裂缝大、窟窿多；挖了个浅坑，草草让哑姑"入土为安"了。

柳老大真是天下少找的"好人"，一滴泪都不掉，临下葬还指着棺盖凶叫着："谁死填谁的坑，就用这个打发你上路，看你以后还敢死不？"

谁知就在下葬的当天夜里，柳老大躺在床上刚要入睡，忽听房门"吱"一声开了，定睛一看，进来的竟是哑姑。柳老大听说过许多冤鬼复仇的故事，惊叫一声滚下床来，赤裸着身子钻进床底："别……别拉我走，阴间没有酒……"

哑姑站在床前，神色安详，没有敌意。柳老大想了想，又从床下爬出来，对她说："伸出手，让我摸摸是热是凉，是人是鬼。"

哑姑没有伸手，只是指了指自己的腹部。柳老大一看，乐了，"嘿嘿"一笑，说："原来你想同我整那事儿，很好很好，上床吧。"

哑姑摇摇头，又指指腹部。柳老大一脸迷惑，猜测道："是不是肚子饿了，想吃东西？"

哑姑再次摇头，双手向柳老大不停地比画着。柳老大看不懂，不觉又凶起来："你搞什么鬼名堂？是人，上床睡觉；是鬼，快走！"

哑姑既未上床也未走，转身抱起桌上的一坛烧酒。柳老大一看，乐了，看来她想喝酒。过去她滴酒不尝还劝阻我，现在吃我一板凳学乖了。喝就喝吧，待你喝醉，是人是鬼都整你！

谁知哑姑抱起酒坛，朝柳老大抿嘴一笑，转身就向外走去。柳老大一看急了，这坛酒是傍晚刚打的，满满的，三十斤，是他用哑姑的一只玉镯换来的——入棺成殓时，他从哑姑的手腕上刻意摘下的。眼下家中穷得当当响，板凳当柴烧，吓得床腿跳；就这一坛值钱的东西，你拿什么不好，偏偏拿这个，不是成心要我这条老命么？柳老大顾不得穿裤子，光着身子冲出门外。

哑姑前面走，柳老大后面追；他快她快，他慢她慢，始终间隔十几步远。哑姑出寨后直奔东南方向的荒野，柳老大边追边同她商量："放下酒坛，我让你割只耳朵，中不中？"

哑姑头也不回，只是走。柳老大累得气喘吁吁，用手抹了一把脸上的汗水，再抬头一看，哪里还有哑姑的身影，附近只有一个坟堆。走近一看，他才认出是哑姑的新坟。

柳老大围着坟堆转了三圈，怎么也找不到那坛酒；耸耸鼻子，坟内飘出一缕酒香。柳老大是个见酒不要命的主儿，再次耸耸鼻子，连说"好酒好酒"。他当即返回家中，穿条裤子，找了把铁锹，匆匆赶到新坟旁，一锹连一锹地挖起来。坟坑浅，土堆小，新土又格外疏松，柳老大没费多少劲就挖到了棺材。

耸耸鼻子，那缕醉人的酒香分明是从棺材里飘出来的。柳老大用锹头撬开棺盖，发现那坛好酒果然就在棺中，眼睛一亮，连忙弯身去抱这坛酒。至于哑姑是死是活、是人是鬼，他不问，在他眼里只有酒。突然，棺材内传来"哇哇"的婴儿哭叫声。

深更半夜，猛然听到这哭声可真够吓人的，柳老大连忙缩回手，转身就跑。可是没跑几步，他又"咯噔"打住脚步；酒是他的命根子，怎能舍得"丢命"呢？他紧皱眉头，慢慢缓过神来，心想：鬼怕恶人，就我这个凶劲，料事无妨！对，凑过去细瞧瞧，到底怎么回事。

柳老大壮着胆儿来到棺材前，伸手摸了摸哑姑的脸，冰凉冰凉的，确实死了。婴儿就在她身边啼哭，一摸，婴儿身上暖烘烘的，还是个"小老大"呢！

直到这时，柳老大才明白哑姑今夜找他，是出于母爱，送还柳家一条根。柳老大百感交集，忍不住老泪纵横，哭叫道："哑姑，我对不起你！"

柳老大封好棺木，堆起坟土，把那坛酒永远埋在棺材里，抱着婴儿回家了。

从此改邪归正，不喝酒不赌博，辛勤劳作，终于把孩子抚养成人。后来孩子高科得中，还做了个三品官呢。

讲述者：不详

采录者：齐运喜，男，66岁，大专学历，丰县退休教师

采录时间：2020年10月30日

采录地点：丰县县城

16

无手女

张家庄有个张员外，有地千顷，瓦房百间；吃的是山珍海味，穿的是绫罗绸缎，用的是丫鬟仆女；耕种有大领二帮，收租有管家。百样都好，就是人丁不旺，只有一个独生女儿，名叫秀兰，长得如花似玉，心地善良，聪敏伶俐。秀兰母亲早逝，张员外娶了个后母王阿姣，她为人歹毒，坏事就坏在她身上。

这年大旱，地里颗粒不收，老百姓缴不上租；张员外亲自下乡收租，一去几天不回来。这天秀兰早起问安，轻轻推开后母房门，只见后母床前，有双女鞋外，还有一双男人鞋；不禁打个冷战，吓得倒退两步，又拉上房门，折身回到绣楼。后母听房门响动，起床看了看，又不见人影，心里想：准是秀兰这个死丫头来了，还是先下手为强。

王阿姣在房内跟那个汉子叽咕了几句，从内衣布袋里抽出一把纸扇，拿来笔砚，叫那汉子在扇子上写了几行字，搁在张员外的几件衣裳里包裹好，她拿着包袱到了秀兰绣楼。跟往常一样，秀兰说："娘，请坐。"她说："秀兰，有急事我要到你姨家去，要是你大大家来，有几件衣裳搁在这里，你拿给他换换。"后母和善的脸、甜软的话，反

叫秀兰害怕，她战战兢兢地回答："娘，女儿知道，你放心去吧。"王阿姣满意地走了。

第二天张员外回来，秀兰前来问安，拿来包袱放在床上，解开拿出衣裳，露出来一把纸扇。后母上前伸手拿起来，特意大惊小怪地说："哎哟！秀兰，这是从哪里来的？昨天放在你衣柜里可就几件衣裳。"转脸递给张员外，阴里阴气地说："老头子，看看上边写的啥？"张员外拿起纸扇，只见上面写着："细品扇中意，共扇枕上风，同用合欢被，珍重相思情。"读着读着，变了脸色，指着秀兰逼问："这是从哪里来的？到底从哪里来的？"秀兰有口难辩，"扑通"跪倒。张员外不容分说扬手要打，后母假惺惺地拉住："老头子息怒，不要跟孩子一般见识。"张员外跺着脚，气不消："你这个败坏门风的妮子，看看你还有脸见人不！人丢死了，在这个家里我能站住脚吗？"转脸向王阿姣："我走了。"张员外一走，王阿姣手指着秀兰的鼻子，骂着："浪妮子！再偷汉子去！看你爹爹的面子，给你一条活命！把手伸过来！"秀兰伸出一只发抖的手，后母伸手攥着秀兰的手脖子，一手拿着刀，"叭"的一声剁掉五个手指。秀兰"哎哟"一声，差点昏过去；还没有缓过气来，另只手的又被剁掉了，十个血淋淋的手指头漫墙扔到后坑里，秀兰疼得血和泪流在一起。

黑夜，秀兰东倒西歪地走了，昏倒在几里路远的小河边。河对岸刘家营刘员外的公子刘书生上灯课[1]回来，远远地听到一个女子的哭泣声，走上前问道："小姐，为什么深夜在此啼哭？"秀兰不应。"小姐，要有难处，我可以助你一臂之力！"秀兰就把自己的苦情一一说了。他听到这里，看到失去双手的秀兰，很同情，要把秀兰领到家去。秀兰先不愿去，公子好说歹说，才扶着秀兰到家，照实给母亲说了。母亲派丫鬟照顾好秀兰，叫儿子安心上学。一天天过去，赶考之日，刘书生要跟秀兰拜堂后再出门。父母说要是考中了，秀兰没有十指，不能捧印，怎么做押印夫人？刘书生说，那时候也不后悔。跟秀兰拜了堂，赶考去了。

后来，秀兰生了个男孩，一家人喜得不得了。不久，刘员外接到一封信，上写着"刘状元家书"，刘员外急忙拆开读给大家听。读着读着，一停，叫秀兰、丫鬟一些人退出。秀兰疑惑，派丫鬟前去偷听，只听到断断续续的："……不能捧印……要儿不要媳妇，要媳妇不要儿。"秀兰知道后，马上背起孩子前去拜过二老非走不可，留也留不住。

晚上，秀兰进了个破庙里，见有个老太太纺棉，喊了声："大娘，行行好，让我住一夜吧！"老太太上下打量秀兰，笑了笑说："我不喜欢脏手脏脚的孩子，跟我来洗洗手吧。"秀兰跟老太太到了后坑里，那里只有一汪泥水。猛地，老太太抓住秀兰的两个手脖子，向泥水里一没。秀兰拿出手一看，两个手都长上手指了！转脸不见了老太太。

一会儿，天发亮了，秀兰背着孩子迈开大步朝前走。到了一个城里，一个孤苦老妈子认她当干闺女。她们相依为命，就这样生活下来了。

再说，刘书生上家来夸官亮职，拜见了二老爹娘，左右看了一下，问："怎么不见秀兰？"父母说："我儿怎么忘记了，上个月送喜报，不是你写了休书吗？"刘书生一听，拿出那封信来一看，不觉大吃一惊："哎呀呀，这哪是我写的字？究竟是谁改的信？"马上派人找那个送信人，问明情况，再派人寻找秀兰，自己也乘轿前去亲自查访。

原来张员外出走后，王阿姣在家胡作非为，不到三年就倾家荡产了。张员外回来，在庄外大道旁盖了客店。这天晚上送信的住到这个店里，王阿姣才知道是刘书生中了状元。她趁送信人睡着的时候，设法偷改了信。刘书生气得咬牙切齿，马上派人把王阿姣抓起来。

刘书生乘轿前去查访，鸣锣开道，正好秀兰抱着孩子来看热闹，便令停住轿子，走下轿来，喊了一声："秀兰！"秀兰气愤地指着对方："呸！你这个负心汉！"

正好朝廷下了圣旨，赐给刘状元大学士的官印，于是就地开堂。先审问王阿姣，开刀问斩；再审问张员外，秀兰上前讲情，说事情坏在后母身上，不干爹爹的事，让请进府供养。

一家人回到刘家营，刘状元说："还骂我是负心汉吗？"秀兰伸出两手说："还说我双手不能捧印吗？"刘状元惊喜地"啊"了一声。

[1] 灯课：夜课。

讲述者：邱桂芬，女，82 岁，中师学历，退休教师
采录者：魏以胜，男，59 岁，大专学历，干部
采录时间：2020 年 10 月 10 日
采录地点：丰县文化馆
流传地：丰县

17

摸先生

很早以前，俺丰县城北有个人，这天到清河沿割草，正晌午在地里睡着啦。模糊中就听有人说："快起来，过神仙啦！"他慌忙爬起来，见一群人在前边走，他就在后边断[1]。一看人家上了柳树，他也爬上去；人家跳下树驾云走了，他也往下跳，竟然摔不着。一看人家钻墙头里去了，他也钻了过去。一看人家下了油锅，他也一咬牙跳了进去！再一看人家又过了河，那河里净是些蝎子、蚰蜒、长虫……五毒俱全，他不敢蹚了，但心不甘，就伸手去摸一下，激灵醒了，原来做了一个梦。

这天夜里，有个仙风道骨的老翁过来，对他说："看来你没当神仙的命，却落了个神手。明儿从城里来一辆轿子，准要停你门前找水喝。那车上有个重病人，你随便给他开点药，保管手到病除。你记住，看病要注意，不要巴结有钱有势的人、欺侮老百姓。"

第二天，果然来了轿子，拉着病人找水喝。他孬好开点药，就把来人的病看好了。

[1] 断：方言，追、撵。

后来他名声响了，很远的人都来找他看病。经他用手摸过的，吃点药就好了。有时他随口说点啥都行。三九天他给人家说用长虫肉作药引子，人家说："先生，这恁冷的天，上哪找长虫去？"他说："不要紧，回家你碗栈子上就有。"人家回去一看，不假。他反正是说啥有啥了。

名声有了，家也富了。起先还重医德，到后来，谁拿的钱多给谁看。再后来，趁看病的机会调戏妇女，成了真正的"摸先生"，把人作践得不得了，但谁也治不了他。当时有个民谣："叫你掏，你就掏，当紧别掏她的腰。掏她腰，犯了法，天上派神把你抓。"就是说他的。

这天来个妇女，长得要多俊有多俊。"摸先生"一看热了，趁切脉的工夫，往人家身上乱摸。看女的并不多恼，他更上脸了，抱过人家就亲嘴……

这时，只见那女的袖子一摆，一团烟雾，不见了。他一下子精神失常，成了憨子了。从此再也不能看病挣钱了。

据说那妇女是神仙点化的，嫌他品行不好，把灵魂给他取走了。

讲述者： 李家浩，男，92岁，高中学历，退休教师
采录者： 于圣连，男，72岁，大专学历，退休干部
采录时间： 2020年10月19日
采录地点： 丰县文化馆

附记

这是一个嘲讽医德下贱的大夫的故事，在丰县流传很广。因旧社会有一句"搜先生刮大夫"的俗语，故在讲故事人的嘴里，大夫和先生常作为被讽刺和嘲弄的对象。（于圣连）

18

掉锅铲子

说的是早先前，有弟兄俩，老大娶了媳妇，老二还是光棍一条。爹娘过世，任啥家业也没撇下，只剩下一个屋里四个旮旯。三个人商量了半天，日子过不下去了，只能出去找活干、混饭吃。第二天清早起来，全家三口人挑着担子，背着包袱，离开了家门。

溜乡串街过了几天，老大两口子觉得老二跟着多一张嘴吃饭，是个大包袱，就生个点子要把老二甩掉。走到一个漫洼里，老大说："兄弟，咱家的锅铲子掉了，你的腿跑得快，你顺着原路把它找回来，咋样？"老二说："您俩在这儿等着我。"说完，掉头就往回跑。一直跑到太阳平西，也没有找着锅铲子，只好空着手回来。

挨黑儿的时候，老二回到那个漫洼里，咋也看不见哥嫂了，连喊几声，没人答应。他又慌又怕往前赶，来到一个树林子里，树林子里有一座破庙。进了庙，就见庙墙裂着大缝，屋顶漏着雨，地上的荒草没脚脖子。他不敢在庙里睡，看见当院里长着三棵大槐树，中间的那棵最高最大，就爬上去，坐在树杈上准备过夜。

迷迷瞪瞪正要困着，听见"呼呼"一阵风响，"啪嗒"

一声，半空里落下来一个黑影。正想看看是什么东西，又听“啪嗒”一声，又一个黑影落在当院里。头一个落下的说：“狼兄弟，你逮着啥好吃的了吗？”第二个落下的回答说：“啥也没捞着。猴哥，你逮着的是啥？”“一个小肥羊。”老二从树叶缝里往下一看，原来是两个妖精，一个是猴子精，一个是狼精，“小肥羊”就是一个刚杀死的小孩。老二立马吓得不敢喘气，头发梢都竖起来。猴子精说：“狼兄弟，我闻着这儿咋有生人味？”狼精说：“可能是你身上沾的小孩味吧。”猴子精说：“不像。咱俩爬到树上找找看，你爬北边的树，我爬南边的树。”老二藏在树上，一颗心“扑腾扑腾”地直跳。两个妖精在两边的树上摸来摸去，两手空空。狼精说：“别瞎忙乎了，保准是你抓来的那个孩子的味！”猴子精也嫌累得慌，不想再折腾了。它两个飞下树来，坐在石凳上，一边吃着小孩，一边拉呱。猴子精说：“狼兄弟，你这些天在哪儿过的？”狼精说：“我在前边王大庄瞎胡转悠，看见那些活孩子，馋得不得了，就是没找着空子下手。”猴子精说：“王大庄有啥新鲜事说给我听听。”狼精说：“我觉得我要是托生一个人就享福了。王大庄有个王员外，他是方圆百里有名的大户，只有一个闺女，年纪十八了，长得又俊，多少富贵人家想跟他攀亲。倒霉的是，王小姐有一回站在绣楼窗台上看天，一只鸽子从她头上飞过去，鸽子身上掉下来一只虼蚤，正巧掉进王小姐的耳朵眼里。虼蚤在王小姐的耳朵眼里抱窝番生春[1]，给王小姐传上了病。王小姐睡在床上，不吃不喝，眼看要活不成。王员外找了多少名医来，没有一个能看好的，就贴出告示，说谁要是治好闺女的病，就把闺女许配给他。”狼精说：“其实这个病好治得很。”猴子精问：“你有啥法来治？”狼精说：“反正这儿也没有人听，我跟你说了吧：把一碗香油搁到王小姐睡的枕头前，香油碗下边支上火炉子，把油烧热，油碗对着王小姐的耳朵熏。王小姐耳朵里的虼蚤熏得受不了，就会一个一个地蹦出来，掉到碗里烫死；再调养几天，病就好了。”猴子精说：“可惜你我都不是人，没法享受富贵。”两个妖精吃着说着，天快亮了。猴子精说：“狼兄弟，咱两个该分手了。过一蹦子[2]再碰头，看看谁能逮着个‘肥羊’回来。”狼精说：“好！咱们还在这儿碰头。”说罢，两个妖精“呜呜”地飞起来，一个朝南，一个朝东，眨眼看不见了。

老二两腿打颤地从树上滑下来。走进王大庄，就见一个个郎中穿着大褂子，挎着药箱子，出出进进；还有一群人围着一面墙看告示。老二挤进人群，看见告示上果真写着：谁能治好女儿的病，赏银千两；没有成家的，招为女婿。末尾缀着王员外的名儿。他撕下来告示，进了王员外的家，照狼精说的法子治好了王小姐的病。

王员外心里一下子亮堂了，又一想，我咋能把闺女嫁给叫花子呢？就跟老二说：“看来你还真有抹子[3]哩。这样吧，我给你一千两银子，你另过日子咋样？”老二说：“我没有家，没有亲人去投奔，只愿意孝敬你，给你养老送终。”王员外说不出理由来推托，再一看老二模样也怪好看，就招老二当了女婿。

老二在王大庄完了婚，摇身变成了尊贵体面人。有一天，他坐在门口，指派大领浇菜园，一男一女两个叫花子来到跟前。两个叫花子灰头土脸，不露肉色，浑身上下破破烂烂，说：“老爷，可怜可怜俺吧，俺两口三天没吃饭了，眼看就要饿死。”老二仔细一看，他两个人不是旁人，就是自己的亲哥嫂。上前抱住哥哥，“嘛啦”大哭：“我是老二，您两个那天咋没有等我？我各处找不着您，才来到这儿的。”老大两口子愣了一会子才认出老二来，羞得只想找个裂缝钻进去，拔腿就往外走。老二扯住老大的衣裳，说：“您俩别要饭去了，就住在我这儿吧。我这儿啥都不缺，够咱们用的。”老大两口子只得厚着脸皮，住了下来。

吃罢黑了饭，老大说：“兄弟，那天悔不该把你落下，我是天天都在念思着你。你咋混这么阔的？”老二实打实地把事情说了一遍。老大回到自己屋里，跟媳妇叨叨了一阵子，说：“咱当初哄老二去拾锅铲子，是觉得他是个累赘，想把他甩掉，谁想他腊月里穿裤衩子——抖起来了。我也到那个庙里去，兴许比老二的时运还好。”说完，就上那个树林子里去了。

[1] 番生春：繁衍。

[2] 一蹦子：一阵子。

[3] 抹子：泥水匠用的一种工具，这里借指有本事。

老大进了破庙当院，爬上中间的大槐树。半夜里，猴子精和狼精又飞过来。猴子精说：“我两天没吃饭了。”狼精说：“我也饿得眼花了。”猴子精说：“我闻着有生人气。这一回咱不能再粗心大意了，三棵树都得摸过来。”它们搜到中间的槐树，猴子精摸着了老大的脚，一把把老大拽了下来。狼精说：“上回你偷听了俺俩的话，得了便宜，咋还不知足？”老大说：“上回偷听的不是我，是俺兄弟！”两个妖精不听分辩，把他吃了。

第二天清早起来，老大媳妇急慌火忙地来喊老二：“兄弟，你去找你哥吧。昨个黑了他去树林里听妖精说话，到这会儿还没回来。”老二连忙跟嫂子到了树林里，就见那个院子里有一摊血、一堆骨头，还有老大的衣裳、鞋子。两个人都大哭起来。

讲述者： 高昌忠，56 岁，本科学历，原丰县史志办主任
采录者： 卜凡柯，78 岁，大专学历，退休干部
采录时间： 2020 年 11 月 15 日
采录地点： 丰县文化馆
流传地： 丰县

19

宝牌

很久以前，在俺沛县大屯镇有一户弟兄三人，父母双亡，老大老二都已成家，唯有老三孤单一人。老大老二把家产分了个净光，谁也没想到给老三留下点什么东西；无奈，老三只好四处乞讨度日。

一天，老三行走半路，见天色已晚，恰巧荒野里有一座破庙，年久失修，蜘蛛盘绕，但佛像无损，心想不管怎样就在这破庙里将就一夜吧。于是老三就睡在观音菩萨身后的大坐垫上。也不知过了多大会儿，一阵狂风将老三惊醒，庙门也被吹开，他翻身趴在观音菩萨的耳朵缝隙里面向外瞧看。狂风过后，只见几个带着尾巴的人儿从外面进来，围坐成一圈，即刻现出了一个圆圆的石桌。又见他们从怀里掏出一根短小木棒和一个手掌大的金牌子，上面刻着字，画的画古怪极了。其中一个大个子用小木棒敲着牌子，口里念道：“金子牌，金子牌，酒饭一起来。”果然石桌上摆满了丰盛的美味佳肴，冒着热气，那酒不开盖都香气四溢。之后，他把金子牌和小木棒随手放在一旁，刚要喝，只听当中一个小白脸道：“大哥！我怎么闻到有股生人气呢？”“这有什么大惊小怪的，行风带来

的嘛。喝！快喝，喝个一醉方休。”于是，他们边扯边喝，不多时，脸都红润润的。小白脸提醒大哥：“时候不早了，咱们快走吧，误了时辰，就坏事了。”大个子连忙说道：“对，对！我差点忘了。”众人忙起身，一摆袖子，狂风四起，走了。老三见金子牌和小木棒没带走，心想如果有了这个，今后温饱可就不愁了，便拿起揣在怀里，星夜跑回了家中。老三就靠这个过日子，每到吃饭时，便用小棒敲着金牌，学着大个子的话：“金子牌，金子牌，酒饭一起来。”果真如愿以偿，从此再也不去要饭了。

这便引起老大的猜测和疑心。

老大和老婆换了副面孔，对老三问寒问暖，泪巴巴地请老三原谅他们过去的行为。老三心一软，就把得到金牌的事一五一十地全盘托出。老大听了喜出望外。

第二天，老大也趴在那座破庙里菩萨耳朵根的缝隙里，他想碰碰运气，或许也能得到一个宝贝哩。他没睡，只是静静等待着。果然，夜半时分，一阵狂风过后，从外面进来了几个带尾巴的人儿，还是先前的那几个。他们围坐成一圈，个个唉声叹气，其中一个说：“哎，那只金子牌到底哪里去了呢？”“别说话！”突然小白脸打断话说，“怎么有生人气味呢？”“别大惊小怪的，不是行风带进来的吗？”有人驳道。“不行，生人味很浓，我得察看察看。”小白脸说着站了起来，绕到佛像后面。老大早吓得缩成一团。“哎呀！果真有人。”众人个个气愤，都说金子牌是他偷的，今儿个还想找便宜。有人提议：“把这家伙活吃了解恨。”于是个个凶狠异常，先吃了鼻子、耳朵，又挖了眼睛；直至喝了最后一滴血，吃尽最后一块肉。

讲述者： 白继英，女，82 岁，文盲，沛县大屯镇徐庄农民

采录者： 朱迅翎，男，70 岁，大专学历，沛县文化局退休干部

采录时间： 2020 年 7 月

采录地点： 沛县县城

附记

《宝牌》故事是讲述人白继英在中华人民共和国成立之初听其爷爷讲述的，已经传了三四代人；尤以在丰县大沙河一带流传普遍，妇孺皆知。

20

恶终有报

传说明朝末年，沛县有一家姓张的，夫妻二人中年得子，对孩子很疼爱，要什么就买什么，要天上的星，也得想法子给他摘。

孩子长大啦，骄横得甭提啦，好事不做，坏事做绝。东家种的甜瓜，才刚坐个纽，他给人家揪下来；西家的小鸡才出窝，他抓住摔死。整天惹是生非，无人不嫌。

这年初夏，地里的高粱穗子才见长，他跟着他娘走姥娘家。从他那个村到他姥娘家四十多里路，这小子手里拿着个鞭子，走一步打一棵高粱苗，一路上让他打的庄稼苗嗨了[1]！老百姓都心疼得掉泪。

当时正是荒年，家家户户断顿揭不开锅，能喝上稀糊涂的就算很不错啦！他娘俩来到姥娘家，正赶上喝汤，他妗子烧了一罐子糊涂，放在院子里。他走到跟前，往上一蹲，"噔楞"一个屁，全家人气得什么似的，但又不好说他。

就在这时，响晴的天上"咔嚓"一个霹雷，就见一团火球对着这小子砸下来，立时劈得死死的。随即，就看从天上飘下一张黄纸条，落在他身上。人们拾起来一看，上面写道：鞭打青苗四十里，屁味糊涂一罐子。

[1] 嗨了：完了。

讲述者： 王成兰，女，78岁，沛县郝寨村农民，被乡邻称为故事迷

采录者： 朱迅翎，男，70岁，大专学历，沛县文化局退休干部

采录时间： 2020年8月

采录地点： 沛县县城

流传地： 沛县城南一带

附记

此故事至今仍在流传，妇孺皆知。（张甫文）

21

蔡大王送礼

讲述者：李玉才，男，72 岁，初小学历，沛县汉源街道陈楼村农民

采录者：朱迅翎，男，70 岁，大专学历，沛县文化局退休干部

采录时间：2019 年 7 月 8 日

采录地点：沛县汉源街道陈楼村

从前，咱们沛县有个姓蔡的人，在朝里做官。有一年黄河发大水，万岁爷派他去领筑大堤挡住黄河水。那黄河水太大啦，把筑好的堤冲开。他觉得自己对不住百姓，也没法回去见万岁，就是见了也得杀头；于是，他心一横，就跳到黄河口子里淹死啦。这事感动了皇上，追封他为守河大王，由此得名蔡大王。

不知过了多少年，沛县有个做买卖的，从那过黄河。在渡船上，他笑着嘟哝："蔡大王，老乡来啦！咋不送两条鱼吃？"谁知话刚落音，就见两条鲤鱼"嗖嗖"地蹦到船上。那摆渡的迷信，觉得不吉利，就咋呼："快扔下去！快扔下去！"鱼扔下去了，可转眼又蹦上来两条更大的，这船差点被两条鲤鱼压沉了。摆渡的可吓毁[1]喽。做买卖的站起来说："我是沛县人，大王是俺老乡。"摆渡的才松了口气说："这是大王送的礼，您快收下吧！"做买卖的就揭了一片鱼鳞，两条鱼又蹦到河里了。

渡船平安无事地过了黄河。

[1] 吓毁：吓坏了。

22

五鼠闹金殿

不知哪朝哪代，定了条王法：人活到六十岁就得活埋。有个孝子在朝里当官，他娘六十岁了，他不忍心活埋娘，就出了个假殡，挖个地屋子，把老娘藏在里边，天天端吃端喝。

这一年，朝里出了五个怪物闹金殿，一个个牛犊子似的，通红的小眼，一身红毛，龇牙咧嘴的，吓得皇上不敢坐殿。满朝文武大臣都弄不清是什么妖怪。

孝顺儿子回家后，把这事跟他娘说了。他娘一听：“八成是老鼠精作怪吧？听老年人说，八斤的狸猫能降千斤的鼠。你称称咱家狸猫几斤了。”一称正好八斤。他娘就说：“赶明你上金殿的时候，把咱家的狸猫藏在袍袖里，妖怪闹金殿的时候，你就把猫放出来，就行了。”

第二天上朝，五个老鼠精又来闹金殿了。孝顺儿子把袍袖一甩，放出狸猫。五个鼠精一见狸猫，吓得乱跑乱窜，文武大臣围上，把老鼠精打死了。

皇上就问了：“这是咋回事？”孝顺儿子“扑通”跪倒：“臣罪该万死，不敢说！”万岁说：“不要紧，赦你无罪，说吧。”孝顺儿子就把怎样出假殡，怎样把娘藏在地屋子里，从头到尾说了一遍。万岁听后愣了半天，心想，还是有年纪的人见多识广，往后不能活埋了。

从那以后，人活到六十岁，再也不兴活埋了。

讲述者： 杨效谊，男，54岁，高中学历，沛县朱寨镇农民

采录者： 朱迅翎，男，70岁，大专学历，沛县文化局退休干部

采录时间： 2020年5月21日

采录地点： 沛县朱寨镇供销社

23

翁秃子捉妖

微山湖里有个庄子叫翁楼，现在这个庄子已经没人住啦，只剩下一片空宅子。据说翁楼当年有个翁秃子，靠打野鸭、大雁什么的过活，他使唤的鸭枪有七八尺长的苗子[1]。他每天晚上都扛着枪溜到湖里去打鸟，有一个五大三粗的小伙子，天临黑到他船上来找烟吸。几天以后翁秃子发现他来去无踪，便怀疑不是人，生心除掉他。天黑了，小伙子又来啦，翁秃子早就把枪装足药，等着哩。他把枪揣[2]过去说："我的小烟袋丢啦，又弄了一个大的，一个人吸烟够不着点火，你噙住那头，我来给你点火。"小伙子噙住枪口，翁秃子一点火，只听"轰隆"一声，一溜火光上东南窜开啦。从此再不见小伙子来找烟吸啦。

小伙是个妖怪，往东南一下子跑了几百里路，缠人家一个大闺女，缠得人家面黄肌瘦、死去活来，人家到处请人捉妖都拿不住他。人家问："你到底怕谁呢？"他说："天不怕，地不怕，就怕微山湖里翁秃子那一下。"人家到微山湖里来请翁秃子，翁秃子心想一定是我打跑的那个家伙，就扛起枪跟人家去啦。夜里翁秃子把枪喂足药，躲在这个大闺女屋等着妖怪。半夜子时，妖怪来啦，他刚一进屋，翁秃子迎头就是一枪，只见一溜火光又跑开啦，从此大闺女的病就好啦。

讲述者： 刘氏，女，87 岁，沛县胡寨中心楼农民

采录者： 张雅，女，56 岁，大专学历，沛县自来水公司工会主席

采录时间： 2020 年 4 月

采录地点： 沛县胡寨镇中心楼

[1] 苗子：方言，一种鸟枪。

[2] 揣：方言，塞、递。

24

张仙种高粱

讲述者： 王保霞，女，40 岁，高中学历，沛县汉源街道陈楼村农民

采录者： 张雅，女，56 岁，大专学历，沛县自来水公司工会主席

采录时间： 2020 年 4 月

采录地点： 沛县汉源街道陈楼村

从前，咱沛城有个人叫张仙，成了仙后，常帮人干活。东家请他帮忙，西家请他办事，他都答应。

有一年，一个邻居请他帮忙种高粱。他到了地里，在地的四个角埋了四颗高粱种，地中间种了一颗；一块地共种了五颗高粱种，又问那个邻居稠不稠。邻居知道他是神仙，就顺着他说："还是有点稠。"张仙又把那四个角的种子扒出来，只留了中间的一颗。这颗高粱，长呀，长呀，长得跟大树一样。

到了砍高粱的时候，张仙说，得在地里按场[1]，邻居就在地里按上了场。场按好后，张仙爬到高粱上，用竹竿子在上面搁拉[2]起来啦，地上很快就堆了一堆高粱。高粱堆越来越大，眼看就要把邻居埋起来啦。那邻居就咋呼："行了！行了！"张仙才住手。

这一年，那家邻居收的高粱最多最成实[3]。

[1] 按场：碾压成一片平整硬化场地，便于脱粒晒粮。

[2] 搁拉：方言，敲打、晃动，使成熟颗粒掉落。

[3] 成实：饱满，成熟。

25

小锣叮当响

从前，牛家洼有个牛老汉，妻子早逝，撇下两个儿子。他一把屎一把尿地拉扯着两个孩子，指望着几亩肥沃的田地养家糊口；还有二亩茅草荒，收割的荒草足够冬季喂牛的。一家人不愁吃、不愁喝，小日子也算过得去。只是大儿子牛大老实，三脚踹不出一个屁来；娶个妻子，刁钻蛮横，与四邻相处，非占便宜不行。而小儿子牛二却反应迟钝，人都喊他“憨子”。

天有不测风云，人有旦夕祸福。这一年，干旱成灾，几亩田地颗粒无收；愁眉不展的牛老汉受了风寒，一病不起，在大年三十那天离开了人世。

牛老汉安葬以后，憨子与哥嫂一个锅里抹勺子，有吃有喝，也算自在。但是时间长了，嫂子不愿意啦，三天两头在牛大跟前提分家的事，一心要把牛二分出去；牛大没办法，只好听妻子的。这一天，牛二从田里劳动回家，牛大就跟牛二说分家的事。牛大说：“弟兄分家是早晚的事，晚分不如早分。早分了，你还能省吃俭用，积攒点银子，将来好娶个媳妇过日子；分晚了，家底子都攥在你嫂子手里，到时候想拿出银子来给你娶媳妇都难。”

牛二一听哥哥说得在理，就说：“分吧，我没有意见。”牛大说，你是弟弟，几亩肥沃田地由你拣。牛大的话音还没有落地，就听嫂子发话啦：“有爹在爹说了算，没爹了，哥嫂说了算。分开家三天是邻居；我和你哥商量过了，给你一口三张锅、一双筷子、一个碗，还给你南湖的那二亩茅草荒。你不是说你有劲吗，开荒种地，就看你愿不愿意出力了。”牛二二话没说，同意了。

分开家之后，牛二一天到晚在南湖开荒，一直到了麦口，才把茅草荒开垦完。牛大问牛二，你打算种什么？牛二说种点秫秫吧。

牛大对媳妇说：“弟弟把茅草荒开出来了，想种秫秫。咱家有秫秫种，你给他两升筐子，让他种上吧。”谁知嫂子动了歪点子，把两升筐秫秫放进锅里炒了。她在往锅里倒秫秫的时候，锅台上撒了一粒；嫂子没注意，就用刷帚把那粒秫秫扫进升筐子里了。

秫秫种下地以后，二亩地只出了一棵苗子。憨子也不嫌弃，看人家往庄稼地里施肥，他也施肥；看人家耪地，他也耪地。长在二亩地里的这棵秫秫秆，粗如拳头，像棵小树；高高在上的秫秫穗子，犹如一个大红灯笼，惹人眼馋。

该砍秫秫了，憨子用铁锨挖、用斧头砍，鼓弄两三天，才把一棵秫秫砍倒；又用一天时间把秫秫穗子从秫秸上扦掉[1]。秫秫穗子刚刚扦掉，他想喘口气，谁知从天上飞来一只老鹰，一伸嘴，就把那个秫秫穗子叼走了。憨子一看秫秫穗子让老鹰叼走了，撒腿就撵。老鹰飞得快，他就撵得快；老鹰飞得慢，他就慢跑几步。天快黑了，只见老鹰一头钻进一个千年古庙里去了。

憨子不敢怠慢，也紧跟着进了古庙，却怎么也找不到老鹰和秫秫穗子了。憨子蹲在庙里的佛像后面，哭得呜呜的。哭着哭着，憨子就迷迷糊糊地靠着佛像睡着了。到了半夜里，一阵狂风把憨子从梦中惊醒，只见有几个妖怪从天而降，憨子吓得连大气也不敢喘。几个妖怪进了庙里，只听有个妖怪说：“大哥，我怎么闻到一股子生人味？”一个妖怪说：“许是你鼻子串味了吧。半夜三更的，这里

[1] 扦掉：方言，削掉。

哪会有什么生人！肚子都饿得前墙贴后墙了，快把宝贝拿出来弄饭吃吧！”只见年龄最小的一个妖怪，从怀里掏出一个小锣和锣槌，放在庙里的供桌上，边敲边念道：“小锣小锣叮当响，热酒热菜往上长。”霎时间，一桌丰盛的酒席就摆了上来。于是，几个妖怪就大口大口地吃喝起来。不多时，酒足饭饱，妖怪们走出了庙门，竟把那小锣和锣槌忘在了供桌上。

憨子见了大喜，赶忙把小锣和锣槌揣进怀里，一口气跑回了家。憨子再也不用种地了。早晨起来，洗过脸，他就将小锣和锣槌拿过来，轻轻一敲，口中念念有词：“小锣小锣叮当响，稀饭馒头往上长。”不一会儿，一碗稀饭和几个白面馒头出现在面前。

这一天，憨子又拿过小锣和锣槌，轻轻一敲，说：“小锣小锣叮当响，一个吃饭桌子、一个凳子，还有猪肉炖粉条、白面馒头往上长。”憨子话音未落，他要的全齐了。憨子津津有味地吃了起来。

谁知猪肉炖粉条香得远，这香味早已经飘进嫂子的鼻孔里。嫂子顺着香味一路走来，却在牛二的门口走不动了。心想，这个熊憨孩子，一天到晚大门不出、二门不进，哪来的猪肉炖粉条吃的？她回到家里，就把憨子吃上了猪肉炖粉条的事说给牛大听。牛大不信，妻子就拽着牛大往牛二家走去。

正当牛大和妻子走到憨子门口的时候，只见憨子拎起小锣敲了起来：“小锣小锣叮当响，一荤一素还有馒头往上长。”不一会儿，一荤一素还有馒头摆到憨子脸前的桌子上了。牛大和妻子看傻眼了，一会儿揉揉眼睛，一会儿掐掐大腿，两口子异口同声地说：“这这这，这不是在做梦吧？”说着说着，两口子就走进了牛二的屋里。

牛二一看哥哥嫂子到了，高兴地说：“哥哥、嫂子，你们还没吃饭吧？看我要个四菜一汤，再要一壶酒，咱哥俩喝两盅。”憨子说完，拿过小锣，轻轻敲着说：“小锣小锣叮当响，四菜一汤还有一壶老酒往上长。”

不一会儿，憨子要的都齐了。憨子的哥嫂哪顾得上喝酒吃菜，连声追问宝贝是怎么得来的。憨子也不相瞒，一五一十讲起了如何种秫秫，如何扦秫秫，秫秫穗子又是怎么样被老鹰叼走，他怎么追赶到古庙，又如何得到了这小锣和锣槌宝贝的。嫂子听得眼红死了。

回到家里，嫂子立逼牛大也去古庙里偷宝贝。于是，第二年，牛大也种了一棵秫秫，在扦掉秫秫穗子后，也被老鹰给叼走了。牛大高兴地跟着老鹰追啊追，天黑的时候，一追追到古庙里，牛大累得靠在佛像上睡着了。半夜里，牛大被一阵狂风惊醒，只见有几个妖怪走进了古庙里，牛大吓得浑身像筛糠。刚进庙门，有个妖怪就说：“我又闻到了一股子生人味，这回咱得好好找找。”几个妖怪分头寻找，一下把靠在佛像上吓得正打哆嗦的牛大给逮着了。一个妖怪气哼哼地说：“年上[1]你把俺们的宝贝给偷去了，还没找你算账呢。快还我们的宝贝来！”另一个妖怪说：“得一望二，鼻子给你拧一丈二！”说完，照牛大的鼻子拧了一把。其他的几个妖怪，也气得你拧一把、我拧一把，只把个牛大的鼻子拧得又细又长，像面条子一样，耷拉到地面上，疼得牛大“亲娘皇爷”地喊。为了逃命，牛大只好把长鼻子往脖子上缠了几道，撒开双腿跑出了古庙。

跑到了家门口，牛大的脖子累得又酸又麻，就把长鼻子放下来喊门。妻子打开大门放牛大进来，又急忙把大门关上，连声地问：“宝贝拿到了吗？宝贝拿到了吗？”牛大却杀猪般地嚎叫：“哎哟，疼死我啦，疼死我啦！”嫂子开门一看，原来他的鼻子还被挤在门外哪！

讲述者：周保之
采录者：周葆亮
采录时间：2013 年 6 月
采录地点：邳州市石桥

异文一：小铜锣

在很久以前，有个叫王二的后生，父母双亡，跟哥嫂生活。王二生就勤快，干起活来像头牛，每天天不亮就下地，到天黑才回家，创下了不少家财。就这样一晃十多年

[1] 年上：邳州方言，去年的意思。

过去了，王二到该说媳妇的年龄了。

一天，哥嫂把王二叫到自己的房里，对他说："兄弟呀，咱爹娘过世时你还光着腚，是我们把你抚养大的。你也该说媳妇成家了，我们想把这个家分了。咱爹娘死时也没留下什么家产，你看这个家怎么分法啊？"王二一听就气坏了，心想：哼，咱家的活都是我起早摸黑干的，你们成天赌博、玩钱，没割过一根麦子、没锄过一棵豆子，还以为家业都是爹娘挣下的。但他是一个有志气的后生，心里想：爹娘留下的家业再大，自己不挣光花，时间一长也会吃光的。于是便说："我只要点高粱种和二三亩地就行。"

王大夫妇都是见钱如命而又心狠手辣的人，他们恐怕老二过富了，便生坏心把高粱种用开水煮熟；恰巧有一粒掉在锅台上。到该下种时，王二把两升高粱种从哥家扛来，种进他分的二亩孬地里。

王二下了种后，便在地头搭了个草棚。他盼着苗出来，盼呀盼呀，结果二亩地就出了一棵苗，不偏不斜正在这二亩地中间。王二知道哥嫂在其中捣了鬼，但过了时节，种什么都晚了；于是他便对这棵高粱细心上粪，精心看管。说来这苗儿有点出奇，一天一个样地往上长，到快红穗时，高粱秸长得胳膊那样粗。他干脆把草棚挪过来，一天到晚地守着，心里那个高兴劲儿就甭提了。

一天，王二正看着高粱高兴，忽然飞来一只老鹰把高粱穗叼走了。这下可把王二急坏了，他拔腿就追，追了四五十里，来到华山脚下。老鹰钻进山洞里，他悄悄地摸进去，避在一块大石后面，想伺机抢回他的高粱。忽然看到里面有山猫和猴子，只见猴子拿着一面铜锣，拍一下叫一声："宝贝、宝贝，四菜一汤两热馍，快来让我吃。"这时山猫说话了："老弟，这锣可是好宝贝，想要什么有什么！哎，我怎么闻着生人气，别叫人把咱的宝贝偷走了呀！"猴子想想也是，就不再吱声，吃喝一罢就睡着了。王二看准时机，把锣偷出山洞，飞快地逃走了。

王二回到家里，用铜锣拍出银子，买了牲口，又盖了新房。哥嫂见老二连庄稼都没收成却越过越富，而自己家却越过越穷，越想越犯嘀咕，越犯嘀咕越想钱。嫂子说："莫非老二他发了外财？哼，亏你俩还是一个娘肠子摘的，弟弟发了财，怎么不想想哥哥？"发了一阵子牢骚后说："还不去问问到底咋发的财？"

两口子还没走进王二家，就闻到飘来一股羊肉味。王大老远就喊："老二，我们来看望你来了。"老二和和气气地说："不知兄嫂来，咋不早说，俺去接你们。"王大说："兄弟，甭管咋说咱俩还是一个娘的，听说你得了宝贝，可别忘了自己哥嫂啊！"王二说："那天丢了高粱后，追到山洞里得到了宝贝。凡是铜锣拍出的元宝上面都有一个孔，往孔里一吹气，银圆宝便能大。真是好宝贝，用一块还能再出一块，永远也用不完。"老大说："好兄弟，借给我吧，我们会永远感激你。"出乎意料，王二竟答应了，两口子的高兴劲就甭提了。回家路上，王大说："叫银子变得大大的，我们盖楼。"媳妇说："叫它变成房子那么大，我们做百万富翁。"

回家后，他夫妻二人把元宝捧在八仙桌上，吹了一下小孔说："大大大，再大，再大，再大，再大！"元宝真的越变越大，两口子喜得快要飞起来。突然八仙桌四条腿被银子压断了，一阵狂风过来，王大夫妻一下被压成两块肉饼。

后来，王二发现桌下压着一张纸条："贪得无厌无好报。"

讲述者：孙惠福，男，52 岁，高中学历，农民
采录者：于圣连，男，72 岁，大专学历，退休干部
采录时间：2020 年 10 月 15 日
采录地点：丰县文化馆
流传地：丰县东南华山一带

附记

这则故事流传很广，具有深刻的教育意义。

异文二：叮当牌

在很久以前，传说有一个小憨孩，爹娘去世后，跟着哥嫂过日子。小憨孩忠厚诚实，到七八岁时，嫂子就叫他干家里的杂务活，不是打水，就是烧锅、看孩子，整天忙得不得了。就这样拼命干，可嫂子只给他一些剩饭吃，还认为他是个累赘。小憨孩到了十岁的时候，嫂子就叫小憨孩下地干活，哪里活重，就让他去哪里干。每到收种季节，中午哥嫂回家吃饭歇歇，总是让小憨孩搁在湖里看湖，他们回来时只是给捎来一些剩饭菜。小憨孩侄子的年龄和他差不多大，却什么活也不干。小憨孩心中虽有不满，但也不敢说，恐怕哥嫂打他。庄亲庄邻看不下去，就偷偷地告诉小憨孩跟他哥嫂分家，别再受这份洋罪了。

当小憨孩长到十二岁的时候，嫂子考虑到小憨孩长大了，还要给他说媳妇成家，要花很多钱，觉得累赘越来越大。想把他撵出家门，又怕庄亲庄邻笑话；嫂子就提出要跟小憨孩分家，小憨孩也就同意了。于是，嫂子把几亩孬地分给了小憨孩。嫂子想，小憨孩种不好地，没有吃的，就得外出讨饭；等他一走，土地就撇给她了。为了能尽快把憨孩撵走，嫂子就把分给小憨孩的几十斤高粱种用锅炒熟了才给他。当小憨孩把高粱种下后，一块地里只出了一棵苗，原来这一粒种子是他嫂子炒的时候漏掉在锅台上的。小憨孩给这一棵高粱施肥、浇水，精心管理，高粱长得棵高穗大。到了该收获的季节，小憨孩把这棵高粱砍倒，扦下穗子，准备扛回家去。不料从南面飞来一只老赖雕，叼起秫穗就往北飞。小憨孩看着自己一季辛苦种的秫秫给叼走了，他就跟着撵，一直撵到天黑时，来到了一座庙前。因为一天没吃没喝，又累又饿，小憨孩就在庙前迷迷糊糊地晕了过去。不知过了多久，好像听到有人说话，他蒙眬中睁眼一看，见庙前的石桌边有两个老头正在下棋，一个是白胡子，一个是黑胡子。又过了一会，白胡子老头说："天不早了，咱们收了吧？"黑胡子老头说："行，但今天得你请客。""好。"白胡子老头答应着就从腰间拿出一块长不棱登的东西，口里念道："叮当牌、叮当牌，热酒热饭一齐来。"连念三遍，一桌热气腾腾的饭菜就摆在了石桌上；两位老头大吃大喝后，扬长而去。小憨孩等二人走后爬起来，走到石桌前，看到还有不少的剩饭菜。由于饥饿，他不管三七二十一就吃了起来。吃完后，他发现白胡子老头刚才拿出的那个叮当牌忘了带走，小憨孩就把这叮当牌揣在怀里跑回了家。

回家后，小憨孩就学着白胡子老头念叨起来，连念三遍，果然一桌热气腾腾的饭菜出现在面前。从此小憨孩一饿就念叮当牌，日子过得十分滋润。

过了一阵子，小憨孩的嫂子认为小憨孩没吃没喝的，不是饿死就可能出去要饭了，分给小憨孩的地也该归她了。她前往小憨孩家去看个究竟，离家老远就闻到了酒菜的香味。走进屋里一看，小憨孩吃得又白又胖，桌子上还有很多的剩菜。嫂子十分纳闷，为了弄清楚是谁给小憨孩送的饭菜，她又偷偷地去打探，一连几天也没查出个头绪——因为小憨孩只在夜里才去念叮当牌，所以白天她查不到。嫂子还不死心，就叫憨孩他哥哥夜里守在那里，不几天他哥哥就查出是小憨孩得了叮当牌的缘故。

哥嫂知道真相后，就去向小憨孩要叮当牌，小憨孩说什么也不给他。哥嫂把小憨孩告到了县衙，说小憨孩偷了他家的叮当牌。县官接案后把小憨孩抓到了县衙，并派人私下打听；差人回报说小憨孩的哥嫂为人狠毒。县官升堂问案，小憨孩讲述了事情的经过。县官认为哥嫂太黑心，是讹诈小憨孩，将哥嫂二人各打二十大板，叮当牌判归县官所有，小憨孩无罪释放。

县官虽得到了叮当牌，却不会使用，只好又把小憨孩叫来县衙给他当个侍从。从此，小憨孩就在县衙当差了，日子过得还怪快活。

讲述者：　刘乐玉，70 岁，退休工人
采录者：　刘士超
采录时间：　2014 年 5 月
采录地点：　邳州市邢楼

附记

本篇选自《邳州民间故事传说》(江苏人民出版社，2015 年 3 月版)。

26 麦糠绳拉塔

铜山县太山乡的大塔山，名曰“塔山”，如今连个塔影子也没有，这是怎么回事呢?

很久以前，汴塘没有塔，有人要在汴塘的凤凰山前建一座塔，可是，缺这少那，一直都建不成。山上有个老和尚天天用麦糠搓绳，有人问他干什么，他说：“拉塔。”人们都笑这老和尚无聊，用麦糠搓绳能拉什么塔！老和尚搓好了绳下山了，来到一个员外家说：“施主，我今天要借你的水牛用一用。”老员外说：“师父请便！”于是，老员外把牛喂饱，单等老和尚来牵。可是，一等不来、二等还不来，等了一天过去啦，老和尚还不来牵。又过了一夜，天刚亮，老员外就上山找到了老和尚说：“师父说借牛用，缘何又不用了？”老和尚说：“已用过了。”老员外说：“牛在圈里拴得好好的，一天一夜都未出门，怎说借过了？”老和尚说：“不信你就回家看看吧，看你的牛累不累，脖子周围有没有麦糠绳系的印子，你就知道了。”

老员外回家一看，大水牛果然浑身上下水淋淋的，正躺在地上大口大口地喘着粗气呢！再仔细一瞅，牛脖子周围真的箍了一道深沟，还有不少麦糠沾在上面呢。老员外又上山找老和尚，问是咋回事。老和尚一笑说：“昨天夜里，我已把大水牛的魂摄去，用麦糠搓的绳套了这头牛，把大塔山上的塔拉到汴塘的凤凰山上去了。”老员外往山上一看，果然多了一座塔。如今你到大塔山上还能寻着塔座呢。

讲述者：　朱林
采录者：　周梦超
采录时间：　2000 年 3 月
采录地点：　徐州市区史志办

附记

本篇选自《中国民间故事全书·江苏·徐州市区卷》（知识产权出版社，2007 年 6 月版）。

大塔山，地方史志上有记载，现在仅存塔的遗址及数不清、讲不完的故事。（杨权业）

异文：王小拉塔

很久以前，堰头村有一个忠厚老实的年轻人，名叫王小，干起农活来那是一把好手。

王小无爹无娘，谁也不知他生在什么人家、什么地方。他每天除了给乡邻们下湖干活，就是放猪放牛，没事了还帮那些孩子多的人家带孩子，还从来不拿一文钱。乡邻呢，也都拿他当自家人看待。

这样，到了该收该种的时候，找王小做活的人越来越多；王小还都家家应允，还干得挺欢挺利索。村子里的人每每收工后，吃过晚饭，在村头碰在一起时闲拉呱，都夸王小好。这个说：“王小今天给俺干了一天活，可出力了，连口水都没喝！”那个说：“不对，你扯哪儿去啦？明明王小今天在俺家干活，怎么能到你家地里？”一句话说出，人们都争了起来，都说王小今天是给自家干活的。争来争去，大伙心里就起了疑：“王小是人还是神？”

问王小，王小也不答，只是笑笑。

秋后的一天，王小挨家挨户地借麦糠。乡邻们问：“要麦糠干什么？”“搓绳！”王小没头没脑地说。人们也就不再多问了。王小就搁夜里搓绳，也不知那绳有多大多长；搓呀，搓呀，终于搓成一根又粗又长的大绳。搓好绳，王小又挨家挨户地借牛使。乡邻们也答应了，早早地喂好牛，只等王小来牵。可就是一等二等不见王小来牵牛，人们也就没放在心上，以为王小没来牵牛。

第二天一早，乡邻们起来要牵牛下湖了，一看呀，咋的了？全村的牛都没精打采地垂着头，口吐白沫；又见村里有一座塔，又高又大，立在那里。这是怎么回事呢？

据说王小是为了造福乡邻，用麦糠搓的绳，又牵走了牛的魂，从东北拉来了这座塔。

从那以后，人们就再也没看见过王小，而王小拉塔的故事却一直流传到现在。

讲述者：　王荣汉，72 岁，初小学历，农民
采录者：　杨印山，25 岁，高中学历，堰头乡文化站干事
采录时间：　1987 年 2 月
采录地点：　新沂市堰头乡王帆村

附记

本篇选自《中国民间故事全书·江苏·新沂卷》（知识产权出版社，2007 年 6 月版）。

27

卖香油敲梆子

古时候有一条大河堰，横穿黄集乡向东南方向伸去。离堤三里远，有一个小庄叫盘龙集，庄上有一位姓李的老人推香油。乡亲们都夸他的香油油色清亮、味道香浓，他和乡亲们的关系也处得很好。

这一天，他推好香油往缸里倒，却发现缸里的油少了恁些[1]，感到很惊讶。门锁没动，他想弄个明白。吃罢晚饭，等家里的人都睡觉了，他单独来到搁油的小屋，反锁上门，藏在一堆柴草禾后面。

大约三更时分，只听外面有轻微的响动，门无声地开了。进来一位白胡子老头，从腰里拿出一个窗黄[2]的葫芦，拔开塞子，伸进油缸灌了满满一葫芦。

白胡子老头转身想走，推油老人忙从柴堆后面走出，躬身向老头一揖说："请问老哥，为何半夜三更来这里灌我的油呢？"白胡子老头还了一礼说："我是玉皇大帝的使臣，乡民都夸你的油好，特派我来弄油。上次我已灌走一葫芦，大帝一尝果然是好。今夜是二次来你家，再灌这一次，我就不来了。"说完，就要动身出门。推油老人连忙说道："请老哥先留步。既然我的油好，为什么以后又不来了呢？"

白胡子老头愣了一下说："念你香油推得好，又为人忠厚，我就给你实说吧。这一方不久就有灾难出现，天降暴雨，洪水泛滥；你要在明天五更头，赶紧跑到大河堰上躲避。此话只有你一人知道，绝不能传给其他人；要不就会变成哑巴，永世不能说话，切记！"说完，不见了。

推油老人赶紧催全家人起床收拾东西，往高处挪。三更半夜，家里人睡得正香，哪肯起床！他急得奔出门外，又唤醒众乡亲。大伙不知发生了什么事，问他，他也不说，只催着大伙赶紧往高处搬。有人说："咱们在这个庄住了几百年，平安无事。半夜三更，叫大伙搬家，他老人家大概是年老说糊涂话吧！"众人七言八语，甭管卖油老人怎么劝说，大伙没有一个搬的。

眼看天就要明了，卖油老人只好流着泪，把白胡子老头的原话说出来。刚说完，卖油老头就哑了。众人这才相信，忙往大河堰上搬家。

这时，天气疙瘩暴云[3]的，只听"咔嚓"一个响雷，暴雨如瓢泼似的下来。大伙刚爬上大河堰，就看到西北洪水像猛兽般地扑过来。一会，乡亲们再看看盘龙集，已经没影了，只是一片大汪江[4]。

逃出的乡亲们，投亲靠友，各奔四方。卖油老人也带着全家，来到另一个村庄，还推油卖。他再不能满庄吆喝了，只好用两根干木棍敲着，发出"叭叭"的响声，招呼买主。

传到后来，卖香油的人又换成梆子，敲得更响。就是一直到现在，卖香油的还是光敲梆子不吆喝。

讲述者： 胥延顺
采录者： 封允、王瑶
采录时间： 1987年9月16日

[1] 恁些：好多。
[2] 窗黄：很黄。
[3] 疙瘩暴云：乌云很厚，马上要下雨。
[4] 大汪江：汪洋大海。

采录地点： 铜山县黄集乡吕楼村

附记

本篇选自《中国民间故事全书·江苏·铜山卷》（知识产权出版社，2007年6月版）。

28

斗龙王

乾隆年间，徐州有几年风调雨顺、五谷丰登，龙王庙里进香的烟火也稀少了。

东海龙王听说此事，就变成个年轻的叫花子，来到徐州地面探听虚实。只见城外山明水秀，地肥苗壮，男耕女织，一片繁忙；城里三街六市，人来人往，生意兴隆，热闹非凡。天过晌午，龙王觉得饿了，想讨点吃的。哪知走到东家，东家说："年轻力壮不干活，跑出来要饭！去，去，去……"来到西家，西家说："好吃懒做的二流子！走，走，走……"龙王跑了一天，连一粒米也没要到，闲话倒是听了一大堆。一气之下，他回到龙宫，打算发狠给徐州人点厉害看看。

第二年，徐州一带果然大旱，河里无水沟里干，枯死的庄稼一片连一片，人要吃水也难上难啊！

老百姓日夜盼着下雨，成群结队地冒着烈日到龙王庙去烧香磕头，祈求龙王降雨。龙王看到这情形，心想：这次不管你们怎么拜，我是一滴雨也不下。求雨的人们天天烧香摆供，就是不见下雨。有的人就着急地说："再不下雨，就把龙王爷抬出来，让他也尝尝毒日头的滋味。"这话被当时的徐州地方官康基田听到了，他一声令下，亲自带领百姓把龙王塑像抬出来了。龙王爷听了，连说："笑话！让我晒太阳，哼哼，哪怕晒出二两油来，我也不下雨。"

一连三天，求雨的队伍走街串巷，太阳晒得人们油煎火燎，就连龙王爷的塑像也晒裂了缝。人们渴得口干唇裂，有的被晒得昏倒在地；康基田也累得热汗淋漓，光有喘气的功夫，没有走路的劲儿啦。求雨的队伍走到云龙山前，再也走不动了。抬塑像的人把龙王爷的塑像往地上一摔，怒气冲冲地说："抬它干啥？把这泥胎砸了算啦！"一句话提醒了康基田。他心生一计，让兵丁抬来两箱火药，把龙王爷的塑像坐在火药上，然后用干哑的声音说："父老乡亲们，龙王爷天天享受人间烟火，就是不顾万民的死活，我们敬他何用！今天午时三刻，若再不下雨，先炸龙王，后扒庙。"人们喊着叫着："炸了它，炸了它！"

龙王见人们群情激愤、怨声震天，心里想：我要再不下雨，恐怕连自身也难保了。转念又想：这个康基田难道真敢炸我不成？到了午时三刻，龙王伸着头往下一看，大吃一惊：一个兵丁把捻子已经点着了，"哧哧"地冒着白烟、闪着火星，康基田和百姓们都坐在云龙山坡上观看。龙王爷慌了神，心想：我赶紧把它吹灭算了。于是鼓起腮帮连吹了几口大气，顿时徐州上空狂风大作。风助火势，火助风威，谁知捻子越烧越快。这下龙王吓坏了，急得团团转，连忙把尾巴伸到东海里搅起来。龙王忙了一头大汗，再一看，哎呀，捻子还有寸把长，眼看就要爆炸了。龙王再也顾不得昔日的威风了，连忙闭上眼睛，嘴巴一张，倾盆大雨便直往徐州浇来。

捻子灭了，炸药湿了；龙王爷的塑像被大雨一淋，泥都掉了，剩下来的一个木头框被风一刮，"叽里咕噜"滚到沟里去了。再看人们，像发狂似的，在雨水中欢呼斗龙王的胜利。大伙都说："要不是大家齐心斗龙王，龙王还不会下雨哩！"

讲述者： 经绍义，52 岁，文盲，农民
采录者： 甘信昌
采录时间： 1982 年 8 月
采录地点： 徐州市云龙山北门

附记

本篇选自《中国民间故事全书·江苏·徐州市区卷》（知识产权出版社，2007 年 6 月版）。

29

吃判官

王善和李春原是好朋友。王善想做生意但没有本钱，李春赶快卖了二亩好地，弄了一百两银子借给他。王善有了本钱，开起小商店，不久发了大财，成了远近有名的大财主；可是李春由于卖了土地，日子越过越穷。

李春的妻子说：“王善几年前借咱的银子也不提还，咱不如向他去要？”李春说：“俺俩是好朋友，咋好意思开口？”又过了一年，李春揭不开锅了，只得向王善提出来。王善充孬地说：“你要说你没有钱用，我可以送你几个；你不该说我欠你的钱，我从没借过别人的钱！”

李春也生气了，说：“你要这样耍赖，咱明天到庙台子上跳庙明心，谁充孬摔断谁的腿。”

王善说：“一言为定。”晚上，王善带着香，偷偷来到徐州城东的城隍庙里，磕罢头烧罢香说：“城隍老爷，你保佑我别摔断腿，我一定翻盖庙宇重塑金身。”话刚落音，判官的泥胎动起来说：“这事包在我身上，你给我什么好处？”王善当即掏出两个元宝塞到判官手里。

第二天跳庙，李春摔断了腿，王善一点也没受伤。

一晃半年过去了，王善老做噩梦，吓得他吃不好饭睡不好觉，眼看就病倒了，最后决定把自己做的亏心事亮出来。他找到李春，拿出一千两纹银给李春。李春坚决不收，要求在城隍庙大摆一场筵席，邀请全城父老，公开宣布半年前二人跳庙的内情。王善爽快地答应了，当场定了个吉日。消息飞快传开，整个城里都知道了！到了这天，王善和李春都事先赶到城里。有名的厨师请来不少，城隍庙热闹非常。人人都知李春受了冤枉，上次跳庙摔伤是神鬼弄假；王善知罪悔改，也是难能可贵。这一闹腾，慌了城隍庙里的道士，庙长焚表烧香禀告城隍。徐州府城隍老爷是敕封赞化威灵公，楚汉相争在荥阳为高祖刘邦替身而死的大将纪信，是一位公正的神祇；只因李春、王善跳庙那天城隍出巡在外，根本不知此事。一见香表勃然大怒！查明乃是当值判官所为。冥吏徇私舞弊当处凌迟，绝无宽容。律令森严，立时判决。

这天，是为李春平冤的盛会，城隍庙里人山人海，座无虚席。酒席筵前，有个姓赵的秀才，秉性放荡。他喝得有点醉了，起身到城隍大殿，见右列一判官神像面色暗淡，两颗眼珠滚出眶外。秀才一把将判官的两颗眼珠抠到他的手掌之中，回到筵桌前，把判官的双眼放进刚刚端上桌的一碗热汤内，不料汤碗内马上散发出一种扑鼻的香味。赵秀才拿汤勺一喝，啊！汤的味道说不出有多鲜美。于是让大伙齐尝，人人赞美，都问赵生是怎么一回事。赵生把内情一说，弄得人们半信半疑；有好事者则把判官的耳朵或一只手或挖一块肉拿来下汤，一会就把判官凌迟分尸了。肉尽，从判官肚里发现一张纸条，朱墨篆字，原来是冥府对判官犯罪的判决书。人们吃后，都恶心干哕。

讲述者： 石成仁，68 岁，农民
采录者： 孙茂松，68 岁，农民
采录时间： 1987 年 10 月 3 日
采录地点： 铜山县柳新乡

附记

本篇选自《中国民间故事全书·江苏·铜山卷》(知识产权出版社，2007年6月版)。

30

大拇手指头

从前，有老夫妻俩过日子。一天，老嬷嬷说："咱两人都五十多岁了，还是夫妻两人，哪怕有个像大拇手指头那么大的儿子也好啊！"

谁知这话叫她说中了。第二年，老嬷嬷怀了孕。看样子很显眼，谁知生下来真像大拇手指头那么大，就干脆起名叫"大拇手指头"。

有儿总比无儿好，再小也是个儿，有小不愁大嘛。老两口很疼他，睡觉时就在火柴盒里铺点棉花把他搁在里面；赶集上店，就把他放在火柴盒里装在褂包里。

长到三岁，大拇手指头还是和大拇指头一样大。一天，老头对他说："哎，孩子，你都三岁了，还是那么大，你能帮我办什么事？俺老两口子到老还不是得受苦吗？"

大拇手指头说："别看我个子小，我能帮你办事，还能干活。我说话声音大，又聪明。"

"你能帮我办什么事？"

"你到山上砍柴去，叫娘把牲口喂饱，我赶车去拉。"

"你能拿动鞭杆吗？"

"我不用鞭，保证把柴火拉来家。"

第二天，他爹真的拿斧头上山砍柴去了。他娘把车套好，他蹦子[1]蹦子跟不上车，最后他跳到马耳朵里去了，在马耳朵里吆喝牲口。路上，有两个玩猴的人见这车无人赶，可又听见有吆喝牲口的声音，觉得很奇怪，心想，我得跟着这辆车，看看到底是怎么回事。到山跟前，只听“吁”的一声，牲口停住了。大拇手指头从马耳朵里跳了出来，走到爹跟前说：“爹，看把车赶来了吧！快装车，我赶回家。”

玩猴的人，一看这样小的小孩能赶车，觉得又好笑又好玩。心想，这小孩要能跟我玩把戏，准能挣大钱。于是，就和老头商议要买这个小孩。老头说什么也不愿意。

大拇手指头偷偷地对他爹说：“你卖我就是了，我还能回来！”

“你怎么能回来？”

“我自有办法。”

老头对玩猴人说：“俺就这一个儿子，你得多给点钱。”

“你要多少钱？”

“半篮子银子，一点也不能少。”

玩猴的人好容易凑够半篮子银两，就把大拇手指头放在头上的毡帽缝里带走了。

走在路上，大拇手指头大声叫着：“我尿尿！”说完一头钻进路旁花生地里。两个玩猴的在路旁等他，等了有两顿饭工夫，还不见大拇手指头回来。他们着急了，其中一个说：“咱得去找找。”

两个玩猴的到花生地里找了顿把饭的工夫也没有找到。

大拇手指头到底到哪去了呢？原来花生地里有个老鼠窟，他钻进老鼠窟里去了。

玩猴的人找到老鼠窟跟前，一人说：“这小家伙一定钻进老鼠窟里去了，咱们挖挖看。”说着一齐动了手，挖了半天，还是没挖着。两个人没神下[2]了，垂头丧气地走了。

到了晚上，大拇手指头从洞里扒土出来了。他站在花生地边向北一瞅，路边有火亮[3]，就对着火亮咋呼：“干什么的？”

这一咋呼，可把火亮边的几个贼吓坏了，随手把火弄灭了，心想：黑天半夜，这漫湖里哪来的人？又不敢不答应，随口说：“是俺。”

几个贼只听见声音，但看不见人，以为有鬼，心里更害怕，就说：“你在哪里，我们怎么看不见你？”

“打火对着火纸门子向地面照照就看见了。”

一伙贼人对着火纸门子往地面一照，看见了大拇手指头。看看只有手指那么大的一个小孩，贼就不怕了。

“说句实话吧，俺这几个人是偷东西的。”

“那好。我知道谁家里有东西，把我装在你挎包里，我带你们去偷。”大拇手指头说，“前庄东头一家有几只肥羊，偷来能卖很多钱。”

“好，偷几只羊也行。”

几个贼把他装在挎包里，按他指的路，到了那家。

贼人进了羊圈想牵羊，羊吓得“咩咩”乱叫，惊动了家里的人，几个贼翻墙头都跑了。大拇手指头被丢在人家院子里，他无法翻墙头，就从阴沟里钻了出去。正好附近有个草屋，他拱麦穰窝里睡觉去了。

第二天，太阳竿子把高，大拇手指头还没有睡醒。人家起来扒草喂牛，把他和草一起倒在了牛槽里，他还是没有醒。牛大口吃草，一下子把他咽到肚子里，可他还是没有醒。吃过饭，主人套牛下湖干活，牛走起来一晃动，大拇手指头才醒。他在牛肚里自言自语地说：“哎哟！咋那么热！”又大声咋呼：“外边有人吗？快让我出来！”

这可把使唤牛的人吓坏了，怎么牛肚里有人说话？赶紧卸下牲口，牵到兽医那里去看。兽医问了问情况说：“我还没见过这样的病，看起来是邪病，卖给牛肉锅子剥了吧！”

牛屎包被扔在山脚下的河沿边，夜里从山上下来一只狼，把牛屎包吃了，大拇手指头又被狼吃到肚里。在狼肚里他可不老实了，又蹦又跳，又抓又挠，狼疼得在地上直打滚，嗷嗷直叫。这时大拇手指头在狼肚里说话了：“狼

[1] 蹦子：又跑又跳，一跳一跳的。

[2] 没神下：方言，意指想不出任何办法。

[3] 火亮：灯光。

呀，你要按照我说的法去做，我不叫你肚子疼，还叫你吃饱。”

“那好，你说怎么办？”

“我带你喝鸡蛋去。”

“行。”

狼按照大拇手指头说的路，一直走到大拇手指头的家。进到屋里一看，真有一箱子鸡蛋。狼饿极了，一口一个只顾吃，不一会，肚子吃得鼓鼓的。大拇手指头在狼肚里问：“该走了吧！”

“再吃两个！”

狼又吃了好些，吃得再也无法吃了，就说：“这下可吃饱了，该走了。”

谁知狼的肚子吃得太大了，从阴沟往外拱，头出去了，肚子卡在里边；一使劲卡得更结实了，出也出不去，退也退不回。这时，大拇手指头在狼肚里咋呼了：“打狼呀！打狼呀！”

他爹娘听见叫声都起来了，拿着铁锨、抓钩子把狼打死了。大拇手指头说：“爹娘，快把狼剥了，我在狼肚里。”

剥了狼，大拇手指头从狼肚里蹦了出来。

爹娘喜极了，心想：俺老两口半辈子有个儿那么小，以为无用；这样看，小人也能办大事，后半辈子俺也不愁啦！

一家三口人又团圆了。

讲述者： 令海，29岁，高中学历，张集乡计划生育办公室
采录者： 王政文
采录时间： 1987年3月15日
采录地点： 铜山县张集乡政府

附记

本篇选自《中国民间故事全书·江苏·铜山卷》（知识产权出版社，2007年6月版）。

31

那么书

很久很久以前，流传着这样一个故事。

这家有兄弟俩，老大很贪财，老二很孝顺。分家时，好地都叫老大分去了。老二只分了二亩老坟地，没法，只好以讨饭为生。有一天，他借了点钱，买了香来敬祖。他把香点着后，过了一会，忽然听到祖宗说话了："可怜的孩子，你这是何苦呢？这样吧，你到了华山顶上，就会有人给你一本《那么书》，里面什么字都没有。你只要打开书念道：'那么给我来点……'它就会给你来点什么。"老二听罢祖宗的话，便带上他讨来的干粮走了。他边走边打听华山的去向，一天又一天，一月又一月过去了，好不容易才打听到华山在哪里。

走到华山脚下，到处没有人家，老二又累又饿，带来的干粮早就吃完了，他只好拼命地走。走到山上，他晕倒了，什么也不知道。等他醒来，看见身边有位老人，笑着对他说："孩子起来，这本书给你看吧！"老人把书给了他。老二站了起来，再定睛看时，面前的老人没有了，他只好带着书下山。到了半山腰，他打开书说："那么给我来点吃的，再来上一匹马，让我吃饭好回家。"老二刚说完，就见眼前有热气腾腾的饭菜，旁边树上系着一匹大白马。他吃饱饭骑着马就往回走。

走到家里，老二一看妻子和孩子都在熟睡。他没有叫醒他们，打开书说："那么把我的房子整一整。"《那么书》就给他整了一套房子，里面什么都有。妻子醒来以后看到丈夫，就问："你是什么时候回来的？这房子是怎么来的？"老二就把到华山取书的事告诉了妻子，又打开书说："那么给我来上一桌酒席，我也要吃一个全家团圆饭。"说完，就来了一桌酒席。他们正在吃饭的时候，老大的妻子来了，说："啊，老二你什么时候回来的？"老二说："刚到家，大嫂来一块儿吃吧！"

老大妻子回到自家房中，对丈夫说："老二有了一本《那么书》，发财了。我们可用这二百亩地和他换。"老大本来就很贪财，听这话，便去找老二要《那么书》，说："老二呀，你已孝敬祖宗多年，现在开始轮到我孝敬祖宗了。你去种二百亩地，那本书给我吧。"老二只好同意了。

老大回到家里，打开书要这要那，贪心不足。一年年过去了，老大的头发都白了，可什么也没要来。他还不死心，打开书又说："那么给我来点砖头瓦片也是好的。"话音刚落，就看砖头瓦片直朝他而来，活活把他砸死了！

讲述者： 郭占海，43 岁，职员
采录者： 孙宜方
采录时间： 1987 年 10 月
采录地点： 邳县陈楼乡大孙家村

附记

本篇选自《邳州民间故事传说》（江苏人民出版社，2015 年 3 月版）

32

王二小打柴

古时候，有个穷孩子姓王，名字叫二小。二小三岁死了爹，十岁没了娘；爹娘一没留房产，二没留田产，死后还欠老财主十文钱。

人死账不烂，父债子来还。王二小上山打柴替爹娘还债，早晨披着星星去，晚上戴着月亮归，砍刀霍霍汗不干，山柴堆得像座山。年底一结账，扣除饭钱，王二小不但分文未得，还倒欠老财主十文钱。柴要打，饭要吃，王二小在老财主家里吃了三年饭，替老财主打了三年柴；饭菜与山柴的价钱一兑冲，仍旧欠十文。真是打不完的柴，还不清的债。

近山里的柴打完了，王二小又往深山里头去。为了多打几捆柴，中午他也不回老财主家里去吃饭。王二小挥舞砍刀，砍呀砍呀，惊跑了兔子，吓飞了山雀。突然，从灌木丛中窜出一条腰鼓般粗细的大蟒来！这大蟒环视一下四周，发现是王二小惊醒了它，便首尾交合，把王二小圈在中间，蛇信子一吞一吐，跟烧红的通条一样，要把王二小一口吞下肚去。王二小手拎砍刀，吓得站在那里，一动也不敢动，心话："大蟒呀大蟒，你要想吃我就快吃吧！"谁知这大蟒一扭头又钻进了树丛中，不远处有一个小石槽，它伸头去舔舔，饱了，不吃人走了！王二小受这一惊吓，肚皮也瘪了，浑身没了力气。他来到小石槽边，也用舌头去舔一舔。奇怪，肚子也饱了，人又有了精神。原来这石槽是八仙当年留下的锅灶，里边有的是琼浆玉液，取不尽、吃不完。打那以后，王二小饿了就去石槽里舔舔，再也不去老财主家里吃饭了。不久，他打柴还清了债，还领来十文卖柴钱。

王二小带着这十文钱，要出去闯一闯，凭自己的双手挣饭吃。他来到骆马湖边，见老财主的儿子捕到一条红鲤鱼，用柳条子穿着鼻孔，准备拎回家去烧了下酒。红鲤鱼见了王二小，眼泪扑簌簌地往下滴；王二小觉得它怪可怜，便掏出身上这仅有的十文钱，将那条红鲤鱼买了下来，投放到湖里。王二小说："游吧，游吧！你也和我一样自由了。"那红鲤鱼好像能听懂人的话，点点头，打了一个水花，就钻进了湖水深处。

王二小继续沿着湖边走。不一会儿，湖水像开锅一样直翻腾。一阵浪花散去，从湖里爬上来一只老鳖，拦住了王二小。

这老鳖会说话，问道："公子，您就是王二小吧？"王二小吓得直往后退，连声说："是是是。"

那老鳖又说："那就请您下来站在我的背上，我驮您去拜见东海龙王。"

"东海离这地方有好几百里远，隔山又隔岭，咋去呀？"

"这骆马湖底跟东海是相通的，有我鳖将军引路，您就放心跟我走吧！"王二小坐在鳖背上，眼一闭，"嗖嗖嗖"，转眼工夫就来到了东海龙宫。龙太子迎上来，忙拱手施礼道："恩人，我变成红鲤鱼到骆马湖去野游，不小心落入歹人之手；要不是遇到了您，我早就没命了。"

王二小说："放生行善，人皆可为，何足挂齿？"

龙太子见王二小善良憨厚，又不求报答，对他更加敬重。不能让老实人吃亏，他悄悄地告诉王二小："设宴招待后，父王必有礼品相赠。您不要看重金银财宝，钱财再多也有花完的时候；父王案头有一个金丝盒，里面放着一只金丝猫，您把它带回家里去最合适。"王二小点点头。

东海龙王摆好了酒宴，王二小说什么也不入席。他说："龙王殿下，我也不吃，我也不喝。您要是过意不去，就送我一件小礼品作纪念，我就回去了。"

"你要什么？是金子，还是银子？任你挑，尽你拿！"东海龙王说。

"金不要，银不要，只要一只金丝猫！"王二小回答。

东海龙王低头沉思，觉得既然人家提出来了，不答应总说不过去："唉，讨回了儿子，又送出了闺女。"东海龙王忍痛割爱，将案头的金丝盒送给了王二小。

王二小返回人间，仍旧靠打柴为生。他在小山脚下搭一间草棚栖身，晚上睡觉时就把金丝盒放在枕头边。他觉得这盒子挺好玩，怕摆弄坏了，没敢打开来看。一天早晨，鸡刚叫头遍，王二小就起了床。他想早吃饭好进山多打一趟柴，谁知，烟火未动，桌子上就摆好了饭菜，有碟子有碗，热腾腾、香喷喷。有饭就吃，不吃白不吃。王二小没多想，吃饱喝足，抹抹嘴就拿着砍刀进山打柴去了。中午回来，桌子上又摆好了饭菜，晚上也是这样。

一连三天都是如此，王二小不敢再吃这不明不白的饭菜了。他怀疑是老财主设圈套来讹他的金丝盒，就躲起来想探个究竟。快到吃饭时候了，突然，床头上"咯吱"一声响，只见那金丝盒自动打开了，从里面跳出一只小金丝猫来。这猫在地上打一个滚儿，褪下猫皮，摇身变成了一个美丽的姑娘。那姑娘不慌不忙地从盒子里端出饭菜，摆放在桌子上，然后悄悄地离开了。这一切，王二小躲在暗处看得清清楚楚。他怕这美丽的姑娘再变成猫，就把那张猫皮拿过来点火烧了。那姑娘发现猫皮被烧掉了，就对王二小说："我是东海龙王的闺女，因为向往人间生活，父王怕我私奔，就把我锁在这金丝盒里，不让出来。今天，你烧了我的保护衣，我变不回去了，就留在人间跟你结为夫妻吧！"

王二小说："我一没田地、二没房子，成亲还能住在露水地？"

龙公主说："没有房子自己盖，没有田地自己开。只要咱俩恩恩爱爱，想要什么就有什么。"说罢，她从头上取下金簪来，在地上一画，一座四合院顿时出现在山脚下，四方方、亮光光；又一画，门前栽上了柳，屋后又植了桑。只见千行柳树拴骡马，万棵桑上落凤凰。公凤凰，母凤凰，这枝跳到那枝上。公的点头母的叫，口口声声要儿郎。王二小乐得合不拢嘴，龙公主一头扑进他的怀。

再说那老财主听说王二小去过龙宫，又娶来个俊媳妇，怎么也不相信——要是穷光蛋能娶上媳妇，天下就没有打光棍的了。他来到王二小的家，还以为是摸错了门；见王二小的媳妇美如天仙，他心里又直痒痒。老财主想赶走王二小，把这俊媳妇霸占过来，就说："王二小，你整天价[1]都在山上打柴，把这山里的树魂都吓跑了。我栽的那三万三千棵果树，连一棵都没有活，这都是你造的孽！我限你三天内把树魂招回来，让我的果树都开花结果；不然的话，我就拆你的房、夺你的妻！"

老财主根本没栽一棵果树。三天时间，别说让三万三千棵果树开花结果，就是现买现栽也来不及呀！王二小让媳妇想办法，龙公主说："这还不是小菜一碟？你到山上撅一些干树枝，再去提一桶山泉水来就行了。"

王二小撅来干树枝，又挑来山泉水。龙公主将这山泉水洒在树枝上，让王二小插在山坡。说来也怪，这干树枝插下去就发芽、开花，一眨眼就果子挂满枝了。

老财主傻眼了，告到县衙门，说王二小招来一个妖女，蛊惑乡里。县太爷喝令左右把王二小抓来审问。王二小是个老实人，便把怎样放生红鲤鱼，怎样到龙宫，怎样娶回龙公主的经过一一说了出来。县太爷哪里相信，一拍惊堂木：

"胡扯，你说的净是假话！本官倒要看看你有多大本事。限你明天再编三百句假话来，不准有一句实话。如果编不出来，就把你的妻子送到县衙来！"

王二小回到家里，愁得吃不下饭。他对妻子说："我从来不会说一句假话，这一夜又怎么能编出三百句来呢？"龙公主说："当官的净会说假话，他们能编三千句三万句，难道咱们连三百句也不能编吗？"

第二天，王二小来到县衙，根据妻子的嘱咐，一五一十地说起假话来了："禀告大人，我今天上山去打柴，遇到一个光腚孩，偷个火蛋子揣在怀。聋子听到了，瞎子看到了，被老光棍的二儿子抓到了。从柳树上砍下一

[1] 整天价：整天，天天这样之意。

根枣木棍，打得他腚帮子翻白眼……”

“住口！你说的净是假话。你今天一大早就到衙门来了，怎么能去打柴，又怎么能碰上那些混账事？”县太爷打断了王二小的话头。

王二小说：“说句实话吧，老百姓说假话，都是当官的逼的，要多少有多少！”县太爷没办法，只好放王二小回家去了。从此，王二小这两口子就无忧无虑地过日子啦！

讲述者： 李士云
采录者： 周伯之
采录时间： 1966 年
采录地点： 邳县议堂人民公社南戴庄大队

附记

本篇选自《中国民间故事全书·江苏·邳州卷》(知识产权出版社，2007 年 6 月版)。讲述者生前时常讲这个故事，以教育自己家里和四邻的孩子，“要学王二小，做个好孩子”。故事里关于说假话的描述也很有意义。“说句实话吧，老百姓说假话都是当官的逼的，要多少有多少！”这句话，实实在在出自讲述者之口，而不是采录者的随意拔高。(柏枝)

33

大巧和小巧

从前，邳州花山脚下住着一对老夫妻——货郎张和他的老伴；一个在外挑担卖货，一个在家摇车纺线。别看这老两口子恩恩爱爱几十年，没拌过嘴、没红过脸，可他们也有不顺心的事儿：无儿无女。

货郎张挑着货担，摇着拨浪鼓，整天价乐呵呵的，见人打招呼，不笑不说话。可张大妈心里却有数：老伴表面乐，心里忧，做梦也想讨一对儿女来养老。张大妈开导老伴说：“有儿有女世上过，无儿无女世上行。卖货担子就是儿，纺线车子就是女。只要咱俩能挑动担子摇动车，还愁没人管饭吃？”货郎张听了，连声说：“是这个理，是这个理！”

这一天，货郎张又打早去溜乡做买卖，刚到山垭口，有个大嫂拦着要买针线。货郎张问她要什么针，她说要一号大绗针。货郎张递一包大绗针让她自己去挑选。这大嫂挑来挑去挑不中，说一号针太粗，要二号的；换了二号的，她嫌二号针太长；换三号的，嫌三号针太细；换四号的，又嫌四号针太穰[1]。货郎张又拿出一包五号绣花针，这大嫂不是嫌针尖秃，就是嫌针鼻子豁。挑了老半天，看中一根绣花针，她又说身上没带钱不买了。

货郎张也不生气也不恼，仍然一脸笑："大嫂，只要你能看中，你就拿走吧！"

那大嫂说："哪有买东西不给钱的道理？我家菜园里种了不少大白菜，我去拔两棵来跟你换针吧！"

货郎张说："使不得，使不得！一根绣花针咋值两棵大白菜的价钱呢！"大嫂说："都是大熟人，低头不见抬头见。我就是不买你的针线，送两棵大白菜，你还能不要吗？"

货郎张推辞不掉，就把这两棵大白菜挑回了家。张大妈也没觉得珍贵，随手将这大白菜放在门后头，也再没过问。

第二天清早，货郎张起床来一看，咦，门后头的两棵大白菜变成了两个大闺女！他哪里知道，这是送子观音变作大嫂来买针线，特意送给他们老两口子的！货郎张连忙喊老伴过来看。张大妈揉揉眼睛，只见面前这两个闺女通梢鼻子杏子眼，又如嫦娥又如仙！再仔细看看，一个是大脚，一个是小脚，那个大脚闺女脸上还有几个甜麻子。

还没等货郎张这老两口子返过神来，那两个闺女便一齐围上来，又喊爹，又叫娘，向这二位老人请安问好。

货郎张又惊又喜，忙问："你们是谁家的闺女？姓什么？叫什么？"

两个闺女齐声回答："我们是您二老的闺女，都姓张。"那个大脚闺女又说："我叫大巧，是姐姐；她是妹妹，叫小巧。"

张大妈将这两个闺女揽在怀里，亲不够，疼不够，视同己生。货郎张又是买绸，又是买缎，把两个闺女打扮得跟花儿一样，谁个见了谁个夸。

大巧嘴甜，会说；小巧手勤，能干。爹每天挑着货担出门，大巧都送到村头大路口；晚上爹回家，她又迎到村头大路口。小巧呢，眼里有活，该洗的洗，该浆的浆，不用娘吱声。货郎张夸大巧机灵，张大妈说小巧干活不惜力，能养活一户好人家。

春天到了，花山开满了花。两个闺女都爱俊，天天跟爹要花戴。货郎张天天挑着货担出门，天天到花山采花给闺女。有一天，货郎张回来晚了，到花山时太阳快落山了。他看傍晚的山花比早晨更美更耐看，又到山上去掐花。货郎张先掐了一朵春桃花，又想伸手再去掐一朵玉兰花。这时，他的手被人拽住了，不让掐。货郎张抬头一看，是一位英俊的小伙子。他叫小花郎，是花山的护花神。小花郎说："山是我的家，花是我的衣。闯人的家，撕人的衣，你这老头太无理！"

货郎张说："多不掐，少不掐，两个闺女两朵花，谁也不笑话！"

小花郎说："掐一朵，赔一朵。你若赔不起，得让一个闺女嫁给我。"货郎张无奈，只好答应三天后送一个闺女上山来。

货郎张把掐来的那朵花带回家，两个闺女这个争，那个夸。看着闺女们这般高兴，货郎张的心里更难受，连饭也不想吃。张大妈问他有什么心事，他就把掐花招致小花郎求亲的事儿说了。两个闺女听了，都不说话。

货郎张劝大巧，要她嫁给小花郎："大巧大巧你可肯，马驮胭脂驴驮粉；起床端来洗脸水，金钗银钗两大捆。"

大巧不愿意，说："只跟爹，只跟娘，就死不嫁小花郎！"

货郎张又劝小巧，要她嫁给小花郎："小巧小巧你可肯，马驮胭脂驴驮粉；金银珠宝用不尽，天天吃喝不离荤。"

小巧听话，不让爹娘为难："答应爹，答应娘，俺愿嫁给小花郎。"爹娘心里的一块石头落了地，大巧却轻蔑地笑起来。

三天时间到了，小花郎带着山丁，抬着花轿前来迎亲。他见小巧长得如花似玉，心里十分高兴："花山小花郎，一拜爹，二拜娘，再请新人入洞房。"小巧辞别了爹娘和姐姐，坐上花轿上山了。

转眼间，一个月过去了，小巧满月要回门走娘家。小花郎让小巧把山上最好的礼物都带上，又把小巧打扮得花枝招展：头戴赤金花，耳坠玉兰花；芙蓉面，春桃花；柳

[1] 穰：软，不硬。

叶眉，新月花；杏子眼，珍珠花；樱桃口，胭脂花；丝绸褂子朝阳花，镶边裙子八宝花……货郎张见了喜得合不拢嘴，张大妈见了直把女婿夸；大巧见了却不热乎[1]，后悔自己当初不嫁小花郎。

爹问小巧，在山上住得怎样？小巧说："东厢房，西厢房，十二座云楼接中央。斜山展角琉璃瓦，四圈都是玉砖墙。铺的褥子盖的被，摞满八缎顶子床。"

娘问小巧，在山上吃得怎样？小巧说："八仙桌子四方摆，五色果子端上来。萝卜豆腐不算菜，美酒斟满琥珀杯。甘露水，玉兰香，不敬新郎敬新娘。"

爹高兴，娘高兴，只有大巧不高兴。大巧心想：爹爹本来先让我嫁给小花郎，只怪自己没眼光。迟一步，不能再慢两步。狠狠心，咬咬牙，说什么也得夺回小花郎！

一天晚上，大巧对小巧说："妹妹，你这一走个把月，可把为姐想死了。咱姊妹俩到外面去遛遛，再拉拉私房呱。"小巧跟她去了，东转转，西看看，最后来到水井边。大巧说："咱们对着井口照照，看谁长得俊？"井水平如镜，丑俊映分明：大巧平常，小巧漂亮。人是衣，马是鞍，姑娘全凭花衣穿。大巧心里不服气，说："妹妹，你把褂子脱给我穿上试试。"小巧把褂子脱给了姐姐。"妹妹，你把裤子、鞋子、袜子都脱给我穿上试试。"小巧又都脱给了姐姐。"妹妹，你再把首饰也给我戴戴看。"小巧把首饰也给了姐姐。两人又对着井口照："妹妹，你看我现在像不像你？""像！"趁小巧不注意，大巧便用力猛一推，把小巧推下井里淹死了。

大巧穿着小巧的衣裳，戴着小巧的首饰，回家告诉爹娘，说小花郎家中有急事，让她陪妹妹一起上山去，妹妹已经先走了。说罢，她便像旋风一样，向花山飞跑去。

再说大巧生怕白天上山被人识破，磨蹭到夜里才溜进小花郎的住房。小花郎很惊奇，问她怎么不在娘家多住几天，这么快就回来了。

大巧撒娇说："日想郎，夜想郎，一天不见心发慌。睡觉不挨郎的身，梦里不知醒几回！"

小花郎高兴地把大巧抱上床来，疼了又疼，亲了又亲。他摸摸大巧的脸，问："你的脸上怎么有了麻子？"

大巧回答："俺娘家穷，没有枕头，那是夜里枕豌豆粒硌的！"小花郎又摸摸大巧的脚，说："你的脚怎么也大了？"

"俺来回都没有坐轿，这是跑路跑的！"小花郎相信妻子的话，没再问别的，大巧也就蒙混过去了。

天亮了，大巧起床来梳洗打扮。窗外飞来一只小鸟，它是小巧死后变的。这小鸟站在枝头大叫："拿我的梳子梳狗头，拿我的篦子篦狗蝇；拿我的香粉搽狗腚，又拿胭脂抹狗嘴头。"大巧气坏了，捡起一块石头把小鸟打死了。大巧不解恨，又把小鸟放在锅里煮。小花郎吃的净是肉，大巧吃的净是骨头。大巧生气地把鸟骨头倒在了墙旮旯。

过了一夜，这墙旮旯长出了一棵小枣树。小花郎在枣树下乘凉，仰头一张嘴，树上就掉下一颗小枣来，又香又甜。大巧也张嘴等枣吃，可树上掉下来的净是鸟屎，又脏又臭。大巧又把这棵枣树砍了。

再过一夜，从枣树根旁又长出一棵石榴树来，还打满了花骨朵。小花郎觉得好奇怪，就忙跑过来看。只见那花骨朵慢慢地开了花，红似火、烈如焰。石榴花落了，又结出一颗小石榴。这小石榴跟吹气球似的，时时见大，转眼就长成了一个大石榴，压弯了枝，裂开了口，露出玛瑙石榴米。小花郎上前去抠石榴米，突然打石榴壳里跳出一个年轻美貌的女子来。定睛一看，原来是妻子小巧，两人抱头哭起来。

这时，大巧起床来到院子里，她看见小花郎正跟小巧抱在一起，羞得捂脸跑出了大门。大巧绊上一块石头，跌倒了，一骨碌从山上滚下来，摔死了，变成了一棵扒根草。这扒根草趴在路边，任人踏、任人踩，永远挺不起腰、抬不起头。

小巧和小花郎破镜重圆，相亲相爱，又把爹娘接到山上来，日子过得比花香、比蜜甜。

讲述者： 李士云
采录者： 周伯之
采录时间： 1966 年春
采录地点： 邳县议堂公社南戴庄大队

[1] 热乎：热情。

附记

本篇选自《中国民间故事全书·江苏·邳州卷》(知识产权出版社，2007年6月版)。讲述者在讲述这个故事时，像吟诵歌谣似的，一段一段又一段，合辙押韵，琅琅上口，让人听了一遍就能记下来。比如，货郎张劝大巧："大巧大巧你可肯，马驮胭脂驴驮粉；起床端来洗脸水，金钗银钗两大捆。"大巧不愿意，说："只跟爹，只跟娘，就死不嫁小花郎。"货郎张又劝小巧："小巧小巧你可肯，马驮胭脂驴驮粉；金银珠宝用不尽，天天吃喝不离荤。"小巧听话，不让爹为难："答应爹，答应娘，俺愿嫁给小花郎。"再如，小巧满月回门走娘家，打扮得花枝招展："头戴赤金花，耳坠玉兰花；芙蓉面，春桃花；柳叶眉，新月花；杏子眼，珍珠花；樱桃口，胭脂花；丝绸褂子朝阳花，镶边裙子八宝花……货郎张见了喜得合不拢嘴，张大妈见了直把女婿夸。"这诗一般的语言，犹如原野上撒满了珍珠，璀璨夺目、美不胜收。(杨光正)

34

『怎么了』

从前有个叫王小的，家里只有八十高龄的老娘，母子俩靠打鱼为生。有那么一天，王小又照样儿去打鱼。

"唉，真倒霉！"王小低头叹气。原来打了好几网，他连个鱼鳞都见不着，尽是些干柴棒、乱草、石头什么的。他真有点儿丧气了，可打不到鱼儿上哪儿弄钱买粮呢？"唉，随他去，再撒一网看！"他又撒了一网。

"嘿，这回网怎么这么沉啊？"王小一边自己叨咕着，一边使劲地拉网，"哎哟，这么大的一条鱼！有二尺多长！家里还有点儿米，今天不卖了，把鱼拿回家去孝顺孝顺老娘去！"

王小就收了网，背着大鱼往家走。刚一进门就叫开啦："娘、娘，今儿个俺打了一尾大鱼，你来看！不卖了，留吃。娘，你先洗一洗，俺到集上买点儿青菜来。"说完就走了。

他娘在外面忙了一阵儿，就到屋里去拿盐，一看：鱼不见了！老妈妈四下里找，八下里寻，怎么也没见鱼的影儿。是不是叫猫叼到哪儿去了？她又往屋里间儿瞅了瞅。这一瞅不打紧，可把她给吓坏了！就在床沿上坐着一个俊巴巴的闺女。老妈妈老半天才回过神儿来，忙说："闺女，恁走错了门儿吧？恁对俺说恁上哪儿去，俺好带恁去！"

那个闺女连连摇头说："大娘，俺没走错，俺是你的儿媳妇。"话还没说完，小脸儿早已红了大半个。

老妈妈一听，惊得张大了嘴，老半天也没有合上。可她心里还是想："俺家里这么穷，谁愿来呢？"老妈妈又说："闺女，你真的走错了门儿！"可那闺女还是一口咬定她没有走错。

正说着王小回来了。他一进门就说："娘，弄好了吧？"

他娘一听，赶忙从屋里跑出来说："你看罢！"王小顺着娘的手望去，原来是一个俊俏的大姐在屋里坐着。他就连忙说："娘，人家走错门儿了，恁怎不送人家走呢？"

还没等老娘答话，那闺女就站起来说："俺没走错，俺就是恁的媳妇。"王小一听，惊得不得了。既然那闺女口口声声说是他的媳妇，也就让她住下了。王小有了家，还照样去打鱼。他打的鱼越来越多，钱也越卖越多。就这样，王小发了财，盖了楼，买了地，也不下水撒网了。

有一天，县官路过这里，听人说，王小打鱼发了财，他心里就打起坏主意来啦。他叫一个当差的去对王小说，叫他明天送一百斤鱼去，还要一般大、一般的红眼圈，个个都是一斤的。那个狗腿子就去了："王小听着，老爷明天叫你送一百斤一般大、一般红眼圈儿的鱼，还要个个都是一斤的！"

王小硬着头皮答应了，可到晚上就吃不下饭啦。他媳妇见他愁眉苦脸的样子，就问他是什么事。王小没法子，就把那差人的话讲了一遍。

他媳妇听了说："俺只当什么大事呢。恁甭怕，只管吃饭，回头再说。"

王小媳妇等王小吃了饭，就叫他到街上买了些花纸来。他媳妇就叫他睡觉，自己就到外间去了。

王小一夜也没睡好，没到天亮他就起来了。到外间一看，嘿，真的有那么些一般大、一般红眼圈的鱼，数了数，不多不少整整一百！他就挑着往衙门去了。

那县官一见王小送来的鱼跟他要的一模一样，还活蹦乱跳呐。他就叫人接过来放到鱼池里，还赏了王小一顿好饭。等王小走了，老爷到鱼池一看，哈，这县官给吓坏了，哪儿还有什么鱼儿？净是些花纸和芦秆儿。他知道上当了，就叫当差的去对王小说，送一百头颜色、大小一样的毛驴来，还要驴蹄儿都是白的。

不用说，王小又只得答应了下来，可心里又犯了愁。"这鬼县官昨天叫俺送鱼去，今天又叫俺送驴去，后天又不知道叫送些什么呢！"他心里想着想着又吃不下饭啦，坐在凳子上发呆。他媳妇一看王小又像掉了魂似的，就问他："又怎么了？"

王小就把刚刚那当差的话对媳妇讲了。他媳妇听了，就指着王小的额儿盖说："恁就会愁。快去吃饭，回头再说！"

王小想，昨天她能弄来鱼，今天又叫俺去吃饭，看来驴也不难了。心里这样想着，也就狼吞虎咽地吃了起来了。吃饱了饭，就听他媳妇叫他再到街上买些花纸来。

王小买来花纸，他媳妇就叫他只管去睡大头觉。王小放心了就睡觉去了。第二天被媳妇叫醒了，果然看到家门外有一大群毛驴，就赶着毛驴进城送去啦。

到了城门跟前，城门还没有开。王小说是给老爷送毛驴来的。那些看城门的听说是给老爷送毛驴来的，不敢怠慢，赶紧开了城门。王小就赶着那一大群毛驴进了城。

县官听说王小送驴来了，真不敢相信。起来一看，真的是大小一样、个个白蹄的一百头小毛驴。县官就叫差人把那些毛驴赶到马棚里去，不用说，又赏了王小一顿好饭。

等王小走了，县官再到马棚一看，满棚子里净是些花纸、芦秆儿。县官不由得嘴里叨咕着："一群毛驴变花纸，王小王小，你看我跟你怎么了，怎么了！"他嘴里说着，心里可就猛然想起了："对，这回就叫他送个'怎么了'来！"想到这里，他就又把那个当差的叫来啦，他叫当差的传话：明天给老爷送个"怎么了"来！

那狗腿子又一溜烟地跑到王小门口对王小学了一遍，临了还说："你要是不送，有你好看的！"

王小又犯愁了，又不吃饭了。他媳妇又问他，他又把县官要"怎么了"的事给媳妇讲了一遍。不用说，他媳妇还是叫他先吃饭，吃了饭再到街上买来了花纸。不用说，王小又听他媳妇的话去睡觉了。王小睡得甜甜的、香香的，又被他媳妇叫醒了。王小起来一看，他媳妇早已做好了一个四人抬的小轿，那轿里坐着一个俊巴巴的花大姐，花大姐跟前放着一个大火炉子。王小看了不知道个头绪，就想问，他媳妇说："恁甭问，到那里恁就知道啦。可到衙门口时，恁就把炭火烧得旺旺的，记住！"王小到了城门口，喊开了城门，那四人抬的小轿就"忽闪、忽闪"地被抬到了衙门口儿。县官一听，王小一大早就送"怎么了"来啦，心里疑惑："我只说叫他送个'怎么了'来，可连我自己也不知道那是个什么玩意儿。"他出来一看：原来是个大花轿，赶忙掀开轿门一看，嘿，还真好看咧！再看那花大姐，就见她想起来又不愿起来的样子，那县官身子就跟用花椒水洗过了似的，麻木了半截。他赶紧用手去拉她，正好那花大姐一下子掉到火炉里。县官一看更是慌了爪子，你想他舍得叫那么一个玉一般的美人儿烧着吗！他就去拉。这一拽可不要紧，可就引火烧了身，烧了县官的胡子，烧了县官的官服。他一边扑弄一边叫唤着："这可怎么了！这可怎么了！"

讲述者：张伶俐，女，16岁，初中学生

采录者：高振东

采录时间：1986年12月

采录地点：新沂市炮车二中

附记

本篇选自《中国民间故事全书·江苏·新沂卷》(知识产权出版社，2007年6月版)。

35

借尸还魂

这是借鬼说人的故事，虽然有点离奇，但怪有意思。

有一位公子，家里很富，爹娘给定了娃娃亲；女家很穷，就把女的接到家里过。两人一起吃饭，一起读书，一起玩耍，好得跟一个人一样。

一天晚上，公子正在屋里读书，忽听门外呜呜刮起大风，又见从风里下来一人，自称是"黑旋风"。这人与公子结拜成了兄弟，两人相处得可好了。有一天，黑旋风对公子说："明天中午你家里要出事。""出什么事？"黑旋风道："恐怕弟妹明天中午过不去。我是阴间的官吏，我知道。"公子吓了一跳，忙问："还有什么办法救她吗？"黑旋风道："有。明天中午，你弹琴她唱歌，不能让她睡觉，混过午时就行了。千万记住，别让她眨眼。"

第二天公子照着做了。从早上到中午，他们一直在弹唱；男的弹累了，女的唱累了，女的就趴在公子身上睡着了。公子一见，忙用手推，一看女的已经死了。

半个月后，黑旋风又来了，进门就问："弟妹安葬了吗？""安葬了。"公子说。"你还想再见弟妹吗？""哪能不想见呢？哥哥，你有什么办法吗？""你跟我去，到西

南人鬼县就可以见到她。”

于是，公子别了父母，随黑旋风去了。到了一座庙前，黑旋风把他背在肩上，马时[1]刮起一股黑风，“呼呼”地直往黑窟里钻去。一会儿，只听黑旋风说：“到了，兄弟，睁眼看看吧。”

公子睁开眼，从黑旋风肩上下来，一见四周阴森森、冷飕飕的，没有日月星辰，只有一点蓝光忽闪忽闪的。正看着，忽见那边走来个挎竹篮的少女，很像自己的未婚妻；走近一看，果然是她。他们说了好多思念的话。公子见未婚妻竹篮里有鲜桃，就要拿出来吃。黑旋风道：“兄弟，阴间的东西吃不得，吃了就回不去了。”过了一会儿，黑旋风又说：“兄弟该走了，这是阴间，不宜久留。”公子与未婚妻难舍难分，黑旋风不管这些，背起他就走。不一会儿来到庙里，黑旋风放下他，说：“你是人，她是鬼，见一见就算了。我再给你找个媳妇。离这人鬼县八十里有个王家庄，庄上有个王员外，他有个闺女长得很俊，可得了一种病，几年都没看好。现在他张贴了告示：谁要能治好小姐的病，就把小姐许给谁。如不愿成亲，金银财宝任你要。你去给小姐治病，看中了就成亲，看不中就拉倒。”

“且不说这些，救人要紧。”公子道，“小姐得了什么病呢？”

“夏天小姐在外边睡觉，蛐蜒爬进了她的耳根里，疼得吃不香、睡不好。你去只要如此这般，保险手到病除。”

到了王家庄，公子揭了告示，走进王员外家里，吩咐王家的人说：“买一百斤香油倒进锅里煮，再找一块门板，挖个窟眼儿，架在离锅三尺的地方，让小姐睡在上面，左耳贴住窟眼儿，保险病好。”

王家的人照着办了。香油见热，香气上升，从门窟眼钻进小姐的耳眼里；蛐蜒闻到香味转头往外爬，爬着爬着，“叭”地掉进了油锅里。小姐从门板上起来，就要吃饭喝茶。公子本意只为救人，见小姐的病好了，也没要王家的钱财，便告辞回去。这一天，走到前不搭村、后不见店的荒地里，天下起了大雨。天黑路滑，上哪里去避雨呢？只见前面有个火亮，有火亮就有人。他来到火亮前，见有一间小屋，屋里坐着一个小姐。他不好意思进去，就听屋里的小姐说：“公子进来避避雨吧。”他有些害羞地进去了。小姐又道：“看你衣裳淋得很湿，换上我的衣服吧。”起初他不肯，但没法子，只得换上了。

“你还没吃饭吧？我做饭去。”那小姐从缸里拿出一粒米，掰成两半放在锅里，烧了起来。公子心想：“真小气，半个米粒，够谁吃的！”

一会儿，小姐掀开锅盖说：“饭熟了，你吃吧。”公子一看，好家伙！半粒米，竟煮了半锅米饭！他开始吃了，吃了一碗又一碗；吃饱了，饭也没啦，真巧。

吃饱了，他睡觉了。天明时，公子睁眼一看，哎呀，哪里有屋？自己是睡在坟坡上。又见自己穿的全是女人衣裳，感到非常奇怪。看坟的老头走来了，一见公子穿的正是他家小姐陪葬的衣裳，大骂道：“你这个强盗，怎么盗俺家小姐的墓。”老头把他拉进了官府，县官要杀他。他大喊冤枉，把夜间避雨的事说了一遍。县官带人来到坟前，扒去坟土，露出棺盖，上面搭着公子的衣服，接着又命人打开棺盖。

棺盖打开了，怪事出现了：只见死去几年的小姐慢慢睁开了眼睛，扶着棺材帮站了起来，四处乱瞅。等她瞅见公子，也不顾人多，跑上前抱着公子的头就大哭，公子被弄得莫明其妙。

原来，这是黑旋风用的法术，使公子死去的未婚妻借尸还魂。两人成亲，白头到老。

讲述者： 李德华，44 岁，高小学历，工人
采录者： 王政文
采录时间： 1987 年 6 月
采录地点： 铜山县张集乡后赵村

[1] 马时：马上，很快。

附记

本篇选自《中国民间故事全书·江苏·铜山卷》(知识产权出版社，2007年6月版)。

36

淘气王躲岁

民间传说，每年的除夕这天夜晚，天上的玉皇大帝都要派太白李金星、老寿星和大力神三位神仙给下界的人添岁。他们将“岁”装满一大袋子，由大力神背着，来到人间后，先将岁倒满一斗篼子，由老寿星挎着，每到一户人家，太白李金星查好家中有几个人，老寿星就从篼子里抓起几个岁向屋里一撒，岁就落到每个人的头上，这时每个人也就添了一岁。守岁也就是守在家中等着老寿星来给添岁。

且说这王家庄上有一户姓王的人家，全家祖孙三代六口人。户主王老汉已七十多岁，与儿子、媳妇和三个孙子一起生活。王老汉的长孙十三岁，名叫淘气。因为这孩子是个出了名的调皮捣蛋鬼，所以人就叫他“淘气王”。这一年除夕晚上，一家人围着火炉包饺子，淘气王却偏要出去玩耍。爷爷说：“今晚上哪里都不能去，得在家守岁。等一会老寿星来给添岁你不在家，岁添不到你头上，你明年就只能还是十三岁了。”淘气王一听就在心里嘀咕起来：我的三个小伙伴都是十二岁，就我比他们大一岁，我要是少添一岁不就和他们一般大了吗，那有多好。想到这里他便撒谎说："我得出去尿泡尿。"便跑了出去。出得门来，心里又嘀咕起来：我藏到哪里才能躲掉这一岁呢？要是在家跟前躲，太近肯定躲不掉。这时他忽然想起白天和伙伴们一起在庄东头捉迷藏玩时的那个枯井，一拍大腿说："对，就上那去躲。"不多会他就来到枯井边，手扶脚蹬着井壁的石头缝下到底下，心想，我在这井底坐一会，等添岁的寿星走了我再回家。谁知他坐着坐着就睡着了。

再说淘气王的家人说说笑笑谁也没在意，直到包完饺子才发现小淘气还没回来，这才赶紧去找，可找来找去找不着。最后他爷爷想起来他常在庄东那块玩，便打着灯笼找到了枯井边，喊了几声才把他惊醒。他在井下一边答应一边往上爬，等他爬上地面，爷爷用灯一照吓了一大跳，这哪里是孩子，竟然是一个白发苍苍的老头。这时淘气王才发现自己变成了一个白胡子老头，比爷爷还老，真不知这是咋回事。原来，三位神仙给人间添完岁后，筐子里还剩有一小捧岁，恰巧路过井边，老寿星说："剩下的这点岁咱们也别带回去了。"顺手便倒进了井里。这下子可了不得了，淘气王一下子就长了一百多岁。但事已至此，谁也没办法可想了。

据说，因为这淘气王得到的岁数太多，年龄太大，没过多久便死去了。

讲述者： 姬文元，86 岁，不识字，农民
采录者： 刘学秀、周保童
采录时间： 2013 年 12 月
采录地点： 邳州市运河街道

附记

本篇选自《邳州民间故事传说》（江苏人民出版社，2015 年 3 月版）。过去，民间有大年三十除夕夜在家守岁的传统习俗，这个故事就是从守岁这个习俗中衍生出来的。其起源年代不详，流传于苏北鲁南交界一带。（学秀）

37

大头和尚戏柳翠

从前，大运河边有座码头，码头附近有一条古街，叫"泇口街"。泇口街西有座古庙，庙里有三个老和尚和一个小和尚。小和尚叫碧青，年方七岁，身材虽然不高，但是却长着一颗大脑袋。碧青三岁时父母因瘟疫双亡，邻居北舍的婶子大娘看他实在太可怜了，就把小碧青送到泇口街上的古庙里，恳求庙里的长老收留这个可怜的孤儿。长老一见碧青，十分喜爱，于是就把他留在了寺庙里打杂。日月星转，花开花落，转眼十多年过去了，小碧青也长大成人了，每天天不亮，就早早起床练武，然后将庙里一天要用的水挑满缸，才停下来歇歇脚。

寺庙的东南角，有棵大柳树，这棵树枝繁叶茂，根深干粗，三个人张开两膀，也揽不过来。周围的百姓说，这棵柳树少说也有上千年了，已成了柳树精。多亏生长在寺庙里，有佛镇着；要是长在荒郊野外，说不定还会吃人来。可是，碧青却不信这些谣传，每次挑水累了、练武倦了，就靠在柳树根上休息一会。久而久之，碧青与大柳树产生了依赖之情，一天不见大柳树，心里总感觉空落落的。

一天早上，方丈把碧青叫到跟前，对碧青说："徒儿啊，

我和你的几位师兄要外出云游访友半月，你一个人在庙里要好好习武，熟读诗经，待我回来之后，要检查你的功课啊。”碧青连连答应。当天，师徒三人就出发了。

这天晚上，碧青吃过晚饭，正在柳树下练武，忽然，从柳树边走出一位俊俏的姑娘。她告诉碧青，她叫柳翠，家就住在大运河边上，经常见碧青在树下习武、到大运河里挑水，请求碧青教她习武。起初，碧青很拘束，以出家人不近女色为由，拒绝了柳翠的请求；但是经不住柳翠三番五次的软磨硬泡，就小心地教起了柳翠练习武术的基本功。时间一长，加上师傅不在庙里，碧青也就忘了佛门的清规戒律，尽情地与柳翠在一起练武、玩耍、戏闹。

一连好几天，柳翠都会来到寺庙里和碧青一起玩耍。一天中午，柳翠和碧青正在柳树下嬉戏，正巧被一位打柴的樵哥听见了。这位樵夫悄悄地爬上寺庙的院墙，远远地观看二人打情骂俏。当看到二人你掐我一把、我弄你一下时，樵哥没忍住，笑出了声。柳翠和碧青一回头，发现了樵哥正在院墙上偷看他俩；樵夫想躲藏，哪知一脚踏空，掉到了寺庙外头，摔得“哎呀”一声。柳翠一见，连呼“不好”，顿时化作一缕青烟，钻入柳树洞里，再也不出来了。

樵夫揉着被摔疼的屁股一瘸一拐地回家了。碧青傻了眼，这才明白天天来找他练武的柳翠真是一个柳树精。

话说樵夫回到家中，将大头和尚与柳树精调情的事一五一十地向周围的邻居讲了起来，说到忘情处还时不时地一扭一捏，十分风趣，直乐得左右邻居们前仰后合、开怀大笑。从此，大头和尚戏柳树精的故事传遍了四邻八乡。

这年正月，一位正在办高跷会的头儿听说了此事，他连夜找人根据这个故事编导了一出高跷会《大头和尚戏柳翠》。男角头戴“大头和尚”面具，穿青布长衫，手持木鱼，脖子后头插一把纸折扇；女角云头压鬓，斜插鲜花，身穿彩旦服，手拿手绢。二人脚踩高跷。男角滑稽幽默、调皮捣蛋；女角泼辣大方、俏而不荡，再加上扭、摇、追、逗、抢、搂等技巧动作，别具风韵。一时间惹得三庄五舍的戏迷们追着看这出高跷会。从此，大头和尚的高跷会传遍了运河两岸。

讲述者： 李广俊
采录者： 孙常胜
采录时间： 1999 年 12 月
采录地点： 邳州市邢楼镇

附记

本篇选自《大运河的传说》（江苏人民出版社，2016 年 12 月版）。

38

黑漆大门

明朝万历年间，苏北沂沭一带，出了一件黑漆大门的趣闻。这一带原属宿迁，是个古城，城中有个徐员外，家财丰足，腰缠万贯，人称“徐半城”。

徐员外有个当铺，叫裕丰当铺。掌柜徐五也算是徐姓本家，已在徐家经营二十多年；因年老体弱，几次要徐员外调换掌柜。徐员外呢，就叫徐五自个儿找。徐五呢，看中了一个测字先生。这先生姓李，常在当铺斜对面摆摊，一举一动徐五看得非常清楚。比如有一年年关，徐五看到这位李先生将身上几两碎银送给了别人，情愿自个儿挨饿。徐五受感动，取出五两银子赠他，可那个李先生就是不要，最后说：“你真要给我，我就写几个字，也算典当。”说着就写下“天理良心”四字交给徐五。那时这叫“信当”，意思是信用为本。果然，年关一过，李先生就来赎当。徐五更觉李先生为人忠厚、心地诚实，心想：让他来接替我经营当铺不是更好吗？就几次向徐员外推荐。徐员外呢，也觉得有这样的人说不定倒是招财进宝的机会，就聘李先生当了当铺账房。

这李先生自到店中，办事勤快，账目清楚，处世为人忠厚老实，四方主顾络绎不绝，当铺生意兴隆。徐员外见李先生能干，心中乐意，索性叫李先生把妻子也接来店中，有个照应。不觉已是一年光景，转眼又到了年关。李先生白天接待顾客，夜里掌灯结账，愈加忙碌，直到腊月二十九才稍稍松了一口气；想办点年货，又下起雪来，北风呼呼，天气骤冷，出不得门。李先生正准备关门打烊，门外忽然闯进一个大汉。这人头戴一顶斗篷，脚穿一双麻鞋，身着一条短裤，肩披一领细草蓑衣，怀抱一卷字画，嚷着要当画。李先生一看嘛，哪是什么名画，只是涂着两扇黑漆大门的墨画，便问：“你当多少？”“一千两。”李先生吓了一跳，想：一幅普通的画典银一千，若被店东徐员外知道，岂肯干休！便说：“十两八两，给你当了便是；这千两银子，如何使得！”那汉子听了这话，默默无语，收起画卷，转身就走。出得店门，风雪愈紧，李先生看他跌跌撞撞、摇摇晃晃，心里不忍，心想：这个人不是日子艰难，就是家有急用，怎能见死不救？那年俺不也是写了四字，当银五两，才度过年关的么！想到这里，急忙叫住这个大汉：

“天寒地冻，你到哪里去告帮？如真有急难，这千两银子，俺当给你。”那汉子千恩万谢，包着银子离开了店门。

第二天，李先生把昨天当出银子一千两的事禀报给员外。这一下，不得了，徐员外是个爱银如命的人，一千两银子比挖了他的肉还疼。他横眉竖眼，追问那大汉姓甚名谁、家住何处，立逼李先生追回银子。李先生说：“信用为本，住处倒没打听清楚。”徐员外这个气还能忍吗？他操起短棍，朝李先生劈头盖脸打来，嘴里骂：“你这混蛋，给我滚！一千两银子限你十天内归还！”说着把黑漆大门的画扔在地上，踩了几脚。李先生忍气吞声，立下欠银千两字据，拾起字画，包在包袱内，带着妻子离开了当铺。

除夕，李先生回到自家草房，看看屋里厚厚的尘土，粮米柴草一点儿也没有。妻子心头不是滋味，先睡了。李先生呢，想起为一幅画落到这般地步，反觉好笑，索性拿画贴到墙上，又拿“天理良心”四字当作横幅挂起来，看看字画倒配得相衬，苦笑了一阵，说道：“为人不做亏心事，天理良心感人知。”奇怪，话音刚落，那画上的黑漆大门内开了一道缝，伸头一看，了不得，三进院落，楼台殿阁，花草林木，样样都有。他以为眼花，拧一把大腿，觉疼痛，知不是梦，赶紧拉起妻子，推门进去。见第一进院，尽是奇珍异宝；第二进院，金银玉器；到第三进院，厅堂上一桌酒菜。这两口子年夜饭也没吃，哪能不饿？不管三七二十一坐下就吃。一顿饭吃完，桌上又摆出一桌。夫妻俩才知黑漆大门一画是人间稀宝。夫妻商议，赶紧包一千两银子还给徐员外，索回欠条，然后深居简出，尽量少露面，免得招惹是非。

徐员外拿得一千两银子，心中疑惑，想李先生本是穷光蛋，哪来这么多银子？暗地里派人打听。一打听，徐员外呆啦，心里懊悔呀，谁叫你看不起一幅画呢？可转念一想，你只是我当铺的账房，那画应是当铺的；我去讨，你也只能干喘！于是打起轿子，直奔李家而来。

徐员外闯入李家。李家可没防备，李先生赶紧让座。徐员外皮笑肉不笑说："不坐了，我是来看宝画的！""哪里有什么宝画？员外别信别人瞎扯。"徐员外冷笑一声，站起身来走到画前，推开黑漆大门，走了进去，李先生只得跟着。这回呀，徐员外是真正呆了，只见一路全是金银珠宝，一桌酒席也还在那儿。徐员外品尝几口，醇香扑鼻，也不知是什么做的。两人回到草房，徐员外变脸了，说："你李先生太没良心了，那幅画本来是当在我当铺的，你凭什么骗来你家？"李先生分辩说："这画当一千两银子是不假，你只要银子不留画嘛，还把我赶出店铺，现在千两银子已经还你，你还有什么话可讲？"一席话，把个徐员外噎住了。徐员外见硬的不行就来软的，说："这样吧，我不亏待你，用半城家产与你换画怎么样？""换是换，可口说无凭，要当众画押才行。"徐员外眼珠一转，心想画里金银宝物应有尽有，半城家业算了什么？再说，待画弄到手，再治你李某也不迟。就催着签字画押，把画取下来，"天理良心"四字横幅呢，扔在地上，得意洋洋地回府了。

李先生拿了文书去徐家清点财产，忙了两天两夜，才忙清。这边徐员外呢，也十分得意，把画贴在中门墙上，喊来一家人，说："你们进黑漆大门后，见什么好的只管拿，我们是天下最有钱的人了！"说着就去推门。可也怪，那个门闪着一条缝，就是推不开，里头灯火辉煌，外头就是够不着。徐员外急了，叫一家人全来推，仍是推不开。叫人搬来木桩撞门，这一撞，可好，门关得更严实了。徐员外气得在门外骂，门内也有声音飞出来："没有'天理良心'，怎能进得宝门！"徐员外这才想起李先生的"天理良心"四字被他扔了，急忙去寻李先生。哪知李先生已把半城家产连同金银财物分给百姓，悄悄离开了县城，不知去向。

讲述者： 张子凡，64 岁，退休教师
采录者： 陈祖忻
采录时间： 1985 年 3 月
采录地点： 新沂市新安镇

附记

本篇选自《中国民间故事全书·江苏·新沂卷》（知识产权出版社，2007 年 6 月版）。

39

玉兔做媒

很久以前，马陵山下住着一个年轻英俊的小伙子叫赵善，他勤劳善良，能吹一口好笛子。

赵善十七岁那年，父母相继过世，他只好到本村的老财主李能家当长工。他来到李家后，从不多说话，终天只知道干活；有时实在憋得慌，就到小溪边吹笛子。可是，每当他出来时，总觉得有人在偷看着他。这天晚上，赵善端起稀糊糊喝时，李能的宝贝女儿春艳走了进来，把一碗香喷喷的米饭放在他的面前。赵善惊呆了，眼前这位如花似玉的小姐怎么对他这样好呢？

从此，赵善的笛子吹得更响了，也更加悦耳动听了。

后来，赵善和春艳相爱的事，终于被老财主李能知道了，他恼羞成怒。要知道，李能早就想为自己的女儿找个高门大户人家的公子呢！只因女儿才十五岁，长得貌若天仙，所以好多后生来求婚都被他拒绝了，嫌他们的家境不富。李能是这么琢磨着："'女大十八变，越变越好看'，过两年再说亲，挡不住能找个有才学有地位的公子哥儿呢！"可现在呢，却半路闯出个穷鬼来，女儿的心变了，全拴在这个穷鬼身上了。他不由得把怒气全部迁到赵善身上，当下就把赵善赶了出去，连半文工钱都没给。

赵善只得以打柴为生。一天，赵善听到路旁草棵里一阵叫唤声，走近一看，原来是只受了伤的白兔，雪白耀眼的兔毛都被血染红了。赵善忙把它抱回家，又采了止血的草药，捣烂为它敷上。几天后，白兔的伤好了。赵善正要将它放走时，白兔说话了："我是广寒宫里的玉兔，嫦娥差我下界办事，不料被李能的家奴打伤了。今后你遇到难事，就向月宫喊一声玉兔，我会来帮你的。"还没等赵善回话，玉兔已经无影无踪了。

再说李能赶走赵善后，就赶紧给春艳找了个大户人家的公子，准备择日成亲。春艳思念赵善，身子一天天消瘦下去，脸上也失去了往日的光彩。李能又气又急，四处求医；春艳的病情不但未见好转，反而越来越重了。李能的家奴给出了个主意，让春艳与公子早日成亲，冲冲喜或许会好一些。于是李能就忙着为春艳准备嫁妆。春艳痛苦万分，还没到成亲那天就死了。李能号啕大哭起来。这晚，赵善闻讯赶来对李能说："俺能救活春艳。"李能说："你能救活春艳，就让你俩成婚。"

赵善急忙奔回家，朝那升起的月亮喊了声："玉兔——"话音刚落，就见玉兔踩着一朵雪白的云飘然到来。赵善把春艳的事讲了一遍，玉兔说："这不难，马陵山上的仙草可以救活姑娘。"赵善听了很高兴，可那么高的山谁能上去呢？玉兔看赵善为难，说："不用着急，我去给你采来。"说着玉兔脚踩白云飘向马陵山，眨眼工夫就叼着仙草回来了。赵善忙谢过玉兔，一口气跑到李能家，把仙草塞进了春艳嘴里，不一会春艳果真睁开了眼睛。李能高兴了，可他看了一眼赵善，又皱起了眉头。于是，他眼珠一转计上心来，从里屋拿出二十两白银递给赵善。赵善看到银子明白了，不禁心生怒火，上前一步把银子打落在地。李能怒极了，大喝一声："来人哪，把这个穷鬼打出去！"一群狗家奴，不由分说，把赵善赶了出去。赵善无奈，只好再次求助玉兔。赵善把李能变心的经过一讲，玉兔说这好办，"咕"的一声吐出一把雪白的银钥匙，对赵善说："这把钥匙能开一切锁，你拿着它就可救出姑娘。"

这天晚上，赵善拿着钥匙，救出了春艳，逃到外地结成了夫妻，过上了男耕女织的生活。

讲述者： 盛洪太，58岁，农民

采录者： 盛秀梅，女，初三学生

采录时间： 1987年3月

采录地点： 新沂市高流镇夏塘村

附记

本篇选自《中国民间故事全书·江苏·新沂卷》（知识产权出版社，2007年6月版）。

40

十年河东转河西

有一对兄弟，老大住河东，老二住河西；人们管老大叫河东，老二叫河西。这兄弟两人父母早亡，河东娶了妻子，河西仍是孤身一人。河东听信妻子的话，把家中的财物偷偷地私吞后，便和河西分了家。河东分了好房、好地，把弟弟分在河西的破屋里居住，又分了点孬地给他。

一晃十年过去了。河东住着高楼、骑着大马，过得十分富有；但他为人刻薄，待人处事十分小气，老百姓都不喜欢他。河西的日子没有过好，也没娶上妻子；但河西为人忠厚老实，乡邻们都很喜欢他。河西虽然人穷，可他有志气，从不低三下四，一心一意地只凭出力气挣口饭吃。

有一天，河西出去打柴，见天上掉下来一只翅膀受伤的大雁，河西便把受伤的大雁抱回家中，给雁的伤口上了刀伤药，又喂食，又喂水。过了几天，雁的伤口好了，雁却不走。河西说："大雁，你若不走，就替俺看门吧！可惜你是一只雁，若是个女人该多好啊！"大雁闻听，点了点头。河西也没放在心上，带上斧头、扁担、绳子，上山砍柴去了。

晚上，河西卖完柴回到家里，正准备做饭，只见大小锅里都冒着热气。河西很奇怪，急忙上前将锅盖掀起，只见大锅里是白米干饭，小锅里是热气腾腾的猪肉炒白菜。河西很纳闷，心想："家中无米无肉，哪来的饭菜？况且门是锁着的……难道是遇上神仙不成？"这时，河西的肚子在"咕咕"地叫唤了，"不管怎样，俺先吃过再说。"就这样，一连几天，都是如此。这日，河西想了个点子。他走后，又偷偷地回来，躲在草垛里；到做饭时，便从门缝向屋里张望，只见屋内有一位年轻的美女，在刷锅、添水、办饭。河西急忙从墙头上跳进去堵住门，问："你是什么人？"这女子也不怕人，忙说："实话告诉你，俺是雁仙，多蒙恩人搭救。如不嫌弃，情愿与你结为夫妻。"河西闻言，心中欢喜。两人便成为夫妻。

过了三年，他们生了一个儿子。河西说："俺要有高楼住着有多好啊！"妻子说："那容易。"遂用草编了一座三井六院的房子放在野外，只见她嘴里说了几句话，一座高楼出现在眼前。

这消息传到了河东耳朵里。这时的河东，妻子刚死不久，便想弄一个美女做伴。他手下的狗腿子替他出了个歪点子。河东依言，便命人把河西请到家中，说："兄弟，从前分家，都因你嫂子从中作梗，没有分均，弟弟有点吃亏，愚兄不忍。今日为兄想把家业互相对换一下，一换到底。"河西忠厚，不敢违拗兄长，便说："随便你。"河东请来了族长、问事人及邻居，立下了永不反悔的文书。河西回到家之后，向妻子说了此事。妻子说："你上当了，你哥的心眼坏，不知又出什么坏点子。"

次日，河东带着恶奴到了河西家，硬把河西父子撵走，把河西的妻子留下。河西哪里肯答应。河西妻子说道："你爷俩走吧，俺留在这里。"河东大喜，河西含着眼泪把孩子带到了河东的家里。河东见河西走了，美人又自愿留下，直乐得手舞足蹈，便美滋滋地想同河西妻子过夜。他上前刚伸手去拉，只听"嘎啦"一声，河西妻子变作一只大雁飞在空中，径直往河西飞去了。河东再回头一望，哪有什么三井六院，只有那三间破草屋。河东一气成病，后来，只好以讨饭为生；河西却成了财主，住高楼、骑大马，日子过得非常舒服。后来，人们便为河东编了四句话：

莫笑穷人穿破衣，十年河东转河西；
十年河东骑大马，十年河西讨饭吃。

讲述者： 王湘臣，52 岁，初中学历，农民
采录者： 朱会钧，66 岁，读过私塾，农民
采录时间： 1987 年 2 月
采录地点： 新沂市高流镇

附记

本篇选自《中国民间故事全书·江苏·新沂卷》（知识产权出版社，2007 年 6 月版）。

41

天高不算高

从前，有个老太太开酒馆。一天晌午，门外走进一个破衣露肘的白胡子老头。老太太看老头年纪大，赤皮露肉挺可怜的，就递酒给老头喝，说："请喝吧，不要钱。"老头没说什么，喝完就走了。从此以后，老头天天都到老太太的酒馆来喝酒，老太太也从来没收过钱。

一个月过去了。这一天老头没喝酒，端着碗对老太太说："你把这碗酒倒到水井里去吧！再从井里打酒卖就行了。"说完就走了。

从此，老太太天天到井里打酒卖，小酒馆的生意也越来越兴隆。

一晃几个月过去了。一天晌午，老头来到酒馆，问："酒供上卖不？""供上了，井里的酒可多啦！""酒好吗？""哎呀！可好了！顾客都挤到这儿来了。可就一样不好！"老头问："什么不好？""唉！就是喂猪没有糟啊！"

老头听了这话，摇了摇头，叹口气说："唉！天高不算高，人心比天高；井里打酒卖，还说喂猪没有糟。"说完用中指从碗里蘸了点酒，用手一弹，说声："去！"站起身来飘然而去……

从这往后，从井里打上来的仍然是水。

讲述者： 潘守燕，50岁，高小学历，农民
采录者： 陈增勇，37岁，初中学历，供销社职工
采录时间： 1987年12月
采录地点： 新沂市踢球山乡

附记

本篇选自《中国民间故事全书·江苏·新沂卷》（知识产权出版社，2007年6月版）。

42

『仙笔』梁好友

从前，在朱楼乡冯井村小梁庄有一个叫梁好友的人，这人好赌博。有一天，已是腊月二十八，家中还没有钱买东西过年，他老婆看没办法就把手镯交给他，让他拿去当铺里当点钱买点年货过年。可是他却没有去当铺，而去了赌博场。在赌博场他看见一个人十来九输，便上前指点那个人。那人开始转输为赢，后来赢了许多，可那人连一句好话也没说，梁好友十分生气。

随后他就把手镯拿到当铺当了钱，可没回家，又去了赌场。来了几盘就输光了，也没有脸回家了，若回家又怎向老婆交代呢？想着想着，他就想寻死。来到一棵大树下，解下腰带正准备上吊，就听有人讲话："你不能死，好日子还在后头呢！"他转身望望四周，只听声不见人。他又继续握绳扣要上吊，可是又听有人说话，说的话和刚才一样。他心想：我还真不该死吗？于是，就打消了死的念头。

这时，就见一个白胡子老头来到这棵大树下，用拐杖敲敲树说："里边有人吗？请开门，我来借点银子花！"就听里边有人说："你借多少？有东西盛吗？"老头回答说："有东西盛，借给我五百只大元宝吧！"老头背着装满元宝的口袋就走了。

那老头离开后，梁好友也学着老头的做法敲着树，说了些借钱的话，也借了五百只大元宝。有了钱回到家，就买了些过年的东西，欢欢喜喜地过新年了；同时，他又买了地，盖起了两进院子的新房，从此日子过得很富足。三年后的一天，他又来到这棵大树下，准备还了借那五百只元宝的账，还又置了许多酒菜来酬谢。这时一白发老人又出现在他面前，对他说："你不要送菜送酒，若是这样那就不好了。"说着老头儿不见了。梁好友就觉得眼前的树叶一会儿绿了，一会儿黄了，黄了又绿，绿了又黄，谁知这样一晃好几代过去了，他就成仙了。

回到家一看，变化可大了，他子孙多少代下来了，可他还是很年轻。他的后代都不认识他，他只得又来到这大树下。这时白发老人又出现了，对他说："我给你一杆笔，你去画画吧！"从此他就照着老人的说法去画画了。这天他来到马车铺里，铺里有五辆马车；这家人见他年轻有力，想留他在铺里干活。他说他会画画，主人说："你把我这五辆马车画下来吧！"于是梁好友很快画好了，跟真的一样，主人看了十分高兴。后来有个县官到这庄上，看到这幅画便问是谁画的，店铺主人告诉他是梁好友画的。县官就吩咐把梁好友找来，梁好友果然来了。县官让他画一个县大堂，大堂内有三班衙役。没多会儿，梁好友果真把这幅画画好了，县官看后也十分高兴，称赞他画得好。从此，梁好友的美名就传开了，一传十、十传百地传到了当今万岁那里了。皇上请他画一张金龙宝殿图，画好后也赞不绝口，一高兴便封他个"东台御史仙笔梁好友"。于是，这故事就这样流传下来了，并一直在俺朱楼乡世代有序传讲。

讲述者： 史芳华，男，72 岁，高中学历，原睢宁县朱楼乡文化站干部

采录者： 张甫文，男，68 岁，大专学历，睢宁县委宣传部退休干部

采录时间： 2020 年 6 月

采录地点： 睢宁县城文化广场

附记

该故事在民国时期，由睢城市朱楼村村民朱向阳传讲，后由该村史芳华、武怀苏等人传讲至今。目前，该故事在睢城镇流传仍很普遍，能够讲述者有十多人。已被《朱楼乡志》《睢宁县民间文学三套集成》《江苏省非物质文化遗产普查·睢宁县资料汇编》等收录。（张甫文）

43

走红运的秃子

从前，俺庄上有一个秃子与几个人同做生意。有一天晚上，当走到一个村庄上，却没找到店铺，几个人都在发愁，去哪儿住呢？秃子说："我未婚的老丈人家就是这庄，咱去老丈人家住吧。"不料，这话被蹲在庄头一个老头儿听见了。老头儿只是装作未听到，自言自语道："不给住吧，会被他们骂；住吧，怕会偷我家东西。不如……"主意一定，便笑面颜开地说："你们要住店啊，就去我家吧！"大家听了都高兴得了不得。

第二天，他们准备离开，不料下起雨来；第三天雨还是未停，下得小点。大家想到老头子对他们很热情，盘盘碗碗招待他们，实在不好继续打扰，于是决定继续前行。大家刚想走时，发现秃子不见了。有的说："这可能真是秃子老丈人家，秃子与他未婚妻躲在屋里热恋了。"有的说："一直未见秃子表白，不一定……"

后来才知，是在昨天晚上，老头子将秃子吊起来狠打一气，便同儿子喝酒去了。也不知什么时候，秃子竟然挣开捆绑他的绳索，躲藏在桌子底下。这时，正巧从上边掉下一个包裹，秃子连忙拾起，趁着黑夜远走啦！

刚一出大门，便听小姐说："表哥，快走！"原来小姐早已打听到父母包办的定亲人是个秃子，她看中了他的表哥，决定要与表哥私奔。今天小姐见大大狠打这个秃子，估计大大认出是她的定亲人，是想把他治死，以了却她的心愿。表哥早些天就约会想出私奔的主意，此时，正是好时机。于是，二人同行离开家门。

可是，一到天亮，小姐见是秃子，哭得三行鼻涕两行泪，喊冤叫屈。过去女子，跟人跑出来，是没有脸面再回家的，只好跟着秃子继续前行了。走着，走着，他们老远望见前面一片荒地，走近一看，才知是上了锁的四间茅屋。天色已黑，二人又困又累，急得好容易才将房门打开。他们睡到半夜，便隐约听到有人叫门："给你钥匙。"他们立即起来，并不见人和钥匙，只见门外有一把旧铁锨。秃子生气道："这把铁锨管啥用。"顺手拿起无意识地在地上挖一下，忽见挖出的坑里亮闪闪地发光，低头细看，竟是几个金元宝。二人兴奋不已。待到天明，又见远处漂来一只小船，远远望见船上坐着一个老头儿。当小船靠近岸边，秃子见是曾经打过他的老头儿，连忙上前问道："老人家，你来这有啥事？"老头儿说："今年天灾歉收，家中粮食不多，想多买点粮食带回去。"秃子把老头儿拉上岸，热情询问居住、贵姓，然后又亲切地问一句："老人家跟前有几个子女？"老头叹口气说："只有一个儿子啦！"

秃子听了便已明白，"哈哈"大笑，把老头子拉进屋内，喝茶稍歇。小姐见是自己大大，躲在内间，未敢出面。等老头子喝完一碗热茶，走出屋时，见船上已经装满了好几十袋子粮食。老头儿直纳闷，想不通。"我还没有到买粮食的市场哩，船上哪来的这么多粮食呢？"秃子笑道："我已经给你买好啦！喝过酒吃过饭你就可以回去了。"

老头到家解开口袋一看，不但粮食籽粒饱满，上等优质，还有一袋金银圆宝。老公婆俩激动得掉下泪来。他的老婆子说："你准是碰上女儿家啦！不然谁家能分文不要给你这么多的粮食？当时你认了女婿吗？"老头子直摇头。老婆子气得说："哎呀！你这个该死的，你为什么不认呢？"

不久，秃子二人便见有一小船上又有三人向他们划过来。

讲述者： 李文金，男，84 岁，大专学历，睢宁县文联退休干部

采录者： 张甫文，男，68 岁，大专学历，睢宁县委宣传部退休干部

采录时间： 2020 年 8 月

采录地点： 睢宁县文联

附记

此故事原由沙集镇三丁村丁一明讲述，刘耀记录整理；后经县文联李文金进一步调查整理，入编《睢宁县民间文学三套集成》。（张甫文）

44

金磨

从前，华山街里有一个尹老汉，喂了几头毛驴。这尹老汉过日子是把好手，把这几头小毛驴喂得滚瓜淌油。

也不知从哪天起，出邪怪了，有头小毛驴天天黑夜跑出去，围着华山转三圈。它围着山跑，你要是仔细听，就能听见山底下“嗡——”“嗡——”的闷响，似听见似听不见的。开头，谁都没留心这事。尹老汉的几头毛驴都是圈着的，没上笼套，驴往外跑也是常事，怕是这头畜牲性野吧？他就搓了几根绳，把毛驴都拴上啦。不料，一到黑价[1]，这头驴咬断绳子，又跑啦。它围着华山跑了三圈，直累得四蹄流水才跑回来。换上再结实的缰绳都白搭。尹老汉心想：出鸟奇[2]了。这驴喂不得啦，到初十大集，卖它个狗日的！

逢十这天是大集，骡马牲畜、木料家具齐上市，京广杂货全得很：干的、鲜的，海上的、旱地的……赶集的人更是南来北往的都有：南蛮子、北侉子、山杠子[3]、海猫子[4]……到了大集这天，尹老头把那头怪驴整治[5]了整治，倔倔地牵着上集了。

一到集上，一个戴眼镜的南蛮子麻利地偎[6]了上来。他围着驴打转，拍拍驴肚皮、摸摸驴耳朵，抹下眼镜又看，看罢一拉驴缰绳，蛮声嘎啦语[7]地就说啦：“喂，老爷子，这头驴卖多少钱哩？”尹老汉漫天要价，伸一个指头：“一百两银子！”自己说罢也吓了一跳。不料蛮子一口答应：“一百两银子，我要啦！不过，你得给我先喂着。”南蛮子扳着指头掐算一会子说：“老爷子，你再替我喂一个多月，到九月初九我来牵驴！”

尹老汉点头应承。他揣了银子，牵着毛驴颠儿颠儿回家啦。把驴拴到槽上，坐到那里细端详，越看这头驴越没啥出奇的。就在这时，邻居胡二溜了过来说：“二大爷，今儿集上发财啦！”尹老汉说：“是呵，可我咋也看不出这驴有啥出奇的！”胡二说：“你老糊涂了，我看一定是驴肚里有宝；要不，南蛮子会给你几头驴的钱？听我的话，你不如把这驴剥了。”尹老汉说：“那不中，咱给人家说好了。”胡二说：“我说你是个老糊涂，你就是糊涂老！南蛮子能咋着你？不中我揍他。大不了，再还他的一百两银子罢哩。你还怕二大娘不叫你上床吗？”胡二说着就磨刀，尹老汉这当口也没主意啦。胡二手脚麻利，一刀就把毛驴攮倒，赶紧划开肚子，翻起草包连肝肺，哪有啥宝咧！胡二傻眼啦，尹老汉“扑腾”一声困到地上，妈啦大哭[8]：“我的纹银一百两呀，完了，完了……”

老鼠打洞九月九。到了这一天，南蛮子来啦，结果只看到一张驴皮。南蛮子可心疼死啦，抱头大哭。尹老汉赶紧掂出银子来，还给南蛮子。南蛮子说啦：“嗨，谁还稀罕这银子！给你说罢，你这华山山底下，有一盘金磨，只要它一转圈，石头成金，土成面……你这头毛驴天天围着

[1] 黑价：天黑了。

[2] 鸟奇：奇怪的意思。鸟的读音应为“屌”。我国古代文学如《水浒传》中，鸟是“屌”的代用字。

[3] 山杠子：指山里人。

[4] 海猫子：指海边人。

[5] 整治：意为收拾、整理。

[6] 偎：靠、傍。

[7] 蛮声嘎啦语：用外地人口音说的话。

[8] 妈啦大哭：即哇啦大哭。

华山转三圈，就是往外拉它哩，到今儿晚上，就整整一百天啦，这盘金磨就该出来啦。嗨呀，疼人呀！”老汉一听，不觉也是眼泪淌下了两行。

当天夜里，就听见华山里头“轰隆隆，轰隆隆”一串响，从山腰一直响到山底。原来，这盘金磨也想出来，光等着那头驴来拉呢！毛驴不来，九月九到了时辰，只好从半山腰又滚回山底下去了，白搭功。嗨，金磨就再也出不来啦！

讲述者： 程书真，男，75岁，初中学历，琴书艺人
采录者： 卜凡柯，男，78岁，大专学历，退休干部
采录时间： 2020年10月12日
采录地点： 丰县文化馆
流传地： 丰县东南一带

45

报应

明朝末年，都兴香火大会。有个小媳妇吃斋好善，最贤惠啦。有一年三月三，小媳妇去赶香火会。烧罢香，磕罢头，会上管顿饭，一人一个大发馍。那年月，发馍多稀罕！小媳妇舍不得吃，把发馍揣在袖筒里，心想：拿回家给俺娘吃。

回来的路上解手，大发馍不小心掉尿里了。小媳妇撇嘴就哭：这咋治？扔喽吧，婆婆还在家饿着，又没钱买；带着吧，沾尿啦。想来想去没好法。哎，这样吧：发馍皮揭了我吃，没沾尿的留给俺娘吃。

过了几天，下雨了，霹雷合闪的。小媳妇心里想：八成是我造下孽啦，老天爷打雷要劈我。劈了我不要紧，吓着俺娘可不得了！我得走得远远的，甭叫俺娘看见了又害怕。小媳妇走到漫草地里一棵大柳树下，心想：叫老天爷在这里打雷劈我吧。想着想着，就听“咔嚓”一个响雷！小媳妇回头一看，自己没劈着，把个柳树疙瘩劈开了，里头都是金子、银子。小媳妇抓了一把揣在怀里。雨过天晴，回家啦。

回到家里，买鱼、买肉孝顺婆婆娘。

有个邻居娘们看到眼热了：咦，她咋发的财？一问，小媳妇怎么来怎么去，说了一遍。这个娘们一听：哎，娘那个脚的[1]，这好办，可该着俺也发大财！

这个娘们就赶集去，在集上也买了个大发馍，揣在怀里。路上解手，发馍没掉下来，她就在尿里蘸蘸，掐片荷叶包上，拿回家搁锅底下燎巴燎巴，给她婆婆吃了。

过了几天，又下大雨了，霹雷合闪的，把这个小娘们喜得不行："哼！她奶奶的，这回可逮着了！"顺手掂了条口袋往外走。心里说，我还不能走远咪，走远了拾的金子背不动。村前有棵大杨树，她就在大杨树底下坐着等。就听天上的火龙"吱吱"的，"咔嚓"一个响雷，杨树没劈着，把个娘们劈死啦！

讲述者： 张孝贤，男，65岁，小学学历，沛县龙固镇农民

采录者： 朱迅翎，男，70岁，大专学历，沛县文化局退休干部

采录时间： 2019年6月

采录地点： 沛县朱寨乡供销社

附记

此故事采录者朱迅翎，1964年入伍，1971年转业沛县文化局，后调入县委宣传部等单位。自幼喜爱文学，1966年开始发表作品，先后在《徐州日报》《新华日报》《雨花》《民间故事》等50多家报刊发表散文、故事等作品50多万字。《报应》故事2007年收录在《中国民间故事全书·江苏·沛县卷》中。（张甫文）

[1] 娘那个脚的：方言，骂人的粗话。

46

刮地皮

晓鸣寺有个贪官，专门搜刮民财。离职时，他把刮得的珍珠、玛瑙等财宝装了满满一车，拉回家去。当地百姓都恨透了他，临走时没有一个给他送行的，他心中不是滋味，闷闷不乐地出了城。

路途上，那贪官正长吁短叹时，忽见一群男女跪在路旁，口喊："老爷，俺为你送行来了！"那贪官心中好喜，忙问："你们是哪里人？叫啥名字？"

领头的人回答："我们是同案人，有的贪赃枉法欺压良民；有的想篡权夺位诬陷忠良；有的勾结土匪敲诈勒索，坑害百姓；有的仗势欺人，无恶不作；有的贩卖妇女，勒索钱粮；有的偷鸡摸狗，不务正业……在人间干尽坏事，到了阴曹地府，阎王爷秉公执法，把我们打入十八层地狱，很久没见天日了。多亏大人刮去了地皮，救出我们，我等万分感激，特来欢送大人。"

讲述者： 赵兰兰，女，74岁，小学学历，沛县李庄村农民

采录者：朱迅翎，男，71岁，大专学历，沛县文化局退休干部

采录时间：2020年10月8日

采录地点：沛县李庄村

流传地：沛县蔡楼、朱王庄一带

附记

此故事流传广泛，是当地百姓最喜爱的故事。

47

聚宝盆

很久以前，有户人家揭不开锅，家里三口人，饿死了两口；只剩下一个叫光光的孩子，这孩子来到地主家当了长工。

地主的老婆是个又坏又凶狠的婆子。有一天她叫光光上山砍柴，还对他说："要不砍来一捆柴就别想吃饭。"光光只好拿着斧头上山砍柴。他砍啊砍啊，砍到太阳下山，才砍了一小捆干柴。天气冷，一天又没吃东西，光光背着柴晃晃地往回走。刚走到村口，就看见老妖婆在骂："你这个能吃不能干的小东西！去，再砍一大捆来，不然就打死你。"

光光只好忍气吞声又上山。天渐渐地黑了，忽然他的脚踢了一个什么东西，一看是颗红枣。他拾起大红枣，想吃又舍不得吃，拿在手里。天黑了，又冷。他想，找个地方躲一夜吧。走着走着，他看见一个闪闪发光的东西，到跟前一看，是一个盆。他去拾盆时，红枣掉进盆里，不一会，就见盆里都是枣。他高兴极了，连夜赶到村里，给一位老爷爷要了一粒米，放进盆里，不一会就装了一大盆。到了第二天，变成了几大堆大米，然后他把大米分给穷

人们。

这件事传到地主婆耳朵里，老妖婆也想得到一个聚宝盆，天不黑就学着光光的样子上山了。她走啊，走啊，什么也看不见。老妖婆不死心，还往前走，忽然一脚踩空，掉下悬崖摔成了肉饼。

讲述者： 刘传英，女，70 岁，小学学历，沛县魏庙村农民

采录者： 齐俊秀，女，37 岁，大学学历，沛县三中教师

采录时间： 2020 年 8 月

采录地点： 沛县魏庙村

附记

此故事来源于讲述人爷爷传承，采录者齐俊秀调查整理。（朱迅翎）

48

仁常仁短

很早时候，俺沛城这里有两个人，一个叫仁常，一个叫仁短；仁常经商，仁短务农。两人有缘相遇，结为金兰；仁常为兄，仁短为弟，兄弟俩组成一家。仁常在外贩卖布匹；仁短在家料理田地，农闲帮助仁常卖布匹。不过一年，他们先后盖起新房、买了田地，日子越过越红火。仁常操办着为仁短娶了李氏为妻。

有一天，李氏对仁短说："他如若娶了婆娘，咱这家业不得分给他一半？不如趁早把他害了……"仁短听了妻子的话，不知如何是好。

一天，天很热，兄弟俩卖布经过一个山套，觉得渴得慌。发现路边有口井，他俩解下捆布绳子，准备下井喝水。仁常想："我先忍一忍，让弟弟先喝吧。"

仁短喝过水，又把仁常放入井中。这时，他忽然想起妻子的话，顿生歹意，一狠心丢下绳子，推起车子就走。

仁常在井中抬头不见仁短，喊也喊不应，见绳子已丢下来，便在井里啥都明白啦。

不知过了多久，突然狂风大作；一会儿风停了，他的身边突然映出三个女子的倒影。一个女子道："二姐姐，

听说东南庄王阁老的女儿病得很厉害，请了天下名医，都没看好。”

“这病其实不难治，只要把她家后面水坑里的老鳖精捉住，取它的脑髓吃了，就能痊愈。”二姐说。“听说王阁老家有十八棵枣树，每棵树下都有一缸金子。”三妹说。

“在我们东边这座山上，有一个石洞，洞内有莲花池，池内有一只莲花宝盆。凡人若能得到手，就能做个进宝状元……”大姐说。姐妹三人一阵说笑，起身而去。

再说东南庄的王阁老，自爱女生病，一天到晚坐卧不宁。这天，他坐在客厅里不觉昏昏睡去，只见一道士飘飘来到面前，对他说道：“若救小姐性命，可到西北角下请先生。”说完拂袖而去。王阁老猛地醒来，回想梦境，急命家将去西北角请先生。

那家将沿路直往西北走去，走进山套，天已近五更。家将朝四周看了看，只见山环山、山套山，无有人迹。那家将长叹一声自语道：“既不知庄名，又不见集镇，让我到哪里去请先生？”话音刚落，就听有人喊道：“上面有人吗？”家将四下观看，只听声音不见人影。“上面有人吗？我在路边井里。”家将向路边看去，果然有口水井。他急忙走过去，见一人站在井中。“你是谁？”家将问道。“我是仁常。你是干啥的？”“我是东南庄王阁老家的家将，去给我家小姐请先生。”仁常答道：“我就是先生，在井里配药呢。”家将一听大喜：“谢天谢地，总算请到先生了。”说着把仁常拉上来。

仁常来到王阁老家，与小姐把过脉，对阁老说：“小姐之病，是被一精怪所缠，请阁老用水车将后坑的水抽干。”

一天光景，水被抽干，只见一个鳖如小牛一般大。众家将将鳖捆上拉到坑边，取出脑髓，送与小姐服用。不到一天，小姐的病就好了。

王阁老见仁常年轻英俊，便把女儿许配与他。

一天，阁老带仁常游览庄园，只见一片枣树长得怪大。仁常说：“岳父大人，你这片枣树，每棵树下都有一缸金子。”阁老道：“这话从何说起？”仁常说：“你若不信，可刨树试试。”王阁老立即命人刨倒一棵，果见黄金一缸；又连刨两棵，同样如此。阁老大喜，从此更看重仁常。

这天五更，仁常外出散步，来到他待过的井边，辨明方向，便朝井东侧的那座山走去。仁常绕山而走，在山西北面见一石洞，洞口只能容一人爬行。仁常进入洞中，漆黑一团；爬了两个时辰，前面很亮。仁常来到亮处站起身来，见一池清水内，有一朵莲花开放，花蕊上放着一个宝盆。仁常脚踩莲花，取回宝盆，打开来一看，里面一朵莲花娇嫩嫩的，清香扑鼻。

仁常取回宝盆，交与岳父，说明得来的缘由。阁老大喜，立即进京献宝。皇帝龙颜大悦，赐封仁常为献宝状元。

仁常领旨回乡，修盖状元府。他招集天下乞丐搬砖运木，按工领银。

一天，管事官领来一个穿得破烂的人，说他三天没领工银，全家人快饿死了。仁常道：“你叫什么名字？”“我叫仁短，在老爷府上做工……”仁常一听“仁短”二字，只觉头脑发涨。他强压怒火问道：“既有仁短，定有仁常。仁常哪里去了？”仁短一惊，忙掩饰道：“我本兄弟一人，哪有什么仁常？”仁常一听，火冒三丈，厉声问道：“看！我是哪个？”仁短抬头一看，直吓得面如土色。仁常见他如此惊恐，心下不忍，问：“你怎么混到这种地步？”仁短说：“从你不在，家中突遭火灾，烧光家财，我便成了乞丐。”“苍天有眼！”仁常长叹一声，“你不必做工，就在我这里住下。只要好好做人，为兄不怪。”说完命人去请李氏进府。

冬去春来，又是一个大年三十。李氏劝说丈夫：“常言道：端人家的碗，属人家管。何时才有出头之日？我看今晚你也到那井里去求福，碰碰运气。”

午夜时分，仁短夫妻人不知、鬼不觉来到那井边。李氏把仁短放入井里，收起绳子，到近处的小山坡上祷告神灵。这时只听狂风大作，三女子又来到井边。只听得一个说：“姊妹们，我们说的三件事都让能人得到了。唉！今后我们不再来此，把这口井填了！”说完，三人抬座高山压在井口。

李氏被风刮到坡下，风停之后，急忙来找仁短。原来的那口井没有了，眼前出现一座高山。李氏围山走到东南，只见一行金字闪闪：“仁常天也常，仁短天也短，姊妹三人抬着高山盖井眼。”李氏看罢，如雷轰顶，一头碰死在高山前。

讲述者： 柴秀贞，女，66 岁，高小学历，安国乡孙井村农民

采录者： 张雅，女，56 岁，大专学历，沛县自来水公司工会主席

采录时间： 2020 年 9 月

采录地点： 沛县安国镇孙井村

附记

此故事在 20 世纪 80 年代选入《沛县民间文学三套集成》，2007 年由朱迅翎进一步调查整理，编入《中国民间故事全书·江苏·沛县卷》。故事在安国乡一带流传广泛。（张甫文）

49

娃娃酥糖

从前，贾汪东门外有个吹糖人的人姓张，大家都叫他“糖人张”。

糖人张的手艺高，吹出来的各种动物逼真，如公鸡很像能飞会叫、猴子就像能跳会跑的样子，谁见了都喜欢。他一年到头，起早睡晚、溜街串巷，也只能勉强填饱肚子；到了四十五岁，还穷得娶不上个媳妇。

这一年八月十五，“糖人张”的生意特别好，多挣了几个钱，就买了一包花生、半斤烧酒回来。

晚上月姥娘升上来，像个银盘儿。“糖人张”在院子里放好小桌，拿出花生、烧酒，准备赏月，又觉得孤单一人，十分寂寞。心想：我吹了二十多年糖人都是为别人取乐，今天要吹个小玩艺给自己开开心。

想到这里，他就吹了一个糖娃娃，放在小桌对面伴他喝酒。“糖人张”一边儿喝酒，一边儿瞅着糖娃娃，打心里高兴。一高兴他就把糖娃娃当成亲生儿子，拿来一个小酒杯斟上酒，又抓了一把花生米，嘴里嘟嘟囔囔地说：“孩子吃吧，你爹没钱买不起月饼，只有这点花生……”

他一边自斟自饮，一边跟糖娃娃说话，不知不觉便有

了醉意。只见糖娃娃慢慢地长大了，变成了一个又白又胖的娃娃。胖娃娃眨巴眨巴大眼睛，张口说话啦："爹，别发愁，我给您想个好法儿。""糖人张"迷迷糊糊地问："孩子，你有啥好法？"

"您吹糖人能赚几个钱？要是改行做糖，让大人小孩都爱吃，准行！"

"不不！软糖粘嘴、硬糖咯牙，谁稀罕那个！"

"我给您做个不粘嘴、不咯牙的糖块试试看，准保您喜欢！"说完胖娃娃跳到地上，捧起花生，蹦蹦跳跳地进了屋。不一会儿，就捧着糖块出来了。

"爹，您尝尝！"娃娃说着，伸出小手往"糖人张"的嘴里塞了一块糖。"糖人张"闭嘴一咬，嘿！又酥又香又甜，真是世上少有！"好吃，真好吃！你是怎么做的？""来，我对您说。"

胖娃娃拉着糖人张回到屋里，关上门，悄悄地教他做酥糖。酥糖做成了。

第二天，"糖人张"挑着糖盒，来到街上，大声吆喝："娃娃酥糖！又甜又香的娃娃酥糖！"

大伙儿看"糖人张"改行做酥糖，都觉稀罕，便买两块尝尝，味道果然不错。消息一下子传开了。

后来，"糖人张"又开了一个专做酥糖的作坊。张家的"娃娃酥糖"越做越好，所以名气就越来越大。据说现在徐州"小孩酥"糖的做法还是"糖人张"传下来的呢！

讲述者： 谢明云，男，82岁，大学学历，贾汪区教育局退休干部

采录者： 许洪武，男，77岁，大学学历，贾汪区文教局退休干部

采录时间： 2020年8月

采录地点： 贾汪区文教局

50

盘龙窝

隋炀帝开挖大运河，千难万难，难在盘龙窝。

盘龙窝坐落在淮河边上，山连山，岭连岭；白天吐云雾，夜里升紫光。大运河工程的总监工宇文恺发现，这里是龙脉之地，有帝王之气，想把河道偏过去。但是，隋炀帝为了切断龙脉，永保大隋，硬要把这盘龙窝凿开，使大运河直通淮河。

隋炀帝征调三万名民夫开进盘龙窝，剖土凿石，挖河筑堰。说起来也怪，这盘龙窝的土石是活的，挖掉还能再长出来。白天挖一尺，夜里长一尺；白天挖一丈，夜里长一丈。干了三个月，没动盘龙窝一根毫毛，宇文恺傻眼了。他又把民夫分成三班，日夜轮换，歇人不歇工。哪料，前锹挖起后锹出，河床未成又长平，民夫们三停儿[1]被累死了两停儿。隋炀帝又下了死命令，七月七一定要水通淮河，好在八月下扬州痛饮桂花酒。河水不通，就要把民夫们全部杀掉。

进了七月，大运河工程八字没见一撇；到了七月六，

[1] 三停儿：总数分成若干份，其中一份叫一停。例如：三停儿去了二停儿。

盘龙窝还是土石如旧。干，也得死；不干，也得死，民夫们都躺倒不干了。宇文恺用藤条去抽打民夫，硬逼他们干下去。打起南边的，北边的躺下来；北边的起来了，南边的又躺倒了。剩下的这一停儿民夫又三停儿被打死了两停儿。

民夫们挨打受困的消息传到了下邳城，大家都替他们捏一把汗，城南门的新娘子石柱嫂更是把心攥着。她过门才三天，丈夫石柱哥就被抓到盘龙窝去了。新娘子想新郎，睡不眠、吃不香，每织一梭线，都到门口望三遍；一听门口有动静，就当是新郎的脚步声。如今不知丈夫死与活；就算活着，明天性命也难保。石柱嫂伏在织布机上痛哭起来。

乌鸦听到哭声，飞到城南门。它对石柱嫂说："呱呱呱，哭干啥？我去盘龙窝，找找石柱哥。"乌鸦来到盘龙窝，只见到处是死人，馋得直淌口水，便一头扎进死人堆里大啄起来。肚子填饱了，也把找石柱哥的事儿忘掉了。乌鸦回来撒谎说："呱呱呱，不好啦！石柱哥，早死了。"石柱嫂听了，昏倒在地上。

喜鹊听到哭声，也飞到城南门。它劝石柱嫂说："喳喳喳，把泪擦。我去盘龙窝，看看是真假。"喜鹊先到下邳民夫的工棚里去打听，没有打听到石柱哥；又到盘龙窝的死人堆里去查找，也没有找到石柱哥。最后，喜鹊才在一个小山窝里发现了石柱哥，他累倒躺在那里睡着了。"喳喳喳，找到啦！石柱哥，还活着。"石柱嫂不哭了，但一想到明天隋炀帝要对民夫们下毒手，身上又凉了半截。

石柱嫂请乌鸦来帮忙，挖开盘龙窝，救出石柱哥。乌鸦生来怕吃苦，连连摇头说："呱呱呱，没办法。"

石柱嫂又请喜鹊去开河，救出石柱哥。喜鹊也犯了难：明天牛郎织女要相会，它要到天河去搭桥。喜鹊心想：牛郎织女一年才见一次面，错过一天等一年，俺不去搭桥心不忍呐！转而又一想，如果只是为了让牛郎织女两口子见见面，说说私房话，而不去搭救盘龙窝的民夫，叫他们的妻子都成为寡妇，那也太狠心呀！又要开河，又要搭桥，急得喜鹊直跺脚。

天鼓"咚咚"，银汉迢迢，喜鹊不能再等了。它叫石柱嫂把织布机上的白布剪下来，缝一条白围裙子围在它的身上，"噗噗噗"，飞到了盘龙窝。它一口啄去了山，两口啄去了岭，把盘龙窝的山和岭都一起兜在白围裙子里，然后展翅飞向天河去。喜鹊又伸开爪子来，往地上一划，盘龙窝中间顿时裂开了一条大河，引来汴河水，滚滚入淮河。

喜鹊飞到天河，牛郎织女早已等候在河两岸了。它把白围裙子里的土石往天河里一撒，就忙着搭起鹊桥来。牛郎织女见了面，倾诉衷情泪汪汪。石柱哥也连夜赶回下邳城，新婚夫妇团圆叙悲伤。天上夫妻又成对，人间夫妻又成双，都夸喜鹊好心肠。喜鹊呢，它却说："喳喳喳，没做啥！"

人们常说，天河里有大运河的影子。你看，那天河里的星星，一颗颗，亮闪闪，不都是盘龙窝的土石撒在那里变成的吗？喜鹊因为没有来得及脱下白围裙子，所以，它的脖子和肚子上的毛都是白色的，变成了花喜鹊。下邳人把花喜鹊当作吉祥鸟，从来不去伤害它。乌鸦呢，因为它好说谎，又怕吃苦，下邳人管它叫"坏老鸹子"，就把它撵到大山里去了。直到今天，每听到乌鸦"呱呱"的叫声，邳州人还习惯地吐几口唾沫，那是表示对坏老鸹子的厌恶哩！

讲述者： 吴友忠
采录者： 周伯之
采录时间： 1980 年 3 月
采录地点： 邳县运河镇

附记

本篇原载 1985 年第 10 期《民间文学》，后收录于《中国民间故事全书·江苏·邳州卷》（知识产权出版社，2007 年 6 月版）。1980 年春天，采录者随同本单位外线工在大运河岸边架设广播线路时，发现有几只喜鹊飞来啄食午餐时撒落在地上的馒头屑、饭粒等。一位老师傅指着喜鹊说，它们之所以叫“花喜鹊”，就是因为脖子和肚子上的羽毛是白色的，黑白相间，非常好看。接着，他又讲述了喜鹊助力开挖大运河的神奇故事。（柏枝）

51

姊妹树

姊妹树是一对古银杏树，生在港上地，长在沂河边；肩靠肩、膀挨膀，像双胞胎一样。

这对姊妹树，身材七丈高，腰粗两合抱。东边一棵是姐，西边一棵是妹。姐不比妹大，妹不比姐小，年年一起开花，岁岁一块儿挂果。姐姐花开千万朵，妹妹果结万千个。青果变金果，金果揣银果；摇一摇、晃一晃，金果银果满地淌。

说起这姊妹树，还有一段故事呢！

相传古时候，有一年沂河发大水，从山东蒙山里头冲下来一条大沙龙，盘卧在港上西边的河湾里兴风作浪，危害乡里。港上人便在这里建了一座“三官庙”，用来镇水伏怪。由于在挖塘取土时，铲断了龙身，庙后那土塘里不时有红水流出，汩汩不断。当地人说，这是沙龙的血。那个土塘，后来也就叫“龙血泉”了。

三官庙建成后，香火鼎盛、人流如潮。庙主觉得人手不够用，就雇用贫家子弟白郎为庙里挑水打柴。白郎为人忠厚，手脚也勤快。有一年夏天，他沿着沂河岸北上打柴，不知不觉地走进了蒙山深处。天色将晚，风雨大作，白郎无处投宿，只得躲到一棵大树底下遮身。说起来也怪，白郎一到这树底下，风也不刮了，雨也不下了。白郎累了，就倚着树打盹儿。

天交初鼓，只见一位美丽的姑娘走来。她对白郎说："相公，在外露宿会着凉的，不妨到我家里暂歇一夜吧！"白郎觉得不错，就高兴地来到姑娘家。那位姑娘更高兴，又摆酒，又上菜，热情地招待了白郎。第二天早晨，白郎醒来，仍然倚在这树底下，那姑娘也不知哪儿去了。白郎好生奇怪，说是做梦吧又不像，心话：她难道是爬到树上躲起来了吗？白郎抬头瞅瞅，只见这树长得非同一般：根盘黄泉下，冠盖峙云天；干粗几合抱，猿猴难攀援。再细看看：叶如鸭掌，枝像鹤腿，果似龙眼。这叫什么树？白郎不知道。

当天晚上，白郎打柴回来，又到这树底下歇息。又是初鼓时分，那姑娘又姗姗而来，请白郎去她家里做客。鸡鸣天亮，白郎还是倚在这树底下。黑白两世界，如同梦里游。

第三天夜里，白郎多了一个心眼，趁姑娘弯腰为他斟酒时，悄悄地把捆柴用的绳子系在了那姑娘的裙子上。五更过后，东方泛白，那姑娘又不见了，只有这树上还拴着一条打柴绳。白郎一怔：难道那姑娘是这树变的？娘哎，这树成精喽！

说话间，一缕清香飘来，眼前这棵树又变作了美丽的姑娘。她脸色羞红，怯怯地对白郎说："相公，俺是蒙山树神的女儿，名字叫果仙。常言道，'穿衣见父，脱衣见夫'。既然你偷看到了俺的真身，那咱们就结为夫妻吧！"果仙有情，白郎也有意，两人便跪拜了天地。

蒙山树神得知女儿嫁给了打柴郎，气不打一处来。她手一甩，卷起一股黑风，把白郎刮回三官庙；又一反手，将果仙一把拽过来，关进了锁仙洞。这小两口子，刚摘下甜枣儿，还没送到嘴里，就被这无情的手打落了。

沂水蒙山紧相连，果仙白郎难相见。

春天来了，燕子北飞，偷偷捎去白郎的爱。

秋天到了，大雁南归，又匆匆带来果仙的情。

终于有一天，果仙逃出锁仙洞，前来三官庙里找白郎。谁知岁月无情，洞中一日，世间三载，白郎早已老死千年了。果仙在庙前哭了三天三夜，变成了一棵银杏树，她要扎根在这里永伴白郎。当地人被果仙的精神所感动，就从白郎、果仙的名字中各取一个字，给这银杏树起了个名字，叫作"白果"。从此，老百姓便称银杏树为"白果树"了。

日月如梭，光阴似箭，这棵白果树一转眼就长大了。它把根扎进龙血泉，饮了沙龙血，成了千年树王，能驱邪降福呢！谁要有个头疼脑热的，去摘一颗白果来，熬汤一喝，入口病除。谁家小孩个子长不高，在大年初一这天，让这小孩搂着白果树王转三圈，边转边唱："白果王，白果王，你长粗来我长长；你长粗来好结果，我长长来穿衣裳。"这孩子的个头当年就长高了。

后来，这件事又被蒙山树神知道了。她立马叠桥[1]赶到三官庙来，硬逼着果仙回去。果仙不愿离开大沂河，更不愿离开白郎的生死地。为了报答白郎之情，她跪求蒙山树神，要留下一条根来，生金长银，造福乡里。蒙山树神不答应，果仙便砍下两只胳膊，挥泪而去。谁料，这两只胳膊落地生根，很快又长出了两棵小白果树。这就是前面所说的那两棵姊妹树。

果仙回蒙山，泪洒沂河岸。滴滴泪，棵棵苗；泪水落处，也都长出了白果树。所以，现在沂河两岸的银杏树最多，银杏果儿结得也最大。

讲述者： 陈永清，47 岁，睢宁人，考古、摄影工作者，常年奔波于乡间原野，搜罗到不少奇闻逸事

采录者： 周伯之

采录时间： 1981 年 5 月

采录地点： 邳县文化馆

[1] 立马叠桥：形容跑得很快。

附记

本篇选自《中国民间故事全书·江苏·邳州卷》(知识产权出版社,2007年6月版)。邳州是全国著名的"银杏之乡",银杏产量占全国的四分之一。"姊妹树"为邳州最古老的两棵银杏树,生长在沂河边,是"天下银杏第一园"的一处景观。(柏枝)

52

鲤鱼精

在很早的时候,徐州府有个大商号,财主叫石百方,他有十几房姨太太,丫鬟仆女都有,吃的用的要啥有啥。他发了还想发,每年春荒他就放高利贷剥削穷人,人们恨死他了。

这一年他勾结微山湖官府,在湖西沿抢占了很多土地。秋天种上了小麦,二湖涯的淤土有劲[1],到来年麦子长得齐腰深,穗子大得像猫尾巴。

麦黄芒时,石百方坐着太平车子来湖里看麦。他看到麦子丰收了,喜得合不上嘴,手捻着山羊胡子,心里想:瞎子绊倒撞在饭碗里,这回算是碰着好运气了!

他回去后,派来了一百零八个得力的伙计到微山湖收麦。哪知道,没几天他得了重病,只好把收麦的事托付他的大少爷来湖里主管。这位少爷从小娇生惯养,根本不懂收麦的事,可心眼倒不错。儿子看了满湖的好麦真犯了愁。这一百零八个伙计说:"大少爷你不要担心,收麦的事全包在俺哥们身上,可保万无一失。你只

[1] 有劲:指肥力足。

管在这漫山野湖里游山玩水就好了！”大少爷点头称谢。麦子收打结束了，共打了一百零八仓，每仓有一百零八垛，每垛有一百零八斛，每斛有一百零八石，每石有一百零八斗，每斗有一百零八斤。一万五千八百六十八亿七千四百三十二万二千九百四十四斤。粮仓堆积如山，财主看了心里直流蜜，穷人看了心里苦如黄楝哇！

这天日头落山，大少爷还在漫湖里逮兔子扑鹌鹑，累得满头大汗。他猛一抬头，看到草棵里站着一个十七八岁的少女，这女子长得俊俏无比。她对着公子一笑，这位少爷打了一个冷战。一眨眼女子不见了。少爷回到仓房卧室，一连睡了三天三夜，不吃也不喝。伙计们吓掉了魂！

第三天的傍黑，这位少女忽然站到少爷的床前又是一笑，少爷的病好了。女子说："我娘有病，俺家升合[1]无粮，想问少爷借点粮食，行不行？"

公子说："家父不在，我不敢开仓！"

女子说："借一点何妨？"说着就拿出一个水鲜的红布袋，顶多能盛四五斤。公子想，我有一百零八仓，四五斤不值毫毛，就叫伙计开仓让这位姑娘装吧。

"让她装多些？"伙计问。

公子说："让她装满这个布袋为止。"

伙计开仓，姑娘装粮。装呀装呀！紧装慢装，一仓装完了，布袋子不满；十仓二十仓装完了还是不满；一直装完了一百零八仓才有半袋！姑娘拎着粮袋谢过了大少爷，转脸一阵风就不见了。

等伙计来一说，公子才知道一百零八仓都叫小姐装完了还不够半袋，他长脸了。

当天夜里，三更过后起了罡风，刮得拔树倒屋，人们吓得打战。天刚明，人们一看，这湖边上的仓房没有了，一百零八个伙计一个也不见了，大少爷也不见了，穷人的家门口都堆起了大大小小的粮食堆，人们可喜死了！就在这天夜里，徐州的老财东梦见了他的儿子，儿子哭着说："我和一百零八个伙计，夜里都叫大风卷进了微山岛东北角的大泉眼里。这泉眼直通到东海，那一百零八个伙计因平时帮助你作恶，都叫鲤鱼精吃了。这鱼精平时能变化成美女，就住在微山湖里。她念我还没有做过坏事，才没吃我。她用嘴一吹就能把湖水隔开，里面点成仙庄，青砖瓦舍像座仙宫。我劝你要改恶从善，立地成佛，积点阴德，还能把我赎回；不然的话我只有被鱼精吃掉，你不久也要有杀身之祸呀！"

老财东想了三天三夜，他的决心也试探着下够了三天三夜，最后他信服了。于是一咬牙卖了钱庄、布庄，四处舍钱舍粮，一心做好事不做坏事。

又到了一年的春天，老财东很想念他的儿子，便从徐州步行几十里来到微山湖，想哭儿子一场。

这天，上了浓浓的大雾，不见湖也不见水，向东看恍恍惚惚望见有一条看不到边的城墙。老头正在发愣，城门里拥出了一群人马，还有两班子鼓乐吹打着，两乘轻纱小轿子直奔这厢抬来。轿子来到他跟前停下了，头边轿里下来的正是他的儿子呀！后面轿里下来的是位千娇百媚的姑娘。

老头慌忙给姑娘磕了三个头。等抬头再看，除了儿子站在脸前，其余什么都没有，东边仍然是望不到头的一湖水！

[1] 合：（念各）重量单位，十合为一升。按过去徐州地方一般通称的量器计算，一合等于二两或一两多。

讲述者： 胡茂兰
采录者： 阎洪勋
采录时间： 1987 年 3 月 4 日
采录地点： 铜山县沿湖农场

附记

本篇选自《中国民间故事全书·江苏·铜山卷》（知识产权出版社，2007 年 6 月版）。微山湖畔广漠的平原，是盛产小麦、杂粮的地方，一向有铜山"谷仓"的誉称，为历代官府豪吏鱼肉乡民的基地。从宋朝时期就有潘仁美画段占地之说；民国至中华人民共和国成立前夕，有土匪耿聋子、马尔銮在此设湖董割地收租；徐州市有些大资本家在沿湖设立数处寄庄子剥削湖民。故事里的石百万，就是影射徐州的一个大资本家的。（杨权业）

53

情侣栗

从前，古栗园边有个张圈村，有一村民名叫张太生，娶王氏为妻；结婚的第二年，生下一个儿子，取名多儿。他家中有二十五棵栗树，全家以这二十五棵栗树为生。为了方便给栗树施肥、除草，便在自己的栗树旁盖了两间草屋，用栗枝夹个篱笆院，在这里安下了家。

张圈村另有一村民，姓韩名叫服实，取姬氏为妻；结婚的第二年，生下一女，取名小翠。他家有三十棵栗树，也是以栗树为生。他看张太生在栗园盖了屋，看护栗树很方便，也在栗园盖了两间草屋，和张太生做了邻居。

两家是邻居，还沾点表亲，韩服实喊张太生表哥，多儿比小翠大一岁，两个孩子以兄妹相称。因为栗园只住了他俩家，互相往来，谁家办了好吃的东西，总会送给对方一点，两家处得十分密切。多儿和小翠从小在一起玩耍、做游戏，两小无猜，青梅竹马。

一天晚饭后，张太生对王氏说："多儿与小翠年龄相当，两个孩子又投脾气，咱托人去说亲，把小翠娶过来当儿媳。"

王氏说："这事恐怕难办。前天小翠娘对我说，等小翠长大了，把她留在家中招一个上门女婿，老了也有依靠。咱就一个儿子，要给小翠当上门女婿，咱俩怎么办？"

张太生听王氏这么一说，沉默了一会："现在孩子还小，过几年再说吧！"时间过得很快，多儿长到十六岁、小翠十五岁这年的春天，多儿和小翠各在自家的地边种下一棵栗树；开春不久，两棵小栗苗出土了。小翠对多儿说："多哥，我栽的这棵小栗树是我，你栽的小栗树是你；两棵长大了就长在一起，永久不分离。"多儿听了，心中十分高兴："好啊，我也想和你不分离。"

又过一年的正月十六，张太生叫王氏炒了几个菜，叫韩服实过来喝酒。两个人你让我敬，一瓶窑湾绿豆烧酒喝个底朝天。张太生对韩服实说："表弟，多儿与小翠快长成人啦，咱俩做个亲家吧！"

韩服实瞪着一双醉眼说："我把小翠嫁给你作儿媳，那我俩怎么办？"

张太生说："这事我已经想好了：两个孩子成了家，生第一个孩子不论是男是女，叫他姓张；生第二个孩子，不论是男是女，叫他姓韩。这样，我两家不是都有后了？再说，咱两家住得这么近，孩子照顾老人也方便。"

韩服实听张太生这么一说，想了想，便一拍大腿："好，这办法好，就按你说的办。等到小翠长到十八岁，那年的腊月二十四，就给他俩办喜事。"

小翠长到十八岁，这年的八月十五日，栗树上的栗子开了口，有的栗子从栗蓬中掉了下来。多儿爬到树上用竹竿把栗子打下来。多儿打了一上午的栗子，王氏在树下捡，栗蓬堆得小山似的。

吃过午饭，多儿坐在栗树下休息，他看到小翠也爬到栗树上打栗子。多儿走到跟前对小翠说："我还有三棵树没打完，等我打完了帮你打！"

"你忙吧，我能打。"

"你上树打栗子，你家大叔呢？"

"昨天他在俺舅家多喝了两杯，回来时跌了一跤，把腰扭了，俺娘带他看腰去了。我先打那几棵，等你打完了再来帮我。"

多儿刚想离开，只听小翠"哎呀"一声，脚下蹬断一枝枯枝，从树上摔了下来。多儿看小翠从树上摔下来，紧忙跑了过来，一把接住了她。小翠重重地砸在多儿身上。

小翠没有摔伤，她爬了起来问："多儿哥，您没事吧？"多儿躺在地上，双眼紧闭，脸色蜡黄，什么话也不说。

小翠赶快去喊张太生，张太生把多儿抱回屋，放在床上。这时多儿才醒过来，他一个劲地喊腰疼，双腿支不起来。

张太生从邳州城请来最好的医生——活神仙马先生。马先生给多儿检查完后，对张太生说："这孩子腰骨断裂，他下肢已瘫痪，可能一辈子只能瘫痪在床上了。"

多儿为救小翠成了废人，这真是天掉大祸。小翠寸步不离地照顾多儿。韩服实听说多儿摔伤了，也过来看看；当他知道多儿已经成废人，便不声不响地走了。他回到家中，对姬氏说："多儿已经是个废人，咱小翠不能跳这个火坑。"

姬氏说："人家多儿是为救小翠砸伤的，再说他俩的亲事是几年前定下来的，咱现在悔亲，那可是件缺德的事。"

"你这个烂婆子，真是头发长见识短。小翠进了他家，不光毁了小翠，也毁了咱家。这事不要你管，我自有主张。"

韩服实来到张太生家，对小翠说："你姥娘生病，你妗子照顾不过来，捎信叫你去服侍几天。"

"多哥伤得这么厉害，我走不开。"

"多儿有他娘照顾，你娘也可以过来帮个忙，你还是快走吧！"

王氏也对小翠说："既然你姥娘病了，就去照顾几天吧，多儿的事由我照顾。"听王氏这么说，小翠也不好说什么，随爹来到姥娘家。姥娘的心口疼还真犯了，躺在床上直哼哼。

韩服实把小翠舅舅拉到院子里说："我原来给小翠定的亲事，男的成了废人，我不能叫小翠守着废人过一辈子。你找个媒婆，给小翠说一家亲事，尽快把她嫁出去。"说完便回家打栗子去了。

小翠的舅舅请了姜媒婆去给说亲。

小翠的妗子问她："那男的是怎么成废人的？"小翠便把多儿救她摔伤的事，对她说了。

小翠的妗子是个明事理的人，她说："亲事是原先定下的，男的又是为救你摔伤的，姐夫真是个糊涂人，还托你舅去给你说媒。"

小翠听妗子这么一说，什么话也没说，连夜跑了回来。进了多儿家，她跪下给王氏磕了个头，改口叫娘："娘，多儿哥是为我摔伤的，我今天就不走了，我要服侍多哥一辈子。"

小翠的舅舅托姜媒婆给她说了一门亲事，回家时，小翠已走了。他也连夜来到栗园，对姐夫说："小翠的亲事我已说好了，可她连夜回来了，她人呢？"

韩服实这才知道小翠已经回来了，他知道小翠肯定在多儿家中。他进了多儿家，拉着小翠就走。

王氏看韩服实来得凶猛，便说："亲家，有什么话不能好好说？你这么粗暴地对待孩子，到底为什么？"

"为什么？你的儿子成了废人，我家的黄花闺女不能跳这个火坑。"

王氏听后，也十分生气："什么火坑！亲事是几年前定下来的，再说多儿也是为救小翠才摔伤的，翠儿不照顾他谁照顾他？"

韩服实拉着小翠便走。多儿和小翠栽的两棵小栗子树，已长碗口粗了，小翠抱着树，就是不走。

韩服实气愤地说："除非你和多儿栽的两棵栗树，长到一起，我就同意你俩成亲。"

说起来还真怪，他俩栽的栗树，一夜之间便长在了一起。张太生拉韩服实来看，韩服实自己说过的话，不好更改，便同意他俩成亲。当天，两人举行了婚礼。

新婚之夜，小翠做了一个梦，一位拄着拐杖的老太婆对小翠说："小翠，你想不想要孩子？"小翠问："您是谁？我不认识您。""我是栗园的树神。你要想生孩子，明天午夜在你和多儿栽的那棵栗树上，拴一条红布条，便生儿子，拴一条绿布条便生闺女。"说完便不见了。

小翠把梦中之事向婆婆说了。王氏给小翠准备两条红布条。

第二天午夜，小翠在这棵树上拴了两条红布条。小翠回屋睡觉，王氏起来又在树上拴了一条绿布条。

小翠当年就怀了孕，一胎生了两男一女。

从此，情侣树的故事就流传开了。当地有个习惯，新媳妇都要在新婚的午夜，到这棵情侣树上拴布条。是拴红布条还是绿布条，那就根据各人的意愿了。

讲述者： 邹训萍，女，92 岁，不识字，农民
采录者： 张士伦
采录时间： 2012 年 9 月
采录地点： 邳州市炮车镇古栗园

附记

2012 年，采录者为编写《神奇的古栗园》一书，曾多次到炮车镇古栗园去采风。一次，92 岁的邹训萍老奶奶指着两棵古栗树说：“它们已有 300 多岁了，相传是村里一对男女青年栽的定情树。这两棵栗子树可神了，怀孕的妇女在树上拴个红布条就生男孩，拴个绿布条就生女孩。十里八乡的怀孕妇女都到这里来拴布条。”邹老奶奶讲到这里又笑了，说：“有时准，有时也不准。”（石轮）

54

蟋蟀

蟋蟀有三种不同的叫声：冬天来了，它叫“洗洗晒晒套成棉的”；春天来了，它叫“拆拆洗洗改成单的”；热天来了，它叫“勤洗勤晒穿着自在”。为什么随着天气冷暖有这些不同的叫声呢？说起来，这里头还有段故事呐。

下邳二坝窝，有个姓汤的叫汤小，爹娘都是瞎子，家里很穷。汤小二十七八岁才找到个老婆，还是个憨子，天冷不会套棉，天热不知改单，褂子穿成盐卤色也不知洗。每每都得汤小操持着，比画着教她，她才能缝几针，或把衣裳放在水里揉几把。她又是“属鼠的”，撂爪就忘。总之，家里拆洗缝补，借吃挪用，大事小事，都得汤小料理。那年隋炀帝开挖大运河派夫子[1]，把汤小抓了去。他从正月走，到五月才回来。进门一看，爹娘穿着棉袄棉裤，都要热晕了；妻子的破小袄都湿透了；两个孩子光着腚，瘦得筋挑头。老娘一听儿子回来，哭着说：“亏了东邻西舍帮点吃的，俺才活到今天。”汤小听后眼泪只有往肚里滚，急忙把棉衣都给拆了、洗了、晒了、改了，一一换上，忙

[1] 夫子：民工。

活了几天才透过气来。打那以后，汤小再也不敢出门了。

八月中秋，大运河修到猫山窝。猫山窝山头不大，山峰不高，接连几十里都是坟疙瘩，上头一层土，下边全是青石岩。几千号民夫，累死累活，一天也难开五里地。就在这个节骨眼儿上，隋炀帝又传下圣旨：一定要在来年七月挖通全部河道，八月下扬州。不管哪段耽误南游，大官得免，小官得斩，民夫全砍。猫山段工头白驴顿时吓出一身冷汗。他带领帮凶，抓夫子、抢工粮，不到三天工夫，粮食抢有万把担，民夫抓了两三千，汤小又被抓了去。

汤小来到工地，见监工、巡查像疯狗一样，到处狂咬，几天工夫就有三四百人被乱棍打死、皮鞭抽伤。汤小处处留心，事事在意，只求能活着回去。眼下到了十月，刺骨的冷，他更加急切地挂念家里：爹娘棉衣没人套，妻子儿女不知会不会冻死。一天夜里，汤小肚子一阵怪疼，他便放下手里的铁钎，找个避风处想解个手。谁知往地下一蹲，眼皮一合，恍惚看见两个孩子，赤脚光头冻得像红虾一样，哭喊着朝他跑来："俺大[1]我怪饿，俺大走家吧！"汤小急忙奔过去，抱住两个孩子，亲亲这个，搂搂那个，不知怎么疼才好。他从怀里摸出一个锅贴，分给两个孩子："你老爹[2]奶奶可好？"孩子说："俺老爹奶奶围着破棉套快要冻死了，俺娘身上都是疮。"汤小一听真好比万箭穿心，拽起两个孩子朝家跑去。进了家门刚想张嘴说什么，突然监工闯进家来，举起水火棍向他拼命乱舞，嘴里骂着："娘的，你小子倒轻巧，到这里躲滑[3]来了！"汤小只觉得浑身一阵疼痛，猛一醒神，是几个监工真的用棍往身上乱打。打完了硬把他拽到工地，交给监工；监工拿起鞭子没头没脑狠抽一顿，临了还给他戴上脚镣。几天工夫，汤小就被折磨得没有人样了。

这一天，下起了鹅毛大雪，在工地实在睁不开眼，民夫都躲进了工棚。汤小躺在茅窝里，哼哼不止。几个乡邻实在不忍心，偎到汤小身边："汤兄弟，跑不跑？早晚一个死，俺们把脚镣给你砸开，你还是跑了吧！"几个乡邻好不容易才把铁镣弄开，伸头看了看四处无人，便叫汤小快跑。汤小出了工棚哪还要命？不分湖坡野地，拼命跑哇。事有凑巧，刚跑出二三里地，正赶上工头白驴带领一帮爪牙出来看雪，老远就看见一个人慌慌张张在跑，料定必是民夫逃跑，喝令爪牙跟后追去。汤小一看身后有人追赶，不知如何是好，一时心慌意乱，一下子栽进雪窟里。一帮爪牙拽住汤小脚踝，硬是把他拉回工地。工头白驴咬牙切齿，用棍子边打边骂："娘的，我看你往哪里跑？"眼看汤小就要送命，白驴又一棍下去；突然一只大蟋蟀蹦到棍头上，再一看汤小没了。白驴将棍一甩，想甩掉蟋蟀，蟋蟀借势一蹦，蹦到白驴脸上狠命一口，肉给扯掉一大块，疼得白驴"嗷嗷"直叫："逮住它！给我弄死！"一帮爪牙腚撅得跟个花鼓一样，扑到东，蟋蟀跳到西；扑到南，蟋蟀跳到北，直把几个家伙碰得鼻青眼肿也没扑住。蟋蟀连蹦带跳，展开翅膀窜跑了。

原来，那蟋蟀是汤小变的。他找到家里，一看全家人都冻得蜷成一团；怕监工再来逮他，便躲在暗处拼命叫："洗洗晒晒套成棉的。"妻子听了心里豁然一亮，心话：这不是孩儿大叫我把单的洗了套成棉的吗？她赶忙把全家的单衣裳洗了，晒干套成棉袄棉裤穿上，果然暖和了。

春天到了，汤小变的蟋蟀觉得天转暖了，就叫"拆拆洗洗改成单的"。热天热得人喘不过气来，那蟋蟀又叫"勤洗勤晒穿着自在"。汤小妻子又忙着勤洗晒，果然穿上凉爽多了。蟋蟀每天晚上就这样不厌其烦地一再提醒，乡亲们就给它起名叫"洗晒"。后来，不知咋的，又改叫"蟋蟀"了。一直到现在，蟋蟀还是不停地这样叫着："洗洗晒晒套成棉的""拆拆洗洗改成单的""勤洗勤晒穿着自在"。

讲述者： 周之祥，62 岁，退休工人

采录者： 吴增琴

采录时间： 1985 年 3 月

采录地点： 邳县运河镇城关村

[1] 大：邳州方言，爸爸。"俺大"即"俺爸"。

[2] 老爹：指祖父。

[3] 躲滑：偷懒。

附记

本篇选自《徐州民间文学集成》(江苏文艺出版社，1991年12月版)。

55

白菜与兔子

很久很久以前，有个年轻的打柴人，他的名字叫菘郎。

菘郎三岁死了爹，四岁死了娘，撇下他一个苦孩子，无依无靠过日子。多亏好心的穷乡亲们，你家一碗水，他家一瓢汤，小菘郎才活了下来。

穷苦人家的孩子懂事早。十岁上小菘郎就再也不愿靠乡亲们养活自己了，他也学着大人的模样，带了把板斧上山砍柴，把砍来的柴挑到山下集市上卖，买粮称盐，自己养活自己。

眨眼十年过去了，菘郎已经是个二十岁的大小伙子了。这天，菘郎挑着一担柴，刚到山腰，突觉头昏眼花，天旋地转，眼前一黑，就栽倒在山坡上了。

不知过了多长时间，菘郎醒过来了。睁眼一看，哎呀，自己正躺在自家的床上呢。更奇怪的是，眼前还站着位天仙一样美丽、穿着一身白衣服的姑娘。姑娘看菘郎醒过来了，长出了口气说："大哥，你可醒过来了。俺是到这来投亲的，谁知投亲不着，刚才路过山腰，见你昏在那里，就把你背到山下。一路打听到你的家，俺就把你送家来了。你是连病带饿才昏倒的，俺带了一种菜，又能治病，又能压饿，俺用它给你做饭吃吧。”说完，就从门外挎进个竹篮，竹篮里放着一棵菜。菘郎看那菜可真鲜哩！白白的帮，绿绿的叶，那白帮白中透亮，那绿叶绿中带墨。看过菜还没吃到口，菘郎的病就好了一半。等姑娘把饭做好，端给菘郎一吃，菘郎的病一下子全好了，而且比原先更精神了。

菘郎问姑娘名叫啥，家住哪里。姑娘流下了眼泪，伤心地说：“俺姓白，家住广寒村。自幼父母都死了，因在家无法生活，千里迢迢来投亲的。谁知亲戚家早已逃荒走了，唉，让我一个孤孤单单的女子到哪儿去好哇……”说着，姑娘伤心地哭起来。菘郎看姑娘难过，想起了自己的身世，也跟着伤心地哭起来。白姑娘赶忙擦了擦眼泪说：“菘郎哥，咱俩都是受苦人，你若不嫌弃，不如咱们结为夫妻一起过日子吧。”菘郎点头答应了白姑娘。从那，菘郎打柴种地，白姑娘纺棉持家，夫妻恩恩爱爱。生活虽苦，可他们觉得心里比吃蜜糖还甜。

转眼又是一年。这一年老天可跟穷苦人摽上了劲，半年不下一滴雨；田地干得和那龟壳一样，裂得一块一块的，庄稼颗粒无收。人们连草根树皮都吃光了，村子里每天都有人饿死。

这天，白姑娘对菘郎说：“菘郎哥，咱们不能眼睁睁看着乡亲们都饿死。我给你吃的那菜，我娘家还有菜籽，我想回去要点来种上，往后乡亲们有菜吃了，不就饿不死了吗？”菘郎很赞成妻子的主意。白姑娘当天就走了，走时和菘郎说好，七天内一定回来。

第七天这天，天没亮菘郎就到路口等着白姑娘。半拉晌午了，还没见媳妇的影子，菘郎可急死了！刚想回家，忽听天空炸雷震耳。菘郎抬头一看，可不得了啦！天空乌云翻滚，云头上站着天兵天将，正押着绳捆索绑的白姑娘往南去呐！

菘郎一下子昏过去了。醒来一看，天上已没有白姑娘的踪影，只听正南炸雷声声。他循着雷声，拼命往南撵。菘郎拼命跑啊，追啊，鞋跑掉了，脚磨烂了，浑身都摔破了，一滴滴鲜血滴在他跑过的田间、山坡、路旁。在那滴过鲜血的地方，长出了棵棵红红的野菜，这种野菜可以吃。因这菜是在菘郎血浸透的土里长的，人们就给它起了个名叫“血花菜”。

菘郎正追着，忽见前面有座大山挡住了路；再仔细看看，自己的媳妇白姑娘正在山下压着呢，只露出个头在外面。菘郎哭着扑到跟前，一看白姑娘已被折磨得没有人样了：一双原本美丽的大眼睛已变得血红，两个耳朵也老长老长，嘴唇正中还豁了道口子正淌血呢。菘郎放声大哭，问白姑娘到底是怎么回事。

白姑娘无法再瞒，就叹口气对菘郎说：“我本是月宫嫦娥的侍女，因见你忠厚老实，就私自下凡，和你成了夫妻。谁知这次回月宫来盗菜籽，被王母娘娘发觉逮住，硬逼我把菜籽交出来。她说：‘此菜只能仙家有，人间不能有半棵。’我死不愿交，把菜籽含在嘴里，死也不张口。王母看菜籽要不出了，就命太上老君用仙索捆住我，又用两只神钩钩住我的双耳，把我挂在炼丹炉里，想把我和菜籽炼成丹。我在炼丹炉里已被炼了六天六夜，多亏了嫦娥姐姐知我身怀有孕，苦苦地哀求王母放我。王母不允，嫦娥就要碰死。王母一听嫦娥要死，怕月宫无人掌管，才勉强答应放我；但她说死罪可免，活罪难饶，要用大山压我五百年，让我偷来这菜籽也没用。

“我从炉中出来，就变成了现在这样了。耳朵长了，是让钩子挂的；眼睛红了，是被那炉中烟火熏的；胳膊腿弯曲了，是捆在炉子中炼的。菘郎哥哥，你千万不要再悲伤，快，快把这菜籽带回家种上，今天是第七天，菜籽过了七天恐怕就种不活了。快！快！菘郎，救乡亲们要紧呀！”说完从嘴里吐出菜籽交给菘郎。

菘郎急得捶胸跺脚，捧着妻子的头大哭：“白姑娘，难道就再也没办法救你出来了吗？”白姑娘见菘郎不嫌她变丑，对她情真义深，就对菘郎说：“菘郎哥哥，救妻要受尽千般苦，要每天用斧头沾上你的血在磨刀石上磨。磨到七七四十九天，你再来劈山救妻，那时咱们就能夫妻团聚，还能见到你的一双儿女！”菘郎听了，又惊又喜，揣好菜籽，对白姑娘说：“白姑娘，我菘郎就是筋骨累断，血全流干，也要救乡亲们和你！”

菘郎回家，把菜籽种上。晚上，菘郎割破自己的手臂，把血滴在磨刀石上磨开了斧头。

每天，菘郎跑到几十里外去挑水浇菜；磨烂了肩，跑破了脚。仙菜籽生根了，长叶了，长高了，长得鲜亮亮一片了。每晚，菘郎的手臂被自己割得伤连伤、疤套疤，斧头磨得快了。四十六、四十七、四十八天了！再有一天就能劈山救妻。妻子一出来，就能一起把菜分给乡亲们充饥治病，白天又能一起干活，晚上一块给小宝宝讲故事……菘郎心里越想越高兴，枕着斧头睡着了。

菘郎正做甜梦，忽被炸雷声惊醒。他开门一看，只见狂风大作，飞沙走石，天空乌云翻滚。菘郎心说不好，提斧头跑到菜园一看，满园的菜只剩下根了。菘郎知道又是王母干的坏事，气得牙都咬碎了。他怕白姑娘再遭害，拼命奔到了南山，对准山头，一斧劈了下去。只听“轰隆隆”一阵响，山从当中分开了，白姑娘从山中走了出来。

菘郎一把扯住白姑娘，转身就往家中跑。“站住！”菘郎和白姑娘抬头一看，天兵天将拦住了他们的去路。菘郎见走不开，就把白姑娘往身后一挡，举起斧头和天兵天将拼了起来。从半夜战到天明，又从天明打到半夜，菘郎终因寡不敌众，被雷公用雷震倒在地。白姑娘见菘郎倒地不醒，又悲又恨，拼了死又和天兵天将打起来；但因有孕在身，身重力单，怎打得过天兵天将？她又被天兵天将捆了要带走。白姑娘扑在菘郎身上，死也不跟他们走。她问天兵天将：“我犯了什么法？你们为什么要一次次害我和菘郎！”“哼，你私盗仙菜籽送凡间，又私自与凡人成亲，两次违反天规。王母命我等把你押回月宫，叫你永在月宫捣药，不准离开半步，将你活活累死！”“我死也不跟你们走！”“如再违抗，就将这方百姓和菘郎全用天火烧死！”天将张口就要喷火。“慢，不要伤害他们，我跟你们走就是了。”白姑娘说。

白姑娘又一次扑到菘郎身上，拼命摇着他，放声大哭。菘郎醒了过来，拉着白姑娘的衣袖死不丢开。他哭着说：“眼看夫妻得团聚，谁知今又祸临头。王母老狗心肠坏，砍走仙菜下毒手。咱们儿女在何处，菘郎怎能放你走？”白姑娘强忍悲痛，抚摸着菘郎遍是伤痕的身子，说：“菘郎呀，差一不够四十九，腹中儿女难带走；今天吐出交给你，望郎爱护莫嫌丑。心诚能救仙菜活，年年留种代代有。菘郎要是想念妻，有山就作望妻楼。”说完，一张嘴，从嘴里吐出两个孩子，转身跟天兵天将走了。

菘郎接住两个孩子仔细一看，都是长耳朵、豁嘴唇、胳膊腿弯曲，还没睁眼呢。他们是在母腹中与炼丹炉里的娘一样被神火烧炼的。因他们是从口中吐出的孩子，人们就叫他们“吐子”；后来叫顺了音，叫成了“兔子”。

白姑娘被押到月宫捣药去了。每当晚上月亮出来的时候，菘郎就爬到山上，对着月亮望啊望啊。他还能听到白姑娘在月宫桂花树下“嘭登”“嘭登”的捣药声呢。菘郎抱着两个没娘的孩子，想起白姑娘的嘱托，要种菜救乡亲。可是再到哪儿去弄仙菜籽呢？白姑娘什么时候能再来人间呢？他越想越伤心，又禁不住大哭起来。他哭啊，哭啊，泪水哭干了，眼里流出的全是血泪，滴滴血泪滴到了菜根上。说也奇怪，那菜根竟又长出了白白的帮、绿绿的叶，水灵灵的，比原先还旺盛。菘郎见菜又活了，喜出望外，赶紧叫来众乡亲取菜充饥治病。

为了纪念白姑娘受尽磨难采来仙菜籽，人们就把这种菜起名叫“白菜”，一直叫到今天。

讲述者： 刘树标
采录者： 刘向侠
采录时间： 1986 年 3 月
采录地点： 邳县运河镇

附记

本篇选自《邳州民间故事传说》（江苏人民出版社，2015 年 3 月版）。

56

金公鸡下蛋

沿湖农场周楼村东南角有一道土跄子[1]，人们都叫它鱼宅子；据说是微山湖堤开口子，龙王老爷叫水卒们筑的点将台。这里虽叫鱼宅子，却没有姓鱼的，只住过一户姓张的渔民。

姓张的夫妻俩只生一个儿子，小名山子，意思是出门抬头就看见了微山湖的微山，希望儿子能像微山一样长命百岁。

山子长到八九岁时，爹娘染上瘟疫，先后死去，山子被庄邻们收养了。到了十六七岁时他练成一身好水性、一双好眼力，成了捉鱼的能手，人家又都叫他“鱼鹰子”。从此他就单独在湖上捕鱼过活了。

一年春天的半夜里，“鱼鹰子”驾着一只小船顶着东北风向微山湖里划去，湖面上静悄悄的。突然他听到一声清脆的公鸡打鸣。他顺着声音一直向前划，不一会到了微山岛跟前。他想，岛子上是没人住的，为啥有鸡叫唤呢？我得去瞅瞅。

他下了小船，蹑手蹑脚地向前走去。他发现，这鸡叫声是从岛子的东北角上一个小石洞里传出来的。

这个石洞只能爬进一个人，他爬了几步，看到前面有个门，从里面射出一束亮光。越靠近，这光越亮，后来就跟白天一样，掉根绣花针都看得见。

小山子这会看准了，这亮光就是从公鸡身上发出来的。他小心地凑到公鸡身旁，用两手一捌就逮住了。他觉着这公鸡冷冰冰的，分量透重，像一块生满了黄锈的铁矿石。

他拿着公鸡走到哪里，哪里就照得剔亮。他出了洞把公鸡在船上藏好，就划船回家了。

回到家，他把公鸡放在草庵子的中间。半夜里公鸡照样“喔喔”地叫起来，天明以后，小山子一看公鸡还是好好地站在那里。它的尾巴下面有一个鸡蛋，这蛋又大又圆，又黄又亮，拿在手里沉甸甸的。这奇闻马上传出去了，三乡五庄的老少爷们都来看“稀罕”；大伙说这是金鸡，下的是金蛋。小山子把鸡下的金蛋送给了村里的老少爷们。

一个舔腚的家伙把这事告诉了徐州知府，他又添油加醋地说：“小山子家有只金公鸡，一天一夜能下一百个金鸡蛋。这金公鸡一放光，黑夜能看到北京的金銮殿；叫唤一声能屙金尿银；叫唤两声能出来美女弹唱歌舞；叫唤三声能引来八仙聚会；坐上公鸡一时三刻能游遍天下；摸一摸金鸡蛋就能长生不老！”知府一听，立刻带领人马，拿着鸟枪火炮到鱼宅子来抢这只神公鸡。

消息马上传到小山子的耳朵里，他对金公鸡拜了三拜准备把它藏好，这只公鸡立刻动起来，一亮翅子变得好大！小山子骑上公鸡就飞走了。飞哪去了，没人知道。

讲述者： 胡茂兰，54 岁，初中学历，工人

采录者： 阎洪勋

采录时间： 1977 年 3 月 10 日

采录地点： 铜山县沿湖农场

[1] 土跄子：挡水的土台子。

附记

本篇选自《中国民间故事全书·江苏·铜山卷》(知识产权出版社，2007年6月版)。

57

癞蛤蟆想吃天鹅肉

话说早时，有一个非常漂亮的大闺女，姓田名娥，跟着父亲田久过日子。田娥的母亲死的时候，借了本村财主贺麻子的一笔驴打滚的债，父女俩口攒肚挪几年也没还清人家的债。

田娥越长越漂亮，贺麻子看了心里痒痒，口水滴多长，一心想霸占她，只是不能得手。他忽然心生一计：让田娥给他顶债。

这天，贺麻子来到田家，逼着田久老汉立刻还债。田久哪里有钱还债？贺麻子逼道："你女儿田娥不是会织绸吗？一夜之间，她要能把织出的绸扯到南天门口，这账我就不要了。"

田娥在屋里听到后，心想：这个老东西有意难为我们，不知他有什么打算。她想罢，走出屋子冲着贺麻子说："东家，只要你能把从这里到南天门的里程量出来，我一夜就能织出这么长的绸来。"贺麻子听到银铃般的声音，看到天仙般的美人站在面前，欲火烧身，再也按捺不住，就饿虎扑食似的冲过去抓田娥。田娥撒腿就往外跑，贺麻子紧追不放。眼看二人的距离越来越近，谁知前边有一条大河拦住了去路。田娥心想：就是死，我也不能落入他手。她一纵身跳进了河里。贺麻子一看傻了眼，躬身跳进了河里。这是一条神水河，沾水就变：就在他入水捞取田娥的时候，田娥变成了一只雪白的天鹅，钻出水面，展开双翼，飞上了蓝天。贺麻子呢，却变成一只满身疙瘩的癞蛤蟆，跳到一片莲叶上，仰着头向蓝天呼号："天鹅，天鹅……"一心想吃天鹅肉。它一直叫到如今，也没吃上天鹅肉。

讲述者： 蒋广章，63 岁，初小学历，农民
采录者： 刘志元，34 岁，初中学历，农民
采录时间： 1987 年 6 月 7 日
采录地点： 铜山县谷山村

附记

本篇选自《中国民间故事全书·江苏·铜山卷》（知识产权出版社，2007 年 6 月版）。

58

义蛇筑坟

俺双沟镇是个古老的大集镇。双沟街上朝阳门内有座金碧辉煌的庙宇——火神庙，据说此庙是在宋朝建造的。由于庙大神灵，每天到庙中烧香拜佛的善男信女、老叟弱妪络绎不绝，香火十分旺盛。到了清乾隆年间，寺院老郎和尚做了庙主，也是寺庙建成以来的鼎盛时期。

一年冬初，老郎从泰山拜佛回来，无意发现路旁小溪边，躺着一条像筷子一样长短的小蛇。他走近蛇前，用手拨一拨，判定是条冻僵的蛇。"阿弥陀佛，天近严冬，此虫不在洞中，怎么跑到这里来？救它一命吧。"想罢，伸手把小蛇放入袖中，带回庙里。

小蛇原来未死，经老郎和尚体温一暖，蛇儿慢慢苏醒过来，像有灵性一般，向老郎和尚点了点头。老郎和尚见它活了，从禅房中找出个小瓦罐把它盛了起来，每天用鸡蛋黄喂它。光阴似箭，星转月移，不知不觉一年过去了。装蛇的器皿，从小瓦罐到小瓦缸，从小瓦缸到大瓷缸，后来大瓷缸也盛不下它了；庙中没有更大的东西，老郎又为它建个地窟，蛇儿无忧无虑地生活着。由于长期相处，感情十分融洽，蛇儿有时到老郎床前，盘起来伴老郎打坐，

有时进入大殿同老郎烧香拜佛，有时听老郎诵经讲禅。蛇儿像个孩子一样，同老郎形影不离，真像一个佛门子弟。

蛇儿一天天长大，食量也逐渐增加，老郎喂它的食物远远不能满足它的食欲，有时不得不避着老郎和尚，到乡邻家偷鸡吃。这样可惹下了麻烦，乡邻不时有人找上门来，老郎只好向乡邻赔礼。有一天，老郎在佛殿打坐，听庙门外吵吵嚷嚷闹个不停。“不行，我要见老郎禅师。”一个男人嚷道。

“不行，师父在打坐。”小和尚悟明说。

“什么坐禅不坐禅，孩子都吓死了。”一个女人连哭带叫地喊着。

“请等一等好吗？”

“不行，一会儿都不能等。”

“什么事，悟明？”老郎问。小和尚跑进佛殿：“回师父，师兄（指蛇儿）昨天晚上去觅食，不慎吓着人家的孩子，今天这两位找上门来。”

“阿弥陀佛，请他们进来。”说着，和尚老郎也迎了出来。老郎是个德高望重的人，在庙中主持多年，庙规很严，又能给乡邻消灾除难，远近乡邻都很尊重他。这次他亲自向友邻赔礼道歉，又取些银子给孩子看病，总算把这次风波平息下来。

第二天晚上，老郎把蛇儿叫到禅房：“蛇儿，恁也不小了，总是给庙里添麻烦；我不忍心叫恁走，可我们庙小，实难容得下恁。恁到深山大川中去吧，修炼修炼，将来求得正果，也能了却我一桩心事。”蛇儿听了摇一摇头，表情十分虔诚，又像悔过一样，不愿离去。

“去吧，蛇儿，天下哪有不散的酒席，多早想我可以再来嘛！”老郎又温和地劝说。

蛇儿无奈点了点头，当晚全庙众僧为蛇儿送行。第二天，蛇儿果然不见了。

蛇儿走了三年，老郎经常想念它。有一天他觉得腰部隐隐作痛，用手一摸，吓了一跳：腰部两侧软肉有两个疙瘩，用手轻轻一按，一阵剧痛，老郎知道腰部生了恶疮。没过三天，疼痛加剧，百医无效；接着开始溃烂，好端端的一个人，被疾病按在床上，尽管众僧人尽心服侍，也减轻不了老郎和尚的痛苦。恶疮一天天加重，疮口流出了污秽的脓血。眼见老郎和尚要病死了，这时他对众僧讲：“看样子我是不行了，快把你师兄蛇儿招来，我要与它再见一面。”说罢又昏了过去。晚上小和尚站在庙门前，面南高呼：“师兄快来啊！师父要见你。”连续喊了三遍。当晚三更时候，庙门“嘎”的一声打开了，一只吊桶般粗壮的大蛇，顺着甬道直往老郎和尚禅房滑去。它用头轻轻推开房门，游到了床前，点了点头，见师父呻吟不止，心中十分不忍。这时，老郎和尚觉得一阵轻风吹来，神志一振，睁开双眼，认出蛇儿，心中一酸，流下泪来；又强作精神说：“蛇儿你可回来了，我怕见不到你呢。”说着又一阵剧痛，几乎又昏了过去，蛇儿见到此情此景，立即用头把盖在师父身上的被单顶开，伏在床上，为老郎和尚吮吸着腰疮。老郎先是觉得痛苦减轻，后见疮部现出红肉，再其后奇疮生津，这样经过三天，老郎和尚的腰疮基本痊愈。可蛇儿的眼睛却被毒疮攻瞎了一只，后又归山去了。

又过了几日，老郎和尚无痛而终。全庙和尚悲痛举哀，用荷花缸盛下老郎的尸体，安葬在双沟镇南湖。

安葬的当天晚上，双沟镇上的百姓，见到南湖有一盏明亮的灯光在隐隐晃动，后半夜才突然离去。第二天人们见到老郎和尚的坟墓筑得又大又高，这时人们才知道，昨夜义蛇为老郎筑坟来了；那盏明亮的灯光，就是义蛇的另一只眼睛。

讲述者： 刘焕彬，男，82岁，中师学历，原双沟镇中心小学教干

采录者： 张甫文，男，68岁，大专学历，睢宁县委宣传部退休干部

采录时间： 2019年11月

采录地点： 睢宁县双沟镇大街

附记

双沟镇是睢宁县西部一个古老的乡镇，徐州观音国际机场坐落此

镇，也是徐州空港经济开发区所在镇。历史上的双沟镇不但是一个经贸商业大镇，也是一个佛教文化圣地，城内城外庙宇众多。其中火神庙、观音庙历史悠久，引导人们解民之苦，为民解忧的故事层出不穷。此故事在《睢宁县民间文学三套集成》《双沟镇志》《睢宁故事》等书均被收录。（张甫文）

59

秀才救蚂蚁

从前，有个秀才进京赶考，在路上遭遇一场大雨。因沟河里涨水很深，秀才没有办法过河，只得卷起裤腿，蹚水过河。当他走到小河当中，看见许多蚂蚁趴在一根树枝上，都快要淹死了。秀才看蚂蚁很可怜，就拿起树枝把蚂蚁救到岸上，他又继续赶路了。

由于连续多天行走赶路，又被雨淋受凉，头疼发烧，身体实感不适；加之又有点怯阵，考场上有一道题秀才怎么也想不出来答案。眼看着考试时间就要到了，秀才急得头晕眼花怎么也答不出来。最后，钟声铃响，只好跟在其他人身后也交了卷。下了考场，秀才感到很失望，就匆忙把行李收拾收拾回家了。

到家后不久就接到金榜，这个秀才得了头名状元，要即刻进京复旨。连秀才自己也不敢相信这件事，又不敢违抗万岁爷的圣旨，只得坐着八抬大轿进京。

俗话说做官人好办事。秀才知道自己明明有道题没做，怎么能会得头名状元呢？自己决心要弄个明白。有一天，他终于来到主考官那里找到自己的试卷，趴上仔细一看，原来是有很多密密麻麻的蚂蚁趴在试题上，帮他给出了正确答案；又因为主考官年纪大，又花眼，看不清蚂蚁，只看是黑字，又字字句句顺理成章的，就打了对号。

秀才心里想：一定是那天过河时，我救了一群蚂蚁，蚂蚁来报答我的。不免感叹道："小小蝼蚁尚知感恩图报，何况人呢！我既然食皇封，吃的是民脂民膏，就一定要好好为老百姓办事。"以后他当了清官，很受老百姓爱戴。

讲述者：郑芬，女，76岁，高中学历，睢宁县原物资局退休干部
采录者：张甫文，男，68岁，大专学历，睢宁县委宣传部退休干部
采录时间：2020年7月
采录地点：睢宁县原物资局

60

人为财死鸟为食亡

古时，俺睢宁县北边有个胡家洼庄，庄上有个痴憨潮愣[1]者，名曰胡配；他哥叫胡明，怪聪明的。分家时，兄弟俩一人四十亩地。胡配的妻子余氏，婚后虽然没有孩子，但因丈夫憨懒，日子过得很贫穷。

有一天余氏说："憨子，明天就要过年了，俺家没有吃的；西南湖老林地，有棵合抱粗的大树，你去砍点柴草，卖些钱过年吧。"憨子倒也听话，拿起砍刀便去了。

当憨子胡配来到大树跟前，刚想举刀要砍树时，突然刮起一阵大风，立时天昏地暗。憨子抬头一看，大树上有个黑色的大鸟，正在展翅扇动大树。憨子胡配根本不知，这是一只大鹏金翅鸟，在回扶桑国时途经这里，在这棵大树上短暂歇息的。大鹏鸟说："你怎么要砍这树？"

憨子一惊，回道："我家里没吃的了，想砍点柴卖点钱好过年。"

大鹏鸟说："原来是你缺钱啊！跟我来拾些钱就是了。"

憨子笑嘻嘻的，他立即趴在大鹏身上，"哧哧"一阵

[1] 痴憨潮愣：方言，痴憨。

风响，就来到了扶桑国。憨子从大鹏身上下来一看，眼前突然一亮，惊讶大叫：“哎哟，我的娘咪，咋这么多金银财宝，遍地都是。”他拾起一个小元宝，又见一个大元宝；因没有什么口袋装，只能左手拿了一个小的，右手拿了一个大一点的。他心想，有一块也就够过年了，非常高兴地随大鹏回来了。

来到家里，元宝放在桌子上闪闪发光。妻子佘氏一看，认出全是赤金，次日拿出一个到集上，就备齐了年货还未用完；谁知，被哥哥胡明妻子看到了。嫂子打听底细后，便向他大哥说：“那棵树是老辈遗留下来的，老二胡配能砍，你也能去砍啊！”

第二天，大哥胡明也去西南湖老林地砍树了。这时大鹏鸟又来了，高呼：“不要砍树！别砍树！”

大哥胡明说：“我家没有钱用。”

大鹏鸟说：“这好办，跟我去拾好啦！”

大哥胡明是有准备的，他带来了大口袋，被大鹏带到扶桑国。大鹏说：“你拣好的拾点快走吧！”大哥一看这么多财宝，急急忙忙就往口袋里装。大鹏催道：“不能拾了，一会儿扶桑出来会把你晒死的。”大哥根本不听。他哪里知道，扶桑国就是太阳出来的地方。大鹏话音刚落，扶桑就出来了。大哥只觉得炎热无比，可心想来一趟不容易，再拾一块赤金吧。当他再伸手时，扶桑一扭头升起来了，大哥立时被晒死了。稍时，大哥身上的肌肉被晒得“吱吱”发响。大鹏原想飞走，一闻奇香无比，它心想，我从来还没有吃过这么香的人肉哩，让我吃一口尝尝吧。大鹏一口人肉刚吃到嘴，只觉得浑身无力，头晕眼花，“噗嗤”一声倒在地上，也被晒死了。

后来，人们以此总结一句俗语：“人为财死，鸟为食亡。”

讲述者： 邱培标，男，60 岁，大专学历，睢宁县庆安镇农业干部

采录者： 张甫文，男，68 岁，大专学历，睢宁县委宣传部退休干部

采录时间： 2019 年 10 月

采录地点： 睢宁县庆安镇大街

附记

此故事原载《睢宁县民间文学三套集成》。

61

狗头媳妇

黄山脚下，有一家祖孙三代四口人：双目失明的老太太、儿子、儿媳妇和一个刚满两岁的小孙子。

老太太二十六岁守寡，就守一个儿子，取名叫刘根，即是留住一条根的意思。刘根八岁那年得了伤寒病，发了七天高烧，不吃不喝，昏迷不醒地躺在床上。老太太七天七夜没能合眼，不停地给儿子用温开水擦洗身子散热，给儿子饮草药水退热。后来，儿子刘根的病好了，可是老太太的眼倒是熬出了毛病，久治不愈，渐渐地双目失明了。

刘根长大了，聪明伶俐，先是跟随本村大人们贩运食盐，后又从南方往北方贩运布匹，逐渐成为远近闻名的生意人。刘根为了多挣钱，经常不在家，而且一走就是几个月，甚至半年不回家。孝敬双目失明的老娘任务自然落到了他的媳妇一个人身上。刘根的媳妇虽然长得亭亭玉立、俊俏美丽，可是不善操持家务，缺乏孝心，特别是经常性地虐待老人。她不但不能为刘根分忧，精心照料老太太，反而整日咒骂老婆婆是个废物，愿老人家早日进入阴曹地府。

老太太虽然双目失明，可她一会儿也闲不住，不是弹棉纺线，就是看管小孙子，从早到晚，不知休息，为的是能吃上一碗热乎饭。但是，儿媳妇给她吃的却是一家两样饭，老太太整天闻香不到口。有一天，老太太突然病了，已有三天未进茶水。第四天，觉得少有食欲，想吃点鸡蛋油馍，于是就恳请儿媳妇给做一点。儿媳妇一听就气得大发雷霆："家常饭我还不知怎么给你吃的呢？睡在那儿不干一点活儿，还想吃好的！好，我这就去给你做鸡蛋油馍。"

那儿媳妇像得了疯癫病一般，手脚麻利，只听厨房里锅铲、铁勺摔得叮当响，不知怎么倒腾的，不一会就把鸡蛋油馍端到了老太太跟前，还很气愤地说："好好吃吧，这回让你吃个够。"老太太刚吃了一口就想呕吐，怎么也咽不下。正巧，好串门的邻居王婶来看望老太太，老太太端起儿媳妇给她的鸡蛋油馍说："他王婶，俺儿媳妇给我做的鸡蛋油馍咋不是味呢？你快来看看，我吃了一口就想吐。"说着说着，不停地反胃，"哎！哎……"终于吐出了黑乎乎的一片。王婶迅速接过瞎老太太手中的大黑碗，用筷子用力夹开一块一看，黑乎乎的既像霉烂的高粱饼，又像是腐烂的山芋面，还散发着一股臭味。王婶说："这哪里是鸡蛋油馍啊！这到底是用啥做的呢？"正在怀疑不定，老太太的小孙子急忙跑过来说了实话："我知道，这是咱家小花狗屙的屎屉屉，我看到俺娘在柴草垛那儿捡的……"老太太一听，泪珠滚落，伤透了心，悲天悯地地哭喊儿子："刘根啊！你怎么还不回家呢？你真想叫你媳妇把我折磨死吗？"王婶也被老太太哭得泪流满面，说劝了一阵子，抹着泪水、叹口怨气地走了。

俗话说：善有善报，恶有恶报。老太太的不孝媳妇作恶之举终于被灶王爷发现了，她得到报应的时间也终于到了。大家都知道，灶王爷是玉皇大帝下派到人间的，他的职责就是专管给玉皇大帝报事的，相当于现在公路上测查小车超速或是银行、超市等单位查报小偷作案而安装的电子眼。灶王爷上天报事不但责任心极强，而且铁面无私。尽管家家户户都把灶王爷的画像恭敬地贴到了灶房里，并在其画像两边写上"上天言好事，下界保平安"，但是灶王爷依然坚持雷打不动的工作原则：一日三报，必不可少；既报喜，也报忧；一是一，二是二。于是就把刘根媳妇“鸡蛋油馍”一事如实向玉皇大帝禀报。玉皇大帝闻听此事，不由大怒，想不到人间竟有这种不孝之妇，于是迅速传旨，要将不孝媳妇雷劈龙抓，立即铲除人间这一祸害。

中午时分，天空突然一片乌云翻滚，阴沉发闷，紧接着雷声大作，下起了倾盆大雨。这时，不孝媳妇刚从自己房间走出，观此情况她急忙跑到婆婆屋里避雨。不好，只见雷公和青龙、火龙直向她凶猛攻击而来。两条巨龙张牙舞爪，“吱吱”直叫，不孝媳妇吓坏了，一头扑倒在婆婆的怀里，连连磕头如捣蒜，乞求婆婆救她一命。婆婆是个心软之人，看到儿媳妇缩成一团，将要死在眼前，又顿生怜悯之心，也连忙磕头祷告：“老天爷啊，老天爷，请你行个好，饶我儿媳妇一条命吧！我已双目失明多年，如果没有她，我和小孙子无法活啊，请你千万留我儿媳妇一条命吧……”婆婆抱着儿媳妇不放手。

可是，雷公和青龙、火龙王命在身，不管老太太怎样为之苦苦哀求，那火龙还是发出执法如山的吼叫声：“老太太快松手，留下这不孝媳妇，你会后悔的。大帝命令，谁敢违抗！”说时迟，那时快，火龙一伸龙爪，还是十分轻松地把那刘根媳妇的头抓掉了。头在地上滚，两眼睁得大而圆，嘴里还不停地喊叫：“妈咪！娘咪！我要……孝……敬你……”说来也巧，邻居家饿了几天的大黑狗跑来了，看到地上在血浆中泡着一个形似“肉蛋”的东西，衔起就跑，头被狗啃了。

雷公和青龙、火龙完成了执行任务，迅速回到天宫向玉皇大帝禀报，同时也把老太太的乞求话语一五一十地转告给玉皇大帝。玉皇大帝一听，认为老太太言之有理，把不孝媳妇处死，可瞎老太太和她小孙子无法生活啊！铲除了坏人，又给好人增加了痛苦啊！玉帝想到这里，于是又迅速下了一道谕旨：“好，就听那瞎婆婆劝说一回吧！叫这一不孝媳妇再活上几年，好好伺候她的婆婆和孩子吧！”雷公慌了，连忙禀告玉皇大帝，不孝媳妇的头叫青龙抓掉后，已经被一条大黑狗衔走吃掉啦！无法再给她复原啦！玉皇大帝“哈哈”一笑，顺手一指：“你们急什么，那条大黑狗吃饱了不是还在那儿趴着吗！那不就是不孝媳妇的头吗？”火龙明白了，立即遵命，就把趴在不孝媳妇身边的大黑狗一爪抓死，又趁机截下狗头给不孝媳妇安在了脖子上。这时云收雾散，天空飘下一条黄绫，上写道：

只因媳妇不孝婆，用屎给婆做油馍。

拔她人头换狗头，罚她吃屎带干活。

玉皇大帝真会安排，不孝媳妇成了人身子狗头了。从此，狗头媳妇每天出力干活非常殷勤，照顾婆婆很有孝心，婆婆和孩子使她如唤狗；饿了，就不声不响地背着人们到一边吃屎去。这就是狗头媳妇的来历。

讲述者： 邓安氏，女，76 岁，初中学历，丰县赵庄乡邓庄村农民

采录者： 邓贞兰，男，82 岁，大专学历，丰县文化馆退休干部

采录时间： 2018 年 10 月 12 日

采录地点： 丰县文化馆

附记

《狗头媳妇》故事在 20 世纪 80 年代由丰县赵庄乡邓庄村农民邓安氏（76 岁，初中学历）讲述，县文化局干部邓贞兰采录整理，编入《丰县民间文学三套集成》。（张甫文）

62

蛤蟆精

（一）

夫妻二人，男的教书，女的纺织，生活过得倒也不错；只是无儿无女，心里不踏实，生活不痛快。两口子行善积德，后来生了个蛤蟆，丈夫生气走了，到外地教书去了。

蛤蟆长到七八岁的时候，妈妈叹着气问："我的蛤蟆儿，你能做点啥？你爹生气走了，你能找他去吗？"蛤蟆听了娘的话，点点头。娘做衣裳、写信，把信和衣裳包到包袱里，捆在蛤蟆背上，蛤蟆就背着包袱上路了。

它夜里蹦跶着走，白天变成个小学生唱着走，走了三天三夜，到了它爹的学校里。一进校门，学生就咋呼着："看，一个大蛤蟆进来了，还背着包袱哩。"别人不知道底细，爹心里有数。就打开包袱，一看有一封家信，细细看，才知道这真是他的蛤蟆儿，就叫蛤蟆带了回信。到了家，娘夸奖蛤蟆儿有能耐。

长到十七八岁，给它说了媳妇，用两顶轿娶。新娘子娘家知道了接亲的新郎是个蛤蟆，咋着也不愿发嫁。那时候都兴听天由命，嫁鸡随鸡，嫁狗随狗，最后没法儿也就凑合着发嫁了。洞房里，新娘子醒来的时候，蛤蟆不见了，就见在床前坐着一位英俊的学生。新娘子心里一动，故意装睡着，天亮前见那学生的手伸到席筒里拿起蛤蟆皮，披在身上，一眨眼变成了蛤蟆。新娘子生了一计，夜里冷不防拿起蛤蟆皮丢到井里。学生急得哭了，再修炼七七四十九天才能变成人，不到四十九天就活不成了。新娘子听说也急了，就跳进井里，把蛤蟆皮捞上来。学生披上蛤蟆皮，变成了蛤蟆，也跳进井里，怕新娘子淹死，就在水面托着。

第二天打水的人，捞上来新娘子，也捞上来蛤蟆。等到七七四十九天，蛤蟆真正变成了人，夫妻俩恩恩爱爱、和和美美、白头到老。

讲述者： 王汝标，男，56岁，初中学历，丰县史小桥邱堤口村人

采录者： 师以耀，男，43岁，教师，丰县史小桥师庄人

采录时间： 2002年6月

采录地点： 丰县史小桥邱堤口村

63

蛤蟆精

（二）

从前有一对老两口，一辈子行善，可是都六十多岁了，还是无儿无女。看到人家孩子都大了，心里非常难受。有一天老婆婆念叨着："老天爷啊，叫俺生一个小蛤蟆一样的孩子，俺也愿意。"

说过没多久，老婆婆真的怀孕了，生下来一看，正好像个小蛤蟆，天天蹦蹦跶跶。老婆婆很高兴，养了小蛤蟆十几年，可和小蛤蟆一般大的孩子都说上了媳妇成了家，小蛤蟆也没有人说。

这天有个老头经过老婆婆家门口，说要给小蛤蟆说媳妇。老婆婆说："谁家的闺女会愿意嫁一个小蛤蟆呢？"老头说："我只给人家说长得俊，不让见面就行了。"

果然媳妇一听说小伙长得俊就愿意了。娶了那天，媳妇一看是个小蛤蟆，气得不得了，又没有办法，只好跟着小蛤蟆过了。

有一天，媳妇把小蛤蟆关在屋里，自己要出去听戏。媳妇前脚走，小蛤蟆就把蛤蟆皮一脱，变了个又高又俊的小伙子，开开门，也跟在后面出去了。

听戏时，小蛤蟆故意站在媳妇跟前，媳妇一看眼前站着个这么俊的小伙子，心里直发慌，她在心里说自己的男人要像他一样该多好啊。想着想着泪流下来了，跑到家里倒在床上大哭。小蛤蟆跟回来，敲着门让媳妇开门。媳妇不开门，越哭越厉害。小蛤蟆问她哭啥，媳妇说："天皇皇，地皇皇，我啥时候再能见到路上的郎？"小蛤蟆就回答说："天皇皇，地皇皇，我就是你路上见到的郎。"媳妇赶紧开门，一看正是自己碰见的那个俊男子，还有点不相信。小蛤蟆把他手里的蛤蟆衣一亮说："我就是小蛤蟆呀！"媳妇喜坏了，连忙把蛤蟆衣夺过去藏了起来。

打那以后，蛤蟆变成人了，天天和媳妇很快乐地在一起。几年以后，他们有了儿子和闺女。

有一天，蛤蟆问媳妇："我的蛤蟆衣在哪里？"媳妇说："你还想再变成蛤蟆？"小蛤蟆说："我想拿出来晒晒，别霉了。"媳妇拿出来，拍了拍土说："没事。"可小蛤蟆趁媳妇不注意，一下子夺过来，披在身上，又变成了蛤蟆，猛一闪光，就不见了。

媳妇正要去追，见一张纸条落在地上，拾起来一看，纸条上写着："我是老天爷派来的蛤蟆精，我的事已经办完，该回去了。希望你好好照顾好年老的婆婆，更要照顾好咱们的孩子。你放心，我会暗中帮你的忙。"

媳妇看完，感觉天上刮来一股狂风，天旋地转。

讲述者： 张果，女，59岁，初中学历，沛县正阳小学教师

采录者： 张雅，女，56岁，大专学历，沛县自来水公司工会主席

采录时间： 2020年3月

采录地点： 沛县

流传地： 沛县张寨镇唐楼村一带

64

鹿乳治眼疾

从前，丰邑城郊有一位名叫谭子的小孩，在他八岁时，长得虎头虎脑，机灵勇敢。每天下地耕作，上山砍柴，回家还要帮助母亲烧火做饭，以减轻父母的负担。母亲看他累得东扭西歪，劝说："儿啊，你就多歇一会吧！"他说："我多干一点，父亲和您可以少累一点。要不，如果您累病了，就麻烦了。"

那天他去华山挑水，在涧谷看见一头幼鹿断了后右腿，便把幼鹿背回家来。他用竹片、麻皮把鹿的伤腿捆扎好，放在柴草窝里，一日三次送水、送草、送树叶。半个月后，幼鹿能站立起来，他高兴地拍着手，拿着新鲜的树叶诱着幼鹿跟他慢慢走。邻人王二劝他把鹿卖了吧，他舍不得，父亲母亲也舍不得。不料，那天夜里幼鹿失踪了。第二天，他满山遍野去唤找。后来他看见邻居张屠户正在磨刀要宰那头幼鹿，他大哭大叫："张大伯啊，你不能宰我的小鹿！"伸手拉起幼鹿就走。张屠户手持尖刀，怒气冲冲追上来夺鹿："还给我，要不连你一块宰了。"

正在这时，三个官差路过这里，询问他们争吵的原因，二人各说各的理。官差问谭子有什么证据，谭子说："鹿的右腿是我用竹片麻皮给接骨长愈的。"官差仔细察看，果然是真，便命令张屠户把鹿交给谭子牵走。

从此以后，小鹿每天跟着谭子下地上山。渐渐地小鹿的腿伤痊愈了，便往深山里走，谭子紧跟着追。一旦看不见的时候，谭子手捂嘴巴"呜哇、呜哇"叫上几声，小鹿便回到他身边。春夏之间，天气大旱，百天不见雨滴，河干井枯，为了吃水要翻过两座山头去挑山泉。人家挑六个竹筒，一天只能一个来回；谭子自己挑六个竹筒，又在鹿脖子上挂六个竹筒，一天能挑两趟。他挑来的水用不了，就把多余的水分给邻居用，大家都夸谭子是好孩子。

那天在山头遇上鹿群，小鹿欢叫着跑去跟那群鹿亲热。谭子拍着小鹿说："你跟自己父母兄弟姐妹亲热吧，我走了。"小鹿恋恋不舍地把他送到老远老远。

时隔三年，这里流行红眼病。谭子的父母眼疾特别重，血红血红，难于睁开。谭子跑了十里八村，求来好多种药草药方，也没治好父母的眼疾。他急得坐在山坡哭。突然，有一个游走郎中告诉他："用鹿乳冲洗，可以治好这种眼疾。"于是他每天翻山越岭去找小鹿求乳。第三天，果然在大山头有一头鹿向他奔来，近前一看原来他养的那头小鹿变成一头大母鹿了。他抱着母鹿脖子亲了又亲，忽然看见母鹿的奶子"滴答滴答"地流下乳汁。他连忙用竹筒接着，不一会儿接满了竹筒，急急忙忙地跑回家，让父母饮一半，另一半用泉水搅和后给父母洗眼，果然有效。第二天带着两个竹筒又去大山头，母鹿正瞅着山路等他。于是他又收了两竹筒鹿乳。这样一连七天，父母的眼病治好了，可是还有上百乡邻的眼睛睁不开。那天他在大山头对母鹿诉说了自己苦恼，那母鹿"咴咴咴"叫了三声，一下子又来了五头母鹿。谭子收满了六竹筒鹿乳，回到村子里给乡邻们医治眼疾。一连七八天，那些母鹿都在大山头等着谭子收乳。乡邻们的眼疾全都好了。后来，丰县广大村民一直世代相传，鹿乳治眼疾这一药方，是来源于咱丰邑有个善做好事的好孩子，名字叫谭子。

讲述者：齐海凤，54 岁，大专学历，文化站站长
采录者：卜凡柯，78 岁，大专学历，退休干部

采录时间： 2020 年 11 月 12 日

采录地点： 丰县文化馆

附记

该故事流传丰县时间不详，但丰县人都知鹿乳治眼疾这一药方是居住在华山附近的谭子传下的，而且世代有序传讲。（卜凡柯）

65

屎壳郎夫妻

一天，公屎壳郎和母屎壳郎在穴坑内蹲得闷闷不乐，公屎壳郎便对母屎壳郎说："夫人，我有心带你出去游山观景，不知道夫人意下如何？"

母屎壳郎说："夫走妻随理之当然。"

夫妻俩两翅一挺，飞过高楼大厦。公屎壳郎又对母屎壳郎说："夫人，我觉得腹中有些饥饿，你在这儿看守香橘，我先到外面打个食吃，不知夫人意下如何？"

母屎壳郎说："夫走妻守乃妇道也。"

母屎壳郎等在路边，忽听一阵銮铃响亮，抬头一看，对面来了四匹大马，上坐昂昂[1]的君子。母屎壳郎惊慌害怕，一个跟头翻到车辙沟里去了。待那人马走远，母屎壳郎抬起头来，不由作诗一首："马摆銮铃快如飞，亏俺贵妃躲得急。不是贵妃跑得快，车轧贵妃烂如泥。"

这时一个癞蛤蟆正在树洞里打盹，忽然被母屎壳郎吵醒，十分气恼，大嚷道："这是谁在我面前贵妃长贵妃短的，看我褒贬褒贬它！"说罢高声道："你生来就像一块

[1] 昂昂：趾高气昂。

炭，浑身上下似铁链。你说你是杨贵妃，唐王没封你西宫院。论俊还是我俊！”

这时飞来了一个王扁担[1]，看不过去，说道：“这是谁？跟一个妇道人家比丑论俊，听我褒贬褒贬它：你生来就是四个蹦，浑身上下似钉钉。要说你比张生俊，我比郭淮还俊十分。”

王扁担掀开自己的衣服，看看自己的身子，得意地说道：“我外穿绿罗裙，内穿紫罗衫。有人来捕我，一步飞上天。论俊，还是我俊！”

正当癞蛤蟆和王扁担围着母屎壳郎争论不休时，蛐蛐、天牛、土鳖子、蝎虎子、蜗牛、蚂蚁、蚯蚓都纷纷赶来，对癞蛤蟆和王扁担进行批评。这时，公屎壳郎飞回来了，一看夫人被包围，气急败坏：“你们是什么东西，敢侮辱我的夫人？不是我过夸：夫人贤惠又美丽，吟诗作赋数第一。谁敢说俺长得黑，皇上派人把他踢！”

癞蛤蟆和王扁担低头不敢再言语，众小们齐声拍掌。母屎壳郎见官人来了，很不好意思。公屎壳郎挽起母屎壳郎，推着香橘，继续游山玩水去了。

讲述者： 张云芝，女，78岁，初中学历，沛县街道前胡楼村农民

采录者： 张雅，女，56岁，大专学历，沛县自来水公司工会主席

采录时间： 2019年3月

采录地点： 沛县前胡楼村

附记

沛城街道前胡楼村农民张云芝，其母张关氏是本地知名故事篓子，已去世多年。这则故事，系母亲张关氏所传。（张雅）

[1] 王扁担：方言，蚱蜢。

66

两只小狗

从前，有兄弟三人，老大老二都已娶妻成家，只剩下老三还没有成亲。

一天，老大把兄弟叫来，说：“树大分枝，人大分家，咱们分家吧。”老二听了倒也乐意，只有老三不吱一声，任凭哥哥分了家。

老大挑了大骡子大马，好房子；老二分了两头驴和一辆车；最后只给老三剩下两只小狗和两只小猫，还有一间茅草房。

老三看到好东西都让两个哥哥分去，心里很气愤，不过他还是忍气吞声，一手牵着两只小狗，一手抱着两只小猫，来到自己的屋里。

眼看该种地了，老大套上大马，把地耕耕耙耙种上了；老二有驴有车，虽说慢点，也能及时种地；只有老三眼巴巴地看着两只狗和两只小猫，叹着气说：“狗啊，猫啊！你看人家分了大马、大驴，能耕能种；我分了你们，你们能给我干点啥活呀？”

谁知话音刚落，小狗说话了：“主人别愁，狗拉犁子猫拉耙，您就套上我们吧！”老三一听，看了看小狗，摇

摇头说："你们个子小，怎能拉动犁子耙呢？""行，你只管套上我们就是喽。"

老三半信半疑，到老二家借了犁子和耙，就把两只小狗套上了。说也奇怪，两只小狗拉起犁子来比马还快！只一天，就把地耕好了。

第二年，老大老二都还没种上地，老三早就种完了。老大老二都很奇怪：我们大马大驴都还没种好，他那两只小狗倒比我们还快。老大就想借老三的狗用。老三好说话，就借给了老大。谁知老大赶到地里，两只狗怎么也不走，老大就用鞭子打。不论怎么打，狗还是不走，最后把两只狗打死了。

老三听说后，心疼得哭了三天三夜，心想不能紧哭，得把狗埋了。他扒个坑就把狗埋了。

老三逢年过节就去给狗烧纸，每次烧纸都大哭一场。有一年清明节，他又去烧纸，发现狗坟上长了一棵树。他无意间碰了一下树，谁知树上掉下来好多白花花的银子。老三一见大喜，又一晃，树上又掉下来很多银子。

老三回家后，用这些银子买了车、马，又盖了新房，日子一下富起来了。从这以后，老三一没零花钱，就到狗坟上摇那棵树。

这事被老大知道了，他叫媳妇拿了纸和被单子，准备把树上的银子都摇下来。他来到狗坟上，也是先把纸烧了，又大哭一场，接着老大就叫媳妇铺上被单子，自己抱着树干摇。只听"呱"的一声，惊飞了一只老鸹，老鸹尾巴一撅，屙了一摊屎，正好掉在老大媳妇嘴里，气得她大骂。老大还不死心，又使劲猛一摇。这一来，就听"噼里啪啦"掉下许多砖头瓦块，把他二人活活砸死了。

讲述者： 邵长水，男，75 岁，上过私塾，沛县安国镇农民

采录者： 朱迅翎，男，70 岁，大专学历，沛县文化局退休干部

采录时间： 2020 年 7 月 25 日

采录地点： 沛县安国镇

67

青红果

咱西庄有个老头有三个儿：老大、老二都娶了媳妇，老三年幼，有点憨，还没娶媳妇。

老头临死的时候，把三个儿子叫到床跟前说："我死以后，把我埋到村东地里。你们弟兄仨一人一黑里[1]，到坟前陪陪我。"老人家说完就咽气啦。

弟兄仨把爹埋到村东地里。头天黑里，摊老大去陪爹。老大走到村头，见爹的坟旁有个火球，"扑啦扑啦"地滚。老大心里害怕，一扭身回家睡啦。

第二天黑里摊老二，老二也回来啦。

第三天黑里摊老三。老三胳拉肢[2]里挟着领蓑衣走到村头，见爹的坟旁有个大火球，"扑啦扑啦"地滚。他孝顺，不害怕，心想是妖是怪也得去陪爹，爹死前说的话不能更令[3]。

老三走到坟跟前，就用蓑衣扑打那个火球，一扑扑住

[1] 黑里：夜晚，黑夜。

[2] 胳拉肢：腋窝

[3] 更令：更改。

啦，是个小花帽。拾起来一看，绣的龙插的凤，怪鲜亮。憨三把花帽往怀里一掖，铺上蓑衣，守着爹的坟头睡啦。

老大老二见憨三没回来，揣摩着八成是叫妖怪吃啦。分家吧，当夜把家业一劈两半，分啦。

小三回家一看，大哥二哥把家业分完啦，没他的事。咋治？要饭去呗！要饭去啦。

路上碰见个老嬷嬷，这个老嬷嬷是神仙点化的，问小三："憨三，治[1]啥去？"

"要饭去。"

"跟我吧，我啥人没有。认我个干娘好伺候我。"

"好呗唻。"

憨三跟老嬷嬷到了家里，老嬷嬷说："三啦，我给你说个媳妇吧？"憨三说："干娘，您老人家迂啦？咱娘俩连吃的喝的都混不上，谁家的闺女肯跟我？"

"噫，你不是有个小花帽吗？"

"有。"

"那是个宝物。往头上一戴，腾云驾雾的想上哪去上哪去。王家大楼有个王小姐，你把她背来吧。"

憨三就把小花帽往头上一戴，就听得耳门子风刮得"呜呜"的，眨眼到了王家大楼。王小姐正在窗前插花描云，小三就把王小姐背上，一飞飞到深山老林里，落下啦。

王小姐才情高，心眼子多，就生了个点子说："你望望你身上脏的，河里有水洗洗吧。"

小三把花帽搁在河边上去洗脸，王小姐疾马[2]把小花帽往头上一戴："回俺王家大楼了！""吱楞"！王小姐也飞走啦。

憨三可傻眼喽：前不巴村，后不靠店。这咋治？哭啦！哭了一阵子，饿啦，往山上一看，树上结的都是些绿果子，一嘟噜一嘟噜的，够[3]这些绿果子垫垫饥吧。一吃，酸溜溜的，甜滋滋的。不孬，怪好吃，吃开伙[4]啦。

吃饱到河里去洗脸。一照，我的娘！头上长了两个角，身上长了一身鳞，脸上毛啦烘烘的像个妖怪。小三吓哭了，哭着哭着哭累喽，睡啦。

睡醒，又饿啦。咋治？不能活活饿死，还得找野果子吃。一找找到一片红果子，结得一嘟噜一嘟噜的，摘下来一尝，咦，又香又甜，一会儿吃饱了。到河边一看，哎！头上也没角啦，身上也没鳞啦，四打[5]白胖一个俊后生。

憨三摘了一捧绿果子，又摘了一捧红果子，揣在怀里，一路要着饭，回家啦。

他干娘一见："小三唻，你咋才回来？"小三"妈呀"大哭："干娘唻，小花帽叫王小姐戴走啦！"

"不怕的乖乖，你把你怀里的绿果子给我，跑不了你的花媳妇。"

老嬷嬷装成个卖花线的，挎着个花线篮子到了王家大楼："姑娘，绣花鞋要花线不？"

"正缺花线唻，丫鬟，挎过来我挑挑。"

王小姐挑花线，老妈妈就把绿果子偷偷地放在王小姐的针线筐里。

小姐绣花绣乏了，一拨拉针线筐：哟，有几个绿果子。咬口尝，咦！酸溜溜的，甜滋滋的，不孬！怪提精神。吃喽吧，吃啦。

第二天清早，小姐起来梳洗打扮，一照镜子，俺的个亲娘唻！头上长角，身上长鳞，脸上毛啦烘烘的像个妖怪。王小姐"妈呀"大哭，把盖体[6]往头上一扯，蒙头裹脚，也不吃啦，也不喝啦，病倒喽！

丫鬟跟太太一说，太太来啦："妮唻，得的啥病？"揭开盖体一看，我的个亲娘唻！一腚坐到床跟前，没气啦！丫鬟又是推，又是擀，老太太半天才缓过气来。

王员外听说，怪挠头。疾马糊帖子：谁能看好小姐的病，要天许半个。

来的先生不少，穿绸着缎，一群一群的，啥药方都用啦，白搭。

憨三来啦，穿个小褂净补丁，腰里束个草绳子，说是来给王小姐看病的。众人都笑了，说："看你那个熊样，能会看病？会看吃饱不饿的病！"管家把憨三领到磨道里，

[1] 治：干，做。治啥即干啥。

[2] 疾马：立马，马上。

[3] 够：摘。

[4] 开伙：方言，开饭的意思，即开始吃饭。

[5] 四打：方言，四面。

[6] 盖体：盖的棉被。

剩茶剩饭折巴两碗，端给小三吃啦。

吃罢饭，小三说："得给姑娘号号脉。叫丫鬟找根红绒线，拴在小姐手脖上。"丫鬟心里话：你个混饭吃的小花子，知道个瞎屁！就把红绒线拴在小姐的床腿上："号吧！"

小三在外间，扯着绒线这一头，一号脉："嗯，小姐的病，有点木性。"

丫鬟一听，哟，不假！拴床腿上啦，还能没木性？解开红绒线，顺手又拴到茶壶把子上："你再号号看。"

小三一号："嗯，有点铜性。"哪！不假，那个茶壶把是铜的。丫鬟麻利地解下红绒线，拴在小姐手脖上。

小三一号："嗯，这病好看。我有几个红果，给小姐吃了吧，吃了病就好啦。"憨三就从怀里摸出几个红果来，给小姐吃啦。

小姐吃了红果子，觉得浑身清爽多啦。一照镜子，噫！头上没角啦，身上也没鳞啦，有红似白的一个俊闺女。小姐喜得不行，忙问是哪个恩人给看好的，丫鬟说是东庄那个憨三看好的。王小姐盛情不过，脸一红，嘴一抿，哧！笑啦："那……俺跟他拜堂成亲吧！"

讲述者：梁氏，女，89岁，小学学历，朱寨镇梅村农民

采录者：朱迅翎，男，70岁，大专学历，沛县文化局退休干部

采录时间：2020年4月28日

采录地点：沛县朱寨镇

附记

这则故事是说老大老二分家只考虑自己，不顾小三生活；但是苍天有眼，却是怜悯憨三。在老干娘的指教下，不但有吃有喝，还娶个富家俊媳妇。故事虽有曲折多余语言，却给听众留下深刻印象。（张甫文）

68

苍子花

早年，在微山湖畔住着母女俩：吴老太和她的女儿芦花。吴老太自幼喜欢剪花，出自她手的"孔雀开屏""小老鼠上灯台"等枕巾花、鞋面花，剪样多姿，栩栩如生。女儿芦花青出于蓝胜于蓝，便成了微山湖一代剪花"皇后"。

一场大火，把母女俩的剪花烧个精光，从此一贫如洗，便给湖畔古镇上的富户万爷家做了佣人，以洗衣为生。芦花长到十五六岁，便出落成水灵灵的大姑娘，细皮嫩肉、俊眉俊眼，十分讨人喜爱。

芦花十分孝敬母亲。她知道母亲自一场大火后，连吓带惊，身体渐渐地垮了下来，一天不如一天。她便每天天不亮起床，端着满满的一大盆衣服，到湖畔搓洗。一天两天，一月两月，一年四季，年年如此。

一天晚上，月光朦胧，母亲说："听老爷爷说，湖里有一种花，叫苍子花，十年开一次花，还是夜里开放；假若遇上，那便是贵人了！"母亲虽是自言自语，但芦花听得入神。从此，她便日日夜夜盼望能看到苍子开花，自己成为贵人，再不给富人做活、洗衣服。

日复一日、年复一年，第三年的春上，芦花一大清晨又来到湖畔洗衣服。

“嚓嚓嚓”，正当芦花洗衣累得腰酸背疼时，突觉得眼前一亮。抬眼一望，面前的苍子花果真开了，五彩缤纷，令人眼花缭乱。正当芦花看得入迷时，从苍子花中走出一位少女，双手托一件绣花衣，微笑着向她走来。

“小妹妹，这件绣花衣是苍子母让我送给您的，请收下！”芦花才激动地说“谢谢”，抬眼一看，那少女便无影无踪了。万爷有一儿子，长得猴头猴腮，猴里猴气，人称“假猴子”，芦花走到哪儿，他跟到哪儿。自从芦花穿上少女赠给她的那件绣花衣，更加俊俏美丽，他追得更紧了，竟让他爹把芦花关在屋里，不准出门，不能再到湖畔洗衣服了。

芦花一气之下，将那件绣花衣脱下，放在火上烧起来。

“芦花，”假猴子上前便夺，“你疯了，这么好的绣花衣怎放火烧呢？！”

谁知，那绣花衣越烧越干净，越烧越鲜艳。假猴子看在眼里，想在心上：“假如让芦花仿绣一件，给小妹穿那该多好啊！”

假猴子把这个想法给万爷一说，万爷连连点头：“好，好，好，就照你说的去做吧！”

从此，假猴子把芦花看得更紧，并限她一周绣好，否则，就脱她身上那件。

芦花心想以死相拼，身上的这件不能被他抢去，因为那是苍子花姐姐赠送的，一定要保护好它，绝不能便宜坏人！

不足一周，芦花果然仿绣好了一件。两件一比，一模一样。

祝贺新衣绣好的这天，万爷请了至朋好友，济济一堂。可当芦花将她亲手仿绣的绣花衣赠送给假猴子妹妹时，“呲啦”一声，那绣花衣自燃了。立时，满屋浓烟滚滚，火光冲天，把万爷、假猴子活活烧死了。

从此，芦花便成了贵人，带着母亲，随苍子花少女远走高飞了……

讲述者： 张子善，男，73 岁，初中学历，沛县大屯街道宋庄村退休教师

采录者： 朱迅翎，男，70 岁，大专学历，沛县文化局退休干部

采录时间： 2019 年 7 月 8 日

采录地点： 沛县大屯街道宋庄村

附记

《苍子花》这一故事是采录者朱迅翎在大屯街道宋庄小学上小学时，听张子善老师讲的。后来朱迅翎对其加工整理，主要对情节有所改动，基本上保持故事原貌，2004 年在吉林《故事报》上发表，2007 年又作进一步调查整理，入编《中国民间故事全书·江苏·沛县卷》。（朱迅翎）

69

郭一蛟

郭小楼有一家行善积德的人家，姓郭名一蛟，很有家产，离城近，开了一个百货铺。不管是南来的北往的，还是乡亲邻居，到他铺里买东西，都是自己称秤，自己给钱，随自己的心愿，从不计较得失。这一带人没有不称赞他的。

万历十年（1582）八月十五，有个不相识的老道人看望他。郭一蛟热情招待，留宿陪伴。半夜之后，老道人对郭一蛟说："明年五月端午半夜上黄水，今年十月初一，你要开始排船[1]，罗织渔网，上了大水，凭人上，凭船走，只救生物莫救人。"郭一蛟点头记住。天拂晓道人辞别归去。郭一蛟按道人的话行事，十月初一开始排船，织渔网竹筐。街坊邻居都说他发了疯，也劝阻不下。第二年五月初四把船排好，筐网齐备，叫家人把米、面等粮与锅灶搬上船，叫乡亲都上船。人们谁也不肯，只有他的小孙子，听爷爷的话，很顺从地上了船，跟爷爷睡。初五半夜子时，黄水铺天盖地而来。霎时，村庄、人畜被吞一空，只有他和孙子在大船上顺水漂去。郭一蛟在大水中任凭颠簸，长叹不已。猛然间见前面有一个黑球往船边滚来，急用竹筐打捞上来，一看是个蚂蚁团。一蛟端进船后舱和粮米搁在一起。又往前行，见一条花蟒蛇昂头求救，一蛟又用竹筐打捞上来。又继续往前走，有一花色喜鹊漂在水中，一蛟用手捞起揣入怀中暖干。又过几天，见一只猿猴在林中"吱吱"大叫，像是求救。一蛟伸出竹竿，又救上船。这时船上热闹起来，蚂蚁来回像串门，花蛇吞吐宝珠，喜鹊欢叫不停，猴子和孙子玩闹。

又一天中午，见一人在山脚下漂荡。一蛟可怜之心顿起，不顾道人的劝告，把此人救上船，慢慢往外控水，并用自己的身子取暖。不大一会，那人醒来，一蛟用汤水喂下。一连数天侍候，此人恢复正常，十分感谢一蛟救命之恩，对一蛟祖孙两个非常亲热。

船漂到河北境县内的一个县城，靠上码头。一蛟对蚂蚁、花蛇、喜鹊、猿猴说："你们不会人语，咱们相交一场，现已到了陆地，今天我备点吃的，咱们就此分手，各谋生路。你们需要我的时候，再来找我，我一定相助。"说完老泪纵横。花蛇趋身向前，张开大口，吐出一珠，点头谢恩，然后又转身向北，用头拱珠点头。此意，一蛟尚不明白，被救之人敏感，忙说："恩人，这珠子是颗夜明珠，为无价之宝。花蛇是叫咱上京进宝，定会得个一官半职，光耀祖宗。"一蛟听罢，便问花蛇："你这哥哥说得是不是？"花蛇点头。一蛟说："我年纪老啦，你这兄弟尚小，你去上京进宝，求得官职再来搬我们，我们也好有个归宿。"被救的人连忙磕头谢恩，又谢花蛇相报之德。饭后蚁、蛇、鹊、猴恋恋而去。第二天，被救之人上京进宝。到了京城，献上宝珠，皇上御赐"进宝状元"。谁知这被救之人竟忘恩负义，怕一蛟今后说出真情，状元被免，想着不如先下手为强，就在皇上面前说船只是他的，被一蛟祖孙抢夺，宝珠幸亏密藏，未被抢去。皇上一听，龙颜大怒，让御林军把一蛟祖孙拘捕，命监察御史招录口供。为明辨是非，御史把一斗谷子和一斗稷子掺在一起，叫他们祖孙一夜分开。如分不开，就定混淆是非罪，给予处死。一蛟心想，这不是明明叫我祖孙去死吗？只好含泪等死。哪知一夜间谷稷已经分开。

原来是蚂蚁报恩分开的。一蛟深谢蚂蚁相救之恩。谷

[1] 排船：准备船只。

稷分开，状元又呈奏：一蛟祖孙使的是妖术，不能放他们走。皇上下令待日发落。事也凑巧，宫内皇姑暴发恶疮，疼得很厉害，已串满全身，御医也毫无办法。皇上急下旨贴出皇榜，有谁能治好皇姑的疮，就招为驸马。晚间，猿猴突然入监，口吐人言："恩人可揭皇榜，此疮易治。你在我身上剪猴毛七根，再从花蛇身上取出蛇蜕，用我的尿和在一起，抹在疮上即好。你祖孙性命可保，恶人可除。娶皇姑可看喜鹊落轿为记，切切记住。"猿猴说罢隐去。第二天一蛟叫孙子揭下皇榜，太监传一蛟孙子入宫看疮。一蛟孙子按猿猴所说，配方治疗，立即疮愈。皇上想违前言，一蛟孙择日娶亲这天，皇上备十二乘花轿，要一蛟孙挑选，若挑准，便可成亲。当天，十二乘花轿在宫女的簇拥下出宫，一蛟孙装束齐备，站在远处细看，只见喜鹊连叫数声，落在第七轿顶。一蛟孙走到轿前，双手扶出皇姑，同入洞房。皇上没法，认为是老天择婿，便盖了驸马府，把一蛟也接入府中。一蛟把前后经过向皇姑讲述一遍，皇姑又陈奏皇上，才知进宝状元是个忘恩负义之人。随将他下监入狱，定下负恩叛主罪，处以死刑。

讲述者： 沈元周，男，75岁，中师学历，沛县胡寨镇孔庄退休教师

采录者： 朱迅翎，男，70岁，大专学历，沛县文化局退休干部

采录时间： 2019年7月8日

采录地点： 沛县胡寨镇孔庄

70

蛇斗青蛙

从前，有个叫刘二的人，靠拾破烂为生。有一天，刘二拾了一筐破烂往家走，看见几个小孩在打一条蛇。刘二心好，把小孩哄走，救起了这条蛇。

来到家里，他把蛇从筐里拿出来，为蛇治伤，又下了几个夹子，捉了老鼠喂蛇。不久蛇的伤养好了，天天跟着刘二拾破烂。刘二的日子越来越好过，最后攒了些本钱做起了小生意。不几年又娶了个媳妇。

有一天，蛇跟着刘二去做生意，来到一个叫大洼的村子。天不黑，家家门上都上锁，真怪。刘二来到一家客店里，店小二正在收拾东西。刘二问道："小二，你们这里为何天不黑都关门闭户？"小二说："客官，快走吧，我们这庄上近来来了只大青蛙，如同一口锅。这两天被大青蛙伤了好几条人命，到晚上都外出避难去啦。"刘二跑了一天的路，又累又饿，说什么也要让店小二弄点吃的。小二没法只好陪着。

刘二吃饱喝足，睡起觉来。半夜里听到房里"吱哇"乱叫，睁眼一看，他养的那条蛇正和大青蛙打架。青蛙张开血盆大口要吃蛇，蛇就咬青蛙，围着青蛙转圈子。打了

有两个时辰。

白天一看，大青蛙被蛇咬死，蛇也累死了。

讲述者： 蒋秀英，女，65岁，文盲，沛县斗虎店村农民

采录者： 朱迅翎，男，71岁，大专学历，沛县文化局退休干部

采录时间： 2020年6月

采录地点： 沛县斗虎店村

附记、

此故事来源于本县斗虎店村易陪东讲述，也是易陪东当年作为一名初中学生的创作，后刊登在地方小报上。2007年朱迅翎整理编入《中国民间故事全书·江苏·沛县卷》。

71

王小闹海

过去，有王小娘俩过日子，混穷[1]。

这一天，老嬷嬷胡噜胡噜面缸，蒸了几个糖角子，对她儿说："小俫，我上你姐家看看去。"老嬷嬷挎个篮子走啦。半路上有座山，山上来了只老公狼，咬着老嬷嬷的衣裳往山上拽。到了一个山洞里，里边卧着条老母狼，正生狼羔，生不下来，老公狼拽来老嬷嬷是给母狼接生的。老嬷嬷给母狼接罢生，带来的几个糖角子，也给母狼吃了。老公狼左瞅瞅右瞰瞰，摸了块小石头说："也没啥好送给您老人家，这块小石头，您拿着吧。"老嬷嬷心想：要这做啥？回到家里，就让王小拿着这块石头在门口玩。

有一天，来了个老和尚，一见这块小石头就问啦："小孩，你这块小石头卖不卖？"

"卖！"

"多少钱？"

"二百钱！"

"行，给你二百钱。"

[1] 混穷：指过着穷日子。

王小不憨，心里话：“要二百钱，他就给二百钱，八成是卖贱啦！”就说：“那不行，我得回家问问俺娘去。”回家跟他娘一说，老嬷嬷说：“给他要四百！”王小出来对老和尚说：“俺娘说啦，要四百钱。”

“要四百钱给你四百！”

王小又回来跟娘一说，老嬷嬷说：“给他要八百，看他给不？”王小又回来说：“俺娘说啦，要八百。”老和尚生气啦：“你看这个小孩，顺风长，不买啦，散伙！”走啦。

王小心里想：他买这个做啥？我得跟着他查听查听。一跟跟到和尚庙里。老和尚就说啦：“大师兄，庄上有个小孩，手里拿着块闹海石玩。那可是个宝贝，只要扯来几尺红绒线拴上，往东海一扔，波浪滔天的，跟开锅的一样，要啥龙王给啥。”

王小一听，赶忙跑回家跟他娘一说，他娘就用红绒线把闹海石拴上。王小把小石头往海里一扔，海水立时“哗哗”的，跟开锅一样。正闹着，水里钻出个老鳖精来：“小孩，甭闹啦，跟我见龙王去吧。”

王小来到龙宫，见那些亭台楼阁，还都一晃一晃的，都是王小的闹海石给闹的。龙王摆酒设宴，请王小吃。王小也没客气，吃啦。

且说龙王爷有个闺女，长得可俊。这天听说来了个闹海的，觉着怪稀罕，就跟她娘说：“娘，我看看去。”她娘说：“那看啥？小婊子妮子就是洋兴[1]！”

龙王的闺女不听娘劝，摇身一变，变成个小巴狗。脖子上挂个小铃铛，一跑晃啷晃啷的。跑到大殿一看，她爹跟王小正喝酒。

吃罢酒席，龙王叫老鳖精捧来两个大托盘。一托盘金银，一盘珠宝，送给王小。王小不要，要这做啥？当吃当喝？左瞅瞅右看看，见桌旁有只小巴狗，油光光的怪好看，就说：“给我这只小狗吧，叫它给俺看家去。”龙王的媳妇一听，咦，这咋办吧！“叫你个小婊子妮子别出来，你偏不听，看你还洋兴不？人家要你！”龙王的闺女说：“那咋啦？要我我就去，哪里不是过？”

[1] 洋兴：方言，倔强。

王小把小巴狗抱回家里，他娘一见说：“憨儿咪！你要这做啥？咱娘俩还弄不够吃的来，你又治来个张嘴货！饿死它又折咱的阳寿。”

娘儿俩上山打柴，挖野菜。回家一看，噫！饭菜做得好好的，又是鱼又是肉。娘儿俩吃得饱饱的，怪喜欢。天天如此。

这一天王小没上山，心想：我得看看谁做的饭。避在门后头一看，就见小巴狗在地上打个滚，变成个大闺女，把围裙往腰里一束，就要去做饭。王小“登楞”一声蹦出来，把个狗皮窝巴窝巴扔井里啦。龙王的闺女就说：“既然你都知道了，咱俩就成亲吧。”成亲啦。

过了几天，新媳妇走娘家回来，带来一个大包袱。取开一看，都是金砖、银条。王小就买地，买马，盖了一片青的一座房子。

有个县官打这里路过：“哎，落轿，落轿！我前天打这里过，还是一片黑水坑；几天没来，咋弄得一片青的房子？是谁家的？”人说是王小的。“王小咋发的财？”说是娶了个好媳妇。县官一听怪眼热，想诓王小的媳妇，就跟王小说：“王小，你得拿税。”

“拿啥税，老爷？”

“我要你青枝绿叶一百棵小槐树，每棵树上拴头小叫驴。小叫驴白尾巴尖、白脑门，咽呱叫的四个踢雪蹄。”

王小一听，哭啦。媳妇问他哭啥，王小一说，媳妇说那好办，你买五色纸来。他媳妇用五色纸铰了一百棵小槐树，又铰了一百头小叫驴。铰好，吸口气一吹，一百棵小槐树，拴着一百头“咽呱”叫的小叫驴。

县官一看，傻眼啦！不死心，说：“我还得要。”

“你还要啥，老爷？”

“我得要你的花媳妇。”

王小一听，又哭啦。媳妇说：“你甭哭，我有法治他。”又拿起五色纸，铰巴铰巴，铰了个花花绿绿的大闺女。吸口气一吹，活啦。纸媳妇扭啦捏啦地走到县官跟前：“老爷，你想要我？”

县官一看，红眼啦，背起媳妇就跑。真媳妇在后边吹了口法气。“扑！”一吹，纸媳妇着火啦，烧得烘烘的。慌得个县官扔也扔不掉，甩也甩不开，烧死啦！

讲述者：谭云英，女，70 岁，文盲，沛县梅村农民
采录者：张雅，女，56 岁，大专学历，沛县自来水公司工会主席
采录时间：2020 年 4 月 20 日
采录地点：沛县梅村

72

酒鳖子

从前，沛县城里有个爱喝酒的人，每天都要到酒店要上三两酒，一仰脸就喝光啦。

这家酒店是个老字号，几辈子传下来的。店老板很精明，看到这个人天天来喝酒，一喝就是三两，连气都不换，真不得了。

时间一长，也就熟啦，店老板和他交了朋友。一天，喝酒人又来到酒店。店老板说："朋友，你到底能喝多少酒？"喝酒人说："我每天赚的钱，除了居家吃饭外，就只剩下三两酒的钱，从来就没喝足瘾过。"店老板说："这样吧，今天我的酒尽你喝，不要钱。"喝酒的一听怪高兴，端起坛子就喝起来啦，一连喝了三坛子。喝完后，不行啦，吐出来一个白色的虫来。店老板一看，是个酒鳖子。这东西是稀世珍宝，放在酒缸里，酒味纯爽，永远也卖不完。店主把酒鳖子拾起来，放进了酒缸。

从此，喝酒的人再也不能一气喝三坛酒啦。酒店的老板有了酒鳖子，发了大财。

73

杨法师卖马

讲述者：郝允周，男，78岁，私塾，沛县退休干部

采录者：朱迅翎，男，70岁，大专学历，沛县文化局退休干部

采录时间：2020年7月2日

采录地点：沛县

胡寨乡陶庄村，有座陶阁庙，现在庙还存在。陶阁庙建于明代，庙里有个和尚姓杨名法师，为人忠厚老实，附近村民都很敬重他。有一年春天，沛县境内的牲畜瘟疫流行，死去大半。眼看就要割麦了，等着使唤牲口，可是牲口死了很多，价钱昂贵，骡马会上都不好买，人们都很着急。来了几个牲口贩子，都是没深没浅地要高价，人们买不起。有一天杨法师提水和泥，揉好泥团又用手抓了抓，嘴里念着咒语，一会儿捏成一匹马，"扑哧""扑哧"地吹吹法气。泥马仰起脖子，一声长鸣，银鬃飞舞，撒腿生风在院中跑开了。就这样捏了很多马。杨法师带着几个徒弟打扮成马贩子，牵着马到市上去卖。人们见了这些马，都满口称赞"好马"。

张三说："老客贵姓大名？"

杨法师说："姓杨名法师。"

"家在哪里？"

"陶阁庙。"

"多少钱一匹？"

"五十两银子。"张三买了一匹，牵起来就要走，杨法

师说：“这马到家千万不要饮它。见了露水，在马鬃上吹几口气。”

张三回到家，套上马去拉麦，地里有露水，他就吹了几口气。马的力量很大，一天也没饮过。

后来麦子收割完了，场里的活也干完了，妻子走来说：“马也不饮，又不是铁打的。”说着提水就去饮马。马喝了水，卧倒在地，不一会马不见了，只见一堆泥土。张三慌忙到陶阁庙去找杨法师，小和尚说：“我师父出外云游去啦，他临走时说：‘如果有人来要马钱，叫他到大殿的香炉里去扒。’”张三来到大殿，果然在香炉里扒出五十两银子。这个消息很快传开了，人们都到陶阁庙的大殿里扒香炉。凡是买马的人都能扒出银子，没买马的人是扒不出银子的。

讲述者： 吴友，男，84岁，文盲，沛县胡寨镇陶庄农民

采录者： 吴俊营，男，41岁，初中学历，胡寨镇农民

采录时间： 2019年6月

采录地点： 沛县胡寨镇陶庄

74

玉蛙传奇

清光绪年间，鲁南平原的柳花湾有两家挂着“千顷牌”的富户，分别是柳珂和柳天，他们是同父异母的兄弟。柳珂四十多岁，是老大，心地慈善，可惜没有后代。柳天对兄长毕恭毕敬，言听计从，弟兄俩从未红过脸，乡亲们称赞他俩是“一个脑袋的亲兄弟”。

柳花湾北边有条柳花河，河水碧绿清澈，一年四季潺潺长流。这年冬天，柳珂出外讨债回来，天色已晚，经过柳花河滩时，忽听前面传来几声蛙鸣。柳珂甚感惊奇：天寒地冻的，青蛙早已冬眠，这种季节怎有青蛙出来活动？

柳珂顺着叫声走过去，发现前面是一片干枯的河草，草丛里不时发出“哇哇”的叫声。

借着月光，柳珂分开草丛细细寻找，没有找到活蹦乱跳的青蛙，只在一棵大草的下面找到一只发着幽幽蓝光的玉青蛙。咦？玉蛙也会叫？三九天开桃花——稀奇古怪。柳珂把玉蛙带回家中，灯光下细细把玩。玉蛙两寸大小，通体碧绿，油光滑腻，栩栩如生，脊背花纹清晰美观，鼓睛张嘴，作跃跃欲跳状，煞是惹人喜爱。柳珂觉得玉蛙有些眼熟，翻过玉蛙腹部审视，发现玉蛙肚皮下有块豆粒大

小的红痣，猛然想起去年夏天救起的那只青蛙。

那天下午柳珂经过柳花河滩时，看见一条毒蛇正捕捉一只青蛙，尽管那只青蛙拼命挣扎，最终还是被那条毒蛇吸到口中，吞下肚去。柳珂顺手捡起一根木棒，冲上去打死毒蛇，剖腹救出那只青蛙。当时，他记得很清楚，青蛙的腹部有块豆粒大小的红痣。眼下这只玉蛙是不是那只青蛙变来的柳珂不知道，也无法知道，他只知道青蛙喜水，便随手把玉蛙放在水盆里。

柳珂有个习惯，总爱饭前喝几盅老白干。第二天一早，柳珂从水盆中捞起玉青蛙，用红线拴牢，系在腰间。吃早饭时，边喝酒边取下玉蛙欣赏，不料玉蛙从口中突然喷出一股清水，射在酒杯里，这时柳珂才发现玉蛙腹中是空的，还有喷水的妙处。

柳珂端起酒杯呷了一口，顿觉酒香浓郁，两颊绵甜，普通的白酒竟变得比陈年老窖还好喝，不禁连呼“宝蛙！宝蛙！”自此，柳珂便把玉蛙终日带在身上，饮酒时则解下玉蛙让它向酒中喷水，夜睡前则端来一盆清水放在床边，把玉蛙放在水盆中“养”着。

一夜，村头演大戏，柳珂看完戏回家，不料中途有人放冷箭，“嗖”的一声，射在他的身上。幸好玉蛙护体，那支箭不偏不倚恰恰射在玉蛙上，才没伤着他。柳珂把那支箭带回家，细细一看，竟是一支见血封喉的毒箭。他知道弟弟柳天时常背着弓箭去山上打猎，精通多种毒药的配制，莫非……

第二天，柳珂拿着那支毒箭去找柳天。柳天看过毒箭惊叫道：“哎呀，这支毒箭是我亲手削制的，怎么会落在哥哥的手中？”

柳珂道：“昨夜遭人暗算，险些死于这支毒箭。”

柳天皱了下眉头推测道：“有人想挑拨我们亲兄弟的关系，就对你下了毒手。常言道：钱多是祸。尽管我们弟兄从未得罪过谁，但是彼此都有万贯家产，难保不被人妒恨，不可不防呵！”

柳珂听后点点头，感叹道：“树大招风，今后是该小心些。”

第二年春天，柳珂到徐州去看望大舅，这天傍晚住进黑风镇客店。他和五六个商人睡在一个房间，晚饭后几个人围在一块闲聊，不料五六个商人聊着聊着就倒在地上睡起来，怎么也唤不醒。柳珂顿感不妙，猜想刚才店主一定在酒菜里下了蒙汗药，大概自己的酒中有玉蛙喷出的清水才得以幸免，看来这是一个黑店。柳珂不敢怠慢，把包裹一背就要逃走。店门紧锁，他便爬上一人多高的院墙，悄悄溜到墙外，深一脚浅一脚向庄外逃去。

柳珂一口气跑了几里路，来到黑风镇的庄东头，坐在那里喘息片刻。他想：自己与店主远日无冤近日无仇，下蒙汗药无非是想要钱财，就算发现店中逃脱一人，也不会赶尽杀绝地追过来。不料仅有一袋烟的工夫，柳珂发现几条黑影向这边追来，不由大吃一惊，转身又跑。黑影越追越近，已听得到后面的脚步声。柳珂又害怕又纳闷，不知店主为什么对他穷追不舍，联想到上次挨了一支冷箭，心想：店主莫非收了别人的钱财，今夜专意把我置于死地？

一条大河拦住去路，水深流急，白茫茫一片。进不得，退不得，柳珂不由哀叹一声：“吾命休矣！”追杀者越来越近，落到他们手里连尸体也难得保全，柳珂把牙关一咬，纵身跳进河水，就算淹死也能落个全尸。

柳珂不会游泳，两只手在水中胡乱扑打，身子时沉时浮，河水一口又一口地往嘴里灌，面临灭顶之灾。恰在这危急时刻，柳珂忽觉头部被什么东西碰了一下，于是他赶紧伸手抓住这件东西，发现竟是一截粗木柱。他死死抱住这根粗木柱，漂啊游啊，直到拂晓时分才漂荡到岸边，爬上河滩。他实在太疲惫了，把粗木桩向身边一放，就在河滩上呼呼睡着了。一觉醒来，已日出三竿，睁眼一看，身边哪有什么粗木桩，只有那只玉蛙静静地蹲在那里。

回家后，柳珂把这个故事讲给弟弟柳天听，柳天听后连说：“神蛙，神蛙！”

就在当天夜里，柳珂和妻子睡得正香，忽被一股浓烟熏醒，睁眼一看，原来房间着火了，烈焰腾腾，火龙正在吞噬着房间的一切。柳珂一边呼叫“救火”，一边顶着被子冲到房门前，想打开房门逃出去，不料房门被人从外面锁死了，只有待在屋里束手待毙。

妻子大概吓蒙了，竟慌里慌张地钻进床底下。烈焰熊熊，木床能保得住吗？可是，大火已经在房间里蔓延开来，没有一处赖以保命的落脚点。柳珂万般无奈，也只好钻到床下去，正所谓：失火爬到床底下——挨一会是一会。

乡亲们听到呼救声，纷纷赶来，折腾好大阵子才将大火扑灭。柳天哭叫着“我的大哥呀”，第一个走进被烧成灰烬的房间准备收尸。他万万没想到，当他喊叫第三声大哥的时候，柳珂竟答应一声，和妻子一道从木床下钻了出来。乡亲们又惊又喜，连忙去搬动那张木床，发现木床外面已被大火烤糊，但木床里面却湿漉漉的挂着水珠，那只可爱的玉蛙正在木床下蹲着。

柳天不觉脱口说道：“玉蛙有灵性，真的有灵性，紧要关头能救主！”

原来，父亲病危时将万贯家产一分为二，分给了这对兄弟。柳天为人贪婪狠毒，表面对大哥柳珂百依百顺，暗地里却一直盘算着将大哥害死，夺得大哥的那份家产。几次谋杀不成，柳天决心首先除掉那只玉蛙，然后再对柳珂下手。

几天后，柳天领着一位珠宝商打扮的中年男人来找柳珂，珠宝商愿出两千两白银买走玉蛙。柳珂直摇头，说是玉蛙能救主，就是给五千两白银也不卖。柳天在一旁对珠宝商说：“玉蛙是宝蛙，你要真心喜欢它，至少要六千两白银才能买走！”珠宝商听后犹豫不决，说是考虑三天后才作答复。

柳珂埋怨柳天说：“你怎么乱作主张，答应六千两银子卖掉玉蛙呢？”

柳天乐哈哈地说：“小弟也是为你好。玉蛙虽说有灵性，但它不能当饭吃、当衣穿、当钱花，说到底只不过是个玩物。六千两银子不是小数目，可以买几百亩良田，若是碰上别的商人，两千两银子也卖不出去。”

柳珂想了想，说：“也罢，要钱不要蛙，那人再来我就卖给他！”

三天后，那个珠宝商又来了，在柳天的撮合下，二人终于拍板成交。当那人点清银两后，柳珂从腰间解下玉蛙给了那商人。

其实珠宝商是柳天找人假扮的，那六千两白银都是柳天出的，玉蛙只在那人身上打个转儿，很快就落在了柳天手里。柳天心想：“你柳珂财迷心窍，见钱不要命，一旦我把你打发上路，那六千两白银和你的全部家产就都是我柳天的！”

不久后的一天，柳天进城赶会，中途突然遭遇暴风雨，便到邻近的一座庙宇里去躲避。庙宇破旧不堪，竟然在这场暴风雨中倒塌了，一块避雨的有十几个人，死的死，伤的伤，只有柳天毫发无损，有惊无失。柳天抚摸着玉蛙感叹道：“宝蛙，果真有灵性！”

几天后，柳天微笑着对柳珂说：“昨日我到山上打猎，发现一株灵芝草，有条大花蛇盘绕着它。我想当场采摘灵芝，又担心斗不过那条大蛇。不妨今天咱俩一块进山，联手除掉那条蛇。”

柳珂听后，信以为真，就跟着柳天上山了。柳天悄悄按了按自己腰间的玉蛙，露出一丝狡黠的冷笑。

山上林木繁茂，杂草丛生，间或传来两声怪鸟的啼鸣，显得静寂而神秘。柳天在前面引路，沿着七折八弯的羊肠小道来到一个悬崖上。他原想冷不防一箭把大哥柳珂射死，可是二人出村上山时碰到熟人，射死柳珂肯定会招来嫌疑。于是柳天临时改变主意，决定将柳珂冷不防推下山崖，回家就说大哥失足落崖。

“大哥，快来看，灵芝草生长在峭壁上！”柳天站在悬崖边上，装模作样地指点着崖下。

柳珂一向胆小，又有恐高症，一听灵芝草生长在悬崖峭壁上，不由心里发憷，远远地站着说：“山势险要，不摘也罢。”

柳天见大哥不敢靠前，不由又生一计，故意脚下一滑，身子滑下悬崖，两手抓住崖边的一块石头喊叫起来：“大哥救我，快来快来！”

柳珂一看情势危急，顾不得多想就匆匆跑到崖边，弯腰伸出一双手去拉柳天。

柳天坚信自己身上的玉蛙有灵性，能救主，于是有恃无恐，铤而走险，顺势抓住柳珂的胳膊往下猛一拉，自己和大哥一块坠下崖去。

崖下传来两声惊叫。柳天自以为会落在树枝上或草丛中，不料偏偏落在一块石头上，当即摔得脑浆迸裂，血肉模糊，身上玉蛙也摔断几截。柳珂却轻飘地落在一堆枯叶上，因为那有灵性的玉蛙一直戴在他的身上。先前几次遭暗算，出于戒心，出卖给珠宝商的玉蛙是找人临时雕刻的，尽管看上去活灵活现很可爱，却一点灵性也没有，柳天那次没被庙宇砸死，纯属偶然，并非什么“救主”。

讲述者：不详
采录者：齐运喜，男，66 岁，大专学历，丰县退休教师
采录时间：2020 年 10 月 6 日
采录地点：丰县县城

75 花子兄弟

从前，峄阳山下有两个讨饭花子，无爹无娘，没有个名，也没有个姓。他们俩年龄都不大，小的十二三，大的十七八。虽说不是同胞生，但相处得却像亲兄弟。大花子讨来好吃的，想着小花子；小花子讨来好用的，留给大花子。于是，这两个花子便撮土为炉，插草为香，结拜了兄弟，发誓生死不分离。

一个冬天的夜里，天下着鹅毛大雪。花子兄弟住在关帝庙里，下无铺，上无盖，两人冻得跟蜷虾一样。小花子冻醒了，发现庙前滚来一个大火蛋子，“扑闪扑闪”的直照得人眼花。小花子连忙推醒大花子，让他看看是不是鬼火。大花子睁眼一看，吓得浑身起鸡皮疙瘩。花子兄弟一个摸石头，一个捞棍子，硬着头皮去打火蛋子。不料，那火蛋子听到脚步声，一头钻进雪地里不见了。小花子用石头压在原来放光的地方，大花子又用棍子在石块周围画个圆圈做记号，想等到天明时再去探个究竟。

天亮了，花子兄弟借来一把锨，在做记号的地方挖起来。没挖两锨深，忽听“咔嚓”一声响，挖到一块青石板。二人掀开青石板，底下埋着一只银坛子，里面净是大元宝。

大花子说："小弟，你年龄小，这坛子元宝留给你用吧！拿它到学堂念书去，将来好有个出息。"小花子说："大哥，你年龄大，这坛子元宝留给你吧，用它置几亩地，日后好说个家小。"花子兄弟你让我，我让你，谁都不肯要这坛子元宝。一人分一半吧，不够义气；埋掉都不要吧，又怪可惜。咋办呢，总不能再抱着银坛子去讨饭吧！后来，这兄弟俩商定，先用元宝换银子，再置地盖房子，仍在一起过日子。

不久，花子兄弟置了两顷地，盖了"四可头房子"[1]，大花子也娶来了媳妇。头一年，大花子媳妇生了个男孩，第二年又生了个闺女。这时，大花子媳妇开了口："孩子他爹，咱家人丁多了，锅台上摞几个碗了，不能再跟老二搅在一起过日子了。"大花子没介意。过一猛子[2]，大花子媳妇又说："眼下老二没带亲，什么都好说。他要是娶了媳妇，还能跟咱们住在一起吗？"枕边风吹得多了，大花子也觉得媳妇说得在理，便答应跟小花子分家。媳妇一听分家可火了，说："什么什么，说的比唱的还好听！你们又不是胞兄弟，山猫野猴子混在一起瞎热乎，说好就好，说散就散，还有什么家可分？"大花子说："这个家底子是俺兄弟俩一起苦来的，不分一半给他咋行？"媳妇想独吞家产，大花子不同意，两口子整天吵闹，弄得家中不得安宁。为了息事宁人，大花子只好顺从，说："孩他娘哎，别再闹了。你咋说，俺就咋办！"大花子媳妇说："干活要有巧，治人要有法。咱不给老二家产，还得叫老二情服[3]才行。晚上你跟老二喝酒时一定要找他打一个赌，你赢了，这家产就归咱们了；他输了，咱们就叫他屎壳郎推车子，滚蛋！"接着，她又把怎样打赌向大花子做了交代。

晚上干完活，花子兄弟从田里回来。桌子上有酒有菜，两人又对起盅来。三盅酒下肚，话就多了。大花子说："过去，俺兄弟俩没做一件亏心事，还穷得吃鸡毛找不到避风湾；眼下，俺们也没做什么积善事，也不照样有酒有菜？看来，这作恶也罢，行善也罢，还不都一样。"

小花子说："哥啊，您说得不对。人行好事，莫问前程。天下只有行善的好，哪能说作恶好呢？"

"做人还是作恶的好哇！"大花子说。

"做人还是行善的好哇！"小花子说。

一个说作恶好，一个说行善好。这兄弟俩，你有来言，我有去语，谁也不让谁。

大花子说："老二，不信的话，咱们就打个赌。明天咱们一块儿出去，连问三个人，如果他们都说'行善好'的话，这家产就全归你，我连一根柴火棒子都不要！"

小花子说："老大，如果连问三个人，他们都说'作恶好'的话，你就把我的眼珠子抠去！"二人击掌，一言为定。

第二天吃过早饭，大花子揣上三只元宝和小花子一起上路了。花子兄弟仍然在赌气，他们谁也不理谁。大花子前头走，小花子后面随。走有半里路光景，遇到一位老樵夫。大花子上前施礼道："请问老夫子，现在是作恶的好，还是行善的好？"

老樵夫说："傻孩子，哪有说作恶好的，还是行善的好！"大花子掏出一只元宝，说："老夫子，我是跟后面那个人打赌的，只要您说一声'作恶好'，我就赌赢了。这只元宝送给您喝酒吧！"老樵夫心话：年轻人好斗胜，打赌闹着玩，不当真。谁送给我元宝，我就替谁说话。

大花子又往前走了。小花子来到老樵夫面前："请问老夫子，天下是行善的好，还是作恶的好？"老樵夫说："世上只见活人受罪，不知死人享福，还是作恶的好哇！"

前面走来一位秀才，大花子又掏出元宝请秀才替自己说话。秀才也答应了。小花子问秀才，是作恶好还是行善好？秀才回答道："茫茫尘世，芸芸众生，都是怀里揣把弯刀子，嘴上挂个蜜罐子，口蜜腹剑，嘴甜心辣啊！所以，当年仓颉造字，把'善'字挂在'口'上，把'恶'字安在'心'上。呜呼，看破红尘作恶好，莫图虚名去行善！"

碰上两个人，他们都说作恶的好。小花子心想，这个世道真怪了，好坏不分，善恶不辨，看来我非输不可了。大花子心里有数，花钱买路，哄骗自己的结拜兄弟，天理难容啊！他回心转意，不想再坑害小花子，便说："老二，

[1] 四可头房子：四合院。

[2] 过一猛子：过几天、过一段时间的意思。

[3] 情服：心服。

今天你是口服心不服，咱们不如回去改日再打赌吧！”哪料，大花子话音未落，突然从路旁蹿出一个马子[1]来。“此树是我栽，此路是我开；要想过山去，留下买路钱！”只见那马子手持钢刀，明晃晃地向花子兄弟扑来。大花子连声求饶，说：“好汉，好汉，请您高高手，行行善，放过我们兄弟俩吧！”马子说：“杀人放火儿孙多，吃斋行善老绝户。你这小子想让我断子绝孙不成？”说罢，一脚把大花子踢倒在地。大花子爬将起来，从怀里掏出元宝，请求马子饶他一条性命。小花子身上没有一个豆儿[2]，只好长叹一声：“哥啊，我输了！”他转过身去，用手把自己的眼珠子抠了出来。可怜的小花子，抠掉双眼，血流满面，昏倒在山沟里。大花子捧着两颗血淋淋的眼珠子，颠回家去了。

俗话说：“有眼是天堂，无眼是地狱。”小花子像掉进了黑窟窿，分不清白天，辨不出黑夜。不知过了多长时间，凉风把他吹醒了。山里静悄悄的，一点声音也没有。小花子心想：这会儿八成天黑了。山里有狼，夜里会出来吃人，他怕被狼吃掉，想找一个地方躲一躲。小花子站起来伸手一摸，面前正好有一棵孤桐树[3]。于是，小花子便爬到孤桐树上过夜了。

夜交子时，突然刮起了响风，“呜呜呜”“呜呜呜”，吓得小花子头皮乱奓。

一阵响风过去，只听山头好像有人在说话。一个说：“人世间都说眼睛瞎了难治好，依我看最好治不过了。只要把眼珠子挖掉，将孤桐树叶子揉成团，塞进眼眶子里，早晨对着太阳一照，立马叠桥[4]就好了。”

另一个接着说：“距离这峄阳山西北五十里地，有一座宿娘山，九天王母曾在那里住宿过。宿娘山下有个王员外，只生了一个女儿，长得如花似玉，胜过天仙。王小姐如今得了重病，人间医巫都无力回春。其实呀，只要到山上王母娘娘的脚印窝里舀半碗水，喝下肚去病就好了。王员外张榜求医，谁能治好他女儿的病，他就把女儿许配给谁，可惜，咱们不是凡胎，不能前去享那个艳福。”

第三个说：“这峄阳山下净是金豆子，只要把山门打开，车装船载，八辈子也使不清，用不完。如果玉帝准我下凡，我一定到这里来开山采金。”

路旁说话，草棵有人。这三位过路神仙说的话，都装进了小花子的耳朵。鸡叫三遍，远处传来赶牛耕地的号子声。小花子心话，天亮了。他连忙捋两把孤桐树叶子，揉成团团，塞进眼眶子里去，然后对着太阳一照，两只眼睛顿时明亮起来。神仙说话还真灵验，头一件事应验了另外两件事也不会有假。于是，小花子从树上跳下来，便直奔宿娘山下王员外家去了。他用神仙说的法子，治好了王小姐的病。王员外问了小花子的年庚，正好跟小姐是同岁。小花子无爹无娘，王员外就把他招赘为婿，同王小姐拜了天地。小花子成亲后，就召集天下穷哥们到峄阳山来开石采金，不久，他便成了天下富翁，连当朝皇帝都来向他借钱，支付宫廷费用。

回过头来，再说说大花子。那天，他把小花子的眼珠子捧回家，媳妇喜得大嘴咧得跟裤腰一样，心里话：小花子在山里一定会被狼吃掉，再也没有人来跟咱们争家业了。大花子媳妇伸手想拿那眼珠子喂猫，不料，那两颗眼珠子变成了两只火燕，“扑棱棱”飞到屋梁上。一眨眼，那座“四可头房子”被烧得个精光。大火熄灭后，大花子两口子到灰窝里去扒元宝，那元宝也被大火烧化了，银水淌了满地。老辈人传讲，峄阳山的石头原来都是青灰色的，那次大火把它们烧成了红褐色。现在，峄阳山上的石头里都夹有一层白片片，那是银圆宝烧化渗进石缝里变成的。

讲述者： 郑书楼，55岁，小学校长
采录者： 周伯之
采录时间： 1983年5月
采录地点： 邳县徐塘中心小学

[1] 马子：土匪。
[2] 没有一个豆儿：没有一个钱。
[3] 孤桐树：梧桐树。
[4] 立马叠桥：邳州方言，马只站一会儿，桥便架好了，意为很快。

附记

本篇选自《徐州民间文学集成》(江苏文艺出版社，1991年12月版)。民俗学家、南京大学教授、博导高国藩先生在《〈盘龙窝〉序》中说:“《花子兄弟》是一篇非常精彩的民间童话。我在《中国民间文学》一书‘民间童话’一章，剖析到‘鬼屋得宝’和‘受害遇仙’两种母题的故事,《花子兄弟》实际上是这两个母题故事的合璧物，而着重在‘受害遇仙’，更具有中国的民族性和情节的出新性。”“《一千零一夜》中的‘嫉妒者和被嫉妒者’的故事，其母题与《花子兄弟》完全一样。这一比较便可看出这个故事所具有的国际性，研究者总是重视这种故事的发现。”(柏枝)

76

解梦

从前，咱们县有一个县令，一夜做了四个梦：一是山崩，二是海枯，三是日落，四是花败。一夜翻来覆去没睡好觉。

第二天早朝，他迅速召集文武群臣议论解梦。一位名叫“悲观老头”的跪倒说道:“山崩，预示我主江山不长久了；海枯，表明没有风水了，国家将要灭亡，你这县官也当不长了；日落，是天快黑了，预示末日来临；花败，是美景已经结束，只剩下残局了。四个梦都象征着我主江山破碎，命运不祥啊！”文武群臣听罢，一齐称赞悲观老头解梦无讹。县令听了双目含泪，立时宣布道:“众爱卿，既然孤的江山如此，大家都各奔前程吧。”这时，内中有一位“乐观先生”叫道:“君臣且慢，听我解予你们听听。山崩，象征太平，地面上有高山才不平坦，山崩了，地面就平整了；海枯，我主是真龙天子，水深看不见龙，只有海枯之日，才见真龙出世；日落，我主是北天紫微星，只有在日落天黑之后，才能真切地看到紫微星大放光芒；花败，是象征着战功与结果，世界万物都是先开花，花落后才结果的，结了果子才会成熟丰收。”

解完，大家转悲为喜，开心而去。

讲述者： 魏本水，男，69岁，中专学历，睢宁县文联退休干部

采录者： 张甫文，男，68岁，大专学历，睢宁县委宣传部退休干部

采录时间： 2020年6月

采录地点： 睢宁县岚山镇文化站

附记

此故事原载1989年出版的《睢宁县民间文学集成》一书。（张甫文）

77

贪心的人

从前，有个孩子叫大锁，七八岁时父母都死了，家中有点财产。他舅舅卜善眼红他的财产，就跟大锁说："你年龄小，没法生活。卖掉家产跟我去，也有个依靠。"大锁小，没主张，就答应了。

卜善骗来了家产，就生办法害死自己的外甥。他跟大锁说："南山有很多药材，咱爷俩去挖。弄了钱好给你娶个媳妇，盖点好房子。"大锁答应了。

卜善带着大锁，拿着筐子和绳子来到南山脚下，叫大锁坐在筐里，用绳子吊下洞去，卜善就把空筐子提上来回家了。回去后哭着跟人说："我外甥叫狼叼走了，我没追上。"还假装难过，哭了一场。

大锁到了洞里，借着洞口的光亮，看到一条大蛇，很害怕，就大喊舅舅；喊不着，就哭起来。

这时，大蛇说话了："好孩子，不要害怕，你帮帮我的忙吧。我想喝点水，还想请你给我擦擦疮上的脓血。你饿了，这边的石缝里有人参，吃点就不饿。等来年春暖花开，我把你从洞中带出去。"

大锁把洞中滴下来的水捧给蛇喝，又把自己的棉衣撕

破，拿出棉絮给蛇洗伤口。不久蛇的疮好了，春天也到了。蛇把大锁带出洞说："好心的孩子，你帮我不少忙，我没有什么报答你，请你把我的一只眼拿去吧。这是一个夜明珠，能卖很多钱。你买点地，盖点房子，好好过日子去吧。我的眼睛还会长出来的。"

大锁不愿意要。蛇一挤巴眼，夜明珠已落在地上，蛇已经跑远了。大锁装下夜明珠，回家去了。舅舅一见大锁回来，很惊奇。大锁说了一遍。舅舅见了夜明珠，直流口水，对大锁说："先放好，我明天再把那颗夜明珠弄来，咱不就发大财了吗？"

大锁把舅舅放到洞中去，卜善又害怕，又高兴。蛇问他为什么到这里来。卜善说："我家中很穷，想来采点药材。我已经几天没吃饭了。"蛇说："我这里有人参，你吃点就不饿了，明年春天我带你出去。我还藏着一棵人参，你去拿吧。"

卜善捧水给蛇喝，说："人参我拿着，你的眼睛送我一只吧！"蛇说："我的眼睛已经送给人家一只了，这只还得留着看路呢。新眼珠还没长出来，不能给你。"

卜善花言巧语，缠着硬要。蛇发怒了，说："原来你是个贪心的人，留在世上只能害人。"说着就把卜善吞了下去。

讲述者： 陈诗云，女，小学学历，沛县卓洼村农民
采录者： 张雅，女，56岁，大专学历，沛县自来水公司工会主席
采录时间： 2020年5月20日
采录地点： 沛县卓洼村
流传地： 沛县北部多个乡镇

78 兄弟俩

微山湖畔住着一户人家，阿爹和阿妈早过世了，只剩下阿牛、阿羊兄弟俩了。

一天，阿牛手持绳索，掮着扁担踽踽走向湖边。半路上，遇上一老翁，掮着一捆苇草，弓着腰，吭哧吭哧，十分艰难地沿着堰埂走，有几次险些摔倒。

阿牛看到这种情况，急忙放下手中的绳索和肩上的扁担，一步向前，从老翁肩上接过苇草，大声地说："老翁，我帮你背，你跟着走就行啦！"老翁十分感动。就这样，阿牛每天早出晚归，总会遇上老翁；每每遇上，他抢先帮助背。春去秋来，三年过去了。这天，阿牛手持绳索，掮着扁担踽踽走向湖边，又遇上了老翁。当他从老翁肩上接过苇草时，眼前一亮，老翁突然变成了一位美女。阿牛心里突突直跳，脸上发烫，很不好意思。那美女嫣然一笑，甜甜地说："我愿做你的新娘！"

阿牛接新娘的事被阿羊知道了。阿羊第二天手持绳索，掮上扁担，也踽踽走向湖边接新娘。可他接了几次，都没有接到。正当他焦急时，那老翁掮着苇草，吃力地出现在他的面前。"哼，糟老头子，去去！"阿羊气得要走，突

然眼前一亮，一位美女飘然而至。阿羊欣喜若狂，急忙从美女肩上接过苇草。可他越走越感到步履沉重，猛一转脸，那美女变成一条大蟒蛇！阿羊吓昏过去了。

阿羊醒来后，老翁告诉他，美女、蟒蛇都是他点化的，并语重心长地说："做好事要出于善心，诚心诚意，不能有邪念，否则不会有好结果的！"

讲述者： 刘福云，女，74 岁，高中学历，沛县大屯街道退休教师

采录者： 孟献祥，男，72 岁，大专学历，沛县大屯街道故事能手

采录时间： 2019 年 5 月 3 日

采录地点： 沛县大屯街道孟庄村

附记

故事来源于讲述者刘福云母亲传讲，后经孟献祥记录整理，曾在 2009 年沛县举办的"故事演讲大会"上获得二等奖。（朱迅翎）

79

八步邻

有一位员外，死了父亲，请来了一位风水先生，打算看个林地。

风水先生吃罢酒席，在庄外蹓来蹓去，点了一个穴位。出殡那天，员外家里高搭丧棚，扎了纸人纸马，喇叭号筒吹吹打打；员外哭得鼻涕一把泪两行，披麻戴孝把父亲的棺材请到地里，众人开始在风水先生点好的那个穴位上打坑。挖呀挖呀，突然，在坑底下露出一个棺材照面！大伙的眼珠子惊得快要瞪出来了。

这咋办呢？在这里殡葬吧，坑底下又有一口棺材；不在这里吧，费了九牛二虎的力气打好坑了。众人都等着风水先生拿主意。风水先生对员外说："这个穴位好极啦！把令先尊的棺材搁在坑里的棺材上殡葬，叫做官（棺）上加官（棺）穴；这穴位千年难寻，万年难得，以后的子子孙孙高官厚禄，荣华富贵！"员外哭着对风水先生说："这可不能啊，俺爹的棺材压在人家的棺材上，压得人家世世代代不能翻身，叫俺的子子孙孙高官厚禄，荣华富贵，这缺德事俺可不能干呀！"风水先生想了想，对员外说："既然你不愿意官（棺）上加官（棺），还有一个好穴

位……”风水先生往前步了八步：“这是一个官（棺）前加官（棺）穴，令先尊能独揽前面的风水，以后的子子孙孙也能高官厚禄，荣华富贵！”员外又哭着对风水先生说：“俺爹的棺材在人家的棺材前面，挡住人家的风水，这样的缺德事俺更不能干呀！”风水先生又想了想说：“既然你不愿意官（棺）前加官（棺），那只好往后步八步，不过，这个穴位可不咋样……”员外说：“不咋样就不咋样吧，反正缺德的事俺不干！”就这样，员外殡葬了父亲，又替前面的棺材筑了坟。

过了十几年，员外的儿子长大了，进京赶考。卷子发下来，他一看，哈啦唬、唬啦哈，它不懂得我、我不懂得它，便难为地趴在桌上哭起来。这时候，忽然刮了一阵轻风，飘飘忽忽来了一位老头儿，头发、眉毛和胡子白得像雪一样，还拄着龙头拐棍。他轻声问道：“孩子，这卷子会做吗？”员外的儿子挠了挠头皮说：“老爷爷，我不会做！”老头儿笑了笑说：“来，我替你做！”“不，监考官看见了，那可了不得！”“这不要紧。除了你，谁也看不见我……”只见那老头儿拿笔，撇撇捺捺、点点画画地写起来，转眼就把卷子做好了。老头儿捋了捋白胡子，慈详地说声“祝孩子金榜题名！”就不见了。员外的儿子急喊：“老爷爷别走呀！”这一喊惊动了监考官：“光天白日的咋呼啥？发啥癔症？！”等清醒过来，原来趴在桌上做了个梦。他再看看手里的卷子，被梦中的老头儿做好了，真是字字珠玑，漂亮极了。他喜得了不得，交上卷子，赶回家里。

过了些日子，京都的报子来到员外家里，儿子果然高中状元，全家人欢天喜地。当天夜里，新科状元又梦见那个替他做卷子的老头儿来贺喜。状元又感激又奇怪，忙拉住手问：“老爷爷到底是谁？”老头儿笑了笑说：“你记得当年官（棺）上加官（棺）、官（棺）前加官（棺）的事吗？我就是已去世多年的前朝翰林院学士——你爷爷坟前的八步邻！感谢令尊当年大仁大义！”

讲述者： 陈凤英，女，65岁，初小学历，丰县套楼镇农民

采录者： 陈世民，男，55岁，初中学历，丰县套楼镇文化干部

采录时间： 2008年5月

采录地点： 丰县华山镇文化站

附记

《八步邻》故事在20世纪70年代由套楼镇农民陈氏（女，60岁，不识字）讲述，陈世民记录整理，后入编《丰县民间文学三套集成》。（张甫文）

80

憨二发迹

小王庄有一户姓王的人家，父母都过世了，只撇下了兄弟俩。老二呆头呆脑的，大家都叫他憨二；老大呢，虽说不憨，但生性懦弱，缺乏男子汉的气魄，只能算一个草包。

过了两年，老大交了桃花运，娶了媳妇。这女人模样很俊，心里却龌龊得很。

一天晚上，妻子附在丈夫的耳朵上悄悄地说："你看老二也不小了，将来再娶个女人回来，我们的家产不得二一添作五了吗？再说，如果娶不到媳妇，还不得拖累我们一辈子吗？"丈夫说："你看怎么办？"妻子阴沉着脸："无毒不丈夫！你听我的，嗯？"丈夫愕然地望着她。

这王庄东北也有一个庄子。庄里有个张员外，家财万贯，豪富无比。美中不足的是膝下无子，只有一个宝贝女儿，长得冰肌玉肤，光彩照人。老两口视她为掌上明珠，珍爱无比。这姑娘也很乖巧，心眼也好，孝敬爹娘更不用说了。

单说这张姑娘有个爱好：喜欢养鸽子。鸽子的一举一动都牵着她的心，就连睡觉时，她也总是抱着它。

一天，姑娘病了，这下可苦了二老。他们出高价，请名医，姑娘的病终不见好转。无可奈何，老两口只得想了一个绝招，请人写出一张告示："谁能救活女儿就招谁为婿，继承全部家产。"告示贴出以后，有几个人拜上门来，都没能救治姑娘。眼看姑娘的命危在旦夕。

再说王家夫妇。那懦弱的丈夫经不住妻子的"开导"，听从了她的安排。等到天黑了下来，夫妻俩拿出准备好的绳子，轻手轻脚地到了憨二的门口。开了房门，窜到屋内，憨二还不知是怎么回事，就被狗夫妻连夜背到了荒郊野外，扔进了枯井。

也该憨二命不该绝。那夜正值四大接地神路过那儿，坐在离井不远的地方歇息，无意中谈了东北庄张姑娘的病因，被井里的憨二听到了。憨二呼救，四神闻声，便把憨二从井里拉了上来。

天刚亮，憨二就活蹦乱跳地回到了家里。那对狗夫妇见了，差点吓死了。他们不敢大喊大叫，急忙躲到了房间里，死死地抵住了房门。憨二过了一上午，下午就走了。

憨二哪里去了呢？他记住了四神的话，为张姑娘治病去了。起先，张员外不相信这个要饭花子似的人会有什么高明的医术，只是试试看，把憨二带到了他女儿的绣楼。

憨二说："你去取一根红绸子来，把一头系在你女儿的手腕上，我要为她试脉。"老员外一听，心里那个奇呀！长这么大的年纪，还没有见过这样试脉的呢。张员外想试试憨二的医术，命人取来红绸，偷偷地把一头系在床腿上。谁道这一切都给憨二从门缝里看到了。那憨二牵着红绸的另一头，装模作样地摸索着。过了一会儿，憨二开了口："张员外，你家姑娘的手腕怎么木里木吱[1]的？"张员外闻听大喜："我女儿有救了，看来这位是神医。"他便走进了女儿的房里，重新把绸子系在姑娘的手腕上。这次，憨二敢确诊了。他问张员外："你女儿是不是有玩鸽子的爱好？"张员外点了点头。"病根就在这里。你女儿天天和鸽子在一起，'鸽子虱'从耳朵爬到你女儿的头颅里去了。"张员外一听，大吃一惊："还……还有救吗？"憨二暗暗一笑："好治。你只要炒二斤芝麻，再浇上香油，

[1] 木里木吱：僵硬不灵活的表现。

装在你女儿的枕头里，让她枕着，‘鸽子虱’闻到香味便会爬出来的。”员外一听，松了一口气，暗称：“神医，神医。”他怎能知道，这憨二只不过偷听了四大接地神的话罢了。

果然，没出两天，“鸽子虱”全部爬了出来。姑娘的病好了，憨二也正儿八经地当了张员外的乘龙快婿，过上了温饱的生活。

那对狠毒的夫妇被那次吓得大病一场，不久就两命呜呼了。

讲述者： 刘统余，56岁，高小学历，农民

采录者： 刘苏梅，女，初中学历，农民

采录时间： 1987年1月13日

采录地点： 新沂市高流镇高二村

附记

本篇选自《中国民间故事全书·江苏·新沂卷》（知识产权出版社，2007年6月版）。

81

憨二

沛县关庄村，有个老嬷嬷，两个儿。大儿娶了媳妇，不孝顺；老嬷嬷跟她二儿过日子。二儿叫憨二，没成家。憨二每天上山砍柴，卖了柴买米买面，孝顺他娘。

有一天，憨二赶集卖柴回来，给他娘买了一串热包子，从村东神仙庙门口经过，叫庙门口的石狮子看见了。石狮子说：“憨二，你手里拿的啥？”

憨二说：“我给俺娘买的热包子。”

“给我吃喽行不？”

“那不管，我给俺娘买的。”

石狮子说：“给我吃了吧，我吃了肚子里能变元宝。你把元宝从我肚子里掏出来，能买鱼，也能买肉，你好孝顺老娘，不比几个包子强吗？”憨二一听，不假，那就给它吃喽吧。

石狮子吃了这一串热包子，就把嘴张开。憨二一掏，掏出几个元宝来。哎！怪喜欢。又买鱼又买肉，回到家娘儿俩又是吃又是喝。

老大知道了，心想：小二咋发的财，鱼、肉往家里买？他媳妇说：“准是偷人家的。”

老大找到憨二："小二，你娘俩又吃又喝，在哪偷的这么多钱？"憨二说："谁偷人家唻？"就把石狮子的事说了一遍。老大一听，噫，那管啦！

第二天，老大买了一串热包子，特意在石狮子跟前逛来逛去。狮子问："老大，你手里拿的啥？"

老大说："给俺娘买的热包子，可香啦！"

"给我吃喽行不？"

"好呗唻！"

石狮子吃了老大的包子，就把嘴张开。老大心想：这回可得好好地发个大财。就把袖子一撸，撸到胳拉肢，伸出半个膀子，使尽力气往石狮子肚里掏。石狮子嫌疼，就把嘴一绷。哎，咬住老大胳膊拽不出来了。老大挣了半天，身上没劲了，腿一软，嘟怠[1]下去了。

他媳妇在家一等不来，二等不来："亲娘哎！八成是掏的元宝背不动了，我得掂个口袋迎他去。"

媳妇拿个口袋出了门，老远看见老大跪在石狮子跟前，伸着胳膊还掏着唻。"果真掏累啦，垂头耷脑的。我得快着去给他搭把手去。"

媳妇跑到跟前一看，一个元宝也没掏出来，胳膊叫石狮子咬着拽不出来了："咳，俺的个小祸根也，这是咋治的？"

老大说："甭提了，渴死我了！"

"我给你提茶罐子去！"

"不管，等你提来我就渴死了！"

"亲娘哎，那咋办？要不，这里没外人，你吃口我的奶吧！"

老大没法，只好伸过头去吃他媳妇的奶。石狮子一看，咧嘴笑了。老大一使劲，这才把胳膊拽出来。

讲述者： 王延荣，女，40岁，大学学历，杨屯中学教师

采录者： 杜德玲，女，42岁，大专学历，沛县故事创作作家，获奖较多

采录时间： 2019年4月25日

采录地点： 沛县朱寨镇梅村

附记

此故事来源、传承于其讲述人的外祖父口述，流传区域广泛，主要流传在大沙河一带。

[1] 嘟怠：方言，瘫倒、趴下。

82

宝贝

有个年轻人和哥哥嫂嫂住在一起，靠砍柴为生。一天他上山砍柴，砍着砍着天突然下起雨来，他便赶紧找地方避雨。看到前面有座山神庙，他便进去避雨。过了一会儿雨渐渐停了，他刚想出去，突然听到有嘈杂的脚步声，并远远看到一群动物向这里走来。年轻人很害怕，便赶紧爬到屋梁上躲避。

很快，一群动物走了进来，他偷偷一看，有老虎、狮子、狗熊、猴子等。只听猴子讨好地对老虎说："虎大哥，兄弟最近得了一件宝贝，能变出好多好东西，所以今天特别请诸位大哥前来一聚。"老虎高兴地说："好，好兄弟，快拿出来给大家瞅瞅吧。"只见猴子从胸前拿出一个酒杯，还有一双筷子。年轻人向外探了一下身子，想看清楚是什么宝贝。却听老虎突然说道："怎么有生人的味道？"年轻人一惊，赶紧把身子缩回去，一动也不敢动了。猴子说："虎大哥，这里哪有生人的味道，恐怕是大哥吃了人身上带的味道吧？"老虎哼了一声："也许是吧！赶紧说说你这个宝贝有什么神奇的地方吧！"年轻人听了，紧提的心才略微放下些。只听猴子说道："这个宝贝，只要你用筷子边敲酒杯边念咒语，你想要的东西就会出现在你面前。"只见猴子一边敲着酒杯一边念动咒语，眨眼间一桌美酒佳肴就出现在它们面前。于是它们坐下来开始喝酒划拳，一直喝得东倒西歪，趴下来呼呼大睡。年轻人等它们睡熟了，悄悄爬下来，蹑手蹑脚走到桌旁，小心地拿起酒杯和筷子揣到怀里，然后撒腿就往山下跑，一直跑回家。

嫂子看他气喘吁吁地跑回来，柴没半根，砍柴的工具也没有了，便责问他。年轻人便一五一十地将事情经过告诉了嫂子，并拿出宝贝来演示给哥嫂看。嫂子看了很是眼馋，便对年轻人说："把你这宝贝借给嫂子用两天吧！"年轻人答应了。嫂子很高兴，拿着宝贝回屋又是变好吃的，又是变新衣服、胭脂水粉……两天后宝贝要还给老二了，嫂子很不舍，便怂恿丈夫，让他也上山砍柴，也得件宝贝回来。

老大在妻子软磨硬泡下只得同意。选了一个快下雨的天，老大拿着砍柴工具上山了，然后在下雨之前躲到了老二去的那座山神庙的屋梁上。过了一会儿，果真来了一群动物，老远就听到它们在气呼呼地议论："上次也不知是哪个胆大包天的竟敢偷了咱们的宝贝，要是让我知道了，一定要他好看！"老大在里面听了吓得浑身发颤，想跑已经来不及了。只见老虎一进门便使劲嗅了嗅，道："好大的生人味！大伙赶紧找找，肯定是上次偷咱们宝贝的那个人。"这群动物就四处搜寻，猴子很快发现了躲在屋梁上瑟瑟发抖的老大，上去便将他揪了下来，逼问他让他交出宝贝。老大说宝贝不是自己偷的，可这群动物哪里肯信。见再三逼问之下老大还是不肯交出宝贝，动物们火了，在他脖子上套上绳子，然后拽着绳子绕着山神庙转起圈来……

天黑了，丈夫还没有回来，嫂子急了，只好去找老二。老二一听嫂子的述说就急了，哥哥肯定是凶多吉少了。他顾不得害怕，立即点上火把和嫂子上山去找哥哥。在山神庙里外转了一大圈，他们终于在山神庙后面的半山坡上发现了奄奄一息的老大。他们赶紧把他脖子上的绳子解下来，然后背回家。回家后又忙活了好半天，老大才终于缓过一口气来。只是他的脖子被拉得老长了，怎么办呢？老二拿出宝贝，念动咒语，一下下轻轻敲着杯子，老大的脖子也一点点往回缩。嫂子在一旁看得等不及，就抢过筷子使劲敲。老二忙说这样不行，可嫂子不听，仍然使劲地敲。只听“咚”的一声，老大的头掉进肚子里去了。嫂子一见蒙了，立即扔了手上的筷子扑过去，可是已经晚了，老大已经气绝身亡了。嫂子后悔不已，都是自己的贪心和任性害了丈夫。

讲述者： 权江，男，80 岁，大专学历，贾汪区公司退休干部

采录者： 韩圣师，男，58 岁，大专学历，贾汪中等专业学校教师

采录时间： 2020 年 3 月

采录地点： 贾汪区教育局

83

一粒未被炒熟的高粱种子

从前有兄弟二人，父母死后，嫂子怕尚未成亲的小叔子拖累他们夫妻，便怂恿丈夫分家。粮食、房屋、土地，凡是好的他们都统统留下，只把几亩薄田、一间破屋分给了老二。老二也不计较，想着自己反正有的是力气，还怕饿死不成，这样他就在那间破屋里安了家。

到了播种的季节，老二没有高粱种子，只得到哥哥嫂嫂家去借，并承诺秋后加倍奉还。哥哥答应了，嫂嫂不甘心，将高粱种子放到锅里炒熟了才借给老二，她想这一下看你秋后用什么还！老二不明就里，拿着炒熟的高粱种子高兴地走了。他认真地将种子撒到地里，每天浇水、除草，小心翼翼地呵护着这块高粱地。几天后，地里就钻出了一棵小苗。他干得更卖力了，希望其他的种子也快快发芽、长大，这样到了秋天他就有高粱可以还哥哥嫂嫂，自己也有得吃了。但是一天天过去了，一个月过去了，地里再也没长出其他高粱苗来。原来，嫂嫂炒高粱种子时，有一粒种子落在锅台旁，没有被炒，就是这粒种子发了芽。

老二干脆搬到高粱地里，一心一意守护着这棵高粱。转眼秋天到了，高粱就要成熟了。一天，不知从哪里飞来

一只老鹰，三下两下就把这棵高粱吃得颗粒不剩。老二一见自己仅有的一棵高粱也被吃了，不由得放声大哭。老鹰很奇怪，便问老二是怎么回事。老二把事情经过一五一十告诉了老鹰。老鹰听后说："这样吧，你藏到我的翅膀下面，我带你去一个地方，那里到处都是金子，你喜欢拿多少就拿多少，但是必须在太阳升起之前离开，否则你会被太阳晒化的。"老二答应了。

老鹰带着老二飞呀飞呀，飞到一个很远的地方，那里到处都是金子。老鹰放下老二，让他在那里捡金子，就飞走了，并说会在太阳升起前来接他。老二捡啊捡啊，衣服的口袋里都装满了。太阳快升起来了，老鹰来接他，问他捡够了吗，他说够了，便立即跟着老鹰走了。老鹰把他送回原来的地方就走了。

秋后，老二拿着金子来还嫂嫂。嫂嫂接过金子很奇怪，便追问老二是怎么回事。老二一五一十地告诉了嫂嫂。嫂嫂一听有这样的好事，立即回家拿出一袋高粱种子就放到锅里炒，并故意落一粒在锅台旁，下面发生的一切就像老二曾经经历过的一样。一天老鹰终于来了，并且吃了那棵高粱。哥哥放声大哭起来，老鹰停下来询问，哥哥把弟弟曾经说过的话重复了一遍，并要老鹰赔他的高粱，带他到那个有金子的地方。老鹰只得答应他，并嘱咐他一定要在太阳升起前离开。哥哥连声答应，然后老鹰带着他飞走了。到了那里哥哥就埋头捡起金子来，但是嫂嫂缝的几个口袋实在太大了，怎么也装不满。太阳快升起来了，老鹰来催他，他舍不得金子，说再捡一会儿。老鹰催了他几次，他就是不走。眼看太阳就要升起来，再不走就要被太阳晒化了，老鹰无奈只得飞走了。

捡着捡着，哥哥发现周围的空气变得炙热起来，原来太阳升起来了，再喊老鹰已经不见了。于是哥哥就背着装满金子的口袋朝着与太阳相反的方向跑起来，但是越跑越热，终于哥哥与金子一起都被太阳晒化了。

讲述者： 韩盛敏，男，78岁，高中学历，贾汪区青山泉村农民

采录者： 韩圣师，男，58岁，大专学历，贾汪中等专业学校教师

采录时间： 2020年3月

采录地点： 贾汪区教育局

二 生活故事

（一）生活生产经验故事

84

『粪耙子』三爷

从前，西关有个小老头儿，因他的辈分长，排行居三，大伙儿都官称他“三爷”。

三爷小时很穷，两个哥哥从早忙到黑还混不够吃的。他不愿在家里坐着等死，就偷偷地跑出去了。过了许多年，有人从东北回来，帮他往家里捎钱，街坊邻居才知道他在外面混得还不错。两个哥哥把捎来的钱都积攒起来，在护城河西边买了一亩二分菜园地，老哥俩种菜谋生，渐渐地有了依靠。可好日子没过几年，两个哥哥年纪大了，无力劳作，三爷只好回来支撑这个家。

三爷来家后，每天天不亮就背着粪箕子[1]出去拾粪，吃罢饭就在菜园地里干活，要不就挑着担子上街去卖菜。挨着有了闲空，就教这一片的孩子们打拳踢腿，露两手逗着孩子们玩。

有一天，一个外乡人来到西门口拉开场子打把式卖艺。这个大汉一上场威风凛凛，打拳踢腿“呼呼”风响，抡枪舞棒看不见人影。这人论功夫倒真不赖，就是嘴太损，尽用大话唬人，什么走南闯北无敌手啦，什么徐州府没有懂行的人啦！越吹越玄乎。吹得小爷们儿都不敢喘大气，有个小子还被他吓跑了。

打把式的吹乎一阵子耍一阵子，只见他弯腰拾起个小布袋儿，抓出一把绿豆，叫旁边的一个孩子摸在手里，等他舞刀的时候往他身上砸，说是准保砸不到他身上。这个孩子跟三爷学过两手，经常舞刀弄棒，膂力过人，这次觉着好玩，就接过绿豆照大汉说的办，等他舞起来后，就使劲把绿豆砸了过去。绿豆一出手，就听一阵“噼噼啪啪”的乱响，一把绿豆全被刀片子给磕飞了，围观的群众都拍巴掌叫好，打把式的大汉听了更加得意忘形。

早先吓跑的那孩子上哪儿去了呢？他出西门过护城河桥，一气儿跑到菜园地里找三爷来啦。见到三爷就这么长、那么短地学了一遍。三爷听了呵呵直笑，一句也没言语。小孩儿怕三爷不信，急得拍着腮帮子发誓：“谁骗你谁是小狗！”说完，拉着三爷就走。三爷抄起粪耙子，跟着进了西门。

三爷分开众人，扶着粪耙子抱拳打了个招呼：“刚才听说，师傅的武功天下无敌，能不能再耍一套让老汉开开眼？”大汉听了先是一愣，随后仔细瞅瞅站在面前的这个又矮又瘦很不起眼的老汉，心里慢慢踏实了。他断定又来了一个看热闹的，便随口说了一句：“不敢，在下刚刚献过丑。”话虽这么说，可手里的单刀握得挺结实，好像随时都可派用场。三爷毫不介意，笑呵呵地亮起了手里的粪耙子说道：“刚才我没瞅着，再来一次，试试我这玩意儿能不能伸进去？”这话中有意，大汉知道来者不善，不是瓤茬[2]。心想：大话当众说了，不能充孬。他又仔细瞅了一眼，见这老头筋骨一般，眼神平常，一身粪土味，不像武林中人。他断定这人即使有点功夫，也不过是个“二乎眼”[3]，要不就是个“土包子”。他想到这里，冷笑两声，向前跨了半步说道：“那好，咱就试试。”说完亮了个相就接着耍了起来。

大汉有了戒心，拿出了真本事，刚刚耍得带劲，突然

[1] 粪箕子：盛放粪便的工具筐，有挎梁，能背肩上。

[2] 瓤茬：软弱，没有本事。

[3] 二乎眼：二道手，指水平不怎么样。

身子一晃，觉着脖颈子给什么东西钩住了，就身不由己地让人家扯着绕了好几圈。等他稳住身子，才返过神来。再看三爷，已经夹着粪耙子转身走了。大汉赶忙放下单刀，双手抱拳问道："老师傅留步，请问尊姓大名？"三爷笑呵呵地回过头来回答："我说了不算，你问问大伙儿吧！"大伙儿同声说道："他是三爷！"

约莫过了个把月，从东关过来一伙儿外乡人，有男有女，有老有少，为首的是一位五十开外的老者。这老者长得五大三粗，面色红润，两眼有神，气度非凡。他们来到西门，逢人就打听三爷的住处，人们一看这架势，就知来者不善，早就有人飞报给三爷了。

三爷家住在城墙外的河沿边上，门外有座影壁墙，非常好找。此刻，他正在家里收拾破菜篮子，听人一说，就估计个八九不离十。心想：人家来了是客，咱得好好招待招待。随即收拾利索，便出门迎客来了。

"就是他！"人群里露出了那位打把式的大汉。

"正是小老，"三爷笑呵呵地朝着客人抱拳说道，"诸位远道而来，快请家里坐，喝茶休息。"

"不啦！不敢打搅，"为首的老汉也抱了抱拳，接着说道，"上个月，愚徒在这城门口栽了跟斗，今天我们爷儿几个来扶他一把，不知老兄能赏个脸吗？"

武场上的人有武场上的规矩：你敬我一尺，我敬你一丈。不管遇到什么麻烦，大伙儿都想大事化小，小事化了，尽量不伤和气。今天，三爷本想以礼相待，好说好了，可来的这帮人，一个个都是横眉竖眼，一副挑衅的架势。为首的那人看起来倒很有风度，面善受看，可说出的话也实在太冲，让人听着受不了。三爷是在外面闯荡过的人，这个把月也想过自己的不是。今天，他还是想尽量挽回这种局面，和气待人，善了为好。现在到了这一步，谁也不能充孬，只好硬着头皮顶了。他压了压心里的火气，笑着点头说道："应该！应该！你们大老远地来到徐州，我一定遵命，不知各位定在何时何地，小老头儿一切听便就是。"

"我们是路过宝地，还急着赶路，子时不如卯时，卯时不如此时，就定在此时此地吧！"

俗话说："千锤打锣，一锤定音。"大伙儿一看事已成定局，难以更变，就各自散开，腾出了一片空场。

说话之间，来的这老头儿，先拉起了架势。三爷也做了应战的准备。只见两个老头儿，一高一矮，一胖一瘦，都收紧了腰带，捋胳膊伸腿地跑踮开了。

场子东边，地面平整，高个老头儿抢先占据了有利的地形。对面，有块七尺多长的青条石横在旁边，显得碍手绊脚的，三爷就立在西边。

高个老头儿举拳跨步，摆出了伏虎罗汉式。他龇牙瞪眼，活像是上界金刚下凡尘；三爷沉住气，不慌不忙，嬉皮笑脸无正形，蹦蹦跳跳地乱摆弄，好像是孙猴子准备出洞门。

高个老头儿一拿劲，说了一声："请！"三爷点点头，轻轻一跳，跃上了青条石。就在他单脚刚刚落下的时候，只听"咔吧"一声巨响，青条石便拦腰断成两截，这声音好似晴空霹雳，把大伙儿吓了一大跳。

高个老头儿一个愣怔，知道对方柔中有刚，功夫底子不在自己之下，硬拼硬斗都不会落好。再看看对方，全无拼斗的意思，自己只能见好就收了，他顺势一拱双手说道："领教了！"

三爷巴不得这样收场，他直起腰来笑呵呵地答道："见笑，见笑！"说完，就请客人们进家叙谈。

高个老头儿回头吩咐随行众人："天不早了，赶快上路！"众人起身，绕道过桥，向西而行。他朝三爷抱拳告辞："多有打扰，请多多包涵。"话音未落，早纵身一跃，飞过了护城河。

三爷明白，这一下子是露给他看的，不能含糊。趁对方转头的时候，他也抱起双拳拱身还礼，就在那老头儿说"不送，不送"的当口，一腚帮子把身后的影壁墙给撅得粉碎。

两个老头儿隔河相望，会意地哈哈大笑起来。

讲述者： 张伟，28岁，高中学历，徐州市文联干部
采录者： 姚克明
采录时间： 1987年5月
采录地点： 徐州市文联办公室

附记

《“粪耙子”三爷》的人物原型，居住于徐州西关，武功高强，武德高尚，在民间享有较高口碑。（柏枝）

85

拨云杖

徐州府南六十里，有座皇藏峪。这里山高谷深，古木参天，生长着许多稀奇珍贵的东西，什么灵芝人参啦，瑶花碧草啦，样样都有，很少为人发现，得到的人就更少了。在不远的山脚下，有一座小小的村庄，村子里有个朱老汉，在山上打了一辈子柴，六十多岁，身板还很壮实，天天还是上山砍柴，挑到集市上换点钱糊口度日。

有天一大早，朱老汉砍好了一捆柴，坐在一块石头上抽烟歇息。这时太阳没有出来，山村的云雾仿佛轻纱飘浮着，把树木掩映得时隐时现，真像仙境一样。朱老汉抽完一袋烟，磕磕烟灰，一抬头，忽见前面不远的山冈上，平地缓缓升起一团紫色的云雾，云雾中出现一棵枝叶茂盛高插云天的大树。

朱老汉好生奇怪：这儿都是小树棵子，哪来这么高的大树？他想看个仔细。谁知刚起身，紫色的云雾忽然消失了，参天大树也就不见了。

朱老汉十分疑惑，砍了一辈子柴，也没见过这样的事，难道眼花了？不是的，紫雾青树看得很明白，明天再来看看。朱老汉心里嘀咕着，背起柴火走下山去。

第二天，天刚刚麻麻亮，朱老汉砍好柴又坐在那块大石头上抽烟等候。果然在太阳刚要升起之前，紫雾缓缓上升，青树高插云天，望不见顶。可是一要走近，紫雾青树又顿时不见了。如此这样，一连过了五六天。

第七天清晨，朱老汉把斧头别在腰里，躲在离出现紫雾青树只有两步远的大石头下。他心里琢磨着：这棵树一准是个宝贝，今天一定要砍下来。

不大一会儿，紫雾青树又出现了。朱老汉轻轻起身，猛扑过去，手举利斧，照准那紫雾中的青树狠狠砍去。只觉得手腕发麻，"咔嚓"一声巨响，紫雾消失了，倒下来的却是棵只有锹把粗的小树。朱老汉十分喜欢，砍去树梢，剥去树皮，光滑滑，直溜溜，"当个拐杖挺合适。"朱老汉说着就把它带回家放起来了。

又过了几年，朱老汉岁数更大了，走路不灵便了，砍下的那棵小树真的做了他的拐杖。

这一年，眼疾流行，庄上许多人都得了眼病，先是两眼发红流泪，接着眼里起一片"云彩"遮住瞳孔，慢慢地看不清东西，什么医也求了，什么药也吃了，都无济于事。眼疾越传越厉害，周围的邻居都得了眼病，大家非常焦急。只是朱老汉没有得病，两眼好好的，一点都不红。他热心地帮助这家熬药治眼，给那家凑钱求医，乡亲都怕传染他，他却一点事都没有。

这天，朱老汉心想：这样下去也不是法子呀！我得到集上的药铺看看去。他拄着拐杖，一步一歇地往集上赶去。

集上的"安全生"号药铺虽说不大，但一是靠近皇藏峪，收购的好药不少，二是眼下疾病流行，抓药的多了，所以生意很兴隆。药铺的齐老板本来就心狠手辣，爱财如命，这一阵看到有利可图，只顾赚钱，哪管人们死活，便以次充好，以劣充优，把假药、霉药卖出去，真正的好药却藏起来留着发大财。

朱老汉拄着拐杖来到药铺，店小二一看是穷乡下人，不愿理他。朱老汉问了几味药，那店小二都冷冷地哼着："不知道。"

朱老汉火了，吵起来："怎么，你们留好药给自己吃？"正在这时，齐老板从外边回来，离老远就看见自己药铺门前紫红色的光焰一闪一闪的，他很是惊异，急忙赶到药铺一看，原来是朱老汉的拐杖。齐老板把那拐杖拿在手里掂掂看看，沉甸甸，紫溜溜，果不寻常。他惊奇地"啊"了一声，随后狡猾地笑了笑，忙叫店小二给朱老汉如数地把药戥好包好。

忙完一阵之后，齐老板叫店小二递上一杯热茶，装上一袋烟，说："朱大爷，不要跟小人一般见识，现在药包好，只要你答应我一件事，钱就不要付了。"

朱老汉一听，烟不抽，茶不喝，药不接，问道："什么事？"

齐老板笑笑说："一件小事，只要把你的拐杖留下来就行了。"朱老汉忙说："这哪行啊，这是我的一条腿呢！"

"你要多少钱，我给你钱，还再给你做个好手杖。"齐老板很大方地说。不论老板怎么说，朱老汉高低不答应。但是他心里不明白老板要它有啥用，就多个心眼问道："你不老不瘸的，为啥要我的拐杖？我这拐杖得来可不易哩。"

齐老板听说"得来不易"，忙问老汉是怎么回事，朱老汉照实说了一遍。齐老板一听更沉不住气了，忙说："只要你答应卖给我，你要多少钱请说吧。"

朱老汉笑笑说："我这个人穷惯了，不爱钱，只图帮助别人，只要能把乡亲们的眼病治好就行了。"

"对对对，"齐老板鸡啄米似的一个劲点头，"我要它就是为了给乡亲们治眼病。你说……"

"你说它怎么能治好眼病？什么药都用过了，都不顶事！"朱老汉心急地抢着说，"你这是瞎话。"

"不不不，我说的是真的！实话对你说了吧，只要从拐杖上刮下一小撮末，朝眼上一吹，神仙一把抓，眼病就马上好了。"

老汉一听心里暗暗一喜，忙说："那好吧，我回家跟老婆孩子商量商量，看要多少钱回头再来！"

齐老板又敬烟又递茶："我明天亲自去拜访。"朱老汉不接烟不接茶，拄起拐杖回家去了。

朱老汉刚走，老板忙叫店小二筹备五百两银子。店小二问："老板，一个穷老头儿能有什么宝贝？又敬烟又递茶的，还出这么高的价钱？"

齐老板一挥手，奸笑道：“你们草木之人，肉眼凡胎的，能识什么货？这种拐杖是一种仙药，叫拨云杖。只有峨嵋山、九华山那些佛山圣地才会有，很难得到。这种神杖专治眼病，只要刮下细末，吹进眼里，眼里生的云彩立时就被拨净——拨云杖拨云杖嘛！你看不见这老汉拄着拐杖就不得眼病，两眼好好的？”老板喝了一口茶又说：“我几趟外出办药，就想寻到它，想不到这老头儿送上门来。几百两银子算什么？几十服药一卖就捞回来了！这拨云杖可价值连城呢！我要发大财了。”

朱老汉急急忙忙赶回家，其实家中只有老伴儿一人，也得了眼病。路上老汉心里就翻腾：老板的话可是当真？真的倒好，假的可不能给别人治病，回家先给老伴儿试试。

老汉拿来斧头，在拐杖上刮一点紫红色的细末，放在苇叶上，举到老伴儿眼边，另一只手掰开老伴儿又红又湿的眼皮，用嘴慢慢地吹进眼里。真神啊，细末像糖一样化了，眼皮里的黏液变成清清的泪水流下来，眼球上的“云彩”像遇到了清风，飘动起来，又像被一根无形的羽毛拨弄着，拨到眼角化成泪水流跑了。不到一袋烟工夫，她两眼里的“云彩”被拨得一干二净，变得清亮亮的，重见了光明。老两口惊喜得愣住了。

这消息一传十，十传百，整个庄子都知道了，纷纷前来求医。朱老汉和老伴儿不停地刮药末，给大家治病。大家你帮我，我帮你，没到天黑，整个庄子害眼的人全都治好了。朱老汉手里的拐杖也只剩下尺把长一截。他把拐杖收起来，又和大伙合计着明天对付药铺齐老板的事来。

第二天，齐老板带着五百两银子来到庄口，就看见朱老汉和乡亲们瞪着明亮的眼睛站在那里。

“朱老汉，你商量好了吗？”

“你问问乡亲们吧！”

“不能给你，你开药铺卖假药，坑害我们多少人？”

“想拿这点臭钱哄走这个宝贝，瞎了你的狗眼！”

“齐老板，你看看我们的眼都治好了！”

齐老板又气又急，怕寡不敌众，抢不下来拨云杖，就回去告到官府，诬告朱老汉偷走药铺的仙药。齐老板又暗暗送银子贿赂了官老爷。官老爷见有利可图，就派二百士兵前去捉拿朱老汉。

朱老汉闻信后，在乡亲们的保护下，带着剩下的拐杖爬上高高的山头，来到当年砍树的地方，把尺把长的拐杖向深谷一扔，只听“轰”的一声巨响，深谷里腾出一团紫雾，直冲云霄飞走了。

后来，人们为了纪念朱老汉和仙药拨云杖，在山谷里建起一座庙宇，叫做瑞云寺。这瑞云寺至今还在皇藏峪里。

讲述者： 朱思田，48 岁，中师学历，教师
采录者： 李世明，42 岁，中师学历，教师
采录时间： 1984 年 3 月
采录地点： 徐州市韩桥小学

附记

本篇选自《中国民间故事全书·江苏·徐州市区卷》（知识产权出版社，2007 年 6 月版）。

86

天年草

清朝康熙年间，徐州府西门大街有一家寇记药铺，药铺掌柜是南边的蛮子，原先做瓷器生意，后来亏了本便改行开药铺。这寇老板对中草药一知半解，囫囵吞枣懂点儿药理皮毛，骨子里却是个奸商，给人抓药短分少厘以次充好是他的家常便饭，街坊邻居都叫他“药抠子”。

一日，有位在城南黄茅冈打柴的少年叫二孩，急匆匆哭啼啼跑进寇记药铺，踮着脚尖儿递到柜台上一张药方，大叫：“先生快抓药，救俺娘。”药抠子慢条斯理地问：“患者居于何处呀？”二孩道：“黄茅冈。”药抠子将药方看来看去，捻着短须半晌不语。二孩央求道：“先生快抓药，俺娘卧在床上呢。”药抠子叹口气，晃晃脑袋说：“难，你这方子配不齐，我铺子里没有凤尾草这味药哇。”二孩急得跺脚痛哭道：“咋弄啊？求求先生帮俺想个办法吧。”药抠子搓搓手掌笑起来，将算盘“哗啦”一下抓起又放在柜台上，说：“小兄弟稍安勿躁，凤尾草这味主药，我一定帮你搞到，南关有我亲戚开的药铺，离这儿远点儿，我替你跑腿，他铺子里有凤尾草。”二孩仿佛遇见了大恩人，“扑通”便跪下磕头。药抠子走出柜台，扶起二孩说：“你来我铺子里抓药，也算缘分。我每日炒药，需要烧一种柴草，叫紫筒儿花，不知你家云龙山上可生得此草？”二孩说：“确有此草，只是近年渐渐将要绝迹，星星点点长在崖石缝儿里，我给先生采来两筐便是。”于是约定两筐紫筒儿花，药抠子按市价收买，到时便将凤尾草给二孩的娘配齐，其余的几味药先抓好包上，收了钱，交给二孩让他去了。

这二孩极孝顺且性子犟，为救娘性命，便拼了死活攀爬悬崖峭壁，起早贪黑地采摘紫筒儿花。荆棘扎破了衣裳，手指头磨出了血，几次从岩石上跌落下来，摔得腰酸腿肿，血迹斑斑，也不喊一个疼字。小小年纪不到一天工夫，竟神了似的采满两筐紫筒儿花。他顾不得歇歇便挑着往城里赶，来到寇记药铺一称，足足六十斤。

药抠子说：“小兄弟，这两筐紫筒儿花值六钱银子，不少啦，如何？”二孩焦急地说：“不敢跟先生计较，多少都行，只是快快将凤尾草给俺，好救娘性命。”药抠子便拿出六钱银子，让二孩站在柜台前等他，掀起门帘进了里屋，磨磨蹭蹭捣弄老半天，才笑眯眯地出来，手托一个小纸包儿。二孩眼巴巴地等着取药，见了扑上去便要接。药抠子把包藏在身后，客客气气地说：“小兄弟，这凤尾草搞来不容易，咱爷们虽然有交情，我也要收钱的呀，你就交九钱银子算啦。”二孩便将卖紫筒儿花的六钱银子，又添上三钱，一并交给药抠子，捧着药包像捧着娘的性命，小心翼翼快步如飞往家赶。走到城外便想，这味救命的药到底是啥样的，不妨先拆包瞧瞧。纸包拆开，定睛一瞅，顿时气得差点咬碎满嘴牙，他一腚坐在地上，放声大哭。原来，纸包里是他刚采的紫筒儿花，上面还沾着二孩的鲜血呢。此时有位在户部山开塾馆的教书先生，正巧从此路过，看到二孩哭得悲愤，便觉蹊跷，走上前好言相劝，令二孩道出实情。这教书先生听罢二孩的诉说，勃然大怒，要替二孩抱打不平，治治伤天害理的药抠子。

第二天，西关寇记药铺来了一位塾馆的小学童，递上一张画儿，说：“俺买这种药。”药抠子接过来看了半天，从来没见过这种药哇，方子也怪，红色竖格的素笺上，画着一棵青草，亭亭的叶条儿，淡黄的毛穗，便问：“谁开的方子？”学童说：“不知道。俺叔给了十两银子，让俺买一两药，先生就卖给俺一两吧。”药抠子又问：“这么贵的药治啥病？”学童答道：“切碎了撒在绿豆汤里，喝了治百病，添阳寿，这是天年草你不知道呀？”药抠子一惊，便假意推托天年草铺子缺货，打发学童走了，心里却如万蚁挠痒，眼珠子都红了。他恨不得立马掘地三尺，也要弄来天年草，卖这味药可以发大财呀！此后接二连三有小学童来药铺买天年草，递上的方子都是画着一棵草，而且给的价码涨了水似的往上升，二十两银子买一两药，三十两银子买一两药，将药抠子惊得魂儿要散了。他茶饭不思，夜不成寐，犹如流水般的银子白白淌走，疼得他心尖儿滴血，躲在柜台里将医祖药圣的医药典籍翻烂了，就是寻不见天年草这种药。如此这般几日下来，便将药抠子折磨得形销骨立，神情恍惚，趴在柜台上喃喃自语：“天年草天年草，要我命的草。”忽然，药抠子眼珠子蹦出眼眶似的，手舞足蹈跑到铺子外。

原来是二孩挑着两筐草在此路过。药抠子将二孩拦住，语无伦次地说：“小兄弟请留步留步，凭交情，全买了，两筐，银子随便，你给价。”二孩道：“先生是救俺娘的恩人，全都卖给你，一两银子一斤草。”药抠子掏出那些学童的药方子，仔仔细细对照察看二孩筐里的草，枝枝叶叶，丝丝缕缕，毫厘不差，凿凿的当真便是天年草呀。他不敢怠慢，跑进柜台，倾尽私囊，打点了六十两纹银，如数付给二孩，然后写了一个大大的招幌“长寿神药天年草，服用可延年益寿，返老还童”，便乐滋滋地趴在柜台里做起发财梦。孰料一日二日，数日已过，天年草竟无人问津。药抠子不禁心慌意乱，如同天塌地陷一般，按捺不住跑出药铺外，当街揽客，硬揪着人家买他的天年草。街面上四邻八舍都知晓他开药铺唯利是图，弄奸要滑赚黑心钱，厌烦避之犹不及，便骂道：“药抠子是只憨鸟儿，你哪儿懂？这天年草是俺徐州府的毛姑姑草，出了城，漫山遍野羊吃牛啃，贱得很呢。”药抠子听罢，一口浊痰没上来，憋死过去，醒来便疯了，寇记药铺在徐州从此倒闭。那位出谋划策惩治药抠子的先生原来便是退隐徐州的状元李蟠，故而民间有“状元戏药商，百草无天年”之说。

讲述者： 吴瑞森，74 岁，高中学历，农民

采录者： 董尧，53 岁，作家、记者

采录时间： 1984 年 3 月

采录地点： 铜山县三堡镇

附记

本篇选自《中国民间故事全书·江苏·徐州市区卷》（知识产权出版社，2007 年 6 月版）。采录者董尧，1931 年生，安徽萧县人。中国作家协会会员，曾任《铜山报》记者、铜山县文联副主席。出版有长篇小说《那年月的一个故事》《天案》和长篇传记文学《北洋兵戈》（10 卷），两次荣获徐州市“五个一工程”奖，被评为徐州市优秀离休干部。（柏枝）

87

馋嘴婆

从前，有个婆娘李氏，好吃懒做，远近闻名。整天价东遛西逛，这家串那家，看看谁家有什么好吃的。要是人家给她吃就罢了，要不给她吃，她就在人家门口无事生非，打狗骂鸡吵孩子，闹腾得鸡犬不宁。想一百个法子，不把吃的弄到嘴不拉倒。

有一天，邻家新亲上门，主人杀鸡宰鹅，买鱼剁肉。饭菜刚做好，李氏闻着香味就来了："哟，婶子，来贵客了，咋不招呼一声，叫俺来给你陪客呀？"主人一听，心里可腻歪[1]死了。左邻右舍的，又不好讲明，就说："他嫂子，不麻烦你啦，俺今天来的呀，是男客，说话拉呱的怕不方便。"

"嗨，看你说哪儿去了？男客更得人陪，大老爷们说话少天无日还爱挑刺儿，你老实巴交的哪是他们的对手？俺给你帮个腔助个威，不是放屁也添风嘛。""噢，他嫂子，忘跟你说了，俺还有位女客呐，不用你陪呀。""啧啧，来女客俺就更不能走了。女客呀，脸皮子薄，腼腆，没个女的陪，人家怎好意思喝酒吃菜？再说，有个拉屎撒尿的，没人带着找茅房，还能老让人憋着？底下憋着上边咽饭也不下呀！"这时候，屋里孩子他爹可气死了，心里说：我就说钱不见了，羞羞你，看你怕不怕担是非。"他娘，我钱刚放这儿怎么不见了，有谁来过吗？""钱不见了？哎哟，他嫂子，你行行好就快走吧，一会儿孩子爹因为少钱跟我生气，不是连你也不好看吗？""娘啊！到底是真的还是假的？我刚想走，要是出这事，嘿！我还得坐下来，别弄得俺将来说不清道不明的。"孩子爹一听可急了，赶忙说："他娘，钱找着喽，就在你枕头底下。他嫂子，你就放心走吧。"

"嗨，谢天谢地，该着不破财，走走又回来，这是大喜事，这杯喜酒我是喝定啦，八抬大轿也抬不走我啦！"

说千道万，这顿饭还是让她给吃上了。正月初六，李氏的亲家来接闺女，李氏琢磨"初五六，饺子熬大肉"，媳妇娘家肯定准备了不少好吃的，死活要跟着去。没法子，亲家只好把她捎带着接了去。李氏到了亲戚家，可捞到解馋喽！吃一看二眼观三，上一碟子扒一碗，顺吃流喝，不管别人。晚上，亲家烧了一锅妈糊[2]，里边有细米面儿、豆腐皮儿、菠菜叶儿、细粉丝儿、花生米儿、白面筋儿，五香大料油盐醋，葱花蒜苗生姜丝儿。李氏越品越有味，越喝越想喝，一口气喝了五大碗，还说腹肠没泡透。剩了几碗，亲家用盆盛着，用秤钩挂在屋梁上。半夜，李氏一觉醒来，撒了两泡尿，肚子瘪了，又想到了篮子里的妈糊，翻过来覆过去合不上眼。她一骨碌爬起来，轻手轻脚端张凳子爬上去，伸手把篮子抹下来，端出盆子就喝。也是该着巧！饭没喝到嘴，脑勺后的黄毛纂却被秤钩子钩住了，越挣钩得越紧。想抹秤钩，饭盆没法放；想扔饭盆，又怕响声惊醒亲家。这可咋着好呢？

太阳出多高了，亲家来喊李氏吃饭，喊了半天没人应声。怪喽，她赶紧把儿子媳妇一家人都招呼来，一齐扛门。李氏在凳子上又羞又急，只好朝着门外头说："亲家亲家你别开门，开门丢死俺的人；秤钩钩住黄毛纂，手里还端个妈糊盆。"

[1] 腻歪：厌烦。

[2] 妈糊：用面粉蔬菜等做的粥，咸而香。

讲述者：刘树标
采录者：郭鹏、刘向侠
采录时间：1986 年春
采录地点：邳州市运河镇

附记

1986 年 11 月,《民间文学》发表《馋嘴婆》时，在编者按中指出：“幽默风趣，读之如高山流水，有声有色。语言驾驭本领达到了炉火纯青的地步，定能将你镇住，令你拍案叫绝，惊叹不已。”（柏枝）

88

狗碑

人死了，后人为了纪念他，立个碑，这是古来常有的事。大运河边的黄墩湖畔竟然有人给狗也立了个碑，你说怪不怪!

那是在乾隆年间，黄墩湖连年闹水灾。老百姓辛辛苦苦种的庄稼，一场大水就淹没了。田里颗粒无收，可皇粮还是要缴。陈集有个陈三公，觉得老百姓实在太苦了，就跟魏拔贡一起商量着写了个“报水灾，求免粮”的呈子，托家乡在京里的一个太学生呈到朝廷。大伙儿觉得这下子准可免粮了。谁知不久，乾隆下了一道圣旨，命令总兵于成龙带人到邳州，把沿黄墩湖周围四十里以内的百姓统统杀光。消息传到了黄墩湖，百姓们傻了眼，想不到烧香烧到了佛爷头上——求福反落了祸。这是咋回事呢?

原来不久前，因南京道台进贡的珍宝多，宫里的娘娘赏了道台夫人一套凤冠霞帔。太监奉旨乘船到黄墩湖畔，却被一个当地姓周的饥民知道了。他气朝廷不免钱粮还封官送礼，就伙上几个胆大的，弄翻了官船，把东西给抢了。这下可捅了马蜂窝！道台压下灾情不报，只报黄墩湖贼人截了皇船，乾隆恼了，就降下这道圣旨，趁他到江南游玩时，带于成龙到黄墩湖洗村来了。

大伙儿知道乾隆来了，急得像热锅上的蚂蚁，围着陈三公要他赶快出主意。陈三公皱了皱眉头，二话没说，连夜复写了那份状纸，拎起个猪尿泡[1]，带着他心爱的小黄狗出去了。

乾隆皇帝出巡，那排场就不用说了。前面兵船开道，龙船走在后头，满河筒子旗幡招展，刀枪耀眼。总兵于成龙戴着盔甲，站在船头上保驾，活像一条凶猛蛟龙。眼看龙船快过猫儿窝河口了，咋办呢？陈三公可真有办法，他伏在芦苇丛里让过兵船，把猪尿泡系在小黄狗的尾巴上，拍拍小黄狗的头，小黄狗乖乖地凫水向河里游去，一会儿又潜到水里去了。

总兵于成龙远远地看见龙船前头水面上漂着个东西，心里一惊，生怕水贼又来截船，连忙拉弓搭箭，"嗖"的一声射过去，可是没射中，那东西还是往前漂动。他又连发三箭，还没有射中。眼看那东西漂到船头了。于成龙羞得脸红心发毛，等到仔细一看，才发现那是一条拖着猪尿泡的狗。气得他正想拔剑去刺，却猛然听见船后有人大喊："冤枉！"他回头一看，看见有个人头顶状纸已扒着船边上来了。原来陈三公用狗尾拖尿泡迷惑了于成龙，自己潜水游近了龙船，趁人看于成龙射狗不注意时，扒着船边，把状纸放在头上大喊起来。他这一喊，可惊动了乾隆爷，他便叫宦官把陈三公扶上船来。陈三公呈上状纸。乾隆一看，原来是呈报水灾，请求豁免钱粮的事，便问陈三公："黄墩湖的水势有多大？"陈三公回禀："波浪滔天，上次官船都被浪打沉了，皇上想想看吧！"乾隆一听，不敢把船驶进湖里，也不再追究劫船的事了，便顺口答应免了皇粮。皇粮虽免，但陈三公却以惊驾罪名，发配到边疆甘肃充军去了。

据说，陈三公充军期间什么都没带，只带着他那只心爱的小黄狗做伴。等他刑满回家，已是风烛残年了。乡里感佩他勇于为民请命，救了周围四十里的百姓，户户都供着他的牌位。他说："这不公正，我还亏得这条狗哩，得给狗立个碑！"

果然，在陈三公死后，后人在给他立碑的同时，也立了块"狗碑"，竖在他的墓碑旁。

讲述者： 魏西爵，62 岁，离休干部
采录者： 高子亮
采录时间： 1980 年
采录地点： 邳州市运河镇

附记

本篇选自《徐州民间文学集成》（江苏文艺出版社，1991 年 12 月版）。陈三公，名原誉，字肇宪，以字行世。清代邳州大村社井栏村（今新河镇梨园村井栏组）人。州学诸生（秀才）。本故事与史实不符的是：康熙二十八年（1689 年），康熙帝乘龙舟顺大运河南巡经邳州，肇宪拦驾上书；而不是"乾隆年间"。据《邳志补》卷十六记载，民感其德，为陈肇宪营建生祠，"肇宪悚然拒谢，终身恂恂，口不言功"。（柏枝）

[1] 猪尿泡：猪膀胱。猪盛尿器官。

89

杨百万

徐州城东南有个村子叫杨家洼，许多年以前，这村里有个大财主叫杨百万。杨百万一开始也不怎么富，他的名字也不叫杨百万，人们都叫他杨家老当家的。

一天，杨家老当家的在村子外边转悠，忽然看见一个风水先生手拿罗盘，边走边看地脉。他就主动走过去打招呼，请风水先生到家里去坐坐。他与那风水先生谈得很投机，就留风水先生在自己家里住下，天天、顿顿都是成桌成席地招待。他挽留风水先生说：“你漂流四方，又无家小，就留在我家吧，给我好好看看风水，让我家发起来，我保证对你生养死葬，好好待你。”

风水先生留下来住了几天，杨家老当家的确实待他不错。这天，杨家老当家的问风水先生：“先生，你看我家怎么才能发起来呢？”风水先生说：“这几天我出去看了多少遍了，你想发起来不难，只是你家东边那山对你不利。你想，那山叫虎山，你姓杨，杨羊同音，虎与羊在一起，哪有羊的好处，必须破掉。只要一破掉，你杨家就可以发起来了。”杨家老当家的忙问：“先生，怎么个破法？”风水先生说：“破起来很简单，发起来也不难。只要你肯破费点，在你家东西两边各盖上一处房子。请一户姓海的人家住东边，这样，海把羊与虎隔开了，虎过不了海，对羊就没啥威胁了。再请一户姓薛的住西边，薛与雪同音，雪为白色，这样雪衬着羊，羊就更白更好看了，羊运就更好了，你杨家自然就发起来了。”杨家老当家的听了风水先生的话，很快在自家的东西两边盖上了房舍，请姓海的人家住在东边，又请姓薛的人家住西边。果然，杨家很快就发起来了，挂上了千顷牌，成了徐州四周乡下的首富。人们都管杨家老当家的叫杨百万。

过了几年，杨百万看风水先生老了，眼也瞎了，感到对自己也没用了，就自食其言，早把过去说的话丢到九霄云外去了，就对风水先生冷落起来。他开始减风水先生的饭菜，由成桌的大席，减成四盘四碗；后来又减成两盘两碗；慢慢地就叫风水先生跟大领们（长工）一起吃起辣椒盐豆来。风水先生因自己眼瞎了，又无家可归，只好忍气吞声。

后来，风水先生的学生来找他。这人是位年轻的风水先生，跟老师学了几年，如今又自己修行了几年，道业大有长进。年轻风水先生听了老师讲杨百万开始怎么挽留他，怎么待他好，他怎么帮杨家发起来，如今杨百万又怎么不把他当人待的情况，心里十分生气，下决心要治治这忘恩负义的家伙，为老师出这口气。他表面不动声色，还说了不少感谢杨百万供养他老师的话。

杨百万见来了一位年轻的风水先生，心里想：这年轻人可能比他老师还有本事，我要好好对待他师徒两人，叫他指点迷津，让我家再发大点。于是，他对风水先生师徒俩大献殷勤，又是好吃，又是好穿，送个不停。他问年轻风水先生说：“小师傅，你看看我家还能再发大点吗？”年轻风水先生说：“我来后看了，你们杨家还可以再发，只要做两件事就可以了。”

杨百万忙问：“小师傅，要做哪两件事？”年轻风水先生说：“一是在你庄子两头各盖上一座土地庙；二是在村前挖一条河，再在河上修五座桥就行了。”杨百万信以为真，很快就照年轻风水先生的话做了。

年轻风水先生看杨百万把这两件事干完了，就对杨百万说：“俺师徒俩回去了，你等着发吧！”于是，年轻风水先生背起他师傅就走了。

杨百万把这两件事做完，家境不但没发起来，反而很快败落下去了。

这是怎么回事呢？原来，年轻风水先生叫杨百万在村子两头各盖一座土地庙，叫作两鬼把门，看住羊（杨），跑也跑不掉。在村前挖河，再在河上修五座桥，叫做五虎扑羊，破了杨家风水。

讲述者： 李玉海，75岁，小学学历，退休工人
采录者： 王超立
采录时间： 1987年7月
采录地点： 徐州和平桥

附记

本篇选自《中国民间故事全书·江苏·徐州市区卷》（知识产权出版社，2007年6月版）。（柏枝）

90

瞎话篓子

康熙年间，徐州城西有个宁员外，膝下有两个儿子。老大朴实敦厚，已经娶妻，平日里帮助父亲管财理账；次子宁二是个秀才，性明敏，善机变，不拘小节，空闲时常与人侃大山，把人哄得瓤眼钻天[1]，是个哄死人不抵偿，能把稻草说成金条的角儿。久而久之，人们给他起了个外号——瞎话篓子。他的瞎话说得怎么样，现在我就说一段给你听听。

城东乔秀才见宁二一表人才，满腹经纶，就把自己独生女儿若男许给宁二为妻，定于阳春三月娶亲。若男自幼跟爹识字读书，琴棋书画无一不通，做诗答对信口拈来，很有几分文才。虽在闺房，平日里若男常从爹娘口中听到一些关于宁二机智过人、能言善辩之事，心中总是不太相信，认为爹娘有意在自己面前夸未来的女婿。时间长了，心里却慢慢生出一种想法，那就是等结婚之后，一定要与宁二较量一下，看看宁二到底有多大的能耐。

这天，宁家张灯结彩，喇叭号子响个不停，昨天宁大

[1] 瓤眼钻天：形容哄人、骗人很厉害。

喜添一子，今日又是宁二结婚，真是喜上加喜。

三声呼唱，一片欢笑，新郎新娘拜完花堂，引入洞房。宁二见其他人离去，便来到新娘面前，轻轻揭去盖头帕，见新娘如花似玉，美如天仙，心中非常高兴。若男见新郎风流倜傥，仪表堂堂，心中也十分满意。四目相对，越看越爱看。这时，性急的若男打破沉默，轻声细语地问道："人家都说你编的瞎话能哄死人，真的吗？"

宁二摇摇头说："别听他们瞎胡扯，我哪有那么大的本事。"

若男央求道："你就侃个瞎话给我听听吧。""唉，我现在哪有心思去说笑话。"

若男再看宁二，只见大滴大滴的泪珠涌出他的眼眶，"吧嗒吧嗒"落在地上。若男急忙抓住宁二的手，说："你怎么啦？哪儿不舒服？"

宁二又"唉"了一声，双手抱着头蹲在地上，后悔地说："我真不该和你结婚。"

什么？拜过堂，入了洞房，又说不该和我结婚，这不是胡闹吗？若男顿时竖起娥眉，瞪起杏目，问："为什么？"

可怜巴巴的宁二止住泪解释道："你有所不知。两天前，我经过王半仙的卦摊，他见我印堂发暗，硬给我算了一卦，说我不能长寿，今生不要娶媳妇，最好皈依佛门出家做和尚。可婚期就在眼前，你让我怎么办？"

若男盯着宁二，心想：是不是在编瞎话骗我？不像。哪有在新婚之时咒自己短命的呢？不管怎样我得小心，千万不能上当。我得细细盘问，看看有没有破绽。"那你为什么还要娶我？""我早就听说过你的芳名，今生今世能和你在一起哪怕生活一天，我死也足矣。"

若男心想：你真损，你死了我咋办？脱口说道："可你为我想过没有？""正因为这样，我现在才恨我自己太自私。"宁二"扑通"一声跪在若男面前，"我真的不该和你结婚。我对不起你，我真的对不起你呀！"

若男见宁二那痛心的样子，此时也泪水涟涟，问："你说的全是真话？"

"我现在哪里还有心思跟你开玩笑。"说着，宁二站起身来举起右手："我愿对天发誓，若要……"

若男只怨自己命苦，见宁二要发毒誓，忙用手捂住宁二的嘴，劝解道："算命的哪个不是信口雌黄，不要信他的鬼话。""开始我也不信，人家都说算得挺灵验，由不得不信。""当时你没有问是否有破解之法？""有，有。当时我心里很乱，让我想想。"说完，宁二在屋子里踱来踱去。"你快说有什么办法。""他说……"宁二欲言又止。若男焦急地问："什么办法，快说吧。""金童领路方可无忧，就是说让新人在结婚的头三天里，搂着一个刚出生的男孩过上一夜就行。"

若男红着脸说："听说嫂嫂新添个小侄子，你去跟嫂嫂说说，抱过来让我搂一夜不就行了吗？"宁二一拍脑袋说："我咋没想起来呢？可是……"若男见宁二面有难色，忙起身打开陪嫁的箱子，从里面取出二两纹银递给他说："去，好好说说，我相信嫂子是通情达理的。"就这样，小两口在新婚之夜，"叽叽咕咕"说到金鸡报晓。

第二天午后，宁二来到哥哥房中，对嫂子说："快让我看看小宝宝。"说着就逗起孩子来："真喜欢人，我宁二何时能有传宗接代的人？"嫂子打趣道："新婶子过门，还愁抱不上大胖小子？""我宁二可没有这个福分，就是有孩子，也赶不上我的大侄子。""此话怎讲？""今天早上，我跑到庙里为侄子求了个签，你猜怎样，是个上上签。"嫂嫂高兴地问："签上怎么说？"宁二眉飞色舞地说："解签的讲，我侄子是天上文曲星下凡，将来才高八斗、学富五车，仕途无量。"嫂嫂惊喜地说："真的？""那还能假，就是……"宁二止住了话题。嫂子忙问："怎样？快说。"宁二咬咬牙说："就是这两天有点小灾。"嫂子脸上挂满了笑，说："嗨，这有什么。人到世间来就是受苦的，还能没有小灾小难？兄弟，有破解之法吗？""有！""咋个破法？""让侄子跟新人睡上一夜。"嫂子长出了口气，眼珠子一转，说："求人不如求己。兄弟，帮帮忙，让他婶子带一夜。""这……"嫂子想到宁二正是新婚之际，便从床边柜子里拿出一两银子，递给宁二说："这点钱给她婶子添点胭脂香粉，针头线脑。兄弟，你一定要帮嫂子的忙。"宁二也不客气，接过钱说："嫂子的事就是我的事。好吧！包在我的身上。"

天擦黑儿，宁二把小侄子抱到自己的新房里，对若男说："好好照顾他，哭了闹了就给他喝点水。没有什么事，你就搂着他早点睡吧。我去书房。"若男接过孩子，对宁二说："我知道。你也别耽搁太久，早点回来。"

宁二带上门，来到院子里，套上马车匆匆奔向城东，径直走到岳父家中，神色慌张又没好气地说："不好了，若男下午肚子疼得厉害，我要去请大夫，她死活不愿意。没办法，我只好请二老前去看看。"闺女是娘的心头肉，若男娘听说闺女病了，催老头子快去瞧瞧。

乔秀才忙随车到了宁家大院，顾不得和亲家打招呼，来到宁二新房前一看，屋里黑灯瞎火没有一丝亮。乔秀才不知闺女怎样了，跌跌撞撞来到窗前，用手敲着窗户小声喊道："闺女，闺女，你咋样？"意思是问她肚子还疼吗。若男听到爹的声音，忙起身问："爹，你咋来啦……"一句话没说完，惊动了怀中的孩子，"哇"的哭声，打破了院中的寂静。

听到孩子的哭声，乔秀才傻了，像一根木头橛子竖在那儿半天没能言语。他怎么也不能相信，闺女头天过门，第二天就会生孩子。闺女的惊慌声，孩子的哭声，搅得乔秀才心烦意乱。事实就在面前，苍天呀，我这老脸往哪儿搁？乔秀才羞愧难当，随即脚一跺，身一转，头也不回地冲出门外。

若男哄好孩子，慌慌张张打开房门，只见爹爹已走出院子，心中纳闷，忙问迎面走来的宁二："爹咋来啦？"宁二耸耸肩，摆摆手说："不知道。"若男急忙奔到大门口喊道："爹，爹……"听到若男的喊声，乔秀才头也不回，反而加快了步子，走得更快了。

乔秀才回到家，累得"呼哧呼哧"直喘粗气，一腚坐在椅子上，吭也不吭。老伴一见，连忙端茶递烟，发现老头子脸色难看，心里"咯噔"一下子，问道："她爹，闺女没事吧？"

乔秀才用眼盯着老伴，半晌没说话。老伴见乔秀才像中魔似的，心中甚是奇怪，忙问："糟老头子，你这是咋啦？有话你就说，闺女她是不是……""闺女，你的宝贝闺女！"乔秀才站起身来，冷不防朝老伴脸上狠狠扇了两耳光。老伴被打得两眼直冒金星，差点一屁股坐在地上，不清楚到底为了啥，便说："你好没道理，我做错了什么事，惹你动这么大的肝火？"乔秀才破口骂道："好你个老不死的，还有脸说哩，乔家祖宗八代的人都让你丢尽了。"老伴一听，气也来了，不由声音放高道："丢脸？丢什么脸。我进你乔家几十年，哪一点对不起你乔家？"乔秀才指着老伴的鼻子说："呸！亏你说得出口，你的宝贝闺女嫁到宁家一天就生孩子了。宁二叫我们去看看，那是寒碜咱。闺女做出这种事来，你这个娘是咋当的？会一点儿不知道？"

这番话犹如晴天霹雳，把若男娘打蒙了。闺女是在自己眼皮子底下看着长大的，自打娘胎里出来，大门不出，二门不迈，她咋能做出这种事情来呢？不可能，一万个不可能。若男娘不由得喊起冤来，定定神，拉着乔秀才的衣服问："孩子你亲眼见了？""没有。""那你咋知道咱闺女生孩子呢？""我亲耳听到孩子的哭声，这还能有假？""不行，我得去看看。"若男娘决定亲自走一趟，去看个究竟。

再说若男喊爹爹不应，在大门口待得时间长了点，受点风寒，当天夜里就病倒了。好在宁二忙前侍后，若男才渐渐睡熟。

天刚麻麻亮，若男娘就来到宁家，她怕碰到亲家丢脸，见闺女房中有灯光，就悄悄地溜进去。见女婿宁二刚巧不在房中，女儿蒙头睡在床上，便来到床前，小声喊道："若男，若男。"若男听是娘的声音，睁开蒙眬睡眼，掀开被子，慢慢抬起身子。天哪，闺女怀里真的搂着一个婴儿。若男娘只觉得一阵眩晕：闺女，闺女，娘的脸让你丢尽了。事到如今还说啥。"唉！快躺下，别着凉了。"若男怕惊动怀里的孩子，顺从地躺下，若男娘又顺手帮她掖好被子。"闺女，几天了？"她问的意思是孩子已经生下几天了，若男还以为母亲问自己生病几天了，有气无力地说："昨天。"天哪！真是头天过门，第二天就生孩子。若男娘无地自容，恨不得一头钻进地缝里，不由得鼻子一酸，问道："快告诉娘，谁招惹你了。"她的意思是问女儿跟谁私通，才生下这个孩子来的。若男还在生爹的气，心想要不是爹来，我咋能会受凉，又怎能生病。经娘这么一问，脱口说道："你去问俺爹。"若男娘一听此话，呆了。她怎么也不能相信糟老头子会做出这种见不得人的事情来。可这话又千真万确从闺女口中说出来的。作孽呀！

若男见娘两眼发直，心中甚是奇怪，忙问："娘，你咋啦？""没啥，没啥。娘有点头晕。"说完，若男娘急匆匆夺路而逃。弄得若男莫名其妙，真不明白爹和娘中了什么邪。

若男娘回到家中，看见乔秀才正坐在桌边喝茶，气就不打一处来，走到乔秀才的面前，扬起巴掌"啪"的一下打在他的脸上。这下又把乔秀才打蒙了：老伴历来对自己百依百顺，今天难道吃了熊心豹子胆不成？"你疯了？""哼，我疯了！"老伴用手指着乔秀才的鼻子咬牙切齿地骂道，"老天爷白给你披上一张人皮，亏你还有脸来问我。看你整天之乎者也像个正人君子，谁知道你连猪狗都不如……"说着，鼻涕一把泪两行，又哭又骂要与他拼命。乔秀才硬是弄个丈二和尚摸不着头脑，急得他指天道地，拍胸诅咒，声称自己绝不会做那种乱伦的勾当。

乔秀才老两口这边吵架生气不提，再说若男娘走后，若男心里嘀嘀咕咕，始终也没有弄明白娘到这里来的目的是什么。这时，宁二把煎好的汤药端来，扶若男坐着喝下。若男就把娘到来一事对宁二细说了一遍，问："不会有什么事吧？"宁二笑着说："岳母大人怕你在我这里受气，特来看看，别瞎猜。时辰到了，把孩子送给嫂嫂去。"

徐州有个风俗，姑娘出嫁三天就得带着新女婿回娘家，俗称三天回门。宁二把孩子给嫂子送去时，若男就起来梳妆打扮，专等娘家人来接自己。从早上到当午，也没有见到娘家人的影。若男沉不住气了，她不明白爹娘为啥不来接自己，又想起爹娘见她时的怪模怪样，难道家中有什么变故？若男顾不得害羞，她要亲自回家问个明白。

这时，乔秀才老两口又在哭闹拌嘴生气，只听大门"哐当"一响，若男怒气冲冲来到院中。若男娘看见闺女脸色大变，说道："死丫头，月子里乱跑什么？孩子咋没带来？"若男迷惑不解地问："孩子，啥孩子？"乔秀才见闺女那种傻乎乎的样子，慌了神，忙说："就是你娘看见的那个孩子。""哦。哈哈，哈……"若男笑得前仰后合。老两口你看看我，我看看你，不知所措，认为闺女一定无脸见人疯了。忙上前去，一人拉一只胳膊，问："闺女，你咋啦？"若男止住笑："我哪有孩子？"随后把事情前前后后的经过详详细细地告诉了爹娘。

乔秀才夫妇听完，才知道上了宁二的当，受了他的骗，闹出这么大的笑话。乔秀才一方面埋怨自己遇事不细问，虚惊一场；一方面又怪宁二这小子太混账，怎能在新婚之际说瞎话，害得全家人不得安生，险些出了人命。乔秀才转念一想，不对，宁二说瞎话定有其他原因。便转过脸来问若男："你和他打赌了吗？"若男不好意思地说："结婚那天，我对他说，你有本事说个瞎话我听听，他没答应。"乔秀才"唉"了一声说："我告诉过你，他是个瞎话篓子，我们全家都让他骗了。"

若男这个气呀：好你个宁二，在我面前装得像真的似的，我非找你算账不可。

若男辞别了爹娘，气哼哼地回到家，宁二正躺在床上睡觉哩。若男瞧瞧熟睡的宁二，顺手摸起床前的鞋，照着宁二的腚就是两鞋底。宁二"腾"的一下子从床上跳起来，看见若男柳眉倒竖，杏目圆睁，更添三分妩媚，"扑哧"一声笑了，然后把腚撅得高高的，对若男说："打吧，我早等着哩。"若男看见宁二那滑稽可笑的样子，也憋不住劲，"扑哧"一声笑了，说："唉，你玩笑开得太大了，害得两位老人生了一天的气。"宁二从床上跳下来，站在若男面前，双手施礼，说："娘子，小生知错，给你赔罪了。"若男放下手中的鞋，用手指着宁二的鼻子嗔怪道："你呀，真是。"宁二从枕头下拿出三两银子，若男问："你要干什么？"宁二拉着若男的手说："走，买礼品去，到老岳丈家给两位老人赔不是去。"

小两口亲亲热热走出门去。

讲述者： 王正明，50 岁，不识字，工人
采录者： 甘信昌
采录时间： 1976 年 7 月
采录地点： 徐州九里山采石场

附记

本篇选自《中国民间故事全书·江苏·徐州市区卷》（知识产权出版社，2007年6月版）。（柏枝）

91

张三卖鸡蛋

从前，徐州城东南有个小村庄，庄里有个叫张三的人。这个人很懒，家里日子过得很紧巴。

一天，他老婆对他说："地里没什么活干，你不能做点小生意，赚点钱贴补家用吗？"

张三说："做啥生意？又没本钱。"

他老婆说："我去娘家借点钱，你就买鸡蛋去城里卖吧。"

他老婆回到娘家，向大哥借了十吊钱，又向二哥借了十吊钱。临走，老娘还把自己的五吊私房钱给了他老婆，加起来二十五吊钱。他老婆回到家，把钱全部交给了他，叫他明早赶集，买了鸡蛋进城去卖。

那时候，鸡蛋正便宜，乡下五个小钱买一个，城里一个鸡蛋值七个小钱。张三到集上，用二十五吊钱买了五百个鸡蛋，用两个柳条篮子挑着进城去卖。这是他头一回贩鸡蛋卖，他边走边算：进城后，我一个鸡蛋赚两个小钱，十个鸡蛋赚二十个小钱，一百个赚两吊，五百个可赚十吊。两天贩一趟，一个月也可赚一百五十吊钱，我家小日子就好过了。

俗话说，“算路不打算路来”。

他边算边走，不觉来到了两山口东边的漫坡上。这漫坡既陡又长，爬起来很吃力。爬到半截，他已累得直喘粗气，想歇歇，坡陡又不好放下挑子，只好用换肩的方法休息。一个不小心，换肩时，后边的篮子绳滑了下来，前后的篮子都摔在了地上。后边的篮子滚下坡去，连一个好鸡蛋也没剩下，全摔破了。前边的一个篮子，幸亏他用腿挡住，还剩三十多个鸡蛋没摔破。他到坡下拾回滚下去的篮子，把两个篮子全放好，看着烂一地的鸡蛋，心里越想越不是个滋味。他心里话：老婆借的本钱这下全完了，回去怎么交代？活着还有啥意思？看到路边正好有棵槐树，张三就解下拴篮子的绳子，搭上树枝，系了个活扣，刚要把头伸进去，就听见有人高喊：“别上吊，有啥想不开的，值得走这条路？”

来人四十岁左右年纪，急忙把他拉住，想问个清楚。张三把事情从头到尾说了一遍。那人说：“原来是这样，我这里有钱，给你二十五吊，只管贩鸡蛋卖吧。”说着拉开布包，从一长串钱中取出二十五吊交给他。

张三千恩万谢，说了许多感谢的话。听说人家是进城回家的，张三就说：“我跟你一起走，把几十个鸡蛋卖掉，也好摸摸行情。”张三边走边想：他布包里钱不少，我要是能得到他布包里的钱，不是马上就不愁吃不愁穿了吗？我也不要挨累，天天挑鸡蛋卖了。

张三见钱眼开，也不讲人家救自己的恩情了，趁人家不注意，突然用扁担向那人耳门子打去。那人挨了一扁担，顿时昏了过去，倒在地上。张三拾起人家装钱的布包，一路小跑，直往城里奔去。

这时，西边天空乌云密布，电闪雷鸣，大雨由西向东泼来。张三顾不得躲雨，正跑在七里沟的大路上，生怕后边有人追来。他跑着跑着，大雨下起来了。一个亮闪、一声雷鸣，他就被雷劈死在路上。

一阵大雨过后，被张三打昏的汉子经雨一淋，醒了过来。这时，有位过路的人把他扶起来。听说了事情的经过，过路人十分气愤，直骂张三：“不讲良心，不得好死。”

这两位汉子一起走到七里沟，见一个人被雷劈死在路上。被打倒的汉子说：“这人就是打我的人，那布包就是我的。”说着他拿起布包，又从张三腰里掏出自己送给他的二十五吊钱，对那同行的汉子说：“老天有眼，咱走吧。”

两个人进了城，报了案，就各自回家了。

讲述者： 喻良友，69岁，小学学历，农民

采录者： 王超立

采录时间： 1997年11月

采录地点： 铜山县汉王镇

附记

本篇选自《中国民间故事全书·江苏·徐州市区卷》（知识产权出版社，2007年6月版）。

92

『回门』丢了新媳妇

过去苏北农村有个风俗：新媳妇过门三天就得带着新女婿回娘家，还须当天返回，俗称“回门”。

据说，有个大户人家的新媳妇名叫翠莲，回门那天，新女婿在娘家吃晌午饭时，因贪杯喝醉了，赶车的大领也醉得不知东西南北。在回家的半路上，新郎要出酒[1]，翠莲把丈夫向车帘跟前挪了下，想让他吐到车外。不料一阵风吹来，把丈夫的帽子刮到地上。翠莲想：帽子掉了，我得给他拾起来。新娘子迈动金莲，下了马车。她因是大户家的闺秀，娇滴惯了，平时走动一步三摇，扭扭捏捏，现时她身上穿的又是新嫁娘的绫罗缎绢，佩带的都是金银玉器，下车后被风一吹“叮叮当当”响个不停。这一响不大要紧，突然把驾车的辕马吓惊了。说马惊有些道理：马怕酒味，怕红色，怕响声。那匹马门鬃一炸狂跑起来。翠莲想张口喊大领拦车，她又害羞不好开口。赶车的喝得跟晕头鸭子似的，也不知新娘子下了马车，朝马腚上狠狠地抽了两鞭，那马跑得更快如流星，一转眼，马车跑得无影了。翠莲就这样被撇在了荒郊，她心里一阵愁苦焦躁。

一会儿，日落西山，昏暗四合，她向四周望望，也不见村庄人影，没法子，就坐在地上哭了。她呼天天不应，叫地地不灵，正哭着，从大路上踢踏踢踏来个人。要说此人是谁？正是赌博鬼王三。王三一听有哭声，心里犯玄！听老年人说，这片乱尸岗子好闹鬼，眼前，正摊是“太阳落，鬼下坡”的时辰，难道真有鬼哭吗？他壮着胆子上前一瞅，不是鬼哇！原来是个大闺女，哭声颤悠，怪伤心。他问：“这位大姐，天都黑了，你坐在这儿哭啥？”翠莲停住哭，擦擦眼泪，就把详情对他说了一遍。王三说：“你看天黑啦，漫湖里没法安身，恐怕也没吃饭？你先到我家吃顿饭，跟俺闺女住上一宿，我明儿送你回家，你看咋样？”翠莲听罢，道个万福，就随王三去了。

王三把翠莲领到家，对老婆、女儿说：“这位大姐迷路了，人家还没有吃饭，你先给她点饭吃，再安顿人家在咱家住一晚。”他安排好，又出去赶赌场去了。

翠莲吃过饭，见那娘儿俩并无恶意，也放心地上床睡了。这时王三的老婆一骨碌爬起来，小声把闺女喊出来，对她说：“我的乖乖，你都十七大八该说婆家啦。你爹好赌，你连一身好衣裳也没有，你看咱家这个借宿的女子穿得多好，咱不如把她杀了，扒下衣裳，留着你穿！”闺女一听娘想图财害命，吓傻了眼，赶紧说：“娘，咱穿得再孬，也不能杀人夺衣，良心何在？”娘又说：“啥叫良心，良心几个钱一斤？我就知钱比爹好，爹是龟孙！你知道吗？依我看，杀了吧，咱娘儿俩黑灯瞎火，用绳子把她勒死，你不说，我不说，天会知道？”闺女禁不住再三调唆，就答应了。母女俩就用绳子把翠莲勒死，扒下衣裳，把死尸扔到了前面菜园枯井里。

菜园后面有个小庙，庙里住着一个老和尚和一个小和尚，喂着一个施主为儿子替身舍的一头黑叫驴。这会儿他们吃过晚斋，刚想睡觉，忽听庙门外狗急狂咬。老和尚说：“徒儿，你去看看狗咬啥？有人偷咱的菜么？”小和尚顺着狗咬的声音抄过去，见条黑狗正对着那眼枯井一个劲儿咬，还模模糊糊听井里有人哼哼！这委屈声正是翠莲。她被勒晕死后，一会儿又缓过气来，引得狗咬。小和尚赶紧告知师父。老和尚说：“那还了得，谁害死人扔到咱菜

[1] 出酒：醉后吐酒。

园井里，天明得吃官司！你快找根绳子跟我前去打捞。”老和尚用绳拴住小和尚续到井里，拉上一个人来。小和尚把人背到庙里，在灯下一看，是个大姑娘，身上只穿着内衣。老和尚忙拿来一件僧袍给她穿上，又喂她点米汤，姑娘慢慢缓过劲来。小和尚两眼盯住女子上下打量：一头青丝如墨染，樱桃小口一点点，不搽官粉自来俊，两眼一睁更迷人。小和尚肚子里开始冒坏水了，他想：我当和尚一辈子，甭想娶个媳妇。灵机一动，有了主意，便说：“师父，井里有两个好大的包袱怪沉重，定是金银财宝！”老和尚是个财迷，被骗到井前，小和尚一把将师父推下井，接着往里掀了几块大石头，到井内停止呼喊为止。

小和尚回到庙里，鞴好驴子，抱起女子，骑上毛驴，趁着黑夜上路了。一直到第二天日高三竿，路过一个庄前，碰见一个放羊的后生。放羊后生看见驴身上一个年轻和尚，搂个不男不女、不僧不俗的女人，女人一把鼻涕一把泪地哭个不停，把驴压得弯腰撅腚。他仔细看了一阵，撒脚朝自己家跑去，进门就喊：“娘！俺表姐在咱门前，穿一身和尚衣裳，叫一个小和尚搂着，坐在驴身上正哭哩！”娘说：“放屁！你表姐刚过门才几天，咋能这样，我去瞧瞧！”老嬷嬷款动小脚，一阵小颠儿，近前一看，确是侄女。老嬷嬷一咋呼，小和尚就吓跑了，路旁撇下那头驴和翠莲，翠莲跟着姑母到家，把事情真相说清。姑母听后，连声惊叹落泪，就让她用饭，打算送她回婆家。

再说赶车的大领和新郎任马撒缰，拉着马车，横冲直撞，兜了几个圈子，老马识途，最后又回到家里。二人一瞧，车上没了新娘，就迷迷糊糊断定是“新人被娘家留下了”。按当时民俗，新娘子三天回门在娘家留宿，一妨丈夫，二克公婆，所以他们只好返回娘家去要人。娘家人听说，心惊肉跳，忙说，必是他们中途生了歹心。两家各持己见，就到县衙打了官司。县官听后说，各有道理：要说新郎与大领半路害了新娘，根本不会；要说娘家趁回门留下新娘，也与世俗不合。县官推敲已毕，把惊堂木一拍：“打！公说公有理，婆说婆有理，县太爷最有理。尔等听真，找着新娘再说，要是找不着人，王八四十鳖四十，打鼓退堂！”婆娘二家领了县官的命令，在方圆村庄查访新娘子下落。到第二天午后碰上王三从赌场回家，王三一听说是找新媳妇的，他心里明白，对他们说：“人在俺家里！”王三领着他们到自己家里一看，人没有了！婆娘二家一齐回禀县官，县官即刻差人把王三全家拘捕到案。王三供认：“头天晚黑领来一位女子交给了妻子，自己又去了赌场，后事一概不知。”县官追问王三的妻子，她说：“那位大姐半夜里没吱声走了，去向不明。”

县官好聪明，听后心里有谱，马上大喝一声：“大胆的刁妇，竟敢对本县撒谎！她一个年轻女子，半夜三更，人地生疏，胆小害怕才跟王三来你家求得有个安身之处，又怎会星夜私自出逃？分明是内中有鬼，如不从实招来，看大刑侍候！”王三妻子一听吓破了胆，跪下求饶，随后一五一十招了供。

县官又命衙役打道去寺庙。令乡里的地保到枯井里打捞，可捞上来的却是一具老和尚的尸体，众人都傻眼啦！县官也弄糊涂了。

花开两朵，各表一枝。再说翠莲的姑母怕侄女婆家着急，第二天吃过午饭，就让儿子赶着牛车送翠莲回婆家。正路过小庙前，远远见井台围着一群人，便下车来瞧热闹。一眼看见翠莲娘婆二家的人，又听说是找翠莲，她急忙下车上前，把事情的始末一一说清。县官一听，来了精神，便说：“一应人众听知，限乡里的地保十名捕快十天内把凶手小和尚拿到归案，一次发落。”不到三天，干办人员在小和尚的俗门娘家捉住了小和尚。县官立刻升堂。小和尚见事实俱在，只得招供画押。县官当众判道：

“大和尚贪财丧命，小和尚见色起意落得砍头；王妻骑木驴子游四门，再砍头；念及小女年幼无知，定罪坐监三年；王三能在新娘危难的时候相帮，可赏银五十两，新郎拿钱付给；老和尚的棺木由小和尚俗门娘家出钱埋葬；小和尚俗门娘家，知道出家儿子杀人骗女，本应前来报官，窝藏凶手有罪，得罚白银一百两，入官库；新娘、新郎仍是恩爱夫妻，回家欢度蜜月；大领是个穷光蛋，只是借送客时嘴长贪图吃喝过量，也是情有可原，其他不加追究。这叫：酸甜苦辣咸，五味俱全，有哭的也有笑的。本案到此结了！”大家听罢，磕头谢恩散去。

讲述者：邱冬梅，女，42岁，农民
采录者：阎洪勋
采录时间：1992年3月10日
采录地点：铜山县沿湖农场

附记

本篇选自《中国民间故事全书·江苏·徐州市区卷》（知识产权出版社，2007年6月版）。（柏枝）

93

戏迷

从前，贾汪窑是个戏窝子，没断过戏班子演唱。不是拉魂腔，就是梆子戏，有时两台大戏对着唱。这里的很多老百姓和矿工都能哼哼几句。

有个小伙子，更是热戏。不管什么时候，只要一听见锣鼓家伙响，哪怕正干着农活或端着碗吃饭，他也能权把扫帚一扔或端起饭碗就往戏园子里钻。凡来过这里的响角，他都能哇[1]两句，还真有点那个“味”。他特别喜欢模仿那个既会唱小生又能演花旦外号叫“二孩”的拉魂腔演员。有些人见了就逗他唱，小伙子是来者不拒，说唱就唱，还举手投足地加做派，常常引得周圈的人拍腚鼓掌。因此有人称他“假二孩”，他听了还美滋滋的。

他娘为这事可犯了愁：好好的孩子像着了魔，走着唱坐着也唱，连平常说话也拖着腔，还能顺口编出词来，长此下去，怎能算了！一天，她把儿子叫到跟前，想开导他几句。老娘尚未开口，小伙子倒念起韵白了：“母亲唤儿哪边使用？”他娘耐着性子说：“孩子，你也老大不小

[1] 哇：学唱的意思。

了，放着正行正业不好好干，咋能整天掉了魂似的学唱戏呢……”话还没完，“娘啊！”他叫起板来，唱道，“娘亲但请把心放，为儿我耕田唱戏两无妨！”老娘气得摸起门后的笤帚就打：“我看你再唱！”小伙子边跑边唱：“俺可不敢哇‘二孩’了……哪哈唉！”儿子走了，他娘叹了口气，自言自语地说：“儿大不由娘，我是没法了，还是赶快给他成个家，叫媳妇去管吧！”

老娘托人做媒。那小伙子老门旧户，长得挺棒，聪明能干，人缘又好，不久便说妥了。成亲那天，新郎入洞房时，想起了往日看的戏，不由迈出方字步，弯腰作揖念道：“娘子，小生这厢有礼了！”新娘连忙站起，敛衽拜答：“为妻还礼，相公请！”她也用上舞台念白了。闹新房的议论开了：“新娘也是个戏迷。”“常言说，‘不是一家人，不进一家门’嘛！”“真是一对！”“今后有戏看了。”

过了不久，有一天，小伙子挑桶去打水，路上想起了《喝面叶》一戏，唱道：“大路上来了我陈士铎，赶会赶了三天多。想起会上那出戏，小旦唱得真不错……”来到井边，放下水桶把水灌满，两手摇着辘轳刚向上提，忽听一过路人问道：“请问去李庄怎么走？”连喊两声没有回音，这过路人正怀疑打水人是聋子或哑巴，一旁有个小孩说了：“他是个戏迷，你得唱着问。”巧啦，过路人也喜欢唱，于是叫起板来：“老弟啊！”他唱道：“问老弟去李庄哪条路径？”小伙子一听，高兴得忘记了已提到井边的水桶，用手一指接唱道：“往北走向右拐直奔正东！”接着“咚！咚！”连人带桶一齐掉下井去。问路人吓坏了，怎么喊也听不到动静。这时，一个青年妇女慌慌张张赶来，像舞台上踩着急风锣鼓点儿似的上场。只听她唱道：“正在家中把线纺，忽听得丈夫打水遭祸殃！”她分开众人，着急地喊了两声，没见回答。常言说，知夫莫若妻，她好似想起什么，于是“夫啊！”叫起板来，唱道：“问丈夫在井底伤势轻重？”只听井底也隐隐地唱着答道：“昏迷迷一阵阵不知西东。娘子救我！”这时有人下去把他捞了上来。媳妇问：“伤着没有？”小伙子说：“倒也无妨！”二人搀扶着走了。问路人挑着一担水在后面跟着，边走边说：“真是个戏迷，掉到井下还没忘了唱呢！”

讲述者： 冯永贵，70 岁，小学学历，演员
采录者： 王幼颐
采录时间： 1980 年 8 月
采录地点： 江苏省柳琴剧团

附记

本篇选自《徐州民间文学集成》（江苏文艺出版社，1991 年 12 月版）。这个故事在徐州贾汪一带流传甚广。

94

草驴叫驴一个价

徐州地方人把蝗虫叫蚂蚱，可山西有个地方却把蝗虫叫草驴。为这事说一段小故事。

从前，徐州有个牲口贩子，名叫李三。他听说山西的驴贵，就从山东买了十五头叫驴赶往山西去卖。他日行夜宿，一走半个多月，来到山西地盘。这天挨傍黑[1]时，李三正在一条山沟里走着，突然闯出一伙子强人，这些人不由分说，将李三的十五头大叫驴全给抢走了，连身上的盘缠钱也给抢光了。李三落了条命，来到一个村头，找到一户人家，想借宿一晚。一听口音，主人是徐州人。老乡一见，分外亲热。主人又安排吃饭又安排床铺，还要留他过几天再回家去。

第二天，李三在老乡家吃过早饭，自己溜到村外山坡上散心。看到草棵里有不少又肥又大的蚂蚱，觉得好玩，便顺手捉了几十只，用谷毛缨子草穿起一串，准备回主人家炒了做下酒小菜。李三提着一串蚂蚱刚走到村头，又碰到了头天抢驴的那伙强人。这伙人一见李三说："这小子还没走！"说着上前拳打脚踢，把李三揍了一顿，还把李三手中的一串蚂蚱也夺了去。李三受尽了委屈，来到借宿的老乡家中，那位老乡很同情李三，叫李三到县衙告状。第二天，李三来到当地县衙击鼓喊冤。县太爷传李三上堂，李三把自己遭抢挨打的经过说了一遍，求县太爷给申冤。这县官也是徐州地方人，一听李三的口音，知道是老乡来到本地受了气，顿时大怒，心想：这几个无赖，平时为非作歹，没人敢说，今日犯在我的手里，正好杀杀他们的威风。就大骂道："好个贼人，青天白日，拦路抢劫，快去捉拿！"

不多时，那几个抢驴的强人被锁到县大堂上。县太爷传令每人先打二十大板，然后再问。一顿板子，打得他们喊爹叫娘，只问了几句，强人们就承认了抢驴的事实。李三在一旁又说："昨天他们又在山坡上打了我一顿，抢走了我的蚂蚱！"强人们一听，误会了。他们把蚂蚱听成了妈妈，以为李三要赖他们抢了他的妈妈，急忙争辩说："我们昨天没抢他的妈妈，只抢了他的一串草驴！"县太爷一听，大声喝道："大胆贼子，先抢了人家的叫驴，又抢了草驴——抢了多少？"强人们回答说："三十五头。"

县官问："你们抢了人家的驴，现在犯到我手下，是吃打还是吃罚？"强人们一齐答道："求县太爷开恩，我们愿意吃罚。"县官说："那好吧，草驴叫驴一共五十头，按市价每头制钱三吊五，计一百七十五吊，外加打人罚金二十五吊，总计二百吊，交钱放人！"

强人们听了，急着分辩道："县太爷，那叫驴每头三吊五还可，那草驴可不值钱！"

那县太爷一听，大喝道："胡说八道！在徐州地草驴叫驴都是一个价！再狡辩，给我打！"

强人们个个都怕挨打，不敢分辩，只好叫人如数交出二百吊钱后，才被放出去。

这李三出了气又占了便宜，重谢了县太爷和留宿的主人家这两位老乡后，连夜离开山西地面回徐州来了。

事后，县官娘子觉得这个抢驴的案子断得叫人可笑，问起县官为啥这样断，县官把眼一瞪说："你不知道关老爷都偏向蒲州人吗！"

[1] 傍黑：傍晚之时。

讲述者：解广田

采录者：宋兴义，45 岁，铜山县沿湖农场文化站工作人员

采录时间：1989 年 6 月

采录地点：铜山县沿湖农场文化站

附记

本篇选自《中国民间故事全书·江苏·徐州市区卷》（知识产权出版社，2007 年 6 月版）。

95

三个慌忙星

很久很久以前，有一家老两口生了三个儿子，大的叫大慌忙，二的叫二慌忙，三的叫三慌忙。三个儿子都娶了媳妇。

这一年，老公婆俩接连去世，弟兄三个过不到一块去，都要分家。分就分呗，所有的家财都三一三剩一分了，还剩一头驴没法分。弟兄仨、妯娌仨都想要，给谁个是？争得脸红脖子粗。最后老大说："这样吧，把驴呢还拴在驴棚里，咱都各自回家睡觉去。谁起早了，这头驴谁就牵去，起晚了也甭抱亏。"

老二、老三也没有好点子，觉得这样做怪合适。说好了，各自回家睡觉去喽。

老大两口子刁得很，吃了晚饭没去睡觉，怕误了大事，说话拉呱等时机，将合黑[1]没多大会儿呢，两口子就摸到驴棚把驴牵到自己屋里去了。

老二两口子抓得也怪紧，撂下碗就睡了。媳妇鼓鼓

[1] 将合黑：天刚黑。

曲曲[1]没睡着，半夜就把男人喊起来了。两人到驴棚一看，驴没有了。

再说老三两口子才结婚没多长时间，年轻人又好困，搁头就着。一觉醒来，天已明了，小两口顾不得梳洗，忙提着裤子往驴棚跑。咳，哪还有驴？

老二、老三才知道，上老大的圈套了，驴早就叫老大牵去了。后来呢，这兄弟三个都死了。人死升天，玉皇大帝就叫他们变成三颗大星，按照各自起来牵驴的时辰出现在天上，就是咱们常说的三颗慌忙星[2]，也有人叫它启明星。

不信的话呢，你在晴天的夜里，拼上一夜不睡觉看看。那颗大慌忙星将合黑就从东边天上出来了，二慌忙星半夜出来，三慌忙星到五更头才从东边出来。

讲述者： 杨桂林，57 岁，不识字，太山乡九山村人

采录者： 杨权业

采录时间： 1987 年 4 月 5 日

采录地点： 铜山县九山村

附记

本篇选自《中国民间故事全书·江苏·铜山卷》（知识产权出版社，2007 年 6 版）。天上有三颗较大的星星，分别在刚黑天、半夜及黎明出来，于是，人们便编出这个有趣的故事。至今看到有人慌慌忙忙的，人们就会说："看你忙得跟慌忙星似的。"（杨桂哲）

[1] 鼓鼓曲曲：心事重重的意思。

[2] 慌忙星：启明星的土称。

96

刁三扔元宝

从前有一位张老汉，心地善良，为人厚道，日子过得紧巴，还尽量接济穷人。有一天，他在湖（地）里耕地，忽然听到"咔嚓"一声，发现犁头下有一个瓷坛子。张老汉打开一看，里面尽是元宝。他怕别人知道，就随地埋在原处，做个标记，继续耕地。

张老汉耕完地回到家里，把事情告诉老婆，商量明天一起把坛子扒回来。不巧这话被邻居刁三听到了。这刁三是远近闻名的混子，坑蒙拐骗样样在行，他哪里能等到明天，当天夜里就带着老婆去挖元宝。按照他听到的消息，刁三两口子很快就找到了地点，果然发现一个大坛子，里面满满的都是元宝，高兴得差点儿叫了出来。他们忙乎了半夜，把一个大坛子抬回家，心想这下子可就发了大财了。刁三打开坛子盖，一下子惊呆了，哪里有什么元宝，满满的一坛子癞蛤蟆，有的还"咕咕"乱叫。他和老婆都气坏了，不知如何是好。

刁三老婆说，这是张老汉的元宝，快还给他们吧。刁三把蛤蟆扔到老汉院子里，边扔边骂道："狗东西，还你的元宝，还你的元宝！"他把一大坛子蛤蟆全都扔到了张

老汉院子里，并把坛子扔了过去。

第二天一大早，张老汉起床洒扫，一开门，发现一个大坛子放在门口，细细看看，就是昨天耕地时发现的坛子；再看看院子里，到处都是元宝。他连忙喊老婆拾元宝，装了满满一坛子，和地里发现的一模一样。

讲述者： 张朝臣，说书艺人
采录者： 许治中，中学高级教师，铜山区大许镇中心中学校长
采录时间： 2010 年
采录地点： 铜山区大许镇
流传地： 铜山区大许镇一带

97

李受习武

过去有一个范家庄，庄子不大，有五六十户人家。范家庄姓范的居多，只有一户姓李的。李家是孤门独户，老子叫李亏，儿子叫李受，生活过得也算富裕，可就是受范家的气。范家户头大，尽给李家气受，不是白拿，就是喊钱眼[1]。李家不受，不行。打，打不过；告，告不赢。一到逢年过节，就把自己的猪羊杀了去给范家烧小香[2]。

李受长大后，看到范家常来讹他家，心想，这到哪年是个头？就给他爹说要出去学武艺。上哪儿学？听说西南有个茅山，茅山有个老道，功底深，武艺高强。这天他就带点盘缠、干粮上路了。一走走了个把月才碰着一座大山，山上有庙，一打听说是茅山。李受一口气爬上山，来到庙前，看见一个白发老人正坐在一棵大树下凉快。李受心想，这八成就是我要找的茅山老师傅。李受便"扑通"一跪说："拜见师傅，我远道前来，想跟您老人家学艺。"这老道仔细问了一遍，便把他收下了。打这以后，李受天天

[1] 喊钱眼：敲竹杠。
[2] 烧小香：讨好，送礼。

跟师傅用心习武。一晃三年过去了，李受长拳短打都精通了，师傅叫他下山。临走前给了李受一颗“丹”，李受吃下去，浑身筋骨“噼里啪啦”地乱响。一夜过后，他身子变得五大三粗的。他拜辞师傅回家了，临行时，老道还嘱咐一遍：“习练武艺，只可防身，万万不可欺负人家。”

这天，李受在回家的路上，路过张家庄，看到庄头上人围得风不透雨不漏。怎么回事呢？他走近一看，原来是张家庄的张员外给闺女立擂招婿。张员外的闺女也是个才貌双全的女子，她说谁能打过她，就招他为夫；打不过她就拉倒。李受把榜告看了一遍，心想：我试试，打不过就算，打过了这不得了个好媳妇吗？好，试试看。

张员外立擂百日，已过九十九天了。这九十九天，方圆几百里很多有武功的小伙子都前来比武，结果没一人斗得过她。只剩下最后一天啦！张员外的闺女一听有个姓李的要比武，也就答应了。

打擂都是午时开始，九十九天来的对手都是不撑一两回合就败了，谁知她和李受一对打，一直打到挨傍黑还不分胜败。立擂台招婿又不是非分个你输我赢不可的，张员外的闺女心想，李受的武艺还真不错，相貌又端庄，便答应许配给他了。李受经过这一场比武，一下变成贵客了。张员外更是盛情款待，过了三天便拜堂成亲，七天后便带着媳妇回家了。

这时候快到年跟前了。他刚到家门口，就看见范家一帮人正在欺负他爹，这个要猪头，那个要羊腿。他爹李亏正忙着给范家杀猪宰羊，点烟倒茶，忙得点头哈腰。李受看到这般光景气来了，这就想上前揍范家的人。媳妇一把拉住他，说：“习武为了强身，不能用来打架。”

李受说：“我也不想打架，你看，他们把我爹欺负成什么样了！”

媳妇眼珠一转说：“我俩在这里表演几个招数，让他们开开眼界。”说罢用撇绳拴个磅石甩起来。李受拔下路边的一棵小树，把枝条撸掉，舞起来。范家一看这小两口武艺超群，都灰溜溜地跑了。

从这以后，范家再也不敢欺负孤门独户的李家了。

讲述者： 夏克云
采录者： 夏克义
采录时间： 1987 年 8 月 4 日
采录地点： 铜山县夏楼村

附记

本篇选自《中国民间故事全书·江苏·铜山卷》（知识产权出版社，2007 年 6 版）。

98

两个水桶的故事

有这么一户人家：兄弟俩分开过日子，两家的人口一般多，两家的收入也一般多；可是哥哥的日子过得挺宽绰，弟弟的日子过得挺紧巴，常为吃穿发愁。弟弟很犯愁，就找到哥哥家里，问哥哥的日子是怎么过的。哥哥笑了笑说："想过好日子有法子，明天你跟我到井边去打水，打完水再对你说。"

第二天，哥哥把弟弟带到井边说："这里有两个水桶，你就在这儿打水吧。可是有一条，盛水的桶只能盛水，打水的桶只能打水，不能调换着用，等桶盛满了水再回家。"弟弟一看，当时就愣住了：盛水的桶是没底儿的，怎么能盛满水呢？他想，既然哥哥这么说，就照哥哥说的办吧。

弟弟打水打到天黑，桶里一点儿水也没存住，只好回家去问哥哥。他把水桶里盛不住水的事告诉了哥哥，哥哥没有说他，只说明天再来吧。

第二天，哥哥又领弟弟到井边去打水。刚要打水，弟弟发现两个水桶交换了，盛水的桶是有底的，打水的桶是没底儿的。弟弟想：盛水的桶能盛住水了，打水的桶却是没有底的了，打不上来水还是不行啊！可是哥哥叫这样做，就照哥哥的说法做吧！

哪知出人意料，用没有底的桶打水，虽然每回只能带上点儿水滴来，可是打的次数多了，盛水的桶倒也存了满满一桶的水。到天黑的时候，弟弟去找哥哥，要哥哥教他过日子的方法。哥哥说："方法你已经知道了。"弟弟说："你还没有告诉我，我怎么会知道？"哥哥笑着说："第一次打水，打水桶是有底的，盛水桶是没底的，就好比你无论有多少收入，要是有多少用多少，不知道俭省，日子就越过越困难；今天打水，盛水桶是有底儿的，打水桶是没底儿的，虽然打一次只能带上来几滴水，可是聚少成多，积存起来，就能把盛水桶装满。我们过日子也是这个道理，只要懂得节约，知道积蓄，一点也不浪费，日子自然就会过好。"

讲述者： 刘素英，女，34 岁，农民
采录者： 王政文
采录时间： 1987 年 5 月 6 日
采录地点： 铜山县房村文化站

附记

本篇选自《中国民间故事全书·江苏·铜山卷》（知识产权出版社，2007 年 6 版）。

99

贼小留

从前，有个独生子，奶名叫小留。母亲十分疼爱，从小娇生惯养，不管做的是好事还是坏事，母亲总是夸："孩子能呀，孩子聪明呀……"邻居劝说："不该对孩子那么惯。"母亲总是说："就这么一个宝贝蛋子，独根苗苗。不依着他，又有什么法子呢？"小留慢慢长大了，上学时，今天偷同学的笔，明天偷同学的纸。有一天，碰到一个卖鱼的，他想偷人家的鱼，可是身上没穿衣裳，他就拣了一条大鲤鱼，用嘴咬着，两手拍着腚，把鱼衔到家里。母亲不但没有责备儿子，还夸奖儿子有点子。他再长大一点，就偷鸡摸狗拔蒜苗，五门不干干六门。这些事当母亲的怎么能不知道呢？她不仅不批评、不劝告，反而对儿子说："拿人家的，省自己的，只要不被人家逮着就好。"

小留人越长越高，胆子越来越大，偷的花样越来越多，人们都称他为贼小留。后来他因杀人放火、断山截路，被捕坐牢，判了死罪。

在杀头之前，贼小留向监斩官要求，临死前要见母亲一面。监斩官同意了。母亲看到儿子就要被砍头了，哭成了泪人。儿子见到母亲后，说："娘，我临死前想吃你一口奶。"母亲把怀解开，贼小留把母亲的奶头放到嘴里，"咯吱"一口咬掉了。他怨恨地说："今天我被杀头，全是你害的！"他娘也后悔死了。

讲述者： 邵存义，38 岁，农民
采录者： 刘从金，小学校长
采录时间： 1987 年 5 月 5 日
采录地点： 铜山县汉王乡汉王村

附记

本篇选自《中国民间故事全书·江苏·铜山卷》(知识产权出版社，2007 年 6 月版)。这类故事流传很广，几乎各地都有。

100

蛤蟆告状

李恒八岁那年，母亲夜间突然得病死去。李恒的外祖父、外祖母怀疑女儿是被女婿害死的，就到县衙告状。经验尸，身上无伤，腹内无毒，只好埋葬了。李恒的娘死后，坟头未干，李恒的爹又给李恒娶了个晚娘。

晚娘待李恒无情无义，把李恒看作是“眼中钉”“肉中刺”。李恒吃的是剩馍剩饭，穿的是破衣烂衫。

有一天，李恒放学回家，晚娘喜笑颜开地对李恒说：“乖孩子，馍筐子里有为娘给你炕的油饼，快吃吧！”

别看李恒年纪小，心里有数，心想：平时晚娘待我冷言冷语，不是打就是骂，经常吃她的“瞪眼食”，为什么今天待我那么好呢？虽然肚子饿得“咕咕”叫，说啥也不吃油饼。

晚娘再三劝说，非要他吃下去不行。李恒说：“留点好东西，还是给爹娘吃吧！”晚娘说：“你这么小的年纪，就知道孝敬爹娘，多好的乖孩子呀，怎么能叫当爹当娘的不疼爱呢？”说着，晚娘把油饼拿过来，硬往李恒的嘴里填，边填边说：“快吃吧，我的心肝宝贝，再不吃，为娘就要生气了。”

李恒毕竟还是小孩，见晚娘如同亲娘一样亲热，肚子也真饿，接过油饼就往嘴里填。正好这时来了一只小花狗，一口把李恒手里的油饼衔了去。小花狗吃了油饼，打了两个滚，当场口吐白沫就死在院子里。

李恒吓得直哭，亲邻赶来看，问是怎么回事，晚娘说：“到底是小孩，俺家喂的小花狗得病死了，就疼得不愿吃饭，老是哭，劝也劝不好。”亲邻听了，也没说什么。亲邻走了以后，晚娘说：“小李恒，今天算你命大，不该死。你要是把这事说出去，我就活活地勒死你！”直到李恒说不敢才算了事。

李恒的外祖父、外祖母知道晚娘对外孙无情无义，恐怕外孙受气，就把李恒接到自己家中抚养，供他上学念书。李恒任谁都没说晚娘害他这事，只是埋头读书。

李恒上学用心，聪明过人，十八岁科举得了功名，被皇上封为巡抚。

李恒上任到各府县巡察。这天他来到老家县境，一来想到县衙歇歇，二来想顺便回家看看。他来到县衙门口，门军慌忙往里禀报。县官正在审案，听说巡抚大人来了，急忙命差人把犯人押下去，亲自出门来迎接巡抚。

县官把巡抚让到客厅，心里十分不安。原来大堂上受审的两个犯人，一个是巡抚的亲爹，一个是巡抚的晚娘。偏偏就在开堂审问的当口，巡抚前来巡察，这里面必有缘故。

县官为了摸清巡抚的来意，试探着说：“巡抚大人来得正好，下官正在审理一个难断的案子，这案子是十年前的人命冤案。告状的是一群蛤蟆，只会咕呱咕呱地叫，不会讲话。别的又无证人。下官实在为难啊！请大人多多指教。”

巡抚说：“我今天不是来巡察案情的。我刚上任不久，想回家看看，因路过县衙，到这里来看望看望你这父母官。我还是娃娃时，你就是这县里的父母官了，乡里百姓都说你是清官，公正廉洁。既然你说案子很奇，不妨说给我听听。”

县官心里踏实多了，说：“大人对下官过奖了。既然大人愿意，我就把案情的详细情况，说给大人听吧。”

“半个月之前，我下乡走在路上，路旁有一汪塘，塘里有一群蛤蟆乱叫。我想蛤蟆叫，是很平常的事情。不料想蛤蟆竟挡住了我的去路。我下轿来，打也打不退。蛤蟆见我下轿，都跑到路边，围着一座坟咕呱咕呱地叫起来。我就好奇地来到坟前，仔细看了好一阵子，也没看出什么来。我想走，蛤蟆还不让走。我想，这真是世间奇闻，就命差人掘开坟墓看个究竟。等把坟掘开，里面全是白骨。就在这时，我看到死者的头骨在棺材里乱动。当时心里暗想，怪不得蛤蟆拦路咕呱、咕呱地乱叫，人死了那么多年，头骨怎么会动呢？我命差人把头骨拿起来看一看，发现头盖骨里有个蛤蟆，脑盖骨正当中，有一根生了锈的铁钉。问题就在这铁钉上，人死了，骨头上怎么会有铁钉呢？

“我问明是谁家的坟，把那家的人带到大堂审问，问‘这坟里是什么人？怎么死的？’那家坟主夫妇俩一口咬定是得急病而死的。我问‘有何证据？’坟主说‘死者死后，曾打过官司，经验尸，无伤、无毒而后才埋葬的’。回忆起来，十年前确有此事。不过，铁钉钉在脑盖上，是怎么一回事呢？下官就把坟主夫妻二人分别审问，动了刑罚，犯人才说实话，签字画押。

“原来，这坟主两口子都是凶手，他们合谋杀人，趁夜深人静，男的将妻子的嘴堵住，女的用铁钉从头当顶钉了进去，人未喊未叫未出血就死了。后来验尸，全身都验了，未发现铁钉，这都是下官不才，一时疏忽所致。事到如今，在押犯人当该如何处置呢？”巡抚听完县官这番话，随口答道：“罪该处死。”

县官说：“多谢巡抚大人指教。不过此案与巡抚大人有关啊！”巡抚听了县官这么一说，一愣，问道：“此话怎讲？”

县官说：“十年前你的亲生母亲是怎么死的？”

巡抚说：“得急病而死。”

县官说：“实不相瞒，那坟里的死者就是巡抚大人的亲生母亲。既然巡抚大人和下官的想法是一样的，就交给下官处置好了。只不过巡抚大人来前，正好赶上下官处理此案，尽管下官原来也是这样判的，大人来了，我不敢自作主张。起初下官不明大人是何来意，没敢直说，万望大人恕罪。”

巡抚当场谢了县官，说县官能伸张正义，为民做主。巡抚从县衙回到家中，将亲生母亲的坟墓重新修复，立了碑文。

李巡抚又亲自下令，贴告示，任何百姓不得捕捉蛤蟆，蛤蟆是益虫，要大加保护，违者严加惩处。

讲述者： 李吉芳，34岁，农民
采录者： 刘从金
采录时间： 1987年8月6日
采录地点： 铜山县汉王乡

附记

本篇选自《中国民间故事全书·江苏·铜山卷》（知识产权出版社，2007年6版）。

101

贤良墓埋不良人

邓楼村的邓家是个大户。大清朝时，这庄有一人，姓邓名宝玉，家里有成百亩地。三岁时，由父母做主定了一门亲。媳妇的娘家在邓楼南的杨洼庄，岳父名叫杨万年，也是有名的大户。

宝玉十七岁那年，进京赶考没中，回家没三月，他父亲因病就离世了。宝玉为安葬父亲，花去了近一半的家业，他又不会管理家财，日子过得一天不如一天。没过两年，竟贫得片瓦皆无，只剩下二亩半林地[1]，说好的媳妇，也无钱办喜事，他们娘俩只好白天要饭，夜宿破庙。

这年腊月二十八的晚上，宝玉的娘说："大年初一不能出去要饭。明天，你到你舅家弄点吃的来，够咱过罢初二就行了。"宝玉点头答应下来。第二天，上他舅家去了。

宝玉的舅住在吴部庄，日子过得也是紧七紧八。这天刚吃过早饭，老头正扫院子，抬头看见外甥来了，忙招呼宝玉到屋里暖和暖和。

爷俩一拉呱，老头才知老姐姐要饭去了，家中升合无粮。老人同情地叹了口气说："你在这里住一夜，等明天叫你妗子给些面，再给你弄点饺子馅拿着。"宝玉只好住了下来。

回头再说宝玉的媳妇家。小姐杨秀枝在年二十九的晚上，到母亲房中去，走到门外，听见父亲在房里说："闺女婿日子过穷了，秀枝儿过年就十八了，还能把她送到邓家去要饭吗？"又听见母亲说："宝玉肚子里有文墨，说不定以后有出头的时候。要断这门亲，只怕丫头不愿意吧？"父亲说："过了年，叫人去对他们娘俩说，咱闺女死了，埋一个假坟子，让他们来哭一场，然后给闺女说个远远的婆家。"小姐杨秀枝听到这里，气得脸色发青，回房后哭哭啼啼，恨自己的爹娘嫌贫爱富，和丫鬟一商量，二人急忙收拾了一个大包袱，拿了些私房钱，连夜逃奔邓楼婆家去了。

两人来到邓楼东半山坡的破庙里，小姐上前敲门，叫道："娘！开门。"宝玉娘早就睡了，因儿子不在家给暖脚，冻得没睡着。听见有女子的声音叫门，心中有些害怕。老人颤抖着声音问："是谁？""娘，我是你的儿媳杨秀枝呀。"老人一听忙去开门。杨小姐见到婆母，扑上前抱着大哭，丫鬟说明了事情的经过。宝玉娘说："孩子别哭了，能平安地来到家就好。宝玉到他舅家借粮去了，你先歇着，我去叫他回家。"说完就上吴部庄去了。

小姐看了看自己的家，西墙根地铺上放了一床破被，东墙根烂篮子里有两只破碗。用手摸摸锅台，上面有成指厚的灰土。她对丫鬟说："你看俺家穷得多不像个家，你走吧，这些钱你拿着。"二人哭了一阵，丫鬟拿上钱回家去了。小姐一人在屋里，觉得又冷又有些害怕，上地铺躺下睡了。工夫不大，她便睡着了。

这庄上有一个人，也姓邓，叫邓三毛。他是出了名的坏，整天偷鸡摸狗拔蒜苗，五门不干干六门，外号叫"神偷手"。娶妻焦氏，这个娘们奇懒无比，还好吃滥喝不讲理，家里穷得揭不开锅。年二十九这天晚上，焦氏开口骂三毛啦："明天三十，家中的锅冰凉，叫我吃什么？能啃您奶奶的腿腚骨吗？"三毛被骂急了说："冻掉锅底活该，嫌我没有用，你再找个有用的去。"焦氏骂得更狠了："你这个穷婊子养的，还向我发犟驴脾气。你不能趁天黑去偷

[1] 林地：坟地。

点好吃的吗？”邓三毛只得拿了个口袋出门走了。他来到庄南头岔路口上，见对面来了个女人，三毛往墙旮旯一藏，等女人走近了，他听见女人肩上的捎码[1]里有钱相撞的声响，顿时起了杀心。他摸了一块石头，照着那人的后脑勺子，“嘭喇”就是一家伙。那人连哼都没来得及，被砸昏过去。三毛把钱往怀里一揣，扛起女人走到杨洼渊子一扔，拐回家来，边走边想：明天三十，总不能就啃制钱吧？还得再偷点吃的去，决定去偷邓宝玉家。因为他知道邓宝玉上舅家借粮，估计早该回来了。

邓三毛到了破庙，进门见地铺上睡着一个人。另一头有件包袱，他轻轻地把包袱拿走了。

小姐睡到四更天醒来，不见了包袱。她想，包袱被偷事小，邓郎回来要是怀疑自己不清白，跳到黄河也洗不清。她一直哭到天大亮，心一横上吊死了。

宝玉娘俩来到了破庙，见小姐上吊死了，大哭不止，惊动了本庄亲邻。宝玉的娘把经过给大家一说，乡邻说：“杨家还不知道，得先去报丧。”宝玉说：“杨家能平白地饶俺？”乡邻说：“她夜里自己来的，又是自己死的，杨家要不讲理，咱姓邓的各家凑钱，和杨家打官司。”宝玉只得上杨洼庄报信去了。

大年三十清早，杨万年起来老大会儿，不见丫鬟和女儿，心想：事情麻烦了，准是女儿逃了。正在胡思乱想，大领从门外跑进来说：“丫鬟在咱东庄的渊子里淹死了，被我挑水时看见的。”杨万年还没回过神来，大门外又进来个报丧的邓宝玉。这时的杨万年，真是驴头不叫驴头——长脸啦。他叹口气说：“你先回去吧，我随后就到。”老嬷嬷听说闺女死了，对老头子又哭又闹，还要把给自己预备的寿棺给女儿用，杨万年只好点头答应下来。然后叫大领套车拉上棺木，又把闺女房中她生前喜欢的东西带上，去邓家帮助料理丧事。

他们来到破庙里，两口子大哭了一场。杨万年说：“明天是初一，别把她放在家中冲了财神，还是今天入土吧！”邓家的人没啥好说的。年轻力壮的人抬了棺，宝玉在一旁哭哭啼啼地跟着，把秀枝埋到了邓楼南邓家的二亩半老林地里。

年三十的晚上，邓三毛的老婆对男人说：“杨秀枝的坟子里埋了很多好东西，你去扒来留咱用多好。”邓三毛一听来了精神，同妻子扛着铁锨一同前去。他们来到秀枝的坟前，很快挖完了土，又费了吃奶的劲也没能掀开棺盖。他们面对着这口六尺的大棺，嘀咕了一阵子，焦氏回家拿来一条锯，把棺盖锯成三截才掀掉。邓三毛手拿绳套下到棺里，绳套的一头套在自己的脖子上，另一头套在杨秀枝的脖子上。他向后一坐，把秀枝拽得坐了起来。他二人面对面地坐着，三毛心里一阵子发慌。他强打起精神，照死尸脸上“啪”的就是一耳巴子，说：“秀枝，秀枝，你上辈子少我的钱，这一辈子没还又死了，我得扒你的衣服顶债，你可不能怨我的心狠。”说完就动手扒衣服，老大会才扒下来棉袄。他正想再扒第二件时，忽然听见死尸“哼”了一声，他吓走了真魂，“娘哎”一声，站起来就想跑。只见死尸和自己面对面地站了起来。邓三毛此时肝胆俱裂，“噢唠”一声，吓得靠在棺材边上死了。焦氏正在一旁打着如意算盘，忽然见站起两个人来，又听见丈夫一声大叫，吓得她“叽喂”一声，就得了疯癫病。

杨秀枝上吊死了，为什么还能活呢？原来她一口气憋在心里没有出来，入殓快，埋得也快，只是一天，她被三毛又拉又打又扒衣服，三折腾五折腾，心气理顺，人又活了。邓三毛误认为是传说中的凶尸，才被吓死的。秀枝一清醒，怕贼人活过来再害自己，忙爬出棺材，认准方向朝婆家去了。到门前一喊开门，宝玉娘害怕地说：“俺娘俩知道你死得亏，你向西南明光大道上去吧。”秀枝明白是婆母误会了，说：“娘，我又被人扒活了。”宝玉娘说：“你把手从门缝里伸进来！”秀枝把手伸进去。宝玉娘一摸，觉得热乎乎的是活人，忙开开门，母子三人又悲又喜。

焦氏把三毛扒坟吓死、丫鬟被害、庙里偷包袱的事对人们全抖了出来。过了年初一，地保把这事报到知府大人那里。知府当即坐轿来到邓楼村，在破庙院里设堂断案：杨万年嫌贫爱富，图谋逼女改夫，不合为父之道，论律该充军三千里。宝玉娘俩又为他求情，就罚他一百五十亩地，给闺女作陪嫁，钱二百吊，留给宝玉母子三人作为生活费用，限三天内交清；杨秀枝深明大义，忠贞淑慧，知府做

[1] 捎码：搭子，过去人用来装钱物的一种口袋。

主，即日与宝玉结为夫妻；丫鬟为主忠心可赞，命杨万年出钱百吊，地三十亩作抚恤之款；邓三毛夫妇图财害命，扒坟盗墓，按律该凌迟处死，现已得恶果，不再追究。

断完案子后，又命人把邓三毛拉乱葬岗子里，用那口烂棺材装上埋了。因为那棺是杨秀枝小姐用过的，知府大人想了一会儿，写了八个字交给地保，命地保在坟前立一块碑，把字刻上，留着劝警后人。这八个字是：贤良墓埋不良之人。

此事几百年来在民间流传。不知是哪一年，有位不第举子，路过邓三毛的坟旁，看后刻了一首诗在石碑的背面，这首诗是：

人生处事应善良，莫要志短学邓郎。

恶迹自有相报日，空落笑柄后世传。

讲述者： 黄开贞

采录者： 张世龙

采录时间： 1987 年 12 月

采录地点： 铜山县毛庄乡时楼村

附记

本篇选自《中国民间故事全书·江苏·铜山卷》（知识产权出版社，2007 年 6 版）。此故事几百年来在民间广泛流传。

102

皮匠驸马

从前有个公主，写了一百个梅花篆字贴在午朝门外，由两个御林军看守，说是谁能认得上面的字，就招谁为驸马。贴出去个把月也没有一个人认得，公主又告诉看守的两个御林军说：“能认一半也行。”

这天，有个皮匠站在那里看。御林军就问皮匠：“你认得上面的字吗？”皮匠说：“我一字不识。”

两个御林军心想：好，只一个字不认得，那行，比认一半多多了，这人能招为驸马。就把皮匠带到公主那里。

到了晚上，公主想试试这驸马的本事，就偷偷地在箱子里放了一个大黑碗，问皮匠：“驸马，你猜这箱子里搁的什么？”

皮匠说：“大黑晚你叫我猜什么？”公主一听很高兴，猜准了！

第二天清早起床，公主又偷偷地在箱子里放了一个大青枣，问皮匠：“驸马，你再猜，这箱子里搁的是什么？”

皮匠说：“大清早你叫我猜什么？”

又猜对了，公主更高兴。她想起御林军说驸马只有一个梅花篆字不认识，就问皮匠：“驸马，那一百个梅花篆字，你不认识哪一个？”

皮匠说：“那一百个梅花篆字，我连一个也不认识啊！”公主就说他有欺君之罪，要父王治他的罪。皮匠说：“满朝文武官员，都知道我被招为驸马。杀了我，人家不笑话公主办事荒唐吗？而且你还得守寡！”

公主一想也是，可又一想，明天是上朝的日子，在金殿上，如果大臣们问起他的学问怎么办呢？就对皮匠说：“明天金殿上如果有人问起你的学问时，你就说，孔夫子说，自从盘古开天地，哪有大臣考驸马的，他们就不敢问你了。”

可是，皮匠笨得很，左一遍右一遍地教，怎么也记不住“孔夫子”和“盘古”这两个人的名字。公主就想个办法，用麦麸子蒸了个小人，用白面蒸了个小圆鼓，叫皮匠放在怀里，对他说：“如果忘了，就用手摸摸麸子蒸的小人和面蒸的圆鼓，你就会想起‘孔夫子’和‘盘古’了。”

第二天上朝，大臣们都想看看驸马的本事。有的大臣问起皮匠古今大事，他想起公主对他说的话，就说：“孔……”可话到嘴头，想不起来了，急忙用手向怀里一摸，谁知麸子小人和白面鼓都在怀里挤扁了，就说：“孔瘪头说，‘自从扁鼓开天地，哪有大臣考驸马的？’”

大臣们听了，都愣了，就问他：“自古只有孔夫子和盘古，哪有孔瘪头和扁鼓呢？”皮匠说：“你们不知道，孔瘪头是孔夫子的爷爷，扁鼓是盘古的爹。”大臣们都说：“还是驸马的学问高。”

有一个番王，多年未向天朝进贡了。听说天朝出了一个能人——皮匠驸马，就派一个使臣来探探动静。番王的国家离京城千里遥远，使臣走了个把月才到京城。他脚上穿的靴子有一只磨烂不能穿了，就穿着一只背着一只上了金殿拜见朝廷。因为他不会中国话，就用哑谜手势来代替说话。来到金殿跪下，伸出一个指头，朝中文武百官都解不透是什么意思。这时皮匠驸马走上来，对着使臣使出两个指头。使臣一看皮匠驸马伸出两个指头有点慌了，赶忙使出三个指头。皮匠驸马马上又伸出了五个指头，使臣啥话未说，吓得爬起来就跑走了。

文武大臣问皮匠驸马：“刚才使臣伸一个指头是什么意思？”

“哎！您没看见吗？他穿的靴子都烂了，肩膀上不是还背一只吗？他伸个指头，是要我给补肩膀背的那只靴子。我伸两个指头，意思是对他说，两只都烂了，要补就补两只。”

“他伸三个指头呢？”

“哎，他是给我讲价钱。他意思是说补两只三个钱行吗，我伸五个指头是说五个钱才能补。他没有那么多钱，就吓跑了。”

使臣回国后，向番王说：“天朝确实出能人了。我只用手指比画一下，他都知道我想说什么。”

番王问：“怎么回事？”

使臣回答说：“我没说话，伸出一个指头，想试探一下每年进一次贡行吗？驸马马上伸出两个指头，意思说不是得进两次贡吗。我伸出三个指头是指三皇，驸马马上又伸出了五个指头，不正是指五帝？”

讲述者： 赵庆美
采录者： 王政文
采录时间： 1987 年 11 月 9 日
采录地点： 铜山县后赵村

附记

本篇选自《中国民间故事全书·江苏·铜山卷》（知识产权出版社，2007 年 6 版）。

103

做梦娶媳妇

很早以前，有个名叫刘喜的破落户子弟，终日游手好闲。二十好几岁的人了，仍然孤身一人，四处飘荡，向东邻西舍讨饭度日。

这一天晚上，正是农历腊月二十四，天下着鹅毛大雪，街上已空无一人。刘喜讨饱了饭，愁得无处过夜，就从街这头转到街那头。转着转着，他见包子棚里空无一人，连锅也揭走了，只剩下一个热乎乎的锅框了。刘喜便走进棚内，将身子缩在锅框子里，立即觉得浑身暖和起来。不一会儿，他就进入了梦乡。

夜里，雪越下越大了。有个骑马的人进棚避风雪，拍打完浑身的雪花，猛然发现锅框里蜷着一个人，叫醒一看，惊叫道：“哎呀，这不是刘公子吗，害得我好找呀！”刘喜眨巴了几下眼睛，不认识这个人。那人说道：“我是老员外家的佣人，我家老员外找你都找得急成了病，姑娘想你想得茶不思饭不想。我找你几个月了，想不到你竟在这里，你快上马随我走吧。”刘喜想到：眼下自己以乞讨度日，何日是了？就稀里糊涂上了马，冒着风雪跟佣人一道走了。

刘喜随佣人来到一座高门大户前，佣人扶他下了马后，就走进院里通报去了。不多会儿，老员外随佣人走出门来。他一见刘喜，便跺脚叹道：“乖孩子，你一向在哪里呀？叫老夫找得好苦呀！”员外见刘喜身上破衣烂衫的，抵挡不住寒气，浑身直打战，便叫佣人赶快带刘喜去洗澡换衣服。

刘喜沐浴更衣后，重新来到客厅见礼。这时，老夫人在丫鬟搀扶下走进了客厅，见了刘喜，不由老泪纵横，连声儿子长、儿子短地叫了一阵，说：“儿啊，你父母在世时做主，和我女儿定下了娃娃亲。多年来不知你的下落，真把我们给想死了。”老夫人又转身对员外说：“小女想喜儿都想出了病，如今喜儿找到了，我看不如今晚就给他们圆了房吧。”老员外连声说：“正合我意。”

于是，客厅里披红挂绿，鼓乐齐鸣，员外家里里外外立刻变得热闹起来。不一会儿，小姐由丫鬟簇拥着，头顶红布盖头，来到客厅，和刘喜拜了天地。

夜深了，刘喜由丫鬟引路，进了洞房。小姐正坐在床上等他。他上前挑了红盖头，小姐闪目打量了刘喜一番，泪水涟涟地喊道：“相公，这些年你到处漂泊，苦日子是怎么熬过来的呢？”刘喜边解衣上床，边羞愧地说：“我懒惰成性，不想出力，对乞讨也就不以为羞了。不瞒小姐你说，佣人找到我之前，我还睡在人家的锅框子里哩！蜷得我大腿生疼，实在不是味呀！现在我可以伸直腿，睡一个舒服觉啦！”说着拉开红绫缎子被盖在身上，猛地伸直了腿……

这时，刘喜只觉得肩上疼了几下，连忙睁开眼。只见天色大亮，包子棚掌柜瞪着眼，手拿着烧火棍边打边吼道：“懒虫，锅框子叫你给蹬开了花儿了，我还怎么蒸包子！”刘喜这才明白：刚才的洞房花烛原来是南柯一梦。

讲述者： 周元生，34 岁，高中学历，农民
采录者： 杨光正
采录时间： 1987 年
采录地点： 邳县官湖镇

附记

本篇选自《中国民间故事全书·江苏·邳州卷》(知识产权出版社，2007年6月版)。

104

医怪

民国年间，邳南吴楼有个民间医生叫吴礼吉，因为他行医古怪，用药变幻无常，被人称为“医怪”。

吴礼吉早年习文，聪颖过人，十二岁便考中了秀才，十五岁已是当地的领事，前途光明，本该一路绿灯，直奔举人、进士。可他十六岁那年，母亲得了一种奇异的怪病，小腹肿硬，疼痛难忍，生命危在旦夕，只得求救县城名医张广众。

当吴礼吉赶到张府，才知张广众行医有个规矩：凡求医必须先交三块钢洋方才出诊。可怜吴礼吉磕破了头，求破了嘴，张广众就是不破规。无奈，只得回家取钱。然而，当张广众的轿子落在吴家门口时，吴礼吉的母亲已撒手人寰了。

当下，吴礼吉弃文从医，发誓拯救天下人的病苦。于是，他闭门数载，尽读天下药书，又遍访名医。自著《医宗金鉴》《伤寒杂症》二本四十六卷，从此，便开始了行医问诊生涯。

吴礼吉行医怪僻，忌讳别人多言多语，只管把脉触诊，是死是活，治与不治，一语定音。而收费也不同寻常，无论病情轻重，也无论家境贫富，从不先收银两，只等病去痛除，才酌情收取一点药品的成本。虽说来治病的多是穷人，不收钱的占十之八九，可那被收的多是富家，尽管只有患者的十之一二，也可以让他聊以糊口了。按他的说法，这叫穷汉吃药富人拿钱，能够养家，足矣。

吴礼吉行医古怪，被人称为“医怪”，却医术高妙，无论是小儿尿频、夜啼，女人的闭经、不孕，男人的阳痿早泄，以及什么黄病肿痛等疑难杂症，经他看后，只要说有救，无不是药到病除。有时根本无须望、闻、问、切，仅是一推一拉，抓拿几下，便可使患者病痛全无。

小镇上有一位好事者，扬言要给医怪一点颜色看看。一天，他闯进门诊，击柜打碗。医怪问他何事，他说得的是打闹病，请求医治。医怪听了，不慌不忙地走到他的身后，迅速出击右拳，刚巧打在他的肩头，然后就势伸出中指，连戳两下，双手稳住好事者的身子用力一转，他就自觉地走出门外，自然是不打不闹了。有人发现他出门时左边脸热泪长流，右边脸笑态可掬。

医怪治病用药怪异非常，有时甚至连牛屎、鸡屎乃至人尿皆可入药。

民国十三年（1924）秋天，邳县一带久旱不雨，庄稼颗粒无收，加上官家苛捐甚多，百姓苦不堪言。恰逢这时，县衙调来一位县官，因吃请吃坏了肚子，腹泻不止，疼痛难忍，虽看遍了县城名医，却无济于事，只好求到医怪门下。医怪一破常规索银千两。县官心疼银子，回了县衙。终于忍不过夜，只得携银两连夜赶来。

医怪将一碗早已冲好的药汤指给县官道：“请县大人将药汤一饮而尽。”县官端起药碗，差点被一股臭气熏倒。他无奈地望着医怪，医怪的表情却是毫无商量的余地。

治病要紧，县官强忍恶臭，将药汤一饮而进，然后忙着要水漱口。医怪说：“不必漱口，你知道刚才喝下的是什么？”

县官当然不知。

“是几泡新鲜的屎。”医怪话语一出，县官“哇哇”地大吐不止，倾腹秽物竟达三碗之多。一刻钟后，呕吐稍止。医怪递上半碗温水，请县官漱口。可县官十分恼怒，一手将茶碗打翻，恶斥道：“大……大……大胆刁民，敢……敢戏弄……本官。”

医怪笑道：“这就是县大人的不对了，你今天来是干什么的？”“治肚子疼。”县官说。

“肚子还疼吗？”医怪问。

县官直了直腰，说：“不疼了。”

“既然治好了你的病，又如何说我戏弄老爷？”医怪说。县官一时无语。

医怪又说：“县大人病情非同一般，如欲无后顾之忧，除禁食鱼肉百日外，还需在全县境内布粥一月方才有效。至于酬银，这次就免了吧。”

县官遵嘱而行。

然而，布粥至二十九天时，他想：省一天开销，明天就算了吧。可没过次日午时，旧病复至，痛不欲生，始悟医怪技高难违。因此，县官任职邳县期间终不敢胡作非为。

话说又一年春天，医怪应好友邀请去乡野踏青。行至杨庄东头，忽听人语喧嚣，鸡犬不宁。原来，一妇人突发急症，口吐白沫，紧咬牙齿，口鼻皆青，僵卧而死。

有认识医怪的忙请他诊治。医怪观象触诊，甚觉奇怪：虽说妇人气息如绝，然脉象近乎常人，并无重病症兆。

医怪顺口问了问妇人患病的经过，便自言自语道：“此乃怪病，还需怪法诊治。先用竹签剔除其双手十枚指甲，然后用浓盐水浸泡双手，否则，性命难保。”

医怪见妇人眉心动了一下。于是，他又极为夸张地对妇人家人说：“且慢，许是贵夫人命大福大，我这里刚好有一瓶救命药水，只要灌她一口，便可起死回生。”

果然不出所料，妇人只被灌了一口医怪的救命药水，迅速生还。朋友和医怪在人们的一片赞叹声中离去。

朋友问医怪道：“你给妇人喝的分明是你日常用的漱口水，怎么一下成了救命药水？”

医怪笑道：“妇人本无病，只是与家人怄气，装死而已。不知你是否注意，当我说要用竹签剔除她双手指甲时，她吓得眉心动了一下，说明她完全清醒，只是不好意思就此醒来。于是，我谎说有救命药水，给了她一个顺坡下驴的机会。”

讲述者：　吴荣林

采录者：　吴作栋

采录时间：　2000 年

采录地点：　邳州市石桥文化站

附记

本篇选自《邳州民间故事传说》（江苏人民出版社，2015 年 3 月版）。

105

陈盐坛子

从前，有个私塾先生姓李，平时好占卜算卦，又屡试不爽，大家便叫他“李半仙”。

李半仙在邳城王员外家里设馆教学，茶余饭后，他经常到王家花园里转转，或吟诗，或赏花。李半仙发现花园东南角有个废弃的陈盐坛子，阴天返潮黑黝黝，晴天泛白起盐霜。“盐坛子出汗，天气要变”，“盐坛子穿裙，出门挨淋”，根据这盐坛子的变化来预测阴晴很灵验。

“六月六，晒龙衣。”王员外看六月初六是个吉利日子，便打早让家人扫场晒麦子。李半仙见陈盐坛子下半截湿漉漉的，就劝阻说：“今天有雨不能晒麦。”王员外心想：天上连个云丝儿也没有，哪里会有雨呢？他没把李半仙的话放在心上，仍旧开仓晒麦。说来也巧，刚摊好麦子，就打西北方向涌来一块乌云。一袋烟工夫，这乌云布满了天空，随着“咔嚓”一声雷响，大雨就像瓢泼似的倾洒下来！王员外那场地上白花花的麦子被雨水冲得七零八落，糟蹋了许多。

过了两天，场地被风吹干了，但老天仍然阴得走水。李半仙清早在花园里吟诗，发现盐坛子边上泛了盐霜，又对王员外说：“今天天气好，晒麦子吧！”王员外很惊讶：“这样的天气，雨说下就下，能放场吗？”李半仙说：“不碍事。”王员外半信半疑，只让家人放了半场麦子。结果，毒花花的太阳把麦子晒得咯嘣脆！王员外信服了，大事小事都找李半仙问卜，连耳朵发热也让李半仙算算卦。

有一天，李半仙因家中有事，来馆开课迟了。王员外早已站在家门前恭候，说：“李先生，县太爷看中了我家的那匹枣红马，我本打算今早给他送去的，可这马夜里脱缰跑了，找了大半夜也未见踪影。请您算算，这匹马落在什么地方了？”

李半仙没有搭理他，不慌不忙地坐下来饮茶。王员外可急了，又说道：“如果找不到那匹枣红马，日后我哪还有脸面去见县太爷呢！”

李半仙连饮了两杯茶，又捧起水烟袋，“咕噜咕噜”吸了好一会儿，才慢吞吞地对王员外说：“那匹枣红马在城外的芦苇滩里，你派人牵回来就是了。”其实，李半仙心里有数，他住在城外十里店，今早路过芦苇滩时，听到那里有响声，便拨开芦苇棵子前去探个究竟。原来是一匹枣红马正在那里喝水，缰绳绊在一个树桩上，走不开了。王员外找到了马，对李半仙更加佩服了，逢人便说：“李半仙果真名不虚传！”

王员外给县太爷送马回来，高兴地对李半仙说：“恭喜你发财呀！”李半仙问：“发什么财？”王员外说：“县太爷的官印被人偷去了，正悬赏黄金百两、白银三千两破案，我推举你前去，保准马到成功，你还能不发财吗？”李半仙心里滴溜溜地害怕：亲娘哎，这回可要丢人现眼了！县差已在门外等候，不去是不行了，李半仙只好硬着头皮前去碰一碰。

李半仙和县差各骑一匹马，一左一右，直奔县衙门。那个县差无话找话说，边走边作试探：“李先生，你说这官印能被谁偷去呢？”李半仙心里仍然打着鼓，心话：要不是那个陈盐坛子，我哪会惹来这么多麻烦事呢！“陈盐坛子呀，陈盐坛，你可把我害苦了！”李半仙这边自言自语，那边可把县差吓坏了，他连忙滚下来磕头求饶，说：“李先生，您行行好吧！只要能救我一条小命，叫我喊你三声亲爹也行！”原来这县差的名字便叫陈延坛，那官印正是被他偷去的。李半仙无意一句话又卯准[1]了，查出了官印的下落。他心里的石头落了地，便拿架子说：“陈延坛，我早就算到你了。只要你把官印交出来，我保全你的性命。”陈延坛说：“那官印我没敢拿回家，就埋在县衙门的花园里头了。”

县太爷找回了官印，又追问作案人。李半仙说：“我只能算到官印藏在什么地方，算不准那偷官印的人。”县太爷觉得找到官印已属万幸，也就不再追究了。他要奖赏李半仙，可又后悔当初许诺金银过多，便退到后堂来另想办法。这时，正巧有一只花狸猫叼着一只大老鼠跑过来，县太爷灵机一动，便将那只死老鼠装在点心盒子里，端上了大堂。县太爷说：“李先生，你立了大功，本官要好好奖赏你呀！你再算算看，这盒子里装的是什么宝贝？”

李半仙一听，吓得浑身出冷汗，说：“县大人，事情是人干的，名气是人吹的，小人占卜算卦是瞎猫逮住死老鼠瞎蒙的，您可千万不要当真啊！”

县太爷心里一怔，忙打开点心盒子，说：“先生真是神算，说什么就是什么！你看，这盒子里明明装的是金银玛瑙，怎么一转眼就变成了死老鼠呢？”

讲述者：　吴怀明
采录者：　周伯之
采录时间：　1981 年秋
采录地点：　邳县徐塘乡吴闸村

异文：陈盐坛

明朝万历年间，邳北的张家庄出了个能人名叫张大山。你要问他有什么能耐，告诉你：他能掐会算。

张大山人很聪明，也很勤快，就是家里穷，快三十的人了也没娶上个媳妇。说起他的能掐会算，是从他二十五

[1]　卯准：碰准，碰巧。

岁那年开始的。这一年麦收后大旱四十多天没下雨，地里的禾苗旱得绺绺叶，秋粮想种没法种。人们神也拜了，雨也求了，都没有用，老百姓个个干着急。这一天当晌午烈日炎炎酷热难耐，大家都在村头的大树下乘凉聊天，这个说老天作怪不赏脸，那个骂老天真是改常[1]了。这时张大山从家里出来对众人说："都别埋怨了，这回行了，我算准了明天必有一场大雨。"大伙仰脸看看天，太阳刺眼，万里无云，谁都不信，以为他是开玩笑。谁知第二天过午，果真一场大雨下个透。从此，天旱天涝、有雨无雨，大家都去问大山，他一说一个准，村里的人都夸他成了活神仙了。人一夸，他也就恣得屁颠屁颠的挺舒坦。其实他心里明白，会算个屁！还不都是家里的陈盐坛子替他算的。

原来，大山的家里有一个祖传下来的盐坛子，到他这一辈也不知用了多少年。早先，大山不经意地发现，平时外表焦干的盐坛子有时突然会湿漉漉的。一开始他弄不明白是咋回事，也就没太在意，可时间长了，他就琢磨出门道了，原来是天一要下雨盐坛子外面就变湿，并且是小雨小湿，大雨大湿。他自己暗暗地测了多少回，一测一个准。这个秘密他不愿告诉别人，对外只说是自己算出来的。别人不知内情都信以为真。

到了第二年小满前后，这天大山早五更起来背个粪箕子去拾粪，走到庄外，忽然听见路边的麦地里传来母猪的哼哼声，他走进麦地一看，见一头黑母猪正躺在麦棵里给一窝小猪喂奶呢。再一细瞅瞅，哎，这不是庄东头冯三家的那头母猪吗？昨天还听冯三说快浆窝子[2]，怎么不在圈里跑这儿来了？又一想，这肯定是夜里自己拱开圈跑出来的。大山上前数了数，看了看，共九只小猪，六只母的，三只公的，皮毛是俩黑仨白四个花。看完后，大山又拾了一圈粪，回到家里天才刚亮。

过了不大一会，就听村里有人嚷："谁看见俺家的猪了吗？"大山走出院门，就见冯三两口子东吆喝西问的正着急呢。大山便问："怎么了，母猪不见了？"冯三哭丧着个脸正不知如何是好，一见大山，忽然想起大山会算天气，忙说："大兄弟，你赶快给我算算猪跑哪去啦，还能找到不？"大山故作镇定地说："甭着急，等我给你算算吧。"说完，便用右手拇指点着其他四指的关节横纹来来回回点了几圈，嘴里也跟着嘀嘀咕咕一阵子，然后说："我算你的猪没跑远，在庄东的麦地里呢，这会已经浆完小猪了，一共九个，六个母的，三个公的。这皮毛么——好像是俩黑仨白四个花，现正在吃奶呢。"冯三两口子一听，赶忙向庄东跑去。找到麦地当央一看，和大山算的一点不差。事后，两口子逢人便说大山真是活神仙，连几公几母黑毛白毛都能算出来。从此，大山会算的名声可就更大喽。这一传十，十传百，慢慢地，这张大山也就被人传成了张大仙。找他来算这算那的人也越来越多。这算得多了，他也就摸出了些门道，那就是先讨口话后琢磨，再来个连猜带蒙胡啰啰。你甭说，有这几下子还真管用，往往是歪打正着，总能算个八九不离十。

俗话说，人怕出名猪怕壮。这张大山被人吹成张大仙后，他自己心里也常打鼓，怕惹出是非来。可没想到，这怕着怕着还真的就怕出事来了。

这一天，大山正在家中吃饭，门外忽然来了一队官兵衙役。为首的一位下得马来，问道："这可是张大仙的家吗？"大山慌忙迎出门外深施一礼说："不敢不敢，草民实名张大山。"衙役说："县太爷请你到县衙有要事相商，请你跟我们一起走吧。"说完就将大山扶上备好的马车，不容分说就催马登程了。来到下邳县衙，王县令迎至客厅，开门见山地说："今日把大仙请来不为别事，只因当今皇上丢了一颗夜明珠，久闻大仙神机妙算，今日特请你来进京破案的。"大山一听，早已吓出了一身冷汗。事到如今，也不敢说不去。心想：是福不是祸，是祸躲不过。去就去吧。当晚宿在县衙。第二天，四名衙役备好车马，便与大山一同奔京城而来。

走了多日来到京城，通报朝廷后，两名太监就把大山接进了皇宫。先向他讲明情况，然后安排人设宴款待。宴罢安排在一处客房休息。太监临行前交代：明日面君破案，破了有赏。要是算不准，怕是得判个欺君之罪喽。太监走后，大山愁眉紧锁，难以入睡，在室内踱来踱去，千思百虑无计可施。思前想后，不由得埋怨自己当初说话做事轻

[1] 改常：变坏。

[2] 浆窝子：母猪生小猪。浆，音同"将"，邳州方言，意为"生"。

率才招来今日之祸。接着又想起家中的那个陈盐坛子，不由得自言自语道："唉，还不都是那个陈盐坛作的怪。"他话刚落音，忽然一个人推门进来跪下就给他磕头，边磕边说："大仙饶命，大仙饶命！"大山好生纳闷，将他扶起，见是守门的侍卫，正要询问，侍卫哭着说："小人就是陈言谈。那夜明珠是我藏的，但那是我拾的，不是偷的，还求大仙救我一命。"大山一听，心里就明白了几分，便说："要我救你，你就得如实地招来才行。"侍卫这才细细地道出原委。

原来半个月前，陈言谈作为内廷侍卫，随神宗皇帝赏游御花园。在一棵海棠树下，皇上低头赏花，头上的紫金冠碰撞花枝，将镶在冠顶的夜明珠碰落草丛。这颗夜明珠价值连城，陈言谈一时起了贪念，用脚尖蹴进草丛深处，心想等过了这段时间不再查找时，再来捡拾。没想到请来的这位大仙一下子就给算出来了。大山听他讲完，安慰说："你虽起歹念，并没有拾留。放心吧，明天我不提你就是了。"这陈侍卫听了，千恩万谢地又磕了几个头才推门出去。此时大山也转忧为喜，心里连说，真是天助我也。上得床来，一觉睡到了太阳出。

再说这神宗皇帝天明早朝过后，派贴身太监把大山请到了配殿，也想当面见识见识这位世间高人能有什么样的神机妙算。这大山知道了原委，心中自然也就有了底气，进得殿来叩见了圣上，便装模作样地作起法来。只见他双目微闭，摇头晃脑，连掐带算地叨咕了一阵子，然后睁开眼说："万岁爷，我算出来了。您那颗夜明珠是上月十九您游御花园时丢的，现在还正在园内那棵最大的海棠树下的草棵子里呢。"神宗皇帝听罢，立即让大山陪着亲临御花园验证。来到园内那棵海棠树下，扒开草棵一看，果然夜明珠就在下面。这下把个神宗皇帝喜得手舞足蹈，拍手称妙，连夸大山真是个活神仙，回到宫里就要给大山封官赏爵，留在身边。大山自知自底，哪敢应承，推辞说："我本是一介草民，哪是什么神仙，只是偶尔能与神灵相通才会算两下子。实在是当不了大任，还是让我回乡去吧。"皇上见他不愿意留京，觉得如此高人不可强留，只得赐给黄金千两，安排官员亲送回乡。

回到家乡，大山用这笔钱置地建房，又娶了媳妇，从此过上了舒适安逸的日子。后人编了四句顺口溜评论说：

大山何能成大仙，只因家中陈盐坛。

世间奇事千般有，茶余饭后当笑谈。

讲述者： 李之合，79 岁，不识字，农民

采录者： 刘学秀、刘靖采

采录时间： 2013 年 12 月

采录地点： 邳州市铁富镇

附记

《陈盐坛子》，包括同题异文，均选自《邳州民间故事传说》（江苏人民出版社，2015 年 3 月版）。陈盐坛子的故事，起源年代不详，但广泛流传于苏鲁交界地区。它有多个版本，故事情节也有所不同，但故事梗概大同小异。起因都是一个陈盐坛子，结尾也都是故事中的一个主要人物的姓名与陈盐坛异字同音，最后都因这个包袱将故事推至高潮，取得了戏剧性的效果。（柏枝）

106

石碑为证

光绪年间，邳城有个牲口贩子，姓董名义，为人奸诈狡猾。因财运不通，董义多次贩卖的牲口都遭瘟疫而折本，没奈何，他便投奔到牲口行苏宝才手下当帮手。

这一年，二人从山西贩回一批骡马，昼夜兼程赶往安徽。来至一座山前，人饥马渴，他们就近找到一口古井，就此歇息。二更时分，苏宝才起来收拾草料，就听董义喊道："苏老板，这井里水浅了，灌不上水，你过来看看。"苏宝才放下口袋，走过去放下井绳泛了几下，没听见水响，干脆趴下去灌，这时就听"扑通"一声，连人带桶都被董义掀入井内。干完这件事，董义的心里就像十五只吊桶打水，七上八下很不安。向四周瞅瞅，漆黑一团，只有一块石碑立在井旁。他这才放下心来，自言自语说："哎！石婆婆，这事是天知地知你知我知。你要不说，就再也没有人知道了。"话音还没落地，就听石碑说："你要不说，就再也没有人知道了。"董义一听石碑说了活，浑身汗毛都竖起来啦，立即收拾一下，赶上牲口头也不回地离开了这里。

事情一晃过去了十余年，这笔外财使董义发了迹，他在安徽置下房产开爿旅店，又娶妻生子，日子过得很红火。一天晚上，他酒足饭饱之后就到各房间转转。当他来到大通铺房间时，正遇上一伙南北方房客，围在火炉旁谈天说地，净讲一些他们所见所闻的奇闻异事，兴趣盎然。董义听了一会儿，不知不觉趣意大发，就插言道："世界之大，真乃无奇不有，石碑还能说话呢！"他的话说出，人们都纷纷说不相信，于是他就把十几年前发生的事一五一十地讲了出来，真是店小二抖私物——全盘托出。就这样，二两黄汤就把他十几年的隐私给灌了出来。

说者无意，听者有心。这伙房客中就有一位叫苏同的，是苏宝才的长子，多年来他一直在打听他老子的下落，就是没有消息，这真是瞎猫逮个死老鼠——碰巧了。故事一听完，他就装作小解，赶到县衙告了一状。县太爷还算廉明，连夜发下火签传票，将被告和众房客一起拘到县衙，提审被告，证人作证，一一录下口供。只一审，便把被告押入死囚牢，余众放回。第二天，县太爷为了核实案情，弄清石碑说话的真假，亲自带领衙役赶到这口古井旁。先审了石碑，而石碑问一句说一句，正如被告所讲的一样。经查验，原来这块石碑是吸音石，能把人说话的声音收下来传出声。同时，衙役又从井里打捞上来尸骨，案情落实，董义伏法。这真是：石碑为证，沉冤旧怨得昭雪。要让人不知，除非己莫为。做了亏心事，迟早有报应。

讲述者： 商仁江，63岁，不识字，农民
采录者： 宋学义，曾任乡、镇党委书记，热爱民间文学
采录时间： 1985年10月
采录地点： 邳县官湖乡

附记

本篇选自《中国民间故事全书·江苏·邳州卷》(知识产权出版社，2007年6月版)。讲述者是当年在一家旅店住宿时听到这个故事。(柏枝)

107

望夫石

相传康熙年间，西泇河东畔有个村庄叫大良璧村，村上有个大户人家姓翟。翟郎夫妇共生育五个儿子，个个长得如龙似虎，活泼可爱。按理说这样的日子正好过，可翟郎的老婆却没有命担，突然患病身亡，撇下翟郎带着五个儿子度日如年。

一年秋天，经媒人牵线，翟郎又纳了一房小妾，名唤荷花。这荷花生得要人有人，要个有个，不仅人长得漂亮，而且还是持家的一把好手。翟郎好不欢喜，小日子又过得有滋有味了。不到半年，荷花居然为翟郎生下一个男孩，翟郎为这个小儿子取名小翟六。

翟郎却想："这个儿子虽然聪明伶俐，天真可爱，可我怎么感觉这孩子不是我的种呢？因为女人过门只有六个月，不能生孩子。日久天长，要是被庄亲庄邻知道了，说三道四，我这老脸可往哪搁？把荷花休回娘家吧，看她长得既美貌，又会料理家庭，实在是于心不忍！"

时光荏苒，日月如梭，转眼间八年过去，小翟六也有八岁了。

这天晌午，翟郎赶集回来，见他的六个孩子正在村头一起玩耍，玩着玩着，翟郎前妻生的五个孩子就追打小翟六，小翟六被打得鼻口窜血，哇哇直哭。翟郎目睹此情，心中十分气愤，冲着几个儿子大声训斥："你们几个小冤家，真是该死，怎么能打弟弟呢？"大儿子不服气地说："小六和俺弟兄几个不是一个娘的，留他干啥？打死他才好呢！"翟郎听后，更加气愤，把五个儿子一人揍了一巴掌，撵回家去。然后，抱着小六，回到了家里，见到荷花，把刚才几个儿子的所作所为告诉了妻子。荷花一听，又气又疼，边哭边说道："他爹，这几个孩子不是一母所生，难怪小六经常受委屈，你可要给俺娘俩做主啊！"

翟郎听了，自言自语道："唉，这几个孩子从小就闹不和，长大之后，我都不敢想象会是什么样子。"荷花听了，更是止不住地流眼泪。

翟郎思考了半天，缓缓地告诉荷花说："我在西泇河西岸边有十几亩薄地，一年的收成也够你们娘俩生活的。你们过去，我给你们盖好屋，你们就在那里居住吧，免得将来孩子们闹不和，我也管不了。"荷花是个聪明的女人，一听这话，马上就同意了。

于是，翟郎选个日子，请来泥瓦匠，在西泇河西岸为荷花娘俩建起了房子，将他们送到了河西，并把这里取名叫小翟庄。从此，荷花娘俩相依为命，就在西泇河西岸安下了家。

荷花和小六孤儿寡母在这荒滩野湖安家后，娘俩儿日日思念翟郎，真是度日如年。日复一日，年复一年，荷花思夫之情每日加剧，想去大良璧村看看翟郎吧？由于西泇河河宽水急，上下几十里路才有一座浮桥，来回没有三天三夜到不了家。翟郎把荷花娘俩送来之后仅仅来看过他们一次，就再也没有来过。

这天晌午，荷花实在太想丈夫了，就在河滩地里溜达，猛然看见一块巨石躺在泥窝里，就找了个帮手，将巨石运到自家门口，冲洗之后，发现这块石头很像丈夫翟郎的样子。于是，荷花就按照丈夫的模样，有空就打磨，没有事的时候就雕刻。功夫不负有心人，经过一年多的打磨，这块石头居然很像丈夫翟郎，就连小翟六也把石头叫爹爹。荷花给这块石头起了一个名字叫"望夫石"。

一天夜里，荷花睡不着觉，来到门口，抚摸着"望夫石”，面向东方喃喃地说道：“夫君，你真好狠心啊，你不知道俺娘俩有多想你，小六子想你想得天天哭，你这个狠心郎。老天爷啊，你快给俺丈夫捎个信吧，让他来接俺娘俩吧。”说完，抱着石头就迷迷糊糊睡着了。

没想到，翟郎也来到了河边，隔河与荷花相望。荷花见状，连忙跪下祈祷：“老天爷，你就开开恩、显显灵吧，让俺夫君过来吧！”话音未落，西泇河水先是白浪滔天，波涛汹涌，然后慢慢平稳，最后河水皆无，露出了河底。翟郎见状，喜出望外，大步流星跑过了河，紧紧地把妻子荷花和望夫石搂在怀里，久久不愿松开。夫妻二人破镜重圆，从此，一家三口人再也没有分开过。

“望夫石”的故事顺着西泇河水越淌越远，传遍了运河两岸，十里八乡的人们听说了这个故事后，纷纷赶来观看“望夫石”。后来，据说有位杭州的富甲，花大价钱从荷花手里将“望夫石”买走，有人还在西湖边上见到过这块“望夫石”呢！

讲述者： 郁继德，73 岁，退休教师

采录者： 孙常胜

采录时间： 2000 年 5 月

采录地点： 邳州市邢楼镇

附记

本篇选自《大运河的传说》（江苏人民出版社，2016 年 12 月版）。

108

寻找摇钱树

从前，王家庄有个叫王方的落第公子，成天游手好闲，好吃懒做，横草不捏，竖草不拣，没几年就把祖上留下的家产都吃光了。一天，王方偶然听人说起世上有一种“摇钱树”，只要得到它，一摇晃就会掉下许多元宝来。王方想：这倒是一条致富捷径，有了摇钱树就能由穷变富，呼奴使婢了。于是，王方就四处去寻找摇钱树。

王方跋山涉水，逢人就打听摇钱树在什么地方。谁知旁人都一问三不知，王方只好漫无目的地寻找着。找到了南，找到了北，找到了东又找到了西，四处都不见摇钱树的踪影。王方只好垂头丧气地往家走。半路上遇到一个背屎粪箕子拾粪的老农，就打听道：“您知道哪儿有摇钱树吗？”老农打量王方几眼后，对他说：“摇钱树，两枝杈；两枝杈，五个芽；摇一摇，开金花，发家致富全靠它。”王方是个读书人，听了后恍然大悟：“噢，我明白了，原来摇钱树就是人的两只手呀！”

从此，王方变得勤勤快快，安心农桑，终于过上了富裕的好日子。

讲述者： 李举洲

采录者： 杨光正

采录时间： 1988 年

采录地点： 邳县官湖镇

附记

这是讲述者李举洲在家中与人拉呱时，随口讲的一个小故事。采录者杨光正觉得很有教育意义，即时记录整理成文，很快在《徐州日报》发表了。“摇钱树，两枝杈；两枝杈，五个芽；摇一摇，开金花，发家致富全靠它。”这首关于“手”的歌谣，琅琅上口，让人过耳不忘。（夏至）

109

宋员外选婿

下邳西北角有个玉龙山，山下住着一个员外，姓宋，名胜。宋胜没有儿子，只有一个独生女儿，名叫芳儿。这丫头读过书，人也长得特别俊，方圆十里八里就数她了。宋员外拿她如同掌上明珠，决心给她找个有钱的婆家，叫闺女一辈子享受荣华富贵。从芳儿十五岁起，宋员外就给她选婆家了，说媒的人三天两头往宋员外家跑。宋员外选了一家又一家，都嫌人家穷，不愿意。天天选，月月挑，选到芳儿十八岁了还没有着落。员外心里暗暗着急。说媒的人越来越少了，员外心想不能再拖了，我得亲自到外面去选女婿，不亲自出马难以如愿。他把想法告诉了妻子，妻子很同意他的主张。于是，他带了钱，七月七日外出选女婿去了。

这日清早，老员外路经一个湖泊，听到天上有大雁的叫声，抬头一看，飞来一群大雁。这时，只见前面桥头站起一个青年，抓弓在手，搭上两支箭，对准雁群，“嗖”的一声射了出去，随之便见两只大雁落地。老员外看得清清楚楚，心中暗暗叫好。走到面前打量着这位小猎人，只见他长得眉清目秀，一表人才。老员外上前就问：“你这个青年叫什么名字？家住哪里？”猎人恭恭敬敬地回答说：“在下姓射，名字叫飞雁，家住临河镇。”宋员外又问他：“家中日子过得怎样？”射飞雁说：“家中只有一个母亲，我们靠打猎为生，每天能挣不少钱，现在家里储钱也有千贯，吃喝根本不愁。”员外又问：“你今年多大了？成亲没有？”射飞雁说：“我今年十九岁了，光顾打猎挣钱，还没有订婚。”员外一听心里有了底，自我介绍说：“我是玉龙山下的宋员外，家有一女尚未出嫁，人才没说的，想跟你定亲，不知道你同意否？”射飞雁早已听说宋员外有一位出色的女儿，平时求之不得，今日当面许婚，不由得心中欢喜，就对员外说：“老伯这样高看我，我怎敢不答应！”说罢跪拜在地上，认了岳父大人。宋员外心中高兴，忙问：“你打算什么时候娶亲？”射飞雁说：“我回去合合年帖，八月十五下聘礼，九月重阳娶亲，您看行吧？”员外说：“如此良辰佳期，好！好！”说完翁婿彼此分手，各奔家门去了。

宋员外选了个称心的女婿，心里高兴，一路哼着小曲往回走。走到白马河边，正想喊船夫摆他过河，见对面走来一位青年。这青年英姿矫健，貌似潘安。青年走到跟前说：“老伯，莫非你要过河吗？”员外点了点头。那青年又说：“请你等一会儿，待我捕到鱼儿以后就送你过河。”说罢，脱了上衣和裤子，只穿裤头跑到河边，腾空一跳，一头扎进浪里。隔一小会儿，那青年怀中抱了两条大鲤鱼从河里蹿了上来。那鱼儿活蹦乱跳，每条足有十斤重。刚才的情景老员外看得真真切切，心中暗想：这种捕鱼本领世上少有，若得此人为婿，每天既能吃到大鱼，又能卖很多钱，何愁不发大财呢？他心中越想越喜，早把清晨许亲的事忘得一干二净了。走到那青年面前问道：“请问壮士尊姓大名？府居何地？”那青年说：“在下姓鲍，名叫大鱼，白马镇人氏。”员外又问：“壮士年庚几何？可曾娶妻？家境如何？”鲍大鱼回答说：“我今年十九岁，家中唯有一个老母亲，靠打鱼每日可积蓄百文，现在家中已存有万金，是白马镇第一个富户，因只顾捕鱼挣钱，现在还没有结婚。”老员外听罢，心里非常高兴，就对那青年说：“我是玉龙山下的宋员外，老朽堂下有一个女儿，尚未许配，我想许与壮士为妻，不知你意下如何？”鲍大鱼早已听说宋员外有一绝色女儿，平时盼之不得，今天能当面许婚，心中自然高兴。于是向员外施了一礼，说：“老伯一片深情，我怎能不允呢？”说罢，慌忙跪倒在地上，认了岳父大人。宋员外又说：“贤婿，你打算何时完婚？”鲍大鱼说：“秋高气爽，不冷不热，最适合办喜事了。我想中秋下聘礼，重阳娶亲，岳父大人您看呢？”老员外说：“好，正合我意。”说罢，各自回家去了。

宋员外想着选了个好女婿，又找到发财的门路，乐滋滋地往回走。路经三山镇，刚走到大街，忽听到对面传来哭声，老员外向前一看，原来是一家送殡的。正在这时，从街东走来一位看病先生。此人年纪不大，仪表堂堂，如同画中仙人，飘然来到棺前，问道：“此人得什么病死的？”一个老者回答说：“死者平时无病，昨天晌午吃鸡蛋时得了急病，倒地就死了。”那先生又问：“死者平时性情怎么样？”老者又说：“他是个急性子，干什么都快。”那先生说：“这个死人还能救活，请开棺吧。”众人一齐动手，将棺打开，只见那位先生在死者身上前推后拥，不几下，只听死者“咕噜”一声，长出一口气，复活过来。人们见到此景，无不惊喜若狂，孝子跪在那里一个劲儿地磕头。老者从家中拿出数百两纹银，敬送给那郎中，那位郎中只拿了一半，然后扬长而去。这番情景宋员外看得清清楚楚，惊喜万分，心中暗想：老夫活到这把年纪，这样的医生真是第一次看到，真比华佗还神啊！要说挣钱发大财，岂不是最好的门路！我若得此人为婿，真是老夫一生造化：一来有钱花，二来可以长生不死。想罢，急忙追上那位郎中，施礼问道：“请问先生尊姓大名？府居何处？”那位郎中说：“我家住官城，祖传世医，我姓治，名叫治人活。”员外一听他是治人活，这个名字早有耳闻，今日相见果然名不虚传，便问：“先生多大了？定亲了吗？”那位郎中说：“小医今年十八岁，专心习医，尚未婚配。”员外说：“我是玉龙山的宋员外，家有一女，尚未许嫁，想与先生为偶，不知可能笑纳？”治人活早听说宋员外有一位美丽的姑娘，正想托媒说亲，今天员外能当面提起这事，真是送来的福分，就说：“老伯有如此诚意，我怎能不允呢？”说罢跪在地上，认了岳父大人。宋员外又说：“贤婿，你打算何时完婚？”治人活忙回答说：“我打算八月中秋下彩礼，重阳佳节娶新人。”员外一听，连声说好，订了喜期。翁婿二人又合计了一番，各自回家去了。

日月如梭，转眼到了中秋节。这一天，射飞雁、鲍大鱼、治人活都抬着丰盛的彩礼，吹奏鼓乐，到宋员外家传柬[1]来了。庄上的老百姓听说宋员外传柬一家伙来了三门女婿，街谈巷议，纷纷都拥来看热闹。三个女婿都跪在堂前，宋员外夫人羞得满面通红，气得直跺脚，指着宋员外破口大骂：“你这个老混蛋，俺只有一个闺女，你怎么能许了三个女婿？”宋员外说：“夫人，你不知道啊，这三个人一个比一个有本领，一个比一个有钱。常言说，‘人为财死，鸟为食亡’，咱选一个有钱的女婿，就有了靠山。”夫人说：“你这个钱迷！今天来了三个女婿，你到底选谁？”宋员外说：“夫人别忙生气，治人活能起死回生挣大钱，今后不怕俺们得病了，既能长生不老，还能挣到大笔的钱，我看就选治人活为婿。”夫人无奈，只好点头同意了。宋员外对另两位上门的女婿说：“我已选定治人活为婿，你们二人把彩礼抬回去吧。”鲍大鱼听罢勃然大怒：“宋员外我来问你，你向治兄许婚是什么时候？”宋员外说：“七月七日午后。”鲍大鱼说：“你向我许婚是那天午时，自古道，‘事有先后’，我早于治兄，应该我为婿。”说罢，正想呈献彩礼，射飞雁忙说：“鲍兄别忙，宋员外向我许婚是在那天清早，我比你们二位都早。常言说，‘先来后到’，还是我应该当女婿。”说罢，正想呈献彩礼，治人活忙说：“老员外刚才还说选我为婿，不要你们二位了，你二位何必强扭生瓜，赖着不走呢？”射飞雁和鲍大鱼二人同时说：“员外是书香之人，通情达理，君子一言，驷马难追，现在改口，我们绝不容许！”于是，三个人在堂前争争吵吵，互不相让，争着争着，都奔向绣楼，要去抢亲。

宋员外的女儿在绣楼听到仆人回报，来了三个女婿，早气得死去活来，要不是丫鬟死死抱住，芳儿早就悬梁自尽了。这时候听说三人直奔绣楼抢亲，她挣脱了丫鬟的手，跑到屋外，从楼上纵身跳了下去。正在这个节骨眼，忽见楼顶飞下一只大鸟，说时迟，那时快！没等芳儿落地，被大鸟一口啜住了裙带，叼着飞走了。宋员外望着天空被叼走的女儿，大呼大叫，三个女婿也顿时愣住了。

少许一会儿，射飞雁急了，他抓弓在手，搭上一支箭，对准南飞的大鸟射了出去，一箭正中鸟肚子。那只大鸟连同芳儿一起，飘飘荡荡地落了下来。说也巧，不偏不斜正好落在一个大汪[2]当中，芳儿和大鸟一起沉到汪里，无影无踪。许多人赶到跟前都在痛心叹息。这时，只见鲍大鱼连衣服也没来得及脱就跳进汪中，不一会儿，就把芳儿从水中捞了上来。大家一看，芳儿已经淹死了，宋员外抱着女儿尸体大哭起来。这时，治人活火急急地赶到，当即施展本领，把芳儿救活过来，众人大喜。治人活对员外说：“芳儿是我起死回生的，应归我做妻子。”宋员外说：“当然，当然。”治人活拉着芳儿就走，鲍大鱼上前拦住，说：“芳儿掉进汪里，无影无踪，不是我打捞上岸，你救谁去？芳儿应为我妻。”说罢拉着芳儿一只手要走，射飞雁生气地前去拦挡，喝道：“站住！不是我箭射飞鸟，救下芳儿，你二位有天大本领也没法施展，芳儿给我当妻最合情理！”说罢抓住芳儿的裙带就走。三个人各拽一处，谁也不让谁。芳儿被拉得粉面绯红，无计可施。宋员外也被弄得左右不是，不知说什么好。正在难分难解之时，忽听一旁锣声响亮，人声嘈嘈，喝道夫不住喊着：“闪开，闪开！钱知县回城了，碍路者重打四十大板。”宋员外听说是县太爷到此，他灵机一动，心中暗想：这件事难解难分，假如禀告县太爷，或许能够公断。想罢，他对三个女婿说：“你们不要争了，钱知县路过这儿，请他公断。”三个人都知道钱知县的底儿，这钱知县姓钱，名成，今年六十五岁，那副长相七分像鬼，三分像人，蒜臼头，鸭蛋眼，秤钩鼻子，血盆口，口水顺着嘴角溜溜直淌，满脸麻子像个花生壳，大麻子套小麻子，重重叠叠，挤挤抗抗，连插针的空儿也没有。他为人奸诈，专门以官榨取民财，找他打官司，老百姓都说：“钱成钱成，没钱打不成。”这时，宋员外拦住大轿，把女儿婚事告与了知县，钱知县便命令衙役把在案人等一起带回县衙，再做处理。

到了县衙，钱知县命令升堂。宋员外和三个女婿都到

[1] 传柬：下彩礼。

[2] 大汪：大水塘。

公堂，四个人分别把选婿情况一五一十地告诉了知县。钱知县眉头一皱，想了个计策，对那三个女婿说：“你们三个人都想娶芳儿为妻吗？”三个人同时回答说：“是的。”钱知县又说：“你们三个人退堂去吧，谁要有诚意的话，谁就单独来见我，本县就把芳儿断给谁为妻。”三个人心中暗想：这个老儿又玩弄手腕了，明说单独来见，暗里是叫你送礼。三个人退到堂下，各自想主意。射飞雁想芳儿心切，将下聘的二百两白银包好后送上公堂。鲍大鱼见到这情景，心里慌了，他生怕芳儿叫射飞雁弄到手，随即把下聘的三百两白银包好送上公堂。治人活最刁，他看见那二人送了白银，决心多加码，把下聘的五百两白银包好后一家伙送上了公堂。钱知县这一次没费吹灰之力就弄到了一千两白银，高兴地坐在公案旁前仰后合，捻着胡子又在宋员外身上打主意。

这时芳儿站在堂外羞羞答答的，起初她对这三个人都有个好印象，不管知县把她断给谁她都没意见，只是恨爹爹太荒唐，不该把她许给三个人。刚才他们一齐送银子上堂的事她看得一清二楚，顿时对这三个人拍马的事产生厌恶，她不再看这三个人了，把脸转向一边。然而宋员外与芳儿不一样，他另有所思。此时的他心中暗想：以前选的三个女婿，虽然能挣到钱，可比起钱知县相差太远，今天审这一个案，没费一点劲儿就挣了一千两白银，像这样下去，家中金银还不坠折楼板了吗？我若选他为婿，就享不尽荣华，受不尽富贵。他越想越高兴，急急忙忙走上公堂，跪拜在地上，道：“大老爷在上，小民有话给你说。”钱知县忙说：“有话快讲。”宋员外说：“小民想选县太爷为婿，不知你能不能笑纳？”钱知县听罢，心中一震，沉吟片刻说：“把芳儿带上堂来，让我看看。”左右衙役把芳儿带上公堂。钱知县一见芳儿如花似玉，犹如天仙下凡，顿时喜得手舞足蹈，神魂颠倒，随即对员外说：“我已有八房了，芳儿要嫁给我只能做九房了，不知你同意吗？”宋员外忙说：“只要县太爷笑纳，小民感恩不尽，莫说做九房，就是十房小民也终生感谢太爷的大恩大德。”钱知县一听心里高兴，随即在公堂上认了岳父大人。芳儿一听爹爹选知县为婿，早吓得魂飞天外，一头栽倒。钱知县连忙叫人把芳儿抬到后院诊治，宋员外也随佣人护理芳儿去后院。接着钱知县令射飞雁、鲍大鱼、治人活三人上堂，说：“你们三人回去吧，宋员外如今选我做女婿，芳儿也满口答应了，已到后院梳妆去了，明天我和她就成亲了，没你们的事啦，回去好好过日子去吧。”三人一见芳儿真的没影儿了，知道婚事难成，便同声说道：“婚事不成，请大老爷退还银两。”钱知县一拍公案：“放你娘的狗屁！谁欠你们的银子！”射飞雁说：“好记性呀！我刚才给你二百两。”鲍大鱼说：“事情不成人情在，我刚才给你三百两呀。”治人活说：“太爷明镜高悬，怎么能忘记我刚才给你五百两白银呢？”知县看看左右衙役，拉裤子盖脸地说：“刚才，刚才，刚才……你们不是说给老爷我送的喜礼吗？到时我请……请……请你们喝喜酒就是喽。退堂！”

芳儿被众人抬到后院，哭得死去活来，钱知县来看她时又吓得昏迷过去。这夜，谯楼[1]交到二更，芳儿醒来，发现自己睡在一个新床上，被子全是新的，她看见窗上贴着大红的“囍”字，知道知县真的要和她成亲了。她先是想逃跑，但看到门外还有人看守，后来又打算向知县求情放了她，但转念一想，这个知县既是财迷又是色鬼，放是不可能的。千条路，万条路，眼下只有一条路，以死相拼，杀了这个赃官，也能为本县百姓除去一害，就是死也值得。她想到这儿，在屋里四处寻找武器，忽然发现垫床腿的一块方砖，随手取过来，放在床枕下面。

钱知县自得到芳儿以后，心中十分高兴。这天晚上，他早早地安排好八房夫人，悄悄地来找芳儿寻欢取乐。走到喜房门外，喝退看守，推门就进了喜房。他看到芳儿坐在床沿上，烛光辉映，活像一朵开放的红莲花，不由春心荡漾，嬉皮笑脸地向芳儿扑来。这时芳儿急忙从枕头底下拿出那块砖，等那知县扑到跟前的时候，芳儿对准他的头猛地砸了下去。知县仰头想躲，“啪”的一声正砸在知县的门牙上，他“哎哟”一声，五颗门牙当时落地，血从嘴里“哗哗”直淌，他站立不住，一头栽倒。芳儿见到知县鲜血直淌，又栽倒在地，心想已经死了。她自言自语地说：“死得好，死得好！”这时她又想起宋员外，只恨得她银牙咬得“咯嘣嘣”直响，恨他嫌贫爱富，不顾脸皮地

[1] 谯楼：鼓楼。

追求荣华富贵，坑害亲生女儿，这种人不治一治死了也不甘心。她苦想了一番，计上心头。于是，芳儿随手蘸知县身上的鲜血，在墙上留诗一首。写完之后，走到床前，把红绫被撕下半幅，甩上梁头，系了个扣子，上吊死了。

约到半夜的时候，钱知县又醒过来了。他看见芳儿已上吊死了，转身看到墙上有一首血诗，便捂着嘴忍着疼，细细地看了起来。那首诗写道：

姑娘不爱钱，为民除赃官；

若问谁人计？皆是老父言。

钱知县看罢，直气得七窍生烟，大声吼叫着："宋胜呀宋胜，你这老狗，用美人计设圈套，招婿是假，害我是真，我不杀你，誓不为人！"随着呼喊，众衙役纷纷跑了过来，钱知县捂着嘴命令说："抓、抓、抓捕宋员外，押在监牢，听候问斩！"

讲述者： 魏彦云，65 岁，不识字，农民
采录者： 陈登琴
采录时间： 1987 年
采录地点： 邳县占城镇

附记

本篇选自《邳州民间故事传说》（江苏人民出版社，2015 年 3 月版）。这是流传在邳州民间的一个传奇故事，采录者曾把它改编为柳琴戏，搬上了舞台，深受农村观众的喜爱。（柏枝）

110

大力士张武举

清朝咸丰初年，邹庄镇呦山村出了个大力士，人称"张武举"。有一年，春耕时节，张武举到野地里闲游，恰巧与一个扶犁耕田的青年相遇。青年人指着地边的桑树疙瘩说："听说你老人家力气很大，这桑树疙瘩耕地碍事，你能给我拔掉吗？"张武举听罢，知道这青年人是想试一试自己的力气，便说："我现在是五十多岁的人了，力气都衰退了，那就试一试看吧。"接着，他脱掉外衣，弯下身子，两手紧紧握住桑树疙瘩，运足力气，猛然喝声"起！"便将其连根拔起来，带起的那块土疙瘩比盆口还要大。

一次，村里有一家人为祖先立碑，碑身由许多人竖起来后，正巧张武举来了。有人说："武举老爷，您来得正好。人家都说您老人家力气大，这石碑帽子就劳驾您给搬起来放到碑顶上去行吗？"张武举又是一笑说："大家又要考我了，就试一试瞧吧！"说罢，舒展一下身子，活动一下四肢，猛的一下将碑帽托至胸前，再一用力，举过了头顶，然后端端正正地放在了石碑顶上。惊得众人连声说："好！好！老爷神力，真是威风不减当年啊。"

农历三月十六，张武举去赶长城春会。当他逛会来到牲口市时，看见官庄村一个姓赵的大户在卖牛。那几十头大黄犍，个个膘肥体壮，肚大腰圆，两角高翘，精神抖擞。要买牛的人，无论出多高的价钱，他都不卖。原来，他醉翁之意不在卖牛，而是想把自己的门户在集市上炫耀一番。张武举把牛挨个瞅了一遍，拍着其中一头牛屁股说道："牛倒是好牛，可惜就是没有大劲。"姓赵的主人一听心里很是反感，说道："您怎么知道我的牛没有大劲呢？"武举回道："我说没有大劲，就是没有大劲，不信就来试试看！"牛主人问："怎么个试法？"武举说："我坐在地上，你用牛经[1]将牛套好，我用手拉着牛经，你用鞭子打牛，如果它能将我拉走，就算是你的牛有劲了。"牛主人说："好，咱就按照你说的试试看。"这个消息，像插上翅膀一样，在牛市上一下子传开了，看热闹的人越来越多，黑压压的一大片，连四周的墙头上、树上也都爬满了人。

一会儿，本街上一位年轻人兴致勃勃地从家里背来一副牛经，牛主人挑了一头特别肥壮的犍牛，套上了牛经。张武举坐在一段木桩上，双手紧握住牛经。牛主人挥起牛鞭，边打边吆喝赶牛，可那牛无论使多大劲向前挣，就是走不动。张武举端坐那里，也神色不变、一动不动，连口粗气也不喘。就这样反反复复赶了好几次，鞭子抽得"噼里啪啦"炸响，牛腚都打出了血口子，牛经也拉长了许多，牛的前腿几乎跪倒地上，可犍牛就是没能向前移动一步。这下牛的主人真是折服了，连说："武举老爷神力，我赵某真心钦佩！"人们看到张武举两脚踏着的地方，被蹬出两个洼坑，足足有三寸深；他坐过的木棒，也下陷了四指多。至此，张武举更是威名远扬了。

讲述者： 汤方田
采录者： 赵元甫
采录时间： 2013 年 12 月
采录地点： 邳州市邹庄镇

[1] 牛经：即牛绳，套牛专用工具。

附记

本篇选自《邳州民间故事传说》（江苏人民出版社，2015 年 3 月版）。采录者是邳州邹庄中学的一位老教师，安徽萧县人。他说："张武举姓张，名字不详。查《邳州志》，清代有张姓武举十多人，不知有没有呦山村的这位大力士。"（柏枝）

111

晚娘李秀娥

早先年，邳州有个叫张文远的生意人，妻子病死了，撇下个闺女叫荷花，刚六岁。文远自己带着女儿做生意，常常顾了孩子，顾不上生意，实在没法，又续娶了个媳妇。

新娶的媳妇叫李秀娥，前夫是个郎中，两年前上山采药从悬崖上掉下来摔死了，撇下秀娥和一个两三岁的儿子。

李秀娥自嫁文远后，勤劳贤惠，不到半年就把家整治得井井有条，对文远父女也是知疼知热。文远看秀娥会持家，又心善，就放心把家和女儿交给秀娥管。

有一天，文远要出远门去做生意，临走时千叮万嘱，要秀娥看顾好两个孩子，特别是女儿荷花，正贪玩，要秀娥多担待点。

文远一走，秀娥带着两个孩子在家，倒也没什么大事。谁知，才过个把月光景，一到半夜，邻居们就听小荷花又哭又喊："娘，俺肚子疼得难受。"后来，人常见李秀娥驮着荷花出去，说是找先生看病。可人家都看小荷花越来越黄瘦，还是一到半夜就又哭又喊。再后来，秀娥不再带荷花出去看病了，又三天两头往家买瘦狗，胖狗还不买。更奇怪的是，谁也没见秀娥家吃狗肉，反倒是有人见秀娥经常上漫野湖去埋死狗。

这下庄亲庄邻有呱拉了："你看，文远这才走几天，这女人就变卦了吧，每天晚上还不知怎么折磨孩子的来，天天多远都能听孩子哭喊。""你说这女人买那些瘦狗不吃，又都给弄死埋了，她这是想干什么的？""想干什么，实话对你说，那些狗俺偷扒看过了，都是七孔流血，灌砒霜毒死的。这女人八成是拿狗当实验，想慢慢毒死孩子。""亲娘晬，人都说晚娘心又毒又狠，一点不假。"

"哎，文远要是再晚几个月回来，就怕见不着丫头喽……"

又过有十来天，庄邻再见到荷花，已瘦得皮包骨头了，走路都得手扶墙。李秀娥也不知什么原因，也两眼通红脸发黄，显得又瘦又累。这天到城里去抓药的二蛋回来对庄邻说："看见李秀娥到药店买砒霜了。"庄上人听了都揪着心说："李秀娥恐怕丈夫回来，要对丫头下手了。"

事也赶巧，文远当天回来了。刚进庄，就被庄邻二大娘一把拽家里去说："文远呐，你可回来喽，再晚来就见不着你闺女了！自打你走后，丫头都快叫她娘给折磨死了，每天晚上把丫头弄得又疼又嚎，孩子都瘦得走不动路了。今天咱庄二蛋进城抓药，亲眼见秀娥买了砒霜，看样她是想把丫头害死。咱庄上人一听说，都把心揪着呦……"文远没等二大娘话说完，气得牙咬得咯咯响，说："俺这就找她算账去，问她怎恁毒的，俺揍过她再把她送衙门治罪！"说着卷袖捋胳膊地就往外闯。二大娘抱住他说："捉奸捉双，拿贼拿赃，她这会还没下手，你无凭无据能拿她怎样，就送衙门也没法治她罪。你再忍一会，等天黑你再偷摸回家去，看她对孩子下手，你再逮到她，不就有凭据了吗？"

好不容易熬到二更天，文远悄悄翻墙进来家，一看闺女的住屋里灯还亮着。来到窗前，用手指抠破块窗纸凑近一看：小荷花正满床打滚喊肚子难受，李秀娥正手端着药碗哄荷花："乖孩子，听娘的话，把药喝了吧，喝过这药肚子就不疼了……"

"俺不喝，你哪回都这样哄俺喝苦水，俺喝那么多回了，肚子怎还难受的，俺就不喝。"荷花的头转来转去，就不愿喝药。看看要交三更了，李秀娥眉头一皱，牙一咬，说："这药不是上回那些苦水了，你喝下去就安稳了，多晚都不肚疼了，就一大口，来快喝！"荷花刚想伸手推药呢，就见秀娥一下爬床上用膝盖抵住荷花，一手捏荷花的鼻子，荷花一张嘴……"贱人你敢！"文远飞起一脚就踢开门，秀娥顾不上转脸，一掀碗，"咕嘟"，药全灌荷花肚里去了。等文远上去夺碗，一把薅住秀娥头发往外拽，晚了！药一点没剩，就见荷花猛一睁眼，"娘嘞"一声，一挺身，死过去了。文远一看闺女死了，跟疯了似的对李秀娥拳打脚踢。这时，被二大娘喊来早已等在门外听动静的庄亲庄邻，也都一齐拥上把秀娥绳捆索绑，推推搡搡往县衙送，二大娘留在文远家看护现场。

县官听到有人半夜三更击鼓喊冤，心想肯定出了大事，赶忙升堂问案。文远泪流满面指着李秀娥说："大老爷，这贱人是俺后续的媳妇。因俺外出做生意不在家，她就百般虐待俺前妻撇下的闺女。可怜孩子都被折磨得光剩一把皮了，她还不罢手，又在昨天买回砒霜，有庄邻二蛋做证，到夜里三更时候，硬给俺闺女灌下去，是俺亲眼所见。俺当时晚了一步，可怜俺荷花被这个贱人活活害死了，尸首现放在俺家床上，望青天大老爷给俺做主！"这时庄邻也都齐乱指骂李秀娥。"啪！"县官惊堂木一拍，审问李秀娥："你为什么要用砒霜害死小荷花？"李秀娥扬起头说："大老爷，只因李文远外出不在家，女儿荷花忽然发病，不愿吃饭喊肚里难受。俺带去看了好几回，给抓药吃了，谁知越吃病越重，再找郎中看，都说看不透病。后荷花拉屎，里面总有肠子皮样的东西。因俺前夫也是看病的郎中，家里有很多医书，俺就翻看，找找看有没有跟荷花病对症的。还真叫俺找着了。书上说：人要是吃了煮不熟而带节虫卵的肉，这种虫就会在人肚子里生长，肠子有多长虫就长多长，扁扁的，白色半透明，紧贴人肠子上，一节一节往下退，退一节长一节，能把人活活吸干。一般药根本治不了它，非得夜半三更，趁虫张口吸食时，灌下砒霜，才能把虫毒死。小妇人先不敢给荷花喝砒霜，就买回肚子里有虫的瘦狗试试，开头几条狗都毒死了。后来按医书上说的，到夜半三更，又减了药量，给狗灌了砒霜。这条狗没死，肚里的虫也药下来了，俺这才敢给荷花喝。文远认为俺要害孩子，不容俺说话，就和乡邻们把俺送县衙来了。俺说的都是实情，还盼大老爷明鉴。"

县官、文远还有庄亲庄邻都听得目瞪口呆。恰在这时，二大娘驮着荷花，气喘吁吁赶来了。在大堂门口就喊："文远，俺们都错了，小荷花没死，你们刚走不大会她就醒了，拉出来一条好几尺长的扁虫，一节一节的，可吓死俺了。她非要来，俺就给驮来了。"

这时荷花从二大娘背上下来了，摇摇晃晃来到秀娥跟前，看秀娥被绑着，又鼻青脸肿头发披着，一下趴在秀娥身上哭着转头对文远说："俺娘可疼俺了，有好东西不给小弟吃也留给俺吃。俺每天晚上肚疼，都是娘抱俺哄俺，有时一夜都不睡。爹，你把俺娘松开，你要再打俺娘，俺就不理你了！"

俗话说，小孩嘴里讨实话。文远又羞又愧，赶紧给秀娥松绑赔不是。看秀娥脸转一边不理他，也不顾当着县太爷和众乡邻的面，"扑通"给秀娥跪下来，又拽秀娥的手往自己脸上打。秀娥羞得脸通红，把头紧贴小荷花胸前。于是，县官提笔判写：

世上都说晚娘狠，晚娘也有贤德人。

奉劝世人心放正，眼见未必都是真。

讲述者： 卢秀英

采录者： 刘向侠

采录时间： 1980 年 2 月

采录地点： 邳县运河镇

附记

本篇选自《民间文学》2011 年第 8 期，原题为《眼见未必是真》。讲述者说："晚娘也不都是坏心眼的人。俺小时候就见过俺庄上的一个晚娘，可疼男人前妻撇下的儿子了，推磨时还常把那个小孩驮在背上。后来，这个晚娘也得这个孩子的济了，被接到北京享福去了。"网络媒体多次转发《晚娘李秀娥》这个故事，点击量多达 300 万次。（向侠）

112

南北两搜抠

从前，艾山前后两个庄上出了两个搜抠[1]，因为名气大，又各居南北两地，别人就给他俩各送了个外号：一个叫南搜抠，一个叫北搜抠。

据说这南搜抠家中一年四季不兴炒菜，炒一碟糊盐粒子就能吃半年。一次亲戚上门，南搜抠打了一两老烧酒兑了半坛子水，喝酒时一人手里捏着一个螃蟹子，喝一盅酒就放在嘴里咂一下，等酒喝完了，螃蟹子还没少一点。这北搜抠就更有说道了，三年前，过春节时买了一块咸腊肉挂在房梁上，吃饭时谁要是觉得嘴里没有味了，就扬起脸来看一眼。有一次他儿子下才[2]（因为小时候好吃才起了这个名字）吃一口饭一连看了两眼，结果被他爹打了两耳掴子，还骂了一句："不成器的东西！叫你下才没叫屈。"

这两家人出了名后，经常走动互相往来取经，慢慢地也就成了至交朋友。后来两下约定，两家至少一年相互造访一次，定在中秋节前的八月十三。这一年摊到南搜抠访问北搜抠。八月十三吃过早饭，南搜抠临行前打算带点礼物，可看看家中，这个也舍不得送，那个也舍不得送，正犯难来，忽然院内一只大白鹅一抖搂翅膀掉下来两根鹅毛，他一看这鹅毛又白又轻，当礼物不错，就捡起来找张纸包好，装在兜里上了路。

再说这北搜抠知道今天该摊南搜抠来访，便想趁此机会考验考验儿子的功底。于是便把下才叫到跟前说："今天南庄你仁叔来咱家，我今天有事，你就在家接待吧。"儿子学的本事平时很少有机会展示，一听自然高兴。父亲走后，不多时南搜抠就来到了。下才将仁叔让到屋里说："今天俺爹出门有事，就我陪仁叔了。"南搜抠也正想看看这位仁侄怎么招待他来，便说："都一样，都一样。"说着从怀里掏出个纸包说："大过节的，不能空着手来，我带了点礼物。"说完打开纸包让仁侄看了，说道："千里送鹅毛——礼轻情意重，还望仁侄不要见笑。"

叔侄俩聊了一会，眼看到中午了。下才说："仁叔，您老先坐，我得弄几个菜咱爷俩喝两盅。"说完从厨房端出四个碟：一碟醋，一碟甜酱油，一碟芥末面，一碟细盐粒。说道："酸甜苦辣咸，本该上五味，大过节的，这苦的咱就不上了。"然后又拿起酒坛子，从水缸里灌了一坛子凉水捧到桌上，也不避讳。一人倒了一碗说："酒逢知己千杯少，仁义水也甜，咱爷俩喝！"两人就你让我敬地喝了起来。每喝一碗，就用筷子蘸点碟中的四味放在嘴里咂咂。这下才连劝带敬，一坛子凉水被仁叔喝了一多半，不觉有点撑得慌，喝不下去了，便说："仁叔我有点不胜酒力，不能再喝了。"说完起身要回家。下才忙从屋内拿出一张盘子口大的红纸，又用手指头抹了点锅灰在上面画了四个圆圈圈，然后包好递给仁叔说："大过节的，我也不能叫您老空着手回去，就给您包四块月饼吧。"

北搜抠在外转了一圈，估计客人走了就回家来了。回到家后自然要问儿子怎么招待的。儿子一五一十地说了一遍，他听了不住点头还算满意。末了又问："临走你就没送点礼物？"儿子又把送礼物的事说了一遍，正等着爹夸他来，谁知脸上忽然又挨了两耳掴子，就听他爹说："你真是个不打不成才的东西，你想想咱家那张红纸能是随便就送人的么？"儿子委屈地说："人家给了咱礼，俺怎么

[1]　搜抠：抠门，吝啬。

[2]　下才：本意是下贱。

能不还点礼呢？”“谁让你不还了？”儿子又问：“那我怎么还？”“你真是个蠢材。”北搜抠说完，将左手和右手的拇指食指一对，对成个圆圈，边比画边说：“你就这样圈出四块月饼送给他不就行了。”

讲述者：　刘五福，86岁，私塾，农民
采录者：　刘学秀、周保童
采录时间：　2013年12月
采录地点：　邳州市铁富镇

附记

此故事起源年代不详，流传于苏北邳州、新沂一带。旧中国物资匮乏，生活条件艰苦，乡村中节俭度日的大有人在；但如故事中这般极度节俭的人不可能真实存在，只有在口头流传中经加工润色而成。采录者听一位老人亲口讲述后整理成文，收录于《邳州民间故事传说》（江苏人民出版社，2015年3月版）。（学秀）

113

好心使水里去了

邳州有句俗话，叫作：“好心使水里去了。”说起这句话的来历，还有一段故事呢。

传说明朝年间，官湖埠西的村头住着一户王姓人家。这年初夏刚收完麦子打完场，主妇王张氏在门前的打麦场上摊晒新麦子。摊完场热得满身是汗，王张氏便从井里打上来一桶凉水，想洗洗脸，凉快凉快。这时，恰巧从东边大路上走过来一位先生打扮的陌生人，此时烈日当头，那人热得汗流浃背。他来到井边，向王张氏抱拳施礼道：“天气炎热，口渴难耐，求大嫂您给口水喝。”王张氏此时还没来得及洗脸，便说：“那您就先喝吧。”那人再次谢过，便蹲下身来，双手扳着桶沿趴头想喝水。谁知他的嘴刚沾到桶沿，王张氏突然抓了一把麦糠撒在了桶里。那人顿时恼怒，心里话：你这妇人真是无礼！我讨你一口水喝，你竟然使坏往桶里撒麦糠。他还是隐忍着，一边小心地吹散麦糠，一边细细地喝水。喝过水，心中不快却又不好发作。他站起身仍赔着笑脸说：“大嫂啊，我不能白喝你的水。我是看风水的，就顺便给你家看看宅地吧。”王张氏听他这么一说，满口答应。那人便站在井旁对着王家的房宅端详起来。这一看还真看出了毛病。这王家的主屋正是建在一块五鬼集居、阴气笼罩的凶地上。按说久居这样的凶宅必定会家破人亡，那人本想讲出实情，但转念一想：你这人心眼不好，我喝点水你竟给撒上麦糠，我又何必向你说出真情。要是说了，兴许你还说我是咒你呢。想到这里，他便笑着说："你这宅子风水好，好！"说罢便告辞了。

四年后，这位风水先生又路过此地，忽然想起四年前的事，便想来王家看看遭了什么殃。他又来到场边的井旁对着房屋一看，不但宅院完好，而且阴气全无，还呈现出一派祥和之气。他很是纳闷，便想进家探个究竟。来到大门前，只见两个虎头虎脑的孩童正在院内玩耍。此时王张氏也认出了他，忙将他让进屋里，高兴地说："您这位先生说俺这宅子风水好，还真叫你言中了。这几年俺家日子越过越好，这不，又添了两个大胖小子。"说罢对院中两个孩子喊道："阎王、小判，过来给这位先生看看。"风水先生一听喊两个孩子叫阎王、小判，不由心下明白：噢，原来是这两个孩子的名字起得好、起得巧，把这里的五鬼邪气都给镇住了。风水先生解开了心中的这一谜团，但那口怨气还窝在心里。他又问王张氏："有件事我还一直想不明白，那年我向你讨水喝，你给我喝怎么又使坏朝桶里撒麦糠呢？"王张氏笑着回道："你走南闯北见多识广，怎么连这点事理都不明白？你想想，当时你满身是汗，又口渴难耐，要是由着你的性子一气喝下去，定会激伤肠胃伤害身子。我往桶里撒上麦糠，你就得慢慢地边吹边喝，这样就不会伤害身子了。"风水先生听罢恍然大悟，赶忙道歉说："惭愧，惭愧！你这一片好意竟被我误解了，真是好心使水里去了！"

从此，"好心使水里去了"这句话，便在邳州流传开来了。

讲述者： 陆文侠，女，90岁，不识字，农民

采录者： 郭锐

采录时间： 2008年

采录地点： 邳州市官湖镇新华村

附记

这个故事是2008年在邳州市非物质文化遗产大普查时采录到的。它广泛流布于邳州境内及周边地区。（柏枝）

114

九女墩

在邳北胜阳山麓，有九座大小相同的古代坟墓，当地人叫它“九女墩”。相传很久很久以前，这里住着一位叫梁王的小国之君。梁王有个独生女儿，名叫“九女”，长得比花儿还美。她唱起歌来，花儿听了花更艳，鸟儿听了叫更欢，梁王听了心里蜜样甜。梁王对九女视若掌上明珠。

梁王爱九女，更爱蜜蜂。他在百花园里养了四九三十六窝蜜蜂。这蜜蜂不是留着采花酿蜜的，而是为了助军作战。这些蜂子平时跟普通的蜂子差不多，一旦出阵，便顿时变了模样：两根触须变成两条鞭子，能抽得死人；两只眼睛变成两盏灯笼，能照得人睁不开眼；两只翅膀变成两把铁扇，能刮倒树木。最厉害的还是那蜜蜂的钩子，又长又大，不但能穿盔透甲，还能把敌人的军马钓到空中。这些蜜蜂又谙通人性，梁王击鼓三声，它们就出窝；鸣金三响，它们就返巢。打起仗来，这三十六窝蜂子摆成“四方九环阵”，前阵用鞭扫，后阵用灯照，左阵用风刮，右阵用钩钓，哪怕敌人是一块铁，也会被它们打成烂泥！每逢外敌入侵，梁王就指挥蜜蜂前去助战，百战百胜。

蜜蜂是梁王的命根子。平时，梁王凡事都由着九女的性子，偏偏这百花园养蜂的地方却不允许她沾边。九女知道梁王的脾气，想去看看，也一直不敢说。

一年春天，梁王带着夫人到果满山游春。他把九女唤到跟前，说：“父王和你母后到果满山去游春，女儿在家要安心攻读诗文，切莫贪玩。”

九女点点头，说：“嗯。”

梁王又叮嘱说：“女儿切莫到百花园养蜂的地方去玩耍啊！”九女又点点头，说：“嗯。”梁王还是不放心，又把九女的侍女召到殿前，嘱托再三，这才启程。

第二天，九女读书倦了，侍女们陪她到百花园散步。她看花，花艳；望鸟，鸟欢。九女玩得高兴了，又要到养蜂的地方去看看。她想，那里一定有人间奇景，不然的话，父王为什么不让我去玩呢？侍女们阻拦她，她生气了，骂道：“我张口要个天，父王也得许半边，何况这小小养蜂的地方？谁要再多嘴，姑奶奶就撕烂谁的嘴巴！”九女来到蜂房前，又要放出蜜蜂来取乐，侍女们又上前阻挡，九女便用玉鼓槌磕着她们的头说：“我敲碎你们的脑壳！”九女喝退侍女们，便“咚咚”地擂起玉鼓。听到鼓声，三十六窝蜜蜂一齐飞出来，组成“四方九环阵”，顿时遮天蔽日，飞沙走石。九女吓呆了，抱着头钻进绣楼里再也不敢出来。再说那三十六窝蜜蜂，在空中来来回回飞了一天一夜，既不见入侵之敌，又听不到回巢的鼓声，便飞到东海仙山老巢，再也不飞回来了。

梁王从果满山游春回来，发现九女放跑了蜜蜂，失去了江山支柱，气得昏了过去。梁王醒来，传下圣旨，将九女绑赴刑场。武将们前来保释，梁王不准本；文官们来求情，梁王不给面子。梁王说：“女儿再好不是社稷，蜜蜂虽小能保江山。”结果，还是把九女斩了。

梁王斩了九女，自责平时对女儿太娇惯，害了女儿，误了江山。为了减轻内心的痛苦，梁王拿出许多金银财宝来陪葬九女。他怕坏人盗墓，便同时做了九个大小一样的棺材，筑了九个大小一样的坟墓。直到今天，邳州民间还流传着这个用血写成的故事。

讲述者： 李敬贞，女，55 岁，小学教师
采录者： 周伯之、曹昌惠
采录时间： 1982 年 10 月
采录地点： 邳县徐塘中心小学

附记

本篇原载 1983 年 6 月 11 日《新华日报》，后收入《中国民间故事集成·江苏卷》（北京：中国 ISBN 中心，1998 年 12 月版）。这个用血写成的故事，在邳州广为流传，家喻户晓，几乎人人会讲。九女墩至今犹在，位于胜阳山麓。（柏枝）

115

依姑林

在邳城城山南坡有一座坟茔，当地人叫它“依姑林”。按照当地的习惯，常把坟茔称作“林”，坟地也叫林地。传说依姑林里面安葬着一位满族姑娘——依姑。

依姑是邳州知州依敕通阿的独生女儿。光绪九年（1883），依敕通阿奉旨到邳州任职，因为是八旗满族官员，家眷可随行到任，所以依姑就随同父亲一起来到了邳州。这位依姑小姐打小就入塾读书，诗词歌赋、琴棋书画无所不通，被父母视为掌上明珠。

依姑小姐随父亲来到邳州不久，一场罕见的大暴雨便脚前脚后下了起来。邳城周边的运河、泇河、祁家河等大小河流都先后决了口子，滔滔洪水转眼间就把一座邳州城给淹了。大水无情。一时间，大街小巷到处挤满了避难的灾民。作为一方父母官，依敕通阿心急如焚，马上召集大小吏目商量救灾良策，以免灾民生变。但是商量来商量去，还是无计可施。谁心里都明白，碰上这样的灾景，头一条要解决的问题就是开仓赈粮，填饱灾民的肚子。可是，谁心里也都明白，这皇粮可不是随便说放就能放的。按照大清朝的律例，开仓赈粮必须逐级上报，最后到皇帝那儿御

批恩准才行。否则，就犯杀头之罪。

怎么办呢？一连两天，依敕通阿茶饭不思，坐卧不安，在厅堂里转来转去。这一天，依敕通阿正坐在厅堂愁眉不展，依姑小姐突然来到他的面前。她对依敕通阿说："父亲身为一州父母官，当为全州百姓着想，开仓赈粮。虽然这有违律例，可是救灾如救火，不能犹豫不决啊。相信大人们和皇帝会理解的，如果降罪，女儿愿意与父亲同享，死不足惜。"

依敕通阿考虑最多的就是牵连一家老小。现在听女儿这么一说，也就下了决心，决断开仓赈粮。粮食很快发了下去，灾民得救了，满城欢呼。

两个月过后，大水退去了。依敕通阿一边处理灾后重建事宜，上表如实奏报放粮赈灾一事。很快徐州府就发来一道批示，严厉训斥依敕通阿，并声称要上报省巡抚按律查办依敕通阿。依敕通阿得到这一消息后，四处托人说情，最后送了几车礼金，徐州府也慑于他的旗人出身，才以依敕通阿破产捐奉，如数赔偿皇粮，草草了事。

此后，依姑小姐多次为父亲鸣冤，但腐败的清王朝只能让她失望，不久积郁成疾，医治无效，妙龄早逝。邳城老百姓感其功德，在城山南坡正对着州衙的地方，给依姑选了一块墓地，砌了一个十亩大小的墓林。当时男女老幼数百人，在坟前化纸奠酒，并相约年年清明祭扫，且任何人不得在此处安葬。

现在此墓年久失修，仅存一土丘，但依姑林的故事却一代又一代地流传了下来。

讲述者： 葛兆启

采录者： 薛辉，邳城小学校长

采录时间： 2000年6月

采录地点： 邳州市邳城镇

附记

本篇选自《邳州民间故事传说》（江苏人民出版社，2015年3月版）。

116

张小二巧遇

从前，有个姓张的老头，有两个儿子。大儿子张老大，娶的媳妇奇拐[1]无比；小儿子张小二长得很丑，快二十岁了，还没成家，可他心眼好。

一天，张老头病重，就把张小二叫到跟前，对他说："看样子我是不行了。我死后，你不要和你哥嫂争家业，你嫂子拐，你也争不过她。你要两样东西就够你一辈子用的了。一样是我身上的烂棉袄，这是一件'飞行衣'；一样是喂猪的旧盆，那是个'聚宝盆'。"说完老头就死了。

老头死后只有三天，嫂子就吵着要分家。

分家就分呗，张小二按他爹临死前交代的话，要了一件烂棉袄，一个喂猪盆。那哥嫂不能再高兴啦！因为他们不知这两件破烂货是宝贝。

说着说着到冬天了，大冷的天他上哪儿住呢？正好村头有个大户人家的车屋，小二就到那里住下了。饿了他就向聚宝盆要点饭菜吃，冷了他有飞行衣，日子倒也过得不错。

[1] 拐：方言，横，不讲道理的意思。

这一天，他忽然想娶媳妇了。到哪儿去找媳妇呢？他早就看中本村李员外的俊闺女了。天刚黑，他就披上飞行衣，飞到李小姐住的绣楼上，他搭眼向内室一瞅，李小姐正在赤身露体洗澡。他长这么大，没见过这白玉般的女人身子，心里一快活，不由得笑出声来。这一笑，把李小姐惊动了，她惊慌地问："谁？"

张小二说："是我。"这时李小姐还没穿衣裳，一听是男人腔，可羞死了。既然自己的身子被一个男人看见了，就只好把他认作自己的丈夫了。这天晚上，张小二就在李小姐的绣房里住了一夜。

以后，张小二就晚上偷偷地来，早上偷偷地走。这样过了一个多月，小姐说了："咱们这样瞒着父母，偷偷地来往，也不是个长法。要是跟爹娘说明了，爹娘一定不同意，恐怕嫌你长得丑。"

"这事好办，我带你跑。"

"怎么跑？"

"我穿上飞行衣，背着你跑得远远的。"

夜里，张小二穿上飞行衣，背着李小姐偷偷地飞跑了。他们跑到一个不见人烟的深山老林里，用树枝茅草搭了一间小屋住下了。

过了一年多，李小姐有点想家，也觉得深山老林不见人烟怪苦。这天，她趁张小二熟睡时，偷偷地把张小二的飞行衣披在身上，抱着聚宝盆飞回家了。张小二醒来发现李小姐走了，飞行衣和聚宝盆也没有了，心里又难受又生气。难受生气没有用，一个人在这深山老林里，没有了聚宝盆和飞行衣，吃、喝、住、走都成问题，还有可能冻死、饿死在这里。

他动身回家去，一路上可苦了。爬山过沟，饿了吃点野果野菜，渴了喝点山泉水，晚上睡在山石上。

这一天，他看见山腰里有两棵果树，结得满满的果子。再仔细一看，一棵是红果子，一棵是白果子。他先摘一个红果子吃，觉得浑身发痒，口渴难熬，就喝了一点山泉水。不大一会儿，浑身上下都长满了毛，像个野畜一样。

看看自己这个样子，张小二痛苦极了，气得乱蹦乱跳，大声叫着。但事已至此，又有什么办法呢？蹦累了，他就倒在地上睡了。

醒了，他觉得饿了，就摘了几个白果子吃，喝了几口山泉水。谁知，身上的毛全掉了，对水照照自己，变得又白又俊，他高兴极了。于是他又摘了很多红白果子，带在身上继续前行。走了几个月才到家，他又住在那间车屋里。

夜里他偷偷地爬上李小姐的绣房，又偷偷地将一个红果子放在她的梳妆台上。天明，李小姐起来，一看梳妆台上有一个又大又香的红果子，拿起来就吃了。刚吃完觉得浑身发痒，口渴难熬。她喝了一杯茶，茶刚进肚，痒痒得更狠，接着长了一身毛。她吓坏了，大声哭叫起来。

李小姐的爹娘见自己的女儿长了一身毛，也吓得哭了。光哭不行，得想法子。于是，李员外就派人在四处贴出了告示，说是谁能治好小姐的长毛病，就把家产给谁一半，年轻的还招他为婿。

张小二带着白果子来了。到了李员外门口，看门的人见他穿戴像个要饭的，不让他进。他就说是来给小姐看病的，看门人回报了李员外。李员外把他请进了客厅，以宾客相待。到了小姐病房，他假意给小姐摸摸脉，问问这，问问那，最后拿出白果子给李小姐吃了。

李小姐吃了白果子，身上的毛果然掉净了，长相比原来更俊了。张小二问她："你还认识我吗？"

李小姐说："不认识。"因为张小二变白变俊了。

张小二把李小姐走后的遭遇说了一遍，李小姐这时又高兴又惭愧，就和张小二成了亲，两人白头到老。

讲述者： 张衍凤，23 岁，高中学历，电影放映员
采录者： 王政文
采录时间： 1987 年 12 月 8 日
采录地点： 铜山县杨洼村

附记

本篇选自《中国民间故事全书·江苏·铜山卷》（知识产权出版社，2007 年 6 月版）。

117

蒸骨宴

清朝康熙年间，土山镇正西方向的陈楼村和占城镇正北方向的王楼村，陈、王两亲家之间牵扯一桩人命官司，武打文斗，针锋相对，轰动一时。

陈楼村有着太学府求学经历的陈楚楠坐拥高堂楼阁、千亩良田。王楼村的王鸿之是秀才出身，亦有高楼数座、肥田千亩。陈家之女和王家之子结为夫妻，可谓是门当户对，上好姻缘。然而结为伉俪的小两口却不太投缘，成天磕磕碰碰，吵打不断。

那年隆冬，陈楚楠母亲去世。送殡之日，地方名流、官府要员纷至沓来，门庭若市，尽显陈家显赫地位。陈家之女同夫婿王少爷自然也前来奔丧。

话说等到逝者入土为安，亲朋散尽，王少爷也便乘着自家马车归去。途中，王家的管家开口道："今儿陈家根本没把咱们放在眼里，连县府的一条狗儿也不如，就把咱王府的人晾在一边，不闻不问……"这王少爷本就是一个生性敏感多疑之人，听管家这般一说，倍感颜面丧尽，顿时火冒三丈，厉声道："调头，随我回陈家！"

按风俗，陈氏女尚需等过三日后为祖母圆过坟才可回

婆家，可一脸愠色的王少爷却要她即刻随他回去。拗不过丈夫的陈氏女眼泪汪汪地向父亲告别："看他那凶样，俺这次回去，不死也得去层皮。"父亲陈楚楠狠狠地说："谅他也不敢！闺女，你回吧，你若死了，我陈楚楠散尽家财和他王家的人打官司！"

哪料第二天王家派家丁前来陈家报信说，陈氏女昨夜已自缢而亡。陈楚楠闻之如五雷轰顶，凄然泪下。他急带众亲邻及家丁奔赴王家，将王家的锅碗瓢盆砸个稀烂，王少爷自然也免不了遭到一顿打骂。

陈家认定女儿是受迫害致死，誓将凶手绳之以法。王家直呼冤枉，小两口拌嘴虽说是常事，但总不至于到要害死她的地步。陈、王两家一时变得水火不容，各不退让。陈楚楠一纸诉状报到县衙，状告王家虐待致死女儿罪。王家也是积极运作，力辩无罪。两位名噪当地的刀笔手可谓是棋逢对手，针锋相对，不分伯仲。县老爷难以判定孰是孰非，真是清官难断家务事啊！他感慨着，欲说和了事。陈楚楠不能接受这般说和了事，他又一纸诉状告到徐州府。王鸿之也是摆出了誓将官司奉陪到底的倔劲，一路见官就拜，银子花得似水淌。陈楚楠也是一个头脑活络之人，一路哭诉着丧女之痛，一路买通官府。官司被一拖再拖，陈、王两家向官府行贿的筹码也一再加大，大有不将各自家财耗尽绝不罢休之势。承办官司的州府大小官吏是吃完了被告吃原告，孰输孰赢不好了断。无奈陈、王两家结案心切，仗着使钱于官府，催逼甚急。官吏们也想早日抛掉这个烫手山芋，便定下一计。升堂这日，陈、王两家均声泪俱下地哭喊着"青天大老爷给小民做主"跪见审判官，审判官令堂下衙役端来一只盛满汤水的瓷碗，一股恶臭之味顿时弥散开来。审判官厉声道："此汤系从陈氏女尸骨上取下的一块肉骨蒸成的，列位好好享用吧！"衙役首先将汤碗端到王鸿之面前，王鸿之不忍直视，正言道："我们有翁媳父女情，焉能忍心食也？"汤碗便递到了王少爷跟前，"我们有夫妻不了情，一天夫妻百日恩情，岂能食之？"王少爷也果断拒绝了。汤碗端到了陈楚楠面前，他双手捧碗，欲语泪先流。他不晓得审判官的葫芦里卖的是什么药，只想再一次近距离看看闺女，他想最后亲亲闺女一次，便全然不顾骨汤的恶臭，将嘴唇贴到碗沿……"好你个陈楚楠！虎毒尚不食子，不曾想你这厮竟是此等狠毒。来人呐，将陈楚楠押下堂去！"审判官以迅雷不及掩耳之势将此案草草了结。

就这样，陈楚楠的官司打输了。后来，土山当地的扬琴戏便有了一出《蒸骨宴》的剧目上演，唱火一时，流传至今。

讲述者： 陈同宜，77 岁，小学学历，农民

采录者： 花少锋

采录时间： 2014 年 4 月

采录地点： 邳州市土山镇陈李村

附记

本篇选自《邳州民间故事传说》（江苏人民出版社，2015 年 3 月版）。这是一个真实的故事，在邳南一带传讲已久。采录者是一位中学教师，他根据一位老农的讲述整理成篇。（柏枝）

118

打响场

传说乾隆下江南时，船经新河镇陈滩村，斩杀徐士风一家一百零二口人，震惊邳州乡里。徐家犯了什么罪？为什么被杀那么多人？且听我从头说起。

陈滩村坐落在京杭大运河岸旁。明朝中期，陈姓在此建庄立业繁衍子孙。至清初时有一位姓徐的商人带领儿孙来庄落户。陈姓以务农为业，徐姓以开油坊、酒坊、糖坊、盐业为主兼作种田。不到 20 年徐姓就发达起来，有钱有势。陈姓支房大，人多，缺乏技能，发展较慢，势弱于徐姓。两姓互不服气，常有些磕磕碰碰。陈滩因为地势低洼而得名，夏秋季节发洪水，时不时的河水漫堤，陈滩便是一片汪洋。后来陈徐两姓合力筑了一个高场台子，专供收庄稼打场用，收获季节常因争场地而闹纠纷，有时还打官司到县衙。清高宗乾隆二十年（1755 年）六月，邳州收麦时天降大雨，割下的麦子没法晒打，陈徐两姓又争起高场台子。吵呀闹呀，徐姓要求各占一半场地，互不侵占。陈姓人多，一点不让，整个高场台子被陈姓独占了。争场地徐姓输了，一怒之下徐姓族长做出惊人的决定：集中徐姓男女老少，挖了一个六亩地的大圆坑，深三尺。买来十几车楠木粗棒，先截成几十根五尺高的短棒，然后解一指多厚的楠木板，在深坑里打桩立短棒、搭支架，支架上面钉楠木板，搞成一个悬空的木架板打麦场。徐士风又派人去窑湾买来一百二十个铜铃铛钉在木板底层。徐姓在木板场上晒干了麦子，牵出来两匹高头大马，马头上系红彩球，脖子上系铜铃，拉着碌碡，打响鞭儿，喊着号子，打起麦场来惊天动地，声震原野。徐士风得意地捻着胡子在村里转悠着，高声大嗓喊着：“老少爷们都过来看看，姓徐的打响场了！谁听说过？谁看见过？我让您饱饱眼福，过来看看啊，哈哈……”就这样响场打了七八天，四邻八乡的老百姓闻讯纷纷跑来观看，吴知县带领一班随从也赶来观看，赞叹不已。

这年初夏，乾隆皇帝沿京杭大运河南巡视察路经邳州，邳州地方官赶来参拜护驾。那天中午乾隆乘大船来到陈滩河段，他老远就听到震耳的“轰轰”铜铃声，就问吴知县：“这么大声响是干什么的？”吴知县急忙答道：“回万岁爷，这是陈滩村老百姓在轧麦子打响场。”乾隆不解：“打响场？怎么响的？”于是吴知县忙把响场的构造一一说给乾隆听。乾隆一听觉得既新鲜又好奇，说：“走，下船看看去。”吴知县带路，皇家卫队几十人护驾来到陈滩村。乾隆帝仔仔细细地观看了响场，对徐士风说：“你打响场好气派呦！过日子还是节俭点好，土场不够打麦吗？别这么张扬。”说完一行人回到船上。乾隆对吴知县说：“我看这个村茅屋破旧不算富裕，咋这么铺张浪费？要煞这个风。”吴知县忙说：“卑职遵旨。”送走乾隆，吴知县回到县衙，把皇上的口谕修成文书禀报知府。第二天知府回文：“同意煞风。”第三天，吴知县带上捕快与衙役共三十多人来到陈滩村，围住了徐家大院，吴知县高声宣读官文：“徐士风依仗财势打响场，张扬破费，毁我乡风，对抗官府，横行乡里，圣上有口谕，知府有批文，要煞你风！为免日后之张扬造势确保乡风淳正，罚白银一万两，限五日内交到县衙，如敢违抗当斩！”徐士风听宣后不服：“收麦打场是农家正事，我打响场是地势所迫，花我自己的钱，非偷非抢，打我自家麦子，没损害他人利益，我没犯王法，凭什么罚我？”这时，一捕快上去一拳，徐士风被打倒在地，鼻孔鲜血直流。徐家三儿见爹倒地流血，怒气填胸，举起木棍猛击捕快头部，那捕快应声倒地，脑浆迸裂。吴知县见状，发怒道："你们造反了，竟敢打死官差。皇上有旨，府里有文，衙役们听令，杀徐姓一家！"话音一落，捕快、衙役三十多人各持刀剑砍杀起来，不到一刻钟徐家男女老少一百零二口人惨死在刀下，只有四儿媳带着刚满月的儿子去栗沟娘家挪臊窝[1]幸免于难。徐家院里屋里横三竖四躺满尸体，血流成河，令人目不忍睹。吴知县带着一帮身上溅满血迹的衙役们打道回府了。这时陈姓族长站出来发话了："虽然徐家过去跟我们陈家有些磕磕绊绊，如今他们徐家遭到灭门，咱们忘掉过去的怨气吧，大家动手给徐家料理料理后事吧。"说完指派人手去买裹尸白布，安排人拆除响场木架，又派人用白布裹尸体，打扫大院冲刷血迹。第二天，请来一班唢呐，吹着哀曲把徐姓一百零二具尸体全部埋在打响场的大坑里。因挪臊窝幸免于难的四儿媳妇母子俩，18 年后回到陈滩村，出钱又为家人修了一座高高的大坟墓。随着岁月的流逝，这大坟上的土也在流失，现在几乎成平地了，但村里一代代人指着那片土岗还在讲述打响场的故事。

讲述者： 陈建云，60 岁，农民
采录者： 陈登琴、陈海涛
采录时间： 2008 年 3 月
采录地点： 邳州市新河镇陈滩村

附记

本篇选自《邳州民间故事传说》（江苏人民出版社，2015 年 3 月版）。这个故事在邳州流传很广，发生的时间和地点，不同的讲述人有不同的说法。但故事的结局都是一样的，打响场的人家均被满门抄斩。（柏枝）

[1] 挪臊窝：邳州风俗。新生儿满月后，抱到娘家住几天以换换新鲜空气，俗称"挪臊窝"。

119

葛家庙白马踏青

邹庄镇西边有个葛家村，村东有座古庙叫葛家庙。在葛家庙西北二里地，有一村庄，名叫沙埠庄。沙埠庄有个财主叫丁三豹。这丁三豹为富不仁，欺男霸女，当地人对他恨得牙根疼。

一年清明节的晚上，山东青州马贩子耿晓春，赶着四十匹马去金陵出售，来到葛家庙投宿。耿晓春对葛家庙的道长邹慕勤说："请您给我买一些饲料喂马。"说着递过二两银子。

道长邹慕勤对丁三豹也是恨之入骨，就是没法整治他。他听耿晓春要买马料，便计上心头，对耿晓春说："我这庙前有几顷麦地，麦苗正旺，您可以到那里放牧。"

耿晓春说："如今小麦正拔节，马吃了就没收成了。"邹慕勤说："庙前这几顷地，官府要平为庙会摊点场地，这麦苗你的马不去吃，也要铲除。"

耿晓春听他这么一说，便把四十匹马赶到麦地。这绿油油的麦苗，马当然爱吃，很快将麦苗啃光了。第二天一大早，耿晓春便赶着马走了。

耿晓春前脚走，丁三豹后脚就来了。他到麦地一看，

鼻子都气歪了，吼道："是谁吃了豹子胆，敢在我的麦地放牧！"他边走边嚷，顺着马蹄印就找到葛家庙。

道长邹慕勤早迎了出来，忙问："丁财主，谁又惹了你，脸都气青了？"

"我的麦地被人放牧了，你离得这么近，夜里看不到，难道听不到？"

邹慕勤装作吃惊的样子，说："今夜子时，我听到关帝庙有马叫声，咱们到关帝庙去看看。"

他俩来到关帝庙，只见泥塑的赤兔马四个蹄子都沾有麦苗，马嘴也都被麦苗染成了绿色。

邹慕勤对丁三豹说："看来是这赤兔马作怪，夜里偷吃了你的麦苗。丁财主，快施舍十两银子，我给你做做法事，以免往后它再祸害你。"

丁三豹知道葛家庙很有灵气，如今又亲眼看到赤兔马蹄子和嘴上沾的麦苗，就不敢再追问了，乖乖地捐了十两银子。

原来赤兔马蹄子上的麦苗，都是邹慕勤给揉搓粘上的。从此以后，赤兔马吃麦苗的事就传开了，葛家庙的香火也更旺了。

讲述者： 葛方侠，78 岁，退休干部
采录者： 张士伦
采录时间： 2005 年
采录地点： 邳州市邹庄镇

附记

葛家庙是一座道教寺院，何时而建，无法考证。占地近百亩，有房子 50 多间。中华人民共和国成立后，这座寺庙被改建成学校，1957 年开挖分洪道时因影响行洪而拆除。（石轮）

120

『孙槌』

从前，有一位京戏演员叫赵三，为人性情疏懒，生活上丢三落四，在科班学艺也时常忘事。

有一次，台上献艺，赵三扮演《甘露寺》中的孙权，因一时疏忽，到了撩袍报名时，竟把自己的名字忘了，只说了句："俺，孙……"下边就再也想不起来了。没法子，趁着紧锣密鼓，观众没注意，"哇呀呀呀"一阵怪叫，在台上转了两圈急旋风。转到掌鼓板的老师傅跟前，身子一歪，低声说："二师叔，戏里我扮谁？名被我忘了，快告诉我，快！"

掌板的二师叔一听，吓了一跳，心里话：娘哎，说他好忘事还真会忘事，在台上这么粗心大意还了得？行，这回叫你在台上转两圈受受熬煎也算个教训。当时只作没听见，不理不睬，手拿鼓板"不——歹——呛！不——歹——呛！"一个劲儿敲家伙。

赵三一看，可气劈了，心里话：怪好的爷们儿，搁这个紧要节骨眼儿上你卡我！恨得想骂两句，可又不敢，锣鼓点子逼着，忍气吞声，撩着袍围着台"嘁嘁喳喳"又转了一圈。第二次到了二师叔跟前，赵三可就央求开了：

“二师叔，你行行好吧，不能再拖了。我叫啥？到底我也没想起来，我……”

二师叔一笑，眯着眼还是不理不睬，就那么“不——歹—呛！不—歹—呛！”按着点子老敲。

锣鼓点子逼着，不能老站，赵三无奈，硬着头皮“嘁嘁喳喳”又转了一圈；台下观众一看，心里纳闷：这到底是出什么戏呀？出来这个人，一不念二不唱，一脸呆相，该报名不报名，说开战又不开战，没人追没人撵的，咋老撩着袍幅子在台上一圈圈干跑？话说着，赵三又转到二师叔跟前，这回他都快哭了：“我的亲爹咪，再转台下就鼓倒掌了，我到底叫啥？”

二师叔瞧着赵三那副狼狈可怜相，又气又恨，就把掌鼓条的手，握成个拳头，朝上一竖，摇了两摇，嘴里说：“就叫这个！”

心里话，瞧见“拳”他还想不起来“权”吗？谁知这下反误了大事，赵三弄两岔去了。当时赵三一看这手势，若有所悟，登时满脸含笑，微微点头，一转身，抢着锣鼓点子来到台子正中，撩袍端带，昂首挺胸报出家门：

“俺，孙，呀槌！”

讲述者： 房寿松，50岁，中学教师

采录者： 郭鹏

采录时间： 1984年3月

采录地点： 邳县官湖中学

附记

本篇选自《中国民间故事全书·江苏·邳州卷》(知识产权出版社，2007年6月版)。

121

拙媳妇包饺子

从前，邳城街有位青年，娶了城北石岭一位乡下女子为妻。这女子生长在山窝窝里，没见过世面，从小又缺少家教，因此既拙又笨，不要说女红之类的针线活不会做，就连洗衣做饭之类的家务活也干不好，人说“烧锅饭煳，烙饼不熟”，那真是一点不假。过得门来，丈夫见她啥都干不好，就常常数落她，她却不服气，硬说自己啥都会干。时间长了，丈夫觉得跟她争论也没啥意思，也就能忍则忍了。

婚后的第一个春节眼看就要到了。丈夫早早地置办好年货，到了除夕这天，又把里里外外打扫干净。担心老婆办不好年饭，他又亲自帮助洗菜煮肉，剁饺子馅，一切准备停当，吃罢除夕饭就等着包饺子了。恰巧这时村里的一个朋友有事请他去给帮忙。丈夫临出门时心想，平日老婆嘴硬不服输，今天这包饺子的活就交给她，看她能包个啥样。便说道：“我去帮忙，饺子你先包着吧。”老婆满口答应。丈夫走后，这拙媳妇就忙忙火火地和起面来。

她先从面缸里搲了一瓢面倒进和面盆里，又往盆里加了一瓢水，便拿起一双筷子搅和起来，没想到这水加多

了，搅来搅去搅成了稀面糊糊。她一看这面没法揉，只得再往盆里加面，这一加，面又多了，搅了几下，散巴拉渣的还是没法揉，只得又拿起水瓢舀了半瓢水倒进去，一搅和，面又稀了，还得再添面。就这样翻来覆去倒腾了好几回，最后总算把面和得差不多了。看着揉好的这一大块面，拙媳妇心想，这要包成小的多费事，家里就这两口人，干脆就包两个大的，一人吃一个，又省事，又公道，也免得他说我多吃多占。于是，把揉好的面一分为二，擀成两张大面皮，馅子也是平均分成两份，倒在面皮上，然后上下面皮一合，沿皮子边缘来回捏了两遍，很快就把两个饺子包好了。

再说她丈夫给朋友帮完忙，担心老婆包不好饺子，便急忙往家赶。来到家一看，老婆正坐在屋里嗑瓜子呢，便问道："你怎么还没包饺子？"老婆一脸能耐地说："我早就包好了，在那面板上盖着呢。"丈夫走到桌前，掀开面板上的笼布一看，两个大饺子像小胖猪似的并排趴着，心中好不气恼。这大过节的又不好发脾气，只狠狠地瞪了老婆一眼，便转身出门去了。

拙媳妇见丈夫生气走了，不知为的啥，纳闷了好半天，又来到桌边细看那两个饺子：一般大，没什么毛病。转念又一想，唤——我明白了。平时他看我吃的跟他一般多，嫌我能吃，今个看这两个饺子一般大，肯定是嫌我没把他的那个包得大点。这么想着想着，心里也就不由得来了气。哼，你不是想多吃吗？这顿饺子我不吃又能怎样？都给你！于是她就把两个饺子里的馅全扒拉出来，将两块面皮合到一起揉了揉，擀成了一大张，将饺子馅全倒上，包成了一个大饺子。丈夫在外转了一圈，消消气又回到家里。拙媳妇见丈夫回来了，气哼哼地说："看看去，这回你满意了吧。"丈夫上前掀开笼布一看，没想到两个竟然变成了一个，真是又好气又好笑，不由得"噗哧"一声笑了。丈夫一笑，拙媳妇反倒愈加委屈起来，眼泪也不觉流了下来，边哭边说："俺好不容易过个年，你倒想吃独食，这个日子还怎么跟你过。"丈夫见她又哭又闹，长叹一声说："真是蠢妻拗子无法可治。"

讲述者： 刘成扬，78 岁，不识字，农民

采录者： 刘学秀、周保童

采录时间： 2014 年 1 月 18 日

采录地点： 邳州市邳城

附记

这个故事起源于清末民初时期。在邳城一带确有拙媳妇原型，后经口头传讲及民间艺人加工逐渐形成较为完整的故事情节，并在鲁南苏北地区广为流传。在采录者形成文字之前，本故事未见发表，只收录于《邳州民间故事传说》（江苏人民出版社，2015 年 3 月版）。（学秀）

122

泼水姻缘

苏北有个骆马湖，湖内鱼虾丰富，四周芦苇丛生。靠湖边居住的百姓，大部分以打鱼卖柴为生。

骆马湖边有一村庄叫南湖嘴，村内居民有六十来户，靠湖吃湖，生活上都还过得下去。为了使子女能识字，几家首户聘请了一位教书先生，在庄上设了一所私塾。距南湖嘴北约三里，有个北湖嘴，两庄之间有条小渠，这渠只是夏季有水向湖内流去，一般无水，所以北湖嘴也有不少小孩去南湖嘴私塾上学。其中有个叫王中的男生，十七岁，已读到《论语》。这天王中吃罢早饭，就往学校去。当他走到南湖嘴村北首张姓门前时，冷不防从门里泼出一盆水，全泼在王中身上，满身上下湿个透。他愣了神，呆立门前。

门内泼水之人，乃是张成章之女，名叫张巧云，年方十七，生得如花似玉。这天哥嫂下湖捕鱼，父母上市卖鱼，只剩她一人在家看门。她在家闲不着，就找几件衣服出来洗。因时值暮春，风和日暖，她就躲在小门楼下阴凉地洗，洗衣水随手泼出大门。她只顾泼水，没想外边有人，等水泼出，她才见有个学生落汤鸡似的站在那儿。她羞得脸像红布似的，不知如何是好，只好抱歉地说："王中哥！快进来，让我把你衣服洗洗！"

你道她怎么这般熟，就知道王中的名字？原来，王中上学天天都从她门前经过，她虽未和他说话，但从大人口中得知他是北庄王开来之子王中。所以，这回一急就脱口而出叫了王中哥。王中并不马上进门，张巧云一把将他拉了进去，"啪"一声关上门，也不管什么男女授受不亲，找来哥哥的衣服给王中换上，然后把湿衣服洗好，放到毒太阳下去晒，等到衣服晒干了才又给王中换上。这时已过晌午。

自这以后，王中每天放学回家，经过张家门口时就想起那天巧云为他洗衣服的事，想起巧云和他说的悄悄话，就有意放慢脚步。每逢这个时间，张巧云也偷空去门口找王中说话。时间长了，两人感情愈加深厚，几个月后，巧云怀孕了。

巧云的父亲见巧云的肚子一天天大了起来，便知不妙，就叫妻子去问个究竟。巧云也有点子，没说真话，却说每夜有一人神不知鬼不觉地到她屋里纠缠，鸡叫就不见了，也不知肚子是怎么大了。张妻最信鬼神，叫女儿如此一说，相信是有邪物作怪，就对女儿说："如果以后再来，你拿根针引上红线，插在那人身上，白天我们就知道是何怪物了。"

巧云答应后，等见了王中就告诉了他，要王中想办法。王中听后，稍加思索说："这事不难，你且放心，一切由俺。"

当天晚上，王中找了一根针，引上一条红线，第二天起早上学路经南湖嘴庄北土地庙时，把针插在庙内土地小鬼身上。等巧云告诉了母亲已把针插在夜里来人身上后，她母亲立即去和丈夫围村查看形迹。夫妻俩绕着村外古树孤坟逐一察看，都没发现什么。经过土地庙时，一下看见庙内土地小鬼身上插有引着红线的针，顿时大怒，找来木棍把土地小鬼打得粉碎。

张家打碎土地小鬼，招来村中多数人的不满，有人说："你自己的闺女行为不端，倒拿土地出气，岂有此理？"好多人和他吵了起来，并拉他到宿迁县衙打官司。

为了弄清真相，县官差人把张巧云拘到堂上。县官低头一看，张巧云果真有孕，心中暗想，别看她小小年纪，泛泡[1]倒还怪大，本官得给她点厉害，否则她不会轻易招来。于是，县官把惊堂木一拍："衙役们！"两边答："有！""看大刑！如这女子从实招来便罢，如若不招，重罚不饶！""是！"巧云跪在那里战战兢兢，不敢撒谎，把真情都抖了出来。县官听罢，顿时吩咐左右："快把王开来父子给我带来！"

等差役带来王开来父子一问，王中供词和张巧云的相符无差。县官再看看王中和巧云，着实也是天生一对，地造一双，于是便说："你们俩小小年纪，坦白得诚实，交代得彻底，本官成全你俩。"又对张成章和王开来说："张王两家自今日起结为亲家，你们可愿意？"张成章心想，既然生米做成熟饭，又经了大堂，还能说什么呢？不如趁这个台阶顺水推舟罢了，于是答应和王家做亲。王开来也点头同意。

县官见两家都无怨言，就说："好，现在本官就给你们批下！"随即拿笔写道："南湖嘴与北湖嘴，当中只隔一溪水；王中前往去上学，巧云猛泼一盆水；姻缘本是前生定，土地是个屈死鬼；两家定亲又修庙，各无异说和反悔；等到两家办喜事，来请本官油油嘴。"写罢将笔一放，仰面大笑，宣布退堂。

讲述者： 孙仰之，退休教师

采录者： 纪昌敬，高中学历，乡报道员

采录时间： 1986 年 11 月

采录地点： 新沂市纪集乡

附记

本篇选自《中国民间故事全书·江苏·新沂卷》（知识产权出版社，2007 年 6 月版）。

[1] 泛泡：方言，作怪。

123

闹洞房

清朝光绪年间，苏北沭河畔有个徐家村。村上有个小伙子，叫徐金沛，自幼父母双亡，由婶娘抚养成人，以打柴为生，和婶娘相依度日。因他十五岁头发掉光，所以到二十八岁尚未成亲。

婶娘的心里很着急，托了很多人为金沛提亲，最后经媒人张阿妈总算说成了一门亲事。喜庆之日，金沛多喝了几盅酒，头痒得实在难受，要把假辫子拿掉。婶娘说千万不能摘掉，你头秃，新娘一家人都不知道，新娘要知道你是秃子会悔婚的。金沛听了这话，说什么也不愿干这种骗人的事，不肯入洞房。婶娘说："为了你能娶妻抱小的，俺心都操碎了，好不容易说了这门亲。到如今临入洞房，你还不叫俺省心。你头虽秃，但人勤心好，也能配得了这个姑娘，先混过这头一夜再说。"

金沛进入洞房，见新娘子端庄貌美，细想自己是个秃子，不应该骗人家，心中十分不安，打算一走了事，不料一推门，门被反锁上了。新娘见金沛走坐不安，问他怎么回事。金沛假装喝醉了酒，说自己头疼。新娘子对他很疼爱。金沛见她如此多情，心想给她说明了吧，便说："我

的头……”新娘子忙着说：“你的头发黑油油，辫子好像风摆柳。”

金沛哭笑不得，决心把实情告诉新娘，他说：“俺要是个秃子呢？”新娘说：“不要取笑了。你就是个秃子，俺也心甘情愿。”金沛听了新娘这么一说，顺手把自己的假辫子摘了下来。新娘一见，一下昏了过去。金沛忙去扶起，新娘醒来骂金沛丧尽天良，骂媒人图财害人，恨父母把她的终身大事当儿戏。她愈想愈伤心，心想一死了事，说着拿着一条红绫就要上吊。金沛急忙上前说：“你不能死，你年纪轻轻的，命比俺值钱。”

金沛见要闹出人命事，都是自己害的，干脆不如自己去死。新娘见状，又去拉他。金沛无法，说：“俺们都不要死，明天俺把你送回娘家。”这时，新娘发现，金沛虽然没有头发，但人很忠厚。此时，婶娘在门外也听得一清二楚，忙开门进房，对新娘说：“就按金沛说的，明天把你送回娘家，再向你爹娘赔礼道歉。”新娘听了，左右为难，还是哭哭啼啼。金沛想逗她高兴，就来个蝎子倒爬墙，不料把自己身上的一只玉虎掉了下来。新娘把玉虎拿起一看，吃了一惊，忙问金沛这只玉虎从何而来，金沛说：“俺十五岁上徐州，住在一家客店里，不想夜间店房失火，一位老汉生病不能走，俺救了他。他为了感谢俺，送给俺这只玉虎。俺的头就是那次烧坏的。”新娘听了，十分感动，原来金沛就是她爹的救命恩人。

新娘高高兴兴地向婶娘敬酒，一家和睦相处直到百年。

讲述者： 马正厚，50岁，棋盘镇文化站工作人员
采录者： 张立言，45岁，棋盘镇文化站干部
采录时间： 1986年11月
采录地点： 新沂市棋盘镇

附记

本篇选自《中国民间故事全书·江苏·新沂卷》（知识产权出版社，2007年6月版）。

124

兄弟卖诗

有家姓张的兄弟俩，老大叫张想，老二叫张理，都成了家。半年前，父母先后过世，家务就由两妯娌操持。

张想的老婆是一个刁钻凶狠的女人，兄弟俩搁一起时间不长，她便对丈夫说："张理在学屋念书不能干活，还得花钱，搁一起过俺吃亏，把他分出去谁也不沾谁的光。"张想说："爹娘去世不久，再过一时分吧！"他老婆说："不管！现在就得分，不分俺就回娘家了。"张想本来就是个怕老婆的货色，听她这么一说，也只好答应。张理听说哥嫂把他们夫妻俩分开，心中十分难过。但又想到嫂子的脾气和为人，也只好答应了。

分家时，张想夫妇把好地、好牲口、好家具分给自己，把孬地、不中用的牲口、坏家具分给老二。张理一心读书，没时间料理家务，加上他夫妻俩好周济穷人，日子渐渐艰难起来。到年底，他家中缺米少面，揭不开锅。大哥家却买鱼买肉，煎炒烹炸，明知张理无法过年，却连问一声也没有。

转眼到了年三十，张理对妻子说："俺不如到县城去卖诗，回来好过年。"妻子说："早去早来，不管卖到卖不到钱，晚上就是喝口冷水也算咱夫妻过了团圆年。"张理说了声"是了"，便拿着纸和笔进了城。

到了城里，张理边走边喊："卖诗喽，卖诗喽……"不知不觉来到了县衙门口。县老爷听到有人喊卖诗，便令当差的把张理叫去。知县见张理五官端正，文质彬彬，心中欢喜。问起张理家乡住处，姓啥名谁，为何卖诗，张理一一向知县做了回答。知县想听听他的诗作得如何，便叫他作诗。张理说："请老爷出题。"知县一看院中一只绵羊，用手一指对张理说："就以这只绵羊为题。"张理不假思索，随口吟道："此物生得白似银，红嘴白牙啃草根；老爷要它有何用？不如送我卖诗人。"

县令一听倒合辙押韵，朗朗上口，心中高兴，吩咐当差的拿来十两银子交给了张理，又叫张理把羊牵回家去杀了过年。张理谢过老爷，揣着银子，牵着绵羊出了县衙，到了街上，置办了年货，便牵着大绵羊回到了家中。张理请人把羊杀了，除留下一块够他夫妇过年的羊肉，其余羊肉全部送给了四邻，也给他哥哥送去了一块。

张想老婆一看老二送来了羊肉，又看张理买了很多年货，心想他穷得揭不开锅，哪来钱买羊买年货呢？问张理，张理把卖诗的事一一对她说了一遍。

张想老婆回到家就大骂张想："俺跟你算是受一辈子罪了。你看老二到城里去卖几句鬼话，县老爷就给十两银子和一头绵羊。你只能是一头笨牛，是个吃草倒料的东西。"张想被妻子骂急了，说："别骂了，俺明天也去卖诗赚钱就是了。"于是他找到张理，问在县老爷家里作了哪些诗？张理就把在县令面前作的几句诗念给张想听。张想一一记了下来。

第二天是大年初一，张想也拿了笔和纸奔县衙门口喊："卖诗喽，卖诗喽……"县令正在家里吃饺子，听见又有人喊卖诗，便叫当差的把张想喊到跟前，问："你为什么大年初一出来卖诗呢？"

张想撒谎说家中穷得揭不开锅，无法过年，万般无奈才出来卖诗的。县老爷一听也很同情，便说："那你做一首诗给我听听，做得好重重有赏。"张想连连答道："好，请老爷出题。"县令说："就以太太为题。"张想便说："此物生得白似银，"县令一听"此物"二字觉好笑，但没吱声。张想接着又吟道："红嘴白牙啃草根；老爷要她有何用？不如送我卖诗人。"县令一听，气得大发雷霆，命当差的把张想重重打了四十大板。张想被打得皮开肉绽，连滚带爬，一瘸一拐地回家来了。他的老婆早就在庄头等着他了，看到张想一瘸一拐的样子，心猜这回县老爷一定给了不少银子，看给他累成这个样子，老远就迎了上去，问张想："给你多少？"张想哭丧着脸说："四十。"他老婆接着说："就给这点呀？"张想瞪了老婆一眼，说："你还嫌少？再多给一下俺就没命啦！"

讲述者： 沈士文，40 岁，理发师

采录者： 陆瑞亭，退休教师

朱卫东，21 岁，初中学历，农民

采录时间： 1987 年 6 月

采录地点： 新沂市新店乡南涧村

附记

本篇选自《中国民间故事全书·江苏·新沂卷》（知识产权出版社，2007 年 6 月版）。

125

二龙戏珠

有个苦命的孩子掉到后娘的手里。他后娘的心可狠啦！光叫干活，不给饭吃、不给衣穿，就是逢年过节也不给他顿饱饭吃。

大年初一，家里又擀面皮包饺子，又和面包汤圆子。孩子以为一年到头吃不好吃不饱的，今天是新年大节可捞到顿饱饭吃了！他就蹲在门口烧火，眼巴巴地瞅着锅开。

不大一会儿，面条子煮好了。大年初一不兴吃面条子，得到初三才吃这个，那叫钱串子，是图个吉利话。那面条子到底从哪儿弄来的呢？忘了那后娘心坏嘴甜，糁子的面和了也不管牙碜不牙碜，就擀了一块面皮子，切巴切巴地撒到锅里。可就这样，那后娘也不舍得，用大水瓢舀了登登叫[1]的一瓢连汤加水，给他倒在一个瓦盆里，还说什么你把这面条汤喝完了再说，有油有盐的喝了好暖和。

那孩子怕后娘打，不敢吱声，再一看那汤里还有两根面条沉在盆底里儿，唉，喝吧，喝完了还能吃到两根面条子。你看他就一面抱柴火烧锅，一面"咕嘟儿、咕嘟儿"

[1] 登登叫：新沂方言，满满的、实实的。

地往下喝。可等快要喝完汤时，那锅里的汤圆子又煮熟了，后娘来了，她又舀了一瓢汤水“哗啦”一声倒在瓦盆里叫那孩子喝。这回儿不孬，里面还有一个汤圆子，正好夹在两根面条子当中。后娘一看，就皮笑肉不笑地说：“快喝啊，二龙戏珠大吉大利！”说着还狠狠地瞪了他一眼。

就这样，那受罪的孩子喝了两瓢汤，吃了两根面条子、一个汤圆子。你看他撑得吧，俺娘哎，那肚子就跟个胀蛤蟆似的。不大会儿孩子的爹叫他吃饺子去啦。你想，他哪还有地方去盛饺子？只能看着那一碗碗热腾腾香喷喷的饺子张大嘴淌眼泪……

那后娘一见这个可就有了话啦：“都说俺不给他吃，他爹，这回你看着了吧？他天生的无出息——肚子饱了眼不饱！”

讲述者： 张福兰，女，70 岁，文盲，农民
采录者： 高振东
采录时间： 1987 年 10 月
采录地点： 新沂市炮车镇龙池村

附记

本篇选自《中国民间故事全书·江苏·新沂卷》(知识产权出版社，2007 年 6 月版)。

126

哪庙没有屈死鬼

邳州有一句俗语，叫作：“哪庙没有屈死鬼？”说起这句俗语的来历，里头还有个传说故事呢!

记不清是哪朝哪代了，土山街上有两位青年好友，一个姓韩，一个姓贺，他俩好得跟一个人似的。后来，他们在同一天娶了媳妇，两个媳妇又都在当年有了喜。这天，他俩在一起商量：等孩子生下来了，要都是男的，就让他们做兄弟；都是女的，就让她们做姊妹；要是一男一女的话，就让他们结为夫妻。不久，韩家媳妇先生了个男孩，起名叫韩光蕊。隔不多久，贺家媳妇生了个女孩，起名叫贺娥。于是，两家就结成了儿女亲家。

转眼之间，十四五年就过去了，两家孩子都大了，韩光蕊已在私塾里上学，贺娥也能插花绣朵了。他们虽听大人说起过“娃娃亲”的事，但彼此谁也没见过谁，都不知对方是黑的还是白的。

一天清早，韩光蕊上学从贺娥家门口经过，被贺娥在绣楼上看见了，她就问丫鬟梅香：“那是谁家的公子，长得那么俊？”梅香一看笑了：“小姐，他就是你的夫君，姓韩名光蕊，是老爷从小给你定的娃娃亲。我常随太太到

他家去玩，我认得他呐！”贺娥听了，心里一动，就说：“梅香，你能不能偷偷把他带上楼来玩玩？”小姐吩咐，丫鬟怎敢不听。梅香说了声：“好吧！”她就下楼去了。

不多一会儿，梅香真把韩光蕊带到楼上来了。到底是孩子心，刚见面时，他们还觉害羞，玩了一会就不怕人了。他们在楼上作诗、答对、藏猫迷，贺娥还把自己脖子上的银锁摘下来，给韩光蕊戴上。就这样，他们一直玩到大半晌午，韩光蕊才想起要去上学，慌得他拿起书包就往学堂跑。

跑到二半道[1]，韩光蕊跑得热了，一摸脖子：“哎呀，我要戴这个锁子上学，同窗们看到不笑话我吗？把锁子扔了吧，心里舍不得；送回去吧，那不更耽误上学了吗？”左思右想，没有好法子。路边正好是关帝庙，韩光蕊见黑周仓的塑像脖子上光溜溜的，心想：“干脆把锁子戴他脖子上吧，等散了学再回来拿。”于是，他就将银锁挂在周仓像的脖子上，转身赶往学堂去了。

韩光蕊前脚刚走，贺娥的舅舅王安就进了庙门。他是在街上赶集路过，进庙里来歇歇脚的。一抬头，王安见周仓脖子上挂着个锁子，觉得很奇怪，就走到跟前摘下来一看：“哟，这不是我外甥女贺娥的锁子吗？是贺娥出生的时候我送给她的，怎么挂在了周仓像的脖子上了，我得赶紧去问问！”王安拿着银锁三步并作两步，气喘吁吁来到了贺娥家，找到贺娥母亲说：“姐，你说怪不怪，我外甥女的银锁子，怎么跑到关帝庙周仓像的脖子上去了？”贺娥母亲也不知怎么弄的，就上绣楼询问贺娥：“闺女，你整天大门不出二门不迈，你戴的锁子怎么跑到关帝庙周仓像脖梗上去了？”贺娥心想：明明是我亲手把锁子戴在韩光蕊脖子上的，怎么会跑到周仓像上？这真奇了！贺娥怕母亲追问，就瞎编道：“昨天夜里，我正睡觉，忽然梦见个大黑影子进我屋来，等我睁开眼睛，一摸脖子，银锁就不见了。我吓得糊里糊涂，所以到现在也没给母亲您说。”

贺娥母亲走下楼来，将贺娥的话一五一十地给弟弟学了一遍。王安一听可气死了，二话没说，摸起根棍子，就往关帝庙跑。进了庙，不问三七二十一，抡起棍子“噼里啪啦”一顿砸，把周仓的塑像砸了个稀巴烂。王安用棍子指着碎泥片说：“看你个臭毛神还敢不正经！”说完，拉起棍子走了。

王安刚出庙门，突然从天上飘下一幅黄帖子来，正好落在了王安怀里。王安展开一看，只见上面写道：“人是人，鬼是鬼，贺娥送锁韩光蕊；你王安砸碎我周仓像，哪庙没有屈死鬼？”王安看了，连呼：“莽撞，莽撞！”回去后，王安将实情告诉了姐姐，他们又花钱重塑了一尊周仓像。

打那以后，“哪庙没有屈死鬼”这句俗话，就在邳州农村流传开了。

讲述者： 李守文，43 岁，农民
采录者： 杨光正
采录时间： 1988 年 9 月
采录地点： 邳县官湖镇

附记

本篇选自《邳州民间故事传说》（江苏人民出版社，2015 年 3 月版）。“哪庙没有屈死鬼”，这句话虽然流传很广，但很少有人知道它的来历。采录者寻根究底，终于在一次采风中找到了答案。（夏至）

[1] 二半道：半途，半路。

127

琴结姻缘

大清康熙年间，黄集街上有个姓卜的穷家公子。原先，他祖上也是富户，到他爹这辈，家业才败落的。

卜公子四书五经念完了，没考上秀才。他虽然穷，但是好弹琴。

这天深更半夜，公子一个人弹琴玩儿，忽听狂风刮得树叶哗哗乱响。一阵风刚刮过，他看见院子里的大柳树上站着一只鹰，两只眼如铜铃那么大，“嗤嗤”放光，嘴像挂肉的钢钩。大鹰一抖翅膀“刷刷”地响，吓得公子不知往哪里藏好，闭上眼睛连动也不敢动。

过了一会，卜公子听到院里有行人的脚步声，他睁开眼一看，面前站着个二十来岁穿戴齐整的白面书生。

卜公子正在害怕，看见来了个人，好像遇见救星，忙起身让座。那书生也不推辞，好像多年老友，坐下来就和卜公子谈起话来。两个人谈得还十分投机。

那书生说：“刚才，东海龙王请我去，路过这里，听到你弹的琴怪好听，就丢下路程前来听琴。先生能劳神再弹上一曲吗？”公子说：“弹得不好，恐怕先生见笑。”书生说：“弹琴要精，不怕人听；学琴不难，只要常弹。”公子不好推辞，就弹了一曲。书生说：“这是张生爱弹的《凤求凰》，弹得虽好，就是宫音太亢，商音太衰。如不见怪，我重弹一遍，你听听怎么样？”公子说：“多蒙兄台指教。”

书生接琴在手，轻轻一拨，如叮咚流水，彩云赶月。一曲弹完，卜公子听得一劲咂嘴叫绝，那书生一连喊了三声，他才答应。原来，他听得入了迷，神出了窍。自念人世间哪有这样好的琴手，他非圣即仙，慌忙站起身来深深一揖，口称：“师傅在上，受弟子一拜。”书生伸手拉起公子说：“你我年龄相差不多，应该以兄弟相称；至于弹琴，我们可以相互学习，取长补短。”公子听了十分高兴。

书生卷起袖子一连弹了三四个曲牌，在指法、音律上又教会他许多。

他二人一教一学，不知不觉鼓打三更。书生站起身来抱拳拱手说：“我有约在先，不能久留了。”公子听了还想挽留，但见狂风平地而起，两道白光一闪，照得院内如白昼一般，眨眼工夫不知那个书生哪里去了。

公子来到院中，好像吃醉酒，又像做梦似的，糊里糊涂好大一会子才转过神来，回屋休息去了。

天亮后，公子半信半疑，端过琴来依照书生的指点弹奏起来，果然琴音比往常好听了许多。

从这以后，一连三年，每年都是这一天，那白面书生夜里来教卜公子弹琴，他俩的感情也就越来越亲密了。就在这最后一年，书生对公子说：“我觉得你的琴学好了，世上没有人能赶上你。你也不能光在家里守穷，到外边去闯闯，或者能碰上好时运。况且，我们的缘分也尽了。”卜公子听到这里，哭得连话也说不出来了，拉住那书生的手不肯放开，书生用手一指，说：“你看那边人来了。”公子一转脸，那书生就不知哪里去了。卜公子向天空作了一揖，说：“小弟不送了。”恋恋不舍地转回屋中去了。

自从书生走后，公子天天练琴，不到一年，他穷得连饭也吃不上了。卜公子万般无奈，只好卷起铺盖远走他乡去谋生。

“人说江南好，无饭山水饱。”卜公子背着行李卷，手拎着琴，沿途讨饭来到了江南苏州城，看到这里山清水秀，就在这里住下不走了。

卜公子正在年少，为人谦恭厚道，住在苏州城北关外给人帮个零工，要个饭，不久就交上了许多穷朋友。有个卖茶的老头说："看你虽然穿着破烂，可不像个穷家出身，你可能念过几年书吧？"卜公子说："人落了魄，念过书又有什么用？"老头说："你能写会算，干啥不比要饭强？我借给你几个钱，你做点小生意不好吗？"卜公子说："你肯抬举我，我还能不愿意吗？可是我能做个什么生意哎？"老头说："我给你几十个小钱，你买些瓜子、糖果去卖，能挣上吃的，还给我，挣不上吃的，你给我拉几天茶炉子，就算得工钱。"公子接过钱，谢过老头，就做起卖瓜子的小生意来了。

这天，卜公子卖瓜子走到苏州城最大的一家乌龙院[1]跟前。他见这里闲人多是有钱的，瓜子卖得快，一天也能挣几个钱，除了吃喝还能剩个把，他就天天到那里去卖。

一天，卜公子及早把瓜子卖完了，看看天色还早，就逛着闲玩。忽然，他听到烟云楼上传来琴声，就坐下听起来，直到上边不弹了，他才离开这儿。打这以后，卜公子天天卖完瓜子以后就到楼下听琴。这烟云楼上弹琴的人是个名妓，名叫凤仙。她是个身份很高的人，身旁有个丫鬟名叫春香。春香常常看见有个卖瓜子的青年人在楼下听琴，心里觉得奇怪，就告诉了凤仙姑娘。开始，凤仙听了没往心上搁，春香说得多了，她也注意起来。

这天，刮着西北风，飘着雪花，街上行人稀少，凤仙见卖瓜子的一身雪，坐在楼下听琴，就叫春香把他叫上楼来。卜公子开始不愿去，春香常买他的瓜子，和他混熟了，就说："小姐见你爱听琴，外边风雪大，就叫你到楼上去听，没有别的意思。"公子听说叫他去听琴，啥话不说，就跟春香上楼了。

卜公子来到楼上，凤仙叫他坐下，问："你这么爱听琴，难道懂得琴音吗？"卜公子说："我一生最爱弹琴，家业被我弹完了，学业被我弹废了，如今成了个要饭的。"凤仙说："那你的琴一定弹得不错啦？"公子说："弹不甚好。""你弹个曲儿给我听听好吗？"公子还想推辞，春香却把他拉到琴案上。

[1] 乌龙院：旧指妓院。

卜公子坐好，调理好丝弦，随手弹了一曲《霓裳羽衣曲》，刚要停手，凤仙急不可待地叫他再弹一曲。公子又弹了一曲《阳春白雪》。凤仙还是不依，他又弹了一曲《凤求凰》。三曲弹完，楼上、楼下挤满了人，掌声不绝。凤仙更是喜在心头，笑在眉梢。

众人还请公子弹琴，公子推辞说，天色晚了，要回家弄点吃的。凤仙本舍不得叫他离去，但是初次见面也不好开口，临走时，给他一把雨伞，叮嘱他明天来教她弹琴。

公子回到住处，仍做他的瓜子生意，有空就到凤仙楼上玩，二人弹琴交心，渐渐有了感情。

凤仙姑娘为了能常和卜公子在一起，就在楼下不远的地方给他赁了三间客房，让他搬来住，又给他买了靴帽蓝衫，不叫他再做瓜子生意，天天教她弹琴，和她在一起。卜公子一切生活费用全出在凤仙身上，她连客也不接了。

卜公子吃得好，穿得好，俗话说：人是衣裳马是鞍。不到一个月工夫变样了，像一个体面公子。又因他老实稳重，凤仙就把他爱得无人能比了。

时间越长，凤仙对卜公子爱得越深，便提出要与公子结为长久夫妻。但是公子总觉得自己穷，不敢答应。

时间易过，转眼卜公子来到苏州城三年有余了。这年清明节，公子陪同凤仙到野外踏青。他们见到许许多多男女老少挎着篮子，提着酒壶到亲人坟前烧纸泼浆，勾引出公子一番心事，不觉泪滴两腮。他刚想用手去擦，却被凤仙看见了，凤仙便问："自从咱俩相识，我待你怎样？"公子答道："好极了。"凤仙说："我哪里做错了？"公子说："不错。""那你为什么伤心落泪呢？"公子就说："我出门已久，家无兄弟，祖上坟前连个烧箔燎纸的人也没有。"凤仙说："要回家，这个不难，不过咱们得一同回去。"公子说："要说别的可以，要说你跟我同去，我万万不能答应。"凤仙说："那么你嫌我丑？""不嫌。""你觉得我出身微贱？""更不是。""那究竟为了什么呢？""因为我觉得你虽然不是出身高门大户，富贵人家，但是你却享惯了清福，吃的是鸡鱼肉蛋，穿的是绫罗缎绢，住的是高楼大厦，用着丫鬟使女。我家里穷得叮当的，你跟我去，还不是鲜花插在粪堆上，一辈子也没有个出头之日！"凤仙说："我情愿粗茶淡饭，破衣烂衫，别人要能熬，我也能过。”公子还是不答应，凤仙哭得鼻涕两筒泪两行，公子只是摇头。凤仙见怎么说都不行，只得打消了这个念头，说：“你既然不让我去，那你在家过上一年半载就回来总可以了吧？”公子说：“那好，你等我半年，我要是不回来，就别再等了。”

公子起身时，凤仙给了他一些银两，虽然不多，路上够用，到家还能吃上半年。

公子走后，凤仙无时不在想念，总觉得公子三两个月就能回来，谁知半年已过，还是不见他的影子。凤仙就打定主意，赎身寻夫，到乡下去找自己的知音。

凤仙托朋告友与老鸨儿说通，花了三千两银子把卖身文书换回来，然后把衣服首饰装进箱笼，金银玉玩又藏在暗处，带上春香离了苏州城。

主仆二人坐船沿大运河北去，来到了徐州府。她们在城里住了两天店，凤仙叫春香雇头毛驴，先到黄集去打听卜公子的下落。

卜公子见到春香，知道凤仙来了，不好再推辞，就叫春香回去禀告小姐，他亲自到徐州迎接。

春香回去把卜公子的话一说，凤仙心里非常喜欢。谁知，过了一天又一天，一连三天也不见公子的影子。凤仙无奈，叫春香二次去找公子，看他有什么话说。

春香来到卜公子门前，只见搭着灵棚，又听到屋里有儿呀、娇啦的哭声。她一问邻人，才知道卜公子前天夜里得急病死了。春香急忙赶回徐州，告诉了姑娘，凤仙悲痛得就不想活了。春香劝姑娘：“不要哭坏了身子，公子已死，还是带着东西回苏州吧。”

凤仙说：“我是为卜公子来的，就是他死了，我也要去看他一眼，以表我的爱慕之心。”于是，凤仙就叫丫鬟到街上买了许多上好的锡箔纸、信香等物，前去吊孝。

凤仙一路哭哭啼啼，来到卜公子的灵棚底下，进屋看了一眼卜公子的尸体，把香箔纸点着，便痛哭起来。这时正是五月天气，西南风刮得正猛，凤仙买的香箔多，又没顾得穿成串，光冒烟不起火头，浓烟正好直往丧屋里灌。凤仙觉得公子死了，她一无亲二无故，将来依靠何人，就越哭越痛，哭着哭着就不想活了，她就爬起来要向墙上碰。哪知床上的死人，却从床上一折身下了床，向外就走，两个人正好撞个满怀，他怕她死，她盼他活，两个人就紧紧地抱在一起了。

再说人死了怎么又能复生呢？

当初在苏州城，公子要回家祭祖，凤仙要一同回乡，终生相依，公子没有答应，那是为凤仙着想，怕她跟着他终生要受风霜劳苦。当时他想的是半年之后，我不去她不来就各走各的路了。谁知凤仙见他不去，自己却来了，他就想法装死让凤仙死了这个念头，回苏州享福去，就两罢干休了。卜公子想好，暗地里给伯母说通，就装起死来，没料到凤仙如此痴情，要以死相随。他这个“死”就装不下去了。

凤仙问公子为啥要这样装扮，公子把心里想的告诉她，凤仙更加感到他为她着想，不为自己打算，就越是敬重公子。乡亲们听了二人的叙述，对他们非常敬佩，看热闹的人也就越来越多。到晚上，人走了以后，凤仙叮嘱公子：“明天雇一二十个推车的，到徐州客栈搬取咱的财物，尤其那百十盆花草，千万要慎重，别叫拿去或打碎了。”

第二天，卜公子带着脚夫到客栈把凤仙的东西运来，堆满了屋子。首饰、玉玩、衣服、被褥、酒具、茶具、饭具应有尽有，花盆的泥土里埋的全是金银珠宝。他们购置田园，盖了一片房子，楼瓦雪霜的，又买了家奴院工，成了这一带出名的富户。

讲述者： 赵修玉，78 岁，不识字，农民

采录者： 蒋均亮

采录时间： 1986 年 1 月 30 日

采录地点： 铜山县后郝庄村

附记

本篇选自《中国民间故事全书·江苏·铜山卷》（知识产权出版社，2007 年 6 月版）。这个故事情节曲折，跌宕起伏，引人入胜，在徐州一带广为流传。最初好像是两三个小故事，一是有人只讲前面一

段，穷公子学琴痴迷，夜半有仙人入室指教，公子琴艺高超，仙人飘然而去，从此公子凭一技之长，浪迹天涯；二是有人讲穷公子人穷志不短，身怀琴技，偶有艳遇；三是有人讲的更甚，后面又多了装死一段，更显得感人。在流传的过程中，有人为了增强故事的曲折性和生动性，将两三个故事加以整合。讲述者赵修玉老人所述就是整合以后的故事，也许整合者就是赵修玉老人。（许治中）

128

『拉』『辣』

从前，在俺睢宁县城北十里处，有家姓王的财主，他的公子与姓梁的财主家闺女秀花作亲。两家可算是门当门户对户啦。不料，梁家遭了天灾人祸，倾家荡产，穷得脚无立足之地，头无片瓦遮天。可过去不像现在，好不好就解除婚约，一般是不容易退亲的。

到了婚配年龄，王公子也只好把梁秀花搬娶进门。过门那天，秀花娘家什么也没陪。你想，梁家娘俩还是借人车屋住的，有什么陪呢？秀花也只有把两件平时穿的破衣服，打个软包袱。秀花一进王家门，王公子哪能看得起？晚上送过房，亲戚都走啦，王公子就是不让她进屋。秀花三次进房，都被王公子扯胳膊拉到大门外去了。最后一次被拉出大门外，秀花真是受不了啦，她心想，不是俺娘家穷吗，人家才看不起俺。转念又一想，他是人，俺也是人，有钱也不能常有钱，穷也不能常穷。走！不吃馒头也要蒸口气。秀花一下狠心，头也不回地往南走了。

秀花一连摸了三天三夜，来到了南乡一个尼姑庵里。庵里有二十多个尼姑，土地有十几顷，是个有名的富庵，可是当家尼姑年龄过大，正为找一个能当家的尼姑时时犯难。这天秀花摸到这里，见了老尼姑把外出前前后后一一说清，老尼姑看秀花很有才，就收她为干女儿，帮她在庵里料理家务。秀花还是村姑打扮，并未削发为尼。不几年老尼姑病故，秀花就接管了庵里大权。

天有莫测风云，人有旦夕祸福。那一年王公子也遇了天灾人祸，日子一天天凋零，连饭也吃不上了。这年麦收时，王公子听说南乡有个尼姑庵收短工，干一天活能挣两块铜板，他也就跟人去了。

上工头一天，秀花在庵前麦场上清点人数，按人分活。虽然分开十年啦，秀花一眼就认出了王公子。可王公子怎么也没有料到秀花会落到庵里，这十年他估摸秀花早投河自尽了，所以也不在意。秀花有意问王公子："你也是干活的吗？带镰刀了吗？"王公子回答说："割不上来麦子。""我料你也割不上来麦，那你去拉麦吧。"

王公子哪干过这活呢！咋不咋干了一天活，累得腰酸腿痛。到晚上连饭也没吃就趴在麦垛子上睡着了。秀花心想，今天够你受的了。她晚上趁人都休息了，找到王公子，把王公子叫到自己卧房，摆好了盅筷，叫小尼姑端一盘青辣椒丝，端一盘红辣椒面，暖一壶辣酒，说给王公子解解乏。王公子非常感谢，秀花坐在里间看王公子喝酒。王公子本来爱喝酒，可好几年未喝啦，难得见到酒，一盅连一盅喝，筷子不住夹菜。你想吃的是辣椒丝、辣椒面，喝的是辣酒，辣对辣就更辣啦。把公子辣得稀溜嘘拉的，嘴不住说："辣啊！""真辣啊！"秀花这时在屋里哈哈地笑着说："王公子真辣吗？"王公子连说："辣啊，辣啊。"秀花看时候到了，便从屋里走出来，站在王公子身旁对王公子说："王公子能辣到什么样，还能辣到大门外去吗？你还记得十年前一个新娘子被你拉到大门外的事吗？"王公子一端详秀花，这才明白，羞得脸像块红油布，起身就往外跑。秀花一把拉住，口称："相公，你能回过味来就好了，俺夫妻不是又团圆了吗？"

讲述者： 李文金，男，84 岁，大专学历，睢宁县文联退休干部

采录者： 张甫文，男，68 岁，大专学历，睢宁县委宣传部退休干部

采录时间： 2020 年 7 月

采录地点： 睢宁县文化馆

附记

该故事流传于睢宁西北部庆安、姚集等乡镇。在新中国成立前由吴允宝听其父亲讲述，后传给李文金，经整理入编《睢宁县民间文学集成》。2008 年由现任庆安镇文化站站长蒋晓宁再作采访整理，入编《江苏省非物质文化遗产普查·睢宁县资料汇编》。目前，该故事在庆安、姚集等乡镇仍有传讲，能详述者约有 15 人。（张甫文）

129

胞兄弟俩打官司

还是清朝时，俺高作街上有一对沈姓胞兄弟，哥哥叫仲仁，弟弟叫仲义。只因父母双亡，为了瓜分先人留下的遗产而争执不下，闹得到县衙打起官司来了。

状纸递上两年多，也未能得到他们胞兄弟两个都满意的结果，所以，官司被一直搁置下来。

第三年，县里调来一位新知县，据说是一个很有学问的清官。他任职后，首先查阅案卷，当看到沈姓仲仁、仲义兄弟俩为先人的遗产分家不均，而打了两年多的官司未果而感到痛心。于是，即下传票。第二天升堂，便将沈氏兄弟带到大堂，将已批好的案卷交给他们。兄弟俩一看完批文，抱头痛哭，从此再也不提诉讼了。批文是：

鹁鸽呼雏，乌鸦返哺，仁也；

鹿得草而鸣其群，蜂见花而聚其众，义也；

羊羔跪乳，马不欺母，礼也；

蜘蛛罗网而为食，蝼蚁塞户而避水，智也；

鸡非晓而不鸣，鸭非舍而不至，信也。

禽兽尚有五常，人为万物之灵，岂无一德？以祖宗遗产之小事，而伤手足之大情。沈仲仁，仁而不仁；沈仲义，义而不义。有过必改，再思可也。

讲述者：滕绍启，男，68 岁，初中学历，高作镇原文化站站长

采录者：张甫文，男，67 岁，大专学历，睢宁县委宣传部退休干部

采录时间：2019 年 11 月

采录地点：睢宁县高作镇文化站

附记

此故事发生在睢宁县东部高作镇，在有序传讲中，非常具有教育人的作用。在该地区若遇到有胞兄弟之间发生矛盾，大家均以弟兄俩缺少“五常”论之，也就互相主动让步了。民国时，由高作镇高北村农民高镜山传讲，后传给袁雅杰，又传给唐献伟、滕绍启等人。目前仍在有序传讲。该故事在《睢宁县民间文学集成》《江苏省非物质文化遗产普查·睢宁县资料汇编》等均有收录。（张甫文）

130

扁担开花鱼打鼓

以前，俺这土山村后的项窝庄上有一户姓项的，很有学问，据说还在河南某县任参总。

有一年他的母亲死了，回家送葬，请了阴阳先生看风水地。先生看好了风水地，择吉日在农历二月二十六送葬。项总问阴阳先生，此处风水怎样？先生答道："此处三面环山，山口向阳，形如交椅，如葬此处可世代做官。"项总问："有什么显景？"先生答道："有！到日子你就会自然而然地看到了。"

到了二月二十六日，正是胡集逢古会的日子。吃过中午饭后，项家往湖里抬棺材，纸活扎得又多，四楼、四库、金银库、男童女童、鹿马羊鹤、魁星点状元、开路鬼，粗细吹打三班子，喇叭、号子可热闹啦。

当把棺材抬到坟地，正好赶胡集会的人路过项窝。谁不想看看项总送葬的热闹排场。人们越聚越多，把项总送葬的队伍围了起来。赶会的人家里有带小孩的，总得在会上给小孩买点纸花、苘毛花团，拴在扁担头上扛着。

正在这时，天上有一只鱼鹞，口中叨着鱼，飞过上空。下边喇叭号子锣鼓声响，鹞子被惊吓一张嘴，小鱼从空中掉了下来，正落在大鼓上。打鼓的人忙去拾鱼，风水先生一眼看见，忙说："项总老爷你看显景来了。"项总忙问："显景何在？"先生说："扁担开花鱼打鼓，项总辈辈做知府。"项总欣然一笑，满意地说："好！好！好！"

直到现在有人问项窝庄怎么没有姓项的呢？说法可多了，有的说：项家在外面做官，全家搬走了，只留下老祖坟石碑和项窝庄名。也有人说：打响场[1]取乐，有人告他地下藏兵想造反，因此犯了抄家之罪，被皇上抄了，所以没有姓项的。也有说抄家后留下一个孩子，藏在姓孙的家里，小孩长大成人，就姓孙，不姓项了。

在这块风水宝地上，后来又有官辈在这里葬了祖坟，还立了石碑、石坊、石桌。那石碑上还刻有"兰陵"的字号，说明当时此地属于兰陵县。还有一块大石碑，上边刻着"万历三十年立"。现在这两块石碑都在，不过有一块大石碑不知被哪个缺德的家伙砸断了。

讲述者： 魏本水，男，69 岁，中专学历，睢宁县文联退休干部

采录者： 张甫文，男，68 岁，大专学历，睢宁县委宣传部退休干部

采录时间： 2020 年 6 月

采录地点： 睢宁县岚山镇文化站

附记

此故事在 1987 年由高小文化、时年 64 岁的退休干部沈学智讲述，时年在岚山乡文化站工作的魏本水记录整理，编入《睢宁县民间文学集成》。2005 年由李文金、张甫文进一步调查整理，编入《中国民间故事全书·江苏·睢宁卷》。（张甫文）

[1] 打响场：场挖空，放上地塘板，板下系铃铛，打场时一震动就响。

131

扯王茂地去了

“扯到王茂地啦！”是俺睢宁人常说的一句俗语，意思是听到某人说一些与事情不沾边的话，内容离题太远，编造离奇，不合实际；为了制止别再胡扯啦，就用“扯王茂地去了”这句俗话来调侃或制止侃呱的人。

其实这句话起源于很早以前。王茂是俺睢宁北部姚集一带有名的大地主，庄上老人都说，他家的土地和梨园多得没法数，无边无垠的。

王茂这人起先家里很穷，老家搁山东，是跟人家要饭来到俺睢宁姚集的。刚到这里时，是在姚集西的山坡上搭个茅庵棚子住的，一边要饭一边开荒种庄稼。那里土地肥，天气又好，也该他走时，种的庄稼年年丰收，后来渐渐就富起来了。姚集往北、黄河以南过去是一片沙窝荒地，方圆多少里没有人烟，王茂就在那里自由开荒；他的田块越来越大，大到嘿个[1]也数不清。单讲梨园多大吧，有人要是走进去转来转去，半天也出不了他家梨园。

王茂不但梨园大，他种粮还相信科学。他的西邻李盛也跟他学会间作套种，以充分利用光照而获得高产。有一年，王茂田地采取高粱套作大豆，李盛田地采取玉米套作棉花；而东邻刘广是个“撒把种子望天收”的懒汉人，他的田里全部种植省工省事的纯作大豆。这年秋季，李盛的玉米夜间被盗，第二天他到下邳城财神阁大街，突然发现刘广在出售鲜玉米棒子，于是怀疑刘广为偷盗对象。李盛迅速到县衙报案，县令在详细了解李盛田地坐落、种植品种等基本情况后，立即委派衙役将疑似偷犯抓来当庭问审。县令上堂将惊堂木一摔：“刘广，你要快速如实回答我提出的问题。你的田地东邻西邻是谁？”刘广战战兢兢地速答：“东邻是王茂，西邻是李盛。”县令又问：“你的田里种植作物是纯作还是间作？种的什么作物？”由于刘广根本不懂什么是间作和纯作，便随口应答：“我的田里是间作，种植高粱与大豆。”县令当即将惊堂木重重一摔：“大胆毛贼，扯到王茂地啦！既然未种玉米，哪来玉米出售？打入牢狱。”后来，传至民间，一直作为对胡编乱造之人的有力斥责之语。本来因王茂田地多，加之又有这一案子出现，人们常用“扯王茂地去了”这句话来形容话题扯远了；传得年代多了，也就成了当地一句俗话。

[1] 嘿个：方言，哪个。

讲述者： 吴限，男，64岁，高中学历，王集镇原文化站退休干部

采录者： 张甫文，男，68岁，大专学历，睢宁县委宣传部退休干部

采录时间： 2020年7月

采录地点： 睢宁县城银河小区

附记

此故事在20世纪80年代由原睢宁县新华书店干部张清兰和原李集镇文化站站长吴恒昌共同讲述（“文化大革命”前二人均在姚集人民公社工作），由县物资局会计郑芬收集整理，编入《睢宁县民间文学集成》。后又收入《中国民间故事全书·江苏·睢宁卷》和《江苏省非物质文化遗产普查·睢宁县资料汇编》。随着世代有序相传，

传播范围不断扩大，“扯王茂地去了”这句老话也就自然成为睢宁各地普遍使用的口头语，也发展成为一种中性使用词。如在朋友闲谈之中，当听到一方有不切实际之语，另一方便温和阻止：“哎！哎！你扯到王茂地去啦！”于是，对方也就一笑醒悟，戛然而止。（张甫文）

132

宋神医治病良方

大清朝时期，下邳有位神医，名曰宋冠参。关于他治病救人的故事世代有序传讲，下面是三则有关他的故事。

别出心裁

清朝年间，一天早饭后，下邳宋神医刚刚开门，忽然一个病人踉踉跄跄闯了进来，焦急地喊道：“我这怎么办啦，眼要瞎了！求求你，好好看看，看能治好吧？”

宋神医不慌不忙，搀扶病人坐好，把把脉，然后显示出诚恳而又惊慌的样子说：“你眼疾好治，可是你的脚要生病了，很难治，说不定得锯掉。”病人陡然更加惊慌起来，苦苦央求：“脚不能锯啊！脚不能锯啊！无论如何请你治好！想想办法吧！”说着就要伏地磕头。医生把他拉起来，摁在椅子上，说：“你要照我的说法办，就能治好。就怕你没有毅力恒心！”病人连声说道：“有！有！你说咋办就咋办！保证做到！保证做到！”宋神医郑重地说：“为了保证你的脚不被锯掉，每天早晨和晚上必须来回揉搓脚心三千下，每只脚都要揉搓三千下。能做到吗？”“一定做到，一定做到！”

宋神医又开点明目、降火、滋补肝肾的中草药，叫他回家煎服。

临走时宋神医又叮嘱：“早晚每个脚心都揉三千下，一个月后来见我。”病人诺诺连声而去。

一个月后，病人来了，惊异地向宋神医询问：“我的脚没犯病，眼也好了。你的治法怎么这样灵！”

宋神医说：“好了就好了！何必多问。”病人说：“我很想知道个究竟。”

在病人再三恳求下，宋神医只好道出原委：“那天你刚来到，我看到你惊慌焦急的样子，就感到治病首先要治心。我把你的脚病夸大了，使你的注意力从眼转移到脚上，也就是说打消了你对眼的顾虑，解除了治疗上的心理障碍。叫你每天早上晚上都要磨脚心三千下，使你的心更加沉静，或者说彻底忘了眼病。其实你的脚根本没有病，也不怕你对脚的过分焦虑。同时磨脚心也可以治眼病。脚上有七十二穴位，其中涌泉穴是腹腔神经丛的反射区；按摩涌泉，对心肝脾胃都有好处，是可以治眼病的。人身上有多条经络起于脚心或止于脚心，从而可以知道磨脚心可以强身健体，增强抵抗力，更有利于治眼病。经过一个多月的磨脚心，眼病治好了，脚也未犯病，身体也强壮了，现在可以安心了。”

病人听后深深一揖，喃喃说道：“你真是神医啦！名不虚传。”

别出心裁治病之术，看似无理，实为妙术。后人有诗为证：

世事无常变幻多，人间物理耐研磨。
雄黄解却乌蛇毒，卤水凝成豆腐波。
文致远，武调和，相如一语服廉颇。
林中大象威风勇，却怕遭逢老鼠窝。

泻滞补虚

清朝同治年间，下邳府官终日感到浑身无力、疲惫不堪，走起路来气喘吁吁；久治不愈，便派手下人四方寻求名医。一天，厅内端坐着十几位名医，府官从后堂走来，椅子上坐下，少气无力地说：“有劳各位名医至此，实为幸甚。敝人顽疾在身，虚弱过度。恳请诸君，明断病因，献出妙方，敝人感激不尽。”

大家纷纷把把脉，看看舌苔，然后落座。

众医师各自谈出见解，大多认为是劳思过虑、气血两亏、血不养心等等；至于药物，不外乎人参、黄芪、党参、白芍等补虚之类。独有一位老者——宋神医默不作声。府官最后问他：“先生，有何高见？”

这位老者谦虚地说：“本人才疏学浅，望各位见谅。”

府官也怪机敏，随即说道：“各抒己见，互为切磋琢磨，以求良方。”

这位老者方才开口：“我开的药方与诸君不同，我开的是大黄。”

此言一出，四座皆惊：虚弱过度，怎么能用泻药？

府官也十分惊愕，随即说道：“请明言此方之道。”

宋神医慢条斯理，娓娓道来：“大人不是气血两亏，而是油腻过盛，肠满气滞，口淡厌食，营养不济，因而神疲身倦。原来大人粗粮不进、素食了了，终日精米细面、大鱼大肉，膏粱厚味，皆伤脾胃，而又很少活动，以至体内积存油污，胀满腹胸，气喘吁吁。欲要强身，必先泻其积滞，以便胃松肠宽，食欲渐增，营养有济，自然身轻体健、神清气爽。而大黄之功能，泻下攻积，清热泻火、解毒，活血祛瘀，而又利胆、利尿、止血、健胃。大人初以小剂量用之，适应后再增加剂量，必然胃松肠宽，饮食增加，营养有济；再辅之以少荤多素，少车多步，日日活动，自然身轻体健，神清气爽，不复倦矣！”

宋神医又说，有人写了一首咏大黄的词：“良药可通神，杏苑堪珍。婴孩初诞即沾唇。救命何止千百万，德伟功臻。医士最艰辛，耗血劳神。袁枚感慨独情真。若得名师能善用，万病回春。”

府官听了点点头，众皆佩服。的确，在宋神医用大黄等药调服下，府官很快康复。

笑为良药

清朝，一位下邳州官得了抑郁症，终日闷闷不乐、茶饭不思，神情恍惚，面色灰暗，弱不禁风。多方医治，收效甚微；遍访名医，久久不得。忽在一天请来了方圆数百里闻名的宋名医。宋神医把脉以后，爽朗地说："我知道你的病源，你每天必须向六个以上的人讲出你的病源。能做到吧？"

州官说："别说向六个人讲，向十个人讲也可以！"

宋神医说："说到做到！"

州官爽快地说："当然。"宋神医便把脸一扬，指着州官说："听着！你的病源是月经不调。"州官听了哈哈大笑。笑声惊动了侍从，忙问其故，州官如此说了一遍，又引起了当场大笑。不一会儿，有文书、师爷、当差的先后来到，州官当场也把病源一一告知，引起了阵阵哄堂大笑。夫人听说大厅内笑声阵阵，觉得奇怪，悄悄地前来看望。州官看见夫人来了，急忙招呼说："先生说我月经不调！"夫人捂着嘴笑，州官和众人笑得更欢了。州官苍白的脸上泛起了红晕。

宋神医说："已经笑了六阵了，莫忘前言，一天最少向六个人说病源。两年后我来看你。"州官点头应诺。宋神医辞去。

两年后宋神医来了，一看州官，像年轻了二十岁，脸色红润了、眼睛有神了、身体健壮了、说话响亮了，一扫过去抑郁颓丧的状态，像是换了一个人，便向前贺道："恭喜大人康复。"

州官说："不知怎么好了呢！"宋神医说："用了我的药。"州官说："你没有开药啊！"宋神医说："我的药就是'笑'！"州官说："愿闻药理。"

宋神医不慌不忙道出了"笑"的妙用：

晚上笑一笑，睡个美满觉；

早晨笑一笑，全天生活有情调；

闲暇之时笑一笑，满堂欢喜又热闹；

烦恼之时笑一笑，一切烦恼全忘掉。

宋神医又说："这不是平时常人所说的'笑一笑，十年少'吗？"

州官听了感激不尽："你真是神医，'天天三笑容颜俏'，你教我六笑，治好了我的难治的抑郁症；要不，现在要卧床不起了！"

忙吩咐家人设宴谢恩，尽欢而散！

讲述者： 姜佳滨，男，82岁，大专学历，睢宁县古邳中学退休教师

采录者： 张甫文，男，64岁，大专学历，睢宁县委宣传部退休干部

采录时间： 2016年5月

采录地点： 徐州市区矿业大学西门

附记

古城下邳具有4000多年的文明史与建城史，今属睢宁县北部边缘古邳镇。下邳从夏朝至清代一直是我国中原东部的政治、经济、文化中心，清朝康熙年间因遭遇强烈地震，城陷于地下。但古城遗址已被挖掘，尤其是众多与之相关连的民间故事依然被下邳人们世代有序相传。《宋神医治病良方》故事，是讲述人姜佳滨在20世纪80年代调查整理的，原载《古邳中学校报》，后又经张甫文加工整理刊登在2014年第2期《下邳文艺》上。（张甫文）

133

聪明和愚蠢

东庄张生、西庄李生，二人从小同窗，双方感情较深。长大停学后，二人各娶一妻。张妻聪明过人，会说话，待人又非常热情；李妻愚蠢无知，不但不会说话，还好逞能。

这天，李生去张生家里借书。一进门李生问张妻："张兄在家吗？"张妻回答道："不在家。"李生又问："你是张兄什么人？"张妻含羞答道："我是你兄的贱内室。"张妻问李生道："兄弟，你找你兄有何贵干？"李生说："我来借本书看看。"张妻又问："你借何书？"李生答曰："我借七国。"张妻问道："是前七国，还是后七国？"李生曰："前七国怎讲，后七国又怎说？"张妻回答道："前七国，孙庞斗智；后七国，乐毅伐齐。"李生暗暗赞叹张妻真是个才女，便说："这两部书我都借啦。"张妻就说："好唻，中午你就在这吃饭吧。等吃罢饭，我取书给你就是啦。"张妻做好饭，又去做针线活。李生看到张妻做得一手好针线活，便夸张妻的针线活过人，生就一双巧手。张妻微笑着答道："兄弟不必过奖，这些都是左邻右舍相帮的。"饭后，李生回家，一路上心里对张妻称赞不已。李生回到家里，一见妻子就说："你看东庄张家嫂子，人家多会说话。我如若不念在小孩分上，今天非把你休了不可。"李妻这时跪在地上，苦苦哀求道："女人会说话，都是她男人教的。你能教我，我也能会说。如你不信，你教我瞧瞧。"这时，李生就把在东庄张妻所说的话重复了一遍、两遍、三遍过后，李妻基本上能背了下来。其中，就是"贱内室"三个字她记不住。于是，她就把这三个字在嘴里反复地念叨着。唯恐忘了，便又拿把短剑插在一个水壶里，其意代表剑在水壶内湿了。她又默念了一遍，说："管啦，保险不会给你丢人的。"

过了几天，东庄的张生来李家要书。李生故意躲在房内，并对他妻子说："就说我没在家。"想考验他妻子学话怎么样。不多时，张生到屋里问李妻："李兄弟在家吗？"李妻道："不在家。"并问："你有何贵干？"张生心想，往天听人家说，弟妹如何如何愚蠢不会说话，今天听起来不是很好吗？于是，便回答："我不常来，不知你是我兄弟的什么人？"李妻一愣，把"贱内室"三个字给忘了，赶快转脸又往水壶里一看，急忙说："哎，我是你兄弟的插剑壶。"李生这时在屋里一听可气坏了，但又不敢吱声，只好忍着听了。张生接着又说："我是特来要书的。"李妻问道："你要什么书？"张生道："我要三国。"李妻问道："是前三国还是后三国？"张生问："前三国怎讲，后三国又怎说？"李妻答道："前三国孙庞斗智，后三国乐毅伐齐。这两本书吃过饭保险拿给你。"饭做好啦，李妻把小孩抱过来喂奶。这时，张生看见小孩就说："弟妹，这小孩长得多富态，真讨人喜欢。"李妻说道："哥哥，你太夸奖了，这小孩都是左邻右舍相帮的。"

讲述者： 李文金，男，84 岁，大专学历，副研究馆员，睢宁县文联退休干部

采录者： 张甫文，男，68 岁，大专学历，睢宁县委宣传部退休干部

采录时间： 2020 年 7 月

采录地点： 睢宁县城

附记

此故事原由睢宁县高集乡（今属岚山镇）袁台村62岁的陆宗道讲述，后由时任高集文化站工作人员邢学涛采集，并入编《睢宁县民间文学集成》。至今，在睢宁县西部、岚山镇一带，依然有人讲述。（张甫文）

134 大花脸说媒的

从前，有个老媒婆专给人穿针引线、说媒成好事。这一回，她把卖豆芽姓赵的巧姑娘说给做豆腐姓钱的愣小子做媳妇。那真是笆门对笆门，板门对板门。可有一条，就是父母包办，男女双方谁也捞不到看自己对象是黑是白。

赵钱两家也算是门当户对了：一个卖豆芽、一个卖豆腐，都是连房带灶两间屋，一个八两、一个半斤，两家老的都说不出什么个娘爷来，媒人一说就成，过了帖，这门亲事就算定妥了。

快到搬娶的日子了，钱家就忙开了，连夜盖起两檐到地的两间竖头庵子，像个驴夹板子——得让那灰不溜秋的两间屋做喜房呀——老头子、老婆子都腾到竖头庵子里去住了。这样折腾半个月，没捞到挝挝屋[1]、扫扫地，新媳妇坐轿就到门前了。新郎新娘拜过天地入洞房，新娘子的心凉了半截：屋里脏不说，床上除一床被子、一条席是新的，别的什么也没有，那长命灯还是挂在土墙的木橛子上的。她自己哩，也是大麦去皮——光来个人（仁），啥也

[1] 挝挝屋：方言，闲在屋歇一会的意思。

没陪。

这巧姑娘看了暗自伤心落泪，自叹命苦。

钱家这愣小子愣儿吧叽，竟不知娶媳妇干什么的，夜里睡觉蜷得跟狗似的，不敢说话，更不敢动一动。白天，新娘子起来扫地他夺扫把，推磨他夺下磨棍，嘴里还直嚷嚷："去去去，俺能干，你快回屋里歇歇吧！"巧姑娘倒觉得这愣小子心眼好，又勤快，说话直爽，傻乎乎怪可怜的也怪可爱的。

第三天，巧姑娘的二叔和弟弟来接短趟[1]，自然也请了那个媒婆来作陪。巧姑娘仔细瞅了瞅媒婆的模样，暗暗记在心里。傍晚回来，便拾了个草棒棒在床里边画起媒婆的像来。巧姑娘"咯咯"地笑着："要不是这个媒婆，怕你一辈子打光棍，你得好好地谢谢她！"愣小子真的打躬作起揖来，千恩万谢这墙上的媒婆来。巧姑娘见他这副模样，笑得砍头扒心[2]的，眼泪都出来了。

男女之间的交融本是天性，再憨也知道。小两口一搭话，巧姑心眼又多，三哄两不哄，愣小子懂事了；那愣儿吧叽劲一泛上来，山也挡不住呀。一年以后，巧姑娘要生孩子了，肚子疼得直叫。你看她疼得在床上直打滚，一直滚到后墙，双手又抓又挠，把墙上老灰都抹到媒婆像上了，黑一块、白一绺子的，那像可难看了。

孩子生下来了。后来小两口子逗孩子玩时，又想起那穿针引线的媒婆来，可回屋一看墙上的媒婆画像，难看死了。巧姑娘觉得对不起媒婆，便拾起一块破棉花絮，蘸点水，想把像上灰尘擦去，谁知越擦越抹越难看。

后来，邻居的姑娘媳妇们到她家串门，一问明白了，都哈哈大笑起来。久而久之，她们之间如有人脸上未洗干净，或是不小心抹得不像样子，准会"咯咯"地笑着问："呦，大妹子，你又给谁说媒的？"

讲述者： 李文金，男，84岁，大专学历，副研究馆员，睢宁县文联退休干部

采录者： 张甫文，男，68岁，大专学历，睢宁县委宣传部退休干部

采录时间： 2020年7月

采录地点： 睢宁县城庙湾公园

附记

此故事在20世纪80年代，由睢宁县原刘圩乡文化站站长朱品信（时年41岁）讲述，刘晏晨（时年45岁，农民）记录整理，入编《睢宁县民间文学集成》。2005年由李文金、张甫文进一步调查整理，入编《中国民间故事全书·江苏·睢宁卷》。（张甫文）

[1] 短趟：新媳妇接回娘家，早上接下午送回婆家。

[2] 砍头扒心：方言，很开心。

135

二迂子傅二槐

“二槐”是他的外号，他的原名叫傅建堂，家住睢宁县黄圩乡韩陆村傅庙庄（清朝属泗州）。傅二槐为人疏财仗义，豪放不羁，一生中不重衣着，却好吃好喝；诗词歌赋，样样俱精，尤善墨画。有关他的故事很多，现选四则记录于后。

赶考途中

有一年，朝廷在盱眙科考，一些未得功名的读书人都为之动心。二槐听了心里也在想：自己十年寒窗，满腹才华，为的是求取功名，为何不去一试？

不觉考期已近，二槐办了干粮，带了银两离家赴考。过了泗州就是水路，这一日二槐上了客船，一打量，客船上都是赶考的书生。二槐拿着烟袋，一边吸烟，一边观赏两岸的湖光山色。

不过一日，客船靠了岸，二槐和乘客都离船登岸。他们赶了半天的陆路，刚来到一个小镇上，天空起了乌云，不时下起了瓢泼大雨，只好住店。二槐因身上带的银两有限，只好住了大房。真巧，大房住的十五个人都是赶考的书生，各自读书习文，也无外人打扰。

这场大雨断断续续下了十四天，天刚放晴，考生们急急忙忙算了店账赶考去了。而二槐却没有走，因为银两用完了没法结账。他心里一个劲儿地想：这大概是天意，对于功名，强求不得。他自己也倒是能想得开，可是一回身，看到床上还睡着一位，也是没有银两。一分钱难死英雄汉，看着这位愁得睡床不起的考生，二槐走上前去问道：“这位学兄莫不是和我一样算不起店账了？但也不能只顾睡啊。试，是考不成了，总得想法弄点银子算账，也好回家啊！”

那位考生听了翻身起坐，愁眉不展道：“身在他乡，举目无亲，有什么办法可想呢？”

二槐道：“学兄莫愁，你去把店家叫来。”

那考生听了，下了床，不多会就把店家叫来了。二槐开口道：“我们两人银两用光了，无法和你算账。我倒有一技之长，你去拿些纸墨来，我画几幅画，要这位学兄拿去卖些银两，也好和你算账。”

店家听了，想想没有别的办法，只好拿些纸墨来。二槐展开纸张，三下两下便是一幅，一连画了三四幅，不再画了。学生和店家一看，无不惊异，拍手叫绝。待晾干后，二槐将画交与考生，并告诉他每幅画的要价；考生拿了画，高高兴兴地上街叫卖了。

蒙冤得遇

二槐画了几幅画，交与考生拿去卖，自己便在店里等着。一天，考生没有回来，两天那考生也没有回来，一直等了好几天，那考生还是没有回来。这天，店家进来对他说：“你这位相公，真的是书呆子。你还等，等到明年他也不会回来了。他看你的画好，将你的画拐跑了。”

二槐说：“他也是读书之人，深知孔孟之道，怎能做出无德行之事？”

“唉！你这位十足的书呆子。世上人要是都能有你这样的心肠，那就好了。你想想，他出去十天了，就是卖不出去，他也该回来告诉你一声啊！到今天不回来，不知他早跑哪里去了。我劝你不要等了，你吃饭住店的钱我也不要算了，你画上几幅画给我做酬谢，我再给你几两碎银供你作为盘缠，回家吧。”

二槐听了仍似信似疑，可又没有别的办法，只好画了两幅画，交给店家，又接过他的几两银子，收拾行李，离店回家了。

二槐回到家里，越想越觉得委屈，越觉得气愤。于是他伏案写了篇《人与脏者》的文章，对那位考生大加抨击，但仍觉得怨气难消。这天，他拿了这篇文章，去找邻村的一位忘年之交的书友谈心。

二槐的那位书友是位老秀才，知识渊博、德高望重；见二槐来，忙起身相迎，命家人看座倒茶。他见二槐神色烦闷，便问道：“老弟神色闷郁，莫非是心中有不快之事？”二槐见问，忙答道：“小弟这次赶考不成，却遭受一场天大的不白之冤。”二槐向老秀才讲个明白，又将他的那篇文章拿给老秀才看。秀才看过了那篇文章，问道：“你可知道那位考生家居何处？”二槐答曰：“不知道。”“你可知道他姓啥名谁？”答曰：“不知道。”秀才听了哈哈大笑，说道：“老弟，你大概又变成了二迂子了吧！世间之大，万物之广，如此小事，你都耿耿于怀，那你今后还能干什么大事！”说着，他把那篇文章撕了。

二槐见了，起身就走。秀才忙叫过他的小儿：“快，把你二槐叔叫回来。你就说家里的肉买好了，酒也打好了。”老秀才的儿子撵上二槐道：“二叔，我爷叫你快回去呢！”

二槐道：“你去告诉你爷，就说我与他无话可说，不回去了。”“我爷要你不要生气，家里猪肉已经炒好了，酒也打来了，要你一定回去。”

二槐一听有酒有肉，气消了一半，又跟小孩回来了。二人喝酒谈心。老秀才开导他，他仍然是不服：“我与他都是读书之人，他落难时我热情帮助，他却如此负我，连那个店主都不如。做出那样无德行的事，岂不把天下读书人的脸面都丢尽了？小弟之冤岂不如天大！”老秀才见他气得那么狠，只好说：“你不知他的姓名住处，就是有冤，又有什么办法？”

二槐道：“我明天就去彭城，一为走亲戚，二为告状。如不然，小弟这冤岂不石沉大海？”

彭城告状

从秀才家回来，第二天，二槐鞴了一头驴，告别了家人，直往彭城。来到彭城，将绳往驴脖子上绕了两道，对驴说：“毛驴你一路辛苦，现在已大功告成，自己逍遥自在地回家去吧！”你说他现在迂得倒有多狠。

二槐放了毛驴，独自闲步往城里走去。到彭城都察院门口，擂鼓喊冤。话说彭城太守正在书房看书，忽听鼓响，忙带了三班衙役上了大堂。太守道：“将击鼓人带上堂来！”不多一会，二槐被带上堂来。太守一看，见他蓬头垢面、拖拖拉拉，一件蓝色长袍上油污多厚，不由眉头一皱：“刚才是你击鼓喊冤吗？”

二槐道：“是小民击响喊冤鼓。”“你有何冤枉快快诉上，本太守为你做主。”

“大人，小民便是名士傅二槐，冤屈大如泰山。”

对于“傅二槐”这个人，太守自来彭城为官就早有耳闻，只是而今一见，心里凉了半截：真是十里无真信，照他这副模样，也是远近知名的名士？但不知他肚里是虚是实？太守道：“你既有山大之冤，快快诉上！”

二槐便将他南下赶考，住店落难，画画作卖，无名考生将画拐跑的事细细说了一遍。太守一听，知道他头脑太迂才来告状，问道：“你说你的画被拐跑了，想必是稀世之作，可能为本官在小扇上作画一幅？”太守说着扬扬压手小扇。

二槐道：“这有何不可？研墨。”

不多会，有人将墨研好交与二槐，他又接过纸扇叫道：“将扇理开。”过来两人，一人拽了一个扇角，二槐将墨汁向扇上一倒，用砚瓦的拐角在扇上涂了起来。三下两下，他将砚瓦一丢，说道：“画好了。”

他的一举一动，太守都看得清楚，你说他那个气呀，简直没法说。太守厉声喝道：“大胆刁民，大堂之上竟敢戏弄本官，你可知罪？”

二槐反唇说道：“大人，是你要我为你题画；我为你画好了，你竟说我大堂上戏弄你，真是岂有此理！你也不访访，有几人没有酒肉款待我，就能这样顺当得到我的画的？”

“你不看看，你画的是什么玩意！”

“哈哈，大人，你自己朝远处站站看吧！”

太守听了将信将疑，命人将纸扇拿到大堂的门口，只见纸扇上一只乌龟活灵活现，似欲动。太守不由叫道：“好，真是名不虚传！你所告之事日后我慢慢理会。今日来到彭城，本官有所怠慢，请随我到后堂，略备薄酒，不成敬意。退堂！”

太守将二槐带到后堂，落座喝茶。不多会酒宴摆好，二人吃酒谈心，很是投机。酒宴过后，结了金兰。从此以后，二槐成天于云龙山上作画赋诗，与彭城太守成了莫逆之交；太守每逢闲时，不是在他的住处，就是云龙山上，二人对饮，每醉方休。

赴宴吟诗

又过了两年，太守任期已满。他不愿继续为官，准备与二槐隐居云龙山，逍遥终生。

一日，新太守上任，宴请彭城名流，也下了请帖去云龙山请老太守，因为官场上的好些事还得老太守向他交代清楚。老太守接到请帖，对来人说：“你回去回你家大人，就说我有一结拜大哥同在云龙山上，我不能留下大哥独自赴宴，如有公事改日再谈。”

新太守听到回话，想起一到任便听人讲，老太守因为义结金兰，已不愿为官之事。“能与太守结为金兰，又能使他放弃官场名利，这个人想必是个有识之士、天下异人，我倒要认识认识。”于是他又下了一道请帖到云龙山。老太守看过了请帖，问二槐是否愿意赴宴，二槐说：“新太守设宴，必定是山珍海味、琼浆玉液，你我何乐而不往？”“大哥既然乐意赴宴，请更衣，我们同往。”

“贤弟不是不知，难道因为他一个太守请帖，就想改我秉性！”老太守想想也是，只好自己换了衣服。

二人来到府门，通了姓名，步入客厅。老太守，人们都认识，只是他后面跟着这位，说是随从吧，看神色好像不是；说是新太守请来的吧，更不像。二槐那副蓬头垢面的模样，就像乡下卖油条的老头，身上盐潮油拉的。唯有新太守知道这人也是他请来的，没料到是这个模样，可事已到此，也没有别的办法，只好摆宴入席。

二槐他老先生倒也不客气，上去就把“上位”坐上了。别人不知底细，以为是新太守请来的高客。新太守很生气，心想：凭你这副模样，也值得老太守为你弃官不做？今天我一时糊涂请你来，你却不识时务，我也得要你难看！

新太守想好了，等人们都落了座，酒过三巡，菜过五味，便开口道：“今天本官到任，宴请诸位。各位都是彭城名流，今日请每人吟诗一首，以助酒兴。”

新太守话还未落，二槐起身离座：“新太守大人既有此雅兴，请命题。”

新太守一听，心里更气，再一想也好，我正想出你的洋相，你却找上门来了。他向四周一看，见院里有株红杏，花坠枝头，便道：“以院中红杏为题吧。”

二槐向院中的红杏看了看，向新太守道：“大人，不知现在是七月还是八月了？”

在座客人见新太守对二槐的态度，这时都知道二槐并不是新太守请来的高客了；现在一听二槐讲话，满堂哄笑起来。老太守也羞得脸上起了红云，忙扯了扯二槐的衣襟，低声道：“大哥，哪有七八月杏树开花的，现在是二月。”

二槐忙道：“噢，是二月。既然新太守大人出了题，我便以杏花为题吟诗一首：红杏花开二月天，黄河九曲绕云天；彭城太守设家宴，醉倒东南泗上仙。”

二槐吟罢，举座皆惊，才知道这位异人就是老太守义结金兰的名士傅二槐。

讲述者： 李文金，男，84 岁，大专学历，副研究馆员，睢宁县文联退休干部

采录者： 张甫文，男，68 岁，大专学历，睢宁县委宣传部退休干部

采录时间： 2020 年 8 月

采录地点： 睢宁县城

附记

此故事在 20 世纪 80 年代之前，由故事主人公傅二槐的族人傅宝义（时年 68 岁，读过私塾）讲述，并在傅姓家族世代有序传讲。1987 年由睢宁县原黄圩乡人张来之与县文联李文金共同记录整理，入编《睢宁县民间文学集成》。2005 年又由张甫文与李文金遍访睢宁多地傅姓老人，进一步记录整理，入编《中国民间故事全书·江苏·睢宁卷》。（张甫文）

136

方言惹祸

俺睢宁北部姚集一带，地理位置特殊，出口都说地方话，据说还是在明朝时从山西传来的。有许多方言让你不能才疑[1]，乍听起来总会让你捧腹大笑。由此，也惹出了不少“祸端”。

俺庄祖祖辈辈的孩子称父母都叫“俺大”“俺娘”[2]。有一年，俺庄上刘老顺娶个媳妇，一连生两个男孩子，都是在中午大白天生的。给孩子取什么名字呢？老顺又是个干脆人，他说了算，谁也不能更改。生第一孩就叫“大白”，第二孩又是个胖小子，自然就喊“小白”了。

有一天中午，老顺去后庄朋友家相聚，直到天黑也未归。他媳妇本来说话就高声大语的，满庄喊叫，声音大又响亮：“‘大白大’，你跑哪去了？俺家鸡早就‘上圈’[3]啦，你咋还不知上圈呢？”小村本来就不大，转了一圈，喊了半天没人理。正在气愤兴头上，她又带有骂意大声喊

[1] 才疑：方言，疑惑之意。

[2] “俺大”“俺娘”：即父亲、母亲。

[3] 上圈：方言，比喻夜宿、就寝。

叫："'大白大'，你在哪里喝'猫尿[1]'的，连回家上圈也忘记了吗？"老顺媳妇正在气愤兴头上，忽然迎来两个喝得晕头浑脑的醉鬼拦住她。年龄大的那醉鬼一把将她拽住："你这个泼妇，老子喝多了也轮不上你骂我是个'大白搭[2]'啊！"话说未完，出手就是一拳。老顺媳妇的双眼立马肿了个大疙瘩，像个"狸猫眼"。这老顺媳妇无缘无故遭人殴打，更是气愤老顺，又十分委屈地大喊："'小白大'，你死了吗？也不来家啊……"这气话刚落音，只听"啪！啪！"又是两下，是那个小醉鬼又给女人两巴掌："你这个臭娘们，刚骂过我大哥是'大白搭'，还又骂我是'小白搭'，你还想把俺弟兄俩都通吃了不是？"

后来，老顺终于弄清那两个醉鬼原来是庄前的大化和二化弟兄俩。他们俩从小都是在南乡外祖母家长大，刚迁回老家不到半年，根本不懂地方的方言。后来兄弟俩得知事情，主动上门对老顺的媳妇无故挨打反复作了赔礼道歉，并负担了医药费。老顺的媳妇毕竟是一位朴实忠厚的家庭主妇，也看在"不知者不怪"的分上原谅了大化和二化兄弟俩。

讲述者： 李化兰，男，87岁，小学学历，睢宁县姚集镇湖口村农民

采录者： 张甫文，男，67岁，大专学历，睢宁县委宣传部退休干部

采录时间： 2019年5月

采录地点： 睢宁县姚集镇湖口村

附记

该故事在民国时，由姚集镇湖口村农民李化兰父亲李银早讲述，后由李化兰传给张甫文，有序相传至今。该故事在睢宁县北部流传广泛，百姓常以讲述"大白搭""小白搭"互开玩笑，尤其是居住同村表侄与表叔之间以此对骂，有调节活跃气氛的作用。目前能详述者多在姚集镇。此故事已收入《碌碌庶民》《乡风》《江苏省非物质文化遗产普查·睢宁县资料汇编》等书籍。（张甫文）

[1] 猫尿：方言，酒水。

[2] 白搭：方言，糟蹋原材料，白费功夫之意。一般作为骂人之语多为"白搭熊"。

137

害人反害己

从前，有个名叫赵生的人，临近考期，也到喜期。先生带着同堂的学生先走了一天，赵生晚走一天，在家完了婚，第二天便收拾收拾上了路。

天将近晚，赵生找了家王记客店住了下来。谁知店家是个黑窝：老夫妻带着一子一女，儿子王小四见住店的学生有钱，便起了谋财害命之心。半夜里一家人密谋了一番，可儿子胆小，去东庄找他舅舅帮忙。女儿王小妹却认为：人家是个这么年轻的学生，杀了多可惜！等她哥哥一走，她就叫醒了赵生，叫他赶快逃走。赵生赶了一天路，睡得正香，挨王小妹一叫，迷迷糊糊地说："我人地两生，朝哪跑啊？"王小妹想，说得也对，便说："俺家有驴，你骑驴跑吧！"说完牵来驴，可任怎么打驴都不走。王小妹心想，八成是驴恋群的吧？她又放了另一头驴，王小妹便在驴后头打驴，三打两不打天亮了。王小妹一看，毁了，怎么回家啦？想到这里，便对赵生说："我救了你，你也得救我。"

赵生说："我怎么救你？"

王小妹说："我为了救你，把家里的两头驴都放出来了。我家损失这么大，家人知道一定会责怪我的。"

考生赵生说："那怎么办？"

王小妹愁眉苦脸了老半天，才说："不然我跟你吧？"

赵生想想有道理，又无奈地对王小妹说："等我赶考回来，就骑着这头毛驴来接你完婚。"说着转身骑上毛驴上了路。

走了几天，赶上了同堂的学生。晚上住店，又巧了，店老板的儿子喜期已到，按地方风俗，明天就要迎亲；可这店主的儿子长得实在丑，丑得实在没有个孩子样，店主正为这事犯愁，一看来了一群赶考的学生便有了办法。店主瞅了半天，看中了赵生，便向赵生求说："请你这个学生明天帮俺去迎亲，你们在这儿白吃白住，行吧？"赵生向来热爱助人，于是便说："行，权当歇歇了！"经过一番交代，第二天赵生便骑了匹高头大马来到了店主的新媳妇家。

新媳妇家娘家很远，当天回不到店家，只有在新媳妇家住一晚上，第二天赶回。晚上，新娘子上了床，赵生却怎么也不睡，只顾低头看书；新娘子说了几回，赵生仍然不睡。新娘子觉得不对，便问赵生："我看你不像俺丈夫。旁人对我讲你长得实在丑，今天你到俺家来我看怎么这么漂亮呢？这事我看有点不对头吧！"

赵生到底是个学生，胆子小，被新娘子三说两不说，便说出了实情："我不是你丈夫，我是住在你家的赶考学生，你家老爷爷请我替他儿子迎亲的。"

新娘子说："怪不得我觉着不对呢？这不怨你，可你在俺家一天一夜，俺庄人也都看见了，你就是俺的丈夫。"赵生不愿意，可又没有办法。偏偏这时惊动了老头老妈妈，问明了情况，便说："原来是这么回事，俺闺女跟你过了一夜，上哪说得清？俺也不问你穷富，闺女跟你了。"赵生身在人家，不答应也脱不了身，只好答应下来。新娘子说："我也不要轿了，他去赶考我怎么坐轿？干脆给我一匹马，我随他一起赶考去。"

两人一起回到了店家，可新娘子不愿进房，她对店家说："我不跟你儿子了。昨天是他去迎亲的，人都知道他是俺丈夫，俺就跟他啦。"说完大家一起进京赶考去了。

讲述者：李文金，男，84岁，大专学历，副研究馆员，睢宁县文联退休干部

采录者：张甫文，男，68岁，大专学历，睢宁县委宣传部退休干部

采录时间：2020年6月

采录地点：睢宁县城

附记

此故事在20世纪80年代，由原王集乡东田村时年65岁的私塾先生田步伍讲述，后由王集乡团委书记田敬兴采录整理，编入《睢宁县民间文学集成》一书。（张甫文）

138 坏婆婆

过去，有个娘们，怪会过了。

那年腊月二十四，这家娶了儿媳妇。这个媳妇饭量特大，一顿能吃三大碗豆沫插白芋，还得吃三个大秫团子。婆婆一到吃饭时，看她吃那么多，就发愁了：乖乖，怪会吃了，粗茶淡饭吃那么多，要是精米细面更不得了呀！

到了正月初一，早晨照例吃水饺子，婆婆给儿媳妇碗里只盛三个饺子，满满一碗汤。儿媳妇端起碗，心里泛难：此地是这样的风俗吗？还是婆婆有意试探我？吃也不好，不吃也不好。慢慢地吃了一个，喝了半碗汤，又夹起第二个饺子，刚咬一口，婆婆又倒了一大勺汤在儿媳妇碗里，说道："闺女，今天天太冷，多喝点汤暖和身子。"媳妇忙把碗放下："俺娘啊，我吃饱了才不冷啊！"

"哟，我的乖乖，大闺女吃饭真省啊！三个饺子还剩一半，就说吃饱了。今后俺家能发财喽！"

讲述者：李文金，男，84岁，大专学历，副研究馆员，睢宁县文联退休干部

采录者：张甫文，男，68 岁，大专学历，睢宁县委宣传部退休干部

采录时间：2020 年 7 月

采录地点：睢宁县城

139

空城计只可一次

从前，有一户人家，全家都好听戏，一家都是戏迷。有一回，庄上又来了城里的戏班子，这家商量留嘿个[1]在家看门，结果嘿都不愿意在家。商议来商议去最后终于想出个好办法，心想，诸葛亮当年用“空城计”吓跑了司马懿四十万大军，俺不能也用“空城计”试试到底灵不灵。

于是，就把家里门大敞开着，还把各屋都点上明亮的油灯，然后全家人就都去看戏了。等散了戏，全家人急急忙忙往家跑，看看家里遭没遭到小偷，偷了什么东西。查看结果，一样东西也没少，所有物品还是原样放在那儿未动。一家人都说：“这‘空城计’真好，不用人看门也不会少东西。”因为头天[2]戏唱得好，全家人还想听；又按头天的办法演起了“空城计”，仍然采取敞着大门、各屋点着灯，然后全家人又去看戏了。有个假装看戏的过路小偷，头天晚上到戏迷家门口看看，屋里明灯亮烛没敢偷。第二天晚上站在门外看了老半天也没人进出，小偷就壮着

[1] 留嘿个：方言，即“留谁”的意思。

[2] 头天：即昨天。

胆子走进屋里，看看无人看门，就动起手脚，把好东西偷得一干二净。

戏迷家人等散戏后回来一看，家里几乎被偷光了。想想头天没挨偷，第二天却被偷了，才恍然大悟地说："哎，这'空城计'只可用一次，绝不可再用。"

讲述者： 郑芬，女，78岁，高中学历，睢宁县物资局退休干部

采录者： 张甫文，男，68岁，大专学历，睢宁县委宣传部退休干部

采录时间： 2020年7月

采录地点： 睢宁县城

附记

此故事原载1989年出版的《睢宁县民间文学集成》一书。（张甫文）

140

两个小气鬼

张三和李四是一对好朋友，两个人又都是出了名的小气鬼。一次张三到李四家做客，吃饭时李四老婆端上一只空碗，李四嚷道[1]："贤兄来我家做客，也没有什么好菜，只烧了一碗鱼，请吃鱼吧。"张三一看，那只空碗里有半张白纸，上面用笔画了几条小鱼。张三忙说："不用客气。"两人吃得津津有味。

过了几天，李四又到张三家做客。吃饭时张三喊道："上菜。"他的儿子跑了上来对李四说："叔父，今天我爹特地叫我为你烧了这么大的一只鸡，请叔父用。"张三的儿子说着用手比画了一下。李四忙说："谢谢贤侄。"

吃过饭，李四走后，张三把儿子叫到跟前问道："刚才吃饭时，你端鸡上来，用手比画多大？"儿子又用手比画了一下说："就这么大。"张三扬手打了儿子一巴掌骂道："甩子[2]，谁叫你比画那么大的，太大啦！"

有一年，李四的儿子结婚，张三去出礼。张三到账桌

[1] 嚷道：打招呼，请的意思。

[2] 甩子：方言，没用的东西。骂人的话。

前说："我出五个钱的礼，给两个欠三个。"吃过喝过张三回家了。过了一段时间，张三的儿子结婚，李四也来出礼。到了桌前，李四说："我出五个钱的礼，欠两个，赊三个。"

讲述者： 史芳华，男，72 岁，高中学历，原朱楼乡文化站干部

采录者： 张甫文，男，68 岁，大专学历，睢宁县委宣传部退休干部

采录时间： 2020 年 6 月

采录地点： 睢宁县城红叶小区

141

路不平和旁人踩

很久以前，俺村上有一家姓路的，儿子叫路不平，就和母亲娘儿俩过日子，母子俩以砍柴为生。这天，路不平上山砍柴，突然看见山头上有一只凤凰"咕咕"地在叫，路不平感到惊奇。不多一会儿，柴草砍好了，他挑起柴草匆匆忙忙地赶回到家中，对母亲讲，今天他在山上看见一只凤凰在叫。他母亲想：人常讲凤凰不落无宝之地，既然它落了，那这山上就一定有宝物。想到这，她随即就带着儿子，扛了把铁锨来到了山根下。抬头一看，果然有只凤凰在那里。于是，娘儿俩就往山上爬去。眼看快要到跟前了，只听"哧啦"一声，凤凰飞跑了。这时，老妈妈看准了凤凰落的地方，来到跟前，拿起铁锨就挖了起来。挖呀挖，果然，不多一时，老妈妈挖出了两颗宝珠，暗暗地藏在身上；路不平挖了好一会，什么东西也未挖出。于是，娘俩儿就慢慢地回家了。

谁知，时隔不久，皇上夜梦宝珠，随即召集满朝文武大臣破梦，议商宝珠一事。文武大臣当中，有一位军师掐指一算，此宝落在路不平家中。于是皇上随即就下了一道圣旨，通知各州、府、县，要路不平献出宝珠。如不献出，

全家该抄，诛灭九族；如要献出，高官得做，骏马尽骑。

这天，路不平砍柴回来，路过县城，有邻居向他说出宝珠一事，路不平感到惊奇。回到家里，便向母亲说了皇上要俺宝珠一事。老妈妈听了说："这也不难。"随即取出一颗宝珠交给路不平，并说："你明日就起身，前往京城，把宝珠献给皇上。"

第二天，路不平把宝珠带在身上就上路了。他晓行夜宿，这天来到京城，把身上这颗宝珠献给皇上。皇帝看后心中十分欢喜，随即召路不平上殿，封他为西台御史。

自路不平做上高官，一晃光阴就是半年，音信皆无。老妈妈在家思儿心切，整天忧虑重重：是宝珠半道上被人截去了吗？还是什么其他原因呢？于是，老妈妈便带上第二颗宝珠和盘缠费，也不管是白天和黑夜，日夜兼程，终于来到了京城。正巧在大街上碰到了路不平夸官亮职，只听两边当差的，一边鸣锣开道，一边大喊："闪开！闪开！今天是咱家路不平老爷夸官亮职，谁要胆敢无故挡道，打死勿论。"老妈妈一听是自己儿子，顿时喜出望外，随即来到面前，挡住了大轿。当差的急忙上前问明原因。当听说她就是路老爷的母亲，因思儿心切，特千里迢迢从老家进京寻儿子来的，便赶忙来到轿前禀报老爷。路不平坐在轿里，听到禀告，往外一看是个穷老太婆，随即吩咐手下说："给我打，把她打死扔到坑里去。"两边差役七手八脚地把老太婆打得半死不活，随后，抬到了京城东南，往坑里一扔。

话说，离京城东南十三里路有个庞家庄。庄里有个姓庞的，名叫庞仁采，一家三口过日子，以贩青菜为生。每天回家，老婆总在说，要能有一位老人帮咱家里看管小孩，那该有多好啊！

说来也巧。这天庞仁采卖菜回家，路过这个坑，听到里边有人喊救命。于是，挑着空菜筐来到跟前，往下一看，里面真有一位老年人。他就把菜筐绳子接连起来，往下一续，就把老妈妈救上来了。庞仁采喜不自胜，他高高兴兴地把老妈妈领到家中。一问原因，老妈妈便把事情的前后一五一十地告诉了庞仁采夫妻。小两口听后，见老妈妈孤苦伶仃的无人照顾，当时便认了老妈妈做干娘。从那以后，全家过得挺好。

再说，时隔不久，皇上忽又夜梦宝珠。军师掐指一算，此宝落在了庞仁采手里。于是，皇上随即下了一道圣旨，召见庞仁采。次日，庞仁采带上老妈妈给他的宝珠来到京都。早有传旨官把宝珠献给了皇上。万岁一看，龙心大喜，随即传庞仁采上殿，封他为东台御史。

庞仁采把一家接到了京都，这天也在夸官亮职。他让接来的母亲坐在大轿里，自己扶着轿杆走，行至午朝门方才落轿。说来也巧，西台御史路不平，这时也来到了午朝门。两轿一停放，路不平向东台御史的大轿里一瞅，里面坐着一位老太太，好像是自己的母亲；不免来到轿跟前，仔细一看正是自己的母亲，便想要认母。这时，惊动了东台御史，二人争母便在一起争吵起来。老妈妈在一旁低头不语，思前想后不是个味儿；见二人还在争吵，便一狠心，对路不平道："谁是你的妈妈！我没有你这样的儿子！你差一点没把我打死，幸亏庞仁采把我从坑里救了出来，不然，我骨头恐怕也上黄锈了。"老妈妈说完，泪如雨下。二人便又吵了起来。

就在这时，有黄门官报于万岁，把东台御史与西台御史争母一事，前后讲了一遍。万岁随即传路不平、庞仁采和他母亲一起上殿，弄明是非曲直。老妈妈这时心一狠，说道："谁要是我儿子，谁就钻这口铜铡。"庞仁采二话没说，一头钻过铜铡。路不平做贼心虚，也只好硬着头皮钻铜铡。谁知，他刚钻进去，就听"咔嚓"一声响，路不平的头被这口铜铡铡掉了。

从此以后，就留下了"路不平，庞仁采"的传说。再后来，"庞仁采"这三个字就演变成"旁人踩"三个字了，一直流传至今。

讲述者： 徐大钊，男，62 岁，睢宁县岚山镇人，高中学历，农民

采录者： 张甫文，男，68 岁，大专学历，睢宁县委宣传部退休干部

采录时间： 2020 年 6 月

采录地点： 睢宁县岚山镇韩一村

附记

该故事很具哲理性，教育如何做人，意义深远，因此在全县各镇普遍流行。中华人民共和国成立前由高集乡高集村农民陈会兰传讲，后传给万振元，再传给徐大钊等人。目前，能够详述者有200多人，以岚山镇原高集乡一带最多。《睢宁县民间文学集成》《中国民间故事全书·江苏·睢宁卷》《江苏省非物质文化遗产普查·睢宁县资料汇编》等资料均有记载。（张甫文）

142

屈死王茂

在清朝嘉庆年间，俺们岚山乡乔山村西北二里处有个老牛角湖，是斜三角形的。那时候牛角湖属王集乡管辖。乔山村有一家姓王的，生一子，十六岁时头上生上了一头秃子；他整天戴着帽子，人都喊他王帽，实际真名叫王茂。王茂的父母因为一辈子只生一个儿子，还是个秃子，心中十分烦恼。过了不久父母双方相继去世，撇下秃子一人，几亩好地也为埋葬父母卖完了。王茂一个人就到牛角湖西南边刨了二亩拾边废地，并在此搭棚建家。王茂只好白天要饭，夜宿茅庵子，有时间就到二亩老牛角地种点庄稼。这二亩地就是屈死王茂的地方。

什么原因呢？在那封建时代，不讲理。虽然那时人少地多，由于科学不发达，一亩地只收二三十斤粮食。俗话说，没有千顷地，难打万石粮。再说老牛角湖里芦苇丛生，从乔山子到杨集又是七里空湖一大片，短路腰截[1]、短钱[2]、扒衣服、强奸单身行走的姑娘和妇女是平常小事。

[1] 短路腰截：拦路抢劫。

[2] 短钱：抢钱。

有一次，短路的杀死一条人命，死尸放在王茂地里。因为王茂地是种有庄稼之地，没有芦苇，所以地保发现死尸，报案王集乡。王集乡太爷[1]派了局子[2]到老牛角地查明真相，即是先弄清是谁的地。当得知是王茂土地后，于是就把王茂从乔山子抓去了，又转送县衙。

县官升堂，命衙役把王茂带到堂上审问。王茂诉说道："我叫王茂，因父母早亡，剩下我孤身一人。我找人剃头，着上了秃子。"他把头上帽子一抹，小辫就落掉了，"因是秃子，说不到媳妇，到现在还是孤身一人。好地卖完了，到牛角湖旁刨二亩拾边废地种点庄稼。这地是我的，杀人的事我可不知道。小人虽穷，怎敢杀人放到自己地里。"县官听了申诉，把记录供状反复看了几遍，认为王茂说的有点冤枉。可被冤枉的人，必须取保才能放人，何况他这案件关系人命。县官行文王集乡，安排通知乔山子地保胡某川去县里保人。可是胡某川明知王茂是个穷要饭的，保有啥用，就把行文藏了起来，没有组织人前去保王茂。等到当年冬至，死刑无保，县官就把王茂押赴西关外刑场斩首。王茂赴刑场，一路"冤枉！""冤枉！"不断呼喊。

县官宣斩时，王茂仍"冤枉"不离口地大喊。县官骂道："你这个刁民害命，地保不保，冤枉也得斩。"就这样，王茂因为穷无人保，活活被屈斩。尸首由乡亲们收了回来，没有棺材，由几家行善户凑几个钱，买两条大席卷了，抬到老牛角东湖里埋了。

讲述者： 魏本水，男，69岁，中专学历，睢宁县文联退休干部

采录者： 张甫文，男，68岁，大专学历，睢宁县委宣传部退休干部

采录时间： 2020年6月

采录地点： 睢宁县岚山镇文化站

[1] 太爷：乡长。

[2] 局子：管抓人的差役。

143

拾麦老汉对出下联来

睢宁县高作镇南门有个叫周三麻子的，传说他"大大"胞兄弟俩都是武举人，略通文采。闲暇无事，兄弟俩也舞文弄墨吟诗打起对儿来，借以消遣，以此寻乐。

一天夜里，周武举对门一家失火。兄弟俩一听呼喊救火声，都急忙爬起来，一起向门外跑。大武举先跑到门前，拽开大门一看，啊！对过烈火熊熊，火光冲天。他冲口惊呼："出门来红白交加不分南北。"便跑去救火了。身后的二武举也随后冲出家门。

火救下来了，兄弟俩一起回到自己大门前。二武举忽然想起什么似的，停住脚步拽住哥哥问："大哥，你刚才在出门时说了句什么话？"

"我？"大武举皱起眉头想了想，终于想起来了，便把刚才随口说的那句对老二说了。

二武举一听拍着手说："好，大哥，这不是对子的上联吗？"大武举一听也对，兄弟俩索性回书房对起对子来。可是憋了大半夜，小鸡都叫了，谁也没对出来。他们不死心，走坐皱眉想下联。好几天，他们吃饭不香、品菜无味，可还是想不出来。

半个月过去了，下联仍无头绪，兄弟俩心里都闷闷不乐，常到街外田野去溜达，借以解除忧闷。

这一天，天刚放亮，弟兄俩就溜达到西圩门外。那时还是满湖青黄，他们兄弟来到圩河边，看到干涸的吊桥下有几个穷人刚穿衣坐起来。二人觉得奇怪，就开口问："你们是干什么的，夜宿桥下？"一老者长叹一声说："去南湖拾麦。"二举人更觉迷惑："这满湖青黄柳绿的，上哪拾麦呀？"老者长叹一声说："谁说不是呢？回家又咋办？青黄不接的，叫俺吃啥东西？"二武举一听，高兴地拍手笑了。大武举被他这莫名的大笑弄糊涂了，不解地问："二弟，你笑从何来？"二武举说："你那副对联被这拾麦的老头给对上了。"大武举问："怎么个对法？"二武举说："大哥，你把上联说了，我对下联看合适不合适？"

大武举脱口而出："出门来红白交加不分南北。"

二武举紧接对出："回家去青黄不接吃啥东西。"

大武举听了拍手称绝，高兴得不得了，便从身边掏出二十两纹银，亲自走下桥去，赠与那拾麦老汉，以作帮他们兄弟解难的酬谢。

讲述者： 袁雅敏，男，68岁，高中学历，20世纪70年代曾任睢宁县刘圩乡文化站站长

采录者： 张甫文，男，68岁，大专学历，睢宁县委宣传部退休干部

采录时间： 2020年7月

采录地点： 睢宁县城文化广场

附记

此故事在20世纪80年代由刘圩乡农民刘平权讲述，刘圩乡文化站站长刘启旱记录整理，编入《睢宁县民间文学集成》。2005年由袁雅敏讲述，李文金、张甫文再次调查整理，编入《中国民间故事全书·江苏·睢宁卷》。（张甫文）

144

世事无真

从前，有一个人在庙中留宿，老和尚热情接待了他。晚间，这个人与老和尚谈古说今，甚为投机。第二天清早，这个人辞别老和尚继续赶路。走了四十里之遥，他一摸头上有一株寸草；于是他调转头来回到庙中，对老和尚说："承蒙大师留宿款待，深情厚谊。小可不慎贪沾庙中一株寸草，特此返回原璧奉还。"老和尚接过寸草，深深地被此人这种寸草不爱的高风亮节所感动，心想：贫僧有缘相交，实是三生有幸。经老和尚再三挽留，此人又在庙中住了一宿。

老和尚视此人为知己，真是无话不谈。他指一个香炉说："你别小看这香炉，此香炉乃庙中之宝，这是个乌金香炉。"这个寸草不爱的家伙看着这个香炉馋得直流口水，半夜里他悄悄地爬起，拿起香炉，爬上墙头跑了。第二天老和尚不见此人和宝物，知道上了当，叫苦连声，还上哪去找！

老和尚一连找了好几天，跑了很多路，也没找到乌金香炉的下落。他又饥又渴，天将傍晚，他来到一家饭馆；谁知这饭馆除了肉，还是肉，连喝的汤都是荤的。老和尚

无奈，又急等赶路，也不管三七二十一，吃了一肚子荤食。

天黑了，老和尚也走累了，他就在一家草垛旁睡着了。一觉醒来已是四更天，他忽然发现一家大门闪开，有一男一女在说话。女的说："这几天你要特别小心，俺娘家给我竖立贤良牌坊，你要被人发现，我这一辈子名誉不都全完了吗？"男的说："要不我过几天等牌坊竖好了再来？"女的说："我在西北角墙外多垫了几块砖，里边又堆了堆软草，你要想来，等下半夜顺那儿爬过来。"老和尚听到这里，心里一动，原来世上的人和事真假不分的太多了啊。于是他在牌坊上写道："寸草不爱偷乌金，吃斋和尚也吃荤。贤良烈女牌坊竖，半夜三更送男人。"

讲述者： 史芳华，男，72 岁，高中学历，原睢宁县朱楼乡文化站干部

采录者： 张甫文，男，68 岁，大专学历，睢宁县委宣传部退休干部

采录时间： 2020 年 6 月

采录地点： 睢宁县城实小操场

145

算卦的骗术

一位江湖算卦的，在他的卦摊前挂着一个招牌，上写：卦礼一元，如不灵倒赔三元。

有三个学生去报考，路过卦摊。三人都想预先知道自己命运如何。其中一个学生掏出三元，把钱递给算卦先生说："你算算我们三个人，这次能有几人考取。"算卦先生不言语，一一问清每个人生辰八字，然后皱眉低声咕唧一气，最后伸出一个指头。学生再问，他就不理了。旁边有一青年看得出神，也想学算卦，于是跪倒向算卦的叩头，要拜算卦老头为师。老头说："好，我一生只收你一个诚心的徒儿，把秘诀传授给你吧！只许自己运用，不许外传。"然后，老头把徒弟带到暗室，传授秘术说："刚才三位学生来算卦能考取几人，我根本不知道。但我知道后来考试结果不出下列四种情况，所以，我说是'一'，样样都灵。若三人都考取了，他们回来问我，我就说：'怎样，我说的对吧！一律全取。'若三人都不取，回来我就说：'怎样，一概不取。当时，为了不使你们灰心丧气，我才伸出一个指头，让你们自己理解吧。'若三人只考取一个，说明我猜中了！三人只取一个。若三人中考取两个，我

就说：‘当时我伸出一个指头，意思就是只有一个考不取，当着三人的面，我不好指定谁。’”徒儿立时领悟了老师的骗术。

讲述者： 魏本水，男，69岁，中专学历，睢宁县文联退休干部

采录者： 张甫文，男，68岁，大专学历，睢宁县委宣传部退休干部

采录时间： 2020年6月

采录地点： 睢宁县岚山镇文化站

146

抬杠

从前，有位老者，家里喂了一只鹅，见到生人就“嘎嘎”“嘎嘎”地乱叫。这天正是老者六十六大寿，儿子听到鹅的叫声时，便知道来了亲戚，急忙跑到门口一看，是他大姐夫提着礼物来给父亲拜寿的。小舅子问：“大姐夫，你看俺家的鹅，见到生人为什么喊得这样高声呢？”

他大姐夫说：“颈长者声音自高。”

兄弟俩来到院内的一棵杏树下，小舅子问：“俺大姐夫，你看俺这杏树上结的杏，为什么半个青半个黄呢？”

大姐夫答道：“向阳者自黄呐。”

二人进了二门，恰巧遇见了三姐。在封建社会里男女授受不亲，三姐看见大姐夫急忙躲到西屋里去了。弟弟好奇地问：“大姐夫，你看俺三姐的脸为什么恁白呢？”

大姐夫说：“久不见日光自白呐！”

他们来到客厅洗了脸，落座品茶，外边的鹅又“嘎嘎”“嘎嘎”地叫起来。弟弟又忙着往外边跑去，一看是他二姐夫提着礼物兴冲冲地走来，忙问：“二姐夫，你听俺这鹅叫的声音怎恁么高呢？”二姐夫问：“你大姐夫来了吗？”

“来了！”

“他是怎么说的？”

“他说颈长者声音自高呢。”

“胡扯！癞蛤蟆头跟肚子连在一起，声音能听好几里来！”

兄弟俩从杏树下经过，弟弟又问：“二姐夫，你看俺这杏树结的杏怎么半个青半个黄呢？”

“你可问你大姐夫啦？”

“大姐夫说，向阳者自黄呢。”

“更是胡扯！胡萝卜终日埋在地底下，整天不见太阳，还是霜黄黄[1]哩。”兄弟二人说着说着刚进二门，又碰着三姐从西屋往东屋去，弟弟又问：“二姐夫，你看俺三姐脸恁白呢？”

“你可问你大姐夫吗？”

“他说久不见日光自白呢！”

“那还是胡扯！烙煎饼鏊子天天搁在锅屋里，从不见太阳，还黢黑黑[2]哩。”

讲述者： 吴限，男，64岁，高中学历，睢宁县王集镇原文化站干部

采录者： 张甫文，男，68岁，大专学历，睢宁县委宣传部退休干部

采录时间： 2020年7月

采录地点： 睢宁县姚集镇大街

附记

此故事原由王集中学教师刘一鸣讲述，时任王集乡文化站站长吴限采集整理，并入编《睢宁县民间文学集成》。（张甫文）

[1] 霜黄黄：方言，表示很黄的意思。

[2] 黢黑黑：方言，很黑的意思。

147

铁耙耙和尚

俺睢宁县邱集镇曹堂庄，在明朝万历年间，庄上有一户姓曹的是睢宁县有名的大财主。他为了破附近朱家老林风水，好使自己称霸一方，使尽了各种阴毒手段，致使朱家遭难。后来曹家犯了抄，现在的曹堂庄连一家姓曹的都没有了。

在曹堂南不远的地方，住着几户姓朱的人家，人丁越来越旺盛，家境越来越红火。那个有钱势的曹家怀疑朱家老林埋到风水地方了，就想把朱家老林的风水给破了，请来了一个看风水的先生给主意。这个风水先生一看：哼！果然不错，朱家不久要出正宫娘娘。姓曹的打响场，设了十亩地一个乱葬岗子，也没有达到目的。就又请了一个很有名气的风水先生，花了很多钱，要风水先生给出主意。果不然，这个风水先生说：“只要在姓朱的老林附近，盖一个大庙，起名洪门寺，寺里尽招一些武艺高强的骚和尚；叫他们无恶不作，深更半夜出去，专抢女人，让他们在寺里任意玩弄。要不了多久，姓朱的老林风水就给破了，姓朱的也就休想出正宫皇娘了。”

洪门寺建成了，姓曹的专门寻了不少骚和尚，真是无

恶不作。说来也赶巧，这天洪门寺的几个骚和尚到一家小店里去买木梳、篦子，正好碰上徐州知府化装出来察看民情，一看光秃秃的头皮，买这些东西干什么？必有坏风，便叫过跟班的说："可有探视的回来汇报吗？"跟班的说："前边不远的庄上，一些百姓哭哭啼啼。"知府问道："出了什么事？"跟班的回答道："这里夜间有强盗，女人常常被一些身强力壮的大汉抢走，下落不明。"知府闻听此报，心中已经明白了八九。望着那几个和尚，就十分可疑，于是吩咐跟班的跟踪那些秃头和尚，看是哪个庙里的。衙役们也是化装的，暗地跟随那几个和尚，也没人注意。不久，跟班的来向知府回禀说："是新建的洪门寺里边的。"知府回到县衙，吩咐衙役："升堂！"三班衙役击鼓升堂，知府将洪门寺详情问知县，知县说是本县首户曹家为了积善修德，才建不久的。知府原就是接到朱家告状的状纸，才出来寻访察看曹家的，心中就明白了，又吩咐顺轿[1]："人马发去先包围洪门寺，本府要亲自搜查！"

人马来个迅雷不及掩耳，将洪门寺给围了个水泄不通！知府亲自进入寺内，各处一搜，发现暗道，在暗道里搜出三十多名妇女和幼女。把寺里和尚一起绑到大殿，经过审问，内中有胆小的就供出了曹善人的阴谋指使。原来，朱家的大闺女也被抢去寺内，至死不从，被杀死在朱家老林地里，这都是曹家的主谋。知府当即下令：将曹家满门抄尽，火烧洪门寺，活埋众和尚；把此地挖成鱼鳞坑，将和尚头露在上边，身子全部埋上，再用铁耙套上牲口，拉耙一趟一趟来回地耙来又耙去。围观百姓拍手称快说："善有善报，恶有恶报！"知府看到这种场面，大为解恨！又气愤地责怪知县，朱家状子被压不理，致使这一方百姓遭殃，并说："本府回衙，奏明圣上，再做处治！"上轿回转徐州去了。后来，火烧洪门寺、铁耙耙和尚的事，便广泛流传开了。

讲述者： 李文金，男，84岁，大专学历，副研究馆员，睢宁县文联干部

采录者： 张甫文，男，68岁，大专学历，睢宁县委宣传部退休干部

采录时间： 2020年8月

采录地点： 睢宁县城北游园

附记

此故事在1987年由邱集乡胡楼村农民胡居洋（40岁）与胡昌道（65岁）讲述，参与文化普查的学生胡颖（18岁）记录整理，编入《睢宁县民间文学集成》；2005年由李文金、张甫文再次调查整理，编入《中国民间故事全书·江苏·睢宁卷》；至今仍被地方百姓传讲。（张甫文）

[1] 顺轿：指准备出发。

148

贤良坟里不是贤良人

民国二十年（1931），俺这地方发大水，到处都是白茫茫的一片。赶到秋季，庄稼欠收，生活都紧巴起来啦。

这天鲁老嬷嬷，因家中生活艰难，又听说陈集闺女那儿因为地势高，灾情好些；而且，闺女家连磨粉带跑徐州府做生意，家里比较宽绰，因此就去陈集走闺女。来到闺女家，闺女看自己的母亲瘦得皮包骨头，就说："俺娘，这没哪离[1]你就瘦成这个样子啦，到了寒天你怎么过去啊！""嗨！"鲁老嬷嬷叹口气说，"俺那块庄稼都叫水淹了，没收到粮食。平时再省点给小孩吃，这……嗨！"闺女听此又说："俺娘，我看这样吧，你明过天就回去，等两天再来。俺家里这几口人都做生意，忙不过来，过几天来或许不闲着，或许能搁这住一寒。"老嬷嬷就说啦："那能管吗？你家里这几层天[2]的。"这闺女可谓女中的魁元，足智多谋。她又说："俺娘，你就照我说的办就是啦。"

真格的，鲁老嬷嬷没过多长时间，又来啦。一到闺女家，就扒柴、洗菜、做饭，一会也不闲着。闺女家陈老婆婆看到怪高兴，她就对鲁老嬷嬷说啦："俺嫂子，你看你，这到了闺女家也不闲着，一会也不住手。赶忙歇歇。"

说说到了寒里子[3]啦。陈老婆婆就对儿媳妇说啦："你看这天气眼见冷了，家里几口人的毛翁[4]，还得一期打哩，可眼下又捞不着。"没等婆婆说完，闺女就接过来说了："俺娘会打毛翁，什么花样她都会打，就叫俺娘给打就是啦。"婆婆道："自打你娘到俺家，一会也没闲着，怎么能再叫她打毛翁呢？"闺女说："娘，你老这说哪里话，俺亲娘又不是外人，我这就去叫俺娘打。"

长话短说，鲁老嬷嬷一晃光阴在闺女家住了几个月。这天到了腊月十几啦，闺女又出点子啦："俺娘，眼见都到年底啦，你不去家过年吗？"陈老婆婆一听她儿媳妇撵亲家母走，就生气道："看你这孩子，你娘早晚[5]搁俺家吃闲饭了吗？这到腊月里啦，你又撵她走？不管走！"鲁家娘俩一听正中下怀，于是鲁老嬷嬷又在闺女家住了下来。

到了过年二月里，鲁老嬷嬷在闺女家也过有半年之久啦。那会，鲁庙都兴种菜园，家家地里的活也都出来了。闺女这天不吱声，一人跑到了鲁庙娘家，对她哥哥说："俺哥，你也没有一点数，这家里的活儿这么多，你还不去把俺娘接回来吗？"她哥说："是的，俺娘在你那过这么长时间，家里的活儿都出来了，该接回来啦。"闺女道："你直管去就是啦。"

第二天，她哥推着土车子真来喽。谁知这闺女迎头就问她哥："你这晚推车子来干什么的？"大哥说："这会家里的农活都出来啦，俺来接俺妈回家看园的。""咦，那还怪好哩。"妹妹有意说道，"俺妈搁俺这给你养奉[6]了一寒天，这有活了，你又来接走啦。"老婆婆一听忙说："你这孩子真不讲理，怎么这么说话呢。"说完，忙把她哥让到屋里上座。吃完饭，鲁老嬷嬷就回去啦。闺女拿出一块洋钱，偷偷交给她妈说："俺娘，这块洋钱你带回家，到街上买块白布，染上做身衣服穿。"

[1] 没哪离：没到时候的意思。

[2] 几层天：指几层长辈。

[3] 寒里子：冬天里。

[4] 毛翁：用芦苇花絮（俗称"毛缨子"）编织的冬穿暖鞋。

[5] 早晚：何时的意思。

[6] 养奉：方言，养活、照顾的意思。

鲁老嬷嬷回到家吃完晚饭，打身上掏出这块洋钱说：“你们这些孩子都不如你妹妹。你看，这是你妹妹临来时给我的一块洋钱。明你们谁上集，给我买块布做身衣服，这连染钱都够了。”大孙子忙过来说：“俺奶奶，这钱给我吧。”大儿媳也要，老嬷嬷都未同意。说说讲讲，鲁老嬷嬷起身休息不提。这鲁老嬷嬷睡到半夜里，忽然想起那块洋钱，伸手一摸，咦，没有啦。她就赶忙起来，饭桌上、地上、床上，到处都摸严了，也没摸到。天一亮，她就把两房儿媳全叫来啦，一问都说未拾到。鲁老嬷嬷生气喽：“都未拾，能被谁拾去？俺看你娘船上不漏针，漏针就是船上人。”大儿媳妇刁钻：“俺娘，俺要是拾去，俺就遭雷打。”鲁老嬷嬷一听大儿媳赌咒，便转向二儿媳妇。二儿媳妇比较忠厚老实，没有大儿媳妇的那个心眼嘴巴，她怀里抱个孩子才生把岁，便也赌咒说：“俺娘，俺要拾去就死俺这孩子。”鲁老嬷嬷一听没办法喽。

大早这么一闹，家里都不愿做饭啦。老大家里看看没人去做饭，自己便到南园拔了些菜来做了早饭。吃完饭，老大家里的扛把锄下湖锄地去啦。老二家里的挎个篮子下湖割草了，割满一篮草，便挎来家，上屋喂孩子。谁知到了屋里，一抱孩子，孩子挺硬啦！老嬷嬷一听说孩子死了，便擦一把抹一把地大哭起来：“你这婊子养的，一块洋钱，你拾就拾去是了，你为何又咒自己小孩子呢？”老大家里可尝呼啦[1]，心说：你赌咒，可赌到点子上喽。把儿子也赌死啦，这可就是现事现报喽。古人说，屈死不赌咒，饿死不做贼，还真赌犯了。

老二在湖里干活回来，一听说儿子被媳妇赌咒咒死啦，不由分说，褪下个鞋底，不分青红皂白一顿热打，把媳妇打得鼻口窜血。

当天夜里，老二家的连气带恼一条绳吊死了。第二天早上，天边太阳都出来丈把高了，老嬷嬷见老二家里还未起来，便叫孙子进去喊二娘起来。这孩子推门就进去啦，一看他二娘背对着他一动不动，便喊他奶奶来看。老嬷嬷顺门缝一看：“嗨哟！我的个娘味，她怎么上吊了呢？”赶紧跑到门外喊人。这时鲁门执事的过来了，对呆在一旁的老二说：“你快去，对你亲戚讲，要娘家人快来看看，烧把纸。”你说这老二，忙得给什么似的，朝他亲家——李集东边的牛庄子跑去。一望见他丈母娘正在园子里拔菜，老亲戚正好也抬头看到了他：“唉哟！你姐夫，怎么来得这么早？”老二就把事情的经过一五一十地对她讲了。老岳母一听说闺女死了，“扑通”一腚坐地，吞痰吐沫，号啕大哭。这时，他岳母的兄弟都回来，一听这事都劝说：“嫂子，小孩子到人家，不忠不孝，死了算啦。”说着又转向老二说：“你姐夫，你回去对家中讲，能叫俺姓牛的去烧把纸就行啦。”他岳母还在哭喊不愿意，她兄弟又按她压了压。

老二来到家，就把这话说给庄上执事的鲁老府听。鲁老府听完迅速吩咐道：“爷几个赶忙套车，弄口三五的楠木棺材来。”爷几个也不怠慢，买了口三五楠木棺就急忙往家走。到了二郎庙跟前，天空突然乌云大作，接着刺眼一道闪电，由远而近“轰隆隆”闷雷响个不停。赶车的忙说：“爷几个赶紧走，这是一个母雷[2]，马上就要下雨啦。”爷几个也不问他讲的有无道理，只顾往家赶就是了。车一到家，忙把棺材弄到屋里，准备给老二家里收殓。鲁老府又过来对大家说：“爷几个先给她收上殓，别忙杀扣[3]，留等娘家来人见过面再杀扣。”

这时雷打得越来越紧，愈来愈近，眼见大雨要下，可娘家到现在还未来人。大家不免都在心急火燎地等待着。

话说老大家里的，这时怀中抱着孩子坐在屋里，如坐针毡，横竖是不对劲儿。嘴里不住地鬼念：“天老爷可不要打雷劈倒我，老天爷保佑。”外边忙乱跟什么似的，她也没出屋。这时，忽听老二家的娘家来人啦，心里嘀咕着：“不能再不出屋了。”便放下孩子，出屋去迎。刚刚到堂屋门口，只见一道电光向老大家头顶射去，接着，半空中“咔嚓”一声霹雳，就见老大家里“扑通”一下跪倒在堂屋门口，一只手还撑地铁紧。

这些人都齐呼跑过来。有人喊：“嗨哟！不得了喽，这老大家里怎么又叫雷给劈死啦。”又有说：“赶紧望望，

[1]　尝呼啦：幸灾乐祸的意思。

[2]　母雷：指打这种雷马上就会下雨。

[3]　杀扣：给棺材用钉钉死口。

雷劈死的都有字。”有人过来，通身也没找到字。把她的手一掰开，只听“当啷”一声，定睛一看，是一块洋钱掉在了地上。这时，云开天晴。鲁老嬷嬷一看事情真相已经出来，不禁一头扑在老二家的棺材头，娇儿心肝地大哭起来。哭着哭着就听见棺材里有哼哼声，紧接着就听说：“我死得冤，我死得屈啊！”原来，将才[1]打的那个响雷，把老大家里劈死了，又把老二家里给震活了。大家一听老二家里震活了，不禁喜出望外，一齐跑过来，把棺材盖打开，见老二家里已在棺材里头坐了起来，大家七手八脚地把老二家里的给抬了出来。这时鲁老府过来了，和鲁老嬷嬷说：“我看这样吧，这人也活了，棺材又不能退了，就给老大家里用吧。”鲁老嬷嬷同意后，就吩咐把老大家里装进了棺材。

接着，又把老大喊过来，要他抓紧到亲戚家通个信。老大忙跑到亲戚家，把事情经过向亲家说了。他老亲戚就说：“那个吧，你回家随便给她软埋也罢，使个芦席卷埋也罢，俺这边也不去烧纸了。”

鲁老府等老大回来，听他一讲，就吩咐人说：“爷几个，把棺材捆好，抬下湖。”刚刚抬到庄头，从北边迎面来了两个人，嘴里不住地说着：“这庄人好混。”这些人一听，齐伙说：“这两个熊孩子，怎么说俺这庄人好混，给俺逮着毁[2]？”这时就有一个细心人，过来问他们：“你怎么说俺这庄人好混呢？”这两个说：“要是不混，怎么能把一个活活的孩子扔在乱坟岗里呢？”鲁老嬷嬷一听说乱坟岗里扔着的一个孩子还活着，心思定是自己的孙子无疑啦。你说她慌慌忙忙地边哭边往乱坟岗跑去。扑到跟前，一边用手拼命地扒着土，一边哭喊着：“我的个心，我的个肉，你可疼死我啦！”扒开一层土，自己的小孙子果然还活着，还不住地啼哭呢。再一看这孩子，头当顶囟门上还插着一根大绗针。

原来，老大家里偷到那块洋钱后，又听老二家里这样咒自己的孩子，便趁着老二家里下湖割草的空，折回家，照这孩子头顶囟门上插了这根大绗针，当时就把这孩子活活地插死了。也就在刚才雷劈老大家里的时候，“喀嚓”一声，同时把老二家里及这孩子给震活了。

话说棺材也抬到了乱坟岗，大伙干脆就将老大家里埋在了刚刚埋小孩的这个坑里。过去人死了都兴树碑，有人便问这碑文怎么写。又有人建议说：“干脆就写‘贤良坟里埋的不是贤良之人’，你们看怎么样？”大家都说：“行，行，就这样写。”从此，“贤良坟埋的不是贤良之人”就这样传开了，一直流传至今。

[1] 将才：刚才。

[2] 逮着毁：方言，逮着揍的意思。

讲述者： 吴限，男，63 岁，高中学历，睢宁县王集镇原文化站干部

采录者： 张甫文，男，68 岁，大专学历，睢宁县委宣传部退休干部

采录时间： 2020 年 7 月

采录地点： 睢宁县王集镇大街

附记

此故事在 20 世纪 80 年代，由王集中学教师吴恒昌讲述，后由吴限采录整理，编入《睢宁县民间文学集成》一书。（张甫文）

149

小馒头不挣钱大馒头挣钱

俺睢宁县西南大李集，在新中国成立前可以说是商贾云集，小工商业蓬勃兴起。有的和上海外商打交道叫“走洋票”；有的办起家庭工业，如丝绵行业、织包头、纺茧丝、槽油坊比比皆是。其中尤以李集世绅、李集圩主李江臣一门李的工商业最兴旺。

李集镇中的什么南元太、北元太、东元太、西元太等大商店，都是李圩主一门李开设的，孙长兴、谦太恒等商店均不能与其争雄。其中叶洪记槽坊更受其威胁，不几年叶洪记槽坊有濒临倒闭之势。

有一年将近腊月，各个商店字号都知道春节前后商业最兴旺，能抓住时机方可大发财源，起码也能小发财源。这时叶洪记老板叶老头，一天召集几个儿子说：“我要在一二年内叫我‘叶洪记’生意在李门‘四大元太’之上，压倒‘孙长兴’。”一天晚上叶老头命令店伙计把所有的竹端子[1]大的一斤、二斤、五斤的，小的半斤、二两、一两的都集中来；又请来专制竹端子的匠人，重新赶制一套竹端子。新量器制好后，立即使用。这时，掌管总账的大儿子叶老大把新旧端子一比较，新端子比旧端子每斤大一两，成了一斤一两等于一斤。叶老大找到老大大叶老头说：“爹，你是不是弄错了，怎么新端子比旧端子大了呢？”叶老头听后大声说：“我怎么会弄错呢？今后不准再用旧端子，一律用我的新端子。如不这样做，你们都滚开，我另请别人。”

开始用新端子的第一天，头一个顾客是叶洪记的买酒常客。他提来以前盛三斤的酒都子，用新端子把酒给打满，一算只二斤八两，这个买酒的当时一惊。叶老头说：“怎么，看你的酒都子小了吧？”从此，叶洪记的大酒端子消息很快传开了，一传十、十传百，不足个月，每天顾客盈门。柜台前每天一开门就挤满了人，一天到晚拥挤不透，酒和油供不应求，经常脱销；又增加了油磙、酒灶，扩大门面。不足年余，叶洪记，生意兴隆、财源茂盛，大大超过了李姓的四大元太、孙长兴、谦太恒等字号；年三十盘账，一年赢利超过以前十年。叶老头点头微笑着说：“我的生意经你们懂得了吧！要知道你们的小馒头不挣钱，我的大馒头挣钱！”

[1] 竹端子：量器。

讲述者： 李文金，男，84岁，大专学历，副研究馆员，睢宁县文联退休干部

采录者： 张甫文，男，68岁，大专学历，睢宁县委宣传部退休干部

采录时间： 2020年7月

采录地点： 睢宁县文化馆

附记

此故事在20世纪80年代，由大李集中学教师袁振泰（男，63岁）讲述，后由李文金采录整理，编入《睢宁县民间文学集成》一书。（张甫文）

150

许愿的结果

俺岚山乡小魏山村，从前有一座观音阁，里边住着一个要饭花子，整天要饭。有一年腊月三十晚上，花子正在入睡，听见一个棺材铺的老板进庙烧香许愿说："菩萨奶奶你能显灵，叫此地多死几个人，俺能多卖几口棺材；挣了钱年年给你上供，月月给你烧香磕头。"许完愿走了。

不多会，开药铺的老板进庙来了，烧香许愿说："菩萨大人今春你能显灵，叫这地方多病几个人，俺能多卖几服药；赚了钱俺能给你逢三、六、九烧香磕头。"许过愿后就走了。

接着一个道士也到观音阁许愿，祷告说："菩萨圣主，你能叫此地多死几个人，俺能多做几场斋，多挣点做斋钱，俺就天天给你烧香磕头了。"然后，转身离开庙宇。

要饭花子听了三家许愿，他心里盘算，明晨我叫你们都了却心愿。初一一大早，花子就跑到药材铺，对老板说："你赶快起来到棺材铺去，棺材铺老板娘子有病很重，要你早饭前赶到那里看病。"接着，花子又跑到棺材铺去，对棺材铺老板说："你今天一早就开门，药材铺老板娘子死了，要来你铺买棺材。"然后，花子又跑到道士家，对道士说："你赶快到棺材铺去，棺材铺老板娘死了，要你去做斋。"

初一大早晨，棺材铺可热闹了。一开大门，药材铺老板就到了。棺材铺老板迎着上去说："早晨赶来，请到里边看看。"药材铺老板说："走，走。"两个老板来到棺材棚里，棺材铺老板指着棺材说："你拣好的。"药材铺老板说："不是这个，不是说贵夫人有重病，你叫我来看病的吗？"棺材铺老板说："谁老婆有病？听说，你老婆死了才买棺材哩，我带你来挑拣棺材的。"两人越说越恼怒，越吵越激动。说着说着，道士也到了，忙劝道："别吵，别吵，我来给棺材铺老板夫人做斋来了。"两老板一听，接着又和道士吵了起来。正吵得不可开交，要饭花子来了。三人一看，一齐指着要饭花子说，都是他说的，你问问他。要饭花子忙回答说："我可不知道你们三家的事，都是观音菩萨享受你们的香火和供品，叫我对你们三家说的。"三个人听了，一声不吭都散了。

讲述者： 魏本水，男，69 岁，中专学历，睢宁县文联退休干部

采录者： 张甫文，男，68 岁，大专学历，睢宁县委宣传部退休干部

采录时间： 2020 年 6 月

采录地点： 睢宁县岚山镇文化站

附记

此故事发生于睢宁县岚山镇乔山村，原由时年 64 岁的退休干部沈学智讲述，后由本镇文化站站长魏本水采集整理，入编 1989 年出版的《睢宁县民间文学集成》。（张甫文）

151

张大胆和李胆大

俺这白庙村，村头原来有个土地庙。白土庙虽不大，但土地老爷怪灵，前来烧香治病、等甘露水的人怪多。这白土庙后面有棵大树，树长得枝叶茂盛，阴森森的怪怕人。这棵树下早先吊死过两个人，所以这树底下经常好出鬼，遇到毛阴天[1]，胆小的人走到这儿常常被蒙住[2]。

一天晚上，天快黑了，老天爷又是雨蒙蒙下个不停。张大胆在街上卖完柴草来到这儿避雨，他一抬头，看见一个鬼正往他这儿跑来。这个鬼上边多[3]粗，下边多细，看不清鼻眼。张大胆虽然胆大，可到了这会腿也打小锣[4]。眼看这鬼越来越近，张大胆抡起扁担，使大劲地往鬼的头上猛砸一下，只听"咣当"一声，那鬼倒在地上，张大胆撒开两腿就跑，到家里就病倒了。家里人听说他见鬼了，请了几个道婆婆来家烧香化纸、驱妖镇邪。过了几天，张大胆病好了，又听说他的表弟李胆大快不行了，于是提了儿包果子来看他。李胆大哭丧着脸对他说："表哥呀，人都喊我李胆大，这回可坑倒了。那天我在街上买口锅，回来的时候天下雨，我把锅顶在头上到白土庙后边的树跟前避雨，谁知前年被我黑杀的那个冤死鬼站在树底下，他的两只胳膊比扁担还长，朝我头上就是猛砸一下，我要不是顶着锅，恐怕俺表兄弟今天也见不着面了。"张大胆问他："你看清楚了吗？"李胆大说："一点也不假，那个鬼就是我前年所杀之人。"张大胆问："你在哪儿杀的人？"李胆大说："我把他吊死在那棵树上的。"张大胆心里明白，但没有向他说明。李胆大不久就死了。想不到他在临死前说出自己杀人的事，世上事也真是恶有恶报呀！

[1] 毛阴天：方言，即细雾雨，也叫毛毛雨。

[2] 蒙住：徐州东部方言，即惊吓得一时迷失方向，不知所措。

[3] 多：很的意思。

[4] 打小锣：方言，两腿发抖的样子。

讲述者： 滕绍启，男，68岁，初中学历，睢宁高作镇原文化站站长

采录者： 张甫文，男，67岁，大专学历，睢宁县委宣传部退休干部

采录时间： 2019年11月

采录地点： 睢宁县高作镇文化站

附记

此故事普遍流传在高作、沙集等镇，现在两镇能详述者有60多人。《睢宁县民间文学集成》《中国民间故事全书》《江苏省非物质文化遗产普查·睢宁县资料汇编》等均有收录。故事在新中国建立初期由高作镇白庙村前朱队农民朱群传讲，后由高作镇文化站站长滕绍启传讲，其后滕绍启又传给唐献军等人。滕绍启，男，68岁，从事基层文化宣传工作多年，喜爱搜集整理民间故事并传讲，曾参与民间文化资源采集与非物质文化遗产普查工作，撰写故事多篇。（张甫文）

152

找驴

从前，为了物资交易方便，在俺姓梁的居住这儿起了一个小集市，附近几十里路之内的人都来赶这个集，就习惯称之梁集了。集镇虽然不大，但是赶集的人却很多，因此小集镇上很繁华。

有一天正是逢集日，四面八方的人们天一亮便纷纷向小集镇上涌去。这时有一个相面的先生也来赶集，转了几个地方都不合适出摊。这时看到一家中药铺的门前有一片空地方，便摆起了卦摊，挂出了招牌，招牌上写“李铁口神卦，相面问吉凶，求神避灾难”，人们一时把卦摊给围得水泄不通。这时中药铺掌柜不愿意了，因为这么多的人围在门前，他说挡住了他的财路，妨碍了他的生意，于是出面与相面先生争执，令其挪往别处。相面先生虽不服气，但也觉得自己有点不是，一边收起卦摊，一边说道：“如果撵我走，你今天只能卖一块钱的药，多了不能，少了不会。”掌柜的一听此话，很不服气，便说道：“我们打个赌，如果我真卖一块钱，我请你喝酒。不然你可不许耍赖。”“好，君子一言，快马一鞭。我李铁口从不失灵，你是输定了。”相面先生大喊着，好多人都好奇地看着热闹。

这时相面先生便挪了个地方，在中药铺的斜对面蹲了下来。不一会忽有个老头面带忧愁，来到了卦摊前，以乞求的目光看着相面先生。相面先生看在眼里，并不招呼来人，而是慢条斯理地在掐指叽咕着什么。只见他面前的摊布上写道：“一条名路指君走，半点疑问向我来。”看到这里，来人便问了起来：“先生求你帮个忙吧？”相面先生点了点头并没言语，目光一直在来人的脸上扫着。

“我家的驴昨夜里被人牵走了，怎么才能找回呢？”

“小事一桩，包你找到。”来人一喜便说：“先生快点说。果真找到了，我要重重地谢你，还要给你扬名。”

“你别急，不知你肯花钱吗？”

来人迟疑了一下，便道：“只要能找到驴，我舍得花钱。”

“好，这相面礼我不要了，但是你必须到对面的中药铺买一块钱的药。我给你开好单子，回家吃就是了。多吃了不管用，少吃了也不行。照此法，不出明天，你的驴必能自己跑回家。但只限今天买药吃。”

来的这个老头子一听大喜，便急忙向中药铺而来。

望着那人远去的背影，相面先生收起了卦摊，在一旁蹲着瞧药铺老板的好看。

谁知这中药铺的老板也很刁猾。与相面先生打赌后，果真一直没有人到他的中药铺抓药，他心中想干脆关门，我今天不卖药了，瞧他怎样赢我。便把门关了，挂出了“今日清货”的牌子。

这时，老板娘要上街买东西。刚开门要出来，这丢驴的主人就顶到了跟前，向老板娘说要买药。老板闻声迎出来说：“今日不卖，你没有看到牌子吗？”“老板行行好，我有急用，求你卖点。”“那你买多少药？”老板看实在是不卖不好，没法只得改口。心里想：你并不一定只买一块钱药。这时丢驴的拿出药单说：“先生这药单上的药，我只买一块钱的。”掌柜的一听心下一惊，心里想：难道这相面先生真是神仙？“不卖！”老板忽然变了脸，“不管怎样，今天的药不能卖。”就这样一个坚持要买，一个坚持不卖，双方僵持不下。老板急急地向里走，老板娘却开了恩，说道：“这位大哥，看你急的，把单子给我，我给你抓药。”来人将老板娘抓好的药拿了，然后付给一块钱，就急急地走了。

过了一会，刚进屋的老板忽听没了声音，心下好生奇怪，便出来看个究竟。一看那个买药的人走了，便露出笑脸问夫人："那人走了？" 夫人并不知内情，高兴地说："走了，给了我一块钱，给了他一包泻药。你今儿怎么啦？干吗不卖药给人家？" 掌柜的一听，眼儿直啦，只好自认倒霉，心里想这个相面先生好灵，最后只好请了相面先生一场酒，这才了事。

却说丢驴人抓了药，急急忙忙来到家，进门就喊："老婆子，快点把药调了，待我吃了药驴就找到了。" 老婆子说："有这样的事儿？快把药给我。" 待接过药一看便大惊失色道："老头子，你昏了？这是泻药！" "你别管，找驴要紧。快给我调了，要快，不然驴就找不到啦。"

见老头子执意要吃，老婆子也无法。心里想：这么多泻药还不把你拉死？便偷偷地扣下了一小捏儿，将药焙干、碾好，给老头子服下。

过晌午吃的药，到了下傍晚可就不得了啦，直觉得肚子里"咕咕"发响。眼看着天已擦黑，老头子提着裤子，就在门前的园子边上拉起来了。就这一蹲下，再也起不来了，直拉得天昏地黑，万般痛苦。待过了一更天、二更天他还是不能起来。于是老头子倔强起来，心里升起无名烈火，心想我看你能拉到何时，不行我就蹲一夜吧！心里生气，便大声自语道："看你能拉到何时，拼一夜，我就看你拉吧！"

俗话说："当地无鬼不生灾。" 原来他家的驴，由于头天晚上没拴好，夜间就挣开跑了，被邻居发现拴进家里。因平时两家处得不好，特别是上几天因为地边子争执还吵了一仗，便存心不给了，想等晚上拉出去，找个买家卖掉发个不义之财。谁知过二更天，他们以为人家都睡着了，于是他在前边拉，他老婆在后边赶。刚刚要出门，猛听邻居在园根自语的话，心里大吃一惊。老婆说："坏了，人家知道了，蹲着瞧俺呢！" 男人也吓了一跳，毕竟是做贼心虚，急出了一身大汗。

"放了吧！" 老婆说，"他要守一夜呢！人家发现了在等着呢！" 男人心想也只有放驴为正。但一想这一天一夜的喂料，加上工夫，实在吃亏。看了一眼驴，心里一亮说道："驴放了，但驴缰绳不能给他，难道白给他养活了。" 然后把驴缰绳解开，将驴给放了。

驴一跑出邻家院门，就直奔主人大门跑了过去。丢驴人在沉脸憋劲儿，突然抬头看到了驴，慌忙地提起裤子喊道："老婆子，快提灯来，我们家的驴回来了！怎样，我说这先生灵吧，简直是神仙。"

老头子高兴得提着裤子只顾高兴。老婆子提灯一照，忙说："果然不假，是自家的驴。" 也笑了，又一看，说："老头子，驴缰绳没了。" 老头子说："一条缰绳有什么好说的。" 老两口子一唤一赶进了家。

刚回到家，老头子肚子又憋不住了，又连忙地向外边跑。老婆子看驴找回来了，自然高兴；又看老头子那个样子，不由乐了，说道："要不是我给你扣下一捏药，还不把你拉死！"

老头子蹲在外边一听，忽然明白了，说道："我说呢？原来你扣了一点儿，要不怎能驴缰绳不带回来呢。"

讲述者： 李大放，男，71 岁，高小学历，睢宁县梁集镇人

采录者： 张甫文，男，67 岁，大专学历，睢宁县委宣传部退休干部

采录时间： 2019 年 11 月

采录地点： 睢宁县梁集镇文化站

附记

此故事流传于睢宁北部梁集镇一带。民国时由梁集乡佟圩村农民李大放父亲讲述，后由李大放传给梁集镇文化干部李大强，并整理入编《睢宁县民间文学三套集成》。至今，李大强仍在熟练传讲。梁集镇及周边各村讲述人数较多，有 30 多人。相关遗存资料在《睢宁县民间文学集成》《睢宁故事》《江苏省非物质文化遗产普查·睢宁县资料汇编》等书上均有记载。（张甫文）

153

赵大侃[1]和钱会圆[2]

很早以前，俺庄只有赵、钱两大家族。赵姓有个赵大侃和钱姓的钱会圆是结拜兄弟。赵大侃会“侃”，钱会圆会“圆”；有时赵大侃侃到他妈的脚面子上了，钱会圆也能圆得丝丝合缝。

赵大侃对人说：“昨天晚黑儿，俺那庄刮了一阵大风，要多大有多大。俺家那口井原来搁院子外面的，一下子被刮到院子里面了。”人都不信，骂他说：“甭你妈的瞎侃了。风再大，还能把井刮动吗？”赵大侃说：“哎，你们要不信，问俺钱兄弟。”钱会圆赶快接着说：“不错，不错。你们不知道，他家那墙不叫院墙，是用秫秸围起来的‘笆帐子’[3]。那井呢，原来搁‘笆帐子’外边，昨天晚上风大，风一鼓[4]就把‘笆帐子’鼓到井外边了，那不就等于井在院里了吗？”人们一想，是的，有理。

赵大侃来劲了，又胡吹说：“你们真是没见过世面，这有什么稀罕的。俺那庄有个摸鱼的，可说是天上无双，地上独一。昨天一早清子[5]他看见路旁沟里冒泡，急忙跳下去，一把摸上来三百多条鱼。”人们听了更不信了，骂他：“‘越俊越往灯影跑。’[6]就打是摸巧了，摸到一窝小参子[7]，也不能一把摸到三百多条啊！”钱会圆见人都不信，又忙破解说：“是这样的，前儿个[8]夜里，有一辆货车搁俺那汪沿口儿翻车了，货也都卡[9]在水里去了；虽然也捞了，没捞净。那摸鱼的昨天清早下去一摸摸上来一大蒲包，蒲包里装的都是虎把长[10]的干鱼条子，一数三百零一条。”人都大笑。

赵大侃更得意了：“你们都别笑，其实也没有什么了不起的。昨儿个我搁北大河钓鱼，一钩子下去，就钓上来两个大鸭蛋。”“你他妈的，又扯你妈王茂地[11]去喽。交流水滑[12]的鸭蛋怎能钓得上来？”随他怎么说，这回谁也不相信了，抬腿都想走。钱会圆又来了：“哎，哎，大家别忙别忙，你们都想不起来，是这样的：昨儿个，大侃哥手性特别好，一钩子下去，钓上来一只老毛翁，也不知是哪年谁板[13]在河里的；那两个大鸭蛋呢，正好装在毛翁壳里的。俺那庄上鸭子多，有几个鸭子又专门会在水里摆蛋[14]，这就巧了，有两个鸭蛋掉在毛翁壳里啦！”

讲述者： 李友林，男，72 岁，初中学历，睢宁县李集镇原文化站站长

采录者： 张甫文，男，68 岁，大专学历，睢宁县委宣传部退休干部

采录时间： 2020 年 5 月

采录地点： 睢宁县李集镇文化站

[1] 大侃：此处指胡侃瞎说。

[2] 会圆：给胡侃瞎说之人找依据或理由。

[3] 笆帐子：用高粱秸秆或芦苇围成代替院墙的遮挡物体。

[4] 一鼓：风一吹的意思。

[5] 早清子：即一早上。

[6] 越俊越往灯影跑：人家越夸他，他越是自我炫耀。

[7] 小参子：小鱼，白色小扁鱼。

[8] 前儿个：前天。

[9] 卡：车厢倒翻到水里面，方言叫“卡”。

[10] 虎把长：相当于拇指和食指约摸伸开的长度。

[11] 王茂地：本地知名人的土地，意指胡吹胡扯，不沾一点影子了。

[12] 交流水滑：表面非常光滑。

[13] 板：方言，扔的意思。

[14] 摆蛋：下蛋。

附记

此故事流传在睢宁县南部大李集镇地区，1978年由32岁的李集丝织厂工人赵吉玲讲述，后由李集文化站站长李友林采录整理，入编《睢宁县民间文学集成》。至今李友林仍在本地区多地讲述。该故事遍布全县多地。（张甫文）

154

骚和尚

在俺岚山乡草窝庄上有座庙，因为庙小，只有两个和尚。小和尚不大懂事，大和尚有二十多岁。

庙前有口水井。有一天，住在水井附近的一个新媳妇到井涯[1]挑水，庙里的大和尚看见了，就向新媳妇发出调戏信号，信号只是一个字“哎……哎……”，新媳妇未理他就走了。

新媳妇到家把这事对丈夫说了。丈夫说：“他想调戏你，你就答应他。”新媳妇说：“世上哪有你这样的男人？”丈夫说：“听我给你说，你明天再去挑水，他哎你也哎。接着等他靠近你，你就给他讲条件：一是要给钱，二是要晚上来俺家。你晚上炒两个菜，提一壶烧酒，热情招待他，你就说丈夫跟人家去北乡贩牛了，他一定放心喝酒。”新媳妇说：“你真要钱不要脸啦！”丈夫说：“我既要钱也要脸。”新媳妇说：“你到底想怎么办？”丈夫说：“未吃酒之前，你先在吃酒那屋门后放一个能蹲下人的水缸，我就有法对付他啦。”

[1] 井涯：井沿，井边。

第二天，新媳妇又去挑水了，和尚又拍响两手：“哎……哎……”随之，新媳妇也“哎”了一声。和尚听了立即跑到新媳妇跟前作揖拱手说：“你同意了？”新媳妇说：“同意了，得给八吊钱，晚上到我家去。丈夫正好不在家，去北乡贩牛去了。”和尚听了很高兴，晚上离开庙堂，真的跑到新媳妇家去了，新媳妇也早就准备好了炒菜、烧酒。正吃酒，忽听外边有人叫门，新媳妇说：“坏了，丈夫回来了，快藏。”和尚好像热锅上的蚂蚁乱跑，新媳妇向门后一指，和尚迅速蹲藏在门后水缸里，并盖好缸盖。新媳妇给丈夫开了门，问道：“你怎么回来了？”丈夫回答说：“行情不好，只得回来。快弄点开水给我洗洗脚。”新媳妇烧好水端到丈夫跟前，丈夫接过开水，一脚踢开缸盖子，把一盆开水往缸里泼去。和尚烫得猛一跳出水缸，抱着头蹿出门外，向庙宇跑去。

新媳妇过了几天又去挑水，见大和尚站在庙门口，默不作声。新媳妇两手一拍：“哎……哎……”那和尚却回答说：“你哎，俺不哎了。大钱花了整八吊，喝你四两老烧酒，落了一身燎燎泡。”

讲述者：魏本水，男，69岁，中专学历，睢宁县文联退休干部

采录者：张甫文，男，68岁，大专学历，睢宁县委宣传部退休干部

采录时间：2020年6月

采录地点：睢宁县岚山镇文化站

附记

此故事流传在睢宁县岚山镇乔山村，原由时年64岁的退休教师沈学智讲述，1987年7月由时任岚山镇文化站站长魏本水采集整理，编入《睢宁县民间文学集成》。（张甫文）

155

扯老婆舌头

过去，苏北平原杏花村有个苏大娘，两个儿子都成了家，举家五口仍是一个灶火冒烟，小日子过得挺舒心。这年春节快到，她家宰了一头羊；那时没有冰箱，不能冷藏，苏大娘指使二儿媳桂花把羊煮了藏熟羊肉。桂花放上应放的作料，火候烧得差不多，她用筷子插了几下，便用空水桶压在锅上，自己回房内缝衣。

羊肉的香味飘进苏大娘的卧室，她喊桂花先拿点尝尝。桂花问她吃哪部位的肉，苏大娘想了想说：“先尝尝舌头吧！”桂花忙掀锅去取，掰开羊嘴一看，羊舌头不见了。桂花告诉婆婆：“妈！这羊没有舌头！”苏大娘笑着说：“傻孩子！这羊长得肉满膘肥，又是自己养的，怎么没有舌头呢？”桂花说：“我也正犯猜疑呢！”苏大娘想：这媳妇娘家穷，独自一人煮羊，准是让她偷吃了。一个羊舌头事不大，可养成这种习气，没老没少，可是大事！正生气间，大儿媳妇柳枝推磨回来，问清婆婆生气的原因，眼珠一骨碌就跟婆婆嘀咕起来，嘀咕得婆婆直点头。她转脸又对桂花说：“妹妹呀，这羊舌头还能扎翅飞了？咱四个在妈妈跟前再大也算孩子，谁吃了告诉妈，妈不生真气；

假如不说，这算什么家风，没老没少的！”桂花一听，双膝跪地：“过年的时候，神灵在上，我要偷了羊舌头，叫我死在大年初一！”苏大娘一听，气不打一处来：“吃就吃了呗，为啥还发誓赌咒？这事传出去，邻居百姓不说我跟儿媳争个羊舌头！”话音刚落，二儿武生赶集回来，媳妇哭、嫂子说、母亲讲，说来说去，还是羊舌头不翼而飞了。武生一时脸上火辣辣的，对媳妇怀疑很大，但无任何证据。他眼皮一扑闪，想了一个办法，回屋拿了根筷子，喝令桂花张开嘴，把舌头伸出来。桂花心里踏实，叫我咋办，我咋办，反正羊舌头我没吃。武生左手扯着桂花的舌头，右手用筷子压桂花的喉部，桂花胃里像翻江倒海，哇的一下，把吃的东西吐了出来。武生见此法甚灵，又连续两次，桂花把食物吐完，又吐清水。这一切苏大娘和柳枝看得一清二楚，他们从桂花吐出的东西里，找不到羊舌头的影子。

这时大儿文生一步走到跟前，问清了来龙去脉，劝母亲别生真气，要去为老人买羊舌头。苏大娘如火上加油，气愤地说：“你认为我非吃这羊舌头不可？这败坏了咱的家风！”文生一想，弟弟能这样做，哥哥就不能这样做？他从武生手里接过筷子，对柳枝招了招手，意思是对不起，我也要扯老婆的舌头。柳枝摆着手说：“羊是桂花一人煮的，我在邻家推磨，我怎么会偷吃羊舌头呢？”桂花擦了擦眼泪说：“我熄了火，在房内缝衣，看见一个人影在窗前一闪，没看清是谁！”武生从伙房内提出压锅的水桶，提手上有一个面手印，清清楚楚。柳枝见躲闪不过，告诉丈夫回屋一趟。四口人等了一阵，不见她回来；文生走到门前，门被闩得紧紧的，他从窗口往里一看，柳枝悬在梁上自尽了。

原来是柳枝推磨累了，回家拿馍吃，闻见羊肉味，本想偷块肉吃，又怕婆婆生气，就偷吃了羊舌头。事情露馅，又嫁祸桂花。文生要扯她的舌头，她怕露了馅没脸见人，才悬梁自尽。从此，这地方人把妇女惹是生非、惹祸招灾、快嘴拉舌、搬弄是非叫“扯老婆舌头”。

讲述者： 江凤英，女，60 岁，小学学历，丰县赵庄镇小张庄

采录者： 张念柱，男，68 岁，本科学历，丰县赵庄镇张老家村

采录时间： 2009 年 1 月

采录地点： 丰县赵庄镇小张庄

附记

《扯老婆舌头》在 20 世纪 70 年代由丰县丰城农民蒋赵氏（女，70 岁，小学学历）讲述，史先周记录整理，后入编《丰县民间文学三套集成》。（齐运喜）

156

藏龙卧虎常店村

丰县城北十五里有个常店村，多年来被称为藏龙卧虎之地，就是因为这里在明朝末年出过一位保朝的虎将孙汝襄，他带着一条小龙[1]在这里居住守卫。

说的明朝末年，崇祯皇帝见李自成率领起义军围困京城，已感到末日来临。为留下一根，便传旨保朝大将孙汝襄面见。

崇祯皇帝绝望地对他说："大明江山危在旦夕，你乃忠臣良将，望你保护年幼太子速离京城，逃命去吧。朕九泉之下，不会忘你。"

孙汝襄受其重托，满口答应。他不忘崇祯皇帝对他的提拔重用，忠心耿耿，不顾生死，誓保太子。他们带足银两，经一番化装，黑夜逃出京城。

孙汝襄只身保太子，任重如山。近处又无亲朋，想来想去，只好回老家丰县常店。

他带太子日夜不停，逃回到老家。家中族人知道是皇太子，又惊又怕，私下暗中商议，说通本村铁官寺住持道人，将太子收下，藏在寺里。

崇祯皇帝已经吊死，明朝灭亡。清兵入关，掌管朝政，到处追杀明朝不降官员；更严查明朝太子，要斩草除根。

一天，常店村唱大戏，周围十里八乡的人都来听戏。年幼太子数日来不得外出，正憋闷得要死，趁寺内住持不注意，便偷偷跑来看戏。

大戏内容唱的是一个官宦之家，因天灾人祸，变得家败人亡，孤儿寡母流浪乞讨。演员唱得悲悲切切、痛哭流涕，十分感人，有的观众台下流泪。这时坐在戏台前听戏的小太子，由一个宠儿变成了眼下无家可归的孤儿，又想想父王已悲惨吊死，心中止不住悲痛，便放声大哭起来，越哭越大声，闹得听戏的也听不下去了。大家都看他，谁也不认识他，问他家住哪里，他只哭不说；当场引起了清朝地方官员的注意，见他不像本地庄户人家的孩子，便把他带走审问。在严刑和恐吓之下，太子如实招认，后来被杀害了；孙汝襄也不知流落何方。

数百年过去了，人们还常常谈起藏龙卧虎常店村的故事。

讲述者： 孔令飞，男，55岁，初中学历，丰县赵庄镇孔店
采录者： 张念柱，男，61岁，本科学历，丰县赵庄镇张老家村
采录时间： 2010年10月
采录地点： 丰县赵庄镇孔店

[1] 小龙：太子。

157

大黑头周殿芳开脸

讲述者：李振宇，男，65岁，初中学历，丰县赵庄镇刘集村

采录者：张念柱，男，53岁，本科学历，丰县赵庄镇张老家村

采录时间：2002年11月

采录地点：丰县赵庄镇孔店

清光绪年间，梆子戏的著名大黑头周殿芳（今丰县首羡镇于张庄人），被单县的一家大管主请去，要听他的拿手好戏《铡美案》。同行的见他貌不惊人，衣着平常，有点瞧不起他。别人都化妆好了，他还迟迟不开脸。

“周师傅，这就开戏，快开脸吧。”

“不慌。”周殿芳笑了笑。

开戏了，别人二次催他开脸，他还是那句话：“不慌。”

快该他上场了，别人为他焦急：“周师傅，咋还没开脸？”

“晚不了。”

该他上场了，周殿芳站在上场门后，唱了一段“顶帘子”。只见他手拿五支画笔，左一抹、右一抹，好啦！随即迈步出场。

同行们见他开脸速度如此之快之好，无不吃惊，群众都为之啧啧称赞。别说与他比演唱了，仅开脸这一着，也无法相比。大家称赞他不愧为梆子戏的黑头大王。

附记

《大黑头周殿芳开脸》故事在20世纪70年代由赵庄镇党楼村农民周合顺（80岁，农民，高小学历）讲述，邓贞兰记录整理，后入编《丰县民间文学三套集成》。

158

单楼四台对台戏

民国二十二年（1933）冬，丰县城西单楼村大财主蒋天赐给上辈立碑，四台大戏唱了四天四夜，十分轰动，吸引了苏鲁豫皖四省接壤地区几县数千人前来看戏。

四台戏设在今王沟镇政府北边的大广场上，分东西南北四面，戏台对戏台。一台柳子戏，三台江苏梆子。江苏梆子戏班分别为红大褂子戏班、宗连璧小窝班和华山乡傅张庄张二娃班。

各戏班都演出自己的拿手戏：柳子戏有《韩罗锅抢亲》《火焰山》《高老庄招亲》《抢妆盒》等；江苏梆子戏有《桃花庵》《双头驴》《阴阳报》《拉刘甲》《七狼八虎闯幽州》等。

柳子戏《韩罗锅抢亲》搬出使彩[1]的特长，开打中刀来枪往，扣人心弦。赤膊光背，大刀砍肩劈头，长枪刺透胸膛，剪锥直插眼睛；满台嚎叫，狂蹦乱跳，血淋淋一场厮杀，观众一个个看得目瞪口呆。

江苏梆子戏《阴阳报》中的判官从上场门鱼跃出场，做出各种高难度动作，不落俗套，引得无数观众鼓掌叫好。哪台戏出现高潮，观众就往哪里跑，场面十分热烈，是百年来少有的。

讲述者：张念英，男，75岁，丰县赵庄镇前小楼人，退休工人

采录者：张念柱，男，56岁，本科学历，丰县赵庄镇张老家村人

采录时间：2005年1月

采录地点：丰县赵庄镇前小楼

附记

《单楼四台对台戏》故事在20世纪70年代由赵庄镇邓庄村农民邓贞吉讲述，邓贞兰记录整理，后入编《丰县民间文学三套集成》。

[1] 使彩：出彩。

159

邓襄臣捕蚂蚱

清朝末年，高粱、谷黍将要满仁的时候，丰县欢口镇东北部发生了一次惊人的灾害——过蚂蚱[1]。

一天昽明时分，忽然像刮大风一样的“呼呼”声，把人们从睡梦中惊醒，随后就听到“扑哒”“扑哒”的响声；人们以为是下雨了，赶快起床收拾怕雨淋的东西。开门一看，啊呀！这下的是蚂蚱雨！院内全是些五颜六色、大大小小的蚂蚱，到处乱飞、乱蹦，可把人吓坏了。

会飞的蚂蚱叫做“大公飞”。“大公飞”它们吃光一棵树，又一齐飞向另一棵，树枝都被串串蚂蚱坠弯了、吃光了，地里的庄稼就更不用说了。当蚂蚱飞起的时候，遮天蔽日，响晴的天空昏昏黄黄，太阳好像被天狗吃了似的露不出脸来。

小孩子活蹦乱跳地忙着捕蚂蚱烤着吃，大人们忙着看护庄稼、捕打蚂蚱。不知怎么的，蚂蚱越打越多，会飞的吃光树叶飞跑了，又来了不计其数会跳的。会跳的蚂蚱又肥又大，身长约三寸；长着两条大腿，很有力，两腿一蹬，就能向前跳跃四五尺远；背上搭着两扇不会飞的大翅，像个大庵子。村里人叫它为“大庵子”蚂蚱，“大庵子”再蜕一层皮就成“大公飞”啦。还有一种是“小庵子”蚂蚱，只会爬行，一直跟在“大庵子”的后头。无论是“大庵子”还是“小庵子”，它们都危害庄稼。成群结队的蚂蚱拥进庄稼地里，走路人一脚就能踩死几个。

蚂蚱越聚越多，有的田块每棵谷穗上都趴着六七个蚂蚱，像串鞭炮似的。它们吃食的声音，在一里以外都能听到，“唰唰”响；吃谷叶子、咬谷穗、吃绿豆角、吃高粱叶，咬掉这棵换那棵，一块块庄稼成了光杆。这下可把老百姓急坏了，有些老嬷嬷急得坐在地头哭起来：“庄稼叫蚂蚱吃完了，叫俺怎么活呀……”

这时有位老嬷嬷打着响锣，高声喊着：“喂！不要再逮蚂蚱啦！这是天上下凡的神虫，赶快给老天爷烧香许愿吧。”于是一群一群的妇道人家走向十字路口，焚香叩头，双手合十，祷告乞求。可是半天过去了，仍然无济于事。

我们村有位知书达理的老秀才，姓邓，字化昭，曾在丰县任五品官职，到了古稀，告老还乡，颐养天年。他待人谦和诚恳，德高望重，四邻八乡的人们都很敬佩他，称他为“青天白先生”。他不相信什么神虫，并大讲赶快捕蝗的道理。

邓化昭的侄子邓襄臣，已经是三十多岁，爱文习武，有一班武林朋友。邓化昭喊着襄臣和一些年轻人，一道察看灾情，想找捕蝗救灾的办法。见蚂蚱是从微山湖方向过来的，当他们路过一个小壕沟时，见里面堆满了蚂蚱，从中受到了启发。他叫侄子襄臣赶快回家敲锣打鼓，召集他的一班武林兄弟，喊着百姓带上铁锨笊钩，到村北集合。很快就来了男女老少几百人。

邓化昭德高望重，他亲自指挥，大家都听他的。几百人兵分几路，在村北的路边、田头、村头挖了一道又一道的壕沟，也让大家敲锣打鼓，拿着扫帚、树枝，把蚂蚱赶到沟里。这个方法还真行，“小庵子”掉进沟怎么也爬不出，“大庵子”跳进来也很难再跳出去，沟里全是蚂蚱了。大人、孩子拿着铁锨、耙头拍打，一堆堆的蚂蚱都成了肉饼。

邓化昭和邓襄臣带领百姓日夜奋战，饭也顾不得吃，

[1] 过蚂蚱：蝗灾。

觉也顾不得睡，很快捕灭了村周围的蚂蚱。他们又带领大家用这种办法帮邻近村的老百姓灭蝗，使得这场蝗灾没能蔓延，并尽可能地保住了庄稼，不然丰县就苦了。邓襄臣捕蚂蚱，老百姓无人不夸他们，有的老嬷嬷给他们送礼磕头，十分感谢他们，说："敬天敬地都白搭，还不如襄臣挖沟这个法。"

襄臣为灭蝗累病了，落个残身，老百姓纷纷给他请功。他的功绩惊动了省县官员，被嘉奖为"五品"职衔，《邓氏族谱》有记载，至今还一直被人传颂。

讲述者： 齐晓拓，男，65 岁，小学学历，丰县赵庄镇齐小楼村人

采录者： 邓一顺，男，56 岁，丰县赵庄镇王学屋村人

采录时间： 1999 年 6 月

采录地点： 丰县赵庄镇政府驻地

附记

《邓襄臣捕蚂蚱》故事在 20 世纪 70 年代由欢口镇邓庄农民邓荣恩（72 岁，高小学历）讲述，邓一顺记录整理，后入编《丰县民间文学三套集成》。

160

斗鹌鹑

明朝时候，徐州北边的刘屯有个农民叫刘后福。他农闲做生意，贩鸡进了京城。不料鸡子生瘟，一个个低头打盹儿，羽毛蓬松。到街上，人们一看是病鸡，谁也不肯买。两天没过，鸡子死光了，他回到店里，抱头大哭："本钱都赔光，这可怎么办呀……"店东是个好心人，劝道："别难过，做生意盈亏乃是常事，这次算你运气不好。店钱、饭钱我都不要了；缺路费，我送给你……再做生意，别贩鸡了，要瞧准行情。"后福十分感动，问道："你看我做什么生意好呢？""眼下已入冬，进入了斗鹌鹑的季节。皇上和刘大人最喜欢斗鹌鹑，近日还举办斗鹌鹑的大会，行情准好。乡下鹌鹑好买，贩鹌鹑说不定会发财的。"后福谢过店东，回家而去。

后福老汉也喜欢玩鹌鹑，数日后，他真的挑着两大笼鹌鹑又来到那个老店里。店东告诉他："这几日城里热闹极了，大太监刘瑾老大人举办了十天的斗鹌鹑大会，今天已是第八天了，鹌鹑价猛涨。他出了告示，凡斗败他的三等鹌鹑者，奖银一百两；斗败二等者奖银三百两；斗败一等者，奖银五百两；斗败特等鹌鹑王者，奖银一千

两……”后福听了，十分高兴。这时天色已晚，掌灯让房东看了鹌鹑，房东笑道：“明天我陪你一起上街。”

次日清早，后福起床后喂鹌鹑，打开笼子的布罩，有一笼鹌鹑“呱呱”叫着，一只没死。再看另一笼，哎呀，不由使他大吃一惊：一笼鹌鹑就一只活的了，其余全部横七竖八地躺在笼子里，并且少皮无毛，少眼无珠；唯一活着的“鹰嘴”鹌鹑，嘴上、腮边也染有血迹。后福想大概是进来了老鼠，连叫“倒霉”。店东来看，无奈劝道：“剩一笼也照样发财。”并帮忙把剩下的这只“鹰嘴”放在另一个笼子里。白天下了一天雨，后福不能上街，心里很着急。没法，只好照料着鹌鹑，傍晚将笼子围好这才放心。

又一夜过去，已是大会的第十天了，天气晴朗，后福大喜，便来喂鹌鹑。他打开布罩一看，几乎惊呆了：除“鹰嘴”外，其余的又全部死光了！并且和前天死得一样惨。后福大叫一声，店东急忙赶来，看看笼子并无破损处，猫和老鼠根本无法进来，这到底是怎么回事呢？他们仔细看看死鹌鹑，发现每个都有伤痕，像是被尖嘴叼啄死的。难道都是“鹰嘴”伤害而死？两笼鹌鹑近百只，两个夜晚它能都害光？不是它又是什么所为？店东是位识多见广者，仔细看了看“鹰嘴”：粗腿大棒，个头虽不大，却特别有精神，两只红眼睛，还是黑海红胡子呢！尤其与众不同的，是一个黑而发亮的老鹰一样的嘴。店东连连称奇。俗话说：“黑海红胡子，换个牛犊子。”再加上这个鹰嘴，厉害了。店东很有把握地说：“这鹌鹑管斗，百里、千里不挑一。你是从哪里买来的？”后福说：“没花钱，是老伴捉的野鹌鹑。”他叙述了经过：大概是因家里挂了些鹌鹑笼，夜里引来了这只“鹰嘴”，落在了院里柴垛上。清早老伴起来抓米喂鸡，这“鹰嘴”从柴垛上飞来与红公鸡争食，公鸡上前便叼。“鹰嘴”毫不示弱，连飞连跳地与公鸡激战。它小巧灵活，专斗公鸡的耳门和眼睛，斗得公鸡扇着翅膀团团转。当“鹰嘴”叼住公鸡的上眼皮打坠时，老伴伸手将它捉住了。正赶上老汉起身进京城，便把它放进鹌鹑笼里了。店东听了，惊喜叫好，说道：“老弟，我带你见见刘瑾老大人，让‘鹰嘴’会会他的鹌鹑王！”

后福犹豫起来：“斗败了，本钱又得赔光。”“嘿，斗胜你就发了！”这时，围上来一些住店的客人，争观“鹰嘴”并抢着要买。

“卖吗？”“卖。”“多少钱？”后福一看，不知要什么高价才好，半天没说出价来。店东向他使了个眼色，示意不卖。众人急了：“十两银子，卖不？”“我买了，二十两！”俗话说，庄稼老头儿生得怪，价钱越低越不买，价钱越高越不卖。原来想也想不到能卖五两银子，大家急着买，他倒坚定了：“不卖了！会会刘瑾去。”店东高兴地笑道：“好，好！我陪你一起去，蚂蚁配大象——专挑大个的干吧！”逗得人们一阵欢笑声。

当时城乡都流行着鹌鹑热，玩鹌鹑、斗鹌鹑是一大社会时尚，是宫廷和民间极受欢迎的娱乐活动。在朝里掌握有大权的大太监刘瑾就是个鹌鹑迷；上行下效，鹌鹑的多少、好坏也成了权势和富贵的象征。鹌鹑价一时猛涨，也和某国的名狗名猫一样，价钱说高就高得使人连想也不敢想。

吃过早点，刘后福和店东一行兴致勃勃奔向斗场。京城繁华的大街五彩缤纷，人们从四面八方汇流于此。有斗客、游客，也有观众；有达官贵人和富豪，也有平民百姓。大街两边设满了大小斗棚，真是一大盛会！刘瑾官大，鹌鹑也最多、最好，除少数是买来的，大多是州官府官给进贡的。人们议论着：“刘瑾的鹌鹑王厉害呀，他自称‘两不斗’：不与猫斗，不与鹰斗。”“是厉害，只两嘴就把一个斗客用一头大老犍换来的名鹌鹑斗败了。”“这样的‘两不斗’天下少有。不然，人家送给刘瑾，就换个县官啦！”后福听着议论，来到了中心大斗棚。两侧悬挂着斗鹌鹑的巨画，彩门正中是“天下第一斗棚”的匾额，还写着“喜结天下斗友”“笑迎八方来客”。在彩旗招展的斗棚前，挂着数百个笼子，最显眼的就是那只“两不斗”。后福挤进人群，仔细观察着“两不斗”：个头特大、羽毛亮、两腿高而粗壮，两只眼睛像两颗闪闪发光的珍珠，特别有神；看见同类，便昂首展翅像要冲出。观者无不赞叹。旁边还有人念着刘瑾关于斗鹌鹑的告示，其内容和店东讲的一样。

一阵哗然，人头攒动；刘瑾喜笑颜开，出现在观斗台上。随从喊叫着：“欢迎各位斗友报名参赛……”老店东捣捣后福说：“报名，斗斗……”众人把目光投向后福，都鼓励着："斗斗……"老店东帮后福举起了鹌鹑袋。刘瑾笑嘻嘻地招呼道："请……"一些达官贵人和富家公子，见后福是个"土包子"，不由讥笑；但看热闹的人为其叫好。斗棚下围得风雨不透，大簸箩是鹌鹑的斗场，刘瑾与后福各把一头儿。刘瑾问："告示上写得明白，愿与何等鹌鹑斗？"店东劝道："与刘大人的鹌鹑王斗吧。"后福笑道："好吧，全当陪刘大人开开心，斗败了甭见笑。"

刘瑾手把"两不斗"，后福手把"鹰嘴"，各自用左手半握一撮谷粒，并遮住鹌鹑前方视线。二人将拇指与食指扣响，两只鹌鹑同时发出"呱呱"叫声。刘瑾一声"放！"两鹌鹑在相距尺多远的地方，一打亮翅儿，离弦箭一般互相冲去。一阵"叭叭叭""呱呱呱"，赛过鸡餐碎米、热锅炸豆！转眼间就是数百嘴，使观众眼花缭乱，齐声喝彩，一阵叫好。刘瑾也没见过这么激烈的场面，十分高兴，并为"两不斗"加油。两只鹌鹑，头上都露出了点点血迹，斗掉的细小羽毛像柳絮在簸箩里飘飞。"鹰嘴"被体大凶猛的"两不斗"逼上了斗箩的一端，后福和店东捏了一把汗。两只鹌鹑都累了，互咬着对方各不松口，盘着脖子暂时休息着。突然，"两不斗"又发起攻击。"鹰嘴"来了个"黑狗大钻裆"，从"两不斗"腹下穿过，看来像败的样子。刘瑾高兴得一个"好"没喊出来，"鹰嘴"便调转头来，蹲下迎战。俗话说船大难转舵，等"两不斗"刚转半身时，"鹰嘴""嗖"地跃起，照着"两不斗"的右眼，使尽全力狠狠一嘴！它那眼睛哪能经得住这一嘴？眼珠被叼淌[1]了！

"两不斗"从未遇到过这样的对手，实在坚持不住，"啾"的一声，飞出斗箩，悲惨地败下了阵来。斗场上一阵哄笑声，刘瑾面色顿时就像鸡下蛋。人们议论着："老头儿胜了！""要得到一千两奖银，发了！"后福收住"鹰嘴"，放进了鹌鹑袋。刘瑾无法反悔，当众令人取过千两纹银交给后福，后福连连道谢。围观者争着问道："这鹌鹑卖吗？多少银子？我买……"后福说："不卖。"店东大声说道："千两银子也不卖，他专程送给刘大人玩的。"后福笑道："对对，刘大人，一笔不能写俩刘，咱们还是一家呢，请您收下……"说着双手递过。这正中刘瑾之意，连忙笑纳，并说："今天我请客。"

老店东见机而行，摇着拇指说："算卦的王半仙真神，昨天说刘后福有大福大贵，有'后福'，还说他十天内定做知县，王半仙真成了活神仙了！"

刘瑾大权在握，连万岁也特别重看他几分；刘瑾将"鹰嘴"献给了爱斗鹌鹑的万岁，万岁龙颜大开。刘后福万万没有想到，他真的成为皇帝的命官，做了七品知县……

刘后福真是屎壳郎变知了——一步登天了！他重谢了店东，离京上任。这件事轰动了城乡，令人惊叹不已。至今，民间还流传斗鹌鹑的习俗和传说。

讲述者： 王胜利，男，74岁，丰县赵庄镇魏楼人，农民

采录者： 孙厚兵，男，63岁，丰县赵庄镇孙庄村人，农民

采录时间： 2019年6月

采录地点： 丰县赵庄镇魏楼

附记

《斗鹌鹑》故事在20世纪70年代由丰县教办渠时耀讲述，邓贞兰记录整理，后入编《丰县民间文学三套集成》。

[1] 叼淌：淌指淌血。叼淌即被叼出血。

161

老光棍儿的儿女情

张大朋家住鲁南张家庄。他是个穷苦的汉子，四十多岁了还是光棍儿一条，靠推鸿车[1]贩卖粮食过活。他说话办事有个傻劲儿，人们都叫他傻大朋。

一天清早，他推车路过沙河沿，听到蓖麻棵下有婴儿的哭声。停下车一看，果然有一婴儿，用棉包裹着；取开包一看，还是个胖小子，不像病孩。看看周围无人，他知道，这是个私生子，是人故意丢掉的。张大朋人心善良，不能见死不救；于是抱起婴儿，拿起水壶喂了点水，放在鸿车上推走了。

张大朋傍晚住到客店里，婴儿饿得“哇哇”直哭，便问店东，谁能给孩子喂喂奶。店东问他孩子哪来的，他谎称老伴生下孩子得了产后风死了。一个男子汉，带着个孩子真作难，孩子没奶吃，快饿死了。店东见是个胖小子，便劝说：“本街上有个李员外，有女无儿，夫妻俩日子过得好，心眼儿又好，不如把孩子送给他养。一来孩子逃个活命，二来你做生意没有缠手的，也少作难；等孩子长大成人，他还会认祖归宗。”张大朋就答应了。李员外设宴请客，还送了张大朋一些银子作盘川，并互留下姓名地址，皆大欢喜。

[1] 鸿车：推车，装载东西较多。

张大朋单身一条，继续买卖粮食，经常早起晚宿赶黑路。

一天夜里，天又阴又黑，他推车赶路，途经某村一家的门楼前，突然从门楼上扔下一个大包袱，落在他的粮车上。他停下车子，还没弄清咋回事儿，有一人顶着袄，悄悄地走出大门，一声不响地将包揪揽在怀里，坐在他的鸿车上。他推起车就走，一路上，谁也没说一句话。

张大朋人高马大，身强力壮，一气推了几十里，来到一个前不靠村后不靠店的漫洼里。这里路不好走，他停好车子，想休息休息；这时天已发亮，也想看看他推的是个什么人。

车上的人抹去顶头袄，转脸一看大朋，便“哇”的一声哭了。大朋也猛然一惊：原来车上坐的是一位十八九岁，穿戴又好、长得又漂亮的大姑娘。

大朋问姑娘哭什么。姑娘说：“上错车了。”

大朋说：“车子是你自己上的，我推了你几十里，这说明咱二人有缘分。别看我现在是条单身汉，前几天王半仙给我算了一卦，说我是个有福之人，老来还要享儿女的福呢。干脆咱就拜堂成亲吧！”

姑娘哭得更厉害了，说什么“生在富贵家，却是苦命人”，呼了声：“爹啊，娘啊，不料女儿该死此处……”说着用袄把头一蒙，就往路旁的一棵树上撞去。

大朋一把拉住姑娘，问姑娘既是良家女，为啥半夜三更私自出门，死也得死个明白：“黑夜白推你几十里，别再官司惹上身。”姑娘便诉说了原因。

这姑娘名叫巧莲。一次去赶泰山庙会，被邻村恶霸“二大王”看上了，他托人说亲，非娶她不可。巧莲知道此人凶残霸道，宁死不从。她爱的却是本村一个精明能干的穷小伙子王石头。“二大王”有钱有势，送上了重重的聘礼。巧莲爹贪财，不管女儿怎么反对硬是许了亲。眼看喜日要到，巧莲便与石头约定好夜里私奔，让石头推鸿车从她门楼前经过，她带上包袱、银子和衣物，坐车远奔他乡，不料坐上了张大朋的鸿车……大朋听后很同情她，说出了自己的姓名、住址，说他不是坏人，要送巧莲回家。巧莲十分感动，但又犹豫了：她又不敢回家，怕见父母；去找王石头，又怕给石头惹祸上身。

大朋主动提出帮她去找王石头，愿成全他们。巧莲跪倒谢恩人，大朋说："我无儿无女，你就做我的干女儿吧。"巧莲欣然同意，口称"爹爹"。

"父女"商量好，巧莲借居在某村头一个庵里；她取下一只玉镯，又从包袱里取出些银子，交给大朋，他一人去找王石头。

且说巧莲在庵里直到天黑不见干爹回来，心急如焚，一人到庙门外张望；不料遇上了两个恶棍，被他们强行拖走了。

这巧莲是多灾多难，刚出虎口又进魔窟。她被恶棍拖至一片密林之中，恶棍扒掉了她的衣服就要施暴，巧莲绝望地呼救着……

"爹来了，住手！"一声怒吼，张大朋抡起顶车木棍冲了过来，石头与一些人也一齐呐喊，持械上前。两恶棍还未得逞便狼狈逃窜了。巧莲见了恩人、情人泣不成声。

原来，张大朋去找到了石头——尽管受了些周折——他们心急腿快，赶回庵里，却不见巧莲。问尼姑，她们说不多时还在庵门前，近来这里常有恶棍出没，定是出了意外。

他们心急如焚，张大朋便操起木棍朝荒野的密林赶来。此时正赶上巧莲呼救。

他们一起回到庵里，吃饭休息。

次日，张大朋说，你们二人已有家不能归，远走他乡吧。巧莲、石头都跪谢干爹，巧莲又给了他一些银子，他们无奈挥泪而别。张大朋还是推鸿车做生意。

二十年过去，张大朋已年过花甲，不能再推车做生意了，孤身一条，生活越来越困难。

一天，张大朋正坐在门前与人闲聊，忽来一队人马，其中有两位年轻官员，问哪位是张大朋老人。张大朋吓了一跳，应声上前。只见两官一齐跪下，一位口喊"爹爹"，一位连叫"外公"。众人莫名其妙，张大朋问起缘由。原来，喊爹爹的就是他二十年前在蓖麻棵下捡到的私生子。抱养他的李员外夫妇双亡，临终前告诉儿子，鲁南张家庄的张大朋是他亲爹，特来认祖归宗。叫外公的是巧莲和石头的儿子。当年，他们出了庵院，带着银子远走他乡，做起了生意。儿子才学出众，科考及第。巧莲、王石头没忘干爹。这两个年轻人一同进京赶考，一同荣登金榜，他们又一同拜见这位老人张大朋，他们都是来孝敬老人和报恩的。老光棍张大朋被当成了当年那私生子的亲爹。张大朋一辈子没娶妻，晚年又有闺女又有儿，真是做梦也想不到能有今天啊。

正是：人间自古有真情，光棍也有儿女疼。哪个若是不相信，请问老人张大朋。

讲述者：穆敬升，男，50岁，高中学历，丰县赵庄镇陈楼村人

采录者：邓贞兰，男，54岁，丰县赵庄镇陈楼村人，教师

采录时间：2000年6月

采录地点：丰县赵庄镇陈楼村

附记

《老光棍的儿女情》故事在20世纪70年代由丰县凤城镇穆敬升（19岁，农民，高中学历）讲述，邓贞兰记录整理，后入编《丰县民间文学三套集成》。

162

宁舍金盔一顶

孔子带领他的学生周游列国。路上碰见一个人正在自言自语地算账，嘴里不住地说："三八二十三，三八二十三。"子路听了忙说："只有三八二十四，哪有三八二十三？"那人说："只有三八二十三，哪有三八二十四？"二人争持不下。子路说："我的老师是最明白的人，咱去问他。"那人说："好！要是三八二十四，你把我的头割去。要是三八二十三呢？"子路说："我的一顶金盔输给你。"

二人来到孔子跟前，说明来由。孔子哈哈大笑，并说只有三八二十三，没有三八二十四。子路没办法，只得把金盔脱掉，递给那人。

走在路上，子路又纳闷又生气，就问孔子："老师，三八怎么能是二十三呢？"孔子说："那人是个憨子，不会算账。咱是宁舍金盔一顶，不跟蠢人怄气。"子路听了，恍然大悟。

讲述者： 不详

采录者： 张念临，男，68岁，本科学历，丰县赵庄镇张老家村人，退休教师

采录时间： 2019年12月

采录地点： 丰县赵庄前小楼村

附记

《宁舍金盔一顶》故事在20世纪70年代由赵庄乡夏王庄农民张伯文（60岁，不识字）讲述，李文启记录整理，后入编《丰县民间文学三套集成》。

163

傻子营

苏北黄河故道有个近百户的村庄叫傻子营。说起这个村名的来历，有个鲜为人知的故事。

清光绪年间，这村里有个吴妈妈，老伴早逝，含辛茹苦拉扯一儿一女，均已成人自立。儿媳妇不孝顺婆婆，儿子怕老婆；小两口住着宽敞明亮的大堂屋，吴妈妈住在菜园子里的庵子里，地铺前还拴着一只大公羊。冬天还好些，入夏以后屎尿味呛人，实在不是人住的地方。闺女劝说哥哥，哥哥不当老婆的家；跟嫂子说，嫂子说她心甘情愿。无奈，闺女把娘接到自己家住，为此姑嫂关系闹得很紧张。

岁月无情，吴妈妈不久病逝。妹妹跟哥哥报丧，嫂子说啥也不能让婆婆葬在闺女家。他们把尸体接到家来，大老执[1]坚持把尸体放在堂屋正门，说这叫寿终正寝；如果放在庵子里，他们都不管不问。儿子、媳妇表态：一切听从大老执安排。闺女原来表态："老人家活着的时候我已尽了孝心，他们出殡，我们不上他的门。"后来听说大老执安排得非常周到，又出钱请了一班吹喇叭的，扎了纸罩，男男女女一大帮人参加了葬礼，丧事办得热热闹闹。村里人议论：活着受罪，死了倒体面，老人家可以安心入土了。

姑嫂本来不和，出殡时却得坐在一块儿；话不投机半句多，她们彼此一句话也没说，可在哭时却哭出了乱子。按照这里习俗，爹娘死了，女人哭是很讲究的，不但拉起长腔，而且抑扬顿挫，有时夹哭夹叙；不光抒发感情，还倾诉衷肠。如果让搞音乐的谱上曲子，简直是美妙的唱段。她闺女就是这样哭的："我的苦命的娘呀，一辈子受了罪的娘呀！断了气才住上这大堂屋呀，我的娘呀！……"

最后一吸气，还出现一个高音。嫂子听得真真切切，她放开嗓子哭道："我的古怪的娘呀，一辈子不听人劝的娘呀！放着大堂屋你不住，你偏要陪着大公羊呀！"儿子实在忍不住了，大声呵斥道："不准你哭！"妹妹哭得更动人："我的娘呀，你好命苦呀，你死了还不让女儿哭呀！"嫂子嗓门更大："我的娘呀，你看当媳妇难不难呀，不想哭也得哭，你为啥要占我的大堂屋呀！"儿子听了火上加油，用吊丧棍朝媳妇头上打去；媳妇以为是妹妹惹的祸，用吊丧棍朝妹妹打去。妹妹帮哥哥，二人打一人，媳妇可惨了，恼怒之下脱去孝衣、摘掉孝布往地上一扔："这个殡不出啦，这是龟孙的娘！……"

丧屋里乱了套，亲戚傻了眼，邻居哈哈大笑。大老执脚一跺："不管了，棺材你们自己去抬！"拔腿就走。儿子媳妇忙跪下磕头："都怨俺！都怨俺！你说咋办就咋办。"大老执说："要哭只哭三个字：我的娘。多哭一个字，别说我不客气！"他们点头照办，才勉强办了这桩丧事。事后都说儿媳妇哭得最叹[2]，因为她浑身疼痛。

以后延续下来，这个村办丧事，子女只哭三个字；不孝顺的风气也大大改变。年复一年，后人叫这个村"仨字营"。后来，这村出了个秀才，他说这村名有辱祖先，于是提议改名为"傻子营"。

讲述者： 李昌侠，男，48岁，小学学历，丰县赵庄镇张老家村人，农民

[1] 大老执：料理丧事的主管。

[2] 叹：丰县方言，伤心。

采录者： 张念柱，男，68岁，本科学历，丰县赵庄镇张老家村人，退休教师

采录时间： 2012年2月

采录地点： 丰县王沟刘元集

164

塾师行令惊总督

清朝雍正年间，兵部尚书李卫殡过老母，在老家丰县闲居。一天，忽报两广总督来访，他慌忙把总督迎到客厅。叙谈间李卫才知道总督要进京晋见皇上，路过徐州，顺便看望自己，心中很感激这位老朋友，于是叫家人速办酒席招待。

不一会，酒席办好。李卫想派人骑马去请县令前来作陪，又一想离丰城那么远，就是骑快马，来回也得两个时辰。正拿不定主意，忽见小孙子背着书包从外边跑来，猛然想起在本村设馆的塾师，聪明博学，诗词、歌赋无所不通，不妨邀来作陪，忙派人去请塾师。

两广总督见李卫找来一名白衣塾师作陪，心里不大高兴，脸上倒没露出来。他心想：等会我出个题目难他一难，让他知道懂得自己的身份，岂不更好？

酒过三巡，总督笑着说："李大人，你我饮酒，何不行一酒令助兴！"

李卫笑着说："远来是客，就请大人先出令吧！"

总督也不推辞，随口念道："有水也念清，无水也念青；去掉清边水，添心便念情。不看僧面看佛面，不为鱼

情为水情。”念罢含笑不语，心想：我这酒令，前四句用一清字拆换偏旁各成字句，后两句又是一俗语，而且最后一句和第四句都是一个情字，其意又不言而喻。我看你怎么答对。

塾师一听总督大人的酒令，分明是嫌自己不配跟他同桌饮酒；又想起自己满腹文章却失意于科场，招人奚落，一股怒气直往上涌，连声招呼也没打，便随口念道：“有水也是溪，无水也是奚；去掉溪边水，添鸟便成鸡（鷄）。得时狸猫欢似虎，落时凤凰不如鸡。”

总督大人听罢，心想：“好个大胆的塾师，我只是说你不配跟我在一起饮酒，你竟把我比成狸猫和鸡，把自己比成老虎、凤凰，真是可恼！”又转念一想：“这塾师真也才大志高，不假思索就能顺口对出这样的酒令，奇才呀，奇才！再说行酒令原是助兴，怎好翻脸。”

李卫一听不好，慌忙解围，慢慢念道：“有水也是湘，无水也是相；去掉湘边水，添雨便成霜。各人自扫门前雪，莫问他人瓦上霜。”随手端起酒杯，笑着说：“饮酒，饮酒。”于是三人尽欢而散。

讲述者：黄刘氏，女，68 岁，丰县顺河黄庄农民
采录者：黄远香，男，79 岁，丰县教育局退休干部
采录时间：2012 年 2 月
采录地点：丰县顺河黄庄

165 孙汝襄飞弹保太子

明朝崇祯十七年（公元 1644 年）三月十八的晚上，皇帝朱由检在万岁山上听着城外震耳欲聋的炮声，看着城外触天的火光，徘徊一阵，回到乾清宫。喝了几杯苦酒，吩咐太监把两个儿子定王朱慈炯和永王朱慈炤叫到面前说：“由于父王无能，治国无方，大势已去，后悔已晚。今天把你们分别送到外戚周氏和田氏家中避难。快快去吧！”

随后吩咐太监把殿前校卫孙汝襄宣进宫来，凄凄哀哀地说：“朕今天叫你进宫，有一事相托，不知能不能听命？”

“臣谨遵圣命，万死不辞！”

朱由检点点头，唤出太子朱慈烺，板起皇帝的尊严，命令太子拜孙汝襄为师，行了三拜九叩大礼，说：“请你把他送到一个安全的地方！”

“不知送到什么地方，祈万岁御示！”

“而今闯王作乱，兵困京城；清人进逼，日甚一日。朕已六神无主。你以为什么地方安全就送到什么地方吧！”想了想，又问，“你们家不是有个铁官寺吗？”

孙汝襄立即回答："有。住持道人叫铁真。"

"你要记住两句话：阴了会晴，黑了会明。好歹留条命，无龙雨难行。"

"祈万岁爷放心，只要孙汝襄活着，就有太子在，大明江山就有复兴之日。"

朱由检挥挥手，叫他立即出宫。

孙汝襄名捷，号师武。自幼随父习武，爱玩弹弓，常常打下飞鸟。十三岁时被铁官寺住持道人铁真选中，收为弟子，使用百斤铁弓传授弹击绒球。三年工夫，飞马骑击，百发百中，出师之日又赐以龙泉宝剑。

熹宗天启四年（公元 1624 年），孙汝襄进京科考，练三百斤铁弓，飞马于百步之外连发三弹，弹弹击中核桃般大的绒球，中上武举。次年奉命押送十万两饷银西去长安，行至半路深山密林，一伙强盗拦路抢劫；没等强盗首领把话说完，举弓一弹，正中盗首眉宇之间，立时喷血栽倒地下，其余喽啰纷纷逃回山去，那批饷银按时一两不缺地送到长安。第二年孙汝襄迁升为广东都司署武官。时隔一年，又调升为甘肃镇标中营游击官，称威明将军。不久，调任京都校卫，被册封为明远将军。崇祯十年（公元 1637 年），一个风雪弥漫的冬夜，他独自巡逻，忽见一个黑影蹿房越脊直奔乾清宫而去。他纵身跃起，"嘣"的一弹，那黑影栽了下来。经过审问，原是个被清人派来刺杀崇祯帝的刺客。他立了大功，晋升为殿前校卫，册封为昭勇将军。钦命太监王承恩选了一位年仅十八岁叫清娘的美女给他做妾，这女子细皮嫩肉，容貌如花，温顺典雅，日夜陪伴，使他享尽了人间的欢乐。这次接受了护送太子的任务，实在难割难舍；有心带着清娘，又怕误了大事，只好咬咬牙，对清娘说："我奉命外出，不日即回，望你保重。"便挎弓、悬剑，快步而去。

孙汝襄携太子朱慈烺上了城头，但见城下灯火通明，杀声一片。他挽弓飞弹，"嘣嘣嘣"打灭了三盏灯火，立即顺长绳溜下城去，飞鸟般冲出重围，进入西山峡峪的黑松林。刚刚停下脚步休息，猛见一个黑影悄无声息地到了跟前。孙汝襄大吃一惊，跃身跳出百步之外，大声喝问："哪路贼人敢来送死？"

"将军勿惊，是我随你来了。"

"清娘，是你？"

"兵荒马乱，你一人外出，我怎能放下心来。所以跟踪来到这里！"

他万万没有想到，同床共枕七年有余的文弱女子，一向大门不出、二门不迈，却有这么好的轻功快腿，黑夜紧跟自己，不能不使他疑虑万端："你为什么这样紧跟着我？"

"将军，有句俗语说，大将投明主，俊鸟攀高枝。"

"明主是谁？高枝在哪里？"

"如今，崇祯已是行将覆灭；闯王虽然兵多将广，却是乌合之众、色食之徒，不可能执掌江山。以妾看来，唯有大清称帝才合天意顺民心，将军如果投奔大清，保你高官厚禄，保太子有爵有位，望你三思而行。"

孙汝襄这才恍然大悟：原来他的爱妾是清人派在他身边的奸细。他一时不言不语，清娘误以为他被说服了，又问："将军想要个什么官职呢？"

"我要你的心肝，看看是红是黑！"说着挥剑刺入清娘的胸膛。

他携着太子日夜兼程，半月时间，到了丰县城北十五里的铁官寺。铁真急忙将他们迎进寺内，让他们吃饱喝足之后说："将军，丰县不是久居之地，你要连夜起程，将太子送往扬州。"便让他们换了道袍，换了道冠，穿了道靴，带足银两，动身走了。

铁真选来一位与太子年龄、相貌差不多的男子住在寺内。不久清军来到寺内，将这位男子抓走了。

讲述者： 蒋语翔，男，36 岁，高中学历，丰县顺河杨庙人

采录者： 张念柱，男，68 岁，本科学历，丰县赵庄镇张老家村人，退休教师

采录时间： 2017 年 2 月

采录地点： 丰县顺河杨庙

附记

《孙汝襄飞弹保太子》故事在20世纪70年代由丰县北店子村寺庙住持百顺道士讲述，齐运增记录整理，后入编《丰县民间文学三套集成》。

166

特特[1]蛋

嫌贫爱富的赵员外有三个闺女。大闺女嫁了一个富商，二闺女嫁了一个大户人家，三闺女年前出嫁，嫁给一个泥腿农民。

年初四新客拜年，赵员外请大门婿、二门婿作陪，他们都是骑着高头大马，带着丰盛的礼物来的；三门婿骑着瘦小的毛驴，篮子里挎着二斤点心、十个灰不溜秋的馒头。员外一看他这个寒酸样就烦死了。员外把三人让进客厅，抽烟喝茶，自己坐在那里闷闷不乐，心想，今天设宴无论如何不能让穷鬼老三坐上首。但又一想，他是新客，老大、老二是作陪，不让他坐上首又说不过去。怎么办？眉头一皱，计上心来，强作笑脸，对三人说道："你们兄弟三人都是骑着牲口来的，比一比谁的牲口跑得快。庄前有一座大山，谁先绕山一周回来谁坐上首！"老三明知是计，也得勉强答应。于是连襟兄弟三人就在大门外骑马的骑马，乘驴的乘驴，各加三鞭，朝着大山跑去。赵员外心想，这回非叫你小三上当不可，乐滋滋地到客厅等候。

[1] 特特：方言，特别特别的意思。

老大老二快马疾驰，朝大山跑去；老三的小驴刚一出庄，四蹄陷进深雪里，任凭你吆喝抽打，一步也不走了。老三没有办法，只好拉了小驴回来，气愤地骂道："老奸巨猾！"

老三把驴拴在院子里木桩上，大步走进客厅。员外一见，大吃一惊：他怎么回来得这么快？无奈，强装笑脸问道："你的小驴腿蛮快呀！"老三心想，今天我也戏要戏要你这个老贼。于是故作神秘地说："大爷，你再仔细看看，这是头小特特，一特四十五，四特一百八；有个万儿八千的，几特几不特就到啦。"他向员外凑了凑，趴在耳朵根上小声说道："你可别对大姐夫、二姐夫说，我曾骑着这头小特特，东到太阳山取过宝，西到昆仑山采过灵芝，家中财宝有的是。我穿得孬、用得孬是怕露富，别人害我性命。"

老员外本就爱财如命，一听眼热啦，赔着笑脸问道："三门婿，你能不能把小特特送给我？"老三说道："那可不行，我全指它吃哩。你如果要的话，我可到九万里外的哈哈岛去取个特特蛋来。"员外听了喜得前仰后合，连说："好、好、好！"

说话间，老大、老二回来了，一见老三与员外拉得热乎，二人不好意思地坐了下首。

吃喝一罢，三人告辞回去。赵员外不送大门婿，也不送二门婿，单单地送三门婿，又暗暗地给他装了百两白银。他送了一程又一程，一再嘱咐当紧给他弄个特特蛋。一直送了三里，看看三门婿走远了才转身回来。

麦后[1]，三门婿送特特蛋来了。那个特特蛋圆圆的，用红绸子包了三层，递给员外，并嘱咐了孵小特特的方法：埋在谷囤里，过一百天才能拿出来，中间切不要扒开看。说罢走了。

赵员外自从把特特蛋埋在谷囤里以后，日夜心神不安，吃不好饭，睡不好觉，熬得两眼通红。等呀，盼呀，实在急了；等到九十九天上，他以为差不多了，就用手扒开看了看。啊！原封没动。他又把蛋小心地埋在谷囤里。

等到一百零一天了，三门婿来了，问起孵小特特的事，赵员外如实说了。三门婿故作惊讶地说："你这一看坏啦，再也不出了。拿来给我，明天再给你弄个来。"说罢把小特特蛋揣在怀里。

饭后，赵员外又给三门婿装了三百两白银，送他出庄，一遍又一遍央求给他弄个特特蛋来，三门婿点了点头。

出庄一里路光景，三门婿说："这只特特蛋要它无用，扔了吧。"说着从怀里掏出来，取下红绸，往野地里一甩，滚在墒沟里，正巧砸在兔子身上；兔子受惊，撒腿就跑。三门婿用手一指："你看小特特跑啦！"赵员外一看，后悔得又是拍腚，又是跺脚。

讲述者： 夏燕云，女，63岁，小学学历，丰县单楼草庙

采录者： 张念柱，男，68岁，本科学历，丰县赵庄镇张老家村，退休教师

采录时间： 2017年2月

采录地点： 丰县单楼草庙

[1] 麦后：收完麦子之后，即夏收后。

167

剃头匠盘道

清朝末年，丰县城里有个孩子叫王小，因为家贫，拜师学剃头。

王小心灵手巧，能吃苦。三年工夫，手艺学成，剃头光脸、捏肩捶背、编辫子，样样都行。师傅给了他一套剃头工具，便出师单独干活了。

临走，王小拜谢师傅。师傅对他说，遇到难处再来请教，反正离得不远。

俗话说同行是仇家。你干这一行，会夺同行的饭碗；不懂行道规矩，可以没收你的家伙，叫你干不成。

一天，王小刚在街旁放好剃头挑子，便来了个同行盘道的，在他面前画了个大圆圈说："师兄，没别的，把这盘磨搬走吧。"

王小对不出来，丢人了，便去请教师傅，一会就回来了。他对盘道人说："师兄，没别的，请你把这磨扶起来吧。"盘道人见他对上了，笑笑走了。

又有一回，王小在靠街的墙边剃头，又来了盘道的，用剃头水在墙上画了匹马，说道："师兄，没别的，你把这匹马牵走吧。"王小对不上来。请教师傅后对盘道人说："师兄，没别的，你把这匹马牵下来吧。"这一关又过了。

王小开了个剃头铺。一天，来了个盘道的，往椅子上一坐，问王小，祖师爷是谁？汉、回族人怎么剃法？王小只得再请教了师傅。回来对盘道人说，祖师爷是吕祖（吕洞宾），他大弟子是陈七子，二弟子李川五。剃头：僧剃前，道剃后，回汉两族分左右。盘道人还是坐在椅子上不动。这时王小上前作揖说："请师傅下山。"王小说了行话暗语，盘道人笑笑走了。

剃头铺大了，伙计多了，如果是老熟人、老乡邻来剃头，伙计们说声"码里"，剃得好，收钱少；对外地人就说"野雁"；对乡下肉头地主就说"大头"，这样的要多收钱；对大毛胡子脸，暗称"毛盘"，多由剃头师傅亲自动手。

过去，师傅带徒弟，都爱留一手，一怕徒弟超过自己，夺去饭碗；二怕徒弟出师后不理他。你留一手，他留一手，阻碍了技术发展，有的绝活失传。

讲述者： 张念连，男，41岁，高中学历，丰县赵庄大王庙人，工人

采录者： 张念柱，男，68岁，本科学历，丰县赵庄镇张老家村人，退休教师

采录时间： 2017年4月

采录地点： 丰县赵庄大王庙

附记

故事中提到的剃头方法为民间流传。

168

田知县智断还账案

从前，有位新来的田知县，扮成算卦先生到民间私访。

一天，他来到一个村头，见一民妇伤心痛哭，正想上吊。田知县上前问她为什么要上吊，老嬷嬷说：“你是过路的，跟你说了也白搭。”田知县说：“能帮忙的一定会帮忙，有啥难处，说说何妨？”老嬷嬷唉声叹气地说：“我家住王家庄，年轻时就守寡，守着一个儿子王大慌。多少年吃尽了苦，受尽了罪，擦屎洗尿把他拉巴成人，又给他娶了媳妇成了家。不料想儿子、媳妇看我年老多病，把我赶出了家门，说什么我养了他十八年，他娶妻后又养我十八年，欠我的账还清了……无奈何只有上吊了事。”

田知县问她为什么不到县衙状告儿子，她说，一怕丢儿孙的人，以后孙子也难说媳妇；二怕儿子受罚受刑；三怕儿媳妇会更恨她，不愿告儿子。边说边伤心流泪。

田知县很理解老嬷嬷的心情，便告诉她：“明天到县衙去告，保管你儿子不受刑、不坐牢，还会叫儿子、儿媳妇孝顺你一辈子，请你千万相信我的话。”老嬷嬷半信半疑，答应去试试。

第二天，老嬷嬷来到县衙告状，田知县升堂问案。老嬷嬷一看，老爷原是劝她告状的先生，心里明白了几分。田知县让她坐在堂前，令衙役把王大慌夫妻二人带上大堂。

王大慌两口子跪在大堂上，口呼老爷，不知身犯何罪。田知县指着老嬷嬷问大慌：“这人你可认识？”

“认识。”

“她是你的什么人？”

“以前是我娘。”

“现在呢？”

“现在她不是我娘，我也不是她儿子了。”

田知县问他：“为什么？”大慌说：“她养了我十八年，我又养她十八年，欠她的账还清了，从此井水不犯河水。”田知县又问大慌媳妇，媳妇连说：“一点不错。”

田知县问老嬷嬷：“你儿子出生时多重？”

“六斤单四两。”

田知县问大慌：“欠你娘的六斤四两肉还了没有？”

大慌说：“老爷，我买六斤四两猪肉还她。”田知县一声冷笑说：“常言道，儿女是娘身上掉下来的肉，人肉哪能用猪肉还？”他向站班们大喝一声：“拿钢刀来，从王大慌身上割六斤肉还他娘，还要带上心肝五脏！那四两零头就免了吧……”

站班们“嗷嚎”一声持刀上前，把王大慌按倒在地，就要动手。可把大慌两口子吓掉了魂，连向老爷磕头求饶。老爷说：“欠账是欠你娘的，还不还你娘说了算。”

王大慌两口子忙给娘磕头求饶。娘说：“你不说该我的账还清了吗？”大慌说：“欠娘的账，一辈子也还不清。从今后一定好好孝敬您，若不孝敬您，就把俺千刀万剐，雷劈龙抓……”两口子苦苦哀求，娘心软了。

田知县问老嬷嬷：“儿子欠你的账，叫不叫还？”老嬷嬷说：“他们知错能改，就不还了吧。”田知县对大慌两口子说：“你娘今天不叫还，就不还了；她什么时候叫还，就什么时候还，记住了？”“记住了……”

俗话说，羊羔跪乳，乌鸦反哺。禽畜都知孝母亲，何况人呢？王大慌夫妻明白了一个道理。欠娘的账，一辈子也还不清。从此，他们真的孝敬娘了。老嬷嬷十分感谢这位田老爷。

讲述者：邓贞兰，男，85岁，丰县赵庄大王庙人，退休干部

采录者：邓一兵，丰县赵庄镇邓庄村人

采录时间：2017年6月

采录地点：丰县赵庄大王庙

169

超重的恩德

清乾隆年间，丰县东南十里路有个董家庄，庄上有个董员外，良田千顷、骡马成群，是富甲一方的大财主。

董员外年方五十，慈眉善目，高鼻阔口；待人宽容大度，乐善好施，口碑甚佳。这天，有个衣衫褴褛的小乞丐上门讨饭，被院丁拒之门外。此事恰巧被董员外看见，他喝退院丁，把小乞丐领进厨房让他饱餐一顿。

小乞丐约莫十六七岁，蓬头垢面，面黄肌瘦，走路一拐一拐的。小乞丐吃饱后给董员外磕了一个头，就要起身离去。董员外见他无精打采，一副病态，就叫住问他为何沦为乞丐。提起往事，小乞丐不禁泪水涟涟。原来，小乞丐叫宋三，是河南雍城人。家乡闹饥荒，又流行瘟疫，一家人病死的病死，饿死的饿死，就余宋三一人流浪在外。他左腿还染上了恶疮，疮势越来越重，肿烂流脓，难说还能活多久。董员外可怜宋三的孤苦不幸，把他留下来，花五百多两白银才治愈他的恶疮。

疮好后，董员外把宋三送进学堂。谁知宋三天生不是读书的料，一看书本就头痛，于是他自动退学，成了董家的放牛郎，每天赶着一群牛到河滩上去放。宋三吃穿不愁，

每月又能得些工钱零花，日子悠然自得，整天乐哈哈的，时常横在牛背上“短笛无腔信口吹”。几个无赖嫉妒宋三的快活，这天下午趁宋三不注意，偷去一头肉满膘肥的大公牛。

宋三丢了牛，跺脚捶胸掉眼泪。几位管家讥笑宋三是猪八戒的脊梁骨——无（悟）能之辈（背），纷纷劝说董员外把他赶出家门。董员外宽厚仁慈，不但没有赶他走，还交给他一串钥匙，把宋三提升为粮库看管员。钥匙是权力的象征，宋三腰间的那串钥匙“哗哗”响，说话办事自有三分神气在，董家大院的那帮人对他不敢小觑。

宋三办事利落，不贪不占不徇私情，对董员外忠心耿耿；两年后，董员外破例把宋三提升为一人之下百人之上的大总管。宋三对董员外感激涕零，董员外微笑道：“世事难测，不定哪天我也有求你的时候。你的眼睛告诉我，你不是那种忘恩负义的小人！”

光阴匆匆，转眼又是几年过去，宋三已到了成家立业的年龄。董员外亲自作媒，为宋三娶了个千娇百媚的夫人，又将自己上等的田块拨给宋三两千多亩。宋三摇身一变，成了自立门户的宋员外。第一年秋收后，出于感恩，宋三亲自用马驮着一口袋银子到董家登门拜谢。董员外微笑着摇摇头，对宋三说：“我最需要的不是金银，而是你对我的一片心意。心意我领了，银钱我不能收。你知道，我有一对金菩萨，视若珍宝，不妨送你一只作个留念。”

宋三送礼不成，反得了一只金菩萨，对董员外更加感恩戴德。宋三说话做事颇有员外的风度，唯独见了董员外，宋三点头哈腰，满脸堆笑，仍是十足的奴才相。董员外对宋三恩重如山，压得宋三无论如何也不敢在董员外面前挺直腰杆。

一天，宋三在月下独自饮酒，一副闷闷不乐的样子。妻子走近前，问他有何心事。他说：“董员外如同再生父母，我欠他太多太多，心中念念不忘报答，寝食不安；可惜始终找不到报答的机会。说真的，平时我最怕见的不是仇人，而是恩人。”

第二年夏天，倾盆暴雨一连下了半个月，黄河决口，一泻千里，半夜时分淹没了董家庄一带的村庄和田野。水急浪高，墙倒屋塌，慌乱中宋三死死抱住一扇木门，在茫茫黑夜中顺水漂流，直到天色发亮，方才分辨得东西南北。

忽然，宋三发现前面的大水中露出一截树梢，树梢上蹲着两个人，一个是从未见过的漂亮少女，一个是恩人董员外。树梢在水中不停摇摆，一旦倒掉，董员外和陌生少女就会遭致灭顶之灾。董员外看见了宋三，拼命向他招手呐喊，想借助他的门板，脱离眼前的险境。宋三听到呼唤，仍像当年奴才服从主子那样，加速向那截树梢游去。恰在这时，一阵狂风吹倒了树梢，少女和董员外各自在水中一沉一浮，两手胡乱扑打着，作垂死挣扎。

这扇门板，没有承载三个人的浮力，至多只能救出其中的一个，也就是说必须眼睁睁看着其中一人死去。宋三首先将门板推游到董员外面前。此时的董员外眼不能睁，嘴不能喊，正在一口一口地灌咽河水。宋三脑海里突然闪过一个念头：河水过后，富的还是富，穷的还是穷；奴才还是奴才，主子还是主子……于是他灵机一动，将门板推游到少女面前，一把将她扯过来。少女双手抓牢门板，大口大口喘着气，激动得不知说什么好。宋三和少女紧抓着门板，游啊游，游出好远后，宋三不由回头瞟了一眼：茫茫大水载不动超重的恩德，董员外已从水面上消失了。不错，超重的恩德，有时也是危险的。

二人继续往前游，游了半天才游到一座土山下。二人得救了，爬上土山，高兴得手舞足蹈。

少女很美很美，忽闪着一双大眼睛，动情地说：“我和那老头只能活一个，你选择了我。我要报答你，伺候你一辈子！”

宋三苦笑一声，摇摇头：“我有妻子，很爱她。无论她现在是生是死，我都不想再娶！”

“那就……就让我在这儿报答你一次吧。”少女边说边解衣扣。

“不！我救你不是为了报答！”宋三长叹一口气，解释说，“因为那个老头非同寻常。”

少女两手停留在解开的衣扣上，迷惑地望着宋三，猜测道：“他是你的仇人？”

“不，他是我的恩人，恩重如山。”

“那你……你为什么救我？”

宋三转身凝望着白茫茫的水面，许久许久才吐出一句话来：“大山般沉重的恩德，不是每个人都愿背负的，我需要解脱和轻松。”

讲述者：不详

采录者：齐运喜，男，66 岁，大专学历，丰县中学退休教师

采录时间：2020 年 11 月 11 日

采录地点：丰县县城

170

毛驴过桥

清乾隆年间，徐州城有位姓曹的商人，府中金碧辉煌，十分富有。商人虽说仪表堂堂，但有一个致命弱点：怕老婆。老婆虽说面如鸡皮，丑陋不堪，但训丈夫就像训小孩似的，常令丈夫难堪。有几次，儿子曹金桥看不下去，站出来替父亲打抱不平；哪知父亲非但不领情，还反过来责备儿子：“你别没大没小地瞎搅和，你成家后还不如老父！”

曹金桥自然不服气。他刚满二十，血气方刚，又长得英俊过人，发誓今生不惧内！他有六位拜把兄弟，一个个都怕河东狮吼，曹金桥为此而愤愤不平；仁兄们则反唇相讥，说他站着说话不嫌腰痛，婚后说不定更怕“吼”，除非新婚夜就用“毛驴过桥”征服她。

长话短说，这年夏天，曹金桥与叶小珠举行了婚礼。洞房花烛夜，曹借助几分酒力要施下马威。掀起红盖头，他发现叶小珠粉面桃腮、柳叶眉、丹凤眼、樱桃小口，属于百里挑一的美人，看来媒婆所言非虚。这时，两名丫鬟齐声赞美新娘是天生尤物，曹则立时赶走丫鬟，然后板着脸孔说：“本来我对这桩婚事不感兴趣，父命难违，才答

应下来。听说你家穷得连个丫鬟也雇不起，多亏你父母三番五次到曹府求亲，才使你有了今日的造化。”

叶小珠轻蹙眉头，不亢不卑地说：“父母如何，奴家难以自主，不然今夜坐在这里的也许另有其人。”曹不由冷笑道：“夫为妻纲，今后无论大事小事你都要对我百依百顺。”“奴家没说不听相公的话。出嫁从夫，这点道理还懂得。”“听话就好，快打洗脚水！”“让我？丫鬟呢？”“你不是自称奴家吗？奴家就是奴隶，你今后就是我身边最好的丫鬟！快去！”

叶小珠没有分辩，转身出去，不一会端来一盆热水，放在曹金桥面前。曹见新娘默认了丫鬟身份，甚是得意，接着又令新娘为他洗脚。新娘迟疑了一下，但还是照办了，伸出玉笋般的小手，脱去他的鞋和袜，在水盆里揉搓起他的双脚来。“揉”情似水，曹不由全身酥麻，真想立时抱她上床。但他念念不忘立规矩，打倒的媳妇摅倒的面，眼下只有对她冷一些、狠一些，才能让她服帖一辈子！

洗过脚，曹乘胜追击，以命令的口吻说：“新婚第一夜，你要用毛驴过桥来表示自己的温顺和谦卑。”叶小珠一脸迷惑，反问什么是毛驴过桥。曹站起来，叉开双腿道：“媳妇好比一头驴，任我打来任我骑。你要双膝下跪，两手触地，从我胯下爬过去，以示降服。”

叶小珠摇头道：“降服不是不要人格。初次见面，相公何苦无端损辱奴家尊严？”曹见对方不从，便攥起拳头发威道：“你若顾全尊严，我的尊严往哪里摆？快快跪下，不然我就玩硬的！”

叶小珠见对方要动武，便淡然一笑：“相公莫急，奴家一时转不过弯儿，容俺到另外一间房子里静思片刻再作答复，好吗？”曹金桥不耐烦地摆摆手：“快点儿，反正想不通也得通！”叶小珠点点头，便转身离开了。曹冷笑一声，和衣躺在床上，心想首战必须告捷，就算你拖到天亮，也非过桥不可！

曹张罗了一天，本就疲惫，又多贪了几杯酒，躺下不久就睡着了，醒来时已经东方发白。发现新娘不在身边，曹金桥忙到外面去找，结果找遍全府也没见新娘踪影，这才意识到叶小珠赌气回了娘家。

曹金桥自知昨夜有点过分，又挨了父母一顿臭骂，便有几分悔意；有心到叶家去要人，又觉面子下不来，还怕叶家故意藏人刁难他。思来想去，曹便找来拜把兄弟吕福，让他出面周旋此事。当初吕福曾借故到叶家偷窥过叶小珠的芳容，回来夸赞她貌若天仙，曹金桥才欣然同意了这门亲事。

叶家住在徐州城东一条小巷里，离曹家仅有六里路。吕福以探视为名来到叶家，通过一番长谈和察言观色，探清叶小珠昨夜真的没回娘家。曹得知此讯大惊，忙派人四下寻找。不料一连寻找半个月，仍是活不见人，死不见尸。

叶家父母多日不见女儿，心生疑云，便到曹府去要人。曹金桥见隐瞒不住，只好说因为吵了几句嘴，叶小珠赌气走了。叶家闻言就翻了脸，一口咬定曹金桥害死了她，口口声声要他交尸体。曹当然不承认杀人，乞求叶家宽限数月，发誓找回叶小珠。叶家勉强许其一月期限，说是过期则到官府告他谋杀罪。于是，曹家四下寻找并张贴寻人启事，怎奈叶小珠就像人间蒸发似的，寻了十几天仍无半点消息。曹金桥整天东奔西走，忙得团团转，连小便都比常人少一半。他害怕日后惊动官府，自己浑身是嘴也说不清；万一大刑伺候，一时受不住就会屈打成招。

这天，吕福突然跑来告诉曹金桥：“我去扬州做生意，在春宵妓院看见叶小珠正和一个小白脸调情。我怕打草惊蛇，没敢贸然相认，便匆匆赶来报信。”曹闻言又惊喜又恼火：众里寻她千百度，没想到她为躲“过桥”竟沦落到“夜夜笙歌”的地方追求“尊严”去了。机不可失，曹和吕第二天就上路了，马不停蹄地赶到扬州，在一家客店里安顿下来。

傍晚时分，二人来到春宵妓院大门外，看见四五个妓女正在大门口嬉笑着拉客，身穿桃红衣裙的那个恰是叶小珠。曹金桥想把她叫过来叙旧，便高叫了一声“叶小珠”。不料那女子只是回头扫了他一眼，就和一名嫖客相拥着入院了。曹回头对吕福说：“想不到这个婊子如此薄情，竟然装作不认识！”吕福叹息一声，就拉着曹离开这里，回客店商讨对策去了。

第二天傍晚，曹来到春宵妓院，花去十两银子，老鸨准其与“叶小珠”共度良宵。她住在二楼一个包间里，曹拍开房门，她笑盈盈问道：“官人贵姓？”曹随手关上房门，回答道："一姓九个口，天下都少有。""原来官人姓曹。请上坐，小女为你沏茶。""免茶免睡不免谈。徐州话改为扬州话，叶小姐可真会装腔作势！""什么叶小姐？我叫柳丹萍，卖到这里改称萍儿。你一定是认错人了。""别装糊涂了，你与我失踪一个多月的妻子叶小珠长得一模一样！""模样相似，纯属巧合。我在此已有二年，干妈那里有我的卖身契，你可去查看一下契上的日期。"

曹没去找她干妈，知道对方没必要撒谎，自己真的认错了人，一时不知如何是好。萍儿催他上床，他不去；一阵叹息后，将个中隐情向萍儿说了一遍。萍儿想了想，说："找不回叶小珠，你会吃官司的；不如让我顶替，化解祸端。别介意，咱俩夜间分铺睡，只做假夫妻。"曹迟疑片刻，还是答应了：因为当务之急是向叶家交人，况且救出萍儿也属积德行善之举。于是，二人一起商议了回家后的应对办法。

天亮后，曹回到店里，告诉吕福，那女子果是叶小珠，愿意回家；要他严守秘密，对外只说她被一位老太收留了。接着，二人来到妓院，用四百两银子将萍儿赎出来，三人一同返回徐州。

曹金桥领着萍儿先去叶家拜见。萍儿聪明伶俐，随机应变，与叶母见面后抱头痛哭一场，诉说了自己失踪后的种种经历，说得头头是道；口音虽略有不同，也未引起叶家怀疑，老两口还劝说女儿在曹家好好过日子。连叶家都没看出破绽，曹府上下更是信以为真。

光阴匆匆，不觉又是一月有余。这天夜里，萍儿对金桥说："俺的身子贱，配不上你；你休了俺，另娶一个吧。俺回到叶家，纵算日子清贫些，也比昔日受人凌辱强百倍。"曹当初的确打算只暂借萍儿一时，但萍儿美丽善良、勤快温柔、善解人意，他渐渐对她产生了爱情。此刻，他说："你被迫沦落风尘，心灵是清白的。今后只要你像现在这样依顺我，我就不会抛弃你。"萍儿闻言当即跪在地上，落泪道："奴家不知受过多少男人的践踏和蹂躏，如今赎身从良；比之他们，毛驴过桥又算得了什么？俺情愿变驴变马来报答你的大恩，甘心让相公圆了那个梦！"说着，萍儿还没等曹金桥反应过来，就从他胯下爬了过去。曹上前一把抱起萍儿，动情地说："咱俩今夜在床前拜个天地，今生今世长相依！"

小两口恩恩爱爱，相敬如宾。甜日子过得飞快，转眼间生活了三个年头。这天，突然闯进来两个公差，不由分说把小两口带到钦差大人的公堂上。小两口跪在那里，战战兢兢。钦差大人问过姓名，说："本官叫丁倜，徐州人，昔日家境贫寒，遭受过无数白眼；所幸科考得中，奉旨南巡。遇一民女，拦轿喊冤，状告曹金桥以假乱真，娶了个冒名的叶小珠。本官问你，可有此事？"曹金桥听后大惊，但仍咬定萍儿就是叶小珠。丁大人冷笑一声，便传那位民女上堂，站在一旁。曹见告状女子与萍儿一模一样，分明就是原配夫人叶小珠，立时吓得全身发抖；自知抵赖不过，只好将事情原委一一交代清楚。

丁大人听后，先让萍儿和曹金桥站起来，然后问曹是愿打还是愿罚；愿打则打三百大板，愿罚则罚毛驴过桥。曹金桥心想，胯下之辱虽不是滋味，但咎由自取，总比挨三百大板好受些，于是就答应愿罚。丁大人说了声"开始"，曹便屈身跪下，连手带膝地向叶小珠双腿间爬去。众差役一旁哈哈大笑，萍儿则羞得扭过脸去。将要过桥之时，叶小珠却闪身躲开："算啦！往后要学会尊重女人，尊重女人就是尊重自己！"曹金桥面红耳赤地爬起来，向叶小珠连连道歉。叶小珠回应说："感谢没必要，写份休书就行了，咱俩当堂解除婚约。"事已至此，曹也无话可说，只好写了份休书交给叶小珠。

丁大人喊了声"退堂"，众差役当即散去。曹见叶小珠一脸笑意，忍不住问道："三年来，你到哪里去了？"叶小珠答道："当初我真心喜欢的是这位丁倜，那时他是一个穷秀才，只恨我父母嫌贫爱富，硬逼我与曹府成亲。我原打算在曹府屈就一生，没想到你的一招毛驴过桥，竟使我赌气逃到丁家，然后又与丁倜连夜远走他乡。"

这时，丁大人走过来向萍儿说道："我查访过了，曹家待你不错，金桥还算是一个好人。叶小珠并非叶家亲生女儿，我猜想你们是幼年失散的孪生姐妹，容我以后再抽时间查证一下。"

曹金桥露出一脸惊喜："若是孪生姐妹，我和丁大人就……"

"也许我会成为曹府的座上客，"丁大人打断他的话笑道，“不过有言在先，莫让客人过桥吆。”一席话说得大家都“哈哈”地笑起来。

讲述者： 不详
采录者： 齐运喜，男，66岁，大专学历，丰县中学退休教师
采录时间： 2020年10月26日
采录地点： 丰县县城

171

张木匠戴枷

宋康定年间，秀才李康进京赶考，途经徐州境内小张庄，因发高烧而昏倒在庄头上。

庄上有位姓张的中年木匠，为人忠厚仗义，当即把李康背回家中，请来郎中为他把脉诊治。郎中说他旅途劳累，身子亏虚，又染患风寒才高烧昏厥的，服药休养几日就没事了。于是，张木匠按着郎中的药方进城抓了几剂中药，细心周到地为李康熬汤煎药，又杀了两只母鸡为他补养身子。半月后，李康病愈，提出同张木匠结拜兄弟。张木匠摇头说：“俺这辈子没同谁拜过兄弟，也不想同您结拜。人生在世，谁没个三灾六难？你帮我，我帮你，难关就过去了。这点小事，提不着。”

李秀才家穷，张木匠也不富裕，最值钱的家当莫过于那头毛驴。分手时，张木匠把毛驴送给李秀才，说是到东京汴梁千里迢迢，靠两条腿恐怕吃不消；万一再累出病来，耽误了考期，太可惜了。李康接过毛驴，对张木匠千恩万谢，表示一定报答他。

半年后，张木匠收到李康一封信，信上说他已做了吏部尚书，张家如有什么难处可到京城去找他。张木匠不是

那种施恩望报的人，虽说家境不好，但依靠手艺和几亩薄田，还能勉强哄饱肚皮，不肯轻易求人。这封信，张木匠随手扔在一边，渐渐淡忘了。

不料三年后，徐州一带干旱无雨闹饥荒，张木匠的母亲患病卧床不起，日子十分艰难。这时，张妻想起那封信，劝说丈夫去找李尚书借钱。张木匠是个孝子，为给母亲治病，只好硬着头皮来到东京汴梁，费了好大劲才找到吏部尚书的府门。门军见张木匠像个讨饭的花子，说什么也不让他进府。幸好张木匠随身带着李尚书写的那封亲笔信，从怀里摸出展示给门军看，门军才满脸堆笑地把他领进客厅。

客厅里，张木匠见了吏部尚书李康，将家中困窘一五一十讲了一遍，恳求借五十两银子回家为母治病，度过荒年。李尚书闻言紧皱眉头，沉吟不语。张木匠红着脸说，借给三十两或二十两银子也可救急。李尚书一脸寒霜，冷冰冰地说："要是张兄蒙受冤案，只需小弟一封书信就可昭雪，不费一个小钱。可是你现在家贫如洗，需要的是银两不是书信，难办呵。本官清如水明如镜，拒收不义之财，哪有余钱借你？请你回家另想办法吧。"

张木匠性情直爽，起身说道："你当了几年大官，有那么优厚的俸禄，怎会没有余钱？就算没有余钱，凭你现在的官职，还愁借不来银钱？俺有一点办法，也不能弯着两腿进京借钱。看，布鞋磨破三个窟窿，脚板上几个血泡！"

李康一拍桌子站起来，喝叫道："你我仅有一面之识，又不是结拜兄弟，我凭什么转借银子白白扔给你这个穷鬼？不借是本分，借给你是情分，在本官面前发的什么牢骚？这里是尚书府，不是你家。来人呐，送客！"

"李康，当初你是怎么说的？算我瞎了眼，帮了你这个无情无义的小人！"

"放肆！本官乃堂堂的吏部尚书，你竟敢辱骂朝廷命官为小人，这还了得？将这刁民拿下，送进大牢！"

话音刚落，冲上来几名兵丁，不由分说将张木匠关进大牢。张木匠越想越窝火，自己何罪之有？借钱也犯国法？明天一定和他辩个清楚！谁知一连三天，无人前来提审，只有一个狱卒，按时送来饭菜。令人不解的是，牢内床铺柔软干净，躺上去很舒服；伙食更好，顿顿鸡鱼肉蛋，夜间还送一碗人参汤。咦？李康这小子如此优待自己，想搞什么名堂？

直到第四天，牢门才被打开。李康牵着一头瘦骨嶙峋的老驴来到牢门口，对张木匠说："辱骂权贵，本当重判；念你初犯，暂且饶你。当初我在你家吃得很好，现在你在牢里吃得也不错，再送你一头毛驴回家，这样昔日情分一笔勾销，谁也不欠谁的。不然，走出尚书府，你会败坏我一路子，说我怎的怎的忘恩负义，有损我的名声。"张木匠脾气犟，觉得这种还情方式，简直是一种侮辱。人穷志不穷，自己讨饭回家也不接受这种恩惠。于是，张木匠"呸"的一声吐了李康一脸唾沫，骂了句"伪君子"，掉转身子大踏步走去。

李康当即喝道："拿下这个不识抬举的东西，戴上木枷，押送回家！"立时冲上来几个差役，抓住张木匠强行戴上又厚又重的木枷，抱上驴去，押出尚书府。于是，一个差役牵驴在前，一个差役监护在后，像押解犯人似的把张木匠押出京城。

半路上，张木匠对两个差役说："这木枷太笨重，戴着很不方便也不体面。反正我是无辜的，求二位公差高抬贵手，放我一人回家吧。"两个差役听后只是摇头，说自己奉命行事，有几个脑袋敢私自放人？张木匠闻听连连叫苦，说是自己好心得恶报，真是木匠戴枷——自作自受。两个差役说："你虽受委屈，毕竟还在驴身上，一切由我们伺候着。我们呢？两条腿陪着四条腿跑，比你苦多了。我们不发牢骚，你也少说几句吧。"常言道，老天爷不下雨，当官的不讲理。没法！说话间，三人来到一个山脚下，突然跳出来十几个打劫的强盗，吓得差役不敢动弹，眼睁睁看着他们把身上十几两银子翻了去。强盗本想抢去那头毛驴，见它又老又瘦又脏，破例放了它。身上没有钱，三个人叫苦不迭，白天靠乞讨赶路，晚上则睡在庙宇里，吃了不少苦头。这天，三人来到一条大河边，没有桥，白茫茫一片，只有一个身材高大的红胡子大汉在那里摆渡。三人牵驴登上小船，船到河心时，红胡子大汉目露凶光，张口就要千两白银，要他们立时点清。他们说刚被打劫过，身上分文没有。红胡子大汉打开他们的包裹，见里面包着黑窝头、红窝头、白窝头、黄窝头，五颜六色，才信碰上了穷鬼，放了他们。船靠岸时，红胡子大汉自言自语道："碰上三个穷鬼，少了三个水鬼！"长话短说，三人历尽千辛万苦，终于来到小张庄，跨进张木匠的家门。直到这时，两个差役才打开他脖子上的木枷，交上一封信，匆匆告辞了。

这是李康的亲笔信，信上写着四句诗："有难请再来，再来还戴枷。戴枷作留念，留念莫劈它。"张木匠越看越生气：什么"作留念"，什么"莫劈它"，把俺坑害到这种地步，最后还要写诗戏弄俺，真是欺人太甚！

一气之下，张木匠怒冲冲找来一把斧头，朝木枷一斧斧劈去："叫你留念，叫你留念！"劈着劈着，张木匠突然惊得目瞪口呆，原来木枷里面是空的，填放着黄灿灿的金条，两块木板各放八根，共放十六根，一根金条一斤三两重。张木匠恍然大悟，含泪叫了声："李康，我的好兄弟！"

讲述者： 齐运喜，男，66岁，大专学历，丰县中学退休教师

采录者： 齐运喜，男，66岁，大专学历，丰县中学退休教师

采录时间： 2020年10月6日

采录地点： 丰县县城

附记

直到现在，丰县人们还常以"木匠戴枷——自作自受"这句歇后语教育后人。(张甫文)

172

无赖和娇妻

清朝末年，丰县西北二十五里的何家庄有个寡妇，人称吴氏，膝下仅有一子，名叫何彪。何彪不走正道，偷鸡摸狗，尽干些不三不四的勾当。眼见得一点家当叫逆子弄了个罄空，吴氏只好再嫁给赵翁，何彪则独留家中。

赵翁身边只有个未成年的女儿翠翠。赵翁为人忠厚善良，吴氏过去后，一家人倒也相处得亲密和睦。何彪见继父还算小康，自己又无钱花，便又涎着脸找上门来，口称叔父，赖着不走。赵翁碍着吴氏面皮，只得收留他。

何彪开头还敷衍应付，日子一久，便故态复萌，吃喝嫖赌。赵翁家底本不殷实，哪经得住何彪这败家子折腾，不上三两年，生活便日渐艰难。吴氏被儿子活活气死，何彪见赵家确实再榨不出什么油水，于是便离家而去。

数年后，村头忽然出现两乘绿呢大轿，后面还跟着几个脚夫。村里从无此等阔人，这是谁家贵戚？众人正惊疑间，两乘轿子已径直来到赵翁门前。轿夫放下轿子，打起轿帘，从里面走出一个满身锦绣的后生。众人定睛一看，这才认出来者不是别人，正是当年出走的何彪。只见他下得轿来，朝众人一拱手，昂着头"呵呵"笑道："众位高

邻，我何彪又回来了。”说着，从后面轿子内扶出一位如花似玉、千娇百媚的年轻女子，向众人介绍道：“这是内人，姓李名阿秀。来，见过众位高邻。”

那阿秀低着头，好不俏艳。众人惊得呆了，一齐簇拥着何彪夫妇进了赵家。赵翁闻讯，早已同翠翠迎了出来，见何彪这般光景，真是又惊又喜。何彪忙上前施礼，又叫阿秀也过来见过了叔父、妹妹。大家一齐在堂屋中坐定，何彪道：“这次外出经商，大有盈利；又新娶了这房妻子，特地回乡定居。”

一月后，何彪便广置田产，大兴土木，修造了一座富丽堂皇的大庄院；居然使奴唤婢，成了一方巨富。何彪派人带了黄白之物，时常去官府走动，上下打通关节。如此一来二往，终于与知县大人拉上关系，有了靠山。

那何彪见翠翠出落得妩媚动人，早已垂涎三尺，一双色迷迷的眼睛时刻盯着翠翠不放。翠翠见他不怀好意，总是处处小心提防，因此何彪一时也无从下手。一日，翠翠正独自坐在房中绣花，何彪突然闯了进来，两手揉着右眼，着急地道：“翠妹，一个小虫子飞进我眼里去了，痛得我眼睛都睁不开。你快帮我吹一吹。”翠翠信以为真，忙放下手中针线，站起身来；一手扶着何彪脑袋，一手翻开何彪右眼皮，正要凑近去吹，何彪突然捧住翠翠的脸，发狂般亲吻起来。翠翠又羞、又急、又气，狠狠给了何彪一记耳光。何彪一手将翠翠紧紧抱住，一手去撕扯她衣裤。正在这时，赵翁有事来找女儿，见此情景，气得浑身乱颤，指着何彪骂道：“她和你虽无血缘关系，但究竟还是兄妹，名分攸关；想不到你却丧伦灭理，狗彘不如！”何彪哪里受得了这个，恼羞成怒，索性撕下了假面具，恶狠狠叫道：“赵老儿，你好不识羞。我是看在我娘的分上，叫你一声叔父，你便教训起我来。实话告诉你，你看我不顺，我还嫌你碍眼呢！你愿留则留，愿去则去，不要恼我性起，一顿棍棒赶你出门！”说完扬长而去。

一波未平，一波又起。这天晚上，赵翁正在房中长吁短叹，阿秀突然闯了进来，将赵翁大骂了一通，说他家教不严，唆使女儿勾引男人；接着，又找何彪厮闹，立逼着何彪将赵家父女赶出何府。何彪虽然凶狠，但却惧怕阿秀；见她又哭又闹，忙对家丁们挥手道：“去，去，告诉那老儿父女，让他们明天通通滚蛋！”

光阴荏苒。赵家父女被赶出何府以后，转眼冬去春来，一年已过。这天，正逢何彪生日。为了祝寿，何府门前张灯结彩，鼓乐喧天，好不热闹。一班狐朋狗友前来与他作贺，长袍短褂，红男绿女，涌进涌出，川流不息。大厅里猜拳行令，吆五喝六，闹成一片。众人整整喝了一天的酒，夜阑人静，宾客散去。何彪喝得醉醺醺的，回到卧房，倒头便睡。第二天一觉醒来，何彪揉了揉惺忪的睡眼，慢慢坐起身来，看了一眼阿秀媚人的睡态，惊得他大叫一声。

“出了什么事？”阿秀闻声坐起身来。

何彪指了指她的脑袋，又指了指床头桌上的梳妆镜，半晌说不出话来.

阿秀好生奇怪，忙翻身下床，对着镜子一照，不禁也一声尖叫。良久，她才回过神来，说道：“叫我如何见人？你这里我再也不敢待了！”

何彪皱着眉说：“你小声点好不好，此事切不可张扬出去。这一段，你且在房中养病，不要露面，待我慢慢地查访。等查出这个恶贼来，看我不剥他的皮，抽他的筋！”

何彪为何这般气恼？原来，阿秀那满头如云的秀发，一夜之间竟被剃去了小半边，成了个丑陋不堪的“阴阳头”，你说他怎不恨得咬牙切齿？一连数日，何彪明察暗访，没有发现任何蛛丝马迹；拷问家丁仆妇，也毫无结果。

这天，何彪正坐在后堂苦苦思索着这件怪事，阿秀悄悄来到他的身边，皱眉说道：“你想想，如此深宅大院，门窗紧闭，贼人竟有手段将我头发剃去；若要害我等性命，岂不是易于反掌？”一席话说得何彪毛骨悚然，不知如何是好。阿秀提醒他说：“俗话说，有钱买得鬼推磨。只要我们肯出重金，悬榜招聘，不愁找不到武高艺强的保镖。只是有一条，这年头世事纷纭，定要聘请忠实可靠的人，否则引狼入室，那时就后悔莫及了。”何彪点头道：“娘子所言不差，到时还望娘子多多参谋。”

插起招军旗，自有吃粮人。何府招文一出，应聘者果然络绎不绝。但这些人大都武艺平常，并没有什么惊人本领，结果当然是一个个扫兴而归。

一日，门上又来了一位应聘的武师。家人将他引进客厅，何彪抬眼一看，见来者年纪十七八岁，身穿淡紫色长袍，头戴方巾，面目清秀，俨然是一个书生，心里便有几分瞧不起他。那少年脱去方巾，紧一紧腰间的黄色绸带，去枪架拿了一把大刀，在手上掂了掂，然后摆了个架式，便上三下四、左五右六地舞起来。越舞越快，但见寒光闪闪，顷刻间那少年已不见了人影。众人看得呆了，齐声喝彩。少年使完刀，收了架式，穿上长衫，脸不红、气不喘。何彪满意地点头道："壮士果然身手不凡，武艺精湛。敢问壮士高姓大名？哪里人氏？"那少年拱手答道："小生姓吴名展飞，祖籍河北沧州。"何彪又问道："吴壮士家中还有些什么人？因何千里迢迢来到敝乡？"吴展飞答道："自幼父母双亡，小生四处漂泊寻师学艺，闻得府上悬赏招聘，侥幸前来一试。"何彪沉吟着看了阿秀一眼，阿秀开言道："如此说来，先生只是孤身一人，并无任何牵挂了。"吴展飞道："有一叔母，昔日抚养过我，于我有恩。现叔母年已五旬，无依无靠，但求有个安身之处，小生将她接来奉养。"阿秀点头道："如此甚好。"说着向何彪使了个眼色。何彪先前听吴展飞说是四处漂泊之人，心下还有些犹豫，怕他日后来去无踪，难以驾驭；现在听说他还有叔母，且愿接来同住，无异是给了自己一个人质，还有什么不放心的？于是当即满脸堆笑，接过阿秀的话头道："知恩必报真义士也。可敬可敬。"说着便吩咐家人备饭，那意思分明是要留他了。

话说何府自得吴展飞以后，果然强人匿迹，盗贼潜踪，合宅大小平安无事。何彪格外欣喜，每日里只是打牌赌博，寻欢作乐。

一日，何彪正在后堂与阿秀饮宴，忽听得前厅一阵急促的脚步声，直奔后堂而来。何彪忙抬头一看，只见吴展飞急急忙忙地跑到面前，慌慌张张地说："老爷，大事不好，金鼠被强盗劫走了！"

何彪闻听大惊，陡然站起身来。原来，这何彪虽然有钱有势，但至今尚是白身，与一般秀才举人们比较，总觉得不够体面，心中常常引为憾事。为了附庸风雅，弄顶方巾戴戴，他曾多次求知县大人代为运作，捐个监生拔贡什么的装装门面。知县嘴上答应帮忙，但就是不见行动。何彪当然知趣，懂得必须请孔方兄开路。恰好知县大人新近纳了一房小妾，生辰属鼠，于是他便忍痛铸了一只金鼠，特地差吴展飞送去。临行时，何彪千叮万嘱，要吴展飞小心在意，想不到吴展飞竟将金鼠丢了，这岂不是要他何彪的命吗？他当即暴跳如雷，要差人将吴展飞送官问罪。

"且慢。"阿秀对何彪使了个眼色，转身问吴展飞道，"吴先生，我且问你，金鼠是怎么被盗走的？"

吴展飞叹了口气，说道："我唯恐金鼠有失，一路处处谨慎，谁知途中遇雨，只好在鸡公岭一座破庙中过夜。为防不测，我将金鼠和信从包裹里取出来揣在怀里，双手抱胸而卧，却一直不敢合眼。半夜时侯，忽听得庙内有轻微响动。我正待起身，突然一阵异香直往鼻孔里钻，顿时筋酥骨软，动弹不得。迷迷糊糊中，恍惚有条黑影闪到了身边；待到苏醒过来，金鼠和书信已不翼而飞。"

阿秀怒喝道："什么黑影、异香，分明是你这厮见财起意，谋了金鼠，却编些鬼话来骗我们！"

吴展飞大叫冤枉，分辩道："我真要劫了金鼠，为何不远走高飞，去别处受用；却要自投罗网，回来报信？再说，打劫者临走留下一封信，也可作为凭证。"说着，吴展飞从褡裢里取出一个大信袋，双手递了上来。

何彪将信将疑，将信袋接过来，从里面抽出一张信笺，急忙看起来。看着看着，只见他双手微颤，脸色陡变，忙不迭将信插入信袋，惊慌地看了大家一眼，对吴展飞道："镖师辛苦，先去将息。金鼠之事，容后再议。"

何彪退回后堂，来到卧室，拿出信笺反复看了几遍，又从信袋内取出一个纸包，打开看了看，重新包好，放在一边，便在卧房里焦急地走过来走过去，如同一头被困在笼中的猛兽。阿秀悄声跟进来，惊疑地看了何彪一眼，拿起信袋，取出信笺，展开一看，只见上面写道："汝本山野刁民、市井无赖，唯因南湖昧心，遂成暴富，犹自不思悔改，仍复鱼肉乡邻。如此倒行逆施，实乃天地不容、神人共愤！金鼠系不义之财，吾已代收在库；若不速图悛改，仍蹈前愆，定取汝首级，勿谓言之不预！随书送还你妻之发，以示警告。无尘道人手缄。"

阿秀读完信，又取出头发看了看，立时脸色煞白，牙齿捉对儿厮打，战战兢兢地说道："这无尘道人是谁？怎么谋了我家金鼠，竟敢来信申明，这实在是太奇怪太可怕了！还有那句‘南湖昧心’，这无尘道人怎么会知道的？”

何彪说道：“无尘道人住在鸡公岭上，听说爱管闲事，是我们的心腹大患。夫人快想个好办法，除掉他！”

阿秀沉吟半晌，想出一条“瓮中捉鳖”的妙计，凑近何彪耳语了一番。

何彪听后大喜，当即派吴展飞去请那无尘道人前来诵经。

何府大厅内香烟缭绕、纸幡高扬，四周白布屏帐环绕，中间有个巨大的“奠”字，一幅庄严肃穆的景象。原来，何彪要为母亲大做佛事，礼请无尘道人前来念诵《金刚经》，以便超度吴氏阴灵。这天一清早，前来烧香礼拜的乡绅们便络绎不绝，连县衙的胡都头也亲临佛堂吊孝，端的是宾客盈门，热闹非凡。

正午时分，吴展飞只身陪着一位老者进来了，向何彪启禀道：“老爷，这位就是无尘法师。”

“久仰久仰。”何彪一面应酬，一面仔细打量对方。见他精瘦干巴，身高不过五尺，心想：看他此等模样，不信有恁般厉害，今日这厮必死无疑了。口里却说：“久闻法师大名，今日得见，真是蓬荜生辉，三生有幸呀！”

无尘双手合十：“善哉，善哉。”

何彪将来宾一一向无尘作了介绍，然后便吩咐摆酒。家人们一声答应，须臾摆出了三桌丰盛的筵席。在一片“请、请”的喧闹声中，何彪将无尘安排在上席正中，紧夹在胡都头与吴镖师之间。酒过三巡，何彪向胡都头递了一个眼色，胡都头会意，按照事先约好的信号，将手中酒杯朝地下一掷，叫声：“有贼！”他满以为埋伏在大厅四周的几十名官兵会应声而出，一顿乱刀将无尘砍死；谁知他们早已被阿秀和吴展飞的叔母请到后堂，好酒好肉招待，又选了几个标致丫鬟劝酒，乐得那伙人忘乎所以，一个个喝得酩酊大醉，哪里还管什么有贼无贼。何彪见势不妙，刚要起身去叫兵将，吴展飞一跃而起，一把揪住他，将他捆绑起来。胡都头想要动手，无尘狠狠瞪了他一眼，吓得他再也不敢动弹了。

“吴展飞，你反了，怎么绑起我来了？”何彪拼命挣扎。

吴展飞冷笑道：“何先生，你真健忘啊！南湖杀人谋财，难道你就不记得了？”

何彪色厉内荏地狂叫道：“什么南湖杀人？你们有什么证据？”

阿秀应声而出：“我就是证人！”这一声不打紧，不仅乡绅们面面相觑，连胡都头也瞠目结舌了。何彪顿时软瘫在地：“阿秀，你，你疯了！我待你哪点不好？”

于是，阿秀当众哭诉出一段隐情。她原叫赵春芳，是京城一位巨商的婢女。那巨商无儿无女，因此两夫妇将她看作亲生女儿一般。后来那巨商从京城迁往乡下居住，谁知搭上了何彪的贼船。何彪见两老儿油水不少，又贪春芳年轻美貌，趁黑夜将船摇至南湖芦苇深处，杀死商人夫妇，强奸了春芳。春芳本欲投水自尽，想到老夫妇俩冤仇无人伸雪，加之自身已受玷污，于是便转了个念头，决定忍辱负重，等待时机。何彪为了掩人耳目，将她改名阿秀，把她带回了家乡。从此，春芳便强颜欢笑，曲意顺从，假装着处处为何彪打算，实际上则时刻留心，暗中寻找机会报仇雪恨。何彪调戏翠翠被赵翁痛斥之后，她装着吃醋，大骂赵翁父女，找何彪哭闹，逼着他赶走赵家父女，暗地里却资助了赵翁一笔钱财，要他带着女儿远走高飞，去找她那位自幼出家学艺的表兄吴展飞；同时托赵翁给吴展飞捎去一封书信，叙述了自己的遭遇，要他找个机会打进何府。接着，她绞尽脑汁，剃去了自己一边头发，一方面使何彪对她深信不疑，另一方面迫使何彪招聘镖师，为表兄进入何府创造条件。吴展飞打进何府之后，又和师父无尘道人取得联系，并暗中和春芳配合，制造了失金鼠、传书信、请无尘等一连串事件。

众人听春芳一番哭诉之后，一个个义愤填膺，厉声痛斥何贼：“真的是知人知面不知心，想不到他竟干出这种伤天害理的勾当！早就看出他财路不正，今日果不其然！”

连胡都头也不得不表白几句：“他贼喊捉贼，我险些上了这厮的当！”

何彪陷入四面楚歌，忙转向胡都头求情：“都头，你救救小人！”

胡都头见众怒难犯，哪里还敢偏袒何彪：“你这是自作自受，叫我如何救你？”

何彪眼珠一转，说："何某就是有罪，也应由官府判断。只求都头带小人去见知县，小人自有话说。"

阿秀冷笑道："你的如意算盘倒打得不错，仗着你给知县使过钱，想让他救你。我偏要在这里处置你！当着大家的面，你自己交代你那罪恶勾当！"说着，阿秀从腰间拔出一把尖刀，将刀尖在何彪颈上按了按，何彪咬着牙一声不吭。

"你说不说？"阿秀握刀的手稍稍加了点劲，一缕鲜血从何彪颈上渗了出来。何彪吓昏了头，杀猪也似叫道："我说，我说。"

吴展飞一招手，叫叔母拿来纸笔，然后对大家一拱手，说："有劳哪位高邻代笔记一记。"众人当下推出了一位长者执笔，何彪讲一句，他记一句。讲完后，阿秀要何彪签名画押，打上手印，然后对大伙说："想这谋财害命的事，非同小可。相烦各位高邻一并做个证。"众人平日大都受过何彪欺辱，自然乐意做证，也都一一签了名字。胡都头正待开溜，无尘双手拦住道："难得都头今日亲睹此案，请都头也作个证人。"胡都头当着众人的面哪敢违抗，只得签上自己的名字。连自己请来的都头也成了证人，何彪心中不由哀叹一声："彻底完了！"

在押往县城的路上，何彪恶狠狠地瞪着阿秀说："本来你可以轻易暗杀我，可是你却这样让我丢人现眼地去死，真够狠毒的！"

阿秀报以轻蔑的一笑："恶人有恶报，这是你自找的！"

讲述者： 不详

采录者： 齐运喜，男，66岁，大专学历，丰县中学退休教师

采录时间： 2020年10月26日

采录地点： 丰县县城

173

要吃还是家常饭

清康熙年间，徐州丰县华山脚下住着一对年轻夫妻，妻子叫阿桃，丈夫叫阿根，二人只亲嘴不吵嘴，月月都似度蜜月。

这天上午，小两口上山采野菇，忽见一对野兔在花草丛里"压个儿"。阿根上前去抓野兔没抓到，回身就来抓阿桃，抓住就往花草丛里按。这里花儿又艳又香，草儿又青又柔。阿桃不由环视一周，虽说四下无人，她还是脸儿红红的："回家……行不？"

"不，就这儿，有野味！"阿根欲火中烧，不由分说就把阿桃"摆平"了。

不料天公吃醋，忽然飘来一朵乌云，转瞬间竟下起倾盆大雨，铜钱大的雨点"噼里啪啦"敲打在阿根的脊背上。阿根正在兴头上，冷不丁让暴雨浇了个透心凉，身子一缩，不由打了个寒噤，哆哆嗦嗦站起来。

回家后，阿根还想继续"甜蜜的事业"，怎奈自己的"硬件"淋出了毛病，蔫蔫的，无论怎样努力都不能进入"软区"。阿桃贤良温顺，没有抱怨丈夫不争气，安慰他说："明儿进城吧，抓几服药吃，就会好的。"

第二天，阿根来到徐州城，拜求最有名气的郎中“彭半仙”，抓回六服中药。一天煎服一服，连服六天，结果仍是四肢硬、中间软，手脚乱起横劲就是抖不出男子汉的威风来。

阿根不甘心，又进城抓来几服中药，煎服后仍毫无起色，照例不能“吃荤”。万般无奈，阿桃说：“跟我回娘家吧，让我父亲给你开点药。”

阿根早知岳父大人是祖传名医，只是羞于启齿，一直没找他。如今痿病缠身，阿根只好去找岳父大人试一试。岳父住在离此八里的小葛村，阿根跟着妻子来到小葛村，不料岳父不在。小姨阿杏说：“父亲被人请进京城治病去了，估计半个月才能回来。不过，我从小喜欢看药书，也向父亲偷学了几招，有些病症还是能够治好的。”

阿杏比阿桃迟到了三个春秋，今年刚满十六岁，生得白嫩水灵，仙气袅袅，看一眼就让阿根心痒半天。对姐夫的“贵恙”，阿杏不便当面细问，就让他暂且回避，让姐姐阿桃一五一十地细说病因。阿根在房外等待了好久，才见妻子从房里走出来。她说：“你留下慢慢治病，我先回去。家中存放了那么多山货，不能唱空城计。”

妻子走后，阿根就找阿杏讨药吃。阿杏朝阿根飞了个媚眼，娇嗔道：“别急嘛，你是白天得的病，必须夜间给你治。这叫昼病夜治。”

阿根首次听说“昼病夜治”的词儿，觉得挺新鲜，便问“夜治”怎么治？阿杏神秘兮兮地笑道：“寒证热治，反正要治得你热乎乎的。”阿根绝对相信“热乎乎”，因为听着小姨脆生生的玉音，他的身体现在就有一点儿升温。

后院有两间瓦房，房梁下用竹箔隔开，竹箔上糊着遮掩视线的白纸。阿杏问明阿根有一斤的酒量，就让他喝下半斤烧酒，然后安排他在后院东边的房间里过夜。房间里无床无水，木炭炉冒着蓝蓝的火苗，十分闷热。阿杏说：“我一直和母亲睡在前院，为了给你治病，今夜破例睡在你隔壁的房间里。注意：关上门，多活动，实在口渴难耐，才能到我房间里要水喝。”

正是夏季，阿根掩上东间的房门，不一会身上就冒出了汗水。一旁的炭火在炙烤，腹中的烈酒在燃烧，他很快就觉得口渴。小姨就在隔壁，他想找她讨水喝，但几经犹豫还是忍住了。他想忘记小姨，但小姨那里有水，有水人的音容笑貌便在他脑海里打转儿。他忽然想起一首顺口溜，当地广为流传的：“昨夜饮酒半醉，误搂小姨入睡。姐夫起床说：‘惭愧，惭愧。’小姨道：‘横竖一样，无所谓无所谓。’”他觉得，小姨如果认为“无所谓”，当姐夫的“惭愧”一回也无妨。正在胡思乱想时，忽听隔壁有“哗哗”的水声。这里的壁，无非是一层竹箔，阿根忍不住用舌尖舔破箔上的纸，透过小洞向里张望。

嘿，小姨正坐在一只大木盆里洗浴，雪白雪白的臀部，雪白雪白的小腹，雪白雪白的胸脯……白得耀眼，白得目眩。他觉得烈酒和肉欲汇集成一股热流在体内涌动，在体内撞击，终于按捺不住这种带有原始野性的躁动，冲出去叩响了小姨的房门。

“谁？”小姨当即吹灭蜡烛，房间一片黑暗。

“我，口渴！”姐夫不禁又叩了两下。

“进来吧。”随着话音，门栓响动了一下。

阿根推门而入，扑面而来的是一个裸体女人和一股茉莉花香。阿根发疯似的一把抱起裸体女人，按在一旁的木板床上，像野兽似的发泄……

云雨后，一切归复平静。裸体女人点亮蜡烛，这时阿根才发现房间里只有妻子阿桃，想必阿杏在他进门时就悄悄溜走了。面对贤妻，阿根只觉脸上火辣辣的，不由说了句“惭愧”。妻子真是温柔入骨，轻飘飘说了句“无所谓”，竟然没有埋怨他。

“你……你不是走了吗？”

“那是假走。阿杏为了治好你的病，讲目的不讲手段，被迫出此下策。”阿桃讲到这里，不禁长长吐出一口气。

第二天，小两口高高兴兴地回家了。临走前，阿杏把阿桃拉到一旁，告诫说：“姐，你的心太软太善，恐怕以后管不住花心的姐夫。教你个招儿，紧要关头……”阿杏压低声音向姐姐交代一番，姐姐听后不以为然地笑了笑：“还不至于嫌弃我。”

此话不幸被阿杏言中了。阿根大脑里仿佛多长了一根输精管，每次进城，只要碰见身上能来例假的，两眼就发绿光。两年后，阿根和城里的一个绣花女混得火热，绣花女许给阿根进城，可以吃大鱼大肉、穿绫罗绸缎。于是阿根回家就劝阿桃嫁人。阿桃不依，阿根就匆匆写就一封休妻书，威逼阿桃天亮就回娘家去。阿桃含泪接过休妻书，可怜巴巴地说："毕竟夫妻一场，我去烧水洗洗身子，今夜跟你睡最后一次。"

傍晚，阿桃按照阿杏教的法儿，将一根线绳缠在几只大爆竹的捻儿上，点燃后悄悄放在床下。夜间，阿根进入角色，与阿桃进行最后一次亲热。就在他即将达到"忘我"境界时，几只大爆竹同时炸响，"轰"的一声，震耳欲聋，房间"哗哗"落土。阿根猛然受到惊吓，抽搐一下，翻身滚下床来。

第二天，阿桃包袱一背，回了娘家。阿根突遭惊吓，"根"部又出毛病，四下求医也无法重振雄风。绣花女见他"三过家门而不入"，就骂他是个太监，自己嫁猪嫁狗也不嫁他守活寡。这时，他才想起阿桃的种种好处，便厚着脸皮去找阿桃，要求复婚。阿桃不理，他就双膝跪地，发誓要跪到海枯石烂那一天。阿桃心软，上前扭着耳朵把他拉起来，说："我父亲又出外看病去了。要跪，你去跪阿杏，跪我有什么用！"

于是，阿根就去跪阿杏。阿杏说："你这病耽搁太久，至少要三年才能痊愈。"

只要"涛声依旧"，三年就三年！阿根问："吃什么药？"阿杏冷笑道："心诚则灵，不用吃药。你只需把阿桃的青丝剪下一缕，打个结，拴上红绒绳，日夜挂在胸口处，并且早晨中午晚上各念诵一遍真言咒语。"

"真言咒语？什么样的真言咒语？"

阿杏郑重其事地教导他说："你要一天三次地念：'要吃还是家常饭，要穿还是粗布衣；家常饭，粗布衣，知热知冷结发妻。'并且要坚持三年，才能痊愈。不然的话，姥姥死了儿——你只有妗子没有舅（救）了。这是独家奇特单方，单方治大病，信不信由你！"

天下有这等奇方么？阿根半信半疑。不过信也好疑也罢，眼下痿病在身，不听她的听谁的？况且上次让阿杏的奇方治好过一次，死马当作活马医，一切只好由着她。

回家后，阿根的胸前日夜悬挂着妻子的青丝，并且坚持每天做"三件事"，虔诚背诵："要吃还是家常饭，要穿还是粗布衣；家常饭，粗布衣，知热知冷结发妻。"

你还甭说，一年后突现奇迹，阿根的"贵恙"竟然痊愈了，重新找回了做个男人"挺"好的感觉。阿根惊问妻子："没想到这么快就痊愈了，不是要等三年吗？"妻子深情地望着阿根，幽幽地说："阿杏交给俺一包药粉，让俺三年后再给你服下。俺心软，前些天悄悄将药粉下到稀粥里，让你喝了。"

阿根闻言，紧紧握住妻子的手，两行热泪滚滚落下。这是真正的男人泪，此后他把一生一世的爱全部给了妻子，再也没有花心过。直到现在，徐州一带还流传着这对恩爱夫妻的许多佳话。

讲述者： 不详

采录者： 齐运喜，男，66 岁，大专学历，丰县中学退休教师

采录时间： 2020 年 11 月 9 日

采录地点： 丰县县城

174

玉童娶妻

位于苏北平原的丰县，古称丰邑，是汉高祖刘邦的出生地，堪称“千古龙飞地，一代帝王乡”。清乾隆年间，丰邑城忽然来了一位奇人，自称是刘邦的后裔，在西关大街租赁了两间楼房，题名为“玉液堂”，专治疑难病症。

这位奇人自称刘山人，年届八十，鹤发童颜、仙风道骨、谈吐高雅。刘山人一天只看三个病号，患者多了则根据病情的轻重缓急，优先诊治急重病症。诊断过病情后，刘山人把患者姓名写到槐叶大小的纸条上，然后拿着纸条走上二楼，约摸一袋烟工夫方才下来。下来时他总是端着一杯酒，患者饮下这杯酒就会出现奇迹，病症不几天便渐渐消失。正因疗效神奇，玉液堂开张半个月就名声大振，大街小巷都在议论着刘山人的“妙液回春”。

这天上午，一个五十多岁的老头踏进玉液堂。刘山人见他穿金戴玉，一袭蓝缎长袍，三角眼、鹰钩鼻、山羊胡，两腮无肉，二目浑浊，坐在那里呼呼发喘，就问他哪里不舒服。老头不想说自己得了什么病，答了句“浑身都难受”，一只手伸向刘山人。刘山人用三根指头按住老头的腕部，过了片刻即断定他得了消渴症，亦即糖尿病。老头点点头，说是自己四处求医无效，问刘山人有无根治之方。刘山人没有马上回答，取过一支小毛笔，问他叫什么名字。老头以卖弄的口吻说：“我叫魏宝千，大富大贵的吉利名！”刘山人听后不由皱了下眉头：“什么吉利名？‘喂饱牵’有家畜之嫌，我又不懂兽医，用药恐怕难以奏效。”老头一听急了，连忙解释他姓魏，是珠宝万千的“宝千”，大伙都叫他魏老财；还说他有良田千顷、楼房百间，是本城屈指可数的大户人家。刘山人对“屈指可数”很感兴趣，当即伸出一根手指：“请交白银一千两。”魏老财仿佛被人捅了一刀，拍案喝问道：“前天二黑子来看病，你只收他两个铜板，为什么收我这么多？”“二黑子一贫如洗，连肚皮都哄不饱，想赚他的‘白花花’，可能吗？你是大户人家，骨头里有肥油，头皮上有脑油，不宰你宰谁？这叫因人制宜，对症下药。”魏老财当然不肯“出血”，恶狠狠说了句“走着瞧！”便拂袖而去。

“走着瞧”似乎瞧不好自己的病，魏老财气过一阵后渐渐冷静下来：千两白银与自己的玉体相比，算个啥？犯不着拿生命同郎中开玩笑，这种赌气不划算！

第二天上午，魏老财再次来到玉液堂，皮笑肉不笑地说他回家想通了，黄金有价药无价，花钱可以消灾。刘山人讥笑道：“你不是要‘走着瞧’吗？走来走去还是让我瞧，真是个没有出息的窝囊废！”这话可够尖刻的，魏老财心里冒火脸发烫，真想一跳三尺地吼上一嗓子，可是自己的消渴症却让他“吼”不出来。他挺挺脖子咽下这口恶气，摸出一千两银票递过去。刘山人并未“笑纳”，摇摇头，向他伸出两根手指。魏老财大吃一惊：“昨日不是讲好的一千吗？隔夜就翻番了？”刘山人耸了耸鼻子，嘲弄道：“昨日、今日不可同日而语，老夫药价是小孩的鸡鸡随风长，错过今日，下次至少付三千。愿挨的嘴巴不痛，随便。”魏老财虽说惜财如血，这次却没有拂袖而去，他怕去了后真的“随风长”；于是牙关一咬，就给了刘山人两千两银票，自我解嘲说：“愿打碰见愿挨的，就该这么着！”

“不好意思，老夫见血就吸了！”刘山人收起银票，在小纸条上写下“魏宝千”三字，安排魏老财坐等片刻，就一步步登上楼去。魏老财不是本分人，灵机一动，随后跟了过去。来到二楼，魏老财见房门已关，就蹑手蹑脚溜到窗台前，恰好窗帘没有遮严，就透过缝隙向里张望。套房内有张八仙桌，桌上有只白玉盘，盘里有玉童、玉壶、玉杯各一只，晶莹剔透，极为精美。玉童高约一尺，裸着身子，仰面朝天，张着嘴巴作喝水状，左手则掐在腰间，右手则抚摸着下面的鸡鸡做撒尿状，童趣无邪、憨态可掬，逗人喜爱。此刻，刘山人将小纸条贴在玉童的肚脐处，端起白玉壶，壶嘴对着玉童仰张的小口，"哗哗"地向肚里灌起酒来。接着，刘山人将白玉杯放在玉童的鸡鸡下，过了半袋烟工夫，鸡鸡开始撒尿，撒满二两的酒杯后方才停止。魏老财的眼珠几乎瞪出眼眶，怪不得刘山人医术神奇，原来全凭这么个宝贝！

魏老财悄悄返回楼下，不一会刘山人端着一杯"童子尿"走下来，说："这是药酒，又称玉液，饮下去包治百病。"魏老财擎杯品尝了一口，只觉玉液清冽甘甜，直沁肺腑，花香绵绵，回肠荡气，飘飘然令人陶醉，连叫："好酒！好酒！此酒只应天上有，人间能得几回品？"

魏老财回家后症状日轻一日，三日后就痊愈了，不由心花怒放，倍感精神。乐极可以生悲，"怒放"当然也可放出怒气来：人家二黑子只花两个铜板就治好了病，我却花掉了两千两白银，太不公平了！这不是拿我的"冤大头"吗？你刘山人何德何能，不就是仰仗着小鸡鸡的那泡尿吗？老子凭借那泡尿，也照样发财成名医！于是，魏老财叫来一个家丁，如此这般地吩咐一通。

第二天，刘山人发现玉童、玉壶、玉杯连同八仙桌上的那只玉盘一并被人偷了去。刘山人没有声张，照例开堂坐诊。因为没了玉液，把脉后他只能开些药方，让病人到药房去买。疗效虽说还不错，但远不如玉液那样灵验。

魏老财得到玉童后，首先想到的是为女儿治病。女儿叫魏金玲，去年看花灯时认识了本县的赵秀才。二人一见钟情，从此鸿雁传书，频频约会。后来魏老财知道了，下令女儿与赵秀才断绝来往；并当面辱骂赵秀才是个穷酸，家中穷得连老鼠都养不住，还想吃魏家的"天鹅肉"，倒不如趁早罢了，免得枉费心机！可是，魏金玲深深爱着赵秀才，死活不肯"罢了"，仍与他暗中约会。这夜，又是"暗香浮动月黄昏"的时候，二人花园相叙，恰被魏老财撞个正着。魏老财怒火中烧，连肚脐眼都向外冒黑烟，即刻令家丁们将赵秀才痛打一顿，然后装在麻袋里，抛进护城河。魏金玲第二天得到赵的死讯后痛不欲生，决心以死殉情，便逃出家门，跳进了护城河。幸亏及时被人发现，魏金玲保住了一条命；但身子由凉水一激，不知怎的就瘫痪了，双腿怎么也站不起来，只有躺在床上度日，生活全凭丫鬟们照应。魏老财四下求医不见起色，便到处张贴告示，如有治愈瘫症者，愿将女儿许其为婚。后来县城新开玉液堂，魏老财半信半疑，亲往一试，确有神效，便偷来了那尊玉童。此刻，魏老财将女儿的名字贴在玉童肚脐上，又用玉壶灌了二两白酒，然后把玉杯放在玉童的鸡鸡下，一会儿果真得到一杯玉液。魏老财实指望女儿饮后即可痊愈，孰料病状不轻反重，连两条胳膊也抬不起来了。魏老财膝下无子，就这一个宝贝女儿，视若掌上明珠，如今竟落得这般下场，真比剜去他心头肉还痛苦。玉童有灵性，只佐其主，魏老财无计可施，只得命人将玉童送回原处。

玉童失而复得，刘山人抚摸着玉童说："出外是不是又捉弄人家啦？不然人家会急着把你送回来？在人家手中种祸，在我手中造福，咱俩有缘啊！"

三日后，魏老财命人将女儿抬到担架上，前往玉液堂就医。刘山人把脉问诊后，向魏老财伸出一根手指。魏老财早有准备，"嘿嘿"一笑，摸出一千两银票递过去。刘山人摇头道："我要的不是银票，是一句诺言。""诺言？什么诺言？"刘山人取出一张告示，展示道："这上面写得明白，谁医好你女儿的病，就可娶她为妻。""你到底想……想怎样？""别无所求，正如告示所说，魏金玲病愈后，轰轰烈烈嫁到玉液堂来！"

木人尚有三分火性，魏老财哪容得这等侮辱，当即就暴跳起来："女儿十八你八十，比我还大二十多，竟要糟蹋黄花闺女，简直猪狗不如！女儿就算一头撞死，也不会嫁给没有人性的白头翁！"

"骂得好！看来你的良心尚未完全泯灭。"刘山人不怒不躁，面色从容，"你稍等片刻，老夫请你看件东西。"言毕，刘山人登上楼去，不一会用玉盘托着玉童、玉壶、玉杯走下楼来，问他是否见过这尊玉童。魏老财心虚，摇头说从没见过。刘山人释疑说："真正能治愈瘫症的是玉童而非老夫，小姐应依告示所言与玉童拜堂成亲。魏施主如若不依，就请小姐原路返回。”

魏老财心想，玉童不属血肉之躯，无非是块美玉罢了；美女配美玉，难以玷污女儿清白，对名声和今后再嫁也无大碍，又省钱又治病，说不定女儿与玉童混熟后，还能借助玉童给人治病赚钱……于是，魏老财把征询的目光转向女儿，女儿似乎对玉童很感兴趣，竟然爽快地点了点头。刘山人当即让魏老财立下婚约，定于十日后完婚。魏老财求治心切，一一照办。接下来，刘山人如此这般地获得一杯玉液，让魏金玲饮了下去。魏老财忍不住又问了一句：“别人得到玉童，是否也能用来治病？”刘山人微笑道：“玉童乃祖传宝物，我家积德行善，激浊扬清，世代供奉遂有灵性。市侩之徒常怀贪欲之心，近玉则有污莹洁，非但无益，还会反伤其身。故尔玉童屡遭其盗而能安然返主，得以世代相传。唉，古往今来，许多聪明人都误在一个‘贪’字上。”

长话短说。结婚这天，迎亲队伍吹吹打打把魏金玲接到玉液堂前。魏金玲原指望“质本洁来还洁去”，陪伴美玉了却残生，不料与她举办婚礼的竟是一个大活人，当即跳起来，摘下蒙头红正要大闹；定睛一看，如梦如幻而又非梦非幻，新郎竟是心上人赵秀才，立时破涕为笑，又掩上了蒙头红。原来赵秀才落水后被一条小船救上岸，几日后恰好又撞上了云游四海的刘山人，将自己的遭遇诉说了一番。刘山人为了成全这对有情人，就在丰邑城开张了玉液堂。

直到玉兔东升的时候，魏老财才得知女儿与赵秀才拜了堂，怒冲冲赶到玉液堂，质问刘山人为什么将女儿嫁给了赵秀才，婚约上明明写着嫁给玉童为妻。刘山人微笑道：“你知道赵秀才叫什么吗？就叫赵玉童！金玲嫁玉童，完全是履行婚约，合情合理合约，哪点错了？嗨，今夜月亮好圆好圆呦！”

“我女儿现在……在哪里？”

“小两口早就拥入了二楼的洞房，你应该早来一会儿。”

魏老财朝楼上望了一眼，急得抓耳挠腮：“他俩已经上……上床啦？”

刘山人上前拍了一下魏老财的肩膀，劝慰道：“坐也罢，睡也罢，入了洞房算了罢；恼也罢，喜也罢，儿女婚事随缘罢。”

魏老财仍不死心，伸长脖子又朝洞房瞅了一眼，见房内灯光已熄，一团漆黑，不由长叹一口气：“罢了，罢了，罢就罢了吧……”

讲述者： 不详

采录者： 齐运喜，男，66岁，大专学历，丰县中学退休教师

采录时间： 2020年11月8日

采录地点： 丰县县城

175

面粉缸中的砒霜

明朝万历年间，沛县孔家庄有个员外叫孔松。孔员外家财万贯、良田百顷，性情温和、乐善好施，生有一子一女。儿子孔飞已娶妻生子，女儿孔灵远嫁十八里之外的柳家庄首富柳天之子柳仁。

一天，家丁来报，说王婆上吊自杀；孔员外一惊，急忙亲去吊唁。这王婆是孔员外家的老佣人，丈夫死得很早，和儿子王渺相依为命，在孔员外家负责炊事杂务。王婆上个月心头突然生出一个疙瘩，一天比一天大。经多个名医诊断，皆称绝症，最多活两个月。王婆无奈，只好回家等死。

孔员外来到王婆家，见王渺和众亲戚正在痛哭，孔员外也不由得掉了眼泪，拿出纹银五十两交给王渺，叫他好好安葬母亲。

真是天有不测风云，人有旦夕祸福。过了十六天，又一惊人消息传遍全县：孔员外全家，连同仆人共十一人全部吐黑血而死。

接到邻居报案后，沛县有“小包公”之称的县令包天奋亲自带捕快来到现场。经尸检，孔员外主仆全部被砒霜毒死。包天奋用银针试了试酒菜，并没有毒；但银针插进馒头里，顿时变得漆黑，原来是馒头有毒。

包天奋领众捕快来到厨房，看到面缸已见底，仅留少许面团。经检验，面团里确有砒霜。包天奋心想：毒死孔员外一家的肯定是局外人，凶手总不会把自己也毒死吧。看来今日谁进过孔家，谁就有嫌疑。包天奋盘问了孔员外的邻居，得知今日并没有看见另外的人进入孔家。

这时，孔员外的女儿孔灵和女婿柳仁赶来，双双给包天奋跪下，要求缉拿凶手，为民伸冤。

就在包天奋和众捕快明察暗访之时，沛县又发生了一起人命案。几个小孩在城东树林里玩耍时，发现一具尸首。经辨认，死者为孔家庄的王渺。尸体压在一大袋银子上，背后被插了一把刀；旁边还有一辆木推车，车上有两个大元宝。

包天奋看到现场这一幕，又听罢孔家庄地保对王渺家庭背景的一番介绍，马上想到这件案子与孔家庄的案子有着千丝万缕的联系。因为死者王渺的母亲王婆在孔员外家主管炊事；且从现场分析看，王渺推着车，像是来拿银子而被杀的。谁会给他那么多银子？杀他的原因是什么？包天奋心中不由得推理出这样一种设想：有个狡猾而狠毒的幕后凶手，得知王婆身患绝症，以巨额银子为酬，打动王婆。为了王渺将来的幸福，她用凶手给的砒霜，在孔家面粉缸底层下了砒霜，和面粉掺在了一起；而面粉的上中层却无毒。王婆干完这些就回家休养，过了半个月，她上吊自杀。无毒的面粉吃完，孔员外一家主仆就吃了有毒的面粉而身亡。凶案发生时，人们做梦也不会怀疑是已死了半个多月的王婆干的。后来王婆的儿子王渺去找幕后凶手拿银子，为防止泄密，幕后凶手又杀了王渺。

包天奋拿起一个重达五十两的元宝，仔细端详，忽然在底部发现“江清铸”三个小字。包天奋问众捕快，本县可有个叫江清的银匠。一个捕快回答：“县城确有一个银匠叫江清，搬来不久。”

傍晚，包天奋领着四个捕快来到江清的银店，拿出一个元宝问他：“这可是你铸的元宝？”

江清仔细看了看，说：“是我铸的，我铸的元宝有暗记，底部有我的名字。”

包天奋又问："可有人从你这儿要过大批元宝？"

江清说："有一个人，是本县柳家庄的柳新。他用珠宝玉器到我这儿一共换去了两千多两，并叫我保密。"

包天奋当场带走了江清，又命令捕快连夜将柳新秘密捕捉，送到大堂。

包天奋一拍惊堂木："大胆凶手！快快把连杀十二口人的滔天罪行明明白白讲来。"

柳新可怜巴巴地说："大人，冤枉啊！小人为人本分，从没杀过人啊！"

包天奋冷笑道："没有证人，谅你不招。传江清。"

江清被带上堂，看了看柳新，说："包大人，就是他用珠宝玉器换了小人所铸的元宝。"

包天奋说："柳新，死者王渺身子底下赫然是江清所铸的一千两银子。你换的银子怎么会在凶杀现场，对此你有何解释？"

柳新的额头上滚满了汗珠，过了一会儿才说："包大人，小人知罪。王渺是我杀死的，但孔家庄十一条人命与我无关。"

包天奋步步为营，问："你为什么要杀死王渺？"

柳新说："我是专门盗墓的。有一天，我在院中拾到一封信，信上说知道了我的事，限我三天之内把五百两银子放在城东乱葬岗一个指定的坟头上，否则就去官府告发。我怕坐牢，只好拿了五百两银子放在指定位置。谁知过了半个月，在院中我又捡到一封信，再要五百两银子，搁在老地方。我忍了再忍，又送了过去。过了几天，又在院中捡到一封信，叫我还要再拿一千两银子，送到乱葬岗附近的树林里。我接到那一封信，不由得火冒三丈，杀心顿起；就用盗来的珠宝去向江清换了一千两银子，放在了树林里，然后拿着刀爬上树。不久，一个黑影来拿银子，我悄悄下了树，用刀子从后面杀死了他。毕竟第一次杀人，心中害怕，顾不上银子，慌忙逃走。可我没想到江清铸的银子有暗记，所以被大人捉住。"

听完柳新的供词，包天奋又有了新的想法，推断出两种可能：第一种可能，王渺就是勒索柳新之人，那么原先的一番推断就不成立了。第二种可能，幕后凶手无意中知道柳新的秘密，故意一次次激怒柳新，然后又让王渺去取钱，借柳新的手把他干掉。那么，这个幕后凶手又是谁呢？

这时，包天奋秘密派去查砒霜来源的八个捕快回来了，对着包天奋耳语一番，包天奋神色凝重地点了点头。

第二天，一个惊人的消息传遍全县，说是孔员外一家主仆十一口灭门惨案和城东树林凶杀案告破，凶手就是柳家庄的柳新；他为盗墓而毒死了孔员外主仆，王渺是帮凶而被灭口。于是，孔员外的女儿孔灵、女婿柳仁和孔家庄的老百姓都来到公堂门口，强烈要求严惩凶手。

包天奋决定公审，叫孔家庄推出德高望重的十人旁听。孔员外的女婿柳仁含着泪水写下状纸，递交包天奋。包天奋接过状纸仔细看了看，抬起头来，果断地说："众位父老乡亲，外面传言柳新是孔员外灭门惨案的主要凶手，此话有误。幕后凶手不是柳新，柳新只是被利用杀了王渺。"

听到这里，柳仁夫妇和众人都惊呆了。

包天奋又接着对众人说道："幕后凶手出于某种目的，决定害死孔员外全家。他先得知王婆得了绝症而放心不下儿子，暗中找到王婆，用巨额银子收买了王婆。王婆利用职务之便在缸底下了砒霜，然后自尽。半个月后，孔员外一家和仆人在不知不觉中中毒而亡。当然，别人怎么也不会怀疑到已死了半个多月的王婆身上。当王渺向幕后凶手要钱时，他又决定杀死王渺，故意一而再、再而三地向柳新要银子，激怒柳新；然后告诉王渺，叫他夜里去乱葬岗东边的树林里拿银子，于是利用柳新之手杀死了王渺。"

孔灵问道："包大人，这幕后凶手到底是谁？"

包天奋缓缓地说："幕后凶手就是孔员外的女婿——柳仁。"

众人全惊呆了。

"冤枉啊！大人！小人绝不会做这灭绝人性的事。"柳仁急忙争辩道。

包天奋冷笑道："我会拿出证据来让你心服口服的。孔员外主仆遇害身亡后，本官就想，孔员外外面没有一个仇人，家里钱财一分不少，那么凶手毒死孔员外的目的是什么？孔员外三代单传，全家遇害后的遗产当然由女儿继承。孔灵不可能为这事杀害亲生父母和哥嫂的；孔灵下嫁于你，你才是孔员外遗产的真正继承者。当然这还不能说明你就是凶手，只能说是疑犯。我暗中派人去全县城乡各大药店询问砒霜卖出情况，结果发现一个重要线索。两个多月以前，县城同仁药店快要关门的时候，你去买过砒霜。你虽然不认识店主，但店主认识你。你放着本乡药店不去买，而去县城买砒霜，可以说是此地无银三百两。还有，你刚才写的状纸，笔迹与写给柳新的那三封信的笔迹一模一样，说明你就是勒索柳新的神秘人，而叫王渺去树林里拿银子的也肯定是你了。”

听了这些推论，柳仁无力地低下了头，认罪服法。

这桩旷世奇案，画上了一个圆满的句号。

讲述者： 不详

采录者： 齐运喜，男，66岁，大专学历，丰县中学退休教师

采录时间： 2020年10月7日

采录地点： 沛县县城

176

我就是这样干的

李大楼村东庄上有个神嬷子，很有名声，请她下神的人不断溜，她挣了好多好多东西。

有一天，她刚起床，就嫌儿媳妇没给她端洗脸水，张口就骂：“你怪好，待家请吃坐喝，哪样东西不是老娘挣来的？”儿媳妇实在听不下去了，回嘴说：“你说东西是你挣的，那好，再来请的，我去。”可巧，这当口真有一家推着土车子来请，神嬷子心想：“中了，这一回我就把这不听话的儿媳妇制服了。”就说：“叫我儿媳妇去吧，她比我还行呢！”“去就去！”儿媳妇一赌气，就坐上土车子，给人家下神去了。

走到半路，儿媳妇心里犯掂算了：我的个娘唻！我任啥不会，不过说了句气话，咋给人看病呢？那家要知道了底细，不把我揍出来才邪呢！想到这里，就问推车的：“这位大哥，到你庄还多远？”“前头的黑庄子就是啦。”推车的说。儿媳心想：反正事情已经到这一步了，车到山前必有路，到时候看着办吧。

想着，就来到庄东头了。庄东头有片茄子棵[1]，儿媳妇用眼一瞅，哟，里头有个破碓窝子，心里就记住了。刚进家门，用眼角一瞟，看见这家用一扇破磨盘堵住猪圈门，心想：有了，有以上这两样，我就不愁晌午吃不上了。抬头往上一瞅，好哇，过道上“棚”[2]着一条小木船，不由得心中大喜：有这样就更好办了。

主人一看神嬷子来了，连忙招呼：“仙姑来啦，先吃饭吧，吃了再看病吧。”她手摆得跟荷叶样：“不慌不忙，看好了病消停吃。”主人喜得不行，端来洗脸水，给仙姑洗手净面。仙姑大模大样点上香，又是打呵呵，又是搓脸膛子，一腚坐到堂屋当门，两眼一白瞪着就唱起来：“碓窝子，天天榷，不该放到茄子棵。”门外看热闹的忙说：“不假不假，我看见那里有个烂碓窝子，她咋知道的？”只听仙姑又唱：“磨盘扇，能磨面，不该用它挡猪圈。小木船，水上漂，不该把它‘棚’恁高！”主人一听恣毁[3]了：“不错，不错，一点不假！”赶紧叫人把茄棵里的碓窝子和猪圈门口的磨盘扇搬走，把小船放到大坑里。这些都干罢了，仙姑说：“这不要紧了，这几件放周正了，那害人的小妖也住不住了。你闺女的病过几天自好。”

主人喜得跟啥样，置了七大盘子八大碗，吃罢，又送了不少东西：鸡鸭鱼肉，细米白面，外加铜钱五百文。着人推了土车，吱吱扭扭，把小神嬷子送回家。

回到家，老神嬷子一看儿媳妇喜得屁溜地回来了，还挣了恁多东西，乐了，慌忙问儿媳妇：“你咋办的？”儿媳妇龇着牙从头到尾述说一遍，老神嬷子喜得一拍腚：“对了，乖乖，就是这样的，我就是这样干的。”

讲述者： 孙秀英，女，66岁，初中学历，琴书艺人
采录者： 于圣连，男，72岁，大专学历，退休干部
采录时间： 2020年10月15日
采录地点： 丰县文化馆
流传地： 丰县

[1] 茄子棵：已经开花结果的茄子的高大枝叶。
[2] 棚：悬放高处、不占地面的意思。
[3] 恣毁：得意忘形。

177

宰相肚里磨开船

反正也说不上哪朝哪代，咱丰邑邻县有个宰相，古稀之年又娶了一个十七八岁的少女为妾，整夜宿在小妾的房里。小妾虽嫌他年纪太大，但那年月嫁鸡随鸡，嫁狗随狗，嫁头老驴跟着走；要不，就是天大的罪过。

天长日久，这小妾竟和府里的小子拉呼[4]上啦。可老宰相每夜不离房咋办？后来那小妾见老宰相每天五更上朝，那时没有钟表，不好掌握时间，老宰相摸了一条经验：房门前有棵大杨树，上面有个老鸹窝，天晓明，老鸹一叫，他便起来上朝正好。

小妾和小子拉呼热了，给小子出了个主意，让他半夜时用长竿子捣那窝，老鸹一受惊，呱呱乱叫，老宰相慌忙穿戴上朝，那小子就溜到小妾房里。

俗话说，没有不透风的墙。连弄了几回，宰相起疑了：不对劲呀！天天这么早，里头有文章。虽然起疑，但也没吭声。

这天老鸹一叫，宰相是外甥打灯笼——照旧（舅）。

[4] 拉呼：意为邋遢。指一个人不整洁、不利落。

不过，没走多远又回来了。那小子见老宰相走了，急忙钻到小妾的房里。老宰相翘首蹑脚地走到窗外一听，小子夸小妾身体好，像个面条似的软；小妾夸小子身体好，胳膊腿长得像藕瓜，比那老干姜强百倍。宰相顿感不好，小妾和别人私通！不觉醋劲大发，这就要喊人捉奸。又一想：不妥，家丑不可外扬，堂堂的宰相府竟出这伤风败俗之事，吃个哑巴亏算了。

转眼到了中秋佳节，老宰相特意备了小宴，与小妾、小子赏月。酒到七八瓯上，老宰相诗兴大发说：

月亮出来照正东，乌鸦不叫有人惊。
藕瓜搂着个面条睡，剩下干姜在外听。

小子一听坏了，忙做诗一首：

月亮出来照正南，提起这事有半年。
大人莫把小人怪，宰相肚里磨开船。

小妾自然明白，无奈何只好也和诗一首：

月亮出来照正西，想起这事泪珠滴。
七十老翁配少女，年老莫娶年少妻。

说罢已是泪流满面。老宰相本是通情达理的人：是呀，人家是十七八岁的白面姣娃，而自己已是一脚踏上坟边的人了，却娶来做妾，是有点儿那个。再看看身边的小子，长得眉清目秀，和小妾真是天生一对，于是便把小妾许给了小子，成全了一对美满夫妻。这宰相肚里磨开船的俗话，就一代一代传下来。

讲述者： 孙建明，男，67 岁，高中学历，丰县史庄村农民
采录者： 卜凡柯，男，78 岁，大专学历，丰县文化局退休干部
采录时间： 2020 年 6 月
采录地点： 丰县史庄村

178

义狗坟

从前，俺庄有个姓王的人家，家蛮富足，就是没后。四十岁上又娶了个小老婆，并怀了孕，老东家可喜得不得了。

不料大婆心狠，想独霸家产，买通收生婆，下生的时候顺手把小孩弄死了，叫人用杈头挎了扔在乱葬岗子上了。

老东家这天坐轿车子出门，就见家里的老狗拦在路旁，嗷嗷直叫，咋着也不让走。这狗前几天生了一窝小狗，都活活地饿死了：老狗吃罢食，整天不在家。老东家就觉得有点蹊跷，今天又见它这样子，忙下了轿车子。

那狗咬着东家的裤腿脚就走，来到乱葬岗子上一看，在狗扒的一个洞里卧着一个小孩，吃得白胖，那正顶上有个大针斜插着，都快让狗给他舔出来啦。

老东家一看，明白这是大婆害的，多亏了老狗喂奶，又给他舔正顶上的针，小孩才活了下来。

后来，这家对狗没法再好啦。老狗死时，少东家披麻戴孝送到南北坑里，给它修了座坟，又给它立了碑。这就是在欢口镇世代久传的义狗坟。

讲述者：孙秀英，女，66岁，初中学历，琴书艺人
采录者：于圣连，男，72岁，大专学历，退休干部
采录时间：2020年10月15日
采录地点：丰县文化馆

179

黄二怪

黄二怪是丰县黄庄人，当年有二十多顷地，是一乡的首户。他肩不能担担，手不能提篮，又懒又怪。

大热天坐在楼上纳凉，俩佣人给他轮流打扇，他还直劲喊热。佣人向远处一指，说："俺俩给你扇风，你还嫌热，你看那高粱地里干活的人，咋受哩！"黄二怪眼皮睁开一条缝，立即又合上，嘴里哼了一声，说："天生咬草虫。"

黄二怪好吃蜜，自己懒得动，雇了人往他嘴里抹。佣人"嘎吱"一棒子，问："老爷，还吃不？"他眼也不睁，吭一声："哎——"佣人"吧唧"又一棒子，问："老爷还吃吗？"他又是懒懒吐一个字，"唰啦"又一棒子。过后再问，黄二怪不耐烦了："废话！"意思是直接抹就是了，老问啥！佣人一棒、一棒，又是一棒，东家金口不开，那是不敢歇手的。

黄二怪平日最好吃扁食，隔两天要吃一顿。他吃扁食，光吃肚，边儿角儿都吐出去，作孽呗！

他只知花钱，不知理财。没几年，偌大家业都被他毁坏光了。后来穷得吃不上饭，只好拉起讨饭棍。

不过他讨饭不到外边去，老往以前他的佣人家去要。虎瘦威风在，人家一看是老东家，赶紧迎到家去，好吃好喝招待，还喊他老爷。

日子一长，那些佣人见了他便不那么仗义了。他也看出来了，便说："你们别喊老爷了，喊叔给吃也行。"嗨！为嘴头子卖了一辈。后来喊叔的也没有了，只好跟人弟兄相称。再后来弟兄相称不行，又喊人家叔，直到喊人家老爷、祖老爷。

后来，他的眼也瞎了，就给人家推磨。每逢谁家缺面，总说："去，去牵那瞎驴来！"一晌磨下来，累个臭死。

黄二怪酸甜苦辣活到五十余岁，最后活活饿死！

讲述者： 黄佑勤，男，79 岁，初中学历，退休干部

采录者： 卜凡柯，男，78 岁，大专学历，退休干部

采录时间： 2020 年 10 月 18 日

采录地点： 丰县文化馆

流传地： 丰县东北一带

180

消化神

渠寨村有个大财主，家产万贯，就一样缺点：没儿。

这天他迷迷糊糊打盹儿，见那边来了一个小孩，摔碟打碗，上房拆瓦，一路折腾，上他老婆屋里去了。不久，他媳妇怀孕了。十月已过，生了个"带壶嘴的"。只一样，长到十拉八岁，从不见他笑。老财主一看，发出话来：谁要能叫儿子笑笑，赏银十两。可没一个人能引笑他。

这天丫鬟送茶，失手打了个茶碗，这小羔子竟"嗤"地笑了，丫鬟忙回禀老爷。老财主一听，包了几个窑上的货，拉到家，果然打一个响，小孩笑一下，不孬！

到了十五六岁，老财主叫他拉了一车子金银财宝到外边去学花钱，没料想饿着回来啦！一问咋吃的，说是用碓窝子当锅，红丝线当柴，熬豆腐渣汤喝，一顿没做熟，饿回来了。老财主说："中，这个家能折腾空！"

这孩子再大一点，取名渠西林，整天吃喝嫖赌。女人玩够了，就集中起来，让狐朋狗友捂眼摸，摸到谁，要谁，他在一边乐得哈哈大笑。

这年，在徐州雇了不少扎纸匠，扎了几个月蝴蝶子，又把全城的红颜料都买来，逢云龙山上有风时，用大锨扬

红颜色，再放纸蝴蝶。这叫刮红风放蝴蝶，钱毁个没数！

老财主临死，对渠西林说："啥家业毁干也不要紧，当紧[1]甭卖影壁墙，里头用元宝填的，光那够你吃一辈子的。"

老头一咽气，渠西林先卖影壁墙。人家一扒，净元宝，赶紧给他说。渠西林说："我卖给你，就是你的，你拿你的就是喽！"

后来混得吃不上饭了，他一声长叹："我这一辈子，啥缺点没有，就是没骑过人。"他到街上，向人讨了几百大钱，用这钱觅[2]了个人骑上，哈哈大笑，说："山西还有我的几十顷地来，我到那里快活去！"说罢，好不拉殃地[3]就死去了！

人家都说渠西林是天生的消化神托生的。直到现在，渠寨庄上还有他家的遗址哩！

讲述者： 巩本仁，男，79 岁，高中学历，退休教师
采录者： 卜凡柯，男，78 岁，大专学历，退休干部
采录时间： 2020 年 11 月 3 日
采录地点： 丰县顺河史庄

[1] 当紧：关键时刻。
[2] 觅：租的意思。
[3] 好不拉殃：迷迷糊糊之意。

181

雁插林

不知多少年前，丰县城西南二十多里处，有大片水草地。春天的一个早晨，姓蒋的一位老人，路过水草地边，见一只大雁"扑扑棱棱"飞不起来；蹲地一看，原来那雁的翅膀和右腿被箭伤了。老人把大雁抱回家，给它抹了药，包扎一下，放进柳条筐里。饭后，老人捉来一串虫子，割来半篮嫩草，细心喂养。见它吃得很甜，便说："我就像养儿子一样养着你吧！"于是给它起个名字叫"蒋雁"。

从此，老人每天下晌[4]回来，总是带着它爱吃的食物喂它，并说："好好吃，好好喝，伤好了，我送你走！"这大雁好像懂得他的话，总是"哦啊""哦啊"向他回敬。

一个月后，大雁站了起来；两个月后，大雁扇动双翅飞出了柳筐；三个月后，大雁绕院子上空飞了几圈。老人拍着手，哈哈笑着："我送你走。"他把蒋雁送进了水草地，可是回到家一看，蒋雁却在院中的老槐树上等着他。就这样送了两次，回来两次；送了三次，回来三

[4] 下晌：下午。

次。老人抚摸蒋雁的羽毛："你不愿走，我还真舍不得你走呢！"

这样一来，老人下地，蒋雁在离他不远的地方吃虫、吃草；老人收工，蒋雁也跟着飞回家；有时晚上睡觉，蒋雁也卧在他的身旁，真是形影不离。

第二年春天，一群南来的大雁，"哦啊，哦啊"地叫着落在水草地里，正在掘地的老人看见蒋雁也"哦啊"一声飞进了雁群，跟那群大雁拍翅摩嘴，亲亲密密。老人正高高兴兴地看着，忽然蒋雁飞来，落在他的肩膀上，用嘴轻轻地摩着他的鬓边，"哦啊""哦啊"叫了三声。老人理解了它的意思，便说："你去吧，秋天，我在这里等你！"

秋天，老人病了，三天三夜不进黄汤热水，话语也不清不浑。他眯缝着干涩的双眼，喉咙发出似听见似听不见的声音："蒋雁来了吗？"

他的话音一落，蒋雁扇着两翅飞来了，落在老人身边，用嘴在老人鬓边擦摩三下，低低地叫了一声，叼起老人的帽子飞了出去。

老人的儿子蒋柱随即跟了出去。

离水草地不远的地方，一群大雁围成一个大圈。蒋雁把老人的帽子丢在圈圈里，后拔下四根翅毛，在帽子东南西北插成一个方城，向蒋柱拍拍双翅，"哦啊"一声飞走了。

蒋柱回家伏在老人脸旁"吱咕咕"一阵子，老人咽气了。蒋柱把老人葬在帽子落处。每年秋天，北来的雁群，总是把不少的柏籽丢在坟茔周围。二十年后，这里长成一片遮天影地的柏林，人称"雁插林"。一年秋天，一群大雁正绕着柏林低飞鸣叫时，忽然，一匹披红挂花、银铃叮当的快马送来喜报，蒋柱的儿子中了头名皇榜，新科状元回家修坟祭祖来了。

蒋状元在这里修建了一座高大的青石牌坊，后人称之为"蒋牌坊"。如今牌坊虽然没有了，可是"雁插林"的故事还一直被这里的人们世代有序传颂。

讲述者： 齐海风，54 岁，大专学历，文化站站长

采录者： 卜凡柯，78 岁，大专学历，退休干部

采录时间： 2020 年 11 月 12 日

采录地点： 丰县文化馆

流传地： 丰县

182

撒豆子

年迈的老娘行动不便，儿媳妇嫌弃。一天晚上，媳妇跟儿子商量说：“要不把咱娘背到山上丢了吧。”儿子没说话，抽了一晚上的烟，愁眉不展。

第二天，媳妇又说这事，儿子下了决心。傍晚，儿子跟娘说要背她去山上走走，娘吃力地爬上他的背。他一路都在想爬高点再丢下她，省得她自己又找回来。

路上，他却发现娘一直在他背后偷偷地撒豆子。他生着气问：“你撒一路的豆子是要干什么？”

结果娘的回答让他出乎意料：“傻儿子，走了这么远，你也不看路，娘怕你等会儿一个人下山会迷路啊。”他听了泪流满面，转身把娘背了回来。

讲述者： 孙清恩，男，79岁，高中学历，退休干部
采录者： 卜凡柯，男，78岁，大专学历，退休干部
采录时间： 2020年10月16日
采录地点： 丰县文化馆
流传地： 丰县

183

花绒线煮扁食

从前，丰县城东南二十里有个张员外，家有田地千顷、楼堂百间、骡马成行。五十三岁，膝下没儿，又娶了丫鬟桂香为妾。第二年生了白胖小子，全家老少烧香磕头，向老天爷谢恩。他给儿子起名叫金宝，实际上比金子银子还宝贵。

晚上，桂香哄金宝，张员外坐在床沿上看。半夜，金宝哭一声，张员外就起来看。高台大烛，从黑点到明。

金宝五岁时，员外专请了一名老秀才给他当老师。金宝天生的聪明伶俐，老师教一章，他会一章；不到三年，念完了四书五经。十三岁，双手能写梅花篆字。成了前村后庄、方圆百里出名的神童。十八岁进京赶考，因为贪恋烟花妓院，误了考期，尽管张员外使了不少钱财，结果还是没考回家来了。

金宝回到家中，每天早出晚归，东酒馆荡到西酒馆，又赌又嫖。张员外看到儿子如此浪荡，紧赶紧忙给他娶了个妻子，叫艾姐，长得千娇百媚。艾姐最会往丈夫心里做事，看到金宝爱穿生丝短褂，便日夜赶工，为他做了短褂。金宝穿了三天，厌烦了，便将短褂撕得一条一条的。艾姐

知道丈夫爱吃扁食，便每天做扁食给他吃。金宝吃扁食跟别人不一样，只吃肚，不吃边。时间一长，金宝又变了花样，他说用柴草煮的不好吃，用花花绒线煮的才好吃，张员外一气身死。金宝执掌家业，每天用花花绒线煮扁食吃，艾姐心疼家产，劝了他两句，他便将艾姐休出家门。

艾姐一气进庵堂当了尼姑。之后艾姐外出化缘，每次经过张家府外，便将他家倒出的扁食边、鸡、鱼、肉拾回来，晒得焦干焦干，收藏起来，一缸又一缸，一囤又一囤。

十几年工夫，张家财产荡尽，连楼根也凿出来卖了。金宝成了讨饭的叫花子，每天挎着破竹篮，拉着讨饭棍，讨一口吃一口，要半碗吃半碗。

寒冬腊月，大风大雪，金宝身披麻片，夹着半截棍棒，冻昏在庵堂门外。艾姐给他灌了汤水，又把他扶进庙门坐下，然后，煮了扁食边、干鸡、鱼给他吃。金宝迷糊着眼，越吃越香，连声谢大师傅是救命的恩人。

一连三日，金宝吃饱了肚子，有了精神，向大师傅磕头告辞；猛然觉得这位师傅好面熟，仔细一端详，是自己的妻子艾姐。艾姐领他看大囤、小缸那些扁食边、干鸡、鱼、肉，对他说：“这些都是你吃剩的。”

金宝又悔又恨，投井而死。

讲述者： 齐海风，54岁，大专学历，文化站站长
采录者： 卜凡柯，78岁，大专学历，退休干部
采录时间： 2020年11月12日
采录地点： 丰县文化馆
流传地： 丰县

184

梅楼村无梅姓

丰县宋楼镇有个村子叫梅楼，本来是个有名的老村子，如今却没有一家姓梅的。这里流传着一段故事。

清朝初年，这村里出了个阔少，外号“梅瘸子”。他家良田数顷，高楼大院，门前骡马成行；依仗其父在朝里做官，有钱有势，横行乡里，以他的姓氏定庄名叫梅楼。

梅瘸子经常带人兴围打猎，任意糟蹋百姓的庄稼。他财大气粗，不准别人的牲畜出门，百姓敢怒不敢言。有一年，本村一家的牛犊跑出去了，被梅瘸子看到了，他立即带猎犬和打手对牛犊下了毒手。猎犬如狼似虎上去撕咬，他又大打出手，这牛犊的主人不敢上前，只好看着血淋淋的牛犊丧生。主人流泪，梅瘸子却哈哈大笑，并令打手把牛犊拉回家剥了皮煮肉吃，牛犊的主人也不敢吭声。梅瘸子还不满足，他想煮肉得用盐，吃谁家的牛肉得用谁家的盐。于是又令人叫牛犊的主人送煮肉的盐，理由是这牛犊跑出家门糟蹋了梅家的庄稼，犯了村规，主人当罚，不然就要治罪。当时梅瘸子一手遮天，谁个不怕？

别看梅瘸子相貌丑陋，却是个寻花问柳的风流色鬼。一次，他进京住在父亲那里，听人说皇姑长得漂亮无比，

不由淫心动荡，癞蛤蟆也想吃天鹅肉，有一天竟冒犯了皇姑。皇帝大怒，梅瘸子吓得骑上他的瘸骡子连夜逃窜，后逃到东北的荒山老林。梅家满门抄斩，从此梅楼也就没有姓梅的了。

讲述者：宁学思，79 岁，高中学历，原文化站站长
采录者：卜凡柯，78 岁，大专学历，退休干部
采录时间：2020 年 11 月 12 日
采录地点：丰县宋楼文化站
流传地：丰县宋楼镇一带，源于清初年间，流传至今

185

巧下葬

丰城西北有个村子叫崔老家，前朝时候，该村出了个有名的宛平知县。

这知县是个清官，廉洁奉公，从不贪赃枉法。可他却得罪了一个奸臣，皇帝没作调查，轻易听信了奸臣的诬陷，把这知县斩首了。朝中大臣纷纷上书，请皇帝清除奸党，平反昭雪。皇帝调查后，知道斩错了，给他恢复名誉，又赐金头一个，御旨厚葬。

对这位知县的安葬特别隆重。首先请地林[1]先生挑选了一块风水宝地。地林先生提出，必须同时具备三个条件才能下葬：戴铁帽子、倒骑驴的同时到场，还得活鱼打鼓。这事可难了。

崔老家离赵庄集只有几里路。埋葬知县这天，赵庄集正逢大会，周围数十里的人也来赶会。挑挑儿的、担担儿的、锔锅的、卖蒜的、说书唱戏的、打拳卖艺的，三教九流，无所不有，热闹得很。赶会的人一听说崔老家知县出殡下葬，还有个金头，“轰”的一下子都跑去看热闹了。

[1] 地林：坟地。

墓坑挖好后，因缺少三个条件不能下葬。女儿哭道："金头银头也不如俺爹的肉头呀……"当时，有个老头儿赶会，买了口大锅，不好拿，不好背，就像戴帽子似的顶在头上，跟着人们来看出殡的，挤进了墓坑前。有人喊了一声："戴铁帽子的来了！"

玩把戏的杂技班子也赶来看热闹，其中一个表演倒骑驴的小伙子没卸装，倒骑着毛驴挤了进来。人们一看，好啊，就差鱼打鼓了。

人们正在发愁，这时空中飞来一老水雕，它从太行堤河叨来一条鱼，准备去喂小雕的。众人一齐"嗷嚎"地狂呼乱叫，老雕受惊一鸣，把嘴里的鱼丢了。说来也巧，有个唱大鼓的艺人，也背着鼓来看热闹，那空中掉下的鱼正巧落在鼓面上，"咚"的一声，人们齐呼："好啊，鱼打鼓了！"一个清官死了，三教九流七十二行的人们都来为他送葬。

讲述者： 于圣连，72岁，大专学历，退休干部

采录者： 卜凡柯，78岁，大专学历，退休干部

采录时间： 2020年11月17日

采录地点： 丰县文化馆

附记

这则故事产生年代不详，却在丰县讲传广泛。之所以知道的人很多，缘于一个"巧"字，真是无巧不成书。（卜凡柯）

186

穷生碑

很久以前，丰县有一大户人家，一心想生个儿子来继承家业；结果娶了三房姨太太，生了十个女孩，仍不见男孩。由于孩子多，不几年家业败落下来，由富户变成穷户。户主心焦如焚，深感多生孩子的苦衷；为了教育后人少生孩子、勤劳致富，他在庄头上立了座"穷生碑"。碑高丈余、宽数尺，碑两边的对联是："家有万金是穷户，命中五儿是绝后。"

一天，县令来此查访，目睹此碑不解其意。叫来户主，细问原由，户主苦笑着解释说："孩子多了不是福，我生了十个千斤小姐，合起来不是万金吗？家有万金，却穷困潦倒，尿醋[1]摸不着坛口。俗话说一个女婿半个儿，合起不是五个儿吗？"一席话，说得县令哈哈大笑，起轿回衙。穷生碑已毁掉多年，但关于"穷生碑"的传说却广为流传。

[1] 尿醋：谓穷得很。

讲述者：于百涛，44 岁，大专学历，文化站站长
采录者：卜凡柯，78 岁，大专学历，退休干部
采录时间：2020 年 11 月 18 日
采录地点：丰县文化馆
流传地：丰县

187

张老汉巧占天门穴

丰县城西南二十公里的苗城集，有一位姓苗的风水先生。一日，他对三个儿子说："我看了一辈子风水，唯独发现村南香油湖畔柳荫下低洼处，是一风水宝地。那是一个'天门穴'，若能占住其穴，后代必出高人。"并交代了有关口诀等。

翌日，八月十五，苗老死。三个儿子商议认为香油湖距此甚远，抬着尸体去那里不易，不如先看看再定。于是老大和老二两人来到香油湖，找到柳荫下，按他爹的吩咐，念道："天门开，地门开，苗老先生走进来。"念毕，果然出现一茅舍，正如他爹说的一样。两人急忙回家去抬老人尸体。

当时香油湖南岸的阿房村有一张老汉，因事去苗城，天晚才回来。途经香油湖时，突然口渴难忍，欲饮湖中之水；忽见前面有一灯火，走近才见是一所茅舍。进去不见人，室内放着桌椅、茶壶、茶杯，于是倒出水喝了起来。此时茅舍倒塌，遂沉入地下。

苗家三子将父尸抬到，却不见茅舍，复念诀语亦不再现；只好在柳荫下掘一墓穴，将父尸掩埋。

那位张老汉就是张道陵的爷爷，巧占了天门穴，张家出了个“天师”——张道陵；苗家占偏穴，出了个叫苗广义的“军师”。

讲述者： 杨宪华，75 岁，中专学历，原村支部书记
采录者： 于圣连，72 岁，大专学历，退休干部
采录时间： 2020 年 11 月 25 日
采录地点： 丰县文化馆

附记

这则故事流传于丰县西南部。张道陵为世人敬仰，该故事为张道陵的出世又增添了一笔神秘的色彩。（于圣连）

188

王二捣

王庄有个王二，平日里游手好闲、骗吃混喝、五茧不结结六茧[1]，到了四十多岁还是光棍一条，外人送号“王二捣”。

有一天，新科文武双状元突然来到王庄，找到王二，说是认祖归宗，喊王二“亲爹”。你说这事奇怪不奇怪？

咱先说文状元王文章。他考上状元，回家祭祖，然后立旗杆。可怎么立这旗杆就是立不起来。王文章知道这里面一定有隐情，于是跪在爹娘前不起，逼老人说个明白。

老员外王发财被逼无奈，只好实话实说。

“二十年前，你亲爹来到咱庄，到处求人找奶水喂你。我一看你天庭饱满，地阁方圆，眉清目秀，一脸的福相，就问：‘孩子的娘呢？’你爹说因生你得了产后风死啦。我说我无儿无女，不如把孩子送给我拉巴[2]；跟着你，早晚是死路一条呀。他问我姓啥，我说姓王。你爹说：‘有好多人家都想要这个孩子，我就是不给。为啥？

[1] 五茧不结结六茧：指不靠谱。
[2] 拉巴：指抚养、培养的意思。

这孩子是王家的骨血，我怎能给外姓呢？既然咱是一家子，孩子就给你啦。不过，我有个条件。’我说：‘啥条件你说，要钱还是要粮，说个数。’你爹说：‘我一不要钱，二不要粮，我给孩子起名叫文章，希望你不要给孩子改名。’我说：‘文章这个名字好，只有提笔写文章，才能当万岁爷的官呀。我不给他改名，他就叫王文章。’立时给你找了个奶妈，把你养大。孩子，你亲爹家在城西四十八里王庄，他名叫王二，外号王二捣。”

文章说：“二老的养育之恩比天高、比地厚，我终生不忘。这个家，也是我永久的家。孩子想到王庄去一趟，给母亲烧烧纸，不知二老可允许否？”

员外说：“祭奠亲生母亲，理所当然，该去该去。”

状元爷坐着花轿，带着人马，一路上吹吹打打，好不热闹。

来到王庄，管家找到王二，说：“跟我走，新科状元老爷有话问你。”王二说：“我又没犯法，老爷找我干啥？”管家说：“哪来那么多的屁话，到了你就知道了，快走！”

王二来到花轿前，双膝跪地，说：“给老爷请安，不知老爷唤小的何事？”

状元爷说：“起来回话。”王二这才起来，站在轿前，低着头，也不敢看老爷。

状元爷说：“二十年前你可送给别人家一个孩子？”

王二这时才敢抬起头来，看了看状元爷说：“你家在城东四十八里大王庄？”状元爷答道：“是！”

王二又说：“你家老员外叫王发财？”状元爷又答：“是！”

王二又说：“你的名字叫王文章？”状元爷又答：“是！”

王二这才不害怕，笑着说：“你知道我为啥给你起名叫文章吗？”状元爷说：“你说。”

王二说：“你背上有一红色的胎记，像支毛笔。我想，笔是用来写文章的，所以就给你起名叫文章。”

状元爷这才走出轿来，上前抓住王二的手说：“你就是我的亲生爹爹？”

王二说：“六月里穿皮袄——寒也没有。我就是你亲爹！”

状元爷一听，跪下就磕头喊爹，喜得个王二光拍腚。

大管家一见慌神啦，忙给王二磕头，说：“老爷，刚才言语多有冒犯，请你老人家海涵。”王二说：“起来吧，我不跟你小人一般见识。”

状元爷又说：“听说俺娘因生我而亡，我今天要到老林[1]上去祭奠祭奠她老人家。”

王二说：“那是应该的，跟我来。”

王庄的百姓纷纷议论：这个王二捣不知把状元爷领到谁的个坟上哭去呢。

王二把状元爷领到他祖坟上，说：“中间的大坟头是你爷爷奶奶，东边的小坟头是你娘。”

状元爷先在爷爷奶奶坟前上供、烧纸、磕头、放炮，然后又在他娘坟前烧纸、磕头、放炮。

回到家，状元爷命令家人立旗杆。

这时王庄的百姓又议论开啦：王二捣，你再会操[2]，旗杆立不起来，状元爷揍你是轻的，恐怕吃饭的个家伙也保不住。

不一会，门东边一根大旗杆立起来啦！又是放鞭炮，又是敲锣打鼓的，好不热闹。

王庄的百姓个个摇头，说：“不是亲爹亲娘，这旗杆咋就立起来了呢？”

就在这时，新科武状元骑着马，带着家人也来找王二。

武状元一见文状元在此，急忙下马行礼，问道：“王兄为何在此？”文状元还了一礼说：“我认祖归宗来了。”武状元又问：“令尊何在？”王二上前一步，说：“我王二，外号王二捣，就是文状元的令尊！”

武状元也不盘问，跪地就磕头喊爹。

咋回事？原来武状元得官后回家祭祖，可就是立不起来旗杆。武状元的养父母才说出实情，说是城东四十八里王庄上有个叫王二的才是你的亲爹。武状元听后，也是来认祖归宗的。

王二说：“起来吧，我有话对你说。”

[1] 老林：祖坟。

[2] 操：粗话，干，有意使坏。

武状元磕罢头站起来，王二说："你家在城西四十八里的小王庄，你养父叫王财发？"武状元忙回话："是，是。"

各位，听出来没有？文状元的爹叫王发财，武状元的爹叫王财发，你说这事巧不巧。

王二又说："你的名叫铜锤吧？"武状元答道："是，是。"

王二问："你知道我为啥给你起名叫铜锤吗？你胸前有块黑色的胎记，像个铜锤，所以我给你起名叫铜锤。十八年啦，长大啦。"

武状元说："老人家所说一点不错，我今天来就是认祖归宗的。听养父说，我娘因为生我而亡，我要到祖林上祭奠祭奠老娘。"

王二说："那是应该的。"说着带领武状元二次来到他的祖林，对武状元说："铜锤我儿，中间的坟头是你爷爷奶奶；东边的这坟头是你大娘，也就是文章的亲娘；西边的这个坟头是你的亲娘。来人哪，摆供、烧纸、放炮、磕头。"

武状元给爷爷奶奶磕头，又给亲娘磕头，文状元在武状元给亲娘磕头的时候，也陪着磕了头。武状元最后又给文状元的娘也磕了头。

回家后，武状元命人立旗杆。你说也怪，这旗杆一下子就立起来啦。

父子三人摆酒庆贺，一来祝贺王家一下出了文武双状元；二来是父子重逢、兄弟相见，真是可喜可贺。

接下来就是建造状元府，这些事不必王二操心，自有两个管家来办。不久，状元府造好啦，王二住上了楼房。文状元走时，留下丫鬟雪梅伺候老爹；武状元走时，留下丫鬟梅香伺候老爹，都想表一表孝心。四十多岁的老光棍一下子有了两个老婆，十里八村谁不眼馋？

王庄的老少爷们见了王二，都喊老爷，没有一个人敢喊王二的，更没人敢喊王二捣。至于这事王二是怎么捣鼓的，谁也不敢去查听，怕是得罪了王二，有杀头之灾。

王二虽说当了老爷，可从不摆架子、耍威风。以前都是他吃别人，现在他把那些狐朋狗友都请家来大吃二喝。有一天，他喝醉啦，终于说出了实情。

原来王二的大哥王大，在东庄上跟地主老财当大领，不知啥时候跟地主的大小姐搞上啦，还把肚子搞大啦。大小姐平日里不下楼，吃饭有丫鬟端吃送喝，地主老财不知情。突然有一天，楼上传来婴儿的哭声，这下子露了馅啦。地主老财拿着马鞭子审问丫鬟，丫鬟说了实话，说孩子是王大的。王大得信后，脚底下抹油，窜圈啦，至今没回王庄，不知是死是活。地主老财一生气，扔给大小姐一根绳，命她自尽。大小姐与长工私通生孩子毕竟是丢人的事，大小姐心一横，真的上吊死啦。地主老财命大领二帮们半夜用土车子推到北河堤上，连大人加小孩一块埋了。

王二听到了风声，成天在地主老财门前转悠，半夜里见有人出来，忙上前打听。知道了事情的缘由，说："各位老哥，我是王大的兄弟王二。救人一命，那可是积大德的事，这活人和死人就让我推走吧。咋说，这孩子也是俺王家的骨血，求求各位大哥，我给你们磕头啦。"王二说着，真的跪在地磕起头来。几个人一商量，说："平时王大对咱哥们不错，干脆活人死人都让王二推走吧，咱回去就说人埋到北河堤啦，这事不就完啦？你过一会一定要把土车子送到后门来。"王二满口答应。回到家，先把大小姐埋到老林上，然后把土车子送到东庄，家也没回，抱起孩子向正东，一直走到大王庄，才把孩子送给了王发财，这孩子就是文状元王文章。虽说他不是文章的亲爹，可他是亲叔；再说，娘是亲娘，所以文状元立旗杆立起来，那是天经地义的事。

再说武状元王铜锤。

有一天半夜里王二偷了别人家的两捆大葱，用小土车推到城里去卖。在回来的路上，走到一座尼姑庵门前，老尼姑问他有媳妇没有，王二说没有。老尼姑说，给你个媳妇要不要？王二说我当然要啦。不一会，老尼姑领来一个大肚子小尼姑，对王二说，推她家走吧，她就是你媳妇啦，说罢就关上了尼姑庵的大门。

王二一见小尼姑长得很俊，心中当然高兴，小土车推得一溜风。走到半路上，小尼姑生啦。可她因为产后大出血还没到家，人就死啦。王二直喊倒霉，直接把她推到老林上，回家拿个铁锨，挖个坑埋啦。第二天他抱着孩子下西南，来到小王庄，把孩子送给了财主王财发。这小孩就是武状元王铜锤。因娘是亲娘，所以他立旗杆一立就成。

这消息传出去，都说王二捣真会捣，没娶媳妇两个儿，你说可笑不可笑。

讲述者： 卜凡柯，男，78 岁，大专学历，退休干部
采录者： 于圣连，男，72 岁，大专学历，退休干部
采录时间： 2020 年 10 月 25 日
采录地点： 丰县文化馆

附记

这则故事在丰县流传甚广。民间把讲故事说成“拉呱”“榷空”。榷空的意思就是睁着眼说瞎话，把不可能的事情编得有头有尾，悬念丛生，合情入理，让人听得津津有味；但听后又认为这是不可能的，纯属榷空。故事《王二捣》就属榷空中的代表作。（于圣连）

189

编笆接枣，锯树留邻

从前，丁王两家是一墙之隔的邻居。丁家院中种了一棵枣树，树上结满了枣子。到了枣子成熟的时候，风一吹，有的枣子就落在王家院中。王家的孩子看见落在院子里的枣子，赶忙拾起吃了。起先是吃掉下来的枣子，后来嘴吃馋了，有时也用竿子打枣吃。有一天，王家的孩子正用竿子打枣吃，被王老汉看见了。王老汉把孩子嚷了一顿，当天就把孩子们送到亲戚家去了。自己还用条子编了一个笆，把枣树挡起来。

过了几天，丁老汉看见墙头多了一个条笆，也不见邻居家的孩子，觉得很奇怪，便来到王家，见了王老汉问道：“老兄，你编个条笆放在枣树前干什么？你家的孩子都到哪里去了？”王老汉给丁老汉点上一袋烟，笑着说：“俺家的几个孩子很贪吃，你们不在家时，打你家的枣子。你们虽不说啥，我总觉得不好意思，就把孩子送到亲戚家去了，等收了枣子再接回来。为了不让枣子掉到院中，我又编了个条笆把枣树挡住。”丁老汉听了老王的一席话，心里很受感动。

丁老汉回到家中，把王老汉编笆接枣之事一五一十地

告诉了老伴。老伴很佩服王老汉待邻诚恳，便和丁老汉合计道："咱可不能因一棵枣树，弄得人家几个孩子不能在家。"他们便找来一把锯子，把枣树锯掉了。

王老汉见丁家把树锯了，心里也觉得奇怪，正在纳闷，只见丁老汉提了一篮红彤彤的枣子送来。王老汉接过丁老汉的枣子，都会意地笑了。

从此"编笆接枣，锯树留邻"的故事就这样传开了。

讲述者： 王锦臣，男，70 岁，小学学历，沛县张寨镇吴集村农民

采录者： 朱迅翎，男，70 岁，大专学历，沛县文化局退休干部

采录时间： 2020 年 7 月

采录地点： 沛县张寨镇吴集村

附记

此故事已经王锦臣祖爷爷、爷爷、父亲三代人有序传讲，在微山湖一带广为流传，影响很大。当年，在田边地头，尤其是在盛夏的晚上，老百姓喝过汤，拿一条小席子在门前或院中乘凉，你一言我一语就讲开了。他们说，远亲不如近邻，要向王老汉、丁老爷子学习，邻里亲如一家。（朱迅翎）

异文：遮枣锯树

从前，张家庄里住着一对邻居，东家姓张、西家姓李，两家和睦相处，从没吵过嘴、磨过牙。

一年，李家一棵长在院墙边的枣树成熟了，树枝越过院墙，一直伸到了张家院内，那颗颗熟透的枣子散发出诱人的馨香，谁见了都会禁不住流下口水来。张家生怕自己的孩子们嘴馋，偷着打枣吃，引起口舌，就动手编了块篱笆将枣枝遮住。

李家知道后，非常懊悔，就带领家人立即把枣树锯掉了，然后把枣子送些给张家的孩子们。旁人不知李家为何锯掉枣树，就问李家，李家家主说："我锯掉枣树，是为了处好一个邻居呐！"

锯树以后，张李两家相处得更加和睦友好了，两家家主常以"邻居好赛金宝""远亲不如近邻"的道理教育后生们。孩子们在一起玩耍一旦发生口角，他们总是先责备自己的孩子，然后再向对方赔不是。从此，两家毫无隔阂，平安度日。

"编笆遮枣，锯树睦邻"的故事，也就世代流传了下来。

讲述者： 李举洲，70 岁，上过私塾，农民

采录者： 杨光正

采录时间： 1987 年

采录地点： 邳县官湖镇

附记

这个故事是在参加"邳县民间文学三套集成"集中采风活动中采录到的，曾发表在吉林《民间故事》杂志。讲述者是官湖镇新华一村生产队会计，是当地有名的"故事篓子"。（夏至）

190

猜哑谜

有个乞丐叫王五，要了一天饭，啥都没要着。他急了，在一家酒铺前，死皮赖脸，喊爹叫爷，店主才行了善心，赏给他二两水酒。

王五端着酒，喜得不行。一路上，碗里的酒溅出一滴，他都心疼得咬牙。

王五来到破庙，把二两酒温热正要喝，有个郎中行医回来，身上冷了，走进庙来，见王五手中端着酒，想喝上一口，就说："兄弟，行个方便，你的酒让我喝上一口吧。"

王五不想给，话又说不出口，就说："老兄，我出个哑谜，要能猜中，酒都给你喝。"

郎中说："中、中。我整天看药书，什么不知道？你说吧。"

王五放下酒碗，用手往上一指，往下一指，往前一指，往后一指，往左一指，往右一指；然后伸出两个指头，又伸出三个指头，再拍拍胸口："完了。你猜吧。"

郎中笑着说："好猜，你的意思我全明白。上指，是天花粉；下指，地骨皮；前指，车前子；后指，川厚朴；左指，是说左半身瘫痪；右指，是讲右半身麻木；拍胸口，是说心中发热；三个指头与两个指头，是说用三片生姜、两根葱做药引。怎么样？把酒拿过来吧。"

乞丐说："你猜的驴头不对马嘴。"正吵着，门外进来一个人，是个风水先生。风水先生问了缘由，说："郎中猜错了。指上，上通天文；指下，是下晓地理；指前，是朱雀；指后，是玄武；指左，是青龙；指右，是白虎；三个指头和两个指头，是说前走三步，后退两步；拍胸口，是说正中间安穴最好不过。"

乞丐忙说："不对不对。"话刚落音，从庙门外又来一个教书先生。他见三人争得面红耳赤，等问清原因，哈哈大笑起来："不要争了，此酒我喝，此酒我喝。上指，是说天缘凑巧；下指，是说此地相逢；前后，是说郎中在前，风水先生在后；左右，是说你从左边出去，他从右边出去；三和两是说咱弟兄俩相逢，真乃三生有幸；至于拍胸口，是说这酒我喝了，你从心里高兴。"

乞丐恼了，说："饱汉子不知饿汉子饥，都猜错了。我指上，是上天无路；指下，是入地无门；前，是前进不得；后，是后退不能；左右是左右为难；三和两，是三天没吃饭两天没喝水；你们还想喝我这点酒，拍拍胸口，于心何忍？"

乞丐说完，把酒喝了下去。

讲述者： 樊玉鹏，男，62岁，高中学历，张庄乡文化站职工

采录者： 朱迅翎，男，70岁，大专学历，沛县文化局退休干部

采录时间： 2020年7月

采录地点： 沛县县城

191

赌徒李二

赌徒李二的故事在咱沛县流传广泛。他向来以赌为业，人人皆知；也为之人人痛恨。

摔碗

李二是个小血[1]赌博鬼儿，他爹临死撇下的几亩地，叫他输得精光，混打瓦喽[2]，穿得滴溜吊片[3]。山难改性难移，还是赌，越输越想捞。他媳妇气得要死，李二也不在乎。

这天，李二又赌了一夜，直到天明，才东摇西晃回到家。他媳妇虽说生气，还真是贤惠。胡捞[4]胡捞面缸，只够下一碗糊涂的面；媳妇把糊涂烧好，舀在一个大黑碗里，自己舍不得喝，都端给李二。

[1] 小血：这里指特别的爱好（多指不良的）。

[2] 混打瓦喽：方言，指混得很差。

[3] 滴溜吊片：指衣服破烂。

[4] 胡捞：用手刮刮。

李二蹲在树旁，捧着大黑碗，喝着喝着打起盹来。他媳妇一看，怕他摔了碗，疾马起身来接碗。刚走到李二跟前，就见李二把糊涂碗举起来往地上使劲一摔，嘴里叫道："他娘的！三万！"

再赢条打牛鞭

李二夜夜赌博，也不是回回输，也有赢的时候。这天晚上他就有了手气，一夜赢了条大老犍。五更头鸡打鸣的时候，有跟他要好的，偷偷对李二说："妥啦，牵上老犍走吧！"

李二恋着牌场，不动窝，嘴里说："慌的啥？家里没牛草，我赢把草再说。"

赌了一阵子，李二又赢了一大车干青草。跟他要好的说："行了！该走啦。"李二还是不动窝，说："不慌，我赢把料再说。"

又赌了一阵子，李二赢了一口袋豆料。跟他要好的沉不住气啦，捅捅他："行啦，天都大亮了，赶紧牵上牛、套上草车、装上料回家吧！"李二想了想说："不管，我家还没打牛鞭唻，回去咋使唤？再赢条打牛的鞭子吧。"

李二赌了一夜，能有多大的精神？磕头打盹的。一走神，输开伙喽：先输了料，又输了草，最后输了大老犍，末了还欠了一腚账。赌博场里情面薄，认钱不认人。输了不还账，人家能愿意？动手把李二的衣裳扒了去。

李二没办法，掐了个荷叶往裤裆里一捂，哼唉地，垂头耷脑往家走啦。

赢棺材

这天喝罢汤[5]，李二又要出去赌博。他媳妇一把拉住他，哭哭啼啼求他不要再去赌。李二瞪起眼珠子说："熊

[5] 汤：粥，稀饭。

日的娘们家，少管爷们的闲事！”他媳妇说：“你要再去赌，我就上吊去。”李二说：“滚你娘的，甭吓唬人！”一甩胳膊，把他媳妇推倒，又赌去了。

赌到半夜，身上带的几个钱都输光啦。咋办？李二一想，家里茶壶里头，还有几个鸡蛋。对，回家拿鸡蛋去！李二摸黑回到家，推开门进去，碰着个人；伸手一摸，是他媳妇悬在梁上，真上吊啦！李二正输得心急，哪有闲心顾这个？就把媳妇一抱，从梁上卸下来，往床上一撂，也没管是死是活，把鸡蛋往怀里一揣，转身走啦！

赌到天明，李二要回去。赌友都说：“咦，二哥今天是咋的？”李二说：“我日他祖奶奶，俺媳妇上吊啦，还不知是死是活哩！我得回家看看去！”

李二回到家，见媳妇直挺挺地还在床上放着，脖子上还挂着一条麻绳。李二慌忙拽去麻绳，用手在媳妇鼻孔上试试：行，还有口气。就忙着又推、又揉、又擀，折腾了一头汗，媳妇又活啦。看见李二，妈啦大哭：“我的个亲爹咪，你咋赌弄切[1]？我死你都不在乎！”

李二撇撇嘴说：“你越死，我越得赌。”

“那咋哩？”

“你死了要办理后事，家里任啥没有，好歹我得赢口棺材钱！”

讲述者： 赵氏，女，81岁，小学学历，沛县张庄镇农民

采录者： 朱迅翎，男，70岁，大专学历，沛县文化局退休干部

采录时间： 2020年6月

采录地点： 沛县文化馆

[1] 弄切：特别厉害。

附记

此故事流传于大屯、郝寨等乡镇一带，反映以前赌博盛行的情况。（朱迅翎）

192

二狗诓媳妇

讲述者： 周玉英，女，85 岁，小学学历，沛县大屯镇关庄农民

采录者： 吴玉海，男，72 岁，退伍军人，沛县业余作家

采录时间： 2020 年 12 月

采录地点： 沛县剧团

俺那前庄有一个人叫二狗，家里很穷，三十多了还未娶上媳妇。二狗想了个法，他事先和家里说好，便到东北他的一个亲戚家，在那里干小工，其实挣钱寥寥，三个月才存了一百块钱。二狗把这一百块钱寄到家里，他爹拿着汇款单逢人便谝："俺二狗在外边发财了。"过了几天，二狗的爹偷偷地把这一百块钱又寄给二狗；二狗再把这一百块钱寄给家里。这样来回着寄，村里的人看二狗家隔不几天就有汇款单寄来，都确信二狗在外边发了大财。这样一喝闪[1]，果然有媒人上门来给二狗说媳妇。家里给二狗定了一门亲事，到秋后二狗从东北回来便结了婚。一办喜事，二狗在外边挣的几百块钱都花光了；婚后没钱用，二狗又跟人家借。村里的人都很奇怪，问二狗："你发那么大的财，咋还跟别人借钱？"二狗把实情说了。媳妇后来知道了底细，但生米已煮成熟饭，干气也没有办法，也只好跟二狗过日子了。这事一传十、十传百，前后庄上，人人都知道二狗生法诓了个媳妇。

[1] 喝闪：吆喝，宣扬。

附记

此故事在沛县流传广泛，尤其在沛城西部朱王庄、大沙河一带。过去一家两个光棍不稀罕，诓媳妇在这儿时有发生。（朱迅翎）

193

糊涂官断糊涂案

从前，有一个卖鱼的。这一天，他的鱼卖完了，只剩下一只大王八，在盆里拴着没有人买。

卖鱼人看看集上的人都散啦，也打算收摊回家。正巧本街的一个憨子遛到这里。憨子一看，盆里拴的个啥玩意儿，四条腿，还有尾巴，自己不认得，就问卖鱼的："哎，这鱼叫啥名？"卖鱼的有意跟他闹着玩，就说："这鱼叫'我'。"憨子看着好玩，就说："这个我，我买了。"说着就用手抓。一伸手被大王八咬住了手指头，鲜血直淌。这下子憨子的憨劲可上来了，他二话没说，摸个半头砖就砸盆，接着又朝卖鱼的头上砸去。盆砸烂了，卖鱼的头上也砸了个血窟窿。

卖鱼的受了伤又破了财，哪肯善罢甘休？一把拉住憨子说："走！找县太爷评理去！"

县太爷是花钱买的官，平时好吃懒做；一听说有打官司的，立时升堂，喝令三班衙役带击鼓人上堂。卖鱼的和憨子跪在堂前，齐喊大老爷为我做主。县官喝道："都甭咋呼了，有啥事快说。老爷我的困劲还没过，没闲工夫给你们瞎折腾！"憨子说："老爷，你看我的手，他卖'我'，我买'我'，我一摸'我'，'我'就咬我。"卖鱼的一听憨子把王八说成"我"了，他也不敢改口，就说："老爷，你看我的头，我卖'我'，他买'我'，他不给我钱，还打我。"县官越听越糊涂，气得把惊堂木一拍，指着卖鱼的大声喝问："是你的'我'吗？"卖鱼人说："是的。"县官说："'我'到底是个啥东西？快快把'我'递过来，叫老爷看看。"卖鱼人慌忙把王八放在县官公案上。县官一看，喜得差点背过气去。

他笑这两个人太憨了，怎么连个王八都不认得？觉得还是自己识多见广，就说："老爷问了半天，'我'原来是个王八。你们这两个憨种，天底下还有比你俩再不精的么？'我'是个王八都不认得？以后再见了'我'，就叫王八，甭再叫'我'了，免得世人听了笑话。"

讲述者： 朱广成，男，55 岁，退伍军人，沛县故事手

采录者： 樊宪涛，男，72 岁，大专学历，原沛县印刷厂厂长

采录时间： 2019 年 8 月

采录地点： 沛县朱寨村

附记

《糊涂官断糊涂案》故事来源于讲述者朱广成外祖父讲述传承。经过多代人传讲后，此故事多流传于沛城南部敬安、张庄一带。（朱迅翎）

194

黄蛤蟆

有个捣世头，姓黄，叫黄蛤蟆。早先有几亩地，吃喝浪荡，都踢蹬[1]光了，人送外号“捣世头”。这一天他赶集逛街，见他岳父家的大领牵匹大红马在集上卖。有问价想买的，大领就说：“这匹马是黑驴群[2]的，能生骡子，怀驹十个多月啦。”买马的嫌贵，没买。

黄蛤蟆回到家里，对他媳妇说：“咱家又没吃的了，你到东庄俺大爷家借点去吧。”他媳妇三天两头到娘家借米借面，觉得脸上无光，不愿去。黄蛤蟆说：“这回去，你不用张口说借，我有个好法子，保准让他自动给咱东西。”便怎么长怎么短的，教给媳妇一个点子。

媳妇来到娘家。她爹说：“妮咪，家里又没吃的啦？”

“有。大咪，您的客[3]学会个小本事。”

“学会个啥本事？”

“会算卦。”

[1] 踢蹬：很快之意，比喻时间很短。

[2] 群：指配种。

[3] 客：指女婿。

“噢——”老头一听怪喜欢，“大领，快套车请姑爷去。”

黄蛤蟆到了岳父家，堂屋里摆上酒饭。他狼吞虎咽，一桌子酒菜吃得干干净净的。

老头想试试女婿的本领，就说喽：“贤婿，听说你学会了算卦的本事，我家有匹马你给算算看。”捣世头说：“这个容易。”装模作样打了个呵呵，眯起眼睛说：“是匹大红马，对不？”

“不假！”

“黑驴群的。”

“对着哩！”

“怀驹十个多月了！”

“噫，咋算这么准？”

“大爷，你可别卖。”

“咋的？”

“三天以内，它准生骡驹子。”

过了三天，果真生下了一匹黑骡驹子，可把老头给喜坏喽！逢人就夸：“俺的客算卦真管，比神仙还灵！”临走，叫大领装一车粮食把小两口送回家里。

从此，十里八村都知道有个会算卦的黄先生。且说有家好户，老员外玩鹰，玩儿断线了，鹰飞啦。老员外心疼得不吃不喝，唉声叹气。这天，他听说有个算卦灵的黄先生，急忙派人抬轿去请。请来后，七个碟子八个碗，摆了一大桌，问：“黄先生，你算算我的鹰飞哪去了？”

捣世头又是吃又是喝，心想，两个翅膀长在它身上，谁知道飞哪去了；嘴上却说：“员外有所不知，我算卦有个规矩，得在夜深人静的时候才算得灵。”老员外忙差人打扫了一间清净客房，又送来二斤好点心，一壶细叶子茶。捣世头吃饱喝足，两腿一伸睡着了。

睡到半夜醒来，发愁喽：吃也吃啦，喝也喝啦，我会算个啥卦？不会算，人家不揍人？鞋底抹油，趁早滑着吧！捣世头一骨碌爬起来，撒腿就跑，一气跑了三里多路，累得吠吠[4]地喘。抬头一看，有片老坟林，长着一大片柏树，林门朝东南，一边一棵大杨树。就听杨树上“扑扑啦

[4] 吠吠：形容累得气喘吁吁。

啦”地响，把捣世头吓了一大跳。壮着胆爬到树上一看，你说咋着吧：杨树上有个干枯杈，上边缠着一只鹰。捣世头一看，喜得不行，又把鹰腿子的绳子缠了缠，心想别叫它挣跑喽。拴好鹰，又回到员外家客房里，睡觉去了。

第二天一早，老员外来到捣世头的屋里，问："黄先生，我的鹰算得咋样啦？"

"算好啦。放心吧，您的鹰飞不远。"

"噢。"

"我问您，您这个庄东南三里路，可有片老坟林？""有。"

"林门朝东南，一边一棵大杨树？"

"不假，有搂把粗。"

"靠东南角的那棵大杨树上，有个干枯杈，你的鹰就在那里缠着呢。"

老员外一听，赶忙叫人牵过马来，快马加鞭，不一会来到啦。一看，咦！鹰真在上边缠着呢！心想：人家黄先生算得恁准！

讲到这里，这个故事要先岔一下。岔到哪啦？岔到北京金銮殿啦。皇姑的玉镯子少了，龙天老爷也找不着。皇上听说有个会算卦的活神仙，便派张川、李实两个太监，押着八抬大轿，喝闪喝闪请到门上来了。这一来，小捣世头可吓毁啦：我的个祖老爷，金銮殿上能捣着玩吗？有心不去吧，有杀身之罪；去吧，也活不成。他媳妇也哭了。黄蛤蟆说："别哭啦。这样吧，等俺出了庄，你把咱的小草屋点着，疾马打发人追我去，就说家里失火了，我回来就不去啦。"媳妇只好照办，眼看人马离庄有里把路远了，就忙把草屋点着，狼烟滚滚的，又赶紧让人去追黄蛤蟆。两个太监一听，说这点小事算什么，写了四指长一个纸条，交给一个听差的："去，找他们的县太爷去，速速重建一座四合大院。"捣世头坐在轿里一听，心想：我的个亲爹哩，这回算毁完啦！把双脚往轿底一跺，长叹一声道："玉镯子呀玉镯子，谁知道是他娘的张三（川）偷的，还是李四（实）偷的？"

张川、李实两个太监一听，立时吓得浑身打战，"扑通"一声跪倒轿门口："黄先生……黄老爷，饶了俺俩吧。"

捣世头心里可不憨，噢，明白了。把身架子一拉："呔！大胆的奴才！啥事能瞒过我黄神仙？还不快快从实招来，饶你俩狗命不死！"

两个太监吓得抖抖索索，招啦："黄先生，我叫张川。"

"黄先生，我叫李实。玉镯子是俺俩合伙偷的。"

"我算着也跑不了你俩。藏哪啦？"

"御花园里有口井，从东往西查，在第十三块巴砖底下埋着咪。"

"嗯，差不离。起来吧，饶你俩狗命不死。"

八抬大轿到了金銮殿，第二天早朝见驾。皇上赐座，黄蛤蟆也没客气，坐下啦。皇上心想：都说黄先生算得准，我先试试他。就叫人拿来一个枣、一只黄蛤蟆，盖在两个龙凤碗下："黄爱卿，你算算这两个碗下盖的是什么？"

捣世头一听，傻眼喽！挠着头，嘴里"咕咕叽叽"："大清早难为死我黄蛤蟆。"

皇上一听："咦！算得准着哩，正是'大青枣'和'黄蛤蟆'。黄爱卿，皇姑的玉镯子你算算在哪咪？"

捣世头说："这个好算。金殿后面御花园里有口井，从东往西查，第十三块巴砖底下，皇姑的玉镯子就在那里埋着咪。"

万岁一听，忙叫张川、李实去扒，一扒扒出来啦。万岁爷一看，喜得不行，说："孤王封你个神算御师吧！"

起那[1]，小捣世头混抖啦呢！

讲述者：　梅修玉，男，81岁，沛县朱寨镇梅村人
采录者：　朱迅翎，男，70岁，大专学历，沛县文化局退休干部
采录时间：　2019年元月
采录地点：　沛县朱寨镇梅村

[1]　起那：从那时起。

195

看风水

讲述者： 薛小妮，女，大专学历，沛县人，从小跟着爷爷讲故事

采录者： 齐俊秀，女，47岁，大学学历，沛县三中教师

采录时间： 2020年9月

采录地点： 沛县李坝村

沛县敬安一带，过去盖新房、选住宅、安新林[1]，都要请风水先生看一看才放心。新宅好，住着平安无事，人财两旺；新林地好风水，下辈人旺，能当官。

某村姓张的盖了一处新瓦房，四方院墙，院内栽了几棵桐树，显得非常美观。

有一天，有一位风水先生从他家门前路过，张太太把风水先生叫到家里。风水先生看了看说："好是好；院内这几棵树有妨碍，不好，赶快刨掉吧。"并顺口说道："天庭院四方方，像个口字样；木在口中央，困字不吉祥。"

张太太点头。可张太太的孙子在旁却说："家有百棵桐，到老不受穷。咱可不能刨。"

"为什么？"风水先生问。

"天庭院四方方，像个口字样；口中无木有人，是囚字不吉祥。"

风水先生听了小孩这一席话，二话没说，灰溜溜地走了。

[1] 新林：新坟。

附记

故事来源于传承，流传地区广泛。中华人民共和国成立之初至20世纪70年代，沛县农村建新房、安林地（坟地）请风水先生看地势很普遍。"风水先生好说空，指南指北指西东；山川秀丽风光好，何不埋你老祖宗？"这是当年沛县流传的一首民谣，就是对风水先生的极大讽刺。（张甫文）

196

老大领

从前俺这村有个姓王的户家，他千不该万不该把儿子送城里洋学堂里去念书。咋的？儿子忘恩负义呗！

有一天，老头想儿子啦。老头子就这一个宝贝儿子，两个月不见儿子，心里想得慌。一口气跑了七八十里路来到城里，问来问去好不容易才找到儿子上学的洋学堂。老头刚走进门里，就见一位老头坐在那里问："干什么的？"

"来看人的！"

"叫什么名字？"

"叫狗啃呗！"

"说学名。"

老头想了好大一会，才想起自己儿子的大名，说："叫王家驹。"看门老头拿起本子一查，果然学生名册上有叫王家驹的，就对王老头说："王家驹上的初中一年级，你看最东边的楼上最东头的那个门就是。不过还没下课，你坐在这里歇歇腿，待会听到下课铃响，你就去。"老头坐下等了没有多久，下课铃响了，东楼下门里出来一群学生，其中果然有他的宝贝儿子。老头喜咧了嘴，忙迎上去，喊了句："狗啃！"

王家驹听见爹喊他奶名，可生气啦！咋的？老头剃的光头，上身穿粗布白褂子还是带大襟的，下身穿黑粗布大裆裤子，一双白粗布袜子，一双一尺多长的大铲鞋；腰外边扎一条宽毡带，毡带的一头在腚后头掖着，另一头在前边耷拉着；手里拿着一个三尺多长的旱烟袋杆，上面拴着烟包子、火镰子、玉牌子等一长串稀里晃荡的家伙。别说爹喊他的奶名"狗啃"，就凭他这身乡下人打扮，儿子就嫌丢人啦！儿子穿一身笔挺的蓝色学生制服，洋头抹得油淌亮，蝇子不敢落——为啥？怕滑下来摔死——脚上穿双乌油瓦亮的黑皮鞋，可派头啦！王家驹看爹这个模样，二话没说，拉着他爹就走，来到没人的地方忙问：

"爹！你跑来干啥？"

"唉！狗啃啊狗啃，爹不是想你吗？"

王家驹皱眉头忙问："带钱来了没有？"

"傻孩子，爹来看你，能不带钱来！"

老头从大毡带里抠出白花花的十块大洋，王家驹一把夺过去，攮进裤兜里。

"爹，你走吧！"

老头心里一阵凉。咋的，认钱不认爹？爹七八十里路跑来看你，妈的！你收下钱就撵我走，想累死我哇！心里虽有气，还是低声下气地说："八胡羔子[1]，也得叫爹歇歇再走。"

王家驹回头看看，男女同学一大群都看他爷俩，羞得他满脸通红，赶紧一把拉住爹向门外走。走出门房口，说了句："你走吧！"老头出了门，一伤心，在门口还想多看儿一眼，只听看门老头问儿子："那个乡下老头是谁？"

"俺家的老大领来送钱的。"

老头听儿子说他是家里的老大领，一阵头晕泪掉下来啦。看门老头一回头，见老头蹲在门口没走，再看老头面色蜡黄，就招呼老头进屋坐下。

"老哥是家驹家的老大领？"

"嗯。"老头无可奈何地点点头。

"在他家干多少年啦？"

"唉！有了年头啦。"

[1] 八胡羔子：骂人的话，犹如龟羔子。

“老哥在他家干什么活？”

“活嘛，也不重：给他娘暖脚。”这是什么话啊？看门老头瞪着眼：什么，给他娘暖脚？琢磨好大一会，才悟出奥妙来，笑着问：“老哥，你是家驹的爹吧？”

“差不离。”

看门老头一阵哈哈大笑。他哪里知道，老头想大哭一场都找不到去处啊！

讲述者： 王氏，女，82岁，文盲，沛县湖屯庄农民

采录者： 朱迅翎，男，70岁，大专学历，沛县文化局退休干部

采录时间： 2020年9月

采录地点： 沛县

附记

该故事在沛县流传广泛，2005年收入《中国民间故事全书·江苏·沛县卷》一书。

197

老鸹与王二郎

从前，有个人叫王二郎，住在南山根前。他常在南山打柴。这天，二郎拿着斧头扁担正准备去打柴，听到屋后的大树上老鸹在叫：“王二郎，王二郎，南山死了一只羊，你吃肉我吃肠。”二郎听后，跑到南山一看，果然有只羊死在那里。他把羊背回家煮肉吃，却把肠子埋了，没有扔给老鸹吃。

王二郎拉了几顿馋[1]，老想着再碰上这样的好事。这一天，屋后大树上老鸹又叫了：“王二郎，王二郎，南山死了一只羊，你吃肉我吃肠。”王二郎一听，赶忙往山里跑，一看前面真有一群人在围着看。原来，有个人被害死了，县官正领着一班衙役查看。王二郎只当还是死羊，他怕别人占了便宜，离老远就咋呼：“都别动，那是我打死的。”县官一听，不问青红皂白，迅速把二郎抓走，判了三年苦役。打那以后，王二郎碰见人就说：“老鸹黑心肠，哄俺王二郎。老鸹呱呱叫，祸事就来到。”

所以，从那往后，人们一听见老鸹叫，就赶紧把老鸹

[1] 拉了几顿馋：解馋之意。连续吃了几顿好东西。

吓跑，恐怕祸事来到。

讲述者： 朱广成，男，76岁，初中学历，沛县朱寨镇退伍军人

采录者： 朱敬宇，72岁，高中学历，沛县朱寨镇退伍军人

采录时间： 2019年9月

采录地点： 沛县朱寨镇政府

附记

此故事流传于沛城、大沙一带，重点区域在朱寨、阎集等乡镇。

198

李大胆

李大胆，自称胆子大，说再荒凉的地方，黑天他都敢去。有一年冬，村上吊死一个青年。在一个月黑头加雾阴天的晚上，村里的几个青年找到李大胆说："今天晚上，你如果敢到村南乱尸岗子吊死鬼坟头跟前揳个橛子，我们请你吃顿酒席。"李大胆毫不推辞，砍了几个木橛子，拿着斧头向坟地去了。他嘴里说不害怕，心里也是乱跳，慌慌张张跑到坟前就揳橛子，谁知他穿的袍子大襟被揳上了。揳好橛子他就想跑，可是袍子大襟被橛子拉住，怎么挣也跑不脱。他以为叫鬼给拽住啦，吓得直喊救命。村里人听到喊声，不得不去救人，拿着棍棒火柴，拥上去啦。李大胆趴在地上不省人事，拉也拉不动。擦根火柴一看，原来李大胆的袍子大襟被橛子揳住啦。众人把橛子拔起，架着李大胆回家。从此，再也没有人相信李大胆的胆大和吊死鬼拽人啦。

讲述者： 王月清，男，70岁，小学学历，沛县石楼村农民

采录者： 王茂珍，男，沛县中学教师，通讯报道员

采录时间： 2020 年 8 月

采录地点： 沛县石楼村

附记

此故事最早由讲述者王月清的祖爷爷传讲，是本村真人真事；后又经其爷爷、父亲世代有序传讲，流传广泛。人们在讲述中将主人翁有所变化，把李大胆或是说成王大胆、张大胆、孙大胆等等，但是故事核一直没变。（朱迅翎）

199

怕婆子的人

几个仁兄弟，都说老大怕婆子，老大就是不认那壶酒钱。他们打了个赌，说好明天到老大家去喝酒。要是老大不怕老婆，大伙就输五斤狗肉、二斤酒；如果真怕婆子，老大就输十斤狗肉、四斤酒。

事情说定了，当晚老大回到家与老婆说了，哀求老婆说："孩他娘，明天你无论如何得在兄弟们面前委屈点。要是看出我怕你，咱得输十斤狗肉、四斤酒。"他老婆是个财迷，为了不输肉和酒，就咬着牙答应了。

第二天，几个仁兄弟真的来了。你看老大那个厉害劲，一会叫老婆端水，一会叫老婆倒茶，把个老婆子支使得一会都不得闲。几个仁兄弟只好认输，走了。

仁兄弟们走后，老婆子可火了，大声说："今天可叫你个龟孙把我累死啦。过来，给我舔舔脚。"老大没法，只好趴下给老婆舔脚。谁知几个仁兄弟又回来了。老大一看露馅了，急忙说："小舅子娘们家，我一口咬死你！"话没说完，老婆子被咬疼了，二转身把老大踢到床底下说："我日你祖奶奶，你的个龟孙敢出来？"老大在床底下说："男子汉大丈夫，说不出来，就不出来！"

200

请县令

讲述者：赵氏，女，88岁，文盲，沛县鹿楼镇农民
采录者：张雅，女，56岁，大专学历，沛县自来水公司工会主席
采录时间：2020年9月
采录地点：沛县鹿楼镇

以前，有个县官，硬叫全县每户百姓都请他吃顿饭，还得吃好的；百姓们叫苦连天，又不敢不请他。有一天，轮到张大脚请县官。这个张大脚，脚大胆也大；家里穷，没好东西招待县官，就生了点子。

一大早，四抬小轿把县太爷抬进张家。大脚说："老爷先坐下，俺下锅屋做饭去，今天给老爷做点好吃的。"县官一听，跷着二郎腿，喜得笑眯眯的；心想，这顿饭八成不孬。晌午都过了，饭还没端上来，县太爷肚子里饿得咕咕叫。他让一个差役去看看，差役刚到锅屋门，大脚迎出来笑道："让老爷耐心等一等，饭就好。"这时锅屋里飘出一股香味，还听着"吱吱啦啦"油炸的声音。县太爷急得直咽口水，实在饿坏了。

约摸又过了顿把饭工夫，县官饿得受不住了，身子直打晃。正要差役去问，张大脚端上来一只大碗。县太爷二话没说，拿起筷子，只见油光的、黄巴的，也没问是啥菜，忙不迭咽进肚里，觉得天底下也没有这么好吃的东西。吃完了，抹抹嘴，笑眯眯地问："大脚，你给老爷做的是啥饭，这么好吃？"

大脚说："老爷吃着好吃就妥啦，还问啥？"

县官说："不行，问问是啥好东西，跟他们说说，好叫他们都学你。"

大脚说："我连糠菜窝头都吃不上，哪有啥好的给你吃？这是半年前剩下的半块豆饼，用油一炸，就端上来了。"

县官不信，说："豆饼还能这么好吃？"大脚说："人饿透啦，啥饭都好吃！"

讲述者： 陈继贤，男，65岁，初中学历，沛县张庄镇农民

采录者： 王传君，男，40岁，高中学历，沛县张庄镇个体电商

采录时间： 2020年4月

采录地点： 沛县张庄镇

附记

此故事由讲述者陈继贤听其爷爷传讲，20世纪80年代曾选入《沛县民间文学三套集成》，2005年由朱迅翎进一步采录编入《中国民间故事全书·江苏·沛县卷》。

201 人行好事，莫问前程

过去，俺庄有个人名叫任行，经常打爹骂娘，不行好事，生活一直过得很贫穷。他听说附近庄上有个叫钱程的人，卦算得很准，便去找他算算自己以后能到哪一步。钱程说他不孝顺爹娘，某月某日要遭雷击。任行一听，心里怪害怕。回到家，吃不好，睡不安。

到了这一天，天气很好。任行心想，今天天气这样好，钱程的卦当真算得这么准吗？虽然这么想，心里还是不踏实。他走出村子，到了村前的小河边。这条小河只有两步宽，水淌得倒很溜[1]。当时正是六月天，一阵风刮来一片乌云，还真要打雷起雨哩，任行吓得头皮有点发紧。这时，从河边走来一个小脚妇女，样子看上去很着急，来到河边，过不去河，急得乱转。任行问："这位大嫂有何急事？"妇女说："俺娘有了急病，眼看要断气了，捎信要我去看她。我晚去一步，俺娘俩就怕见不着面了。"任行说："你别急，我趴在河上，你从我身上走过去吧。"任行趴到河上，那妇女刚走到任行身上，一个眼看炸响的雷突然哑巴

[1] 溜：意为不停地、慢慢地。很溜，水不停地慢流。

了。妇女走过后，天也晴了。任行觉得这事很跷蹊，便去问钱程。钱程笑了笑说：“今天你做好事啦？”任行便把帮助妇女过河的事讲述一下。

所以后来人们都说：“人（任）行好事，莫问前（钱）程。”

讲述者： 李氏，女，87 岁，文盲，沛县四堡村农民

采录者： 张雅，女，56 岁，大专学历，沛县自来水公司工会主席

采录时间： 2020 年 9 月

采录地点： 沛县四堡村

202

忍

从前有个商人，结婚一年后生了个闺女。第二年商人出外经商，一去就是十八年。

这天，商人的媳妇晒过去的衣服。女儿已长成大人，也帮着晒。她翻出一身少年的衣服，那是她爹年轻时穿的，自己试着穿了穿，正合适，高兴得她舍不得脱下来。母女俩忙了一阵子，觉得有些累，两个人就在一头睡了；女儿好动，又把手搭在娘身上。

商人担着银子回来了。路上遇见一个看相的人，看相人拦住他说：“看你满面杀气，定有灾祸。”商人不高兴地说：“我十八年没回家，如今回家该高兴的，怎会满脸杀气？”看相的人叹口气说：“你不相信也罢了，我在你手心上写个字，你今天无论如何也不能发火。”看相人就在商人手上写了个“忍”字。

商人觉着奇怪，也没在意就回家了。进门一看，见满院内全是衣服，自己的妻子正和一个白面少年搂抱而睡，当时火就起来了，抽刀就要杀。刀还没落下，忽想起手上的“忍”字，心想，等她说清楚再杀不迟，就大声喊：“贱婆娘，我不在家，你干的好事！”媳妇被惊醒了，见

是丈夫，高兴得没法，又忙拉起女儿说："快叫爹！"商人呆在那里。多亏忍住了，要不，两条人命也就完了。

讲述者： 顾陈氏，女，87岁，文盲，沛县三里村农民

采录者： 朱迅翎，男，70岁，大专学历，沛县文化局退休干部

采录时间： 2020年4月

采录地点： 沛县三里村

附记

该故事在沛县流传广泛，至今依然在全县各地世代相传。

203 三粒黄豆

早先有个老头，有三个儿，三个儿都娶了媳妇。这天老头给老嬷嬷商量："咱眼看着一天天不行啦。咱死前，三个儿媳妇中间得找个当家的。"老两口定好了主意，就把三个儿媳妇都喊到跟前，每人给了三个豆粒。大儿媳妇啃吃嘴，把三个豆粒搁灯头上燎燎吃啦；二儿媳妇没往心上搁，把三个豆粒扔到鞋筐子里，叫老鼠拉走了；三儿媳妇把三个豆粒种在当院子里啦，头一年收了当种，第二年又种上啦，秋后收了又当种，第三年又种上啦。这样三年下来，三儿媳妇收了一囤豆子。

一天，老两口又把三个儿媳妇喊到跟前，问大儿媳妇："豆粒呢？"大儿媳妇说："燎着吃啦。"问二儿媳妇，二儿媳妇说搁鞋筐子里叫老鼠拉走啦。问三儿媳妇，三儿媳妇把她公公婆婆领到自己屋里，把门开开，屋当门一囤豆子。三儿媳妇说："这就是公公婆婆给的三个豆粒。"老头"哎"了一声，对老嬷嬷说："大儿媳妇馋，二儿媳妇懒，只有三儿媳妇最勤利[1]。咱百年以后就叫三儿媳妇来当家。"

[1] 勤利：勤快。

讲述者：赵忠陆，男，75 岁，文盲，沛城镇户屯村农民

采录者：朱迅翎，男，70 岁，大专学历，沛县文化局退休干部

采录时间：2020 年 4 月

采录地点：沛县沛城镇户屯村

附记

此故事编入 20 世纪 80 年代《沛县民间文学三套集成》和 2005 年《中国民间故事全书·江苏·沛县卷》等书中。（张甫文）

异文：三粒黄豆

从前，有一位老头早年丧妻，他有三个儿媳妇。他觉得自己快不行了，整天闷闷不乐。他想：我死后，这个家由谁来主事呢？让老大来主事吧，怕老二不愿意；让给老二吧，怕老三不愿意。这样，他一天天消瘦下去，最后终于想出了好办法。

一天，老头把三个儿媳妇都叫来了。他给她们每人一粒黄豆，说："你们要收好，今后还有用处。"三个儿媳妇各领一粒黄豆走了。过了三年，老头快要死了，又叫来三个儿媳妇，向她们要以前分给的黄豆。老大媳妇说，把黄豆烧着吃了。老二媳妇呢？说没把黄豆收拾好，找不到了。这时，老三媳妇交出了一大碗黄豆。老头很高兴，让老三媳妇把这碗黄豆的来历说给他听。老三媳妇说："我把那粒黄豆领回去，就种在地里。到了收的时候，我就剥掉壳，留种子来年再种在地里……所以，到现在收到了这么多豆子。"

老头听后，流出两行热泪，对老三媳妇说："这个家就由你来主事。"说完，他就瞑目长逝了。

讲述者：刘荣举，64 岁，初小学历，农民

采录者：孙洪军

采录时间：1987 年

采录地点：邳县陈楼乡圈子村

附记

本篇选自《邳州民间故事传说》（江苏人民出版社，2015 年 3 月版）。

204

神婆

有个叫张老七的庄稼人，家里穷，日子过得不顺心，就买了些礼物，请了个神婆子到家里来看看。

神婆子五十多岁了，还搽着粉，打扮得花里胡哨的，自己说自己是仙姑娘。仙姑娘进了张老七的大门，东瞧瞧西望望；一看张老七的猪圈，用片石磨堵着，鸡窝用碓窝子堵着。神婆子看罢，心里有了主意，就把头发一披闪，双手哆嗦着，哼哼唧唧唱起来："仙姑娘我下了凡，打量你的家和园。家又穷来园又烂，活到老死是穷酸。要问这是咋回事？只因摆设不周全。"

张老七一听，"扑通"跪倒："仙姑娘，你说哪里摆设不周全？咱换地方！"

仙姑娘唱道："你家有个轰隆转（石磨），不该用它堵猪圈。"张老七一听，爬起来把石磨搬倒了。又问："仙姑娘，还有哪里不周全？"

仙姑娘唱道："你家有个榷榷榷（碓窝子），不该用它堵鸡窝。"

张老七一听，急忙把碓窝子搬开。又问："仙姑娘，你再指点指点，还有哪些不周全？"

神婆子抬头一看，门口河沿上垫着一只破船，就又唱道："你家有条水上漂，不该把它垫恁高。"

张老七一听，一脚把破船蹬到河里去了。神婆子东瞅瞅西望望，穷家破院的，再没啥啦。往屋里一瞅，见梁头上挂着只羊腿，心里喜得了不得，就又唱道："梁头挂只绵羊腿，该给仙姑抹抹嘴。"

张老七听了，把嘴一撇："仙姑娘，您老人家看花眼啦，那不是羊腿，是俺老辈传下来的一个烂琵琶。"

神婆一听，心里有些发慌，就又唱道："什么琵琶什么笙，我喝碗糖茶就回宫。"

张老七哭丧着脸说："我的个仙姑娘哩，我连咸盐都吃不上，哪儿弄糖去？"神婆一听恼了，把脚一跺说："也没蜜来也没糖，活活气死你仙姑娘！"

讲述者： 朱怀新，男，53 岁，沛县张寨村农民

采录者： 朱迅翎，男，70 岁，大专学历，沛县文化局退休干部

采录时间： 2020 年 6 月

采录地点： 沛县张寨村

205

神婆看病

从前有个员外的妻子得了病。员外信神，就叫神婆给她看；可是神婆不在家，让人叫走了，只得空车返回。

晚上神婆的儿媳把这件事说给了婆婆。婆婆说："乖孩子，明天我还不在家，你去看看就行了。"儿媳纳闷地说："婆婆，我怎么会给人家看病，你又没教过我。""好，现在教你：你到人家，前前后后、左左右右、屋里屋外，凡是看不顺眼的东西和地方，顺口诌几句，只要顺嘴就能看病。"

第二天，员外家的车又来了。神婆儿媳说："俺娘不在家，那我去吧！"赶车的佣人说："你去也行，走吧！"

来到员外家，她按照婆婆教的去做。

她看见影门墙歪了，顺口道："影门墙往里倒，这两年不如那两年好。"

员外和家人听了，都叫说得对，还说就是神眼管乎[1]，一会儿就扒墙。她转到楼后，看见鸿车[2]放在那里，顺口道："小鸿车，闯九州，不该放在楼后头。"

员外一听，不假，它也算个有功之臣，赶快推走。

她遛到锅屋门口，看到为婆婆做饭的儿媳妇，又顺口道："花补丁，补裤裆，得罪上神要遭殃！"

员外一看，儿媳妇裤裆里真有花补丁，就叫人狠打了她一顿。

看完病，员外以为老伴的病会一天天好转，谁知刚送走小神婆，扒影门墙时，砸死了儿子，老伴也心疼死了。

[1] 管乎：行、可以之意。

[2] 鸿车：苏北多指木轮车。

讲述者： 袁培顺，男，57岁，高小学历，沛县河口镇袁圩子村农民

采录者： 朱迅翎，男，70岁，大专学历，沛县文化局退休干部

采录时间： 2020年8月28日

采录地点： 沛县河口镇袁圩子村

附记

此故事2005年由朱迅翎整理，编入《中国民间故事全书·江苏·沛县卷》。

206

神石磙

有一人出门走亲戚，看着天不好，就带了个蓑衣和斗篷。

夏天的雨说下就下。他走到一个庄头上，眼看雨就要下起来，他不敢再走。庄头路边有个场，场当中有个大石磙竖在那里，这人就把蓑衣一披，斗篷一戴，往石磙上一蹲。这时大雨哗的一声下起来了。雨一会过去了，他又起身赶路。

他走后，有一人到场里一看，见石磙焦干，石磙一圈，一片圆圆的干地，奇怪起来了。于是他就咋呼起来："都来看，都来看，这里出了稀罕事了……"

他这么一吆喝，庄里的大人、孩子都跑出来看，立时一个小场挤满了人。大家一看确实奇怪，一场大雨，各处都淋得挺湿，就是这个石磙焦干，都说这石磙有神了。

庄里的人带着香烛，烧香磕头，求神降福。

这样一传十、十传百，方圆十里八村的人都来烧香敬神，一时这个小小的庄子人山人海，香火不绝。

那个走亲戚的人在亲戚家住了几天，回来走到离他避雨的庄子五六里，就见路上的人跟赶集的一样多，一打听都说是去求神的。

走到庄上一看，黑黑压压全是求神的人，这些人都对着石磙敬香礼拜，石磙上横一道竖一道披满了红绸子。走亲戚的人很奇怪，他问一个烧香的人："你们怎么都给这个石磙磕头？"

烧香的人说："这是个神石磙，前两天下大雨时，雨都不敢淋它。要是没有神，这么大的雨，为啥它身上滴水没有？这石磙神可灵验啦，大伙正要起钱在这里盖神石磙庙宇。"

走亲戚的人一听，哈哈大笑。他走到石磙前，爬上石磙一蹲，把随身带的蓑衣一披，大斗篷一戴，蓑衣像个小茅亭似的把石磙罩得严严的。他向求神的人说清了当时的情况，大家突然醒悟过来，明白了这个怪事的原因，烧香的人都走散了。

秋天，这个石磙又被牲口拉着轧起场来。

讲述者： 黄步升，男，42 岁，高中学历，原沛县王店乡文化站站长

采录者： 朱迅翎，男，70 岁，大专学历，沛县文化局退休干部

采录时间： 2020 年 8 月 8 日

采录地点： 原沛县王店乡文化站

207

试胆大

村里吊死一个人，是个无主的尸体。地保把尸体放进一个白茬子棺材里，把棺材停放到土地庙里，到县衙去报案了。

村里有两个人，一个叫张三、一个叫李四，两人比谁的胆大。张三说："今天夜里，你敢到土地庙里，朝死人嘴里抹一些米饭，我输给你一个猪头、一壶酒。"李四答应："行。"张三又说："要检查出死人嘴里没有米饭，你可得输给我。"李四说："输给你。"

李四回家煮米饭。张三便跑到土地庙，把死人从棺材里架到一边，自己躺在棺材里装死人。不一会，李四端着米饭来了。外边月亮亮堂堂的，庙里看得影影绰绰的。李四用筷子夹一叨米饭朝张三嘴里一抹，张三咂咂嘴把米饭吃了。李四吓得手直发抖，心想这是怎么回事，他壮了壮胆，又用筷子夹了一叨，刚朝张三嘴里一放，筷子便被张三咬住拽不出了。李四吓坏了，拔腿就跑，张三在后边追。追到李四家，李四吓得拱到床底下。张三拍拍他的腚，李四回头一看，见是张三，嘴边还有米饭，愣了半天，才明白是咋回事。

讲述者：孙敦权，男，74 岁，高小学历，沛县四堡村农民

采录者：朱锋，男，大专学历，沛县汉源银行工作人员

采录时间：2020 年 10 月

采录地点：沛县四堡村

附记

此故事原是讲述者孙敦权父亲讲述，是当地两个打赌人在一起的较劲。传播广泛，主要流传在郝寨、七堡、八堡一带。2005 年收录入《中国民间故事全书·江苏·沛县卷》。（张甫文）

208

吓死张大胆

从前，艾山东西两个庄上出了两个胆大之人，东庄的一个叫张大胆，西庄的一个叫李二愣。老话说“世上之人有四怕”，这四怕是：走黑路、遇新坟、猫叫窝子、人喊魂。但这四怕对于张大胆和李二愣来说，那根本就不算个事。据说这张大胆曾经遇见过一个恶鬼，他一声大吼，把那鬼吓得一溜烟跑啦。李二愣更是胆大无比，他说曾遇着一个女吊死鬼来吓唬他，被他一把抓住连打带踢，女鬼被打得连声告饶，他才把那女鬼放了。这两个人出名以后，互相都不服气，都说自己的胆子比对方大，因此便经常在一起较劲比胆量；比赛结果往往是谁也不认输，谁也不服气谁。

这年冬天，西庄李二愣家北的乱葬岗子上新死了一个外地来此讨饭的男人，庄上一个好惹是生非的人就撺掇李二愣和张大胆比胆量。这李二愣虽然胆大却没有什么心计，便问那人说：“怎么个比法？”那人附在李二愣的耳边如此这般说了番。李二愣听后一拍大腿说：“行！”于是便来到东庄上找张大胆。见了张大胆说：“咱两人今夜再比试比试胆量，你敢吗？”张大胆经他这么一激，立马就和他摽上劲啦，说道：“有什么不敢的，你说怎么比吧？”李二愣说：“俺庄北的乱岗子上昨天死了一个要饭的，今夜三更以后你要是能敢往他嘴里喂三口米饭，等明天验过以后，我输你一个猪头、一坛酒。要不然反过来，我去喂，你输给我。你看怎么样？”张大胆听说能挣一个猪头一坛酒，哪里肯让，便说：“今夜我去喂，你明天等着验好啦。”两人当下击掌约定，不得反悔。为怕李二愣说的不实，张大胆又让二愣与他一起到那乱岗子上实地看了一遍，确实有一个要饭的死在那里。二人这才告辞各自回家。

等到晚上二更天以后，李二愣仿照死人的穿戴换上一身破旧衣服，又找了一顶破毡帽子戴在头上，先悄悄地来到乱岗子上，将那死人拽到隐蔽处藏起来，自己躺在了原来死人躺的地方。过不多时，就听见路上有脚步声传来。李二愣屏住呼吸，学着死人的样子，半张着嘴巴躺在那里一动不动，只是微眯双眼看着眼前。一会，张大胆果然端着碗来到跟前。他蹲下身子，左手端碗，右手拿起筷子夹起一筷头米饭，颤颤巍巍地送进死人嘴里。忽然，他听见这死人的嘴里“吧唧吧唧”地响了两下，不由得心里一激灵。他深吸了一口气，定了定神，心想刚才可能是自己紧张耳朵听错了；于是，壮着胆子又夹起一筷头米饭塞进死人嘴里。这一次不光听见死人的嘴“吧唧吧唧”地响，筷子还被他咬住了。这一下，张大胆可真有点撑不住劲了，他将那碗往地上一扔，起身就想跑。李二愣见他想跑，伸手抓住他的裤腿角，故意哑着喉音说：“我还想吃。”此时，张大胆已吓得魂飞体外，他使劲挣脱那只抓他的手，撒腿就跑。等跑到家中，人已吓得瘫软在地。

也许是这一吓吓破了胆，第二天张大胆一病在床，再也没能爬起来，不几天便昏昏沉沉地死了。李二愣得知张大胆被吓死后，才感到后果严重，怕官府来抓他，从此逃离家乡再也没敢回来。

讲述者：王好善，72 岁，文盲，农民
采录者：刘学秀、宋超
采录时间：2013 年 10 月
采录地点：邳州市铁富镇艾山后村

附记

这个故事流传于苏鲁交界的邳州、郯城、兰陵一带。故事中的两个人物确有生活中的原型。民国战乱时期，苏鲁交界地区民不聊生，饿殍遍野。当时农村各个村庄几乎都有安放死人的“乱葬岗子”，这一打赌给死人喂饭比胆量的事件就真实地发生在这一带的某个村庄。由于事件极具新闻传播性，从而在周边地区迅速传播开来。讲述者是一位老农，不识字，他把故事的发生地点具体到艾山东西的两个村庄，但事实并不真的就发生在那里。（学秀）

209

抬杠铺

有个老头好跟人家抬杠，就在路旁开了个抬杠铺。这天来了个牵驴的，看着“抬杠铺”三个字，觉得怪稀罕，就说：“我今天得给你抬抬杠。我输了，给你这头驴；我赢了，你得给我十两银子。”

老头一听就说：“那中，可不许反悔的。有句话说，风吹杨叶哗哗响。我问你，是风响的，还是杨树叶子响的？”牵驴的说：“是风响的。”老头说：“不对，风响是呼呼的。”牵驴的忙改口说：“是杨树叶子响的。”老头从地上拾起一片杨叶说：“你看这咋不响？”

牵驴的抬不过老头，只好把驴输给他了。回到家跟他兄弟一说，他兄弟说：“我找个舅子抬杠去！”

老二来到抬杠铺，对老头说：“我得给你抬抬杠。我要赢了，你给我这头驴；我要输了，给你十两银子。”

老头一看生意来啦，喜得不行，就说：“你出个题吧。”

老二伸开巴掌，照着老头脸上“啪啦”就是一耳刮子，打得老头火烧扑拉的。老头恼啦：“你咋动手打人？”

老二笑着说：“我不是打人，这是我出的个题。我问你，这‘啪啦’一声，是我巴掌响的，还是你的腮帮子响的？”

老头答不上来，只好把那头驴让老二牵走啦。

讲述者： 李锦堂，男，71岁，沛县河口镇农民

采录者： 张雅，女，56岁，大专学历，沛县自来水公司工会主席

采录时间： 2020年5月20日

采录地点： 沛县河口镇

210

掏窟贼

两个贼，同住一家客店里。啥人偎啥人，蚂虾不离泥咕鱼。二人相互拉呱："伙计，你是吃啥饭的？"

"我高买。你呢？"

"我是钻毛道[1]的。"

"噢！毛道咋个钻法？"

"冬明夏暗。"

"怎么冬明夏暗？"

"冬天冷，人都在暗间里睡，明间没人；夏天热，人都在明间睡，暗间没人。扒墙掏窟人家逮不着。"

"噢！我跟你办趟活行不？艺多不压身，我跟你学一手。"

"咋不行？走吧。"

当时是腊月天，天黑风大。两个贼又冷又饿，摸摸索索到一家，就在明间后墙上掏了个大窟窿。钻毛道的说："兄弟，你在洞口看着人，我先钻进去看看。"钻到屋里一摸，摸着个小矮桌，桌上摆着吃剩的酒菜。屋里小两口吃

[1] 毛道：专门从事偷盗的暗语。

罢酒席，扳脖子搂腰都睡着啦。钻毛道的端起酒壶喝起酒，叨菜压压，又吃又喝，一会吃饱啦。爬出洞来说："伙计，该着咱俩的时运好，里面有酒有菜。我看着人，你进去吃饱喝足再说。"

高买爬进屋，一摸摸着个夜壶，"咕嘟咕嘟"喝了一大气："哟，酒是不好，有股别味，叨菜压压。"一摸摸着只绣花鞋："哟，咋还有锅贴子？"张嘴要咬。床上的人惊醒啦，一伸手抓住高买的小辫，高买可吓毁了："大哥，大哥不好了！小辫叫人家抓住啦！"

守在洞外的那个贼说："抓住辫子不要紧，当紧照顾好你的鼻子，抓住鼻子就毁啦！"床上的人一听，丢了小辫去抓鼻子。一抓没抓住，屋里的小偷登楞跑啦。

两个贼跑到漫洼里，都累得吠吠的。高买就问："大哥，你叫我照顾好鼻子做啥？"钻毛道的说："那是我定的一条计。干咱这一行的，就怕人家抓住小辫不丢手。你想想，鼻子还能抓住喽？他丢开小辫抓鼻子，保准抓不住，你脱身不就跑了吗？"高买一听，连连称是。

讲述者： 张一贤，男，74 岁，小学学历，沛县朱寨镇农民

采录者： 张雅，女，56 岁，大专学历，沛县自来水公司工会主席

采录时间： 2020 年 7 月 10 日

采录地点： 沛县朱寨镇供销社

附记

此故事在沛县传播广泛，原载《沛县民间文学三套集成》。（张甫文）

211

吴凤柱的故事

襄阳提督吴凤柱是咱沛县吴庄村人。小时候家境贫寒，父亲死得早，他就跟着当地的一家大户人家干活。

过了一个时期，这家没活干了，就拿了几个钱给吴凤柱做生意。吴凤柱到济宁贩水果，常到王在安的水果行去卖，一直处得都怪好；还有一个贩水果的也怪好。过后，他三个人就拜成仁兄弟了。到后来鲜果行不行了，吴凤柱回到沛县还是不行。又听说南方苗蛮造反，兵部正在招兵，心想：我当兵去。临走时去见老大，看能借两个盘缠钱不，就到济宁找到了老大。老大有点吝财，家里有一窝鸡。吴凤柱说："大哥，今天下雨，你打点酒，杀只鸡，咱俩好好拉拉呱！"老大不想杀鸡，就说："今天是卯日，卯日不杀鸡，杀鸡犯忌讳。"吴凤柱讨了个没趣，心想：我得去看看老三。他见后院有几棵梨树，树上的梨都熟了。他说："大哥，我想上老三那儿去，别的没啥拿，你给我摘几个梨给老三吧！"老大心里怪疼得慌，也不想摘，就又说："下雨不摘梨！下雨天摘梨，梨全烂啦。不能摘。"吴凤柱实在没办法，就空着手走啦。走进小李庄一看，就看见老三家了：两间小破草房，两口人，也没有啥。

老三一看二哥来喽，叫家里的去买点菜来，他媳妇就出去了。他媳妇出去时穿着老蓝布罩褂子，回来再一看，穿的是烂夹袄。她进门就说："我给你们切点豆腐干，先喝酒，我再给你们炒点菜。"

吴凤柱心想："不对，她出去穿着老蓝布罩褂子，回来怎么把烂夹袄露出来了？哦！是把褂子卖了吧？换了几个钱才打了这点酒，弄了这点菜！吃过饭我可不能在这里住。"吃饭时，他就同老三说："现在生意不行，在家里也不好办，原先想到大哥那儿借几个钱去南方当兵，他太抠，不好张口。你这里更穷，也没办法。我一走，不知何年何月才能见面。"

老三听了就说："我这里还有六个钱，好孬一文钱也是个心意。这六个钱不能派大用场，你留着在路上喝碗茶吧！"吴凤柱一看是实心实意，接过钱就走了。

有一天，有个经常在外面做生意的人，见到老三就说喽："吴凤柱是你仁兄长吧？听人传言吴凤柱平叛有功，做了襄阳提督了。你家里穷，到那里还能找个事干！"老三一想：也对，借了两个盘缠钱就去了。

老三到了襄阳，找到提督府说明来意，就有人报进去了。吴凤柱出来迎接进去，热情招待。到了后头客厅，先摆上饭，老三把家里情况说了一遍，就在那里住下了，一下子住了几个月。他在府上住着，就是官三爷了，谁不知道呀！这边托人来套近乎，那边也来托人找门子，三爷整天还怪忙的。

吴凤柱心想：老三在这里住着也不是长法，有心周济给他几个钱。给少了拿不出手，给得太多又怕他不要，干脆给他找个取钱的门儿吧！

这里的襄阳大街有几道弯，大买卖都在这条街上。他就放了个风说："襄阳大街要加宽取直。"这一加宽取直，那些门面一拆一盖最快也要半年，那还了得！这些人就托门子[1]了。托来托去，谁说也不行！衙门里的人就说了："除非去托他家三爷，兴许差不离。"

大家觉着有门儿，就买了许多礼物来托三爷。老三说："你们都说了，都不行，我说不知行不行。"大家再三拜托说："三爷，请费心吧！给大家帮个忙！"老三就同意啦。过了几天，天天有人来送礼，听回信。这样老三不收也得收，越收越多了。大商人有钱，一个多月就送来成万两银子。后来听说："人情准啦，襄阳街不动了。"

事情办成了，大家都感谢三爷。吴凤柱就叫人把这些银钱装进箱子，运到河沿，回来对老三说："兄弟，你离家时间不少了，也该回去看看了。有他们给你送的礼，我也不再给你了，我派人把你送回去吧！"说完，就派人把箱子送上船，把他送家去了。

老三到了家，先请人看地，买地盖房子。万把两银子，买了两顷地，盖了好些房子，这个消息就传开了。

这一天，老大在济宁赶集，听人说老三走了一趟襄阳就发财了，他回来带点礼物去找老三喝酒拉呱去了。一到小李庄就见到一片新房子，一问是老三家，就进去了。

老三看见大哥来了，热情地招待他。老大说："兄弟，你发财怎么发得这么快呀？"老三说："嘿！别提啦！我去找了老二一趟。"就把整个过程说了一遍。老大听了心想：老三去弄了这么多钱，我去孬好给两个也干。他就动身了。

老大到了襄阳找到吴凤柱，吴凤柱还是那样接待他，好酒好菜给他吃。有一天，吴凤柱说："长兄，你在这里住我也不撵，要走我也不留，随你的便！"老大就说了："咱三弟发财了！"吴凤柱说："是的，那不是我给的钱，是街坊们送的。"老大说："我知道了，你是不是再给我弄点？"吴凤柱说："不行，不行。卯日不杀鸡，下雨不摘梨；襄阳大街是弯的，不能再开直。"

讲述者： 姚克明，85 岁，高中学历，徐州市文联退休干部

采录者： 朱迅翎，男，70 岁，大专学历，沛县文化局退休干部

采录时间： 2019 年 8 月 2 日

采录地点： 原沛县沛城镇城北河沿

[1] 托门子：为达到某种目的而找门路，托人帮助办事。

212

铁匠、木匠和鬼

东河村、西河村，两个庄子隔着三里多路，中间有一片乱尸岗子。要饭的死了没处埋，便找领破席卷了，放在那里。有不足月的小孩死了，用秆草一捆也扔在那里。那里很少有人敢去，荒草长得半人高，还常有老鸹在上面飞。人都说，那里的鬼白天藏在草棵子里，单等黑天出来。东河村到西河村的小路正好从乱尸岗子当中穿过。

这一天，东河村的刘木匠到西河村干活。活干完，主人留他喝酒，回家时天已很晚了，他肩扛一把大锛，独自一人向家走去。

西河村的马铁匠，去东河村要账，欠账的人家还不起，马铁匠不愿意，缠磨到很晚，他就把那家的一个小砂缸扛走顶账。

刘木匠和马铁匠出庄后，来到了那一片乱尸岗子，心里开始“扑通”。再往前走，心里“扑通”得更狠了。

这时，两人都瞅见了对方的黑影。刘木匠想：那八成是鬼，人常说“太阳落，鬼下坡”。越想头发梢硬得越狠，他用劲在头上拍了几家伙，抓住扛在肩上的大锛。

那边马铁匠想：前边是个鬼，鬼见了人，就往人嘴里塞土，能把人噎死，人一死鬼就把人的魂牵走了。想到这里，更觉头皮子麻。他把缸倒过口来，套在头上，一只手扶着，一只手捂嘴。

两人越走越近。刘木匠瞪着两只眼，望着过来的无头鬼，狠狠心，举起大锛朝那怪物砸去。只听“呼”一声响，刘木匠扛起大锛就跑。

马铁匠只觉头上重重挨了一下，缸也烂了，脑子“轰”的一下。他头也不回，撒腿就往家窜。回家后，两人都大病一场。

后来，两人碰在一起喝酒，拉起那天夜里的事。刘木匠说：“要不是我用大锛砸死那无头鬼，我的命就没有了。”马铁匠说：“要不是我顶着个缸，我的头就让鬼砸到肚子里去了。”他俩越说越近，等说到时间、地点，两人都笑啦。哎，原来是自己吓自己。

讲述者： 崔玉林，男，82 岁，文盲，沛县张庄农民

采录者： 朱迅翎，男，71 岁，大专学历，沛县文化局退休干部

采录时间： 2020 年 9 月 1 日

采录地点： 沛县张庄

213

张才休妻

有个学生叫张才，在南学堂里念书。上学路上，从他媳妇门口过。媳妇是从小定的娃娃媒，还没有娶。

有一回，张才跟一群学生上学去，他媳妇坐在神仙过道下绣花描云。有个学生说："张才，你媳妇长得怪俊，就怕她不听你的。"张才说："瓤[1]！"顺手脱下小褂，窝巴窝巴[2]朝他媳妇怀里一扔："给我洗洗！"

媳妇当着一群学生，又没过门，害羞哟。把那小褂叠巴叠巴[3]又扔过来了。学生们都笑话张才，可把张才恼死了。回到家蒙头大睡，也不吃也不喝。他娘慌了："噫！我的乖乖咪，咋病啦？"张才说："娘，我得把媳妇娶过来，管管她。她不听我的话，叫我丢人。"他娘说："我的儿咪，你年轻轻正在上学，娶这么早做啥？"张才非娶不可，不给娶不活了。爹娘没法，看了三天的日子，把媳妇娶来了。

[1] 瓤：口头语。

[2] 窝巴窝巴：没有规律胡乱折叠或压缩的动作。

[3] 叠巴叠巴：没有规律胡乱折叠或压缩的动作。

当天夜里，上床歇觉，张才把腿一伸："给我脱靴！"新媳妇害羞，没给脱。"给我抹帽！"新媳妇害羞，没给抹。张才生气啦："叫你脱靴你不脱，叫你抹帽你不抹，要你做啥？！"提起笔来，立时写好一道休书，往他媳妇怀里一扔："不要你了，滚你的吧！"把媳妇赶出院子，"吱"一声闩上大门，自己睡了。

媳妇站在大门外，黑咕隆咚的，哭啦："我的个亲娘哎，这咋办？进门才一天，这是弄的啥？还有脸见人？死了吧，省得给俺娘家丢人。"小媳妇哭哭啼啼，解条带子往树上一搭，上吊啦。

有个推鸿车子贩鲜鱼的，五更头里去赶集。见树上影影绰绰，上前一看，噫！是个大闺女！疾忙卸下来了，推又推搡又搡，小媳妇才缓过气来。贩鲜鱼的问："大姐，年幼的，你咋上吊？"小媳妇说："俺丈夫不要我，咋办？我也没脸见俺爹娘啦。"贩鲜鱼的说："甭死，甭死，好死不如赖活着。这样吧，只要你不嫌弃，我认你个干妹妹，跟我一起逃条活命吧。"小媳妇没法，只好答应了。

贩鲜鱼的头里走，小媳妇后面跟着："干哥，你贩鲜鱼一天能赚多少钱？"

"哎，赚不多，本小。"

"昨儿临上轿的时候，俺娘给我块压腰银子，给你当本吧。"贩鲜鱼的接过银子，喜得咧着个嘴。走到一个庄上，碰见个老嬷嬷。小媳妇说："大娘，俺干哥到集上卖鲜鱼，我跟着不方便，我在您家等俺干哥行不？"老嬷嬷说："咋不行？跟我家来吧。"

小媳妇等她干哥，一等不来，二等不来。贩鲜鱼的得了块雪花银，窜圈[4]啦。这咋办？小媳妇就说："老大娘你啥人没有，我认你个干娘吧。"说着跪在地上不起来。老嬷嬷可喜死喽："嗨！我的个妮咪，快着起来。"

娘儿俩纺赚棉，凑合巴结过日子。有一天，邻居几个大嫂约她下地拔豆茬子。小媳妇想想自己命苦，一边拔，一边哭。哭着哭着，回头一看，几个大嫂都走了。小媳妇抹把泪站起来，一看豆地里有个大土坑，坑里有刮成堆的豆叶子，她就跳到土坑里胡噜豆叶。胡噜完，拽着树根往

[4] 窜圈：跑了。

上爬，一拽把树根拽下来，露出一块巴砖。底下有个小坛子，伸手往坛子里一摸，哟！黄拉洒的一块金子。小媳妇把那块金子放在柴筐里，又把巴砖盖好，回家啦。

她干娘说："妮啦，你咋才来？"小媳妇说："干娘，你看我拾的块啥？"老嬷嬷接过来一看："哟！是块金子！我的乖乖咪，这个可稀罕！"

"稀罕啥？地里还有一坛子咪！"

老嬷嬷一听怪喜欢，麻利地吃了饭，娘俩把那一坛子金子都抬来了。

这庄上有个大户，楼堂瓦舍，骡马成群；正跟人家打人命官司，打输了，就打发管家去卖地、卖楼房。这天，老嬷嬷碰见管家，就说："您大叔，家来坐坐。"

"啥事大嫂？"

"我听说好户家想卖地，俺娘俩想买亩把地。"

"俺那大嫂，你迂啦？就凭你娘俩纺赚棉，还赚不够喝糊涂的哩，指啥买地？"

"你看看俺这小坛子里盛的是啥？"

管家一看，我的祖老爷！全是金子。把好户人家的家产全买了也没用完。好户家拍拍手走了。娘儿俩搬到好户家，丫鬟使女侍候着，可享福喽。

转眼到了麦季，该割麦了，管家到集上雇来五六十口子打短工的。里头有个学生，细皮嫩肉的，管家不要他，他苦苦哀求，只好把他收下了。

打短工的到地里去割麦，学生不会割，把脚脖子掠破了。管家说："不叫你来，你偏来，这咋说？"正说着，老嬷嬷来了。老嬷嬷心眼好，知道打短工挣两个钱不容易，就说："你到麦场给俺看场吧，撵个狗打个鸡的，不少你一个工钱。"学生到了麦场，老嬷嬷的干闺女一看，哟！那不是俺张才相公？小媳妇摆摆手："打短工的，你过来。"

"哎，啥事，姑娘？"

"你正上着学，咋出来打短工？"

"唉，提起来话长。我说了个媳妇，叫她洗衣她不洗，叫她脱靴她不脱。我一恼，把她休了。把媳妇赶走之后，活不见人，死不见尸。俺岳父找我要人，我哪找去？打起人命官司来，我打输了，土地房产卖得干净的，家里歇锅断顿。俺娘拉棍要饭，我就出来打短工。"

小媳妇叹了口气："打短工的，你家来吧。"

"不行，牲口驹子吃了场里麦，光扣我的工钱。""不怕的。我有些脏衣裳，你给我洗洗行不？洗一件给你一只元宝！"张才一听，我的个爷！我打三年短工，也挣不了一只元宝！端出衣裳一看是盆臭裹脚布。张才把脸一苦瓜，正要洗，小媳妇嘻嘻笑啦，从怀里摸出休书来："打短工的，你念念上面写的啥？"

张才接过休书一看：我的个亲娘哎，这不是俺媳妇？可羞死喽。

小媳妇说："相公，你快着把咱爹娘接过来，咱居家团圆吧！"

讲述者：	梁氏，女，89 岁，小学学历，沛县朱寨镇梅村农民
采录者：	朱迅翎，男，71 岁，大专学历，沛县文化局退休干部
采录时间：	2020 年 3 月 28 日
采录地点：	沛县朱寨镇

附记

梁氏是沛县朱寨镇梅村一名故事家，小时候曾跟随父亲做生意，走南闯北，结识了不少人，也有一肚子的故事。《张才休妻》这一故事被她讲述了几十年，传了几代人。1987 年此故事入编《沛县民间文学集成》。（张甫文）

214

重结夫妻

清朝年间，沛城北部有个姓周的年轻人。

这一年，他离母别妻到江南做生意。也该他时运不好，刚到江南，不小心本钱丢失了，没有办法，只好流落街头以卖字为生。一天，走到一家药铺门前，掌柜的一看小年轻长相蛮好，便问："你为何卖字呢？"小年轻就把自己的经过如实说出。掌柜的生了怜悯之心，说："我有话不知当说不当说？"小年轻说："请讲当面吧。"掌柜的说："我想收你为徒好吗？"小年轻想，在药铺里也算有了着落，当即答应了。因为他聪明伶俐，很快就学会了生意之道。后来药铺兴隆起来，掌柜的很高兴，对小年轻很器重。有一天掌柜去见老板。老板只有老两口，虽有万贯家产，却膝下无子。掌柜把收小年轻的经过告诉了老板，老板便要见见小年轻。二人相见有缘，老板便收他为义子。过了不久，老板请了先生教他攻读四书，三年后小年轻中了秀才，举家十分欢喜。有一天小年轻思家，心想外出三年，撇下母妻，现在不知她们过得怎样？老板喜笑颜开地说："你已有妻室，何不把你母亲、妻子都搬来？"小年轻一高兴，便操办路费，鞴了一匹快马起程返故里。

小年轻心想，出来已经三年多了，妻子的情况一点不知，我得试试她。所以有意先到东庄岳父家。岳父正在客店门口坐着。小年轻打扮得洋里洋气的，又与岳父没见过面，他走到岳父跟前弯腰施礼说："此处可是店家？"老汉说："正是。"小年轻就住下了。傍晚，小年轻把老头叫到自己的房中说："晚上找个女陪伴。"老头本是财迷加浑蛋，看这小年轻很富，是发财的机会，便答应给找。说来真巧，小年轻的妻子正住娘家。老头想，这笔钱不能叫别人抓去，闺女这两年因丈夫不在家，生活困难，三天两头来要钱要粮，不如叫她陪客一夜吧！老头打好主意，又愁没法跟闺女说，便生一计，把闺女叫到跟前："我今天有点不舒服，西院住一位客人，晚饭后，你与他送茶去。"女儿答应，便提壶去了。老头尾随身后，待女儿一进门，就把门锁上。小年轻临近一看是妻子，勃然大怒说："你就干这事？"他妻子不管如何解释也是无用。第二天一大早，老头开了门，小年轻二话没说，出门上马，回自己家去了。

一进庄，有人看到他，以为他发财回来了，就慌忙跑到他家告诉他娘。小年轻到家时，已经邻里满院，他叔父、叔兄弟都来了。有个叔兄弟去东庄把嫂子叫回来，小年轻一见她二话没说，上去就打。老母亲挡住不让打，邻里也都劝说："小媳妇蛮好，你走了这么久，人家在母亲跟前没有言差语错。这几年多亏人家从娘家弄东西养活你母亲，你回来就打，太对不起人了。"其实是他们都不知道内里的缘故。小年轻还是连骂加吵，结果小媳妇当晚上吊而死。小年轻与叔父商议，说了昨晚在岳父家中的事情。叔父也很生气，说："死了死了罢，与她娘家送个信去，今晚埋了就算了。"小年轻念她一片养母之恩，将自己带来的财宝，陪葬了妻子。

无巧不成书。叔兄弟本来不务正业，手中成天空空的，知道嫂子棺中有不少财物，便起了掘坟盗墓之心。当天半夜去扒坟，撬开棺盖，死者便"哇"一声哭了起来。叔兄弟听到，当场被吓死坟前。媳妇稳定精神，知道自己被埋了，等完全苏醒过来，便将财宝收拾收拾，跑到自己娘家去了。到了娘家门前大声叫门，老板一听是女儿的叫声，心中害怕地说："你死了怎么会回来？快走吧，我今后给你送钱烧纸，别吓唬我了。”女儿说：“我没死。”她在门外把经过说了一遍，父亲打开门。女儿进去见了父亲，又是哭又是叫，说：“这都是你干的好事，把我弄到这个样子。”弄得老头张口结舌，没话可说，越想越觉得无脸见人，便将田园变卖，带女儿往江南去了。也巧，路上遇了窃，无法生活，只得四方行乞。一天父女俩要饭到一家姓胡的老汉门前，老两口子看到父女俩怪可怜，便叫到家里吃了一顿饭。晚饭后留宿，又把女子收为义女，父女俩就落在老汉家中。胡老汉与药店老板交往甚密。一天，老板寿诞之日，老胡贺寿到了药店，饭后两人拉起家常来。义子妻已死，老板想请胡老汉给儿子说个媳妇。胡老汉便将义女之事告诉了老板，说明了年庚岁数。老板说：“好上加亲，咱两家结为亲戚吧！”当场胡老汉就许了亲。结婚那天，新郎一进洞房，揭开蒙脸红绸，看到是自己原来的妻子，新娘也看到新郎是自己原来的丈夫，二人都惊愣万分，异口同声地说：“原来……原来是你。”

讲述者： 李荣华，男，75 岁，文盲，沛县敬安镇退休教师

采录者： 张雅，56 岁，大专学历，沛县自来水公司工会主席

采录时间： 2020 年 7 月

采录地点： 沛县敬安镇各口村

附记

此故事原载 1987 年《沛县民间文学集成》。2005 年由朱迅翎进一步调查整理，入编《中国民间故事全书·江苏·沛县卷》。

215

顾二摆子

新中国成立前，龙固集有个大地主名叫顾二摆子。为啥叫他“摆子”？是说他仗着几个臭钱，憨蛋充精熊，假装斯文，弄巧成拙。

有一年秋天，正逢龙固大会，顾二摆子叫人担着柿筐去卖柿子。会上人山人海，街上的人直打拥[1]。在二摆子柿筐旁边有一个卖热红芋的，一下子被人拥倒了，一腚坐在柿筐里，把二摆子的柿子坐淌了浆，弄得一腚哩哩啦啦跟湿屎似的。二摆子一看，火冒三丈，一把抓住人家不放。卖红芋的忙赔礼道：“老哥息怒，老哥息怒。俺赔！”他一听人家与他平辈称呼，脸色大变：“赔？”

“赔、赔，按个算钱！”

“算钱？”二摆子斜眼哼道，“想得美！”

卖红芋的愣了：“按个算钱还不行，咋办？”“便宜不了你——你怎样坐我的柿子，我就怎样坐你的红芋，一还一报嘛！”

旁边的人听了觉得可笑，但又不好意思笑出声来，忙

[1] 打拥：形容人很多，拥挤。

劝："行啦行啦，按个赔便宜你了！"

二摆子最忌人逆他，于是一瞪眼叫道："我非坐他的红芋不可！"

众人圆不了场，卖红芋的没法，只得掀开热红芋让他坐。二摆子看他胜了，哈哈大笑，双脚蹦起一尺高，照准红芋筐，一腚坐了下去。热红芋烫得他立时又蹦了起来，摸着一腚黏糊糊的热红芋，哭笑不得。

后来，二摆子的爹死了，弟兄仨商量出钱办丧事。可是二摆子不愿多出钱，他卖了头叫驴只愿出个棺材钱。弟兄仨争吵不休，最后只好请娘舅出来公断。弟兄仨各摆各的理由，轮到二摆子说，二摆子准备得充足，站在装爹的棺材前，向娘舅哭诉困难："上半年俺大妮出嫁，舅舅知道，啪，给捅了一个大窟窿，到现在还没堵上。现在，爹死了，不能看着爹亮尸呀。"说着说着，扬手拍着棺材哭诉冤屈："俺爹一死，光棺材我就填进了一头老叫驴！"

二摆子办过丧事，打扫打扫堂屋当门，好挂装有爹相片的镜框子。二摆子登上八仙桌，先用扫帚扫干净墙壁。可是手中的镜框放在哪里呢？挂在墙上，影响打扫；放在桌上，怕踩在上面。想来想去，只有把镜框放在两腿中间夹着才合适。他认真打扫了墙壁、屋顶，左看右看没有一点灰尘了才住了手。他喘了口气要往墙上挂爹的相片了，可是，爹的相框怎么也找不到了。东瞅西瞥，没有爹的相框；左转身右转身，仍然看不到相框的影子。他急得哇哇大叫，家里人听到嚎叫，以为出了什么事，赶快跑来一问，原来是找爹的相框。于是，大家又帮他找了一阵，还是没有找到。这时，一个孩子眼睛一亮，用手一指说："您腿里夹的是啥呀？"他听了一愣，低头一看，又惊又喜，一边伸手拿镜框，一边对众人转文[1]道："啊呀呀，看吧看吧，吾真是骑着驴找驴啊！"家里人一听，愣了愣，霎时都慌忙捂上了嘴，谁还敢吭一声？

讲述者： 不详

采录者： 朱迅翎，男，70岁，大专学历，沛县文化局退休干部

采录时间： 2019年7月8日

采录地点： 原沛县大屯镇西集中学

[1] 转文：即说话不用口语而用文言，以显示自己有学问。

附记

《顾二摆子》是大屯镇真人真事，在沛县城南城北流传广泛，以至一些人对教育道德败坏者也常拿顾二摆子作比喻："你可别学顾二摆子，落个几代人不忘骂他。"后来被改编成戏剧小品。2005年朱迅翎又作进一步调查整理，入编《中国民间故事全书·江苏·沛县卷》（张甫文）。

216

状元避雨

从前，有一个少年公子上京赶考，走到中途路上，遇上天下起大雨来了，不能前行。路旁有一座小庙，他走得前不着村，后不靠店，就想进这座小庙里头避雨去哩。

开庙门，里边也有一个姑娘在避雨。他扭返头出去，站在沿台底下，在外头避雨哩。

这天气，是风搅雨，挺冷，一直下着哩。这个姑娘，在庙里头还冻得打战，她心里头思谋，外头这个公子一定冷得不能。于是她就开口说："这位少年，你进庙里头温暖温暖。既是正人君子有何妨！"

这个少年一言不答，就在外面的沿台上站了一黑夜，冻得也不像样了。赶到天明了，雨一停，他就走了。

这个姑娘开开庙门，想看看这个少年，一黑夜是不是冻坏了。她看时，人家倒走了，进了京了。

姑娘放心了，就回自己家去了。

这位少年公子进京一考，结果考了个头名状元。

状元回到家里，全家人知道他考中状元了，挺喜欢。

就在这时候，三乡五邻的人们也知道他考得状元了。有些员外人家，为了攀高结贵，想给女儿提亲哩。

这件事情也挺巧，正是在庙上避雨那个姑娘的父亲，他消息知道得最早，就打发上人给女儿提亲。提亲人和他父母亲一说，他父母就同意了。

定下了，过了几天，择了个黄道吉日就迎娶。新人从娘家里一起身，就用红盖头把头蒙住了，直蒙到男方家里。到了婆家，先拜天地，后入洞房，这才去取这块盖头哩。

正是洞房花烛夜，等闹洞房的人们走了以后，状元把新媳妇的红盖头往上一揭开，两人一看，都愣住了。

姑娘说："你是不是在庙外沿台上避雨的那个公子？"

状元说："是，我就是！你是在庙里头避雨的那个姑娘吗？"

姑娘随答："噢，就是！"

从此，这两个人就越发敬重起对方的人品了，相亲相爱的谁也不愿意离开谁。小两口恩恩爱爱，和和美美，光景过得挺好。

讲述者： 韩盛敏，男，78 岁，高中学历，贾汪区青山泉村农民

采录者： 韩圣师，男，58 岁，大专学历，贾汪中等专业学校教师

采录时间： 2020 年 6 月

采录地点： 贾汪区青山泉村

217

远亲不如近邻

讲述者：韩盛敏，男，78 岁，高中学历，贾汪区青山泉村农民

采录者：韩圣师，男，58 岁，大专学历，贾汪中等专业学校教师

采录时间：2020 年 6 月

采录地点：贾汪区青山泉村

很早以前，有个王员外，两口子为人善良，就是儿子王青不争气，不是吃喝玩乐，就是到赌场里要钱。不久，老两口去世了，王青再也没人管教，成天泡在赌场里，很快就变成了一个穷光蛋，只好以讨饭为生。

一年冬天，风雪交加，王青又冷又饿，只好跑到舅舅家混口饭吃。他舅舅一见是他，就把脸一沉，让家人把他打出门外。王青无处可去，此时才想起爹娘，不禁哭得像个泪人儿。天越来越冷，雪越下越大，渐渐地王青冻得失去了知觉，昏倒路边。

这时，王青的邻居王卫见王青躺在雪地里，便把他背回家，给他暖身子。王青冻饿了好几天，一下子病得吃不下饭、喝不下水，王卫又请来郎中给他看病。王青感动得流下了眼泪，王卫劝他说："好兄弟，别哭了。浪子回头金不换啊！"后来，王青病好了，恶习也改掉了，每日和王卫勤勤恳恳地过日子；没用几年的工夫，哥俩就富裕起来了。人们见了都说："邻家邻家，关起门来是一家。真是远亲不如近邻啊！"

218

蒋念言借龙凤灯

丰县城西二十里有个村子叫李楼（今王沟镇许庙村）。清光绪年间，这村里有个财主名叫蒋念言，良田数顷。他最喜欢当地的梆子戏，他请来打戏[1]的老师，打了个梆子窝班，他当了管主，还用榆木做了个能拆能装的活戏台。小窝班三年出师，他亲自带着这个窝班外出唱戏。因为这个戏班唱得好，一个台口接一个台口，越唱越响，越唱离家越远，所以招惹了一场风波。至今流传着蒋念言借龙凤灯的故事。

当时玩戏班的人必须是有钱有势的，光有钱没势力、没有后台靠山也是玩不长的。那时有势力的人敢抢著名演员。管主怕抢，演员不怕抢。当时流传着这样的顺口溜："唱戏的，不怕抢。越抢谁，谁越响。"你抢我班的，他抢你班的，这要看谁的势力大啦。有钱有势的还敢扣留戏班、抢戏班。

蒋念言带领戏班一直唱到黄河岸边。这个戏班名气很大，当地一个有钱有势的老寨主，得知班主蒋念言是个只有几顷地的丰县人，无官无势，是个"鳖子"[2]，没瞧起他，便起了歹心，强行扣留了这个戏班，并对蒋念言说："你滚吧，这个戏班我留下啦！"蒋念言远离家乡，举目无亲，俗话说强龙压不住地头蛇，只好忍辱哭着回家了。

蒋念言一人回到家，别人问他："你的戏班呢？"一些演员的家长还找他要人。他无奈，便去单楼找本家弟兄蒋念熙。蒋念熙是丰县城西有名的大财主，曾做过夏邑县和内乡县的县令，家大业大，有钱有势。蒋念言见了蒋念熙，抱头大哭道："咱蒋家丢人啦……""怎么，还有敢欺侮咱的？"

"咱的戏班被人扣留啦……"

"哈哈，你太无能了。你就愿意？"

"我没办法呀。"

蒋念言把经过讲了一遍，蒋念熙淡淡一笑说："谁扣留的，叫他乖乖送到丰县来。"蒋念言说："我是没法了，就看你了。"

只见蒋念熙来到桌案边，取出纸张，提笔写了一纸书信，封好交给了蒋念言，说："带着这封信到孔府借对龙凤灯，找着咱那个戏班，插在台口上。"

蒋念熙与孔府有什么关系呢？他的头一个老婆郭家女（人称郭太太）死后，蒋念熙又娶了曲阜孔祥坚的妹妹（人称孔太太），与孔府有此亲戚，关系密切。

蒋念言来到孔府，呈上书信，受到热情款待，并借来一对龙凤灯。这龙凤灯乃皇帝所赐，也是尊贵和权势的象征，非一般凡人所有。蒋念言高高兴兴奔他的戏班而去。

晚上开戏前，他找到了戏班，按蒋念熙的安排，把龙凤灯插在台口两旁，大摇大摆地来到后台落座。

当地的大寨主威风凛凛来到戏台前，抬头一看："啊呀，谁挂的龙凤灯？"顿时大惊。问来问去，才知是丰县的老管主，不寒而栗：没想到丰县的"鳖子"不是凡人呢，真是鳖子大了也咬人呀！大寨主来到后台，见了蒋念言打躬施礼，满面赔笑道："老大人好！小人有眼不识泰山……请用茶……请用烟……"蒋念言这时腰杆硬了，胆子也大了，他大大咧咧地说："寨主先生，客气什么，我

[1] 打戏：过去招收小学员成立小窝班教戏叫做"打戏"。

[2] 鳖子：骂人的话，指没有出息的人。

不过是个鳖子……”

“我罪该万死……”大寨主浑身筛糠似的说。

他设宴请了蒋念言，并派车将戏班送回丰县。

讲述者： 孙厚名，男，63岁，小学学历，丰县赵庄镇孙庄村农民

采录者： 孙厚兵，男，63岁，丰县赵庄镇孙庄村农民

采录时间： 2000年6月

采录地点： 丰县赵庄镇孙庄村

附记

《蒋念言借龙凤灯》故事在20世纪70年代由单楼李庄农民李厚明（68岁，高小学历）讲述，邓贞兰记录整理，后入编《丰县民间文学三套集成》。（齐运喜）

219

徐夫人报恩

话说清朝光绪年间，丰县有一文士蒋念天，自幼聪颖非凡，读书过目成诵，十五岁便身入黉门[1]。此人家室富有，仗义疏财，乐于扶贫救危，誉满乡里。

为求学业上进，蒋念天十六岁时又在附近小镇上从师就读。镇上有位冯老汉，老两口只有一女，名唤淑娴。淑娴举止端庄，容貌秀丽，幼时也曾读书识字，通情达理。全家三口人靠卖糖酥饼为生。他家的糖酥饼又香又甜又酥，顾客盈门，生意兴隆。

蒋念天最爱吃糖酥饼，每天至少要到小店吃上一顿。时间一长，他便与冯老汉一家混得很熟，彼此无间，就连淑娴见了也蒋哥长蒋哥短的。逢年过节，老两口带着女儿到蒋家串亲；念天也带着夫人来冯家回访。虽是两姓，却亲如一家。

一天，有个浪荡子弟瞧见淑娴长得如花似玉，就想霸占为妾，用钱买通狱中盗贼，诬陷冯老汉匿贼窝赃。县官将冯老汉传至大堂，不分青红皂白，屈打成招，问成死罪，

[1] 黉门：古代的学校。

押在南监，只等秋后处斩。

那个浪荡子弟来到冯家，见了淑娴动手动脚，浪言调戏。临走时说道："只要你愿给我做妾，我可出钱赎回你爹。"淑娴母女二人哪肯答应？在这时，蒋念天来了，他问明情由，义愤满腔，随即写了一张状子，带淑娴去县衙喊冤告状。

常言说："烤火还是棉柴，打官司还是秀才。"县官看了状子后说道："蒋秀才，我把盗贼提出来，你代民女和他对质就是了。"随即把盗贼押至大堂。蒋念天问那盗贼道："你说冯老汉匿贼窝赃，你在冯家住过几次？他家有几口人？房舍几间？赃物藏在哪里？"盗贼本不认识冯老汉，当然不知他家情况，半天没说出一句话，只得招认了受那个浪荡子弟的指使，诬陷冯老汉。县官一听勃然大怒，惊堂木一拍喝道："大胆盗贼！清平世界，朗朗乾坤，你竟敢血口喷人？拉下去重责四十，羁押南牢，秋后处斩！"随即发下火签，捉拿那个浪荡子弟归案。冯老汉无罪，当堂开释。

冯老汉很感激蒋念天的救命之恩，决定把女儿嫁给念天做妾。这天，老汉备了薄礼，与老伴带着女儿到蒋家登门致谢，蒋念天和夫人盛情招待。酒席宴前，冯老汉说道："救命之恩，永世难忘。怎奈家贫无以报答，愿把小女嫁与公子为妾，望勿推辞。"蒋念天坚辞不受。冯老汉双膝跪地，叩头说道："真不愿纳，老汉跪死不起。"蒋念天无法，只得权且答应。

冯老汉两口走后，蒋念天要夫人和淑娴一块儿就寝，自己在书房安歇。夫人说道："既然成为夫妻，就应当同床共枕。我和淑娴妹很合脾气，我又不是那种妒忌之人，你缘何书房独眠？"蒋念天说："咱可不能乘人之危，做那些亏心事。咱们夫妻感情笃厚，我岂能再纳妾？再说淑娴文雅秀丽，知书达理，做个二房实在委屈。我想以后让她寻个好人家嫁过去，也算是咱的一门好亲戚，你看如何？"夫人点头称是，便带淑娴回房去了。

三天后，蒋念天办了丰厚礼物，偕同夫人和淑娴来到冯老汉家里。老两口只当是三天回门，欢天喜地，忙置酒款待。席间，蒋念天把来意和打算告诉了冯老汉，恳切地说："你真叫淑娴做妾，实是短我的阳寿。"老汉没法，只得把女儿留下，叹口气说："因那场官司，我得罪了那个浪荡子弟，他一定会来报复。因此，我不能在此待下去了！我想远走他乡，到外地谋生，只是苦无盘缠。"念天慷慨解囊相助，当即取出纹银百两交与老汉："无论走到天涯海角，别忘了传个音讯，以免挂念。"老汉连连答应："谨记在心！"

五年后，蒋念天学业大进，赴京赶考，一举成名，进士及第。一天，他去拜见吏部侍郎徐凯，被徐夫人隔帘窥见，端详良久，觉得很面熟。待徐凯送走念天后，徐夫人问道："此人是不是家住丰县党楼村的蒋念天？"徐凯说道："正是此人。夫人缘何认得？"

原来这徐夫人就是当年蒋念天救过的冯淑娴。淑娴随父母出走后，在凤凰镇仍设店烤卖糖酥饼。徐凯赴京赶考，途经此地，不料身染重疾；多亏淑娴一家多方照顾，方得病愈。在养病期间，淑娴和徐凯彼此有情。徐凯临行时许下诺言，若皇榜得中，当娶淑娴为妻。后来果然金榜题名，徐凯不负前约，便亲赴凤凰镇冯老汉家中，与冯淑娴完婚。

淑娴见问，就将蒋念天救她父亲的经过详细讲了一遍，末了又说："我和爹爹正欲打听此人消息，以报答救命之恩。若能把此人留在京都，早晚往来，也是一门好亲戚。此人学识渊博，忠厚老成，当是一位栋梁之才，定能匡扶社稷。若得如此，也算我报答了他的救父之恩！"

徐凯听了，自然赞同。第二天上朝，当着文武百官之面奏明皇上。皇上夸赞蒋念天品学兼优，当即御笔批下，授蒋念天为翰林院学士。

讲述者： 曹用文，男，79 岁，高中学历，退休干部
采录者： 卜凡柯，男，78 岁，大专学历，退休干部
采录时间： 2020 年 10 月 15 日
采录地点： 丰县文化馆
流传地： 丰县西部一带

220

野狼屯

丰县野狼屯位于野狼山的山脚下，是个只有十几户人家的小山村。山里的狼经常出没在这个村里，人们时时害怕狼来。出于打猎、看家的需要，家家户户都养狗。野狼屯的狗与山里的狼常打架，当然也有好的时候。狼不敢轻易害人，屯里的人也不轻易杀狼；狼来了，吓跑完事。

野狼屯有个老汉叫刘老根，六十多岁，喜欢养狗。他养的一条花母狗，唤作“老花”。它的毛黑白相间，四蹄和脑门儿都是白的。老花个头大，精明温顺，常随老汉上山，是老汉的铁杆保镖。

“桃花红，狗发情。”每年春暖花开的时候，是狗们发情的旺季。山里的公狼特别喜欢野狼屯的母狗，常常夜间到屯里来；这里的母狗也不怯生，对于公狼说配就配。

老花和公狼交配后，一窝下了七个小狗，三分像狗，七分像狼。因为缺奶，七个小狗只成活三个，其毛色二花一灰。灰色小狗两耳竖起，细长的身躯，只有脑门有一块白毛，老汉叫它“白顶”。“白顶”更像小狼。

老汉每天挤羊奶养活三个小狗。三个月后，小狗们上蹿下跳，追鸡赶羊，吓得鸡飞羊叫。老汉很喜欢这些小狗，感到它们像淘气的孩子，可笑，好玩儿。

一天夜里，屯里的狗汪汪乱叫，人们猜想山里的狼来了，家家户户闭门不出。第二天，刘老根发现他家里的那只“白顶”不见了，其他人家也有丢失小狗的，他知道山里的野狼把自己的儿子带走了。后来，有人上山打柴，发现狼群里有两只小狗，其中就有“白顶”。刘老汉亲自喂养的“白顶”走失了，又气又心疼，几次上山去找。有一次他在山顶发现“白顶”正随老狼蹿山跳涧，便上前去呼唤它，可是它却随狼爸爸钻进了草丛。

老汉丢失了“白顶”，对“老花”和“小花”特别关爱。打只野兔，自己舍不得吃也给它们吃；杀只羊自己吃一顿，得让它们吃三天。他爱狗如子，“老花”和“小花”也通人性。

屯里的猪娃、羊羔常常被狼衔去。有人发现衔走羊的，也有刘老根养过的“白顶”。

一年后的一个上午，老根上山砍柴，回家的路上，突然发现两只恶狼挡住去路。两只恶狼死死地盯着他，仰着脸，一副十分凶残的样子，狼眼里放射着逼人的蓝光。老汉见周围没人，顿时吓出一身冷汗！他忽见其中一只狼的脑门上有块白毛，是他喂养过的“白顶”，现在和老狼一样大小。他认得“白顶”，可“白顶”已成为野狼，不领过去的那份情。老汉撂下柴担，迅速操起砍柴斧，和两狼对峙……

两条恶狼步步紧逼老汉，老汉心惊胆战，步步后退。他自知身单力薄，难斗过两只恶狼；他后悔当初不该养活“白顶”，又后悔这次上山没带来“老花”和“小花”。

老狼突然向他扑来，老汉急忙躲闪，不料慌乱之中，被扁担绊倒，摔了个仰面朝天。“白顶”“嗖”地蹿过去，两爪按住老汉的前胸，老汉吓得惊叫一声，闭上了双眼……

恰在这时，他喂养的“老花”和“小花”赶来了，狗叫狼嚎，狗和狼厮打在一起。“老花”和“小花”都已长得牛犊般大小，老狼和“白顶”哪是它们的对手？老汉趁势“噌”地跳起，举斧向老狼砍去。老狼腰部吃了一斧，夹尾跳窜。“白顶”早被“老花”和“小花”掀翻在地，一个“小花”死死咬住它的喉咙。老汉上前对着“白顶”的脑袋猛劈几斧，“白顶”尾巴扫地，摆了几摆，不一会儿就断气了。

刘老根死里逃生，回屯后总爱向人们唠叨一句：“记住，狗就是狗，狼就是狼。”

讲述者： 曹用文，男，79 岁，高中学历，退休干部
采录者： 卜凡柯，男，78 岁，大专学历，退休干部
采录时间： 2020 年 10 月 15 日
采录地点： 丰县文化馆

221

玉蜻蜓

清朝光绪年间，鲁南平原丰县地区一座庙宇里，经常睡着一对叫花子，一个叫张三，一个叫李四。白天两人一起出去讨饭，晚上睡在一起，可谓青蛙找田鸡——难兄难弟。

庙里有尊泥塑的弥勒佛。这天清早，张三偶然发现佛像颈部有道细微的裂痕，用手摇晃着往上一拔，竟把佛头给拔了下来。张三惊奇地叫道：“李四弟，你瞧这颗秃脑袋，多好玩！”李四凑上前去，发现泥像胸腔是空的，他好奇地伸进手，摸出一只硬邦邦的小东西。他拿出来一看，不由惊叫道：“我的天！一只玉蜻蜓！”张三也连忙去佛像里摸，折腾一阵子什么也没摸到，只好和李四一起观看玉蜻蜓。这只玉蜻蜓长约二寸，油光碧绿，两只大眼睛出奇地红艳，逗人喜爱。李四把玉蜻蜓往怀里一掖，说：“肯定能卖个大价钱。张三兄，我发财你沾光，老子请你吃一顿！”张三脸一沉，瞪大眼睛说：“什么话？我要不拔下佛头，你会得到玉蜻蜓？实话对你说，拔头时我就看见玉蜻蜓了，你凭什么把我的宝物夺走？这只玉蜻蜓应当归我！”李四眼一瞪说：“你胡说！明明是我摸到的，凭

什么给你？”说着就想一走了之。张三哪里肯依，紧走几步追上去，动手就夺玉蜻蜓，李四硬是不给。二人大打出手，扭作一团，大战几十回合，直到累得躺在地上“呼呼”喘气。

二人彼此都吃足了对方拳头的苦头，各自退让一步，达成君子协议：平分玉蜻蜓——当然不能砸碎了分，砸碎就不值钱了。二人来到集镇上，找到一家珠宝店，店主愿出一百两银子买下这只玉蜻蜓。两人唯恐卖亏了，摇摇头又到别的店去卖高价；不料一连走了几家当铺和珠宝店，对方最多才出八十两银子。张三和李四商议一番，又来到镇上大户宋员外家碰运气。

这宋员外五十多岁，中等身材，是这一带的首富。二人来到宋员外家门口，对门丁说：“求你传报一声，说我俩有上等玉器让员外观赏。”门丁进去不一会儿出来说：“我们家员外老爷请你二人到客厅。”两人随门丁来到客厅，李四从怀中掏出那只玉蜻蜓，递给宋员外，眨着一双狡黠的小眼睛说：“宋老爷，实不相瞒，刚才珠宝店给我们二百两银子，我们没舍得卖。”张三在一旁帮腔说：“三百两也不能卖。瞧这蜻蜓多精神，吹口气就能飞半天，有灵性呢！”宋员外仔细看过玉蜻蜓，微笑道：“真是上等货，别说三百两，就是一千两也值。”张三和李四听得又惊又喜，瞪着眼睛问道：“你……你出……多少银子？”宋员外平静地说：“玉蜻蜓我当然留下；至于银两，对不起，我一文钱也不出。”张三和李四气哼哼地说：“什么？别以为我们是叫花子你就以强欺弱。兔子急了还咬人呢，想白白讹去玉蜻蜓，没门儿！”宋员外满面春风地笑道：“玉蜻蜓本来就是我的，现在物归原主，理所当然，何谓以强欺弱？”张三和李四不禁又一愣：“你的？你有什么证据说是你的？”宋员外不慌不忙地说：“我有两只玉蜻蜓，一只放在庙里的弥勒佛肚子里，一只就在我身上。”说着，宋员外从腰里解下一只玉蜻蜓，张三和李四一看傻眼了，两只玉蜻蜓一模一样，果真是宋员外的！

原来，宋员外为保家宅平安，曾打制了两只玉蜻蜓，一只放在庙里弥勒佛肚子里，以求佛爷保佑全家平安；另一只放在家里，作为镇宅之宝。宋员外常年在外做生意，不知庙里已香火断绝，没了庙祝。

张三和李四落了个空欢喜，一起乞求宋员外说：“不管怎样，也不能让我们白捡一回，你老可怜可怜我们，赏一顿美餐也行啊。”宋员外显然有点不高兴了，说：“你们就知吃吃吃，不能提点别的？”张三说：“叫花子不图吃图什么？我们别无所求，几斤猪头肉，两壶烧酒足够了。”宋员外不禁长叹一声说：“实不相瞒，我在外地做生意时收了一个义女叫玉蜓。玉蜓长得美，就是性子犟，在婚姻上挑三拣四，高不成低不就，二十四岁了还未提就婆家。她想抛彩球定终身，又怕此举过于张扬；又以捡玉蜻蜓定婚事，你俩有福哇。”张三和李四一听，高兴得嘴都合不拢了。随后两人又面露难色：这玉蜻蜓是两个人捡到的，一女不能嫁二男，谁独占佳人呢？张三当即劝李四说：“我比你大两岁，你就让给我吧？”李四第一个摸到玉蜻蜓，当然不肯让，脸红脖子粗地与张三争吵起来：“你想得倒美，我凭什么让你？”两人先动口后动手，眼看又要大战几十个回合。

宋员外上前把二人拉开，板着脸说道：“这样争斗下去，无非两败俱伤；倒不如我出个主意，选定一人。”张三和李四齐声说道：“宋老爷，我俩愿听吩咐！”宋员外说：“我这庄南庄北各有一百亩地。你们各拿一把铁锹去翻地，一个在庄南，一个在庄北；我管你们吃住。谁挖得最好最快，玉蜓就嫁给谁。你们要是愿意，明天一早就去吧。”张三和李四想想：干活虽说累点，不过还算公平，只好这样一决雌雄了。两人点头答应下来。

宋员外原本说定明天一早下田，谁知张三和李四求胜心切，半夜就各自扛着铁锹下田了。三天后，张三先有些吃不消了，这些年他天天三个饱、一个倒，哪出过这牛力？直累得腰痛腿酸、大汗淋漓，手脚都磨出了血泡。张三想不干了，便悄悄出庄去看李四，发现李四还不如他呢，不干岂不便宜了李四？他马上来了精神，回到庄南又光着脊梁干起来。

一个月后，张三先翻完了一百亩地。他兴冲冲地来到宋员外面前说：“宋老爷，地我挖完了，请让玉蜓跟我完婚吧。”李四跟在张三身后，低着头，一副无精打采的样子。宋员外说：“我根本没有什么干女儿！我是看着你们年轻力壮的，却沿街乞讨，靠喊大爷大娘过活心里不是滋味，就想了这个办法，让你们变个活法。放心吧，我不会让你们白干，每人到账房取五十两白银去吧！”五十两白银可不是小数目，盖房子娶妻足够用了。张三和李四都明白了，乐呵呵地接过银子，谢过宋员外，从此自食其力，靠自己的双手勤劳致富。

讲述者：齐运喜，男，65 岁，大专学历，退休教师
采录者：于圣连，男，72 岁，大专学历，退休干部
采录时间：2020 年 10 月 14 日
采录地点：丰县文化馆
流传地：丰县

222

原汤化原食

雁门关有个“雁门水饺店”，水饺是这店里的一道招牌面食。出入关内关外的人较多，走一天的山路，一般人都要在这里歇脚吃饭。

咱丰县套楼庄有个生意人叫乔运发，他长得膀阔腰圆、肥头大耳，眉心有颗黑痣，带一副福相，又有特征，相貌好认。一天，他要去塞外包头一带做生意，必须跨过太行山。他在山里走了几天的山道，才算来到雁门。他走得人困马乏，看到有家饭店，决定进去吃上一顿；可因急于赶路，又不想太耽搁时间。他来到饭店找个空位坐下，急忙让店小二送上两碗热腾腾、香喷喷的水饺。由于他多日没能吃上一顿像样的热饭了，看到可口的水饺，端起来狼吞虎咽，将两碗吃净，一抹嘴，付了钱，就走了。

他来到包头市做生意不到半年，身体却消瘦了下来，平时没有食欲，不是上吐就是下泻，勉强吃了一点也不消化；周身无力，整天无精打采。找了几家有名的大夫，也诊断不出他得了什么病；药也吃了不少，总是出操斜着走——不队（对）正（症）。他只好决定返回老家，等着准备自己的后事。

乔运发在回家的路上，又经雁门水饺店门口，他决定进店里再坐坐，歇歇脚。可他刚一进门，店小二就认出了他，并热情地打起招呼："客官，您回来了！怎么才出去半年，就急着赶回来？"运发说："我走后，身体一直不好，大夫也诊不出我得了什么病。"店小二说："看得出来，您比从这里走时瘦多了，我知道您得回来的。"店小二边说边用手去摘挂在墙上的瓶子。店小二说："您那天在这里要了两碗水饺，只把饺子吃了，我来收拾碗时，发现您没有喝汤；我急忙出店门喊您，您已走远了。我把您剩下的汤倒在一起，装在这只瓶子里，封上口就挂在这墙上。"说着店小二将盛汤的瓶子摘下，说："我给您放在炉子上热开，您把它喝了，您的身体就会好起来的。"乔运发听店小二这么说，心里却在嘀咕：我请不少有名的大夫，吃了不少汤药，都没把我的身体治好；就凭喝这碗剩汤，能把身体喝好？可人家这么热情，也是一片心意，怎么能枉费人家的这片好心呢？就是碗毒药也得把它喝下！自己反正是有病治不好的人了，怕他啥，不妨试一试。人家让咱喝这汤，肯定有他的道理。乔运发心里想着想着，店小二将热汤端了过来，嘴里喊着："客官您的汤。"半碗热乎乎的汤放在了乔运发的面前。乔运发将汤一饮而尽，不到半日觉着肚子有了饿感，从此有了食欲。回到家乡丰县，不到半月，身体已恢复如初。

乔运发身体康复后，心里总觉有些奇怪，心想：自己的病怎么喝了雁门水饺店里半碗饺子汤，就治好了呢？这里面一定得有缘故。因此他四处探访，后来才知这个店的老板精通医术，有一套祖传的药膳秘方。尤其是他的水饺，下水饺的汤是用山药、太子参、陈皮、麦芽、山楂等中草药煎成的，具有健胃消食的功效，又能预防外出的人水土不服，防止造成上吐下泻、消化不良。因此，此店药汤水饺成了一道招牌名吃，使小店里的生意红红火火。乔运发仔细一想，当时喝汤，感到汤有些中草药味，只是当时没在意罢了；这才忽然明白，自己那天分明喝的是汤药，哪是什么饺子原汤。自己的病被人家治好了，得去谢谢才对，有恩不报非君子嘛！于是，乔运发备了厚礼，来到雁门水饺店。店小二及老板见乔运发身体康复如初，心里都很高兴，热情招呼，将乔运发让进店内。店家知其来因，一口拒绝，说什么也不收礼，只说了句："我们没做什么，只不过是原汤化原食嘛！"

讲述者： 安在峰，男，64 岁，高中学历，退休干部
采录者： 卜凡柯，男，78 岁，大专学历，退休干部
采录时间： 2020 年 10 月 11 日
采录地点： 丰县文化馆

223

治吵嘴药方

从前，俺庄上有一对夫妇好吵嘴，大吵三六九，小吵天天有。不但吵得一家人不得安宁，连周围的邻居也跟着遭殃。

一天，村里来了一个游医，声称能治人间百病。丈夫知道后，立即跑出去问："先生，两口子吵嘴能不能治？"

郎中听了想了好久，然后笑了笑说："可以治。我有个不要钱的药方，十分灵验，保你一治就好。"

丈夫说："谢谢你，把药方传给我吧，不然我的家就吵散啦！"郎中看他那乞求的样子，不慌不忙地对他说："等你老婆要和你吵嘴的时候，你赶快喝一口水含在嘴里，咽了无效，吐了也无效。记住了吧？"

丈夫得了郎中的药方，急忙赶回家去。刚一进门，老婆就气势汹汹地吵了起来。他按郎中的偏方，急忙到厨房里喝了口水含着，任凭老婆吵得天昏地暗，他闭嘴不吭声。等老婆吵累了，也就不吵了，药方十分灵验。

老婆和他吵不起来，就无事生非跟儿媳妇吵，婆媳成了活对头。一天老婆问他说："以前你天天和我吵，现在咋不吵啦？"丈夫告诉她说："因为我吃了看病先生开的药。"

老婆恳求地说："能不能把药给我吃吃？"丈夫把药方传给了老婆，老婆按方吃药，真灵，老婆和儿媳也吵不起来啦。自此一家人和睦相处，家业很快兴旺起来。

讲述者：阎振兴，男，86 岁，中师学历，退休教师
采录者：卜凡柯，男，78 岁，大专学历，退休干部
采录时间：2020 年 10 月 11 日
采录地点：丰县文化馆
流传地：丰县

224

鳖和路

丰县有个两姓庄，是个一百多户人家、七八百口人的大村子。村中央有一条十米宽的南北大路，人们都叫它“鳖和路”。

据传明朝的时候，从山西洪洞县迁来两户人家，一户姓李住在路东，一户姓王住路西。两家和睦相处，有事相帮，亲如一家。

后来人口多了，建房栽树，逐渐蚕食大路，路面越来越窄。到了清朝乾隆年间，有一年春天，李姓又在大路东侧栽树，王姓便来干涉，说大路是他王家的，李家不能栽树；接着就把李家新栽的和原有的林木全部砍掉。李家哪能咽下这口气，一吆喝，出来二三十条大汉，手持大刀长矛，骂王家欺人太甚，非见见高低不可；王家也不示弱，“噢嚎”一声，也出来几十条大汉，口口声声骂李家霸道，非拼个鱼死网破不可。

在这快出人命当口，李家的老人头李拔贡出面拦住了本族的人，王家的老人头王拔贡也同时拦住了本族的人；但两人也都为此事争执起来。王拔贡要李家把路旁的树木全部刨掉，建起的房屋全部拆除，让出新占路面。李拔贡却说要刨树都刨树，两边的新盖的屋都拆掉，恢复原来的路面；并说架没好骂的，仗没好打的，不要为这点小事伤了两家的和气，断了祖辈传下来的老世交。王拔贡不同意，说路面属于他王家的，王姓的树不能刨，建筑物不能拆。就这样，两人都仗着有点功名，各自写了诉状，告到丰县县官那里。

因为双方都拿不出地契凭证，但又坚持不让，所以县官问了两次，也没问出个子丑寅卯。第二年转到徐州府，经过一年的周旋，双方又是不分胜负。最后官司打到苏州。因为这是邻里纠纷，不是什么大不了的事，所以一连三个月，州官并没有传讯一次。

李、王二人同住一个店房，这天王拔贡从市上买来一只老鳖，盖在水罐里，转身出去买佐料。李拔贡在房内看书，偶然抬头之间，只见水罐上盘着一条毒蛇，伸舌吐芯，二目灼灼；他吓得惊叫一声，毒蛇随即缩回水罐。他走过去掀开水罐一看，里面是一只老鳖，于是他又坐下来看书。不过一会，毒蛇又出现了；他一吆喝，毒蛇又缩了回去。这样一连三次，他断定这不是一只真鳖。

王拔贡买佐料回来，就想动手煮鳖吃。李拔贡急忙向前拦住：“兄弟，这不是鳖，是条毒蛇，吃了会被毒死的。”王拔贡生气了：“怎么？你这样咒骂我！不让我吃，难道你想吃？安的什么心？”

李拔贡并不生气，扯住王拔贡说：“别动气，来，坐在这儿瞧瞧。”

“坐下就坐下。”王拔贡没好气地说，“看你玩什么鬼点子！”二人坐下不一会儿，果真从水罐中出来一条毒蛇，盘在水罐上。吆喝一声，毒蛇缩了回去，打开水罐一看，毒蛇不见了，竟是一只老鳖。这时，王拔贡如梦初醒，恍然大悟，眼中扑簌簌落下泪来，心想：要不是李拔贡相救，我不就一命呜呼，死在异乡了吗？他“扑通”跪倒，磕了个响头，双手抱住李拔贡的大腿哭了起来：“老哥，我这样对待你，你为什么还要救我？”

李拔贡双手搀起王拔贡，十分诚恳地说：“兄弟，俗话说‘千年置业，万年搁邻’，屋搭山、地连边，邻居是大事呀！我能见死不救吗？”

王拔贡擦了擦眼泪，心想：对呀，红白喜事、婚丧嫁娶，哪一样离了邻居？有了急难事，邻居吃得热、上得前；再近的亲戚、再厚的朋友，都是远水不压近渴。无怪人们常说：美不美，泉中水；亲不亲，故乡人。看来还是邻居亲呀！想到这里，他一把拉住李拔贡的手说："你对我可真好呀！老哥，官司不打了，那条大路是李家的。"

李拔贡也心情沉重地说："兄弟，你我之所以这样，不都是为了争口气吗？我看这口气也没什么好争的，打了三年官司，结果两败俱伤。这条路俺也不要，还是属于你王家吧！"

就这样，你推我让，路也不争了，官司也不打了，卷起行李一同回家了。两人都以老人头的身份，命令本族人刨了路边的树木，拆除了路边的屋，恢复了原来的路面；李、王两家和好如初。从此，这条路既没有人侵占，也没有人说属于谁……

因为两姓是从这只鳖上和好的，所以大家称这条路为"鳖和路"。

讲述者： 黄启光，男，64岁，初中学历，大鼓艺人
采录者： 卜凡柯，男，78岁，大专学历，退休干部
采录时间： 2020年10月12日
采录地点： 丰县文化馆
流传地： 丰县一带

225

打招呼

有个憨相公，客人来了不知打招呼。他媳妇说："你望望你，来了客人也不知打个招呼，叫人家看着算个啥？"

憨相公说："谁知道招呼咋着打？"媳妇就教他："客人来了，你就说：'你来啦？'客人说：'来啦来啦。'你接下去再说：'坐下吧。'看着客人起身要走，你就说：'你走啦？'就算完啦。"

憨相公信了媳妇的话，学得怪认真。吃饭睡觉都口念不绝："你来啦？……坐下吧！……你走啦？"

有天晚上，有一个贼在屋后墙上掏了个大窟窿，爬进屋里偷东西。刚把头伸进来，正赶上憨相公睡在床上说呓语："你来啦？"贼一听，我的娘！吓得一腚坐在地上啦。就听憨相公又说："坐下吧！"贼一听，心想：乖乖，天恁黑他咋看清我的？赶快跑吧！拔腿就跑。憨相公又说："你走啦？"

贼边跑边想：人家这位大哥，心眼真好，待人真厚道。我来偷他，他待我还这么热乎。咱得凭良心，往后可不能再偷人家啦！

讲述者：袁天英，75 岁，小学学历，沛县朱寨镇梅村农民

采录者：朱迅翎，男，70 岁，大专学历，沛县文化局退休干部

采录时间：2020 年 3 月

采录地点：沛县朱寨镇梅村

226

高家娶鬼

还是在大清年间，深秋的一天，从俺双沟镇西南七里高村东南方向，远远望见来了一支娶亲的队伍。两班子喇叭吹打在前，后面是一乘花花绿绿的八抬大轿，呜哩哇啦、喝闪喝闪地进了村。此时，村子里响起了噼里啪啦的鞭炮声。不懂事的孩子喊着、闹着："娶鬼来了，娶鬼来了！"姓高的在双沟一带是大门大户，平常后生们说媳妇都是挑挑拣拣的；可今天，娶个死鬼干什么？这桩怪事，还得从头说起。

原来，这七里高村南五里远有一个刘家圩。村里有一户姓王的人家，户主王儒生，精通文墨，也精于农务。靠着家中几亩土地，平日里夫妻俩辛勤操劳，省吃俭用，也算得上家道殷实。无奈美中不足，夫妻俩同床二十年，直到老婆子年近五十才生了位千金。老年得女，也算是喜事一桩。女儿满月那天，乡邻们都来贺喜，王儒生热情置酒款待，并当场给女儿取名秋萍，暗合自己暮秋之年得女之意。王儒生虽说文墨怪精，但却满脑子石灰渣子。女儿四岁起，他就开始教她识文写字；他既不教《三字经》《百家姓》，也不教"四书""五经"，而是往女儿头脑中灌

输《列女传》，讲什么“女子无才便是德”“好马不鞴双鞍，好女不嫁二男”等封建礼教。女儿秋萍姑娘一直牢记，决不辜负父亲王儒生一片苦心；长到十五岁，大门不出、二门不迈，虽说肩不能挑担、手不能提篮，人却出落得如花似玉，头脑里也装满了什么“黄香温席”“烈女断臂”之类的东西，自己也决心以他们为楷模。

男大当婚，女大当嫁。姑娘十六岁那年，父母给她订了一门亲事，男方就是七里高村一个姓高的后生。这高王两家算是门当户对，王儒生夫妇在女儿面前提及此事，秋萍满面含羞，一句话定夺：“孩儿谨遵父命。”其实，秋萍对高家后生长得什么样，一概不知；她只知道嫁鸡随鸡，嫁狗随狗。

这年春，高王两家商定，等收秋毕后，择个黄道吉日，给孩子们完婚。谁能料到，离秋萍出嫁还有一个月，这姓高的后生突然暴病身亡。男家如何伤心自不必说，这王儒生夫妻俩暗暗哭泣，愁眉不展。不告诉女儿，眼看喜日将近，到时自然是纸里包不住火；告诉女儿吧，谁知这丫头到时会闹出什么事来。千思万虑，最后王儒生也不顾自己读书人的什么脸面，决心在女儿出嫁前给她另找婆家。

话说这一天，秋萍父母有事外出，姑娘独坐闺房，春心萌动，暗求苍天保佑，保佑自己能摊上一个英俊潇洒、读书识礼的如意郎君，保佑那高家后生才貌双全……果若如此，我王秋萍和他生儿育女、白头到老，就是再吃苦受累也心甘情愿了。姑娘正想得出神，门“吱呀”一声被推开，村北头的快嘴婆大婶走进房来。这快嘴大婶是出了名心直口快留不住话的人，只见她走进来张口就说：“你老崔姐，我娘家侄儿成亲，明天把侄媳妇接来吃顿饭，想请你去陪客，你可一定要去陪啊。你可一定要去啊，老崔姐！”快嘴大婶两句“老崔姐”不要紧，真把秋萍打进了闷葫芦。原来，按那时风俗，女孩子一旦订好亲，男方姓李，人就喊老李姐；男方姓刘，人就称老刘姐，有些地方沿袭不改至今。秋萍婆家姓高，当然要称“老高姐”了。过去婶子大娘来串门都“老高姐”长“老高姐”短地喊，今天为什么喊我老崔姐？莫非……姑娘想着想着害了怕。快嘴大婶也知道说漏了嘴，想抽身溜走。谁知秋萍姑娘“扑通”一声跪倒在她面前，拉住她苦苦相求：“还望婶子疼我，往常人都喊我‘老高姐’，今日为什么又喊我‘老崔姐’？”快嘴大婶缠不过她，只好一五一十地说了出来。

原来高家后生死后，王儒生一时想不出什么好办法；过了多天，老婆子说：“馒头未掰馅没淌，干脆再找个婆家。原来准备和高家成亲的日子不变，等花轿到门前时再告诉女儿，料也不会出什么大事。”老儒生起初怎么也不答应，什么“贞节女子从一而终”啦，“女儿再嫁，岂不失我列祖列宗脸面”啦，“叫我这读书人如何见人”啦……但老婆子一闹半夜，最后，老头子让了步，托媒人给女儿又说了户姓崔的人家；并和崔家说好，还在原来和高家成亲那天迎娶。这些，姑娘当然不知道。谁料想，事情给快嘴婆说破了。姑娘听罢，只觉头晕目眩、天昏地暗，扑到床上哭起来。这位快嘴大婶一边说：“姑娘想开，姑娘想开。”一边脚底擦油，溜之大吉。姑娘只觉天昏昏、地黄黄，直叫自己命苦，怨恨父母老了糊涂：想我王秋萍自幼读书，虽无安邦定国之才，却也知道一个贞节女子该如何处事。爹娘呀！你们不该瞒住孩儿这些天，更不该再给女儿找婆家。不由得眼泪像断了线的珍珠，思来想去没有出路。于是，银牙一咬，罢，罢，罢！我王秋萍宁嫁高家鬼，不嫁崔家郎，不如一死！如此虽不能算上烈女，也算我从一而终，不被世人耻笑。可怜，姑娘想到这里，竟悬梁自尽，走了轻生之路。

王家夫妻回家见女儿已死，自然是哭天喊地，痛不欲生。悲也罢，伤也罢，姑娘一死，故事也该结束了。可谁又能料到，鬼使神差，两天后一个夜里，王儒生夫妻做了一个同样的梦，都梦见女儿泪痕满面地站在自己面前，苦苦哀求说：“女儿生前不能和高家后生同罗帐，死后也要和高家郎君同坟葬。求父母可怜女儿，还在原来择定的和高家成亲之日，把我的阴魂嫁往高家。九泉之下，也要和高家郎君成百年之好。”一梦醒来，夫妻俩相对说明此事，不禁又老泪涟涟，抱头痛哭。谁知奇外有奇，天刚亮，高家后生的父亲风风火火来到王家，告诉王儒生夫妇，他们夜间也做了同样的梦。说到孩子之死和给秋萍的阴魂出嫁之事，都不免又伤心落泪。这样一来，就发生了高家娶鬼的故事。

至于秋萍姑娘是否阴魂有灵，九泉之下，她能否和高家后生结成百年之好，我们尚且不知；但却知道，一个鲜灵灵的黄花幼女就这样成了封建礼教的牺牲品。

讲述者： 刘焕彬，男，82 岁，中师学历，原睢宁县双沟镇中心小学教干

采录者： 张甫文，男，68 岁，大专学历，睢宁县委宣传部退休干部

采录时间： 2020 年 8 月

采录地点： 睢宁县双沟镇大街

附记

此故事流传于睢宁县西部双沟镇及周边地区，是反映封建迷信迫害民女的真实故事。故事主人公的墓碑在“文化大革命”前一直存在，后在“破四旧”运动中被毁。该故事民国时由双沟镇马庄村农民马王氏讲述，后传给本村农民高孝民，再传给朱炳玉、刘焕彬等人。现能详述者只有 10 多人，多为双沟镇老年人。《双沟镇志》《睢宁县民间文学集成》《江苏省非物质文化遗产普查·睢宁县资料汇编》等均有记载。（张甫文）

227

捉鬼

听俺庄老人讲，还是在清朝光绪年间，俺苏北人收秋毕后，自天昼夜盘点子，想头绪出去捣鼓点买卖赚钱好过年。有不少人到山东以粮食换生姜，有个叫冯老大的，那人很机灵、很有抹[1]，每趟都能赚几块大洋。一天，他族里有个老嫂子把儿子托给他学做生意，好说歹说才答应。

次日，一大早爷儿俩就套上驴车上路了，到傍晚喂牛时就赶到了韩村集。车到兴隆骡马店门前停下了，可店门紧闭。冯老大从门缝往里喊，老板见是老主顾，热情搭话。冯老大忙问：“怎么这早就把门关上了？”老板神秘地贴着冯老大的耳朵：“老兄，你哪里知道，我这店从你走后就关门了。”冯老大点点头，立忙追问：“出了什么事？”老板又一次踮起脚跟，把嘴巴对着冯老大的耳朵：“俺村韩老财家闹鬼啦！还出了人命呢！俺村上人一到晚上都走光了，谁也不敢在家。现在你趁天还没黑，赶快往前赶一店再歇脚吧！”

冯老大似信非信，叹了一口气，又打破砂锅问到底。

[1] 有抹：方言，有本事、有面子。

原来，韩老财家的使用丫头不知因什么上吊了，解下来放在草料房里，当夜还派大领[1]陈二看尸。可夜里死尸从房顶打个洞蹿出去了，还把陈二弄死在窗下，肚肠子都给抓出来了。打出这事后，谁也不敢进去。

冯老大听后自信地向店老板说："真人不说假话。你老弟我身怀绝技，有祖传捉鬼的秘诀，专会捉妖降魔。君子无戏言。"老板听了冯老大的表白标榜，喜出望外，猛地拍了一下冯老大的肩膀说："老弟！你发财了！韩老财有言在先，谁能保他家平安，赏现大洋一百块，还赐宴三天。"店老板执意让冯老大现在就到韩老财那，来到朱漆大门前喊门。不多时，韩老财请他们内房相见，答应了冯老大的要求，选了十名精壮小伙子，当晚每人一把钢刀和一个火把，待三更时分真的动手了。十个小伙个个胆怯，头皮发麻，一身鸡皮疙瘩，两腿不住筛糠。来到草料院，冯老大叫人排成一排，在外压住阵脚，自个儿一人进屋捉拿。说时迟那时快，只见他手持大刀，身披大红，口中念念有词，进了里屋，"噼里扑通"地乱舞一阵，喊叫一阵；出来后说鬼已捉到，放在床上了。众人神秘且胆寒地近前一看，一点不假，那个丫头死尸躺在床上，仍盖着那块红布。

韩老财高兴得没法说。设宴款待，如数点了一百块现大洋，宴请三天一顿不少。冯老大喜滋滋地接过大洋，扯谎说有要事在身不能久留，爷儿俩上路回家了。

走在路上，侄儿纳闷地问："叔叔，我从没听说你会捉鬼。"冯老大"哈哈"一笑："哪有什么鬼！鬼这东西，都是人猜疑的，自个儿吓唬自个儿罢了。上趟我也在兴隆骡马店歇脚的，带的草料被驴吃光了，夜间我随便出去找点草喂牲口，无意中遛到了韩老财草料院墙外，一看房里净是秆草，我就爬上去顺便捆上一捆。谁知这房顶全是用草堆起来的，一下没注意踏了个空，掉到房里去了。只见屋里摆着一张小方桌，还点了一盏豆油灯，一张床上躺着一具死尸，是女的，用红布盖上的。我想出去，可门又是从外边锁上的，房顶虽有个洞，太高又上不去。正在发愁，忽听外面有脚步声，越来越近。我把死尸往床底下一拥，用草盖上；我装死睡在床上盖好红布。谁知进来了四个人抹纸牌。这是看守死尸的人消磨时间的，胆大的那个毛胡脸靠床坐着，其余的对着床坐着，四个人一个劲地吃烟，满屋烟雾迷漫，我的烟瘾也上来了，可脸上又蒙着红布，只好一呼一呼大口大口品烟雾过瘾了。谁知对床坐的那个人，到灯上对火吃烟时，一抬头看见红布在动，没敢讲，借口出去尿尿溜走了。另一个坐得乏味，也到灯上对烟，也看到了红布在动，也借口出去了。屋里走了一半，这两个牌也打不成了。隔了好一会又出去一个，只剩一个人，我就想同他说明原由。可我刚拉架从床上猛地坐起，那个大个子吓得'哇啦'一声，'妈呀！'还没喊出来，就奔命朝桌子对面的木窗棂上撞去，想窜出去。可这人只出去了大半截，肚肠子给窗棂的木爪子挂出来了。我也慌起来了，走为上策。第二天，小鸡只叫了第三遍，就和账房先生结账颠圈[2]了。"说完，冯老大得意地从怀里掏出大洋，喜滋滋地说："真巧，我这趟出门带钱太少，你看现在不是足足的吗？哈哈！这都是托鬼的福气呀！"

讲述者： 李文金，男，84岁，大专学历，睢宁县文联退休干部

采录者： 张甫文，男，68岁，大专学历，睢宁县委宣传部退休干部

采录时间： 2020年8月

采录地点： 睢宁县文联

附记

此故事流传在睢宁县东南原王林乡，1987年由时任王林乡文化站站长何光侠听他父亲讲述并整理，入编《睢宁县民间文学三套集成》。后传遍周边各乡镇。（张甫文）

[1] 大领：长工。

[2] 颠圈：溜了，跑了。

228

孤庙『闹鬼』

从前有个锔锅匠朱五，整天担着小挑子遛乡。有一年夏天，他担着挑子走在前不靠村、后不靠店的漫洼里，正巧下起了大雨，就像水桶往下倒的样。到哪里避雨去呢？没法子，只得去路旁不远的孤庙里。

提起这座孤庙，老辈人都说里边好闹鬼：大白天出白驴，天地不落出妖怪，黑天半夜鬼哭狼嚎。就是说，反正没谁见过。没见过不假，可听说的人再也不敢到庙里烧香拜神啦，孤庙就断了香火。多少年啦，都没人进过，院子里荒草蓢棵，墙头倒啦，庙门塌啦，除了大殿还好好的。

朱五硬着头皮躲进孤庙大殿里避雨。炸雷"咔嚓""咔嚓"，一个接着一个，震得人头蒙；闪光一明一明，刺得人睁不开眼；大风刮得几棵老柏树"呼呼"怪叫，真瘆人；再看看大殿里鬼判神态，龇牙咧嘴、吹胡子瞪眼，真是吓死人。

朱五放下挑子，把扁担攥在手里，心想，不管啥妖怪来喽，我先揍你一扁担再说。人们常说："怕神跑庙里，怕鬼就有鬼。"一点不假。朱五一抬头，从庙门真的走来一个妖怪，身像活人高，头像和面盆，没鼻子没眼，一身长毛，"扑哒""扑哒"朝着大殿走来啦。妖怪将进殿门，朱五举起扁担，使上吃奶的劲，狠命地朝那妖怪砸去。"咔嚓"一声，朱五一头倒地上，啥也不知道啦。

朱五醒喽，看也没看，拔腿就往家跑。一头倒在床上，一病半月多，差点没要了老命。年后春暖花开，他才能拄着棍溜达溜达。

这天，村头唱大戏，听戏的人山人海。朱五不敢往里挤，只在边上转来转去。转着转着，你说碰见谁啦？邻村的瓜匠麻六，也是病了半年多，才起来走走。朱五问麻六得的啥病，麻六叹了口气："咳！甭提啦。去年六月十八，刮大风下大雨，瓜庵叫风刮倒啦。没法子，我就披上蓑衣，顶上斗篷，到孤庙里避雨。将走进大殿，就听'咔嚓'一声，不知啥怪物砸到头上，把我吓昏啦。醒来跑回家，一病半年多。一地瓜白搭啦，钱也花光啦，还差点搭了老命。"朱五听喽，一拍大腿："哎——砸你的就是我呀！"也把这事说喽一遍。他俩恼得直摆头，连说："哪有鬼？哪有神？都是活人吓活人。咳！"

讲述者： 蔺玉红，男，61岁，初中学历，丰县赵庄镇张老家村

采录者： 蔺玉红，男，61岁，初中学历，丰县赵庄镇张老家村

采录时间： 2007年6月

采录地点： 丰县赵庄镇张楼

附记

《孤庙"闹鬼"》故事在1960年代由丰县赵庄镇夏王庄农民夏守云讲述，李文启采录整理，编入《丰县民间文学三套集成》。今由蔺玉红讲述整理。（卜凡柯）

229

蜂鸦大战

自古以来，人与人、兽与兽、鸟与鸟、虫与虫的争战很常见，不稀奇。但要说蜜蜂和乌鸦这两个不同类不同种的虫鸟之间展开生死大战，你能相信吗？你别不信，这事还真有，还就发生在邳州地。

那是在一九三八年农历三月。这一年，运河北岸坝头村一户汤姓人家养有几窝蜜蜂；汤家门前有几棵大椿树，树上还有几个乌鸦窝。早先，蜜蜂和乌鸦各自生活，互不相干。后来，乌鸦繁衍多了，又在树上做新窝，这新窝恰巧坐落在蜂房的上方。这样一来，树上的乌鸦一拉屎就落在了蜂巢上。蜜蜂哪里受得了乌鸦这般欺侮，便群起而反击。乌鸦浑身上下有羽毛覆盖，能够挡住蜜蜂的毒钩，蜜蜂就专拣它的眼部去蜇。几只乌鸦被蜇得哇哇怪叫，这一叫，竟招来了更多的乌鸦。乌鸦们看到自己的同类被小小蜜蜂蜇伤，仗着自己体大力强，一齐飞到蜂房门口去报复，一口一个将蜜蜂啄死。蜜蜂虽小却万众一心，同仇敌忾。刹那间，成百上千只蜜蜂倾巢而出，将鸦群团团围住，每一只蜜蜂都像勇士一般，奋不顾身地将尾部的毒针刺入乌鸦的眼睛。乌鸦经不住蜜蜂的蜇咬，有的怪叫着飞向空中逃命，有的则被蜇伤掉落在地上。也许是同类相惜的缘故吧，乌鸦的惨叫引来了更多的乌鸦；而蜜蜂也引来了更多的蜜蜂。一场世间罕见的蜂鸦大战便在邳州上空展开了。成百上千只乌鸦被遮天蔽日的蜂群追逐得四处奔逃，不时有乌鸦被蜇死蜇伤从空中摔落在地面。当然战死的蜜蜂也不计其数。

传说，这一场蜂鸦大战一连持续了三天。第一天，从坝头村一路向西战到三连庄和前、后索家以及运河铁路大桥一带；第二天，又一路向南从庄场打到运河南岸猫儿窝、冯瓦房一带；第三天，又在坝头附近激战了一天，沿途战线迤逦二十余里。蜂鸦大战所到之处，吸引成千上万的民众争睹奇观，一时间成为街谈巷议的“头条新闻”。事后有人查访说，这场蜂鸦大战双方都调集了方圆几十里内的同类前来参战，参战的乌鸦中除了周身全黑的黑乌外，还有脖子上长白毛的白颈乌；而参战的蜂群中，也有不少黄蜂和马蜂。

这场蜂鸦大战是怎么平息的呢？民间传说，第三天蜂鸦大战时，忽然飞来一大群燕子，多达几百上千只。这些燕子“叽叽喳喳”穿梭于蜂鸦战场，且叫声不时变换，在蜂群中“叽叽叽”，到鸦群中又“喳喳喳”。过不多会儿，蜂鸦双方便慢慢地停止了争斗。这时，燕子的叫声似乎也变得更欢快，“呢呢喃喃”像在唱歌。人们议论说：这场蜂鸦大战的平息是多亏了燕子从中调停啊！人不懂鸟语，到底是真是假，谁也说不清。

讲述者： 陈文利、汪树民
采录者： 张玉迎，乡文化站站长
采录时间： 2014 年 6 月
采录地点： 邳州市东湖街道坝头社区

附记

本篇选自《邳州民间故事传说》(江苏人民出版社，2015 年 3 月版）。《蜂鸦大战》，也叫《蜜蜂战乌鸦》。这个传奇故事发生在 1938 年春天，京杭大运河岸边。亲眼目睹过这一奇观者，目前尚有不少人在世。讲述者是当地居民，他们能举出不少例子，说明当时的战况。采录者张玉迎，曾搜集过不少蜂鸦大战的资料。（柏枝）

230

义狗伸冤

听俺古邳街上有年纪人讲，过去有一年水淹下邳，大多数人都被淹死了。幸存的少数人中有个石员外，石员外的妻子、闺女也被淹死了；石员外在水中漂游时，是因为碰到一条船才活下来的。

石员外一生好行好，在船上刚歇一会，看见一条狗在水中挣扎，就赶忙把狗救上船。不多一会，又漂过来两个人，石员外冒着生命危险又把两个人救上船。等两个人清醒一问，知道其中一人是进京赶考的书生，另一个是歹徒。过几天水下去了，书生谢别石员外，继续进京赶考；而那个人和一条狗无家可归，都留在石员外家里。那人就给员外当佣人，狗替员外看门。

这个佣人见石员外家很有钱，就暗暗起了歹心。

大水过后，官府一边查灾，一边调查有无坏人趁火打劫，在水灾期间发不义之财的。石员外家佣人为了侵吞主人财产，就到官府诬告，说石员外在水灾时抢劫民财，只捞财宝不救人，抢了很多金银财宝在家里藏着。因为当时了解情况的人死的死，逃的逃，也无法调查；官府就把石员外缉拿归案，定了罪，判了刑。可怜石员外满腹冤屈无法申诉，身陷囹圄，成了囚徒。

再说那个被石员外救过命的书生，进京考取了官员，这天坐着八抬大轿来到下邳，是皇帝派他来查灾赈粮的。官轿没进邳州城，人们就夹道欢迎。石员外的那条狗也在人群中窜来窜去，一看轿里面是和它一起被石员外救过的熟人，它就转脸赶忙往牢里跑。看石员外脖子上披枷戴锁，它又赶快跑回家去，用嘴衔来笔和纸。石员外接了笔和纸，把自己的冤情详细写在纸上，写好交给狗。狗就衔着状纸到钦差大臣轿前不走，无论随从的人怎么打，它也不走，把状纸护在胸前。钦差大臣看着感到奇怪，就叫随从把狗脸前的纸呈给他看看。看完状纸，钦差大臣非常生气："想不到世上竟有如此忘恩负义、恩将仇报的小人。这个黑心贼能骗过别人，可今天骗不了我。我和你一同被石员外搭救，今天我要伸张正义，为员外昭雪，以报搭救之恩。"

他当即速命左右跟班刀斧手，将忘恩负义的佣人迅速抓到。在查清事实真相，验明正身后，当街砍头示众。同时，钦差大臣又亲自到牢里把石员外接出来，并大礼参拜。

讲述者： 刘全义，男，72岁，初中学历，睢宁县古邳镇原文化站站长

采录者： 张甫文，男，68岁，大专学历，睢宁县委宣传部退休干部

采录时间： 2020年6月

采录地点： 睢宁县古邳镇大街

附记

此故事流传于古邳镇及周边地区，民国时期由古邳街知名人士吴如魁传讲，后传给郑芬、李文金、刘全义等人，一直有序传讲至今。《睢宁县民间文学集成》《中国民间故事全书》《江苏省非物质文化遗产普查·睢宁县资料汇编》等均有记载。（张甫文）

231

害人如害己

从前有家姓赵的，三口人，妻子叫兰妮，丈夫叫赵良，还有一个儿子叫小龙。他这一家人不爱劳动，全靠赵良在外拦路抢劫度日。

一天晚上，赵良身穿一件白大褂，头戴一顶白孝帽子，在庄东的一座桥下，等候过路行人。过了一会儿，一位商人从这里经过，赵良急忙从桥下钻出来。这位商人一见吓了一跳，然后一想：我经常出门在外走黑路，从没见过这东西，得想个办法对付它。他静下心来顺手从桥上抠了块石头，朝这个穿白衣的东西砸去。正巧石头落在那人的身上，那个人应声倒下。商人就急忙朝前赶路，不多一会，来到前面的一个村庄，见这个庄头的家还亮着灯，就朝这家走去。来到这家后，见一个大嫂，商人就把他在路上遇到的事情，一五一十地告诉她。大嫂看这人吓成这样子，累得气喘吁吁，就让他到内间床上休息。大嫂说："床上有小孩，别压着他。"商人听了就去休息。大嫂刚刚把商人安排好却猛然一愣，心想：丈夫化装出去，与来人所讲的一样，会不会是他呢？要是被这人砸死那么我们娘儿俩今后的日子怎么过呢？对，如果真是他把丈夫砸死，我

也不能让他白白走开。兰妮正在屋中想着，突然丈夫推门进来。兰妮忙迎上前去，一看丈夫浑身沾满了血迹，脸上血淋淋的，就问丈夫是谁害的。丈夫说罢，妻子就告诉丈夫商人正在自己家床上休息，况且这人身上还带了很多银两，他们杀了他便一举两得。两人说罢，分头去作了准备，赵良拿出钢刀到锅屋里磨起来，准备杀掉这位商人。

再说这位商人吓得不轻，怎么能睡着觉呢？听说大嫂的丈夫回来了，又听到“嚓嚓”的磨刀声，一想大事不好，刚才在路上遇到的那个人可能就是大嫂的丈夫。

赵良磨好了刀，便轻手轻脚来到床前，举起明亮的钢刀朝那人头上三刀，腚上三刀，腰上三刀。赵良心想：这下可把商人杀死了。兰妮从外边跑来说：“可甭杀错了，别把小龙给杀了。”两口子定眼一看，砍死的不是别人，正是自己的宝贝儿子小龙，商人却不见了。这真是偷鸡不成蚀把米，害人等于害了自己。两口子半夜间想：不能白白杀死儿子，得想法给儿子报仇。于是又生了一计，两口子抱着儿子的尸体丢在本村有钱的王家花园里。到了天亮，两口子装着不知道，到处找儿子，逢人就说半夜里不知道孩子是让人家给抱走了，还是让人家给害了。找来找去，在王家的花园里找到了。两口子硬说是王家害死他的儿子，就给姓王的说：“你们看这事该咋办？是私了还是官了呢？”姓王的问：“私了怎么说？官了又怎么讲呢？”赵良说：“官了就是官断，私了就是你家的全部家产给我们一多半才行。”王说：“咱们私了吧，我家财产给你一半。”赵良一听说不行，少一点也不行。双方争执不下，就去经官。县官一无凭二无据，也断不出结果来。因多次到县官那里打官司，王家的银两几乎快花光了，他整天愁得吃不下饭，睡不着觉。后来姓王的决定用全部家产跟赵良打官司。

一天，姓王的正在家里，有位商人来到王家，给姓王的说：“你的官司我包了，到县大堂打官司我去，不要你去了。”

第二天，那位商人来到县大堂，商人见了县官指着赵良说道：“县官大人，这位就是砍杀他儿子小龙的凶手。”县官一听，忙问道：“你怎么知道的呢？”商人把那天晚上发生的事情一五一十地讲了出来，赵良一听吓得目瞪口呆。这时县官问赵良说：“此事可真？你有啥话可讲么？”赵良听了闭口无言，只好低头认罪。后来，县官把赵良两口子都处死了。

讲述者：权江，男，80 岁，大专学历，贾汪区公司退休干部

采录者：韩圣师，男，58 岁，大专学历，贾汪中等专业学校教师

采录时间：2020 年 7 月

采录地点：贾汪区中专学校

（二）工匠与交友故事

232

拽梁头

从前，江南有位老木匠，手艺怪好。这一年，他带着两个徒儿到咱苏北来做活。活做响[1]了，这家请、那家叫，有活也不愿找当地木匠干。当地木匠眼红了，凑到一块就想点子对付这师徒仨。

这一天，三个木匠给一家财主合屋梁[2]。梁合好了，约莫到二更天光景，老头听见门口有脚步声，紧接着就听有拉锯和砍斧头的声音。开始，老头没当回事，又过了一会，还是“叮当扑哧”地响。趁月亮地，老木匠伸头一看：不好了，有七八条壮汉截那架合好的梁头。老木匠一看有人玩自己的把戏，很生气；但转念一想，来者不善、善者不来，我出去求求他们也许会行的。转念又一想，不行！万一这几个黄子[3]不论头青脸肿，把你揍个腿断胳膊折，到哪里打官司告状去？想到这里，老木匠摸过长杆烟袋，按上烟，一袋接一袋抽起了闷烟。过好大一会子听听外边没动静了，老头出来一看，梁截断一大截子。老木匠唉声叹气：“唉，出门人难哪，做不好活吃不上饭，做好了有人嫉妒。”他回到屋里，把两个徒儿喊起，说了缘由。两个徒弟一听，火冒三丈，非得要找那几个家伙去讲理。老木匠说：“算了吧，刚才那几个人截梁的时候，我就想喊你们俩的，恐怕你俩搂不住火气把事情闹大了。既然他们来找咱的麻烦，咱们也就甭怕有麻烦。来吧，甭误了东家明天上梁，咱们开始干活。”

第二天一大早，盖屋的人来了，就要动手上梁。夜里捣鬼的那几个木匠约了几十口人来看笑话，想趁机把外来的三个木匠轰走。谁知老木匠也有几个点子，一看围观的人那么多，也想趁这个机会出口气，就说：“各位师傅停一停，叫徒儿量一量是长是短。”

两个徒儿拉尺子一量，“嗷唠”一声说：“师傅，不好，短半尺。”财主听说梁短，破口大骂木匠“饭桶”，并喊人要揍这三个木匠。

老木匠说：“东家别急，我还有一个法，拽一拽试试看。”

众人一听都撇嘴说：“你是道码子看天——没有神下了。没听说木头短了能拽长的。”

众人正七嘴八舌地说着，又看老木匠一手拿着斧头站在当中，两个徒儿一人抬着梁的一头。老木匠用斧头砸一下，两个徒儿拽一下；连砸三下，徒儿拽了三次。

老木匠说：“你俩量量怎么样？”

徒儿一量说：“师傅，还差一寸多。”

“差一寸多好办，再来一次。”老木匠又狠狠砸一下，徒儿也狠劲拽一次；再一量，正好。盖屋匠七手八脚把梁头抬上墙，一放，正好！众人都很惊奇，觉得这三个木匠不是凡人，“呼啦”一下把三个木匠围住，非要叫他们讲讲短梁是咋拽长的。老头看人越来越多，火候已到，就开腔了：“众位老少爷们，俺一不是神，二不是仙。昨天夜里二更天，来了七八个黑影，不知是人是鬼，偎到俺做好的那架梁跟前，锯的锯，砍的砍，把梁截短半尺长；我想上前求他们手下留情，又怕这几个人没有人心眼儿。他们走后，俺爷仨一量，屋梁短半尺。无奈，俺把这架短梁拆了；主家木头多，俺夜里又重新做了一架梁。刚才拽梁，

[1] 响：指出名了。

[2] 合屋梁：做房梁。

[3] 黄子：方言，家伙。

那是玩的绕眼法。”

一番话，把那几个玩点子的当地木匠说得满脸通红，偷偷溜走了。

讲述者：邵长密

采录者：杨权业

采录时间：1987年5月6日

地点：铜山县邵桥村

附记

本篇选自《中国民间故事全书·江苏·铜山卷》（知识产权出版社，2007年6月版）。

233

二贤庄

早年季南庄上有个换荒[1]的，名叫单友，娶了个贤惠的媳妇，小两口日子过得才恣[2]。

十月天冷，一天下午下了大雨，换荒的媳妇听见有敲门声，她以为是自己的外人[3]回来了，忙去开门。见是一个二十多岁的人，淋得像落水鸡一样，想借地方避避雨。

进屋后那人问道：“大嫂，你家中人口不多吧？”

“就俺两口，男人外出做生意去了。”接着反问，“你从哪里来？干啥的？”“我叫单报，家离这有一百多里路远，也是个做生意的。今天给大嫂添麻烦了。”

“有啥麻烦，俺当家的叫单友，咱们还是一家子呢！”说着回屋拿出丈夫的旧衣服，叫那人到屋里换上。

天黑了，雨更紧。单报说：“大嫂，您庄上可有客店？”

单友妻子说：“庄小没客店，也没有卖饭的。雨下得这么大，到这晚上哪去？我弄点饭你吃，晚上就住在俺锅

[1] 换荒：收废品。

[2] 恣：美，心里高兴。

[3] 外人：丈夫。

屋里吧！”

单报说：“大嫂，怎好再麻烦你！”

“这没啥，谁人不出外？我丈夫今天要在外面遇上雨，不也一样吗？”

没多会，她炒好了两样菜，又拿了一壶酒、一盆面条、两个馍馍，说：“大哥，俺家没菜，担待点。”

“大嫂这样客气，我实在过意不去。”

单报吃饱喝足，就到锅屋小床上休息。临睡前，单友媳妇又给他送来了一件棉袍。

半夜，天晴了，单报来到堂屋门口说：“大嫂，天晴了，我想早赶路，今天还能赶到家。棉袍放在锅屋小床上了……”

这庄上有个流荡鬼，整天算计着单友媳妇，就求邻居王婆帮他勾引。这个王婆专会“拉马扯皮条”，又爱占小便宜；接了流荡鬼的钱财，到单友媳妇家勾引几次，都被骂出家门。以后，王婆就跟单友媳妇结了疙瘩。该着冤孽，单报临走时和单友媳妇的话都被王婆听去了，她便在那件棉袍上打了坏主意……

天明，单友媳妇起来到锅屋一看，棉袍没有了，就有点怪单报，心想：我好心待你，临走还把棉袍给偷走了，真是好心不得好报。

没几天，单友回来了。一天他向媳妇要棉袍穿，她听了一惊，说：“让俺哥穿走了。”

这天傍晚单友遛到老岳父家，就找大舅子要棉袍，大舅子说：“你的棉袍没在这里。我好长时间没到你家去了。”

在回家的路上，单友对这事犯了疑心，就决定到左邻右舍打听打听媳妇的作为。顶头碰见了王婆，她就把单友让到家里坐。

单友说：“大娘，咱俩家住得最近，我经常不在家，你侄媳妇如果有对不起你和不对的地方，你只管说，她要不听就给我说。”王婆一听，可找到出气的机会了，赶忙接着说：“大侄子，咱老几辈都是好邻居，从没红过脸。不瞒你说，我心里还真有几句话，早就想朝你说，可又怕你两口生闲气。昨天夜里，我想了半夜，觉得无论如何得给你说明白。”

“有一天夜里，我起来上厕所，就听见你家里有男人说话，男女有说有笑。快天明的时候，见一个和你差不多高的男人，从你屋里走了出来，还穿着长袍子，你家里开门送到门口，还对那人说‘晚上早来’。那人说：‘一定早来’。大侄子，我对你说的这些话，你到家千万不要给侄媳妇讲，也不要打骂，年轻人劝劝说说就好了。”

听了王婆的挑拨，单友的气可大了，到酒店打了四两酒，一气就喝干了，然后歪歪斜斜向家走去，到家时，已有二更多天了。

进家劈脸就问媳妇：“我对你哪点不好，你不该对不起我。”

“我哪点对不起你？”

“棉袍子到底叫谁穿去了，你今天给我说实话。”“叫我哥哥穿去了。”

“昨天我到你哥哥家中去，他说很长时间没到咱家来过了，你为何硬说叫他穿去啦？”

媳妇一听，觉得瞒不住了，才说了实话。

单友心里只记住了王婆的话，又喝了四两酒，哪相信她说的实话，便开口骂道：“你这不要脸的贱人做的好事。给你一把刀，一条绳，门口还有井，想怎么死都行，不要活在世上再丢人现眼。”说完就气昏了，加上酒劲，便倒在地上不省人事。

单友媳妇越想越恼，一时想不开，便拿条绳上吊了。

到天明，单友醒酒了，抬头一看，媳妇上吊了。赶忙把她松下来，用手一摸，浑身冰凉，这时他才有点后悔：还没弄清真假，不该那样对待媳妇。他把媳妇的尸体装在棺材里，也没下葬，就柩在后园里。

再说避雨人单报，当天就到家了，在家过了几天，心中时刻记住单友媳妇的好处。一天晚上，他对妻子说：“单家嫂子对我这样好，我得买点东西谢谢去。”

妻子说：“这是应该的。”

这天晌午，单报在吃饭的时候，到了单友家。一看，门是关着的。他走向前去敲门，高声喊：“单友兄在家吗？”

门开了，从里边走出一个无精打采的男子，他问：“你找谁？”

“找单友兄。”

“我就是。”单友把客人请到屋里，接着问单报，“客人贵姓？找我有什么事？”

“我也姓单，叫单报，咱们是本家。前几天避雨，就睡在你家锅屋里，嫂子还拿出你的棉袍给我盖。那天要不是大嫂，我就冻死啦！我这条命是大嫂给的。今天特来向兄嫂道谢的！”

单友不由流出了眼泪，叹了一口气说：“她已经死了！”

一听说嫂子死了，单报愕然一下子，忙问：“嫂子得什么病死的？”

“她什么病也没得，是上吊死的，就是因为我的一件棉袍。”接着就把媳妇死的前因后果说了一遍。

单报心里真像油煎一样难过，哭着说：“是我害了嫂子。要不是我避雨，怎么会出这回事！”

临别时，单报拉住单友的手说：“兄长如今落了单，也是我害的。等我回家，一定给兄长说一门亲事。你在家等我，三天之内，我把新人给你带来。”说完，就哭哭啼啼地走了。

回到家，单报当晚就问妻子：“你嫁到俺家两年多，我待你怎样？”

“你待我很好。”妻子又想：他今天问我这个干啥呢？

“今天我求你一件事。”

“你只管说，我能办到的，一定办。”

“那好心的嫂子上吊死了，是因为我避雨的事死的。我想让你去做单友的妻子行吗？”

单报的妻子吃了一惊说：“这怎么行，不能另外给他说一个吗？”

“我来时给单友兄说，三天内就给带去。时间恁么短，哪说去？就是能说好，也不一定合适。”

“别的事情我能办，这件事你说什么也不行！”

“你如果不答应，我今天就死在你面前。”说着就要撞头。

单报妻子心如刀绞，泪如泉涌。过门两年多，两人没红过脸，现在看到丈夫这个样子，只好点了头。

第二天傍晚，两口子来到单友家。单友抬头一看：单报赶着一头小毛驴，驴身上坐着一位年轻的女子，就说：“兄弟，你太诚实啦，快到家里坐吧！”

三人一同进了屋。刚坐下，单报就说：“仁兄，这是我给你带来的仁嫂，现在就拜天地吧！”

话还没说完，只见单友的死妻进来了，她笑眯眯地说：“贤弟，您都来啦！”可把三人吓坏了，连叫打鬼。

单友死妻说：“我不是鬼，为啥一个劲地要打我？”

“你死了几天，怎么又活了？”

“唉！”单友死妻说，“我也不知怎么又活了。不过我刚才爬出棺材时，看见王婆死在地上，不知是怎么回事。”

三人半信半疑，一同来到后园。棺材果然开了，又见王婆抱着一件棉袍跪在棺前，已经死了。这是怎么一回事呢？

原来，自从单友媳妇上吊死了以后，王婆心里明白是自己害死的，就有点害怕。俗话说“做贼心虚”，她走不安、睡不宁，特别是黑天，听见一声响，就吓得心惊肉跳，这样不几天就疯癫了。今天合黑，她好像看见单友媳妇脖梗上套根绳子，舌头伸多长，来向她要袍子，当时吓得“嗷唠”一声就死过去了。醒来后，就抱着棉袍子偷偷地到单友媳妇的棺材前，掀开棺盖想把棉袍子塞在棺材里。谁知用手一扒拉尸体，忽然，单友的死妻一睁眼，接着又慢慢地坐了起来。这下，可把王婆吓坏了，跪在地上一个劲地喊：“侄媳妇饶命！”

死过几天的人咋又活啦？说来也巧，单友媳妇上吊后，喉咙里还憋住一口气，没死定。王婆一拨搂尸体，那口气缓过来了，所以又活了，王婆也就吓死了。

真相很快弄明了。两对夫妻又重新团圆，单报两口子也不走了，干脆两家合为一家，相处得比亲兄弟还亲。后来有人就把这个村子改名叫“二贤庄”。

讲述者： 夏自元，60 岁，高小学历，张集乡张集村
采录者： 王政文
采录时间： 1987 年 3 月 29 日
采录地点： 铜山县张集村

附记

本篇选自《中国民间故事全书·江苏·铜山卷》(知识产权出版社，2007年6版)。

234

诫友碑

从前，褚家桥有一块“诫友碑”，碑上刻着四句诫友诗：处人处面不处心，处到头来泪纷纷；义气哥儿不义气，找友要找正路人。

说起这块诫友碑来，还有一段故事哩！早先年，褚家桥有父子俩都爱结朋拜友。做爹的结交了一辈子朋友，只说张大锄算一个；儿子呢，他的朋友就多了，掰着指头也得数半天。乡下人好逗笑，便给这父子俩各送个外号：爹爹叫作“褚一个”，儿子叫做“褚四海”。

褚一个见儿子整天价[1]和朋友们泡在一起，肩搭肩、手挽手，心里像大冬天吃西瓜似的，甜也有，凉也有。他担心儿子跟不三不四的人瓜葛上了，日后会出乱子，便经常教育褚四海不要“滥老好”。褚四海总是把爹的话当作耳旁风。大年三十这天，褚四海的朋友都回家过节去了，褚一个又数劝起来：“锣要敲在镗上，人要处在心上。你们那么多人团成伙伙，能个个心窝贴心窝？酒肉朋友沾不得，嘴皮子朋友靠不住啊！”褚四海梗着脖子，说：“树

[1] 整天价：整天，天天这样之意。

不能只结一颗果子，人不能只交一个朋友，多一个朋友就多一条路嘛！”这父子俩你有来言，我有去语，怎么也拢不到一块儿去。

褚一个眉头一皱，计上心来。他说：“真朋友，假朋友，大难当头最清楚。眼下，我有一件事儿，要请你的朋友来帮帮忙。那些愿意帮忙的，日后你们还相处下去；那些不敢上前的，就两拉倒！”褚四海应承了下来。

守岁时分，褚一个杀了家里的一条大黄狗，把狗血泼在儿子身上，说：“到你最要好的朋友那里去！就说你杀了举人老爷，让他们把你藏起来，躲躲官司。”

褚四海觉得跟大仁兄结拜最早，也最要好，便拔腿跑到他家里：“大哥，我杀了举人老爷……”褚四海的话还没有说完，那大仁兄早吓得面如土色了：“这……举人老爷能杀得吗？要是被衙门知道了，这可要株……连九族的呀？仁……弟呀，你嫂子正坐月子，担不起惊吓，你……就先到老二家里去避避风头吧！”唏，火蛋子掉进冻窟里，褚四海的心可被这话凉透了。

“此处不留爷，自有留爷处。”褚四海脚一跺又颠到了二仁兄家。这二仁兄听说褚四海杀了举人老爷，眉头皱起了疙瘩：“仁弟呀，莫怪二哥见死不救，你看我这两间破草屋能把你藏得严实吗？老三家里房院大，你先去看看。”平时，褚四海吃个蚂蚱也少不了三仁兄一条大腿，他想，这三仁兄肯定会收留他。哪知三仁兄见他血头血脸地奔来，料定事头不妙，连忙闩上大门，骂道：“滚滚滚，你这该死的丧门星！”

褚四海一连跑了三家，都是秋后的桑叶无人睬（采），真是黄连水洗头——苦恼（脑）极了。想想别的朋友，交情更平常，他再也无心去投奔了。褚一个见儿子耷头耷脑地回家来，也没多责怪，只是说：“再到你大锄伯伯家里去试试看！”褚四海打了一个寒战，他知道张大锄是一个疾恶如仇的人。有一年，他的一个朋友赌博输了钱，去偷人家的鸡被张大锄抓住了，送进衙门挨了二十大板；眼下要是刘备招亲——弄假成真，那还了得？褚四海不敢去。在爹的再三催促下，他才硬着头皮来到张大锄门口：“大伯，我杀了人，爹叫我到您老这里来躲躲。”

张大锄着实吃了一惊，忙把褚四海拉进屋里，低声问道：“你杀的是谁？”

“举人老爷。”

“嗨，是那个龟孙呀？他早就该宰啦！”张大锄叫褚四海脱下血衣，洗洗手脸，又说，“你先喝碗酒压压惊。”

“大伯啊，官兵要是把我抓去了，您老不怕株连九族吗？”

“管他娘的九族十族，就是一百族又能咋着谁？咱爷们杀他一个够本，杀两个就赚一个。要是得手的话，再宰他们十个八个也不解恨！”张大锄说着又把自己的独生子小虎叫到跟前：“虎儿，快把你弟弟的血衣换上！先到大门口去绕绕官兵的眼花，然后再往大山里跑。”

“大伯啊，您老就甭让虎哥去白跑啦！”

“咋着说？你把大伯看成啥样人啦？我和你爹从小在一起给那龟孙举人家扛活，睡觉一张铺，吃饭一个瓢，活像一个人多长了个脑袋。当年那龟孙举人想谋害我，要不是你爹助我一膀，我这一家人早就散板[1]了。今天，万一虎儿被抓去了，咱去双还有单，我和你爹也断不了根！”褚四海闻听此言，眼泪像打枣一样，扑簌簌地落下来。打那以后，他便跟原来的那帮朋友一刀两断了。

褚一个生怕后人再去“滥老好”、走邪路，便到庙山请一位名石匠来，在褚家桥竖起一块大石碑，名叫“诫友碑”。说起来也怪，后人到这诫友碑前拈香结拜时，只要是正路人，那炷香一点就着；而那些酒肉朋友却死活也点不起来。怪在哪里？至今许多人还不明白。

讲述者： 周立海，62 岁，不识字，农民

采录者： 周伯之

采录时间： 1966 年 2 月

采录地点： 邳县议堂乡戴庄村

[1] 散板：与方言“黄了”同意，指做事失败，没有成功。

附记

本篇选自《邳州民间故事传说》（江苏人民出版社，2015 年 3 月版）。讲述者是一位农民，不识字；但他无师自通，会打算盘，还会“讲讲”（讲故事）。每到冬闲时候，他便教左邻右舍的孩子学珠算；还经常“讲讲”，教育他们不要滥交朋友，走正道。（柏枝）

235

哈冻书

1935 年冬，在一个大雪天的早晨，东邻古邳镇有一个“字盖八县”的刘唤坡，来到俺魏集夏穆然中药店，笑呵呵地说：“夏老弟，今早见大雪忽来兴致，我哈开冻墨，将你所要的《兰亭序》写成了，请勿见笑！”夏老先生一见，赶忙回谢道：“哎呀，刘先生，单凭踏雪送书，就足见你我的情分了。”说罢，接过一看：行书间草，行草相宜，字字脱俗，无一败笔。

第二天中午，夏先生置酒款待，并邀请四乡知名的人前来陪客，当场命名为“哈冻书”，人人称赞；在魏集一带传为至宝，被夏穆然先生珍藏起来，据说当时有的出十石小麦他都未卖。

后来，日军侵略，魏集沦陷，夏穆然老先生跑反时即将“哈冻书”用油纸包好，藏在身边，生怕丢失或弄破。跑到南京几年，虽然生活无着，也没舍得将“哈冻书”拿出换些银粮度日。到南京沦陷后，先生无奈回家，不料在下关乘船时，油纸包遂被搜去。当时被疑惑是什么军事密件，将先生带到审讯室，重又搜身，不住盘问。结果将“哈冻书”研究了两天，也未发现什么军事机密，就将先生释放了。

放人时，先生要《哈冻书》，不给不走。气得鬼子小队长白眼乱翻，抽出东洋刀，担在先生脖子上比画着："你的，死了死了的……" 再要张口，脑袋不掉才怪。

老穆先生侥幸落了条性命，忍痛离开南京，一路懊丧，回到魏集。当人们知道《哈冻书》被鬼子夺去，又气又骂，纷纷议论说："中日同文，东洋人也懂得书法。以前在我国掠去唐朝摹本《兰亭序》，现在又得到哈冻书《兰亭序》。他们也识货，只怕比来比去，刘唤坡的哈冻书《兰亭序》比唐朝摹本也不差；'哈冻书'自然要进日本博物馆，这下就难要了。中国何时能打败日本侵略者，要回'哈冻书'？"

后来，老穆赶往古邳，想请刘先生再补写一份。但此时的刘唤坡老先生已经年迈力衰，怎么也写不成了。

现在"哈冻书"关联的二位老先生均已去世，"哈冻书"不知什么时候能回到魏集？

讲述者： 李文金，男，84 岁，大专学历，睢宁县文联退休干部

采录者： 张甫文，男，68 岁，大专学历，睢宁县委宣传部退休干部

采录时间： 2020 年 7 月

采录地点： 睢宁县文联

附记

古邳镇位于睢宁县北部边缘，具有 4000 多年悠久历史；古下邳城邑遗址正在挖掘考证之中，历史文化底蕴厚重。受其影响，古邳的文人墨客层出不穷；在中华人民共和国成立之前，素有"字盖八县"之称的刘唤坡就是一个远近闻名的书法家。刘唤坡与东邻魏集乡药店老板夏穆然是多年好友，夏穆然喜获"字盖八县"刘唤坡的墨宝确有此事。故事在睢宁东北部一带世代相传，流传久远。至今，在魏集镇仍有多人能够熟练讲述。（张甫文）

236

对唱

一个勤汉和一个懒汉路上相遇，勤汉劝懒汉唱道："天天早早起，拼命加油干。土地出黄金，潜力挖不完。庄稼种及时，粮食准增产。中耕锄草要三遍，抗旱排涝做周全。今年获得好收成，衣食住用都方便。出汗挣的钱，用得很舒坦。买了新衣可保暖，买了吃物香又甜。盖上新房住得好，子女上学展笑颜。勤勤恳恳自己干，前程幸福乐无边。金玉良言向你劝，望兄改邪归正同过丰收太平年。"

懒汉听罢唱道："人生能几何？光阴快如梭。得欢乐，且欢乐。大被蒙头过，何须苦奔波？贫与贱，富与贵，前世早定着，一点也不错。雪里送炭少，锦上添花多，总要你看破，倒不如寻几个知心朋友酒馆茶棚坐。吃吃又喝喝，笑笑又说说，浪荡生活多美好，才是人生好秘诀。劝君风花雪月把福享，明哲保身莫错过。"

两人都劝不醒对方，勤汉又唱道："祸福到头终有限，骑驴看书走着瞧。"懒汉也唱："你走你的阳关道，我走我的独木桥。"

最终，两人同声"再会"分手了。

讲述者：　魏本水，男，69岁，中专学历，睢宁县文联退休干部

采录者：　张甫文，男，68岁，大专学历，睢宁县委宣传部退休干部

采录时间：　2020年6月

采录地点：　睢宁县岚山镇文化站

附记

此故事来源于睢宁县西南靠近安徽边界的岚山镇，原由时任岚山乡宣传委员魏本水于1987年采录整理，并编入《睢宁县民间文学集成》。（张甫文）

237

少说话为好

李四和张三住在一个庄子，两人相处较好。一天，两人同去赶集，买了东西后就往回赶，走出大街，在一棵树下乘凉。那时都是用袋烟吸烟，两人边吸烟边家常；几袋烟吸过后，两人各自把烟袋往肩膀上一搭，往自家走着。走着走着，不知怎么的李四背上衣服着火了。张三说："老张，咱俩不错，我向你请教：你说是多说话好，还是少说话好？"李四说："老弟，这还要问，当然少说话为好了。"张三不吱声了。又走了一段路，张三又这样问李四，李四不耐烦地说："看你多啰嗦。"快到庄头了，李四觉得背后有点热，就把衣物脱下来看看，忽然发现衣服上已经烧了个大洞。他埋怨张三说："你一直跟在我身后走路，我衣服上冒烟，你为什么一路上不说呢？"张三说："我问你好几次，你都说少说话好！你又是哥，我当然得听你的了！"

讲述者：　吕希凡，男，82岁，初中学历，睢宁县姚集镇原文化站干部

采录者：张甫文，男，68 岁，大专学历，睢宁县委宣传部退休干部
采录时间：2020 年 5 月
采录地点：睢宁县姚集镇大街

附记

此故事原载 1987 年出版的《睢宁县民间文学集成》一书。

238

统统走了

有位大夫姓陈，医术很好，就是不善于应酬说话。

这一天，是他六十寿辰，他请了好几十位亲友前来赴宴。不料宴席摆好，客人只到了少部分。陈某焦急地说："唉！应该来的还没有来。"人一听，误会了自己都是不该来的，于是便一哄而散，走了许多人。陈某一看更急了，跺着脚说："不该走的又走了。"剩下的十来位客人又误认为自己是应该走的，于是，又走了几个。

只剩下一位最知己的朋友没有走。他对陈某说："你说话太不讲情面了，把许多朋友都得罪了。"陈某急得手足无措，捶胸顿足地说："那些话我根本不是对他们说的呀！"这位朋友一听，心想：糟了，不是对他们说的，那一定是对我说的了。于是这最后一位客人也走了。

讲述者：郑芬，女，78 岁，高中学历，睢宁县原物资局退休干部
采录者：张甫文，男，68 岁，大专学历，睢宁县委宣传部退休干部

采录时间： 2020年5月

采录地点： 睢宁县城

附记

此故事1987年由朱集皮革厂袁树起讲述，朱集乡文化站袁树猛采集整理编入《睢宁县民间文学集成》。2005年由张甫文、李文金再作调查整理，入编《中国民间故事全书·江苏·睢宁卷》，2008年又入编《江苏省非物质文化遗产普查·睢宁县资料汇编》。目前，在睢宁县城内传讲普遍。（张甫文）

239 真会圆场

有个妇女去赶集，半路上遇到有一年龄比自己稍大的妇女正在嚎啕大哭。赶集的妇女急忙走过去问明因为什么如此悲伤。正在大哭的妇女擦把鼻涕、抹把泪说："嫂子啊！别提喽，俺一共生了十个儿子……"

赶集的妇女说："那好啊，文王有一百个儿子，是大百子；你有十个儿子，当然应是小百子了，俗话说多子多福气啊！"

哭妇一听更加悲伤地说："嫂子，别说了，你越说咱越是伤心。十个儿子已经死了九个，嘟剩[1]一个，还是九死一生哪！"

赶集的妇女说："好啊！俗话说好儿不要多，一个顶十个。"

哭的妇女说："嫂子，不是的呢，俺那儿子不学好，好偷人[2]呢？！"

赶集的妇女说："那更好，他苦不够吃的，偷东西来

[1] 嘟剩：就剩的意思。

[2] 好偷人：指一贯好偷人家的东西（财物）。

孝顺你，更是孝子呀！”

哭的妇女说：“不对呢，我娇生惯养把他拉扯大，他不问我事，整天吃喝嫖赌、图财害命，今天逢集要拉出来冲了[1]呢！”

赶集的妇女说：“那更好啊，为地方除了一害，为你家除了恶子，应该好好庆贺庆贺才对呀。”

经过赶集妇女反复一说道，那大哭的妇女终于不哭了，与她一同去赶集了。

讲述者： 郑芬，女，78 岁，高中学历，睢宁县原物资局退休干部

采录者： 张甫文，男，68 岁，大专学历，睢宁县委宣传部退休干部

采录时间： 2020 年 7 月

采录地点： 睢宁县城

附记

这则故事 1981 年由睢宁县金属公司职工吴如魏（男，56 岁）讲述，县物资局统计员郑芬（45 岁，高中文化）采录整理，编入《睢宁县民间文学集成》。2005 年由张甫文、李文金再作调查整理，入编《中国民间故事全书》，2008 年又入编《江苏省非物质文化遗产普查·睢宁县资料汇编》。目前，在县城内仍有人在传讲。（张甫文）

[1] 冲了：俗语，枪毙了。

240

刘陈相盖屋

刘陈相为人大量，又是常店乡暴发户，如今他要盖新房了。

在盖房的第一天，刘陈相杀了一头四百多斤的大肥猪，说是要犒赏泥瓦匠。泥瓦匠们来了精神，个个劲头十足，砌起墙来更下功夫。谁知两天过去了，他们却连一根猪毛也没吃着。泥瓦匠们便生起气来，有的说：“都说刘老头办事大量，狗屁！”有的说：“这老家伙先杀猪，是振奋士气；结果屋盖得好好的，肉却一两吃不上，玩人……”到第三天该上瓦了，泥瓦匠仍没吃上肉，个个都满脸阴云、一声不吭，你想这个瓦能上好了吗？

到第四天早上房子完工了，刘陈相如数开了工钱，每人还分给一大块猪肉。他说：“原先想给你们吃的，我又一想，吃也吃不完，你们在外头吃一口，家里老婆孩子都捞不到吃，所以留下来，你们一人砍一块拿家吃去吧！”泥瓦匠们顿时都愣了。就在这时，工头一拍大腿，说：“坏了，我的瓦刀，丢在上面了。”人们又赶紧放下手中的酒，呼啦返回到屋上，扒的扒，拆的拆，拆完了又重新上了瓦。

这事泥瓦匠个个心里明白，刘陈相却蒙在鼓里。原来，泥瓦匠见刘陈相杀了猪不舍得给工人吃，就生出一条歹计，在每行瓦中间都留一条缝，这样子一下雨屋里便会漏雨。见他又把肉分给了他们，他们被深深感动了，工头编瞎话说瓦刀忘在屋上，其实是给刘陈相重新返了工。

讲述者： 孙建章，男，61 岁，丰县常店村人，农民

采录者： 孙惠民，57 岁，丰县常店孙庄人，教师

采录时间： 2007 年 9 月

采录地点： 丰县常店镇

241

巧补弹孔

晚清年间，华山老街路南有家姓程的人家，开了一家客店。每天过往客商投宿的不少，生意倒也兴隆。

有一个四十来岁的客商黄胡瓜，据说是贩卖珠宝的大客官。他拉着轿车从华山街里路过，准备在程家老店打尖过夜。车刚停稳，随后过来三个年轻人，肩扛刀枪剑戟，打扮成打拳卖艺的模样，实际是盯梢黄胡瓜，预备劫他的金银珠宝。当时，黄胡瓜已然识破。只见他不慌不忙，打轿车中取出一张牛皮弹弓，随即安上弹子，只听“嗖”的一声，弹子飞出，把二十步开外店东家的一只淘草缸打穿了一个圆洞，“哗哗”水直往外流。店东叫了一声：“我的缸呀！”黄胡瓜笑嘻嘻答道：“不碍事，给你再补上吧！”

话没落音，又听“嗖”的一声，一颗弹子飞出，正中原来缸上打过的小洞，不大不小，把个窟窿填得严严实实，一点水也不淌了。店门口所有的人都拍手叫好。这时黄胡瓜方从腰中掏出钱来，如数赔偿了一口缸钱，并向店东赔礼道歉。

三个青年见此光景，都愣了，一言不发。最后三个人相互使了个眼色，便偷偷溜走了。

242

三请老师

讲述者：尹建龙，55 岁，高中学历，教师
采录者：曹耀忠，21 岁，高中学历
采录时间：1987 年 5 月 10 日
采录地点：丰县华山文化中心

济宁州北关外玉堂酱园的咸菜，搁全国都有名。都说那酱园里的老师有本事。

刚办厂那会，掌柜整天提溜着心，睡不着觉。这天晚上，听老师在床上嗷嗷地叫嫌硌得慌，忙叫几个伙计给他翻床铺。找来找去，最后打褥子上找出一根跳线，拽下来后，老师才睡去。掌柜嫌这家伙烧包[1]，没几天，找个借口把他辞了。

老师走罢，厂倒霉了，多少万斤咸菜都变味了。这才想起老师的好处，忙差人去请。

老师正锄地哩，听说要请他回去，说啥也不干，倒在坷垃地里"呼呼"地睡着啦！

又过了一崩子，情况更糟。掌柜又差管家去请，一看，他正给人帮忙打棺材，正在凳子顶上睡觉哩。这一次又没请来。

这时候，厂里咸菜都臭得生了蛆。掌柜的急了，慌慌张张骑马亲自去请。一看他正给人拆屋，空当里他盘着梯

[1] 烧包：指一个人突然变得富有或得势而忘乎所以的表现。

子睡啦。掌柜的喊醒他，请他不管咋说得回去一趟。

后来人问老师："为啥一根跳线你都睡不着，回了家，在坷垃窝里、板凳头、梯子上都睡得那么香？"他说："我在酱园里整日整夜操心，睡不着觉，一根跳线都硌得我难受；到家干活没啥心事，无论啥地方都睡得香甜！"

讲述者：李美容，女，65岁，丰县赵庄镇许庄农民

采录者：张念柱，男，68岁，本科学历，丰县赵庄镇张老家村人，退休教师

采录时间：2015年2月

采录地点：丰县赵庄镇许庄村

243

胡二马月

在丰县，要是谁家吵起了架，劝架的会说："吵啥？胡二马月地过呗。"意思是，别计较小事了，肚量大点，互相让着过日子吧。"胡二马月"，有的人也写成"糊儿马约"，实际上这是两个人名，一个叫胡二，一个叫马月。

胡二、马月是隔墙邻居。胡二过得宽绰一点儿，地多、钱多、媳妇的首饰多；马月地少家穷，早晚得出门找活干才能顾住嘴。两个人岁数差不多，说话能说到一块儿去，你帮我，我帮你，从来也没红过脸，厚[1]得分不开。

有一天，马月媳妇要上娘家去一趟，想到娘家弟兄都过得比她富，娘家嫂和兄弟媳妇头上插的、手上戴的净是金的、银的；可自己要啥没啥，见了娘家人不大光彩，惹他们笑话。她就想跟胡二媳妇借一个金戒指戴戴。来到胡二家，对胡二说明来意，胡二说："真不巧，你嫂子走亲戚去了。等她回来，我叫她给你送去。"

胡二媳妇走亲戚回来，胡二对她说了马月媳妇要借金戒指的事。胡二媳妇说："走亲戚以前我怕丢掉金戒指，

[1] 厚：这里指相处很厚道。

就把它搁到咱家了，我去给她拿。”她到屋里去找，翻箱倒柜，各处都找了一遍，也没有找着，左思右想，想不起来到底是咋着丢的。

马月听说胡二媳妇从娘家回来了，就到胡二家来拿金戒指。刚走到门口，听见胡二两口子正在叽叽咕咕地说话。

胡二说：“你好好想想把金戒指搁哪儿啦！”

胡二媳妇着急地说：“我清清楚楚地记得，回俺娘家以前，洗手的时候，把它抹下来，搁在家里啦。这么巧，马月家里一来借，金戒指儿就没了。”

马月一听，心里想，人家怀疑是我媳妇拿了，俺两口要说没拿，人家能相信吗？俺家穷，离他家又最近，又刚跟他借戒指叫他回绝的，他不怀疑我怀疑谁呢？人穷也得有志气，要活得清清白白的，不能叫人家看不起；再说，不能为了一个金戒指把弟兄的情分毁了！

这个时候，又听见胡二媳妇说：“金戒指这么贵重的物件，不能听不见响声就丢了。我去问她一声，看她拾着没有。她要是说没有见，也就算了。”胡二口气厉害地说：“不行！你一去问，就明摆着是怀疑人家。咱宁愿丢一个金戒指，也不能把弟兄们的厚味毁了！还是慢慢地找吧。”

胡二两口刚说到这儿，马月走进来说：“胡二哥，俺嫂子的金戒指少了吗？俺媳妇拾到了一个，肯定就是嫂子的。她想上娘家去，戴几天就还给嫂子，叫我来跟你说一声。”

胡二两口子马时[1]眉开眼笑，以为真是马月媳妇拾去了。马月回到家把事情跟媳妇说了一遍，两个人一下子觉得遭了大难：家里刚刚能吃上饭，哪有这么多钱给人家买个金戒指呢？他两个狠狠心，砸锅卖铁，把一亩薄地也卖了，又到媳妇娘家借了一点钱，到底买来一个新戒指，给胡二媳妇送去。

过了十几天，胡二媳妇在家里扫地，看见柴火堆里有个东西亮闪闪的，拾起来一看，正是她原来的那个戒指，赶紧找到胡二说：“可叫咱马月兄弟受屈了！”胡二两口来到马月家，只见屋门锁着，从门缝里往屋里看，屋里光光的啥也没有了，锅屋里连饭锅也没有了，当时就明白了：马月准是把家产都卖完了买了金戒指，自己找生路去了。胡二对媳妇说：“都怨你！你洗手把这戒指落在柴火堆里，还说是俺兄弟媳妇拿去了。他两口子这么实诚的人，能做出那样的事吗？你赶紧上娘家多喊些人过来，我把咱庄上的人也都喊来，分头去找找咱兄弟，找不回来他两个，我不能跟你算完！”

胡二媳妇眼泪“唰唰”直淌，说：“都是我的错，找不到咱兄弟我也不回家了！”

胡二两口子把亲朋好友都叫来，叫他们帮忙各处去找马月两口子。找了一个月，才在外乡碰见。原来，马月两口子正在要饭。亲戚们生拉硬扯把他两人拽了回来。

胡二两口子给马月赔了不是，把金戒指还给他们。胡二说：“兄弟，都怨我不对。你为了我，把家业都卖完了。打今往后，咱们就是一家人，我的家业就是你的家业，你缺啥就拿啥，咱就这样胡二马月地过！”有了这件事，两家人合到一起过起了日子，比亲弟兄还亲，十人见了十人眼热。

从这以后，劝人的时候兴起了说“胡二马月”地过日子，就是要叫人家跟胡二、马月那样真心待人、谦让着过日子。

[1] 马时：马上。

讲述者： 高昌忠，56岁，大学本科学历，原县史志办主任

采录者： 卜凡柯，78岁，大专学历，退休干部

采录时间： 2020年11月15日

采录地点： 丰县文化馆

附记

由于民间大多不知“胡二马月”的真正出处，以讹传讹，演变成“胡儿马哈”，意思变为：凑凑合合，糊糊弄弄，勉勉强强。也有人理解为：嘻嘻哈哈，净说笑话，没有实话。如：他那人，成天胡儿马哈的，他的话，你可不能信。（卜凡柯）

244

止步碑

早年间，在丰县城北四十里，有两个相距不远的村庄，一个叫董集，一个叫宋寨。两个村庄之间有一座止步碑，碑高五尺，正面刻有“到此止步”四个大字，背面阴文记叙了立碑的经过。

原来在明朝的时候，小小的董集出了一个翰林叫董令矩。与他同朝为官的，还有江南的一个翰林叫宋杞。两个都是有大学问的人，且又性情相投，所以二人互敬互重。二人上朝直言敢谏，不卑不亢，是两个忠君爱民的清官；下朝他们品茗赋诗，谈古论今，是一对要好的朋友。

有一天大清早他们与群臣早朝时，董令矩猛然想起，因来时匆忙，笏板忘记带了。这可非同小可！笏板也叫手板，一般多用象牙制成，上面可记事，是大臣朝见皇帝的必备之物。空着手去见皇帝，这就构成了轻慢皇帝之罪。轻者削职为民，重者杀头。回去拿吧已来不及，杀身之祸就在眼前，董翰林立时汗如雨下。身旁的宋翰林急中生智，转身“叭”的一声，将自己的笏板一折为二，递给董翰林半截。两人各执其半，在宽袍长袖的掩盖下，皇帝竟没有发现。

自此以后，两个人更加笃厚。过了几年，董翰林告老还乡，临别时宋翰林执手相送十里长亭，泪眼相对。又过了几年，宋翰林也告老还家，在回江南的路上，他想：何不拐个弯探望一下老朋友？在征求了家人的意见后，宋翰林一家老小，来到了董翰林家董集。董宋二人相见，那个高兴劲就别提了。为了挽留宋杞，董翰林把宋翰林全家安置在自己的西花园里。此后，两人白天同桌而食，夜晚同榻而眠。一晃半年过去，宋翰林几次想告别，但心里又实在不忍，心想：两地相距千里，一去相见很难，名是生离，实是死别。这里虽不如江南山清水秀，但也平川优美、物产丰富；与其分别之后对老朋友日思夜想，还不如在此安家共度晚年。宋翰林把这个意思说了，董翰林高兴得一夜没合眼。接着董翰林在花园里又盖了一套好房子，添置了日用家具，从此宋翰林在此定居下来。董集与西花园相距约一里路程，两家人亲如一家，两翰林又恢复了品茗赏月的往日生活。

又过了几年，这一年八月十五，在两家赏月的酒宴上，酒过三巡后，董翰林拉着宋杞的手说：“年兄，今天我要做件对不起你的事，请你不要生气。”宋杞说：“你我的交情，亲如兄弟，有话直说不妨！”董令矩说：“你住在我花园里，咱们这一代没什么话说；万一后代有个言差语错，不就坏了咱们多年的交情吗？我思前想后，决计把花园和房子典卖给你，了却我的心事，你看如何？”宋翰林也早有此意：“多谢你想得周到，那就请你出个价吧？”董翰林不假思索地伸出一个指头在宋杞眼前晃了晃。宋翰林说：“好，那就一百两吧！”董翰林摇摇头，再晃晃那根指头。宋杞说：“一千两更好！”董翰林又摇摇头，接着他让儿子拿出一纸契约。宋杞接过来一看，上面写着“房地价共计一文”的字样，不由地说：“这太不合适吧？”董令矩说：“你给我的半截笏板是无价的。这花园钱多钱少并不重要，重要的是这契约本身的价值。”宋杞无话可说，当着大家的面，交给他一文制钱。从此花园便成了宋家的永久产业，庄名为宋庄。后来因匪乱筑寨，故名宋寨。

自从宋杞买下花园以后，两家人互约饮宴。席散后，常常是你送我，我又送你，有时互送竟达天明。有一次，两家宴后相送，走到一半路上时，两人都停下了脚，董翰林说："咱们以后不能来回相送，咱们在这里立块碑，相送到此止步。"宋翰林说："叫止步碑吧！"于是他们就在这里立了一座止步碑，并建了碑亭。

讲述者：阎振兴，男，86 岁，中师学历，退休教师
采录者：卜凡柯，男，78 岁，大专学历，退休干部
采录时间：2020 年 10 月 11 日
采录地点：丰县文化馆
流传地：丰县北部

245

紫砂鸣蛙壶

人们只知道宜兴紫砂壶有名，却不知在徐州府，还有一家技压群芳的紫砂壶制作工匠。这个匠人名叫李源，据说是雍正王朝的宠臣李卫的后人。

这李源从十几岁去宜兴学艺，经名师指点，自成一家，后来把紫砂壶工艺提高到炉火纯青的地步。他的得意之作，便是这只奇特的紫砂壶了。

这只紫砂壶小巧玲珑，从外表看，并没有什么惊人之处。但是，如果往壶中倒入清水，就会发现壶中有两三片绿荷，几朵荷花，含苞待放。再仔细观看，又见一只蜻蜓落在小荷面上，正应了一句古诗："小荷才露尖尖角，早有蜻蜓立上头。"仅这些东西，就足以令人赞叹不已；但更有让人吃惊的是：一旦将此壶放在阳光下稍加摇动，那伏在荷叶下的一只青蛙，便会"嘭"的一声跳到荷叶上面，在阳光下"呱呱"叫个不停。观看的人无不张口结舌。一旦将壶盖盖严了，那叫声便戛然而止，一切恢复平静。因此，李源便给这只紫砂壶起了一个好听的名字，叫"紫砂鸣蛙壶"。

李源制成紫砂鸣蛙壶的那年已到了古稀高龄，视力和

手劲大不如前，从此金盆洗手。因此这只紫砂鸣蛙壶，便成了李源最得意的关门绝品。

李源的长子李大安是个郎中，他不但医术高明，而且待人宽厚；次子李二旺，自幼不学无术，就是喜欢串花街柳巷。

李二旺在赌场、妓院结交了一些不三不四的朋友，做些出格的事，也想在官场上找个铁杆靠山。一次，胡知府的管家把李二旺叫来说，想请他大哥李大安给知府的七姨太诊病。李二旺觉得这是一个接触官府的好机会，就一口答应了下来。

第二天，李大安随李二旺来到胡知府家中。七姨太隔着罗帐伸出纤纤玉手，李大安端坐帐前，静心凝神把脉，把了一炷香的工夫便起身对知府说："恭喜大人，夫人是喜脉！"胡知府谢过李大安，让下人封了赏银，李大安坚持不收。那李二旺在一旁见了忙伸手接过说："恭敬不如从命！胡知府封的礼，我们怎能不收呢？"李二旺接过银子在手的时候，发现扶帐幔的丫鬟，冲他回眸一笑，可把个李二旺笑得意马心猿、想入非非；他一不留神，差点让门槛绊倒。李大安瞪了李二旺一眼，想抱拳作别。胡知府拉着李大安说："以后先生有空闲，可常来府上叙谈叙谈。令尊那紫砂鸣蛙壶，若得以一饱眼福，那才是三生有幸哩！"李大安听胡知府这么说，忙说："父亲的那只紫砂鸣蛙壶是家父的命根子，他从不肯轻易向世人展示。"那李二旺闻听此言，便夸下海口说："大人若想亲睹宝壶，易如反掌，只是……"李二旺回头看了看那丫鬟，接着说："只是我有一事相求……"不等李二旺说完，知府早已明白，于是允诺说："二相公若看得上贱婢，吾当割爱送与小弟，以做铺床叠被之人！"李二旺忙谢过胡知府，拉着丫鬟的手就走，心想今日随兄出诊，真是财色双收。他哪里知道，一场大祸在等着他哩。

李二旺领回家中的丫鬟，名叫春燕，实际上是胡知府最宠爱的小妾。为夺得紫砂鸣蛙壶，胡知府只有忍痛割爱。那春燕也是机灵鬼，她甜言蜜语和貌若天仙的色相迷住了李二旺。入夜，李二旺正想成其好事，春燕一撇嘴，说："官人，你若疼我、爱我，不如将宝壶拿出，让俺也开开眼。就是死在你的怀中，贱妾也瞑目了！"李二旺急忙捂住春燕的香唇，连说："娘子言重了，观壶易如反掌，我去去就来！"

李二旺悄悄来到父亲的房中，偷偷从父亲腰带上解下一串钥匙，打开皮箱，从箱里抽出一个小匣子，匣子内便是紫砂壶。李二旺轻易得手，欣喜若狂，只要美人看了宝壶，今夜成其美事，其余不在话下。李二旺正笑眯眯地往回走，不料脚下让人绊了一跤，李二旺双手扑地，那小匣子却稳稳地落在了一个蒙面人的手中。蒙面人向春燕抱拳告辞，春燕一努嘴，悄悄说声"快！"那人便没了踪影。可是蒙面人刚翻过矮墙，只听"哎呀"一声，便什么声音也听不到了。

天明，春燕本想借故回府交差，哪知矮墙外，一具尸体已经僵硬，看来这人已毙命多时了。李二旺扯下那人面上的黑纱，春燕伸头一看，叫声"娘哎"，便吓昏过去，李二旺也吓得目瞪口呆。待那春燕醒来，便吵着向李二旺要人："李二旺，你好狠！你为何杀死我哥哥？"李二旺更是丈二和尚摸不着头脑："你还问我？我丢了宝壶，还险些被人打杀，我还要问你呢！"二人吵吵嚷嚷上了公堂。一街两巷，人们指指画画，都说李二旺嫖娼出了人命。这官司究竟怎么打？好戏还在后头呢。

原来，胡知府为取宝壶，派春燕卧底；以防万一，又派护院保镖，也就是春燕的哥哥前去接应。哪知螳螂捕蝉，黄雀在后。那盗出的宝壶不翼而飞，还搭上了春燕胞兄的一条人命。

这春燕哭哭啼啼，只说李二旺强奸民女，民女不从，其兄要将妹妹领回，被李二旺一刀杀害。"知府爷，你要为民女做主啊！"胡知府偷鸡不成蚀把米，顿时将脸一变："嘟，大胆李二旺，敬酒不吃吃罚酒，我看你活得不耐烦了！"胡知府二话不说，将李二旺戴上大枷，押入大牢，听候发落。

李大安得知弟弟李二旺闯了大祸，本想瞒着风烛残年的父亲，哪知父亲早已得知了此事。他捶胸跺脚，仰天长叹："老天爷啊，你杀了我吧！"原来李源天明不见了宝壶，猜想定是李二旺盗出还赌债去了；现在人壶两不见，李源痛不欲生。正当一家人手忙脚乱的时候，突然有个眼快的女佣，用手一指，从案几上抱出盛宝壶的小匣子：

"老爷，你看！"李大安打开匣子，见宝壶丝毫未损，父子俩这才长出了一口气，心上的石头落了地。这宝壶失而复得，又是个不解之谜。

也不知是谁走漏了消息，胡知府听说李家宝壶失而复得，顿时暴跳如雷。这种赔本的买卖他还从来没有做过。一不做，二不休，他干脆撕破脸皮："李二旺要活命，拿壶来换！否则，杀人偿命，立斩不赦。"

李源真的恼了，不肖子惹是生非，生死天定，只好由他。李大安却苦苦相劝：为了一把紫砂壶，岂能不要小弟的性命？李大安心一横，不管父亲同意不同意，抱起紫砂壶头也不回地去胡知府那里换人。李源见状一口浓痰涌上来，竟撒手归西。

这胡知府得了宝壶，眉开眼笑，放了李二旺，又赏了春燕百两纹银，令她将其兄安葬，事情才算平息。

这胡知府本是个官迷心窍之人。他想，我何不用此壶进京献宝，说不定皇上龙颜大悦，也许弄个京官当当。哪知胡知府行事不密，半路又遭强人打劫，不仅丧了狗命，宝壶又落入他人之手。

后来有人证实，李家的紫砂鸣蛙壶，在李家祠堂密室见过。据说，李大安行医多年，很受人爱戴。曾有一位江湖大侠的夫人患疑难杂症，李大安使她起死回生。那大侠为报大恩，第一次出手将春燕胞兄杀死，夺回宝壶；第二次探得胡知府进京路线，半道截杀，又将宝壶"完璧归赵"。那大侠来无影去无踪，自然谁也说不清那宝壶失而复得的秘密。

讲述者： 孙新农，男，78岁，高中学历，退休干部
采录者： 卜凡柯，男，78岁，大专学历，退休干部
采录时间： 2020年10月11日
采录地点： 丰县文化馆

246

李木匠巧对张弓手

有个叫张弓的人，射得一手好箭，就是不谦虚。一次他开弓射箭，箭箭中靶，博得一片叫好声。张弓乘兴亮出一个单联，上写："弓长张，张弓手，张弓射箭箭皆中，试看谁敌手！"

这目中无人的狂妄联句，激怒了观众。有个叫李木的卖弓人走进场来，手中拿着一张弓，请张弓试试。张弓连试了几把都没拉开，便问道："你这弓是什么怪木头做的，为啥拉不开？"李木答道："这张弓是李木做的呀！"张弓很奇怪地说："李木并非良材，怎能制成这样硬的弓？"李木匠笑着说："那就要看木匠的手艺了。"言毕也不客气地对了个下联："木子李，李木匠，李木雕弓弓难张，可笑这张弓。"

众人听了李木的巧对，拍手叫好，哈哈大笑。自命不凡的张弓再也不敢在众人面前夸口了。

讲述者： 梅法坤，男，62岁，初中学历，沛县张寨镇孙洼村农民

采录者： 朱迅翎，男，70 岁，大专学历，沛县文化局退休干部

采录时间： 2020 年 9 月

采录地点： 沛县张寨镇孙洼村

247

木匠和秀才

从前，在一个村子里住着一个木匠和一个秀才。木匠是远近有名的能工巧匠，他刻出的龙、雕出的凤，就像活的一样；随便拿一块木头，不用看不用瞧，用斧子一敲，只听声音就知道是什么木头。这秀才呢，也是有名气的秀才，上知天文、下通地理。一天，木匠为了显示一下自己的能耐，决定戏弄一下秀才，就捉了一个屎壳郎，在墨线斗里染了，然后让屎壳郎在一张白纸上乱爬，纸上留下几团乱七八糟的墨迹。木匠拿着这张纸找秀才说："秀才，你看这是啥字？"秀才接过来看了好半天，也没看出个究竟，最后只好说："惭愧！惭愧！"木匠一听，得意起来，大声说："你还是远近有名的秀才哩，连屎壳郎爬的都不认得，还不如我这个大老粗呢！"说罢便扬长而去。

秀才从没遇过这种事，遭此戏弄，几天心中闷闷不乐，决心找机会教训教训木匠。一天，秀才出门散步，走在田间的小路上，不小心腿被绊了一下，低头一看，是个又粗又长的豆茬子。秀才心里一喜，赶忙弯腰拔下，拿回家里，用刀把皮剥了，只剩下一个光光的秆儿，装进袖筒里去找木匠。秀才见了木匠，掏出豆茬儿说："你看这是什么木

头？”说着就把豆茬儿递过去。木匠接过豆茬儿左看右看，放在鼻子底下闻闻，又用牙咬咬，还是辨不出是什么木头。最后只好说："秀才，在哪儿弄了这稀罕木头，我真还没见过呢。”秀才听了笑着说："木匠大哥，你干了一辈子木匠，怎么连这都认不出？这不过是个剥了皮的豆茬儿。”木匠想起戏弄秀才的事，脸红一阵、白一阵，呆呆地站在那儿说不出话来。

讲述者： 郝心运，男，75 岁，文盲，沛县汉兴街道董庄村农民

采录者： 朱迅翎，男，70 岁，大专学历，沛县文化局退休干部

采录时间： 2020 年 7 月

采录地点： 沛县汉兴街道董庄村

248

伞葫芦的秘密

原先，沛县有个制伞的老师，叫李守江，在苏鲁交界一带以制伞卖伞为生。他制的雨伞，样式好看还结实，制一个卖一个，从没剩下过。这年他收个徒弟叫张晓山，十八九岁，精细料亮[1]，跟师傅不到三年，手艺就学得差不多啦。他制的伞比师父的还好看，就一样，不抵师父的结实，伞葫芦好裂。晓山一心要学会伞葫芦咋着才能不裂，他就三天两头上师父那问去，每回去都带着点心酒肉；可李守江就是不传给他制葫芦的法。这一天晓山又提酒肉点心去看他师父，将走到半路，顶头碰见了师娘。晓山问："您老人家上哪里去？”师娘说："我上前庄走亲戚去。”晓山又问："俺师父呆家[2]吗？”师娘说："呆家正煮伞葫芦哩。”晓山听了一惊：噢！这伞葫芦还得煮？师父啊，师父，我可得了你一手喽。想到这何[3]，扭身就回家啦。师娘觉着有点怪，回家后给李守江说了。李守江

[1] 精细料亮：指一个人具有一表人才、聪明伶俐之形象。

[2] 呆家：在家，窝家。

[3] 这何：方言意为这个好事。

问她："你朝他说啥了吗？""他问我你呆家吗？我给他说你呆家煮伞葫芦哩。""哎！"李守江一拍大腿说，"毁都毁在你这句话上。你这一说不当紧，制伞葫芦的抹[1]叫他给学走啦。不是我眼斜[2]，晓山不会再像先前那样来看我了。"

一点不假，晓山自从知道伞葫芦得煮的法子，几个月都不上他师父那里去一趟。制的伞样式比他师父的好看、管用，生意比他师父好多了。

讲述者： 户自典，男，67岁，高小学历，沛城街道农民

采录者： 张雅，女，56岁，大专学历，沛县自来水公司工会主席

采录时间： 2020年7月

采录地点： 沛县沛城街道户屯村

附记

此故事原载2005年《中国民间故事全书·江苏·沛县卷》一书，原由朱迅翎采编。

[1] 抹：关键技艺。有抹，即有本事。

[2] 眼斜：眼观不正之意。

249

傅西铭与褚玉璞

五段集北门外有个人叫傅西铭，现在有年纪的人都还记得他，提起傅西铭都知道他是个倔老头。他这个人脾气很不好，但刚板正直。他与褚玉璞的关系只有极少数人知道。

那还是在民国初年，褚玉璞在家乡郓城县作了案；这个案作得可大啦，山东几个县都贴布告捉拿他，褚玉璞没法才逃到沛县五段来。但山东行文到咱江苏，徐州府与铜山县都派兵捉拿他。褚玉璞白天只好躲在湖里荒草棵里，到深夜才敢偎[3]庄找点吃的；但黑夜他也不敢进庄，只能在庄外四梢头[4]找个人家求点吃食。这也很危险，因为五段一带各庄都驻有保安团、县大队、骑兵营、盐务营，都悬了赏钱，谁报告、谁捉住褚玉璞，都有很多赏钱。所以褚玉璞为了活命，还得各方面顾忌着。褚玉璞在湖里几天粒米未进，饿得实在可怜。有一天夜里，他偷偷地从湖里出来，在五段转了好几圈，也不敢贸然

[3] 偎：靠近，走近。偎庄即走近村庄。

[4] 四梢头：指村外四边庄头。

去人家找饭吃。当他转到北门外，看见一个小茅草屋里还有亮光，他扒在门缝里偷看，见一个汉子坐在棉油灯下打毛窝[1]。看这个人很特别，为啥？因为这个人跟前有一只猫和一只狗，他嚼一口馍喂猫，再嚼一口馍喂狗；如果猫错了就打猫，狗错了就打狗。褚玉璞心想，这个人直得很，便推门进去。这人是谁？就是傅西铭。他叫褚玉璞坐下，什么话也不问，烧锅做好饭递给褚玉璞说："老哥，我是个穷人，只能给你这样的饭吃，你担待着吧！"

褚玉璞吃完饭后，想说几句客气话，傅西铭一瞪眼说："我自己也是个要饭的，没有打发要饭的习惯。你累了，那里有床你歇着。"褚玉璞也是累极啦，看这人难说话，就什么话也不说躺到小床上就睡。等褚玉璞一觉醒来，天已大亮。他看傅西铭坐在门前守着，看样子一夜未合眼。傅西铭看褚玉璞醒了，拿几个窝窝头递给他说："老哥，咱穷人只能这样，你如果不嫌弃，夜里再来。"

等到第二天夜里，褚玉璞觉着傅西铭很够朋友，但他也不得不防备，转来转去只好仍进傅西铭的门。这次进门，傅西铭把准备的酒菜端出来，往小桌上一放。褚玉璞也不客气，大吃大喝起来，喝得醉晕晕地对傅西铭说："老弟，你知道我是谁？"

"你是谁，你自己知道，还问我？"

"我就是到处通缉捉拿的褚玉璞！"

傅西铭却神色不动地回答："你就当你的褚玉璞吧！"

褚玉璞在江湖上混多年，有人竟敢这样看不起他，心里别扭了。心想这个人虽然说话难听，但心眼不坏。想到这里忽听门外狗叫，忽地闯进县大队的几个兵来。傅西铭一把抓住先来的兵说："老总，你评评理，这个龟孙不说人话。"

兵问："啥事？"

"这个龟孙是俺老表，俺姑娘死后还没殡骨，他不当回事。我要告他，求您把他带走。"

那个兵说："混账，老子管你屁事！"

县大队走后，褚玉璞急忙跪下向傅西铭磕个头。傅西铭说："咋的？俺姑娘姑夫该合葬了吧！"

褚玉璞说："该！"

从此以后，褚玉璞天天晚上住傅西铭小土屋里，每夜傅西铭都给他望风，叫他睡个安稳觉。就这样傅西铭招待褚玉璞半年多。以后风声松了，褚玉璞告辞傅西铭，傅西铭说："算了吧，第一天起我就知道你是褚玉璞。"

后来褚玉璞到关外投奔张作霖，张作霖也是个"大马子"[2]头，二人很合脾气。张作霖派褚玉璞带兵向关里打，褚玉璞打到关里，被张作霖任命为直隶督办。五段沿湖一带的绿林好汉，或过去与褚玉璞有交情的都投奔他去，大小都给个官做。所以五段一带在褚玉璞部下，任师、旅、团长的很多。褚玉璞每次见到五段沿湖的人，都询问傅西铭，多次捎信叫傅西铭去他那里，傅西铭就是不去。后来褚玉璞在天津给傅西铭捎来现大洋两千元，傅西铭坚决不收，并对捎钱的人说："我不认得褚督办，请把钱给他拿回去。"

褚玉璞被北伐军打败时，他叹口气说："我死了也值得啦，谁的恩情我都不欠了。只是傅西铭的大恩未报，看样子只有等来世再报吧！"傅西铭一生是个光棍汉子，后靠种菜园为生，死于1958年，死时已八十多岁了。

讲述者： 华兆胜，男，73岁，小学学历，沛县五段镇农民

采录者： 朱迅翎，男，70岁，大专学历，沛县文化局退休干部

采录时间： 2019年8月8日

采录地点： 沛县五段镇

附记

此故事是当地真人真事，世代有序传讲，尤其对傅西铭诚实做人、

[1] 毛窝：冬季暖脚毛鞋，用茅草、苘麻和芦絮编织而成。

[2] 大马子：指大块头，胖子。

足智多谋非常敬佩。2004年由朱迅翎在五段镇采录，后来对其加工整理，2005年入编《中国民间故事全书·江苏·沛县卷》。(张甫文)

250

铁匠刘殿科

早年，铁匠刘殿科老家在山东泰安；他爹拉洪炉来到沛县，落脚到城西南十五里小张寨——小张寨是沛县西南的交通要道口。老铁匠的活路好，日子过得宽裕，就不想叫儿子再打铁了。那时刚兴洋学堂，老铁匠便送儿子到本庄学堂念书。刘殿科聪明过人，学业好，老师很喜爱他。

好景不长，殿科刚读到四年级，老铁匠得了半身不遂的毛病，卧床不起。刘家日子虽较宽裕，但是没有土地，又没有多少余项；砧子一不响，生活就难啦。刘殿科只好中途退学，重操祖业。

殿科没学过打铁，但门里出身，不会也通三分。再加上人又灵巧，一插手就掌钳子，活路不亚于他爹。

俗话说："开了药店打了铁，什么生意都不热。"殿科入了拢[1]，再加上他爹口授心传，他的技艺很快就名扬乡里了。

有一次，一个道士来到张寨，听说刘铁匠的活路出名，便叫他打制一把掩骨铲。刘铁匠哪见过那玩意儿？老道取

[1] 入了拢：指打铁入了门。

出图样，刘殿科仔细端详，问准了尺寸，随即生炉动火，很快打出来一个明晃晃的掩骨铲。老道喜得赞不绝口，掏出钱来封钱尽留。殿科哈哈大笑起来说："你有善心掩埋白骨，我就没有善心赠铲吗？分文不取。"老道口诵道号，称赞不已。

刘铁匠的钢活[1]特好。有一个做竹活的人要他打把砍刀，画出图样，说："重量要三斤重，多半两少半两都不要；砍竹子不能卷刃，又不许断钢。能打成这样，三块现大洋一文不少；打不成这样，贵贱不要。"说罢先掏出一块大洋作定钱；物件打好，钱货两清。

刘铁匠接下定钱说："打成不说，打不成我花三块在刁家馆子里请客。"说罢放下旁的活，着手锻打。打成后一称，三斤将抬头，斤两正好。铁匠又拿出一把竹扫帚苗子，放在木墩上，一刀下去，竹苗子齐正正地断了，竹子不劈，看刀刃纹风不动。连剁数刀，都是如此。竹匠服了，掏出另外两块大洋。刘铁匠退回一块说："这一块留你打酒喝。"

此地沦陷前一年，赵圈村大地主赵锡藩，请木匠扶大车[2]，请来十几个木匠，还请来三盘铁匠炉专打车上的铁器。可是铁器打得不管用，况且打出的东西赵锡藩相不中。木匠对赵锡藩说；"小张寨刘殿科的活包你满意。"赵锡藩使用一辆四匹马的大车把刘铁匠父子接来。刘铁匠到了赵圈，支起炉子就干了起来。

一个大车上大小过钉三百六十多，外加银嵌装潢，一辆车上五百多斤铁货。木匠老师一说哪里用的东西，刘铁匠不量不看，"乒乒乓乓"打出来，往木匠那边一扳，木匠拿起一用，不大不小正好。这样连干了三天，木匠十分满意，东家看到打的样式更是高兴。这天木匠班里一个学徒小伙子弄了一句溜秋腔："刘铁匠的活好是好，就是打不供咱用的，闲得怪难受。"这句话叫刘铁匠听到了，心想，好吧，明天就打够你用的了。

第二天一早，木匠要用车毂轮上的过钉。刘铁匠打好一根扔过来，一用，比毂轮的厚度稍长了一点点。用截子截吧，截不住，只好用锤盘。别看长了这一点点，用起锤盘来可就吃了大力气。几个小伙子抡起铁锤"乒乓"半天才能盘好一根钉。刘铁匠打过来的钉子个个如此，这样一个上午才盘了七八个钉子，木匠身边却存了一大堆钉子。钉子打够用的了，刘铁匠父子在一旁休息吸烟。刘铁匠说："怎么样，木匠老师，钉子打够用的了吗？"木匠老师一听话里有话，知道徒弟的溜秋腔叫刘铁匠听去了。吃饭的时候，木匠老师拿着烟到铁匠这边赔不是。刘铁匠说："我哪能给孩子们一般见识，不过是跟他们开个小玩笑罢了。"以后，木匠再也不敢唱恣腔[3]了。

刘铁匠做一辈子好活，就是没有收下徒弟，连他两个儿子也没教出来。为啥？他的眼光太高，别人做的活相不中，怕做出活来瞎了他的名誉。结果两个儿子只会打下锤，下锤打得远近驰名。刘殿科一直干到七十多岁，直到拿不动钳子，才把钳子交给他大儿子金福。可是晚了，儿子已到中年，学不出活儿来啦。后来他几个孙子上学都聪明，现在都在外地工作，刘铁匠的高超手艺从此就失传了。

讲述者： 孟广荣，男，83岁，初小学历，沛县朱寨镇小张寨农民

采录者： 张洪标，男，62岁，中师学历，朱寨镇退休教师

采录时间： 2020年7月

采录地点： 沛县朱寨镇小张寨

附记

铁匠刘殿科故事在沛县世代有序传讲，尤其朱寨镇至今仍有很多老人提起他打制的生活用具，总是非常佩服，夸刘殿科的铁制活儿无人能比。该故事2004年由朱迅翎在朱寨镇采录并加工整理，2005年入编《中国民间故事全书·江苏·沛县卷》。（张甬文）

[1] 钢活：指打铁手艺。

[2] 扶大车：指制造大车。

[3] 恣腔：指说风凉话。

251

圣贤愁

从前，白马寺村有个光棍，平日里跟人白吃白喝，从来不掏钱，连圣人贤人见他也要皱眉头。大伙给他起个外号，叫作“圣贤愁”。

“圣贤愁”的哥哥跟张秀才是酒友，他们经常在一起猜拳饮酒。这天，二人买了一条大鱼和一坛兰陵酒，怕“圣贤愁”知道，就躲进白马寺庙里插上门，准备再来几拳取乐。谁知，他们刚炖好鱼，就听到“当当”的敲门声，“圣贤愁”闻着腥味又赶来了！怎么办呢？他哥哥和张秀才便把鱼扣在磬里边，才去开门。

“圣贤愁”进得寺庙来，连一声客气话也没吭，坐下来捧着酒坛就喝。他一看桌上没有鱼，便说：“哥啊，我有件事要向你请教请教。”

哥哥问：“什么事？”

“圣贤愁”说：“我帮人家写一副对子，写了上联忘了下联。”哥哥又问：“那上联是什么？”

“圣贤愁”说：“向阳门第春常在。”

哥哥一听笑了：“那下联不是‘积善人家庆有余’吗？”

“圣贤愁”也笑了，站起来说：“‘庆有余’？我倒看看这磬里有没有鱼？”说着，他走过去把磬掀开，说道：“哟，还真有鱼！正好拿来下酒。”于是，他就把这鱼端上桌来，一扫而光。

大家拿“圣贤愁”实在没法，便把他的外号刻在村头的石碑上，让人们见到“圣贤愁”就躲着走。

一天，有两位神仙路过这里，一个是吕洞宾，一个是汉钟离。他们看了碑文心想，圣贤还有什么要愁的吗？二人前去打听，大伙就将“圣贤愁”爱喝“蹭酒”的事给他们说了。这两位神仙想试试“圣贤愁”白吃白喝的手段，便吹了口仙气，化来一壶酒，蹲在那石碑前对饮起来。

“圣贤愁”闻到酒香又跑来了。他老远就打招呼：“您二位怎么蹲在这里喝酒？”

“这儿僻静！”

“‘酒友’‘酒友’，有酒就是朋友。看来我得陪二位喝两盅了。”说着，“圣贤愁”便伸手去捞酒壶。

吕洞宾说：“且慢！今天咱们喝酒得有个说法，要以这碑上‘圣贤愁（聖賢愁）’三个字作诗，每人还要献一道酒肴。”

“好，好！”“圣贤愁”大声说。于是，他们商定按年龄大小，谁大谁先作诗献菜。

汉钟离年龄大，先开了头：“聖字吗，是耳口王，耳口王，三人喝酒在路旁；盘中没肴难下酒，割下鼻子尝一尝。”汉钟离抽出宝剑把自己的鼻子割了下来，放在盘子里。

第二个该吕洞宾了，他指着“賢”字说：“臣又贝，臣又贝，三人喝酒讲义气；盘中无肴难下酒，割下耳朵配一配。”说完，他接过宝剑把自己的耳朵割了下来。

下面一个字是“愁”字，轮到“圣贤愁”了。只见“圣贤愁”不慌不忙地说“禾火心，禾火心，三人喝酒亲又亲；盘中无肴难下酒”，他把裤腿角向上一提，拔下一根汗毛来，又说：“拔根汗毛表表心！”

两位神仙齐声说：“那不行！我们都割下鼻子、耳朵，你咋只拔一根汗毛？”“圣贤愁”忙把酒壶抓在手里，对着大嘴连连“咕噜”几大口，生气地说：“今天是跟你们二位喝酒，要是换上别人，我连这一根汗毛也舍不得拔呢！”

讲述者： 李玉成，67 岁，小学学历，退休工人
采录者： 薛家太　周伯之
采录时间： 1987 年 9 月
采录地点： 邳县四户镇白马寺村

附记

本篇原载《彭城艺苑》1989 年国庆专刊，后被收入《中国民间故事全书·江苏·邳州卷》（知识产权出版社，2007 年 6 月版）。这是采录者在考察邳州白马寺院时听人讲的一个段子，大家笑得肚子疼。当时镇里的一位妇女干部也在场，她说："亲娘哎，我差点笑岔气了！"（柏枝）

（三）教子与孝子故事

252

百顺一家

很早以前，俺姚集乡有个姓张的，名叫张二，家里的日月满够过[1]的。结婚三年妻子死了，撇下个小男孩名叫百顺。张二喂养孩子困难，又娶了一个人。可结婚后只三天，张二不知得了什么病死了，媳妇把张二埋下地以后，家里就慢慢地穷了，晚娘抱着百顺整日靠要饭维生。

百顺长到七八岁时，晚娘把他送到学堂读书，自己去要饭，供百顺上学。百顺长到十七八岁，这年雪下得特别大。到腊月二十四这天，娘对百顺说："孩子，雪下得这样大，不能去要饭了，今年的年无法过了。"

百顺对娘说："娘，不要怕，我亲戚家有钱，我到他家去偷。"

娘说："乖孩子，再穷俺也不能去偷人家啊！这门亲事是你爹在世时两家大人给订的娃娃亲，有人，人情在；无人，断往来呀！你要是偷他家的东西被逮到了，咱这门亲事就算完啦。"

百顺改口就说："娘，我去借。"

[1]　满够过：过得蛮好。

娘说："这还差不多。借是人情，不借是本分。"第二天是腊月二十五，早晨百顺就到丈人家借钱粮去了。到了丈人家，百顺还未开口，丈人就说："今年倒霉，油坊不出油，酒坊不出酒，我还打算到你家去借呢？"

百顺想，这是怕俺还不起他的。于是就说："借有不借无，我回去了。"丈人连顿饭也未留。百顺回家跟娘一讲，娘双目落泪。娘俩抱头哭了一阵，又冒雪要饭去了。

第二天百顺上学去了，娘在家见一人骑高头大马往门前来。到跟前一看是亲家，心想，可能是昨天儿子去借钱未给，感到过意不去，今天特给送来的。忙上前打招呼。亲家连马也不下，坐在马身上说："嫂子，有大哥在的时候，小孩订婚、过帖，东西当时未给够，哪些东西你也知道。现在孩子都大了，事情该办了。我等到年三十，有东西就娶，没东西就算了！"说完打马就走了。百顺放学回家，娘哭着把亲家说的话给百顺讲了，娘俩算计得一百两银子。百顺想，到哪弄去？回头对娘说："田地媳妇年年有，就怕银钱不凑手。光棍不待人打的吗？娘，我不要媳妇了。"这时娘哭着对百顺讲了："孩子，我不是你的亲娘；我在你爹脚头蹲一夜，你也是我儿。不管怎样，我得把你媳妇娶来家，才能对得起你死去的爹。你大爷和你爹是胞兄弟，我去找他看能给想个法吧！"说着就出门了。刚到大爷家门口，就见大爷扫雪出来。一见面，百顺娘就给他讲出此事，求大爷生法。大爷说："我得和他大娘讲讲。"老大转脸到家，还未张口，大娘就说："好大口气，还借一百两？借一钱也得拿两钱来换。"大娘说的话，百顺娘在门口都听到了。大爷出来还未开口，百顺娘就说："我知道了，没有就算了吧。"

回家往床上一躺，翻来覆去想不到好法子，穷人的日子难过。于是就想出卖自身给儿子娶媳妇的办法来。晚上就对百顺讲了："孩子，南庄你表大爷家开槽坊，或许有钱，我去看看。"一到表大爷家也是这样，买芝麻不出油，买高粱不出酒。表大爷就问百顺娘："借钱做什么用？"百顺娘说："表嫂死了，你一个人带着孩子困难，我是想给你找个人的。俺庄上有个女的丈夫死了，现想抬身[2]，

[2]　抬身：指改嫁。

你能借一百两银子给人家，事情就能办成。没钱就算了。”表哥一听，连说：“有钱有钱。不过妹妹，不知这人脾气怎样，我怕到家几个孩子受罪。”百顺娘说：“这人比我还好。”表哥喜死了，忙开箱给百顺娘拿了一百两银子。接过银子，百顺娘说：“表哥，正月初三去接人就是了。”转脸就往家里跑，跑到家里就把银子交给儿子，叫赶紧买东西，准备三十娶亲。

表哥在家想了，到底是真是假？如果是假的，过年把银子花光了，我上哪要去？我得赶紧去看看。如果是真的，过年初三一定得给人，是假的就要回银子。于是就骑着马往百顺家跑去了。到百顺家，见到百顺娘就把想说的话说出来了。百顺娘难过地对表哥说：“表哥要银子没有，已经用过了。要人，有，我不给你说过吗？初三来接人。”说着百顺从外面来了，见娘双目流泪就问：“娘，你怎么了？”娘哭着说：“孩子，为你娶亲，那一百两银子是我自卖自身弄来的。现在你表大爷不相信俺，我这就跟你表大爷走。孩子，你把东西买齐，三十发轿，一定去把媳妇接过来……”百顺说：“娘，你不能这样做。世上什么都有，哪有卖娘娶媳妇的？”这时围来了不少亲邻，有的说是不能这样做；有的说就叫你娘走吧，把媳妇娶回来，后半天有钱再把你娘赎回来嘛。结果娘就跟表大爷走了。

就这样，百顺忍着悲痛，一切准备就绪，三十这天娶亲去了。岳父见庄外有顶大轿过来，心想哪有三十娶亲的，又见花轿朝自己家来，到门前停下来了才明白。自己说的话，如有钱就在三十娶亲，考虑百顺是办不到的，目的是想断这门亲事，没想到百顺真的办到了。孩子还是有办法的。心想话已说过，不能不算数，于是就叫丫鬟、佣人给姑娘梳洗打扮，做好一切准备，就发轿往百顺家去了。

事办完了，晚上新郎该进房了，可百顺还在外间屋坐，捶胸跺脚不进房。媳妇多次催促，还是不进房。到了下半夜，媳妇急了，就出来问：“你怎么的？为什么不进房？我配不上你？不然俺就走。”逼得百顺无法，就把前因讲了一遍。媳妇听了心里非常难受，恨爹爹无情，哭着劝丈夫说：“这事我来办，进房休息吧。明天初一，天亮你去借头驴。人家三天回门，我两天回门，叫爹爹给钱；你送给表大爷，接回俺婆母娘。”夫妻俩回房休息了。

第二天天刚亮，夫妻二人起床了。媳妇忙梳洗打扮，百顺到庄东头陈大爷家借来了驴，夫妻俩就回门去了。到娘家庄前，父亲看见，心想这是谁家大年初一还走亲戚？说着来到门前了，一看是自己女儿，就让女婿进家，到客屋落座了。女儿进堂屋见母亲就哭。母亲问：“我儿呀，你哭什么？他家穷，无法吃吗，还是人对不住你？”女儿说：“不是，我是恨爹爹心太狠。丈夫来借钱，不但不借还上门威逼要退婚，逼得无法，婆母娘自卖自身娶的我。今天能给我一百两银子，把婆母娘赎回来，我就回去；不给我就三头撞死在这屋里。”说着哭着不起来。母亲疼儿女心切，就把自己的私房钱拿出来了，一点才四十两；找老头要，老头是吝啬鬼，舍不得给。无法，就找大儿媳妇，说明来因，大儿媳妇也把自己的私房钱三十两银子拿出来。还不够，又去找二儿媳妇，二儿媳妇也把三十两私房银子拿出来，一配正好一百两交给女儿。女儿捧着银子，面上带笑，跪倒磕头，谢过母亲和两个嫂子就要走。全家叫她过完初一再走，她赎婆母心切，都谢绝了，高兴地回家了。

回到家，媳妇把银子往堂屋里一放，就去做饭了。百顺送驴给陈大爷。这时正好大娘过来借簸箕用，媳妇就说：“大娘，你自己到堂屋去看看。”这个孬女人，一到堂屋，看桌子上放着银子，见财起意，把银子全装进腰包走了。心想小女人不说便罢，要说我偷，我就翻脸不认人。孬女人走后没多会，百顺送驴回来了。媳妇见丈夫回来就说：“丈夫，你把堂屋桌上的银子收好，明天送给表大爷。”百顺到堂屋一找银子没有了，就问：“哪有银子？”媳妇一听，立忙往堂屋跑，边跑边说：“我是放在桌上的，怎么没有了呢？”百顺一时气得往媳妇脸上打了两巴掌说：“你有什么用，刚拿来的银子怎么能没有？”媳妇慌忙去问东院大娘，拿簸箕时可看到银子吗？孬女人说：“我拿簸箕就走的，怎么能见到你的什么银子？你这个小女人，不是故意侮辱人吗？”迎头又是两巴掌。媳妇无法，回到家里痛哭起来。百顺气得又到东头陈大爷家说这番事。陈大爷一听就说：“百顺你快回家，这样会逼死人的。”百顺就赶忙往家跑，一推门，门闩上了；扒开门缝隙一看，媳妇已悬在梁头之上。慌忙喊四邻，等大伙来到，把门撬开，放下媳妇，她已经没有气了。百顺抓地大哭，哭得死去活来。四邻见此，人人伤心，就商议凑钱，当天给百顺媳妇买口棺材。棺材买来后，不通娘家信，是不能成殓的。百顺哭得已晕死过去几次，身体十分虚弱，谁去通这个信呢？喝卤上吊三分屈，娘家不能简单完事啊！大伙把百顺劝醒，叫他到丈人家通信。百顺一个劲地摇头，害怕地说："不能去……我也跟媳妇一块走……"眼一闭又不省人事了。在场的人都哭起来，呼唤百顺；就连那眼皮再硬的人，泪水也从鼻沟往外流。这信不通是不行的，只见从人堆里挤出一个人说："我去通这个信。"他是百顺出过五服的家下大叔爷。

百顺大叔爷到百顺丈人家，讲明媳妇死去的原因后，百顺的丈人很讲理地说："一百两银子没有了，再找我还能不给？死什么的，这是怨她自己想不开，不能怪你们。你回去，该怎么办就怎么办是了。"敢说百顺的丈人为什么今天这样讲理，不疼闺女吗？不是，是有原因的。他一生干了不少缺德事，心是黑的，所以这次女儿死对报信讲[1]，他才这样讲理的。

初一晚上入殓，初二傍晚，就把百顺媳妇送下地了。到晚上，天突然起了一块黑云，电闪雷鸣非常吓人。百顺大娘听到响雷一直往自己门前轰轰的，很害怕，心想，我偷百顺家一百两银子，难道老天爷知道了吗？银子还没用，如果劈死我不白偷了吗？于是就把银子攥在两手里，她想如被响雷劈死，我有这些银子到阴间也够我一辈子用的。可等她把银子拿到手里，一条大龙伸着爪子，把她抓走了，一直把她抓到百顺媳妇坟前。又听"咔嚓"一个响雷，把她活活劈死了。紧接着又来一雷，把百顺媳妇的坟墓也劈开了。响雷一震，百顺媳妇醒了，这时天也放晴了。百顺媳妇揉揉眼睛一看，是睡在棺材里，知道已经被埋了，现在醒过来。又想，自己未死，还不知道丈夫怎么样。爬起来就往家里跑。跑到家门，顺着门缝一看，家里还点着灯；她又扒大点门缝，见丈夫的头正在往绳扣里套，要上吊。她慌忙大喊："丈夫，可别死，我又活了。"百顺一听媳妇说话，心猜是显灵的，坐在地上呆住了。媳妇又喊："丈夫，你不要怕，我真活了。不信，我伸手给你摸摸，活人手是热的，死人手是凉的。"百顺壮了壮胆，伸手一摸，真热，就给开了门。媳妇往他跟前一跪，大哭起来，就说："都怪我做事不周，你别生气。你快想办法，天亮就是初三了，如果再不去接婆母，她和表大爷就成亲了，那可就接不回来了。"百顺听后大哭起来。

不谈百顺夫妻痛哭。天亮了，东头陈大爷起来拾粪，遛到湖里，见百顺媳妇的新坟被雷炸开，很惊奇。人能造多大罪？死过还挨雷劈？走到跟前一看，坟边还劈死一个人，细看是百顺大娘，手里还握着银子；伸手去拿，怎么也拿不掉。再看百顺媳妇的坟，棺材盖也被炸开了，百顺媳妇的尸体也不见了。他回头就往百顺家跑，到百顺家门口，听夫妻二人正在说话，很诧异，不敢进屋，就在外边喊百顺说："百顺快去你媳妇的坟前看看，你大娘被雷劈死在坟前了，手里还握着银子。"夫妻二人听说银子，急忙跑去一看，果真是这样。

亲邻听说这件事，认为很稀奇，都跑去看。陈大爷说："乖孩子，大家都为你们高兴，快把钱拿去把你娘赎回来吧。"百顺就去拿钱了，可怎么也拿不掉。陈大爷说："看来非得侄媳妇来拿，才能拿掉。"媳妇说："如果是俺的钱，我就能拿下来；不是的，我也拿不掉。"说完，百顺媳妇不费一点劲就拿了下来。大家细看，果真是一百两银子。这时媳妇又说："天不早了，俺快把钱给表大爷送去，把婆母接回来。"说着二人就拿钱奔南庄去表大爷家了。凡知此事的人都说："百顺一家娘仨都是贤孝的人。"

讲述者： 吕希凡，男，82 岁，初中学历，睢宁县姚集镇原文化站干部
采录者： 张甫文，男，68 岁，大专学历，睢宁县委宣传部退休干部
采录时间： 2020 年 7 月
采录地点： 睢宁县姚集镇大街

[1] 对报信讲：方言，捎信讲。

附记

《百顺一家》的故事发生在睢宁西北姚集镇，故事反映一家娘儿仨的贤孝之举，世代相传。20 世纪 80 年代编入《睢宁县民间文学集成》，2005 年编入由李文金、张甫文主编的《中国民间故事全书·江苏·睢宁卷》。目前在睢宁北部仍有部分老年人在讲述此故事。（张甫文）

253

张仁救继母

从前，张家村有个张老汉，婚后三年，生个儿子叫张仁。孩子刚满三个月，母亲就病故了。

之后，张老汉又娶一个后妻，她对张仁像亲生儿子一样疼爱。一年之后，张母又生了一个男孩，起名叫张义。不久，张老汉得病死了，张母艰难地养育着两个孩子。孩子长到七八岁，都被娘送到南学读书，兄弟俩处得很好，读书都很用功。

在张仁十六岁、张义十五岁那年，母亲身患重病。张仁立即求医给母亲治疗。先生说："这个病非吃凤凰蛋不能好。"张仁平时很孝顺继母，问看病先生凤凰蛋什么地方有。先生说："凤凰蛋买是买不到的，只有凤凰山上有。这山高有万丈，自古以来没有人能爬上山。要得凤凰蛋，就得拿命来换。"张仁听后，立即要去凤凰山寻找凤凰蛋。母亲流着眼泪说："孩子，我年纪大了，也该死啦，你千万不能去！"

张仁为了给继母治病，心急如火。辞别了后母，并叮嘱弟弟张义一定要照顾好老娘，便前往凤凰山去啦。他走了三天三夜，来到凤凰山前，往山上一看，确实山高路陡，到处是圪针棵，实在无法往上爬。他正在发愁的时候，眼前猛地出现一位白发苍苍的老人，手拄龙头拐杖，问张仁："孩儿到这地方来有什么事？"张仁这般如此说了一遍。白发老人听了，顺手一指说："从这个地方上去，回头还从这条路下来。别处无路，可千万小心啊！"张仁望望山上，果然有一条小路。转脸谢老人，那老人却不见了。张仁吃力地爬上了云雾遮天的凤凰山，很快取了七个凤凰蛋，急忙赶回家。

张仁来到家中，按照先生的吩咐，亲自将凤凰蛋煮熟，让母亲吃下去，又喝了一碗汤。母亲的病慢慢好了。

张仁深山找凤凰蛋孝敬继母的事，被四乡八村的人传开了，都夸他是个孝顺的孩子。

讲述者： 杨启武，59 岁，中师学历，退休教师

采录者： 夏克义

采录时间： 1987 年 8 月 13 日

采录地点： 铜山县张楼村

附记

本篇选自《中国民间故事全书 · 江苏 · 铜山卷》（知识产权出版社，2007 年 6 月版）。

254

桑要从小育

传说，苏北地区有一个为人正直、学富五车的王先生，四乡近邻不管有什么大事小情，家长里短，都要请他去吃杯水酒，评论谁是谁非，在方圆几十里都很响名[1]。

王先生五十多岁才有了一个儿子，老来得子自然十分宠爱。儿子五六岁时，不管谁家请吃酒，儿子都嚷着要跟去，王先生也总是带着儿子去。孩子十五六岁时，王先生觉得再带儿子去赴席就太不像话了。一天，西庄上有人来请，王先生就瞒着儿子自己去赴席了。儿子得知后，大闹起来，任凭他母亲怎么劝说也不管用。晚上，儿子拿着一把菜刀躲在了床底下，想等老子回来杀了他。母亲发现了儿子的举止，就拼命夺下了菜刀。儿子一气之下，离家出走了。

那孩子逃走之后，整天靠乞讨度日。在一个风雪天，他几天没讨到吃的，又冻又饿，就昏倒在了路边。一位过路商人发现了，就把他抱回家去，救活了他。商人膝下无子无女，就把他收养了下来。一边严加管教，一边送他去

[1] 响名：名声很响，很有名。

私塾念书。后来，大比之年，他中了进士，被点为县令，正好是苏北老家的父母官。

他上任后不久，就传唤了王先生夫妻俩。两位老人到大堂前跪下，县令把惊堂木一拍，大声喝道：“你家独生儿子走失多年，你们为何不去寻找？知罪吗？”王先生长叹一口气说：“唉，逆子不成道业，小民知罪！”

县令听了，就命衙役把预先准备好的一根弯桑木条子拿来，叫王先生夫妻当堂给扳直，扳不直就要治罪。王先生不敢多言，只好拿起弯桑木条，把另一头递给妻子；可扳来扳去，急得满头大汗，总是不能扳直。王先生偷眼一看，见县令的面孔好熟，这才猛然醒悟，说道：“回禀大人，严教出孝子，惯养忤逆儿。要得桑木不弯，长成栋梁，桑要从小育啊！”

县令见王先生知道了过错，就下堂认了生身父母。

讲述者： 李诚，65岁，不识字，农民
采录者： 杨光正
采录时间： 1987年
采录地点： 邳县官湖镇

附记

本篇选自《中国民间故事集成·江苏卷》（北京：中国ISBN中心，1998年12月版）。讲述者是官湖镇新华一村五队农民，能讲多个鬼神、劝学等故事。（夏至）

255 目不识丁

从前，艾山东麓有一座艾王城，城里有一户家财万贯的老财主。这财主虽然家大业大，应有尽有，但却有一件事不顺心，那就是有个儿子又憨又笨。等到这孩子长到六七岁的时候，财主心想：得让孩子学识字，长见识。于是便专门给孩子请了一位私塾先生来家授课。

先生请来后，财主觉得儿子笨，唯恐先生不用心教，便对先生说：“你尽心教，我除了管吃管住外，每月给你三两银子作酬劳。如教得好，年终再加你十两银子。”先生一听很满意，教起来自然格外用心。但教着教着，先生发现这孩子虽然天天听课很认真，但就是一条——学了记不住。你今天教会他一个字，等明天再一问，就不认识了。先生一连教了三个月，结果这孩子一个字也没学会。先生一看没法教，只好主动辞职了。老财主没办法，只得又请一位先生来教，结果又教了三个月还是如此。就这样一连请了好几位先生，都没能教会这孩子一个字，而财主的饭食银两倒是贴进去了不少。

眼看着这孩子都八岁了，还是一个字不识。老财主教子心切，想想还得请先生。这次他总结了前几次经验，为

防止先生中途辞职，把先生请来后，事先约定说："你来我家教书，我管吃管住，生活日用全包，一年俸银五十两，年终结算。哪怕一年只教会孩子一个字，俸银也一两不少；如教得好了，再加倍给俸银。"这新来的先生一听，待遇如此优厚，要求也不高，便信心满满地答应了。第二天吃罢早饭，先生便带着孩子来到侧院的学堂，心里盘算着说："我先教他什么呢？要教他一二三四吧，一是太简单，显不出我的学识来；二是教到后面的大数目又怕孩子记不住。"一番斟酌后，决定先教他"十天干"的前四个字：甲乙丙丁。如学会了，再教后面的六个字和"十二地支"的十二字。要是一年能教会这二十二个字，那俸银还不得翻几倍？主意拿定后，便拿出教材授起课来。他先讲了盘古开天地和三皇五帝的故事，接着又讲仓颉怎样怎样造字，最后才引出了甲乙丙丁四个字；然后又讲了这四个字的含义，有什么用，怎么用。这先生讲得头头是道，学生也听得一脸认真。讲过之后，便一笔一划地教孩子学写。一天下来，累得嘴干舌苦，腿疼腰酸自不必说。

到了第二天上课，先生想考考孩子这四个字记住了没有，便写出来让他认。谁知这孩子竟然连一个也认不出来了。先生心想这才学一天，印象不深难免忘了，那就再教吧。于是又一个字一个字地认真教起来。忙乎了一天，临放学又嘱咐道："放学后自己要温习，把字记牢。"孩子很听话地点头答应。谁知到了第三天一考，又是一个都不认得了。这下先生真有点犯了难。但想想财主有言在先，再难也得教下去，只得打起精神再教。就这样一连又教了十多天，还是如此。先生看这孩子实在没法教，又不能打退堂鼓，只得硬着头皮教下去。老财主有时来看看，见先生教得上心，孩子也学得认真，也就不多过问。

说着说着就要到年底了，孩子还是没什么长进。先生心想，银子翻倍是没什么指望了，哪怕能教会一个字保本也行。于是就把最容易写、最容易记的一个"丁"字单挑出来，又教了半个月。到了腊月二十九这天，先生想想还不放心，就到外面铁匠铺里找来一根铁钉交给孩子说："你把这个装在兜里，明天你爹来考试时，如想不起这个字，你摸摸兜里的这根铁钉就想起来了。记住了吗？"孩子装好铁钉说："记住了。"先生这才放心地让他放学。

第二天早饭后，老财主来到学堂看着考试。先生还怕孩子忘记，专门写了一个大大的"丁"字，然后指着问道："这是个什么字？"这孩子学了一年，第一次看到这么大的字，早已发蒙了，不知怎么回答，只是一个劲地摇头。先生不由得一阵着急，赶忙提醒说："摸摸你兜里装的啥？"孩子从兜里掏出铁钉看了半天说："这不是个铁橛子么。"先生一听，像个泄了气的皮球，一腚跌在椅子上。

不用说，先生这一年的俸银一两也没拿到。后来这位先生根据自己的这番经历，就造出了"目不识丁"这个成语。

讲述者： 张云山，78岁，高小学历，农民
采录者： 刘学秀、周保童
采录时间： 2013年12月
采录地点： 邳州市邳北张家村

附记

"目不识丁"本是一句成语，典出《旧唐书·张弘靖传》。但凡成语典故大都有比较单一固定的出处或特定情节，而此故事传说与原成语典故无任何因果关系和相似之处，由此可见，本故事应是先在民间有此雏形，后在流传过程中被民间文化人巧妙地将故事与"目不识丁"这个成语相结合，形成了一个具有全新概念和内涵的成语典故，从而使"目不识丁"有了最接地气的诠释。本故事采录于邳北艾山附近，讲述者是一位古稀老人。（学秀）

256

两个儿子不如一匣石子

有个姓陈的老汉，有两个儿子，一个叫大牛，一个叫二牛。老汉夫妻俩都很节俭，渐渐有了宽余。

大牛长大了，老汉给盖了三间房子，娶了媳妇，让他另立门户。不几年，二牛长大了，也安了新家。这样，陈老汉的积蓄花去了一多半。

有一天，大牛夫妻说："两老不如把财物都分了，轮流在两家吃饭吧。"二牛夫妻也同意。于是，老汉就答应分了余钱，轮流到两家吃饭，每家半个月。

头半年还可，粗茶淡饭尚能吃饱，以后就越来越难了。一次，该到老大家，大儿子大儿媳经常鼻子不是鼻子、脸不是脸的，还指桑骂槐。老两口忍气吞声，住到第十天，再也受不下去了，提前到老二家去。谁知，老两口刚到二儿子家说明来意，二牛夫妻都掰着手指说道："不行！你们在大哥家还得再住五天哩！"气冲冲地把两老推出门去。

可怜陈老汉夫妻只好回到原来住处，四壁空空、一贫如洗，那个愁闷呀，不知有多难受！老太婆气不过，卧床不起，没几天就一命呜呼了。

大牛二牛都装憨卖呆，不愿拿钱。陈老汉急得团团转，一筹莫展。幸亏老汉有个堂兄，住在南庄，堂兄给送来一口薄棺材，才草草安葬下地。老汉对着堂兄放声大哭："二哥呀，以后的日子俺怎么过呀！"

堂兄安慰了一会儿，然后附在老汉耳边如此这般说了几句话，老汉才止住哭声。

第二天，堂兄叫了一伙人，抬着一个大匣子，吹吹打打来到陈老汉家，说："这是我当年借你的银子，现在该还你了。"陈老汉把那匣子加了锁，又放在大箱子里锁了起来。

大牛二牛听说父亲还有一匣银子，立即亲热起来，今天这家请，明天那家拉。两个儿子赌咒发誓要孝顺父亲，并要求分掉银子再轮流吃饭。老汉却说："轮流吃饭可以，不过你二大爷还的那银子暂且不能分，等将来俺看谁好就全给他。"

几年过去了，陈老汉突然一病不起，眼看不行了，大牛二牛在床前因争分遗产的事吵开了。大牛要"六四"开，理由是他是长子；二牛坚持"二一添作五"。双方都不让步，越吵越烈，眼看就要动武。陈老汉叹道："大牛二牛都别吵，哪有金银和元宝？要不是南庄你二大爷，俺稀饭糊糊也喝不到。"说完就断气了。

两个儿子不管是真是假，也不问他爹后事了，争着打开父亲的箱子，砸坏匣子一看，都傻了眼：哪有什么银子，原来是一匣石子。

这真是：两个儿子不如一匣石子。

讲述者： 孙希銮，58 岁，高小学历，农民
采录者： 吕毅，56 岁，大专学历，马陵林场干部
采录时间： 1986 年 10 月
采录地点： 新沂市马陵山乡

附记

本篇选自《中国民间故事全书·江苏·新沂卷》(知识产权出版

社，2007年6月版）。故事情节类似山东地方戏《大乖和二乖》（又名《墙头记》）。（杨增强）

257

教子有方

从前有个老汉，为人勤劳，生活精打细算，是村里有名的种田能手。可就是三个儿子又笨又懒不爱劳动，更不懂得春种、夏锄、秋收等种田技术。老汉为此很犯愁，心想：有我活着一天，还能教教他们，指点指点；将来我老了怎么办呢？

后来，老汉真的一病不起了。临终时对三个儿子说："咱家后那块地里有银子元宝埋在里面，是我留给你们的银钱。具体在哪个方位，我记不清了，反正就在那块地里。你们只要遍地好好地挖，谁挖到就是谁的。要记住，挖时要不少于三遍，准能挖到。"

老汉死后，三个儿子记住他的话，各人都想得到银钱，每天东方天刚发白，就一齐到地里挖呀挖。一天、两天，不知挖了多少天，把这块地整整翻了三遍，谁也没有挖到银子。兄弟三人都很生老头子的气，就把地平整一下，种上了大豆和高粱。当年他家的大豆和高粱比人家的长得都好，大豆颗粒饱满，高粱穗大粒多，获得了好收成。兄弟仨不愁吃、不愁喝，全家人非常高兴。

后来，邻居家有个老人告诉弟兄仨说："你们三人不懂得种田的道理，你大大[1]活着时候天天为你们担心。大大生前叫你们挖银子，为的是要让你们知道种田必须出力流汗，也是为了使你们今后不挨饿受穷，知道精耕细作能使庄稼丰收的道理。”

弟兄仨听了如梦初醒，从此不再懒惰，齐心协力种好庄稼，日子过得越来越好，比全庄人都强。

讲述者： 李文金，男，84岁，大专学历，睢宁县文联退休干部

采录者： 张甫文，男，68岁，大专学历，睢宁县委宣传部退休干部

采录时间： 2020年7月6日

采录地点： 睢宁县城

附记

该故事在清末至民国时期，由苏郑氏传讲，后由苏郑氏女儿——睢宁物资局员工郑芬传讲，20世纪80年代由郑芬整理编入《睢宁县民间文学集成》。2006年又由李文金传给睢城文化站站长史芳华，并整理编入《江苏省非物质文化遗产普查·睢宁县资料汇编》。该故事在本县县城能详述者有20人左右，多为老年人。（张甫文）

[1] 大大：苏北农村方言，即爸爸。

258

选子承业

从前，俺庄有户姓石的人家，世代经营盐业，买卖公平，老少无欺，历经几世，生意兴隆。俺也不知老板叫啥名，人家都说他守财有方，十里八村的人们都称他石守财。

那年，石守财已六十有五了。自承父业，整日辛苦劳碌，南跑北奔，总算财势还旺，没给祖宗脸上抹黑。如今积劳成疾，老年症昼夜憋得他透不过气来。更使他焦虑的是祖宗的家业能否后继，有个放心的人呢？他思来想去，决意在三个儿子中选一个来继承家业支撑门户。想了好长一段时间，最后把三个儿子叫到跟前，说道：“三个犬子听着，老父我眼看就不行了，这个家业得有人撑着。从今天起你们都外出，每人各做一件好事。到这个月底，也就是我六十六大寿那天赶紧回来禀报。那时我就定下来是谁承业了。”于是弟兄三人叩谢，各人回去准备外出之事。

老大名叫石义。这天他来到一个小镇，满街逛蹓。忽见一个头插草标的小丫头，被人硬抱着走，孩子吓得“哇哇”大哭，女孩的母亲已晕倒在地，钱撒了一地。石义听后，冲上前去把女孩抱了过来，将自己带的钱付给了买主。然后又跑去请来郎中，把那妇人救醒后，才知这孩子的父

亲重病在床，穷得揭不开锅，偷偷将孩子卖了，一来给丈夫治病，二来好救身边五个小孩和瞎双目的老公爹。石义心里酸溜溜的，把身上所带的银子和一只心爱的玉珮一同给了那娘俩。那母女双双跪在地上，头磕得像鸡啄米，额头都出了血。石义连忙拉起娘俩，自己喜滋滋地回去了。

老二石勇。他背着行李出家十多天，还没找到合适的好事做。这天天色渐渐暗了下来，他四下一打听，这儿前不扒村后不靠店，要穿七八里路长的芦苇地才有店铺。石勇心里不安静，将包袱换了肩强打精神向芦苇地走去。大约走了半顿饭光景，忽听前面有吼声："站住！要钱还是要命？"又听到"扑通"一声闷响，另一人挥舞棍子夯断几棵高粱。石勇三步并两步，一溜烟窜上去，看见两个毛贼打劫一个过路人。他举起背包袱的木棍就打。一袋烟工夫，那短路[1]的毛贼给打跑了，石勇自己的大腿也挨了一下。他强忍疼痛，走出高粱地，来到一个店铺住下。第二天天明，石勇一打听店老板才知，被打劫的人是个外地做生意的，这帮毛贼在集上就盯上了他。店主说："算你命大，有力气，一人制服两人，人财无损，赶快回家报平安吧！"石勇听了，心里像五月天里吃足了凉西瓜似的。他决定不再前行，立即向店主行礼作揖感谢，风风火火地跑回了家。

再说老三石仁。他虽年仅二十出头，却能文能武，父亲一向十分偏爱着他。那天，他听了父亲的吩咐后也动身了。出了家门四五里路，迎面来了一头小毛驴，驮着石家的死对头钱有德。小石仁一看钱有德那得意劲儿，就想到他上次做的那缺德事：头年底，石、钱两家合伙雇了一条船装盐，谁知钱有德神不知鬼不觉把盐里掺了沙子，来了个"换包计"，石家吃了哑巴亏。石仁想着想着，二人来到了一座小木桥中间。石仁出于礼节忙打躬作揖向钱有德问好，钱有德却在鼻子里"哼"了一声，一抖驴绳想过去。哪知小驴被这一揖一抖给弄惊了，一尥蹄连人带驴翻进了河里。说时迟那时快，小石仁一纵身跳进河里，把钱有德救了上来，背着他送回了家。

老头大寿这天，钱有德带着厚礼来到了石家，一是向石家赔礼道歉，再则为老石头祝寿，意与石家共弃前嫌，并愿将小女许配给石仁为妻。石有财听完这番肺腑之言，很是诧异；又听了小儿子的陈述之后，方才明白。开言道："今日石家双喜临门，贤兄屈尊与石家结为秦晋之好，乃石家造化。长子石义心地善良，未显勇谋；次子石勇见义勇为，血气方刚；小儿石仁心宽量大，后生可畏。小儿石仁为石家第七代掌家人。"

此后不久，两家办了婚嫁喜事。生意也合二为一，挂起了"财德盐行"的镏金字匾额。

讲述者： 倪其鹏，男，55 岁，初中学历，邱集镇原王林乡东倪村农民

采录者： 张甫文，男，68 岁，大专学历，睢宁县委宣传部退休干部

采录时间： 2020 年 6 月

采录地点： 睢宁县邱集镇文化站

附记

该故事在睢宁县南部及东南部一带民间流传已久。民国时，由倪其鹏爷爷讲述，后由倪其鹏讲述。20 世纪 80 年代由县文联副主席李文金采集整理入编《睢宁县民间文学集成》，2005 年又入编《中国民间故事全书·江苏·睢宁卷》。至今，倪其鹏、李文金仍在熟练传讲。尤以在邱集镇王林村及周边乡村传播广泛，在该村能详述者有 30 多人。此故事已被《江苏省非物质文化遗产普查·睢宁县资料汇编》《睢宁故事》以及《政协文史资料》等收录。（张甫文）

[1]　短路：断路，即打劫。

259

小聪明凿木碗

大王庄有一户王姓人家，全家四口人，七十多岁的老头子带着儿子、儿媳妇和一个小孙子。该村有个祖传称呼，儿子称老头子为“大大”。小孙子刚满五岁，常称老头子“俺老”，即爷爷。你别看小孙子这孩子幼小，平日里看他大大做什么，他就会模仿做什么，可聪明哩！庄上人都称他“小聪明”。

小聪明在入学前，不但跟他爷爷学会唱儿歌十多首，也跟他娘学会打扫卫生、洗衣服等简单家务，还跟他大大学会简单的木工活儿。就在小聪明入学这年冬天，他爷爷患上半身不遂病，虽经一个月的住院治疗，还是落下了双手乱哆嗦后遗症。因吃饭端不住饭碗，每天砸碗现象时有发生。时间久了，小聪明的父母亲不但不能耐心用喂饭的方式伺候，还对他爷爷怨声怨气、恶言相对。为了避免砸碗的现象再次发生，小聪明的大大就用一块大木头给他大大凿了一个大木碗，并恶狠狠地扔在他的大大面前说：“从今往后，就用这木碗吃饭吧，省得再砸碗了！”从此以后，小聪明爷爷就用这个木碗吃饭了。

小聪明每天看到爷爷用那木碗吃饭，就想到跟他家喂猪的食槽一样。那天，他很不高兴地问大大：“为什么要爷爷用那木碗吃饭。”他大大说：“你看，咱家的大黑碗都被你爷爷快砸完了。要孝顺老人，只有用这木碗给爷爷吃饭，木头碗不会摔碎的。”小聪明似懂非懂，点点头。

第二天，小聪明不知从哪儿也找来了一块大木头，坐在门槛上，用凿子一下一下地凿着。小聪明娘看了奇怪地问：“孩子，你在凿什么啊？”小聪明说：“俺跟大大学孝顺！”小聪明大大又急问：“你是想凿什么好玩的吧？”小聪明说：“不是凿什么好玩的，是凿木碗！”他大大又问：“你凿木碗干什么用的？”小聪明说：“大大，再过几年，你也老了，也得像俺爷爷一样，得用木碗吃饭啦。我先凿好放着留你明儿[1]用呀。”小聪明大大听了，脸上立时像红洋布一样，一阵火红火红的，心里很不是滋味。

从此，小聪明父母亲就再也不让他爷爷用木碗吃饭了，相互争着给大大一口一口、小心翼翼地喂饭。老爷爷被伺候得非常周到，心情常惬，双手哆嗦的病情也逐渐有了好转。

讲述者： 胡昌光，男，60岁，初中学历，睢宁县邱集镇农民

采录者： 张甫文，男，68岁，大专学历，睢宁县委宣传部退休干部

采录时间： 2020年6月

采录地点： 睢宁县邱集镇文化站

附记

这一故事的原型发生在睢宁县邱集镇王宇村，“文化大革命”之前盛传于徐州东部睢宁地区。当年在睢宁南部一带乡村，对有不孝敬父母行为之人，众人常以“‘小聪明凿木碗’的故事你知道吗”来质问，促进了该地区民风淳朴、孝风盛行。（张甫文）

[1] 明儿：即以后的意思。

260

把娘接回来

过去，俺胡大庄上有个胡奶奶。她早年丧夫，所生二子一女，都是胡奶奶含辛茹苦养活大；直到儿子娶了妻，闺女出了嫁。照理说，胡奶奶有儿有女，应当享受安乐，安度晚年了。可是，不孝之风却刮到胡奶奶家。

胡奶奶两个儿子胡里、胡图弟兄俩，都是老实巴交的庄稼汉，终天只知道吃饭干活；至于打里打外、人情来往、吃穿用度的算盘，全靠两个媳妇做主。大儿媳、二儿媳二人精明能干，过小日月精打细算，就连对婆婆的养活账也算得刻骨。胡奶奶的吃饭问题，是两个儿子轮流着，一家一个月，过完这家到那家。这年一连两个月（农历）都是小进，二十九天算一月，三十算初一。头一月的第三十天，胡奶奶在大儿家，大儿媳妇说了话："娘，今天是初一，该临到老二家去吃饭啦！"说过，叫孩子把奶奶送到二叔家去。

胡奶奶一到二儿家，二儿媳妇一见惊讶地说："娘，今天来俺家做什么？"胡奶奶说："你嫂嫂叫我来，说今天是初一，临到你家吃饭啦！"二儿媳妇说："她说得不对。一个月是三十天，你在大哥家才过二十九天，还要再过一天够三十天，才能来俺家。今天你来，没饭给你吃。"胡奶奶没法，只好含着泪走了。

二儿媳送婆婆走后，回到屋里和丈夫胡图说知此事。胡图说："这个账，我不会算，你说咋着就咋着，反正只要俺家不吃亏就行。"

夫妻俩正说到得意的时候，忽然见到一个老太婆跌跌撞撞地走来。二儿媳仔细一看，原来是自己的母亲。慌忙上前扶着老人问道："娘！你老人家今天来俺家干什么？"老人一听哭哭啼啼地说："你弟媳妇说今天是初一，我该临到你哥哥家吃。我到你哥哥家，你嫂子把我撵出来，说我在老二家才过二十九天，还得再过一天，才够三十天轮到他家。我没办法只好到你家来。"

老二媳妇听后，气愤地说："这像什么话，一天饭谁家不能给吃？"这时，胡图在一旁插嘴说："俺家不也是把俺娘撵走了吗？"芹娘妈一听，忙问女儿："是怎么回事？"老二媳妇说："你甭问，我去把娘接回来。"说过转身就走。来到胡里家里一看，娘没在大哥家，屋里坐着一个老太婆，一问是老大媳妇她娘。老大媳妇娘来闺女家，也是被儿媳妇撵出来的，原因也是三十算初一，小进少算一天。两个儿媳争着这天不给饭吃，老人没法，只好来走闺女家混一天饭吃的。

讲述者： 李文金，男，84 岁，大专学历，睢宁县文联退休干部

采录者： 张甫文，男，68 岁，大专学历，睢宁县委宣传部退休干部

采录时间： 2020 年 7 月

采录地点： 睢宁县城

附记

此故事在 20 世纪 80 年代由睢宁县桃园镇桃园村农民、时年 61 岁的袁一荣（女）讲述，时年 63 岁的教师袁振泰记录整理，入编

《睢宁县民间文学集成》。2005 年又被李文金、张甫文进一步调查整理，编入《中国民间故事全书·江苏·睢宁卷》。（张甫文）

261

孝子孙清

俺朱楼乡人世代传讲，在明末清初，朱楼乡长青村有一户姓孙的农民，有四个儿子，四个儿子分别名叫孙渊、孙清、孙沣、孙潞。这兄弟四人都在家务农。他父亲已经去世了，四兄弟只有跟娘一起生活。

有一年，母亲重病在家，这时土匪窜到这个庄。人们一听说都吓跑了，孙清四兄弟跑了三个，就剩下孙清一个人守在母亲身边。

众土匪在庄上巡视一圈，挨家挨户搜寻想要的东西，却是未见到一人。突然，有一个土匪头子发现一家有人，立即来到屋里看看，只见孙清守在他母亲身边。当时土匪便问："人家都跑了，你为何不跑呢？"

孙清回答说："母亲重病，如果我也跑了，身边没人，母亲连喝口水也没法。我情愿死也不离开母亲，死也和母亲死一起。"谁能想到，这土匪也有怜悯心，被他说得一时感动了。于是，迅速召集一行多名土匪，一声号令把这个村庄的树木全部砍掉，然后运到孙清门前，为孙清围成一个大院子，并在大门上书写"孝子院"三个字，意思是不准任何人再来此家抢劫。

几十年后，孙清死了，朱楼乡人们为了怀念他，也为了教育后人，在他死后不仅为他竖立墓碑，还在石碑上写着："孝子孙清之墓。"至今，在俺长青村孙一组南湖，孙清墓碑依然存在。

讲述者： 史芳华，男，72 岁，高中学历，睢宁县朱楼乡原文化站干部

采录者： 张甫文，男，68 岁，大专学历，睢宁县委宣传部退休干部

采录时间： 2020 年 6 月

采录地点： 睢宁县城九月广场

附记

该故事在睢城街道朱楼社区仍在世代相传，尤其在睢城街道朱楼社区及周边地区传讲普遍。其中，在朱楼社区能熟练讲述者有 30 多人。此故事在中华人民共和国成立之前由朱楼村李道奉的父亲讲述，后由李道奉传给武怀苏、史芳华等人。《睢宁县志》《睢宁县民间文学集成》《中国民间故事全书》《江苏省非物质文化遗产普查·睢宁县资料汇编》等均有记载。（张甫文）

262

丈母娘圆梦

李公子要赴京赶考，夜里做了三个梦，越想这三个梦越不吉利，心中闷闷不乐。忽然想到丈母娘是远近闻名的圆梦者，能逢凶化吉，于是便亲自登门找丈母娘圆梦。

丈母娘被人请去圆梦去了，只有小姨子一人在家。小姨子接待姐夫，李公子说明了来意。小姨子一听是找她母亲圆梦，便说："我母亲不知何时回来，我也会圆梦。"李公子说："那就请你给圆圆吧。"小姨子连声说好。李公子说："第一个梦，我家门前树上悬挂着一个白色的空棺材。"小姨子听了，眉头大皱，说道："不好，不好。"

"怎么不好？"

"抬头见空棺，两眼泪涟涟；赴京去赶考，尸首难回还。第二个梦呢？"

"我站在高墙头上犁地。"

小姨子吓了一跳，说道："糟糕，糟糕！"

"这又怎么不好？"

"你想想，高墙上边犁地，这是有去路无回路呀。正是：高墙犁地只一趟，若想回头见阎王。赶考还是不去好，免得此去遭祸殃。再问你第三个梦呢？"

"不好出口。"李公子摇摇头。

"是什么说什么，没关系，你只管说吧。"

"第三个梦是我和你姐姐都光着身子，脊梁靠脊梁、背着脸睡觉……"

"凶多吉少，不好，不好。"

"这又怎么不好？"

"这是背道而驰，越走越远。你想想：你向西来她向东，夫妻永远难相逢；背井离乡他人去，再想见面万不能……"

李公子听了，面色如下了苦霜。正无可奈何，丈母娘兴冲冲一步跨进门来，观其情景，问其原因，李公子将夜里做的三个梦和小姨子解梦圆梦的事说了一遍。丈母娘听了哈哈笑道："闺女没学成，我来给你解解圆圆吧：第一个梦，你家门前树上挂着个白色的空棺材，这个好，这叫清清白白，高官（棺）厚禄，福禄无边。你赴京赶考，定能得中，身居高官；第二个梦是高墙头上犁地，这个也好，墙上犁地只犁一趟就下种，你这次赶考是一趟就高中（种）；第三个梦更好，小两口光着身子脊梁靠脊梁睡觉，这叫转脸就进，双喜临门。你赴京赶考是瓮里捉鳖——没跑！一定会高中……"一席话把李公子说乐了。

讲述者： 安在峰，男，64 岁，高中学历，退休干部
采录者： 于圣连，男，72 岁，大专学历，退休干部
采录时间： 2020 年 10 月 11 日
采录地点： 丰县文化馆
流传地： 丰县

263 哭丧棒

俺丰县常店一带，过去每逢死人，重孝子就双手捧棒，哭着拜跪于地。这白纸缠着的柳棍便叫哭丧棒（哀杖子），其中还流传着一个故事呢！

在很久以前，丰县某村有个好写诗的人，名叫刘留。一天刘留在屋中写诗，忽听孙子喊道："爷爷，快来看，一只比鸡还大的鸟！"刘留出来看时，见一只雁落在刘老汉手中。老诗人用手托起，发现是一公雁，是它飞行时，翅膀突然麻了，才落下来的。"吃红烧雁吧，爷爷！"刘留拍拍孙子的头说："不能吃，要把它好好喂养！这雁是一种纪律鸟、候鸟，也是一种贞节鸟。"于是就把雁收入笼中饲养。

一天，小孙子正在院中玩耍，忽听天空传来了两声哀鸣，接着一只大雁栽下来，落在挂鸟笼的树上。俗话说鸟有鸟言，兽有兽语。公雁说："老伴，赶紧离开。一会儿主人来到，你也会被捉了囚禁笼中。"母雁说："不，我们要同生死共患难！既然咱都受孤独，还不如一死。"说罢飞到鸟笼上，把脖子伸进去，它们亲热起来：公雁脖子拧着母雁，母雁的脖子拧着公雁，越拧越紧。在书房内的

刘留透过小窗看得真真切切，感动极了！他立即走出书房，来到鸟笼前一看，两只雁都已死了。刘留便令孙子埋到村南小河的北岸。

孙子没捞着吃，抱雁去埋，心里很不高兴。到了河岸上他想：我偏把它俩分开，一个埋岸南，一个埋岸北，反正爷爷也不知道。说也出奇，以后那两个雁坟上分别长出一棵柳树，这树见风就长，不几天就长得碗口粗；长出的树枝更出奇，渐渐变成鸟的形状，向河中心伸去；又过几天，好似鸟脖子一样便缠在一起了。

这天刘留出门散步，看到两棵隔河交缠的柳树，心中突然明白过来，于是把孙子叫来狠剋了一顿。他长叹一声，心想：公母雁尚有生死与共之德，夫妇之间如不和睦相处，非打即骂，岂不是人不如鸟！

不几天，刘留和老伴突然病危，临终留下遗言，叫儿孙把河两岸的两棵柳树上的枝条各砍一根，上面缠上纸条，象征两只鸟缠着的翅膀，靠在棺材前头。夫妇俩说完后一命呜呼，子孙们照遗嘱办丧事。从此在坟上埋哭丧棒的习俗也便传开了。

讲述者： 孙新农，男，78 岁，高中学历，退休干部
采录者： 卜凡柯，男，78 岁，大专学历，退休干部
采录时间： 2020 年 10 月 11 日
采录地点： 丰县文化馆
流传地： 丰县

264

父与子

从前，王洼村有位王老汉，中年丧妻，撇下一个五岁的儿子王桂。老汉勤劳节俭把儿子拉把大，娶了媳妇，又生了儿子。本想自己晚年有个指望，可是媳妇和儿子很不孝顺，见老子年迈不能干活了，对老头很苛刻。老人看着不孝的儿子，心里难过忧伤，加上生活不好，心火发作，攻上眼睛；儿子也不操办请医治疗，后来便双目失明啦。

王桂两口觉得老头是个废物，便生起歹心。一天王桂对老头说："爹，我推你老人家赶集去，到集上买点好吃的东西，叫你过过年……"老头很高兴。于是，王桂推着车子，叫十岁的儿子拉着走。走呀走呀，一直走到离家十几里外无人烟的沙滩里。王桂心里想把老头放在这里再也回不去了，便放下车子说："爹，到集上了，等着吧，我给你买好吃的去……"王桂拉着儿子悄悄地说："咱走吧。"可是儿子不走，默默地看着车子。王桂问："你怎么不走呢？"儿子说："咱的车子呢？"王桂说："不要啦。"儿子说："不行。"王桂说："怎么不行？"儿子认真地说："丢下车子，以后你老了，我怎么推你呀？"

265

曹三训妻

讲述者：李沛漳，男，74岁，中师学历，何桥乡教师

采录者：朱迅翎，男，70岁，大专学历，沛县文化局退休干部

采录时间：2020年7月

采录地点：沛县县城

有个老汉，其老嬷嬷去世早，给他留下一个儿子叫曹三。老汉张罗着给儿子娶了媳妇，可没想到儿媳妇把老头不当人看，巴着老头死了她才舒心呢。

这年，儿子出去做生意，老汉在家里整天吃糠咽菜。

有一天，媳妇让老头下地去干活，也不知他说了句什么话，儿媳上前就是一顿毒打，直把老头打得鼻青脸肿。

曹三回到家里，放下行李，二话没说，摸了把菜刀就在石头上狠狠地磨起来。媳妇见了忙问他磨刀干什么，曹三说："杀咱爹！"媳妇喜得直跺脚。谁知曹三猛地把她抓过来，把刀对准了她。媳妇一见脸都吓白了，忙抱着头喊爹爹："爹爹！快救命，快救命！"爹爹一听，慌忙从屋里跑出来，把儿子给拦住了。媳妇见爹爹挨了自己的打，也不记恨自己，心里真后悔。这时曹三装着仍然不饶她的样子，爹爹拼命把刀子给夺过来。曹三说："要不是看到爹的面子上，我非杀你不可。"从此，媳妇再也不敢虐待公爹了。

讲述者： 朱英元，男，80岁，小学学历，沛县沛城镇赵店村农民

采录者： 朱迅翎，男，70岁，大专学历，沛县文化局退休干部

采录时间： 2020年7月

采录地点： 沛县沛城镇赵店村

附记

此故事原为朱元英从外公外婆处传承，传播地区广泛，主要在沛县北部龙固镇、大屯一带。

266

烧头炉香的人

从前，有个人每逢庙会时，都要去烧香。听人说，谁烧头炉香，谁家里吉利。从那，他整天想烧头炉香。就是出奇，他起得再早，也赶不上烧头炉香。

这天，他跪在神像面前说："老神仙，我为啥起得再早也烧不到头炉香呢？"老神仙说："不用问我，你找一个叫孙雨高的人吧，他会告诉你的。"

这个人回家后背上行李，到处找名叫孙雨高的人。这天他走到一个打烧饼的店前，就问一个年轻人："孙雨高家住哪里？"那人说："我就是孙雨高。"于是他就把事情从头到尾说了一遍。

孙雨高愣了，说："我从小连庙门也没进过，还谈烧什么香？"

那人说："神说，天天头炉香都是你烧的。"

"那我也不知咋回事。"

"那你天天都干啥？"

"天天就是打烧饼、熬粥，把第一碗粥给母亲喝，把第一个烧饼给母亲吃，别的也没啥。"

那人糊里糊涂，自言自语：孙雨高从不进庙，可神说

天天头炉香都是他烧的。他又去问神了："老神仙，孙雨高找到了，可他说从小就没烧过香，为啥您还说天天头炉香都是他烧的？"

"他没烧过香，可他天天都把头个烧饼给母亲吃，头碗粥给母亲喝。就因为他孝顺，所以头炉香他不烧也应该归他。烧香不如敬父母，你从几十里外跑到这里来烧香，还不如在家好好孝敬父母哩。"

讲述者： 徐兴兰，女，76岁，初小学历，沛县杨屯镇卞庄村农民

采录者： 张雅，女，56岁，大专学历，沛县自来水公司工会主席

采录时间： 2020年8月

采录地点： 沛县杨屯镇卞庄村

附记

这则故事主要流传沛县杨屯镇一带，这里的百姓常常将此故事互相传讲，因此，这里孝敬老人的模范典型层出不穷。（张雅）

267

一包黏糕

有个孩子叫张才，不孝顺，娶了媳妇忘了娘。看见他媳妇，喜得咧着个嘴；看见他娘恶烦得要命，不吃就饱啦！

有一回，他娘病了，嘴里没味，想吃黏糕。张才一听，恼啦："吃龟孙，哪治钱[1]去？"

黑里，他媳妇又说了："黏糕酥噜[2]的，可不孬[3]吃。"张才忙说："这个好办。想吃，赶明我就赶集，给你买去。"

第二天，张才跑到集上，买回一包黏糕，用个荷叶包着。来到村头，碰见个拾粪的老头，老头就问喽："哟嗬！给谁买的黏糕？"张才唔哝吧唧[4]半天，不好意思说是给他媳妇买的，就诌空[5]说："给俺娘买的。"

[1] 治钱：指弄钱。

[2] 酥噜：指一种食物香酥绵软好吃。

[3] 不孬：不错。

[4] 唔哝吧唧：指说话吐字不清，又不敢大声说明的表现。

[5] 诌空：说谎话。

拾粪的老头不憨，早明白了，就操[1]他："你娘？乖乖，你娘摊上你这么个孝顺孩子，真是有福！"

张才听了这个话，恼又不能恼，急又不能急，只好嬉皮笑脸地说："那还用说，为人要是不孝顺，那还算个东西？"

张才嘴里这么说，心里琢磨喽：不管[2]，还不能这么拿着黏糕回家咪！要是再碰上人，咋治？反不能再把媳妇当成娘？路旁是片庄稼棵，对，先把黏糕放到庄稼棵里，黑天没人，再来拿走。

张才把黏糕放到庄稼地里，记上个记号，拍拍手回家了。

拾粪的老头看见啦："嘿！这孩子真会操，我得治治他！"说罢就把黏糕找出来，送给张才的娘吃了；又在荷叶里包了些驴屎蛋子，埋到原来的地方。天黑哩，张才偷偷摸摸扒回那包驴屎蛋子，也没敢点灯，钻到媳妇被窝里，叫他媳妇快着吃。他媳妇一吃："噫！咋垫牙？"

张才说："埋在地里这半天，八成是返潮啦。"

"不行，还臭拉烘的咪！"

"瓤！我亲眼看着，是豆油炸的。拿个来我尝尝。"

张才一吃，"噗"，吐啦。点灯一看，我日他海关，咋都是些驴屎蛋子？

讲述者： 王氏，女，84岁，文盲，沛县朱寨镇农民
采录者： 朱迅翎，男，70岁，大专学历，沛县文化局退休干部
采录时间： 2020年6月18日
采录地点： 沛县朱寨镇

[1] 操：使坏，捉弄。
[2] 不管：不行。

（四）长工与地主故事

268

何老狠挨整

从前，有家地主姓何。因为他雇短工干活不让人家休息，所以大伙都叫他“何老狠”。

有一年，高粱熟了，何老狠又上市雇短工砍高粱。可是到了市上，喊张三，张三摇头；喊李四，李四摆手。那些替他干过活的，早吃过他的苦头；没给他干过活儿的，也都知道他家的活儿狠，所以都不敢雇给他。

谁知内里有个远路小伙子，一看大家都这么害怕何老狠，心里就挺不服气，冲着大伙往前猛一站说：“都说他狠，他还能有多狠？他再狠我大犁子也不怕。走！都跟我一块儿去！”说着把镰刀一拎，就跟何老狠走了。大伙一看大犁子走得那么勇，胆子也壮了，又看看太阳也老高了，觉着不给何老狠干活也没别的茬口了，没奈何才都跟着那个小伙子给何老狠干活去了。

何老狠把十多个短工带到河西认了地，自己就打个遮阳伞，站在河堤上监工。短工们上了工，一气儿就干到太阳东南晌，人人热得连鞋里都渍满了汗，可是何老狠却不提让大伙儿歇一会儿。大犁子气得憋不住了，就说啦：“东家，让我们歇歇再干吧。”何老狠把眼一瞪说：“不行，有太阳是我的天儿，没太阳才是你们的天儿。赶快干，不许歇！”大犁子听了，只好忍着气擦擦汗，跟大伙又干了起来。一气儿又干到晌午，高粱总算砍完了，可大伙也热得喘不匀气儿啦。有那年岁大点的，连热带累直要栽个儿。大犁子看看大伙实在撑不住了，又说了：“东家，俗话说‘磨刀不误砍柴工’，俺们只要歇一会儿缓缓气儿，起来准干得又快又好，一个也能顶俩，你就让俺们喘喘气儿再干吧。”何老狠又把眼一瞪：“说过不行就是不行！拿钱雇你们来为的是干活儿，不是让你们坐着歇气儿。有太阳是我的天儿，没太阳才是你们的天儿。赶快干，别啰唆！”大犁子听了，心里话：闻名不如见面，这人心肠真是狠！只好又硬着头皮跟大伙儿干起来。大伙儿一气儿把高粱穗子扦[1]下来，又扎成捆儿，看看太阳都落山啦。嘿！大伙儿从太阳冒红上的工，长天熬日地干了一天，直干到这会儿，何老狠还是不让大伙儿歇歇，大犁子心肺简直都快气炸啦！

等把地里收拾完，大伙儿扛着高粱穗过河的时候，太阳整整落到地儿啦。大犁子见伙计们扛着高粱全都下了河，觉着是时候了，就喊：“伙计们，太阳落了，这可到了咱们的天儿啦。咱们就在这儿收工，明儿再干吧！”说着“扑通”一声，就把肩上那又粗又大的高粱捆儿，一下子给扔进河里去啦。大伙儿一看，喊声“好”，也都“扑通”“扑通”地把高粱穗全给扔进水里去啦。

何老狠做梦也没想到短工们会在河当心就收工。再看看，收了一天的粮食，全都顺着河水冲走啦，心里就别提多着急啦。他站在河堤上又是蹦又是骂，叫大伙儿赶快给捞上来。可是大伙儿又说又笑又洗澡，谁也不理他。何老狠看看来硬的是不行了，只好来软的，什么好听说什么，央求大伙儿把高粱给捞上来。可大伙儿还是不理他，洗完澡穿好衣服，大伙儿迎着凉风说说笑笑就走了，一边走还一边念叨：“这会儿可到了咱们的天儿了，可该咱们好好歇歇啦。”

何老狠从这以后，对待短工就老实点儿啦！

[1] 扦：手握刀片把穗子切割下来。

讲述者： 郭培举，60岁，不识字，农民

采录者： 郭鹏

采录时间： 1964年

采录地点： 邳县官湖镇

附记

这是徐州地区（当时下辖丰县、沛县、铜山、邳县、睢宁、新沂、东海和赣榆八个县）最早发表的“长工与地主故事”之一，原载1964年《民间文学》，后被收入《徐州民间文学集成》（江苏文艺出版社，1991年12月版）。（柏枝）

269

放牛小

从前，在鲁苏交界的地面，有一条卧龙河，卧龙河头有一座跑牛山，跑牛山前有一家大财主。当家的老财主吃不愁、喝不愁，就只愁一件事：雇不到牛倌去放牛。

有一年秋天，东南旧州老黄河滩地面遭了水灾，庄稼失收。穷户人家拖儿带女到北乡去逃荒。逃荒的人中间，有个十二三岁的孩子，因为从小就给人家放牛，大家都叫他“放牛小”。一天，放牛小要饭来到了这家财主的大门口。

老财主要雇放牛小当牛倌，答应干一年活儿给一头牛。放牛小暗想：这工钱倒不低，比俺南乡的老财给得多。要是连干三年，牵上三头大黄牛回家，俺爹娘也不会饿肚子了。于是，他满口应承了下来。

放牛小到卧龙河头去认活了。老财主对放牛小说：“这条卧龙河有九根龙须子，每根须子上有九座牛头岭，每座岭子上有九个牛栏，每个栏子里有九头黄牛。九九，九九，再九九，共有六千五百六十一头牛。每天早上你把这些牛栏都打开再去吃饭；日落时分，再把这些牛吆进去，点好数，不可少。要是你怠慢一步，少不了吃老

爷的皮鞭子！”

放牛小一边听着，一边想：“乖乖，这个活儿可不轻，光是查查数也得大半天！嗨，既然答应了，也就不好再改口了。”放牛小跑遍了八十一座山岭，打开了七百二十九个牛栏，放出了六千五百六十一头牛，太阳也就东南晌了。

放牛小饥又饥、渴又渴，赶到老财主家去吃早饭。哪知老财主却把鸭蛋鼻子一哼，说：“到这个时候才来，早饭早过去了，就等着跟午饭一块儿去吃吧！”

放牛小看看太阳，这才发现真快晌午了；再瞅瞅厨房，里面也冒白气了。没法儿，就再紧紧裤带去等上一会儿。他坐在院子外头想歇歇乏，可不知不觉打了盹，等睁眼再一看：哟，糟糕！太阳扑闪扑闪地踩西山头了。放牛小可着了慌，吓得没敢去吃午饭，撒腿就往岭上颠！这吆栏可不像放栏那样顺当喽，牛死活也不愿进去。吆去这头，那头钻了出来；再抓回那头，这头又早窜得没有了影儿。放牛小的鞋子跑掉了，褂子溻透了，这才好歹将牛吆进去。看看天，都快小半夜了。

放牛小饿得肚子咕咕叫，钻进厨房就找饭吃。哪料想那老财主却将皮鞭子迎头抽来：“哼，这鞭梢也够你饱的了。快快滚去睡觉，明儿再早早放牛去！”可怜放牛小从早上到这会儿，连白水都没有沾沾牙，又挨了这一顿鞭子，直觉得眼冒金花腿发软，就一歪身子倒在墙旮旯了。

第二天一大早，放牛小又一瘸一拐地捱上岭子来。他放好栏子，太阳又快正南了。早饭又没吃上，午饭也没敢回去吃。晚上关好栏，又到小半夜了。那老财主又抽他一阵鞭子。

一连三天，放牛小一顿饭也没吃上，还挨了不少鞭子，连累加饿就晕倒在山岭了。

夜近三更了，老天突然刮起狂风，跑牛山飞沙走石，黄牛“哞哞”乱叫。放牛小惊醒了，害了怕。他呼喊远在家乡的爹妈，他们不应声；呼喊婶子大娘，她们不见影。放牛小急得哭了，越哭越伤心。谁知他正哭到伤心处，却一下子不哭了。咋啦？放牛小想起了在路上碰到的那位唱邳州大鼓的叔叔给他讲的故事来啦！

放牛小在逃荒的路上替那位叔叔背了一段路的大鼓。二三百里路下来，整整一部《西游记》他就给放牛小讲完了。什么孙悟空大闹天宫啦，什么铁扇公主牛魔王啦，放牛小可入了迷！“嗨，咱咋把孙悟空的七十二变忘了呢，孬好去变它一两样，来放这牛还不像捏捏绣花针！”放牛小攥紧小拳头，捶了捶额头，又忙从小胳膊上拔下几根汗毛来捧在手里，鼓鼓小腮帮，“噗”地吹了一口气，大喊一声：“变！”可是，再定睛一瞅，自己还是原来的模样，没长高，也没有变多，连那几根小汗毛也不知吹到哪儿去了。

放牛小傻了眼，后悔没叫那位叔叔教会自己孙悟空的变法。但他又一想：俺不会变，那个老财主准也不会变。这会儿，那风刮得更紧了，那牛也叫得更难听了。放牛小又学着孙悟空手搭凉棚，在岭子上望了一圈。嘿！这下子可就想出了一个主意。

“不好啦！不好啦！打这恶风头里掉下个大妖怪来喽！哎哟，它三分是人，七分像牛，头顶上还有两只大角！”放牛小一头咋呼一头跑，到了老财主跟前还气喘吁吁的。

老财主一听，忙吃惊地问：“是……是牛魔王下界来了？”

“看它那个样子八成是牛魔王。它说你家的牛都是它九九连环阵里的牛儿兵，明天要统统搬走跟孙悟空打仗去！”

“啊，这是咋说啦，这山上的牛都是俺祖宗八代一头一头传下来的。这牛魔王一眼红就不讲理了，有啥凭据说是它的牛儿兵？”“它说它的牛儿兵嘴里都有个暗记：没有上牙。”

这个老东西虽说当了一辈子大财主，可从小就衣来伸手、饭来张口，大门不出、二门不迈，哪里会知道牛都没有上牙呢？他摸摸自己的豁子嘴，上下牙都有；再瞅瞅身旁那条狗，也都有上下牙。老财主挤巴挤巴那双小绿豆眼，猜想是放牛小来哄饭吃，就说：“牛马比君子，咋能没有上牙？没有上牙能在山上啃草吗？待我去看个明白，少不了再用皮鞭子来抽你！”

老财主跑到岭上一看，咦，牛真的都没有上牙！这下子他那老驴脸可又长了半截，那两条母鸡腿也转了筋！愣了老半天，他才悄悄地说：“放牛小，你可别对外人讲这个事，甭让牛魔王把牛带走了。你饿了吧？回头俺叫人送饭来。”这老财主一回去，就差人送来了十个大馒头。放牛小这下子可美美地吃了个饱。

话说着天亮了，牛在岭子上啃过草，要倒沫[1]了。放牛小又赶紧跑回老财主家，说：“刚才牛魔王又来了。俺也不知道它是怎么鼓弄的，牛一下子全得了羊癫疯，都趴在山上吐白沫，眼看就要死！”老财主又着了慌，再跑上岭头一看，牛真的都趴着干张嘴不吃草，团团的白沫“噗噗噜噜”地从嘴头往下滴。他又浑身筛了糠，叫放牛小在山上再留心看着，回头他又差人送来了十个大馒头，还外加了两菜一汤。

又过了一天，放牛小来对老财主说：“牛魔王限你在三天之内送还它的牛儿兵。要是谁敢说个‘不’字，它就要抄起三股铁叉，叉死谁一家子。如今，牛也都穿上了双头登云靴，只要牛魔王一声令下，它们就要腾云驾雾离开跑牛山了。”老财主跟着他到岭上再一看，可不是咋着！那牛蹄子全都两瓣啦，真跟穿个双头靴似的！这老东西吓得撒了一裤裆子尿，瘫倒在石头窝里就爬不起来了。

“俺也不敢再待在这里喽。”放牛小假装害怕地说，“要不，那牛魔王一岔眼，把俺也叉死了，多亏！”

“你……你可不能走，你跟牛魔王见过面，熟悉。俺求……你去替俺讲个情，甭叫它杀……杀俺一家子。你要什么，俺就……给你什么！”老财主结结巴巴，连声哀求着说。

“你就是给俺金山银山俺也不搬哩，那牛魔王多厉害，谁敢送死到它跟前替你讲情！”放牛小往山下走了几步，他又转身回来对老财主说，“俺有一条妙计，也许能消掉你这眼前灾，可不知你愿意不愿意让俺去试试。”

“什么计？”老财主又说，“只要能消这眼前灾，管它是啥，俺也都愿意！”放牛小双手一合，再一分开，说：“放牛计！”

“咋个放法？”

“就是把你的牛都统统放掉送给别人，牛魔王去向那些人要牛，就不会再来找你了。”

[1] 倒沫：反刍。

“放给谁呀？”

“你的仇人呗！”

老财主一想：对啊，我的仇人就是那些穷鬼，现在就让牛魔王去找那些穷鬼们算账吧！就对放牛小说：“好，明早就让那些穷骨头来把牛牵去，叫他们不要说是我的牛。”

那些在北乡逃荒的人听说老财主要放牛，就打四面八方赶来了。放牛小扳着指头数点着，九九，九九，再九九，正好一人一头牛。穷户人家牵上牛，又怕老财主反悔再要回去，就下了跑牛山，过了卧龙河，顺着一条南北大道，直奔旧州老黄河滩去啦！

放牛小虽说没牵上牛，可那高兴的劲儿也就甭提了。他撅下一根树枝来，当作“金箍棒”，在山上耍了一通，便到别处要饭去了。

那个老财主在家里也忙开了：香烛纸马摆了一供桌，他在磕头祷告牛魔王快快下界为他消灾免难呢！

讲述者： 李士云
采录者： 周伯之
采录时间： 1967年秋
采录地点： 睢宁古邳

附记

本篇原载于1979年10月号《儿童文学》，后被收入《徐州民间文学集成》（江苏文艺出版社，1991年12月版）。讲述者是采录者的母亲，农民，不识字，娘家在古邳。她爱给孩子们讲故事，说：“牛无上牙狗无肝，兔子无胆跑上天。”《放牛小》中的一些细节描写，都是她时常挂在嘴边的话。《放牛小》发表后，曾被编入好几种儿童文学读物，上海美术出版社还出版了同名连环画。（柏枝）

270

喜礼的故事

清末年间，大榆树街东头有个钱财主，每逢喜事便弄上几桌不像样的酒菜，硬拉佃户来吃酒送礼。撒一个沾仨，连佃户汗毛孔里的钱也要给挤出来。佃户可恨透他了，背地里都管他叫“钱抓子”。

有一年，在清明前后，钱抓子添了个崽子，又摆起了“百日酒”。他一天三邀四请，聒得佃户们的耳朵都起了茧子。

春荒三月，青黄不接。佃户们锅底朝天，凉水洗肠，哪能吃得起这宗喜酒呢？不去吧，钱抓子有钱有势，生怕他过后一翻二鼓眼，给个小鞋穿不上。大伙愁得眉毛都直打结子，咋办呢？还是去找找阚喜哥，让他鼓弄个法子来应付应付。

阚喜哥十六七岁，也是个扛大活的。虽然他年龄不大，可做起事来精明强干。又加上他在私塾堂外头偷学了几个字，有些心计，钱抓子平日里还怵他三分哩！

说起来，那还是去年秋半头的事情。钱家大姑娘要出闺，佃户们口搏肚挪前来贺喜。钱抓子看到客人大院坐不了，小院挤不下，直喜得大嘴咧得跟裤腰一样。阚喜哥那时也去了，却空着两只手。钱抓子见了，便皱了皱眉头。

阚喜哥大大方方地进了客屋，对管账的说：“二先生，请在喜簿子上把俺的名字也写上。”钱抓子一听，好不喜欢，连忙摊开大手问道：“您出多少喜礼？”

“两文呗！”阚喜哥回答说。

钱抓子心头一凉。阚喜哥瞥了他一眼，说：“东家，自古道：‘千里送鹅毛，礼轻情义重。’像你这大榆树街头出了名的大财主，还能嫌俺喜礼出得少吗？”

钱抓子额头冷汗涔涔，生怕被三朋四友听到了，背后要谈笑，只好干咽唾沫，说：“哪里、哪里，请坐、请坐！”

管账先生也只好在喜簿子里记上“两文”。哪料阚喜哥又补上一句，说：“二先生，请劳费贵墨，在‘两文’底下再加上两行小字：‘赊一文，欠一文。’”钱抓子这下可憋不住火了，他大声嚷道：“啊？你这是来乱喜，存心往我钱某人的脸上抹黑啊！”

“东家，你能连欠俺三年工钱，俺就不能赊你喜礼一文？有这账本在，到俺领工钱时，你再如数扣除就是了。让在座的评评，俺庄户人说得在理不在理？”

钱抓子被阚喜哥将了这一军，脸红得像鸡下蛋似的，一句话也咕哝不出来。这件事至今还挂在佃户们的嘴上，他们时常夸：“阚喜出喜礼，赊一文，欠一文！”

话说袋把旱烟工夫，大伙儿便在钱抓子的场头上找到了阚喜哥，他正坐在那里歇晌呢！“阚喜呀，咱们脚前脚后就得到钱抓子家里去送喜礼，眼下手头又都没有一个豆儿，你咋还像个磨磁子似的待在这里不动呢？”

阚喜哥笑了笑，说：“躁个啥？咱们去晚了，他钱抓子还能不给咱们酒喝？”他拾掇拾掇干活的家什，靠在马垛子边上，顺手扯了把干豆草掸掸衣裳，说：“刁槽骡子怕鞭梢。今天，咱还真不能让他剃头匠的挑子——一头热哝！”佃户们来到钱家大院，钱抓子看他们又来了，喜得眼眯成了一条缝；他细细再一瞅，阚喜哥走在前头，心里又怪打怵：这个家伙，今天又会玩哪一手呢？阚喜哥却笑嘻嘻地走上前去，说：“东家，喜得贵子，恭喜恭喜。今天，俺特地寻了一把豆芽子和一只老母鸡来，送给东家母补补身子，投投奶水。这点东西嘛，真有点提不上口，只能说表表心意啦！”

钱抓子听了，怪顺耳，心里便着实松了一把弦。“哎，又破费你们啦，请入座，请入座！”钱抓子嘴在道谢，两眼却去瞟阚喜哥带来的那礼物。

“喏，在这里。”阚喜哥不慌不忙地把夹在胳肢窝里的那把干豆草搡到钱抓子手上，说：“东家，这豆芽子可倒是豆芽子，就是俺拔得晚了，有些老干，怕比不上嫩时鲜吧？”

“啊？你又……”钱抓子把那把干豆草甩在地上，抖着发青的嘴唇说，“……好！豆芽子豆芽子，俺就算你这送来的是豆芽子，领情！那……那老母鸡呢？”阚喜哥又慢吞吞地从口袋里摸出个鸡蛋来。

“东家，你甭看这只鸡没毛没眼，你把它放在小少爷的包被子里，让东家母一块搂着，三七二十一天，准会抱出一只毛茸茸的小鸡来。你家粮食又多，过年把准能喂得满肚子油。”钱抓子顺手接过来，看看，掂掂，搓巴搓巴，小心地放在八仙桌子边上。

“噢，你是玩的这一手！”“砰——！”钱抓子气得猛拍一下八仙桌，哪料那个鸡蛋就势一颠，“嘟嘟嘟”，顺着桌子边滚到地上，“啪啦”，摔淌黄了。

“东家，闹喜闹喜，越闹越喜嘛！俺觉得你能闹才来闹的，没离谱啊！你这般动肝火，再有喜事谁还好来呢？”

“滚滚滚，我可不稀罕你们这份子礼！”

“哈哈哈，拎着猪头还找不到庙门？你不稀罕，俺们还不愿来呢！”阚喜哥和大伙便“呼啦”一声拥出了钱家大门，一转眼就没影啦！

钱抓子想想自己说话走了嘴，得罪了来客，剩下十几桌酒席没人吃，折了本，心疼得豁豁的，牙咬得咯咯的。他再瞅瞅那鸡蛋，黄白涂了一地：“嗨，该叫他再赔一个才是呀！”

阚喜哥连连夯了钱抓子这两杠子，佃户们可解气了。打那以后，这喜礼的故事便在大榆树街头流传开了。

讲述者： 许文志，33 岁，中学教师
采录者： 周伯之
采录时间： 1974 年冬
采录地点： 邳县滩上中学

附记

本篇原载于 1981 年第 4 期《江苏民间文学》，后被收入《中国民间故事集成·江苏卷》（北京：中国 ISBN 中心，1998 年 12 月版）。这个故事在大榆树街头已传讲多年，让人听了忍俊不止。（柏枝）

271

王小打工

从前有个地主，每雇进一个长工，都要显显他这东家的威风，叫长工一踏进门槛子就吃些苦头，好叫长工们服服帖帖地给他扛活，听他喝使。

这一年，十四岁的王小到地主家当了小长工。王小干不了大人的活，也拿不上大人的工钱。地主是个心狠手辣的家伙，他上下打量了一眼王小，暗暗打起了鬼算盘：这小家伙乳毛还没干，给我扛活的日子长着呢！得叫他知道我的厉害。于是，地主就皮笑肉不笑地吩咐说："王小啊，你今天干的活是挑水、垫牛圈、和泥、喂牲口。只要肯听我的话，干活卖力气，到年关一定多给你赏钱！"

挑水、垫牛圈、和泥、喂牲口，四样全都是重活。别的长工们听了，都暗骂地主太狠心了，比毒蛇还毒，同时也为王小捏了一把汗，生怕他干不了那些活。可王小呢，听了地主的吩咐，满不在乎地说声："好嘞，东家。"就挑起水桶朝井边奔去。别看王小年纪小，可他机灵得很。他明知地主叫他干的是挑水、垫牛圈、和泥、喂牲口四样活，可他偏不那样干。他挑了一担又一担水，担担水都倒进了牛圈里，直到圈里的水淹没了牛腿，王小才放下水挑喘了口气。接着，王小又去和泥了。和了一摊泥，又和了一摊，王小把一摊摊泥都铲到牛槽里去，直到把牛槽灌满了，王小才住了手。

地主来监工，看到牛圈里积了很深的水，又见王小把和好的泥放满了一牛槽，气得破口大骂："混账王八蛋，你好大的胆！怎么灌了满圈的水，又找泥来喂牲口！"王小不慌不忙地说："哎呀东家，不是你叫我挑水垫牛圈、和泥喂牲口的吗？我是照你的吩咐做的呀！"地主被王小气得干翻白眼却说不出话来。

地主哪里能放过王小，第二天，天刚蒙蒙亮，地主就把王小喊了起来，扔给他一把破斧头和一根绳子，说："今儿一天你得给我打三百斤柴回来。打得不够数，就砸断你的狗腿，还得扣去你一年的工钱！"王小揉了揉眼，说："昨天挑水我闪了腰，不能去打柴了。"地主恶狠狠地骂道："小孩儿家，挑肥拣瘦的，人不过十八哪儿来的腰？再不去我可要打了！"地主嚷完就举起了拐棍。王小想了一下，说："要去砍柴，得上漫湖老林子去。对！砍他一天，不够三百斤不回来！"地主听了，这才放心地拄着拐棍走了。

王小拿了几个凉馒头，把斧头往裤腰带上一别就出了门。到了庄外，王小就找了几个放牛娃玩开了"藏猫猫"，一直到太阳落了山，王小才回去。地主见王小一个人空着手回来，心里想：多半儿是他砍的柴太多，挑不动吧？得叫几个长工给挑回来。地主问道："喂，王小，砍了多少柴？"王小说："哎呀，别提了，东家，走到半路上我把斧头掉了，整整找了一天也没有找到。我看看天晚了，心想明天再找吧，就回来了，连一根柴禾毛也没打到。"

地主见斧头明明别在王小后腰上，气得脸红脖子粗地骂道："小兔崽子，你腰上别的不是斧头吗？"王小不紧不慢地说："哎呀呀真是的！我哪儿都找交界[1]了，就没想到它会在腰上。要不是东家说过'小孩儿家没有腰'，我怎么会找不到斧头，耽误了砍柴呢！"

地主听了，无言以对，气得肚皮一鼓一鼓的，活像一只癞蛤蟆！

[1] 找交界：找遍了，全找了。

272

财主周老四

清朝乾隆年间，在徐州城北有户姓周的人家。老头子有五个儿子，五个儿子都娶了媳妇，生了子女。这年冬天，老头把五个儿子叫到一起，说："你们都有家有眷了，该分开过日子了。咱家共有地四十五亩，大车二辆，牛四头，马二匹，犁子耙各两套，还有麦子二十五石，不值钱的黑豆十多石，房子十间。你们看怎么分好？都说说个人意见。"

兄弟五人你看看我，我看看你，就是不说话。老头急了："你们的嘴都长疔了，怎么不说话？快！有屎就拉，有屁就放！憋着干啥？"

兄弟五人还是不说话。又停了一会儿，平时心眼多的老四张嘴发言了。他说："爹爹说这家该分了，我完全赞同！我的意见：老大帮父母干活，拉扯我们几个小的，吃的苦多、受的罪大，再加上长子长孙一份，该分给他一头牛，一匹马，一辆车，十亩地，五石麦子；分给老二一头牛，一辆车，十亩地，五石麦子；分给老三一头牛，犁子耙各一套，十亩地，五石麦子；给我一匹马，二石麦子和十多石黑豆；分给老五一头牛，犁子耙各一套，十亩地，

讲述者：李举洲
采录者：杨光正
采录时间：1987年
采录地点：邳县官湖镇

附记

本篇选自《中国民间故事全书·江苏·邳州卷》(知识产权出版社，2007年6月版)。

五石麦子；剩下的五亩地留给老爹当养老地，老爹归天后，这五亩地归我，那三石麦子留老爹吃。各人现住的房子，谁住归谁，爹住的房子今后归老大，大家看怎么样？”

老头和四个儿子听老四说完，都感到合情合理，都说：“就这么分吧！”事后，老头感到老四有点吃亏，没要地，房子也住得差，就问老四：“你没要地，明年收啥？种啥？”

老四说：“爹爹，我三天前就算过账了，只有这么分才好办。我暂时没地，有匹马冬天可拉点小运输，挣了钱可买点地。那喂牲口的黑豆，我也吃用不完，到时青黄不接，说不定可换点地呢？”于是，他们杀鸡买菜，请来舅爷、族长，很顺当地把家分好了。

周老四的小算盘真是打对了。年刚过，春天闹粮荒，搁锅断顿的人家不少。周老四就打开粮仓，贴出告示：“谁愿现在借黑豆一斗，过麦口还地一亩，就借给谁。”

不少人家没啥吃的，就去向周老四借粮。周老四怕口说无凭，一个个给他们立下字据。他总共借出一百多斗黑豆，割罢麦得到一百多亩好地。他又用马拉运输，一冬天也挣了不少钱，全买了地。两下里加在一起，达到了一百三十多亩。

俗话说，“越有钱，钱越多”。周老四地多、粮多、钱也多，越翻越多。只用了二十多年工夫，他家就有好地上千顷，还开油坊、纸坊，成了远近出名的富户。他家有多富，谁也说不清。据说，当年徐州城里有个姓张的大富商，要与周老四比富，周老四也不示弱。两人约定好，在徐州北门外的黄河里，用钱和金银财宝垫路，谁先垫到对岸谁算胜，谁胜就算谁富。张富商从南岸往北岸垫，周老四从北岸向南岸垫。结果，张富商只垫到黄河宽度五分之四的地方，就把钱财用完了；而周老四一直垫到对岸，钱财还没用完。

家里这样有钱，可周老四却很小气，对穷亲戚、穷朋友、讨饭的叫花子等舍不得拔一根汗毛相助。

话说周老四有个亲姑表弟，外号叫肖瞎子。其实肖瞎子并不瞎，是个用功读书的人；由于书读得多，眼睛近视，戴个眼镜，所以人们都叫他肖瞎子。这肖瞎子只有娘儿俩，他娘是周老四的亲姑姑。人家肖家原来也是个像模像样的人家，只是父亲去世早，孤儿寡母不会经营，家道才败落下来。肖瞎子免不了隔三差五去周老四家吃顿饭，扛点粮回去与老母亲过日子。这样，一来二去，被周老四发现了，他心疼粮食叫肖瞎子白吃了。

一次，肖瞎子家又揭不开锅盖了，他来周老四家扛点粮食，正准备走，让周老四遇上了。周老四劈头盖脸地说了肖瞎子一顿难听的话，噎得肖瞎子有话没法说，脸白一阵，青一阵。肖瞎子是读书人出身，哪咽得下这口窝囊气？他倒下装在口袋里的粮食，气哼哼就要走。周老四又堵一句：“气什么？我的粮食，喂狗也不给你，有本事去告！”

肖瞎子气得脸变成铁青色，一句话都没说，就跑出了周老四的家门。

回家的路上，肖瞎子遇上了同庄的盛三。盛三问：“你从哪里来？怎么气成这个样子？”

肖瞎子把事情经过说了一遍。盛三听了也十分生气，就对肖瞎子说：“你这表哥光想自己富了还想富，六亲都不认了，还说欺负人的话，叫你去告，你就告去。没盘缠，我给你；没马骑，就骑我的毛驴去。”

肖瞎子到家，左思右想，写出了一份状子。告他：家养恶狗千条，咬得路断人稀；养云鸡百万，吃得四十五里寸草不生；横行乡里，鱼肉百姓。还告他：狗走圆门，鸡窝琉璃瓦一遍，欺天欺君。

这状纸写的内容都是夸大多倍的，周老四家狗是养了十多条，是留着看家护院的，哪有千条？云鸡就是鸽子，周老四家也确实养了二百多只，用百万形容可是不得了啦。周老四家的狗窝确实是用砖砌的半圆门。鸡窝上不知谁拾了一片琉璃瓦放在那里，被肖瞎子写成鸡窝琉璃瓦一遍了，那还了得？当时只准皇宫用琉璃瓦，别的人家是不许用的，他竟敢用琉璃瓦盖鸡窝，岂不是欺君之罪？这一句最能置周老四于死地。

肖瞎子把状纸写好，揣在怀里，骑上盛家借给他的小毛驴，拿着盛家送给他的盘缠，进京告御状去了。他这一告不要紧，主管刑部的大官知道是告一个土财主，高兴极了，这是因为肖瞎子给他们送来了发财的路子。

京官来徐州查此案。一到徐州，哪里是办案？什么好吃吃什么，什么好玩玩什么。妓女、麻将玩够了，礼金收足了，这才打道回京城去交差。自然，一切开支全由周老四包了。徐州府官、衙役也趁机敲周老四的竹杠。这一次，经京官折腾，周老四的家底就去了三分之一。

过了几个月，京官又来了，说是押周老四赴京问罪，把个周老四吓坏了。这次送的钱和各种宝物，比上次还多得多，这才幸免进京问罪。就这样，周老四家经不住京官来回折腾，只几回来人，就把周老四家的钱财全折腾光了。后来，他只好卖地卖房应付京官。只年把月，周老四家就穷了下来。

幸亏有个家里人提醒，说："原来在咱家做饭的姓林的佣人，当年有个七八岁的儿子，在咱家陪少爷们读书。他读书肯用功，练武肯吃苦，进京赶考，考上了武探花，在京做了大官，是不是可以找他帮帮忙？"周老四听说，马上进京去找林探花帮忙。林探花知道此事，看在当年周家供自己一个穷孩子上学的情分上，出面讲情，才了结此案。案子算结了，周老四的头也保住了，但周老四苦心经营了二十多年的家业却败了下来。局外人说："周老四因小失大，太不值了！"

讲述者： 周麦玉，85 岁，上过私塾，农民

采录者： 王超立

采录时间： 1987 年 10 月

采录地点： 铜山县周山头村

附记

本篇选自《中国民间故事全书·江苏·徐州市区卷》(知识产权出版社，2007 年 6 月版)。

273

巧斗地头蛇

李家洼子有个地主叫王三麻子，脸上疤扯疤，麻摞麻，三分像人，七分像鬼，叫人看了恶心。他为人歹毒奸诈，还特别好吃，每年都依仗自己有财有势，逼迫全村人在正月里，每户都要请他吃喝一顿；否则，他就设法整治人家。百姓对他恨得牙根痒痒。

有一年，庄稼歉收，许多人家出去逃荒要饭，没走的人年三十晚上连锅盖都揭不开。就这样，过了初一以后，还要人们请他。

庄上有个李小二，夫妻俩，没有孩子，今年收成也不好，收的粮食几乎被王三麻子要租要光了。李小二恨透了王三麻子，早想整治他一下。

正月初一一大早，李小二来到王三麻子家："老爷，今年俺家第一个请你，明早你老可要早点去啊！""好！好！"地主脸上露出一团笑容。第二天天麻麻亮，王三麻子套上长袍马褂，来到了李小二家。李小二赶忙把他让进屋，端来茶又点上烟说："老爷稍候，俺炒菜去。"

只听锅屋里，锅碗瓢勺叮当响，李小二夫妻俩忙上忙下的。那阵阵菜香、饭香飘进屋里，老地主急得口水直流，

肚子“咕噜咕噜”的，他早饿透了。原来，王三麻子好吃得出了奇，他要是到谁家吃饭，头天就不吃不喝等着，意思是好让大肚多载点回来呀！可这等的滋味也不好受啊！

李小二进了屋，地主提了精神。可李小二手里没有端碟、端碗，只说：“老爷，实在对不起，你老再等一会儿，菜马上就行。”说完，李小二又给老地主斟了杯茶，点了一袋烟，转身去锅屋了。

又等了个把时辰，天都晌午了，菜还没有来。李小二叫他等等，马上来。可老地主肚子饿得前墙贴后墙，实在支撑不住了。老地主那双贼眼骨碌碌地乱瞧，看见了后墙碗洞里有块面饼；老地主又朝锅屋里望望，见李小二两口子还在“乒乒乓乓”地炒菜，便赶忙从碗洞里把面饼拿出三口两口地吞了下去。“好吃啊！这回肚子里有东西了，等就等吧。”其实，李小二从锅屋里早就瞅见了。李小二趁这机会赶忙端上两盘菜来，朝碗洞里一看，故意喊了一声：“叫你老鼠偷粮食吃！这回你吃了俺的药饼子，叫你肉包子打狗——有去无回！”王三麻子一听这话，两眼瞪直，一声惊呼：“小二，小二，饼子是俺吃的！”“哎呀！不好，老爷恁怎么吃了药饼子？那是最毒的药啊！”老地主拖着哭腔喊叫：“小二，小二，怎么办哪……”李小二急得抓耳挠腮，不知如何是好。他妻子也从锅屋里跑来，跺着脚：“想什么法子救救老爷啊……”

老地主的哭喊声，小两口子的嚷嚷声，惊动了四邻，不一会儿，院子里被围个水泄不通。这时，老地主捂着肚子，喊着：“父老乡亲们，想想法子救救俺吧！”

这时，人们都在低声笑着。一个老年人走出人群说：“要想有救，恐怕得灌些东西进去，把药饼子顶出来，兴许有救。”老地主喊：“小二——快！快！”李小二问：“什么最好？”那个老年人说：“现在老爷生命危急，黄豆沫子恐怕不顶事了。只有一样能救，不知老爷喝不喝？”“喝！喝！快，快！”老地主拼命喊。老人一使眼色，李小二慌忙拿起大粪勺子，从茅厕里舀来两勺稀稀的黄黄的大粪，直臭得人们捂住了鼻子。可老地主不嫌臭，一口气喝了下去，又“哇啦”一下呕了出来。呕啊，呕啊！直呕得老地主筋疲力尽。那个老年人和李小二露出了笑容说：“这下不碍事了，老爷有救了。”李小二又端了几碗凉水，让老地主漱漱口。李小二说：“老爷，可把俺吓坏了！请你把马褂脱下，让家里头给洗洗。酒菜都摆好了，请喝酒吧！”老地主有气无力地摇摇头：“不喝了，不喝了！”连马褂也顾不得脱，连滚带爬地回家去了。

讲述者： 唐圣学，65 岁，初小学历，农民
采录者： 夏丙洪，24 岁，高中学历，农民
采录时间： 1986 年 1 月
采录地点： 新沂市高流镇三岔村

附记

本篇选自《中国民间故事全书·江苏·新沂卷》（知识产权出版社，2007 年 6 月版）。

274

智斗老财主

从前有个非常奸猾的老财主，他找人给他打短工，想出了种种奸计，不给人工钱，坑了不少人。

这一年，他又找来了忠厚老实的王大给他打短工。他对王大说："王大，你给俺干一年活，俺给你吃、给你喝，到年底还给你工钱过年；但是到年底你必须给俺做好三件事才能给工钱，否则一文也不给。"王大说："行。"

年底快到了，王大辛辛苦苦为财主干了一年活。财主找到王大说："王大，当初跟你说的话忘了没有？如今给我做好三件事，干好了给你一年的工钱；干不好，就不给了！"王大心想，有什么难活不能干？也就答应了。

老财主说："俺要你干的第一件事是，你看俺这堂屋里的地面有几年没有晒了，地面很潮，今天给俺把地面晒了吧！"说完，老财主奸笑着看了看王大。王大一时被难住了，只好说："这……这个活太难干了。"

老财主看王大为难了，接着说："好，第一件事干不了，这第二件事可得替俺干了！眼看要过年了，俺想杀头猪过年，可就缺一根绳子捆猪。你就用那口缸里的麦糠给搓一根绳子吧！"

王大心里可犯难了，心想：你这不是故意刁难俺吗？没听说过麦糠能搓绳呀。"唉！你……"王大想来想去没有办法，"你就再说第三件吧！"

"嘿嘿……"老财主奸笑了两声，"这第三件事是，叫你估计一下俺的头有多重？"王大被气得说不出话来，这头又不能称，怎能知道呢？没办法只好说："俺估不出来。"

老财主说："叫你做的三件事你都没做成，这一年的工钱就别要了。"王大辛辛苦苦地给老财主干一年活，到头来连一分的工钱也没有捞到，气得含着眼泪回家了。

王大回到家里，把老财主要他做的事一五一十地告诉了老二。王二一听跳起来就骂："老财主真是吃人的豺狼！"接着又对王大说："大哥，明年俺到他家干活，非整他一顿不可。"

第二年，王二来给老财主干活，老财主又把原来的三个条件说给王二听，王二满口答应下来。

转眼到了年底，老财主又给王二出了原来的三道难题。

老财主把王二叫到跟前对他说："第一件事是叫你把俺这堂屋里的地面晒一晒。"王二一听，说："好！"边说边摸起铁叉爬到老财主的屋上，把屋上的草往下挑。财主一见吓坏了，忙说："王二，快下来吧，第一件事算你做好了。"老财主又叫王二做第二件事，用麦糠搓绳子。王二说："好！不过东家，这绳多粗多长，得先给俺起个绳头。"财主一听便知道无法对付，只好说："这件事也算做出来了。"接着又叫王二做第三件事：估计一下他的头有多重。老财主刚说完，王二便说："三斤半！"财主忙喊："不对！不对！"王二操起一把菜刀，就要把财主的头割下来称一称。财主一看吓得忙说："对了，对了，你说得对了！"

老财主斗不过王二，只得把这一年的工钱给王二。

讲述者： 房玉亮，22 岁，中师学历，踢球山小学教师
采录者： 陈增勇，37 岁，高中学历
采录时间： 1988 年 1 月
采录地点： 新沂市新安乡沈马村

附记

本篇选自《中国民间故事全书·江苏·新沂卷》(知识产权出版社，2007年6月版)。

275

张肉头和长工

老财主张肉头每逢雇长工都有两个讲法，只要一个不答复，就得扣罚整年的工钱。因为这样，就有不少的人白白地给他挨了一年累，淌了一年大汗。就这样，张肉头的臭风就刮了四乡八村，还有哪个转晕的到他那里找两起磨石儿推？不过张肉头有的是坏点子黑心肝。他请短工，请了辞，辞了又请。这样，一大揽子短工加在一块儿，不就是个长工吗？可就是这样，他也没忘了他那两个坑人的鬼点子。

这年夏天，眼睁睁地满湖豆子急等着要耪，可张肉头怎么着也找不着人。正当他愁得吃喝不香的当儿，大门口来了个庄户大汉。张肉头一听有人来，就磕磕碰碰地往外走。你想他能不着忙吗？眼下用人就跟那倒粪倒出了蝼蛄一样——是急(鸡)等着呀。张肉头用小老鼠眼一打量眼前的这个五大三粗的庄户人，就知道他是个好把式。

张肉头把那个人让到家里，叫人马马虎虎地弄了够一个人吃半饱的饭。还没等那个人放下饭碗，就摊牌了：不管是张三李四，只要到这里做活的人都得能干不能吃；得能干一个难活来。要是两样都能应了下来，他就给双份的工钱；可话又说回来，要是两样活有一件做不上来，一个铜子也甭想！

来打短工的那个庄户人叫大黑，他听完了东家的话，吃完了张肉头的饭，就抹了抹嘴，下西南湖给张肉头耪五亩黄豆去了。张肉头一见大黑二话没说就下地干活，肚子里有说不出的自在味儿，心里话：今个又来了一头白挨累的蠢牛！

再讲那大黑，跟着张家的人来到豆地头，抬眼一望，两边全叫秫秫[1]围得个严丝合缝，太阳火辣辣的，晒得人脊梁骨生痛，那闷热味儿不次于站在蒸笼里。他眼看着张肉头家里的人走远了，就把两个地头扎扎实实地耪了一二十步远，随后就把锄头砸下来别在腰里，就自己一个人用锄钩在豆垄里"哩哩啦啦"地瞎划拉起来。等他一觉着淌大汗，就把锄钩往地里一扎，到水沟里洗澡，到树荫凉底下凉快去了。

天过大晌，张肉头就是不给大黑送饭去——说过了的嘛，"能干不能吃"嘛！谁知，就在太阳还有三四竿高时，大黑"哼哼唧唧"地唱着《小光棍哭妻》，扛着锄回来了。五亩豆地，又是耪头遍，不到一天就耪完了。你说快不快呢？

张肉头心里疑惑，就叫儿子小狗去看看。那小狗子是个早上怕露水、晌午怕太阳、晚上怕癞蛤蟆的货。你想这歪脖子太阳晒死老蚌，他能不怕吗？小狗子就胡儿马稀地看了看地头，就回来给爹七个狸猫八个眼地比画了一番，还没等他老子横过眼来，就一头扎进自己屋里睡大头觉去了。

按理讲，张肉头该算钱给人家了。可是别忙，张肉头还有一招棋，你看他小黑豆眼一眨巴，一股坏水就冒了出来。他急急慌慌地早就找好了一筐麦糠端到大黑跟前说："咱还有一件活儿哩，你用这个给咱搓根绳！"

哎！你想这麦糠自从开天辟地也没有人用来搓绳呀！张肉头满以为这一绝招真能降住大黑，谁知大黑一点也不慌，只是坦坦然然地说了一句不软不硬的话："请东家给俺找个样子来！"

[1] 秫秫：高粱。

大黑说的话只差一点儿没把张肉头给噎死。他就像那叫人用细麻绳勒的狗，大睁着眼，大张着嘴，眼巴巴地看着大黑把两份工钱拿走了。

讲述者：高海康，88岁，上过私塾，老中医
采录者：高振东
采录时间：1986年12月
采录地点：新沂市炮车镇龙池村

附记

本篇选自《中国民间故事全书·江苏·新沂卷》(知识产权出版社，2007年6月版)。

276

『人心黑』

有个地主叫任新德。因为他对待长工很苛刻，大家背地里都叫他“人心黑”。

“人心黑”家里有个长工叫王二，样样活路都是好把式，可就是穷得叮当响。有一次，王二不小心打破了一只碗，“人心黑”硬是扣去了他半年的工钱。王二恨透了老地主，时刻都想法整治“人心黑”。

说来也好笑，“人心黑”识字不多，却好摆弄个酸架子。时间一长，养成了一种怪癖：说起话来不停顿。别人说话是一句一句说，而他却把脸憋得通红，非一口气把一段话说完不可。

有一天，“人心黑”要出门到朋友家做客，临走前，他把王二叫到跟前说：“俺今天要去朋友家做客，你在家里割韭菜垛墙头挑水垫屋堂和泥南湖弥[1]驴。”说完，他才大大地喘了一口气。王二听完这些话，眼珠一转说：“东家，你放心吧！你叫俺干的话，俺一定尽力去办。”“人心黑”这才放心地走了。“人心黑”走后，王二简单地吃了点饭，就忙活开了：他先到菜园子里把韭菜全部割来，再铺到墙上，和了泥压起来；然后又去挑水往屋子里泼，直泼到屋里的水往屋外流；接着又把驴牵到南湖，和了泥使劲往驴身上涂，直到把驴身上下都涂满了泥巴，这才住手。

一切事情都干完了，就等着“人心黑”回来好交差了。

到了晚上，“人心黑”回来，还未到大门口，王二就迎了上去。“人心黑”劈头就问：“王二，叫你干的活都干完了？”

王二赶紧说：“老爷，你一出门，俺一直手脚不停，连口气都没喘，把什么都干了。可就是有一件，驴身上哪儿都好涂，就是驴眼睛不好涂，俺正等老爷回来请教办法呢！”

“人心黑”一听不对劲，脸又憋得通红：“你……你说什么？”

“老爷你别生气，俺实在没有办法，泥往驴眼上一抹，驴眼一睁，泥又掉了。”说完，王二装出一副无可奈何的样子。

“人心黑”一听这话，急忙到院里一看，天哪！墙头上全是韭菜，屋子里尽是水。这下可把“人心黑”气坏了，一边骂着说：“谁叫你这么干的？”一边伸手就要打王二。王二忍住笑，急忙挡住“人心黑”的手说：“老爷，这可冤枉了。你一早走的时候，不是叫俺割韭菜垛墙头，挑水垫屋堂，和泥南湖弥驴的吗？俺尽心干了，应当有赏，怎么还能挨打呢？”“人心黑”被堵得无言以对，只得忍气作罢。

讲述者： 卞孝业，37岁，高中学历，踢球山乡文化站职工

采录者： 邹卫中，27岁，初中学历，县化机厂职工

采录时间： 1987年3月

采录地点： 新沂市踢球山乡

[1] 弥：涂。

附记

本篇选自《中国民间故事全书·江苏·新沂卷》(知识产权出版社，2007年6月版)。

277

王小七巧斗财主

以前，俺彭家庄上有个彭财主，为人奸狡，对长工特别苛刻，凡来他家打长工的，都没有一个拿到全部工钱的。坏名声一出去，就很少有人来他家打长工了。

有一年，正月快过完了，彭财主还未雇到长工。这一天，当他闷闷不乐的时候，忽然听到门外有一大汉找他，便喜不自胜，手捋着胡须，传话要那大汉进来。事有凑巧，门外大汉还真是找上门来雇长工的。那大汉姓王，因家里穷，兄弟又多，连个名字也没混上，他排行第七，自然就叫王小七。

王小七听说让他进去，满心高兴，三步两步就来到了彭财主堂厅，见到了彭财主。彭财主一见王小七身体粗壮又很机敏，十分满意，不几句就把工钱讲定了。接着彭财主又出了鬼点子，他睁着眼睛伸出三个指头说："姓王的，不是我有意刁难你，以前凡来我家当长工的都是这样，今年你来也不例外。我有三个条件，全做到了给满工钱，有一条做不到的，扣全部工钱的三分之一。你看可行？如行就留下，否则……"王小七心想，怪不得别人说他奸狡，真是名不虚传。接着说道："老板，不知你说的是哪三个条件，请当面讲清，我也时刻注意。”彭财主向前探着身子扳着指头说：“第一条，就是声叫声应。”王小七问道：“就是说，你叫我一声，我必须马上到你跟前，对不对？”

彭财主点着头说：“对，对，对。那第二条不能离我太远；第三条就是耕地的时候得起五更睡半夜。就这三条。”

王小七听了，挠挠后脑勺说：“老板，前两条我都能做到，不过第三条有点困难，需老板帮助解决。为什么呢？你老人家想想，我披星戴月在湖里耕地，你在家里，怎能见着我呢？我看这样，晚上或午头我下湖耕地，你在地头坐，不就行了吗？如不这样，那我就……”

彭财主一听，赞成王小七聪明，立即拨动了小算盘：因我名声不好，所以到快要春种还没雇到长工，今天找上门来的，如让他走了，岂不误了农时，那损失可就大了。王小七不就要求我在地头嘛，坐就坐呗，有什么了不起的。彭财主想到此间，牙一咬一拍桌子说：“王小七你提的条件我允了，咱们就这样定，今天就上工。”王小七想，老贼，你不要吃后悔药。想到这里，他猛地站起大声说道：“彭老板，那咱们可就一言为定了。”

王小七就在彭财主家打起长工来了。他将彭老板提出的三个条件时时刻刻记在心头，唯恐因犯了一条扣去了工钱，不过干了十天半月也没事。这天早晨，王小七去井沿担水，他一边弯腰提水，一边想，怎么这样长的时间也没刁难我一次呢？疑鬼就有黑影，当水桶提到将要离开井口时，忽听老板叫他。王小七心想，这就是考验我来了，如不执行，我的工钱就要扣去三分之一呀。管它呢，工钱要紧，两手一松，只听“扑通”一声，水桶掉到深井下，王小七撒腿就向家跑。可不是，这老奸巨猾的彭老板，真是瞅准担水的当儿来刁难他的。彭财主一见王小七应声赶到，虽然第一计没得逞，但他承认王小七聪明能干，家里的活计能领去，省得他操心费力了，所以很喜欢，竖起大拇指说：“王小七，这次考验算你赢了，没有别的事，干你的活去吧！”王小七接着说：“你承认了，没有别的事，我可去捞水桶了。”一听捞水桶，彭财主脸面板了起来，担心他的水桶摔坏了，也跟着去了。不出所料，水桶真的摔坏了，一块一块把桶板捞上来，足足用了一上午的时间不说，还得花钱请人修，太不合算了。彭财主望着这一堆破烂，唉声叹气地说：“王小七，我是佩服你了。从此以后，我如有事叫你，迟到一会算不了什么。”真的，打那以后，彭老板从未责怪他没做到声叫声应之事。

王小七心想，老滑头，这不能拉倒，你定下的三条只取消一条，那还有两条呢，我不能坐守待毙，到我进攻的时候了。春耕刚开始，一天下午，太阳还未落山，王小七就气嘴吁吁地跑来叫彭财主到地头去坐，他好黑天耕地。这是事先讲好的，彭财主只好前去，坐在地头抽烟陪着王小七耕地。王小七有意难为他，彭财主催他好几遍，他也不回家，一直熬了小半夜才收工。王小七把牲口喂饱后，连个盹也没打又去喊彭财主下湖。彭财主正在困头中，实在也起不来，被王小七喊急了才开言道：“可困死我了，你自己去吧。”王小七焦急地说：“不行呀，老板，这正是春耕春种关键时刻，不抓紧不行呀。再说这也是你事先说好的条件呀。”彭财主心想，王小七还真不错，处处为我家多收入作打算，想到此就强打精神起来跟着王小七下湖了。彭财主蹲在地头又冷又困，实在不是滋味。你想他什么时候吃过这样苦头呢？怎么也受不了。可王小七耕一圈地就回来缠他一气，或说土地问题，或是夸他管理有方；一来打扰他不让他困觉，二来想把他拖得疲劳过度。于是，又要求彭财主跟他身后走，理由是地头太长，耕到地那头嫌怕。彭财主两圈没转了，就累倒趴在地。王小七停下活儿，连忙上前扶起，关心地问道：“老板怎么了，你……”彭财主有气无力地说：“这次算你赢了，以后我再也不跟你下湖了，活计你看着办吧！”王小七带着胜利的微笑说：“彭老板，也是你订的第二条又作废了。”打那以后，彭财主再也不敢催他下湖了。

连连得胜的王小七，终日盘算着怎么最后战胜彭财主。说着，到了收麦打麦的时候了。那天中午天气炎热，正是打麦的好时机。彭财主调动各家劳力，男的女的都来翻场。只见王小七正打着场，把牲口停下，抓把麦草向场边走去，别人不知他有什么要事，都目不转睛地盯着他。谁知王小七拿着麦草来到场地边，把麦草向脸上一遮解起大便来了。彭财主一见，那还愿意吗，招呼他的儿孙，上去就给王小七一顿毒打。王小七见状赶忙爬起来说：“老板请慢，这是你老给我定的条件，我不能离你太远，我不执行就得扣我三分之一的工钱呀，这不能怪我。”彭财主一听在理，当时闭口无言，喝退众人后，对王小七说：“以上条件算我白订，以后再不许这样干了。”王小七接口道：“全年的工钱都不扣，这是你说的，可要算数呀。”彭财主出于万般无奈，只好满口应承：“那当然，那当然，说话一定算数。”彭财主被王小七这样几次智斗，不但自己拿到了全年的工钱，而且打那以后，彭财主再也不敢欺侮长工了。

讲述者： 吴允宝，男，81岁，初中学历，睢宁县庆安镇原文化站干部

采录者： 张甫文，男，68岁，大专学历，睢宁县委宣传部退休干部

采录时间： 2020年6月

采录地点： 睢宁县庆安镇大街

附记

此故事原由庆安镇东楼村教师宋再萌讲述，后由时任庆安镇文化站站长吴允宝采编整理，入编《睢宁县民间文学集成》。

278

拜年

古邳有家财主，被人称之“肉头肘子”[1]。到年根底前，他就对伙计说喽：“伙计呀！人家每逢年初一、初二都有拜年的，咱家怎么没有拜年的呢？”伙计说：“东家，你不知道拜年的道理，家里得预备着烟、茶、果子糖、花生什么好吃的；人家来拜年，好捧给人吃啊，上茶给人喝啊，有的还要留人家吃饭呐！”

“肉头”说：“那还不好办吗？伙计，到年根底前咱预备点。”

一到年根底前，买了多少糖折上，买了些烟茶，还买了些花生、葵花籽炒炒，留给人家好拜年。

大年初一，来了四个拜年的，伙计就带到堂屋里。拜年的就说喽：“我们来给财主老爷拜年啦！”东家就说喽：“大老远的来，就请坐下吧！”四个人就坐下喽。东家又说：“你这爷儿四人，我怎么不大认识呢？”这四个人就说喽：“你老人家不常出门，我们就搁你东边庄子。”

财主手指坐在一起的第一人问：“你贵姓啊？”

[1] 肉头肘子：指强横无理、非常抠门、难以对付之人。

第一人答道："姓赵。"

财主叫喜："哎，吉星高照！不错啊，这个字好，大年初一是个吉庆话！"

那个人说："我不是那个照字，是烟熏火硝的硝字去掉石字旁加个走之拐带的走字。"

东家听了心里说："头一句话问这个人，说话多不好听，多不吉利！"又问第二个："你贵姓？"

第二人答："我姓常。"

财主说："哎，源远流长。这个字也不错！做生意人，就喜欢这些字，东跑西往、南通北达、源远流长，都是好字。"

第二个人接着说："我不是那个长字，是秃头和尚的尚字头，底下加个吊死鬼的吊字！"

东家一听，心里想："奶奶的，从哪找来这些人来给我拜年的？真不吉利。"又问第三个："你贵姓？"

第三人就说喽："我姓姜。"

财主说："呦，三点水搁个工字，不是江河的江字吗？财源茂盛达三江。好，这个字好！"

第三人说："老爷，我不是那个江字，是王八羔子，掐去四条龟爪子，底下加个男盗女娼的女字！"

东家听了心烦，心里说，这又是个半吊子，说话太不好听啦！接着又问第四人："四人中可能你的年龄最大，你贵姓？"

第四人回答："我姓屈。"

财主说："这个字怪生啊？"

第四人说："这字也不生。战国时，楚国就有个爱国大夫叫屈原。这个字的上面是个死尸的尸字，底下搁个出殡的出字！"

东家听了更心烦，又是不吉利！就问伙计喽："伙计，你搁哪儿找来这四人来拜年的？"伙计说："嘿！别提了！大清早起，我刚打开大门，这四个人像奔丧一样，就进来了呢！"

讲述者： 刘全义，男，72 岁，初中学历，原睢宁县古邳镇文化站站长

采录者： 张甫文，男，68 岁，大专学历，睢宁县委宣传部退休干部

采录时间： 2020 年 5 月

采录地点： 睢宁县古邳镇文化站

附记

拜年是晚辈向长辈的一种孝敬礼节，也是邻里之间、朋友之间相互敬重的礼仪。而普遍流传于睢宁北部古邳镇一带的拜年故事，就是对本地大财主存有共愤的有力抨击。故事借用拜年时机，让"肉头肘子"在本该欢乐的日子中闷闷不悦，这也是长工对待抠门财主的一种智斗方法。民国时，该故事由古邳村农民薛德勤讲述，后由古邳镇文化站站长刘全义讲述，又传给镇宣传委员李全亚等人。此故事已被《睢宁县民间文学集成》《中国民间故事全书》《江苏省非物质文化遗产普查·睢宁县资料汇编》等收录。（张甫文）

279

常肘子

睢宁县桃园西南有个小常庄，庄子不大，只有几十户人家。在这几十户人家当中，要数常肘子最殷实，四合院外拉了一圈院墙，四个拐角盖上了土炮楼，防备土匪来抢。要说常肘子的家庭状况，可说是富裕之家，一家十几口人，几个儿子都是身强力壮，有三个还是种庄稼的能手。几房儿媳妇更不用说了，家里活，湖里活，样样顶呱呱，不管是湖里锄薅，还是家里办茶打饭、针线活、操持家务，一个强似一个。常肘子本人可说是一个大家庭的统帅，一切事情听他的，根本不要雇长工，就这样百把亩土地年年收成比四村八邻的种田人家产量都高。一年到头，可说是粮食满仓，鸡鸭成群，牛羊满圈。这样一来就成了远近闻名的常富户。

常肘子富是富了，可吃穿用度，却是个贫穷人家的样子，除了过年过节吃鱼吃肉，平常都是一年四季老咸菜。就是来了亲戚，餐桌上才有绿豆饼、白豆腐、炒鸡蛋等。穿的都是土大布，一件衣服都是穿了又穿，补了又补，谁也不许特殊。

那年秋后的一天，常肘子背着粪箕子到湖里去拾粪，遇到一大帮贩粮食的小车队。几十辆小车停在他家的北湖大路上休息打尖，各人拿出自带的煎饼、馒头等干粮吃。由于馒头煎饼凉了，吃起来撒了一地饼渣子。常肘子见此情景，放下肩上的粪箕子，蹲下来，用手指沾着唾沫，把掉在地上的饭粒、饼屑一点一点沾起来。能吃的吃了，有泥土不能吃的，就吹吹打打收起来。小贩子们看到后，有的说："老头，不用拾地上的，我给你一块饼吃算了。"有的还说："如果还不够吃的，我再给你加上两个馒头，管你吃饱，甭拾了。"这时常肘子翻翻眼睛，慢条斯理地说："我不是没饭吃，也不是饿了来找吃的，我是看到这些饭食掉撒在地上怪可惜。"

常肘子拾完饭渣，就和小贩们拉起了家常。常肘子问道："你们这几辆车子想到什么地方买什么粮食？"有个小贩说："我们这十几辆车子想到高楼街买芝麻。你问这个干什么？你家有吗？"小贩是用这大话来打发他的，谁料常肘子却说："我家芝麻恐怕你们这几辆小车子运不了。也好，运不了也不碍事，下次再多来几辆，多运几趟也行。"这伙小贩听了哪里相信，有的真跟着到他家一看，果然他家三间粮仓满满折的全是芝麻，新陈都有。十几辆小车装满后，还没买了他家芝麻仓的一角。

常肘子一家人都会种田，唯独他四儿子不务正业，从小不学种地，长大广交三朋四友，吃喝玩乐，在常肘子眼里算是个地地道道的败家子。一天逢桃园集，常肘子想好了对策，穿了一身整齐的衣服，肩上扛个捎码子[1]，很早就到集西头周老宏茶馆里，坐在当门的一张桌子旁，事先买来两块大卷子[2]和两条老肘子瓜[3]放在桌上。这时他看见小四和几个青年从街上走过，当走到茶馆门口时，常肘子有意大声咳嗽几声，拿起大卷子和老肘子瓜大口大口吃起来，眼睛睁得大大的望着他儿子，嘴里不住地说道："小四……小四，你不用望，我吃完了还得买。你能花钱，我不能花钱吗？非把我身上钱花完算，决不留给你败霍

[1] 捎码子：盛钱的大口袋。

[2] 大卷子：方言，一种面食——蒸馍。形状像鞋底，亦称鞋底卷子。

[3] 老肘子瓜：一种适于生食、非常甜脆的瓜类。后以此比喻一个人不够随和，做事执拗，也叫肘劲头子。

完[1]。”谁料小四连望都不望一眼，和几个朋友扬长而去。这时，常肘子拿起没吃完的老肘子瓜和卷子，付了几文茶钱，气哼哼地回家了。从此，常肘子也就出了名啦！后来，又有人改称他叫肘劲头子。

讲述者： 李文金，男，84 岁，大专学历，睢宁县文联退休干部

采录者： 张甫文，男，68 岁，大专学历，睢宁县委宣传部退休干部

采录时间： 2020 年 7 月

采录地点： 睢宁县桃园镇

附记

该故事流传在睢宁西部桃园镇及周边地区，是一则发生在本地的真人真事。民国时，由桃园镇陈集村农民陈会金传讲，后又传给袁华影等人。20 世纪 80 年代由县文联李文金深入该地采访并传讲，并编入《睢宁县民间文学集成》。此故事遍及全县各地，人们常把做事一根筋、固执己见、顽固执拗之人说成“肘劲头子”，也会说：“你就是个常肘子。”此故事在《中国民间故事全书·江苏·睢宁卷》《江苏省非物质文化遗产普查·睢宁县资料汇编》等均有记载。

[1] 败霍完：方言，挥霍浪费完的意思。

280

砍一半

从前，有个大地主，一天，他雇的一个短工给他家干活，嫌人能吃，把人撵走了。第二天，又雇一个来，一顿只喝半碗稀饭，瘦得皮包骨头。地主对短工说：“南湖有一块小秫黍[2]，你早晨去砍，中午回来吃饭，但是你得给我砍一半。”短工随声答应着去了。中午那短工回来家，地主问他砍多少了，他说砍一半了。地主十分高兴，心说，这位不能吃，却能干活，太好喽。

吃过中午饭，这个短工子说：“地主老爷，你还得安排一个人跟我去拿镢子[3]。”跟去的人到地里一看，原来是一棵秫黍只砍了一半，镢子还钉搁秫黍根子上，他没拿下来。

讲述者： 汤培珠，男，73 岁，高中学历，睢宁县公安局退休干部

采录者： 张甫文，男，68 岁，大专学历，睢宁县委

[2] 小秫黍：高粱。

[3] 镢子：砍高粱的一种农具。

宣传部退休干部

采录时间： 2020 年 7 月

采录地点： 睢宁县城城东村部

附记

此故事原由睢城镇女工人王怀君的母亲讲述，后传给王怀君等人。1987 年由时任县公安局派出所所长汤培珠采集整理，并编入《睢宁县民间文学集成》。（张甫文）

281

看见吗？

从前，俺庄上董三在一个大地主家干活。大地主用人忒狠，每天都是天未放亮就被喊了起来。为此，董三很生气。

这一天，还未到四更天，大地主就扯开嗓门高喊："快起床吧，今天去南湖大秫秫[1]地除草。"董三高声回应："我们起来啦！"大地主心想，到底穷人好使唤，往后还得再早点喊他们干活。于是，他就转身回屋睡觉去了。

大约过了几顿饭的工夫，天空已经麻麻亮了，这时地主回屋又睡一觉醒来，发现干活的工具都在屋内，长工还没起来。他非常生气，来到长工住的房屋门前高喊："怎么都还没有起床，睡死了吗？"这时，董三在漆黑的屋里回应地主说："起来了，只是被虱子咬得难受，我逮了几个大虱子。"

"胡说八道！天这么黑，你能看见虱子吗？"大地主气得大叫。

"是啊，你自知天还这么黑，怎能看见干活呢？若把

[1] 大秫秫：徐州东部方言，即玉米。

大秫秫苗儿除掉怎么办？”长工们听了，一阵哈哈大笑。

大地主一听，呆呆地站了半天，气愤地走了。从此，他再也不催喊长工早起来干活了。

讲述者： 李文金，男，84岁，大专学历，睢宁县文联退休干部
采录者： 张甫文，男，68岁，大专学历，睢宁县委宣传部退休干部
采录时间： 2020年6月
采录地点： 睢宁县城红叶公寓

附记

此故事原由沙集镇余西俊讲述，余长刚采录，后经县文联李文金进一步调查整理，入编《睢宁县民间文学集成》。（张甫文）

282

好吃不好吃

长工在地主家干活快满一年了。这天，地主突然说：“我问你，世上什么东西最好吃又最不好吃？答对了，多发你十文钱，否则就扣你一半工钱。”长工知道地主在要花招，便答应着走进厨房，端来一碗硬糠饼放在桌上。地主一看是平时给长工当饭吃的东西，不敢说不好吃。长工便说：“你常说，这东西最好吃，那你就吃了吧。”财主嚼着又馊又酸的硬糠饼，不觉“哇”一口吐出来。长工说：“老爷，这是世上最好吃又最不好吃的东西。你说对吗？”地主无话可说，只好给他加了十文钱。

讲述者： 于圣连，72岁，大专学历，退休干部
采录者： 卜凡柯，78岁，大专学历，退休干部
采录时间： 2020年11月15日
采录地点： 丰县文化馆
流传地： 丰县

283

打赌

年底，地主给了长工一年的工钱。地主心有不甘，想把钱骗过来。他认为长工老实，又不识字，便与长工打赌猜题。地主说："我出一道题，你若答不上来，你给我一吊钱；你出一道题，我若不知道，我给你五吊，如何？"长工同意。

地主问："月亮离太阳有多远？"长工一言不发，递给地主一吊钱。

长工问："上山三条腿，下山四条腿，是什么动物？"地主苦思答不上来，无奈给农民五吊。

长工接过钱，转身要走，地主追问："'上山三条腿，下山四条腿'究竟是什么？"长工还是一言不发，递给地主一吊钱，头也不回地走了。

讲述者： 于圣连，72 岁，大专学历，退休干部
采录者： 卜凡柯，78 岁，大专学历，退休干部
采录时间： 2020 年 11 月 15 日
采录地点： 丰县文化馆
流传地： 丰县

284

放牛娃气死财主

老财主黄三怪家有个放牛娃叫铁钻。甭看他十二岁，可是个机灵鬼。

黄三怪不是叫铁钻放牛割草，就是叫他上山砍柴，回家还得烧食喂猪，天明到天黑不叫他闲一会。要是慢喽，不打就骂。铁钻叫他折磨得像旱天的谷苗，整天抬不起头来。

铁钻恨透了老财主，老想找个茬口气气他。铁钻打听准啦，年初四这天，黄三怪的三个女婿都来拜年，他就打算在这天搞点名堂。

初四这天，三个女婿真的都来啦。黄三怪把他们让进客厅喝茶吸烟。茶喝足喽，烟吸够喽，黄三怪就说："三位门婿，跟我到家前院后院转转，看看我住的地方风水好不好。"说着就领着三位女婿出去啦。

铁钻就凑这个茬口钻进客厅，在八仙桌上屙了一盘屎，放上请旁人写的一个纸条，就极麻利溜了出来，蹲在猪圈前看猪吃食去啦。

黄三怪领着三个女婿转了一圈，又回到客厅，一看桌子上有盘屎，可气坏啦，拍着桌子问道："这是谁屙

的？这是谁屙的？”他叫人又换了一张桌子，就拿着纸条儿，到前后院去找家郎院公，问这是谁干的叫他丢人的事，家郎院公都说不知道。他又来到猪圈前问铁钻：“你知道不？”铁钻特意地说：“知道，知道，冬天要给猪喂热食。”三怪抓住铁钻，结结巴巴地说：“不……不……不是的，客……客厅里。”铁钻假装明白：“哦，你是说叫我到客厅里去伺候姑爷。”说罢，挣脱三怪的手，撩腿就往客厅跑。铁钻前头跑，三怪后边追。三个闺女婿听见脚步声，也都走出客厅看出了啥事。三怪追上了铁钻，揪着耳朵问：“客厅桌上的屎是谁屙的？”

“不知道。姑爷来喽，你不指派，谁敢进客厅！”

“你真的不知道？”

“不知道就是不知道，这还有假。”

黄三怪打袖筒里掏出纸条儿，朝铁钻脸上一撂：“你看看。”铁钻愤愤地说：“我八岁抵债到你家，一天学没上，我咋能认得？你念念吧。”黄三怪指着字，一顿一顿地念道：“我——屙——的。”铁钻一跺脚，连连反问：“冤枉人哪！你屙的为啥赖我？你屙的为啥赖我？”三怪当着女婿们的面，叫铁钻抢白一顿，又不好发作，气得像运粮河的蛤蟆——干鼓肚。老脸红到脖根，红喽变紫，紫喽变黄，两眼泛花，头脑一蒙，“扑通”一声栽倒地上，上西天喽！

讲述者： 李大刚，男，65 岁，文盲，丰县赵庄农民
采录者： 卜凡柯，78 岁，大专学历，退休干部
采录时间： 2020 年 11 月 15 日
采录地点： 丰县文化馆

285

面条汁

张三和李四，一起跟李家寨的李财主当长工。

李财主有个嗜好——爱喝面条。三百六十天，要有二百多天得每天喝上一顿。每次喝剩的面条汤都不舍得倒掉，非叫用来给长工烧糊粥喝不行。长工下晌吃饭时，常从糊粥里发现少量的面条。开始，谁也没理会这事，可日子长了，他们便猜透了这面条的来历。

一次，张三问李四：“哎，伙计，你也好喝面条呗？”

李四笑了笑说：“怎么，犯面条瘾了？你哪颗牙想喝，张开嘴叫我看看。”

张三一本正经地说：“我说的是真话，你到底想喝不想喝？”

李四说：“雪白的面条谁不想喝？光想顶啥用，你又没本事弄来！”

张三对着李四的耳朵“叽咕”了一阵，乐得李四咧嘴“嘿嘿”地笑，并说：“管！这回听你的！”

这天下了晌，正准备吃饭，张三和李四吵起架来。看那阵势，如果不马上拉开，真有拼命的可能。张三气得摔饭碗，李四气得砸菜碟，弄得“叮叮当当”一片响。这

时，李财主知道了，赶来一看，好不心疼。他气冲冲地紧走几步，准备狠狠地呵斥他们一顿。谁知刚到跟前，张三便抢先说道："你老人家来了，正好给俺评评理：你老人家给俺俩擀的面条，因为我晚来了一步，全叫他一人喝光了！"

李四委屈地连忙分辩道："骂哪个龟孙羔子喝咪！我根本没见面条的影儿，他诬赖好人！"

张三理直气壮地说："你看，你看，偷喝了面条还不认账！"顺手从案板上端起一碗糊粥，靠近财主的脸，用筷子猛一挑、猛一挑地连声说："你看，你看，这是什么，这是什么？"几根面条带着糊粥，溅了财主一身。李财主心里有鬼，一边摆手一边退了两步。

李四一旁气得脸红脖子粗，发誓赌咒地说："谁偷喝了面条，准是大闺女养的！"

张三抓住想溜开的财主说："看看，他干了坏事还不认账，我非教训教训他不可！"说着抓起两个窝窝头，"我叫你赖！"向李四"叭"地砸去。李四也不示弱，也伸手摸了一只脸盆，狠狠地向张三掷来。窝窝头和脸盆正好落在中间拉架的李财主身上。这时，后院的佣人，都围在远圈看热闹，就连做饭的刘妈也站在伙房门口抿着嘴笑了。

李财主劝不下，退不出，狼狈极了，气急败坏地说："反了！反了！"他心里明白：这场乱子出在自己身上，这时真好像哑巴吃黄连——有苦说不出。正在左右为难之际，扭脸看见站在伙房门口的刘妈，心里一亮，大声道："赶快给他俩擀两碗面条！"刘妈爽快地应道："听见啦！"

这回，张三和李四不仅痛痛快快地喝了一顿白面条，而且后来再也没喝过用剩面条汤烧的糊粥。

讲述者： 张继陆，男，59 岁，小学学历，丰县赵庄任楼村农民

采录者： 张念柱，男，68 岁，本科学历，丰县赵庄镇张老家村人，退休教师

采录时间： 1998 年 8 月

采录地点： 丰县赵庄任楼村

286

王小二智斗王财主

烤大火

一个冬天，下着小雪，王小二领着一群小孩在一个空车屋[1]里玩。有个小孩说："二哥，天冷，咱回家吧？"

王小二说："天冷怕啥，我去弄柴火咱烤火。"

有人问："弄谁的？"

王小二说："那不是财主王肉头的场吗？场里有豆秸垛，顺着茬，拽它一抱，他也看不出来。"

有人说："王肉头可坏啦，要是让他知道了，揍不死咱？"

王小二说："恁怕他，我不怕，我去。"王小二走到场里，看看打圈[2]没人，拽了一大抱豆秸回来啦。于是在车屋里烤起火来。

烤完火，外边的雪不下啦，雪地上留下了王小二一行清晰的脚印。

[1] 车屋：放四轮太平大车的小屋。

[2] 打圈：指周围一圈。

有人说："坏啦，王肉头明天顺着脚印找到这里，准知道是咱几个办的事，咋办呢？"

王小二想了想说："王肉头这狗日的仗着有钱有势，净欺负咱穷人。昨天因为我二大爷没给他让路，叫他劈脸打了两耳光，我正想报仇咪。今天就烤他狗日的大火，替我二大爷出出气。一会，救火的人来了，净些脚印，我的脚印就不显了。"

王小二说罢，就去点火。等火着火了，一群孩子就去烤大火，一边烤火一边喊："失火了，救火呀——"

人们一听有失火的，赶紧挑起水挑子[1]准备去救火。一看是王肉头的豆秸垛着火啦，都站在远圈里看热闹，不去救火。只有王肉头的一些大领、二帮们在救火。

王肉头一边看一边说："这下雪的天，咋能失火呢？"

按着王氏家族的辈分排行，王小二要叫王肉头三大爷。王小二说："三大爷，我看见一条火龙从天上下来，落到你的豆秸垛上才着的火。这说明你家以后日子更兴旺、更红火。"

王肉头一听，半信半疑地说："真的吗？"

王小二说："说书唱戏的不都是这么说的吗？我小孩都懂，三大爷你能不懂？"

王肉头想了想，说："对，对，我家的日子以后会更红火。"于是王肉头大声喊道："甭救啦，甭救啦！叫它烧吧，火越大越好。"

这些大领、二帮正不想救火咪，一听主人发话，就停止救火，站在一边烤大火。

事后王小二把事情从头到尾跟他二大爷说了一遍，二大爷高兴地拍拍王小二的头说："乖乖，你把王肉头操得不轻，替我出了气，真是个聪明的好孩子。"

讲述者： 卜凡柯，男，78岁，大专学历，退休干部
采录者： 于圣连，男，72岁，大专学历，退休干部
采录时间： 2020年11月28日
采录地点： 丰县文化馆
流传地： 丰县

[1] 水挑子：水桶。

摘南瓜

王肉头好吃南瓜，叫人种了二分地的南瓜。这天，他正在地里摘南瓜，王小二从那边走过来，站在地头上看他摘南瓜。

王肉头说："看啥看？告诉你，我地里的南瓜都有数，你要是敢偷我的瓜，我把你手爪子剁去。"

王小二说："俺的南瓜还吃不了呢，谁稀罕你的臭南瓜？"

王肉头说："我家的南瓜香得很，怎么会是臭南瓜呢？"

王小二说："你的心坏啦，你的南瓜心子也坏啦；南瓜心子一坏，就喝囊[2]啦，香南瓜就变成臭南瓜。"

王肉头生气地说道："你放屁屙空！"

王小二说："我放屁屙屎！"说完就走了。

王小二转了一圈，又来到王肉头的南瓜地，看看打圈没人，用小刀在一个最大的南瓜上开了一个三角口，先用小棍在南瓜心里搅了搅，然后对着三角口往里面屙了一派[3]屎，屙完后又把三角口对上，再用三个咯针[4]别上。

第二天，王肉头把这个最大的南瓜摘回家。他老婆一刀切开，淌了一案板稀糊糊，臭气冲天，说："这南瓜熟过啦，熟的时间太长，坏啦，囊子喝囊啦，都臭啦！"

王肉头说："刚摘的新南瓜，咋能喝囊？"他过来仔细一看，发现了秘密，知道有人动了手脚，往里面屙屎。气得差点没有死过去。

王小二后来说起这事，说："老子是金口玉言，说屙屎就不屙空！"

讲述者： 卜凡柯，男，78岁，大专学历，退休干部
采录者： 于圣连，男，72岁，大专学历，退休干部
采录时间： 2020年11月28日
采录地点： 丰县文化馆

[2] 囊：方言。囊，一种植物。
[3] 一派：一泡。
[4] 咯针：方言，带刺的枝条，也叫葛针。

还瓜钱

这天，王小二正领着几个小孩玩。一个小孩说："二哥口渴啦，你给俺弄个西瓜吃呗？"

王小二说："这还不好办？我去买两个，大伙吃。"说罢，他就跑到瓜园里，说："大爷爷，给我摘两个西瓜。"

老人摘了两个西瓜，过了秤。

王小二说："大爷爷，记我账上。"

老人说："乖乖，你赊的账不少啦，加在一块够一斗麦啦。你知道，这地我是租王肉头的，昨天他还来要租子呢。"

王小二说："大爷爷，不就是一斗麦吗，我叫王肉头还你一石。"

老人说："你吃瓜让王肉头替你还账，你咋想唻？"

王小二把心里咋想的点子说了一遍，老头听了哈哈大笑，说："中，这个法能宰他一下子。只要办成，你今年一年吃瓜不要钱。"

王小二抱着两个西瓜回去，和小伙伴们正吃得欢，那边走来了王肉头。王小二急忙拿了一块瓜递给王肉头，说："三大爷，吃瓜。"王肉头怕吃亏上当，说："不吃。"

王小二说："三大爷，吃瓜又不让你拿钱，你吓的啥？给你说吧，这是我刚刚爬[1]来的，没花钱。"

王肉头一听是王小二偷来的，不吃白不吃，就接过去吃起来。

王小二边吃边说："三大爷，你家有口袋吗？"

王肉头说："有，干啥？"

王小二说："三大爷，傍黑你到这里来，带个口袋，我去爬瓜，一口袋能装六个，俺四个人一人一个，给你两个，中不？"

王肉头好占便宜，想也没想，就说："中。"

王小二领着几个小伙伴等王肉头，不一会，王肉头来啦，给王小二一条口袋。王小二说："恁都在这里等着，我一个人爬，保证你们有瓜吃。"说罢就向瓜园走去。

不一会，王小二急急忙忙地跑来啦，一边喘着气，一边说："我刚摘满一口袋，叫老头发现啦，拿着枪头子[2]就攮我，吓得我拔腿就跑。大家今天是吃不上瓜啦，明天再说吧。"

王肉头一听，吓坏啦，说："我的口袋！"

王小二说："你甭怕，口袋上又没名没姓，他知道是谁的？"

王肉头说："我怕别人偷我的口袋，每条口袋上都写着我的名字呢。"

王小二说："这下子坏透啦，要是明天大爷爷拿着你的口袋到县里去告状，你可就苦了。前几天，你和东庄上的张财主争地界，官司打到县里，明明是他多占了半亩地，结果呢？人家县里有人，官司赢啦，不仅打了你四十大板，还罚五石小麦，你屈不屈？有理的官司你都打不赢，何况这回没理？又要挨四十大板，罚五石小麦了。"

王肉头一听"挨板子"三个字，真是浑身上下屁股疼。急得头上淌汗，吓得结结巴巴地说："你，你是我的小、小祖宗，你，你说这事咋办呢？"

王小二说："三大爷，你别怕，都是一家本户的，我去找大爷爷说说，千万不能打官司。"

王肉头说："俺小爹，你还不快去？"

王小二说："你等着，我这就去。"说罢就直奔瓜园去。

不一会，王小二回来了，说："大爷爷说啦，叫你拿两石小麦，这偷瓜的事就算结啦，不上县里告你。"

王肉头说："要我两石？他的心也够黑吧！不拿。"

王小二慢慢悠悠地说："不拿你就等着打官司吧！"

王肉头一听说打官司，头都快炸啦，忙说："小二，你再去说说，能少点不？就说我只认一石。"

王小二说："你等着，我再去说说。"

不一会，他回来啦，说："大爷爷说啦，看在一家本户的情分上，你拿一石小麦，再免去今年的地租，这事就算完。"

王肉头想了想，说："我认啦！今晚就叫大领给他家送小麦。"

王小二说："明天白天送也不迟。"

[1] 爬：扒，偷。

[2] 枪头子：红缨枪。

王肉头说："这事要是叫人知道了，我的脸往哪搁？你们几个小王八羔子也不能说。"

众小孩都说："俺不说，俺不说。"

王肉头走了，王小二捣玄[1]领着几个小伙伴到瓜园吃瓜去了。

讲述者： 卜凡柯，男，78岁，大专学历，退休干部
采录者： 于圣连，男，72岁，大专学历，退休干部
采录时间： 2020年11月28日
采录地点： 丰县文化馆

[1] 捣玄：丰县方言，捣空。

287

聪明的阿生

从前，美丽富饶的微山湖边住了个为富不仁的财主。这家伙生得猴头猴脑；不仅长相难看，更重要的是又奸又猾，吃里扒外，并且喜欢抠歪点子捉弄人，于是大家给他起了外号叫"假猴子"。俗话说，"微山湖日出斗金"，什么四个鼻孔鲤鱼、一片墨绿芦苇，尤其是满湖的荷花四处飘香。一天，假猴子把家里的长工邀集到一起，满脸堆笑地说："今天，老爷请你们品尝微山湖的土产——莲子，表示个谢意吧！"说完，他先剥了莲子，跟大家一起吃了起来。假猴子边吃，边把莲子壳偷偷地扔到阿生的桌下。吃完后，假猴子慢慢站了起来，清了清嗓子说："今天邀各位吃莲子，不知谁最贪嘴，请数数地下的莲子壳吧！"大家朝地下一看，目光都集中到阿生的身上。

阿生心里"咯噔"一下，原来假猴子是不怀好意啊！他略一思索，不慌不忙地站了起来："贪嘴的桌下莲子壳多；可更馋的，连莲子壳都吃下去了！"顿时，长工中爆发出一阵笑声。假猴子讨了个没趣，脸涨得通红。

秋去冬来。有一天，长工们干完农活，从地里回来吃午饭。假猴子远远迎上去，笑嘻嘻地说："大伙辛苦了！

眼下天日短，田离家又远，来去不便；你们连晚饭一起吃下去，等会儿就用不着回来了。”

长工们一听，火冒三丈。他们说：人就一个肚子，不可能吃两顿饭，这不分明在捉弄人吗？都想和假猴子评评理。突然，“咣当”一声，长工阿生把一只碗砸碎了，原来他是有意把大家的注意力吸引过来，示意大家不要闹。于是，大家又静下来，埋头吃了个饱。

来到地里，阿生朗声说道：“兄弟们，你们睡觉去吧。有什么事，由我来应付。”大家不知道阿生葫芦里卖的什么药，但又实在累了，就纷纷倒在草堆睡觉了。

一会儿，假猴子带着狗腿子来了，一看，气得牙痒痒的，大声呵斥道：“龟孙羔子，好大的胆，吃了饭不干事，倒在这里挺着。给我狠狠地打！”长工们一听是假猴子的声音，便一骨碌爬了起来。这时，只见阿生登上塘埂，扯开喉咙，理直气壮地问道：“东家，吃了晚饭不睡觉干什么！”

“是啊！”长工们恍然大悟，大声附和道。

假猴子的脸立刻红一阵，白一阵，呆若木鸡。

讲述者： 李娟，女，48 岁，小学学历，沛县丰乐村农民

采录者： 朱迅翎，男，70 岁，大专学历，沛县文化局退休干部

采录时间： 2020 年 2 月

采录地点： 沛县大屯街道宋庄村

流传地： 微山湖一带

288

金斧头

从前，咱沛县有个人叫程实。他家很穷，爹娘就把他送到地主家去干活。程实在地主家起早睡晚，整天不适闲[1]，可是地主还骂他打他。

一天，程实拿着斧头上山去砍柴。走过小桥时，斧头掉到河里了。河水又深又急，咋捞？程实急得哭了起来。

这时，来了一位白胡子老头，对程实说：“不要哭，我给你捞上来。”说完，“扑通”一声跳进河里。不一会，拿着一把金斧头上来了。

他问程实：“这是你的斧头吗？”程实说：“不是我的。”老头听了，又“扑通”一声跳进河里，不一会，又拿上来一把银斧头：“这是你的斧头吗？”程实又说：“不是我的，我的是铁斧头！”老头又从河里捞上一把铁斧头，程实一看说：“这才是我的斧头！”接过斧头，向老头深深一躬。

老头说：“你真是一个诚实的孩子！”说完就不见了。

那把斧头经老爷爷一磨，砍起柴来可快啦。不一会，

[1] 不适闲：手脚不停。指干活勤快。

程实就砍了一担柴。地主问他怎么回来那么快，程实就把金斧头、银斧头的事跟地主说了。地主一听，急得眼都红了，直骂程实是个大笨蛋。

第二天一早，地主装成一个打柴的，拿着把烂斧头，走过小桥时，特意把斧头扔到河里，假哭起来。

白胡子老头又来了。地主一把眼泪、一把鼻涕地说："斧头掉到河里去了，回去可没命了。快快救救我吧！"老人听了，跳下河去，把那把烂斧头捞了上来。

地主忙说："不是这把。"老人听了又跳下河去，拿上来一把银斧头。地主把银斧头夺过来说："我的斧头是金斧头，你再下去给我捞上来！"白胡子老人又捞上一把金斧头。

地主拿着金斧头和银斧头，喜得合不上嘴，一蹦一跳往家跑，一不小心跌到河里，淹死啦！

讲述者： 刘韶猛，男，74岁，文盲，沛县鹿楼镇农民

采录者： 张雅，女，56岁，大专学历，沛县自来水公司工会主席

采录时间： 2020年7月

采录地点： 沛县县城

附记

此故事20世纪80年代收录于《沛县民间文学集成》，2005年经朱迅翎进一步调查整理，又收录在《中国民间故事全书·江苏·沛县卷》上，一直在沛县各地世代有序相传。（张甫文）

289

金马驹子火龙衣

从前，赵家庄有个叫赵老财的地主，心狠手辣，刻薄穷人。

有一年大旱，庄稼歉收，穷人无法生活。本村有个姓王的，叫王二捣，父母早亡，只身一人，村里的人给他起个外号"吹破天"。

这一天，他召集本村的穷人开了个会，起[1]了六两碎银子，买了一匹病马。第二天一大早，吹破天就把这匹马牵到赵老财家里。赵老财看到破口大骂："你他妈的把这匹瘦马牵到我家干什么？"吹破天说："老爷，你不要骂，我这匹马是宝马良驹，一天能屙六两银子。"说着，他把塞在马腚里的布拉掉，果真银子顺腚往下流。这些银子都是吹破天塞进马腚里的。赵老财心想，一天屙六两，一年三百六十天，那屙多着哩！这真是匹好马。想到这里，他对吹破天说："这样吧，我用十匹好马换你的。"吹破天说："不行，得用二十匹好马才能换给你。"老财一想也行，就用二十匹好马换了一匹瘦马。吹破天把那些马分给了穷

[1] 起：征集，凑齐。

苦老百姓。

第二天，老财夫妇把马牵出来，铺上毯子，烧香上供，跪在那里单等着马屙金尿银。不一会儿，只听“扑”的一声，马放了一个屁，二人急忙掀起尾巴接银子。马拉稀屎跟水枪一样，把老财喷得浑身都是屎。老财气个半死，带人去把吹破天抓来，关在磨屋里，想活活冻死他。当时正是寒冬腊月，吹破天短衣、短裤，夜里冷，他就抱着磨棍推了一夜空磨。

赵老财第二天开门一看，不光没把他冻死，倒热得他满头大汗，就问他是什么原因。吹破天说：“我身上穿着我家的传世宝火龙衣，冬暖夏凉。”赵老财说：“我用皮衣，再加十亩好地给你换怎样？”吹破天说：“地我不要，你得给一百担粮食。”赵老财一想也行，给了吹破天一身皮衣裳，一百担粮食。吹破天穿上皮衣，把粮食分给穷人。

后来，赵老财发觉又上当后，吹破天早就跑得没影了。

讲述者：朱信平，男，62岁，初中学历，沛县朱寨乡农民

采录者：朱迅翎，男，70岁，大专学历，沛县文化局退休干部

采录时间：2020年9月

采录地点：沛县朱寨乡政府

290

骂东家

李家集有个大户叫李歪头，几顷地都是他自己经管着种。大领、二八户[1]在地里做活，他都是跟在后头监工。人家在前边干活，他在后边瞎嘟噜，惹得做活的烦得淹心[2]。

这年麦后，二八户在地里给他耪头遍豆子，太阳晒得人跟蝎子蜇一样，汗淌得鞋壳篓里和稀泥。大家都想到树底下凉快凉快，就是李歪头跟在腚后头不离窝，不是嫌耪得浅，就是嫌草没有锄净。说这个锄板子小，不出好活；说那个耪地留门槛子，嘟嘟噜噜不住声。

二八户李领头叫他嘟噜急啦，小声对伙计们说：“咱得想法子把这个老小舅子刺挠[3]走，咱好到树底下凉快去。”大家都说：“你能把李歪头弄走，俺们带你买瓜吃。”

李领头的说啦：“伙计们，你知道一个母猪几个奶？”大伙说：“最多十八个奶呀！”

[1] 二八户：雇工的名称，地位比大领低。

[2] 淹心：比喻某些人或某些事让人很不愉快，以致悲伤欲绝之意。

[3] 刺挠：用不正当的言行欺负人，逼迫对方离开。

李领头的说："那年我喂的那个母猪也是十八个奶。你说它一窝能将[1]几个？它一窝将了十九个小猪秧子。"

另一个二八户说："吃奶的时候一个小猪占一个奶，剩下的那个小猪咋吃呀？"

李领头的说："这窝十九个小猪里有一个小垫窝，它哪里都抢不着奶吃，你说它咋治？"大家问："那咋治？"李歪头也支叉着耳朵听下文。李领头的说："它抢不着奶吃，它就在后边瞎嘟噜。"

李歪头一听，气得"哼"的一声回去了，大家笑着上树下凉快去了。

讲述者： 朱广信，男，69岁，初师学历，沛县栖山镇李集小学教师

采录者： 张洪标，男，初中学历，王店乡文化干部

采录时间： 2019年9月1日

采录地点： 沛县栖山镇李集小学

[1] 将：生。

291

张三和李棍

八月十五那天，长工张三和李棍从地里干活回来。他们说，老东家再不出血，今天也得给咱弄点好吃的。到家一看，菜已摆好，两碗上边各放几片像纸一样薄的肉片，下面全是冬瓜垫底，旁边放着几个窝窝头。他俩可气坏了。张三要找老东家说说去，李棍一把拉住了他，在耳朵上低语了一阵，两人对着一笑，说，就这样办。

张三在前面跑，李棍拿着块砖在后边追，他俩边跑边吵。张三刚跑到厨房，李棍狠狠把砖扔出去，不偏不斜正好砸在盛水的大缸上。东家急忙从客厅里跑出来说："怎么了？"张三委屈地说："俺俩一块儿回的家，他硬说我把他的肉和馍都吃了。"李棍说："你还争！今天咱过节，东家给那么多肉都叫你吃了，你给我剩下一大碗冬瓜，白馍你给我换成窝窝头，我非揍你不可！"两人越吵越厉害，人越围越多。东家一看大事不好，忙劝道："你俩还有啥不好说的，我叫厨师给你们弄几个菜，提瓶酒好好拉拉呱。"

张三和李棍一边起劲地吃着，一边哈哈大笑。

讲述者：张庆兰，女，83岁，小学学历，沛县卞庄村农民

采录者：朱迅翎，男，70岁，大专学历，沛县文化局退休干部

采录时间：2020年3月28日

采录地点：沛县卞庄村

附记

长工张三和李棍的故事传讲了几代人，至今仍在卞庄一带流传。2005年由朱迅翎进一步调查整理，入编《中国民间故事全书·江苏·沛县卷》。（张甫文）

292

三顿饭一起吃

从前，王小给一个财主家当长工。虽然起五更睡半夜，两头不见太阳，可狠心的财主还是不给他饱饭吃。

一天，王小扛着锄头从地里回来，打算吃早饭。财主迎着他说："我说王小呀，你说一天三顿饭有多麻烦：吃完早饭，回到地里干不了一眨眼工夫，又得回来吃晌午饭，然后再下地，还得再回来吃晚上饭。明天开始，你在上工前把早饭、午饭、晚饭一起吃了。"

王小想了想后答应道："行啊，东家。"

第二天，吃过早饭后，王小就下地去了。地主也下地去监工，见王小斜靠在一棵大柳树下睡觉呢。"王小，你怎么不在地里干活！"财主嚷道。王小回答说："我已经吃过早饭、晌午饭、晚饭，晚饭后是上床睡觉时间呀。"地主被噎得一句话也说不出来了。

讲述者：陈再红，男，70岁，大专学历，贾汪区城管局退休干部

采录者：韩圣师，男，58岁，大专学历，贾汪中

等专业学校教师

采录时间： 2020 年 6 月

采录地点： 贾汪区城管局

293

憨伙计

有一个姓钱的富翁，好不容易雇了一个憨伙计。这个憨伙计少爹无娘，无姐无妹，没哥没弟，说不清家乡住处，只知自己姓任，小名叫憨子，生得五大三粗，憨乎乎的。有人雇他，他就给人干上一季三月，挣碗饭吃；无人雇他，他就只好要饭。他要饭来到钱大老爷家门口，才被钱家看中。这样的人吃饱了不饿，睡着了不醒；就知干活，不知讲价，在钱家权当喂了一头会说话的牛。于是，钱家就收留下他来，一不起名，二不称姓，干脆叫他憨伙计。

钱大老爷眼力不错。这憨伙计干起活来不知累，一个顶仨；粗饭淡食，吃饱就行；破衣旧衫，不露腚就管。俗话说得好，老虎还有打盹的时候。一个月过去了，钱老爷喜欢；一季过去了，钱老爷夸奖；一年过去了，钱老爷高兴。日子长了，就看憨伙计不大顺眼：他能吃，一天就是四五斤；他太笨，没有点儿眼神，不使唤不知找活干。阴天，他想睡一觉歇歇。钱大老爷看见了，把憨伙计叫起来说："你就这样栽头大睡，也不知出去找活干。"憨伙计憨乎乎地说："这阴天拉拉的，哪有什么活？"钱大老爷说："你不能出去看看人家有什么活？"憨伙计听话，出去看看。回来后，就抱来了秆草，铺在地上，下面放上一条捆草绳，抱过小少爷就往地上按。钱大老爷一见说："你这是干什么？"憨伙计说："我看一个人拎着一个死孩子，往官坟地去扔呢！"钱老爷生气了，说："混蛋，你小少爷透活就能扔了吗？""你不是嫌我睡觉吗？""好啦，你睡去吧。"

当伏天，大活干过去了，憨伙计也想在树荫下凉快凉快。钱大老爷说："你怎么这样嫌热，到湖里去看看，人家都干什么，你也学着干点。"好吧，憨伙计又到湖里去学活。回到家，扛起锨就走，钱老爷问："憨子，你去干什么？""我看湖里一伙人在挖坑，埋死人，我也给你挖一个。""胡说！去，上那边凉快去！"

冬前冬后，冻破石头。穷人都偎牛棚去烤火，憨伙计也知道凉，往火堆跟前凑。钱大老爷看见了，喝住说："憨东西，你一天到晚偎火盆，会烤干的。寒冬腊月，冻死懒汉，你多干活不就行了？"憨伙计袖着手说："天寒地冻的哪有什么活？""围村转转，看看别人。"憨伙计围村转了一圈，回到家，找来了磨刀石，操起菜刀就磨起来。钱老爷吓慌了，心想这憨子要杀人嘛。夺过刀来问："你想干什么？"憨子说："杀牛。""你杀牛干什么？""我看人家杀呢！""该死，人家那是屠户，专门买牛杀肉卖的，咱正使的牛不能杀。"

"那我没有活干。"

"去，到屋里烤火去。"

大年初一，憨伙计也挤在穷伙计们一桌，喝了一气酒，觉得头晕脑涨。他找了个避风湾，躺在地上晒太阳。正晒得舒服，屁股上挨了两脚，一看，又是钱大老爷。"老爷，你又踢我干吗？"钱大老爷指着他说："这大年节，你也不去给太太、奶奶、姑娘、小姐、老爷、少爷去拜年，吃饱了像猪一样，在这里睡！"憨伙计说："我不会施礼。"钱大老爷说："无用的东西，磕头也不会吗？出去跟别人学去。"憨伙计去了，回到家，见了钱老爷"扑通"跪倒说："岳父大人在上，小婿给您拜年啦！"

讲述者： 张自和，60 岁，农民

采录者： 张敬东

采录时间： 1986 年

采录地点： 邳县铁富乡

附记

本篇选自《邳州民间故事传说》（江苏人民出版社，2015 年 3 月版）。

（五）师生与诗书故事

294

啰嗦先生

讲述者：魏本水，男，69岁，中专学历，睢宁县文联退休干部

采录者：张甫文，男，68岁，大专学历，睢宁县委宣传部退休干部

采录时间：2020年6月

采录地点：睢宁县岚山镇文化站

过去，俺庄有一个读书知古的人，说话写信都啰嗦。他在南乡教书，寄来家信常受父母责备，说他写信太啰嗦。

这次又写家信，恐怕父亲见怪，只得简略一些。信的内容是：

接读来训，洞悉一切。前次啰嗦，这次回禀不敢再啰嗦。儿再三思索，啰嗦不如不啰嗦，今后永不啰嗦也。东城门大桥，已经建好，行路人可不必绕路而过。绕路是费力的，父亲以后再来城，可不必绕路，也省力了，特禀。儿来时匆促，忘掉鞋子一双，在我家东屋里间床底磨盘上，有人带来更好，不然就交邮局寄来。寄来是要交邮费的，你老人家一贯勤俭节约，我看不如托人捎来，大人意下如何？

还有要事相禀：不要叫你儿媳、他嫂我的妻抹油涂粉门前站，惹得隔壁王二麻子起不良之心，千万千万。因时间紧迫不得闲写草头繁体"萬"字，只以简化万字的万而代之。父亲注意，代字与伐字不同，伐字多一撇耳。

295

七贤祠巧联

从前，有个私塾学堂，一个先生教七个学生，七个学生有六个聪明一个笨蛋。这一年老先生带七个学生赶考，七个学生全中了秀才，回来家贺喜三天，宾客满门。贺喜过后学生专请先生喝酒，酒席就摆在学屋里。先生说："这学屋就七个学生，中了七个秀才，就改为七贤祠吧。"学生都很高兴，齐声拍手叫好。七个学生为了助兴，一商议，又从街上找来两个妓女，留作端茶倒水，斟酒扫地。喝酒中师生都很高兴，有个学生说："俺爷几个得喝喜酒，不能喝闷酒，得作诗。先生你先作。"

先生说："好，你出题吧！"

学生指着两个妓女说："俺就以她们为题吧。"

先生问妓女："你们俩叫什么名字？"其中一个说："我叫大乔，她叫二乔。"

先生张嘴就想作诗。学生又说："先生别忙作，俺得加十个字在里。"

先生说："哪十个字？"

学生说："一二三四五六七八九十。"

先生说："好吧！"诗曰："一名大乔二小乔，三寸金莲四寸腰。赚上五六七包粉，扮得八九十分娇。"

学生拍手叫好。学生喝酒高兴，齐声要求说先生再来一首，还以这为题，得把十字翻过来倒数。先生说："好吧。"当即又作一诗："十九月亮八分明，七个秀才六个聪。五更四点三擂鼓，心想二乔一处通。"

讲述者： 吴允宝，男，70岁，高中学历，睢宁县庆安镇原文化站干部

采录者： 张甫文，男，68岁，大专学历，睢宁县委宣传部退休干部

采录时间： 2020年7月

采录地点： 睢宁县庆安镇大街

附记

此故事原由庆安小学时年73岁教师王以文讲述，后由庆安乡文化站站长吴允宝采集整理，并于1978年入编《睢宁县民间文学集成》。现在睢宁北部仍有传讲，吴允宝依然能够熟练讲述。（张甫文）

296

穷书生受辱攻书

从前有个穷书生，还在学堂读书，因父母双双体弱多病，不得不让他提早结了婚。新婚之夜，新娘嫌书生家境贫寒，冷眼相待，也不上床，只是独坐灯前。

穷书生在床上不见新娘上床，知道她对他有嫌弃，不觉忧闷而睡。一觉醒来，见新娘还坐在灯前，于是书生开口问道："夤夜深更鼓几多？"

新娘没有好气地回答："天快亮了。"

为了讨好新娘子，书生又道："我妻美貌赛嫦娥。"

新娘道："用不着你讨好。"

穷书生道："一人睡觉脚头冷。"

新娘道："你自己焐。"

穷书生道："赶快脱衣入红罗。"

新娘道："你想得倒美。"

穷书生受了辱，便发奋攻书。世上无难事，只怕有心人。每次考试他都名列前茅。过了两年，京城里开科大考，考生准备去赶考，穷书生的老师、同学都说他能考上。这些话被穷书生的老婆听到了，她心里害怕起来，后悔新婚之夜不该那样羞辱他；这次考生如若一举成名，一定会将自己抛弃的。她越想越害怕，越想越后悔，等穷书生一从学堂回来，她便开始讨好丈夫，泡了一杯糖茶，殷勤地端到书生面前，道："十指尖尖捧玉杯。"

穷书生知道妻子开始讨好自己，也没有好气地回答："不渴。"

妻子仍笑脸相迎，道："郎君赶考几时回？"

穷书生道："不知道。"

妻子道："闲花野草少招惹。"

穷书生道："挡不着。"

妻子道："家中还有女娇娥。"

穷书生道："你算什么？"

妻子道："我算知错就改，孝敬好二老，让你安心赶考！"

后来，穷书生终于如愿，金榜题名，在京城为官。念其妻子用计逼他攻书和耐心孝敬二老双亲，穷书生始终没有放弃原配。

讲述者： 张来芝，男，58岁，初小学历，官山镇黄圩村农民

采录者： 张甫文，男，68岁，大专学历，睢宁县委宣传部退休干部

采录时间： 2020年8月

采录地点： 睢宁县官山镇文化站

附记

此故事流传于睢宁县官山镇一带。中华人民共和国成立前，由官山镇陈青春的祖父讲述，后由陈青春传讲给张来芝、洪浩等人。20世纪80年代由张来芝采编整理，编入《睢宁县民间文学集成》。目前，官山、黄圩一带百姓大多都能讲述此故事梗概，能熟练讲述者约20人，多是60岁以上老人。2006年相继编入《中国民间故事全书》《睢宁故事》《江苏省非物质文化遗产普查·睢宁县资料汇编》等书。（张甫文）

297

师生巧『对』

从前，俺庄有个较为严肃的私塾先生，带着一班弟子们在背读经文。这时有个学生不够专心，伸头向窗外张望，老先生发现后怪生气的。原来这个学生叫赵胆，经常不守规矩；但是他大胆好问，无论背书、写字、作文章在班中都是第一。

老师高声嚷道："大胆的赵胆，不好好读书，可知戒规？"赵胆赶紧答道："学生知错，下次不敢。"

这是三月里的天气，窗外春草碧绿，春意盎然；学屋正对着大路，又恰逢集日，来往行人好不热闹。老师唯恐学生分散精力，严肃地对赵胆说道："你多次违反学规，今天我出几个对联，如答不出，你就休要再进此校门！"堂内顿时寂静无声，其他学生都为赵胆担心。老师望着行人说道："青黄不接，无钱难买东西。"

赵胆不慌不忙地答道："红白交加，醉后不知南北。""嗤嗤——"，学生有的笑出了声，老师又气又恼。想到几天前，他曾喝得烂醉如泥，这个脸是又红又白了。正当想此难堪之时，忽然被一只猫的叫声解了围，一只大花猫蹲在茅屋上正向这里望着呢。老师又道："猫蹲茅屋，风吹毛动猫不动。"

学生们呵呵地吸着气，都把眼光对着赵胆。"狐饮湖水，浪打湖湿狐不湿。"赵胆慢慢腾腾地对了出来。

老师又说："枸杞树上狗骑树。"

学生道："鸡冠花下鸡观花。"

老师又道："泰山石稀烂挺硬。"

学生道："黄河水滚开冰凉。"

结果自然可知，据说这个叫赵胆的学生后来成了秀才。

讲述者： 刘荣第，男，86 岁，大学学历，睢宁县委宣传部退休干部

采录者： 张甫文，男，68 岁，大专学历，睢宁县委宣传部退休干部

采录时间： 2020 年 9 月

采录地点： 睢宁县城实小办公室

附记

此故事于 1987 年由李集镇西圩村高中生农民赵四鹏采集整理，后入编《睢宁县民间文学集成》，现在李集镇仍有传讲。（张甫文）

298

写春联

从前，有个守财奴姓王，家有万贯，很是富足。儿子到了读书的年龄，王财主请了个教书先生来他家教他的儿子读书。头一年到了年底，王财主把儿子叫到跟前问道："儿呀，可学会读书写字了？要学会了，为爹的就把先生辞了，你要知道这一年得好多的钱粮给他，还要给他吃喝。"财主的儿子一听得意地回答道："爹，你把先生辞了吧。识字太容易了，天天就是读那几篇文章，大概他肚子里已经没有什么东西可教我的了。"

财主一听很是高兴，就把先生辞了。过了几天，到了春节，王财主家往年都是请人写春联，今年用不着了，自己的儿子识了字，一定会写春联。王财主对儿子讲："今年你把春联写上。"财主的儿子听后很高兴，立即到学堂研了墨，铺开纸，提起笔来就写。"天增岁月——"，写到这儿财主儿子一想，写春联得写吉利话，把吉利话都揽到自家来，岂不讨爹妈欢喜？于是他将上联改成："天增岁月妈增寿。"写到下联的时候，自然写了："春满乾坤爹满门。"写完后得意洋洋。

到了春节这天，王财主命家人到学堂里拿了春联贴到大门上。王财主自己不识字，他却要听听别人对他儿子的夸耀。到了大门口，已围了好多人，正指指点点。王财主好不得意地对众人说："怎么样，这春联乃犬子所书，字词皆佳吧？"王财主高兴得竟也咬文嚼字起来，众人一听哄笑而去。王财主一见觉得事情不对，忙叫家人把对联读给他听。家人读道："天增岁月妈增寿。"王财主一听高兴了，连叫："好，好，这么多年，哪有像我儿子写这么好的春联。再读下一联。"家人又读道："春满乾坤爹满门。"王财主一听，气得七窍生烟，几乎昏了过去。

讲述者： 姚健，男，64 岁，大学学历，原《徐州日报》驻睢宁县记者站干部

采录者： 张甫文，男，68 岁，大专学历，睢宁县委宣传部退休干部

采录时间： 2020 年 7 月

采录地点： 睢宁县城

异文：春满乾坤绿满门

从前，俺庄上有个王姓土财主，家财万贯，就是没读过书，不识字。儿子到了读书的年龄，王财主请了个教书先生来家教他的儿子读书。

到了年底，王财主把儿子叫到跟前问道："儿呀，可学会读书写字了？要学会了，为爹的就把先生辞了。你要知道这一年得好多的钱粮给他，还要给他吃喝。"财主的儿子一听，得意地回答道："爹，你把先生辞了吧，识字太容易了，天天就是读那几篇文章，大概他肚子里已经没有什么东西可教我的了。"财主一听很是高兴，就把先生辞了。过了几天，到了春节。王财主家往年都是请人写春联，今年用不着了，自己的儿子识了字，一定会写春联。王财主对儿子讲："把春联写上。"财主的儿子听后，到学屋研了墨，铺开纸，提起笔就写："天增岁月——"写到这儿财主儿子一想，写春联得写吉利话，把吉利话都揽到自家来，岂不讨爹妈欢喜？于是他将上联改成："天增岁月妈增寿。"写到下联的时候，自然写了："春满乾坤爹满

门。”写完后得意洋洋。

到了春节这天，王财主命家人到学屋里拿了春联贴到大门上。王财主自己不识字，他却要听听别人对他儿子的夸耀，于是到了大门口，见已围了好多人，正指指点点，王财主好不得意，对众人说：“怎么样，这春联乃犬子所书，字词皆佳吧？”王财主高兴得竟也咬文嚼字起来。众人一听哄笑而去。王财主觉得事情不对，忙叫家人把对联读给他听。家人读道：“天增岁月妈增寿。”王财主一听高兴了！连叫：“好，好，这么多年，哪有像我儿子写得这么好的春联的！再读下一联。”家人又读道：“春满乾坤爹满门。”王财主一听，气得七窍生烟，连说：“他还不如写绿满门哩！”

讲述者： 李文金，男，84岁，大专学历，睢宁县文联退休干部

采录者： 张甫文，男，68岁，大专学历，睢宁县委宣传部退休干部

采录时间： 2020年7月

采录地点： 睢宁县文联

附记

此故事于1987年由李文金讲述，黄圩乡文化站干部张来芝（46岁，高中学历）记录整理，编入《睢宁县民间文学集成》；2005年李文金、张甫文再次调查整理，编入《中国民间故事全书·江苏·睢宁卷》。（张甫文）

299

状元的师父

时值大比之年，京中开科考选，读书人纷纷赴京应试。俺睢宁的知名书生张礼拜别父母，打点行囊也赴京应试，一路上风餐露宿。一日，来到京城高家店住下。

转眼到了开考的前一天晚上，张礼虽然自觉满腹经纶，仍不免有点慌乱，夜深了还伏案苦读。恍惚间，觉得自己进入考场，接试卷一看，题目是：“苦中乐，乐中苦，贱中贵，贵中贱。”连看数遍，越看越糊涂，不知如何答对，直急得抓耳挠腮。真是“书到用时方恨少”啊，心想前程完了，十分伤心，不觉哭出声来。正巧，店姐玉香给住客送茶来了，见张礼满头虚汗，嘤嘤啼哭，知是做梦魇住[1]了，忙上前叫醒他：“公子醒来……”张礼惊醒，方知是梦，仍不免叹了一口气。

“请问公子方才梦中为何哭泣，莫不是想家不成？”

“哪里话咪，既来应试，岂有想家之理。”

“那究竟为了什么？”

“说了又有何用？”

[1] 魇住：困住。

“说不定我能帮你想个办法，也未可知啊！”

“大姐一定要问？”

“问问何妨？”

“哎！学生梦中进了考场，那题目太怪了，五经四书上是没有的，不知如何应付，心急就伤心落泪了。”

“什么题目？”

“题目是：苦中乐，乐中苦，贱中贵，贵中贱。你说多难啊！”

“哎哟，我说是什么天大的难事喽，原来不过就这几句话吗？叫我去考，非捞个头名状元不可！”

“哦，这么说大姐你会喽？”

“易如反掌！”

张礼一听喜从天降，忙鞠躬施礼：“请大姐赐教！”

“嗯！真是个书呆子，世上哪有这样的事呀？”

张礼一见店姐不愿说，忙跪在蒲团：“小生拜店姐为师总该可以了吧！”

店姐忙把张礼扶起落座，张礼又把题目说了一遍。玉香道：“灵棚底下吹鼓乐。”

“有道理，这是‘苦中乐’。那‘乐中苦’呢？”

“新娘轿中哭老母，可谓‘乐中苦’。”

“好！这‘贱中贵’呢？”

“秦淮歌女嫁状元。”

“嗷，还是真的，那‘贵中贱’呢？”

“更容易，‘赶考举子跪蒲团’，你刚才不跪在蒲团上求我指教吗？你是赶考举子为贵人，俺开店的是贫贱之人，贵跪贱，委屈了你，贵中有贱呀！”把个张礼说得眉开眼笑，羞得面红耳赤。

天明进了考场，卷子一发下来，可把张礼喜坏了，试题真是：“苦中乐，乐中苦，贱中贵，贵中贱。”他提笔润墨，不加思索，一口气写成交了头卷，而满场考生都是愁眉苦脸抓耳挠腮，全国南七北六十三省八百名举子，交白卷的七百五十张。张礼名列第一，御笔亲点头名状元。

第二天早朝，万岁宣新科状元上朝面试，看看他的文采。原来是万岁一夜做梦到了一个去处，见墙上写道“苦中乐，乐中苦，贱中贵，贵中贱”的字样，百思不得其解，醒后早朝时问太傅，文武大臣都对答不出，所以万岁就叫用这四句话做题目，考考全国举人。只有张礼考得最好。万岁惊异，见他年纪不大却一鸣惊人，一定有高人指点，问他是怎么回事，张礼只好如实说了。万岁一听龙颜大喜，天下有此奇才，实乃我朝洪福，当即封店姐玉香为状元夫人，赐凤冠霞帔择吉日完婚。张礼只得谢主隆恩，派人去客店接“师傅”完婚。

讲述者： 李文金，男，84 岁，大专学历，副研究馆员，睢宁县文联退休干部

采录者： 张甫文，男，68 岁，大专学历，睢宁县委宣传部退休干部

采录时间： 2020 年 7 月

采录地点： 睢宁县城

附记

此故事原由黄圩乡李魏村时年 48 岁的小学教师徐玉华讲述，1987 年由县文联主席李文金采录整理，入编《睢宁县民间文学集成》，后在全县各镇传播广泛，熟练讲述者有多人。（张甫文）

300

七岁孩子难倒县太爷

从前，某知县下乡巡察民情，路过一座小桥，被一个七岁男童拦住不让过桥。衙役喝斥之声传到知县耳中，知县掀开轿帘，令其衙役将孩童唤至轿前，问其情况。孩童说："你是一县的父母官，我出对子你对对看。对上来请过桥，对不上来请绕道走。"知县想，小小孩娃，能出什么对子，这有何难？便说："小娃娃你出上联吧。"孩童望了望桥门处有几个小石子，知道县官是一个贪玩娱乐之人，于是便说："踢开磊桥三块石。"知县想了半天也没答对出，只好令衙役轿夫绕桥而行。

知县回府后，茶不思，饭不想。县官夫人看在眼里，疼在心里，问其情由，方知被一孩子出对子难住了。夫人问："老爷，那孩子出的什么对子？"知县说："踢去磊桥三块石。"夫人笑道："这还不好对吗？你不能说'剪开出字两座山'吗？"知县一听，连说："妙、妙、妙！"一夜不提。第二天一早，便叫衙役和轿夫再往那座桥去。孩童多远就望见知县来了，站在桥中。知县的轿刚到桥中，未等孩童说话，便掀开轿帘说："娃娃你听，'剪开出字两座山'是吗？"孩童笑笑说："老爷，这对子不是你对的，是你夫人对的。"知县一听，非常愕然："小娃娃你太无礼了，怎知是我夫人对的呢？"孩童不紧不慢地说："'剪开出字两座山'这'剪子'是妇女用的，所以我就猜这对子是你夫人对的。"知县一听，弄得哑口无言，面红耳赤，喝声："打轿回府！"

讲述者：袁雅杰，男，86岁，中专学历，睢宁县高作镇文化站退休干部，从事基层群众文化工作多年，喜爱民间文学资料搜集整理，有文学作品发表。2005年被江苏省民间文艺家协会吸收为会员

采录者：张甫文，男，68岁，大专学历，睢宁县委宣传部退休干部

采录时间：2020年6月15日

采录地点：睢宁县高作镇文化站

附记

此故事在睢宁县东部高作镇及刘圩一带的百姓经常传讲，目前能熟练讲述者多在高作镇，约30人。此故事先后收入《中国民间故事全书》《高作镇志》《江苏省非物质文化遗产普查·睢宁县资料汇编》等书。（张甫文）

301

母子对诗

一位老妈妈年迈多病，靠在外挣钱的独生儿子养老。儿子虽然有钱，但不愿养老，数月不往家里汇款。老妈妈无奈，三番五次去信。一日她收到了儿子的回信，上写小诗一首：

“我的爹，我的妈，各人挣钱各人花。儿子不欠妈的账，跟我要钱为了啥？”

老妈妈看了信，心中难过。儿子没有母子情，说什么不欠娘的账。十月怀胎，一朝分娩；儿子是娘身上掉下来的肉，是吃娘奶长大的，怎么能不欠娘的账呢？一气之下给儿子回诗一首：

“欠账还账理当然，哪个欠账哪个还。十个月‘房钱’我不要，一滴奶水十个钱。”

儿子看了娘的诗，半天无言。

讲述者： 王汝民，男，42 岁，初中学历，丰县赵庄前小楼村人，环卫工人

采录者： 张念柱，男，68 岁，本科学历，丰县赵庄镇张老家村人，退休教师

采录时间： 1999 年 2 月

采录地点： 丰县赵庄前小楼村

附记

《母子对诗》故事在 20 世纪 70 年代由丰县赵庄乡邓庄村人邓汉光（59 岁，工人，初中学历）讲述，邓贞兰采录。1987 年入编《丰县民间文学三套集成》。（齐运喜）

302

女店东巧对字谜

徐州有一女店东，二十多岁，不光人漂亮，还识文解字、才学不凡，是位出名的才女。

有三位举子，自以为有些才气，特意来会会这位女店东，想戏弄她一番。

一天傍晚，女店东见来了三位客人，便热情招呼："客人，你们住店？"三位举子一笑说："住店。"

女店东问："带何宝货？"大举子说："一掰就开，东倒西歪。"女店东说："纸扇呀？""对，对。"

"请问客人家乡居住？"

"新婚之夜。"大举子大大咧咧地说。

女店东一听，哟，他真的给我玩起谜来了！好，我就给他对吧。说道："你是开封（缝）的？"大举子点点头说："正是，正是。"女店东又问他："你贵姓？"他轻蔑地一笑说："问我姓氏吗？士字头，豆子腰，右边戮你三小刀。"女店东"噢"了一声说："你姓彭啊！"大举子又点点头。

女店东又问二举子的家乡居住和姓氏。他摇头晃脑地说："我家住河南麻布衫。我的姓是：说千不是千，八字在下边；底下一女子，小鬼把她缠。"女店东不慌不忙地说："客人家住河南夏邑（衣），姓魏啊？"二举子一惊，连说："不错，不错。"

女店东问三举子。三举子回答说："我家住王八吃食，我姓卯金刀。"女店东一笑道："你是归德（龟得）的，你姓刘？"三举子也连连称"是"。

女店东对三位客人并没计较，又问他们要不要起伙，吃点什么。三位客人回答："吃面条。"

女店东拿起擀面杖要走，大举子忙问："店东贵姓啊？"女店东淡淡一笑，把擀面杖往土锅灶旁一竖，来了个哑谜。三个举子目瞪口呆。

这一夜，三个举子翻来覆去，怎么也想不出女店东的姓来。

锅台旁竖一擀面杖，到底是个什么字呢？黎明，彭举子突然高兴地说："我想起来了！锅灶是土的，擀面杖是木的，土旁加木不'杜'字吗？"魏、刘二举子连连称赞。若是三个举子对不过一女子，怎么能出得店门？对上来了，也算遮半个脸了。清早起了床，三人便去见女店东。

"店东，您姓杜，对不对？"

"对，对，你们仨真聪明。"

彭举子高兴得哈哈大笑："你过奖了，俺仨围着你的杜（肚）字（子）翻来覆去地折腾了一整夜。"魏、刘两个举子也连连说对。女店东一听，他们是故意戏弄人，便回击说："那是你们饿了。也怪我奶水少，让你们吃苦了。"三个举子被弄得面红耳赤，半天无词。

讲述者： 陈际遇，男，65岁，丰县赵庄人，退休教师

采录者： 张念杜，男，68岁，本科学历，丰县赵庄陈集村人，退休教师

采录时间： 2019年2月

采录地点： 丰县赵庄陈集村

303

彭元法对诗

丰县西关有个叫彭元法的，到济宁办事，和两个“青皮”碰到一起喝酒。

两个光棍提出作诗打对，诗里头一定要带上“府、叔、武、苦”这几个字。作好了白吃，作不出的当“冤大头”。

一个光棍作的是：“山东有个济南府，济南府有个秦二叔。想当初瓦岗寨上耍双锏，你看他威武不威武？到后来为朋友两肋插刀，你看他受得苦不苦？”对上啦！

另一个接着说道：“山西有个蒲州府，蒲州府有个关二叔。想当初过五关斩六将，你看他威武不威武？到后来黄夜之间走麦城，你看他死得苦不苦？”嗨，人家也对上啦！

彭元法一看，嗨，仨人过了俩，自己咋办？两个古人都叫他俩比去了。有了，我来个鲜点的。诗曰：“江苏有个徐州府，徐州府有您彭二叔。我自己摁着您俩揍，你看我威武不威武？”

俩光棍一听，嘿，骂人啊，一人抓一个胳膊就要打。彭元法接上啦：“您俩抓着我一个人打，你看我受得苦不苦？”

嗨！叫他趁机对上啦。

讲述者：王培东，73 岁，丰县赵庄李集村人，农民
采录者：李昌东，59 岁，丰县赵庄李集村人，教师
采录时间：2011 年 2 月
采录地点：丰县赵庄李集村

304

师生对『对子』

有个教书先生，和他的一个学生外出游玩，来到一座山下，见一片大豆长得很好，饱满的豆角儿叫风一吹，相互碰撞。先生即景生情，想出一副对子的上联："豆角和豆角斗角。"要学生对下联。

学生一时想不出来，只顾低头思索，不小心踩动一块石头，又碰了另一块石头。学生很高兴："老师，下联有了。'石头与石头碰头'。"老师听了，满意地点了点头。

讲述者： 王悦悦，女，40 岁，丰县张土城幼儿园幼儿教师

采录者： 张念柱，男，68 岁，本科学历，丰县赵庄镇张老家村人，退休教师

采录时间： 2020 年 6 月

采录地点： 丰县县城

附记

此故事原由丰县首羡北村 76 岁农民王朋讲述，后传给王悦悦讲述。（齐运喜）

305

老两口与小两口对诗

梁老汉费尽千辛万苦，给儿子盖起了明三暗五的新瓦房。儿子成家立业，并喜得贵子；而梁老汉老两口却住在儿子窗前的茅草庵里，看着猪羊下窝，不由阵阵心酸。

堂屋里传来了儿子和儿媳引逗孩子的笑声。儿子说："我的小宝贝，真可爱……"媳妇说："千两金，万只宝，换不了俺的白胖小（儿）。"梁老汉和老伴站起身一看，小两口争着抱孩子、喂孩子。又听儿子高兴地说："咱以孩子为题，赛赛诗吧？"媳妇说："行，你先作吧！""好，你听着——

抱起咱的白胖小（儿），哪个不如我儿好。
儿子本是亲骨肉，长大定能养咱老。"

媳妇笑道："我也来一首——

白胖小子长得强，长大定做状元郎。
咱把儿子喂养大，儿居高官孝爹娘。"

小两口抱着孩子作诗打对，嘻嘻哈哈。梁老汉和老伴面对不孝的儿子和儿媳妇，早就气饱了。老两口一咕唧，老汉大声说："咱也作诗，以儿为题！"老伴说："行。"老汉说道：

"隔窗望见儿抱孙，我儿只知他儿亲。
单等他儿成人后，他儿饿断我儿筋！"

老伴听了连连称赞道："不错，不错，你也听我作一首——

隔窗望见儿喂儿，想起当年喂我儿。
儿不养老我不怕，就怕孙子再学他。"

老汉哈哈大笑："好，好！"
顿时，堂屋里失去了小两口的笑声。

讲述者：	王汝银，男，35岁，赵庄镇三轮车厂工人
采录者：	张念柱，男，68岁，本科学历，丰县赵庄镇张老家村人，退休教师
采录时间：	2001年6月
采录地点：	丰县赵庄镇李楼村

附记

《老两口与小两口对诗》故事在20世纪70年代由丰县首羡镇教办渠时耀讲述，邓贞兰采录。1987年入编《丰县民间文学三套集成》。（齐运喜）

306

小妮作诗难新郎

从前，丰邑城内一富豪，他有两个聪明伶俐、偏爱诗书的女儿——大妮和小妮。大妮嫁给了徐州府上一官员，小妮嫁给了当地一县令。

小妮和县令结婚的当天晚上，小妮作了一首从一到十的数字诗，并让县令作出从十至一的倒数字诗，才能进入洞房。小妮的诗曰：

“一个大妮二小妮，三分容貌四分姣。
五颜六色调七彩，难画八九十分描。”

县令拿到这首诗作了大难，带着六个护卫站在新房门外，苦思冥想也作不出来。眨眼大半夜过去，身边的六个护卫早已入睡，县令急得抓耳挠腮。抬头看看月亮，那天刚好是十九，突然来了灵感：

“十九月亮八成圆，七人已有六人眠。
五更四点鸡三唱，二妮出题一夜难。”

小妮看到诗句很满意，忙开门迎接新郎进入洞房，共享花烛夜之喜。

讲述者：　于圣连，72 岁，大专学历，退休干部
采录者：　卜凡柯，78 岁，大专学历，退休干部
采录时间：　2020 年 11 月 15 日
采录地点：　丰县文化馆
流传地：　丰县，多在文化人及中学生之间流传

307

单足跳龙门

从前有个学生，长得奇丑，满脸麻子，一只眼，手拄双拐，一条腿；就是学习出众，才华过人。进廷开科名列前茅，因长相太丑，不予录用。

丑生找考官质问："是选贤才，还是别的？"考官打量了一下丑生，郑重地说："你能用一首诗，概括你的全貌，我就录用。"丑生随口道："满天星斗现（麻子），明月只一轮（一只眼）。两手扶玉柱，单足跳龙门。"考官听了，连连点头。

讲述者： 王志爱，男，80 岁，文盲，丰县首羡镇农民

采录者： 卜凡柯，男，78 岁，大专学历，丰县文化局退休干部

采录时间： 1987 年 5 月 10 月

采录地点： 丰县首羡镇

308

仨女婿对诗四题

一

一财主有三个女婿，大女婿是举人，二女婿是秀才，三女婿是个种地的。一天，三个女婿前来为岳父祝寿。财主说："我这辈子喜欢作诗答对，三位门婿每人作诗一首，作上来的入席，作不上来的看着。"三女婿一听，心想："这老东西看不起我这个种地的，这不是故意撵我吗？"大女婿、二女婿听了，高兴地说："如此甚好，请岳父大人出题。"财主说："第一句要有'圆又圆'，第二句要有'少半边'，第三句要有'乱糟糟'，第四句要有'静悄悄'。"大女婿当仁不让，说道："十五月亮圆又圆，初七初八少半边。满天星星乱糟糟，乌云一遮静悄悄。"财主夸道："好诗，好诗！"二女婿接着说："一块月饼圆又圆，用刀一切少半边。引得老鼠乱糟糟，花猫一来静悄悄。"财主称赞道："不错，不错！三门婿，该你啦。"三女婿心想，你不想叫我入席，我就咒死你全家。说道："岳父大人，这样的诗，我也会作。你听——岳父岳母圆又圆，死了一个少半边。全家哭得乱糟糟，一旦死完静悄悄。"

二

有个财主，所生三个闺女，分别嫁给了举人、秀才、农民。这天，财主六十大寿，三个女婿都来庆寿。开席前，财主说："今天是老夫的寿诞之日，难得三位贤婿前来祝贺。大厅之内，哑酒难吃，为了助兴，你们三人作诗答对。作上来的，在此饮酒；作不上来的，必须离席。"三女婿一听，心想，老东西这招厉害，我一个白丁怎会作诗答对，这不是故意叫我难看吗？举人、秀才忙说："岳父大人所言极是，请出题吧！"他们俩也想让老三出丑。财主说："第一句要有'独立独站'，第二句要有'实在好看'，第三句要有'成群'，第四句要有'冲散'。"

举人张口便来："岳父家的粮囤独立独站，满囤的黄豆实在好看，引得老鼠成群，倒被狸猫冲散。"财主说："好！不愧是举人，出口成章。"秀才不甘落后，立马吟出："岳父家院里的石榴树独立独站，开的红花实在好看，引得蜜蜂成群，倒被小鸟冲散。"财主说："好！扣题，不愧是秀才。三女婿，该你啦。"三女婿哪会作诗，急得抓耳挠腮。财主说："半天啦，快作呀！"忽然，三女婿看到丈母娘领着三个闺女在内门听作诗，说道："有啦，您听——丈母娘独立独站，点胭脂搽粉实在好看，引得光棍成群，倒被岳父冲散。"财主听了，气得直翻白眼。

三

过去，有个黄员外，有三个闺女。大闺女嫁了个富家子弟，二闺女嫁了个黉门秀才，三女嫁了个庄稼汉。黄员外嫌贫爱富，瞧不起庄稼人。三女婿去拜年，员外请大女婿、二女婿作陪。到坐席的时候，本来该三女婿坐上首，因为他是新客。可是老员外偏偏叫三女婿坐在席口里。庄稼人有些不高兴。老员外为了让三女婿出丑，故意说："我一生爱好诗文，你们兄弟三人各作一首诗让我听听。"大女婿、二女婿听了很高兴，因为他们识文解字。三女婿心里明白，知道员外特意让他丢人。他想了想说："好吧，从老大那里先作吧！"

大女婿看了看，院中有几棵石榴树，随口说道："石榴树一站，照影一大片，结的石榴好吃，开花好看，引得麻雀成群，黄鹰来到冲散。"老员外连说："好，好。"二女婿看了员外屋中的几个麦囤说道："麦囤一站，照影一大片，麦子蒸馍好吃，磨面好看，引得老鼠成群，狸猫来到冲散。"老员外又说："妙，妙。"把头一扭对庄稼人说道："三女婿，该你的啦！"三女婿心想，你叫我出丑，我也叫你不得好受。他看了老丈母娘一眼，随口说道："老丈母娘一站，照影一大片，妈妈好吃，走动好看，引得光棍成群，老丈人来到冲散。"员外一听，气得浑身颤抖，一头栽倒地上。

四

有一财主，三个女婿分别是举人、秀才、唱大鼓的。一天，三个女婿前来为岳父拜寿。财主看不起唱大鼓的三女婿，想撵他走，生了个点子，说："你们三人作诗，每人一首，作上来的入席，作不上来的回家。"三女婿一听，心想："这老东西没安好心，这不是故意撵我吗？狗眼看人低，别忘了，我是个唱大鼓的，一会就叫你知道我的厉害。"大女婿、二女婿忙说："作诗可以活跃气氛，就请岳父大人出题吧！"

财主说："诗的四句话里，分别要有'天上飞的''地上跑的''桌上放的''门后头藏的'才行，少了就是跑题。"大女婿说："我先来——天上飞的是凤凰，地上跑的是群羊。桌上放的是文章，门后头藏的小梅香。"二女婿说："我接着——天上飞的是斑鸠，地上跑的是牤牛。桌上放的是春秋，门后头藏的小丫头。"三女婿说："该我啦——天上飞的是鸟枪，地上跑的是野狼。桌上放的一把火，门后头藏的放牛郎。"财主一听，生气地说道："鸟枪会飞吗？"三女婿说："岳父大人，别生气，下面还有来——天上飞的是鸟枪，打你的斑鸠和凤凰。地上跑的是野狼，吃你的牤牛和群羊。桌上放的一把火，烧你的春秋和文章。门后头藏的放牛郎，娶你的丫头和梅香。"

讲述者： 黄启光，男，64 岁，初中学历，徐州丰县大鼓艺人

采录者： 于圣连，男，72 岁，大专学历，丰县农业局退休干部

采录时间： 2020 年 10 月 21 日

采录地点： 丰县文化馆

流传地： 丰县

309

兄弟四人作诗

有一天，陶家四兄弟正在一块儿锄地，就见西北起了大风，乌云黑得像鏊子底样，打西北滚了过来，眼看要下大雨。兄弟四人好作诗，大陶开口说道："西北黑洞洞。"二陶接着说道："天要刮大风。"三陶就说："刮风就下雨。"四陶接道："下雨就别晴。"说话不及，真的滴点啦，兄弟四人扛起锄头就朝家跑。跑到大门口一看，他爹正掂着扫帚扫粪堆。大陶又说啦："门前有个老老老。"二陶接道："掂着扫帚只管扫。"三陶说："扫得怪干净。"四陶最后说："要不干净他还扫？"老头一听来气啦："不喊爹罢喽，张嘴叫我老老老，真不孝顺。我得告你们这几个王八羔子。"第二天，他真的到县官那里告了一状。

县官叫衙役把兄弟四人带到大堂，惊堂木一拍，喝道："你们大胆，见了亲爹不喊爹，反叫老老老。把不孝奴才拉下去，各打四十。"大陶忙说："老爷，甭打，甭打。俺不是不孝顺老人，俺是在作诗，为了顺口才叫老老老的。"县官最好听诗，一听说兄弟四人会作诗，当即就命四人以堂前一棵杏树为题作一首诗。

大陶说："堂前有棵杏。"二陶说："青枝绿叶根儿

正。”三陶说：“小杏熟了黄又甜。”四陶说：“小杏不熟青又硬。”县官一听，连说：“好诗，好诗。”一指老头：“你个老混账，不该阻拦儿子习文作诗。”说着就命衙役把老头拉下堂去打了四十大板。老头被打得腿断血流，不能走啦。县官就命兄弟四人用车子推着回家。

走到半路里，老头疼得直嚎，大骂儿子不是人。大陶的诗兴又来啦，张口说道：“告咱没告下。”二陶说：“挨了四十下。”三陶说：“打得也怪疼。”四陶说：“不疼他不骂。”老头听了，差点气破了肚皮。

讲述者： 李文华，男，56岁，高小学历，丰县赵庄镇农民

采录者： 于圣连，男，72岁，大专学历，丰县农业局退休干部

采录时间： 2020年6月

采录地点： 丰县赵庄镇

310

清河桥二则

一

一河上有座“清和桥”，河两岸风景如画。放眼望去，远处绿树丛中茅庵草舍，错落有致，炊烟习习；近处翠柳夹堤，碧草如茵，牧童横笛；俯视桥下，流水潺潺，微波荡漾，鱼翔浅底。

这天，一位秀才偕同一位高僧走上桥头。一位村姑坐在水边青石上，把脚伸进河水里，一边唱歌一边洗衣，清脆的歌声在河两岸回响。

秀才与和尚见村姑楚楚动人，便动了坏心思，想戏弄村姑。秀才对和尚说：“我们用‘清和桥’中有无偏旁读音相同的字来作诗，并且要与村姑有关，好不好？”

和尚点头答应。秀才让和尚先来。

和尚也不谦让，就选“清”字作诗：“有‘水’本念‘清’，无‘水’还念‘青’。去掉‘清’边‘水’，加‘米’便念‘精’。精明伶俐真可爱，爱她胸前两大块。”

秀才就选了“和”字来和诗：“有‘口’也念‘和’，无‘口’还念‘禾’，撤去‘和’边‘口’，加‘斗’又念

‘科’。科举高中真可爱，我爱姑娘两只奶。”

二人作罢，自鸣得意，相视一笑。正要走下桥去，却被村姑挡在桥上。姑娘落落大方，莞尔一笑：“二位请留步，我用‘桥’字唱和一首可好？”

秀才与和尚异口同声：“姑娘也会作诗？理当领教。”

姑娘也不多说，朗声诵道：“有‘木’本念‘桥’，无‘木’也念‘乔’。拆去‘桥’边‘木’，加‘女’便念‘娇’。娇小玲珑一姑娘，两只乳房有用场。一只奶秀才，一只奶和尚。”

二

和尚和书生游玩来到清和桥，见桥下河边一洗衣少妇长得很漂亮，想调戏她，占个便宜。

和尚说：“小桥流水，美妇洗衣，此乃良辰美景，何不吟诗唱和，以助游兴。”书生说：“师傅所言，正合我意。请师傅先来。”

和尚说：“此乃清和桥，我就以清字为题，作诗一首——有水也是清，无水也是青。去掉清边水，加争便是静。妇人恬静人人爱，我身边带个装经袋。我随佛爷去，修个真身来。”

书生说：“我就以和字为题，作诗一首——有口也念和，无口也念禾。去掉和边口，加火便为秋。妇人秋波人人爱，我身边带个纸笔袋。文章写得好，考个状元来。”

二人沾沾自喜，正要下桥，桥下洗衣女子说道：“二位慢走，桥名三个字，你们用了两个，还剩一个‘桥’字。我就以它为题也作诗一首，如何？”二人吃惊道：“你一农家女子，也会作诗？”女子说：“会不会一听便知——有木也念桥，无木也念乔。去掉桥边木，加女便为娇。娇娇滴滴人人爱，我身上带个子孙袋。我随丈夫去，生下两个儿男来。一个做和尚，一个当秀才。”

讲述者： 卜凡柯，男，78岁，大专学历，丰县文化局退休干部

采录者： 于圣连，男，72岁，大专学历，丰县农业局退休干部

采录时间： 2020年10月8日

采录地点： 丰县文化馆

流传地： 丰县

311

赞马

讲述者： 黄启光，男，64 岁，初中学历，大鼓艺人
采录者： 于圣连，男，72 岁，大专学历，退休干部
采录时间： 2020 年 10 月 21 日
采录地点： 丰县文化馆

清末，丰县有一老翁喂养一匹好马，有一天忽然失踪。几天后宝马又自动跑回家来，还带来一匹膘肥体壮、全身乌赤的高头大马，酷似当年关云长的赤兔胭脂马。老翁高兴，于是择良辰吉日，大摆宴席庆贺。三位女婿闻讯前来，老翁对他们说：“我得了宝马，请三位贤婿即席赋诗为我助兴。主题是称赞马跑得快，但不能出现‘快’字。”

大女婿首先吟道：“水上丢银针，骑马上天津。马去马又回，银针尚未沉。”大家交口称赞。

二女婿接着和唱：“火上烧鹅毛，乘马去上饶。骑去又骑来，鹅毛还没焦。”人人拍手叫绝。

轮到三女婿，他一时想不出合适的比喻，急得满头大汗，坐立不安。岳母见状不由笑出声来。她自觉取笑女婿有失身份，就连忙以手掩口，谁知顾此失彼，又放了一个响屁。

三女婿立即有了灵感，遂朗声吟诵：“岳母扑哧一个屁，岳父跨马去无锡。马到又回来，屁门尚未闭。”

众人听了面面相觑，哭笑不得。

附记

这则故事源于丰县大鼓艺人黄启光讲述，后经于圣连记录整理，在《笑林广记》（北京：光明日报出版社，1993 年版）收录，又经历代传讲，在丰县民间流传甚广。

312

秀才与棺材二题

一

从前有一农夫有一块小田，秀才有一块大田，农夫的田刚好又在秀才田的中间。秀才总是想占有农夫的小田。于是，他找到农夫，要和农夫对诗，并说道："谁作的诗好，这田就归谁。"农夫表示同意并让秀才先作。

秀才说："小田也是田，大田也是田。小田夹在大田里，只见大田，不见小田。"

农夫说："秀才也是才，棺材也是材。秀才躲在棺材里，只见棺材，不见秀才。"

二

从前有个秀才，见一人挑着一个大筐一个小筐从前面走过，为了卖弄自己的才学，于是吟诗一首："大筐是筐，小筐也是筐。小筐装在大筐里，两筐合一筐。"那人听了以后也对了一首："秀才是才，棺材也是材。秀才装在棺材里，两才合一才。"

讲述者： 孙清恩，男，79岁，高中学历，退休干部
采录者： 卜凡柯，男，78岁，大专学历，退休干部
采录时间： 2020年10月16日
采录地点： 丰县文化馆

313

穷秀才娶妻

有个秀才，混打瓦啦，穿得破皮烂蛋[1]，糊弄巴结将就够吃的。不用说，媳妇是混不上喽——娶谁家去？

有个教书的穷先生，家里有个妹妹，长得又秃又麻脸，脚丫子还大。二十八啦嫁不出去，咋办？反正不能养在家里眼看着熬成老嬷嬷。教书的穷先生愁得不行。一合计，哎，推给那个穷秀才吧。虽说穷，也是个秀才，名声不孬。好歹推给他，匀他半碗糊涂喝算啦。

教书先生就去找穷秀才。一提，秀才喜得屁溜的，忙问："令妹容貌如何？"教书先生不吱声，提笔写了个帖子。

过去写文章，不加标点符号。那个帖子是这样写的：乌黑的头发无有麻子脚不大长。

教书先生把帖子递给秀才，秀才念道："乌黑的头发，无有麻子，脚不大长。"咦！行，小大姐[2]长得不孬。那过去又不兴对象登记，穷秀才觉着怪合适，当下许亲啦。

过了几天，穷秀才东挪西借，好不容易凑了几个钱，欢欢喜喜娶亲啦。娶来一看，我的个亲爹味！这个婆妈满脸大麻子，头上一根毛也没有，大脚板子足有一尺二长！

穷秀才可气坏喽，就去找教书先生要"退货"。教书先生把眼一瞪："你敢！当初咱俩白纸黑字，写得清楚，有帖子为证。你个龟孙敢悔亲，咱与你打官司去！"穷秀才当场拿出那个帖子，教书先生说："你看看，'乌黑的头发无，有麻子；脚不大，长。'这不是早都写清楚了吗？"

讲述者： 王氏，女，82 岁，文盲，沛县农民
采录者： 朱迅翎，男，70 岁，大专学历，沛县文化局退休干部
采录时间： 2020 年 4 月
采录地点： 沛县文化馆

附记

此故事 20 世纪 80 年代曾选入《沛县民间文学集成》，2007 年由朱迅翎进一步采录整理，编入《中国民间故事全书·江苏·沛县卷》。故事在沛城一带流传广泛。（张甫文）

[1] 破皮烂蛋：指破衣烂衫。
[2] 小大姐：未婚姑娘。

314

三句半先生

从前，有个三句半先生，不管碰到什么事，总是摇头晃脑地作一通“三句半”。一天，他游逛到县城，这里正逢大旱，老百姓见不到雨，个个焦急万分。县官就在城北搭了神棚，为老百姓求雨。可是一连两个来月，仍不见雨点，县太爷也实在无法。三句半先生来到这里，就写了一首三句半，贴在神棚上。上写道：“县官搭神棚，求雨过清明。半夜起来看，天晴。”县官说：“哪来的大胆刁民，竟敢留诗笑话我堂堂七品县令？来人，给我四处捉拿！”

衙役们四处查访，一连几天都无音信。这天，张千、李万两衙役走了多半天，查不出下落也没劲啦，正在一家茶摊前歇脚，谁知三句半先生也在这里。茶摊对面有条小河，河边上有一个年轻妇女正在洗衣裳。三句半先生诗兴大发，随口说：“隔河望娇娘，容颜非平常。金莲三寸短，横量。”张千、李万一听，好家伙，找的就是你！二人上前，用铁链子把三句半先生锁住，拉起来就走。

不一会，到了县衙。张千、李万把三句半先生带到堂前。县官一看这位三句半先生，阴阳脸，蛤蟆嘴，十分好笑。县太爷说：“你要能立时给我作一首三句半，我就不揍你。”三句半先生顺口说道：“庭院有口井，麻绳系木桶。若是麻绳断，扑通。”堂上堂下的人都哈哈大笑。县太爷点了点头，提笔判道：“死罪免去，活罪难饶。充军发配汴梁。”三句半先生家无亲人，父母双亡。充军的那天，他舅来送他。爷俩见面抱头大哭，哭着哭着他就说开啦：“充军到汴梁，见舅如见娘。对面双流泪，三行。”为啥三行呢？原来他舅是个独眼，另一只眼瞎啦。

讲述者：赵氏，女，89岁，文盲，沛县鹿楼镇农民

采录者：朱迅翎，男，70岁，大专学历，沛县文化局退休干部

采录时间：2020年4月

采录地点：沛县鹿楼镇

附记

此故事原载2007年出版的《中国民间故事全书·江苏·沛县卷》。

315

穷人的虱子和富人的虱子

从前人身上都爱长虱子。穷人也好，富人也罢，虱子都藏在他们的贴身衣服里。就连皇帝身上都有几个玉虱子。

有一天，穷人的虱子和富人的虱子相遇了，它们聊起天来。

穷人的虱子羡慕地说："哥们儿，你跟着富人多有福，能吃饱饭。富人身上油大，你过得一定很滋润吧。"

没想到富人的虱子直摇头，连连说，"别提了！富人穿的绫罗缎，一天都换七八遍。别说喝他鳖血了，就连影也捞不见。兄弟，还是你跟穷人好啊！"

可穷人的虱子苦处更多，它对富人的虱子说："老哥，别说了：穷人穿的稀巴烂，一天都逮七八遍。逮不着，用牙咬；咬不死，用火燎。别说喝点穷血了，连个小命也难保。"

穷人的虱子说完，两眼已饿得发黑，赶忙又钻进它主人的贴心破棉袄里去了。

讲述者： 陈巧云，女，69 岁，初中学历，沛县自来水公司退休工人

采录者： 张雅，女，52 岁，大专学历，沛县自来水公司工会主席

采录时间： 2020 年 4 月

采录地点： 沛县自来水公司

流传地： 原沛县沛城镇一带

316

住店的作诗

从前，有个客店，住了不少下店[1]的。挨黑的时候，老天爷下大雪啦，铺天盖地的。住店的人多，三教九流，啥人没有？其中有个秀才，一见下雪，诗兴大发，作诗啦：“瑞雪纷纷落地。”

住店的有个地主老财，托皇上的福，过得很富，最会舔结皇上啦。接口作诗说：“全仗皇家福气！”

住店的还有个大商人，贩粮食的，买了几十囤粮食存着，光盼着颗粒不收，天下挨饿，他好卖高价，发大财。忙凑过来说：“再下三年何妨？”

住店的还有个要饭的花郎，拖着棍抱着瓢，要一口吃一口。心想大雪封门咋着挨门要饭，一听说还要大雪再下三年，恼啦，把个打狗棍一举，骂道：“放你娘的狗屁！”

讲述者： 燕金伟，男，初中学历，沛县朱寨乡农民

采录者： 刘天，女，高中学历，朱寨乡故事创作者

［1］ 下店：即住店。

采录时间： 1987 年 4 月 20 日

采录地点： 沛县朱寨乡政府

附记

此故事来源于朱寨乡的一家祖上三代传承。采录者刘天自幼爱听故事、传讲故事，全家人祖孙三代都是故事家，不但传讲故事，还收藏部分本地精华故事编辑成书，广为流传。（朱迅翎）

317

唱数来宝要饭的

有个唱数来宝要饭的，手里拉个打狗棍，肩上背个烂口袋，踢里踏拉来到一家门上，呱嗒板子一打，唱开伙啦：

“这二年，我没来，恭喜东家发大财。

吃冰糖，喝香油，又盖瓦屋又盖楼。

骡马成群拴一片，公鸡打鸣还下蛋。

满堂子孙念诗篇，将来必定居高官。

您吃不完，用不完，要饭的能要您几个钱？

俺唱得妙，说得好，一个馍馍跑不了……”

堂屋里坐着老头老太两公婆，支棱着耳朵听，恣得不得了。一听唱数来宝的要馍馍，老嬷嬷利麻[1]拿出个油盐窝窝，想了想，嫌多，有点舍不得，才说要掰下一块来，就听唱数来宝的接下去唱：

“一个馍馍不能掰，心眼小了使不得。”

老嬷嬷一狠心，不掰就不掰，给他个整的！才说要送去，老头听热啦，伸手拽住老嬷嬷：“你慌的啥？让他再给咱唱几句，我听着怪舒坦哩！”

唱数来宝的站在门口唱了半天，也没见个人影出来送馍馍。恼啦！牙一咬，脚一跺，眼一立愣[2]，唱着骂开伙啦：

“葛针树上挂醋瓶，这户人家不是熊。

黑槐树上落老鸹，您居家老少都死啦。”

[1] 利麻：方言，立即，马上。

[2] 立愣：即眼睛一瞪。

讲述者： 梅法坤，男，72岁，高中学历，沛县文化馆退休干部

采录者： 朱迅翎，男，70岁，大专学历，沛县文化局退休干部

采录时间： 2019年7月

采录地点： 沛县朱寨镇梅村

附记

此故事来源于梅氏家族传承，流传区域广泛。讲述者梅法坤自幼喜爱听故事、讲故事，20世纪70年代在大队宣传队中就担任曲艺小戏编剧，在沛县很有名气。2007年此故事由朱迅翎进一步调查整理，入编《中国民间故事全书·江苏·沛县卷》（朱迅翎）

318

名师出高徒

明朝沛县四堡乡有个私塾先生，他比人家别致：学生初入塾馆，他开始不按课本教，先教学生学会第一句话："学而不思则罔，思而不学则殆。"学生不懂，他也不讲，就说："你们跟我学要动脑子思考。"学会这一句，接着再按课本讲。二年学会《百家姓》《三字经》《千字文》上下孟、上下论。老师独出心裁，就画画叫学生辨字说话。第一天他画了三幅：一幅是一个男人的妻子在漆树下采漆；第二幅画是一个大兵在冰上吃冰；第三幅画是一个人喝酒，锡壶掉在西湖里，看着锡壶叹气。先生说："看谁能动脑子在点一支香的工夫说出画的意思来？"学馆内三十五人鸦雀无声，唯有一个姓解名元、年纪仅有十岁的小孩，只在这半支香的工夫就站起来说：

"第一幅是：妻在漆下妻采漆，漆得妻手漆黑。

第二幅是：兵卧冰上兵吃冰，冰得兵心冰冷。

第三幅是：惜乎锡壶落西湖。"

先生连声说："你理解了我的画意，解得好。今后你一定能实现你的名字中的'解元'（乡试第一）。"

解元听了先生的话，上进心更强了。第二天，先生说："我破个谜，打一个字虎你们猜。"谜语是："猫头猫脸猫爪爪，就是没有猫尾巴。"别的学生都照别的东西去猜，找不到谜底。唯有解元，又一口说出："那是个秃尾巴猫。"该轮到猜字虎了，先生又说："六十不足，八十有余。"先生刚说完，解元抢着答："是个太平的'平'字。"先生和第一天一样，连说："你理解了我的谜底，很快地把字虎猜出，今后你能成为大学士。"解元听了心喜。放学回家，正赶下雨，街上很滑。他人小，走着走着，打了个趔趄，滑了个嘴啃泥，街上的人都哈哈大笑。他摔得个急劲，双眼瞅着笑他的人群大声说："春雨贵似油，下得满街流。滑倒解学士，笑煞一群牛。"众人听了小孩这么大的口气，不敢再笑，跑去把他扶起。后来他果真中了解元，被封为翰林院大学士。这位先生教的班后来最低录为秀才，都夸奖"名师出高徒"。

讲述者：沈氏，女，86 岁，沛县胡寨镇大闸村农民

采录者：张雅，女，56 岁，大专学历，沛县自来水公司工会主席

采录时间：2020 年 4 月

采录地点：沛县胡寨镇文化站

附记

此故事在沛县流传广泛，世代相传。20 世纪 80 年代由湖西乡大闸村沈沛讲述，后由沈元周讲述并整理入编《沛县民间文学集成》。2007 年由朱迅翎又作进一步调查整理，入编《中国民间故事全书·江苏·沛县卷》。（张甫文）

319

厕所对联

民国时期，贾汪隶属铜山县。当时有一个县长，以“倡导文明，改良风化”为名，在贾汪城里新建了五座漂亮的公共厕所。新厕建成时，县长还要逐个剪彩；不但要鸣锣放炮，还要在每座厕所两边贴上大红对联。

按说县府都是耍笔杆儿的文人，写几副对子不是啥难事儿；可一听说是为茅厕写对子，一个个摇头叹息，表示不能胜任。县长又许下重赏，可还是无人响应。

县府的郭秘书见县长为了难，想到他一个在县中学当校长的朋友郑明之是高才，善写对联，便向县长主动推荐。

晚上，郭秘书提了瓶好酒和一包猪头肉来到县中学，找到他那朋友，两人边喝边聊。当郑校长得知郭秘书的来意后，脸色陡变：“郭老弟，写几副对子本不是啥难事儿，可从没听过有为茅厕写对子的。这要是传了出去，还不让人笑掉大牙？不行，恕愚兄不能从命。”

郭秘书急了，连忙拉住郑校长恳求说：“郑兄，小弟在县府当差，此事对县长大人许了保票。若是郑兄不肯帮忙，恐怕小弟的差事就悬乎了。”

郑校长推不掉了，说：“罢，罢，为了你我友情，愚兄就豁出去了。”

郑校长一晚上没睡觉，苦思冥想熬到天亮，终于写好了五副从来都没写过的对联：

从来日夜不闭户；
过往未见人拾遗。

进门须鞠躬；
过路先捂鼻。

既来想得大解脱（大便）；
进站定有小便宜（小便）。

进来时个个紧张；
出去后人人从容。

来人不蹲就站，
去者非男即女。

郭秘书不负县长重望，将对联送到县长手里。县长看后大加赞赏，连夸郑校长是个人才。

讲述者： 权江，男，80岁，大专学历，贾汪区公司退休干部
采录者： 韩圣师，男，58岁，大专学历，贾汪中等专业学校教师
采录时间： 2020年6月
采录地点： 贾汪区中等专业学校

（六）呆女婿与憨儿子故事

320

憨子学话

古时候，有老两口子，跟前只有一个憨儿子。憨儿子十八九岁了，还说不上来个话。因为他不会说话，说妥了的媳妇死活要跟他退婚。

一天晚饭后，爹爹对憨子说："儿啊，你太憨了，谁也舍不得把闺女嫁给你，唉……"憨子说："她们不嫁给我，我还不要呢！爹啊，你要是能给我二十两银子，我管保把那个媳妇娶回来！"爹爹说："就给你二十两银子吧，你出外走一走。一来见见世面，二来也学学说话。"爹爹就把二十两银子交给了憨子。

第二天，憨子就揣着银子外出了。走呀走呀，太阳要落山了，他来到一片小树林，只听林中鸟儿"唧唧喳喳"叫个不停；这时，突然飞来一只老鹰，林中的鸟叫就顿时停止了。恰好，有两位老农此刻也路过这里，看到这种情景便议论起来。憨子便三步并作两步地赶到他俩面前，说："大叔，你们刚才说些什么呀？告诉我，我给你们五两银子！"一个老农说："我说的是'一鸟入林，百鸟哑音'！"憨子学会了，就给了他们五两银子。

又往前走了不远，憨子来到了一座独木桥前。一个砍柴的挑着满满一担柴，站在桥头不敢迈步，还叹息了一声道："唉，双桥好走，独木难行！"憨子听见了，又赶上去说道："砍柴大爷，你说的什么？对我说了，我给你五两银子！"于是，砍柴的又教会了憨子说那句话。

天黑了，憨子找个地方住了一夜。这一天，他走到一个村庄，见一个放羊的牧童正拍手叫道："老母羊钻栅栏，进退两难！"原来是一只老母羊被卡在了栅栏缝中，被夹得进退不得。于是，憨子连忙走上前，又买下了这句话。

交过了银子，憨子边叨咕着学来的三句话，边继续往前走。忽听一阵吵架的声音传到他的耳朵里，憨子急急忙忙赶上前去。只听一个人气愤地说："我们别磨嘴皮子了，有话到大堂上去说吧！"两个吵架的人一直向前走去，憨子也不顾人家正烦，赶忙问那个人说了什么话，并花钱学会了。

银子花完了，憨子回了家。第二天，憨子听说丈人家请人喝酒，就打扮一新，去了丈人家里。开席的时候，憨子也走进了席棚。正在说笑的亲朋见是憨子进来了，都大眼望小眼地停止了说笑。憨子随口说道："一鸟入林，百鸟哑音！"大家听了，都感到惊奇。入了座，佣人只给憨子一根筷子，想试探他憨到什么程度。憨子接过那根筷子，敲了敲碗沿，叹了声道："双桥好走，独木难行！"众人一听都呆了，谁还会疑心他是个憨子呢？

吃过了酒饭，憨子就去找丈人和丈母。丈人和丈母正在拌嘴呢！憨子对他们说："还是把你们的女儿嫁给我吧！"丈人说："以前都是你岳母头发长见识短，才要退了婚事；如今我问她，她正不知怎么回答好呢！"憨子听了，气愤地说："真是老母羊钻栅栏，进退两难！"岳母听了，脸一阵子红，一阵子白。憨子见他们还不肯表态，跺了跺脚道："我们别磨嘴皮子了，有话到大堂上去说吧！"

岳父岳母一听要上大堂，吃了一惊，慌忙一人伸出一只手，拦住了憨子，说："俺的好女婿咪，别走！别走！我们答应把女儿嫁给你好啦！"

讲述者：　李夫成，56 岁，初小学历，农民
采录者：　杨光正
采录时间：　1981 年
采录地点：　邳县官湖乡

附记

本篇选自《邳州民间故事传说》（江苏人民出版社，2015 年 3 月版）。

321

兄弟俩

从前，有两位同胞兄弟，弟弟是个憨子。父母早先去世了，兄弟俩好歹糊弄长成了人。老大经村里人撮合，说了个妻子。他的妻子说："你看你的弟弟又憨又脏，尽坐搁家里吃闲饭，还不如把他分搁一边算了。"老大一想也是，于是就答应下来。

第二天，老大就说话了："憨子，咱们分家吧？""俺早就想分了。""那你要些什么呢？"憨子说："一只大公鸡，一只大狸猫，一张犁，一间屋子，还有东湖十八亩茅草荒，其余都归你。"老大的老婆眉开眼笑地对老大说："你看憨子真憨，要这些东西有什么用？"

这天早晨，憨子带着狸猫、公鸡，拖着犁去耕茅草荒。恰好正赶上逢大集，路上人来人往，有买有卖的。

一个拉着满车米面的人看见憨子用狸猫和大公鸡耕地，感到好奇，停下来问憨子："你这公鸡和狸猫能耕地吗？"憨子应声答道："能！"那人不信，说道："如果你打一鞭子，狸猫和公鸡能围着犁转三圈，俺这米面都给你。"

憨子说："怕你说话不算数！"那人说："男子汉大丈夫说话算数。"于是，憨子就朝着狸猫和公鸡的上方抽了

一鞭，只见狸猫和公鸡真围着犁连转了三圈。这人傻了眼，可是没有办法，只好让憨子把米面拉走了。

老大的老婆看憨子全吃好东西，便红了眼，起了嫉妒心。她对老大说："憨子不知搁哪偷了东西，不定会惹出事来的。"老大想：憨子哪来这么多好吃东西呢？得去问问他。憨子说："俺苦[1]的，又不是偷的。"把前前后后的事说了一遍。

老大把此事告诉妻子，妻子又红了眼，心想：要把狸猫和公鸡借来用一用，不也能得到许多米面吗？于是她叫老大去向憨子借狸猫和公鸡。

老大来到憨子家问憨子："你的公鸡和狸猫借给我用一下好吗？"憨子说："行。"老大也选了一个逢大集的日子，拖着犁去耕地了。恰巧也遇着一个拉着一车米面的人，像老二说的那人一样，他又与老大打起赌来。当老大拿起鞭子向狸猫和公鸡头顶抽了三下后，狸猫和公鸡没动，又抽一鞭，还是没动。老大急了，用鞭子接二连三地抽打，结果狸猫和公鸡都被老大抽死了。那人嘲笑着拉着车走了。

老大气得七窍生烟，他把狸猫和公鸡埋墒沟里，就扛着犁回家了。憨子向他要狸猫和公鸡，老大没好气地说："被我打死了。"憨子说："你把俺的狸猫和公鸡打死了，俺今后可怎么挣饭吃啊？那它们埋在哪儿？"老大说："搁墒沟里了。"憨子就把狸猫和公鸡尸体重新挖了坑埋上，在上面插了几根腊条子。

过了一些天，憨子看见坟上长了许多腊条子。他把这些腊条子割回家，编了一只筐，搁了些粮食，放在屋顶上说："东来燕，西来燕，吃俺一粒粮，下上一个蛋。"一会儿，四面八方飞来很多燕子，吃一粒粮下一个蛋，一眨眼工夫，筐里粮食变成一筐蛋了。憨子高兴地端回家，大吃二喝。

老大的妻子看到憨子大吃二喝，又让老大去问憨子。憨子把猫、鸡死后的事说了一遍。老大的老婆又红了眼，叫丈夫把筐子借来使使。于是老大来问憨子借筐子使，憨子说："要使你就拿去使吧。"

老大把筐子拿来后，也撒些米粒在筐里，放在屋顶上说："东来燕，西来燕，吃我一粒米，下上一个蛋。"也飞来许多燕子，但是它们吃过米粒却拉了一些屎，不一会儿就拉了一筐屎。老大很生气，就把筐放在锅底烧了。

憨子向他要筐子，老大说："烧了！"憨子就去锅底掏，掏半天也没掏到，掏到许多黄豆粒来。他把黄豆烧了出来，味道香喷喷的，就取名"喷喷香"，拿到街上去卖。很多姑娘听说喷喷香，都争着买，一会儿就卖完了。有些姑娘还嘱咐他回家多做些来卖。憨子高兴地用卖到的钱买菜买米。

老大的妻子看到后又红了眼，告诉她的丈夫。老大也有点眼红，就去问憨子："你整天吃喝，哪里来的钱？莫非是偷的？"憨子把事情的经过说了一遍，老大只好慢慢地退了出去。

老大回家以后，把憨子苦钱的事告诉了妻子。妻子说："你不能也烧黄豆去卖吗？"于是两口子也做去卖了。那些姑娘还以为是喷喷香都争着买，可是买到手后一闻，臭极了，都骂老大，打老大，顿时老大被打得不能动了，到了晚上，好歹赖糊糊地爬到家。老婆看他这个样子，吓了一跳："你怎么成了这个样子啦？"老大强忍着痛说："这不全是你的臭主意吗？"

讲述者： 任严玲，43岁，文盲，农民

采录者： 任大兵，17岁，初三学生

采录时间： 1987年10月10日

采录地点： 新沂市高流镇佃北村

附记

本篇选自《中国民间故事全书·江苏·新沂卷》(知识产权出版社，2007年6月版)。

[1] 苦：方言，即挣、赚的意思。

322

拜寿

从前，有个县长名叫张太皇。他有三个女婿，老大在京城做府官，老二在县城当警察局局长，就数小三职位低，任管理厕所所长。

这年正逢张太皇六十六岁大寿。老大坐轿子，老二黄包车，小三家最穷骑着小毛驴，都来给老岳父拜寿。三人到了府衙门，落座客屋吃饭拉呱。厨房里煎煎炒炒、烹烹燎燎，不多一时菜上齐了。张太皇说："你们今天都是来给我拜寿的，为了找点乐趣，大家作诗答对、热热闹闹，对上诗的得酒得菜，对不上诗的就去喝洗脸水。"大女婿说"行"，二女婿说"管"，就数小三不高兴，心想我一天学屋门未进，会作什么诗呢？可在众人面前也不能装孬种，也说："岳父大人你就先出题吧。"

老头说："先以天上飞的、地上走的、客屋放的、小姐使的为题。"老大不假思索地说："天上飞的是凤凰，地上走的是绵羊，四书纲鉴客屋放，小姐使的小春香。"

老二诗曰："天上飞的是大雁，地上走的是老犍；四书五经客屋放，小姐使的是小丫鬟。"

小三心想，我今天非骂你个婊子养的不可！诗曰："天上飞的是鸟枪。"老头立忙纠正说："鸟枪怎么飞？"小三说："我不能往天上撂吗？"老头说："就算你对，再作吧！"小三说："地上走的是老虎。"老头说："你三姐夫唻，这也不压韵呀！"小三说："你再听：客屋放的火炉子，小姐使的男子汉。"老头说："你三姐夫，你这也算诗吗？"小三说："你别躁，这是诗的骨架，再添上肉就成诗啦！你听：'天上飞的是鸟枪，枪打你大雁和凤凰；地上走的是老虎，吃你老犍带绵羊，客屋放的火炉子，烧你四书纲鉴好文章；小姐使的是男子汉，拐你个丫鬟小春香。'"老头心想，你这个孬种孩子是来骂俺的，可也不能说不是诗呀！又说："我再出一题，这题的后半截是一个颜色两个样的，一个字是两个字配成的。"

老大说："行！"老二说："中！"小三说："你们行我也管！"老大说："一色两味水和酒，一个吕字两个口；不知哪口喝的水，不知哪口喝的酒。"老二说："一色两样锡和铅，一个出字两个山；不知哪山出产锡，不知哪山出产铅。"小三说："一色两样霜和雪，一个朋字两个月；不知哪月下是霜，不知哪月下是雪。"老头说："你三姐夫还怪来劲唻！那我再出一道：我马棚里有三匹马，谁能形容马跑得快，谁就得酒得菜。"老大说诗曰："岳父脚蹬马鞍桥，客屋里面烧鸡毛；跑去回来三千里，客屋鸡毛还未着。"老头说："真快！得酒得菜。"老二说："岳父打马上西川，客屋水盆放巴砖；跑去回来四千里，巴砖还在水上边。"老头说："更快，你三姐夫该你的啦！"小三心想他们一个比一个快，我真还快不出来。浑身出汗。正在着急之时，忽然见到老岳母娘儿个从到堂楼上下来了，就听大闺女说："你看俺那口子。"二闺女说："你看俺那一口子。"就是三女儿没法夸口，就按妈妈晃，老妈妈被晃急了就说："这个老不死的，喝酒就喝酒呗，作什么倒头诗呀！我去看看。"老妈妈穿堂越院来到客屋门前，谁知走得太快，到门口放个屁。小三灵机一动计上心来，说诗曰："岳父出门马上骑，岳母客屋放个屁。马跑来回五千里，岳母肛门还吼吼。"

讲述者：刘一鸣，男，75岁，中师学历，睢宁县姚集镇退休教师

采录者：张甫文，男，68岁，大专学历，睢宁县委宣传部退休干部

采录时间：2020年5月

采录地点：睢宁县文化馆

附记

此故事在“文化大革命”之前流传在睢宁西北部原张圩、姚集一带，后流传全县各地，多为茶余饭后笑谈。（张甫文）

323

一色两样

从前，俺那朱庄上有个大地主，他一生没有儿子，只有三个女儿。大女婿出身富豪，能吟诵几句骚词；二女婿是官宦世家，能哼出几句酸腔；唯有三女婿是个庄稼汉。老财主巴结大女婿，高抬二女婿，就是看不起三女婿。

老财主过六十六岁大寿，三个女婿都来了。席间，老财主想出出三女婿的洋相，就出了馊主意：“今天喝酒高兴，大家作诗饮酒。每作诗一首，就得酒一杯；若作不上来诗的，就舔盘子。”众人一齐说好！

老财主说：“作诗的题目我来出，就叫‘一色两样’吧！大家可以这四字去发挥。”大女婿听了，摇头摆尾地说：“一色两样霜和雪，一个朋字两个月；不知哪一月下霜，哪一月下雪。”众人齐声道好，大女婿得酒得菜。

接着，二女婿迅速站起酸腔酸调地说：“一色两样水和酒，一个吕字两个口；不知哪一口出水，哪一口出酒。”众人又一次拍手喝彩，二女婿得酒得菜。

这时，众人都说：“三姑爷，看你的了。”只见三女婿眉头一皱，抬手指了指岳父大人说：“一色两样你和你哥，一个炎字两个火；不知哪一火出你，哪一火出你哥。”满

堂亲朋哈哈大笑，笑得老财主钻地无门。

讲述者： 李文金，男，84 岁，大专学历，副研究馆员，睢宁县文联退休干部

采录者： 张甫文，男，68 岁，大专学历，睢宁县委宣传部退休干部

采录时间： 2020 年 7 月

采录地点： 睢宁县文化局

附记

此故事原由睢宁县东部沙集乡朱庄村时年 43 岁的郑昀武讲述，朱群采录；后于 1987 年由县文联李文金进一步调查整理，编入《睢宁县民间文学集成》。（张甫文）

324

憨子听妈话

憨子出去卖鸡蛋，回家时，钱没有拿人家的，连口袋也丢了。被他妈打骂一顿，要他出去把口袋找回来。

憨子出去找口袋，怎么也找不着。遇到一家送老殡的，大人小孩头上都戴着孝帽子，虽说小一点，却很像憨子丢的口袋。憨子一见，跑上去就抢。天下什么奇事都有，还有抢孝帽子的。送殡的将憨子一顿狠揍。憨子受了委屈，哭着回家来。他妈妈一见，问他哭什么的，他把事情一讲，又被他妈骂了一顿：“憨小子，人家死了人送殡，应该买上两张火纸到人家门口烧纸，然后再磕两个头，才能讨人家欢喜。你偏要抢人家孝帽子？”

憨子记住了他妈的话。过了几天，憨子出门游玩，正遇上一家人在娶媳妇。人的头上虽说没戴孝帽子，但吹吹打打的比上次那家送殡的还热闹。憨子一见想起了他妈教的话，跑到店里买了两张火纸，到人家门口烧起来。那家人一看，大喜事竟遇到个烧纸的，多么不吉利，办喜事家人气得一把扯倒憨子，狠狠揍了一顿。憨子哭着回家找他妈，他妈一听又骂他一顿：“人家在娶媳妇，遇上这种喜事，要买一挂鞭炮去放才能讨人家欢喜，还要给你吃给你

喝哩！”

憨子又记住了。一周后，憨子出门正遇上一家失火了，全庄大人小孩都提水来救火。憨子一看比上一次还热闹，头上也没有戴孝帽子，忙去买挂鞭炮来放。救火人一看，又把憨子揍了一顿。憨子又哭着回家找他妈，他妈听了骂道：“憨子，人家失火了，你应该端上水去救火才对啊！”

几天后，憨子又出门了。走到一家打铁匠铺门口，看人家正在打铁，炉膛里的火烧得正旺。憨子一看，这下不会错了，是失火的，连忙跑去端来一盆水用力往炉膛里一泼。烧得正旺的火被浇灭了，又被铁匠揍了一顿。憨子又哭着回来了，他妈听了又骂他一顿：“人家是在打铁，你应该去帮助人家擂起铁锤砸两下，才能受到人家欢迎。”

憨子记住了。第二天出门，正遇上两个人在打架。憨子一看，想起他妈讲的话，窜上去握紧拳头猛砸两个打架的，每人各挨两拳。两个打架的人一看，哪个地方来的憨小子，逮到揍！两个人不打了，窜上去把憨子揍一顿。憨子回到家里又找他妈，他妈说：“人家打架，你应该把他俩拉开，让他们和好，那才是件好事。”

憨子听了，下次出门正好遇上两头牛在顶仗。憨子忙去拉，正斗得眼红的两头牛一用劲，把憨子活活顶死了。

讲述者： 张来芝，男，58岁，汉族，初小学历，官山镇黄圩村农民

采录者： 张甫文，男，68岁，大专学历，睢宁县委宣传部退休干部

采录时间： 2020年7月

采录地点： 睢宁县官山镇文化站

附记

此故事流传于睢宁县西南部官山及黄圩一带。新中国成立前，由张金城父亲讲述，又由张金城传给张来芝、徐以太等人。至今在官山、黄圩一带仍为茶余饭后的笑料。目前在官山镇能熟练讲述者约有30人，大多为老年人。《睢宁县民间文学集成》《中国民间故事全书》《江苏省非物质文化遗产普查·睢宁县资料汇编》等均有收录。（张甫文）

异文一：憨子挨揍

有一个憨子，他娘叫他去搂豆叶[1]。他拿着筢子[2]到了地里，搂着搂着，看见一只野兔子从沟里跑出来，憨子赶紧撂下筢子去撵。兔子钻进了坟头上的窟窿里，憨子打腰里拿出来擦汗的白毛巾，盖在窟窿口上。兔子在洞里憋不住，猛地蹿出来，从憨子的胯下钻过去，顶着憨子的白毛巾跑了。憨子紧撵不放，不大一会，看不清兔子跑到哪去了。这时，“呜呜啊啊”地走过来一群出殡的，憨子就跟几个头戴孝帽的人问：“大哥，大嫂，您看见兔子顶白布了呗？”出殡的一听，这不是活骂人吗？不管三七二十一，拿着哀杖子[3]照着憨子乱打，打得憨子鼻青脸肿。憨子哭着回到家，憨子娘问：“憨子，哭啥唻？”憨子把前因后果原原本本说了一遍。憨子娘听罢，指着憨子嚷了起来：“你望你的憨样！你咋不说‘吊吊纸，吊吊纸’，再陪人家哭一会子？”憨子把这句话记住了。

又一天，憨子外出，在路上碰见了一家娶媳妇的。人家的花轿刚抬到家，憨子想起了娘教给他的话，就上前说：“吊吊纸，吊吊纸。”随后在花轿前哭起来。事主看他搅乱了喜气，喊来几个人劈头盖脸把他痛打一顿。憨子又哭着回了家，见了娘，把挨打的经过说了一遍。憨子娘说：“你应该说‘花花琉琉真好看，花花琉琉真好看’。”憨子记住了。

又一天，憨子看见有一户人家失火了，大火烧得轰轰响。他又蹦又跳，大声喊：“花花琉琉真好看，花花琉琉真好看！”救火的人别提多生气了，有的人搁下水挑子[4]就揍憨子。憨子娘见憨子又哭着回家来，问清原因，

[1] 搂豆叶：将豆子收割后把地里的豆叶用筢子聚拢起来。
[2] 筢子：搂柴草的工具，多用竹子制成。
[3] 哀杖子：哭丧棒。
[4] 水挑子：钩担和所挑水桶的合称。

就说："你应该说'浇浇水，浇浇水'，帮人家把火浇灭。"憨子记到了心里。

又一天，憨子来到一个铁匠铺。因为赶上连阴天，打铁的半天才把火引着，正要开张。憨子见旁边有一桶水，提起水桶浇到了刚着火的炉子上，还说着："浇浇水，浇浇水。"打铁的咋能不恼火呢？当场把憨子揍了一顿。憨子见到娘，又把事情说了一遍，憨子娘说："你应该说'帮帮锤，帮帮锤'。"

一次，两个打架的正打得不可开交，憨子上来说："帮帮锤，帮帮锤。"他给这个一个耳光，又给那个一皮锤。两个打架的停下来，转手都揍起了憨子。憨子回家跟娘一说，他娘教给他说："你真憨，你咋不跟人家说'拉拉架，拉拉架'？"

后来，憨子碰见两只牛正在抵架[1]。憨子慌紧说："拉拉架，拉拉架。"他走到牛中间去拉架，叫牛羝死了。

讲述者：高昌中，男，56岁，大学学历，原县史志办主任
采录者：卜凡柯，男，78岁，大专学历，退休干部
采录时间：2020年10月11日
采录地点：丰县文化馆

异文二：憨子贩白布

有个憨子贩白布，白布没卖完，剩了几尺。他就把白布缠在腰里，肩上扛条扁担往家走。

路上碰见个坟头，有个兔子钻进坟里头。憨子一看，坟头一头一个窟窿。他就把白布蒙住这头，在那头用扁担捣。一捣，蹦楞！兔子顶着块白布跑啦，憨子拿个扁担就在后面追。

路上碰见一群发丧出殡的。憨子就问："大哥，您看见个顶白布的兔子吗？"孝子一听："揍他个小舅子，他作践人！"憨子挨了一顿揍，哭啦！回到家跟媳妇一学，媳妇说："不揍你揍谁？你该说'烧个纸、烧个纸'。"憨子记住了。

这一回，碰见个抬花轿娶新媳妇的。憨子凑上去就说："烧个纸，烧个纸。"送轿的一听："揍他！甭让他跑喽！"憨子又挨了顿揍，哭啦！回家跟媳妇一学，媳妇说："哎，你该说'花花溜溜真好看'。"憨子记住了。

这一回，碰见个失火的。旁人都慌着救火，憨子拍着手说："花花溜溜真好看。"失火的一听："这个狗日的，他还唱恣腔哩，揍他！"憨子挨了一顿揍，回家对媳妇一说，媳妇说："你该去救救火！"憨子记住了。

这回碰见两个打铁的，摆治半天才把炉子弄着。憨子说："救救火，救救火！"端起一盆水把炉子泼灭了。打铁的可气毁啦，"乒乓扑哧扑哧"揍了他一顿。憨子回到家里一学，媳妇说："你该说'帮帮锤，帮帮锤'。"憨子记住了。

这一回，碰见一大一小两个犍牛抵架，抵得"嘭嘭"的。憨子把袖子一卷，站在两个犍牛当中，说："帮帮锤，帮帮锤！"两个犍牛"嘭腾"一声，把憨子抵个半死，血头血脸跑到家里。他媳妇说："俺的个亲爹咪，你咋净戳横祸？以后啥事也甭管啦！"

这回憨子坐在井边凉快，有个骡驹子掉井里了。后边跑来几个人，问："这位大哥，可见有匹骡驹子掉井里吗？"憨子说："甭问我，啥事我都不管了！"

骡驹子淹死了，那几个人气歪了脸，"嗷唠"一声，把憨子扛井里啦！

讲述者：梅法坤，男，小学学历，朱寨镇供销社退休职工
采录者：朱迅翎，男，70岁，大专学历，沛县文化局退休干部
采录时间：2020年4月3日
采录地点：沛县朱寨镇供销社

[1] 抵架：斗架。

325

憨子学话

张生、李生是仁兄弟。这天张生到李生家来，一敲门，听见里头念诗："听得门环响，知是客人来。"门"咣当"开了，李生的小孩迎出："噢，是仁叔，请——"

张生问："你爹在不在？""不在。他与南山老和尚下棋，天早则来，天晚与和尚同榻而眠。"

走到马棚前，一看一匹高头大马，膘肥体壮，张生说："这马恁[1]强！""小小牲畜，何足挂齿。"小孩说。

一进二门，只见楼房瓦舍，很齐整。张生随口说道："这屋盖得不错！"小孩接口说："这是父亲亲手所造，我可不知道。"

二人进了客厅，屋里挂着一张画。张生问："这是啥画？""唐朝古画。"

张生一看李生迟迟不回，便留下信条，约李生到他家去一趟。到家，张生直夸李家小孩精明。他的半憨儿一听说道："这有啥难？我也会。"

到了约定的这天，张生特意躲出去。半憨子做好了迎客准备。一看李生来到门前，他猛一下把门关上了，差点碰了李生的脸。李生气得打门，半憨子念了："听见门环响，知是客人来。"李生一听，哟，这小孩不瓤[2]。

李生迈步走到院里，问："你母亲在否？""去南山跟老和尚下棋，天早则来，天晚与和尚同榻而眠。"半憨子回答。

李生带气又问："你爹呢？"半憨子接上茬了："小小畜牲，何足挂齿！"你说把李生气得没法。二人过了二门，李生一看半憨子的小儿子还不错，便说："这小孩恁胖。"半憨子说："这是经我父亲亲手所造，我可不知道。"

李生一听，恼了："你这是什么话？""唐朝古画呀！"

讲述者：	于圣连，男，72岁，大专学历，退休干部
采录者：	卜凡柯，男，78岁，大专学历，退休干部
采录时间：	2020年9月28日
采录地点：	丰县文化馆
流传地：	丰县

[1] 恁：特别，很。

[2] 不瓤：方言，不错，即不差。

326

憨子认树

有一个憨子，结婚后，老丈人听说他有点憨，要到他家来亲自看看，到底是真憨还是假憨。

媳妇知道后，对憨子说："俺爹喜欢果木树，来到咱家一定问院子里的这些果木树。我现在教教你，你一定要记住，千万别说错了。"憨子说："你教吧，我一定不说错。"

媳妇指着一棵杏树说："他要问你，这棵是啥树？你就说是杏树，等结了杏，给您老人家送一篮子去，叫您尝尝鲜。记住啦？"憨子说："记住了。"

媳妇指着一棵桃树说："他要问你，这棵是啥树？你就说是桃树，等结了桃，给您老人家送一篮子去，祝您老人家长命百岁。记住啦？"憨子说："记住了。"

在一棵石榴树前，媳妇说："他要问你，这棵是啥树？你就说是石榴树，等结了石榴，给您老人家送两个最大的，既能摸着玩，还能吃个够。记住啦？"憨子说："记住了。"

媳妇又让憨子学说了几遍，才放下心来。

这天，老丈人来啦，让到客厅里吸烟、喝茶。老丈人说："咱到院子里转转吧！"憨子说："好，转转。"心想：想考考我，难不住我，我会说。

老丈人指着杏树问："这棵是啥树呀？"憨子说："这是杏树，等结了杏，给您老人家送一篮子去，叫您尝尝鲜。"老丈人听了，心想：这孩子不憨。

老丈人指着一棵桃树说："这棵是啥树？"憨子说："是桃树，等结了桃，给您老人家送一篮子去，祝您老人家长命百岁。"

老丈人连问两棵树，女婿答得都很好，心中骂道：哪个狗日的说俺的女婿是憨子？

老丈人正准备回屋，又看到一棵小槐树，随口问道："这棵是啥树？"憨子一听，傻眼啦，媳妇没教，他不知道，瞪着眼直看媳妇。这时，媳妇也着急，但又不能说，只好用手往怀里指，意思是"槐树"。憨子看到媳妇的动作，认为是门门[1]树，急忙答道："这是棵门门树，等结了门门，给您老人家送两个最大的，既能摸着玩，还能吃个够。"

讲述者： 黄启光，男，64岁，初中学历，大鼓艺人
采录者： 于圣连，男，72岁，大专学历，退休干部
采录时间： 2020年10月21日
采录地点： 丰县文化馆
流传地： 丰县，会讲此故事的人甚多

[1] 门门：方言，指乳房。

327

憨子相牛

有个憨子，跟着媳妇走娘家。媳妇说："最近，俺爹买了个小牛犊，成了他的心肝宝贝，到家他准叫你夸夸他的小牛犊。"憨子说："我咋夸？"媳妇说："你先抓着牛鼻子，掰开嘴，说'这牛还没长牙咪，好'！记住啦？""记住啦。"媳妇说："你再看看牛，然后说，'这牛脖子短，尾巴长，四条腿，粗又壮，将来准出好活'。记住啦？""记住啦。"媳妇又说："他要是叫你猜猜值多少钱，你先围着牛转三圈，然后抓着牛镯子，朝着牛腰里搋三捶，再说'不用猜，不用估，大钱至少两吊五'。记住啦？""记住啦。"媳妇又说："见了俺娘，你就说，您老人家四大白胖，一脸福相；心又灵，手又巧，准出好活。记住了吗？""记住啦。"

到了家，老丈人在院子里正给小牛刷毛呢。老丈人说："客，你来啦，你看看我买的小牛咋样？"憨子走上前去，抓着牛鼻子，掰开嘴，看了看，说："这牛还没长牙咪，好！"老丈人一听，心里高兴，心想，都说俺的客憨，听说话，不憨呀。憨子接着说："这头牛脖子短，尾巴长，四条腿，粗又壮，将来准出好活。"老丈人听了，心里高兴，脸上笑眯眯的，问道："客，你估估，这牛能值多少钱？"憨子围着牛转三圈，然后抓着牛镯子，朝着牛腰里搋了三捶，说："不用猜，不用估，大钱至少两吊五。"老丈人说："俺的客真有眼力，我就是花两吊五买的。"

这时，丈母娘走了过来，憨子说："婶子，您老人家四大白胖，一脸福相，心又灵，手又巧，准出好活。"丈母娘夸道："俺的客真会说话。"老丈人问："你猜猜，你婶子今年有多大？"憨子一听傻眼啦，媳妇没教，我咋知道？他便围着丈母娘转了三圈，上去抓住丈母娘的头发，然后往腰里搋了三捶，说："不用猜，不用估，大钱至少两吊五。"

讲述者： 黄启光，男，64 岁，初中学历，大鼓艺人
采录者： 于圣连，男，72 岁，大专学历，退休干部
采录时间： 2020 年 10 月 21 日
采录地点： 丰县文化馆
流传地： 丰县

328

歪打正着

一员外有三个闺女，大闺女嫁给了个举人，二闺女嫁给了个秀才，三闺女嫁给了个有点憨的白丁。

憨子随媳妇去给老丈人拜寿。走到一个凹坑旁，见坑底的地皮被晒得卷了起来，问道："媳妇，这是啥？"媳妇答道："这是天干风吹地皮卷。"憨子记住了。到了一个庄上，看到一家拆楼的，把两根竹竿并排斜放在墙上，将卸下来的瓦顺着竹竿滑下来，既省力又不烂瓦。憨子问："媳妇，这是啥？"媳妇答道："这叫高楼下拆。"憨子又记在心里。刚出庄，憨子看到一棵树上有两只鸟，脖子靠在一起说悄悄话。憨子问："媳妇，这是啥？"媳妇答道："这叫二鸟盘头。"憨子说："我记住了。"接着，又学会了"二狗吃屎不抬头"，"两只兔子被狗段[1]，累得老狗吩吩喘"。

客厅里，老丈人和大女婿二女婿说话，海阔天空，之乎者也；憨子插不上话，也没人理他。

开席啦，先上来一盘焦叶子[2]。焦叶子特别薄，边都卷了起来。老丈人问："这是什么？"举人、秀才故意不说，推给憨子说。憨子想起媳妇在坑边教的话，说道："这是天干风吹地皮卷。"三人一听，都愣了，没想到这家伙不光不憨，肚子里还有文墨。举人问："三弟，此话出自何书？"憨子说："高楼下拆（册）。"举人和秀才交头接耳小声说："兄弟，你读过高楼下册吗？""我连高楼上册还没读过呢！看来老三肚里的东西比咱多。"憨子见他们叽咕，说道："你们这叫二鸟盘头。"举人和秀才一听，便交换了一下眼神：别说啦，赶快吃吧。于是，二人埋头吃菜。憨子说："二狗吃屎不抬头。"举人和秀才一听憨子骂人，气得一拍桌子，走人！员外慌啦，忙着又是拉举人，又是拉秀才，结果，一个也没拉住，还累得吩吩地喘。憨子见状，说道："两只兔子被狗段，累得老狗吩吩喘。"

憨子所言，句句歪打正着。

讲述者： 黄启光，男，64岁，初中学历，大鼓艺人
采录者： 于圣连，男，72岁，大专学历，退休干部
采录时间： 2020年10月21日
采录地点： 丰县文化馆

附记

这则故事在丰县城南一带流传较广，在憨子学精系列故事中属于另类。在故事中，不仅憨子没有丢人，他学说的话，歪打正着，反而让看不起他的人出了丑。（于圣连）

[1] 狗段：追赶。

[2] 焦叶子：当地一种皮薄的食品。

329

憨子买话

财主有个憨儿。为了让他长长见识，就给了他几两银子，叫他外出见见世面，学精后再回来。

憨子到了山下，看到一股水从山上流下来，不知怎么回事，便向路人请教。路人觉得奇怪，没有答话。憨子给了他一两银子后，路人告诉他这是“山上大水发”。憨子记下了。到了村头，他看到一只狗热得伸着舌头，他用一两银子请教后，又记下：“恶狗舌耷拉。”

憨子进村后，又看到大树下一头老牛和一头小牛在嬉戏，便问牛的主人两头牛在干什么。牛主人说这叫“大牛欺小牛”。这时，一头猪来到两头牛身旁，老牛和小牛停止了嬉戏。他又问牛主人咋回事。牛主人说这是“母猪来劝架”。憨子给了牛主人二两银子。憨子记下这两句话后，认为已经学精了，便匆忙回家。

憨子回到家后，财主问他都学到了些什么。憨子说道：“山上大水发。”父亲听了，不知咋回事，吓得把舌头给伸了出来。憨子接着说：“恶狗舌耷拉。”父亲听后，气得便要打他。憨子又说：“大牛欺小牛。”父亲听后，给了他一巴掌。这时，憨子的母亲见了，便劝道：“不要打了！不要打了！”憨子说：“母猪来劝架。”

讲述者：孙清恩，男，79岁，高中学历，退休干部
采录者：卜凡柯，男，78岁，大专学历，退休干部
采录时间：2020年10月16日
采录地点：丰县文化馆

330

家父出丑

有个人以杀牛为业，他去看望一个杀猪的朋友。朋友不在家，他儿子忌讳“杀猪”两个字，便对杀牛的说：“家父出亥（猪对应地支亥）去了。”

杀牛的回来后，对自己的憨儿说这件事，并称赞不已。儿子说：“我也会说。”第二天，杀猪的来看望杀牛的，正好杀牛的出去干活了。他儿子便对杀猪的说：“家父到外面出丑（牛对应地支丑）去了。”杀猪的问：“什么时候回来？”回答是：“出尽了丑，自然就回来了。”

讲述者：孙清恩，男，79 岁，高中学历，退休干部
采录者：卜凡柯，男，78 岁，大专学历，退休干部
采录时间：2020 年 10 月 21 日
采录地点：丰县文化馆
流传地：丰县

331

书是纸做的

有一个员外，家里有一个笨儿子。请了几个先生教他，总是认不了几个字，员外为此非常地苦恼。

一日，员外把儿子关在一间屋子里，并对他说：“如果在三日之内，仍无长进的话，就别想出屋。”这三日之中，每当员外给儿子送饭时，都能看到儿子在认真地看书。员外可高兴了，自言自语道：“谁说我家儿子会没出息呢！”

第三天，员外给儿子送晚饭时，问儿子这三天里有何收获。儿子答：“哎，读书真的很有用！我终于知道啦，原来书是用纸做的。”

讲述者：于圣连，男，72 岁，大专学历，退休干部
采录者：卜凡柯，男，78 岁，大专学历，退休干部
采录时间：2020 年 9 月 28 日
采录地点：丰县文化馆

332

憨公子学字

财主有个儿子，憨，不识字。财主心想：几顷好地，骡马成群，儿子不中用咋治？给他请个先生教教吧。

把先生请来了。先生说："这个好办，教书咱不外行。"

先生把公子领到书房，提笔写了个"丁"字。这家财主姓丁。一横、一竖，再拐个钩儿。"这就是您的姓，照着写吧。"

师徒俩天天坐在书房，个把月过去了。这一天，老财主想考考公子。先生怕考砸了锅，踢了自己的饭碗子，临考前找了个枣核子钉，让公子攥在手里。

该考了，老财主提笔写了个"丁"字。公子一看，傻啦：不认得，忘啦！

先生在一旁急得不行，使个眼色说："你手里攥的是啥？"

公子苦着脸说："耙齿！"

老财主叹口气，说这个字笔画太稠，难写，先教好写的吧。

先生把公子领回书房，提笔写了个"一"字，叫公子写。公子"一、一"地念着，又学了个把月。这一天，先生带公子到城里去玩，远远看见城墙上写着粉白大字，当中有个"一"字，就问公子："那城墙上是个啥字？"公子左看右看不认得。先生恼啦："笨牛，那不是个一字吗？"公子两个眼珠子瞪多大："咦，乖乖！半天没见，它咋长恁大？！"

讲述者：叶言后，男，86岁，初小学历，沛县朱寨镇农民

采录者：杨谊，男，53岁，高中学历，沛县邮电局职工

采录时间：2020年3月

采录地点：沛县邮电局

333

傻女婿

有一个傻女婿，连一句好听的话都不会说，经常在人前出洋相。他的两个连桥兄弟也经常拿他取笑。

这一年，老丈人快过生日了。他媳妇又怕两个姐夫给他出难题，拿出二两银子对他说："我给你这二两银子，你到外面走走，碰上会说话的人，你就给人家点银子，学上几句好听的话。"并再三嘱咐说："学了可千万别忘了。"

别看这个女婿傻，还真听媳妇的话，揣上银子上了路。

傻女婿沿着大路走了好长时间，来到了一片树林，看见一个玩鸟的人走进树林，把鸟笼子挂在树上；刚才树林里还有许多鸟在叫，突然都不叫了。玩鸟的人高兴地说："一鸟进林，压得百鸟不语。"傻子听见急忙赶过去问："你说的啥？"玩鸟的人笑笑说："我养的鸟叫得好。我是说：一鸟进林，压得百鸟不语。"傻子赶忙拿出一两银子递给玩鸟人，弄得玩鸟人丈二和尚摸不着头脑。

傻女婿一边背着这句话一边走，又来到一条小河边。桥上有一座独木桥，一个老人站在河边想过河，看看独木桥又不敢过，叹声气说道："双桥好过，独木难行啊！"傻子一听忙问："哎，哎，你说的啥？"老人正在愁着没法过河，又看见来了这么个不懂礼貌的，生气地说："去，一边玩去。"傻子央求道："你教我刚才你说的话，我给你一两银子。"老人想，天下真是啥奇事都有，还有跟别人学话的。"我说双木桥好过，独木桥难行。"傻子重复几遍记下了，掏出一两银子给了老人。

转眼到了老丈人生日。傻女婿来得晚了些，老丈人和其他两个女婿已经坐在桌旁，桌上酒菜已上满。三个人见他进来，老丈人打了个招呼，其余两个女婿都故意不说话。傻女婿落座片刻，见大家都不说话，他想起了学来的话，说："一鸟进林，压得百鸟不语。"三个人你看看我，我看看你，心里想：这傻小子啥时候学会了咬文嚼字。那两个女婿想，八成是这小子蒙的，得出个法子难为难为他。大家寒暄几句就要开席喝酒了，俩坏女婿出来个馊主意，只给了他一根筷子，看他怎么办。傻女婿看了看一根筷子说："双木桥好过，独木桥难行。"他这一句话，把想难为他的两个女婿说呆了——嘿！这小子还真是不傻了！老丈人本来就怪两个女婿欺负这个傻女婿，一看傻女婿不傻了，那个高兴劲啊，忍不住哈哈大笑起来。

讲述者： 孙晋华，女，67岁，小学学历，贾汪区青山泉村农民

采录者： 韩圣师，男，58岁，大专学历，贾汪中等专业学校教师

采录时间： 2020年8月

采录地点： 贾汪区中等专业学校

（七）机智人物故事

334

侃爷

大家常说，周七猴子是邳州的阿凡提。其实呀，他从未在新疆同阿凡提共过事，也没有师承关系，只是邳州土生土长的侃爷。这个侃爷满肚子花花绕[1]，又好说“松腔”[2]、攮直杠[3]。你要说五谷杂粮是结在穗上的，他偏说山芋花生都是长在根上的；你要说在田里干活太阳把脸晒黑了，他偏说摘下的棉花天天晒，怎么越晒越白？嗨，周七猴子净讲拧筋理[4]，能把人憋死！

有一年大年三十，周七猴子打早去邳城买年货，刚出庄就碰到一个老和尚。“大年节遇个秃驴，真晦气！”周七猴子满脸不高兴。那个老和尚却多嘴多舌，说：“施主，你慌得什么？你去那么早，还想把整个集都搬来家？”

周七猴子不客气了，说：“哪有闲空呢，俺得赶去荸荠庵给尼姑接生！”老和尚一愣：“尼姑能生孩子？”

周七猴子眼一瞪：“尼姑不生孩子，难道老和尚不是人养的？”老和尚自讨没趣，道一声“阿弥陀佛”，忙低着头走开了。

走到半路上，周七猴子又遇到两个穷秀才，他们正边走边猜谜语。一个秀才说：“重重叠叠，两头尖尖，上青底白，三三两两。”另一个秀才说：“这谜语好猜。重重叠叠是云彩，两头尖尖是枣核钉，上青底白是棵葱，三三两两北斗星。”出谜的那个秀才连声说：“对对对！”

周七猴子听得不耐烦了，便接过话头说：“哼，只知其一，不知其二，枉读几年书！我告诉你们吧，这重重叠叠是牛屎，两头尖尖是老鼠屎，上青底白是鸡屎，三三两两是羊屎！”

那两个秀才文绉绉的谜语，被周七猴子这四泡屎捂得严严实实的，没有一点书香气了。

周七猴子来到邳城南门，只见县太爷骑着枣红马在逛大街，好不气派！这县太爷鞍前马后又跟着一群人，有的牵马，有的扶镫，有的打伞，有的鸣锣开道，都忙得团团转。周七猴子挤过去，扬起手来在马头上猛击一巴掌，大叫一声：“好马！”

那枣红马疼得一扭头，身子猛一斜，差一点把县太爷摔下马来。县太爷慌忙抓住缰绳，厉声喝道：“喂！你想干什么？”

周七猴子立在一旁，忙赔笑脸，答道：“县大人，息怒！拍你马屁的人太多了，俺偎不上去，只好使劲拍马头了！”

讲述者： 周建元
采录者： 周伯之
采录时间： 1968 年
地点： 邳县议堂乡戴庄村

[1] 花花绕：坏点子。
[2] 松腔：冷言冷语，风凉话。
[3] 攮直杠：抬杠。
[4] 拧筋理：别理，歪理。

附记

周七猴子是民间传说中的机智人物，被民间文艺界誉为“苏北的阿凡提”。周七猴子故事流传于江苏徐州和山东枣庄等苏鲁接壤地区，尤以邳州、新沂和兰陵、郯城等县（市）最为广泛，至今已有300多年的历史。长期以来，周七猴子故事一直以口头形式流传在民间，直到1980年初，才以文字形式见诸报端。《乡土》《徐州日报·农村版》和《邳州日报·马迹亭》等报刊，为发表周七猴子故事开了先河，功不可没。尔后，随着省、地（市）、县“民间文学三套集成”编纂工作的推进，它才被大量地挖掘、整理出来，迈进了民间艺术的殿堂，并被列入江苏省非物质文化遗产保护名录。周七猴子的人物原型为清康乾年间邳州乡间文人周敬年。据《扒头山周氏族谱》记载：“敬年，岁进士，有才学，诙谐，绰号‘周七猴子’，趣事很多”，“乾隆年间卒，学生等为之立碑，称‘江北才人’。”本卷选录的周七猴子故事是从《徐州民间文学集成》（江苏文艺出版社，1991年12月版）和《中国民间故事全书·江苏·徐州市区卷》（知识产权出版社，2007年6月版）等数十种书刊中精选出来的，基本上代表了周七猴子故事的整体水平，具有较高的学术研究价值。（柏枝）

335

栽蒜

周七猴子小时候家里穷，常常吃上顿没下顿。左邻右舍，婶子大娘，谁家里要是忙不开，周七猴子就偎上去帮谁干活，打打帮手。图的啥？混顿饭吃呗！

窑湾街开酱盐店的王二麻子，这年要栽十亩大蒜，又一时找不齐人手，便叫周七猴子前来帮忙。甭看周七猴子才八九岁，可他耧沟、放蒜、培土，样样活儿拿得起，放得下，干得比大人还麻利呢！当天晚上，王二麻子在堂屋里摆了酒席，跟几个帮工的大人喝酒解乏，而没让周七猴子上桌。他心话：小孩子家又不会喝酒，随便给个窝窝头吃算了。

周七猴子蹲在一间偏屋里，啃着凉窝窝头，就着半碟剩酱菜，没有一点荤腥。他听到大人们在堂屋里嚷着“干干干”，便好奇地伸头去瞅瞅他们在“干”什么。碰巧被王二麻子看到了，他恐怕小孩嘴敞，说出去让人笑话，便吓唬说：“院子里有大黄狗，乱伸头会咬你！”周七猴子吓得忙缩回了头。可是，直等到大家都吃饱喝足回去了，也没听到院子里有狗叫。这时，周七猴子才明白：一样干活，两种茶饭，没把小孩当人待。哼，骑驴看唱本，走着瞧吧!

头一天，蒜地只栽一半，第二天还得继续干。周七猴子就想法子去治王二麻子了。“兄弟八九个，围着柱子坐；大家一分手，衣服都扯破。”这谜底就是大蒜。掰开蒜朵子看看，蒜瓣子都是一头大，一头小。靠着蒜柱子坐的大头，叫蒜根；紧抱着蒜柱子的小头，叫蒜尖。蒜农栽蒜，都是蒜根朝下，蒜尖朝上，浅埋在地里。这样，蒜根坐须子快，蒜尖也易发芽。周七猴子却把它倒过来，蒜尖朝下，蒜根朝上，让王二麻子省盐坏酱。

过了十来天，王二麻子抽空到蒜地里去转转，只见大人们栽的那片地，蒜苗都放青了，而周七猴子栽的那片地，连一个蒜芽毛也没有。他到地里扒开一看，蒜都栽翻了个，捂成烂酱了。王二麻子可气疯了，他把周七猴子拽到蒜地里，骂道：“个龟羔子，看看你干的好事！”周七猴子却不惊慌，说：“你家里有狗，这蒜要是伸出头来，不怕狗咬吗？”

王二麻子听了这话，气得肚皮一鼓一鼓的，自认倒霉：“唉，慢待一顿饭，瞎了一季蒜！”

讲述者： 周建元，农民，读过卫校、当过矿工
采录者： 周伯之
采录时间： 1968 年
采录地点： 邳县议堂乡戴庄村

附记

本篇选自《周七猴子的传说》（中国文联出版社，2007 年 7 月版）、《中国民间故事全书·江苏·邳州卷》（知识产权出版社，2007 年 6 月版）和《邳州民间故事传说》（江苏人民出版社，2015 年 3 月版）。讲述人周建元善于“讲讲”（讲故事），又特别喜欢讲周七猴子的故事。（柏枝）

336

换季

早先年，周七猴子的五哥，雇给邻村财主黄二胖子当长工。黄二胖子为人搜抠吝财，想了不少克扣长工的坏点子，最使人不能容忍的就是吃饭兴换季。啥叫换季？就是收下来麦子吃麦子，收下来高粱马上就换高粱。长工只能吃两个来月麦子，下余八九个月，顿顿是上把捧的秫秫窝头。天热活重，长工见了窝头就气闷，不到万不得已，不想吃一口。那年又要砍高粱，老五一憋气跑了回来，见了亲人长吁短叹。周七猴子听了说：“气的啥？明儿我替你两天。”

周七猴子到了黄家，只吃了一天麦煎饼就砍高粱了。第二天，高粱窝头就捧上来了。周七猴子一看，说：“伙计们，来，咱喂饱牲口再吃吧。”话没落音，铡刀“哗啦”一声摔到地下，“把高粱秸扛两捆过来！”活本是伙计们事先商量好了的，周七猴子一喊，两个伙计忙不迭把鲜高粱秸扛了两捆过来，“哧嚓哧嚓”，不一会铡了一大堆。黄二胖子凑过来问：“小爷们……你铡这干啥？”周七猴子说：“喂牲口，换季！”黄二胖子吓了一跳：“我的娘哎，牲口也换季？这一堆三尖六楞、刀枪剑戟不把牲口活活扎

死？”周七猴子说：“死不死俺不管，这是俺长工的规矩，只要长工换季，牲口也得换季。来呀！”“哎！”“拿筛子往槽里扒啦。”“来啦！”黄二胖子一看几个人摸着家伙就要动手，吓得两手乱摆，团团乱转，拿起个窝窝头朝后院骂开了：“个龟孙，地没耕麦没种，农活压塌地皮，是谁想的换季的点子？是坑长工还是坑我二胖子？”他身子一转，又说：“今后没有我的话，你们就一年到头吃麦子煎饼！”

讲述者： 刘树标
采录者： 郭鹏、吴增琴
采录时间： 1985 年
采录地点： 邳县运河镇

附记

本篇选自《徐州民间文学集成》（江苏文艺出版社，1991 年 12 月版）。

337

画圈

周七猴子天资聪明，在学堂读书时，一听就懂，一学便会。和他一起念书的是城里皮货商的儿子，外号叫“领头羊”。领头羊仗着家里有钱有势，拳大胳膊粗，经常欺负其他同学。

有一天，先生让学生写仿[1]。周七猴子写好后，每个字先生都给画了圈；领头羊写的仿呢，连半个圈也没有得到。下课后，领头羊硬逼周七猴子把自己的名字划掉，改为领头羊的。周七猴子不答应，领头羊伸手就给他一拳头。

周七猴子忍无可忍，便想个点子治治他。周七猴子说：“我出一道算术题，你要算对了，我就写一张仿给你。”领头羊很高兴，说：“好，你说吧！”周七猴子说：“大圈套小圈，小圈套大圈；大圈子里头有小圈，小圈外头有大圈；圈套圈，圈里圈，圈外圈，请问共有多少圈？”领头羊扳着手指头吭哧大半天，才憋出个答案来：“共有八个圈。”

“不对，只有两个圈！”周七猴子说罢，便笑着跟同

[1] 写仿：旧时小学生练毛笔字的一种方法，即按照影印的样子写字。

学们跑出学屋玩去了。领头羊又追过来，说："你小子净出花花绕来哄俺。有本事就跟我比力气，看谁跑得快！"

周七猴子心想，领头羊腿长个子高，自己哪能跑过他。于是，他脑瓜子一转，又想出一个点子来："你个子大就能跑过我？兔子虽小，狗还撵不上呢。不信，我画一个圈，你就跑不出来。"

领头羊连想也没想，便说："看你能画多大个圈，我要跑不出来，就当王八爬着来上学。"

周七猴子说："跑不出这圈，也不叫你当王八，只要你不再欺侮同学就行了。"同学们拿来笔墨纸砚，叫领头羊立下了字据。

周七猴子拿出一支粉笔来，在领头羊的腰上画了一个圈。这个圈，领头羊怎么也跑不出去。从此，他再也不敢欺负其他同学了。

讲述者： 张兰志，65岁，不识字，农民
采录者： 张士伦
采录时间： 1987年
采录地点： 邳县邹庄乡

附记

本篇选自《中国民间故事全书·江苏·邳州卷》（知识产权出版社，2007年6月版）。

338

治牙

周七猴子的亲娘死得早，晚娘待他又不好。有错没错，非打即骂，周七猴子成了晚娘的出气筒。

晚娘是张家大财主的小婆子生的，出身不怎么样，却从小养就了贵身子：衣来伸手，饭来张口，连撒泡尿也得让丫鬟给她掖裙子。嫁到周家来，她更是横草不拾，竖草不捏，倒了油瓶也不扶。晚娘在为闺女的时候好吃零食，整天价冰糖不离口，满嘴黄牙都蚀断了根，隔三岔五总要疼一回。只要一犯牙疼病，晚娘就叫周七猴子跪着替她减少疼痛。疼能让人替吗？这晚娘心真狠！晚娘的牙疼一天，周七猴子跪一天；要是疼三夜，周七猴子也得跪三夜。什么时候晚娘的牙不疼了，什么时候才能让周七猴子起来。所以，一听晚娘牙疼，周七猴子就浑身起鸡皮疙瘩。

有一年腊月，天下着雪霰子，又刮着西北风，出门能冻掉耳朵。晚娘的牙疼病又犯了，"哎哟""哎哟"，疼得在床上乱打滚。晚娘又叫人喊周七猴子来替她减疼。

周七猴子一听，恨得牙根子疼。这回他非要治治这恶婆子不可了！周七猴子来到晚娘床前，说："娘，听说你牙病又犯了，俺去请牙先生来看看吧！"

晚娘两手捂着腮帮子，摇头直“唔唔”：“这牙、牙、牙先生管屁用？七呀，你快跪下替娘减疼！”

周七猴子说：“娘，这牙先生在皇城里给正宫娘娘都治过牙疼，可神乎啦！”

“哎哟，哎哟，七呀，那你就快去请牙先生来吧！”

“我去问过那牙先生了，他说牙疼不用看，冻死迎风站。”

这晚娘也许疼晕了头，也不问个真假，就立马盖桥让周七猴子背她到屋外去找凉风口。周七猴子说屋顶上风大，就找来一把梯子，让晚娘爬上屋顶，吞凉风，治牙疼。

“娘，牙还疼吗？”周七猴子等了一会问道。

“疼，疼，疼，还怪疼哩！”晚娘赤脚挠头站在屋顶上，冻得直不起身，腰拱得像蜷虾似的，两腿直哆嗦。

“哼，亏你还牙疼，要不，你能上天！”周七猴子说罢，便一脚踹倒梯子，扬长而去了。

讲述者： 周之道，30 岁，初中学历，农民

采录者： 周伯之

采录时间： 1970 年

采录地点： 邳县议堂乡戴庄村

附记

本篇选自《周七猴子的传说》（中国文联出版社，2007 年 7 月版）《中国民间故事全书·江苏·邳州卷》（知识产权出版社，2007 年 6 月版）。

339

分井

周七猴子因爱打抱不平，帮穷人办事，本庄几个有钱有势的财主都恨死他了。这天，三家财主在一起想了个办法，一起来找周七猴子：“老七，俺们来找你商量个事。”“什么事，要你们三位财主一起来？”“咱这庄从古到今不是合用一口井吗，现在吃水的人多了，有些人用破罐烂桶到井里提水，太脏了。想找你商量一下，把井分开。如果谁要用水，就提自己那边的，沾到别人那边的就得掏钱。”“好！好！我也正想找您爷几个商量这个事，咱这就去分吧。”

周七猴子等他们把井量好、分好，便说：“您爷几个稍等一下，我去去就来。”几家财主可高兴了，心想：这下可把周七猴子难为倒了。不掏钱，他也别想吃这井里的水。

一会儿，周七猴子抱捆秫秸来了。“老七，你抱秫秸来干吗？”“噢！我正愁没地方攒粪，现在井分了，我想在我的那半边夹个粪茅子[1]，留着攒粪上地。”三家财主

[1] 粪茅子：厕所。

一听，驴头不叫驴头，可长脸了。一齐说："七爷，算了，算了，井别分了，还是大家合着用吧！"

讲述者： 刘树标
采录者： 刘向侠
采录时间： 1986年12月
采录地点： 邳县运河镇

附记

本篇选自《中国民间故事全书·江苏·邳州卷》（知识产权出版社，2007年6月版）。

340

赛酒

周七猴子一行赶考四人，走曲阜，过邹县，不一日绕道来到了兰陵县。这兰陵自古出美酒，唐朝李白喝过兰陵美酒，曾留诗一首："兰陵美酒郁金香，玉碗盛来琥珀光。但使主人能醉客，不知何处是他乡。"他们所以要走兰陵，主要是想尝尝兰陵美酒"郁金香"。

来到县城，只见一座酒楼坐落在既是路南又是路西的十字路口。楼上边写着"醉仙楼"，两边有副对联，上联是"刘伶到此醉"，下联是"武松不过冈"。周七猴子他们进了酒楼，找了一个偏座坐下。跑堂的小哥走了过来说："四位公子，是喝闲酒的还是来赛酒的？"

周七猴子问道："吃闲酒怎样？赛酒怎样？"跑堂小哥说："俺家老板喝酒是兰陵第一高手，别人称之为酒仙、酒狂、酒王，二两的杯子，可连饮四十杯不醉。老板立个规矩：喝闲酒的请你自便；要赛酒，请到楼上雅座和俺老板一对一地饮。赢了老板，结成金兰之好；输给了老板，请客自付酒钱。"

周七猴子听罢，把大腿一拍："好，我就是来和你老板赛酒的！"

四位举子在跑堂的小哥带领下，来到楼上刚坐下，一桌丰盛的酒席摆了上来。随之从里边走出一位中年汉子，弯腰施礼，说："不知哪路酒仙，光临小店，有失远迎！"

周七猴子忙站了起来，还礼说："我等皆是邳州的赶考举子，听说贵店是兰陵第一酒家，今特来请教！"

酒家老板说："好说，好说！小二拿酒来！"

跑堂小哥，拎来一个酒坛子，摆上两个大盅，斟满酒。老板端起来对周七猴子说："公子，请！"

周七猴子一把按住他的手说："别忙，咱这场赛酒，是按你们兰陵的规矩，还是按俺邳州的习惯？"

老板放下酒盅说："来俺这里赛酒，主客一样，一人一盅，但不知你邳州有啥规矩？"

周七猴子说："邳州城里喝酒从来不用盅，用的都是酒坛子。"

老板一听，口气不小，咱兰陵赛酒用小盅，他们赛酒用坛子，既然招牌已挂出，规矩已立，怎能充孬？想到这里，便说："好，就按你们邳州赛酒的规矩办！"

周七猴子一听，知道老板是癞蛤蟆垫床腿——死撑，便对跑堂小哥说："再搬两坛酒来！"

酒搬来后，周七猴子把一坛酒搬到桌子上，说："既然按邳州规矩，我就要讲了。俺邳州是仁义之地，诚信之州，不论和谁赛酒，先让三坛。特别和你这号称酒仙、酒狂、酒王之人，更应该敬酒三坛，然后再赛！"说着把酒坛抱到老板跟前："这坛酒你先干，你和太白称酒仙；干了这坛郁金香，世世代代出状元！"

老板既然说出按邳州规矩，有苦难言，抱起酒坛，"咕噜咕噜"地喝干了。

周七猴子又抱起一坛说："二坛美酒敬酒狂，当狂必得狠心肠；不要妻子不要娘，管他何处是家乡。"

老板抱起酒坛，浑身无力，眼冒金花，酒坛还未沾嘴，便摔倒在桌旁。

跑堂小哥把老板扶走，周七猴子四人大吃大喝起来。他们边吃边说："这酒仙、酒狂敬了，还有一坛酒王酒没敬，便倒了。可见是：仙家不灵，狂家不狂，难成酒王！"

讲述者： 张宪文，45 岁，初小学历，农民
采录者： 张士伦
采录时间： 1986 年
采录地点： 邳县邹庄乡

附记

本篇选自《中国民间故事全书·江苏·邳州卷》（知识产权出版社，2007 年 6 月版）、《邳州民间故事传说》（江苏人民出版社，2015 年 3 月版）。

341

摇耧

一天清晨，周七猴子读罢晨课，满脑子“之乎者也”“子曰诗云”。他想去散散心，就不声不响地逃了学，蹚过了小沂河，来到了一个集镇上。

周七猴子见街上站满了黑压压一片人，一打听才知道是短工上市了。一个财主对短工们说：“谁会摇耧耩地？除了工钱，外加十文。”短工们都闷着不作声。原来这财主姓谷，外号叫“刮地皮”，短工们都受过他的坑骗，谁也不愿意给他干。周七猴子寻思了一阵，站出来说：“我会摇耧，我去！”谷财主打量周七猴子一眼，高兴地说：“好！”他又在短工里找了三个拉耧的伙计。

几个人来到地里，谷财主亲手把黄豆种倒进耧里，看着周七猴子他们耩了一个来回，觉得耩得还可以，这才放心地走回家去。谷财主前脚刚走，周七猴子就把耧眼给堵了起来，一直耩到小半晌午豆种也不见少。眼看着地快耩完了，周七猴子这才把耧眼栓板全拔了起来。来回几趟，就把豆种给耩完了。

吃晌午饭时，谷财主问周七猴子：“伙计，耩得怎么样？”周七猴子说：“地没剩一垄，种没剩一粒，真是巧极了！”谷财主很高兴，又让周七猴子给摇了一下午耧，把剩下的地也耩完了。

吃罢晚饭，天已黑定了。谷财主打着鬼算盘，三折两扣的，只给周七猴子八文钱。周七猴子接过工钱，不气也不恼，只说：“东家，天太晚了，我路远，想在你场屋里过一宿。”谷财主答应了。

第二天，天刚麻麻亮，周七猴子就起来了。他见床底有堆石灰，顺手拿起一块在墙上写了四句诗道：

“我本邳州一学介，只为逃学才出来；摇耧耩地我不会，阴天下雨拔着栽。”写完，周七猴子拍了拍手，悄然离去。

讲述者： 李友成，50 岁，不识字，农民

采录者： 杨光正

采录时间： 1987 年

采录地点： 邳县官湖镇

附记

本篇选自《周七猴子的传说》（中国文联出版社，2007 年 7 月版）。

342

打酒

周七猴子十二岁那年，因为家穷，雇给本村张财主干活。

张财主听说周七猴子非常聪明，就有意试试他的才学。有一天，张财主把周七猴子喊了过来："小七，我给你个酒瓶子，上街给我打一斤酒来。"

周七猴子手一伸，问："钱呢？"

张财主把脸一沉，说："有钱谁打不来酒！没有钱打来酒，那才算一个能干的人呢！"

周七猴子一听，转身就走。不一会，又提着空瓶子回来了。张财主问："你打的酒呢？"

周七猴子反驳道："瓶中有酒谁不会喝，瓶中无酒能喝出酒来，那才是个汉子呢！"气得张财主张口结舌，说不出话来。

讲述者： 杨继柱，35 岁，小学学历，农民

采录者： 杨继松

采录时间： 1988 年

采录地点： 邳县八义集

附记

本篇选自《徐州民间文学集成》（江苏文艺出版社，1991 年 12 月版）。

343

求婚

周七猴子是个才子，满肚子学问，按理说早该中个头名状元了，至少也得中个进士举人什么的，可他几进考场，连个秀才毛也没捞到。大家都替周七猴子惋惜，说他“有状元之才，无状元之命”。

命里有八斗，不能强求一石啊！周七猴子认了，只好屈居乡间，设馆教学，挣点银钱度日子。

邳城内有个刘员外，他看周七猴子学问好，也让儿子入馆就读。可他家刘公子浮得很，只会捧着书本“唱仰脸歌”，连个简单的对子也作不出来。

有一天，周七猴子在磨墨写中堂，墨汁浓了，拿起笔在琥珀杯里蘸蘸水。

“墨落杯中，一片乌云遮琥珀。”周七猴子触景生情，随口吟出一句诗来。为了教训刘公子，周七猴子便用这句诗作上联，让刘公子对出下联。这么长的句子，刘公子咋能对得出来？

放学回家后，刘公子还在琢磨，坐在桌边直发愣，连饭也不吃。刘小姐见弟弟愁眉苦脸，问明事由后“扑哧”笑了。她正在梳头，随手把梳子扔在牙床上，说：“拿笔来，姐姐替你对！”也是见景生情，刘小姐对了下联：“梳横枕边，半轮明月照珊瑚。”

第二天，刘公子把这下联交给了先生。周七猴子一看，对得蛮工整，便问：“这是你对的吗？”刘公子不敢瞒先生，只得将实情说了。周七猴子很惊奇：人家都说刘家小姐才貌双全，从这对子看来，果真名不虚传。心话：我要是能把刘小姐娶来，红袖添香夜读书，也不枉在世上走一遭了。

于是，周七猴子便把求婚的念头写出来，让刘公子带回家去作试探。“昨天的那联，是你姐姐对的，不算数。今天再给你出一联，明天对好交来！”刘公子又交给了姐姐，央求她再帮帮忙。刘小姐一看，写的是：“一床棉被，半床遮身半床闲。”她想，周先生八成想成家了，便对上一句去安慰：“六尺丝绦，三尺系腰三尺挂。”

周七猴子看了这下联，心里乐滋滋的。暗想，这刘小姐果真对自己有意了，便趁热打铁又写一联表明心迹：“架上有花，惹蝴蝶一心想采。”刘小姐看后生气了，马上反讥一句：“镜中藏桃，料毛猴四爪难摘！”

刘小姐骂过周七猴子之后，还不解气，又将这事告诉了父亲。刘员外听了，也很生气：“好个周七猴子，你有辱斯文，枉为人师！”他又告到县衙门，说周七猴子调戏民女。县太爷升堂对周七猴子进行审问。周七猴子说：“县大人，学生只因与刘小姐对对子，看她有才学，便产生了爱慕之心，实无戏辱之意呀！”

“岂有此理！你难道不懂得‘男女授受不亲’吗？”县太爷一拍惊堂木，“说！”

周七猴子瞅一瞅前来堂上对质的刘小姐，她太俊了，胜过人间西施，月中嫦娥。男人在女人面前好充能，周七猴子便壮着胆子回答说：“大人，学生晓得这条古训。不过，孔夫子也讲‘窈窕淑女，君子好逑’呀！”刘小姐听这么一说，眼睛不由得往周七猴子身上直瞟。

周七猴子说得有理呀，这案子咋断呢？解铃还需系铃人。县太爷灵机一动，说：“这案子是因对对子引起的，还是用对对子来作了结吧！”周七猴子点头称是，刘小姐脸一红也同意了。

县太爷抬头望望大堂外的一片竹林，随手一指，说：

“就以‘竹’字起句吧！”周七猴子为了表明自己无邪念，脱口而出：“竹本无心，偏生出许多枝叶。”刘小姐看院内有个荷花池，就借此表白贞洁：“藕虽有孔，未沾得半点泥沙！”

闻听此联，珠联璧合，县太爷不由得击案叫好，连声称赞：“男赛司马，女胜文君，真是天生一对，地造一双啊！”县太爷顺水推舟，又笑着对刘员外说：“我看这两个晚生都是好才学，又尚未婚配，让他们结为秦晋之好如何？”刘员外心想，有父母官来牵红线，脸上也有光，还说什么呢！他便拱手应道：“承蒙大人替小女做媒，在下从命了。”正是：

周七猴子有才学，刘家小姐重文章；
只因求婚登大堂，喜得县令做红娘。

讲述者： 周建元
采录者： 周伯之
采录时间： 1968 年春
采录地点： 邳县议堂人民公社戴庄村

附记

本篇选自《中国民间故事全书·江苏·邳州卷》（知识产权出版社，2007 年 6 月版）、《邳州民间故事传说》（江苏人民出版社，2015 年 3 月版）。

344

进贡

日子跟水淌的一样，转眼间，周七猴子和刘小姐成亲快三年了。

这一年，县太爷在邳州也任职期满了。因为他在邳州无所建树，口碑也不大好，朝廷下了诏书，将他调到京城去，明升暗降，给个没有油水的闲缺。县太爷满肚子牢骚：难道本官在邳州没干一件好事吗？难道明智办案，让周七猴子娶上刘小姐，不是本官的功德吗？县太爷怨来恨去，最后又恨到了周七猴子头上。周七猴子这小子也太搜抠了，本官成全他的婚事，竟连一盅水酒也没讨到。再说，这佤爷当年拦打马头，惊扰衙门公务，本官要是动真格的，判他坐三年大牢也不冤枉。可他却不领情，一直没送银子来。县太爷越想越气，发狠非拔下这铁公鸡两根毛来不可！

县衙役来到周七猴子家里，说县太爷有请先生前去话别。周七猴子打发衙役先行回府，说他随后就到。刘小姐说：“这县太爷临走还想再捞一把，你不带点银子去进贡，恐怕不得安生呀！”周七猴子说：“狗喜欢拉屎的，当官喜欢送礼的，我咋能空手去呢！”刘小姐有一对陪嫁的点心盒子，红木雕刻，一龙一凤，古色古香，煞是好看。周七猴子把这盒子里的点心倒出来，里外擦个透亮，说："就用它做贡品吧！"

周七猴子前来拜见县太爷，手里拎着那对龙凤点心盒。县太爷见了很高兴，心话：这对盒子那么精致，里头装的东西也一定很珍贵。周七猴子说："欣闻大人荣升，学生也三生有幸。今天特来献上这对红木盒子，请大人日后不时观赏。"县太爷双手接过来，又客套一番，说："本官钦佩先生的才学，只想同你叙旧话别，怎好让你破费呢！"周七猴子同县太爷寒暄一会儿，起身告辞，说："大人，这盒子里装有一龙一凤，都是美玉精雕，因珍藏年代久远，有了灵气，勿让手脚不干净的人去动它。不然的话，那玉龙玉凤飞出来，可抓不住、拦不回呀！"县太爷连连称谢："是吗？本官当小心一二。"

周七猴子前脚走，县太太后脚进来。她见财眼开，急忙将那只雕凤的盒子打开去看，哎呀，里头是空的，什么也没有！县太爷见太太放走了宝物，伸手照她脸上"呱叽"就是一巴掌，骂道："个臭娘们，你的手脚干净吗？"县太太呜呜哭起来，说："俺一没做贼，二没养汉，怎么不干净？甭说看看这空木头盒子，就是私自收下进贡的大元宝，那还不是家常便饭吗？"

"三年清知府，十万雪花银。"县太爷想想自己在邳州捞了不少银子，也不敢动那宝盒子了。衙门内谁的手脚干净呢？从县丞到主簿，从巡检到典史，张三李四，朱五杨六，县太爷在脑子里用筛子筛来筛去，觉得他们没有一个手脚干净的，哪个不是"一腰黄[1]"？吃过晚饭，县太爷猛然想起一个人来，这就是衙门厨师丁大头。对！丁大头老实本分，手脚干净。他整天价只跟锅碗瓢勺打交道，没有捞外块的机会。县太爷当即传令，让丁大头到衙门来开这宝盒子。丁大头抖抖地打开了那只雕龙盒子，县太爷伸头一看，又是空的！

"好个丁大头，原来你的手脚也不干净！"县太爷气得浑身发抖，喝令左右重打丁大头四十大板。

丁大头跪倒求饶，说："老爷，小人下班后，正在家里切肉炒菜，听说你找小人有事，俺就像往常一样，又随手切一块肉揣进怀里。真该死，俺咋想起来去偷自己家里的东西呢！"

[1] 腰黄：腰包鼓鼓的，有钱。

讲述者： 周之道

采录者： 周伯之

采录时间： 1968 年

采录地点： 邳县议堂人民公社戴庄村

附记

本篇选自《周七猴子的传说》（中国文联出版社，2007 年 7 月版）、《中国民间故事全书 · 江苏 · 邳州卷》（知识产权出版社，2007 年 6 月版）、《邳州民间故事传说》（江苏人民出版社，2015 年 3 月版）。

345

怕妻

庄邻都说周七猴子怕老婆，周七猴子听了总是脸一板，头一扬，说："怕老婆有饭吃！"

这天，几个庄邻聚在一起闲拉呱，见周七猴子从一边过来了，有个人出点子说："咱今天难难周七猴子，当着大伙的面问他为什么怕老婆，看他怎么说。"

周七猴子一过来，几个人把他围在了中间，说："周七，俺们问你个事，你要能说出个子丑寅卯来，俺们让你走；你要是说不出个道道来，你得请俺们几个喝酒。"周七猴子拿出烟袋，点上火，说："什么事？请问吧，我要是说上来，你们几个得请我喝。"庄邻说："人都知道你怕老婆，你就说说，你因什么怕老婆的吧。"周七猴子笑笑，咂了口烟，说："俺先问问你们，怕不怕神仙？""怕，当然怕了，神仙谁不怕，谁不敬？""那就是了，您想想，俺老婆年轻时长得跟仙女似的，仙女是神仙不？仙女是谁养的？是王母娘娘！俺连土地庙里的小仙都怕，更甭说是神上神王母娘娘养的仙女了。"众人听了，拍手打掌，哈哈大笑。

一个庄邻问："你老婆年轻时跟仙女似的，你怕罢了；那她生了孩子，老半货子，你怎么还怕她呢？"周七猴子又抽了两口烟，一拍大腿，问："你们都怕鬼不？""鬼谁都怕，谁不怕鬼？""对呀，俺老婆生的那三个儿子，就是三个活鬼，天天嗷嗷叫要吃要喝要穿，筋都快给俺啃断了，俺是死怕他们。您想，俺连小鬼都怕，别说是小鬼他娘——鬼母了，俺不怕她怕谁？"

"哎哟哟——"众人笑得捂肚子弯腰。一庄邻又说："你媳妇现在成老太婆了，你那三个小鬼也都成家了，你怎么还怕她？"周七猴子烟袋锅一磕，眼一睁，问："你们说怕神、怕鬼，那你们怕不怕妖怪？""那自然更怕妖怪喽！""这不结了！俗话说'少若天仙老如猴'，俺媳妇这会儿是'脸黄头发稀，腿弯腰不直，说话嘴跑风，一身老树皮'，远看活像个老妖怪。俺连小毛妖都怕，能不怕她个老妖怪吗？"

讲述者：刘树标
采录者：刘向侠
采录时间：1986 年
采录地点：邳县运河镇

附记

本篇选自《邳州民间故事传说》(江苏人民出版社，2015 年 3 月版)。

346

哭灵

张家父子都是阴阳先生：爹叫张铁嘴，天干地支，黄道白道，一张口头头是道；儿子叫张锡嘴，他深得爹的真传，死癞蛤蟆也能说得乱眨巴眼。这两个阴阳先生整天价骗吃溜喝，狗掀门帘子，全凭一张嘴。周七猴子看不顺眼，想瞅个机会狠狠地整治他们一顿。

有一年秋半头[1]，周七猴子的表嫂子要盖新房子，打酒买菜，请小阴阳先生张锡嘴来看风水，选择宅基地。张锡嘴带着罗盘，左瞅右瞄，最后选中了村东头的三分金针菜园地。张锡嘴说："这菜园两旁各有一口土井，左右逢源；又紧靠一座破窑，取土方便。窑有土，井有口，满园金针大如斗。这地形恰是一个'喜'字，真是和尚到了家——妙（庙）！"表嫂子满心欢喜，马上请工打夯砌墙。没出一个月，三间新房就落成了。

无巧不成书。在新屋上梁那天，周七猴子的表哥却死了。他表哥病在床上好几年了，阴来阴去下大雨，病来病去病死人，表嫂子想得开。周七猴子前来吊孝，却哭得泪人一般："表哥呀表哥，你早不死，晚不死，怎么偏偏在新屋上梁时撒手而去呢？要是这新屋不上梁，你不还能多活几天吗？"周七猴子借棍打鸡，这么一点拨，表嫂子可犯了疑：是不是这宅基地选错了，妨死了当家人？她又赶忙请来老阴阳先生张铁嘴，让他再看看宅基地选得适当不适当。张锡嘴事先没跟他老子通气，张铁嘴也不知道这宅基地是他儿子给选的，喇叭匠子分家，便吹不到一块儿喽！张铁嘴在新屋四周转了一圈，说："这宅子两旁两口井，门口又正对着一条大路。'大'字肩上扣着两个'口'，再加上那破窑算一点儿，是一个'哭'字呀！这新屋盖在丧地上，岂能不妨主？"

周七猴子的表嫂子不听便罢，一听火打心头起。她又哭又闹，拽着张铁嘴当证人，拉张锡嘴去打官司。张铁嘴、张锡嘴，自己的手打自己的嘴，这下子可就慌了腿。看看时机到了，周七猴子便过来打圆场：他叫张家父子买一口棺材来，披麻戴孝，送表哥下葬；否则，就惊官动府，叫他们抵偿人命。张家父子明知是个当，也得去上。在发丧送殡那天，张家父子手捧哀棍子跪在灵堂前，一把鼻涕一把泪，哭得跟孝子一样！

[1] 秋半头：秋天的中间，秋半天。

讲述者： 李士元
采录者： 周伯之
采录时间： 1968 年
采录地点： 睢宁县古邳

附记

本篇选自《徐州民间文学集成》（江苏文艺出版社，1991 年 12 月版）、《周七猴子的传说》（中国文联出版社，2007 年 7 月版）、《中国民间故事全书·江苏·邳州卷》（知识产权出版社，2007 年 6 月版）和《邳州民间故事传说》（江苏人民出版社，2015 年 3 月版）。

347

吃鬼

周七猴子鬼点子多，鬼胆子也大，敢吃鬼。

那是在一年秋天，刚砍过红秫秫。湖野空荡荡，北雁往南飞。周七猴子在土山街朋友家里喝过酒，也有小半夜了，醉醺醺地骑着毛驴回家。下了漫山坡，路过乱葬岗子时，突然前头窜来一团鬼火。毛驴吓得前蹄一张，“扑通”，周七猴子猛然被闪下来，摔了个狗啃泥！

周七猴子懵懵懂懂地爬将起来，抓过鞭子就去打驴。这时，只见一个身着重孝的少妇跑过来，一把夺下他的鞭子，劝道：“大兄弟，深更半夜的，你跟驴赌什么气呢？”在这漫山野湖里，怎么又冒出个妇道人家？周七猴子一惊，酒也醒了，头上直冒冷汗。

“俺当家的生暴病死了，没钱安葬，俺连夜去娘家借钱，没来得及卸孝。”那少妇又解释说。

周七猴子觉得酒后出丑，有失面子，也不同那少妇搭话，便翻身骑驴而去。那少妇又急三步追上来，抓住驴笼头不让走，恳求道：“大兄弟，俺妇道人家脚小，走不得远路，又怕夜里碰到歹人，请你带俺一程吧！”没等周七猴子回话，那少妇腿一撇，便跨上毛驴，又连声催促：“快走，快走！”

周七猴子虽然心里不大乐意，也只好“嗬儿”一声，赶驴上路了。那少妇伸开胳膊，紧紧搂住周七猴子的后腰。周七猴子心话：这大嫂怕被摔下来呢！于是，他打腰解开青布大腰带，将那少妇揽住，以防闪失。

秋夜沉沉，驴蹄嘚嘚。走着走着，那少妇又开话了：“大兄弟，同船过河都有缘分，何况咱俩今夜同骑一头驴、共勒一条腰带呢？如果你不嫌弃的话，俺情愿给你当奴作小，听从使唤。”

“哼，个骚货！”周七猴子早就憋不住火了，张口便骂。

热脸蛋碰上冷屁股，那少妇也火了，骂道：“好个不识好歹的东西！你若不答应，俺这就把你掐死，生吃了！”

哟，这寻食的野鸡还怪烈呢！周七猴子转脸一瞅，亲娘哎，那少妇原来是一个吊死鬼，龇牙咧嘴，舌头挂有半尺多长！

周七猴子从来天不怕、地不怕，这回碰到了鬼，他能买账吗？只听周七猴子“嘿嘿”冷笑两声，回答说：“你敢？我死后变成了鬼，也是一个男鬼，还能斗不过你一个女鬼？”

说话间，鸡叫了。周七猴子不想跟那鬼再啰嗦，便扬起鞭子猛一抽。毛驴四蹄生风，嗷嚎嗷嚎，一口气跑回了家。这时，天也大亮了。

周七猴子跳下毛驴来，解开大腰带往地上猛一放，嗨，哪里还有什么鬼影？他背回来的竟是一块棺材板！

周七猴子那个气呀！他找来一把斧头，三下五除二，将这棺材板劈成木柴，架在青石磨盘上点火烧起来。只听那棺材板“唉哟”“唉哟”直叫，血沫子“咕嘟咕嘟”往下滴！周七猴子拿来一个大窑黑子[1]，对着磨盘口接了大半碗血水。“哼！你今天没能勾住我的魂，吃到我的肉；我可劈了你的身，要喝你的血喽！”

说罢，周七猴子扬起脖梗儿，将那半碗鬼血一口喝干，这才算解了气！

[1] 窑黑子：粗瓷大碗。

说起来也怪，打那以后，周七猴子在夜里走路，哪怕是月黑头雾阴天，他再也没有碰到过鬼。个中原因，只有鬼知道："周七猴子可惹不得哟，他敢吃鬼！"

讲述者： 周建元
采录者： 周伯之
采录时间： 1968 年
采录地点： 邳县议堂人民公社戴庄村

附记

本篇选自《周七猴子的传说》（中国文联出版社，2007 年 7 月版）、《中国民间故事全书·江苏·邳州卷》（知识产权出版社，2007 年 6 月版）、《邳州民间故事传说》（江苏人民出版社，2015 年 3 月版）。

348

打神

如果说周七猴子吃鬼是假的，那么，周七猴子打神却是真的，信不信由你！神在哪里？在天上？有谁去过，又有谁见过？在地上？大庙小庙里倒挤得满满登登的，可那些神呀，不是用泥巴整的，就是用木头刻的，或者是用石头凿的，全都是死的，没有一个喘气的！周七猴子可不理睬这些死神，他要打就打活神！

有一年麦口时，炮车街上不知从哪里窜来一个卖当[1]的，姓张，自称"活神"。甭看这张活神头无毛，眼无光，走路腿画圈，模样长得难看；可他在炮车的名声比大炮还响。说风有风，说雨有雨；前算五百年，后算五百载，要多灵验有多灵验。周七猴子才不相信呢！哼，哪怕你说袖子里有胳膊，俺也得伸手去摸摸！

一天，周七猴子打扮成一个游医，身背褡裢，手执医幌，专门在张活神的住处转悠吆喊："安毛补眼修腿啵——！安毛补眼修腿啵——！"张活神很稀奇，心话：这是做啥手艺的？三教九流、五行八作，我大都见过，还

[1] 卖当：方言，做当铺生意的。

没听说有安毛补眼修腿的哩！张活神让人把周七猴子喊过来，问道："请问师傅，你是做啥手艺的？"

周七猴子回答："我是一个行医的，只能给秃子安安毛，给瞎子补补眼，给瘸子修修腿，没啥手艺。"

"噢，请问尊姓大名？"

"敝姓'都'，名字叫'来看'。"

"都来看"，有病都来找你看！这先生名怪姓怪，手艺也怪，八成是个怪才。张活神想到这里，便挠挠自己的秃头，说："那好，今天就请都先生给我先安安毛，然后再补补眼，修修腿。"

周七猴子说："这安毛得先在头皮上钻眼，你可不能怕疼噢！"

张活神说："疼点怕什么，我能忍住。来，你要怎么钻就怎么钻。"

周七猴子从褡裢里掏出一条麻绳来，先把张活神绑在槐树上，然后拿来木匠用的钻子，对着张活神的秃头"吱吱"地钻起来。张活神被钻得"嗷嗷"直嚎，连声求饶："亲爹咪，你甭钻了，甭钻了！"周七猴子哪肯罢手，他一口气在这秃头上钻了十好几个血眼子，又抓来一把狗毛、驴毛什么的，胡乱地塞进去；接着，他又在张活神的后脑勺钻一个血窟窿，插上一条猪尾巴当辫子；然后，他又舀来一碗鳔胶，在秃子头上一浇，这可粘得结实了，那杂毛拔都拔不掉。

松开了绳子，张活神疼得抱头在地上直打滚，说什么也不敢让周七猴子再给他补眼修腿了。当麦口天又热，又淌急汗，张活神在地上滚成泥猴一般，一点神气也没有了。周七猴子说："我领你到汪里洗个澡去，凉快凉快就不疼了。"

张活神洗好了澡，爬上汪沿来，怎么也摸不到衣服和探路用的木棍，那个安毛先生也不知躲到哪里去了。没有衣服穿，又没有探路棍，咋办呢？张活神急了，扯开嗓门大喊："都来看，拿棍子来！都来看，拿棍子来！"

在场上打麦子的人听到这喊声，认为汪里出现了妖怪，男男女女拿着竿竿棍棍都围上来了。大家一看，原来是一个头上长杂毛的怪人，身上还一丝不挂，女人们都害羞地转过脸去。人们一想：这个东西光着腚，还喊大家都来看，不是个甩子[1]吗？大伙一生气，喊一声"打！"竿竿棍棍就像雨点一样落在了张活神身上，直把他打个半死。周七猴子抱着衣服跑过来，慌忙让张活神穿上。大伙这才知道打的是活神，顿时头皮乱炸，都觉得手有点麻，你说怪不？

讲述者： 周之道

采录者： 周伯之

采录时间： 1968 年

采录地点： 议堂人民公社戴庄村

附记

本篇选自《周七猴子的传说》（中国文联出版社，2007 年 7 版）、《中国民间故事全书·江苏·邳州卷》（知识产权出版社，2007 年 6 月版）、《邳州民间故事传说》（江苏人民出版社，2015 年 3 月版）。

[1] 甩子：邳州土话，流氓。

349

救王槐

说起王槐，邳州人都知道，此人一身好武艺，好打抱不平，是个仁义汉子。王槐跟周七猴子的爹交好，经常到周家来喝酒拉呱。

这天，王槐买了二斤猪头肉，又拎了两瓶窑湾绿豆烧，来周家找老友喝酒叙旧。刚到城里，见当街围着一群人闹哄哄的："仗着自己的爹是县官，青天白日的，当街就敢硬把人家闺女往家里拽，还有没有王法了？"

王槐一听，气不打一处来，拨开人群，近前一看：一个二十多岁歪鼻子斜眼的男人，正拽着一个十七八岁的漂亮闺女不撒把，非要人家给他当姨太太不可。这闺女满脸是泪，哭着拼命往外挣，一群衙役围着，嬉皮笑脸地劝她快跟衙内去家成亲。围观的人敢怒不敢言。

王槐平生最恨的就是欺男霸女的事，他把头上戴的斗笠往下一压，遮住了半个脸，一步上前，抓住那烂眼子的手腕，用劲一捏，往下一带，这家伙疼得又蹦又嚎："你是哪来的野种，敢管老子的闲事，我看你是活腻了，来人！把这小子给我活剥了。"几个衙役刚往上一闯，就被王槐三拳两脚全给揍趴下了。斜烂眼衙内窜到王槐跟前还没拉开架子，就被王槐"砰"的一拳捣在嘴上，这小子"扑通"倒在地上，爬了半天也没爬起来。王槐对着那闺女和众人大喊一声："你们还不快走？"人们醒过神来，一个个全都跑走了。

王槐也赶紧往周家走来，眼看要到老友的庄头了，就听身后乱咋呼："快追！别让那小子进庄躲了。那小子穿一身青衣裤褂，头上戴个大斗笠……"

王槐刚要进庄，"呼啦"一下，身边围上来二十多个衙役："老东西，打伤衙内你还想跑，没门，跟我们走一趟吧！"王槐见他们人多，又都拿着家伙，硬拼恐怕是不行，就笑笑对衙役说："这位兄台，你认错人了。我是这周家庄的人，我又不会什么武功，更别说打伤什么衙内了。""就是你！你斗笠压脸上我虽没看清脸，你穿的一身青衣我可认清了。""穿青衣的人满城多的是，再说，我也没戴斗笠。""哼，你还别嘴硬，等庄上过来人一问，就知道你是不是这庄的了。哼哼，别看你小子武功高点，俺这二十多口子也不是吃素的。"正说着，从庄里出来一位白头发、白胡子，手里拄着根拐棍的老头。衙役喊："哎，老头！你看看这人是不是你庄里的，你认识吗？"老头看了看王槐，又看了看众衙役，嘴哆嗦了半天，一个字也没说出来，又哆嗦着转身进庄了。

"这回看你还有什么话说，跟我们走吧！"衙役刚想锁王槐，忽听一个娃娃在喊："爹，您怎么还不回家的？娘叫我到庄头来等你回去吃饭呢。"说着，小孩跑到王槐跟前，两手一张："爹，你抱我回家！"

王槐经常到周家来，认得这是老友之子周七猴子，一弯腰，把小周七抱起来说："你这孩子，一会儿不见爹，就想得慌？"众衙役一看小孩也不过三四岁，头上一边一个冲天鬏，一双大眼骨碌碌乱转，瞅瞅这个，看看那个，拍拍王槐膀子，说："爹，咱快回家让俺娘多做点饭菜，来那么多人，别回不够吃。"众衙役这下直了眼喽，一个衙役过来用刀指着小周七问："他真是你爹？"小周七眨巴着眼说："爹还有真假？他不是俺爹，是你们的爹？"众衙役听了，笑也不是，恼也不是，小孩太小了。一个衙役不死心，又上前问："你说他是你爹，你爹身上有什么印记吗？""有，我爹脖梗后下面有颗黑痣子，上面还有几根毛，你过来看看。”衙役过去一看，还真有一黑痞子，跟小孩说的一样。“哎，看样咱追错人了，小孩嘴里讨实话。算了，天也不早了，咱们也该回衙交差了。”

王槐抱着小周七来到老友家，他问小周七：“你怎么想起认我爹？又怎么知道我脖梗后边长痞子的？”小周七眨眨大眼说：“其实，我刚一到庄头玩，就看到那些人要捉王叔了，那个老爷爷又不敢说话，我要再不上前认人，王叔让他们捉去不就坏了吗？黑痞子，是我趴你脖跟看见的。”王槐长叹一声，说：“这真是，八十老者没有用，三岁顽童救王槐。”

讲述者： 刘树标
采录者： 刘向侠
采录时间： 1986 年
采录地点： 邳县运河镇

附记

本篇选自《邳州民间故事传说》（江苏人民出版社，2015 年 3 月版）。

350

进学堂

周七猴子六七岁了，周母打听到岠山脚下有个好私塾馆，教书先生名叫李云龙，学贯古今，周母决定带小七猴子去求学拜师。周家距离李家私塾馆十来里路，走着走着，小七猴子就累得光喘跟不上娘了。周母心疼儿子，就让小七猴子趴在背上背到了学馆门口。正巧，被李先生出来瞅见了。他看看正擦汗的周母，又望望小七猴子，说：“劣子指母为马。”小七猴子说：“慈母望子成龙。”李先生眼一亮，又指指学馆前不远的一口池塘问：“湖水无心因何愁？”小七猴子两只手左右摆了摆，说：“风吹池水起波皱。”李先生点点头，手指对面的岠山又问：“青山无思何故老？”小七猴子说：“只因白雪盖山头。”

李先生笑着拍拍小七猴子的肩膀说：“你先给我跑趟腿，到山后给我打一斤酒来。”他转身进灶房拿出个笊篱，连钱一起交给小七猴子，说：“就用这个笊篱给我把酒端来。要是漏一滴，我可不收你噢！”“先生，你就等着喝酒吧。”小七猴子接过笊篱和钱，撒腿就向山后跑去。

周母可急坏喽，心想先生不是故意难为俺这孩子吗！别说是水酒，就是稀饭搁这都是眼的笊篱里，也得漏得干净净的，这学看样是上不成的多。周母正担心，就见小七猴子双手捧个笊篱喊过来了："先生，酒给你打来了！"

李先生近前一看，乖乖，还真行。原来小七猴子先在笊篱里垫了一张碧绿的鲜荷叶，这酒在垫了荷叶的笊篱里托着，当然一滴也不漏喽。绿荷衬白酒，一眼望到底，小七猴子还在上面撒了几瓣荷花瓣；这酒不但咣当不出来，还添了荷花的清香。

周母急问小七猴子："个小东西，你怎么想起来用荷叶垫笊篱的？"小七猴子嘻嘻笑着说："我常和村里小伙伴到荷塘边玩，一遇到下大雨，就一人掐一个大荷叶当伞打，一点也淋不着。您想想，这荷叶连雨都不漏，当然也不漏酒喽。"

李先生说："好！这孩子聪明伶俐，将来准能成大器。这个学生我收下了！"

讲述者： 刘树标
采录者： 刘向侠
采录时间： 1987 年
采录地点： 邳县运河镇

附记

本篇选自《邳州民间故事传说》（江苏人民出版社，2015 年 3 月版）。

351

换糖缸

春节头里，周七猴子的侄子雇给街上"源兴涌茶食店"当了伙计。进了店，他和另一个小伙计就整天忙着在门市做买卖。可到月底一盘货，不好，十成冰糖没卖七成的钱。没话说，两个伙计当月工钱被老板扣完了。

两个伙计可憋死喽。冰糖咋少的呢？晚上，小伙计跑回家找他叔去了。周七猴子问："冰糖盛在哪里的呀？""盛在砂缸里，一溜四口大缸：冰糖、白糖、红糖、糖稀。""还卖糖稀？""唉，乡亲们过年要赶做糖果子。""平时都有哪些闲人到店里玩呀？""别的没有，只有后边大小姐天天抱着侄子去玩。东西是她自己家的，她还会偷吗？"周七猴子想了想说："好办，你把两口缸给换换地方。"小伙计问："哪两口缸呀？"周七猴子摇摇头："还用说吗？你自己想想吧，明儿我去！"

小伙计一头走着一头纳闷："到底换哪两口缸呀？"等走到店门口的时候，嘿！还真被他琢磨出来啦。进了店，他和那个小伙计不声不响把两口缸给换了个地方，上头原样盖好。

第二天，他们照样做生意，周七猴子坐在对街茶摊上喝茶，远远瞅着。不一会，大小姐抱着侄子来了，看生意挺忙，就坐在缸前板凳上引[1]着侄子玩。坐了一会，看看两个伙计没注意，掀开缸盖手往缸里狠狠抓了一把，一试冰凉，吓了一跳，喊："哎哟，我的妈呀！"左甩右甩甩不掉，只当毒虫咬住手啦！周七猴子赶过来喊："哎呀，快，快救小姐！"两个伙计掀开缸盖一看，只见小姐白嫩嫩的手上，满是糖稀，左拧右拧拧不断。小伙计三脚两步把老板请了出来，老板一看只气得手抖肉颤："死丫头，踹包[2]！这糖稀都粘苍蝇，能用手抓？"大小姐只哭得一疙瘩一块："不……不是我踹包，往天他……他这缸里是冰糖。"周七猴子哈哈一笑："好，大小姐说实话了，两个小伙计一个月工钱怎么说？"店老板气得一头给闺女拽手，一头贼眉竖眼："这个月工钱……我包赔！"

讲述者： 刘树标
采录者： 郭鹏、吴增琴
采录时间： 1985 年
采录地点： 邳县运河镇

附记

本篇选自《徐州民间文学集成》（江苏文艺出版社，1991 年 12 月版）、《邳州民间故事传说》（江苏人民出版社，2015 年 3 月版）。

[1] 引：土话，逗的意思。
[2] 踹包：没本事，蠢笨。

352

哄财主

有个财主叫李古怪，这个人馊得扯粘丝子[3]，整天挖空心思变着法儿从长工身上多挤点油水。他规定，凡给他干活的人到年底领工钱之前，必须哄[4]他一次，哄不倒，一年的工钱就不给了。好些长工因为哄不了他，结果都白白替他干了一年的活。

周七猴子的表哥李全是个老实巴交的庄稼汉，给李古怪当长工，只会出牛力气，哪有这个脑子。离领工钱只有三天了，他还没有想出好点子，便去找周七猴子。周七猴子眼睛一转，对表哥说："这三天活我替你干了。"第二天，周七猴子来到李古怪家，对他说："老爷，俺表哥得了痨病，恐怕把你家的人给着上了[5]，叫俺来替他给你干几天。"李古怪满口答应。

当天，李古怪就叫周七猴子跟他去城里办年货。在回来的路上，周七猴子挑着年货越走越快，李古怪是个大胖

[3] 馊得扯粘丝子：馊，原指饭食坏了。比喻一个人特别小气。
[4] 哄：骗。
[5] 着上了：传染上了。

子，本来就已经累得喘不开了，哪还赶得上？周七猴子气喘吁吁地跑到财主家，把挑子一放，扛起软床子就往外跑。李古怪的老婆急忙问他出了什么事，周七猴子边跑边说：“老爷他赶集回来走到半路，就突然口吐白沫晕倒了，我是来拿软床去抬他的。”财主婆听了，“哇”的一声哭了起来，跟着周七猴子腚后就撵来。李古怪见周七猴子扛着软床子跑来，就问他怎么啦，周七猴子上气不接下气地说：“不……不好了，老爷，家里失……失火啦！我到家时，东西已经烧得差不多了，只有这张软床子没烧着，我给抢出来了。”李古怪一听，心像被剜了一刀似的，没命地往家跑。

李古怪和他老婆各有心事，只顾低着头往前跑，两人撞了个满怀，仰不拉叉[1]地摔在地上。李古怪爬起来刚要发火，定眼一看是自己老婆，生气地说：“你不在家救火，往这跑干什么？”财主婆一看是她老头子，忙问：“你不是病倒了吗，还这么没命地跑什么哪？”周七猴子看他俩那狼狈样，憋不住地笑起来。李古怪这才明白被周七猴子哄了，他只好乖乖地把这一年的工钱付了周七猴子的表哥。

讲述者： 陈捷，82 岁，不识字，农民
采录者： 胡汉军
采录时间： 1987 年
采录地点： 邳县八路乡

附记

本篇选自《周七猴子的传说》（中国文联出版社，2007 年 7 月版）、《邳州民间故事传说》（江苏人民出版社，2015 年 3 月版）。

[1] 仰不拉叉：四肢伸开，面向上躺着。

353

打牛虻

从前，邳州有个老财，为人十分奸诈，谁要到他家扛长工，先得三个月不付工钱，说是“试活路”。三个月过后，如果满意，他才从第四个月给工钱，还得扣回前三个月的饭钱。如不满意，便撵走了事。这一条“试活路”，不知坑害了多少人。

周七猴子看大伙窝了一肚子火，就想整治这老财一番，为穷哥们出出气。盛夏时节，正是乘凉的日子。一天，老财歪在柳树底下，脱光脊梁，被凉风吹得正自在。周七猴子一看，赶忙逮了只牛虻，手指缝里一夹，来到老财背后，运足力气，对着老财脊背，“啪啪啪”，一连就是几巴掌，揍得老财激灵一跳，背上顿时红肿起来。

“你干啥打我？”老财瞪起牛眼吼道。

周七猴子不慌不忙张开手掌，亮出死牛虻，笑眯眯地说：“老爷，您看俺周七猴子揍了个喝血熊。”老财疼得龇牙咧嘴，明知周七猴子是指鸡骂狗，但一看他手里的死牛虻，也只好干张嘴不好说什么了。

讲述者：吴其仁，55 岁，不识字，农民
采录者：吴增琴
采录时间：1986 年
采录地点：邳县徐塘乡吴闸村

附记

本篇选自《周七猴子的传说》（中国文联出版社，2007 年 7 月版）、《邳州民间故事传说》（江苏人民出版社，2015 年 3 月版）。

354

买罐鼻

瓦窑街上有个王老财，开着两座瓦罐窑，终天想方设法克扣窑工们的工钱，叫窑工没白没夜地给他干活，恨不能把窑工们的骨头熬成油吸。窑工都恨死了王老财，听说周七猴子有点子，就一起来找周七猴子，叫他想法治治王老财，也给大伙出口气。周七猴子答应了。

周七猴子肩上扛条扁担，一头用绳穿了两个罐鼻子，从王老财的瓦罐窑路过，边走边喊："买罐鼻喽，一文钱一个！"王老财听到有人喊要买罐鼻子，赶紧追出来喊住周七猴子："是你要买罐鼻吗？""是的，一文钱一个。"

"那你别走了，我这瓦罐窑就是罐鼻多，我想都砸下来卖给你！""哎！咱可先说好，一文一个，多了不要。""那当然，那当然。要不放心，咱就先立个字据。"

"也好，立个字据有凭证。"

字据立好，王老财就跟喝了瓢喜婆婆尿似的，心里喜得不知抚哪块儿好了。他早就算好账了："一对瓦罐子卖一文钱，这个憨子要拿一文钱一个买罐鼻子。一个罐子两个鼻，一对罐子四个鼻，四个鼻就卖四文钱。哎哟哟，一窑抵过四窑，这下又该我王老财发财了。"

王老财赶紧找来窑工，“乒乒乓乓”一阵砸，顿把饭工夫，这两窑瓦罐全被砸光了。王老财对周七猴子说：“你过来见见数吧，等给过钱，我叫伙计把罐鼻用车给你送到府上去。”“用不着。”周七猴子过来就在一大堆罐鼻子里扒了半天，最后只拿了一个罐鼻子，又从身上掏出一文钱说：“就要这个罐鼻子吧，这是你的罐鼻子钱。”王老财一听，可傻了眼喽，一把扯住周七猴子：“你、你、你怎么只买一个罐鼻子？你不能走！”“字据上不是也写得清清楚楚，一文钱一个罐鼻子，多了不要。我又没少给你钱。再说，我要那么多罐鼻子干什么用？又不能煮了吃！”

王老财这时好像王八吞了铁秤砣，噎得干瞪眼，瘫在地上爬不起来了。

讲述者： 刘树标
采录者： 刘向侠
采录时间： 1985年7月
采录地点： 邳县运河镇

附记

本篇选自《中国民间故事全书·江苏·邳州卷》（知识产权出版社，2007年6月版）。

355

背磨石

周七猴子的老丈爷有钱有势，他家的佣人也就对百姓待理不理的，没一点礼数。

有一次，老丈爷有事想叫周七来一趟，就写了一封信，叫佣人送给周七。佣人拿了信，来到周七猴子的村庄，向人打听说：“喂！周七猴子的家住在什么地方？”

这佣人不认识周七，哪知他打听的这个人正是周七呢！

周七见这个佣人无礼，有心把他治一治，便胡乱说了一个方向，叫佣人多绕路。然后他抄近路回家中，换了一身新衣服，坐等那人到来。

过了好一会儿，才见那佣人气喘吁吁、满头大汗地来到门前。

周七见了那个佣人，拆开信看了几眼，说：“哦，知道了！你主人是叫你来取回一件宝物的。这宝物可贵重啦，可很脆，容易碰碎。你路上可千万不能随便放下，要是碰碎了这件宝物，你搭上条性命儿也赔不起呀！”

佣人见周七说得这样郑重，一个劲地答应着：“是是是。”

周七走到后院，用麻袋装了一块几十斤重的磨石，扎上口，才让那佣人来背，又写了封回信也交给佣人带回，最后还再三地叮咛佣人：路上千万小心。

一路上，这佣人直累得腰酸腿麻，背压得疼得受不了了；可是他咬住牙硬撑着，说什么也不敢放下歇一会儿。好容易到了主人家，放下了东西，把信交给主人，佣人才向主人问道："老爷，这袋里到底装的什么宝物呀？"

老丈爷也觉得奇怪，忙拆开信，一看，上面写着打油诗一首：

来人不知礼，进村喊周七；
送块大磨石，压他狗日的。

讲述者： 叶灰光，70 岁，上过私塾，农民
采录者： 张希贤
采录时间： 1986 年 6 月
采录地点： 新沂县炮车乡龙池村

附记

本篇选自《中国民间故事全书·江苏·新沂卷》(知识产权出版社，2007 年 6 月版)。

异文：来人不知礼

一日早晨，周七猴子刚走出家门，忽听有人问话："这是周七猴子的家吗？"

周七猴子回答："是。"

"你是周七猴子吗？"

周七猴子又答："是，你有什么事？"

来人说："啊，你就是周七猴子？周七猴子就是你呀！我家老爷让我送信给你。"

周七猴子接信拆开一看，是芦庄员外邀请他参加酒会的请帖。大早晨出门，这个来者直呼其名，连续几次"周七猴子，周七猴子"，喊得他心里窝火，很不是滋味。于是眉头一皱，计上心来。周七猴子捋着小胡子连声说："知道啦！知道啦！你稍等片刻，待我叫人准备好了，让你带给你家员外。"

周七猴子让来人在门楼底下等着，到屋内吩咐家人，将丢放在院子墙角的一个废旧的磨石，约有二百斤，用白布裹好，抬到门楼下，又放到那个来者背上，并吩咐说："你家的老爷在来信中说，要我把这个老古董交给你背回去。上边有裂纹，你要多加小心，别摔坏了。我还有回帖也放在里面。"

周七猴子住周庄，来人背石回芦庄，两地相距三四里。来者一气背到家，累得张口气喘、汗流浃背，口中不住叫苦，禀告员外说："小的将老爷吩咐的东西驮来了。"芦员外很是诧异："这是咋回事，我叫你送请帖，请周七猴子来我家做客，谁跟他借啥物件啦！"他把回信交给主人，主人看后哈哈大笑说："好好，对对，我就是想要这磨。"把包裹打开一看，是一块旧磨石。又看回帖，上写四句打油诗：

来人不知礼，当面喊周七。
送你一块石，累死不知礼。

讲述者： 李文金，男，84 岁，大专学历，副研究馆员，睢宁县文联退休干部
采录者： 张甫文，男，68 岁，大专学历，睢宁县委宣传部退休干部
采录时间： 2020 年 8 月
采录地点： 睢宁县城

356

考状元

周七猴子小时候家里穷，不得不从小就出来给人帮工。不过周七猴子十分聪明，无论什么书，竟过目不忘，无师自通，出口成章，所以与私塾里的一帮学童倒也经常一起玩。有一年，朝里开考，众举子纷纷应考，还约周七猴子一同赴京。周七猴子讨厌做官，不愿同往。这些举子找周七猴子的老舅说，老舅就劝周七猴子，说你整天在外也不易，要想成为人上人，应考做官才是道理。

周七猴子才不听那一套呢，不过到外面去跑跑倒未尝不可，就跟了众举子来到京城，权当散心。别人忙于温习功课、背诵诗词，他是到处看看玩玩，倒也省心。

到开考那一天，周七猴子也进了考场。考题发下来他根本不做，却在边上画了两个烛台，题了一首打油诗："周七有何能？舅爷偏逼来；考题我不做，画对蜡烛台。"画完，悠然自得地等着出考场。

坐在周七猴子边上的一个考生，肚子里一点墨水也没有，瞅来瞅去答不了题，偏偏又一心想做官，就偷偷地问周七猴子："这道'什么东，什么西，什么高，什么低'的考题该如何答？"周七猴子就一五一十地告诉了他。

只见那位考生在试卷上写道："冬瓜东，西瓜西，丝瓜高，茄子低。"主考官一看，笑得直不起腰来：世间竟有这等蠢材！不过再仔细琢磨，也不无道理，于是就把试卷呈给皇帝批阅。

皇帝一看气得不行，说这是哪个蠢人干的，那个考生吓得直哆嗦，说这其实是周七猴子教他这样写的。皇帝就让主考官把周七猴子喊来，问："你该当何罪？"周七猴子说："我教他肯定是好的，只是这位考生写错了，这怪不得我。"皇帝说："你写给我看看？"周七猴子拿起笔来写道："文官东，武官西；皇帝高，为臣低。"皇帝听了转怒为喜，说这还差不多，于是要给周七猴子一个功名。周七猴子坚持不受，说做官太劳累人了，不如放他回去。皇帝赦了周七猴子的不恭敬，放周七猴子回家了。

自此，周七猴子"有状元之才而无状元之命"的说法就传开了。

讲述者： 佟湘仁，不识字，农民
采录者： 周同领
采录时间： 1986年9月
采录地点： 新沂县时集乡成教中心

附记

本篇选自《中国民间故事全书·江苏·新沂卷》（知识产权出版社，2007年6月版）。

357

店老板赔情

有一年秋天，周七猴子和他的几个同学进京去赶考。这天，他们住进一家坊店。

坊店老板依仗儿子在县衙当差，打起官司能占便宜，就常常欺负过往客人，住店多要店钱，吃饭多讨饭钱。周七想教训教训这个恶霸老板。

那晚上，店老板嫌天热，在院中树下铺床纳凉。店老板的儿媳妇也嫌天热，住房没有关门。周七看在眼里，记在心下。

半夜时，见店老板呼呼大睡，周七悄悄起床，轻轻走到老板床前，把他的一双大鞋提到手里，反身走到墙下拿过一把扫帚，便蹑手蹑脚地奔向店老板的儿媳妇门前，听了听房中睡熟的声音后，就把那把扫帚插在门框上。然后，他进入房中，放下手中的大鞋，褪下裤子，露出光腚，以腚对着店老板儿媳妇的脸蛋儿摩擦起来。

那媳妇睡梦中忽觉有人亲她的脸，忙伸手一抓，连声呼叫："有贼啦，捉贼啊！"

周七急忙奔出房门，回到客房，卧床假睡。

店老板梦中猛然听到儿媳妇大叫捉贼，急忙爬起，哪顾找鞋呢！忙乱中向儿媳妇住房奔去。夜里天黑得伸手不见五指，店老板睡眼蒙眬，一下子撞在那把扫帚上面，顿时满面血痕道道。

这时，店中的伙计提着灯赶来了，住客们也都起身询问。那媳妇只好把发生的事儿说出来。店老板一听，气得一跳多高，吼起来："你们这些住客中，一定有恶贼，想来调戏俺的儿媳妇！"喝叫着店伙计把住客全部都关起来，自己去报官。

这时，周七猴子杂在众客人中，说："听你儿媳妇讲，她把那个客人脸给抓破了，俺看这个案好破，请店老板先查查我们住房客人的脸，是不是有被抓破的，再报官也不迟呀！"

众客人为了洗清身子，谁不同意呢！伙计提过灯来，老板对着众人的脸逐个查看，只见客人个个面目整齐，并没一人有伤。

店老板仍不讲理，还说："众位虽然脸上无伤，也不能脱了干系，还得报官前来查问。"

周七猴子指着店老板的脸，说："众位，请看老板脸上血迹未干，调戏他儿媳妇的不是他自己，还有谁？"

众住客往店老板脸上一看，果真如此，便你一言我一语的，要抓店老板上公堂诉理。

店老板还想推脱，周七又说："众位请看，这老板还光着脚呢！定是他和他儿媳睡觉，反来赖咱众客人！"

众人一声喊，夺过灯来，四处乱照，见那媳妇床前放着一双大鞋。

这么一来，店老板有苦难言，有口难诉，只好向众人道歉，答应第二天请众人吃酒赔情。

讲述者： 叶庆光，70 岁，上过私塾，农民
采录者： 张希贤
采录时间： 1986 年 6 月
采录地点： 新沂县炮车镇龙池村

附记

本篇选自《中国民间故事全书·江苏·新沂卷》(知识产权出版社，2007年6月版)。

358

贩盐

周七猴子的妈死了，办丧事把家里花得山干水净。往后怎么过呢？周七猴子想，跟人家上东海贩盐去！

那是滴水成冰的数九隆冬天，周七猴子借了他舅家那辆又破又旧的木轱辘独轮车，跟庄上几个老盐贩子上路了。那几个都是常做这个买卖的，车子好又溜足了油；周七呢，推个破车"吱吱嘎嘎"，撅着腚撵，鞋底都磨透了！好不容易到了地方，装了盐又朝回赶；幸亏一个行好的店老板把豆油壶提给他溜了溜车，回来时才没给那几个老尖棍老油子撂下来。

那天晚上，几个人住进了东海牛山的客店里。那几个人都要打平伙，问周七入不入。可怜周七来的时候，瘸妗子给他包了二十张红秫秫煎饼，带俩本钱全都买了盐，他怎好意思跟人家入伙白吃呢？只好苦笑摆手推开了。

周七歇在那儿蒙胧睡了一会儿，再睁开眼一看，那几个早喝好了酒正吃饭哪！下的面条，一人一碗，噜得欢呢！见周七醒来，连让都不让他一声。周七心里虽然有气，可也没当一回事。人穷受憋气，叫人瞧不起，有什么办法呢？肚里饿得慌，还剩几张干煎饼扎嗓子，实在不易嚼，只好厚着脸皮说："三叔二大爷，面条汤给俺点泡煎饼吧？"

"行啊他七哥！"有个答应了。

"还热乎呢！"又一个说。

周七盛了半水瓢，把干煎饼朝里一揣，狼吞虎咽吃起来。葱花炸的汤，又有佐料又有油，虽说没有面条，这汤味也是十足的了。谁知周七把汤喝完后，有人开话了，是那又尖又滑的王麻子。"周七，丑话说头里。汤喝了，不入股子也入了。熬肉炖鸡，那汁水都搁汤里头；这面条是软性不禁煮，汁料更搁汤里头。喝了就不兴装孬！该配份子就得掏钱！"

周七一听，那个气啊！可是他没发作。"没有钱怎么配？俺这破小袄你又不要！"周七笑着说。

"没有钱就给盐！"王麻子仗着自己力气大，欺周七人小，打开周七的盐袋子就往外扒盐。

可怜周七眼巴巴让人家扒了半袋盐没吭一声。"这盐归我了！周七那份我垫了！"王麻子装好人地对大家说。

第二天晚上，天气更加冷了，西北风刮得紧，眼看天晚了，还要下雪。几个人在高流住下了。只见周七把车上盐袋稀里呼哧搬了下来，向店家借了把斧头，嘁里喀嚓，把自己那辆破车劈了，在屋当央生起一堆烈火烤了起来。

几个人很纳闷，问他为啥要劈车烧火。他也不吭声，只顾按火烤。几个人也偎过来边烤火边劝他，王麻子还说："好小子，俺早看你不是贩盐的料！给俺，昨晚就劈了个龟孙，也省得今天挨了这么多蒲种[1]累！"

哪知烤了半个时辰，小车劈的柴也烤得差不多了，周七开话了："三叔二大爷都听着，这火是俺生的吧？"

"那还有假？侄子不错。"

"你们烤得怎么样？"

"'精腚子睡觉——没有盖的'了"

"那，你们得配份子！"

一句话出口，几个人直了眼。就数王麻子喊得凶，还说周七装赖要揍周七。周七说："他奶奶的！男子汉大丈夫不能学顶幞儿[2]说话。俺昨天喝了你们面条汤，拿半袋盐配了份子。今天你们烤了俺的火，俺那车子虽说破，可那'汁料'都搁火里头发热叫你们烤去了！今天哪个龟孙子要不配份子给俺买辆新车，夜里俺要不放一把火把你们烧干再去坐牢，俺就不是俺大舅养的！"几句话把几个人都镇住了！

第二天，贩盐的那几个人真的配了钱，给周七买了一辆比舅舅那辆好得多的车子。

讲述者： 张家臣，城岗乡人
采录者： 杨增强
采录时间： 1986 年 9 月
采录地点： 新沂市棋盘镇

附记

本篇选自《徐州民间文学集成》（江苏文艺出版社，1991 年 12 月版）。

[1] 蒲种：笨蛋。

[2] 顶幞儿：毛巾。

359

告状

周七猴子的表嫂子长得怪俊，哪知过门一年，丈夫就死了。表嫂年轻守寡，整天价哭天号地。表叔请周七猴子来劝劝表嫂，叫她安心守寡。

周七猴子早就听说表叔对表嫂没安好心，很同情表嫂，却对表叔说："表嫂不遵妇道规矩，想再找一家人家，抄门槛子。要是遂了她的心愿，丢人辱门的！可私下去劝她，她不一定听，最好到县太爷那儿告状，才是最好的办法。"

周七猴子的这一番话，正碰上表叔的心思。表叔连连说："好、好！"就叫周七猴子代写一张状纸。

周七猴子知道他表叔一字不识，就当面写了状纸，交给表叔，说："事不宜迟，快去告状吧！要是迟了，怕有变化，夜长梦多嘛！"表叔答应着，收起状纸就起身到邳州衙门告状去了。

表叔到了邳州县衙，击鼓喊冤。县太爷立即升堂。两班衙役呼过堂威，县太爷一拍堂木，喝道："何人喊冤？"

表叔忙报了姓名。

县太爷又问："可有状纸？"

表叔忙答："有。"双手把状纸递上去。县太爷一看，上写十句话，三十个字：十七嫁，十八丧；公爹少，婆母亡；家贫寒，夫弟氓；三间屋，两厢房；大老爷，细思量！

县太爷看罢状纸，问："你状告何人？"表叔说："俺家的寡妇儿媳妇。"县太爷一听，拍案大怒，喝令两边衙役，把这老儿拉下去重打五十大板。表叔挨了一顿苦打，自个儿还不知道为的什么，连声叫冤。县太爷判道："妇不再嫁，闹出笑话；父欺子妻，千古唾骂！本县做主，任妇选嫁；胜古文君，私奔司马！"

讲述者： 叶庆光，70岁，上过私塾，农民
采录者： 张希贤
采录时间： 1986年6月
采录地点： 新沂县炮车镇龙池村

附记

本篇选自《中国民间故事全书·江苏·新沂卷》（知识产权出版社，2007年6月版）。

360

算命

有两个算命瞎子，一个姓杨，一个姓殷。姓杨的叫杨四，姓殷的叫殷三，人称“阴三阳四”。这两人歪瓜对瘪枣，搭伙结伴，终天手执云锣，走东庄、串西村，骗吃骗喝。

有一天，两人算命算到了周嘴子。一进村，就吆喝开了：“大人算关口，红媒合年庚，小孩报八字，能知吉和凶！”这么一吆喝，庄上的人“呼啦”一下子围过来一大群，拥拥搡搡，把瞎子领到村口石桌旁坐定，抢着要算命。

吆喝声、吵嚷声惊动了周七猴子。周七猴子平素不信这套鬼把戏，今天眼见两个“野雁”来打食，还居然有那么多人跟着起哄，这口气咽不下去，非要来一卦。

殷三杨四听周七猴子要给二吊钱算命，猜出来他是个有点身份的人。听过周七猴子报过八字，两个人就胡侃起来。一个说：“我看你有状元之才。”一个说：“只是无状元之命。”一个说：“我算你四肢齐全。”另一个说：“我算你五官端正。”

周七猴子一听这两个家伙尽胡扯，接口说道：“我本来四肢齐全，只是铡草铡断了一条胳膊；五官本来也端正，前番却不知怎的得了‘吊斜风’。”

殷三杨四一听要扯下线，马上往回收：“对呀！你‘五行’中缺‘土’，主‘刀灾’，所以断了条胳膊却免了灾。”另一个接着说：“你是‘金命’犯‘煞星’，得了‘吊斜风’，花费两吊钱，‘破灾’靠先生。”

两个瞎子的话还没落音，看热闹的哈哈大笑起来。本来周七猴子一没断胳膊，二没得“吊斜风”，两个瞎子真是睁着瞎眼说瞎话。众人正要戳破，周七猴子又是摆手，又是挤眼，示意别人不要吱声。

只听周七猴子对瞎子说：“先生算命真灵。给你两吊钱，还得先生回去给我破灾。”

周七猴子边说边从腰里掏出两吊钱，“哗啦啦”放在石桌上，又顺手抄回来揣到腰里。两个瞎子听到落钱声，一齐翻着空眼眶，四只手在桌上乱摸，摸了半天什么也没有。殷瞎子以为是被杨瞎子摸去了，杨瞎子以为是被殷瞎子摸去了，反正主家给过钱就是了。两人又吆喝一阵，众人谁也不再上这个当，都哄笑着散去了。

再说那两个瞎子出了庄，心里都还惦记着这两吊钱。一个说：“伙计，那两吊钱可不能独吞啊！”另一个说：“让你拿走了，怎么还赖我？”两人越吵越火。周七猴子一看火候到，蹑手蹑脚跟过去，操个小竹竿，朝这个头上砸一下，又朝那个头上攉一下，就躲到一边看热闹了。这两竹竿下去，可不打紧，火可就挑起来了。一个说：“怎么，你这小子独吞了钱还动手？”另一个嚷：“好啊，你这个龟孙偷了钱还赖人！”瞎眼秃愣谁让谁？你一棍我一棍地撸开了。

周七猴子一看两个算命瞎子打得差不多了，走了过来，说道：“两位先生快住手，算命的钱让你们划拉到桌子下边去了。看看，连自己的钱丢了都算不出来，还能算什么命？别发火了，快拿钱到街上换顿饭吃去吧！”

讲述者： 丁乐举，30 岁，高中学历，瓦窑镇文化站工作人员
采录者： 陈祖忻
采录时间： 1986 年 12 月 4 日
采录地点： 新沂市瓦窑镇

附记

本篇选自《中国民间故事全书·江苏·新沂卷》(知识产权出版社，2007 年 6 月版)。

361

斗河霸

窑湾钱口村有个钱三娃，是个三脚踹不出个屁的老实汉子，平时就靠种骆马湖边的三亩薄地为生。不料那一年骆马湖发大水，把三亩薄地淹得光光的，全家人一时断了生计活路。他老婆就说:“老天饿不死瞎鹰，老天不让种地，咱就去撑船。窑湾紧靠大运河，南来北往的货船都打这儿过，咱就不能找个船捎带点货苦几个?”男人说:“上哪找船?”女人说:“我娘家倒是有一条船，我们去借。”夫妻俩走了趟娘家，好说歹说，借了条船，开始跑窑湾码头。

这窑湾码头，有一湾、二湾之分。凡运货的船只，都在二湾，那里是内河航道，出内河航道才入大运河。有一个叫阎四的，仗着有钱有势，把持着内河航道，谁也不敢惹他，船工背后都称他为“阎王”。“阎王”为了多诈船工钱，从河道掏底垒石腿盖起一处吊楼，一头连着河岸，一头伸向河面，人在楼中坐，船在楼下行。这样，不管什么船只，都得从他眼皮底过，别想跑掉一个。

这钱三娃两口子哪知这“阎王”的规矩?船到吊楼下，听“阎王”一咋呼，心里一慌，一下没掌住舵，船头就撞到了石腿子上，撞掉了几片石块。这一下，可捅了马蜂窝，钱三娃被拖下船就是一顿痛打，躺在那里动弹不得，船也被“阎王”当场扣下。“阎王”撂下话来，说明天送县衙治罪！过路的、行船的，见了都不服，可谁也不敢多嘴，直把三娃媳妇急得号啕大哭。

这天正好是窑湾初五逢集，周七猴子也来赶集，从周嘴子到窑湾也不过二十里地，只个把时辰就到了。见三娃媳妇哭得伤心，问明情由，不由得怒火中烧，气这个“阎王”太霸道！他安慰三娃两口子不要悲伤，明天上县衙由他周七猴子给撑着。临走，交代说，到了堂上，得管周七猴子喊表叔。

第二天，一行人等来到县衙大堂。县官早已受过“阎王”的好处了，今个儿是专治钱三娃罪的！你看他惊堂木一拍，就要三娃服罪：“大胆刁民，恣意行船，竟敢撞毁阎家楼柱。赔银子一百两！没钱，就把媳妇断给阎家抵债！”说完打了一个哈欠，刚要喊“退堂”，忽听一声“且慢——”周七猴子就蹿到了堂上。

钱三娃一见周七猴子，急忙喊：“表叔，快来啊——”

周七猴子佯装不知情，问三娃：“你摊事啦？”钱三娃就把经过说了一遍。周七猴子一听，伸手就给了三娃一个耳刮子，骂道：“你这小子，从小不听话，叫你骑马你下河，让你行船你上岸，闯事了吧！”三娃喊道：“我在河里行船，没有上岸呀！”

“那，你船没有上岸，怎么撞坏人家楼房柱子的？”

钱三娃就把阎家在内河航道上的吊楼模样说了一遍。

周七猴子心里话：我这一问一答，就是说给你这县官听的，现在是同县官正面交锋的时候了！只听周七猴子说：“大人，你都听见了吧？这就是阎家的不是了：大路走人，河道行船，谁见过大路上可以盖房，河道上可以盖楼的呢？”

周七猴子只几句话，就把县官问得张口结舌。

“阎王”一听急了，横劲就使出来了：“老爷，债有主，冤有头，他撞坏我楼柱子，不赔不行！”

周七猴子说：“大人，既然河道上可以盖房，那就爽当[1]请大人行个好，让船都到岸上行吧！”

“胡扯！船怎么能到岸上？”

“那，阎家在河道上盖房想必经大人准许的了？”这回连县官也急了：“胡扯！我多会儿准许过？”

“那，大人！”周七猴子叫道，“阎家霸占河道、阻碍交通、危官害民、欺压百姓，该当何罪？”

“这——”县官被逼得没了法子，只得收回成命，判令“阎王”把霸占河道的吊楼拆除，钱三娃被扣的船放还，还得将船修好才行。“阎王”满以为送了县官礼便稳操胜券，不料赔了夫人又折兵，落得一个威风扫地的下场。

讲述者： 丁乐举
采录者： 陈祖忻
采录时间： 1987 年 4 月 8 日
采录地点： 新沂市窑湾镇

附记

本篇选自《中国民间故事全书·江苏·新沂卷》(知识产权出版社，2007 年 6 月版)。

[1] 爽当：爽快到底。

362

比智慧

周七猴子的机智是出名的，人们一提起他来就说："皇帝的金钱最多，周七猴子的智慧最多。"有一个非常蛮横傲慢的县官听了这话，非常生气，忿忿地说："岂有此理！一个小小的刁民，怎么能比我这个一县之父母更有智慧呢？我倒要找他比试比试，看看他能有多大本事。"

一天，县官乘着八抬大轿，在玉米地边见到周七猴子，周七猴子正坐在一块圆圆的石头上望着天呢。县官坐在轿里大声问道："你就是周七猴子吗？"周七猴子看了看县官，动也没动就说："我就是周七猴子，你找我有事吗？"

县官说："人说你最会骗人，是吗？"

"骗人倒是没有，不过人们都说我智慧多。"

县官说："既然这样，今天我就和你比试比试。你必须现在就把我骗一次；如果不能的话，请你以后在众人面前承认我是你老师，你的智慧全是我教的！"

"现在可不行，"周七猴子故作惊慌的样子说，"我脑子里的智慧到处都是，可惜我放在家里了；要是带来，别说是你，就是皇帝来了也得认我做老师。"

县官一听，更加生气，愤愤地说："那你快点去家里拿。"

"哎哟，我要是能走，还要你叫吗？谁不想做别人的老师呢？"县官疑惑地问："你为什么不能走，是不是害怕呢？"

"你还没看见吗？我的县老爷，我的腿被石头打断了，怎么能走呢？"

"奇怪，这儿怎么会有石头打你的腿呢？"

周七猴子不慌不忙地解释说："我在这儿看玉米，忽然从天上掉下一块大石头，把我的腿打断了。"

县官急于和周七猴子比试，连忙说："这样吧，你坐我的轿子，我们一同去你家比试吧。"于是命令轿夫把周七猴子扶上轿子抬走了。

周七猴子到了家门口，从轿子里跳了下来，笑着说："老爷，你已受骗了。我的腿从来就没断过，快叫我老师吧。"

轿夫都禁不住笑了。县官被羞得钻进轿内逃走了。

讲述者： 周同领

采录者： 刘紫虹，女，20 岁，初中学历

采录时间： 1986 年 9 月 14 日

采录地点： 新沂县时集乡

附记

本篇选自《徐州民间文学集成》（江苏文艺出版社，1991 年 12 月版）。

363

捉鳖戏官

那一年，新来一个姓王的知县。这官一到任，就同地方上的乡宦富贾打得火热，等着这些人拍马溜须送厚礼了。县官呢，脸不红，心不跳，照单全收；凡有所求，一一照应。老百姓看在眼里，摇头叹气：贪官！没治！

这县官贪得无厌，平时也最喜沾腥味，三天两头就得叫衙役上街给他弄鲜鱼来过口瘾，还从来不给钱。卖鱼的碰到这样的主，更是叫苦连天，还无处申冤。

周七猴子听到这事，心想，要碰到我呀，不治他个嘴鼻歪斜的才怪！

这天，周七猴子起了个大早，到骆马湖逮了一只二斤多重的大老鳖，来到街上。刚把装老鳖的口袋放下，衙役三班就奔这儿来了。你甭说，有些事就这么巧，衙役一看周七猴子的口袋，就来了兴趣，大老远的扬手喝问："你卖的是什么？"周七猴子想，俺刚上街你就来了？烦不烦人！嘴里不由嘀咕："问谁的？我？"衙役平时作威作福惯了，哪有这个耐烦？前半句没听见，只听得"我"一个字，就接口："原来是卖'我'的。这'我'是什么？看看！"蹿上来伸手就摸，不想被老鳖一口咬住中指，疼得这名衙役杀猪似的号了起来。旁边卖鱼的早就恨透了县官和衙役，齐声说："除非大叫驴喊才能松口，喊呀！"那衙役也知别人哄他，拖着个口袋就跑。周七猴子只好捧着个口袋跟着，大家也都相随着看热闹。

一大帮人来到县衙大堂。王知县惊堂木一拍，问道："你这衙役，为何叫喊？"

衙役指着周七猴子边哭边说："他，他卖'我'，我替老爷买'我'；这'我'就来咬我手，直个疼死了我。老爷救命！"

王知县听了半天没听出头绪，就叫被告周七猴子讲案由。

周七猴子差一点没笑出来：没想到这衙役这么快就入了我的弯弯道。就顺着衙役的话讲起来："大人，是这样的：我卖'我'，他买'我'；我不叫他买'我'，他偏要买'我'；'我'咬他，是他自找苦吃，怎能怨我？"

那县官直个弄糊涂了！他想弄个究竟，便走下堂来，让周七猴子把口袋打开，伸头一看，喝道："真是岂有此理！我当'我'是个什么东西？弄半天'我'原来是个王八！"

两旁的人一听，差一点没笑瘫。

讲述者： 孙子凡，62 岁，退休教师
采录者： 陈祖忻、杨增强
采录时间： 1987 年 3 月
采录地点： 新沂市棋盘镇

附记

本篇选自《中国民间故事全书·江苏·新沂卷》（知识产权出版社，2007 年 6 月版）。

364

说真假话

时集大周村有个贾财主，人称“刮皮鬼”，鸡蛋到他手里过一次也要小一圈子，一把糠到他那里也得榨几滴油出来。他刮雇工的油、占雇工的便宜有一个绝招：凡在他家干活的，无论长、短工，从打工开始到结算工钱前必须说两句真假话。什么叫真假话？就是这话既是真的又是假的。若说不上来，工钱扣光。这一手真厉害，多少雇工为此白干一季或一年，有冤无处诉。

周七猴子知道这事后，气得不行，想这样的财主非得教训教训不中，便赶到大周村，找到贾财主，说：“俺给你干！”

贾财主不认得周七猴子，皮笑肉不笑地说：“咱家规矩知道吧？”

“知道。”

“知道就好，咱这是有言在先的啊！到时别说没提醒你。”

周七猴子在贾财主家一干就是半年，好像已经把说真假话的事忘记了。贾财主暗自得意，心想这个雇工，看来也得跟以前的一样：白干！

转眼到了中秋节，秋高气爽，月亮像个大银盘挂在天空。贾财主兴致很浓，和一家人饮酒赏月，酒喝多了口渴，就让周七猴子去厨房端碗茶水，多半晌也不见周七猴子回来。贾财主生气了，大声喊道：“穷鬼！磨蹭什么！”

“东家——来了！”周七猴子急呼呼赶到贾财主面前，一手拎着茶壶，一手端着茶碗，说：“刚才月亮掉到俺的茶碗里了，俺一心慌，碗砸坏了。俺又赶紧把月亮拾起来放到井里，就耽搁了一会儿。”

“胡扯！”贾财主骂道，“月亮不挂在天上好好的吗，怎么会掉井里？准是你躲哪里偷懒！”

“哎唷东家——月亮是挂在天上，可茶碗里、井里真有个月亮，不信你去看看！俺这说的既是真又是假的真假话啊！”

贾财主被噎得直翻白眼，心想还不能小看这个雇工。以后呢，贾财主就处处小心，生怕周七猴子再胜他一次。

日子过得飞快，贾财主的太太肚子一天天大起来，到腊月二十，是临产的日子。贾财主在书房里坐等，让周七猴子去买红糖、胡椒，请守生婆，照料一切，有什么消息，立即来报。只一顿饭工夫，见周七猴子一路小跑进了书房，对贾财主说：“东家——下啦！”贾财主急忙问：“生什么孩？”

“一只小羊羔！”

“混蛋！你竟敢骂我？”

周七猴子不紧不慢地说：“东家是属羊的，不说太太下小羊羔，错种啊？”贾财主一屁股跌坐在地上，说：“罢了，罢了，工钱你拿去吧。”

讲述者： 李永涛，38 岁，黑埠文化站工作人员
采录者： 陈祖忻
采录时间： 1987 年 4 月
采录地点： 新沂县新安镇

附记

本篇选自《中国民间故事全书·江苏·新沂卷》(知识产权出版社，2007年6月版)。

365

过桥

老沂河上有座桥，西通邳城，东通新安镇。此桥原是本地乡绅陆善人生前筹资所建。有了这桥，过往行人十分方便；人们都说，这是陆先生行善积德的一件好事。

不料前番桥头忽然来了一个黄官爷，带两名兵丁，驻桥头不走了，说官府有通告，凡过桥者，必须交纳过桥费十文，否则不得过桥。这一来，坑了附近的老百姓。因为真正远路的客商走这桥的不多；倒是附近的农人，下湖种地，套车上路，都得走这桥。这不等于是逼着老百姓从口袋里掏银子么？

周七猴子听村人诉苦，觉得这钱收得实在冤，就去找黄官爷论理，说：“请问官爷，你收这钱，根据何在？”

黄官爷说：“今年大旱，至今滴雨未下。我们县太爷拟搭起神坛拜神求雨，这吃用开销，不要钱啊？”

“可是老百姓本来就歉收，又哪来的钱交过桥费呢？”

黄官爷蛮横地说：“这我不管！反正南来的，北往的，挑泥罐的，卖泥响的，卖大葱的，卖大蒜的，只要在我这桥上过，都得掏钱！这叫取之于民，用之于民。”

嘿！盘剥百姓还能讲出一套套理来！

那一天，周七猴子揣着一小罐漆，上桥了。

“干什么的？交钱！”

周七猴子站住了，说：“刚才身上倒是有俩钱的，只是赶了趟新安镇，买了点漆，又交了点租，就什么也没有了。要不，等我从邳城回来，借到钱，一块儿给？”

黄官爷板着脸说：“不管，不交钱就别过桥！”

“你看看，”周七猴子笑着套起了近乎，“俺说过从邳城回来一块儿给，你还信不过我？这样吧，俺先把这罐漆放在你这儿，权当押金；回来一手交钱，一手取货不就得啦！”

好说歹说，黄官爷把漆留了下来。

周七猴子到了邳城，一张诉状递到了县衙，专告黄官爷在桥头设卡敲诈他八两银子。

县官一听，咋着？你姓黄的说是给县衙收费，到如今连二两银子都没有见你的，原来你胃口大得很啊，一下子就讹人八两！一发火，就把黄官爷传讯到堂上。

这边，黄官爷还不知哪头逢集，还以为县官有赏呢。待到得堂上一看县官脸色铁青，才知不妙。

县官惊堂木一拍：“大胆黄狗！身为衙役，竟敢敲诈苦主八两银子，独吞钱财！”

黄官爷连一点昔日的威风也没了，只是跪在地上叩头：“小人不敢独吞银两，小人只收了他的七两漆，权当抵押。”

“混蛋！八两银子你说成七两七，你还想赖三钱不成？来啊，给我重打二十大板！”

衙役三班不管三七二十一，按倒就打，把个黄官爷打得杀猪般叫喊。

周七猴子一看打得差不多了，出来做好人了。他让县官饶了黄官爷，说沂河上那座桥是陆善人所修，况且过桥的全是附近的村民，一天不走也得过三趟；若收取过桥费，老百姓全没法过了，说得县官哑口无言。

不几天，老沂河上的“卡口”撤了。

讲述者： 周同领

采录者： 陈祖忻

采录时间： 1987 年 9 月

采录地点： 新沂县纪集乡坝头村

附记

本篇选自《中国民间故事全书·江苏·新沂卷》（知识产权出版社，2007 年 6 月版）。

366

辨诬

周七猴子给人写诉状，递到官府，每次都赢，许多穷人因此出了一口恶气。可是那些输了官司的大户可气死了，发誓要报复周七猴子，让他死无葬身之地。

那一年，宿迁府衙的捕快逮到一名江洋大盗，关在狱里，等待审判。地方上三个大户勾结起来，用一千五百两银子买通府官，要江洋大盗做证，告周七猴子连赃罪，一起判个死刑。贪官见钱眼开，就让衙役去买通盗贼，说你到堂上只要如此如此做证一番，死罪可变活罪，活罪可减免。一切准备就绪，府官就发令，让衙役去捉拿周七猴子。

三月阳春之夜，周七猴子正在酣梦之中，衙役破门而入，硬说周七猴子犯了案由，现原告、证人都在堂上。周七猴子欲待分辩，衙役哪容他分说，一副枷铐了就走。

周七猴子边走边想，左邻右舍、长工帮佣请我写状子，官司都赢了，他们不会告我。告我的人，未必认得我。这就好办，不行我反诉你一个诬告罪。

衙役带着周七猴子，一气走到天明才进得城里。周七猴子说："衙役，想必你们也知道，我周七猴子人称"周铁嘴"，人前人后也是一条汉子，如今被你们押在街上被众人看见多不好。商量一下，让我进店买个蒲包如何？"衙役没明白是什么意思，就容周七猴子进店买了一个蒲包，带周七猴子进府衙交差了事。到开庭审案的一天，宿迁府官一本正经坐在堂上，惊堂木一拍："周七猴子，你可知罪？"心里话，周七猴子，这回你可犯到我手里了，上次我受你辱至今还没消气呢！

"俺周七猴子一不偷二不抢，不杀人不放火，何罪之有？"

"大胆周七猴子！"府官大怒，"看来你是不打不招了！来啊——"

"且慢——"周七猴子趋前一步说道，"大凡审案，都有案由，请问我周七猴子所犯何罪？"

"大胆刁民！你与江洋大盗一起作案，如何抵赖得了？现在苦主将你告发！"周七猴子追问："可有证人？"

"有啊！"惊堂木一拍，"带——证——人！"

证人带上来了。这当口，周七猴子早已把事先准备好了的蒲包拿了出来，套在头上，上头挖好两个小洞，正好留有两只眼睛的位置，可以看到外面的一切，而别人看不见他的模样。

只听府官问："大胆盗贼，报上名来！""回大人，小的叫王三。""王三，你要如实招来。你是不是与周七猴子一同作案？若有半句瞎话，大刑伺候！""回大人，小的与周七猴子一起抢劫、偷盗二十四次，杀人命两条。以上句句是实，并无半点讹言。"

府官捻动两根胡须，喝道："周七猴子，你还有甚讲？"

周七猴子说："大人，容我问证人两句。"说着转脸问王三："王三，你既然与周七猴子共同作案二十四起，杀人命两条，肯定认得周七猴子了？""那是自然的。""那么俺问你，周七猴子长什么模样，嘴有多大，有几颗大牙，几颗小牙？"这一下王三犯愁了，衙役交代时也没有交代得恁详细，只好猜了。王三说："你周七猴子是个大嘴。"王三这是想当然：既然周七猴子人称周铁嘴，必定嘴大。这一想当然，就走岔子了："嘴大到耳边，四颗大门牙，两颗……"

不待王三说完，周七猴子就把蒲包抹下，甩到一边，说道："王三，你再看看，俺恰恰是小嘴，也无大门牙。你做伪证，犯诬告罪！"

王三愣在那里，府官也吓坏了，按清朝律条，这也够查办的。正想说几句弥补的话，只听周七猴子说："大人，你身为朝廷命官，谁叫你们这样做的？我要向上告你们！"这时，这府官和证人都吓得魂都掉了，直哆嗦。

周七猴子看府官洋相出尽，便问府官："你看今天的案子该官了还是私了？"

府官问："官了怎讲？私了怎说？"

周七猴子说："官了就是告到巡抚衙门，追究你买通伪证、冤屈好人之罪。"

"私了呢？"府官急切地问。

周七猴子说："要说私了啊——"周七猴子伸出三个手指："一是江洋大盗要法办；二是三个所谓苦主每家拿出五百两银子在门前唱一台大戏，让老百姓知道俺周七猴子受诬的事；这第三呢，你这当官的，今后无论办什么案，一定要秉公断案！"

"好、好、好，咱私了，私了。"府官连声说私了。周七猴子这才昂首迈出大堂。

讲述者： 周同领

采录者： 陈祖忻，女，时集乡农技员

高兰，女，时集乡农技员

采录时间： 1986年12月3日

采录地点： 新沂县时集乡大周村

附记

本篇选自《中国民间故事全书·江苏·新沂卷》（知识产权出版社，2007年6月版）。

367

火龙衫

周嘴村出了位周七，只因机敏过人，人们送他个外号"周七猴子"。这周七，不但识些字，而且会些武艺，又专好打抱不平惩治邪恶，老沂河两岸没有不敬重他的。

离周嘴村南十五里路有个张家庄，张家庄有个财主张霸天。此人为富不仁，无恶不作。他看谁家的闺女好，总要千方百计地抢到家；他看谁家的田地好，总要想方设法地弄到手；他看谁家的骡马好，总要不择手段地霸归己有。远远近近，没有不怕他的，没有不骂他的，没有不恨他的。

这事儿传到周七耳朵里，周七下决心要惩治这个恶棍。

腊月里的一天，天上飘着雪花。周七喝了一斤老烧酒，又喝了三碗辣汤，甩掉棉袍，手中倒提着九节钢鞭，骑着马，来到张霸天的门前。

张霸天的几条恶狗蹿上来，扑向周七。周七提起钢鞭，抢先来了个蛟龙摆尾，只几下工夫，为首的那只大白花狗便被打翻在地，乱滚乱叫。狗腿子赶忙跑进家报告张霸天。

张霸天一听，火往上撞。俗话说，打狗看主人，哪个恶小子，敢来太岁头上动土！张霸天气急败坏地跑出门一看，打狗的这小子，二十四五岁年纪，白净面皮，肤色红

润，上身穿件青缎白里的夹袄，手中一条钢鞭，舞得滴溜溜乱抖。张霸天不由得心中一惊：乖乖！飘雪的天，俺穿着皮袄还冻得慌，这小子穿件夹袄开着怀，还冒汗。奇怪，奇怪！莫非，这衣服有什么名堂？听说古时候有宝衣，莫非这小子穿的就是？要真是宝衣，哼，俺得想方设法弄到手。

张霸天压住怒火，来到周七跟前，低声下气地说："不敢动问，公子尊姓大名？"

"姓周，官称七爷。"

"穿这样单薄，不冷吗？"

"冷？哈哈，有眼不识泰山。穿着这件祖传宝衣'火龙衫'，就是冰冻三尺，也会热得流汗。"周七说着，拽着褂襟扇着风。

"七爷，赏赏光，到寒舍一叙，让老朽观观宝衣，长长见识。"周七欣然应诺。周七来到房舍，茶罢落盏，他和张霸天订了一纸合约，决定即刻和张霸天赛马。如果张霸天赢了周七，他甘愿用这件火龙单衫换张霸天身上的皮袄；如周七赢了张霸天，张霸天在张家庄摆酒三天。合约订好，张霸天命马夫到马棚牵来上等马匹。

赛马开始了，周七打马直奔正南而去，张霸天紧追不舍。起先，周七还不觉太冷；跑有二十里路，渐渐地，周七觉得凉气袭人。这时周七又拽出九节钢鞭，边跑边舞动起来。这张霸天求胜心切，一心想得到周七的那件宝衣，哪敢怠慢？一见周七在前边洋洋自得，竟舞起鞭来，不由得心中暗喜，紧催快赶；不大的工夫，便赶上超过了周七。这赛马的路程是四十五里，约定地点是运河大堰。张霸天比周七早到半个时辰，在运河大堰上站着、等着，冻得索索发抖，才见周七舞着钢鞭，慢腾腾地赶来。俗语说，寒腊月冻死懒汉，你想：这么冷的天，穿皮袄还叫冷，周七不舞鞭还受得了吗？冷归冷，周七还故意抓一把雪搓在前胸。

周七垂头丧气走到张霸天跟前，叹口气说："咳！这马不争气。这件衣服也是，天越凉，它越热得慌。看！前胸都冒出汗。"

张霸天一看，果真不假，心中那个美劲没法提。

"男子汉大丈夫，一言为定，七爷不含糊。"说着，周七脱下夹袄，递给张霸天；张霸天也脱下皮袄，递给周七。张霸天喜滋滋地把夹袄往身上穿。

周七穿上皮袄，打马扬长而去。

讲述者： 杨方圣，62岁，高小学历，农民
采录者： 李汉述，40岁，高中学历，埝洼村干部
采录时间： 1986年12月9日
采录地点： 新沂市埝洼村

附记

本篇选自《中国民间故事全书·江苏·新沂卷》（知识产权出版社，2007年6月版）。

368

半年戏

那年腊月二十三，周七吃过饭出来溜达，走到沂河边那棵大柳树边，见一个人要上吊哩。

周七再三盘问，才知那人叫刘山，是个唱戏的。在邳城戏霸徐老虎那里唱了半年戏，结果被捏个错扣了工钱不算，还把他一点积蓄也夺了去。刘山打官司，官司没打赢，反而挨了四十大板。刘山被逼得走投无路，只有一死了之。

周七听了心里很不平，先是对刘山好言相劝，接着把刘山叫到家里，保证三天之内将工钱要回。

第二天，是腊月二十四，周七一早就到了邳城。他把行李和仆人安排好后，直奔徐老虎那儿搭班唱戏。

此时，徐老虎因赶走了挑大梁的刘山，正愁着无法唱戏，一听来了个名叫“周吉”的亮角，心里才稍微踏实一些儿，假惺惺地迎了出去。

你别说，周七还真管[1]，什么生旦净末丑，文武坤角都能当，样样通。那徐老虎以为又来了一棵摇钱树，赶忙挂了水牌，出了戏报，大吹大擂，招徕观众。

[1] 真管：方言，真行、有本事。

邳城是个爱听京戏的地方，许多观众争先购票，只等名角登台。可是三通锣鼓后，那周吉既不化妆，也不上场。徐老虎那个气哪，可是不能发作，因为许多名角就是这样来着。

好歹等开场戏唱完了，这周吉才将手中一个物件递给了徐老虎。班主一看，原来是一盒漆，忙叫手下的一称九两整。周吉见事已办妥，不等乐器催场，就穿着随身衣服上了前台。

这举动，别说听戏的，就是徐老虎也给弄懵了：“这演的是哪一出啊？”他眼睁得像被绳勒死的狗一样，巴巴地望着。

这周七已走到左台，只听他唱：“正月、二月、三月。”又走到右台唱：“四月、五月、六月……”

台下喝起倒彩来了。徐老虎的爪牙们一哄而上，把个周七围得水泄不通。正当要打时，台下有人喊：“不能随便伤人，自有官府明断！”徐老虎认得是本城乡绅刘俊，不敢放肆，扯着周七到县衙去讲理。那些听戏的虽然没听着戏，却看到了新鲜事儿，便像潮水般随了过去。

再说那县官，和徐老虎有交情，没等徐老虎讲完，那烧饼脸儿早气得像贴了层茄子皮。刚要发作，师爷咬着他耳朵说道：“老爷新来不知，被告周七，向来好揭人隐私。前几任大人都奈何他不得，今日之事，请大人三思而行！”

县官听了，不由一愣，怒气顿时撤了大半，于是低声问道：“那唱戏的，你因何与班主厮闹？”

周七一听问话，心里便有了底儿。你看他委委屈屈地说道：“回老爷，小人在徐老虎班里唱了半年戏，如今他非但分文不给，还要打我，请老爷给小民做主！”

徐老虎一听，好啊，俺倒成了被告！连忙分辩道：“老爷，别听他一派胡言！”他用手一指周七道：“你小子才唱到六个月呀！”

“混蛋！”县官骂道，“半年、六个月还不是一回事儿？快开钱给人家！”说罢就要退堂。

“谢青天大老爷明断！”周七心里挺自在，嘴里还是苦苦地哀求，“求老爷再给小民做主，小人还有十两银子在班主那儿存着！”徐老虎听了差点儿没把肺气炸：讹了半年工钱，还要得寸进尺，俺偏不依你！他忙朝上叩了个响头道：

“老爷，这小子要无赖，明明是九两漆哪！”

“哼！什么九两七、九两八的，快给人家十两！再要胡说小心掌嘴！”县官心想，徐老虎哎，你得了吧，没讹你千儿八百的就算是个大便宜了。别说是你，就是老爷我，还怵他一筹呢！

那边徐老虎自认倒霉不提。再说周七谢了刘俊，带了仆人连夜回到家里，将银两送给了刘山。那刘山口称“恩人”，千谢万谢地去了。

讲述者： 杨如银，老店员

采录者： 高振东

采录时间： 1986 年 12 月

采录地点： 新沂县炮车乡

附记

本篇选自《中国民间故事全书·江苏·新沂卷》（知识产权出版社，2007 年 6 月版）。

369

圆谎

俺那乡人世代传讲，周七猴子知识渊博，富有智慧，经常帮助地位较低的人。一次，周七猴子被当地一个财主聘到家里，帮助他出谋划策。财主为了显示自己的财富，从外地请来了一位教书先生，专门作为孩子的私塾教师。这位财主特别喜欢向别人炫耀自己的财富，而且不允许别人在他的面前夸口。这位教书先生对于财主的这种做法非常反感。有一次，先生实在忍不住，就对财主说：“大人，您家非常富有，是当地的大户人家。我虽然是一个教书先生，家中也不比你家差多少，也是当地的富有人家。”财主听了先生的话既惊讶又气愤，他不相信先生的话是真的。等到先生教书期满之后，财主就安排周七猴子送先生回家。其实财主是想让周七猴子证实一下先生说的话是不是真的。

于是，周七猴子就陪同先生一同回家。二人坐船从下邳至窑湾，先生就说：“周先生，你就送到这儿吧。”周七猴子对先生说：“先生，不要担心，我不会和财主一条心的，顺便游览一下沿途风光吧。”二人就继续坐船，到了扬州改走陆路，走了很远，还没有到先生的家。周七猴子就问道：“先生，你的家在什么地方？”先生这时才说了实话："周先生，实话告诉你吧，其实我的家非常贫穷。财主安排您送我，只是为了验证一下我在财主面前夸下的海口。"周七猴子并没有说什么，只是默默地跟着先生艰难地走在泥泞的小路上。距离先生家二里路的时候，周七猴子看到一个小女孩正在地里捡拾柴禾。那个小女孩远远地看见两个人走来，高兴地跑了过来扑进了先生的怀抱说："爹爹，您回来了。"先生搂着小女孩说："周先生，这是我的女儿。"又走了一里路，看到一个小男孩在地里挖野菜，就对周七猴子说："这是犬子。"一路到家，先生对周七猴子说："先生，您也看到了，请您一定帮我圆这个谎。"到了吃饭的时候，周七猴子才发现，原来先生的家中连一张吃饭的桌子也没有，先生就把家中的筛子倒过来扣在地上。由于屋内光线太昏暗，先生的娘子就把家中唯一的油灯点着了，用手捧着，二人这才把饭吃完。第二天，周七猴子就坐船离开了。

第二年，财主又见到教书先生，就和他聊了起来："听周先生说您家特别富有，真的不假。二里柴厂、一里菜园；院子宽大，一片瓦房；院落深邃，一眼望不到头。特别是吃饭的时候，每顿饭都是有筛有锣。您家的那盏灯最为神奇，可以随意调节，真是一个宝贝呀。不知先生可否将那盏宝灯赠送于我呢？"先生说道："对不起，这盏灯是我的宝贝，心爱之物，可不能送与你。"教书先生在心里默默地感谢周七猴子。

这个故事至今仍广泛流传，周七猴子的智慧和正义之气仍为广大群众所津津乐道。

讲述者： 李文金，男，84岁，大专学历，副研究馆员，睢宁县文联退休干部

采录者： 张甫文，男，68岁，大专学历，睢宁县委宣传部退休干部

采录时间： 2020年8月

采录地点： 睢宁县城

370

十两银子

清末，住在周园的周七猴子非常有才，但屡试不中。人们常说，周七猴子有状元之才，无状元之命。当时，本家的一个侄女将要出嫁，家人就准备了十两银子，委托见过世面的周七猴子到扬州置办嫁妆。十两银子在当时不是小数目，置办嫁妆绰绰有余。周七猴子带着银子来到了扬州，当他看到一片大好风光时，早把置办嫁妆的事忘在了脑后，只顾游山玩水，喝酒取乐，很快十两银子就花得所剩无几了，只好用剩下的银子买了九两漆。这天，周七猴子转到了一个戏班子的门前，看到了一个招聘启事。说是只要精通五音，会唱戏曲就可以被选用。周七猴子就来到戏班应聘，通过了面试。老板起草了一个合同，合同上说："唱满一年，付银十两。"周七猴子想了想就对老板说："这样吧，既然一年又叫十二个月，那就把合同写成'唱满十二月，付银十两'。"

该周七猴子上场了，可锣鼓敲了半天也不见周七猴子上场。老板急了就催促道："周先生，再不上场就要扣工钱了。"周七猴子没有办法，就抓了一把颜粉往脸上一涂，就来到了场上。只听他唱道："正月里来正月正，薛

仁贵跨海去东征。二月里来龙抬头，王三小姐抛彩球；彩球打到薛平贵，柴王窑里度春秋。三月里来三月三，王禅老祖下仙山……十二月里够一年，七国孙膑与庞涓；庞涓铡去孙膑腿，仇报仇来冤报冤。”一直唱完了十二个月。台下的听众不愿意了，纷纷找老板要求退票。老板异常生气，就把周七猴子从台上拽了下来，并要把他赶出戏团。周七猴子就对老板说：“当时，我们可是签了合同的，你不能毁约。”这件事情闹到了官府，当时的知州大人看到周七猴子的诉状，听着他的诉说，感觉到这是一个落魄的文人，感到很同情，就对那个老板说：“周七猴子有没有唱满十二个月？”老板答道：“唱完十二月。”知州就说：“既然周七猴子唱满十二月，理应付银十两。”于是，戏班老板就付给周七猴子十两银子。按说到此，官司已经结束，可周七猴子又说道：“老爷，我还有十两银子寄在老板那儿，请您为我做主。”知州就对戏班老板说：“可有此事？”戏班老板赶忙说道：“哪里是十两，只有九两漆（七）。”知州说：“既然有九两七，就不要在乎那三钱，干脆就给周七猴子十两算了。”周七猴子赶忙谢过知州大人，戏班老板不仅将工钱给了周七猴子，另外多折了十两银子。周七猴子得到银子后，赶紧置办了嫁妆，赶了回来。家人听说后，纷纷赶来看望，夸赞他的办事能力。可中间故事只有他自己才知道。后来，这个故事就流传至今。

讲述者： 李文金，男，84岁，大专学历，副研究馆员，睢宁县文联退休干部

采录者： 张甫文，男，68岁，大专学历，睢宁县委宣传部退休干部

采录时间： 2020年8月

采录地点： 睢宁县城

371

拉肚灭迹

一日酒席中，朋友们串通一气，想出周七猴的洋相，要搞恶作剧。在周七猴的饭碗里加进泻药，饭后借故把周七猴骗进一间空房子，并在门外加锁。稍后泻药生效，周七猴想拉肚子，门被上锁，心里便明白被朋友恶搞了，成心是想让他丢人现眼。情急下，抬头看到搁板架上放有一双靴子。他把靴子作为便盆用。靴子装满了，还是腹泻不止。看到墙角有两个大冬瓜，他从墙上取下镰刀，将冬瓜开孔后当作便盆用。然后把靴子放回原处，将冬瓜封孔，收拾干净无任何痕迹。朋友们回来开门，看到周七猴神容自若，室内干净，没有任何拉稀的痕迹，只认为是泻药失效，并向周七猴致歉。周七猴也宽容大度地谅解他们。但今后在切冬瓜和穿靴子时的情况就可想而知了。

讲述者： 李文金，男，84岁，大专学历，副研究馆员，睢宁县文联退休干部

采录者： 张甫文，男，68岁，大专学历，睢宁县委宣传部退休干部

采录时间： 2020 年 8 月

采录地点： 睢宁县城

附记

此故事在“文化大革命”前后主要流传于古邳镇及周边姚集、魏集、张集等乡镇，并遍布邳县、新沂一带。周七猴子祖籍睢宁县古邳镇周园村，其故事在 20 世纪 80 年代由 75 岁的睢宁县税务局离休干部晁镇讲述，晁岱卫采录整理，并入编《睢宁县民间文学集成》，现在睢宁各地仍世代有序相传。（张甫文）

372

刁人王桂一故事

赎小猪

朱古村有个财主叫张百万。此人虽说家产万贯，却极其小气。王桂一早想玩[1]他了，只是没找着机会。

这天张百万的老娘死了，他给老娘出殡，大办丧事。王桂一怀抱一头小猪羔，骑着毛驴路过这里，问茶棚的上账先生：“张家为谁办丧？”上账先生见是王桂一，忙赔笑说：“您还不知么？财主老母仙逝了。”王桂一装作不知道地说：“原来是老伯母过世，我得哭灵去。”随后他又为难地说：“我刚赶集回来，身上带着的两块大洋都让买这头猪羔花光了，没礼钱怎么吊孝呢？这样吧，你给我写上小猪一头折大洋两块，以后来赎就行了。”上账先生知道王桂一不好惹，不敢做主，偷偷跑去问张百万。张百万一听说王桂一也来吊孝，觉得脸上有光，哪在乎礼钱的小事，吩咐上账先生好好款待王桂一。

转眼大半年过去了。腊月二十四，有钱人家都杀猪宰

[1] 玩：方言，捉弄。

羊过年；王桂一用来当礼的那头小猪被张百万喂得膘肥肚圆，也杀掉了。王桂一得了信，一本正经地前来要猪。

张百万非常疑惑，心想：我又不该[1]你的，为啥向我要猪？

王桂一“嘿嘿”冷笑两声，不紧不忙地说：“甭忘了，这头猪是我行丧礼时押在你家的。”

张百万这才懵懵懂懂地想起有这么回事。不过他蛮有理地说：“你既然用它行礼，那当然是我的了。”

王桂一眼一睁：“笑话！烧纸哪有送小猪的？当初讲得好好的，以后来赎嘛！不信，你可以查吊簿。”

张百万气得直翻白眼，叫家人捧来吊簿一查，上面果然写着“小猪一头折大洋两块，以后来赎”等字样。张百万傻眼了，恼火地问：“你为啥不早些来赎？”

王桂一说：“我早想来赎，可手头没钱呐！到年节了，才借钱来赎的。”

张百万明白上了王桂一的当，可又说不过他，只好死乞白赖地强口硬辩：“小猪得吃食吧，得人侍候吧，这能比别的东西好赎？”

王桂一火了：“我叫你喂了么？说饿死找你了么？只要是我的就得还我！”说完，他扔下两块大洋，将猪煺了毛，开了膛，白晃晃两板猪肉搬上毛驴驮着就走，张百万气得两眼白个白个的。

讲述者： 周忠华
采录者： 朱琳，28岁，乡通讯员
采录时间： 1988年10月6日
采录地点： 铜山县大许乡文化站

[1] 该：方言，欠。

牵驴吊孝

王桂一的姑母去世了。接信后，他前去吊孝。姑母在世时两个表弟极不孝顺，这一点王桂一早有耳闻。趁着办丧事，他打算好好治治那两个不孝顺的黄子。

王桂一的两个表弟早料到表哥会来出洋相，早就做好了准备，要出王桂一的丑。

前来吊孝的宾朋们都受到了主家的热情款待，有接牲口的、有递烟的、有沏茶让座的；唯独王桂一，下了驴等了半根烟的工夫也不见有人来迎接，大伙儿都装作没看见似的把他晾在那儿了。王桂一一瞧这阵势，明白了：乖乖，这是出我的洋相呢！他二话没说，牵着毛驴进茶棚上了账，然后整整衣衫，把驴缰绳掖进裤腰，“噔噔噔”直奔灵棚而来。起先，两个表弟看到王桂一遭到羞辱，开心极了；这阵一见王桂一牵着牲口进灵棚，可就膝盖上长草——慌（荒）了腿了。两个表弟一使眼色，忙躲进棺屋守灵去了。牵着牲口进灵棚，那成何体统！大伙儿忙上前去接缰绳。王桂一哪里肯依，骂道：“这畜生想做人事哪！我有心抬举它，可它驴眼看人低。”大伙儿被骂得面红耳赤，还得厚着脸皮硬把牲口牵过来。

进了灵棚，按规矩王桂一作揖磕头。谁知，俩表弟给他的是一顶小孩戴的孝帽子，仅能卡在头皮尖上，一磕头孝帽子便滚到地上。他灵机一动，偏不用手去捡，却用头拱。孝帽子又软又小，哪里拱得起！可他跪在地上，狗扒坑似的拱来拱去。看热闹的闺女媳妇，起初低声偷笑，后来终于忍不住笑出声来。灵屋里两个表弟正想象着王桂一出丑时的窘态，忽听外面笑声不绝，忙探出头来。二人一见表哥那副滑稽相，“扑哧！”笑出声来。王桂一这回可是绊倒拾个铜板——得了礼（理）！抓起孝帽子，“忽”地爬起来，一指两个表弟，说道：“临丧不哀就是不孝。我非告你们个不孝之罪不可！”说罢，转身就走。那时不孝顺，是人人恨的大罪，哪里吃罪得起？两位老表以及帮助办丧的亲邻死死拽住王桂一，好话说千箩，要天许半个。最后王桂一才松了口，要两个表弟一步一磕头，把姑母送上坟地。丧事办完，王桂一的两个表弟膝盖被磨得血糊哩啦的，后悔不该对母亲不孝，遭此羞辱痛苦。

讲述者： 周忠华
采录者： 朱琳
采录时间： 1988 年 10 月 6 日
采录地点： 铜山县文化站

驴的朋友

村里有几个无赖想合伙玩王桂一。这一天，王桂一骑着毛驴去赶集，路过村前桥头，见几个无赖坐在河边柳树下凉快。对这类人王桂一不想搭腔，没有下驴，直接往前走。一个无赖站起来，奸笑着打招呼："当晌午到哪儿去？"王桂一待理不理地说了声："赶集。"依旧往前走。另一个无赖撇撇嘴说："人家是问你的吗？是和那头驴说话哪！"王桂一翻身下驴，自言自语地说："噢，原来是这样！"几个无赖"哈哈"大笑。王桂一不动声色，把驴拴在柳树上，伸手折了根柳条，在驴屁股上狠狠抽几下，边抽边骂："该死的畜生！在家里我问你有没有朋友，你对我说连个熟人都没有，这是哪来的朋友？看看，人家不认识你和你打招呼干啥？这些难道不都是你的朋友吗？"把那几个无赖骂得狗血喷头，吭不能吭，咽不能咽，自认倒霉。

讲述者： 周忠华
采录者： 朱琳
采录时间： 1988 年 10 月 6 日
采录地点： 铜山县文化站

附记

这一组三个小故事均选自《中国民间故事全书·江苏·铜山卷》（知识产权出版社，2007 年 6 月版）。刁人，农村也叫精明人，就是那种能言善辩、据理力争的机智人物。与这类人打交道要多长个心眼，不然就会吃他的亏。刁人王桂一的故事很多，这里仅选择三个，以供读者一笑。（杨权业）

373

巧媳妇卖菜

早先年，赵家庄上有个赵二，他最爱的是浇园种菜，最怕的却是赶集卖菜。为啥哩？因为他为人憨厚老实，到集上卖菜，常受一些地痞无赖的欺负，吃了不少哑巴亏。

那年夏天，早茬的黄瓜开了园。因为肥足水勤，赵二又摆弄得好，头天开园就摘了满满两架筐。媳妇看着喜得抿不上嘴，可赵二看着却愁得抬不起头。媳妇知道他的心事，就说："你别愁，打今儿往后卖菜我跟你一块儿去。地痞无赖还能咋着谁，他有来言咱有去语；他有关门计，咱有跳墙法。"媳妇平时心灵手巧、能说会道，是村里有数的能人。有她跟着，赵二放心了。

第二天，小两口挑着担子上了集。因为到得晚了点，好地方全部被别人占完了，他们就在一个包子棚边上摆下了菜摊子。也是该着巧，这棚底下卖煎包的你猜是谁？嗨，正是镇上一个外号叫"瘟大头"的无赖。这人平日里不务正业，就靠着在赶集的乡亲们身上敲诈掠夺过日子。远近乡亲们都知道他是个沾毛赖四两[1]的人物，如今虽说在卖煎包，可胆小怕事的还是怕他，不敢去吃。眼看着快罢集了，他那桌上还剩下老高老高三托盘包子哩。瘟大头可急啦。朝旁边瞅瞅，正巧见赵二卖完菜在"叮叮当当"数铜钱，不由眉头一皱，计上心来。他把油抹布往肩上一搭，双手叉腰，凑过去，胳膊肘朝赵二一碰："哎，老弟，你一天都在下风头，倒说说，我这包子香是不香啊？"赵二抬头一看，是瘟大头，不由慌了神，忙站起来说："哎哎，咋不香？香！"瘟大头皮笑肉不笑地说："别这么随口搪塞人，你当真说说，到底香不香呢？"赵二吃过他的亏，一心想打发他快走，于是认真闻了一阵子，赔笑说："嗯嗯，香，老哥的包子香着哩。"听完这话，瘟大头顿时把脸一沉："老弟，要知道，这油香味就是我包子的精髓。就因为一天里你在下风头，把我包子的香味全闻光了，所以这堆包子就没人要了。现如今没二话，闻了一天油香味，你得给我三块银洋！"赵二一听，气得浑身簌簌地抖，心里想：这个挨刀的，包子卖不出去，想出歪点子讹人来啦！可老实人肚里有话，嘴上就是讲不出来。

赵二媳妇一看这事，不慌不忙走过来。她打兜里掏出三块银洋，朝瘟大头鼻子底一亮，笑笑说："银洋有，可你得先听听真假。要是真洋，一敲就响；要是假洋，是哑的。来，我来敲，你来听。"一听赵二媳妇说得这么顺耳，瘟大头可喜眯眼喽，觉着钱就要到手了，忙不迭地把头伸了过去。赵二媳妇拔下头上的簪子，朝银洋一敲，问："听听，是不是银洋声？""是银洋声，是银洋声！"三块敲三下，瘟大头都说是银洋声。敲完了，赵二媳妇把银洋一装，转身把筐一挑，朝赵二说："咱们走吧。"瘟大头傻了，忙问："没给钱，咋走啦？"小媳妇说："咋没给？刚才银洋声你不都听去了吗？""只是敲钱听声呗，银洋你不又装回兜里去了？"赵二媳妇笑笑说："香味是包子的精髓，这响声当然是银洋的精髓。俺们闻你一天油香味，给你三块银洋声。空买对空卖，精髓换精髓。公平交易，你还有啥说的？"

[1] 沾毛赖四两：民间口语，也叫沾毛四两肉。即无赖，人不敢多纠缠，挨到毛，人还没倒地，先赖你四两银子。

赶集的人憋了半天的气没法出，这会儿一下子起了哄！大家齐声拍手叫好，都夸这交易公平。瘟大头虽说还想要赖，可干张嘴讲不出个理来。他瞧着赵二两口子的后影，只憋得两眼滚圆，就像整吞了个鸡蛋黄噎住了似的。

讲述者： 郭保新，40 岁，初中学历，电工
采录者： 郭鹏、周伯之
采录时间： 1980 年 2 月
采录地点： 邳县官湖供电站

附记

本篇原载 1980 年第 5 期《金陵百花》，后收入《邳州民间故事传说》（江苏人民出版社，2015 年 3 月版）。

374

小皮匠相亲

清朝雍正年间，王家庄有个王员外，祖上三代都在清廷为官，为人耿直清廉。后番上书弹劾贪官污吏横征暴敛，皇上听信佞人谗言，把王员外革职为民，居家老小迁到沂河边落了户。

王家有个公子人称王学生，天生的面色白嫩、清秀，两只黑白分明圆溜溜的大眼珠，犹如镶在一块美玉上熠熠闪光。一天，王学生走出书房，信步来到村头。“好！妙！”一阵喝彩声传进耳朵。王学生寻声望去，只见一棵绿荫如盖的垂柳下围着一圈子人，他好奇地走到树下，原来是个小皮匠在炫耀补鞋技艺。只见他穿针引线行如流水，刹那间上好了一双鞋。王学生不禁赞叹道：“自古英雄出少年啊！”遂拿过一双鞋边看边问道：“小皮匠，今年多大了？家里还有什么人？”小皮匠一听，眼圈顿时红了，哽咽着说：“公子大哥，我今年一十三岁了。六岁时父亲得了伤寒病死了，次年母亲又犯了痨病去世了。我的姐姐被小叔送给一位山东人了。小叔把我收养了六七年。皇上不知听了谁的话，说小叔是叛党，把小叔关进了大牢，去年死在牢里了。”王学生听后心中也格外难过，心想：这

孩子既机灵又无着落，恰巧我身边又缺个书童，倒不如收下这孩子。想到这里，他说：“小皮匠，你愿意到我家做点事吗？我想收你做个书童。”小皮匠感激地说：“多谢公子！”从此，小皮匠就在王学生家中做起了书童。

时间如流水，小皮匠在王员外家一晃就是三年。一天，王学生叫上书童小皮匠，信步走出村外，说说笑笑来到小路上。小皮匠说：“公子你看！”王学生顺他手指的方向望去，只见正北田里，一头大黄牛拉着木犁，围着一个坟转来转去。尽管农夫吆喝、拉拽，大黄牛好像有意与人作梗，仍是一个劲地转。王学生看罢，拍掌大笑，随口吟出一句：“老牛拉犁转坟茔（经）。”

这时，一阵狂风卷着尘土自东而来，顿时布满乌云。小皮匠不时替王学生拍打着身上的尘土，说：“该死的风云，怎么这样凶呢。”王学生感叹道：“天上浮云万万片（篇）。”小皮匠是个机灵人，王学生的两句诗都牢牢地记在心里。说话间来到高老庄，见一位妇女端着一盆猪食放在大花猪面前，大花猪扎嘴就吃；猪食太热，把个大花猪烫得哼哼乱叫。王学生看呆了，脱口而出：“一盆热食你不吃，为何在旁乱哼哼？”

小皮匠陪王学生又走了一段路，见一位猎人手托苍鹰，带着猎狗，从树林里走了出来。一只灰兔子从草丛里惊起，猎人一个口哨，猎狗疾追而去，苍鹰展翅追上了野兔，一上一下用翅膀拍击兔子。王学生有生以来第一次看到这个场面，随口吟道：“鹰抓兔儿不回头。”小皮匠又记在心里。

一天，王学生把小皮匠叫到书房，说：“小皮匠，你跟我四五年了，也该成家立业了。”小皮匠一听说成家，羞得面红耳赤。王学生接着说：“我听说距我家五十里西北角有个葛家庄，庄上有个葛财主，身边有个女儿葛玉霞，一十八岁，生得如花似玉，多少公子王孙都想娶她。谁知葛小姐满腹才华，她不图荣华富贵，只想选个才华相当的，无论葛财主说什么人总是不乐意，对父亲说，‘我写一副对子谁能认得，我就嫁谁！’葛财主起初不同意，无奈葛小姐一意坚持，哪怕受穷、做妾也心甘情愿。葛财主只好张贴榜文，贴出葛小姐的亲笔对子。连日来，葛家门前，坐轿的、骑马的、步行的，可惜没有谁能看懂对子。可好，往日我在京城研读过草书，葛家门上对子我认得。我看你也不小了，想成全你。”于是王学生这般如此地告诉了小皮匠这副对子的内容。

那一夜，小皮匠高兴得翻来覆去合不上眼，好几次跑到屋外遥望天空。天一亮，小皮匠牵马踏镫，急匆匆向葛家庄赶来。

不多时，来到了葛家庄。小皮匠跳下马，把马拴好，往里就挤，跑上前去，伸手扯下了大门左边的榜文。几个家丁嚷道：“哎哎，你认识这门上的字吗？”小皮匠半理不理地说：“不认识还敢扯你家的‘皇’榜吗？”家丁不信地说：“请念吧。”小皮匠一看这副对子如龙飞似凤舞，上行如云，下垂如入深潭。小皮匠清了清嗓子，拽拽褂子，冲着门里喊道：“你家姑爷开始念了！”家丁催促着：“你咋呼什么，快点念念看，不然把你揍回去！”小皮匠瞪了他们一眼，大声念道：“上联是‘葛老门前一棵槐’；下联是‘孔雀不落凤凰来’，横联是‘巧选佳婿’。”话音一落，红漆大门“哗啦”一下打开了，葛财主带领一班乡绅名流把个小皮匠围得水泄不通，看上看下。还是葛财主脑袋来得快，拍着小皮匠：“姑爷，请家里叙话。”别人也随和着：“对对，还是请姑爷回家叙话！”一时间把个小皮匠当了天神，扯扯拉拉请到了正堂上。

葛家的佣人可就忙乎了，厨上厨下、院里院外一片嘈杂，时间不大一桌酒席摆好了。大家吆喝着：“为新姑爷接风洗尘。”小皮匠有生以来也没遇上这样场面，简直给搞蒙了。他被请到了上席，席间的客人都是些地方豪绅、文人墨客，人们齐刷刷投来羡慕和嫉妒的目光，不知小皮匠学问多么高深。

有一个绅士模样的人试探道：“小哥冒昧了，姑爷往日读过哪些经书？”小皮匠心想，我哪读过什么经书？他想起王学生的诗句，于是他学着王学生的样子吟道：“老牛拉犁转坟经。”周围的人大吃一惊，都交头接耳，都说从未读过这样的经书。又有一个学者模样的人问道：“敢问姑爷读过什么诗篇？”小皮匠看到人们都投来敬佩的目光，他耸了耸肩慢条斯理地说：“天上浮云万万篇。”顿时席间骚动了，这个“啧啧”，那个“哎哎”，议论纷纷，都说从未读过这样高深的文章。葛财主也得意地晃着脑袋，为有这样才华横溢的女婿感到满意。

哪里知道，小皮匠看到丰盛酒席早已食欲大振，又见席上火锅子热气腾腾散发着香气，更按捺不住了。但他不认识火锅子呀，又见别人哼哼唧唧，他可急坏了，生气地指着火锅子说："一盆热食你不吃，为何在旁乱哼哼？"那些文人墨客、豪绅一听新姑爷在骂人，哪个还想吃喝，都甩袖离席。葛财主看到女婿把人骂走了，慌慌张张拉这个拽那个。小皮匠看到这个场面可就乐了，指手画脚嚷道："鹰抓兔儿不回头！"

讲述者： 钱宗元，乡联中教师
采录者： 李建平，34 岁，窑湾乡胜利联中教师
采录时间： 1986 年 11 月
采录地点： 新沂市窑湾乡胜利村

附记

本篇原载《中国民间故事全书·江苏·新沂卷》（知识产权出版社，2007 年 6 月版）。

375

生切鸡蛋

从前，徐州大同街有家"致美楼"饭庄。这致美楼饭庄在哪儿呢？就在如今职工浴池的后门儿，离中山堂很近。从前干饭馆不容易，开张时都得拜客，请当地露头露脸儿的人捧捧场，不然的话，饭馆开不好。

开张三天，来了位客人，跑堂的招呼道："老人家里边坐。"来客也不搭语，找个单间一坐。跑堂的一看，这位还真气派：大高个儿，五十来岁，头戴燕麦草帽，身穿老灰色横罗绸裤褂，手里拿两个钢弹子，叼着象牙烟嘴，满脸横肉。

跑堂的不敢怠慢，当时把菜牌子拿过来说："你老人家打算吃点什么？请点菜！"这位把菜牌子接过来，上下左右"滤"一遍说："你的字号上不是写着南北大菜吗，我要吃的菜，你这个牌子上没有啊！""你老人家打算吃点什么？这牌子小，没写尽也是有的，你点吧。""行！我点一样，给我来个生切鸡蛋。"哟！跑堂的一听吓一跳：我的娘咪，我跑堂跑了二十多年了，没听说生切鸡蛋，生鸡蛋怎么切，一切不淌浆了吗？可一看这位来头不凡，心话：掌柜的哪里得罪人了咋着？这是来找麻烦的。这嘴里

还不敢说没有，说没有得砸牌子。于是，跑堂的笑着说："好！你老人家搁这候着，我给招呼。灶上听着：三号房间要生切鸡蛋一盘。"后边"听明了！"一答应，这掌柜的赶紧出来了，跑堂的迎上去说："掌柜的，三号房间要一盘生切鸡蛋，我看是来找麻烦的。这才三天买卖，你看就要出事，这哪里没弄到[1]吗？赶紧找老厨师到灶上。"掌灶的老厨师六十多岁了，大胖子，一看掌柜的进来了，说："掌柜的，有什么事吗？""师傅，出事了。""什么事儿，能出什么事儿？""前边来个客，点菜了，要生切鸡蛋，我从开饭馆还没听说过。"掌灶老厨师笑了，说："放心吧！这菜咱有，我会会他去。"说完，他把围裙一解，手巾往肩膀头一搭。

跑堂领老厨师来了，掀开门帘子进了单间。一看那客人坐在那儿，怪气派，草帽放在桌案上，大腿跷到二腿上，正吸烟哩。这时，老厨师得客气客气，说："哟，你老人家好！""好！我要的菜怎么样了？""就来给你老人家说这个菜的事，这个生切鸡蛋咱可是有条件的。""讲什么条件，你能做吧？""不能做我不来给你老人家讲啦。""能做出来，要多少钱给多少钱；要是做不出来，我说话可就不大好听了。""那当然了，那当然了，做买卖咱还有什么说头。可有一件，我要做出来，你老人家可得会吃。"这个客人往桌上一拍："哟，不会吃我能上你这儿来吗？吃砸锅了我倒头出去，算我丢人现眼。""好！我马上给你做。"

这二位怄上气了，掌柜的一看，都不是瓤茬，赶紧说："大师傅你……""不要紧，这样的我见过。咱是卖手艺的，你看我的。"

回到灶上，大师傅说："伙计，给我拣十个鸡蛋，把那案台上的三把刀给我填炉眼来，烧！"掌柜的也摸不清头绪，咱没见过，这怎么生切鸡蛋。三把刀都烧得通红，好了。这位大厨师还真有一手，当时把这十个鸡蛋，往桌案上一摆，拿一根筷子，点着这个鸡蛋，扶稳它。只见这位大师傅从炉子里抽出一把刀来，"扑扑"两口唾沫一吐，"滋"一家伙，那个刀通红。大厨师对准鸡蛋中间，"啪！"就是一刀，"啪！"又是一刀，"啪！"又是一刀……连砍四个鸡子，"嘟"一声撂了。掌柜一看，哟，可好了，一个鸡蛋切了两半，这四个鸡蛋切了八瓣了。一看这个鸡蛋都封上浆了：刀是热的，那鸡蛋是水，刀一热把浆封上了，一点儿不洒，一点儿不漏，连鸡蛋皮切得都不带碎的。这技术，好！师傅接着又抽出一把刀，"啪！啪！啪！"又是三个。就这样，当时十个鸡蛋切成二十瓣，大厨师拿过来，上盘里一装，给跑堂的说："倒好醋，带好葱花姜末，给我端去，我亲自会会他。"

大师傅一手端醋盏儿，一手托着小盘子，跑堂的把门帘一掀，进去了。大师傅把盘子往那客人面前一摆："你老人家要的生切鸡蛋来了。"这个老儿睁眼一看：嘿，还真的做出来了，二十片半个鸡蛋整齐摆在那儿。跑堂的说："你老人家请吃吧！"只见这个角儿拿起筷子，一根在上，一根在下，把鸡蛋一操，往醋盏里一闷，蘸好作料了，送到嘴里，舌头尖一顶，嘀！蛋壳子出去了，鸡蛋下肚了。左一扔，右一扔，左一扔，右一扔……二十片半个鸡蛋叫他吃了个干净；这里半个鸡蛋壳，那里半个鸡蛋壳，吐了一地，还一点儿不碎。这真是高人碰着高人了。再看这位吃家，双手抱拳，说："老师傅，高，高，有一手。"这位老师傅，也给他一抱拳，说："客官，你也不瓤啊，你也不瓤啊！"掌柜的出来了："大家哈哈一笑，没事儿没事儿。"一个是客，吃多见广；而另一个是经多识广。吃客和厨师俩人成了好朋友，"致美楼"饭馆生意越来越兴隆。

讲述者： 张鹏，57 岁，高师学历，退休教师
采录者： 李志仁，58 岁，大专学历，干部
采录时间： 1992 年 6 月
采录地点： 徐州市钟鼓楼

[1] 没弄到：指没搞到。

附记

本篇选自《徐州民间文学集成》(江苏文艺出版社，1991 年 12 月版)。“生切鸡蛋”，相传是彭祖留传下来的厨艺绝活。(杨权业)

376

不准抬杠

这家老头死了，还剩下弟兄仨。老大刁，老二坏，老三憨。老大老二欺负老三实心眼儿，就整天价想找个茬儿占老三的便宜。

一天，老大叫老二将老三喊到他家里来。弟兄几个拉了一些家常后，老大跟老二就出了歪点子啦，他们商议：每隔两天就到老大家里来一趟。不过得有个讲法：不管谁说什么，旁人都不准抬杠；如若哪个抬杠，就罚他猪头一个、好酒五斤！

头一回，老三按日子来到了老大家里，老大开口就嫌老三不早来给他排解忧愁，说他的井今夜里叫人给偷跑了。老二还在一旁帮着腔儿：“一点不假，是从屋顶上弄走的，那动静可大啦，俺听得清清楚楚！”

老三一听，怎么着？世上事有偷金银财宝的，有偷牛马猪羊的……可没听说这井能叫人偷走的事儿，他根本就不相信：“大哥，这井拎不起放不下的，怎能叫人偷去呢？”

“喝酒！”老二一听可就来了精神，“你抬杠了，得罚！”没法子，老三只得掏了腰包。

隔了两天，老三又到老大家里来。没等开口，老二就抢着说："老三，你来晚了，捞不到尝一尝俺在太阳上烤的那张煎饼了，俺还刚吃完呢！"

老大也说那煎饼是怎么怎么的好吃，比油炸的还强呢！

老三一听，哪有这样的事儿？就说："俺真还没有听说谁个能到太阳上烤煎饼吃，这事儿也太玄乎了吧！"

老大一听，拍着大腿说："看，你又抬扛了，快打酒买肉去！"那还用说，老三没打赖杆子[1]，只好又掏了腰包甜乎[2]了那两个。

老三一连花了两回钱，心里怪不透气。他媳妇还真以为他有病呢，待知道了那些事儿后，不光没生气，还用手指着男人的额头说："你呀你，你真是头死牛——等天把儿，俺去拐拐本儿[3]去！"第三回，老大、老二一直等到了天大晌午，老三还是没有来，刚要散伙儿，就见着老三家里[4]气喘吁吁地来了。还没等老大老二问，老三的媳妇就说："大哥、二哥光顾喝酒吃肉，也去看看你老三，他病啦！"

老大、老二忙问是什么病。

老三家里的很不自在地说："哎，人家坐月子啦！"

老大、老二一听："怎么着？开天辟地也从没听说这男人能生孩子哪！"还没让两个老大伯回过味儿，老三媳妇就拍着巴掌说："大哥，二哥，恁两个都抬杠了，快拿两个猪头十斤酒来！"

讲述者： 高立安，50 岁，高小学历，工人
采录者： 高振东
采录时间： 1987 年 7 月
采录地点： 新沂县炮车镇龙池村

[1] 打赖杆子：方言，抵赖。
[2] 甜乎：方言，甜头、便宜、好处。
[3] 拐本儿：方言，赚的意思。
[4] 家里：方言，指媳妇。

附记

本篇选自《中国民间故事全书·江苏·新沂卷》（知识产权出版社，2007 年 6 月版）。（杨增强）

377

刘秀才中状元

明朝洪武年间，邳州有个叫刘鹏举的秀才。父早丧，家中只有母子二人相依为命。老母亲靠着家中的几亩薄田，起早贪黑，忙种忙收，什么也不让儿子操心，只叫儿子用心读书，将来进京赶考，好搏个一官半职，也对得起鹏举早丧的爹。

鹏举不负母望，十年寒窗，学得满腹经纶。可天不遂人愿，鹏举虽多次进京赶考，可却次次榜上无名。

这年，京城又开科考。鹏举对于科考一事早已心灰意冷，不愿再进京。可经不住老母亲又劝又求，非得要鹏举再去考这最后一回。看着已满头白发的慈母，鹏举不忍心违背母意，只得收拾行装，拜别母亲，再次进京赶考。

一天，刘鹏举来到了滁州境内，因贪赶路程，想翻山抄近路。谁知一下迷了方向，不分东西南北，困在山里，怎么也找不着出山的路了。看看天色渐晚，又前不巴村，后不靠店，这可急坏了刘鹏举。心想："如果天黑再出不了山，万一碰上野兽，自己的命搭上不说，家中的老母亲依靠何人……"鹏举越想越伤心害怕，急得一屁股坐在地上大放悲声哭了起来。正哭着，忽听一老者声音问："是谁在哭呐？孩子，你遇到什么为难事了？"鹏举忙擦干眼泪抬头一看，面前站着位五十多岁猎户模样的老汉，黑红脸膛，颌下一把山羊胡子，肩上背着打猎用的弓箭。

鹏举忙站起身深施一礼，说："老伯，俺乃进京赶考的举子，因在这山中迷了路，出不去了，想起家中老母，心中难过，急得哭了，让老伯见笑了。"老汉忙还了一礼，说："相公，眼看这天要黑了，你就是出了这山，也还得走二十多里夜路，才能找到客栈投宿。我家就在前面不远，不如相公就到我家将就一晚，明早我再送你下山如何？"鹏举正求之不得，忙又施礼答谢，跟老汉一同前往。

大约走了有半里路光景，望见山路边三间茅屋，用刺条扎的篱笆院。"到了！"没进门，老汉就喊开了："秀娥，家中来客了，快把咱家腌的野味拿出来多做几个菜，我要和这位相公喝几盅。""哎！来了！"语音没落，茅屋中迎出位大姑娘，看样子也不过十七八岁，生得粉面桃花，乌发秀眉，十分俊美。看到爹领回一位二十多岁的白面书生，羞得脸一红，一抿嘴转身跑灶间做饭去了。

不大会儿，饭菜做好摆上了桌。老汉给自己和鹏举满上了酒，说："相公，咱们相逢便是有缘，赶巧我傍晚出来看逮野兽下的夹子遇上了你，不知相公家住何处，姓啥名谁，可曾婚配？"鹏举忙起身施礼说："俺家住邳州，姓刘名鹏举，家中只有老母一人和俺一起过活。学生今年二十有二，还不曾婚配。"老汉一伸手让鹏举坐下，又问："相公以往可曾进京赶过考？"鹏举不好意思地说："去过几次了，可却屡试不中。今科要不是老母非要俺再来，俺是绝不再考了。""这么说小相公文章考得不好？""不瞒老伯，俺三场文章考得都好，就是殿试俺回回答得不合皇上的意。""怎么讲？""当今皇上每次都是出些稀奇古怪的题目让俺答，可惜俺都答不对。"老汉一仰头喝干杯中酒说："这倒奇了，当今皇上能有多深的学问，问得你回回答不上来？你可还记得，说给我听听，他都出的什么难题。"鹏举想了想说："第一回，当今皇上用手往上指着问：'天作什么，星作什么？'又用脚点地问：'地为什么，路为什么？'俺一听愣了，天就是天，地就是地，它还能作什么。俺，俺没答上来。""哈哈哈！"老汉没等鹏举说完，哈哈大笑说："想不到他还是那个德行，就那几下子，还是老爱卖弄。”鹏举一头雾水问：“老伯，你为何发笑，莫非您知道答案？”“我当然知道，你喝干杯中酒我告诉你。”鹏举喝干杯中酒，又给老汉和自己满上。只听老汉说：“这是一副对子，上联是：天作棋盘星作子。下联是：地为琵琶路为弦。”鹏举“噢”了一声又说：“还记得一回，当今皇上出的题是：‘有三兄弟，一个是做鞭炮的，一个是在粮行给人量斗的，还有一个是杀猪的。’让俺根据这三人的营生写副对联，还得写得大气、霸气。”“那你写上来了吗？”“俺写是写了，皇上看了不满意。”“这个对联也好写，上联‘惊天动地人家’，下联‘数一数二门户’，横批是‘掌管生死’。保你大气又霸气！”“哎呀！老伯，这可是大逆不道的话，皇上看了还不把俺杀了？”“他凭什么杀你？我问你，这鞭炮一响是不是惊天动地？”“确是惊天动地！”老汉又喝口酒说：“那在粮行量斗的不是整天数着‘一斗了，二斗了！’这不是数一数二人家吗？还有那杀猪的，买回几头猪，想杀哪头杀哪头，不想杀就歇着，这不是掌管生死又是什么？他怎么挑你的错？”鹏举听得目瞪口呆，半天才回过神来，赶忙起身双手捧起酒杯敬老汉说：“哎呀呀，想不到老伯有如此高深见解，真是深山藏俊才呀！”老汉摆摆手：“什么俊才，我老汉碗大的字认不了半个，只是知道罢了。我再问你，这木头有公母，水也有公母，你知道什么是公木头，什么是母木头，什么是公水，什么是母水吗？”

鹏举被问得一愣，想了半天也答不上来，只得又请老汉指教。老汉捋捋山羊胡子，笑笑说：“这很简单，松树就是公木头，梅树就是母木头。你想这‘松’字不是‘木’字这边加个‘公’，所以说松是公木头。‘梅’字是‘木’字旁，这边是‘母’字头上戴一钗，只有母才戴钗啊，所以说梅是母木头……”鹏举听得情不自禁一拍手说：“老伯解得妙！那公水、母水怎么解？”老汉夹一块腊肉放在鹏举碗里说：“水嘛！浪为公，波为母。你看天下的男人和女人，总的来说，男的高一些，女的矮一些；男的勇猛些，女的文静些。你看那江河湖海一起浪，是不是浪高波低；浪总是冲在前，波总是微动慢流。所以是浪为公，波为母，这就是水有公母。”

鹏举脸上红红的，说：“老伯，晚辈只恨自己学问太浅，更不敢进京了。”老汉说：“相公，这只是民间闲扯的俗话，算不上什么学问，倒是老汉有事相求。”“老伯请讲。”老汉又给鹏举倒上酒说：“老汉一生只有这一个女儿，发妻早丧，女儿是我的命根子。适才咱们拉了半天，老汉看你老实心善，你这次进京，不论中与不中，都要答应回来娶我女儿为妻，老汉拜托你了！”“只要老伯不嫌晚辈才疏学浅，晚辈答应你就是。”

第二天，老汉和女儿把鹏举送出了山，又把女儿连夜为鹏举做的衣裳，还有几两纹银一并交给鹏举，嘱咐他中与不中都要早去早回。

鹏举进京，三场考过，又要金殿面试。谁知巧了，这回洪武帝问的正是公木头、母木头、公水、母水之题。鹏举对答如流。洪武帝大喜，御笔钦点鹏举为头名状元。鹏举回山东后与秀娥完婚，见了老岳父双膝下跪说：“想不到俺十年寒窗苦读，却抵不上与老泰山一席话语。这真是听君一席话，胜读十年书。”

晚上入洞房，鹏举对秀娥说：“俺想不明白，岳父那么深的学问，怎不赶考做官，为国效力？”秀娥抿嘴一笑说：“你进京赶考时，俺也曾这样问过爹，爹让俺别告诉你。爹说：他和当今皇帝是自幼的伙伴，同住一个村子，都是穷人家的孩子，一起给财主家放牛，一起玩耍，都没进过学堂。俺爹所知道的都是小时候和当今皇帝一起放牛时，趴人家学窗底下听先生给学生讲的，被他们学来了。所以皇帝出的题俺爹都知道。后来皇帝坐了朝，俺爹也曾找过他，本来皇帝是想让爹做官的，谁知一次爹和皇帝一起喝酒，爹喝醉了，就喊了皇帝的乳名，说：‘重八，还记得小时候咱们一起放牛偷扒人家山芋烤了吃吗？’皇帝当时就恼了，命人把爹赶了出来。从那爹就在山中打猎，再没去找过他。爹说：‘他就那几下子，还是从前放牛时偷学来的！’”“嘿！原来是这样。”刘鹏举恍然大悟！

讲述者： 赵明，65 岁，初中学历，理发师
采录者： 刘向侠
采录时间： 2012 年 3 月
采录地点： 邳州市运河镇

附记

讲述者赵明是一位街道理发师，给人理发时喜欢讲故事。讲到动情处，往往手拿理发工具挥舞乱指，边讲边问顾客：“你说是不是？”赵明的理发店天天挤满了人，有的是来理发的，有的是来听故事的；老年人居多，也有年轻人。这篇故事的原题是《听君一席话，胜读十年书》，《民间文学》发表时改为《刘秀才中状元》。（向侠）

378

陈老乐送亲

清朝末年，俺黄墩湖一带就流传着陈老乐戏骂穷酸的故事。

陈老乐原名陈永乐，人们尊之为“老乐”，原是南安乡人。二十岁便经五试而居县案首；二十六岁参加会试，钦命试题尤佳，名标杏榜，并受“十八房”所欣赏；然而，因殿试对答时务策一道，其中展宏图、为民请愿的内容很多，未受皇封。他一生愤世疾俗。

在他六十岁那年，连日暴雨后的黄墩湖禾苗枯萎，一片荒凉。夏未收，秋也未能有所收。山东莱阳县水灾更为严重，民不聊生。有一户姓陈的，家主名曰陈万生，六十多岁，一家大小十多口，流落到黄墩湖谋生，将女儿许配当地一家姓阎的做媳妇。阎家有钱，日子过得很富裕，对陈家看不起，多次提出退亲，但未能得到陈家的同意。只好借举行婚礼时出难题以达目的，他们要求陈家在喜期必须有两个有功名的人送亲。这回真难倒了老实巴交的庄户人陈万生，寄居他乡，举目无亲，怎能攀上有功名的人？何况又是孤门独户。

陈万生整日唉声叹气，愁眉不展。婚期愈来愈近，真是度日如年，只好听天由命。后有一位好心人问明原因，便劝他去找陈老乐。陈万生明知自家一贫如洗，陈老乐是进士出身，怕相求也难应允，但又没有别的办法。只好强打精神，硬着头皮买两盒点心，抱着万分之一的希望登门拜访了。

陈万生怀着不安的心情，来到陈老乐门口，他迟疑了一会儿，终于鼓足勇气敲响了陈府的大门。一年轻后生打开了朱漆大门，未等人家开口，陈万生便说道："请问，这是进士老爷的府第吗？"

"正是，你是？"陈万生慌忙答道："我姓陈，叫万生，想拜见进士陈老爷。"那后生说："请随我进来。"

陈万生拘拘束束地进了院子，来到一宽敞的房屋门前，只听那年轻的后生说道："请稍等片刻。"不多时，见一位白发苍苍的老人健步走出，只听说道："不知贵客临门，有失远迎。"陈万生知此人便是闻名的进士老爷，于是慌忙说道："进士老爷，你好！""哎呀，不必多礼，请屋里叙话。"陈老乐挽着陈万生的手，一同进屋，又吩咐年轻人："看茶！"接着问道："不知贵客光临寒舍有何见教？"一听陈老乐发问，陈万生慌忙跪下，说道："进士老爷……"未等话说下去，陈老乐起身搀扶，并说道："有话慢说，不须如此。你我年龄相差不多，莫要行此大礼，折煞我了。请坐！"陈万生见老乐如此相待，眼含激动的泪水，叙道："我姓陈，名万生，祖籍山东，因逃荒至此。"于是他将阎氏强求之事从头至尾叙述一遍，后又说道："我乍到此地，人生地不熟，望进士老爷帮忙。"陈老乐向来深恨那些仗势欺人、依财逼人的行为，他"哼"了一声问道："阎氏如此压迫人，真乃欺人太甚！你的孙儿多大了？""十多岁。""好，到了喜日只让你孙子跟我同去即可。"陈万生见进士答应了，慌忙再次跪倒谢道："进士老爷，得到你老的帮助，我三生三世也感激你的大恩大德。"陈老乐慌忙双手扶起，说道："好了！好了！"陈万生又说了很多感激话，辞别陈老乐，满心欢喜地回家备办嫁妆去了。

婚期已到，阎氏以当时最上等的排场迎娶陈家女儿；陈老乐身着朴素的服饰，领着陈万生年刚束发的孙儿陈明送亲。他见小明长得标致又显得十分聪秀，说道："孙儿，到时听我话就是了。"小明自然满口答应。

阎府自比陈家热闹，灯红酒绿，鼓乐喧天，车水马龙，宾客熙攘，门庭若市，陈老乐爷孙俩昂然而入，自不理那些欢声笑语和一些瞧不起他们的闲话。酒间，阎氏请两个秀才陪客，那两个头有红顶，鬓有绿缨，哪里把这人不出众、貌不惊人的一老一少放在眼里，自然是趾高气扬，谈天论地，言语中无疑有讥笑之意。陈老乐也不把他们二人放在眼里，杯酒下肚，举筷让道："孙儿吃菜，孙儿吃菜哟。小孩到外边学着点，不要装斯文，色厉内荏。"两个秀才，你望望我，我望望你，辣酒入口，却瞠目结舌，不敢去吃菜。是的，谁愿当孙儿呢？又见老乐杯不离口，筷不离手，嘴里仍在说道："孙儿吃菜，孙儿吃菜，小孩到外边切莫装蒜，想吃还又不好意思吃，空着肚子回家，别人骂你太傻，有负主人一片好心。孙儿吃菜，孙儿吃菜哟。"如此反复不住地说。

好厉害的陈老乐，大杯吃酒，大口吃菜，热热火火，可冷落两个穷酸，目滞口呆，强吞黄连。不言而喻，当时的窘相可想而知。这还不够，又听陈老乐继续高谈："前日老夫闲来无事，背洋枪林间打鸟。见一树枝上蹲着两只鸟儿，红红的头，绿绿的尾，举枪打掉，两个小东西乖乖地趴在面前，像是求饶。那边来了个拾粪的老头，赞道：'老乐的枪法真好！'"他此时借着酒兴，神态自若。这边可慌坏了两个秀才，他们平时只听说陈老乐的厉害，今日可算百闻不如一见。如此戏骂下去，二人的脸面往哪儿搁啊！只好慌忙下跪赔罪道："进士老爷，学生有眼不识泰山，不知是你老太爷光临，多有冒犯，望乞恕罪。"陈老乐哈哈大笑，说道："罢了，罢了！二位不必多礼，只愿我侄女到贵府能给碗饭吃，我也就满足了。"

自那以后，阎氏对陈万生一家人便不敢慢待了。陈女虽出身贫寒，却也懂得人情道理，算得上一个贤德的媳妇。

讲述者：刘全义，男，72岁，初中学历，睢宁县古邳镇原文化站站长

采录者：张甫文，男，68岁，大专学历，睢宁县委宣传部退休干部

采录时间： 2020 年 5 月
采录地点： 睢宁县古邳镇文化站

附记

陈老乐是睢宁北部古邳地区知名人士，关于他的故事自清末至20 世纪 80 年代一直世代有序传讲；“文化大革命”期间，陈老乐的故事还被鼓书、琴书艺人编成曲艺唱段，陈老乐的智慧故事传播更加广泛。无论在任何场合，只要有人讲述陈老乐的故事，总会引起广大听众仰天大笑，拍手称好！尤其是陈氏族人，常以先祖陈老乐的聪明才智教育后代正直做人。（张甫文）

379

陈老又写状纸

俺庄上有个陈老又，还是个岁贡生。俺这凤凰山一带十里八村的人，都知道陈老又会写状子——因为他自幼读了多年私塾，才学满腹，精于诉讼刑事——所以，庄里人有了什么纠纷、冤枉，常来请他出主意、写状子。

同治某年盛夏的一天，当地出现了一场父子纠纷，父亲到县衙告儿子不孝顺。邻人劝其子去求陈老又，其子到陈老又处长跪不起。陈老又问他有何冤枉之事，他泣不成声诉说道：“父亲入我内室，行为不端。我将他推出，他反告我不孝。”陈老又听后，踌躇再三，叫他明天中午再来。

第二天中午，陈老又正和朋友在家中饮酒，其子又来请陈老又写状纸。陈老又叫他坐下烤烤火，然后在他的两只手上各写了几个字，交代说：“你到大堂，只哭不说。等县官摔惊堂木时，你先举左手、后举右手给县官看。你的官司就赢了。”

升堂那天，其子来到县大堂上，真按陈老又教的办法去做。当县太爷见他左手上写“妻有貂蝉之貌”，右手上写“父有董卓之心”时，把惊堂木连摔几下，对其子之父喝斥道："杀父之仇不共戴天，夺妻之恨难于并立！不打死你这个乱伦的老混账，就算便宜了你，还诬告儿子不孝顺！两边，给我动刑……"其父被打得遍体鳞伤，还判了两年徒刑。

其父被判刑后，其子反悔。原只望能够开脱自己的罪责，谁知弄得父亲坐牢蹲监！

其父刑满回家，亲友们前来探望，责备其子，问："是谁给你写的状纸？"其子虽然支支吾吾，但后来亲友还是弄清是陈老又。又经人怂恿，爷俩又合伙告陈老又。

在县衙大堂之上，陈老又问原告父子道："什么时候？在什么地方？我和谁怎么的？以后又怎么样的？你的状纸现在何处？请县大人核对笔迹！"原告其子哪里知道陈老又的心机，便跪倒叩头说："老爷容禀。六月三十日晌午，我是第二次到陈老又家。当时他正和朋友饮酒，他坐北边，那人坐东边。青辣椒炒鸡蛋、青豆粒炒小鸡、嫩黄瓜和豆角子四个菜。他手里拿着一把扇子，一个劲地扇着，身旁还摆个火炉子。他叫我在火炉旁烤烤手。我坐下后，他也来烤过几次手……"判官一听，"啪"的一声，惊堂木打断了他的禀述。"混账东西！满口胡言。六月三十酷暑难耐，还要烤火炉子吗？你这是诬陷贡生。再说，陈贡生帮你据实上诉，何罪之有？你们一个恩将仇报，一个无理取闹，实属可恶！来人，给我重打！"于是，他们父子俩各背上挨了四十大板。

回家的路上，爷俩互相埋怨，可谁也说不清，只有陈老又最清楚。

讲述者： 陈宜明，男，80岁，高中学历，睢宁县原张圩乡文化站站长

采录者： 张甫文，男，68岁，大专学历，睢宁县委宣传部退休干部

采录时间： 2019年10月

采录地点： 睢宁县姚集镇张圩大街

附记

此故事发生于清朝同治年间，今日姚集镇西部原张圩乡一带；既是反映自古就有的"清官难断家务事"的至理名言，又反映陈老又贡生足智多谋、热心为民办事的精神，故为陈氏族人世代传讲。此故事在清朝年间由本地陈氏族人陈昭宗的爷爷传讲，民国时由陈昭宗传讲，后由陈宜明传讲。现在张圩、油坊一带的陈氏族人大都知其故事梗概，能详细讲述者有30多人。此故事已载入1995年新华出版社出版的《张圩乡志》、1985年出版的《睢宁县民间文学集成》以及1990年代出版的《睢宁政协文史资料》等书刊。讲述人陈宜明从事基层群众文化工作多年，曾两次参加民间文化资源普查工作。（张甫文）

380

李条侯的故事

李条侯本名李枝翘，是咱睢宁县西北原张圩乡四山李人。清朝由拔贡生任官学教习，考授知县，康熙大帝的御先生。李条侯的诸多故事，一直被睢宁人民世代传讲。

赶考途中

李条侯自幼聪颖，知书达理。五岁入私塾读书，六岁时就能熟读《三字经》《千字文》等经文，七岁便能大字书联，经常为乡邻的喜丧大事书写对联。特别是每逢春节，更是忙得不可开交，热心为周围乡村百姓书写春联，连续多日废寝忘食，而且不计任何报酬。

十六岁那年，朝廷在南京实行科考，一贯喜爱读书的李条侯为之心动。他想到自己已十年寒窗，满腹才华，为的是求取功名，为何不去一试。父母原打算给他结婚成家，安心种田，早抱孙儿。于是他耐心说服父母，并给准备点盘缠，前往南京应试。

当时李条侯因家庭贫穷，所带的干粮、银两有限。谁知赶了三天的水路，当来到盱眙县的一个小镇上，天空突然乌云密布，不时下起了瓢泼大雨，只好半路住店。条侯根据身上所带的有限银两，只有选住价格便宜的大房。真巧，大房住的十三人都是赶考的书生，各自读书习文，也无外人打扰。谁知，这场大雨断断续续下了七八天。待天刚放晴，考生们急急忙忙算了店账赶考去了。而条侯却没有走，因为银两用于吃饭就花光了，哪儿还有钱结算店账呢？他心里一个劲地想这大概是天意所使，对于功名自己也强求不得。但是他却能够想得开，想给店家干几天活儿抵账。刚一回身，见床上还睡着一位，也是没有银两。一分钱难死英雄汉，看着这位愁得睡床不起的考生，条侯走上前问道：“这位学兄莫不是和我一样算不起店账了？但也不能只顾睡啊，虽然试是考不成了，总得想点办法弄点银子付清店账，也好回家啊！”

那位考生听了条侯的说话在理，立即起身，愁眉不展地说：“身在他乡，举目无亲，有什么办法可想呢？”

条侯道：“学兄莫愁，你去把店家叫来。”

那考生听了，立即下了床，不多会就把店家叫来了。条侯开口道：“我们两人银两用光了，无法和你算账。我倒有一技之长，请你去拿些纸墨来，我画几幅画，叫这位学兄拿去街上卖些银两，好付你店账。”

店家听了，只好顺从，便拿些纸墨来。条侯磨墨展纸，挥笔作画，三下两下便是一幅，一连画了四幅。学生和店家一看，无不惊异，拍手叫绝。晾干后，条侯将画交与那位学兄，并告诉他每幅画的要价和底价。那位学兄拿了画，高高兴兴地到街上叫卖，很快换来了银两，结清了二人店账。店家见二人没有回家的盘缠，又叫条侯根据本店的生意再作画两幅，随即又付给二人回家的路费。后来，这一店家不但从此生意更加兴隆，而且盱眙人也世代相传睢宁县有个画家名叫李条侯。

严师出高徒

青年时代的李条侯，为了使自己所学的知识能够尽快传播给劳苦大众，让广大穷苦农民培养出有知识、有文化的后代，以知识改变人生，他与父母反复协商，将自己的房屋腾出几间，终于在乡下创办了一所私塾。李条侯不仅知识渊博，而且治学严谨。当时睢宁县城和下邳城以及周围村庄也有几所私塾，但附近人家的子弟都争着到他的私塾求学。因为，李条侯教出的学生，不仅能够掌握渊博的知识，更重要的是每年中榜率极高，是周围几所私塾无法相比的。有一年，南京会试，待到发榜之时，他教的十七个学生竟考中了十八名。人们不但齐声称赞：真是严师出高徒！而且还有些莫名其妙：这每天点名都是十七人，咋在出榜时李条侯私塾却中榜十八名呢？原来，李先生的书童聪明好学，书童平时给先生磨墨、捧书、端茶送水之时，耳濡目染，竟也成了一名饱学之才。会试时，他瞒着先生参加了应试，竟然也得了功名。

“全班十七名学生会试中榜十八名”的消息迅速传开了，一传十，十传百，李条侯的名声越来越大，连京师都知道了。后来，李条侯被朝廷召进皇宫，当了连续三代小皇帝的先生。因此，后来就有清朝康熙大帝的御先生之说。

李条侯在康熙七年（1668 年）还参加三修《睢宁县志》，时任县志鉴定为知县石之玫，李条侯（贡士邑人）为修辑人员之一。

为民减赋

李条侯，一生注意大节，各处贤士，常以诗文投赠者甚多。从他著有《商芝馆集》《燕台之体诗》等作品中，可以清楚窥见李条侯的胸怀大志，他一直把穷苦大众的利益放在心上，一贯以减轻民苦、解除民怨、关心民意为己任。顺治十六年（1659 年），睢宁县遭受黄河决口泛滥特大水患，不仅大面积田禾被大水冲淹淤没，而且人畜死伤惨重。当时正直朝廷增加田赋四千一百多项的时期，李条侯看到众多父老乡亲在大面积荒芜的土地上，以寻找野菜求生，心如刀绞。他迅速找到睢宁知县石之玫，反复请求速报皇帝豁免赋税，后终于获得诏令，永远豁免增赋面积。

康熙十六年（1677 年），也是李条侯病逝的前一年，受黄河连年决口泛滥的影响，睢宁人民遭受的水患灾难逐年加重。李条侯在积极向地方知县提出“沿河植树造林、修坝筑圩”等综合治理黄水泛滥方法的前提下，还夜以继日地深入黄河沿线各村，调查水情灾害，系统撰写了一系列陈述河务十九条，逐级上报。后来，分别被朝廷下旨采纳酌行。

李条侯对地方行政利弊，时刻挂在心间，他一惯抗直敢说，全县兴革，他所提出的积极建议，大都得到采纳，故睢宁人久念不忘。

李条侯官拜条侯后，康熙帝为赏赐李条侯，便将位于睢宁西北边缘（今姚集镇原张圩乡境内）的花山、英公山、寿鹿山、黄山的相连接四山之地封给李氏家族，从此，此地又称“四山李”。又因历史上睢宁西北部尤其是黄河滩上的土地，大都是泡沙盐碱之地，贫瘠多灾，秋冬飞沙弥漫，春夏白茫茫一片，实属雁过悲伤的重灾区。所以，李条侯先生进京后，始终不忘灾区老家苦难的百姓。这年年终，李条侯和一位山东籍的同事一起休假，各回原籍省亲。假期休完正值旧历年，要准备贡品回京就任。山东的那位御先生为了表达家乡人民富裕，用一匹骡子驮了几个大萝卜，每个都重达五六斤，献给皇上。皇上见了惊叹不止，遂向李条侯问道：“李爱卿所献何物？”李条侯答曰：“臣所献在此。”只见李条侯把袖子一抖，抖出了用手巾包着的几十个小萝卜，大的像小鸡蛋一般，小的则像鹌鹑蛋一样。皇上一看，李条侯的贡礼也是萝卜，只是特别小。皇上心里十分纳闷地问道：“李爱卿，你带来这么小的萝卜，是想戏弄朕吗？”李条侯急说：“万岁皇爷在上！臣不敢！臣的家乡地处黄河岸边。这里连年黄水泛滥，到处是一片泡沙盐碱，飞沙弥漫，草籽不生。加之皇粮太重，百姓苦不堪言，无法缴纳粮税，现在多数百姓均以逃荒谋生。这几十个小萝卜还是我的族弟跑遍多家，从大萝卜中精心挑选出来的。”皇上听罢连连点头，然后稍有沉思便说：“你的老家不是靠近山东吗？既然地孬粮税重，就把皇粮拨给山东省代纳吧！”李条侯立即叩头谢恩。从那以后，睢宁西北黄河滩一带的国税皇粮全都被免去。

给条侯画像

李条侯一生为人谦逊，不愿张扬，特别是在他出名以后，家乡人民都想得到他的画像悬于厅堂，以示尊重。可是，他却不愿意以任何方式宣传、崇拜自己。

有一年，京城里来了一位画师，要给他画像。任凭画师如何说，李条侯就是不同意；画师使出了很多点子也无效，只好求乡邻帮助出主意。乡邻积极献策，邀他出去游山闲聊，那画师尾随其后。

这天，天气晴好，风和日丽，李条侯精神饱满，特别愉快。他在几位乡民的陪同下，爬上了花山、英公山，又登上了寿鹿山和黄山，一气将康熙皇帝曾经封给他的四座山头全部跑遍。看看天已近午，还好像意犹未尽。这时有个乡邻提议说："李大爷，累了吧，咱们歇一会再爬好吗？"李条侯则摆摆手，随之指向寿鹿山上一块大石头说："我们还是到那儿休歇吧！"大家随之又登上了寿鹿山南坡，一同散坐在山石上。几个乡民就与李条侯相互聊起了家常，并畅想美化山区的未来，更加激起了他对家乡人民的热爱。这时李条侯一边滔滔不绝地谈论发展农耕业，一边习惯地脱下鞋子，在石头上磕着钻进鞋子里的泥土。然后又站起，远望天边的白云和山下的田野，好似陷入了对家乡美好蓝图的沉思。他的头发被微风吹散，双眼远望，神情端庄，衣着朴素。画师一边仔细端详，一边急忙用画笔不停涂抹……于是，一幅"李条侯登山望远"的画作永久留在了李家。

后来，这幅画像又被地方画家复制，以至家家户户都悬挂这幅画像。但其真迹一直被他的后人保存流传着。再后来，因经常有人来四山李要看李条侯真迹画像，这位收藏李条侯画像的后人生怕招惹麻烦，又搬迁到距家西北十里之外居住了，即现在的铜山区单集镇。

李条侯在康熙年间与文华殿大学士兼户部尚书张玉书（《康熙字典》编纂主持）相处甚好，后来张玉书又亲自为《李氏族谱》撰序，著称"李氏文才超群也"。

李条侯逝世于康熙十七年（1678年）。康熙五十七年（1718年），睢宁知县刘如宴为他立位乡贤祠，以永祭祀。

讲述者： 陈宜明，男，80岁，初中学历，睢宁县原张圩乡文化站站长

采录者： 张甫文，男，68岁，大专学历，睢宁县委宣传部退休干部

采录时间： 2019年10月

采录地点： 睢宁县姚集镇张圩大街

附记

李条侯的老家是姚集镇原张圩乡小楼村，他去世后墓葬也是在小楼村。因在清朝康熙年间为家乡张圩人民乃至睢宁人民办了很多好事、实事，家乡百姓极为崇敬和怀念，传讲他的故事很多，而且还有不同版本。本文讲述李条侯四个故事，是在20世纪80年代，由时任原张圩乡文化站站长陈宜明亲自调查四山李一带李姓族人的讲述，并整理入编《睢宁文史资料》，2009年又编入《江苏省非物质文化遗产普查·睢宁县资料汇编》一书。陈宜明从事基层群众文化工作30多年，尤以民间打击乐与民间文学为专长，曾参加《睢宁县民间文学三套集成》和睢宁县非遗普查采编工作，亲自采编50多篇质量较高的民间故事资料。（张甫文）

381

崔兔床的故事

异香引见

崔兔床能文能武，能说会道。据说他的道行不浅。有天夜里，他弄来四颗死人头，埋在墙四角，然后烧纸念咒语，命人头去北京杀清朝皇帝。人头回来后汇报说："一路上清兵封锁严密，杀不了。"崔兔床只好一个人去。为什么只他一个人呢？原来崔兔床在徐州附近的一座山头上竖旗造反，反清复明，招兵买马，广交朋友；由于人少，被清兵打败，他一个人只身逃到睢宁县。

崔兔床上北京晓行夜宿。有一天，他来到山东一个地方，正遇到一个有钱人家的闺女出嫁。嫁妆抬过去以后，兔床闻到一股异香，就暗暗跟进。

夜半，闹喜的人纷纷散去，新娘子请新郎暂离洞房，然后落座，悄声客气地说："哪位英雄豪杰，请快露面，奴家重重感谢。"

兔床一听，如蜻蜓点水，从梁上落于平地，拱手道："愚下正是。"

新娘一见，暗赞："真英雄也。"于是以礼相还，问："请问英雄尊姓大名？听口音，不是此地人。"

兔床说："愚下姓崔，别号兔床。"

新娘子一听施礼道："久仰中州老先生大名，不曾想到今晚相见，失敬失敬。"

兔床说："姑娘怎能知道？"

新娘子说："莫愁前路无知己，天下何处不识君？"

兔床知道新娘子也非等闲女子，假托说："今日看有盗贼想暗算，所以暗中相助。"

新娘子谢道："多谢老先生。盗贼可能是想盗家传之宝。这宝是祖上做大臣时有功，皇上御赐的四锭墨，有异香，一直传到我父。因奴家爱好书法，所以家父以两锭墨为嫁妆陪送奴家。"说完新娘子命丫鬟取出墨给兔床看，兔床赞不绝口。

新娘子就送给兔床一块，兔床不愿受，说："此乃贵府传家之宝，愚下何敢受领？"

新娘子说："高山流水，伯牙知音。老先生就不必推辞了。"兔床也就收下了。

新娘子这时请出新郎，并命丫鬟研墨，请兔床题字。兔床也不推辞，就龙飞凤舞提了几个字。兔床的书法是狂草，写好以后，盖上了他那床上有一只小兔的印章。新娘子看了，非常喜欢，又命丫鬟摆酒。

兔床说："萍水相逢，不敢打扰。"

新娘子说："水酒两杯，不成敬意。"

一时酒宴齐备，直喝到东方启明星晶亮。兔床向新娘子夫妇告辞，一阵清风，不知去向。

兔床到了北京，一夜，着夜行衣，腰悬宝剑，暗藏短兵器，来到紫禁城。兔床不想看景，忽见一殿里有灯光闪闪，就走了过去一看，原来是个值班的正在写字。兔床看了，不禁叫好。值夜的一惊，说："你是来行刺我的吧？"兔床冷笑一声，说："不是刺你。要刺你，你的人头早掉下了。"一阵清风不知去向。兔床由于不知道皇帝住哪，又惊动了值夜的，军兵乱窜，不好下手，只好作罢。

落脚睢宁

崔兔床是明代的武举人。那时，他在下邳州西的无名山上竖大旗，反清复明失败，清政府通缉捉拿他。

康熙的老师李条侯是睢宁小李集人，一天正坐在客厅里喝茶，忽听背后有声音，转脸一看，只见一人手持大刀。李条侯正惊疑之际，持刀人跪下表明自己是崔兔床，因为想造反复明被皇帝通缉，现正是在逃期间；并恳切地央求："请老先生替俺美言几句。"

李条侯回到北京，康熙就向他打听邳西造反之事。李条侯就说崔兔床系乡下人，没有什么本领，请皇上不必担忧。皇上听了李条侯的话才放心，也就不再缉拿他。崔兔床免除逃亡之苦，便在睢宁安居下来。

后来崔兔床写副对联赠李条侯，以表谢意。联曰：四望云山留画稿；一湾流水任朋来。

落款写：学生崔兔床敬赠。又盖上图章，图章上刻一只兔子趴在床上。

有天下雪，李条侯全家正在吃酒，崔兔床来了，李条侯赶忙请他入席。一番豪饮之后，李条侯要崔显显武艺身手。崔只从腰间解开腰带，向外一甩，砸死七只老夏[1]。从此，睢宁人皆知崔兔床系武功高手。

看家护院

李条侯在皇宫教书，年高告老还乡，崔兔床就给李条侯当了家将。

李条侯家南半里多路，有片梨园，往年一到挂梨时都是有人住在梨园看守的；崔兔床来了，就对家人说南湖梨园不用再搁人看了。家里人不信：不看？梨再多也不够人偷的。崔兔床为了叫家里人相信，有一天晚上，一家人都围住桌上喝晚茶，崔兔床一抬头说："南湖梨园有人摘梨。"家里人要他去把人逮住，崔兔床装作没事似的："用不着，让他摘两个尝尝。"转身跑卧房取来弓箭。家里人一看崔兔床拿箭要射，都说："不能，崔将军，摘几个梨吃不能丧条命。"崔兔床哈哈大笑："你们不说我也不能害人。"说着话，嗖！箭飞出去了。崔兔床对家里人说："明早到南湖第四行从北往南数第五棵梨树上把帽子拿来。"第二天一早，一个大领真按崔兔床说的到梨园拿来一顶旧礼帽。从那以后再也没人敢到梨园偷梨了。

李条侯家里过得很有钱，家里有个大院墙，周围一些土匪都想抢他，可谁都不敢动手。后来山东一伙强人知道了，要来抢李条侯。先到他家附近的龙集住下，在街上连玩了三天把戏，打拳卖艺，有意想会会此地能人，也就是蹚蹚水。要是有能人，这三天就出来了。这事传到崔兔床耳朵里，崔兔床心里就有数啦，他真的跑到龙集看看，没吭声就回家了。他把这事给李条侯说了，叫家里人做好防备，把院墙四周加高，只留西北角一个口子；又叫家里人在墙根地下挖个大石灰窖子，里面放上干石灰粉。吩咐家人都要早睡，院子里听不到动静，崔兔床自己拿一把短刀蹲在西北拐墙根底下。

第四天夜里二更多天，山东一伙强人真来啦。他们顺院墙转了一圈，都上不去，只有西北拐角能上。先跳上来一个，往院里一看，嗬！一汪好鱼[2]。用轻功往下跳啦，两腿还没踏稳，崔兔床没费一点劲，短刀一伸，把贼头割了下来，就势往石灰窖里一扔。连连上来六七个都是这样被宰了。外面人一听里面没动静，就知道坏事了，再也不敢上来，连夜跑了。崔兔床知道他们跑了，心里想，跑就跑了，给你们留几个人报丧去。

山东一伙强人没有抢到财宝，又贴了几条人命，满肚子仇恨，整天算计怎样报这个仇。过了四年光景，他们准备差不多了，便请崔兔床去传艺。崔兔床心想，什么叫我传艺，明明是叫我去送死。可他一点不怕，他把这事跟李条侯商议，李条侯不让他去。崔兔床说："李先生请放心，我速去速回。"

山东一伙强人把崔兔床带到一个海岛上。在一片瓦房的最后一个院子的堂屋里，摆上五桌酒席，把崔兔床安排在当中一桌。崔兔床一看，心里琢磨着："我的乖乖，真

[1] 老夏：即麻雀。

[2] 一汪好鱼：贼语，即暗语；代表正是下手作案的好时机。

下毒着子缠的哩[1]！”当酒喝到二八盅了，一个彪形大汉手拿一把小钢刀从碗里插一块滚热的猪肉，带着劲往崔兔床嘴里一送：“崔先生请受我一敬。”崔兔床把嘴一张，连肉带刀逮住了。肉吞下去了，把尖刀吐在房柱上，说：“乖乖，好硬的刺来。”那伙强盗一个个吓得干瞪眼。为头的一摆手，众强盗一齐要动手。崔兔床看势头不对，两手把大桌子一提，扔了一个圈，一个纵身跳出门，又一纵身跑到屋顶上，揭上几块小瓦，往海里一撇，顺着几块小瓦漂海走了。

从那以后，那伙强盗再也不敢碰他了。

崔兔床在睢宁一带很有名气，后来是老死的。

讲述者： 汤培珠，男，73岁，高中学历，睢宁县公安局退休干部

郑芬，女，78岁，高中学历，睢宁县原物资局退休干部

李文金，男，84岁，大专学历，副研究馆员，睢宁县文联干部

刘全义，男，72岁，初中学历，古邳镇原文化站站长

采录者： 张甫文，男，68岁，大专学历，睢宁县委宣传部退休干部

采录时间： 2020年5月

采录地点： 睢宁县文化馆

附记

关于崔兔床的故事，在睢宁北部古邳、庆安、姚集一带地区的讲述者众多。崔兔床晚年一直在康熙的老师李条侯家长期生活，而李条侯的墓葬在姚集西北张圩西部四山李村，有人说是他的祖籍老家（也有人说李条侯是庆安镇南部小李集人，没有考证）。所以能讲述李条侯故事的人，也能讲述崔兔床故事一二。此故事讲述者分别居住于不同乡镇，在20世纪80年代的讲述者有王行思（时年54岁）、金伯荫（时年78岁）、吴家存（时年84岁）等，后由吴允宝、汤培珠、刘全义、郑芬等记录整理，入编《睢宁县民间文学集成》。2005年又由李文金、张甫文进一步调查整理，入编《中国民间故事全书·江苏·睢宁卷》（张甫文）

[1] 真下毒着子缠的哩：方言，指察言观色就知想用计谋暗杀人的摆设。

382

李挡言的故事

从前，我们这里有个名人叫李挡言。他为人正直，很有才学，但不愿为官，专为穷苦百姓伸冤写状、打抱不平，四周十里八村的土豪没有一个不怕他的。

哑巴告状

一天，李挡言的门上来了个哑巴。这哑巴见了李挡言，咧开大嘴，顿足捶胸，满目流泪，可是连一个字也说不出来。李挡言知道这哑巴必有冤情。他让哑巴稍稍平静之后，给哑巴写了一道状纸。这哑巴拿着他写好的状纸来到知县大堂，把那个杀害他老婆的凶手捉拿归案。原来，李挡言在给哑巴的状纸上写道："有哑人，去告人；望大人，派差人，跟着哑巴去拿人；拿到何人，何人是歹人。"县太爷见字行事，果然见效。

鸡蛋官司

东村大恶霸杨二拐，无恶不作，到处寻衅敲诈。一天，他拦路挡住一个中年人说道："哎，你大前年吃我一个熟鸡蛋，今天该还了吧？"这人一愣神："我什么时候吃你的鸡蛋啦？"杨二拐把三角眼一瞪："他妈的！你小子不认账，老子的账本上明明记着呢。"这中年人无奈："好，我还你一个鸡蛋钱就是了。"杨二拐"嘿嘿"一笑："既然你承认了，就没那么便宜你了。我这鸡蛋能孵小鸡，小鸡再生蛋。鸡生蛋，蛋孵鸡，三年你该付我多少钱？今天你不把钱付清，明天我就到衙门告你状。"那中年人明知吃了哑巴亏，但也没别的办法，最后他跑了几十里路来找李挡言。李挡言听了，微微一笑，在他耳边悄悄说了两句话。

第二天，那中年人的妻子来到县衙和杨二拐说理。知县一看被告是女的，便问她："你丈夫怎么没来？"她说："俺家男人在家煮麦种种麦哩。"知县闻听大怒："大胆刁妇，竟敢耍弄本官！我问你，麦种煮熟了怎么发芽？"这个妇女不慌不忙说了一声："县太爷，既然麦种煮熟了不能发芽，鸡蛋煮熟了怎么能孵小鸡呢？"一句话把知县大人问得瞠目结舌。杨二拐无力地垂下了头，只好自认晦气。

鹤犬相斗

知府大人的家里，有一只鹤。鹤身上有一块木牌，注明谁打死他家的鹤要以命抵命。

一天，此鹤飞出府第，正好与穷人李大的黄狗相斗，被大黄狗咬死。这一来真是祸从天降，李大被无缘无故判了死罪，十八天定斩。也有不少好心人送礼说情，可是都以"有牌在先，以命抵命"为据给挡了回来。正当李大全家哭成一团的时候，李挡言送来了状纸，上边写道："鹤身有牌，狗不识字。鹤犬相斗，与主何干？"知府见状纸论理充分，义正辞严，又不知是何来头，气短三分，只好放李大回家。

牙伤为证

西庄上有个长工，因年底老板扣他的工钱，和老板吵了起来。这长工一气之下，打掉了老板的两颗门牙。为此，老板把长工告上了知县大堂。

这长工来找李挡言，把情况向他说了一遍。李挡言说："你把小褂脱下来！"这个长工不解其意，只好脱下褂子。李挡言又说："你往前站。"长工往前走了两步。李挡言又说："再往前走两步。"李挡言趁他不注意，一口将他的胳膊咬破，说道："好了，你的官司打赢了。你到时候只要如此如此就行了。"

县太爷开堂，喝问长工："大胆刁民，为什么打掉你老板的门牙？"这长工急忙跪倒："县太爷，小民冤枉，俺老板的门牙不是我打的。"知县问道："那是何人所打？""老爷，俺老板来咬我，我往外一挣，他牙掉了。不信，现有牙伤为证。"县太爷听后，又查看了伤口，不由大怒起来："该死的老东西，你克扣人家工钱，还咬人，又来欺骗本官。来呀，给我重打二十大板！"就这样，老财主白白挨了二十大板。

讲述者： 李文金，男，84岁，大专学历，副研究馆员，睢宁县文联退休干部

采录者： 张甫文，男，68岁，大专学历，睢宁县委宣传部退休干部

采录时间： 2020年7月

采录地点： 睢宁县文化馆

附记

此故事流传在睢宁县东部沙集镇与周边地区，故事中的主人公李挡言在清朝时期是睢宁东部的知名人物，尤其是热心为民伸冤解难的行为，受百姓一致夸赞。民国时，由沙集镇张长友的父亲传讲，后由张长友传给白庙村朱群，再传给李文金等人。目前，梁集镇讲述人数较多，能熟练讲述者有30多人。遗存资料在《睢宁县民间文学集成》《睢宁故事》《江苏省非物质文化遗产普查·睢宁县资料汇编》等书均有记载。（张甫文）

383

郝挣点算卦

俺郝庄有个郝老汉，不信神，不信鬼，也不信阴阳八卦。但有一条，他特别好跟人抬杠、挣点子，一抬到底，决不认输。人家给他送个外号叫“郝挣点”。

郝挣点一天到晚，没事就往集上跑。远远看到很多人围在那里，他走到跟前一看，原来是个测字算卦的先生，正在给人测字占卜。四周观看的人都在议论说：“这算卦先生真灵，给人算得一点不差。谁受穷，谁发财，谁的运气好，哪个要倒霉……一算就对。连被盗、丢失了钱物，只要记准时辰，就能给你算出偷者是什么样的人，钱物丢在何方，甚至连哪天该吃什么饭，也能给你预测出来。这位算卦先生真是个赛诸葛[1]。”

郝挣点听后，不以为然，挤到人群里边，抓起卦盒子摇了一摇，倒出几个铜钱说：“先生，你给我算算，明天中午我该吃什么饭？如果算对了，我送你十份卦礼；如果不对，我来砸你的卦摊子，砸你赛诸葛的招牌。你敢不敢和我打这个赌？”算卦先生赛诸葛瞟了他一眼说：“好吧，就照你的话办，君子一言为定。”

这时赛诸葛又叫郝挣点再摇两次，把铜钱反正面记下来，在石板上用石头划出许多符号和一些认不清的字样。然后眯缝着眼，嘴里不出声地咕叽一气，扳着指头数了一阵，然后说：“你老兄，明天中午该吃菜糊糊[2]、大秫煎饼[3]，不信你试试看。”郝挣点心里想：赛诸葛这回你输定了。明天约定好接闺女，难道我到了女婿家，他家会做菜糊糊给我吃吗？想到这里说道：“好吧，就这样定啦，明天中午看我吃什么饭。”说过转身就走，回头说：“后天见！”

郝挣点回到家里。第二天早饭后，牵出毛驴打扮一番，对老伴说：“今天晌午不要做我的饭啦，你想吃什么做什么。我去接闺女，下午回来。”说过后，牵着毛驴，边走边想：这回你赛诸葛输定了，你那一套别再想骗人了。我要揭穿你，砸了你的卦摊子，叫你不能再哄人。

郝挣点骑着毛驴边走边想，不多时来到闺女家。闺女家人见了忙上前迎接，把毛驴牵到槽上拴起来，把郝挣点让到家里，坐在堂屋正中，吃烟喝茶，和女婿拉起家长里短。这时闺女忙着杀鸡腌鱼、煎炒炖焖，厨房里散发出阵阵鱼肉香气。天到中午，在堂屋正中摆好桌凳，端上四荤四素八个菜盘，两瓶高粱酒。闺女一家人陪着，女婿拿起酒瓶倒好酒，郝挣点刚端起酒盅，就听到外面有人乱喊：“驴跑了，驴咬仗了，驴跑了！”一桌人都放下酒盅，郝挣点跑到外面一看，自己的毛驴被跑来的一头大叫驴咬跑了，自己的驴挣断了套绳，连蹦带跳，大声嚎叫着往村外跑去。郝挣点这时也顾不得喝酒吃饭，撩起衣服，撒腿跑去逮驴。谁料自己的驴被咬惊了，野驴似的跑起来，直奔来时的方向跑去。郝挣点紧跟在驴的后面，快一气慢一气，一气跑到一个庄子前，抬头仔细一看，正是自己的庄子。这驴头也不回，一直跑到自己家里，到了槽前叫了一阵，低头吃起草来。

郝挣点来到槽前把驴拴好，气喘吁吁地说：“不能回

[1] 赛诸葛：诸葛亮是历史上很有计谋之人，赛诸葛即赛过诸葛亮的意思。

[2] 菜糊糊：农家饭食，用青菜和面粉做成的菜稀饭。

[3] 大秫煎饼：大秫秫，徐州东部方言，即玉米。大秫煎饼，即用玉米加水磨成糊状在铁鏊子上烙制成的煎饼。徐州东部人家的一种主食。

去了，明天再去吧！”老伴问：“你在闺女家吃饭了吗？”郝挣点说：“没有，刚端起酒盅驴就跑了，我跟驴跑回来，哪顾得上吃饭呢！”这时他接着问老伴：“咱家怎么吃的？”老伴回答：“吃的是大秫煎饼、菜糊糊。”郝挣点听到“菜糊糊”几个字，心里暗想：赛诸葛胜了，我输了！到了第三天他又去赶集，想找算卦先生认错，不过人家没出摊子。以后他对人讲起这事，还是不服气地说：“算命打卦，一路瞎话。我去找他，他没出卦。”巧啦！

讲述者： 李文金，男，84 岁，大专学历，副研究馆员，睢宁县文联退休干部

采录者： 张甫文，男，68 岁，大专学历，睢宁县委宣传部退休干部

采录时间： 2020 年 7 月 6 日

采录地点： 睢宁县城

附记

此故事目前在睢宁西南部桃园镇一带仍有人讲述，能够熟练讲述者约有 20 人。20 世纪 80 年代由时任桃园镇宣传干部沈启亮采集整理，收入《睢宁县民间文学集成》，后在 2006 年由县文联退休干部李文金进一步采访整理，编入《江苏省非物质文化遗产普查·睢宁县资料汇编》等书。（张甫文）

384

胡三棍盗马

清朝末期，我们胡楼圩子里出了个大侠客，名叫胡三棍。他武功过人，尤其以轻功最好。据说他走在牛皮大鼓上，没有一点响声。因此，人们流传着一句话：“响鼓不走胡三棍。”

有一天晚上，四家打牌，摊到他调时间[1]。他说：“我出去有点小事。”别人一盘牌还没打完，他就从外边进来了，对大伙说：“徐州府下了场好大的雪啊！”大家以为他说玩笑话哩，再往他帽子和身上一看，还有好多雪花没有化完，都非常惊异；再到外边一看，月朗星寒。这时，大家才真信他到过徐州又回来了。

胡三棍不仅武功高强，还足智多谋。他听说河北有个大地主喂了两匹宝马，一匹能日行千里，号称千里马；另一匹能日行八百，号称八百马。到那一看，果然不假，都拴在大门口了。但不知哪一匹是千里马，于是，他随便骑上一匹就跑。不料被家丁看到了，连忙报告地主。地主急问：“是千里马还是八百马？”家丁答道：“是八百马。”

[1] 调时间：即调换。

地主接着说："没事！"说罢，悠闲地喝着浓茶。

再说胡三棍骑马跑了一天，正想休息一下，忽听后面有马蹄声，心想坏了，我骑的这匹马不是千里马，人撵上来了。他快马一鞭，赶到一座庙前，下马之后，连忙把马拴到树上，进庙躲藏。就在这时，那寻马人也赶到了，一看被偷的马拴在这儿，心想，偷马人一定躲在庙里，我得先进去把贼逮住。想到这里，便气势汹汹地窜到正殿去找住持和尚问个明白。就在这一刹那间，胡三棍却乘机逃出大殿，把那匹千里马给骑跑了。

时隔三个月，人家明察暗访，知道马是胡三棍偷的，就派人来要。胡三棍说："你马有什么记号？"来人说："马头当顶有朵白的像梅花。"胡三棍说："那你就到马棚里去认吧！"来人进了马棚，一眼就认出了那匹千里马，可是马头上的梅花没有了，在马腚上有朵梅花。原来胡三棍已给它做过了手脚。

讲述者： 胡居跃，男，55 岁，大专学历，睢城街道青春村人，教师

采录者： 张甫文，男，68 岁，大专学历，睢宁县委宣传部退休干部

采录时间： 2020 年 6 月 13 日

采录地点： 睢宁县胡楼村

附记

此故事发生在清朝末年的睢宁县睢城镇城南及周边地区。民国时，由原睢城乡青春村农民胡昌中讲述，后传给胡居跃，再传给睢城镇文化站站长武怀苏。20 世纪 80 年代由讲述人胡居跃与武怀苏整理，入编《睢宁县民间文学三套集成》。后又编入《睢城镇志》《江苏省非物质文化遗产普查·睢宁县资料汇编》。近年来，武怀苏经常在全镇多地讲述；睢城的老年人大多均能讲述，尤其是故事发生地胡楼村的百姓多能熟练讲述。（张甫文）

385

瀨尿精当驸马

从前，有个既狡猾而又吝啬的财主，在他家干活的长工终年吃不饱、穿不暖，夜里住在牛马棚里。长工中有个十多岁的放猪娃，父母早就死了。财主为表示自己的好心，就把他收养下来，黑白昼夜和猪吃住在一起，朝天[1]吃的是猪狗食，寒冷天穿的是破袄破裤子，天一暖就光着屁股。这孩子有个毛病，就是爱瀨尿[2]。一年三百六十五夜，夜夜不落。时间长了，人都叫他"瀨尿精"。夏天，瀨尿精的日子还好过些，尿瀨在地上就被地喝干了。到了冬天就不好过了，上半夜裤子焐人，下半夜人焐裤子。久而久之，他那条烂裤子就特别有用了，每当阴天下雨前，裤子就返潮；如果要下大雨，裤子就往下滴水。时间长了，瀨尿精就有了经验。

有天早晨，瀨尿精正在梦中，被家丁连打带骂喊了起来，叫他赶紧去放猪。瀨尿精揉揉眼，赶猪出圈。当他走过晒场时，看见老财主正在指使长工扛麦子晒场。瀨尿精

[1] 朝天：方言，即每一天。

[2] 瀨尿：方言，夜尿瀨床。

喊道："老爷，今天千万不要晒麦呀，晒了就会被大雨冲跑的！"

老财主讨厌他多嘴多舌，说话不吉利，生气骂道："滚滚，快滚蛋！乳臭未干的毛孩子懂什么天象？响晴天，万里无云，哪来的雨下！再胡说八道小心屁股挨揍！"

瀨尿精不敢强嘴[1]，只好赶猪走开。心想：好吧，算俺好心使搁凉水里了。不信俺的话，看你能吃成新麦子哩！

当天中午，大风陡起，雷鸣电闪，紧接着就是豆大的雨点子"呼啦呼啦"倒了下来。老财主想喝令长工抢麦子都来不及，眼睁睁看着麦子被大雨冲走，心疼得像刀割一样。正在这个时候瀨尿精也赶猪跑了回来。他看见场上的光景就说："怎么样？老爷，早上你要是听我的话，就不会有这场晦气了。"

老财主被他说得闭口无言，又觉得很奇怪。心想：我只当他是信口胡说的，没料到他真能断阴阳、识天时，料事如神。往天[2]人信迷信，老财主以为天上神童下凡了，就把事情想得神乎神乎的。为了断定瀨尿精是不是神童下凡，老财主问他知阴阳的原因。瀨尿精心想：我要说是裤子返潮才知道的，他一定会笑话我的。老爷平常最喜欢吹牛，又常用"跟着好人学好事，跟着坏人学下流"的话来教训我，我千万不能说实话，得跟着老爷学点吹，反正谁也弄不清楚我说的是真是假。于是乎就天花乱坠地吹道："不瞒老爷说，阴晴风雨，我向天上一看便知。我在山上放猪，经常观看天象。哪天下雨，哪天晴天，我一看就知道。"

老财主一听更觉神啦，就对外大吹大擂道："我家将来要出帝王将相啦，上界已派神童辅佐我家，神童就是放猪娃。"又对上下吩咐道："从今以后任何人不准再喊放猪娃为瀨尿精，要称他为'小神仙'。"

瀨尿精从此被视为上宾，离开了猪圈挪进了客房。

在老财主的吹捧下，小神仙的名声很快传开了。事也凑巧，过不多久，有一家带崽的老母猪突然不见了，全家人急得四处找，找了两三天也没找到。只好来找财主老爷行个方便，请小神仙算算。财主想，不花我半文钱，又能落个顺水人情，就同意了。小神仙一听可犯难了，心想上次下大雨，我是跟老爷学吹吹牛皮，胡诌八扯的，哪会什么阴阳妙算。如今要我算猪，我哪有这本事？再想想，自己整天和猪吃在一起，住在一块儿，猪的生活习惯全懂，这山乡僻野，又不会被外路人偷去，他就叫失主先回去等着，并说明天会有好消息。

晚上，等人都熟睡了后。瀨尿精溜到猪圈里背上粪箕、粪耙子[3]，逢山投石，见坟扔土，找遍漫山遍野，终于在腊条丛下找到了母猪。借月光回头一看，我的乖乖，九个猪崽正在妈妈怀里吃奶呢。瀨尿精嗔猪道："你们吃得香，睡得甜，可苦了俺这两条腿了，累了俺一夜没能睡觉。看，天都快发白，俺也得回去睡会儿。你们好好在这等着别跑。"

第二天天一亮，失主就跑来问消息。瀨尿精假装掐掐手指头说："今天是吉日良辰，当有喜气临门。喜气应该在你家西北方向，拨开草木可见分晓。"

失主按照小神仙的吩咐，果然找到了一窝猪。这一来，老财主把小神仙吹得更响了。从此，小神仙更加声名远扬。

世上事巧爹配巧娘，巧到一块儿去了。那年皇宫里玉玺被盗，整个皇宫像炸了窝的马蜂一样，大臣、太监有的被逮、有的被杀，闹得人人自危、鸡犬不宁。老皇帝下圣旨传遍京城名卦、相师，也未见玉玺下落。那班平时靠招摇撞骗混饭吃的相师、算命先生，都一一做了刀下之鬼。老皇帝愁得吃不下饭、睡不着觉，只好张榜下诏，如有寻回玉玺者愿以三条优厚条件任选一条相许。皇榜贴出好几天也无人敢揭，反而把剩下的几个卦师、相士、风水先生都给吓跑了。老皇帝只好派文武大臣到处私访。最终打听到这位神机妙算的小神仙。大臣们为了邀功领赏，赶忙回朝禀奏。皇帝立即派两名心腹为钦差大臣，率人马去老财主家请活神仙出山。

钦差大臣到老财主家宣毕圣旨，小神仙一听，好像晴

[1] 强嘴：顶嘴。

[2] 往天：从前，以前。

[3] 粪箕、粪耙子：捡拾粪便配套工具。粪箕，由腊条编织而成的高梁粪筐。粪耙子，将粪便钩拾到粪筐中的工具。

天霹雳，吓得魂飞魄散。心想说不会算吧，一来众人不信，二来违抗旨意犯欺君之罪。唉，没想到吹牛吹得今朝小命难保。他正在胡思乱想，已被推推拥拥上了车，也就只好听天由命了。濑尿精在钦差大臣亲自保护下，走完旱路又登船行水路。他心灰意冷地躺在船舱里，前思后想实在伤心。没想到遇到阴天，船舱上的盐包返潮，卤水滴进舱里。濑尿精触景伤情，心里想盐包滴卤是向下入土的，正是不祥之兆，看来我是快死了，死后埋在土里不就入土了吗？他心里这么想，嘴里就这样念道："盐包滴卤，人要入土；盐包滴卤，人要入土……"

谁知说者无心，听者有意。站在舱外的两名钦差大臣听得胆战心惊。心想糟了，俺俩的秘密被活神仙戳穿了，回京城非挨杀头不可；不如趁尚未到京之际，将他杀死，然后远走高飞。再想想，船上恁多人，俺俩怎能逃脱呢？万一被逮住岂不是罪上加罪。还不如向活神仙求个情，兴许可以活命。两个钦差跑进船舱里，"咕咚"一声跪在濑尿精面前苦苦哀求道："求活神仙行个善，放俺俩狗命吧！"濑尿精心想：我自己已是泥菩萨过河，自身难保了，正打算向你们俩请求；还未敢开口，你们反而求起我来了。我是个放猪的，能帮你们什么忙呢？又想想，既然他俩磕头求情，其中必有原因。莫不是与盗印有关？我不如趁机来个瞎诈唬。于是说："还不从实招来！"

只听其中一个道："回禀'神仙'老爷，小的我叫阎包，他叫狄鲁，玉玺实系我俩所盗……"

"大胆！万岁的玉玺岂容偷盗，莫非尔等想造反不成！"

"小的罪该万死，罪该万死……求神仙老爷饶命！"

"玉玺现落何处，快快从实招来。如有半点虚假，小心尔等狗头！"

濑尿精边说边把桌子拍得震天响，阎包、狄鲁吓得浑身打战，把偷玉玺的经过一五一十地抖搂出来。

不几天进了皇宫，濑尿精经过三拜九叩礼毕，老皇帝命太监取出御用八卦。只见光闪闪五彩缤纷，濑尿精看得眼花缭乱，心想：俺从来未见过这玩意，哪里会使。不过反正我心里有了底，不如来个以假乱真。他假装占卜一气，尔后喜笑颜开地奏道：

"恭喜万岁，贺喜万岁，卦中所得乃大吉之兆！"

万岁忙问："玉玺落在何处？"

濑尿精想想，别忙说，你急我不急。你一道圣旨吓得我屁滚尿流，差点把吃饭家伙丢了，要不是阎包、狄鲁自首，我哪能活到这时候，现在在要紧茬口[1]，我岂能白白放过你。一不做二不休，今天来个漫天要价，反正有他写的皇榜为证。濑尿精壮壮胆子道："小人启奏万岁，常言说得好，圣上乃金口玉言，决不失信于天下，求万岁按皇榜所言赏赐。"

此时老皇帝求印心切，哪里顾得许多，便道："噢噢噢，若非神仙提起，朕就忘记了，皇榜之上嘛，朕以三件事中一件相允，有寻得玉玺者不分出身贵贱，一、愿平分国土；二、赐享皇封，食皇禄；三、招为东床驸马。"

濑尿精心想，论权力要数第一条，论富贵财是第二条，要想福禄喜财都办到，应选第三条。于是他请求皇上按第三条办事。老皇帝在金銮殿上抬眼一望，只见御案下站着个似人没人形，似鬼又有三分人样，要将如花似玉的金枝公主匹配给这样的人未免有些不妥。正当左右为难之际又听小神仙说："要是万岁当众赖账，不准公主嫁我，我就碰死在这玉柱上，玉玺你也别想找到，让天下人都知道你说话不算数。"

濑尿精说着就要往柱上撞，老皇帝一看忙叫人拉住。皇帝心想，要是等到玉玺找回来你再死，也算得上是一件称心如意的美事；现在玉玺未找到，你死事小，我丢了江山事大。唉，允就允吧，为了我的宝座江山，金枝女啊金枝女，我也顾不得你了！老皇帝当众准旨，将公主下嫁给濑尿精。濑尿精也就带着阎包、狄鲁等文武大臣到御花园挖出了玉玺，老皇帝高兴得差点得了中风。

不料许婚下嫁的消息一传到后宫，即刻掀起了一场轩然大波。人人私语，个个讥笑。这个说驸马爷如何如何神，那个说如何如何丑。把个公主气得三昧火起，七窍生烟。当即命宫娥彩女金銮殿传话。她说："你们快去禀奏父皇，就说儿臣要考驸马占卜，看到底是真是假。我以一物要他占卜，占对了，愿聘为驸马，占错了推出午门斩首。"

[1] 要紧茬口：即最为关键时刻。

老皇帝听了女儿的话好高兴。心想选了这么个女婿我也觉得丢脸，只因为碍于皇家面子不好翻脸不认人。现在既然女儿有了不同意见，我正好借机下台，反正玉玺已经找回，管他死活呢，天下才子多得是。这下把濑尿精吓得魂不附体，心想：真是阎王好见，小鬼难缠。我以为乘龙快婿十拿九稳，想不到黄毛丫头又来一招，这不是存心要俺的命吗！早知道俺不来了。正在乱想之际，瞥见公主手捧一物姗姗而来，濑尿精想自己本是放猪出身，妄想当驸马，真好比是癞蛤蟆想吃天鹅肉，一蹦跳进金瓶里，找死容易，想活难啦！他心里这样想，嘴里也神不知鬼不觉地说出来。当金枝公主将锦囊揭开一看，果然是一只金瓶里装着一只癞蛤蟆。濑尿精即刻转悲为喜，公主只好认命，老皇帝也无可奈何，当晚替他俩完成花烛之喜。

讲述者： 李文金，男，84 岁，大专学历，副研究馆员，睢宁县文联退休干部

采录者： 张甫文，男，68 岁，大专学历，睢宁县委宣传部退休干部

采录时间： 2020 年 7 月 6 日

采录地点： 睢宁县城文化广场

附记

此故事在清末年间由邳州人郑树善传讲，后传给郑芬、李文金等人，继续传讲至今。该故事在“文化大革命”之前，主要流传在睢城、古邳两镇，目前在全县各地仍有少数人继续传讲，能够详述者约有 10 人，多为老年人。《睢宁县民间文学集成》《中国民间故事全书·江苏·睢宁卷》《江苏省非物质文化遗产普查·睢宁县资料汇编》等书均有记载。（张甫文）

异文：金蛤蟆

很久以前，故黄河西沿的苏山脚下，有个小村子。村里有个穷小子，爹娘死得早，上无片瓦，下无立锥之地，连一天学屋门没有进，自己大名也没混上。只因他姓金，小名蛤蟆，村里人都叫他金蛤蟆。

金蛤蟆二十一岁那年，跟邻村几个穷汉到东海盐滩扛盐包。一连四年，衣裳鞋没舍得买件新的，一件旧老大布棉袄浸透了汗水，渍透了盐水，冷冰冰、凉嗖嗖的。袖子烂掉了，半截肩上挂满了棉花穗子。省下来的钱回家赎回了八分老坟地，又在村头搭间茅草屋，算有了定居之地。可那件破棉袄，每到冬季还天天穿在身上。

金蛤蟆的这件破棉袄，只要刮风下雨就湿漉漉的，渍得金蛤蟆骨酸皮麻。金蛤蟆就用它来预报天气，十拿九稳。远近百里都知道金蛤蟆是百算百准的活神仙。

有一天，县太爷吴基的一匹马被盗。这匹马浑身雪白，没有一根杂毛，高腿亮蹄，奔走如飞。更可贵的是，这匹马是三年前进京赶考得中，他姑父葛老丞相送他走马上任的。宝马被盗，吴知县急得像热锅上的蚂蚁。这时，一个当差的说：“老爷，你不如叫金蛤蟆给算一算！”吴知县一拍大腿，说：“我怎么把活神仙忘了呢？快，快，有请金先生。”

差人来到金蛤蟆家，这般如此一说，把金蛤蟆吓得两眼剔鬣[1]。他心想：“刮风下雨凭这身破棉袄；给县太爷找马，我哪来那本事？”公差推推拥拥，金蛤蟆只好上路。

一路上金蛤蟆时刻想跑，就是没想出好点子。当他们走到城东五里塘的地方，猛想起前边路旁就是一片几十顷的芦苇棵。心想，三十六计走为上计，一口气蹿了里把路。走到芦苇棵边，金蛤蟆要进去拉屎。管天管地，管不着拉屎放屁。公差点头应允。他想到前边芦苇子稠的地方躲起来歇一会。刚走进去，忽然发现前面有一匹白马拴在橛子上；仔细一端详，和公差说的一模一样。金蛤蟆心里蜜滋滋的，赶紧从苇棵里钻出来，若无其事地和公差一起来到了县衙。

县太爷宾客相待，说明了请金蛤蟆来县之意。金蛤蟆故弄玄虚，眯缝着眼，掐指算了又算，才慢慢念道：“白马高高六尺长，离城五里在苇塘。午时三刻牵回转，知县

[1] 剔鬣：方言，因惊吓异常地睁大眼睛，放出亮光。

大人莫急慌。”知县听了半信半疑，立即派了二十名差役，直奔城东五里塘，搜索了芦苇棵，午时三刻果然牵来了宝马。金蛤蟆的神算一下子轰动了全县，吴知县还写信给自己的亲朋好友，说今后如果碰到什么疑难之事，可以请金先生去算。

时隔不久，京都丞相府葛老丞相的金印不见了，按罪该全家抄斩。老丞相吓得魂不附体，暗派心腹数十人，日夜寻找都没有踪影。老丞相和夫人、女儿抱头痛哭，突然爱女葛慧“咯噔”一下不哭了，说：“爹，咱不能去找表哥吴基把金先生请来算算吗？”一句话提醒了丞相和夫人，立即派心腹飞马去请吴知县和金蛤蟆。

再说金蛤蟆这天正在县衙和吴知县饮酒，突然丞相府的差人送来一封密信。知县一看大吃一惊，马上请金蛤蟆一起骑上宝马进京。

不一日来到京城，金蛤蟆也顾不得观赏那繁华的街景，心里只是七上八下地乱跳，不知老丞相给他出的什么难题！

因路途劳累，迎宾宴过后，安排金蛤蟆在丞相书房安歇，留下知县和夫人叙些家长里短，准备明天一早叫金蛤蟆给算。

金蛤蟆洗了手脸，涮了脚，熄了灯，一头倒在床上，怎么也合不上眼。心里算来算去，还是三十六计走为上策。三更过后，他走出书房，拐弯抹角走进了一个大花园。金蛤蟆估摸着，这可能就是常说的后花园，只要翻过后花园的墙，就能跑掉了。

正猫腰走着，忽听前边花丛里，一男一女正在叽叽咕咕，他就势蹲在树蒲子[1]底下，大气也不敢出。这时就听女的说：“旺哥，我只说拾的是块大金子，谁知还是老太爷的官印！若拿出来我得死啊，不拿出来老太爷全家都得抄斩！你看，我可怎么办哪？”过了一会男的说：“你埋好了，等两天风头过去，我给你偷偷地扒出来，丢在人面场上不就算了吗？”女的说：“只好这样办了。那东西就埋在园子东北角那棵芭蕉树下，上面还放着一块砖，千万别忘了！”

金蛤蟆听到这里，高兴得心肝快要跳出来了。等这一男一女走后，他又由原路悄悄溜回书房安歇去了。

第二天早晨，佣人急忙来伺候金蛤蟆洗了手脸，把他请到密室。丞相和夫人请金先生坐后，纳头便拜，诉说相印丢失该全家抄斩的事由，请金先生算算印落何方。金蛤蟆慢慢地说：“丞相、夫人请起来，赶快到后花园摆上香烛纸马，待我碰碰运气。如果找到了，丞相不必谢我，权当没丢；如果找不到，丞相不能加罪与我，放我回家。”丞相赶忙施礼说：“金先生若能找到此物，我情愿以小女相许。如果找不到的话，自然我也不能怪罪于你！”

金蛤蟆在丞相陪同之下，来到后花园，就在他偷听话的树蒲子旁边摆上香案。只见金先生披发仗剑，焚香烧符，念动咒语，最后高声唱道：“刮风下雨咱知情，知县找马非侥幸。丞相大印未出府，芭蕉树下土中盛[2]。”

丞相即命十来名心腹，三人一组，挨棵芭蕉树下掘土三尺。当挖到东北角那棵芭蕉树下的时候，果然挖到葛老丞相的金印。

老丞相紧抱金印，激动得老泪纵横。夫人、小姐对金蛤蟆敬若神明，全家转忧为喜。由吴知县做媒，金蛤蟆和葛慧小姐拜堂成亲，结成连理。

葛慧小姐是个才女，花烛之夜要考一考金先生的神算能不能事事都灵。她叫丫鬟用红绒线缠着一个御赐的金蛤蟆，闩上门叫金先生在门外猜红绒线里缠的是什么，啥时猜对，啥时进房。这可难坏了金蛤蟆。时过三更，一轮明月升起，夜风吹来寒意。金蛤蟆回想往事，啼笑皆非，在门前踱来踱去，不由吟诗一首：“刮风下雨不用说，知县找马在苇棵。花园找到丞相印，红绒线缠、缠，难死我金蛤蟆！”小姐、丫鬟误听为“红绒线缠、缠，缠的是金蛤蟆”，慌忙打开了房门。金蛤蟆成了葛老丞相的乘龙快婿，成了吴知县的表妹夫。

也就在这一夜，相府的一个书童和一个丫鬟逃出了相府，成了民间夫妻。

[1] 树蒲子：本地方言，荆棘条状的小树丛。

[2] 盛：即存放的意思。

讲述者：刘焕彬，男，82岁，中师学历，原双沟镇中心小学教干
采录者：张甫文，男，68岁，大专学历，睢宁县委宣传部退休干部
采录时间：2019年10月
采录地点：睢宁县双沟镇大街

附记

该故事流传于睢宁西部双沟、王集镇一带。在民国时期，由双沟镇农民肖桂奇父亲传讲，后由双沟镇政府干部戴兴均根据肖桂奇讲述整理，入编《睢宁县民间文学三套集成》，后又由双沟镇文化站站长朱炳玉和中心小学教干刘焕彬等人传讲。2005年由刘焕彬进一步采集整理，入编《中国民间故事全书·江苏·睢宁卷》《江苏省非物质文化遗产普查·睢宁县资料汇编》等书。（张甫文）

386

拾来的『探花』捡来的夫人

早年，俺这李集大街及周围各村经常有人讲，还是明朝那会儿，李集镇出了一个探花。要说他这个探花是怎么来的呢？那才是拾来的呢。他学窝子[1]并不深，但他心眼好，平时多行善事，尤其对老母亲孝顺。

这一年他进京赶考，路过徐州府住店，晚黑出来溜达，看到彭城路头上有一家大户门旁挂了盏走马灯，下面围了不少人看。原来灯下挂了一张纸条，纸条上写的是猜联语："走马灯，灯走马，灯灭马停蹄。"要求对上联。若能对出上联者，愿将小女奉嫁。他看后一笑，也没放在心上。

赶到京城以后，三场考罢倒很得意。偏偏那年主考官出了个花样，笔试之后，面试的项目有的是作诗，有的是对对子，都要求考生在七步之内作答，有试验考生有无曹子建七步之才的意思。偏巧李集这主儿就摊到对对子。那主考官望了望考场门外随风呼呼飘动的两面大旗，随口想出了一副上联："飞虎旗，旗飞虎，旗卷虎藏身。"

[1] 学窝子：方言，指学问程度。

李集这主儿一听，可鬼死[1]了。“哎呦喂，怎恁巧，我把在徐州府见到的那个下联往上一对不就行了吗？”想到此，他一点儿也不怠慢，主考官一步还未跨出，他便对了出来：“走马灯，灯走马，灯灭马停蹄。”主考官大喜连叫：“奇才，奇才！”当场提笔点了他一个第三名探花。

十天之后，探花奉旨回乡探亲，又经过了徐州府。他想起此番巧遇，实是因为见到彭城路头一家那下联，便命随从绕道过去看看。谁知那个下联还挂在那儿未动，下面还是围了许多人在看、在想。他大笑，开口说道：“这有什么难的，听我说：‘飞虎旗，旗飞虎，旗卷虎藏身。’”围观者一听，正对！一齐大声呼喊：“有人会对了，有人会对了！”那家府里的大管家正好也在旁边，不由分说拉着探花就往府里拽。府里老爷也出来了，看是个白面书生，也一齐往里请。请到堂里边，才知是探花，不由得又喜又怕。喜的是，是个官员；怕的是，人家或有老婆或不要自己闺女呢？

探花本来不想进去，见那家人这样热乎，实在不好意思，只得进去。随从师爷暗地帮他打听，知道这家小姐美如贵妃，才高八斗，便附耳对他说了。探花大喜，等主人一提到亲事，立即答应。主人家可鬼死了，也不择日子喽，嫁妆是现成的，立即将小姐装扮起来，大红花轿抬着，随着探花把小姐送到了大李集。

后来，大李集人都说：“他这是拾来的探花，捡来的夫人！”

讲述者： 李友林，男，72岁，高中学历，睢宁县李集镇原文化站干部

采录者： 张甫文，男，68岁，大专学历，睢宁县委宣传部退休干部

采录时间： 2020年6月

采录地点： 睢宁县李集镇大街

[1] 鬼死：非常高兴的样子。

附记

该故事在清朝时，由李集镇西圩村张学涛的爷爷传讲；民国时由张学涛传讲，后传给李友林，再传给现任文化站站长李叶等人。该故事在大李集镇世代有序传讲，在全县各地流传广泛，以李集镇讲述最具代表性。明清时期的大李集，因是我国中原地区商贸重镇，号称睢宁县小南京，也是睢宁及周边地区久已向往的城市生活之地。记得有首歌谣《小红孩，挎竹篮》，以一问一答的形式，真实记录了人们向往生活富裕之地大李集的心情。其内容是：“小红孩，挎竹篮。挎的什么？挎的红鸡蛋呢。你怎么不吃呢？没有柴火烧呢。你不能爬树折吗？怕扯毁大红袄呢。你不能叫你媳妇补吗？媳妇死啦。死在哪儿啦？死在锅门前啦！埋在哪儿啦？埋在俺家屋后边啦！黑牛角，黄牛角，一直哭到太阳落；黑牛皮，黄牛皮，一直哭到大李集。”此故事已被《睢宁县民间文学集成》《李集镇志》《江苏省非物质文化遗产普查·睢宁县资料汇编》等书收入。（张甫文）

387

夏楼御先生

睢宁县北部边缘的古邳和魏集两镇是邻居，因此，魏集镇西夏楼村的御先生世代都知他非常有名。御先生小时候，长得眉清目秀，人都叫他“大美人”。

“大美人”五岁上学，点到就明，如同吃书，深得先生褒爱。十六七岁时在徐州、南京会试都得功名。

十八岁进京赶考时，所带银两被人骗取一空，进不得考场。他面对喜气洋洋的众进士，心里非常难过。回不了家乡，见不得爹娘，便回到店房，借来文房四宝，站立长街，手挥羊毫，写诗作画。一时间，文人学士啧啧称赞，走了一阵，又围了一圈；所写诗文未剩一篇，所画山水人物全都售完。店钱饭账全部还清，身边还剩下几吊银两。

那天，有一个王府管家几次经过卖诗人身旁，对“大美人”说：“王府少一浇花童，你不如跟我到王府，衣食不愁，强比你在长街叫卖。”于是，“大美人”跟着那管家来到王府专司浇花，兼供学屋茶水。

一天，先生被人请去，留下一道文题，命三位小王各作一篇，说定回来交卷。三位小王只急得抓耳挠腮，愁眉苦脸，半天写不出一个字来。

在屋外台阶上坐着的“大美人”看在眼里，轻声说道：“这有什么难的！”三位小王一听，惊喜地出来说道：“花童，你会吗？”

“大美人”说：“我只能瞎画画。”说着笑笑，怯怯地望着小王爷。

小王爷高兴了：“来吧，你要写好了会有你的好处的！”

花童拿笔铺纸，一阵挥毫，眨眼间三篇文章作好了。三个小王一看都拍手叫好，遂把厨房送来的点心包了几大包送给他吃。

先生回来了，三个小王呈上文卷。先生一看，满脸怒色喝声：“大胆，跪下！”拿过戒尺：“把手伸来！”三小王胆战心惊，跪下说道：“是花童写的。”这时，在台阶上坐着的“大美人”可吓坏了。听到先生喊他，只得进屋，到先生面前一跪，不敢抬头。先生追问几句后，遂命花童按这一文题再写一篇。

花童拿过纸来，来到外面，趴在台阶上，不一会儿又作成了。先生接过一看，一句话不讲，袖了四张卷子来找老王爷。老王爷含笑说：“老先生，我不是说过了吗？学生调皮，该打，你就狠狠地打。”“非是学生调皮，你家花童比我还强……”说罢，拿出四张卷子：“你看，这后一篇是我亲眼所见，比这三篇还好……应该让贤！”

老王爷上朝把这事对皇上讲了，万岁也称奇，召见花童，金殿答对子。满朝文武和万岁既同情花童遭遇，又爱他人品才学。皇帝传旨，命花童进宫当御先生，教小主和三位小王。

御先生在皇宫五年，小主和三位小王学业有成，皇上皇娘都很高兴。皇娘向万岁说道：“皇上，御先生进宫五年，已经二十多岁，他也应该成家立业了。不如放外做官。”

皇上命丞相府查缺。后来皇上召见御先生，封他个什么司空官，下管七十二衙门，专治水利。黄河古堰为一重要水利工程，御先生到任几年，有些官员上书皇上参劾他治水不力，应该法办。皇上当即派三位小王出京查办。

当三位钦差将到，七十二官员早已叩头求见、递手本，内中独少司空。下属议论开了：“司空还不来，等着砍头吧！”

原来三位钦差就是三位小王，他们一到衙门便赶紧走上前去弯腰深深一礼："御老师好！"御先生只将手一抬，说声："免礼，小王请！"只看得七十二位官员目瞪口呆，如在五里雾中。小王转身命各位官员回衙后，亲热地拉着御老师的手向里走去。

三天后，钦差要离别南巡，七十二位官员皆来送行。小王对大小官员说："御老师把工程做累了，你们给想想办法。"说罢乘轿离去。

七十二官员哪有憨人，府县官有几个是笨蛋？于是，府、县大小官员争往御先生处抬银子。银子知多少？据说不少于国库拨来的皇粮。

有了银子，很快黄河大堰几处险段得到加固整修。梅雨季节，险段木料、石块、草堆备足，民工昼夜值勤，黄河再未决口泛滥。百姓拍手叫好；朝野官员无刺可挑，同声称道。

御先生经手的水利工程，数"卫锅工"有名。

"卫锅工"地址在魏集北五里黄河故道古堰处，现韩坝村。在夏楼御先生主管水利时，这里多次开口，汹涌黄水奔泻而出，冲成一条"大沙河"，河深丈余。以往几次，河堰开口都先用乱石、杂草、泥土堵，原取名"卫工"上报；而后再次开口，就无法堵住了。

这次御先生有了银钱，就亲临工地，在开口处的坡上放一大笸筐，盛满铜钱，民工抬土到坡上，每人可抓铜钱一把。堰下搭棚做饭，肉包子尽饱吃。这样一来，堰上堰下，人山人海。昼夜施工还是很难合龙，最后打好木桩，用绳草、石块、铁锅等材料相结合的办法，终于堵住了洪水，大堰才得以合龙。这次工程花费太大了，如果还用前名"卫工"，怕受朝中责难，就改名"卫锅工"上报。从此，"卫锅工"名传数百年，一直到现在。

讲述者： 汤培珠，男，73岁，高中学历，睢宁县公安局退休干部

采录者： 张甫文，男，68岁，大专学历，睢宁县委宣传部退休干部

采录时间： 2020年7月

采录地点： 睢宁县城城东村部

附记

此故事主要流布睢宁北部魏集、古邳镇等区域，自清代至今一直世代有序相传，能够详述者多在魏集镇，有30余人。《魏集乡志》《中国民间故事全书》《江苏省非物质文化遗产普查·睢宁县资料汇编》等书均有记录。此故事在编入《江苏省非物质文化遗产普查·睢宁县资料汇编》之前，于2006年由故事爱好者汤培珠再次深入魏集镇夏楼村进一步采访整理而成。（张甫文）

388

智斗『王赌鬼』

还是民国年间，俺大王庄上有一个远近闻名的赌钱鬼。他不但一天到晚赌钱，债台高筑；还吸大烟成瘾。大家都称他“王赌鬼”。

他的妻子姜氏是一个既勤劳又贤惠、老实巴交的好媳妇，整天没黑没夜地忙于种田收粮，收湿晒干，省吃俭用。紧收入不够丈夫慢开支的，而且每天都有三五人登门逼债。尽管妻子姜氏反复劝说，把她的陪嫁手镯、耳坠、银簪全都变卖，为他还清了赌博欠账，他仍是屡教不改，继续不离赌场。为此，妻子姜氏对丈夫恨之入骨，也绝情失望了。几次想以死告终，都被邻居救了下来。

不久，此事传到姜氏娘家，娘家弟弟便给姐姐出了一计。一天，弟弟佯装不知，以走亲戚名义来到姐姐家。先听姐夫叙说，责备姐姐不给姐夫还钱之错，还故意说姐姐：“大男人，要面子，你也得给姐夫一点面子。”然后把姐夫拉到一边说：“我给你两块糖，你用锅灰沾在外边装在身上。当有人来家逼债，若是姐姐肯还，便罢；若是不给，你就迅速掏出这糖块吞咽下去，我就说你服毒自杀了。那时姐姐一急，必然拿出钱来给你还账。”“王赌鬼”拍案叫绝，认为是个好主意。

于是，二人来到姜氏面前，她弟弟说：“姐姐，人不是永远不变的，可以由好变坏，也是可以由坏变好的。你要给姐夫悔改的机会，做事要慢慢来；可不能眼盯疮疤，再戳一刀。结果痛定思痛，何苦来呢？请姐姐看在弟弟面上，破他一次戒。假如姐夫一如既往……”

没等弟弟说完，姜氏就更为生气了：“还亏你现在来。我早就发誓了，这次无论谁来说情都是嘴头抹石灰——白说。”

弟弟假装生气，急问：“你说当真？”

姐姐斩钉截铁：“当真！”

“如果有意外，你不后悔？”弟弟试探地又问。

“他这种人，一向脸皮都不要，有啥意外！”姐姐急答。

这时，弟弟向姐夫使个眼色。姐夫会意，装出十分愤怒之举，急忙掏出两块早已准备的黑糖咽了下去。这时弟弟佯装悲伤地大叫起来：“姐夫服毒自杀啦！姐姐，你这不后悔啦！快来人啊！”说时迟，那时快。弟弟早已安排好的几个身强力壮的青年人立即跑过来，一齐动手将“王赌鬼”按倒在地。一人高喊：“赶快灌注屎尿，催吐！”另一人迅速从茅厕里提来半罐子屎尿，大家有的撬嘴，有的灌注，弄得“王赌鬼”直叫唤：“我咽下的是糖块，不是毒药！不是……”

无论“王赌鬼”怎样叫喊，大家都是不相信，一个劲地继续再灌屎尿！直到吐出两块黑糖块才停止。

从此，“王赌鬼”再也不去赌场了。

讲述者： 李文金，男，84 岁，大专学历，睢宁县文联退休干部

采录者： 张甫文，男，68 岁，大专学历，睢宁县委宣传部退休干部

采录时间： 2020 年 7 月

采录地点： 睢宁县城

附记

此故事流传于睢宁县东部沙集镇至宿迁交界一带，也是一个真人真事的故事。原由沙集村徐淮南讲述，后又传给刘耀邦等人继续传讲。1987 年由县文联主席李文金调查采录，并入编《睢宁县民间文学三套集成》。讲述人刘耀邦有声有色，很能打动听众。尤其是当讲到灌注屎尿时，不但能够引起听众一阵欢笑，还能增加对“王赌鬼”的愤恨，广大听众也跟着讲述人助威、呐喊：“再灌，再灌，多多地灌！”（张甫文）

389

智斗庄园主

在新中国成立之前，俺沙集乡大夏庄有个远近闻名的庄园主，名曰丁三。他的土地很多，有 200 多公顷。他的富裕主要来自剥削农民，不但向来采用大斗进收粮、小斗出租粮，还勾结土豪劣绅欺压百姓，无恶不作。他租给农民的土地，辛辛苦苦忙了一年，大多都是不够交给他的粮租。

有一年秋天，粮食又要进仓了。他阴险毒辣，又施诡计。他把对抗他向来使用大斗交粮的农民认为是刁民，为了使点颜色，便提早贴出一张告示，以示扬威。那告示上写：“凡是交租不服者，若能破解我的三道难题，可以免交三年谷租杂税；否则，倒交五倍粮钱，违者杀头。”

东邻杨庄村有个放牛娃名叫刘二小，从小父母身亡，靠父老乡亲养活了命，对本庄亲邻的养育之恩深怀敬意，对百姓的灾难和受欺压深表同情和愤恨。于是，他下决心定要惩治这个恶霸不可。他以他的特有天赋和聪明才智，要为民除害、为民撑腰、为民解难。

这天，他来到了大夏庄，毅然撕下告示。有人禀告恶霸丁三，他气势汹汹地来到大门前，一见是个十五六岁放牛娃，便哈哈大笑说："我当是什么大人物哩？原来是刚出蛋壳的小毛娃。留你一条狗命，快快滚开！"

刘二小蔑笑道："看你只不过是满身肥肉。俗话说，有志不在年高，无志枉活百岁。"恶霸丁三被激怒了："好小子，我看你是活得不耐烦了！好吧，咱们可是有言在先：我提三条，你若赢了，我偿你大米一百担；若是输了，哼哼，你得倒给我大米五百担，还要杀头的。来吧！"说着迅速拿出一把亮光闪闪的钢刀，摆在中间，接着两人画了押。众人都为放牛娃担心。

恶霸丁三奸笑道："先考考你的眼识。你看我的头有多重？"刘二小神情自若地答道："你的头不多不少，七斤四两五。"丁三咆哮道："不对，错了，我的头八斤整。"刘二小面对众人喊道："我说是七斤四两五，就是七斤四两五！你若不信，咱砍下来称称。"说着，抄起钢刀就朝丁三的脖子上砍去。丁三吓得急忙后退，连声摆手大叫："好！好！算你对！算你对！"

丁三不甘心，说："我再出第二题：我的墙头上长了许多杂草，给你一张犁给我把草耕掉，再把这土墙耕平整。"人们惊呆了，这不有意识难为人吗？可刘二小却说："行啊！这有什么难的。不过你必须答应我一个条件：我到墙头上扶犁后，你必须把牛给我牵上墙头，并在前给我引牛前行，我保证给你把墙头耕平整。"恶霸丁三沉思半天，无言以对，默默低下头，致使人们哄堂大笑。

大众面前竟然使恶霸丁三出了丑。他仇恨满胸，恶狠狠地骂道："好小子，竟敢在老爷头上撒尿，我定要把你置于死地！你要听好啦！我再出第三题，如果你答对了，我就甘愿输给你了。"刘二小神情自如道："那就请你快点出吧！"

丁三怒言道："搬上三个酒坛来。"声随应到，伙计们立时搬来三个酒坛，两大一小。丁三说："你能把这两个大坛子装进小坛里，我就认输于你！"只见刘二小不慌不忙地走到大坛子跟前，抱起来往地上狠狠一摔，随之成为一摊碎片，然后把两个大坛碎片全部装进小坛，还没有装满哩！又说："再拿两个大坛来还能装得下，你可没说不准砸碎啊！"这时，恶霸丁三目瞪口呆地连连摇头道："真厉害，真厉害！"丁三真正地认输了。众人欢闹着、嬉笑着，围拢过来，共同举起刘二小，齐夸二小真是个"才子"。

二小灭了恶霸丁三的威风，为村民主持了正义。从此，二小受到人们的爱戴，被人们传为佳话。

讲述者： 李文金，男，84 岁，大专学历，副研究馆员，睢宁县文联退休干部
采录者： 张甫文，男，68 岁，大专学历，睢宁县委宣传部退休干部
采录时间： 2020 年 7 月
采录地点： 睢宁县城

附记

此故事流传于睢宁县东部原沙集乡。原由沙集乡大夏庄沙俊扬讲述，后又传给本村杨绪水、刘耀邦等人继续传讲。1987 年由县文联李文金调查采录，并入编《睢宁县民间文学集成》。（张甫文）

390

『小响么』与『拉魂腔』

俺古邳的姚秀云唱小戏子唱得实在好，人称“小响么”。她把《喝面叶》里梅翠娥一角唱绝了，听戏的人也听迷了。由于唱戏总不能老在一个地方唱，“小响么”的班子经常外出。古邳人听惯了她的戏，小响么一走，戏迷们像害了病。所以古邳人说：“小响么一走，古邳街睡倒九十九；小响么一来，睡倒的都爬起来。”

古邳街后有个老几够迷的[1]，腿上生疮卧床不起，连吃饭都懒得动；但一听“小响么”在街上唱戏了，他咬着牙、忍着疼，一拐一拐的也要去听戏。等他疮好了以后，专门到县城里去听“小响么”唱戏。

在古邳，有的戏迷还跟“小响么”开玩笑，等“小响么”唱完戏回家，戏迷们在路上有意拦着她，非得要她唱一段才让她走。“小响么”也很理解他们的心情，就唱上几句，戏迷们才满足。

“小响么”最爱唱的地方戏，从前叫“肘古子”，后来改叫“拉魂腔”。是因这个戏既能把人听迷了，又能把人的魂拉了去，所以才叫“拉魂腔”。有一个小大嫂喜欢听拉魂腔，只要戏班来啦，她每天晚黑都听。她丈夫也喜欢听。丈夫为了先到戏场里找好座，早早就走啦，小大嫂忙完家里活，随后也就到啦。这天吶，丈夫有事出远门了，小大嫂喷在家[2]里忙着，就听那边小锣子响了，家里的活还没忙完。正要走，小孩儿又哭啦。她忙丢下手里的活，抱起小孩儿、拿着小板凳就去听戏喽。听了老半天，她听唱戏台上有小孩儿哭，当是自己的小孩儿哭，赶忙掏出奶头给小孩儿吃。她把奶头往小孩儿嘴里一搁，感觉没有反应，低头一看，哎呀！这才发现怀里抱的不是小孩儿，是个大南瓜。那不能再听戏喽，家里有小孩儿哪能丢着不管？赶快回家吧！

小大嫂怎么会抱着南瓜来听戏呢？原来是她在家里听到小锣子一响，拉魂腔就把她的“魂”拉到戏场里来喽，慌慌张张地抱着一个枕头去听戏。走到家后南瓜地旁被南瓜秧子给绊倒了，她爬起来抱了一个大南瓜就跑，抱错啦！她按原路回到南瓜地里找小孩儿，到了地方一看，丢的不是小孩儿，是她家床上的枕头。她就丢下南瓜抱起枕头，回家一看，小孩儿还呼啊哈地在床上睡呢。小孩儿怎么不哭闹了？他哭累了呗！

这个故事传来传去，“拉魂腔”的戏名就给传出去了。后来改称柳琴戏，属于徐州市国家级“非遗”保护项目。

“小响么”姚秀云是国家级“非遗”传承人，虽已年逾85岁，但是身体健壮，依然痴迷戏曲。退休多年，仍然肩负传承职责，坚持在徐州云龙湖北岸创办柳琴戏培训班，无私奉献，不断培养新人。

讲述者： 汤培珠，男，73岁，高中学历，睢宁县公安局退休干部

采录者： 张甫文，男，68岁，大专学历，睢宁县委宣传部退休干部

采录时间： 2020年7月

采录地点： 睢宁县城城东村部

[1] 老几够迷的：方言，指有人特别迷恋。

[2] 喷在家：正在家。

附记

关于《"小响么"与"拉魂腔"》讲述与采录资料，在1987年由讲述人徐维新（当年60岁，农民）、汤培福（当年56岁，农民）讲述，记录者姚克明、刘全义、汤培珠整理，编入《睢宁县民间文学集成》；2005年由张甫文、李文金再次整理，编入《中国民间故事全书·江苏·睢宁卷》等书。拉魂腔也叫柳琴戏，《睢宁县志》载，清咸丰年间，睢宁就有靠地摊卖唱拉魂腔的艺人。民国时期，姚秀云就是古邳州拉魂腔戏班子中的名角。那时赶集听戏的十里八乡的庄稼人，都知道古邳州有个"小响么"，她唱的拉魂腔能让人听得过瘾。"小响么"就是姚秀云，那是热情观众送给她的艺名。姚秀云1932年出生在睢宁县古邳镇一个梨园世家，其父亲、叔父、婶母都对唱拉魂腔有一种执着的追求。受其影响，她7岁时就登台演戏，一鸣惊人。拉魂腔不但拉动了家乡人的魂，还拉动了海外侨胞、外国朋友的魂。1984年，美国洛杉矶天福公司总经理、美籍华人谢天福先生从海外归来。当他从徐州一下火车，听到了广播里正在播放姚秀云《喝面叶》的唱腔，动听入耳的乡音使他陶醉、让他入迷。他急忙打开录音机，把这段拉魂夺魄的唱腔收录下来。回美后，他又将录音带翻录复制，转赠给徐州同乡会的友人。1954年，在华东地区戏曲观摩汇演中，姚秀云作为徐州市代表团一名主要演员，以一出拉魂腔《喝面叶》荣获表演一等奖。1986年，在苏鲁豫皖首届柳琴戏研讨会上，专家学者一致通过将姚秀云《喝面叶》中的唱词"石榴花"确立为会花。姚秀云是江苏省柳琴剧团的国家一级演员，她的艺术业绩已被收入《中国戏曲曲艺家辞典》一书。拉魂腔是一种寄托乡情的音调，它作为徐州地区具有悠久历史的传统戏曲是不可否认的。拉魂腔已成为徐州市非物质文化遗产重点保护项目。2016年9月作家张甫文曾以《寄托乡情的拉魂腔》为题在《农民日报》发表。（张甫文）

391

『曝光』有『谟[1]』

薛宝光也叫薛曝光，是俺古邳人，这是他的别名；他还有一外号叫"憨刁"。此人虽然不识一字，但就是有"谟"。

他整天晕沉[2]，专干坑蒙拐骗之事！他从薛井一马踅到[3]"三益"街，来回走路也不敢停。谁知那天巧啦，他到"财神阁"边，遇到了两个短路者名叫吴红、吴白。吴红、吴白把他骗到芦苇棵里，拿出小刀做出"杀"的动作。他说："吴红哩，哎，吴白哩！咱们还有生死往来。如果想花钱，我有的是，你想花钱就吱声。"吴姓弟兄俩一听软话，这事就算了。薛宝光走出芦苇棵后，一马就踅到邳县，第二天清起[4]，就把吴红、吴白给捞到手[5]，带到县里硬榷死[6]了！

[1] 有谟：方言，有点子、有计谋。
[2] 晕沉：方言，不务正业，专想坑蒙拐骗。
[3] 踅到：方言，快速跑到的意思。
[4] 清起：方言，清早。
[5] 捞到手：即抓起来。
[6] 硬榷死：方言，即使用比较狠毒的手段致人死命。

以后，薛宝光犯了罪，充军到甘肃。充到那地方，还是品行不改。他朝天[1]在街上拿人家的东西，就指望以此生活。还经常到道台衙门口给当兵的说笑话。这一天，他见到当兵的又说笑话啦。当兵的说："你麻利[2]走吧！俺不跟你一块儿捣蛋了，俺心里腌臜[3]呢！"他就问喽："有什么腌臜的？非跟我说不行！"当兵的越不想说，薛曝光越要他说。当兵的给缠急了，就说啦：

"小少爷闯大祸了！"

"闯什么大祸呐？"

"京里宰相的林子葬在甘肃。他的林子前有一棵树，落了什么鸟就长什么鸟。就这么贵重的树，叫小少爷带着使用的给他伐了。这个事在我朝属于犯罪。伐人家宰相老林，那还得了吗？"

薛曝光说："就这么个事，还恶[4]得了不得！"

当兵的问："你还嫌这个事小啦？"

薛曝光说："我以为还什么大事哩！咳，我就不跟你说啦！"说完就走了。

当兵的立即跑到里面禀报了道台。道台说："赶快找他，赶快找他！"当兵的一连跑了多处地方，终于把他找到了。

道台非常尊重他，说："薛先生，还有什么法想吗？"

薛曝光说："咳！这点小事还能算回事吗？你找要饭的住到圣庙，叫他把七十二贤的牌位烧得半拉糊茬的。他要来找，你就说：就因为你家这棵树贵重，我拿来修这七十二贤牌位的。他们听了就一点熊事也没有了。"后来宰相家真来找了，这道台也真这样说了，事就不了了之。

打那以后，薛曝光可来劲喽！道台都拿他当第一个能人看待，你想那些老百姓呢？开店、坐铺的，今天请，明天候，那可了不得了，他要一千不给九百九！

后来他又续了个小婆子。他老家的大儿子找去了，小婆子对他说："咱大儿子来啦。"他一听就拿来一把刀使劲磨，说："嘿！我非杀他个大'甩子'[5]不行。他不能把我治[6]回家，还来丢我的人。"小婆子看他磨刀，就对他大儿子说喽："你麻利躲躲，你大大要杀你啦！"儿子就躲。躲了好几天，也不提回去，就苦思着怎样能和大大见面。小婆子想，大儿子在这多待一天，我得多一天开支。说不定哪天要是被老"憨刁"知道住地，要出大事啊！儿子在这不走，这也不是个长法！于是，小婆子就到街上给弄些钱，好让他大儿子回家。街上各家各户知道薛曝光要用钱，有的给三千，有的给一吊，凑了几千吊钱，就把他大儿送走了。

大儿送走后，小婆子回家说："你要杀他，我上街给他凑了几千吊钱，送他回老家啦！"

薛曝光听了"扑哧"一笑。小婆子这才明白：他儿子找他是来要钱的。他哪来这么多钱呢？大伙一凑，就齐啦！真是"谟奸"[7]！

讲述者： 刘全义，男，72岁，初中学历，睢宁县古邳镇原文化站站长

采录者： 张甫文，男，68岁，大专学历，睢宁县委宣传部退休干部

采录时间： 2020年5月

采录地点： 睢宁县古邳镇文化站

附记

此故事主要流行于古邳镇及周边地区。民国时，由旧州人吴士贞传讲，后传给姚克明、姚金光、刘全义等人，并入编《睢宁县民间文学集成》。至今古邳镇文化站站长刘全义仍经常传讲。目前该故事在古邳镇传讲较为普遍，大多为70岁以上的老年人，有20多人。《睢

[1] 朝天：方言，天天的意思。

[2] 麻利：方言，熟练、快速之意。

[3] 腌臜：意为心里感到别扭，不痛快，让人恶心、闹心。

[4] 恶：凶狠。

[5] 甩子：一般作为对待缺乏道德品质之人的咒骂狠话，也是长辈对晚辈的常用之语。

[6] 治：方言，批评、惩罚或蹲牢等，让其改变恶性的意思。

[7] 谟奸：计谋奸诈之意。

宁县民间文学三套集成》《古邳镇文化报》《江苏省非物质文化遗产普查·睢宁县资料汇编》等书报均有记载。(张甫文)

392

武林高手高文灿

打猴

双沟镇西南二里有东西高集，又叫双兴集。在西高集的村后头，有几家高姓人家在此居住。

清朝光绪年间，就在这几家姓高的住户中，出了一个了不起的人物——高文灿，是徐州东半天屈指可数的武林高手，人称“独行千里一只虎”。高文灿的大半生在关东一带行侠仗义，威震千里；死在他手下的山贼海盗、贪官恶霸不计其数。到五十多岁时，他封刀不干，回归故里。用数十年的积蓄买田置地，建造楼台亭阁、假山鱼池。因家在西高集后头，所以人称后楼。

高文灿有个独生子，叫高飞，小名喜子，外号“小侠飞燕子”。这年夏天的一个上午，高飞怀揣十两纹银，路过双沟华严寺，见庙前大场上围满了人，里面锣声阵阵。他挤进去一看是玩猴的，一老一少正和一只猴子对打。高飞一看便知二人身上有些功夫。对打过后，小孩说了：“今天来到贵地武术之乡，谁要能把这只猴子打败，俺给他五两银子；谁要是被猴子打败，他得给俺五两银子。”

小孩连喊几遍，无人搭理。老头遂把锣一敲，喊道：“徐州以东有高、赵、谢、曹四大名家，今天在场的如有他们的至亲好友、家邦亲邻，受过他们指点的，得到他们真传的，请上场指教指教，让大家一饱眼福。如果不敢登场，那真叫人说双沟一带没有能人了。”

老头儿这么一喊，真把高飞给激起来了。“这只猴子能有多大的能耐？我不上场，真给双沟人丢脸了！”想到这里，他健步走入场中，向老头儿抱拳说道：“老前辈，我要领教领教这位猴壮士的功夫。不过，如果我赢了，这五两银子分文不要；如果我输了，五两银子我照给。”观众听高飞这么一说，齐声叫起好来，认定这场比赛猴子是输定了。

高飞向猴子一招手，说：“进招吧！”猴子向高飞瞪着两眼，一动不动。这时老头儿敲了一阵锣响，吹起一声呼哨，只见那猴子快如闪电，“哧”的一声，向高飞扑去。高飞也施展出拿手的猴拳，和猴子对打起来。观众看得眼花缭乱，喝彩声此起彼伏。正在大家看得带劲的时候，就听“哧”“哧”“扑通”……原来是猴子看准了高飞胸前的空子，“叱”的尖叫一声，声到掌到，照高飞胸前一掌，抓住衣襟“哧”的一声，把前襟撕掉一块。高飞被推出五尺开外，“扑通”一声仰面朝天倒在地上。观众瞠目结舌，鸦雀无声，等待高飞起来报复。高飞面红耳赤，爬起来向老头说了声“再会”，放下五两银子，撒开蹦子向后楼跑去。

高飞跑回家中，见到父亲，“扑通”跪倒说：“爹，孩儿没脸活在世上了！”高文灿吃了一惊，忙问：“出什么事了？双沟街上还有摩拉[1]咱的吗？”高飞将被猴子打败，输了五两银子的事说了一遍。高文灿想：“人活一口气，何况这血气方刚的孩子，不给转个面子，万一有个三长两短，悔之晚矣！这玩猴的也是，玩猴就玩猴，何必找人对打？在外地还不知打死打伤多少无辜良民呢！”想到这里，高文灿说：“你这个惹是非的奴才，该打！”说着，从桌上拿起茶壶向空中一抛。高飞眼疾手快，一纵身，把茶壶接在手中，刹那间领悟到父亲的意思。高兴地又磕了个响头，转身就走，疾步如飞，绕道后花园桃树下，向华严寺跑去。

玩猴的小孩，正在宣扬他的猴子怎样的身手不凡，忽见西南角的人群自动闪开一个缺口，知道刚才的那个败将又回来了。小孩迎上去说：“胜败兵家常事，请哥哥不要放在心里。这第二场比赛还是老规矩，不过有一条咱得讲明，不准暗器伤人！”这孩子确实精灵，他看高飞去而复返，只有一碗饭的工夫，学什么克敌制胜的新招数，是不可能的，八成是回家拿什么暗器。高飞说道：“我若不用双手而用暗器伤害猴子，那就像猴子一样，是畜生！”围观的群众又兴奋起来，连声叫好，掌声雷动。这里老头又敲起一阵锣响，吹起一声呼哨，猴子又快如闪电“哧”的一声向高飞扑去。

这场比赛高飞改变了战术，他小心谨慎，稳扎稳打，决不轻易进招。看样子是想以逸待劳，后发制人。招架了三十多个回合，高飞渐渐感到筋疲力尽。而猴子呢？也口干唇裂，面带苦相。这时高飞从怀中掏出一个东西，在猴子面前一晃，向空中一抛。猴子一看是一个鲜红的大桃，早就口渴难忍了，便撇下高飞一纵身跳到空中，接桃在爪就往嘴里填。说时迟，那时快，就在这一瞬间，高飞伸手抓住猴子的两条小腿，一使劲，“哧啦”一声，把猴子劈为两半摔在地上。全场观众顿时发出雷鸣般的喝彩声。玩猴的老头也不由叫道“好计谋”！

高飞忙向老头施礼道：“今天多有得罪，请老前辈体谅。”

老头说：“一只猴子算得了什么！不过我想问壮士尊姓大名，仙乡何处？”

高飞答道：“晚辈姓高名飞，你看西南角那个后楼就是我家，请到寒舍小叙。”

老头儿又问：“请问，徐州以东有位大侠高文灿，人称‘独行千里一只虎’，你可认识？”

高飞说：“正是家父。”

玩猴小孩说：“要不是令尊教你这一招，今天你还真栽了！”

老头儿喝道：“休得无理！”接着又向高飞赔礼道：“初到贵地，未能先到府上拜访，万望少侠转告大侠多多

[1] 摩拉：方言，做事拖拉，很慢。

包涵！猴子已死，我们回家，不过数月我们又能驯出一只。”说罢，告辞而去。

遇险

高飞劈死猴子，高高兴兴回到家里，把经过向父亲说了一遍。高文灿说：“猴子死了，他们不会拉倒，可能要再请高手来报复，最近千万要多加小心。”

光阴似箭，不觉到了秋天。高文灿想，玩猴的要报复，早该来了，现在不来可能就算了，谁值得为一只猴子去拚命！这件事也就慢慢的不放在心上了。

秋去冬来。一天早晨，突然从西北徐州方向的官道上驰来一辆轿车，卷起阵阵尘土，来到场边“咔拉”停住。从轿车上跳下来一个十三四岁的小男孩。高文灿看了一惊，知道是玩猴的小孩子带人来报复了。只见小孩紧走几步，来到他面前深施一礼说：“请问大伯，高大侠在家吗？”

高文灿说：“我就是，有什么事吗？”

小孩从身上掏出一个大红信封，双手呈上。高文灿接过一看，上面写道：“敬请高大侠亲拆，竹林寨张。”信上则写：“高文灿大侠：久闻大名，如雷贯耳。今关外盗贼四起，特敬请光临寒舍镇宅，月酬黄金二十两，万望勿辞。竹林寨张凯拜上。”

高文灿想：我不认识张凯，他定是关外的豪绅大户，不然不会出那么高的价钱请我。

小孩见高文灿有些迟疑，忙从身上掏出一个大红纸包，双手递给高文灿说：“这十两黄金是家父给大侠的见面礼。”清酒红人面，财帛动人心。高文灿忙说：“我已封刀多年，今蒙令尊大人如此厚爱，也不好推辞了。”便接下十两黄金，把小孩等人带回家中，宾客相待。

高文灿叫高飞接待小孩，并暗暗打探是不是玩猴的，高飞说不是，他才悬心放下。当天安排好家务，晚上又把儿子叫到跟前说：“我这次出门，多则一年，少则半载。你武艺不精，一人在家，我实在放心不下，如果玩猴的前来报复，你哪里招架得了。我已写了一封信，我走后，你就到曹八集你师大爷‘铁拐李’曹琨那里去。他武功在我之上，能教你一些真砍实杀的绝技，等我从关外回来就去接你。”高飞答应，便各自安歇了。

第二天拂晓，高文灿随小孩上车，经徐州渡黄河，过山海关，直向北驶去。

高文灿问：“到府上还有多远？”小孩说：“还有五天的路程。”高文灿想，我过去都在山海关东北一带闯江湖，这个“竹林寨”在山海关西北千把里，怪不得我不知道。

又走了五天，来到一座山下，只见满山遍野都是竹林，枝叶辉映，郁郁葱葱。前面有一条大河，两丈多宽的水面。轿车从吊桥上驶过，再走二里，正北出现了个寨子，庄门上写“竹林寨”三个大字。只见圩墙足有一丈二尺高，圩河也有一丈宽，一座吊桥通往寨里。进了寨子，有座大院，一对石狮子把门，大门台阶上站着一个五十岁左右员外打扮的人，笑吟吟向轿车点头。车停在大门前，小孩儿下车说道：“爹，高大侠来了！”员外忙走下台阶，紧走几步，亲切地拉住高文灿的手说：“小弟张凯。大侠一路风尘，快到家中休息。”

高文灿的到来，张凯喜出望外，把他奉为上宾，同桌吃饭，同屋安歇，日夜相伴，寸步不离，一天三酒，顿顿成席。酒饭之余，便是谈古论今，刁拳弄棒，过得好不快活。有时高文灿提出要看看宅院的地形，张凯哈哈大笑说：“高大侠威震千里，盗贼知道你在我家，哪个敢来送死！”

日月如梭，转眼半月。腊月十五这天，高文灿觉得年前年后，光棍对头，又提出要看宅院。张凯嘴里答应，却不带他察看。这样一拖又是九天。到了腊月二十四，高文灿心想：张凯重金请我给他保家护院，这里定有文章！遂横下一条心，今天非看不可！他向张凯说：“万一盗贼作案，东家丢了东西，我这一生的名誉也就完了。如果张兄今天再推辞不让我看宅院，我高文灿只好告辞了。”张凯只好答应。

张凯叫院公打开跨院月亮门的大锁，带高文灿走进院中。只见东西一溜马棚，南面是一垛饲草，北面是马夫的住房和灶房，人马都由东北角门进入。二人从角门又来到后花园，花园里苍松翠柏，矫健挺拔；假山鱼池，巧夺天工；那含苞待放的蜡梅花，在北风中翩翩起舞，更是好看。

二人走曲径，过长廊，绕花墙，又转了一个圈，高文灿把地形一一描绘在心里。

高文灿要看西跨院，张凯说西跨院只是几口空屋，不必看了。张凯越不让看，高文灿越要看。张凯说：“天已中午，吃过饭再看吧！”高文灿无奈，草草用完中饭，就站在西跨院门口等待院公开门。

张凯站在大厅门口，对高文灿说：“西院你就自己看吧！”而后叫院公开了锁。

高文灿想：难道这西院有什么妖魔鬼怪、暗道机关？他一纵身来到院中，向四下一看，不由激灵灵打个寒战。原来，北屋、西屋、南屋全摆的是一口口白茬棺材，每口棺材头上都贴着一张白纸条，而北屋冲门的一口最大，想必是地位最高的人物了。

高文灿警惕地先来到北屋。那口大棺材上的纸条写道：“胞兄张鹏在关东二段死于高贼文灿之手。光绪十二年（1886）腊月三十日”。又见右边棺材上的纸条写道：“师弟周平在关东卧虎沟死于高贼文灿之手。光绪九年（1883）八月十五日”。再看第三口、第四口……西屋、南屋全是张凯的人，都是死在自己之手，一算共有老少十二口。奇怪的是，这最后一口棺材最小，是个小匣子。高文灿近前一看，纸条上写道：“家猴在徐州双沟死于高贼文灿之子之手。光绪二十四年（1898）六月九日”。这时高文灿心中才明白，张凯为了报仇，已经把自己变成笼中之鸟了。

张凯是什么人物？原来他是山海关西北一带黑道人物的总瓢把[1]，江湖上人称震三山吓五岳的“九头狮子”张凯。高文灿在关东杀掉的歹徒有一半是他门里的人。张凯早就想除掉高文灿，可是没那个能耐。后来门里出了几个晚辈高手，高文灿又封刀归乡了，只知道他是徐州人，却不知他住在什么地方。于是，张凯就叫那玩猴的一老一小，带着猴子到徐州一带明察暗访。冤家凑巧，高飞打死了猴子而被他们找到，玩猴的立即赶回竹林寨。数月后，等高文灿思想麻痹了，才叫儿子以重金把他骗到家中。本打算到腊月三十，用药酒把他拿下，杀头活祭亡灵，扒心饮酒解恨。不料他非要到西跨院去看地形。于是，张凯急忙在中午暗暗派人通知门下的五十多名弟子包围了西跨院，约好暗号准备一齐动手把他拿下。

高文灿看完被他自己所杀的十一个盗贼的姓名，知道上当不浅，忙从南屋走出。忽听一声呼哨，知道贼人要动手了。心想，不能恋战，只能突围逃走。他脚尖一点，向屋脊上蹿去，同时左手顺势揭起一摞小瓦，对准面前屋脊上的人急速一甩。“嗖嗖嗖”小瓦出手，打倒了五六个贼人，露出了缺口。他一弯腰，又抄起一摞小瓦在手，从缺口处窜了出去。

这时竹林寨里真像开了锅，口哨声、吆喝声、叫骂声响成一片。高文灿转脸一看，几十人全追上来了。他拿瓦在手，谁追得近了，就给他一瓦。来到寨门，他一纵身跳上一丈二尺高的圩墙，一提气从圩墙上飘到圩河边，一跨步跳过一丈宽的圩河。他怕竹林里有埋伏，就使出绝顶的轻功，从竹子梢上“唰唰”地向东南逃去。

跑了二三里路，来到大河边，只见吊桥拽起，又有人拦截。他调头往正南，来到河边，见两丈多宽的河面，激流翻腾，如不想法过河就会被后面的贼人追上。高文灿急中生智，运气在手，一掌把身旁的一棵竹子砍断，提起竹竿，连枝带叶抛到河心。他一跃跃到河心，在竹子上蜻蜓点水般地一点，再向前一纵，窜到了对岸。追上来的十几个贼人，到河边时竹子已经漂走，待他们如法过河后，高文灿已跑开很远了。

高文灿忍受饥渴，晓行夜宿，不几日来到黄河边。滔滔的河水拦住了去路，广阔的河面上没有舟船，更无渡桥。就在这时，忽听背后人喊马嘶，一行十多匹骏马疾驰而来。马上人大声喊叫：“看你还往哪里跑！”“你的死期到了！”高文灿不慌不忙，左手从怀中掏出早已准备好的五片小瓦，右手拿起一片，斜抛向水面，小瓦贴着水面“嗖嗖”向河心飘去。高文灿纵身跳上瓦面，借着河水对瓦面的一点浮力向河心划出。当第一片小瓦的冲力快要消失的时候，他又甩出第二片，如此接力前进，在第四片小瓦还没有沉没时，他已经跳上了黄河的南岸。北岸骑在马上的贼人看得目瞪口呆。高文灿哈哈大笑，向他们连连招手，而后奔向徐州方向。

[1] 瓢把：即头领。江湖上一般把他们的老大或者首脑都称呼为总瓢把子。

到了徐州，高文灿想，这些贼人一定要追到我家中，把我置于死地。我不如到曹八集师哥家中，一来暂避，二来看看喜子。主意一定，从狮子山往正东，黄昏时分便到了曹琨家中。

后来，这十来个贼人确实到了双沟后楼，明察暗访，日寻夜探，三个月也没见高文灿的影子。

解冤

高文灿一直在曹琨家中暗住。他和曹琨一同向高飞传授独门绝技。文灿传授了“登平渡水”。曹琨说：“我的‘唾沫箭’也不能带进棺材里去，得传给喜子！”三个月的勤学苦练，高飞把二位前辈的几个绝招一一学到了手。

清明节快到了，高飞提出要和父亲回家扫墓祭祖。

曹琨说：“你爷俩回家，早晚免不了和竹林寨的人一场恶战，那时不是鱼死，就是网破！”

高飞说：“凭俺爷俩的功夫，难道对付不了他们吗？”

曹琨叹气说：“唉！冤冤相报何时了！”

高飞说：“解冤仇是双方的事，不是咱想的！”

曹琨说：“如果能解冤，付出点代价也是值得的。”

高文灿沉思良久，突然插嘴说：“刚才喜子提出回家扫墓，使我想起一条解冤之计！”

曹琨忙问：“有何良策？”高文灿如此这般讲了一遍，曹琨听了拍着大腿说好，决意依计而行。

第二天早晨，曹八集突然传出“独行千里一只虎”高文灿夜间在曹府暴病身亡的消息。高飞哭得捶胸顿足，曹琨也是老泪纵横。

曹琨给师弟置办了棺材，用一辆马车拉着，派一位六十多岁的白胡子哑巴老头赶着，亲自把棺材送到双沟后楼。

噩耗传来，高家的亲戚、家仆像塌天一样，号啕大哭。在曹琨的支配下，高飞给父亲大办丧事。灵棚搭得又高又大，灵棚外摆满了纸扎的童男仆女、楼台亭阁、猪马牛羊、金山银山。招魂幡高高悬起，迎风招展。不远处设一账桌，登记来人的祭品、祭礼。凡远近亲戚一律报丧，凡来烧纸吊孝的一律戴孝。曹琨、高飞和赶车哑巴老头儿日夜守灵，不离灵棚左右。送殡七天，来烧纸吊孝的有五六百人。

就在这第六天早晨，从徐州方向来了四个和尚，痛哭流涕，尤其是为首的那位，前襟子哭湿了一片。他们带着香烛纸马，交到账桌记了姓名，放声大哭，向灵棚走去。他们到来祭桌前，为首的哭诉说：“文灿兄，我们千里迢迢来看你，不料你撇下我们弟兄竟自走了。你对咱弟兄的大恩大德，俺也没法报答你了。”四人哭拜一毕，走到棺材两侧，一边捶棺顿足，一边放声大哭：“哥哥，我们对不起你！”

高飞跪在灵亭子里烧纸，见和尚捶棺顿足时的脚印，陷下泥土中二寸多深，知道这是竹林寨的人对“父亲的尸体”下毒手了。高飞看看赶车的哑巴老头，仍是低着头，呜呜咽咽地痛哭不止，再看看曹琨，也没有一点反应。其实，高飞想的一点不错，这四人就是竹林寨的，为首的是张凯，他们四人在徐州一直没有回去。一天，忽探得高文灿已死，就化装成和尚赶来，借祭奠之机，把棺材内高文灿的尸体碎尸万段，为大哥和那十一个亡灵报仇。四人哭罢，转身就走。

就在张凯和另一人将要走出灵棚，一脚门里一脚门外的时候，高飞再也忍耐不住心中的怒火，使出了绝招，“噗”一声从口中吐出两只“唾沫箭”，直向张凯二人脚后跟射去。就在“唾沫箭”离二人脚跟还有二指远的时候，就听“当啷”一声响，一只飞镖将两只“唾沫箭”击落在地。高飞一见，大吃一惊，知道打镖人的武功不在自己之下。

张凯等人听到响声，转脸一看，也不由得吓出一身冷汗。他们知道有人想切断他们的懒筋，冤冤相报，也有人要救他们的性命解冤释仇。四人佩服后楼村藏龙卧虎，剑侠如云，再斗下去，与己不利。张凯一转身，对灵棚里众人施礼说：“今天多有得罪，请各位体谅，事到今日，咱们就了结了吧！”

高飞站起，向四人深施一礼说：“前辈所言极是，今后竹林寨、后楼村井水不犯河水，各人好自为之，恕不远送。”

张凯四人急忙告辞，扬长而去。

当晚，夜深人静，高文灿突然出现在大家面前。高文灿复活了吗？原来他并没有死。那个曹琨派来的赶车的哑巴就是他化装的。他把白胡子一摘，现出了原形，说高文灿暴病而死，是他自己定下的解冤之计。

爷儿俩来到棺材前，打开棺材盖一看，里面装的砖瓦石块，都被张凯四人打得碎如粉末，人们见了惊叹不已。

高文灿责问儿子："你为什么想用唾沫箭杀死张凯二人？如果不是我用飞镖救了他们，这个冤就结得更深了。"曹琨打圆场说："不露两手给他看看，他们以后还要来找咱们的麻烦。"

第二天，安葬仪式照常举行。

从此，高文灿真正封刀，一直以曹琨派来的白胡子哑巴老头儿装扮，隐姓埋名。带着儿子高飞日出而作，日落而息，以务农为乐，子孙繁衍，世代昌盛。至今，高姓人家在双沟一带仍是首姓。

讲述者： 刘焕彬，男，82 岁，中师学历，原睢宁县双沟镇中心小学教干

采录者： 张甫文，男，68 岁，大专学历，睢宁县委宣传部退休干部

采录时间： 2019 年 10 月

采录地点： 睢宁县双沟镇大街

附记

此故事原载 1995 年出版的《双沟镇志》，2018 年又载入张甫文编著的《中国历史文化名镇·徐州双沟》一书。（张甫文）

393

民间名医柳纯风

清朝乾隆年间，俺双沟镇黄河南岸后柳家村的北边，有一个不大不小的码头。它的主人叫柳纯风，是个赫赫有名正直人物。此人有个怪脾气，他在当地也算是一个富户，可他却不喜欢钱财，更不喜欢有权势的人。有一年秋天，京城里有一个王爷的运粮船队从此经过，停靠在他的码头。吃喝过后，运粮官仗着王爷的权势不想付钱，柳纯风却不依不饶，最后经别人的劝解，少收点钱了事。官船走了，柳纯风的心里憋屈得慌，在家人和朋友的劝慰下，他悻悻地离开家到外乡散心消气。

一周后，柳纯风心中仍对那个京城运粮官欺讹百姓的盛气之举记在心里，一直余气未消，于是又匆匆赶回家中。正巧，听说京城船队那个运粮官也认为在双沟这个小地方遭此难堪，也气得病倒，正住在北边吕梁养病。他便决定搞点臭鱼、臭蛋，以送礼的方式连去气那狗官三次，直至其一命呜呼！后来，在双沟之地便有《柳纯风三气运粮官》的故事。

柳纯风知道自己又惹了麻烦，于是又离家乡来到南京，找个客栈住下，每天就到街上闲逛。有一天，他遛到三江

总督衙门前，看见不少人正围在那里看告示。他走近一瞅，原来是总督高志太的一个儿子生了麻疹，病情严重，高热不止，不吃不喝，双眼不睁。一家人急得团团转，把南京城里的名医都请到了，可就是没有一个能治好小孩病的。无奈之下，就发了一张榜文，寻求名医为孩子看病。并在榜文上许诺，凡能治好孩子的病者，财宝、田地、“三江”之内的官衔尽管要。围着一圈的人没有一人敢说能给孩子治病的。柳纯风心想，这有何难哉！伸手把榜文揭了。看守榜文的兵丁一看有人揭榜，喜得赶忙上前作揖打躬，急问柳纯风：“你能医治总督孩儿之病？”柳纯风遂答：“我自幼习医，虽不算医术高明，但对治疗小孩麻疹在苏北双沟一带也算名不虚传吧！”

柳纯风跟着看榜的衙役来到总督衙门。总督高志太一听有人能治小孩的病，喜得连忙跑出大门迎接。柳纯风来到客厅还没落座，就请总督带他来到内宅。先给小孩号号脉，然后开了一剂药方，总督立刻派人把药抓了回来。柳纯风让人用抓来的一大包中药熬了一大锅药水。待药水冷温之后，就把小孩放在锅里。为了防止锅底烫伤小孩，在他屁股下放个盆，由一个佣人扶着，让小孩泡在药水里只露一个头。为了不让药水冷却，锅灶里不断文火烧着。开始，小孩没有任何反应；浴了半天，小孩慢慢地张嘴喝了一小口药水。柳纯风守在旁边，一看就说：“有转机了！”又过了两个时辰，小孩又张嘴喝了一口药水，这一口可比第一口喝得多了点。就这样浴了一天，小孩的烧退了许多，眼睛也想睁了。第二天再浴一天，烧全退了。第三天午后，小孩“哇”的一声大哭起来。总督夫人一摸小孩，烧全退了；柳纯风一号脉，正常了。接着又浴两天，麻疹消失了，小孩完全好了，知吃知喝、知哭知笑，也想下床玩一玩了。这下子三江总督高志太可高兴了，把柳纯风视为上宾。每日三餐，鸡鱼肉蛋，山珍海味，好酒好菜，只要没有公事，总督还陪伴他进餐。就这样，不知不觉过了一个多月。柳纯风算一算，离家半年多，该回家了，就向总督辞行。总督一听说柳纯风要回家，就把原先榜文中所提的三个许诺重申一遍。柳纯风笑笑说：“官我也不做，金银财宝我也不要，至于田地么，我家的田地够种的了。”遂要了几两纹银，只够回家的盘缠就告辞了。临行前总督送他一个五品的头衔，作为报答。

柳纯风回到家里不久，有一天，忽然有一帮人敲锣打鼓吹喇叭向他庄上走来。还没进庄就放鞭炮，一直放到他家门前。他出门一看，原来是总督大人派人给他送匾来了。

来人把匾悬挂在柳纯风的堂屋里。柳纯风把盖在匾上的丝绸布掀开一看，只见这块匾有六尺来长，三尺来宽，匾框上雕着金龙金凤，匾中间天蓝色的底面上雕刻着“端方正直”四个金色大字，上款有“赠清士柳纯风先生”一行小字，下面是“三江总督高志太”的签署，还有一方官印。据来人说，匾额是由高总督亲自书写，临行前还在总督府门前举行了赠匾仪式。总督本想亲自送来，怎奈因公务繁忙，不能成行，让来人向柳先生深表歉意。来人还告诉他，这匾是从南京一路抬着步行而来，在路上整整走了七七四十九天。如今这块大匾还放在柳纯风的后人柳红军的家中，只可惜匾中的大字在“文化大革命”中被凿掉了。

柳纯风家中自从有了这块盖有“三江总督”金印的大匾就热闹起来了。在高志太辖区内的文武百官，只要路过此地，一定登门拜访。徐州一带的官员，还专程前来拜访过。其中铜山县的县令也送了柳纯风一块匾，上面书写着“德隆望重”四个大字。

讲述者： 刘焕彬，男，82岁，中师学历，睢宁双沟镇中心小学教干

采录者： 张甫文，男，68岁，大专学历，睢宁县委宣传部退休干部

采录时间： 2019年9月

采录地点： 睢宁县双沟镇大街

附记

此故事原载1995年出版的《双沟镇志》，2018年又载入张甫文编著的《中国历史文化名镇·徐州双沟》一书。（张甫文）

394

武术高手侯兴武

侯兴武是双沟一带的名人。之所以有名，一是因他做出的烧鸡香、透、嫩，吃起来不比符篱集的烧鸡差。虽然没有注过册，“侯兴武烧鸡”的品牌，在双沟地区早已是响当当的了。再一个是他的武术享誉一方，是一个武林高手。他的武艺怎么样，先听听他的一个故事。

侯兴武的烧鸡销量大，每集都要卖掉两三筐。这天，他让一个徒弟上街去卖烧鸡。徒弟不知因为什么，与徐州来的两个小青年发生了争执，被徐州人打了两巴掌。本来这个徒弟已跟侯兴武习武多年，在双沟也小有名气；要是与徐州人对打，也不会吃亏。但是他受侯兴武多年的训导，讲武德不比传武艺的时间少。因此这个徒弟就没有还手，默默地回去了。这两个徐州青年，听人讲这个人也会拳脚，是一个姓侯的师傅教的。他们想：打了两巴掌连手都没还，说明他不怎么样的，恐怕连他师傅也只会个三脚猫吧。于是就跟踪而去，想在双沟打下一个码头。等他们刚要进门时，侯兴武早已听过徒弟的讲述，就迎了出来。当领头的一个小青年一脚门里一脚门外的时候，侯兴武向他肩上一拍：“小伙子，何必呢！”只看这个小青年不吭一声地蹲下去了，既不动弹，也不言语。另一个小青年吓坏了，立即向侯兴武作揖打躬，请求饶恕。原来这是侯兴武用的“点穴定身法”，把这个小青年定住了。侯兴武向他们讲了一套武林道德之后，又拍了一下，这个青年立即站了起来。他们忿忿地离开了。过了几天，这两个青年又回来了，还带来了一个年龄与侯兴武相仿的人。他们进了侯家就作揖施礼，向侯兴武赔不是。原来那个年龄稍大的人姓胡，是侯兴武的师兄弟；这两个青年是他的徒弟。俩青年回徐州之后，立即去请师傅来双沟为他们报仇。师傅听了他们的讲述之后，就知道了这个人一定是师兄侯兴武——因为只有他会这个制人高招——立即就随着徒弟给师兄赔罪来了。

侯兴武原名侯兴山，家住山东，是因为避难来到双沟的。原来他在家乡一带是远近闻名的武林高手。俗话说，人怕出名猪怕壮。侯兴山一出名，就有人看着不顺眼，嫉妒了。有一天晚上，家里来了三个不速之客，声称要与侯兴山比武。侯兴山一看，来者不善，就婉言谢绝了。来者一听说他不愿意比武，就以为他徒有虚名，没多大本事，就更紧紧地逼着他，非要比试比试不可。侯兴山看实在没有办法摆脱，就说：“三位兄长既然非要比试不可，小弟答应了。不过今日已晚，那就等到明天白天吧！”来人一心要除掉侯兴山，以便称霸一方，就说：“既然同意比了，何必等到明天，就是现在吧！”说着就动起手来。无奈，侯兴山也只好接招了。

来人不断出招，侯兴山频频应付。几个回合下来，侯兴山看得出来，来人招招都是致命之招，稍有不慎，就有死于对方之手的可能。侯兴山武艺高强，武德也很高尚；虽然拳脚超众，但从来没有伤害过一个无辜。即使路见不平，教训歹人，也只是点到为止而已。可今天的来者，频频下毒手，招招能致命。侯兴山想：这样下去，定无好结果，不如早早结束这场争斗也就算了。于是他就卖了一个破绽，表示败阵，说了一声“失陪了”，就退出了打斗。可是来的人却没有善罢甘休，在他们悻悻地离开的时候，侯兴山看出了他们的杀意未尽。所以第二天下午对家人说：“这三个人是想来杀我的。昨天未杀到，今晚还要来。我得躲躲，免得结下冤仇！”

侯兴山带着一把鬼头刀，躲在自家秫秸攒里。晚上二更时分，这三个人又来了，还带来了家伙。事先侯兴山估计他们一定要来，就没有插门，大门只是虚掩一下而已。可来人以为侯兴山胆怯，一定会大门紧锁，就翻墙而入。侯兴山躲在秫秸攒里看得清清楚楚，他们蹑手蹑脚来到堂屋门前。堂屋里亮着灯，门也是虚掩着，他们用力一推，门开了。他们冲进去，气势汹汹地威逼着夫人把侯兴山交出来。侯兴山不愿意让他们为难夫人，就从秫秸攒中走出来，站在院子当中，大声说："朋友！我在这里！"话未落音，这几个人就蹿出来。其中为首的一个，举刀就向他劈了过来。侯兴山一闪身，躲过去了。接着第二刀、第三刀，侯兴山连连躲闪、后退，一直退到秫秸攒子边。趁来人把刀抽回的工夫，他从秫秸攒里抽出了他的鬼头刀，与他对杀起来。来人也确实有一番功夫，动作快猛，刀法娴熟；不过与侯兴山相比，那还差几年的火候。他们来回杀了几十个回合，侯兴山看看对方有些不支了，就主动退出格斗，并好言相劝："朋友，我与你们素不相识，无冤无仇，何必互相残杀呢？不打不相识，我们今后就交个朋友不好吗？"来人也不答话，又一刀向侯兴山心口刺来。侯兴山一看，来人是非要置他于死地不行了，于是使出了真本领；只再战十来个回合，就结束了这人的性命。另外两人一看同伙死了，就一起杀上阵来。也就是几十个回合，又被侯兴山撂倒一个。另一个一看情况不妙，就夺门逃之夭夭了。

侯兴山一看那人跑了，也不追赶。因为他本无杀人之心，这两人之死，也是他们硬逼的，自找的。不过，不管如何，这两个人总是死在他的院子之中。两条人命，一旦官府追究，麻烦就大了。三十六计走为上计。于是他即刻走进屋里，换掉血衣，催促家人赶快拾掇拾掇准备离开。于是一齐动手整理一些日常必用之物，捆成两捆，由侯兴山挑着，连夜向南逃走了。

那个时代，军阀割据，政令不通，即使杀了人，只要你逃出居住的地盘，也就没事了。侯兴山一家人一路南行，这一天来到双沟。一来，看看早已离开山东省地界很远，平安无事了；二来，双沟市面很大，市场繁荣，有个会做烧鸡的手艺，不愁没饭吃。于是他们就在双沟安家落户了。为了减少麻烦，就把名字改成了"侯兴武"。的确，他来到双沟以后，也真为振兴双沟地区的武术出了一把力，训教出不少武艺高强的徒弟，其中比较有名的就有王维忠、金修传、陈道书等人。

讲述者： 刘焕彬，男，82岁，中师学历，原睢宁县双沟镇中心小学教干

采录者： 张甫文，男，68岁，大专学历，睢宁县委宣传部退休干部

采录时间： 2019年9月

采录地点： 睢宁县双沟镇大街

附记

此故事原载1995年出版的《双沟镇志》，2018年又载入张甫文编著的《中国历史文化名镇·徐州双沟》一书。（张甫文）

395

刀笔手张二爷

俺双沟镇东庄上的李小三是个孝顺的孩子，可有一年夏天却干了一件忤逆不孝的事。

这一天晌午，不知道是为了什么，李小三把他大大惹生气了。他大摸个拌草棍去打他，他顺手一挡，拌草棍打在他大的嘴上，打掉两颗大门牙，鲜血直流。这下子，小三可吓坏了。在那个年代，打爹骂娘是要判“忤逆罪”的。轻则打四十大板，重的要蹲大牢。

李小三吓得脸发黄，急得团团转，一个劲地抱头哭。后来经别人指点，跑到西庄上去找刀笔手张二爷。

什么是刀笔手？就是今天称之“律师”之人。现今打官司要以事实为依据，以法律为准绳。那会儿，就像我们在戏台上看到的官老爷断案那样，就凭一张状纸。状纸写得好，官司就能打赢了；状纸写得不好，你就是全占理，也照样输官司。这样写状纸人手中的那支笔，比刀子还要厉害，能杀人。因此，大家就把专门给人写状纸的人叫刀笔手。

再说李小三来到西庄刀笔手张二爷的家里，“扑通”跪倒在堂屋当门，把事情前前后后说了一遍，请求张二爷帮他一把躲过这一劫。可张二爷却一直摇着头，一声也不吭。李小三又给张二爷磕头，张二爷还是一个劲地摇头。

张二爷不松口，李小三更着急，汗水泪水淌在地上湿一片。李小三跪在地上不起来，张二爷却在屋里忙开了。先是把木炭炉子生起火，然后又穿上大皮袄，戴上皮帽子，穿上大棉鞋，然后手摇芭蕉扇，在屋子里转悠起来了。转悠，转悠，转到李小三的背后，趁他不注意，趴在他的肩膀上“咯哧”一口，把李小三的脊背肉咬了一块滴拉着。然后把李小三拉起来，一边脱衣服，一边这般如此向李小三交代一番。

李小三刚回到家，就有县衙门的差役来传他。他来到大堂上，“扑通”一声跪倒，县太爷就把惊堂木一拍，大声喝道：“好你个忤逆不孝的李小三！你打掉你爹的两颗门牙，该当何罪？”

李小三连连叩头，口称冤枉。县官问他：“你打掉你爹的两颗门牙，事实清楚，你还有什么冤屈？”

李小三连忙叩头哭诉道：“县官大人明察，俺大的两颗门牙，并非小人打掉，是他咬我拽掉的。不信，请大人看看我的脊背。”李小三转过身去，县官一看，一块鲜红的肉滴拉着，还不住地流着鲜血。仔细一看还真有几个牙印子。就问李小三是怎么回事。李小三告诉县官，为了一件小事，他大拿棍打他，怕挨打他跑了，他大又跟后边撵来。撵了半天，他看看他大累得嘘嘘喘，想到他大年纪大，别累坏了，就停下来让他大打几下算了。谁知他大觉得用棍打不解恨，就朝他脊背上狠狠地咬了一口。他觉得疼就用力一挣，谁知他大年纪老了，牙老不结实了，结果挣掉了两颗门牙。李小三哭着说：“过后，我也后悔死了。如果我咬着牙，忍着疼不挣那一下，也就没有事了！”

县官听了李小三的讲述，再看看他身上的伤口，把惊堂木猛一拍，气呼呼地喝道：“你这个老混账！虎毒还不吃子呢，你的儿子这么孝顺，打几下也就罢了，还舍得下口去咬。给我狠狠打四十大板！”差役跑过来，不由分说，按倒就打。老头挨了四十大板，打得皮开肉绽，疼得龇牙咧嘴。还是儿子把他扶着回了家。

打也打了，挨也挨了，什么话也别说了，平平静静过日子。时间一长，父子还是好父子。大约过了两三年，有一天，爷儿俩拉闲呱，不知怎么又提到了几年前的那件事。老头问儿子："当年谁给你出的那个损点子？"儿子告诉他是西庄的张二爷，过后还给他送去两吊钱。爷儿俩一合计，到县衙告他去，出歪点子还骗钱。

爷儿俩见了县官，一五一十讲了一遍。县官就把刀笔手张二爷传了来。张二爷来到大堂上，县官问他可有此事。张二爷却说他连李小三的影子也没有见过，更没听说他爷儿俩打官司的事。李小三却一口咬定当年那个点子就是张二爷出的。还把张二爷怎样生炉子，怎样穿皮袄、戴皮帽、穿棉鞋的过程讲了一遍，用来证明这是千真万确的事。

张二爷连忙对县官说："县大人，你老听清了没有？他们爷儿俩捣腾事是三伏天，穿单衣就能热死人，我还去穿皮袄、戴皮帽、穿棉鞋吗？还说我手里不住扇扇子，如果我真是那样，不是一个疯子就是一个呆子。这是他们爷儿俩串通一气害我，讹我钱财。望县大人明察，为小人做主！"

县官一拍惊堂木，对着李小三爷儿俩喝道："胡说八道，妄想害人图财，把两个刁民各打五十大板！"于是衙役们一拥而上，把他们父子按倒在地，"噼里啪啦"，五十大板下去，早已是皮开肉绽，然后赶出县衙。

李小三爷儿俩互相搀扶着，一瘸一拐往家挪。走在路上，爷儿俩哭丧着脸说："刀笔手呀刀笔手，俺真算服你啦！"

讲述者： 刘焕彬，男，82岁，中师学历，原睢宁县双沟镇中心小学教干

采录者： 张甫文，男，68岁，大专学历，睢宁县委宣传部退休干部

采录时间： 2019年10月

采录地点： 睢宁县双沟镇大街

附记

此故事原载1995年出版的《双沟镇志》，2018年又载入张甫文编著的《中国历史文化名镇·徐州双沟》一书。（张甫文）

396

奇妙的批示

明朝嘉靖年间，双沟人沈守仁、沈守义兄弟二人，因争祖产，诉讼不已；从县到府，各不相让，历时两年之久。

兄弟之间，因诉讼而成仇人，骨肉至亲反不如路人。后来诉讼到江南总督衙门。总督老爷亲自坐堂问案，兄说兄理，弟说弟理。总督老爷不胜感慨，提笔批示，上面写："布鸽呼雏，乌鸦反哺，仁也；鹿见竹鸣群，蝶见花聚众，义也；蜘蛛结网谋食，蝼蚁填穴防水，智也；鸡非晓不鸣，雁非社不至，信也。兄弟本是一母生，祖业何必去竞争；一时见，一时老，能得几时为弟兄？沈守仁仁而不仁，沈守义义而不义；兄无教弟之才，弟无敬兄之意，禽兽不如耶！"

总督老爷写完批示，往地上一掷，拂袖退堂。

沈守仁、沈守义接过批示，兄读后泪流满面，弟读后哽咽难语，兄弟二人抱头痛哭，悔恨交集。从此之后，他们不但不诉讼，而且兄友弟恭，并各人教育自己的子孙。几十年间沈氏兄弟二人如友如宾，相安无事，被双沟邻里百姓传为佳话。

讲述者： 刘焕彬，男，82 岁，中师学历，原睢宁县双沟镇中心小学教干

采录者： 张甫文，男，68 岁，大专学历，睢宁县委宣传部退休干部

采录时间： 2019 年 10 月

采录地点： 睢宁县双沟镇大街

附记

此故事原载 1995 年出版的《双沟镇志》，2018 年又载入张甫文编著的《中国历史文化名镇·徐州双沟》一书。（张甫文）

397

故事篓子周祥文

在双沟镇的北家后，有个叫周祥文的人。他很会侃呱[1]，是个有名的“故事篓子”。

周祥文肚子里的故事也真多，什么牛郎与织女、仙女下凡、唐僧取经、济公和尚等等故事，他都会讲得有声有色。别说三天三夜讲不完，就是一个夏天也讲不完。二十世纪三四十年代，人们没有电视看、没有广播听，连个油灯也舍不得点，夏天都跑到大门口的场上乘凉。北家后的人都喜欢到周祥文的门口听他侃呱。他讲的《人心不足蛇吞象》的故事，至今我还记忆犹新。这个故事，对我的人生影响很大，直到今天我还牢牢地记着：贪财的人是没有好下场的。

周祥文不光会讲历史故事，还会自编新故事。他常常根据现实生活发生的事件，编成故事。有一天，因为讲了一个自编的故事，差点捅了个大纰漏。

民国时期，双沟镇区分属江苏的铜山和安徽的灵璧两县管辖。铜山辖地驻扎省保安队，穿黄军装；灵璧辖地是警察，穿黑制服。一天，不知为什么省保安队和警察队的人打起来了。先是动拳头，后来还动了枪，打伤不少人。根据这件事，周祥文编了一个故事。他说，在一个小集镇上住着两家大财主。一家财主喂一群黄狗，另一家财主喂一群黑狗。有一天，黄狗与黑狗因为抢骨头，咬起了群架，咬得厉害，结果死伤了不少。两家财主就在旁边的小酒馆里喝酒，明知道黄狗和黑狗在咬架，也不过问。别人告诉他们，他们却说：“不就是几条狗吗，死了再买就是了！”周祥文家的对门，隔着一条小河沟就是灵璧县双沟镇公所的驻地，警察也住在那里边。几天之后，周祥文讲的故事传到警察所里。所长派四五个警察去找周祥文的麻烦，说他编的故事污辱了他们，要动手打人。住在他西边邻院的努爷，听到了吵闹声就走过来，了解缘由之后，就质问那些警察：“你们是什么人？”他们一齐回答：“我们是警察！”努爷说：“你们是警察，警察是人。他讲的是狗，你们又不是狗。你们硬说是讲你们的，你们不是把自己看成狗了吗？”他们还要强词夺理，努爷大声说：“回去告诉你们的所长，就说我说的，你们是人还是狗，自己掂量着。再有事就来找我！”这时候，警察所长正站在小河沟南岸听着呢。警察们一是理屈词穷，二是屈于努爷的威望，一个个灰溜溜地跑走了。那个所长也悄悄地缩到镇公所里去了。之后，周祥文还照样讲那个黄狗、黑狗咬架的故事，不过再也没有人来找他的麻烦了。

新中国成立之初，周祥文曾经被抓去坐了一年大牢，罪名是“贩卖毒品”。其实他卖的也并不是什么毒品。那年头，有不少人吸食鸦片；解放了，有的人还在吸。周祥文会做一种假鸦片，就是用小麦粉洗出来的面筋，熬成黑膏子，卖给烟馆里，掺和在鸦片里一起卖出去。这种膏子油黑发亮，有一股香喷喷的气味。政府也考虑他不是真正的贩卖毒品，也就只判了他一年徒刑。因为他还会做木工活，牢里的领导就让他给修理门窗、办公桌什么的；休息的时候，还给干警们讲故事。刑满的时候，还有一些门窗没有修好，公安部门要放他回家，说什么他也不愿意走，非要把活干完不行。在临离开大牢回家的前一天晚上，他给牢里的工作人员讲了半夜的故事。第二天要走了，他还告诉公安人员，有机会我再来给你们侃呱。公安人员笑

[1] 侃呱：方言，说故事。

了："这个地方，你还是不再来最好！"

1956年，周祥文悄悄地离开了人世，他的故事却不曾带走，都传给了他的儿子周道海。到了改革开放的年代，人们看电影、看电视，周道海的故事也就没有人听了。

讲述者： 刘焕彬，男，82岁，中师学历，原睢宁县双沟镇中心小学教干

采录者： 张甫文，男，68岁，大专学历，睢宁县委宣传部退休干部

采录时间： 2019年10月

采录地点： 睢宁县双沟镇大街

附记

此故事于2018年载入张甫文编著的《中国历史文化名镇·徐州双沟》一书。（张甫文）

398

于锋的故事

清末年间，俺丰县有个机智人物名叫于锋，他的助人义举让人钦佩，让人尊敬。尤其是他经常为民出谋划策或是写状子的故事，至今仍在丰县世代相传。

寡妇告状

还是清末时，丰邑城西有一妇人，因儿子生病，无钱医治，舍到庙里。契约上写明：儿死由他命，儿活当和尚。结果儿子的病叫老和尚治好啦，在庙里当了小和尚。后来，妇人的丈夫死啦，成了寡妇，求老和尚放儿还俗。老和尚不准，官司打到县太爷那里。县太爷说："契约上写得明明白白，你想反悔，老爷不准。"

寡妇的官司没打赢，在衙门口痛哭。从那边来了秀才于锋，他家是城北于双楼人，好替人打抱不平。于锋问明情况，在纸上写了两句话，交给寡妇，说："你再去告状，递上这状纸，准能打赢官司。"

寡妇二次告状，呈上状纸。县官一看上面写着："和

尚招徒易，寡妇养儿难。”县官一想，有理有理。于是判小和尚还俗，随母亲回家。

贫妇求救

一贫妇，丈夫去世，拉扯四五个孩子，生活困难，月月找县太爷要救济。时间一长，县太爷烦啦，不再救济。贫妇在衙门口痛哭不止。于锋上前问其缘故，贫妇如此这般说了一遍。于锋告诉她一句话，叫她再击鼓上堂。县太爷一见又是她，说：“你怎么又来啦？”贫妇说：“老爷，你说我是死了好还是改嫁好？”

县太爷一时无语。叫人去死，不合道理；叫人改嫁，不合世俗。——当时提倡妇人从一而终，不提倡改嫁。县太爷没法，只好再救济贫妇。

半个月牙

一生员考秀才，初榜有名，只待面试。生员怕面试一关难过，求助于锋。于锋教他如何如何回答，保他录取。

面试时，主考官说：“你的文章写得很好，本该录取；只因你一只眼，五官不正，故不能录取。”

生员说：“老爷，半个月牙，照满天下。我一只眼照读圣贤书，怎不能录取呢？”一句话问得主考官答不上来，只好录取他为秀才。

换鞋

丰县的县官是个贪官，总想借打官司包庇有钱人从中敛财。可于锋写的状子字字如刀，于锋的辩护嘴嘴带毛；说得县官哑口无言，县官只能从公办案，因此断了他的财路。县官羞恼成怒，安了个罪名，将于锋发配新疆从军。

这一天，于锋和两个解差来到张庄，因下雨不能赶路，村中又无店房，只好借住在张老汉一家。张老汉天明开大门，发现同村的王氏在他家大门上上吊死啦。俗话说：死人头有浆子[1]。人命关天，一家人慌了神。于锋问其原因，张老汉说：“王氏是个泼妇，三天不与人骂架嘴就痒痒。她借俺家一斗高粱，一年啦也不还。昨天与她要账，她说没借，反说我讹她。我一气之下揭了她的老底，说她与某某人通奸。她丈夫回家将她暴打一顿，要休了她。她没脸活啦，才来到我家门前上吊。”

于锋说：“你们家有没有一双没穿的新鞋？”张老汉的媳妇说：“我有一双没穿过的新鞋。”于锋叫张老汉把王氏脚上的鞋脱下来，换上新鞋，关上大门，在家静等。

王氏吊在张老汉的大门上，惊动了王家，到县上报案。县太爷亲自下乡查看，说王氏吊死在张家大门上，肯定有冤，要把张老汉带走。张老汉按照于锋的交代说：“老爷，她是在自家里吊死的，她的家人把死尸又吊在了俺的大门上，我冤呀老爷。”县太爷说：“你有何凭证？”张老汉说：“老爷你看，昨天下雨，地上净泥，她的鞋底一点泥也没有，怎能是走到俺家来上吊的？”县太爷一看，果真鞋上无泥，说：“王氏是在家中上吊而亡，王氏的死与张家无关，抬回去埋了算啦。我不治你诬告之罪是你的福气。”王氏的丈夫也不敢再说什么，这案子就这么了结啦！

张老汉躲过一劫，十分感谢于锋。临走时，送些银两给官差，让官差路上多多照顾于先生。

讲述者： 于圣元，男，77 岁，初中学历，退休干部
采录者： 于圣连，男，72 岁，大专学历，退休干部
采录时间： 2020 年 12 月 5 日
采录地点： 丰县文化馆
流传地： 丰县

[1] 浆子：方言，指粘上了，扯不掉。

399

袖筒里面淌柿子

李家庄的财主李志财，地有千顷，骡马成行，一片青的瓦房。可他还不满足，整天财迷心窍。只要他相中了的东西，不管是谁的，他总是百能生法弄到手；就是弄不到手，也非得占你点小便宜不行。周围的百姓都恨透了他。

这年的阴历九月，天也怪凉了。李老财穿着长袍大褂去华山镇赶集。俗话说："七月的小枣，八月的梨，九月的柿子上满集。"一街两巷摆满了柿子。他慢慢走到一筐柿子跟前，装作买柿子的样子："这柿子怎么卖的？"卖柿子的一看是李老财，心里骂了句：你个该死的老财迷！可表面又不敢慢待了他，满脸带笑地说："李爷也来赶集啦，你爱吃随便拿几个吃就是了。"

李老财驴脸一绷："胡说，我白吃过谁的啥！"卖柿子的讨了个没趣。

李老财口里不住地讨价还价，两手不停地挑来拣去，暗暗将四五个上等柿子塞进了袖筒。还价太低，当然买卖不成。李老财心想，我今天不买也有吃的啦，于是转脸就走。卖柿子的看得清清楚楚，可一时没法说没法道。要说李老财你偷了我的柿子，不知要招来什么大祸；不说吧，无情无义地白舍给他几个柿子，这口气实在难咽，真还不如扔给猪吃狗啃！他忽然急中生智，顺手从筐里抓了几个柿子，让李老财吃，另一只手紧紧抓住李老财藏柿子的袖筒不放；嘴里还亲热地说："李爷，这柿子不值大钱头子，都是自家树上结的，甭作价[1]，拿几个吃就是了。"边说边使劲捏他袖筒里的柿子。这一抓一捏不要紧，袖筒里的柿子被捏烂了，顺着李老财的袖筒"滴滴答答"往外淌……

李老财当众出丑，一张脸涨成猪肝色。

讲述者： 曹用文，男，79 岁，高中学历，退休干部
采录者： 于圣连，男，72 岁，大专学历，退休干部
采录时间： 2020 年 10 月 15 日
采录地点： 丰县文化馆

附记

这则故事在丰县流传很广，尤受少年儿童欢迎。（于圣连）

[1] 作价：规定价格。

400

白辫子治丧

“白辫子”是丰县沙庄的大财主，挂过“双千顷”牌。前几年他大哥向曲阜孔府求亲，孔府传下话来：“他能用金砖从丰县摆到曲阜吗？”他家托媒人传话：“你叫摆单行还是双行，都行。”就凭万贯家业，和孔府攀上了亲。

这年他老头子死了，“白辫子”亲自请县官给他当“大老执”，主管丧事。衙役对县长说：“那家是个土鳖子！”县官一听，没去。

“白辫子”回到家，越想越窝火。自己虽是一方大户，可连个有功名的人都请不到，还有啥光彩？越想越难过，“呜呜”哭了。

他嫂子看他哭得伤心，说：“甭哭，我给你找几个名人来。”

“白辫子”一听，跪倒“叭叭”地磕了三个响头。他嫂当即回娘家圣府了。说起这个事，她兄弟小圣人当即上朝，要皇上帮忙。皇上说：“好，好！”传下圣旨，派四路总兵，各领五千人马，前往沙庄，给“白辫子”装光。

开丧那天，小圣人来当“大老执”，四路大总兵也带着皇上的祭品，前来上供。州官、府官一来一大群，都带了祭品前来行礼。可死人承受不起了，大官一磕头，棺材“腾”一声蹦三尺多高。“白辫子”嫂子一看不好，“嗖”地抬身坐到棺材头上。有圣人家的人压案，棺材纹丝不动了。

县官听说连皇上都惊动了，忙来讨差。小圣人说：“你干点啥呀？打鼓接祭礼去吧！”那差事本来是小子干的活，县官也只好捏着鼻子接过来干。

事毕，县官回去，喊过下边那几个衙役来，“啪啪……”给每人几巴掌，说：“你不说人家是土鳖子吗！”衙役捂着脸支支吾吾地说：“那，那……老爷，鳖子大了也咬人哟！”

讲述者： 张昌标，男，73岁，丰县赵庄镇张老家村人，退休教师

采录者： 张念柱，男，68岁，本科学历，丰县赵庄镇张老家村人，退休教师

采录时间： 2007年10月

采录地点： 丰县赵庄镇张老家村

附记

《白辫子治丧》在20世纪70年代由孙基斗（50岁，初中学历，农民）讲述，孙敦义采录。1987年入编《丰县民间文学三套集成》。（齐运喜）

401

李拔贡故事二则

巧计惩财主

清代，丰县城西北赵庄有个出名的拔贡名叫李堂。日子清贫，乐于助人，能写善辩，爱管不平事，很受群众赞扬。

邻村有个土财主，有几棵大枣树，满树的大红枣红鲜鲜、紫微微、脆凌凌，咬一口，甜掉牙。平时谁也别想吃他一个，他是个有名的“眼子头”，吝啬鬼儿，人情世故全不讲，看财如爹。这天他下枣[1]，打圈围着很多孩子，一个个馋得流口水。有的大红枣滚出圈外，被孩子抢到手里，还没等填到嘴里，财主忙上前夺了过来，并打了一巴掌骂道：“馋种贱货，快滚开！”孩子哭着走了。穷小子丁二看了十分气愤，决定惩罚财主一下。半夜里，他悄悄邀了两个人，把财主的枣树全锯掉了，并且又把一棵最大的枣树身藏在家里。

财主一看枣树被锯被盗，像疯狗似的东窜西找，终于在丁二家搜出了他的枣树身子。一见赃物那还了得？二话没说就去县衙告状，非把丁二置于死地不可。丁二知道坏事了，一时不知如何是好，忽然想起了善解人难的李拔贡。

丁二见了李拔贡，把事情原委说了一遍。李拔贡听了，笑了笑说：“你到家这样办……”丁二听了，到家就按李拔贡说的做了。第二天，县令上堂问案。

“冤枉、冤枉……”一升堂丁二就喊起冤来。

“你冤从何来？”县太爷问。

“老爷，小民实在冤枉。这两天小民一直都在家，不曾出去。况且他说的枣树身子，本来就是我家的，他是诬告小民，请老爷明断。”

“老爷，他在瞎说。枣树身子分明是偷锯我家的，怎么又会是他家的？请老爷差人查证。若属诬告，我愿打愿罚，请老爷派人去查……”财主语气十分肯定。

县太爷听了，就派二差人速速查证。

二差人回衙交差：“原告的枣树确是被锯掉的，被告家也确有枣树身子……”财主听了心中暗喜，急忙打断差人的话说：“老爷明断。”‘

县太爷一听差人所说，大怒道：“把丁二拖下去，重打四十大板，打入死牢。”

差人说：“老爷，小的话还没说完。”

“快说！”县太爷吼道。

“老爷，丁二家确有枣树身子，也确是他自家的，俺拿树身和他自家的树疙瘩一对，刚好吻合。”

“不会的，不会的……”财主惊慌地大叫。

县令把惊堂木一拍：“好你个刁民，为富不仁，栽赃陷害，难道还想糊弄本官？你还敢抵赖不成？”

“老……老爷，真……真是他偷的！”财主已吓得结巴起来。

丁二说道：“老爷明断，枣树身子是我自家的，分明是他诬告小民。请老爷替小民做主！”

县太爷越想越生气：你这财主，依仗财势，想糊弄本官，难道是想考考我的本领吗？好，那我就给你点颜色看看，让你知道老爷终归是老爷。手指财主说：“小刁民，证据确凿，你不但不服从老爷断案，还胡搅蛮缠，死不认错，拉下去重打四十大板，罚银五十两交被告。小的们，

[1] 下枣：打枣子。

执行。”

财主不光被打得皮开肉绽，还赔了五十两白银，真是“赔了夫人又折兵”。人们自然会问：“枣树分明是丁二所偷，他为什么又能打赢这场官司呢？”原来老拔贡知道丁二家也有棵枣树，就叫丁二偷偷地锯掉，而把财主家的枣树身子偷偷藏在大水坑里，玩了偷梁换柱。百姓们都称赞老拔贡巧计惩财主。

巧戏新县令

丰县新来了一县令，此人学识浅薄，重权势，轻文人。上任后他拜访了“北霸天”“南霸天”，却看不起清贫的文人。老拔贡李堂越想越气，决心戏弄这个县官。

当官就得审理本地区发生的案件，有些重大案件还得逐级上报。一天，新县令接到了一份紧急报案：城西北赵庄的老拔贡李堂，千根金条、一个吸水龙深夜被盗。新县令闻讯大惊，不料刚上任就遇到重大案件。仅千根金条就价值连城，吸水龙自己有生以来就没见过，想必是无价之宝。此案如不侦破，定会惊动皇上。那时，自己的官职怕是难保啦。新县令越想越怕，一点儿法子也没有，茶饭不思。

县令正在为难，一衙皂说：“李拔贡乃是一清贫文人，轻财物、重礼义，能言善辩。若能以礼相待，也许会少找老爷麻烦。”县令听得有理，就亲自把李拔贡请至县衙。

酒席间，县令笑道：“久闻李先生大名，因刚赴任，公事烦琐，未来得及到贵府拜访，谁知又恰逢贵府上千根金条、一个吸水龙被盗。李先生请你放心，本官一定为你做主，捉拿盗贼，以示诚信。”李拔贡听了，笑道：“小事一桩，不必劳您大驾，我看就不麻烦您啦。”县令大喜。李拔贡又说：“这算不了什么，也怪我太粗心：前天晚上我用井绳（吸水龙）捆了一小捆麦秸（千根金条）放在门旁，不料夜里被人盗走……”说罢哈哈一笑。县令听了，半天没说出话来。

讲述者： 张昌先，男，54岁，初中学历，丰县赵庄镇大王庙村农民

采录者： 张念柱，男，68岁，本科学历，丰县赵庄镇张老家村，退休教师

采录时间： 2001年6月

采录地点： 丰县赵庄镇大王庙村

附记

《李拔贡故事二则》在20世纪70年代由齐运会讲述，邓贞兰采录。1987年入编《丰县民间文学三套集成》。（齐运喜）

402

梁尚德即席作楹联

梁尚德，丰县人。民国初年清华大学毕业。原是清华园的高才生，品学兼优，刚毕业就被推荐到中央政府考试院任职去了。

有一年，梁尚德回家修坟祭祖。那可是衣锦还乡，一时间全城轰动。这家要请吃酒，那家要接风。这时徽帮代表凤昌号庄老板，首先在名菜馆“民生馆”定了两桌上好的酒席，邀请了本县县长、丰城八大家的掌柜、怀济堂的杨正芳掌柜、泰顺号王掌柜、隆源号孙基士等十几位官员、缙绅、名流。等梁尚德一到场，这个叫“梁举人”，那个叫“梁大人”，一片恭维之声。梁尚德赶紧拱手答礼，连说：“不敢、不敢。晚辈只是学生，刚入仕途，还要多多向县太爷和各位长辈学习、请教，千万不要客气。”

酒过三巡，这时庄掌柜起身拱手说道：“久闻梁先生是才子，今天我冒昧请梁先生给我家凤昌号题副楹联，以便我新年张贴。一来为小号生辉，二来先生也在故乡留下纪念。”梁尚德马上起立说道：“晚辈才疏学浅，怕让人见笑。”县长一旁说：“梁公不必客气。”梁尚德说：“那好，各位见笑。献丑了！”饮了一杯酒，稍一沉思说：“这样如何：上联是‘凤立高岗鸣盛世’，下联是‘昌开大业庆吉祥’。”大家听了无不拍手叫好。原来他把“凤昌”两字嵌在了对联的上下联头上，真是才子！正在大家拍手叫好的时候，惊动了民生馆掌柜，也是大厨师，名叫卓久高。他曾跟福建督军李厚基当过多年大厨，拿手的南北大菜，可说省、县驰名。他一听给凤昌号题了一副好对联，也急忙来到席间拱手，也请梁尚德给民生馆题一副对联，并说：“今天这两桌我请了，不烦庄老板结账了。”梁尚德已有几分酒意，也不再推辞，沉思片刻，说道：“上联是‘民为邦本，本固枝荣’；下联是‘生财有道，道德高尚’。”这副对联又把“民生”二字嵌于对联之首，大家又一阵掌声，无不叫绝。这两副楹联一直沿用到20世纪50年代。

讲述者：邱志杰，男，70岁，丰县赵庄镇大王庙村农民

采录者：张念柱，男，68岁，本科学历，丰县赵庄镇张老家村人，退休教师

采录时间：1998年6月

采录地点：丰县赵庄镇大王庙村

附记

《梁尚德即席作楹联》在20世纪70年代由杨秋心讲述，邓贞兰采录。1987年入编《丰县民间文学三套集成》。（齐运喜）

403

渠景礼传奇

一句话救了一条人命

清光绪年间，有一长工，因实在看不惯东家对百姓的欺压，当众揭发了他的罪恶。东家恼恨在心，发誓要除掉这个长工，便诬告长工强奸了他闺女，妄图借刀杀人。

县令接到状子，觉得东家不会拿亲生女儿的名誉冤枉长工。这长工被屈打成招，打入死牢，只等问斩。

长工的娘闻儿坐牢，悲痛欲绝。那时官官相连，谁肯帮穷人说话？无奈到丰城西北五十里渠三座楼村，去求乐于助人的文人渠景礼。见面说明缘由，跪倒不起。渠先生听了十分同情长工的不幸，但长工已经屈打招供，如何办呢？想了想，对跪在地上的长工娘说："起来吧，教你一句话，可保你儿不死……"他如此这般说了一遍。老太太谢过渠先生，照此办理。

老太太送饭探监，见了坐牢的儿子，哭诉了一番，便把渠先生的话说给儿子。

长工通过差人恳求县令，说自己死而无怨，但在临刑前要求见一见东家婆和她的闺女。县令答应了长工的要求，让他们相见于大堂上。长工对东家女说："我就强奸你一次呀！"东家婆唯恐判不了长工死刑，心想：强奸一次的罪过太轻了，就插嘴反驳道："胡说！我听闺女说过，强奸的次数多着哩！"那闺女也顺着娘的杆子爬，一口咬定长工经常强奸她。长工问县令："青天大老爷，你都听见了吧？"

县令淡淡一笑道："这是通奸嘛，哪里是强奸？"改判长工无罪，东家落了个不光彩的诬告罪。

长工母子等百姓，无不感谢渠先生。

"咬你一口救了你"

鲁西南某村有个出名的恶老婆，也是个出名的后娘，俗话说："蝎子的尾尖马蜂的针，毒蛇的牙齿晚娘的心。"人们把后娘的心比作"四大毒"之一。这恶婆重亲生虐待前子，并一心想除掉前子，让亲生子独吞家产。

一日，恶婆故意挑惹是非，与前子发生了口角。前子忍无可忍，一拳打掉了后娘的两颗门牙。这晚娘那还了得，带着血淋淋的牙齿告到县衙，要求县令立斩前子。前子自知此罪不轻，吓得啼哭不止。乡邻劝道："只有找渠景礼先生，请他想个办法，也许能保你不死。"这前子速找来渠景礼跪倒不起，哭诉了打晚娘的缘由，请渠先生救他一命。渠先生很同情他，但很久没吭声。渠先生见他跪着不起，说道："你回去吧。"那人说："你不答应救我一命，我跪死也不起了。"渠先生背着手转到那人背后，照着后肩猛咬一口，那人疼得"哎哟"一声，哭道："你还是有名的好人呢，如今见死不救还咬我一口……"渠先生笑了："起来吧，咬你一口就救了你啦……"那人还不明白，说道："你咬我一口怎么是救了我？"渠先生如此这般说了一遍，那人磕头谢过便速速走了。

县令差人把恶婆的前子带到大堂上，县令恶狠狠地问道："被告听着，你晚娘的门牙可是你打掉的？"

"小民怎敢打晚娘……"被告说。

"你晚娘的门牙是怎么掉的？难道是她自己拔掉的吗？"

恶婆哭叫着说："老爷给俺做主，我的门牙就是这不孝子打掉的呀……"

被告慢慢脱下褂子，说道："老爷，请看我的后肩……"说罢转过身去。县令只见被告后肩上被咬得一块血肉耷拉着，便问道："这是怎么回事？"

"晚娘打我骂我，我躲着走，她赶上咬了我一口，我疼得猛一跑，把她带倒，磕掉了两颗门牙……"

"不是我咬的，是他自己咬的……"晚娘一旁叫着。

"胡说！他怎么能咬着自己的后肩？……"县令把惊堂木一拍喝道，"好你个泼妇恶老婆，虐待前子陷害好人，两边来人，打她四十大板！"

被告前子当堂宣布无罪释放，知情人都夸丰县的渠先生。

三伏天穿皮袄写状子

新来的县令得知渠景礼是个啃影壁墙的"刀笔"，善写状子，无理也能占上风，因此下令禁止他再写状子。

一天，有个乡邻拜求他写状子，渠先生怎么解释推托也不行；如果不写，那乡邻发誓不活了。渠先生只好答应了，并交代他明天中午在没有树荫的大堤上写。

第二天，那乡邻按时到达指定地点。时值三伏天，中午的太阳像个火球，无树荫的大堤上像个蒸笼，热得人喘不过气来。只见渠景礼先生身穿皮袄，头戴皮帽，手提火炉来了。很快写了状子，各自分手。

县令看了状子，此文写得非同一般，问告状者："这状子是渠景礼写的吗？"

"不是。"

"是谁？不说实话，重打四十，来人……"

"我说，我说……是渠景礼写的。"县令差人把渠景礼带到大堂上。

"你是渠景礼？"

"我是渠景礼。"

"他这状子可是你亲笔所写？"

"你可问问他这告状人。"

县令手指告状人说："这状子是不是渠景礼所写，如不实讲，重刑伺候……"

"是……是他所写……"

渠景礼不慌不忙地微微一笑道："老爷，他定是认错了人。请你问问，我何时何地、是何穿戴给他写的状子呀！"告状人说："前天中午太阳正毒时，你身穿皮袄，头戴皮帽，手提火炉，在没有树荫的大堤上面朝南写的……"县令吼道："渠景礼，你还有什么话可说？！"渠景礼哈哈笑道："老爷，你听见了吗？三伏天我身穿皮袄、头戴皮帽、手提火炉、面朝烈日写状子。你若信其胡言，岂不被万民耻笑？"县令听了连连点头。渠景礼虽爬大堂，却安然无事。其实，这是他早就预料到的。

讲述者： 彭利秋，女，65岁，初中学历，丰县赵庄镇高庄人

采录者： 王恩庄，男，60岁，丰县赵庄镇小王庄人，医生

采录时间： 2015年2月

采录地点： 丰县赵庄镇高庄

附记

《渠景礼传奇》在20世纪70年代由渠时耀讲述，邓贞兰采录。1987年入编《丰县民间文学三套集成》。（齐运喜）

404

三省瓜

苏、鲁、皖三省结合部有个村子，人称“三省庄”（今丰县王沟镇前刘集）。村前三省交界处立了块地界。周围荒芜，是片乱葬岗子，人们常把死猫死狗扔在这里。

民国初年，有张、王、刘三个老头，因为是乡邻，没事常常一起到乱葬岗子上割草。见一棵西瓜长得很旺，都不舍得毁掉它，让它随便长吧。

也是乱葬岗土地肥沃，又赶上雨水好，瓜藤拖了几丈长，开花坐苗儿，竟结了几个大西瓜，一个几十斤重，可喜人了。

一天，三个老头来割草，见西瓜成熟了，都想独吞。各人说各人的理由，争论起来。

张老头说：“这棵西瓜虽然不是我种的，可是这西瓜是结在我们安徽地盘上的，当然归我。”王老头摆摆手说：“不行，没秧咋结瓜？拖秧、开花都在我们江苏地盘上，这西瓜应该归我。”刘老头说：“你们都甭想！这棵瓜是出在我们山东地盘上，根基在我们这里。不是在这里发芽坐根，哪有秧子哪有瓜？西瓜当然该归我。”

三个人争论不休，打官司也不知该找哪个县令。这时遛来一个打兔子的汉子，他们就请这汉子评理。

打兔子的听了他们的理由，笑了笑说：“恁仨说的都有理，三个省都摊份，该叫它‘三省瓜’，这瓜全国独有。‘三省瓜’应该是三省友谊之瓜，一瓜连三省，应该相让才对。”三个老头都觉得他说得对，应该请请他，于是摘了个大西瓜，大家高高兴兴地一起吃了起来。

讲述者： 张后进，男，丰县赵庄镇张土城村人，农民

采录者： 张念柱，男，68岁，本科学历，丰县赵庄镇张老家村人，退休教师

采录时间： 2012年2月

采录地点： 丰县赵庄镇郎庄

附记

《三省瓜》故事在20世纪70年代由丰县文化局干部邓贞兰采录并讲述。1987年入编《丰县民间文学三套集成》。（齐运喜）

405

舅甥打官司

从前，沛县城南栖山马庄，有个姓吕叫二愣子的年轻人。

有一年夏天，他亲舅不知为啥得罪了他，二愣子有气，就一皮锤把舅舅的四颗门牙打掉了。他舅一跺脚，告他到县衙里。

这消息传到二愣子耳朵里，知道要吃官司，可吓毁了，忙四下里求人给他出主意。

二愣子听说城南他老家吕楼村有个有名气的刀笔爷先生，并且是他远门的爷爷，就连夜赶去。

一大早，二愣子在吕楼西门外见到一个白头发、白胡子、穿着白裤的老人，此人就是刀笔爷先生吕善勉。二愣子向老人行礼道："老人家，我向您打听一个叫吕善勉的老人，可知道他住在哪里？在家不？"

老人问："大清早你找他有何事？"

"有桩官司牵扯着小的，想让他写篇状子。"

"你能不能说说原因呢？"

二愣子原原本本地说了一遍。

"好吧，你先在这歇歇脚，我看他在家不。如果他在的话，让人喊你。"老人说罢，回村去了。

过了一会儿，一个小年轻的把二愣子领进了一个四合大院。堂屋当门，坐着一个头戴狗皮帽、身穿羊皮长袍、脚穿棉鞋、蹬着火盆的老头。只见他双手扶案，两眼瞪着，瞅着走进来的人。在他手旁放着纸笔墨砚。

二愣子见状，慌忙磕头问安。

吕善勉老人装着不认识眼前这个二愣子，又细问了详情，然后写起状子来。

状子写好后，他交给了站在身旁的那个小年轻的，并和他咬了咬耳朵，然后大声说道："送客！"

二愣子本想问问老人，夏天为什么穿冬天的衣服；一是不敢多嘴，二是还没来得及问就被送出村。

到村头，二愣子双手接过状子，便仔细看。还没看完，他的身后来了一个人，肩膀子已被那人咬了一口。二愣子像弹簧一样蹦了起来，一时鲜血顺着左胳臂往下淌。他板着脸，眼看愣性就要使出来；谁知嘴撇了两撇，说了声"谢谢"，转身走了。

公堂上，舅告外甥不孝，无故将他的四颗门牙打掉，呈上状子，要县太爷明察，为他做主。

县太爷看过状子，指着二愣子厉声喝道："你把你舅门牙打掉了是不是？从实招来！"

"大老爷，小的冤枉。俺舅在家为一点小事，把我毒打一顿，还不解恨，又在我肩上狠狠咬了一口，不想他四颗门牙一齐艮[1]了下来。我这伤口还没定疙疤[2]，请您查看。"说着双手呈上状子。

县太爷接过状子，看了伤口，确信了二愣子的瞎话。然后转过脸来大声喝道："大胆老儿，欺骗本堂，诬告良民，给我重打四十，赶出大堂。"

舅舅挨了一顿毒打，一瘸一拐地回到家，一病就是二十多天。

一天，二愣子由娘领着到舅舅家认罪赔礼。在舅的一再逼问下，终于说出了原由。

事后，他舅又告二愣子到公堂上。大堂上，二愣子实

[1] 艮：方言，崩掉。

[2] 定疙疤：结疤。

招了那天如何害怕官司，求人写状子，又如何被咬之事。

县太爷听后，下令传吕善勉上堂。

吕善勉被带到堂上，县太爷问道："你就是吕善勉吗？"

吕善勉答道："小人正是善勉。"

"半月前你可为他写过状子？"县太爷指了指二愣子。

"告大人，小人不认识他，也没给他写过状子，不信你问问他。"

县太爷又问吕二愣："你说的是不是他？"二愣子忙说："老爷，不是他。我说的吕善勉非常怪。他给我写状子时，头戴狗皮帽子，身穿羊皮长袍，脚穿棉鞋蹬火盆。"县太爷把脸转向吕善勉："你们村有几个叫吕善勉的？"

"老爷，我们村只有我一个吕善勉，请明察。"接着又小声地问道："老爷，小人有句话不知该说不该说？""可以。""老爷，二愣子说我给他写状子，又不认识我，又说那人夏天穿冬装。我想夏天穿冬天衣服的人不是憨熊，就是傻子。这样的人又怎么能会写状子呢？说这话的人想必是个疯子，或者是……"

"或者是什么？"

"或者是有意来哄您。"

"啊！我上当了！好个二愣子，你敢玩弄本县，给我重打四十，赶出堂去。"

吕善勉笑着走出大堂。

讲述者： 袁运敬，男，40岁，高中学历，原沛县孟庄乡文化站职工

采录者： 朱迅翎，男，70岁，大专学历，沛县文化局退休干部

采录时间： 2020年3月

采录地点： 原沛县孟庄乡文化站

附记

此故事是讲述者袁运敬从其外祖父口中传承，后由记录者朱迅翎加工整理，编入《中国民间故事全书·江苏·沛县卷》，2020年仍由朱迅翎再次调查整理。（张甫文）

406

蛋钟

1947 年夏天，徐州热得像个大蒸笼。

有位卖菜的老头，一大早赶着毛驴车进城，辛辛苦苦卖了一天，仅仅卖出半车菜。天色已晚，有心摸黑赶回家，天不亮还得折回来，往返穷折腾，身子吃不消；有心到旅社住一宿，连人带驴车都算钱，等于白扔几十斤菜，实在舍不得。好在天气炎热，瞅个遮露水的地方凑合一夜，明儿轻轻松松进菜市。

老头怕偷抢，不敢睡在僻静黑暗处，赶着毛驴车边走边瞅。来到繁华的十字大街交叉口，发现拐角处有幢高耸的楼房，便停车卸下毛驴，把毛驴拴在楼前一棵柳树上，自己在树下铺好麻包片，搬过驴料口袋做枕头，往上面一躺，就“呼呼”地睡起来。那个疲乏劲，连蚊子都叮不醒。

“啪”的一声，老头屁股上挨了一脚，睁眼一看，身旁站着一个穿黑色制服的警察。警察身材高大，臂戴红袖标，眼睛上有个伤疤，模样很凶，嗓门也很高：“快起快起！也不睁眼看看门前的招牌，这里也是你睡觉的地方？”老头似乎还未睡醒，仍旧躺在那儿，抬头望了眼挂在楼前的木牌子，说：“我不认识字。”

“你这个老东西，真是又蠢又笨！告诉你，这里是交警办公的地方，八点钟交警准时在这里集合，然后分头下去检查街道。你睡这里，影响交通，有伤大雅，到时候查到你，至少要罚你一块大洋！睡在老虎眼皮下，真是个大笨蛋！”

“你们八点上班，我七点半离开也不算晚。”

“胡说什么？现在正好七点半，快走快走！今天该我值早勤，你不走，会连累我一块挨训！”

老头一听，翻身坐起，蹲在毛驴屁股后边，从两条后腿中间伸过一只手，慢条斯理地抚摸着下垂的驴蛋。

“疤拉眼”既恼火又纳闷，心想：这老头真怪，我赶他走，他却偏蹲在这里。大清早摆弄什么不好，偏要摆弄那个软不囊囊的驴蛋。驴蛋上是有赦免令还是有护身符？

不料老头捏摸过驴蛋后，说了句“六点刚过”，就往麻包片上一躺，又“呼呼”地睡起来。

“疤拉眼”从衣兜里掏出怀表一看，才六点零三分，十分惊讶。那时候，钟表还相当稀贵，很有身份的人才戴得起；一般平民百姓，尤其是卖菜老头，怎么知道“六点刚过”的呢？难道驴蛋能报时？不可能呀，驴蛋就是驴蛋，从来也没听说过驴蛋有钟表的功能呀。他原想说几句大话把老头吓唬走，没想到老头准确说出了时间，自己倒没了主意。也罢，就让老头再睡一会儿，反正到上班时间还早着呢。

“疤拉眼”回到值班室，念念不忘“蛋钟”，越想越觉得蹊跷，一连抽了几支烟，仍猜不出个所以然来。莫非驴蛋是假的？莫非上面隐藏着什么秘密？莫非根据驴蛋颜色温度形状等变化可判定几点几分？于是，“疤拉眼”满腹狐疑，再次来到柳树前，两眼紧紧盯着驴蛋，围着毛驴左三圈右三圈地转起来，转来转去也没发现“暗道机关”。他忍不住用脚尖点了一下老头的屁股，温和地说：“老头，现在七点半了，该起了！”

老头翻身坐起，揉揉眼睛，又像上次那样蹲在毛驴屁股后，伸手在驴蛋上捏来摸去一阵子，当真有了结果：“老总，你撒谎，七点还差一分钟！”

老头答得斩钉截铁，“疤拉眼”连忙掏出怀表一看，果真是六点五十九分，不由得咧开大嘴笑起来：“嘿嘿，这驴蛋钟还真管用，让我细细把玩。”说着，“疤拉眼”俯身蹲在驴屁股后面，也从两条后腿中间伸过手去，用手细搓慢捏，恐怕弄惊了驴子挨踢。驴蛋软软的、温温的，滑腻可手，黑里透红，与普通驴蛋没什么不同；温度正常，颜色正常，干湿正常，卵袋内两个“副官”安居左右，也无什么特异之处。真是神了，老头凭什么摸出几点几分的？“疤拉眼”站起身来，递给老头一支香烟，满脸堆笑说：“老大爷，您这招儿稀奇古怪，堪称天下一绝。不知跟谁学的？能否传授给我？”

老头燃着香烟，美美地抽了一口：“我是花一块大洋，从一位白胡子老道人那里学来的。艺多不压身，我用这手绝活儿跟别人打赌，赢过不少猪头肉烧酒呢。老总，你要真心想学，不妨也交一块大洋的学费，包教包会，快得很！”

“疤拉眼”皱了下眉头，绕着毛驴又兜了三圈，仍未悟出驴蛋报时的秘密，心中又闷又痒。不就是一块大洋吗？学会如此绝技，值得！于是，摸出一块银圆递给老头。

老头接过银圆，用嘴吹口气放在耳边，听了听说：“你给我的是真银圆，我给你的是真技术，人心换人心，八两换半斤。不过有言在先，任何绝技，不拆穿神秘兮兮，一拆穿恍然大悟，就没什么意思了，你可别仗着是老总就耍赖找后账！”

“疤拉眼”一心想学此绝技去打赌赢人“猪头烧酒”，当即把胸脯拍得“咚咚”响：“男子汉大丈夫，一言既出，驷马难追。瞧我这身价，瞧我这制服，堂堂大警官，岂是那种出尔反尔的小人？”于是，老头装起银圆，开始授艺。

“疤拉眼”蹲在驴屁股后面，用手摸捏着驴蛋请教说：“这东西圆不溜秋的，什么标志都没有，您老人家是怎样辨出时针分针的？”

老头站在一旁，开导他说：“你用手把又笨又重的驴蛋拨弄到右上方，让它紧贴驴肚皮，然后从驴蛋闪出的空隙里向西北方向看。看一眼学不会就看两眼，只有比笨蛋还笨的傻瓜蛋，才要看上三眼才学会。”

“疤拉眼”按照“师父”的吩咐，用手把驴蛋托到右上方贴紧驴肚皮，然后从蛋下的空隙处往西北方向张望，望见百米之外有座钟楼，那个镶嵌在楼上的大钟清清楚楚地把时针和分针展示在眼前。“疤拉眼”还算不太笨，只一眼就看穿了全部奥秘，恍然大悟，后悔自己聪明一世，糊涂一时，忘记了毛驴所在的特殊位置，竟把特殊方位下能够看到的钟楼给忘了。正所谓：一蛋障目，不见钟楼。

受到老头的捉弄，“疤拉眼”又好气又好笑，又心疼又无奈。这时，不远处走来一帮人。他想：此事张扬开来，还不是“疤拉眼”照镜子——自找难看。奶奶的，这事儿……吃个哑巴亏只当没吃。于是，他恶狠狠地瞪了老头一眼，说了句“胡扯淡！”就掉头走开了。

从此，徐州城多了个“蛋钟”的趣闻，一直到现在还流传着。

讲述者： 齐运喜，男，66岁，大专学历，丰县退休教师

采录者： 齐运喜，男，66岁，大专学历，丰县退休教师

采录时间： 2020年10月19日

采录地点： 丰县县城

附记

《蛋钟》这则故事的讲述者和采录者均为齐运喜，丰县赵庄镇赵庄集人，中国民间文艺家协会会员，曾发表作品600余万字，获奖作品50余篇。其中，中篇纪实故事《新娘才十四》，于1988年发表在《垦春泥》头版位置，获江苏人民出版社举办的“全国新故事大奖赛”一等奖，并选入《全国优秀故事集》，由江苏人民出版社出版，后又被多家杂志转载。两万字中篇《黄氏阴阳鼠》于1993年发表在山东《故事大观》头版位置，获山东省委宣传部和山东省作家协会联合举办的新文学大奖赛一等奖，后被郑州《传奇文学选刊》选载。中篇故事《当门炮》发表于2000年福建《故事林》第4期，被评为最佳作品奖；年终又获“全国新故事大赛”二等奖，后被《故事报》《山西文学》等刊物转载，并在2002年全国故事期刊首届评选中获一等奖。（张甫文）

407

刘蟠的故事

丰县赵庄镇境内，有个远近闻名的金刘寨。它之所以闻名，是因它历史上出过两个名人：一是汉高祖刘邦，一是明末清初的神医刘蟠。刘蟠医好过哑巴，治好过聋子，看好过偏瘫；至于那些长疮流脓、发热头痛的小病，更是药到病除。这篇故事，就是单表刘蟠的。

却说别的郎中看病，一开就是几剂中药。刘蟠看病，望、闻、问、切后，首次却只开一剂中药，若病人服下无效则不再开。奇妙的是，凡经刘蟠诊治的病人，大多服下一剂就见效，接服几剂就痊愈。因此，方圆百里称之为“神医一剂刘”。

当地另有一位赵郎中，自幼跟着江湖郎中云游四海，直到三十几岁才告辞师傅，在金刘寨正西八华里的赵庄集落脚行医。因刘蟠名气大，找赵郎中看病的寥寥无几。

赵郎中虽说治好过一些病人，甚至治好过一些疑难怪症，但是许多常见病他却无力治愈，许多经他看过的病人只得转投刘蟠。赵郎中自知医术欠佳，便提着礼品求见“一剂刘”，想拜他为师。面谈之后，刘郎中发现赵郎中缺乏完整系统的中医理论，只不过懂得一些民间验方，他怕坏了自己的名声，便以“难为人师”为借口拒绝了赵郎中。

邻村的邱老汉经常气喘咯血，找到刘郎中救治。“一剂刘”让老汉伸出双手，自己两手按脉，足足按了两袋烟的工夫，才给邱老汉开出一剂药。老汉煎服后病情无起色，又找刘郎中诊治。刘郎中一味摇头，说是回春无力。老汉万般无奈只得转求赵郎中诊治。

赵郎中问明病情，摸出民间验方手抄本，翻找半晌，才按着手抄本上的验方给邱老汉开了三剂中药。老汉回家仅仅煎服一剂，即吐血身亡。邱家还算通情达理，只索要了一笔安葬费，没再纠缠郎中。

从此，到赵郎中那里求医的人更为稀少，而刘蟠名声却越来越大，“回春堂”里挂满了病人赠送的匾额和锦旗，有夸他“神医一剂刘”的，有夸他“扁鹊复生、华佗再世”的，有夸他“天下第一蟠”的。面对一顶顶飞来的桂冠，刘蟠心里乐开了花，眼睛常常眯成一条线。

这天，年过花甲的母亲唤来刘蟠说：“有好些日子了，嘴里吃东西没味，身上也没劲，一直发低热。”刘蟠听后微笑道：“大概是风寒所致，小毛病，一服药就好了。”说罢，当即给母亲把脉下药，叮嘱仆人用文火煎煮。出人意料的是，母亲服药后毫不见轻，仿佛喝下一杯白开水。

父亲死得早，是母亲千辛万苦地把刘蟠拉扯成人。见母亲病不见轻，刘蟠大吃一惊，一种不祥的阴影立时袭上心头。他让仆人关上院门，挂出“刘郎中已赴杭州行医”的招牌，谢绝一切来客，专心致志地为母亲诊治疾病。

行医二十几年来，刘蟠始终坚持一剂见效方才再医的原则。可面对两鬓斑白的母亲，身为郎中和孝子，刘蟠不得不破例。他使出浑身解数，让母亲一天或服一剂或服两剂。可是母亲的病情有增无减，一月后竟然卧床不起，一顿只喝半碗稀粥。

“母命休矣！”刘蟠既绝望又惭愧，焦急而无奈。抱着一丝希望，刘蟠没黑没白地翻阅《黄帝内经》《金匮要略》等医学名著，不停变换剂方，仍没有一剂能够投症。母亲瘦得皮包骨头，难以下咽食物。刘蟠自然知晓“断谷必死”的病理，一天夜里，他“扑通”一声跪在母亲床前，泪流满面：“孩儿不孝，不能报答母亲的养育之恩，愧疚万分！”说到这里，他想问母亲对后事有何安排，但张了张嘴，终于没有吐出话来，只是哭。这时，母亲欠了欠身，出乎意料地说出一句话："自打得病，可惜没吃过别人的药。"

是呀，除了刘郎中，没有第二个郎中给她诊治过。刘郎中知道母亲的用意，可是，他是"神医"，母亲得病若找别的郎中诊治，还叫什么"神医"呀？脸面上实在下不来。再说，"神医"看不好的病，别的郎中就能看好吗？可是，母亲生命垂危，她老人家又有这个意思，无论如何也不能让她抱憾死去。于是，刘蟠让仆人四下张贴告示，不管是谁，只要能治好母亲的病，愿将全部家产作为答谢。

头天贴出告示，第二天就有人揭下告示来到刘郎中的回春堂，声称可以治好他母亲的病。来者不是别人，恰是赵庄集的赵郎中。刘蟠心想：一个连当我徒弟都不够格的人，竟也登门给我母亲看病，莫不是想钱想疯了？

赵郎中给刘母诊断过病情，翻开随身带来的民间验方手抄本，查找半天后开出一剂药方。刘蟠一直冷冷地站在一旁，见赵郎中开出的药方竟是"蜗牛三两，水煎服，连服七天"，不免以嘲弄的口吻说："《本草纲目》上没有蜗牛这味中药，从没听说过蜗牛能治病。"赵郎中笑笑说："单方能治大病，草药气死名医。你母亲病成这样子，谁也没有绝对把握治好。反正这方子不伤身体，死马权当活马医，试一试嘛。"

"你……你滚！"刘郎中大喝一声，命仆人将赵郎中轰出家门。当郎中的要讲究"行话"，有说"死马当作活马医"的吗？我母亲容你胡乱地"试一试"吗？刘郎中越想越气，真想上前抽他三巴掌。

赵郎中灰溜溜走后，母亲躺在床上，唤过刘蟠，非要尝尝蜗牛汤不可，说是"不图治病，尝个鲜"。刘蟠是孝子，只好命仆人寻找蜗牛熬汤。

说来令人奇怪，母亲喝下蜗牛汤后，低热当即退去，身上也有了气力，竟然一顿喝下半碗面条。"神医一剂刘"很吃惊，命仆人继续煎熬。母亲连服七日，病体痊愈，竟跟常人没有两样。

赵郎中是母亲的救命恩人，这个方子是他开的。刘蟠有言在先，谁治好母亲的病，就将全部家产送给谁。想起当时让赵郎中"滚"的情景，刘蟠悔恨交加，亲自到赵郎中那里负荆请罪，要将全部家产相赠。赵郎中说："民间单方很重要，系统完整的中医理论也很重要。我什么东西都不要，只求拜您为师！"

从此，刘蟠收赵郎中为徒，并将"回春堂"改名为"蜗牛堂"。

讲述者： 不详

采录者： 齐运喜，男，66岁，大专学历，丰县退休教师

采录时间： 2000年9月

采录地点： 丰县赵庄镇文化站

附记

《刘蟠的故事》由齐运喜于2000年9月在丰县赵庄镇文化站采访整理，后发表于本地文学杂志上，2020年11月又作进一步调查整理。故事中涉及的药方仅为叙述需要，不具有药用价值。（张甫文）

408

镖师与快手

清光绪二十六年（1900），魏大兴在丰县开了一家兴隆镖局，坐落在县城西大街（现大同路）路北。有两位镖师，十几位伙计。

魏大兴自幼习武，十八般兵器样样精通，尤其善用绳镖。这种绳镖是用两丈余长的丝绳，粗如小指，前头拴一个菱形的铁镖。若在离他两丈远的墙壁上画一朵梅花，花瓣如同指甲盖大小，两丈外他用绳镖说打哪一瓣就打到哪一瓣，百发百中。

有一回，他给丰县当典押送徐州府大财主张大烈五万两银子的镖。车行至城南大沙河的夹河、林棠府、包家庄一带，这里人称“雁过拔毛”之地，常有土匪出没。有个叫“一撮毛”的土匪头子，带领十几个匪徒拦劫镖车。五万两银子在小县城不是一个小数目，他看到“一撮毛”带人劫镖，急忙冲到镖车前头，手指“一撮毛”大声喝道：“一撮毛，你也不打听打听，兴隆镖局的镖是好劫的吗？今天你来啦，给你留一只右眼！”话未落音，“唰”的一声，绳镖出手，“一撮毛”已是满面流血，左眼珠早已落地。魏大兴指着众匪徒说：“马上给我滚开，不然眼珠难保！”匪徒一看老大眼珠都掉下来啦，哪个还敢劫镖？吓得慌忙逃窜。从此魏大兴名声大振，江湖都称他“魏一镖”。

人外有人，天外有天。有一年春，魏大兴喝了几杯酒，心中高兴，又加几位朋友架哄，夸他的绳镖如何地快，请他露一手，叫大家开开眼。魏大兴哈哈一笑：“既然大家看得起我，那我也不扫大家的兴了。”说罢叫伙计在街当心用石灰撒了一个圈，又叫伙计从镖局里拿四个碗，里面放满黄豆，叫四个手快的青年站在石灰圈外，等魏镖头把绳镖耍起来后，这四个人抓起豆子往圈里撒，结果豆子被绳镖打得满天飞，很少能落在圈内，大家齐声叫好。这事惊动了县衙三班捕快班头快手黄田。他是丰县城里五门口人，在县衙当捕头已有多年。这人武功好，手脚麻利，今天也在镖局对门路南小酒铺喝酒。一看魏大兴舞的绳镖如此快捷，人人叫好，心中不服，乘着酒兴出了店门，紧走几步，向上一蹿，伸手抓着绳镖。魏镖头一怔。黄田说：“不信再来来！”魏镖头又将绳镖舞起，不料想又被黄田一把抓住。魏镖头只好收了绳镖，拱手笑道：“果然名不虚传，佩服，佩服，真是快手！”

黄田是丰县五门口的老户，从小家贫，在外流浪多年，后来跟一位道人学了一身轻功，回家后曾经帮助捕快捉拿过人犯，县太爷看他好身手，就给他在捕快班补了个名。由于他武功好，身手快捷，屡屡破案擒凶，后来升了个捕快班的班头。据说有一年冬天，他和几个人在一起赌钱，输了不少银子又不想罢手。他对赌友说，你们先玩着，我有事出去，晚上回来再一起玩。说罢出门。等到晚上二更天，他回到赌场，头上戴的斗笠上还蒙着雪。大家很是惊讶，都问他到哪里去了。他说山东下了雪，我在滕县城墙上砖洞里藏了十几两银子，我拿来了。后来人们才知道黄班头不但手快，还有轻功“飞毛腿”。

黄田和魏大兴的传说很多，后人传：“魏大兴，好绳鞭，不赶黄田猛一蹿。不信再来来。”

讲述者： 卜凡柯，男，78岁，大专学历，退休干部
采录者： 于圣连，男，72岁，大专学历，退休干部

采录时间： 2020 年 9 月 26 日
采录地点： 丰县文化馆

附记

此故事原由丰县文化馆文化干部邓贞兰调查整理，2005 年收录于《中国民间故事全书·江苏·丰县卷》，2020 年卜凡柯又作进一步调查整理。（张甫文）

409

牛三学艺

清光绪年间，徐州丰县西北十五里的小李庄，出了个饮誉武坛的一流拳师，叫李居仙。

李居仙是个黑瘦干瘪的老头儿，一副弱不禁风的病汉模样；可是武林中人对他都敬畏三分，称他是“中原第一掌”。

李居仙在江湖上争强斗狠几十年，几乎没有一个高手敢于和他“平分秋色”。毕竟年纪不饶人，年老则杀心渐息，归隐家中，深居简出。

这天，李居仙在家门外的练武场上，向弟子们表演“隔豆打石”的祖传绝技。他把一块豆腐放在三寸多厚的青石板上，掌心按在豆腐上运气发力，厚厚的石板顷刻间断裂成几十个碎块，而那块豆腐则完好无损。众人齐声喝彩。

这时，一旁忽地闪出个二十来岁的小伙子，“扑通”跪在李居仙面前，口口声声要跟他学艺。

李居仙见小伙子身材矮胖，腿粗腰粗胳膊粗，呆头呆脑，便说：“我只收筋骨灵活的幼儿和少儿作徒弟。”

小伙子长跪不起，一脸虔诚地说：“我叫牛三，徐州人，生就有股牛力气，举得起磨盘推得动石碾，拉犁子耕地顶得上一头水牛。有个姓胡的财主横行乡里，无恶不作，上个月，他想霸占一个小姐，恰恰被我撞上。我两膀一用力，将这个三百多斤的胖财主举在空中，狠狠往地上一摔，他就玩完了。家不能蹲，只好跑出来拜师学艺。有劲就是有功底，您一定要收留我。”

李居仙笑了笑，递给牛三一把剑，让他出手搏击。牛三起剑劈向李居仙，李居仙骑马式站定，伸出右手二指将剑夹住，说：“牛三，你若抽出这把剑，我就收你为徒。”

牛三双手紧握剑把，使出全身气力，向前推不动，向后拔不出，累得气喘吁吁。这时，飞来一只苍蝇落在李居仙的右腋下，牛三灵机一动，说了句：“我孝顺您老人家了。”便抽出一只左手在李居仙的右腋下抓挠起来。李居仙忍俊不禁，笑出声来。牛三趁势抽出宝剑，跪地叩头道：“师父在上，徒弟牛三有礼了！”李居仙有言在先，不能食言，只好收他为徒。

牛三笨手笨脚，像双脚起、旋风脚这类简单动作，他足足练了三个月还做不好。李居仙没有嫌弃他，总是一招一式地认真教他。几位师兄弟见牛三为人忠厚，待人热情，也乐意帮助他。牛三学艺很刻苦，常常练到半夜才休息，天不明又爬起来练习拳脚。

这夜，几位师兄弟早早睡去了，可是牛三还在院门外的习武场上独自练功。忽然飞来一道黑影，对牛三进行突袭。牛三被那人三拳两脚就打翻在地，那人拔出钢刀，刚要下手，李居仙闻声赶来，一个“空中连环腿”将那人踢翻制服。经审问，原来他是胡财主的儿子花钱雇请的杀手。李居仙笑道：“就凭你这三脚猫的功夫，还配谋这营生？饶你这一次，快滚！”

那人走后，牛三一脸羞愧，说：“我真笨，学艺半年，在人家手里还一招不抵，真给师父丢脸！”师父没有责怪他，说：“不怕无能，就怕无恒。别着急，慢慢来。”

谁知几天后，衮州府的两个公差来到小李庄，说是胡财主的儿子把牛三告了，非要把牛三锁去抵命不可。牛三怕连累师父，甘愿随公差前去。不料师父这时拿着一把花生米走过来，边吃边对公差说：“带走徒弟，岂不黑了我的面子？打狗还得看主人。”说着，李居仙瞟了眼三十步开外的两只公鸡，抖手打出两粒花生米。只听“啪”“啪”两声，两只公鸡立时被打得脑浆迸裂，扑扇几下翅膀，一命呜呼了。

公差大惊，忙说自己是奉命行事。李居仙让人拿出三包银子送给两位公差，冷冰冰地说：“你俩各得一包，另一包转交给你们老爷。我向来是先礼后兵，把脸面看得比命大；谁黑我的脸，等于要了我的命，莫怪我舍命陪君子！”

两个公差走后，从此没有再来。牛三学艺更加刻苦，怎奈手笨、脚笨、身子笨、脑子笨，七十二路八卦阴阳掌，学练一年有余，才仅仅学会一路。李居仙微笑着说：“笨三呀，一年学一路，恐怕我这辈儿连一套拳也教不完喽。干脆你去买唐僧肉，咱俩一人吃一块，长生不老，慢教慢学。”

牛三脸儿一红，说：“都怪俺笨，连累师父陪我受罪。不知哪年哪月才能赶上师父的武艺。”

李居仙轻轻地摇着头：“就算你是最聪明的徒弟，也很难超过师父的。师父总要留一手的。”

长话短说。一天傍晚，电闪雷鸣，风雨交加，师兄弟们早就收功避雨去了，唯有牛三一人光着脊背仍在习武场上，一招一式地练习着八卦阴阳掌。忽听“轰隆”一声，随着一道闪电，一个响雷在习武场上炸响，牛三惊叫一声，直挺挺地倒下去。大师兄平素与牛三关系最好，他听到叫声冒雨蹿出，把牛三背回屋中。

师父闻讯赶来，见牛三双眼紧闭，牙关紧咬，双手紧握，不省人事。师父按了按他的脉搏，还好，时弱时强地跳动着。李居仙伤心地落下泪来，“牛三人老实，心眼好，就是命苦，这么巧让雷电劈中，多灾多难呵！”

一连三天三夜，牛三昏迷不醒，大师兄撬开他的嘴巴，硬灌一些稀粥。师父担心他会永远躺下去，成为植物人。

第四天上午，李居仙刚要派人去请郎中，忽听门丁禀报，有个武士打扮的陌生人求见。李居仙走出院门，见来人身材魁梧，虎背熊腰，乃是独霸江南的一流高手郝飞雄。二十年前，郝飞雄练就金钟罩铁布衫，曾与李居仙争夺霸主地位；怎奈李居仙“隔豆打石”的祖传绝技甚是了得，一掌打得郝飞雄吐血七日，险些丧命。

李居仙知其来者不善，上前拱手招呼道："郝大侠别来无恙？"

郝飞雄淡然一笑："托你一掌洪福，我决计投奔月空道长，二十年方才练就金刚如意功。今日登门拜访，自然要再次领教李大侠的神掌。"

李居仙暗暗吃惊：月空道长作为一代武林泰斗，已归隐深山五十余载，郝飞雄竟然找到了他并得其真传，难料今日鹿死谁手。既然对方登门"领教"，只好拼死一搏。

郝飞雄骑马式站定，让李居仙先打三掌。李居仙上前也拉个骑马式站定，然后双掌按在郝飞雄的肚皮上运气发功，一股股强大的内力逼向对方的五脏六腑。

这时，四周围拢来不少人，弟子们为师父李居仙呐喊助威。

这是一场生死较量。因双方用力过大，双方的足部都陷进土中半尺有余。李居仙把"隔豆打石"的功力从八成逐步提升到九成十成，可惜用尽全部气力也奈何不了对方。李居仙一脸汗珠，脸色蜡黄，明显处于劣势。郝飞雄见时机已到，运足气力，身子向前猛然一倾，肚皮一腆，就听"哎哟"一声，李居仙支撑不住，双脚拔出，不由后退五六步远，一屁股坐在地上，"哇"的一声，喷出一股鲜血。

众弟子大吃一惊，连忙上前搀扶起师父。郝飞雄"嘿嘿"一阵冷笑："李大侠，来，再打两掌。"恰在这时，忽听有人大叫道："哪来的匹夫，敢在这里撒野？"

众人一看，这个大叫的人竟是"天下第一笨"的牛三。原来牛三刚才醒来后，起身踢腿伸胳膊转动腰肢，听得骨节"咯咯"发响，顿觉浑身上下气力无穷。忽闻院外人声嘈杂，牛三跑出一看，师父正与一个陌生人交手。这当儿，牛三上前一步对郝飞雄说："我师父前天偶感风寒，病体未愈，不宜交战，容我代他打你一掌！"

郝飞雄乜斜着眼睛瞥了一眼这个呆头呆脑的笨小子，心里觉得好笑，当即腆了腆肚子。李居仙怕伤了牛三，喝令牛三退下。牛三哪里肯听，跳过去不管三七二十一对着郝飞雄的肚子就是一掌。只听"轰"一声，郝飞雄一下被打飞二十几步远，"呱唧"摔在地上，趴俯着身子"哇哇"地直吐鲜血。牛三赶上前，再次扬起手掌。郝飞雄想起身招架，怎奈筋骨又酸又麻，一点气力也没有，只好绝望地闭目待毙。

看到对方绝望痛苦的表情，牛三扬起的手掌慢慢放下来，说："你走吧，永远不要再来！"郝飞雄挣扎着站起身子，刚要离开，就在他转过身子的一瞬间，一支袖箭打在他的后胸上，他回头恨恨地看了一眼李居仙，当即栽倒在地，一命呜呼了。

牛三扭头一看，袖箭是师父李居仙冷不防发出的，便说："冤家宜解不宜结。我答应饶他的，师父不该再放冷箭杀了他。"

李居仙嘴角浮出一丝冷笑，说："我不想和任何一个比我武艺高强的人同世而立。"

几位师兄弟惊喜地问牛三为何突然间有这么大功力，牛三摇头说："我不知道，只觉胸内热乎乎的，有股特大的气力一涌一涌的。"说着，牛三走到一尊石狮子跟前，轻轻提起它，像戏要绣球似的舞起来。接着，他用掌猛然一击，石狮子竟被击打得七零八落，就像铁锤砸泥胎似的。李居仙看得目瞪口呆，好一阵才猜测说："练功时你遭到雷劈，雷电很可能打开了你身上的任脉和督脉或别的特异功能，使你身上储存了雷电的巨大能量，功力陡增十几倍或上百倍。此类歪打正着的功法，也曾听人传说过。"

当天夜里，李居仙把牛三叫到客厅，微笑道："牛三，你大难不死，因祸得福，师父为你祝贺一下，赏你二斤猪头肉和一壶老酒。"

"多谢师父！"牛三接过猪头肉和一壶酒，乐哈哈走了。

回到自己的卧室，牛三忽然想起大师兄。大师兄多次在生活和练功上关照他，于是他悄悄叫来大师兄，要与大师兄分享师父的恩赐。

大师兄从来不在牛三面前拘谨，来到后兴奋地拿起师父赏的那壶酒，"咕咚咕咚"喝了几口。他刚要把酒壶递给牛三，忽觉腹内刀绞般疼痛，晃动着身躯说了句"有毒"，就一头栽在地上，鼻口流血，抽搐几下死了。

牛三万万想不到师父赏给他的是毒酒，真想立即去找师父，把话说个一清二楚。可是师父待他有天高地厚的救命之恩和教养之情，师父可以不仁，自己不能不义。趁着夜色，牛三悄悄把尸体背到庄北荒郊外掩埋了。望着大师兄的坟头，望着可恋又可恨的小李庄，牛三哭得鼻涕一把泪两行，几经犹豫最后还是把脚一跺，远走他乡了。

光阴匆匆，一晃就是几个月，到了春节。牛三千里迢迢赶到大师兄坟前，独自哭拜一番，烧了一捆草纸。他盼撞上师父，又怕撞上师父，心里彷徨而痛苦。这时，他忽然看到几百步以外还有一座新坟，走近一看，墓碑上刻着鲜红的几个大字："一代武学大师李居仙之墓"。牛三高叫一声"师父"，双膝跪倒在师父墓前，不由放声痛哭。

师父是怎么死的？牛三一打听才知，不久前月空道人找到小李庄为弟子郝飞雄复仇，在决斗中一掌打死了李居仙。李居仙断气前连连呼唤着牛三的名字，可惜牛三早已离开了小李庄。

一月后，小李庄的人们发现，李居仙的墓前不知是谁烧了一堆纸灰，还放了一颗人头。有心人细细辨认发现，那是月空道人的头颅。

讲述者： 齐运喜，男，66岁，大专学历，丰县退休教师

采录者： 齐运喜，男，66岁，大专学历，丰县退休教师

采录时间： 2020年10月15日

采录地点： 丰县县城

410

蒋翰林住店

清朝时候，丰县城西北二十五里有个党楼村，这村里出了个翰林叫蒋兆鲲。此人清正廉洁，谦虚待人，至今流传着他住店的佳话。

蒋翰林奉旨南巡，一日来到鲁南某县。为不惊动官府和黎民百姓，他扮成一个教书先生，带一随从和一匹白马，夜宿大道旁的一个客店里。店东见二位客人彬彬有礼，便热情相待，把他二人安排在干净的上房里，把白马拴在马棚下。

蒋翰林和随从刚刚睡倒，就听到店门外人声嘈杂，"嘁里咣当"闯进来一群人马，胡嚎乱叫着："店小二，快开房，我们县大老爷要住宿。""要上房，妈的，快些！"店东一见来了县令，慌得不知如何是好，作揖打躬，笑脸相迎："店小房舍孬，请老爷多多担待……"衙役叫着："快开上房！"店东说："上房里住着两位客人，我跟他们商量一下，请他们让给您……"衙役们骂道："妈的！商量什么，叫他们快滚！"蒋翰林和随从句句听得清清楚楚。他并没动怒，小声说道："起，咱让他们。"随从不满地说："咋的，你还怕个小小的县令？你的官是白做

的？咱就不挪，看他能怎的……”蒋翰林严肃地说：“不许放肆！”

店东带着歉意来和蒋翰林商量：“二位客人，很对不起。因县大老爷要住此店，请您住偏房如何？”蒋翰林笑眯眯地连连说“好”。随从一言不发，面带气色搬进了偏房。

“马咬架了，马咬架了！”有人喊道。原来县太爷的红马与蒋翰林的白马在马棚里因争食干了起来。县令一看：“这还了得，给我打！”县衙役们捞起拌草棍就打白马。蒋翰林的随从说：“你不讲理，为啥打俺的白马？”衙役们蛮横地说：“妈的！还想揍你呢。有老爷在此，这里就是公堂……你想怎样？”说着就要动手。蒋翰林忙上前劝道：“小事小事，别跟俺这个无知的人一般见识。”店东也赶来劝解，又挪了白马才算了事。蒋翰林的随从憋得像老牛喘气。

蒋翰林奉旨离京南巡，县令早就得信，岂敢怠慢。按预定时间出衙迎接，因没接到，暂住此店，明日再接。

蒋翰林的随从实在咽不下这口气，背着翰林偷偷地把皇帝赐给的一对翰林灯笼挂在了店门外。

县令没接着翰林，心神不定，走出店门散步，猛见店门外一对翰林灯笼高挂，不由大惊，忙问：“翰林何时进来的？现在哪里？”问谁谁也不知道。怪了！若不是翰林到此，哪来的翰林灯笼？叫来店东，店东也目瞪口呆。县令说：“灯笼挂在你店门，找不到挂灯人定拿你治罪！”店东害怕了，想来想去便想到偏房的二位客人。他悄悄叫来了蒋翰林的随从，问道：“门前的灯笼可是你挂的？”这随从见那打马的衙役在此，故意待理不理地说：“我这无知的小人怎知道？有县太爷在此，什么翰林敢进来呀？”他哼了一声，转身而去。店东听出话里有话，便对县令说：“偏房的老客定是翰林。”县令想想有理，于是亲自登门，跪拜道：“小小知县来迟，请翰林大人恕罪。”蒋翰林不由一惊：“你怎知我是翰林？”县令道：“您的灯笼挂在店门外了。”蒋翰林问随从，随从见瞒不过大人，就说出真情。县令吓得浑身筛糠似的，心中暗想：仅店内所为，也得吃不了兜着走，乌纱难保了。越想越怕，磕头如捣蒜，说道：“我是来请罪的，请大人高抬贵手……”蒋翰林说道：“起来吧。”随从说：“起来再打你的白马……”县令闻听，又再次跪倒说：“小的知罪，小的知罪……”蒋翰林见县令确有悔改之意，又想自己的巡查还没完成，因此不计个人得失，原谅了他。向他指出为民做主，清正廉洁，身为百姓父母官，绝不能欺压黎民百姓的道理。县令感恩不尽。蒋翰林住店的事一直被人们传颂。

讲述者： 王汝先，男，63岁，中师学历，丰县赵庄镇刘菜园村人

采录者： 张念柱，男，68岁，本科学历，丰县赵庄镇张老家村人，退休教师

采录时间： 2002年6月

采录地点： 丰县赵庄镇刘菜园村

附记

《蒋翰林住店》故事在20世纪70年代由齐运会讲述，丰县文化局干部邓贞兰采录，1987年入编《丰县民间文学三套集成》。（齐运喜）

411

李二捣

从前有一个姓李叫豆芽的人，从小会捣，又是行二，所以村民都叫他李二捣，没有叫他李豆芽的。他有多会捣呢？现在我把他流传在五段的两件事，说给你们听听。

有一年快要过阴历年了，他爹穿着皮袄烧锅，他娘在锅上头炸丸子。他进锅屋门就大嚷："好香的丸子！"他爹说："小孩子不要多说话。"因为过去人的思想很迷信，做年菜时怕小孩说出不吉利的话来。娘疼他，忙说："你等一会儿，等娘炸完丸子，圆右[1]过再给你吃。"李二捣只好站在那里，闻着香味馋得直淌口水。赶巧，一个火炭迸了出来，落在他爹的皮袄上。他问他爹："是多说话好，还是少说话好？"

他爹说："少说话好。"

停了一会儿，他看爹的皮袄着火啦，又问爹："是多说话好，还是少说话好？"

他爹一瞪眼："妈的！咋子哩？给你说几遍了，少说话好，你还一个劲地问个啥？"

李二捣见爹的皮袄烧个大窟窿啦，才大声说："爹！你不叫我多说话，我也得说啦：你的皮袄着火啦！"

有一次，李二捣出远门，钱花完啦，肚子饿得"咕咕"叫。他少气无力地来到一个集上，看到炸油条的正忙活。这家不光炸油条，还打着烧饼，馋得李二捣望着香喷喷的油条直咽口水。他眉头一皱就有了计，走到油条锅前："啧啧！啧啧！"炸油条的老板听到有人"啧啧"，忙问："先生！你没见过炸油条吗？"李二捣说："见是见过，就是你炸油条用油炸，太稀罕啦。"老板听他说炸油条不用油，马上站起身来，叫别人先炸着，一边递烟端茶，一边问："先生，不用油炸的法子你会不？"李二捣说："那当然，俺邻居就是个卖油条的嘛。"老板正嫌油贵，听李二捣说他会炸油条不用油，又忙着拿几个烧饼卷上油条递给李二捣，李二捣反而撑起架子不接。老板怕李二捣不教给他法子，硬向李二捣手里塞。李二捣装着很为难的样子，慢慢吃完几个烧饼卷油条。老板看李二捣吃完，又急忙问："先生，炸油条不用油，到底是个啥法？"李二捣慢吞吞地说："老板，法子嘛，也很简单。我光看俺邻居都是到街上去贩油条卖，这就是卖油条不用油的法子，老板不妨也试试。"老板气得干瞪眼，知道碰到个操蛋包，向李二捣一拱手说："多谢先生啦！"李二捣也一拱手说："老板，请啦，下年[2]来我再教你一手。"

讲述者： 刘一纯，男，78岁，高中学历，沛县五段中学教师

采录者： 朱迅翎，男，70岁，大专学历，沛县文化局退休干部

采录时间： 2020年9月1日

采录地点： 沛县五段村

[1] 圆右：沛县方言，即先拜拜天、拜拜地，说些吉利好听的话，请老天保佑全家平安。

[2] 下年：第二年。

附记

改革开放之前，农村文化生活十分缺乏。尤其是夏天的晚上，讲故事、侃大呱便是唯一的夜生活。故事讲述者刘一纯会讲故事出了名，每到夜幕降临，孩子们就自发到村头或场边大喊："刘爷爷，快来讲故事了，大家都在这等着你啦！"（朱迅翎）

412

智斗鬼不沾

清朝时，沛城北村有兄弟俩，好大和好二。爹娘死得早，好大没有考上状元，好二的媳妇就让丈夫给他分家。好二没法，只好给哥哥出主意，让他出外教学，自己在家里照顾大嫂、侄儿、侄女。

好大听了好二的话。王庄有个王成，外号"鬼不沾"。他有两个儿，便请了好大教学问，又在街坊四邻找了几个孩子做伴。讲下条件，每年三十两银子，走时要回答鬼不沾的三个问题，回答一题给十两，回答不出一两不给。好大觉得自己学问高，就同意了。

一年过去了，鬼不沾把好大喊来，算工钱。三十两银子摆在桌面，鬼不沾提出了问题："从天上到地下有多长？《西游记》有位燃灯道人一眨眼三千年，共眨几回眼？三国有个关二爷，他的闺女流落在哪里？"好大一个也答不上来，只好空着手回家。遇见前来接他的弟弟，就落下了泪。把经过一说，老二气愤地说："哥哥你别伤心，我去给你要账。"

过了正月十六，好二穿上哥哥的衣服，提上哥的书箱，找王成去了。王成见又来了个先生，便让他当教师。好二讲好价，每年六十两银子。鬼不沾心想，你一两也拿不走，就同意了，也讲好走时问他三个问题。

又是一年过去了。鬼不沾把钱拿来，摆在桌上，问："天上到地上有多长？""三万八千里路。"好二回答。"你咋知道？"鬼不沾问。"孙猴子去过。"好二回答。鬼不沾傻了眼。

又问："《西游记》里有个燃灯道人，一眨眼三千年，共眨几回眼？""三回九千年。"好二不慌不忙地回答。"你咋知道眨三回？"鬼不沾故意问。"那你说个对的。"好二问他。鬼不沾没法，又提了第三个："三国有个关二爷，你说他闺女流落在哪里？""流落在你家。"好二说。

"胡说！"鬼不沾气得吹胡子瞪眼。

"你堂屋正中敬着关二爷夫妻。人常说：'儿随父走，女随娘行。'她娘在你家，她自然也会跟到你家。"好二不急不忙地解释。

鬼不沾傻了，只好乖乖地把六十两银子给了好二。

讲述者： 曹庆田，男，81岁，小学学历，沛县龙西村农民

采录者： 朱迅翎，男，70岁，大专学历，沛县文化局退休干部

采录时间： 2020年8月28日

采录地点： 沛县龙西村

附记

好二的智慧故事传讲了几代人，至今仍在龙西村一带流传。2005年由朱迅翎进一步调查整理，入编《中国民间故事全书·江苏·沛县卷》（张甫文）。

413

巧斗狡财主

从前，有一个财主，万贯家产，猪羊满圈，骡马成群，红花老淤优质土地三十多顷，却是个大刁狡，为人不正气。想叫儿成龙、女成凤，可是连个教书先生也找不到。没办法，只得花大于人家几倍的工钱去聘请一个教书先生。

这天，请了一个有名的苗先生，叫伙计套上骡车，把先生的书籍行李一概拉来。到了财主家，财主对先生说："咱先把丑话说在前头：一年分四个季度给粮食，每一季度答一个问题，如答不上来，一个季度就白忙。"先生觉得自己学底深，有什么了不起的问题，保险有问必答。先生当时答应下来。财主叫佣人把三间东屋打扫干净，放上教桌，正式上课。初教反正是《百家姓》《三字经》《千字文》之类。转眼间到了第一季度，财主来找先生。粮食一粒不少叫人送去，财主开始问问题，答不上来一季度就白忙了。财主问："先生可曾看过《三国演义》？"先生说："别说看过，就是背都能背上来，可不知你问哪段。"财主说："刘备、关云长、张飞桃园三结义，那关公过五关，斩六将，夜走麦城，死于小卒之手，可他的闺女、儿子哪里去了？"本来《三国演义》这些事情就没有交代，先生

目瞪口呆，答不上来。财主说："答不上来，就算了。"先生想，只不过一季度，还有三个季度，总不能都答不上来。

转眼到了第二季度。财主又问："既然先生熟读三国，请问张飞他娘姓什么？"先生还是答不上来，照样二季度粮食扣下来。时间说来也快，又到第三季度，财主又来考先生："周瑜的爹叫什么？诸葛亮的爹叫什么？"先生照样答不上来。长话短说，第三季度粮食一粒未给。转眼到了农历腊月二十四，第四季度又到了，先生该回家祭灶了。财主皮笑肉不笑来找先生："一年忙到头，给我教育孩子操心费力，今天应该回家祭灶了。请问二十四祭灶、三十迎灶，当时六天时间，灶老爷上西天一来一回多少路程？"先生答不上来，忍气吞声，强压心头火。回到家中一头栽倒床上，想想白忙一年，心头实在难受。老二问哥哥怎么回事，先生起根拔梢[1]说了一遍。老二听了不觉哈哈大笑，说："明年我去。"

转眼间，过年初六，财主来请先生。先生说："我无能为力，老二学业比我强，叫老二去吧。"财主非常高兴，叫二先生把书籍行李搬上车拉走。老二说："不用了，只需带上行李。"财主说："不带书籍能行吗？"二先生大笑："言之差矣，我的文化不在书本，在我的肚子里。不然怎能叫满腹文章？"

到了财主家，财主对老二还像对老大一样的法子，回答四个问题，一季度答一个，答不上来，粮食扣下。老二点头同意。

其实，二先生一字不识，到学堂对学生说："今年把去年学的全部写下来，背下来，认下来。练练笔法，一遍不行，十遍、百遍、千遍、万遍。不听就挨板子。"

第一季度到了，财主就问起关公过五关，斩六将，败走麦城，死于小卒之手，他的儿子、闺女哪里去了？二先生大笑，要问关公闺女、儿子哪里去了，好说，就在你家里。财主一听，说："不对，几千年的事，怎么能在我家？"二先生说："请问，你后堂悬的是什么？""是南海观音老母。""好，这就对了，关公姓关，观世音也姓观，关云长死后，他把闺女、儿子交给观世音抚养。""不对，那是左金童，右玉女。"二先生大笑："那你说不是，请你给找找，关公的闺女、儿子在哪里？"财主无话答对："这……这……""不要这个那个的，给我把粮食送去。"

第二季度到了，财主又问第二个问题："张飞娘姓什么？"二先生可就接上话茬了："张飞乃是吴氏所生。""有何根据？""人常说，无事（吴氏）生非（飞）嘛。"财主无言可对，只得把粮食叫伙计给二先生送到家里。

第三季度，同样问周瑜、诸葛亮父亲叫什么。二先生笑道："周瑜临终时对天嘱告：'苍天啊，苍天。既生瑜，何生亮。'可见周瑜爹叫周既，诸葛亮的爹叫诸葛何了。"财主只弄得目瞪口呆，无法可想，只得叫伙计赶车送粮。

日月如梭，不知不觉，转眼到了第四季度。财主决定要在最后一个问题难倒二先生，专意请来几个秀才作陪，心里打着如意算盘，如真的说不上来，我叫你零碎吃石渣子打总屙砖头，没有你的好处。财主把二先生找来客厅，开腔道："有言在先，这一回答上来多加一石粮食，如答不上来的话，可别怪我不讲义气，你弄走的粮食都得给我弄回来。"二先生满脸赔笑："好吧。"财主开口问："二先生，这二十四祭灶，三十迎灶，灶老爷上西天，一来一回多远？"二先生大笑不止，说道："东家我问你，从你家赶淮头集有多远？""三十里，早走晚回一天能打来回。""好啊，一来一回六十里，从脚下量，六六就是三百六十里，量到三百六十里就是西天。"财主找不到字眼回答。二先生说："快扒粮食，我急等回家。""慢。"站起一个两腮无肉的秀才，"既来之，则安之。薄酒一盅，不成敬意，来来来，坐下叙话。"二先生心想不对，我须来个先发制人。二先生抱拳道："请问众位先生，可曾看过《五经外传》？"在座的你望我，我望你，谁也不懂。忽然间站起一人，抱拳当胸说道："久闻二先生大名，如同春雷贯耳，皓月当空，不想今日得见，此乃天幸也。你何不诵一曲，给我们助助兴。""好，既然愿意听，我只好献丑了。"即随口诌道，"园有瓜，场有麦，我送舅父上河北，水凫也。"无人听懂。其实老二说的是：园里瓜结，小麦上场，舅来接母亲，不能去，我只得送走。去时还能蹚水，可是回来河水猛涨，从水里凫来，所以

[1] 起根拔梢：指从头到尾。

凫也。

其二首曰："伸头鼠，缩头鼠，之乎者也，奄奄矣。"无人听懂。其实老二说的是：二先生在家中搓绳，打牛经，用稻草，上有稻粒。老鼠伸头想吃，可二先生脚一踩，鼠把爪子缩回去，跑了，吓得差点一命休也，所以奄矣。二先生说的"之乎者也"则是指留胡子的财主秀才。

二先生看着他们都被愚弄，不觉好笑，随又开腔道："我写一字，让你们见识见识。"说着，在桌上沾点酒水，写上"牛"字少一竖，在座无不惊奇万分，谁也不识此字。二先生说："如果不识此字，我就告辞了。装上粮食，快送我回家。"财主没法，只好送先生。财主转念一想：我如能问出此字，还能难别的先生，于是亲自送走。跟着走有数里，问道："二先生，你是否能教我此字？"二先生不慌不忙道："走吧，到我庄头，自然教你。""好，多谢先生指教。"说着，快马加鞭，骡车如飞，转眼之际，来到庄头。财主又问："二先生，马上到家，那到底是什么字呀？"二先生"哈哈"笑道："那是个'牛'字。""不对，'牛'字当中还有一竖。"二先生道："因它笨如牛，扭天别地，伤天害理，不在人伦，我把它的筋抽下来了，哪还有那一竖？"财主向来刁狡，这次被骂得狗血喷头，无地自容，吓得差点气死。二先生洋洋得意把粮食拉回家去。

讲述者： 吕希凡，男，82 岁，初中学历，睢宁县姚集镇原文化站干部

采录者： 张甫文，男，68 岁，大专学历，睢宁县委宣传部退休干部

采录时间： 2020 年 7 月

采录地点： 睢宁县姚集镇大街

附记

此故事原由睢宁县姚集乡陆庄村农民赵中民讲述，后由姚集乡文化站站长吕希凡采录，编入《睢宁县民间文学集成》一书。至今吕希凡仍能熟练讲述。（张甫文）

414

吴善人

清朝时候，沛县栖山老南门内路西有一个卖作料的货店，卖的是酱油、醋、咸菜等。年轻的店主叫吴新平，此人虽然资财甚微，但却老成忠厚，秉公好义。

吴新平店边不远，是栖山旧城南城壕。咸丰年间黄河决口时，冲成一条东西大河，把栖山分成南北两部。

栖山是沛县西南的一个大集镇，附近数十里的老百姓，每日都到栖山赶集。但是由于这条东西大河的阻隔，南来北往的人们上集，都要绕到村外好几里远的浅水处过来，很不方便。多年来，当地的官吏和周围的富户人家，从未有人提出在老南门大河上出钱建桥。

吴新平天天看到乡亲们赶集绕道很难，就想建桥方便百姓。但是他又想，建这座桥，至少要二千银圆。官府、商家富户都不管，自己一个小小的酱油店，虽然生意兴隆，每年也不过赚几十块银圆；而自己才二十多岁，还要积累点钱，好讨个老婆……建桥这笔款，真很难筹办。他白天忙着经营生意，夜间总是盘算着建桥。

有一天，他听人讲武训办义学的故事，深受启发。但他又不愿像武训那样乞求富人。于是他想：如果不讨老婆，自己省吃俭用，经过十年就可积蓄几百银圆；经过二十年、三十年，不是可以积蓄建桥所需的二千银圆了吗？于是他拿定了主意。二十年后，终于积蓄了二千银圆，出资建成了一座石桥。从此栖山老南门外大河南北的人们，来往赶集再也不绕路啦。因而当地人们把这座桥称为“吴公桥”，并称吴新平为“吴善人”。

石桥建成后，吴善人已倾家荡产了。加上年老体弱，生意也倒闭了，生活无着，只得沿街乞讨。这位老人，每天在吃饭的时候，走到人家门前，不喊不叫，人们一看是吴善人，总要拉到家里吃顿饭。就这么饥一顿、饱一顿，没过几年，便与世长辞了。后来一位清末的秀才李殿杰，为吴善人立了一个碑，并题诗一首：

栖山风景首吴桥，吴氏新平名不消。
积金建桥多仗义，克己安人饮一瓢。

讲述者： 张氏，女，90岁，沛县华佗医院退休职工
采录者： 张雅，女，56岁，大专学历，沛县自来水公司工会主席
采录时间： 2020年4月
采录地点： 沛县华佗医院

附记

此故事在1987年由魏以伦讲述，王茂清记录整理，原载《沛县民间文学三套集成》，2005年由朱迅翎进一步调查整理，入编《中国民间故事全书·江苏·沛县卷》。（张甫文）

415

张才能献策

这呱拉起来也长啦。还是这军头那军头军阀混战的时候，咱沿湖一带的人都投奔奉军褚玉璞去了。有的当了军长、师长、旅长、团长的，可阔啦。当官到底还是少数人，多数人还是当兵呗。在那个混乱年头，当兵的打到哪里抢到哪里，因为啥？没有军饷啊。当兵的也是人，都得吃饱肚子，还得养家糊口啊！这年褚玉璞带兵打进了天津，咱老乡中有个姓张的极有才能，就劝褚玉璞说："督办大人，咱也得立个章程，不然人家都会说咱是土匪。"褚玉璞一听火啦，手拍桌子大骂："咋啦！老子就是干的这行，谁敢笑话我？"姓张的也不赖，并不怕褚玉璞生气，忙说："请督办大人息怒，你听听我说的。如果对，听不听的在你啦；如我说得不对，你就枪毙我好啦。"褚玉璞说："别啰唆，你想说啥就说吧。"姓张的说："督办大人，你现在好几万人马，又是个督办，不能与过去相比，咱得正儿八经的才行，不能叫弟兄们抢啦，别叫外国人笑话咱，说咱是土匪队伍成不了气候。"褚玉璞一听也对，堂堂督办的兵，净抢人家，也不像话。他搔了搔头皮说："不抢也行，不过我不能叫弟兄们喝西北风跟我卖命吧！"姓张的说："督办大人，天津的富商富户多极啦，又是通商口岸，光关税收入就老鼻子啦。只要咱能治好安，叫他们能做生意，咱的军饷、军装、枪炮、子弹都能解决。"褚玉璞听了乐开了花，拍拍张的肩膀说："你咋子不早说，快回去写个章程来，咱商量商量。"那个姓张的回去，连夜赶写章程，第二天拿到褚玉璞的行辕。褚玉璞早把军、师、团长召集来啦，当场叫姓张的念他写的章程，然后大家一条一条地定下来，定了三天才定完，反正都是军中的规矩。临散会，褚玉璞说："只要给咱解决了粮饷，谁要再抢人家，我就枪毙谁，别说我姓褚的不讲交情。"

后来，褚玉璞按姓张的计策，召集全天津的富商、富户等头面人物开会。褚玉璞非常客气地招待他们，并且当场枪毙几个从死囚里提出的犯人。褚玉璞说："这几个兄弟祸害地方，真对不起大家，明天再有人抢，您来报告给我……"褚玉璞说到这里，心想不行，叫人家来报告给我，也不成体统。他眼珠子一转说："报告给军法处长。"褚玉璞手一指姓张的说："大家不认识吧！这位就是军法处长兼师爷。"就这样姓张的凭这个就一下子由个闲员猛升个军法处长，真是"蒜臼子喝糊涂——猛一抖"。姓张的心里那个乐啊，就别提啦。

褚玉璞接着说："咱老褚的队伍，是打到哪里吃到哪里。有几个兄弟饿极啦，祸乱了地方，大家不都看见了，被我枪毙啦。你们总不能眼睁睁地看着，叫我老褚把弟兄们都枪毙完吧！当兵的也是人，都得填饱肚子。你们得给粮饷，我保证你们安全地做生意，咋样？大家愿意吗？"当然大家拍手赞成。

褚玉璞看大家赞成，说："叫军法处长说说。"

张处长将早准备好的一整套章程拿出来。这能是犟[1]的吗？俗话说，没有三把神沙，能敢倒反西岐？姓张的真是个大能人，他早把天津各区从前的老税收人员找来，把应缴纳的税款、杂项啦什么的都查清楚，当众一念，人人说对，就是这个数，我们愿拿。

后来，张处长又把各区的区长任命人选与褚玉璞商量好任命下达。张处长又说："海关区外国轮船来做生意

[1] 犟：指固执，不听劝导。

的多，收入大，必须派可靠的人员去。”褚玉璞就派了五段的李登臣（当时任团长）去任海关特别区的区长。这么一来，送银圆的汽车整天“闷闷”地叫，霎时间督办府的银圆堆成山。兵分三等，官按官阶领饷，当官的呢子制服、呢大衣、武装带、大皮鞋、金花银章一大片，甭提有多威风啦。当兵的也是一身新军装，每天出操，口令声震破天，走在街上刷刷叫，连天津租界里的外国人，也都竖着大拇指喊好。别的军头呢，还是在挨饿，都眼红啦。张宗昌有个军长叫毕庶澄，这个人也怪有名气：人家毕庶澄是受正规训练出来的军官，人家的一军人马都是正牌货，规矩可严啦。张宗昌下台后，没有军饷了，规矩再好也得挨饿，毕军长说啥都行，就是不准乱抢。这时就有人与毕军长出点子说：“褚玉璞坐镇天津可富啦，咱先投奔他解决暂时困难，等以后好了咱再想办法。”毕军长皱了皱眉头说：“褚玉璞算个啥玩意？”出点子的人劝毕军长：“现在就是这么个世道。俗话说，得势的狸猫欢如虎，落时的凤凰不如鸡。咱投奔他也是迫不得已呀！”毕军长想来想去没有办法，叹口气说：“那就依你的。不过，我和这些绿林大王从不打交道，派谁去？他们相信咱们？”出点子的人说：“听说褚玉璞那里有个姓张的，有本事有眼光，把褚玉璞的那伙土匪治得服服帖帖的。现在也正作正规训练，能通过他，保准成。”毕庶澄亲自与姓张的写封信，拜托他引荐，当天派专人送去。姓张的一看是大名鼎鼎的毕军长愿意投奔褚玉璞，托他引荐，不敢怠慢，忙去见褚玉璞。褚玉璞听完“嘿嘿”一笑，拍拍张处长说：“我的大处长哎！你咋糊涂啦？咱老褚是干的这一行。”勾勾手指，意思是老弯弯，是干土匪的。又继续说：“他姓毕的是从洋学堂出来的，他和咱不是一路，他肚里有墨水，鬼点子挺多。别来这一套，我可不上他的当！”张处长说：“督办大人，咱也不能小看咱自己。刘邦算个啥玩意，朱元璋又算个啥玩意，不都当上了皇帝了吗？督办大人，你要宰相肚里行开船才行，咱收毕庶澄就好像刘邦收韩信，打仗就用他，不用他就去了他。”说着用手一挥，意思是宰了他。褚玉璞想了半天，觉着也是理，就答应下来。后来毕庶澄接受了褚玉璞的编制，为褚玉璞打吴佩孚、攻南京出了很大的力。再后来革命军北伐，毕庶澄倡议脱离褚玉璞。这时褚玉璞回想起了张处长说过的话，翻脸不认人，他把毕庶澄枪毙于山东德州火车站。

讲述者：华兆胜，男，73岁，小学学历，五段乡农民

采录者：朱迅翎，男，70岁，大专学历，沛县文化局退休干部

采录时间：2019年10月8日

采录地点：沛县文化馆

416

白鼠案

新中国成立前，现贾汪区方圆十几里隶属山东滕县管辖。为什么这一带越峄县之“飞地”属滕县呢？源于一桩“白鼠案”。

清朝雍正年间，贾汪这一带为江苏铜山县、山东滕县和峄县三县三角地带，三县均不管的荒僻之地。一天早晨，在岗子村北一路旁，人们发现一农夫被害，其后脖颈被砍多半，头向前耷拉着，腰弓着，手握着钹刀把柄，钹刀卡在其脖上，血尽而亡。但奇怪的是尸僵立而不倒。案发后，上司便召集三县县令到此破案——因是三县皆不管，所以上司便要三县都来破案——言称：“破其案得其地也。”三县接令后纷纷赶往案发点。峄县县令先来到，仔细验查现场后，认为是他杀。紧接着铜山县县令带着三班衙役赶到现场，验明正身，细思虑、徘徊踱步，自言自语曰：“他杀，凶器为死者身上钹刀，难道是杀人后伪造现场逃走了；自杀，为何大清早来到荒野之地，且身边还带着吃食和绳子呢？”感到案情蹊跷。正当两位县令束手无策之际，滕县县令也带三班衙役赶到。因为滕县离此地较远，所以来得晚些。铜山、峄县县令向滕县县令介绍完现场和情况后，滕县县令说：“依二位大人看来，此案如何了结呢？”铜山、峄县县令说：“依我们看此案非常稀奇，无法搞清，不如把死者就地掩埋算了，不知大人意见如何？”滕县县令说：“这样虽好，但不好向上司和百姓交待呀！你我三人吃罪不起。待我再查查现场，有无蛛丝马迹。”滕县县令围着僵尸周围左看右看，发现僵尸旁有一座坟墓，坟上有一个鲜窟，便命令衙役扒窟。衙役正扒着，突然从窟里跳出一只白鼠，白得无一杂毛。滕县县令见这只老鼠，沉思一会说：“了结了，了结了，原来是它杀。”铜、峄两位县令问：“大人何以见得？”滕县县令说：“二位大人，这农夫早上去西湖割杂草，路经此地，看见这只白鼠。大家知道，它是令人厌恶的，俗话说：老鼠过街，人人喊打。这农夫忙用钹刀去捣，不料用力过猛，刀刃正砍其后颈而死亡，误杀也。”滕县县令语毕，立尸“扑通”倒地。铜、峄县令忙说：“大人明断，大人明断。”贾汪遂得越峄县，距滕县府二百三十里之“飞地”。

讲述者： 许洪武，男，77岁，大学学历，贾汪区文教局退休干部

采录者： 韩圣师，男，58岁，大专学历，贾汪中等专业学校教师

采录时间： 2020年5月

采录地点： 贾汪区文教局

417

改一字救一命

很久以前，柳泉乡周山头村有一个大财主叫周毛浩，是个横行乡里的老色鬼。一见漂亮的女人，就像苍蝇见了血——叮着不肯离去。

一天，他到乡下收租，见王三的妻子眉清目秀，就起了歹心，恬不知耻地当场用污言秽语调戏她。王三妻子为守贞节左闪右躲，就是不从。周毛浩色胆包天，竟上前侮辱，急得王三妻连忙高声呼救。正在危急之时，王三从田里收工回来了。他一见这个情景，不禁勃然大怒，就扭住周毛浩厮打起来。周毛浩从小学过拳术，又有几分蛮力；一经交手，王三反被他掀在地下，打得眼青鼻肿，口吐鲜血。王三妻眼见丈夫快被打死，心如油煎，忽见墙角有把柴刀，随手拿起，咬紧牙关，朝周毛浩后脑袋狠狠劈去。“啪”一声，周毛浩脑浆四溅，扑地而死。

这一来，倒反把王三夫妻俩吓得魂飞魄散。事发后的当天下午，王三夫妻俩就以“杀人”的罪名被绑到县里。

柳泉乡的人平时对周毛浩恨之入骨，觉得这一来倒给地方上除了一害。但杀人是要偿命的，估计王三夫妻将会家破人亡，都为他们着急，可是无法帮助。凑巧，这天县里的师爷路过柳泉乡，大家就把周毛浩的为人及此案的经过一五一十地告诉了他，求他主持公道。

师爷马上表示尽力而为。回衙之后，就将那个案卷拿到房里细看。他见卷上的记录倒还如实，可后面的结论是：“王三妻见丈夫被周毛浩打得头破血流，一时性起，就用柴刀劈死了周毛浩。”看到这里，觉得此事相当棘手。怎么办呢？他捋着三绺长须，踱着方步，摇头晃脑地苦苦思索起来。忽然心头一亮，欣喜若狂忙关上房门，拿起毛笔来将“用柴刀劈死”的“用”字轻轻一勾，改成“甩”字。这个“甩”字，是“掼”的意思。“用刀劈死”是故意杀人，要一命抵一命；可“甩刀”就不一定致对方死命，只是甩得巧，失手劈死，何况前面还有周毛浩入室强奸和王三有生命危险的情节。所以，这一字之改，就将王三妻的故意杀人罪降为误伤致死的过失罪了。

审判结果，王三无罪释放，王三妻仅判了一年徒刑。柳泉人听了，个个称赞师爷的聪明。

讲述者：韩盛敏，男，78 岁，高中学历，贾汪区青山泉村农民

采录者：韩圣师，男，58 岁，大专学历，贾汪中等专业学校教师

采录时间：2020 年 5 月

采录地点：贾汪区文教局

418

铁耙耙和尚

贾汪区位于徐州城东部，这里有座石头山，山下有个大洞，人们自然称此山叫“洞山”。

这个洞的洞口有多大呢？能走马，能过车。一条十五丈长的大隧道，一直通到山中间的天井大院。院内有五间大屋一口井，四周全是一錾到底的石墙石壁，是乾隆年间开凿成的一个“洞中佛堂”。提起这个“洞中佛堂”，这里流传着一个叫人伤心流泪的故事。

乾隆皇帝有个外甥，吃喝嫖赌，无恶不作，人们背地里都骂他是个头上长疮、脚底流脓——烂透气儿的坏家伙！由于他在京城做的坏事太多，民愤极大，实在待不下去了，才在乾隆的庇护下，带着他的心腹打手，来到徐州削发为僧。

当时，徐州有七十二庵八大寺，个个香火旺盛，座座雄伟壮观。这家伙来到徐州不入寺院，偏偏在离城十里的石头山上建了一座庙，他自己当上了住持和尚。

俗话说：“狗改不了吃屎。”这个浪荡哥儿虽然当了和尚，却淫心不死。有一天，他假传佛旨说：“徐州即将大难临头，家家要绝嗣断后。佛爷要我等在山中建造佛堂，迎接送子娘娘，为百姓免灾消难。”就这样，他依仗权势到处搜刮钱粮。不多久，一座富丽堂皇的山中佛堂就修建成了。

山中佛堂里香火一燃，送子娘娘降临洞山的消息就传遍徐州八县。许多求子心切的妇女都风尘仆仆地来到洞山烧香许愿，盼望求得一男半女顶门立户。哪想到她们走进佛堂真好比下到地狱一般，一个个全都被那些害人的和尚给糟蹋了。

墙糊千层也透风。洞山和尚做的坏事渐渐地传了出去，受害的人们纷纷告到徐州八县的衙门。这些县太爷知道洞山和尚不好惹，一齐把案子报到了徐州府。

徐州知府姓彭，因为他为人清正耿直，大家都叫他彭青天。彭知府听到洞山和尚伤天害理，无法无天，心里十分气愤。但自知官小难办，只好查明真情实况，上奏乾隆皇帝。

乾隆皇帝看了奏本，一言没发就放到了一边，压了下来。不久，乾隆皇帝下江南路过徐州，住在云龙山下的行宫里。这一天，他闲着无事，便召徐州知府前来查问民情。

彭知府来到行宫，乾隆问：“近来徐州民情如何？”

彭知府早有准备，立即回答：“托万岁洪福，徐州诸事皆好，只有一件……”

乾隆看出彭知府有难言之处，皱皱眉头说道：“恕你无罪，如实说来！”

彭知府正言答道：“洞山和尚胆大妄为，伤害民女，乞求万岁将他正法！”

乾隆一听，想起了那些奏本，冷冷地说道：“此事朕已知道，鉴于他是个出家人，就罢啦！”彭知府猛然听到“罢啦”两字，本想再禀，可是耳朵里不断响着“罢啦……罢啦……”的声音，也就不敢再奏了。

乾隆走后，彭知府感到左右为难。想管，皇帝已经让我作罢；不管，又对不起受害的八县群众！他沉思多日，耳朵里整天“罢啦……罢啦……”的声音不绝。经过几天苦思冥想，终于想出了一条妙计：借皇帝之口，灭百姓之敌。主意一定，立即派人把洞山住持和尚“请”到了大堂。

和尚仗着皇帝撑腰，哪把这个知府放在眼里。当他听到知府讯问起洞山佛堂里的丑事，他毫不在乎地一一承认。

心想：我看你一个小小的知府，能把我这皇亲怎么样？知府不动声色，录好供词，便下令将这和尚押到洞山南面的一座小山上，命人用农民耙地的铁耙，耙死了这个作恶多端的住持和尚，为百姓除了一害。从此，这个原来无名小山便得了个“铁耙山”的名。

乾隆皇帝南巡回京，再次路过徐州，问起洞山和尚的事。彭知府立即回禀：“启禀万岁，洞山和尚的事已按圣上的旨意‘耙’了。”乾隆一听，连声说道：“罢了就好，罢了就好。”可是又一琢磨，不是滋味，便探身问道：“你是怎么罢的？”

知府早有所料，急忙从袖中抽出洞山和尚的供词，双手呈上说道：“遵照万岁旨意，用农家铁耙将他耙了。”

乾隆接过和尚的供词，两眼看着知府，这才忽然想起“罢”“耙”两同音字的区别，回过味儿来。心想：这个知府真厉害！他抓住我说的一个字音，杀了我一个亲外甥。本想给他治罪，又怕民心不服。再说，洞山和尚落此下场倒是罪有应得，也就无话可说了。

回到京城，乾隆常常对人说：“我初到徐州，说那里是‘穷山恶水，泼妇刁民’。二回再到徐州，才知道那里是大有能人啊！”

讲述者： 陈再红，男，70岁，大专学历，贾汪区城管局退休干部

采录者： 韩圣师，男，58岁，大专学历，贾汪中等专业学校教师

采录时间： 2020年6月

采录地点： 贾汪区城管局

419

刚直倔强的鲍爽

咱贾汪区汴塘镇半楼村早年有一户人家，主人姓鲍名爽，在朝为官，位居一品。此人生性刚直、倔强，敢于直言劝谏，皇上极为看重；不过也因此得罪了不少人。被他惩罚过的狐群狗党对他恨之入骨，却又无可奈何。

鲍爽由于年事已高，加上身体有病，便有告老还乡之意。他打算造一座庄院楼房，以便回家后安享天年。只因朝中事务繁重没空回家督建，就交给了一位官员前往监工。谁知奸臣胡进买通了监工，叫他比照金銮殿的样子来建造。工程浩大，鲍大人对这偷梁换柱之事一点不知。

再说奸臣胡进，眼看大殿即将完工，急写奏章，奏了鲍爽一本：“今有鲍爽，欺君罔上，早有谋朝篡位之心，已在家中暗造金銮殿，比朝廷金銮殿还高三砖。特奏明圣上，派人查明。”鲍大人听罢，知道又是奸臣设计陷害，忙派心腹火速回家，将大殿上截速速拆除。等钦差赶到，只剩下半截楼框。

钦差回朝奏明圣上：“鲍爽并未盖成金銮殿，不过是半截楼框。”皇上一听，大怒：“大胆胡进，你诬陷大臣，该当死罪！”这胡进浑身如筛糠一般，心想：明明即将完

工，怎么又成了半截楼了呢？难道钦差与鲍爽有私？遂拿出金銮殿图样说道："启禀万岁，这宫殿虽未盖成，图样已被为臣得到，呈于万岁过目。"皇上一看，果然不错，也不容鲍爽申辩，立即押入天牢，还要株连九族。

鲍府老少听到风声，便将府中所有金银财宝统统投入花园井中，然后用土把井掩平，放一把火烧了鲍家宅院，随即往外乡逃难。偌大一片府宅顷刻成了遍地瓦砾，现在人称"百瓦滩"。因那半截楼房建造坚固，得以幸存。

讲述者： 陈再红，男，70 岁，大专学历，贾汪区城管局退休干部

采录者： 韩圣师，男，58 岁，大专学历，贾汪中等专业学校教师

采录时间： 2020 年 6 月

采录地点： 贾汪区城管局

流传地： 贾汪地区

420 厉静武智除匪害

为民除害

俺利国村知名人士厉静武，在清末民初时期是利国圩的圩董。胞兄弟五人，排行第五（亦说排行老三），里人及周围一带又称"五爷"。性情豪爽，仗义疏财，喜广交朋友，精通词讼，当时在利国周围一带颇有名气。在利国至今还传扬着五爷治李三的故事。

利国街有个"青皮"名叫李三，终日游手好闲，横眉竖眼，不务正业，整天腰插三角刀，一日三餐酗酒骂街。人见皆侧目，敢怒不敢言，更不敢动，生怕青皮动刀伤人。一日李三酒后大醉，有人戏弄道："李英雄，你谁都敢骂，不知你敢不敢骂五爷？"李三醉酒眯眼道："我在利国街谁都怕我，我谁都敢骂。别说他是五爷，他是六爷我也敢骂。"大话刚落，适巧五爷到此，李三真的破口大骂。厉五爷视其酒意，未予理睬，转身回家；随后命家人给李三送去小麦五斗，让其活命。半个月后，李三在东井崖十字路口，看见五爷又痛骂一顿。厉宽宏大量，又未理会；从口袋里掏出三块大洋给李，让其做个小生意，并嘱其不可

滥喝。不几天，李三钱光粮尽，又重蹈前辙。厉静武见朽木不可雕也，愤怒回家，遂写一纸状送至县衙。次日，数名捕手将李三绳捆索绑押进监牢，监牢对其不审不问，不打不骂，只给少许食物度命。月余，李三在牢中又吃掉身上的棉衣。后李母知其内情，率全家到厉家跪拜赔礼，厉佯装不知。在李三将要断命时，厉又写一信到县衙，将李三从牢中抬出。不久，李三羞愧而亡，里人赞赏厉静武为民除了一害。

讲情治匪

民国初年，一天，山东梁山县王某在铜山县境内，于光天化日之下抢劫，被捕入狱。按法律规定匪案应处极刑。在审讯中，人犯说他有同伴，系利国圩董厉静武。适巧厉静武在大堂陪审，便问："你见过厉静武吗？"犯人随答："我与他合伙作案多次，又是好友，岂能不认识他。"厉静武正色道："你认识我吗？"匪抬头答道："不认识，官爷。"厉静武破颜而笑说："我就是厉静武。"匪见状，连忙叩头，求其救命。县令责问："为何诬陷他人？"王答道："家有老母妻小，吃上顿无下顿，抢劫是被贫困所逼。知五爷广交朋友，与县台大人交往甚厚，故说假供，请五爷救命。"厉静武听之动情，与县令合议，改匪案为盗案，当堂重责四十大板而释放。王某为感激五爷大恩，表示今后一定悔改，决心当个良民。

讲述者： 王振军，男，72 岁，初中学历，铜山区利国镇利国村叮叮腔文艺团团长

采录者： 张甫文，男，68 岁，大专学历，睢宁县委宣传部退休干部

采录时间： 2020 年 5 月

采录地点： 铜山区利国镇利国村

附记

此故事原载 2000 年香港天马出版社出版的《利国村志》与 2018 年知识产权出版社出版、王振军与张甫文主编的《中国历史文化名村·江苏利国》。（张甫文）

421

庞五爷扔下杀牛刀

世上一直有人杀牛食肉，但也有立地成佛者。利国村的庞五爷就是其中一例。他真实的杀牛故事世代有序传讲。

故事发生在新中国成立前，军阀混战，民不聊生。地处古留城东门的利国驿，也是穷苦不堪。曾是青帮三十六友之一的庞五爷无奈之下，重操旧业，干起了宰老牛生意。本小利微，只雇佣一个小伙计，扯扯牛腿，基本上只能维持生活。

一天清早，庞五爷磨刀霍霍，准备营业。一般的屠户宰牛要几个男强汉协助，才能把牛放倒再开刀；五爷不然，从来不用助手。因他身体魁梧，技法独特，江湖人称“庞一刀”。五爷收拾停当，手持牛耳尖刀，喝令小伙计“牵牛”。小伙计答应一声，立即跑到后院牵出一头老母牛，还跟着一头小牛犊。五爷接过缰绳往牛脖上绕了两圈勒紧，以免牛狂叫；左手反手掐住牛鼻子，牛不能呼吸，也就无反抗之力。此时五爷左肋紧紧挟住牛脖子，左手向上掀牛头，牛失去重心，即将倒地。五爷操起右手，尖刀对准牛的前胸膛准备进刀之时，只听小牛犊“哞”的一声惨叫，四蹄跪到五爷面前。小牛两眼“唰唰”流泪，一副乞求的目光映入五爷眼帘。突如其来的情景，使五爷顿觉手足无措……定了定神，被眼前的惨状惊呆了。小牛竟能为母求情！平生第一次经历，从来也未听别人说过。五爷跺了跺脚，面对苍天，自言自语道：“牛通人性，此乃神牛也！也罢！永世不再做杀生的蠢事……”

他立即把宰牛刀扔到粪坑中，从此，开始农耕之路；村民们也在世代传讲庞五爷扔下屠刀立地成佛的故事。

讲述者： 王振军，男，72岁，初中学历，铜山区利国镇利国村叮叮腔文艺团团长

采录者： 张甫文，男，68岁，大专学历，睢宁县委宣传部退休干部

采录时间： 2020年5月

采录地点： 铜山区利国镇利国村

附记

此故事原载2000年香港天马出版社出版的《利国村志》与2018年知识产权出版社出版、王振军与张甫文主编的《中国历史文化名村·江苏利国》。（张甫文）

422

神剪

传说宋朝有个皇妃叫高妃，是一位邳州姑娘，老家在岠山后的高台子。她心灵手巧，学什么会什么，做什么像什么。爹娘又只有高妃这么一个闺女，一朵花，凡事都由着她的性子来，整天价围着闺女打转转。高妃想要朵花儿，爹娘就到山上去采花儿；高妃想要只鸟儿，爹娘又到林中去捕鸟儿。采来了花儿，捕来了鸟儿，高妃又要自己亲手去做一朵花，造一只鸟。做的花儿不艳，她不吃饭；造的鸟儿不叫，她不睡觉。高妃着了迷。

一天，门外来了一个卖花样子的老妈妈，吆喝着要花铰花，要鸟铰鸟，铰得不像不要钱。高妃听了，连忙跑出去看稀奇。只见那老妈妈左手捏着一张小纸片，右手执着一把亮剪刀，边铰边唱：能铰龙，能铰凤，能铰老鼠去打洞。能铰山，能铰水，能铰鸭子扁扁嘴。能铰兔，能铰鹅，能铰鲤鱼戏天河……

再看看那老妈妈铰出来的花儿，枝像枝，叶像叶，瓣像瓣，蕊像蕊，简直跟真花儿一样，惹得那蝴蝶直往上面扑。高妃看呆了，那老妈妈走到哪里，她就跟到哪里。天黑了，爹来叫她，她不回；娘来拉她，她不走。老妈妈说："乖孩子，你是要花还是要鸟，要什么我就给你铰什么，好吗？"

高妃摇摇头，说："老妈妈，俺一不要花，二不要鸟，只想跟你学铰花样子。"

老妈妈说："学这铰花手艺，人要有灵性。有的人一看就会，有的人一学就会，有的人打死也教不会呀！"

高妃又问道："这灵性到哪里去找呢？"

老妈妈回答："灵性从汗水中来。只要能吃苦，肯流汗，就会有灵性。"

"俺能吃苦，也愿流汗，您就收俺做徒弟吧！"高妃说着就往那老妈妈面前一跪喊"师傅"。爹娘见高妃铁心学艺，也向老妈妈求情。老妈妈点点头，当晚就把高妃带走了。这天是大年初五，高妃当时只有十三岁。

第二天清早起来，老妈妈交给高妃一副水桶，说："先到后花园里浇花去！"高妃暗想：俺是来学铰花的，不是来浇花的呀！

老妈妈好像看透了高妃的心思，又说："要学铰花，先得眼里有花。眼里有，心里才能有；心里有，手里才能有啊！"

高妃觉得这话有道理，便挑起水桶到后花园浇花去了。那花园可大了，里面什么花都有，数也数不清。春有桃花红似火，夏有荷花开满池；秋有丹桂飘香蕊，冬有蜡梅站雪地。高妃浇花，看花；看花，浇花。她整天价泡在花园里，闭上眼睛都能数得出这园里有多少种花，想得出那些花朵的样子，大的小的，红的白的，单瓣的还是复瓣的。从小寒到谷雨，共有二十四番花信，她也能说得清清楚楚。

走进园内满目花，出得园来浑身香。高妃挑了整整一年的水，浇了整整一年的花。可是，那老妈妈却从来不提教她铰花的事儿。

到了第二年的这一天，老妈妈又把高妃叫到跟前，说："明天就别浇花了，到河边去磨磨剪刀吧！三分手艺，七分家伙，铰花要有好剪刀啊！"说罢，她扔下一把剪刀又走了。

高妃捡起这剪刀一看，哎呀！张不开，合不拢，锈得像一块铁。那刃口又净是豁牙子，跟锯齿一样。用这样的剪刀，别说去铰花，就是铰指头也不会冒血汁！

高妃坐在小河边，又整整磨了一年剪刀。老茧布满了手，铁锈流满了河。剪刀磨亮了，刃口也锋利了。拿在手里照人影，吹刃能断头发丝。高妃高兴地拿着剪刀去找师傅来教她铰花。可师傅却说："乖孩子，你学徒期满了，今天可以出师了。这把剪刀就送给你作留念吧！"

高妃惊讶地说："师傅，俺跟您两年了，浇了一年花，磨了一年剪刀，您连一个花样子也没有教俺铰呀！"

师傅却笑了，说："那铰花的手艺，早就藏在你的心里头了。要不，我再送你一首铰花歌吧！"

花是那有心草，怎么铰怎么好。铰朵花，配只鸟，添枝加叶全靠巧。

高妃默默地将这首铰花歌记在心里，可她转眼再一看，师傅早不见影了，连那住过的房子，浇过的花园也不见了，只有手里攥着的那把剪刀，还在闪闪发光。原来，这老妈妈是何仙姑变的，她是专门下凡来传授剪纸手艺的。高妃学艺满师后，何仙姑也就不再露面了。

高妃回到家里。爹娘问她的手艺学得怎么样，高妃说："白搭两年时光，那老妈妈什么也没教，只送给俺这一把剪刀。"爹娘不相信，便找来一张纸让她去剪剪看。嗨！说来也真奇了，高妃把那剪刀拿在手里，想铰什么花，眼前就出现什么花的样子，铰什么像什么，简直神了！高妃成了邳州城里有名的"神剪"，姐妹们纷纷跑来拜她为师，学剪花样子。后来，朝廷知道了，硬把高妃召进皇宫里，以艺伴君。爹娘留不住，乡邻不敢拦。为了让姐妹们铰好花样子，高妃临走时将师傅送给她的那把剪刀留了下来。从此，这剪纸手艺便在邳州民间慢慢地传开了。

民间手艺人大都有祖师，木匠的祖师是鲁班，铁匠的祖师是老君，这剪纸艺人的祖师便是何仙姑。因为剪纸艺人大多是女的，所以祖师也是女的，还是八仙中唯一的女仙呢！邳州民间剪纸艺人还有一个不成文的规矩：大年初五不动剪。因为大年初五是何仙姑展艺收徒的日子，连神剪高妃都被祖师的绝技所折服，后人又怎好意思在这天挥剪献技呢？这也许是一种谦让的尊师传统吧！

讲述者： 李士云
采录者： 周伯之
采录时间： 1968 年春
采录地点： 睢宁县古邳镇岠山村

附记

本篇选自《中国民间故事全书·江苏·邳州卷》（知识产权出版社，2007 年 6 月版）。在此之前，曾被编入民间故事集《盘龙窝》（海南出版社，1996 年 1 月版）。讲述者说，这是山后农村闺女认师学剪纸手艺的一个老呱，在当地已传讲好几辈子了。（柏枝）

423

三媳妇当家

邳州大运河南岸有个李家庄，庄上有个李老太太，六十多岁了。李老太太早年丧夫，一个人带着三个孩子苦扒苦熬。现在三个儿子都大了，也都相跟着娶上了媳妇。李老太太眼看着是篱子掉梁——有笆（扒）头了，有心享享清福，把家交给儿媳妇们掌管。可是，大媳妇懒、二媳妇馋，把家交给她们掌管，老太太不放心。三媳妇是庄户人家闺女，能吃苦，会干活，又聪明伶俐会持家。老太太想把家交给三儿媳掌管，又怕大儿媳、二儿媳有意见，说她偏心眼。

这天，李老太把三房儿媳都叫跟前说："俺想要三样东西：一是纸包火，二是纸包风，三是天地万物包纸中。你们明天各自给俺买来，不许互相打听。"第二天，三个媳妇陆续回来了，大媳妇哭丧着脸，二媳妇噘着个嘴，只有三媳妇一脸欢喜。三人来到老婆婆跟前。大媳妇说："俺不知道什么'纸包火''纸包风'的，俺买不着。"二媳妇说："俺更买不着能包下天地万物那么大的纸。有钱买无市，婆婆，你这不是故意难为俺们的吗？"三媳妇拿过三样东西笑着对婆婆说："娘，这'纸包火'是灯笼，'纸包风'是扇子，这'天地万物包纸中'不就是书吗。"李老太接过三媳妇的三样东西说："你都买对了，正是这三样东西。"

过了几天，李老太又把三房儿媳都叫到跟前说："俺想吃千头菜，雪花菜，不用刀切自来菜；骨包肉，肉包骨，又细又长的青龙须。你们明天都回娘家给俺带来。快去准备，不许互相打听。"

第二天下傍晚，三个媳妇各自从娘家回来了。大媳妇背个大筐，二媳妇挎着个大篮子，往婆婆跟前一放齐说："你要的那几样，俺不知道是什么，反正这筐里鸡鸭鱼肉，样样都有，你随便挑吧。"老太太只说了句："庄户人家净吃这些，万贯家财也败光了！"三媳妇挎个小竹篮子，掀开上面的盖布，指着篮子里面的东西对婆婆说："娘，这'千头菜'是庄户人园子边种的'独扫帚'，一棵上面可真有千把个头。这是'雪花菜'，这白白的豆腐渣不就像雪花一样吗？'不用刀切自来菜'是豆芽菜。'骨包肉'是核桃。'肉包骨'是鲜桃。'又细又长的青龙须'，你看那南瓜秧拖得长长的，不像条青龙吗？那南瓜秧子上长出的细须，不正是'青龙须'吗？这些都是俺娘家自产的，不用花钱，吃了这些延年益寿。娘只要喜欢吃，我下次再给你置办。"老太太听了直点头，说"还是俺三媳妇聪明能干"。

转眼到了八月十五，明天就是婆婆的六十六大寿了。十六这天，妯娌仨来给婆婆拜寿。大儿媳妇拿来了一卷红罗、一匹绿绸，跪下给婆母拜寿说："婆婆今年六十六，爱穿红袄卷绿袖。"老太太脸一沉，没吭声。二儿媳左手拎条大鱼，右手拎块大肉，给婆婆拜寿说："婆婆今年六十六，喜吃大鱼和大肉。"婆婆眼一瞥，还是没吱声。三媳妇什么也没拿，笑眯眯跪下说："婆婆今年六十六，一辈子苦罪都受够。守寡持家不容易，多亏东庄王老六。明天把他接咱家，二老有福同享受。"婆婆听了，站起来一把抱住三儿媳妇说："我的儿，我的肉，还是你最知娘的心。从明天起，咱这个家就交给你来当。"

讲述者：卢秀英，68 岁，文盲

采录者：刘向侠

采录时间：　1978 年

采录地点：　邳县运河镇

附记

本篇选自《乡风》杂志 2008 年第一期。讲述者是采录者的母亲卢秀英，城镇居民，不识字。采录者说，这个故事是母亲在一个下雪天的夜晚，围着被坐在床上给他们姐弟俩讲的。讲到最后，母亲总会笑哈哈地问他们："这个三儿媳妇能吧？"她还用手拍着弟弟的头说："你长大了，也给我娶个这么能的媳妇行吗？"弟弟大声回答："行！"（向侠）

424

让先生推磨

从前有个先生在庄上教书，这个先生是从外庄请来的。有天，一个年轻母亲送孩子到学堂念书。不用说这个大嫂长得怪俏登[1]，先生一看中，就起了孬心了。他把那个学生母亲叫到自己住的屋里说："大嫂，你想不想叫你孩子上好学呢？"

大嫂就说了："先生，您看您说的，哪有当父母的不想叫自己孩子上好学的道理。孩子交给您了，往后，您还得高看着点。"

先生说："这事在咱手里好办。不过，我有一个要求，你今夜得来陪我一宿。"这个家伙还是个熊骚先生。

大嫂的脸"唰"一下红了。你想这事摆哪个妇女身上能不生气？不过呢，这位大嫂也怪有心眼，心里话：把你这个熊东西骗到俺家里，叫小孩他爹治治你。大嫂就说了："这地方是个乱人场，不宜做那种事体。正巧孩子他爹做生意没回来，我看你晚上到我家里去为好，我给你留门。"听这话，先生怪喜得慌，跟大热天吃凉西瓜一样恣。

[1]　俏登：方言，俊俏。

且说那位大嫂回到家中闷闷不乐，一个劲地哭。她男人说："有啥事大不了的，还值当哭？"媳妇就把私塾先生想好事的情况告诉了男人。这男人也怪有心眼，说："先生来了更好。来了以后，你就这样办。"他把自己的打算一五一十给媳妇交代清楚。

到了晚上，先生摸到大嫂家，一敲门，大嫂出来开门了。先生嬉皮笑脸进门来，大嫂反手把门闩插上。来到堂屋，先生一看，四个盘子一壶酒摆得样齐的，暗自高兴：嘻！今夜我算是走了桃花运了。大嫂说："我当你今晚不来了，把我等急死了，抓紧，坐下喝两盅吧。"先生也没客气，坐下就摸酒盅。

就在这个当口，外面有人敲门。"谁呀，黑天半夜敲门？"大嫂装模作样地问。

"还问谁，连我的声都不懂吗？快开门！"

大嫂说："先生，坏事了，俺那口子冒冒失失地来了。要知道你在这里，能给你拉倒吗？我看，你快躲一躲吧。"

听说她男人来了，先生的头皮猛一炸，打了个寒战，"我得走！"先生站起来就要跑。

大嫂说："他堵在大门口，我家院墙那么高，又没有梯子，又没有后门，你哪能跑开。依我看你先到俺磨屋躲一躲，等他睡着了，你把大门一开，走就是了。"先生一听她说的也是那么回事就答应了。出了堂屋门，转身进了磨屋。大嫂这才来给自己男人开门："吆，我当是谁来，这么晚了你不在外住店，往家摸干什么？"媳妇有意大声说话，其实是说给先生听的。男人没说什么，进到堂屋，一看桌上的摆设就假装生气地说："摆这么多菜，给谁吃的？这两天我不在家，你准是起了外心。"说着就端灯向磨屋去。媳妇赶忙把磨屋门拦住，不让男人进去。媳妇说："你不要多心，没有外人来，我刚想拾掇磨推点面，才把驴牵到磨屋里的。"

那男人说："既然拾掇好磨了，还不赶快套驴推磨。"

媳妇就进了磨屋，跟先生说："先生，不好办了，你还得给俺当驴推一会磨来。"

先生被逼得没有法子，不干不行，就套上磨推了。

那男的在外边说："过去这驴推磨都是小跑，今天怎么走得这么慢？这个熊东西，想挨揍了！再不走快，我就去找根条子揍。"

先生一听，就急跑一阵子；慢一点，男的又在外边吓唬。紧一阵、慢一阵，不大一会，先生累得上气不接下气，眼毛滴水，那男的才进堂屋去。

大嫂对先生说："他上堂屋去了，你还不趁空跑开！"先生听得这句话，急忙出了磨屋，开开门就跑了。过了几天，那位大嫂叫孩子捎信给那个先生，叫他再来家玩玩。

私塾先生气愤地说："什么叫我去玩的，八成你家的面吃完了，又叫我去推磨！"

讲述者： 杨忠业，1915年生，农民，会讲很多故事，人称故事大王
采录者： 杨权业
采录时间： 1987年4月7日
采录地点： 大许家九山村

附记

至今我们这地方，还有人开这个玩笑说："到我家玩吧。"对方说："你家的面吃完了吗？"（杨权业）

425

小大姐选女婿

从前，有个财主，叫侯财迷，六十多岁，只生了个女儿，起名叫称心。这个闺女长到十八岁，变得如花似玉，人人都想多看她几眼，方圆几十里来提亲的拥破门，花红彩礼硬往侯财迷家里送。财主和老伴见女儿是棵摇钱树，整天喜得合不拢嘴。可是，老两口心里乱盘算：一个女儿，许给谁家好呢？财主说："许给王家。王家送这么多礼来，肯定有钱。"老伴说："许给张家。你别看王家的礼多，你可知道张家的地多。""许给李家也比张家强。李家的儿子在县城当官，那有多威风！""不行！就得许给张家！""许给王家！"老两口争得脸红脖子粗，谁也不让谁。老伴气愤地说："老祖宗，别吵了，咱去问问女儿，看她愿意嫁给谁。"二人一齐来到女儿的阁楼上。财主说："孩子，这几天有好多家有钱的争着来给你提媒，那西大洼的王家有良田几百亩，是个合适的人家。"爹干咳了一声又说："县城里的李家是当官的，有财有势，我看也不错。"老伴把嘴一撇说："王家、李家都不合适，我看还是张家好，不但良田千顷，还就那么一个儿子。"老财主和老伴当着女儿的面吵得不可开交。女儿称心看看爹，又看看娘，娇滴滴地问："爹、娘，您二老的心是好的，可我一女不能嫁二男呀。"女儿的话一出口，财主和老伴心想：女儿说得对呀！那怎么办呢？称心眨了眨眼说："爹、娘，您二老也别争吵了，等到谁见了我的真身（裸体），我才嫁给谁。"这一下可把财主和老伴难住了。

第二天，称心把放牛娃二栓子叫来说："栓子哥，你给我买几缕花线来。"

随手给了栓子五文钱去街上买花线。这二栓子从小死了爹娘，穷得"叮当"响，十岁那年被侯财迷买来当长工，成天和称心在一起放牛拉牛尾巴，骑牛唱歌玩耍，很是要好。二栓子二十岁啦，长得个头不高不矮，四方脸，大眼睛，紫红脸膛两酒窝，称心更喜欢他憨厚老实，办事实实在在。今日听了爹娘的催婚话，心里早把二栓子选上了。

不大一会儿，二栓子买回花线，来到称心小姐的楼下。也不喊，也不上楼，心里想：我们小时候在一起玩得多自在，现在人家长成大小姐了，这几年从没说过话，怎么好意思上楼呢？这时，称心站在楼台上笑眯眯地向二栓子打招呼，叫他上楼送花线。二栓子双手捧着花线，哆哆嗦嗦地走上楼来一看，称心小姐在洗澡，全身上下脱得光溜溜的，可吓毁了！小姐走近二栓子，接过花线，悄声地说："栓子哥，别怕，你从现在起就是我的丈夫了。我已和爹娘说过，谁见了我的真身谁就是我的丈夫。咱俩早就有情意，你快下楼对我爹娘说已见我真身，求婚就是了。"

二栓子听后，好像在做梦，甭提有多欢喜了。可心里又想，我这么个穷孩子，哪里配得上富小姐呢？就说："称心妹，你有意许婚，可是我穷得分文没有，哪敢娶你为妻呢？"称心小姐笑笑说："我早就看中你了，而且我家什么都有，你还怕什么？"二栓子听后半信半疑，慌忙下楼来到前厅，见了侯财主两口说："我已见了小姐真身，她已许配给我了。"侯财主和老伴听罢，气得向后一仰全不省人事了。这时候，称心小姐穿得花花绿绿的跟来了，一见爹娘气成这个样，慌忙扶起爹娘。二栓子捶前胸推后心，好大一会儿侯财迷和老伴才"哼哼哎哎"地一前一后都缓过气来了。他们老泪直流，连声说："上了女儿的当了。"老嬷嬷一把鼻涕一把泪，哭得死去活来，老是说："无脸见人，死丫头还不快死。"称心小姐听后放开爹娘，红裙蒙面，假装碰头寻死。“熊丫头，又吓唬俺了。随你的便，依你就是了。”称心小姐放下红裙拉住二栓子，叫了声：“栓子哥。”二人肩并肩地到后院去了。

讲述者： 张宗礼，38 岁，初中学历，农民
采录者： 张宗银，吴桥乡文化站站长
采录时间： 1987 年 8 月 1 日
采录地点： 铜山县吴桥文化站

附记

本篇选自《中国民间故事全书·江苏·铜山卷》(知识产权出版社，2007 年 6 月版)。

426

三座坟

在伊庄乡王庙村南，有三座坟头。坟里边埋着三个大闺女。当地流传着关于这三个大闺女的故事。

嘉庆年间，从山东来个逃荒的蔡老头，带着三个闺女，在伊庄一带混穷。蔡老头会木工，替人家砍砍弄弄。三个闺女替人家洗洗浆浆、缝缝补补，换几文钱度日。大女儿叫秀花，有一手插花描云的本领；二女儿叫秀云，有一手剪裁的本领；三女儿叫秀芳，飞针走线会做衣裳。

不到三年，三位姑娘的本领出了名，远远近近的人都知道蔡家三姐妹心灵手巧，百里挑一；上门做衣服的男人妇女，上门求巧的闺女媳妇，天天不断。日子一长，攒了些钱，姐妹三人各做了一套新衣服。人靠衣裳马靠鞍，三姐妹当时标[1]起来，四邻八乡的人都夸蔡家姐妹长得俊。

这年六月里，徐州府都察院张布理的千金小姐出嫁，城内会裁缝的能工巧匠都被找到府里，为小姐做嫁衣。谁知小姐试穿了几件衣服，都觉着不合体，针脚也不齐；几条绣花裙子嫌绣得不鲜不艳，心里烦恼。张大人责怪裁缝

[1] 标：方言，俊俏。

没用心，还拷打几个当头的，这些裁缝暗暗叫苦。

这天，地方官来伊庄一带催粮纳税，听到蔡家三姐妹的事，便禀报都察院张大人。三姐妹被弄到城里，为张家小姐赶做嫁衣。

于是，大姐细心绣花，二姐仔细剪裁，三妹精工缝制，不到两天，衣裳做了一套，裙子绣成了一条。小姐一试穿，长短适宜，胖瘦得体，裙子花样新鲜，艳丽无比，站在镜前一照，心中大喜，忙问出自何人之手，丫鬟告知是新来的姐妹三人。

小姐要看看这姐妹三人是什么样，竟有如此手段，命丫鬟把姐妹三人唤来。秀花、秀云、秀芳三人来到小姐面前，小姐一见个个美貌，自觉不如。她们说了一会话，非常投机，并无贵贱之分。又叫她们做了几身衣裳，小姐赏了姐妹三人很多东西。

这小姐羡慕人家美貌手巧，便告诉了老夫人，老夫人又告诉了老爷。张布理年近四十，是个色鬼，一夜没能合眼，老想这姐妹三人的好事。

第二天，用过早饭，公事不问，就传姐妹三人到私室相见。一见面，张布理魂不守舍，周身酥麻。这秀芳年方十四五，不甚懂事，秀花、秀云姐妹俩都十七八岁了，已懂事，不觉心跳脸红，羞羞答答，这就更显得娇美俊俏。这老色鬼像雪狮子近火，浑身快化了。姐妹们心知不妙，都快吓死了。

晚上这姐妹三人托丫鬟拜见小姐，详详细细把老爷的一言一行都告诉了小姐。小姐恼怒，暗恨父亲不端。她说："从今天起，你们姐妹仨不要离开我的绣房，做衣绣花，出了事有我。"姐妹仨拜谢。从此，白天黑夜不离小姐闺房。张布理急得满肚子火，也没办法。

姐妹仨晚上就睡在门旁的凉亭里，风凉方便，又没有蚊子，很舒服。小姐睡在房里，炎热难熬，有时也出来到凉亭里凉快一会。

一天晚上，小姐被她娘叫去说话。张布理知道了，就来到凉亭，按倒秀花，就要强奸。秀花不允，两人在床上折腾起来。秀云急中生智，忙喊道："小姐回来了，小姐回来了！"张布理心慌，连忙跑了。

姐妹仨又羞又气哭成一团。光哭也不行，得生办法，结果想出法子了。

第二天，天特别热，秀花对小姐说："今晚一定热得慌，小姐和丫鬟在凉亭里休息纳凉吧，俺姐妹仨为小姐看守闺房。"小姐十分欢喜。秀花又拜见了老爷，跪倒赔礼，约请大人到凉亭相会。张布理喜得屁迻的，巴望天快点黑。

到了晚上，姐妹仨在小姐绣房里都换上了小姐的新衣裳，趁小姐丫鬟睡着，便走了出去，混过府门，到了徐州东关。把关的兵丁要盘查，秀花装作小姐，说："她俩是丫鬟，有事要出城，你等胆敢不开门，我就禀告老爷，叫你等吃消不了！"兵丁信以为真，便打开城门。姐妹仨出了城，慌不择路，急急忙忙向伊庄方向跑去。

再说张布理心中高兴，晚上特地喝了酒，酒烧心，心冒火，醉醺醺地往凉亭走去。月光下，远远看见三张凉席上睡着三人。张布理来到一张床前，躬下身子，扑到床上。小姐在梦中忽然惊醒，睁眼一看竟是自己的爹爹，又羞又气，又恼又怒，举起巴掌，"啪"的一声重重打在张布理的脸上。张布理紧紧地抱住，小姐大叫："爹你想干什么？"张布理一看，是自己的闺女，起身跑开了。两个丫鬟说："老爷连禽兽都不如！"小姐自思无脸见人，回到房中，不见姐妹仨，自知是三姐妹设的圈套。不过小姐知情达理，知她们是被爹逼迫造成的，爹是罪魁祸首，便哭了一会，取出一条白绫，上吊死啦！两个丫鬟连夜逃难去了。

这一来，都察院府闹成一锅粥。老夫人哭死在小姐尸旁。张布理装病睡在床上，又羞又恼，知是秀花姐妹定的计谋，暗派心腹人，带兵丁五百，赶赴伊庄一带搜查，捉拿蔡家三姐妹。如有人献出，重重有赏；有藏匿不报的，全家抄斩；有出头报告的，定有重赏。并令地方官协助查办。

再说姐妹仨连夜奔逃，天亮来到家，见着爹爹哭着把事情说了一遍。蔡木匠愤恨，咒骂张布理天打雷劈。过了三天，官府兵到伊庄一带搜查来了，蔡木匠忙把女儿藏在邻居家，不敢露面。

官兵各村各家挨门搜查，风声太紧，邻人不敢隐藏，蔡木匠就把女儿们送到伊庄后湖芦苇棵里。

这天，蔡木匠被官兵查出，勒逼他交出女儿。蔡木匠怒火万丈，跑到屋里拎出斧头，砍倒了两个兵丁，结果惨遭乱刀砍死。

兵困伊庄一带十天整，终究没有查到，只好收兵回徐州交令。

这一带人方才知道蔡木匠三个女儿是贞节烈女，人人称赞，但是谁也不知道姐妹仨躲在何处。后来有人到芦苇荡里，才发现仨姐妹都饿死在荡里一片高滩上。男女老少没有不伤心掉泪的。人们成群结队去看，一人一把土，把秀花姐妹仨埋在原处。

湖水干了，三座坟前，走成大路。从此以后，从坟前走过的人，都要抓把土撒在坟上，土越撒越多，坟越筑越高。

几百年来，三座坟的故事就传下来了。

讲述者： 李飞，28 岁，铜山县伊庄乡文化站工作人员
采录者： 李丙炎，42 岁，伊庄乡文化站站长
采录时间： 1987 年 5 月 2 日
采录地点： 铜山县伊庄乡文化站内

附记

本篇选自《中国民间故事全书·江苏·铜山卷》（知识产权出版社，2007 年 6 版）。

427

韩百轴

这个故事流传几百年了。说黄集有个憨子，却娶了个聪明的媳妇。一天，黄集街逢会，媳妇叫他去卖马，说："如买主不能给现钱，你就问他在哪住，姓啥叫啥。"

到了会上，憨子和一个叫韩百轴的人谈上了买卖。韩百轴早就听说憨子的媳妇聪明，存心想和她比比心眼，就对憨子说："赊三天的账怎么样？"憨子说："俺媳妇临来说的，要赊账，叫我问你姓啥叫啥，家住哪里。"

韩百轴随口说："我家住大水坑，姓西北风，二十五辆破车[1]是我的名。"说完暗自高兴：这一招看你个娘们家能猜到？

憨子回家一学，媳妇就说："此人家住韩家洼。过三天你到韩家洼找韩百轴要钱就行了。"

第三天，憨子按照媳妇说的去找，果然找到了韩百轴，要到了钱。韩百轴这一次真佩服了憨子的媳妇。但转念一想，这么精的媳妇寻个憨子太亏了，还得捉弄她一回。他给了憨子钱，又给了憨子一个烙馍，里面卷了一棵葱和一

[1] 二十五辆破车：每辆车有四根轴，二十五辆车故有百轴。

块肉，并对憨子说："到家把馍交给你媳妇，再说'聪明伶俐的一棵葱，眼前看个死肉丁'。"

憨子到家向媳妇一学，媳妇叹口气说："我走趟娘家辞辞路，回来干脆死了吧！"说完回娘家去了。

憨子慌了，又来找韩百轴说："俺媳妇叫你说得回娘家去，再也不愿意回来了。"韩百轴一听，心想坏了，开个玩笑拆散了人家夫妻，我得把她劝好才是。

韩百轴鞴上马，带了两个马鞍子，到憨子媳妇的娘家门口停住马。韩百轴就把这个马鞍子搁上，把那个马鞍子退掉；再把那个搁上，又把这个退掉，就这样摆弄了起来。

憨子的媳妇在院内看到了韩百轴，就说："您这位大哥怎么憨了呢？古人曾有'好马不鞴双鞍'之说，您忘了！"

韩百轴装作恍然大悟的样子说："原来是马鞴双鞍无好马，女嫁二夫不贤良呀！"说完扬长而去。憨子的媳妇这才醒悟到此人是来劝她的，于是又回到了婆家，安心过日子了。

讲述者： 姚杏，女，22岁，幼儿教师
采录者： 王瑶
采录时间： 1987年6月10日
采录地点： 铜山县朱楼村幼儿园

附记

本篇选自《中国民间故事全书·江苏·铜山卷》（知识产权出版社，2007年6月版）。

428

荞麦姑娘

在云台寺西边，有一条母猪河。这条河的两岸，盛长野荞麦。相传这荞麦是当年一位名叫荞麦的姑娘洒的眼泪所生的。

古时候，母猪河西南有座黄池山，山下住着一户人家。家中有个闺女，名叫荞麦，年方十八。这个姑娘生得非常美丽，又非常聪明。爹娘看她一天大上一天，便四下托人说亲，结果贪财把她嫁给了一个大傻瓜。这傻瓜虽有万贯家财，但他不会理财，荞麦姑娘过门后日子过得一天不如一天。最后，只好把唯一的一头牛牵到街上去卖。大傻瓜牵着牛，却不知牛价，去问荞麦姑娘。荞麦姑娘把手翻了两番，说道："吊一吊二吊三钱，七个九个十个圆。"大傻瓜学了好几遍，这才记在心里。

到了街上，围上一大群人。其中有一位秀才，一眼就看中了这头牛，于是问了价。大傻瓜按荞麦姑娘的吩咐，向秀才说明了价钱。秀才寻思了半天，说："这头牛我买定了，可我没带这么多的钱。我付钱一半，其余的你到我家去取，好吗？"大傻瓜先前不肯，到后来终究挣不过秀才，只好说道："牛，我让你牵走，那你得告诉俺你的尊

姓大名，贵府何处。”

秀才嬉皮笑脸地说：“你听着：我姓西北风，名叫通北京，家住太阳落村中，门前噼啪响，房后响叮叮，门东支镜子，门西大窟窿。”秀才说罢，把牛一牵就走了。

大傻瓜回家后，把卖牛的经过告诉了荞麦姑娘。可是，荞麦姑娘没费劲，便知道了秀才的下落了。过了两三天，荞麦姑娘告诉大傻瓜，说：“买咱牛的那个秀才，他姓寒（韩）名露（路），家住在西山村，门前有个爆竹店，房后有个铁匠炉，大门东面有个汪，大门西面有口井。”

傻瓜听后，便往秀才家去，不多时，来到秀才的家中。

秀才一见，感到吃惊：像你这个傻样，怎能猜出我的村与家和名与姓呢？于是，便问：“是谁叫你来的？”大傻瓜随口回道：“是俺妻子荞麦叫俺来的。”

秀才对荞麦姑娘慕名已久，只恨没个见面的机会。一听说是荞麦姑娘，便喜出望外，如数付了钱，另外还给了一棵双白葱、一朵花、一个大南瓜。傻瓜一见秀才不但付了钱，而且又给了这么多的礼物，他心里感到非常高兴。回到家中，忙把钱和礼物送到荞麦面前，说：“你看这牛叫俺卖准了吧。”荞麦姑娘看着这不平常的“礼物”，心中在想：葱、葱白、花与瓜，它们的含义是：一青二白一朵花，为何嫁给大傻瓜？想罢，她难受地落下了泪，包上一包“五谷杂粮”交给傻瓜说：“这是还给秀才的‘礼物’。”然后她就回娘家去了。

荞麦姑娘回到娘家后，把遭遇告诉了爹娘。爹娘虽贪财爱富，却胜不过疼爱女儿的心，因此就把荞麦姑娘留下了。

傻瓜得知妻子回娘家不来，心想：这与韩路一定有关。他便把荞麦姑娘交给的“五谷杂粮”包拿在手中，一路哭哭啼啼来到韩路家中。韩路一见这般情景，笑着说：“大傻瓜，我好生生的，谁叫你奔丧来了？”

大傻瓜粗声粗气地说：“什么奔丧不奔丧的，俺妻子叫你给要跑了。”韩路说：“怎么叫我给要跑了？”接着又说：“跑了和尚跑得了庙？你不能去她娘家找？”傻瓜说：“俺要是能叫她来，还来找你？”

韩路沉默了半天，对傻瓜说：“既然你来找我，我就得给你想个办法。只要你听我的话，必定没有错。”大傻瓜用心听着，韩路又小声地对他说：“你去找你妻子时，要骑在马上，手里拿着马鞍子，围绕着你丈母娘的宅子转，嘴里还得高喊着：‘好马不配双鞍子，烈女不嫁两夫君！’等你妻子一出门，你便大声呼喊：‘是俺妻子上马来，不是俺妻远走开。’”

大傻瓜把韩路的话牢牢记在心里，骑着韩路的马向丈母娘家走去。

丈母娘和闺女正拉闲话，突然听见外面有人在呼喊，忙跑出来看，却是女婿大傻瓜。这一看不要紧，却把丈母娘急坏了：如不让闺女去，又怕傻瓜闹不够。左思右想，最后还是逼着闺女上了马。

一路上，大傻瓜给荞麦姑娘牵着马，不多一时，来到家中。没几日，韩路多次前来调戏，百般刁难。天真善良的荞麦姑娘，哪受得了这个气，因此从家跑了出来，来到母猪河岸，从东岸哭到西岸，两岸泪洒满，到处都是惨。正是：

一声哭得鸟儿哑，一声哭得鱼不欢。

一声哭得黄叶落，一声哭来南飞雁。

她越哭越想哭，越哭心越酸，无心活在人世间。死与生，生与死，死死生生在纠缠。最后她终于投河而死。从此以后，这母猪河两岸便生了许多的野荞麦。

讲述者： 刘学承，45 岁，小学学历，农民
采录者： 刘学继
采录时间： 1987 年
采录地点： 邳县戴庄乡

附记

本篇选自《邳州民间故事传说》（江苏人民出版社，2015 年 3 月版）。

429

聪明的妻子

从前有一个人特别好喝酒，一天不喝酒就跟没魂似的。老伴实在看不下去了，就跟他说唠，叫他别再喝酒。可他却说："你呀，要想叫俺不喝酒也行，可是今后不许你提一个酒字。"老伴说行。这个妻子还真能，真的恁些天来没说一个酒字，可把他给憋毁了。说好了的，不说酒不喝酒的，他又不好硬喝。

这几天啊，酒鬼实在憋不住了，就约个酒友，到他家去找他喝酒。这天，他一吃过饭，就对他妻子说了："孩他娘，今天呀俺有事到东庄走走，要是有什么人来找我，你就跟他说俺不在家。"他刚走，还没走出庄，就有个老九到他家来找他了。"哟，老嫂子，大哥在家吗？""没搁家。他叔，有什么事吗？""唉，老嫂子呀，是这么回事，你看俺今天呀买了韭菜打了酒，俺想请他九月九到俺家去喝酒。"那老九说着话把手里的韭菜和酒举了举，意思是叫甭忘了。"放心吧，他叔，等会他来俺跟他说就是了。"

到了晚上，酒鬼回来了。一进门就问妻子："孩他娘，今儿个，有什么人找我吗？""有！""是谁呀？找俺有什么事？""是他二七[1]叔，手里提着扁菜[2]，还拎着一三五，他请你重阳节到他家去吃四五。"酒鬼一听妻子还没说一个"酒"（九）字，只好戒了酒。

讲述者：安学生，55 岁，文盲，农民
采录者：马继杰，30 岁，高中学历，村干部
采录时间：1987 年 3 月 23 日
采录地点：新沂县瓦窑乡瓦窑村

附记

本篇原载《中国民间故事全书·江苏·新沂卷》（知识产权出版社，2007 年 6 月版）。

异文：赵老九夸儿媳妇

李老九、张老九和赵老九住在邻近的三个庄子。三个老九都喜欢喝酒，经常在一起喝酒侃呱。一天，赵老九对李老九和张老九说道："我真算造化好，娶了个聪明、贤惠又会说话的好儿媳妇。因为我叫赵老九，她生怕我生气从来不说九。"

李老九和张老九对好点子，要亲自试试赵老九说的可是事实，也看看他的儿媳妇会不会说话。

一天，李老九和张老九各人手里都提着韭菜和一瓶酒来找赵老九。赵老九知道他们来找他，有意躲起来。正好赵老九儿媳妇在家缝衣服，一看来了长者，便赶紧放下手里针线活，迎到门口："请问二位长者尊姓？"

"我叫李老九，他叫张老九，特来请赵老九去喝酒。你爹回来就对他说，李老九和张老九左手提韭菜右手提了

[1] 二七：指九。下文一三五、四五都是九，即"酒"的谐音。
[2] 扁菜：韭菜。

一酒瓶，特来请赵老九你去喝酒。”李老九和张老九两人叽咕着，看你说不说九，然后二人躲在旁边偷听。张老九、李老九走后不多会，赵老九回来了。他儿媳妇连忙对他说：“李三三、张四五，左手提着扁扁菜，右手提着扁扁瓶，来请你喝一三五。”

李老九、张老九听后，很佩服地悄悄走啦。

讲述者： 李文金，男，84 岁，大专学历，睢宁县文联退休干部

采录者： 张甫文，男，68 岁，大专学历，睢宁县委宣传部退休干部

采录时间： 2020 年 7 月

采录地点： 睢宁县城

附记

此故事原由睢宁县庆安乡河西村农民、时年 83 岁的吴刘氏讲述，1987 年由时任庆安乡文化站站长吴允宝采集整理，并入编《睢宁县民间文学集成》。目前在庆安乡多地仍有讲述。（张甫文）

430

丑妻也是宝

从前，老沂河边小王庄上有个叫王凤的姑娘，生来丑陋，个头又矮，人都叫她王丑。姑娘不跟她要好，小伙子见了都捂鼻子。

王丑长到十八岁，父母四处张罗为她找婆家。但方圆十里八乡都跑遍了，媒人的脚都磨破了，也没一个小伙子要娶她的。

眼看王丑二十挂零还没有个主儿，父母愁，她自己也愁。有天夜里，王丑翻来覆去睡不着。她胡思乱想，倒想起东庄有个瞎子，年龄不过二十五六岁，身体强壮，孤身一人。那天，王丑从庄头路过，看到瞎子到河里提水，一下滑到水里。她也不顾什么男女授受不亲，救命要紧，三步两步跑到河边，鞋子没脱就下水将瞎子救了上来。瞎子到岸上吐了几口黄水，跪下对王丑说：“大姐心肠真好，多亏你救俺瞎人一命……”

想到这儿，王丑心头一动。俺长了二十多岁，从没有人说俺一个好字，这瞎哥倒说俺好，难道这就叫缘分？也罢，嫁个瞎子也好，省得有些人说长道短。

王丑越想越高兴，巴不得一下见到那个瞎子。半夜披

衣下床，到母亲床前，要母亲赶快托媒说亲，她要嫁给瞎子。

其实母亲也早有这个意思，只是对亲生闺女不好开口。今见女儿如此，正好顺水推舟，第二天就托媒人前去瞎子家说亲。媒人回话说瞎子同意，只等良辰吉日迎娶。

没过一月，王丑就过门了。她对瞎丈夫可好了，一天三顿饭端到嘴边，缝补浆洗整天不闲，从不厌烦。她还请医生给丈夫治眼；没钱抓药，她一路要饭，到沂蒙山采集一筐药草，一天几遍煎给丈夫喝。一筐药草喝完，瞎子的眼真的治好了。

王丑的瞎丈夫见到了光明，心里别提多高兴了。可王丑却难受起来，她担心自己的容貌会给丈夫带来不悦。于是，她对丈夫说："咱夫妻两人生活数月，你不知我是何面容。今日见到不嫌丑吗？"

"啊呀，贤妻，你当初不嫌俺瞎，还千辛万苦采药给俺治眼。你的心像太阳，哪一点是丑的？俺不但不嫌弃，还要把你当作宝贝！"

王丑被这话感动得不知再说什么才好，一下扑到丈夫怀中大哭一场。

打这以后，小两口恩恩爱爱、亲亲热热，几月之后，生下一个胖小子。邻居百家都夸瞎子命好，有福气，摊上个宝贝媳妇。

讲述者： 陆玉凡，61 岁，初中学历，农民
采录者： 朱乐峰，28 岁，高中学历，乡报道员
采录时间： 1986 年 12 月
采录地点： 新沂县纪集乡

附记

本篇原载《中国民间故事全书·江苏·新沂卷》（知识产权出版社，2007 年 6 月版）。

431

挑呱儿

有一天，两个老头在拉呱儿。这时过来了一个人，问那两个老头儿："大哥，恁在拉什么？"

内中有个穿大褂子的老头说："俺是在拉呱儿。俺拉呱儿跟旁人的不一样——人拉呱儿拉本，俺拉的呱儿扔在南墙根；生芽的生芽，鼓嘴的鼓嘴。恁要不要？要，就明天来挑！"

那人一听心里很不自在："俺不过是随便问一句闲话，就惹得你怪话唠什的——这呱儿还能挑吗？你这穿大褂子的说话也太憋人了！你叫俺要，俺就要，明天就来挑！"

到了晚上，那穿大褂子的老头可就愁开了。他的闺女一见他这样就问啦：

"爹，看你愁的什么？有什么事儿你就给俺说吧！"

他爹就把上半天的事给闺女讲了。他闺女一听就说："爹，你甭怕。明天你躲一躲，俺来对付他！"

第二天，那个人还真的挑着筐儿找上门儿来了："大哥搁家吗？"

"没搁家。""哪儿去啦？""到南山割露水去啦。""露水能上刀吗？""那呱儿能上挑儿吗？"

那个人一听就没话儿啦，就担着挑子灰溜溜地走啦。走到路上遇到个豁子[1]。豁子问："你搁哪儿的？"

"甭提啦，昨天一个老头叫俺上他家里去挑呱儿，今天一去倒叫他闺女给拾掇了一顿。"

豁子说："俺去看看，一个毛丫头能有这么大的能耐。搁哪儿？"那个人说："算了吧，俺好嘴好舌的都讲不过她，你能比俺强呵？！"豁子不信，他顺着门找去了。

"大哥搁家吗？""搁家啦！""怎不出来的？""套牲口耕粘锅啦！""不怕牲口在锅里拉屎吗？""不要紧，咱找纸儿把那豁屁门儿给堵上不就行了吗？"

豁子一听二话没讲，转脸就跑了。

豁子在路上遇到一个和尚，豁子就这般如此地跟和尚讲了一遍。那和尚一听，也不相信一个毛丫头说话能那样厉害，他也找上门儿啦。

"大哥搁家吗？""没搁家！""哪儿去啦？""到南湖去看驴跟牛抵[2]仗去啦！""那驴能抵过牛吗？""拼个秃头踹呗！"老和尚一听，二话没说，也转脸跑了。

讲述者： 张伶俐
采录者： 高振东
采录时间： 1987年10月
采录地点： 新沂市炮车二中

[1] 豁子：指唇裂的人。
[2] 抵：角斗。

432

巧女

以前，在俺古邳州有个贡生叫张言延。张言延有个闺女叫张巧，东临西舍都称她巧女。说来真巧，名字起得巧，人生得也巧，手长得更巧。说她人生得巧，还没有二八年纪，就像朵荷花似的，粉嘟嘟的，水灵灵的。照俺此地说大鼓的讲，那真叫人见不走，鸟见不飞，有闭月羞花之貌，沉鱼落雁之容。尤其是那两只巧手能刺会绣，能写善画，还会作诗打对，人人都说她是才女。

男大当婚，女大当嫁。巧女长到一十九岁那年出门子[3]了。人常说，"自古红颜多薄命"，可不是，巧女摊个男人叫李铭礼，是个憨子，还整天病蔫蔫的。那会儿呢，讲的是嫁鸡随鸡，嫁狗跟狗走。巧女从小就受过家规，三从四德她还能不知道？再难也没有法子呀！她除了一怨自己父母眼瞎，二怨自己命不好，每天却小心服侍憨男人。就这样子，男人在世上也没有多久，两年没到，他就走了[4]。

[3] 出门子：就是出嫁。
[4] 走了：死了。

屋漏偏遭连阴雨，行船又遇顶头风。人说祸不单行，这话一点也不假。憨男人刚走还没到“五七”[1]，婆婆又得痨病。巧女自认命硬，克死了男人，又把婆婆克出个残伪[2]了。有人劝重找[3]，跨道门槛，她硬是[4]不认，决心守节，奉养公婆。她老婆婆得了这个捞什子病[5]，一连卧床十八年。巧女代子职，从来不敢大意，小心服侍十八年。巧呢，一辈子没生没养，后来过继一个堂侄接续烟火[6]。直到光绪二十六年（1900），巧女六十六大寿，乡邻们都来给她拜寿，三村五庄的人们都来了。据说她还写了一本书，搁哪本书上还记着哩，叫什么《傲霜斋吟草》。里头有这样两句诗：“兰号国香同小草，菊如人淡亦记英。”什么意思，俺也说不清。人都说，这两句诗是写她自己一生守节行孝的。

讲述者： 刘全义，男，72 岁，初中学历，睢宁县古邳镇原文化站站长

采录者： 张甫文，男，68 岁，大专学历，睢宁县委宣传部退休干部

采录时间： 2020 年 5 月

采录地点： 睢宁县古邳镇文化站

附记

巧女的故事是中华人民共和国成立之前发生在睢宁县古邳镇的真人真事，曾以《孝女》为题刊登在古邳报刊上，被当地百姓一直有序传讲。20 世纪 80 年代由古邳小学教干姚金光采集整理，并入编《睢宁县民间文学三套集成》，后由古邳文化站站长刘全义传讲并进一步整理，编入《古邳镇志》等书籍。（张甫文）

[1] 五七：人死后，七天为一限，共三十五天，俗称五七。
[2] 残伪：难治的病。
[3] 重找：再重新嫁一个。
[4] 硬是：就是。
[5] 捞什子病：指缠身的病。
[6] 烟火：指后代根苗。

433

巧媳妇

（一）

从前有个地主，生了四个儿子，已经娶了三房儿媳妇，只有小四还没有定亲。老地主眼看着家业，觉得自己也老了，就想选个儿子持家。但是，三个儿子都差不多，三个儿媳妇也差不多，没有出色的，很难选。如果选中了儿子，儿媳妇不行也不管。所以，他坚信儿媳妇有主见也很重要。

后来，老地主想出了主意。这一天，老地主把三个儿媳妇都叫到他跟前，叫她们都到娘家过几天，回来的时候一人带一样东西。带什么东西呢？他叫大儿媳子带“捆不紧”的，叫二儿媳子带“脆不咸”的，叫三儿媳子带“吃不完”的。三个儿媳妇高高兴兴地到娘家去了。

三个儿媳妇走着走着，越想越不对。这三样东西一样也不好带，关键是不知道是什么东西，愁得她们三个苦着脸。到了三岔路口，她们仨要分开走了，都难为地坐在地上哭，不知道带什么，怎么回来见老公公呢？

正在她们三人哭得伤心的时候，忽然有个小大姐割草路过这里，很好奇地问她们因什么哭的。妯娌仨把前因说了一遍，小大姐笑笑说：“这还不好办吗？”妯娌仨止住哭声，跟盼到救星一样，就问喽：“你有怎么个好办法？”小大姐

说："你带一把伞，你带鸡蛋，你带鱼，不就行了吗？"

妯娌仨听了，觉得很有道理，千恩万谢，就回娘家去了。

几天以后，老公公见三个儿媳子都回来了，就问："我叫你们带的东西呢？"三个儿媳子把自己所带的东西分别送到老公公面前。老公公心里暗暗称奇，心想，这里可能有名堂，怎么这么巧，三个人突然都聪明起来了呢？按理说，有一人或两人按照我的意思办了，还差不多，决不能三人都想到我的心思。老地主就假装生气，急问喽："谁想到叫你们带这个东西给我的？"三个儿媳子一看老公公生气了，只好如实说明经过，并把错都推给了那个小大姐。老地主心里有数，如获至宝。随即吩咐三个儿媳去把那个小大姐一定要找回来。

后来，老地主做主，请人说媒，就把那个小大姐说给他四儿子了。老地主眼看着四儿媳子把家管理得有条不紊，全家人也都佩服她，心想我死了也能放心闭眼了。

谁知出事了。附近有一家大地主，知道这个老地主娶了一房巧媳妇，就想把巧媳妇抢来给他唯一的憨儿子，好为他当好家。大地主心想，就怕明抢不好，不如出难题给老地主，如果答不上来，就把巧媳妇让给他儿子。

有一天，大地主把老地主请去了。酒过三巡以后，大地主说出了他的主意。老地主怕大地主，就答应了。大地主就出题喽，叫老地主用斗来量他家后河里的水有多少斗。老地主难为死了，回到家唉声叹气，吃不香睡不甜。四儿媳子问他，他才说出了大地主的鬼主意。四儿媳很气愤，就说这好办。老地主就问："怎么好办？"四儿媳子说："你跟他要斗，如果他给的斗能一下量了的，就是一斗；能十下量了的，就是十斗。"老地主心想也对，就急忙到大地主那儿一说。大地主明知是巧媳妇的点子，就又出难题说："你回去找个公鸡的蛋给我。"老地主愁眉苦脸地回家了，心想，公鸡哪有下蛋的，这不明明是操[1]人的吗？

几天以后，大地主不见老地主去，心想，这下子难倒他了，就带人来抢巧媳妇了。大地主到了老地主家，顶头碰到巧媳妇，就问喽："你老公公呢？"

[1] 操：粗话，干，有意使坏。

巧媳妇说："俺老公公月地[2]了。"

大地主吓一跳，说："男人怎么养孩子？"

巧媳妇说："公鸡能下蛋，男人不能养孩子吗？"

大地主给堵住了，下不了台。又当场出难题："我在你家等着，你给我做一道从来没吃过的菜，如果我吃过了，我就得带人！"

巧媳妇想了想，说："这好办。"巧媳妇安排大地主一帮人在客厅喝茶，她去置办"从未吃过的菜"。置办好以后，请大地主上座。左邻右舍都来看热闹，看巧媳妇做什么样从来没吃过的菜。心想，那是大地主操你的，你不管做什么，他都说吃过了，还不是得带你走。大地主入了座，巧媳妇提来了一个大茶壶，口和盖用红纸封得严严实实的。巧媳妇说："这就是，请吃吧。但是不能揭红纸。"大地主说："管！"大地主的嘴对准茶壶嘴就使劲吸起来喽，吸了一大口到嘴以后，觉得不是味，又腥又骚又臭，吐不能吐，咽不能咽，起来就跑，边跑边打手势招呼手下人快跑。

从此，大地主再也不敢打巧媳妇的主意了。

讲述者： 汤培珠，男，73 岁，高中学历，睢宁县公安局退休干部

采录者： 张甫文，男，68 岁，大专学历，睢宁县委宣传部退休干部

采录时间： 2020 年 7 月

采录地点： 睢宁县城城东村部

附记

此故事在"文化大革命"前原由居住在睢宁县古邱镇后元村的 60 多岁老农民汤郑氏讲述，后传给女儿郑芬，又传给汤培珠等人。1982 年经汤培珠再次调查整理，编入《睢宁县民间故事三套集成》。（张甫文）

[2] 月地：坐月子。

434

巧媳妇

（二）

有个老头，两个儿。大儿子娶了媳妇，二儿子小，还没说妥。新媳妇进门后，第二天一早，起来做饭，就问老公公："大大，咱咋吃？"老公公从小上过几天私塾，说话阴阳怪气的："想拉大圈拉大圈，想拉小圈拉小圈。那还用问吗？"拉大圈是擀面条，拉小圈是烙单饼。儿媳妇解不透，不知咋做饭，难为得不行。晌午做饭又问啦："大大唻，咱咋吃？"老头说："想拍呱呱拍呱呱，想捣眼眼捣眼眼。"拍呱呱是拍饼子，捣眼眼是捏窝窝。儿媳妇解不透，又吃了老公公的白眼珠子。到天黑还得问："大大，晚饭咋做法？"老头气哼哼地："吃老鳖靠河沿，喝鲤鱼大穿沙。"老鳖靠河沿是贴锅饼，鲤鱼大穿沙是小米汤里拨疙瘩。儿媳妇又没解透。三顿饭做不成，把新媳妇难为得掉下泪来，还把老公公气得不行。

过了几天，儿媳妇要回娘家，就问老公公："大大，我住几天回来？"老头说："七八天。""您老人家说准，是七天还是八天？"老头说："也不是七天，也不是八天，就住七八天。临来给我捎两样东西：一样骨头包皮，一样皮包骨头。"

儿媳妇回到娘家，"妈啦"大哭。她妹妹就问喽："姐，你哭啥，婆家待你不好？"小媳妇说："老婆婆没了，摊个老公公，说话阴阳怪气，诗文诗曰，俺解不透……"把做饭的事，从头到尾说了一遍。她妹妹一听："唏，姐唻，你别说了，挨打受气，不怨人家！"小媳妇说："妹唻，你不知道，他还叫我给他捎什么皮包骨头、骨头包皮。谁家知道是啥稀罕物？"她妹妹说："这个还不容易？皮包骨头是红枣，骨头包皮是核桃。咱家园里多的是，临走捎点就行了。"她姐说："让我住七八天，又不是七天，又不是八天，谁知道是叫住几天？"妹妹说："唏，俺姐唻，那是半个月。"小媳妇一听，怪喜欢。在娘家住了半个月，临走挎了个篮子，上边是红枣，下边是核桃。老头一看，咦，都对啦，就问儿媳妇："这保险不是你的才情，是谁对你说的？"小媳妇瞒不住，只好说是她妹妹教她的。老头一听，说："回去吧，把你妹妹说给咱家小二吧。"小媳妇没法，走啦。回到娘家，妹妹问喽："姐，你昨天将[1]走的，今天咋又回来啦？"姐姐说："妹唻，姐对不起你。"姐就把老公公要娶她妹妹给小二的话说了一遍，末了说："我的个妹妹唻，我在那里难为得七死八活的，还能再把你往火坑里拖？"妹妹说："那怕啥？说就说！我倒要会会你的个古怪老公公。"

小媳妇回去一说，老头喜得不行。看了个好日子，把二儿媳妇娶家来啦。

这一天，老头领两个儿子砍谷去，临下地对两个儿媳妇说："晌午给俺爷仨送饭去。烧二面二的扯手汤，蒸绷嘴馍，调撅尾巴菜。送到白花地头，在响铃树下吃饭。"说罢，爷仨下地啦。

姐姐愁得不行，不知咋做法。妹妹笑啦："姐，好做。二面二的扯手汤是绿豆加小米，使面拌拌；绷嘴馍是菜角子，园里有的是韭菜，割来包一锅子就是喽；撅尾巴菜是咱腌的咸蒜薹，剁巴剁巴浇上香油一调就妥；咱谷地头有片棉花地，棉花地头有棵大杨树，白花地是棉花地，响铃树就是杨树，把饭送到那里就行了。"

[1] 将：刚。

姐姐一听怪喜欢，姊妹俩说话拉呱把饭做好，送到大杨树下。老头一看，嗯，差不离，一边吃饭一边点头："好个有才情的二儿媳妇！"夸得老二有点不好意思："大咪，你那是紧夸啥的？"老头一听恼啦，从腚底下抽出锹头把，劈头就要打。老二拔腿就跑，跑到家吓得不行。媳妇一听说："不要紧，你睡床上歇着去吧。"

不一会，老头掂着个镢头来啦："小二呢？"

"哟，咋着啦？"

"狗日的儿，他敢接我的话把！"

"噢，您二儿到家后拾旋风屁去啦！"

"胡说，旋风还有屁？"

"话还有把？"

老头一愣，没接上茬，更恼啦，非得要打小二不行。二儿媳妇递过一根擀面杖："你老人家一边吹笛子去吧。"

老头可气毁啦："擀面杖当笛吹，能透气？"

小媳妇说："要是透气的话，儿媳妇都出来求情啦，还求不下来？"

老头一听，傻眼啦，垂头耷脑往外走，到门口碰见巧嘴二大娘："哟，他大爷那是咋的？"

"唉，他二婶，咱现眼啦，叫二儿媳妇斗败啦。"

"咦，瓤达[1]会，反了她啦！我去会会她。不是吹牛，俺捂着半个嘴角子，也能斗败她！"

二大娘走进来，见二儿媳妇正在刷锅。锅屋是两间，外间支锅，里间喂头大雌牛。二大娘眼珠子一转，把半个嘴用手一捂："哟！他嫂，都说你干净利索，精气伶俐。这条雌牛一扭腚，不就尿锅里啦？"小媳妇见二大娘捂着半边嘴，就接口说："不要紧，二大娘，还捂着半个哩！"

二大娘一听，我的个亲娘咪，咱一张嘴就被她操啦！拔腿走了。

讲述者： 张亦贤，男，79岁，小学学历，沛县农民

采录者： 朱迅翎，男，71岁，大专学历，沛县文化局退休干部

采录时间： 2020年4月25日

采录地点： 沛县

[1] 瓤达：不大一会儿。

435

摔盆醒母

那年，俺庄上老陈家娶儿媳妇啦，新媳妇不但貌美漂亮，还知情达理，很有孝心。

二位新人拜堂之后，送入了洞房的第二天一早，新媳妇就早早起床打扫庭院。她忽然想起结婚前丈夫曾告诉她：家中父母健在，还有个奶奶。昨天拜堂时怎么未见到奶奶呢？她急忙向婆婆询问，婆婆却很不自然地向她撒谎道："奶奶在你很远的姑姑家，未能买到车票赶回来。"

一周后，从婆婆的言谈举止中，新媳妇好似看出点蹊跷，就主动向丈夫建议："咱俩在周末到姑姑家去看看奶奶吧！否则，人家会议论我这新媳妇过门不孝敬老人啊！"丈夫听了，无奈得很，害怕。他终于压低声音趴在新媳妇的耳朵上："那是我母亲骗你的话，奶奶没有远走，就住在后院小屋子里。"

"后院小屋，那不是你家养猪养牛、堆放饲料的地方吗？"新媳妇有些疑惑不解。

丈夫去上班了，婆婆也去到街上买菜了。新媳妇悄悄地来到后院堆放饲料的那间小房子，推开摇摇晃晃、几乎散了架的一扇破门，一股难闻的霉烂味、发酵饲料味扑鼻而来；小屋里乱七八糟的饲料发酵缸、喂猪桶、喂猪盆和饲料袋子塞得满满的，屋内蚊蝇到处"嗡嗡"乱飞。在一张断了腿又用烂砖头支起的小破床上，躺着一位面容枯黄又瘦的老太太。老太太的床头放着一只脏兮兮的又像古董似的破泥盆，破泥盆还裂开一条口子，那盆里盆外与放在地上的喂猪盆没啥两样。

老人的双眼紧闭着，可能是处于浅睡眠状态。新媳妇走近老人，小声问道："是奶奶吗？"老人发出少气没力的问话："谁呀？"

"奶奶，我是你新过门的孙媳妇。"

"哎呀，闺女，你快点走开，别在这里弄脏了你的身子。"

"奶奶，您可别这么说。都怪我们晚辈不孝顺，怎么能让您老住在这里呢！……"新媳妇亲眼目睹老太太居住场景，只说了两句话，不由得她的声音哽咽了，两眼湿润了。

老太太闻听此言，感动得一阵心酸，老泪不由得"啪嗒啪嗒"地滚落下来："孩子，你真是有教养啊！难得你有这么一片好心肠！想当初，老头子死得早，留下未满周岁的儿子，也就是你现在的老公爹，我辛辛苦苦地把他拉扯成人。后来，他在外边工作，一年到头很少回来这个家。谁知……"回忆往事，老太太越说越委屈，泣不成声，泪如泉涌。新媳妇立即给老奶奶捶捶腰背，让老奶奶稍歇一会。奶奶抹把眼泪，又喘口大气接着说："以前能动时，虽然天天受气挨骂，但厚着老脸还能勉强吃口干净饭。现在老了，浑身是病，只有躺在这里等死啦！"

新媳妇一边听着奶奶的哭诉，一边不停地擦抹着怜悯的泪水。抬头再次望见奶奶床头那只脏兮兮的吃饭用的破盆时，顿时想到智斗警醒婆婆一计。

"奶奶，这只破盆太脏了，把它摔掉算了！"

"这可使不得呀，要是你婆婆来看到了，我可又要惹大祸了。"

"没事，奶奶你放心，一切由我来承担——"

老太太望着破盆，眼泪不住地掉下，慢慢伸出一双枯瘦颤抖着的老手想保护那个破盆。新媳妇看出了老太太的心理，她迅速抬脚用力一踢，正巧破盆与墙基石头撞击，

“啪”的一声摔成了好几瓣。然后，转身离开了那间小屋。

中午，吃完午饭，新媳妇婆婆又收罗些残渣剩饭往后院走去，新媳妇悄悄地尾随婆婆之后。

当婆母推门一见那只饭盆摔成了几瓣，随即便滔滔不绝地吼叫起来：“你这个老不死的，真是活腻了吗？好好的一只吃饭盆，你怎么摔得粉碎了呢……”这时，新媳妇是看在眼里，气在心里，不由得把自己的嗓门提到最高：“妈妈，请你不要再责怪奶奶啦！这只盆我看到太脏了，是我摔的。”婆母愣住了，知道漏出破绽，憋青着脸，闷不作声。新媳妇然后又像父母教育孩子一样地耐心：“妈妈，我摔盆之后也很后悔，因为这只破盆可是咱老陈家的传家宝啊！等婆婆你活到奶奶这把年纪，我拿什么东西给你老盛饭呢？婆婆，我来到你陈家，怎样孝敬老人，我可得向你好好地学习啊……”

婆母越听越后悔，她的脸色青一阵子，紫一阵子。她从未想到刚进门的新儿媳妇会发现这事，更未想到新儿媳妇教育她的语言是这样的在理！她不得不迅速打断新媳妇的话语，非常惭愧地说：“孩子，你别再说了，都是我的错。我现在就将我的婆婆搬到堂屋，和我一起居住，从今以后，我一定对老人尽孝……”

而新媳妇也未想到，她那好似连珠炮一样的说教，如同灵丹妙药打动了婆婆的心，更未想到婆婆的思想是如此这样的转变迅速。她激动得一头扑到婆婆的怀里：“妈妈，我与你一起把奶奶架到堂屋住。”

讲述者： 李文金，男，84岁，大专学历，睢宁县文联退休干部

采录者： 张甫文，男，68岁，大专学历，睢宁县委宣传部退休干部

采录时间： 2020年7月

采录地点： 睢宁县城

附记

故事原型发生在睢宁县东北魏集镇，2005年在开展全国性非遗普查中，由时任睢宁县非遗普查办公室主任张甫文深入乡镇民间采编整理成文。2006年睢宁县电视台开设《大讲堂》栏目，张甫文又把此故事搬上电视银屏，经过播放多次，故在全县流传广泛。目前全县知其故事梗概者约有10万人。该故事不但在电台播放，而且又经二次创作在多家报刊发表。留存相关资料有《中国民间故事全书》《乡风》《睢宁故事》《江苏省非物质文化遗产普查·睢宁县资料汇编》以及电视《大讲堂》节目《民间故事》专辑录像片等。（张甫文）

436

寸草遮丈夫，一女护三官

咱丰县一带有句俗话："寸草遮丈风，粒米度三关。"乍一听，一寸小草咋能遮住一丈的风？一粒米又咋能度过三关？别慌，这是打一个故事说起来的。

从前，有个叫淑贤的姑娘，聪明贤惠。可叹娇女薄命，十六岁上，父母双亡，撇到哥嫂手里。她的哥嫂为人歹毒，爹娘死后，竟开了一家黑店，杀害过往客商，卖人肉包子，不知害了多少好人。淑贤看在眼里，无可奈何，只有暗自流泪。

这天，有三个赶考的举子，一个姓吴，一个姓郑，一个姓王，下到这家客店。他仨一路劳累，又饥又渴，吃喝罢，倒头便睡。淑贤打前经过，见三个举子，个个青春少年、一表人才，心中暗想：这三个举子十年寒窗，今天下到俺哥店里，眼看要成刀下之鬼，多亏啊！咋着也得搭救他们不死才是。

淑贤壮壮胆，轻手轻脚来到西厢窗前，轻声喊道："客官快醒，客官快醒！"三个举子骨碌爬起来，忙问："啥事？啥事？"

"您下到黑店里了，快快逃命！"

三个举子忙开了门，连忙跪倒在地："大姐行好，快救俺仨一命！"

淑贤推开后窗，说："你们仨打这里跳出去，后门俺已开了锁，快快逃命去吧！"

三个举子刚刚跳出两个，就听账房门"吱扭"一声。"来人啦！"淑贤急忙在王举子耳畔说："来不及了，这边是个马圈，里头有铡好的草，快钻到草堆里躲躲！"淑贤赶紧把王举子藏好，自己也躲起来。

这时，淑贤嫂进厢房，一看没人，笑了："当家的，真麻利，恁早就干完了！"扭身走了。

不大会儿，淑贤哥又来到厢房，一看床上空空，哈哈大笑："老婆子真能干，比我还早哩！"扭身走了。

淑贤听得清楚，等到没了动静，才悄悄来到马圈，喊道："公子快走！"王公子双膝跪下："多谢大姐，我若得一官半职，定报大恩！"

三位举子到京，金榜题名：王公子中了头名状元，吴公子中了二名榜眼，郑公子中了三名探花。三人披红戴花，好不风光。万岁爷见王公子年轻有为，定要招为驸马。王公子回奏说："为臣在家已定下妻室。"接着又请求皇上给假完婚。

王状元马不停蹄来到淑贤家，当即与淑贤成婚。淑贤凤冠霞帔，好不风光。

再说淑贤哥嫂，杀人过多，罪不容赦，立时斩首。

这就是："寸草遮丈夫，一女护三官。"后来人说白了，就成了"寸草遮丈风，粒米度三关"。

讲述者： 王传爱，男，60岁，初中学历，琴书艺人
采录者： 卜凡柯，男，78岁，大专学历，退休干部
采录时间： 2020年10月23日
采录地点： 丰县文化馆

附记

这则故事在丰县一带广为流传。其内容不但情节新奇、引人入胜，而且它纠正了误传多年的俗语“寸草遮丈风，粒米度三关”，其功不可没。（卜凡柯）

437

三妮对诗

从前，丰邑城东一大财主有三个闺女，大闺女嫁给了文状元，二闺女嫁给了武状元，三闺女嫁给了个种地的。财主嫌贫爱富，看不起三女婿。

这天，三个闺女、女婿都来给财主祝寿。酒过三巡，财主对三个女婿说：“今天，我很高兴，你们三人作诗答对，比比才学如何？”文状元、武状元仗着肚里有文墨，正想羞辱一下老三，急忙附和道：“请岳父大人出题吧！”三女婿一听，心想，坏啦，这是他们三个借故想难为我。我不识字，咋会作诗？

财主说：“第一句要有‘尖又尖’，第二句要有‘圆又圆’，最后一句要有‘万岁爷’三个字。”文状元开口吟道：“我的笔尖尖又尖，我的笔杆圆又圆。七岁南学把书读，一十八岁去求官。三篇文章做得好，万岁爷钦点我文状元。”财主说：“好，好诗！不愧是文状元。”

武状元接着说：“我的剑尖尖又尖，我的铜锤圆又圆。八岁花园去练武，一十八岁去求官。只因我的武艺好，万岁爷钦点我武状元。”财主说：“好，好诗！真是文武双全。三女婿，该你啦。”

三女婿急得头上直冒汗，脸涨得通红。这时，三妮突然从内室出来，说道："他是个老实本分的庄稼人，不识字，你们别难为他，我替他作。"财主说："你要能作出来，也算。要是跑了题，恁俩一块儿滚！"三妮说："恁听：我的小脚尖又尖，我的肚子圆又圆。十月怀胎分了娩，生下两个小儿男。大的考个文状元，二的考个武状元。只因我的功劳大，万岁爷凤冠霞帔赏给俺。"

文状元、武状元叫三妮骂了一顿，生气走啦。财主恼怒地说："这酒没法喝啦，散席！"三女婿随口说："听您老人家的，掀席！"一边说，一边将桌子掀倒，桌上的碗碟摔了个"砰砰啪啪"！

讲述者： 黄启光，男，64 岁，初中学历，丰县大鼓艺人

采录者： 于圣连，男 72 岁，大专学历，丰县农业局退休干部

采录时间： 2020 年 10 月 12 日

采录地点： 丰县文化馆

流传地： 丰县

438

妻子心中有杆秤

清乾隆年间，张福和李贵常一块儿出外做生意，属于铁杆朋友，遂结拜为兄弟，张福年长三岁为兄。张福住丰县西北的张村，李贵住李村，两村相距三公里，彼此常到对方家中闲玩，喝醉了就在一张床上过夜。

这天，李贵又来张福家中，发现他家多了个如花似玉的女人，甚感惊奇。张福说："她叫小翠，外地人。前些天我到徐州跑生意，撞见她插标自卖，买棺葬母，就花十两银子买下她。回家后放了一串鞭炮，就把她领进洞房，嘿，真的是黄花闺女！""瞧你，什么事儿都向外说！"小翠白了丈夫一眼。

张福"哈哈"大笑道："李贵不是外人，这趟生意他若随我去，说不定买走你的是他。其实，你俩结合最般配！"小翠低头瞟了李贵一眼，见他眉清目秀，一表人才，比又黑又矮的丈夫耐看多了。李贵上下打量着小翠说："我和福哥有言在先，谁先讨了老婆，要共进晚餐。今夜小弟不走了，三人同睡一张床，嫂子乐意招待吗？"小翠朝李贵抿嘴一笑，回答说："奴家心中有杆秤，知道如何招待你！"

新婚燕尔，说话怎么出格都属“闹喜”。不过，作为出生入死的弟兄，总得有份贺礼吧？李贵从腰间解下一枚玉戒指，亲自戴在小翠如笋的手指上：“原打算将戒指送给意中人，如今赠给了嫂子。祝哥嫂幸福美满，白头偕老！”说罢，李贵连午饭也没吃，就告辞了。

光阴匆匆，一晃就是三年。这天，张福喝醉归来，对小翠说：“这些年出外贩卖私盐，抓住是要坐牢的。万一落马，就让你受苦了。”小翠说：“你一不偷二不抢，挣的是出力流汗的良心钱，老天爷会保佑你的。”“我早想要个孩子，可是你……你啥时才有身孕？也许是我的身子有毛病，不如借……借李贵的，他是我的好兄弟，长得也英俊。我发现，他很喜欢你，总用别样眼神盯着你。”“相公是不是喝醉了？这事儿急不得，再等两年吧。”“若是两年后还没有呢？到那时你……”“奴家心中有杆秤，知道应当怎样做！”

老天爷一眨眼，又是两年过去了，小翠仍未有孕。张福实在耐不住了，再次和小翠商量说：“看来我真的有毛病，干脆就借个‘贵子’吧，我和他好得像一个人似的。”小翠皱了下眉头，幽幽地说：“俺知道，不孝有三，无后为大，俺也挺着急。不过，未必相公有病，相公在外面的时间比在家还多……索性就别做那个冒险生意了，反正咱家一时不缺吃喝。”张福低头想了想，牙关一咬，说：“也罢，以后我就在家陪伴你。还剩一点货底，再跑最后一趟生意！”

三日后，张福牵着毛驴启程了，小翠一直把丈夫送到村头上。她让丈夫邀李贵一块去，丈夫说：“他感冒了，正发烧，只好我一人去。放心吧，十天内我就会回来的。”

一天又一天，十天很快过去了，张福却没有回家。小翠很着急，掰着指头又等了五天，仍不见张福的踪影。是不是犯案了？不对呀，丈夫若让官府抓去，也会告知家庭的。是不是撞上了拦路抢劫的强盗？小翠越想越害怕，有心报官，又怕牵连出贩盐的事来，只好到李村去找李贵商议。李贵说：“很难说怎么回事，再等几天吧，也许是一场虚惊。”

小翠回家后又等了十多天，眼看失踪一月了，仍不见丈夫回家。公婆已下世，丈夫又无兄弟姐妹，小翠不知应不应报案，想同李贵商量一下。这天李贵恰好来了，问了问情况，对小翠说：“也许福哥什么岔儿也没出，故意躲在外面。你这么聪明，应当揣测出丈夫的良苦用心，他最想得到的是孩子。”

小翠猛然想起丈夫提到的那件“急不可待”的事，不由双腮泛起红潮。她知道，丈夫同李贵商量过那件事，此番离开也许真的是为了成全那件事。小翠抬起头，发现李贵正用火辣辣的目光望着她，只需自己轻轻点一下头，李贵就会扑过来。她皱了下眉头，从容地说：“我想当面听相公一句话，说什么，依什么。嫁鸡狗，跟着走。”“非要福哥再亲口说一次吗？我确实不知道他在哪儿。”“作为莫逆之交，只有你才能找到他。无论如何，我要同相公再商量一下！”

李贵见小翠态度坚决，没有商榷的余地，苦笑一声，掉头走了。

一拖又是半个月，张福仍未回家，连李贵也没了影儿。小翠耐不住了，又到李村找李贵。李贵说，找了好多地方，没踪迹。小翠一听，眼泪就像断线的珠子落下来。李贵搓手顿足地在房中走来走去，好一阵才鼓起勇气说：“嫂子，我一看你落泪就心疼，想对你说实话。可是，福哥不让告诉你，我有什么办法？”“究竟怎么回事？你快说呀！”“福哥花心了，在外面又找了个女人。”“不可能，俺俩感情一直很好，我了解他，称得出他有几斤几两。”“你心中那杆秤再标准，也有失误的时侯。对出门在外的男人来说，没有什么不可能！”说着，李贵从抽屉里取出一封信，交给小翠。

信是从徐州城春宵客栈寄出的，收信人是李贵的地址，信封上写着“李贵收转”。信的正文却是写给张福的，先说了一些思念的话，接着催促张福尽快到徐州定居，最后还写了一些死呀活呀的誓言。署名是“孙莉香”，从日期上看出是两个月前寄来的。李贵一旁解释说：“他们之间常通信，福哥怕你生疑，总是让莉香把信寄到我这里，我仅仅截留了这一封。她是春宵客栈的老板娘，模样长得挺漂亮，只是胸部不怎么丰满，我故意称她‘太平公主’，可惜福哥被这个小妖精迷住了。”突如其来的打击，使小翠头晕目眩，她双手扶在桌面上，大口大口喘着粗气。李贵上前把小翠搀扶到内室的睡榻上，让她躺下来休息一下，并试探着握住她的一只手，在手心里揉来揉去。小翠像是突然意识到了什么，大叫一声“不！”就翻身下床，跌跌撞撞地冲出房门，回张村去了。

小翠觉得，丈夫虽说一时迷上了孙莉香，但并未把事情做绝：他出门时仅带了随身的衣物，倒留给家里几百两银子。若是当面劝说他，他也许会回家的。几天后，小翠让邻居照看一下家门，便骑驴奔向二百里开外的徐州城。还好，到了城里后没费多大周折就找到了春宵客栈，见到了妖里妖气的孙莉香。对方一听小翠是来找丈夫的，就摇头说自己根本不认识张福。小翠见她不认账，就把那封信亮了出来。白纸黑字，无可抵赖，孙莉香反守为攻，冷笑道：“我早就和张福拜过天地了，他爱我，我爱他，光明正大，与你何干？俺俩有婚约，就算是万岁爷来了，他也得准许我嫁人！你有婚约吗？就算有婚约，你也没权力干涉我的婚姻！”一席话把小翠敲打得面红耳赤，因为小翠和张福真的没订什么婚约，打官司也胜不了孙莉香。小翠遂改用商量的口气：“张福在哪儿？我想见见他。”孙莉香“哼”了一声，讥笑道：“实话告诉你，张福不在店里，在我家中。他是我的男人，凭什么让你去勾搭他？再说啦，张福也不想见你，你就别自找没趣了。我又没用铁链子拴上张福，他要真的喜欢你，早就找你去了！趁早死了这份心，别自作多情了！”小翠又羞又恨又伤心，打着泪花离开客栈，只好沿原路返回张家村。

回家后，小翠就病倒了，一顿吃一丁点儿，日渐憔悴。李贵常来这里探望小翠，又请郎中为她把脉诊病，还亲自煎药熬汤伺侯她。一天，李贵感叹道：“我送你的那枚玉戒指，始终没见你戴。可是我……我却至今未娶。嫂子，我恨不得把心都扒给你吃了，你就可怜可怜我……”“别说傻话了，没接休书之前，我还是张家的人。李贵弟，你再去找张福一次，好言好语规劝他。你是他的好兄弟，只有你才能说他心里去。往返费用，我出。”“小弟不怕花钱，也不怕跑腿，只怕福哥……唉，死马当作活马医，再试最后一回吧。”说完，李贵就垂头丧气地离开了。

小翠在家日日夜夜盼佳音，谁知半个月后，李贵却给她带来了一纸休书。小翠读过休书，就伤心地哭起来。李贵说：“福哥也是的，写了休书，还反说为了成全咱俩，叮嘱我好好领着你过日子。”小翠抹下了眼泪，让李贵暂且回去，说是自己心里乱糟糟的，需调整一下情绪，晚些天再给他答复。

李贵回家后，天天盼着小翠的那句答复。他知道，小翠已无路可走，除了嫁他，别无选择。一天又一天，十几天过去了，仍不见小翠那儿有什么动静。李贵心急如焚，这天傍晚像幽灵似的溜到张村，叩开了小翠的院门。他发现，小翠的右手戴上了那枚玉戒指，见了他满面春风，似乎还暗送秋波。小翠还破例炒了几道好菜，又出门打来几斤好酒，说是酒逢知己千杯少，今晚要一醉方休。李贵用大杯豪饮，小翠用小杯作陪，二人说说笑笑，一杯连一杯地喝，不一会李贵就喝了个七分醉。小翠说：“我恨死了张福，求你再办最后一件事，杀死他！”李贵一怔，摇摇头。小翠说：“你要应了这件事，我就留你过夜；你要不答应，现在就滚，再也不要见到你！”李贵又是一怔，见小翠正瞪大眼睛望着他，一拍桌子道：“为了你我的缘分，你说什么我都依，明儿就去宰了他！”小翠“咯咯咯”发出一串冷笑：“果然是个见利忘义的小人！为了得到我和我家的几百两银子，你竟杀害了自己的仁兄！”李贵听后大惊，连忙掩饰说：“嫂子是不是喝醉了？福哥在孙莉香那里呀！”小翠高声叫道：“几天前我又去徐州查访了一番，跟踪到莉香家中，发现张福不在那里。我突然出现在莉香面前，摊牌说：‘你和张福没有婚约，他也不在你这里，有人已经发现了他的尸体。今天你要不对我讲实话，我就到官府控告你！’莉香误以为尸体真被发现了，怕吃人命官司，只好说出与你有奸情，一切都是照你安排去办的。”李贵听后立时目露凶光：“不错，张福是我杀的，但都是为了你。你是什么时候怀疑我的？”“尽管你熟悉张福的笔迹，模仿得惟妙惟肖，但你不知道，相公平时叫我小翠，在外地给我写信时，总是把小翠写成‘肖翠’，因为我本人姓肖，理应叫‘肖翠’。这么庄重的休书，上面却以‘小翠’称呼我，相公决不可能这么写。正是这点破绽，使我意识到是你在捣鬼！”说着，小翠摘下玉戒指，“啪”地摔了个粉碎。

李贵像个输红眼的赌棍，借助酒力冲上去，将小翠按倒在地上，想先奸后杀，再劫走家中银两。不料刚才小翠借外出打酒之机，向邻居刘龙刘虎作了安排，他们早就潜伏在房外了。这当儿闻声冲进房中，将李贵死死按住，捆了个结实，押送到官府去了。

讲述者： 不详

采录者： 齐运喜，男，66 岁，大专学历，丰县退休教师

采录时间： 2020 年 10 月 2 日

采录地点： 丰县文化馆

439

聪明的儿媳

从前，俺庄上有个老头，只有一个儿，新娶了儿媳妇。这天吃早饭，儿媳妇炒的菜，老头吃着不大咸，对新娶的儿媳妇又不好直说，便拐了个弯子说：“今天天不好，下雨打窗户。”儿媳猜出公公话里的意思，遂答：“下雨打窗户，便是檐（盐）短了。”接着，她也故意绕了个弯子说：“锅台上轧麦——没场（尝）。”

吃过早饭，公公告诉儿媳：“俺爷俩下地耪高粱去，上午不回来吃饭了，你把饭送到地里去吧。”儿媳问：“送到哪块地里？”公公故意说：“神前鬼后，哗啦叶子底下吃饭。”儿媳一想，便明白了，这神前是指土地庙前，鬼后是说庙前面的坟头后边；中间有棵大杨树，叶子整天“哗啦哗啦”地响，爷儿俩吃饭是在大杨树底下。中午，她把饭送到大杨树底下时，爷儿俩果然在那里。老公公暗地里夸儿媳妇聪明。

讲述者： 牛二，男，60 岁，小学学历，沛县汉兴街道农民，讲故事能手

采录者： 朱迅翎，男，70岁，大专学历，沛县文化局退休干部

采录时间： 2020年3月

采录地点： 沛县汉兴街道四堡村

附记

此故事是讲述者牛二从其爷爷、父亲那辈人传下来的，主要流传在大屯、好寨、关庄、宋庄等十几个村庄。“文化大革命”时期曾被本地曲艺家李永林二次创作成大鼓书《聪明的媳妇》，以至传播全县。（朱迅翎）

440

磨豆腐

张王两家住东西两庄，都是大户，定的娃娃媒。后来张员外一死，连遭几回大灾，张家家境败落了。这年过年，张员外的妻子对儿子张亮说：“这个年，咱过不去了，你去西庄你的亲戚家借点粮米来吧！”张亮拿个口袋去了。谁知到了王家，一说借粮过年，王员外两口子竟冷眼相待，不借给。张亮便含泪拿着空口袋回家了。这事被王家小姐知道了。小姐很生气，手拿一把菜刀，冲出门去追张亮。家里人拦她，她说：“你们谁拦我，我就用刀砍谁！”一看她这个凶样子，家里人都不敢拦她了。

小姐来到张家，说：“俺爹娘嫌你家穷，我不嫌。我来了就不走了。”张亮娘俩很受感动，说：“不过你也得考虑，咱家这个穷日子咋过呀？”王小姐说：“不能想想法子吗？天无绝人之路。我带来几十两银子，可以当个本，咱买点豆子磨豆腐卖不行吗？”听了她的话，一家人便做起卖豆腐的生意来。日子过得虽不很富裕，但也没啥困难。一个庄上没有不夸王小姐勤劳贤惠的。

讲述者：赵朴，男，大专学历，沛县中学教师，故事篓子
采录者：王锋，男，大学学历，沛县大屯镇中学教师
采录时间：2019 年 12 月
采录地点：沛县汉兴街道四堡村

附记

故事来源于讲述人祖传，已传三代人，主要流传郝寨、四堡一带。（朱迅翎）

441

披麻戴孝送侄媳

清朝光绪年间，夏镇有个富翁，家中有地数十顷，楼房瓦舍一大片。儿子儿媳和孙子都已死去，家下只有孙媳和老人一起过活。他的近族可不少，侄男外女一大片，都想等他死后，图他这份家产。老人没死，他们就私下闹纠纷，议论起家私来：哪处房子归谁，哪块地归谁。争论不休，气得老人直流泪。孙媳看在眼里，气在心里，就用钱给爷爷买了个丫鬟当妾。一年以后，果然生了一个胖小子，丫鬟也扶为正房，孙媳叫她奶奶。侄媳亲自给小叔擦屎刮尿，把小叔拉巴到八岁。老翁去世，她又操办把爷爷安葬了。小叔九岁上了私塾，几年以后，经过乡试、县试、省试，中了个举人，族家人再不敢讹他啦。后来，小叔当了县令，可喜坏了侄媳。谁知她一喜喜死啦，真疼坏了小叔，哭得死去活来。上表往上一呈，朝廷里那时是慈禧太后当家，下旨封了个诰命夫人；皇上还拨款送葬、立牌坊；举人又升任徐州府道台。本来举人是叔父，不能送葬侄媳，这位举人却不然，拿侄媳当亲生母亲一样看待，披麻戴孝，一直把侄媳送到南湖林地坑里。

讲述者：李氏，女，86岁，小学学历，沛县沛城镇农民

采录者：沈用，男，53岁，高中学历，湖屯乡教师

采录时间：2019年10月4日

采录地点：沛县沛城镇

附记

此故事在沛县流传广泛，主要区域在微山湖一带。世代有序相传中，把侄媳妇传成了学习榜样。人们在田头地边议论此故事，都发自内心地说："你看那侄媳妇真好，天底下难找啊！"（朱迅翎）

442 万全店

四个举子去赶考，来到一个镇上。抬头一看，街旁有个饭馆，门口挂个牌子"万全店"。四个举子一挤眼，进去了。跑堂的过来，抹抹桌子："客，吃啥菜？"四个举子说："这门口挂个牌子'万全店'，想必是吃啥有啥了？今晚俺兄弟四人一人点一道菜，做出来，银钱尽您留；做不出来，白吃白喝还得砸牌子！"跑堂的一听，哟！这几个主不好侍候："客，你说吃啥吧！"

头一位举子说："我要盘皮里皮。"第二个说："我要盘皮外皮。"第三个说："我要盘皮包骨。"第四个说："我要盘骨包皮。"

跑堂的一听，利麻跑去告诉掌勺的大师傅。大师傅愣住了，把菜刀往案板上一撂，围裙往腰里一掖，一腚坐到板凳上，"滋溜滋溜"吸起旱烟来。咋治？不会做！按着个锅台拔勺子——犯愁（饭稠）啦。

正发愁，他闺女来了："大唻，你咋的？"掌勺的就给他闺女说了。他闺女一听说："哟，您望望他烧的！白吃白喝还想砸牌子？想得倒美！那四道菜还不好做？皮里皮是猪肠子；皮外皮是猪肚子；皮包骨是猪耳朵；骨包皮

是猪蹄子。”老头一听，咦，不假，笑了。啥都是现成的，剁巴剁巴叫跑堂的端上去了。

四个举子一看，不错，正是这四道菜，白骗吃不成了，说啦：“掌柜的真不瓤！”跑堂的说：“啥话？还没把掌柜的愁死！多亏他闺女才情高。”四个举子一听，咬着耳朵定了个点子，黑里住下不走了，得会会他闺女！

到了晚上，掌柜的打扫好一间清静的上房，点上蜡烛。四个举子就问啦：“掌柜的，几位令郎？几位令爱？”老头说：“膝下无子，跟前只有一个闺女，十七了。”

“噢，在家插花，还是描云？”

“一不插花，二不描云，成天地捧着书本念。”

四个举子一听，笑了：“掌柜的，俺兄弟四个晚上没事，请小姐借本书给俺看看行不？”老头说：“咋不行？我不识字，弄不了，要借啥书，您写个纸条子，我找俺闺女要去。”

四个举子一咕叽，提笔写上要借《西厢记》，旁边还缀着一行小字：“举子住店到三更，想学张生戏莺莺。”老头不识字，拿去给闺女看。小姐一看，二话没说，顺手从书箱里摸出一本书，也写了个纸条子附上。红绸子封、绿缎子裹，包好了：“爹，你给他们送去吧！”

四个举子接到绸布包，喜得屁溜的。心想：这回可赚了便宜啦！揭开一看，书本上有个小纸条，上写着：“举子赶考住客房，何必登门拜姑娘？”再看那本书，原来是本《四郎探母》。四个举子一看，眼都气歪啦。

讲述者：梅氏，女，89岁，文盲，朱寨镇梅村农民
采录者：张雅，大专学历，沛县自来水公司工会主席
采录时间：2020年3月20日
采录地点：沛县朱寨镇梅村

443

琢磨大嫂

清朝末年，沛县本地有一老人，儿子外出谋生，一去二年无有音讯。有一天，有人转来家书一封，全家非常高兴。拆开书信一看，只见上面写道：“鞋江帽海，衣衫袖马，日不出户行百余里。若有顺便船只，骑旱回家。”什么意思？这真难坏了老人。无奈，请来教私塾的老先生。老先生戴着老花镜看完书信，不住叫好，还点头哈腰向老人祝贺道喜。老人请解释一下是啥意思，老先生摇头晃脑地说：“江者江也，海者海也，江海者水之多也。衫者，单褂也。看来贤侄已为衣帽商贾，马来马去。且这日为阳，户为门，日不出户，意为太阳尚未出来，天还未明已行百十余里，实为昼夜操劳。尾言更确，是要水旱兼程赶回故里。您老不日即为富翁也，老朽道喜，托福！托福……”说完一揖到地。这一席乱弹琴，听得老人家和众乡邻迷迷糊糊，如入云雾之中。另一老者说：“我总觉得有点玄乎，倒不如找‘琢磨’大嫂给琢磨琢磨，或许能明白点。”

这“琢磨”大嫂是本村一中年妇女，因聪慧过人，遇事又爱琢磨，给本村乡亲解过不少疑难，因此得了这个雅

号。大嫂看了信，琢磨了一下说：“大兄弟在外混得不太好。”这一说大家都很吃惊。大嫂接着说：“海大无边的俗话大家是知道的，把鞋比作江已无底，把帽比作海已无边，鞋无底、帽无边的样子是可想而知了。再说衣襟成了老和尚的偏衫，袖子成了清朝的马蹄袖，这样的穿戴会好吗？还有，这日不出户行百十余里，是明明告诉我们，大兄弟是整天围着磨道转，替人家推磨子磨面。这最后一句大家想想吧，有船还要骑旱，骑旱又说有船，是什么意思呢？”另一老者想了想说：“对、对、对，是这个理。大嫂子，我想大侄子是要给顺便的船拉纤回来，你们看对不对？”大嫂说：“我琢磨也是这个意思。不过，话再说回来，这只是我琢磨的意思，对不对还很难说。不过请诸位老人家放心，反正大兄弟不久就要回来。”这一番与老学究相反的话，使大家更加疑虑重重。

不数日，这后生真的回到了家，观其形，问其言，与大嫂说的一般无二。从此，“琢磨”大嫂的名声更高，周围十里八村登门求教的更多。

讲述者： 李炳玉，男，75岁，初中学历，沛县退休教师

采录者： 郝心欣，男，76岁，初中学历，沛县退休教师

采录时间： 2020年7月

采录地点： 沛县郝寨村

附记

这一故事在沛县原大屯镇（2020年7月撤销）一带流传广泛，原载1987年《沛县民间文学集成》。2005年由朱迅翎进一步调查整理，入编《中国民间故事全书·江苏·沛县卷》（张甫文）。

444

蝈蝈换驴

学名叫蝈蝈，当地叫“蚰子”，叫得很好听。每年秋里，小孩在豆地里逮来，养在自己用秫秸篾编的小花笼里，只给它喂点青菜叶就行，每天听它如银铃般的叫声。后来有的穷人逮了很多蚰子，自编小花笼，每笼一只，拿到城市里去卖。

过去咱这里有个穷人，一到秋天就逮蚰子去徐州街上卖。因为他编的小花笼很精致，所以很快就卖完。

有一年秋天，他带三十多只蚰子到徐州去卖，在东关碰到个铁路上的老乡告诉他，南方没有蚰子，到南京肯定能卖个好价钱。这个卖蚰子的人求他想办法，铁路上的老乡把他安排到货车上，对押车的人说：“我这个老乡到南京去。车到南京，你安排他下车。”卖蚰子的带了三十多只蚰子到了南京。谁知南京人欺负他是北方人，把他的蚰子抢光啦。他腰里分文皆无，愁眉苦脸的没有一点办法。

可巧啦，褚玉璞带兵打开了南京城，卖蚰子的去到褚玉璞兵营里找老乡求饭吃，并把南京人抢走他的蚰子的事向老乡哭诉。这件事很快传到褚玉璞耳朵里，褚玉璞听后大喜，派人赶快把卖蚰子的人请到他行辕里。

原来褚玉璞正在发愁哩，南京城有势有钱的人都告褚玉璞纵兵抢劫，褚的上级要追查此事，褚玉璞很作难。现在卖蚰子的被抢，正好派上用场。

第二天，褚玉璞把南京地方要人、富商等召集来，还有各报记者。褚玉璞叫卖蚰子的哭诉蚰子被抢经过。褚玉璞手拍桌子“乒乓”响，怒斥他们说：“你们告我纵兵抢劫，看看你们南京人干的好事吧！”那些贵人富商为平息众怒，愿意出钱赔偿。但是南京人称“蚰子”为“叫驴子”，褚玉璞脸一板，叫他们把被抢的三十多只蚰子，按驴子价格赔偿。南京人理屈，只好按驴子价付款。

这个卖蚰子的该着走运，偶然的机会发个大财。他回家后置办田地，过着小康人家生活，再也不用卖蚰子啦。

讲述者： 华兆胜，男，83 岁，初中学历，沛县三段村农民

采录者： 朱迅翎，男，70 岁，大专学历，沛县文化局退休干部

采录时间： 2019 年 7 月 8 日

采录地点： 沛县大屯街道宋庄村

445

有钱买无市

从前，有一个财主婆，她有一个儿子。原先给儿子订亲时也是门当户对，不想那家却一把天火烧得家破人亡，只剩下一个花容月貌的闺女名叫翠莲。依财主婆的心思，就把这门亲事退掉，再给儿子重说另娶。但儿子却爱上了翠莲的人才，死活也不愿退亲。无奈，财主婆只得依了儿子，选了良辰吉日，把翠莲娶过门来。

这翠莲已是家贫如洗，除了随身几件衣服没有别的陪嫁。财主婆十分不快，把这股闷气发泄在儿媳头上。一天，她把翠莲叫到眼前，对她说：“今天我要请客，要你在半天之内给我做几样菜，你可愿意？”翠莲说：“娘的吩咐岂有不愿之理？但不知要儿去做什么菜？”财主婆说：“你听好了，我要你做不要刀切的自生菜，不要锥钻的窟窿菜，不要颜色染的红菜，不要手包的双层菜，不要难咬的百煮菜，不要水长的空中菜，不要地长的土里菜，不要上锅的自熟菜。”儿子在一旁听了，上前求情：“哎呀，娘，你这不是有意难为她吗？这菜到哪儿去弄？有钱也无市头，巧手难为无米炊啊。”翠莲说：“娘只管放心，儿媳置办就是了。”说完，走进了厨房。

不到半天工夫，回禀婆母：“菜已做好，请过目。”翠莲的丈夫吓得一身冷汗，急忙从书房跑来，走进厨房一看，可不是吗：不要刀切的是豆芽菜，不要锥钻的是藕菜，不要颜色染的是红心萝卜，不要手包的是鸡蛋，不要难咬的是豆腐，不要水长的是木耳，不要土生的是海带，不炒自熟的是黄瓜。这不过是财主婆的信口乱诌，没想儿媳巧手善为。她只得点头说：“是，是，是。”气得差点昏了过去。

过了一些日子，她又把儿媳叫到眼前说：“今逢古庙大会，我给你几个钱，你到街上去给我买一样东西，你可乐意？”翠莲说：“既然娘看重，岂敢有违？但不知娘要儿媳去买什么东西？”财主婆说：“你去给我买一样最好吃的、最不好吃的东西来。”同去赶集的儿子听了上前求情：“哎呀，娘，你说的这样，拿钱也无市买呀！”财主婆大喝一声：“休得多事，你只管让她去买就是。”翠莲含笑上街去了。

赶集回来，翠莲把东西拿出来送给婆母，财主婆一看，气得脸青眼红，大叫一声：“该打，你去买这菜饼回来，在我们家猪狗都不吃，能算是最好吃、最不好吃的吗？跪下！”儿子一见媳妇要挨打，慌了，也跪下说：“母亲，你要打就打我，市上根本没有你说的那种东西。”翠莲跪下说：“娘向来精明，怎么今天糊涂了？这东西正是最好吃、最不好吃的。你给咱家干活的人吃的不就是这菜饼子吗？他们说‘最不好吃’，你说‘这是最好吃的’；今天你又说猪狗都不吃，这不就是最好吃、最不好吃的东西吗？”想不到穷丫头这么聪明过人，口齿伶俐，她又气个半死。

过了数月，她又忘了气憋的滋味，叫来翠莲，说：“大年节快到了，人老心少，你到街上给我买一样玩艺儿可行？”翠莲说：“只要喜欢，儿媳岂敢说不行。不知娘喜欢什么玩艺儿？”财主婆说：“你给我买一样在地上拿不起，拿得起又扔不掉的东西可好？”儿子听了，又上前求情道：“哎呀，娘，你又难为她了，净拣那有钱无市的东西去买。”翠莲说：“不必担心，娘所说奴家照办就是了！”

东西买回来了，拿来给婆母看，她把一个上面用什么东西塞住的小瓷瓶子献给婆婆。财主婆一见，又跺起脚来：“好啊，可一不可二，可二不可三，你又愚弄老娘。这是孩子们扔在茅坑里的东西，你拿来骗我。跪下，挨打吧。”翠莲的丈夫一见，也没有什么高招儿，自怨翠莲：“没有的东西，你就说市上没有就是了，今天弄来这东西又不是什么稀罕之物，不是拿着老娘当小孩耍嘛。”他看着贤妻要挨打，疼人哪。可是翠莲却一不跪，二不慌，拔开瓶塞，倒出样东西，说：“娘，你看这就是在地上拿不起，拿得起扔不掉的玩艺。”原来是一只蝎子，翘着那辱子[1]，在那里随时准备蜇人哪。“啊！”财主婆心惊肉颤，一下子吓死了。

讲述者： 马庭金，男，62岁，大专学历，贾汪中等专业学校退休干部

采录者： 韩圣师，男，58岁，大专学历，贾汪中等专业学校教师

采录时间： 2020年6月

采录地点： 贾汪区中等专业学校

[1] 辱子：蝎子尾部的毒针。

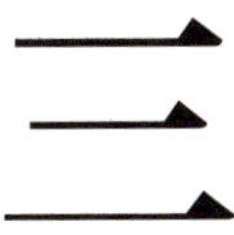

笑话

446

鸡蛋黄

讲述者：王永平，78岁，文盲
采录者：单玉彩
采录时间：1987年
采录地点：铜山县何桥乡

老嬷嬷走在柿子园里，满树金黄金黄的大柿子馋得她直流口水。她摘了个就啃，弄得满嘴发涩，连舌头都拉不动。她还不舍弃，扔掉啃烂的柿子，摘好的装在褂兜子里，准备带回家焐透再吃。

柿园里的老头早就看到她摘柿子了，没好意思吱声。见她摘了柿子往褂兜子里装，忍不住了，就叫她："哎——！你怎么摘俺的柿子？"

老嬷嬷一听有人叫，撒腿就跑，老头跟在后边就断。老嬷嬷心想：我这小脚扭扭哪能跑过大脚丫子，要是他断上我，翻出来柿子咋办？哎！有了！她把柿子从褂兜子里掏出来，装到了裤裆里。就在这时候，脚下一个大坷垃头子把她绊倒了，腚帮子压在柿子上，把柿子挤烂了，柿子的汁水顺着裤腿角流出来。

老头断上她以后，问："你为什么摘我的柿子？"

老嬷嬷说："甭冤枉好人，我这么大年纪还能干那事？不信你翻！翻不出来咋说？"

老头指着柿子汁问："这是什么？"

老嬷嬷说："这是流出的鸡蛋黄！"

附记

本篇选自《中国民间故事全书·江苏·徐州市区卷》（知识产权出版社，2007年6月版）。（杨权业）

447

歇蹄

万年少很有本事，可就是不愿意给朝廷办事，封他个县官也不干，弄得穷困潦倒。人一穷了，再亲的亲戚也不亲了。

万年少带着儿子到老丈人家借粮食。一进门，老丈人就把拉磨的老马卸下套，说："你来得正好，把磨上的粮食磨完吧！"

万年少写文章管，推磨不行，才推十多圈，就大汗淋淋了。小孩向老头说："外爷爷，叫俺大大歇歇吧？"

"中。"老头答应着，随即端来一筐子玉米棒子，叫万年少剥玉米。小孩说："外爷爷，你不是叫俺大大歇着的吗？"

"是呀，你大大推磨，累腿，现在就可以歇腿了。"老头指着磨房外的老马说，"你看它，它是怎么歇腿的？"

小孩向外一看，只见那匹马三个蹄子着地，一个蹄子悬着。小孩不明白地问："外爷爷，它在干啥呀？"

老头说："这叫马歇蹄。你大大现在手动，腿不动，也是马歇蹄。"

小孩问外爷爷："马抬着一个蹄子叫歇蹄，俺大大闲着两条腿也叫歇蹄。你站在这里架上拐棍，就是三条腿歇蹄吧？"

"胡说！我咋能是三条腿的马呢！"

"那就是三条腿的驴。"

"你！你！……"老头子气得说不出话来，憋死了。

讲述者：刘杰，71岁，大学学历
采录者：单玉彩
采录时间：2006年1月
采录地点：徐州市三堡镇刘杰家里

附记

本篇选自《中国民间故事全书·江苏·徐州市区卷》（知识产权出版社，2007年6月版）。

448

东西

县官向儿子说："乖乖，咱有的是钱，什么东西都能买到。买不到的东西就去要，哪个敢不给？乖乖，你最喜欢什么东西？"

儿子说："我最喜欢你个老东西。"

"傻孩子，老爹咋能叫东西呢！"

儿子说："你虽然不是个东西，可你能给我很多东西呀！"

讲述者： 张家准，40 岁，大学学历
采录者： 单玉彩
采录时间： 1989 年 1 月
采录地点： 徐州市奎山

附记

本篇选自《中国民间故事全书·江苏·徐州市区卷》（知识产权出版社，2007 年 6 月版）。

449

把爹搁在哪里

儿子盖了三层楼。老头说："我的腿脚不方便，我住底层。"儿子说："底层养牛养驴，人畜哪能混杂？""要不，我住二层。""二层是我和媳妇住的，你插什么大腿？想扒灰？""那我爬三楼吧！""你占三楼，我儿子住哪里？""那……那我住哪里？唉！真是十个儿子不嫌多，一个老爹没处搁。"儿子骂道："胡说！我早就在棺材铺定了单房间，你愣是不去，我有啥法子？"

讲述者： 张玉山
采录者： 单玉彩
采录时间： 1988 年 5 月
采录地点： 铜山县何桥乡庄里砦村

附记

本篇选自《中国民间故事全书·江苏·徐州市区卷》(知识产权出版社，2007 年 6 月版)。

450

老不死的娘

当官的儿子好几年没回家了，老娘很想儿子，写了好几封信，儿子也不回来。老娘叫老爹去找儿子。老头子来到衙门，向儿子说："你娘得了重病，她说死前一定要见儿子一面。儿子一天不来，一天不死；十天不来，十天不死；永远不来，永远不死！"

"老不死，那还得了！看轿！"

讲述者： 张传会
采录者： 单玉彩
采录时间： 1988 年
采录地点： 铜山县何桥乡庄里砦村

附记

本篇选自《中国民间故事全书·江苏·徐州市区卷》（知识产权出版社，2007 年 6 月版）。

451

算得准

一个男人在路旁大叫："算卦哩！算卦哩！本人精通《周易》，前算八百年，后算八百载。想发财的、想升官的、想娶媳妇的，一算一个准。"

正叫着，儿子跑来说："爹，俺娘跟野男人跑了。我爷爷叫你算算跑哪里去了，我们好去找。"

"你爷爷真糊涂！我要能算准现在戴绿帽子，当初还能要你娘个大破鞋吗？"

讲述者： 杜庆雨，50 岁，高小学历

采录者： 单玉彩

采录时间： 1985 年 5 月

采录地点： 铜山县何桥乡庄里砦村

附记

本篇选自《中国民间故事全书·江苏·徐州市区卷》（知识产权出版社，2007 年 6 月版）。

452

要嫁妆

闺女出嫁向娘要嫁妆。娘说："你兄弟眼看就要娶媳妇，我不能为你瞎抛费！"

闺女说："我不让你多抛费，只要一床褥子被。"

"褥子被！褥子被！养女真是活遭罪！"

"养女遭罪不遭罪，姥姥肯定有体会。你看咱家里吧，姥姥的床，姥姥的柜，姥姥的褥子，姥姥的被，姥姥的便罐有一对。你对姥姥大扫除，俺正犯愁学不会哪！"

讲述者： 金庆文，84 岁，师范学校毕业
采录者： 单玉彩
采录时间： 2005 年 8 月
采录地点： 铜山县潘楼村

附记

本篇选自《中国民间故事全书·江苏·徐州市区卷》（知识产权出版社，2007 年 6 月版）。

453

一家之母

娘把闺女领进一户人家，说："妮儿，这家一个老头，三个儿子。老大二十二，老二二十，老三十八，三个随你挑。"

"这三个都不要。"

"要谁？"

"要老头。"

"你疯啦傻啦？"

"我不疯不傻，进门就是一家之母了！"

讲述者： 金庆文，84 岁，师范学校毕业
采录者： 单玉彩
采录时间： 2005 年 8 月
采录地点： 铜山县潘楼村

附记

本篇选自《中国民间故事全书·江苏·徐州市区卷》（知识产权出版社，2007 年 6 月版）。

454

败坏嘴

讲述者：夏志元
采录者：王政文
采录时间：1988 年 1 月 12 日
采录地点：铜山县张集村

有这样一个人，他的真实姓名人早忘了；因为他说起话来最惹人烦，就得了个外号“败坏嘴”。

有一年，他的小舅子生了一个娃娃，妻子要去娘家贺喜，败坏嘴也想跟着去。妻子说：“你不能去。你好说些不吉利的话，惹人讨厌。”

“孩他娘，这样好吧，只要你让我去，我不说一句难听的话，净拣好听的说行吧？”

妻子看他说话怪诚恳，就答应和他一起去。

到了小孩舅家，败坏嘴没说一句难听的话，全说些“恭喜新添贵子”“小孩长得富贵喜人，长大必定福寿双全”之类的话，全家人都很高兴。

吃过晌午饭，两口子高高兴兴地要回家，小孩舅送出了庄。分手时，败坏嘴对妻舅说：“他小舅，不要送了。我今天可没说一句不吉利的话吧？小孩要是死了，可不能怪我了吧！”

可把小孩舅气死了：“滚，你快给我滚！”

附记

本篇选自《中国民间故事全书·江苏·铜山卷》(知识产权出版社，2007 年 6 月版)。

455

镜子

附记

本篇选自《中国民间故事全书·江苏·铜山卷》（知识产权出版社，2007年6月版）。

老头子赶集买来一面镜子。老嬷嬷问："买的什么？"老头子开玩笑说："买个二房。"

"我看看，什么样的狐狸精。"老嬷嬷拿过镜子看，里边的女人脸瘦得刀刻一般，黑成个铁蛋子，牙也掉了，嘴瘪成个簸箕，说："啥东西！像个猪八戒。"老头子说："就这样的东西，还整天欺负人呢；要是长得俊，还不得把我吃了！"

讲述者：时兴智
采录者：单玉彩
采录时间：1985年6月
采录地点：铜山县青山泉镇腰庄村

456

母羊道台公羊岗

羊岗村都是姓羊的。岗东的羊家说自家是公羊，岗西是母羊；岗西的羊家则说自家是公羊，岗东是母羊。为此闹到道台衙门。道台说："这个问题很复杂，调查考证之后择日公断。"

两家姓羊的都给道台送礼，让道台说自家是公羊，对方是母羊。可道台就是不判，一拖再拖，看看两家都把钱花完了，这才升堂公断说："你们两家都是公羊，我是母羊。"

讲述者： 阎洪勋
采录者： 单玉彩
采录时间： 1985 年 6 月
采录地点： 铜山县沿湖农场

附记

本篇选自《中国民间故事全书·江苏·铜山卷》(知识产权出版社，2007 年 6 月版)。

457

父子双惧内

老头子看儿子在媳妇床前跪着，生气地说："媳妇已经走了，你怎么还跪着，快快起来！"

儿子说："她回娘家去了，叫我跪着等她回来，我答应了。一语千金，咋能不守信用呢？"

"什么信用不信用的，你还是男子汉吗？"

"爹！你觉得俺娘回姥姥家去了，才敢这么大声说话吧？"

"胡扯！你问问你娘去，到底谁怕谁？我叫她往东，她不敢往西；我叫她打狗，她不敢撵鸡；我叫她吃干，她不敢喝稀；我叫她穿着裤褂睡觉，她不敢脱衣！"

"谁在说话哪？"老头一看老伴走娘家回来了，忙说："我在教儿子念顺口溜。"

"怎么'溜'的，说给我听听？"

"遵命！我是站着说，还是跪着说，请指示！"

讲述者： 时兴智

采录者： 单玉彩，1939年生，曾任县文化馆馆长、县文联主席

采录时间： 2005年

采录地点： 贾汪区青山泉镇腰庄村

附记

本篇选自《中国民间故事全书·江苏·铜山卷》（知识产权出版社，2007年6月版）。（杨权业）

458

啃懒筋

从前，东庄上有个姓常的青年人，因为他怕老婆，经常挨老婆打骂，人送外号叫“常挨打”。这常挨打平日在家里，老婆叫他朝东他不敢朝西，叫他打狗他不敢撵鸡；老婆指着蒜臼子说是茶杯，他就天天用蒜臼子泡茶喝；老婆指着碗叫碟子，他就得顺着说还真有点撇啦沿来[1]；白天老婆吃饭他一天三顿端吃端喝；夜里老婆要尿尿，他得赶紧下床给提尿罐子。就是这样，说不准哪会儿还得挨上一巴掌。可常挨打这人爱面子，从不在别人面前承认自己怕老婆。

这一天，常挨打在外与几个朋友聊天，别人都夸自己不怕老婆，在家里老婆怎么怎么听话；常挨打也瞎吹一气，说在家叫老婆咋着她就得咋着。几个朋友都不相信，就说，“明天俺们到你家验证一下，要是像你说的那样，俺一人输给你两吊钱；要不是你说的那样，你倒输给俺”。常挨打大话已出口，也只好答应了。

回到家里，常挨打左思右想不敢开口。到了晚上睡觉前，他给老婆端来洗脚水，又给洗好了脚，然后“扑通”一声跪在床前，先磕了几个响头，才把白天和朋友打赌的事说了一遍，最后哭丧着脸求道：“太太大人，明天他们要是来了你就让我一会儿，要不然我输了你又不给我钱，我上哪弄几吊钱给人家？你要是让我当一回家，咱还能赚他们七八吊钱来。”老婆听后指着他的脑门子骂道：“看你个熊窝囊样，不就这点小事吗？行，明天我就听你一回。”

第二天上午，四个朋友果然来到他家。常挨打把四人让到屋里，对老婆说：“快去给搬几个凳子来。”老婆果真赶忙给搬来了凳子，很客气地让他们坐下。常挨打又说：“你愣着干啥？还不快去给泡茶。”老婆又赶忙把茶泡好，每人给倒了一碗端到跟前。常挨打又指着朋友说：“这位是张大哥，这位是李二哥，这位是王三哥，这位是赵小弟。”老婆又礼貌地上前一一问好道了万福。几个人闲聊，老婆就站在一旁递烟添茶，侍候得很周到。四人一看果然是贤惠知礼又顺从，坐了一会儿便起身告辞，老婆又亲自将四人送出大门。

送走客人回到屋里，老婆说：“怎么样？今天给你长脸了吧？”常挨打万分感激地说：“多谢太太了。”老婆两眼一瞪说：“老娘委屈了这半天，你一句谢谢就扯平了？”常挨打忙说：“这回您叫我咋着我就咋着。”老婆往凳子上一坐，腿一伸说：“我脚后跟痒痒。”常挨打赶忙上前蹲下身子去挠痒。老婆说：“你这样挠不煞痒，得用牙给我啃啃。”常挨打刚犹豫了一下，老婆伸手“呱叽”一巴掌打在他脸上，骂道：“你个龟羔子还犹豫啥！”常挨打不敢怠慢，只得双手抱起老婆的脚用牙啃起来。

再说那几个朋友离开后，都不信他媳妇变得这么好，便商量着再返回来看看。一进大门，见常挨打正抱着老婆的脚啃呢。四人忙上前问道：“你这是干什么？”常挨打一看朋友又回来了，急中生智，忙起身说道：“我嫌她懒，不做饭给你们吃，正啃她的懒筋呢。”

讲述者：张学英，79岁，文盲，农民
采录者：刘学秀、宋超
采录时间：2014年2月

[1] 撇啦沿来：方言，指盘子的模样。

采录地点：　邳州市运河街道
流传地：　苏鲁交界一带，大约起源于清末民初

459

怕老婆四则

再不敢了

过去，咱丰县李楼庄上有个人，怕了一辈子老婆。老婆死后的一天，他看到挂在墙上的老婆画像，突然想起她活着对自己非打即骂，恨从心中起，扬手朝画像打去。不料，因扬手带起的一股风，使画像抖动起来。他吓得赶紧跪倒在地，边磕头边说："老婆，我再也不敢了。"

再不管闲事

有一个魏学士，成天受老婆的气。这天，实在被老婆打急了，就跑到大堂上去喊冤。县太爷一听，心中好恼，喝道："大胆泼妇，实在可恶！衙皂们，速把泼妇带到大堂，重打四十大板，收押南监。"

就在这时，只听太太在屏风后面打了一个嗓："吭！"县太爷一听，吓得浑身打战战；见无处可躲，就躲到公案桌下藏了起来。太太来到大堂，掀开案桌围帘，薅着

县太爷的胡子牵了出来。太太一失手，县太爷领着魏学士窜了圈[1]。

他俩跑到城隍庙，向城隍老爷诉起了冤屈。城隍老爷一听，发出话来：“小鬼小判，速到阳间捉拿两个恶老婆！”城隍奶奶在一旁怒声说道：“我三天没打你，你身上又痒痒了吗？”城隍老爷一听，吓得立马跪下，说道：“夫人，饶了我吧，我以后再也不管闲事了。”

男子汉大丈夫

有个人非常怕老婆，经常挨老婆打骂，从来不敢吭声。

这次不知因为啥事，他老婆顶着门，举着棍子，又要打他。他躲来躲去，最后钻到了床底下。

老婆指着喊道：“你给我出来！”

他认为在这里老婆打不着，鼓起勇气大声说：“我不出来！男子汉，大丈夫，说不出来就不出来。”

吓死啦

这一天，王二把张三、李四、赵五约到饭店喝酒。酒过三巡，王二说：“咱兄弟四个是磕头拜把的好兄弟，可在人前都抬不起头来。为啥？就因为咱几个是出了名的怕婆子。咱今天一定要想出个法子来，咋能不怕婆子，当一个堂堂正正的男人。”

张三说：“大哥说的是，是该想个法子啦。”李四说：“我早就不想怕婆子，可想了这几年，也没想出个好法子。”赵五说：“谁要能想出个好法子让我不怕婆子，我给他磕三个响头。”

王二说：“咱今天喝罢酒，趁着酒劲，回到家抓住老婆的头发就打，直到她喊爹求饶。俗话说，打倒的媳妇擺倒的面。你不打她，她不知你厉害，当然不怕你。”张三说：“俺媳妇长得好像孙二娘，我打不过她。”李四说：“她娘家有钱有势，要不是她长得丑，没人要，咋能做我的老婆？我可不敢惹她。”赵五说：“光棍的苦我可吃够啦，要是把她打跑了，我不得当一辈子光棍？打，不是法。”王二说：“瞧你们的熊样，没一点出息！男子汉大丈夫，宁愿打光棍，也不能怕老婆。喝罢酒，你们跟我回家，看我怎么打服她。”三人都说：“老大就是老大，老大的胆子就是比咱大，不服不行。”

四人的老婆听说男人在一块儿喝酒，商量不怕婆子的法子，气不打一处来，相约来到饭店，齐说：“不怕老婆的法子想出来了吗？谁说的要打人？”

赵五一看，吓得趴在桌子上装睡；李四一看，吓得钻到了桌子底下；张三一看，跪倒就给媳妇磕头，说：“这事不怨我，是王大哥喊我来喝酒的。”只有王二坐在那里纹丝不动，面不改色，气不发喘。众人好奇怪，近前一看：他吓死啦！

讲述者： 于圣连，男，72 岁，大专学历，退休干部
孙清恩，男，79 岁，高中学历，退休干部
采录者： 卜凡柯，男，78 岁，大专学历，退休干部
采录时间： 2020 年 9 月 30 日
采录地点： 丰县文化馆

[1] 窜了圈：指溜走。

460

㞞包

该做晌午饭了，邻居老巴的儿媳小兰到公婆种菜的自留地里拔了两个萝卜，说是加上细粉炖猪肉。

老巴见地里有两个空，很不乐意，急喊儿子问罪：“谁不声不吭拔走我两个大萝卜？”

儿子：“还能有谁，恁儿媳妇呗。”

老巴：“那你也得说说她，不能想咋治咋治。”

儿子吓得直哆嗦：“亲爹呀，我敢说她？恁是开玩笑还是吓唬我呀？她不得骂瘪了我。”

老巴很生气，骂：“孬种！㞞包！丢人现眼！这么怕老婆，还是男人吗？”见儿子要溜，一腚坐到地上嚷嚷：“这可怎么得了，你娘回来，还不把我揍憨呀！”

讲述者： 张永金，男，67岁，初中学历，沛县安国镇西张集村农民

采录者： 张行文，男，68岁，大专学历，沛县张集中学退休教师

采录时间： 2020年8月

采录地点： 沛县安国镇西张集村

附记

讲述者张永金，一直生活在农村。父亲就是安国镇一带讲故事能手，此人受其父亲影响更是故事高手。儿子请他去城市养老，因留恋故事，仍居老家。这是他从父辈那里得来的精彩故事之一。（张行文）

461

听老婆的话没错

王五怕老婆。有一天，他老婆对他说："家里这把旧伞烂了，不能用了，你去买把新的来。"王五听罢，接过伞就走了。

王五买了伞，老天爷就下起大雨来。王五没敢把伞撑开，夹着伞，冒着雨来到家。他老婆一看他淋得落汤鸡似的，就骂："憨驴，你买了伞为啥不用？"王五却笑着说："出门时你没告诉我打伞；再说，新伞一用，就成了旧的了，回来怎么向你交代？"

讲述者： 刘氏，女，88岁，沛县七堡村农民
采录者： 张雅，女，56岁，大专学历，沛县自来水公司工会主席
采录时间： 2020年7月
采录地点： 沛县七堡村

462

不要命

有个吝啬的财主，一天他请客人来家吃饭，上了四样菜：炒豆腐、拌豆腐、炸豆腐、烩豆腐，末了又来了个豆腐汤。客人就问："怎么都是豆腐啊？"财主说："我这人一辈子最喜欢吃豆腐，豆腐就是我的命啊！"

第二天客人回请他。为了尊重他的喜好，客人把所有的菜里都加上了豆腐：炖肉里有豆腐，炒鸡里有豆腐，连糖醋鱼里都搁了不少豆腐。开始吃饭了，财主拿起筷子一个劲地吃鱼吃肉，而豆腐呢，他连碰也没碰。客人很奇怪，就问他："你不是最爱吃豆腐吗？""是啊！""豆腐不是你的命吗？可你怎么一块豆腐也不吃了呢？"财主说："豆腐是我的命啊；要是见了鱼啊肉啊的，我就连命也不要了！"

讲述者： 筱华
采录者： 张明飞
采录时间： 2013年
采录地点： 邳州市议堂镇沙埠村

附记

本篇选自《邳州民间故事传说》(江苏人民出版社，2015 年3月版)。

463

睡不着

很早以前，在不老河岸边的一个村子里，住着一个种瓜的老汉。老汉爱瓜如命，每年夏天一到，他就带着铺盖住到瓜棚里。为了吓唬小偷，他在夜里不住地念叨着："睡不着、睡不着……"

也真灵验，小偷知道老汉睡不着，都不敢来偷瓜了。

时间长了，人们便开始怀疑：他夜里睡不着，为什么白天还能在地里干活呢？一天夜里，庄上鸡狗不听动静，几个小偷轻手轻脚地凑到瓜地边，那老汉念叨"睡不着"的声音听得清清楚楚。小偷试探性地向瓜棚扔了一个坷头子[1]，听到还是"睡不着、睡不着"。接着，小偷又扔了几个坷头子，听到的仍旧是"睡不着"。小偷的胆子便壮了起来，抱起西瓜就走。一趟、两趟、三趟……把西瓜一个劲儿地往外抱，而老汉还是在念叨他那"看瓜经"。

天亮了，老汉一觉醒来，睁眼一看，一地的西瓜全变成了茫茫一片水。这是怎么一回事呢？原来，小偷偷完了西瓜，老汉还在念叨"睡不着"；小偷觉得好笑，就把老

[1] 坷头子：土块。

汉连人带床抬到了河边的浅水里。老汉认为是招鬼了，心里一急，“扑通”一声，掉在水里。于是，他急忙往岸上爬，到岸上一看，傻眼了，一地的西瓜全没有了。老汉懊丧地抱着头，说：“这回都怨我睡着了。”

讲述者： 张礼法，61岁，不识字，农民

采录者： 张元栋，曾任邳州广播电视大学校长，有多部专著问世

采录时间： 1986年

采录地点： 邳县滩上乡倪桥村

附记

本篇选自《邳州民间故事传说》（江苏人民出版社，2015年3月版）。

464

白字先生

从前，有个教书先生，识字不多，常读白字，又是个近视眼，别人送他个外号叫“白字先生”。白字先生来到张家教书，东家知道他的老底，就提出了这样的要求：教书一年，给谷子三石，俸钱四千吊。但如果教一个白字，罚去谷子一石；如果教两个白字，罚去俸钱二千吊。白字先生听了，暗暗叫苦，但也只好硬着头皮答应了下来。

一次，东家邀白字先生上街闲遛，白字先生把一家住户镇宅石上的“泰山石敢当”，误读成了“秦川右取当”。东家听了马上指出：“你读错了，念你初犯，先罚谷子一石！”可怜一年的报酬已去了一少半。

回到书房，白字先生教学生读《论语》时，把“曾子曰”读成了“曹子曰”，把“卿大夫”读成了“鄉大夫”。监课的东家马上进来说：“又读了两个白字，罚去谷子二石，还剩下四千吊钱了啊！”白字先生好不懊悔！

又有一天，白字先生把“季康子”念成了“李麻子”，把“王曰叟”念成了“王四嫂”。东家说：“两句都读错了，四千吊钱全部扣除，你赶紧卷行李去吧！”

一年俸钱都被扣完了，白字先生作诗叹道：“三石俸

谷苦教徒，先被‘秦川右取’乎；一石输在‘曹子曰’，一石送给‘鄉大夫’。四千俸钱本不少，可惜如今全扣了；二千赠与‘李麻子’，二千给了‘王四嫂’。”

讲述者： 李守公，64 岁，上过私塾，农民
采录者： 杨光正
采录时间： 1980 年
采录地点： 邳县官湖乡

附记

在一个晚上纳凉时，采录者听了李守公老人讲的这个故事，当时用心在脑子里记下，整理成文后，又去请讲述者核实，纠正不当之处。后来被收入《邳州民间文学集成·故事卷》。讲述者是农民，能熟练背诵民间长篇叙事诗《胡打算》。

465

认一边

从前，宿迁有俩举子骑着小毛驴进京赶考，走到睢宁县城北部巧遇。一胖一瘦两个举子，都是去赶考的，二人觉得是同道，一起结伴前往。两人一边行走，一边海阔天空，说古道今；都是年少气盛，互不服气。

那胖举子在驴背上摇头晃脑地念一段荀子《劝学篇》："君子博学而日参省乎己，……故不登高山，不知天之高也；不临深谿（溪），不知地之厚也；不闻先王之遗言，不知学问之大也。"他将"深谿"读作"深谷"，瘦举子觉得他把"谿"字音读错了，但自己一时也想不起来这个字该读什么，只是说："你读错啦！绝对读错了！"争论之中，还挨胖举子抢白一顿。瘦举子觉得心中好大没趣，而且骑的瘸驴子又慢慢斜路边去了，他气恼地按驴腚就是几鞭子，嘴里没好气地骂道："我叫你认一边，我叫你还认一边不。"

打那时起，对似懂非懂的汉字只念一边的，就被笑传为"认一边"了。

讲述者： 晁岱卫，男，67 岁，大专学历，睢宁县文联退休干部

采录者： 张甫文，男，68 岁，大专学历，睢宁县委宣传部退休干部

采录时间： 2020 年 7 月

采录地点： 睢宁县文联

附记

此故事在 20 世纪 70 年代由县税务局离休干部晁镇讲述，后由时任县文联秘书晁岱卫传讲，并整理编入《睢宁县民间文学集成》一书，以至在全县各地流传较为普遍。（张甫文）

466

白字争斗

清初，在下邳州文庙前每天都是人流如潮。有朝拜者、寻礼者，也有摇头晃脑故弄玄虚者。

有一天，文庙前来了两个道貌岸然之人，一名自称“东海博士”，一名自诩“南国大儒”。二人来到庙门口，一东一西垂手立于庙门两侧，分别抬头瞻仰庙宇门匾两个金光闪闪的大字。

“东海博士”禁不住惊呼道：“好座文朝（庙繁体字廟），真乃雄伟也！”

“南国大儒”闻听，哈哈讥笑道：“原来博士空有其名啊。哪里是文朝啊，分明是又庙也。”

“东海博士”很不服气地说：“你才是空有大儒其名呢！这分明是个朝廷的‘朝’字，即是早期的朝，此朝乃是朝廷下诏所建，而又天天早朝也，岂不念‘朝’字？”

“南国大儒”更有理由：“神仙乃居天堂玉宇，皇上居朝堂，圣贤居庙宇；孔子是圣人，死后自然建庙祭祀。这里我昨天来也，今天又来也，岂不是‘又庙’也！”

“博士”和“大儒”，一个是盛气凌人，一个是据理不让；一个是醉死不认那壶酒钱，一个是那壶酒钱死也不认

账。两个人从早上一直争到中午，谁也不愿认输。进香的人络绎不绝，但几乎都知道“东海博士”是个饭桶，“南国大儒”是个草包，没人理睬他们。

他们俩又从中午争论到晚上。这时有一个和尚来关庙门，见二人面红耳赤，并不时对着门首指指画画，便走上前来打个躬道：“两位师傅，争论啥呢？”

“东海博士”和“南国大儒”便把各人的识读和见解重复了一遍。和尚听了“哈哈”大笑说：“原来两位均是徒有其名，竟不知我是‘北海万事通长老’。吾乃东海博士十载、南国大儒十年，世间无字不识、无事不晓。早来问我，也免得二位受人耻笑。”

“你是万事通长老？”

“正是！”和尚趾高气扬、不可一世地随答。

“那到底谁对谁错？”二人忙问。

“这个嘛——”和尚故意沉思片刻，把眼神在“博士”和“大儒”的脸上扫来扫去。

“博士”明白了，和尚是有偿服务的，得要钱哪。他连忙从口袋里掏出二两银子送到和尚手里。

“大儒”见“博士”给和尚二两，他连忙掏出银子五两给和尚。

“博士”见“大儒”给和尚五两，他连忙又给和尚八两……

如此几番增加之后，“博士”和“大儒”身上皆不剩分文，只等和尚论是非。

只见那和尚干咳几声之后，拉出一副“万事通”的神态，唱道：“文朝又庙两相宜，我到西天去化齐（斋）。不信去问孔天（夫）子，或者去问苏东皮（坡）。”

好一个万事通长老，不仅把文庙说成是“文朝”和“又庙”；还把“斋”字读成了“齐”，把“夫”字念成了“天”，把“坡”字说成了“皮”。真是一个双料饭桶加草包。

讲述者： 刘全义，男，72岁，初中学历，古邳镇原文化站站长

采录者： 张甫文，男，68岁，大专学历，睢宁县委宣传部退休干部

采录时间： 2020年5月

采录地点： 睢宁县古邳镇文化站

附记

此故事在20世纪70年代在睢宁北部古邳镇一带流行传讲，后编入1987年出版的《睢宁县民间文学集成》一书。（张甫文）

467

错认

采录时间：2020 年 9 月 26 日
采录地点：丰县文化馆

以前，丰县城里有座文庙。这天有二人进城，一人念成“文庙”，一人念成“丈庙”，二人争论不休。这时，来了个和尚，他们就问：“大师傅，大门上的字是念‘文庙’，还是念‘丈庙’？”

和尚说：“我急着下乡去化绿（缘），你们问别人吧！”

正巧，那边过来一个教书的先生。他们又问：“先生，这大门上的两个字念什么？”先生说：“别问我，我没空查字曲（典）。”

二人正发愁，正巧县太爷来了。二人上前把以前的事说了一遍，问道：“大老爷，大门上的两个字究竟念什么？”县太爷说：“文庙丈庙两相异，大师下乡去化绿（缘），先生没空查字曲（典），我也不是苏东皮（坡）”

咳！都念错字啦！

讲述者：卜凡柯，男，78 岁，大专学历，退休干部
采录者：于圣连，男，72 岁，大专学历，退休干部

468

县官的『亲爹』

从前，俺丰县套楼村有一公子，家产万贯。说话办事粗枝大叶，马马虎虎；不学无术，识字不多；为人虚荣，爱要面子，不会装会，不懂装懂。后来花钱买了个七品知县，因为他念字常念错别字，大家给他送了个外号叫“白字县官”。

一日，有个叫住石传的人前来告状。这人弟兄五个，是有名的当庄虎，与邻村老木匠淹新斧发生地界之争，以势欺人，打伤了人家，反来个恶人先告状，诬告淹新斧。白字县官升坐大堂，问住石传：“可有状子？”“有。”住石传将状子呈上。

老爷接原告的状子细看，他认不准“住石传”三个字，大堂上又不好问人，读作“往右转”了，于是喊道：“往右转！”住石传不敢怠慢，立即跪着向右转去。老爷见他一声不应，又大声喊道：“往右转！”住石传又急忙向右转去，这时屁股正对着老爷。老爷气得一拍惊堂木：“往右转！”住石传吓得浑身筛糠，心想，大概是老爷嫌我转得太慢了，便“唰”地来了个一百八十度大转。白字县官恶狠狠地说：“老爷我叫你，你为何不答腔？”

“老爷容禀，小民叫住石传。你叫我往右转，我就往右转，没敢答话。”

老爷听了自知理亏，又岔开话题问道：“你状告何人？”

“都在状纸上写着。”

老爷又看看状子，把被告“淹新斧”三字又念错了，念成“俺亲爹”了。于是对衙皂喝道：“带被告俺亲爹上堂！”衙皂不敢多问，应声而去。老爷这一喊叫不要紧，可把住石传吓坏了，心想：没听说老木匠有个当知县的儿子。这可糟了，官司我定要打输，够我受的了。越想越怕，浑身哆嗦个不停。

且说衙皂明知老爷念错了字，便把被告淹新斧传上大堂。老爷见他满面泪水和伤痕，便说：“你有何冤枉之事，慢慢讲来。”老木匠抹抹脸上的血迹，睁开泪眼，哭诉了一遍。老爷手指住石传道：“原告！你听到了吗？”

“听到了，听到了，小人有罪……”

“你横行乡里，欺压俺亲爹，又来个恶人先告状，该当何罪？”

“小人知罪，请老爷宽恕……”

老爷心中暗喜，心想，自上任以来还没问过这么好断的官司，我得装个清官的样子，于是向衙皂们喝道：“将原告重打四十，罚银五十两，交给俺亲爹养伤！”众衙皂齐声呼应，老爷拂袖而去，众人啼笑皆非。

讲述者： 卜凡柯，男，78 岁，大专学历，退休干部
采录者： 于圣连，男，72 岁，大专学历，退休干部
采录时间： 2020 年 9 月 26 日
采录地点： 丰县文化馆
流传地： 丰县

469

懒汉遇懒汉

从前，邳城李家庄有两个懒汉：一个叫张懒，懒得吃了饭怕刷锅洗碗；另一个叫李懒，懒得怕洗脸。

一天晚上，李懒去偷张懒。张懒正在家里睡觉，突然听到锅响，知道是有人来偷锅。张懒急忙跳下床，顺手就给李懒一个耳光，把李懒的脸给打掉了一块。李懒呢，顿时觉得脸上轻快了许多，他揭起锅就跑。刚出门，“啪”的一声，碰到门框上，锅碎了。李懒心想：锅碎了也有几块碎铁。到家里拿灯一照，原来偷来的是张懒锅底结的一层锅巴。这时，张懒在家也把灯拿来，看看打落的是什么东西，原来是李懒脸上掉下来的一层灰壳。

讲述者： 惠二奶，80 岁，文盲，农民
采录者： 惠峰
采录时间： 1987 年
采录地点： 邳县邳城镇西惠村

附记

本篇选自《邳州民间故事传说》(江苏人民出版社，2015 年 3 月版)。

470

头发数不清

兄弟仨分家，什么都一分三份，只有这五头肥猪没法分：一人两头，不够；一人一个半，还剩。再说这半个怎么分法？又不能杀肉分。

争来争去，老大说："我的胡子一大把，五头肥猪我撵俩。"老二说："我的胡子一大掐，五头肥猪我撵仨。"小三是个光嘴巴，没有胡子，便空着两手转回家了。他哭丧着脸和妻子一说，妻子走了出来，找到老大，又找来了老二，把头发理开，往肩上一披说："我的头发数不清，五头肥猪往回领。"

老大、老二一看，愣了！是啊，你和人家比胡子，人家没有胡子，不和你比头发比什么呢？

讲述者：　吕召秘
采录者：　张敬东
采录时间：　1987 年
采录地点：　邳县铁富乡

附记

本篇选自《中国民间故事全书·江苏·邳州卷》(知识产权出版社，2007 年 6 月版)。

471

字谜难倒书生

从前，有三位书生进京赶考，傍晚投宿在一家乡村小店。正在擀面的店主大嫂很客气地安置他们住下，然后问道："三位公子贵姓啊？"一位书生故作聪明卖起关子："弓长木易十八子。"大嫂听了，接口就说："唤，原来是张、杨、李三位先生。"三位书生见她对答如流，就反问道："大嫂，你贵姓？"店主大嫂停了活，顺手抽出擀面杖往墙上一捣，说："我就姓'擀面杖子靠墙站'。"说完，又擀起面来。

三位书生呆想了一阵，总是猜不出来。第二天，临行前，他们问道："大嫂，你到底姓什么，请明说吧。"大嫂这才笑着把自己的姓氏说了出来。书生一听，如梦初醒，连声说："惭愧，惭愧！"

你道这位大嫂姓什么？原来她姓杜。

讲述者： 马志田，官湖中心小学教师

采录者： 杨光正

采录时间： 1987 年

采录地点： 邳县官湖镇

附记

这个笑话是在讲述者马志田家中记录整理成篇的，后发表在《山海经》杂志。马志田幽默诙谐，善于讲笑话和文人故事。（夏至）

472

『弟仨就我有爹』

讲述者：陈都仿，50 岁，文盲，农民
采录者：陈都政
采录时间：1987 年
采录地点：邳县合沟乡

从前，有兄弟三人，分别成家立户过日子。他们有一个共同的毛病，就是不孝敬父母。

不久，他们的爹连气带饿死了。活着的时候兄弟三人谁都不想要爹，死了他们更不想要，尸体摆在家里好几天。左邻右舍、亲戚朋友实在看不下去了，就督促他们弟兄仨先把老人抬家去，买口棺材送下地，入土为安。兄弟仨商量来商量去，谁都不想抬到自己家里去。

邻居出面调解，给他们出了个主意：兄弟仨抓阄，谁要抓到了，谁就把爹的尸体抬回家去。于是，兄弟仨开始抓阄：老大先抓，取开一看，空白纸条，喜得手舞足蹈；老二抓到一看，也是没有摊着，恣得一蹦多高；老三抓过来一看，写得清清楚楚：赶快抬回家料理后事。他气得把纸条一撕，转身就想跑。老大、老二一把将他抓过来："不把俺爹抬回家去，你哪儿跑？"老三嚎啕大哭："俺的亲娘咪，弟仨就我有爹噢！"

附记

本篇选自《中国民间故事全书·江苏·邳州卷》(知识产权出版社，2007 年 6 月版)。

473

疼爱闺女打儿子

有一对年轻夫妇，生有一双宝贝儿女：儿子叫宝宝，女儿叫贝贝。见到爸爸下班回家，儿女们照例扑到爸爸怀里撒娇。谁知，这次爸爸只对贝贝亲热，吻吻额头亲亲手，而对宝宝却不理睬。宝宝有意见了，说老爸不公平。不说还好，这一说爸爸更生气，他伸手抓过宝宝便打，说："打死你个五十的，只留她这个一百的！"

宝宝不明不白地挨了打，哭着向妈妈诉说什么"五十""一百"。妈妈一听，脸"唰"地红了。原来，他们夫妇俩商定，每月按时给双方父母寄一百块钱。可是，妻子每次给自己的父母寄一百块，而给公婆只寄五十块。丈夫知晓后，不敢向妻子发火，只好拿儿子撒气了。

讲述者： 郑书楼

采录者： 吴增俊，1949 年生，女，邳州人，曾任邳州市聋哑学校校长，全国特教先进工作者

采录时间： 1983 年

采录地点： 邳县徐塘中心小学

附记

本篇选自《邳州民间故事传说》（江苏人民出版社，2015 年 3 月版）。采录者吴增俊说："年轻夫妻对待双方父母要一视同仁、平等对待，决不能厚此薄彼。希望这类笑话，在生活中不要再出现了。"（柏枝）

474

三句话不离本行

从前，东庄上有几个能说会道的手艺人：一个是厨子，一个是赶大车的，一个是撑船的，还有一个是裁缝。平常，庄上不管谁家有红白喜事，都要请他们去给帮忙；不管谁家发生打架抬杠的事，都要请他们去当调解人。

有一次，庄上有兄弟俩，爹爹死了以后，他们闹着要分家；由于他们都想多占家产，分了好几次都没分成。这兄弟俩就去请那几位手艺人给主持公道。

几个手艺人感到这个事情很难办，就先到厨子家去商量一下对策。厨子说："依我看，咱们要是去了，就快刀切豆腐——两面光，别葱呀韭菜的分不清！"

裁缝说："我们办事不能偏心，要针过去了线也过去了才行。"

赶大车的接过话茬说："唉！俺先前也调理过这号兄弟分家的事，前有车后有辙，那还有什么难办的，别太下道就行啦！"

撑船的听得不耐烦了，大声说道："我看咱们别再啰哩啰嗦的了，不如到他们家里看风使舵，怎么顺手就怎么给他们划拉划拉！"

厨子的媳妇听了，"扑哧"一声笑了："我看你们真是卖什么吆喝什么，三句话不离本行呀！"她的话音刚落，屋里的人不由得笑出了声。原来，厨子的媳妇是个做小买卖的。

讲述者： 黄乐善，女，60岁，农民
采录者： 杨光正
采录时间： 1987年
采录地点： 邳县官湖镇

附记

本篇选自《中国民间故事全书·江苏·邳州卷》(知识产权出版社，2007年6月版)。

475

『鱼人』不如『憨冬瓜』

从前，有李四和王五两个生意人，他们为了争门面打起了官司。

李四知道县官喜欢吃鱼，就买了两条大鲤鱼，偷偷地送给了县官。县官喜滋滋地收下了。

王五听说李四送了鱼，怕自己的官司输给李四，他就摘下来一只大冬瓜，掏空了瓜肚子，塞进了两只金元宝，捧着冬瓜送到了县官家里。县官一见王五送来一只烂冬瓜，生气地一拍桌子。这时只听“啪”的一声，吓得王五把手里的冬瓜摔在地上，冬瓜摔成了八瓣，从里面滚出两只金元宝来。县官见了，马上换了一副面孔。

第二天升堂，县官不由李四分说，一拍惊堂木：“呔！大胆刁民李四，竟敢诬陷好人王五。左右，给我重打四十大板，轰出堂去！”李四心想：难道说老爷忘了我送的两条大鲤鱼了？在公堂上又不好直说，于是李四赶忙拐弯抹角地提醒道：“老爷，我可是个‘鱼（愚）人’呀！”

县官喝道：“‘鱼人’？老爷知道你是个‘鱼人’，但不如人家‘憨冬瓜’哩！”结果，李四挨了四十大板，王五把官司打赢了。

讲述者：周元生，34岁，农民
采录者：杨光正
采录时间：1985年9月
采录地点：邳县官湖乡

附记

本篇选自《邳州民间故事传说》（江苏人民出版社，2015年3月版）。

476

偷牛逮个拔橛的

有一个人叫张三，他的牛被人偷去了。张三非常气愤，发誓非抓住这个贼不可，每天晚上他都在牛棚四周瞅着。

碰巧，这天他的邻居从街上买了一头牛回来，来到家天已很晚了，现砍牛橛来不及，就来到张三的牛棚。他知道张三的牛已被人偷去了，牛不在了还要牛橛干什么？邻居没和张三打招呼，走进牛棚就拔他的牛橛，不料被张三一把抓住了。张三气愤地说：“好啊，原来是你啊！你偷了我的牛，今天又来拔牛橛。别啰唆，跟我见官去吧！”

从此，咱们这地方就流传开了“偷牛逮个拔橛的”这一说法。

讲述者： 仲仁伟，60 岁，文盲，农民
采录者： 张敬东
采录时间： 1987 年
采录地点： 邳县连防乡

附记

本篇选自《中国民间故事全书·江苏·邳州卷》（知识产权出版社，2007 年 6 月版）。

477

阿三拾银

有个叫阿三的穷苦人，给地主家干活讨饭吃为生。

快过年了，阿三去家过年，走到一棵大树下，看到有一封银子掉搁路旁。他拾起打开一看，有五十两。阿三喜欢得要命，心想：俺今天该走时，拾到这五十两银子，能过个肥年了。刚走几步，又一想：丢银子的人一定急得要命，俺要把银子拿走，心里说不过去啊。干脆，俺就搁这儿等着吧！一直等到晚上，阿三看见一个做买卖的人在路边找什么，就问。这人说："俺晌半天搁这儿拉屎，掉了银子。"

阿三一听，说："俺拾到五十两银子。"说着，就把银子掏给商人了。

那人接过银子，一想，世上还有这么个大笨蛋，拾到银子还等着还给人家，俺得敲他一敲。于是，他对阿三说："不对呀，俺掉的是一百两银子，怎么是五十两呢？那五十两给你藏起来了，快还给我！"

阿三一听，说："俺只拾到五十两，没拾到一百两啊。"两人争吵起来。正在这时，一个县官路过这里，问他们争吵什么，阿三就把拾银经过说了一遍。县官一听，对阿三说："他掉的是一百两，你拾的是五十两，不是他的银子。"转身对那人说："你把银子还给人家，你在这等你的一百两吧。"

阿三拿着银子高兴地回家了。那个做买卖的人后悔地说："俺不该诈人家，五十两银子一两也没见着。"

讲述者： 周国全，44岁，初中学历，农民

采录者： 张都云

采录时间： 1987年10月8日

采录地点： 新沂县王庄镇

附记

本篇选自《中国民间故事全书·江苏·新沂卷》(知识产权出版社，2007年6月版)。

478

滚出来的官

据说在清朝的什么年代，有一个新考取的进士到邳州去做县官。有一家财主，置酒为县官接风，又请一位原来做过太傅、现在告老还乡的人陪客。这个太傅穿着十分朴素。

县官进了客厅，高高坐在上位，很不客气地向这位太傅说："你原先是干什么的？"

"教个小书。"太傅很谦恭地回答。

"搁哪儿教书？"

"北京。"

"北京谁家？"

"在紫禁城。"

县官开始有些吃惊了："啊！你老先生的学生有哪些人呀？"

"刚才说过了，俺是教小书的，只教一个学生。"

"谁？"县官更有些慌了。

太傅忙站了起来，向北拱手："就是当今皇上。"县官大吃一惊，连忙跪倒，心想，我听说过这里有一位告老还乡的"太傅"，准是他了！连连磕头："下官该死，下官该死！大人饶恕，大人饶恕，饶恕我这个连狗也不如的人！"

太傅哈哈大笑："滚出去！"

县官一听，连忙磕头，也不起身，滚出客厅，滚出甬道，滚出二门，滚出大门；一头滚，一头嘴里答应："是是是！"满客厅的人，都捧腹大笑。

事后不久，皇上有旨，召太傅进京晋见。皇上对太傅很尊敬，赐茶、赐宴，陪侍的都是一二品的官，皇上也在座。太傅忽然想起那个县官的丑相，想讲一讲，让皇上也笑一笑，就说："臣的县里，那个县官……"刚讲到这里，太监奏事，皇上有重要事，立即回宫办理。太傅只好停住。

隔几天又召见，仍由一二品大员陪侍。太傅又继续讲上次没讲完的事："臣的县里，那个县官……"又有大臣奏事，皇上又走了。太傅只好又停住。隔几天第三次召见，太傅又接着讲："臣的县里，那个县官……"皇上有事又走了。

皇上走了以后，大臣们都向太傅说："大人不必在万岁面前再讲啦。大人讲一次，皇上就关照一回，我们就给他升一次官。那人已经连升三级，成了制台啦，没法再升啦。"

"什么？"太傅大吃一惊，没想到是这么个后果。

讲述者： 韩时忱，70 岁，初中学历

采录者： 马南圃，73 岁，大专学历，新沂陶瓷厂艺术指导

采录时间： 1986 年 3 月

采录地点： 新沂县新安镇

附记

本篇选自《中国民间故事全书·江苏·新沂卷》（知识产权出版社，2007 年 6 月版）。

479

张三夸富

张三家里很穷，却好夸富。一天他带着儿子去赶集，遇上一个熟人在卖瓜，熟人就让他吃瓜。张三却说："咱自家有的是瓜，种得可多了。"卖瓜的说："你家瓜多，你儿子怎么拾西瓜皮啃？"张三回头一看，儿子真的抱着一块西瓜皮在当街上啃得津津有味，可丢死人了，伸手就打了儿子一巴掌："俺家有的是西瓜，叫你吃你就不吃，怎么还拾西瓜皮啃？"儿子很机灵地说："爹，西瓜皮比西瓜好吃，味道好，能扶壮！"

张三一听忙拉着儿子走进巷口，见四下无人就说："你拾的西瓜皮啃完没有？快给俺尝尝！"

讲述者： 高超玉，42岁，小学学历，堰头乡王帆村农民

采录者： 杨印山，25岁，高中学历，堰头乡文化站

采录时间： 1987年2月

采录地点： 新沂县堰头乡王帆村

附记

本篇选自《中国民间故事全书·江苏·新沂卷》(知识产权出版社，2007年6月版)。

480

全不懂和假内行

大明朝吧，不知是哪个皇帝坐龙廷，咱这地方热闹得很，跑买卖做生意的人都挣得“满腰黄”[1]。

有个外号叫“全不懂”的人，一心想开个中药铺，可是他自个儿一点也闹不懂药草的名儿，当然更谈不上药道药性了。他盘算找个懂药物的人来合伙经营。

这事被一个外号叫“假内行”的人知道了。他就自动投上门，对“全不懂”胡吹一通，听起来条条是道；“全不懂”又不知道“假内行”说得对还是不对，只望着他那神气的样子，就信他是个懂医术的主儿，就和“假内行”合伙开起中药铺来。

第一天药铺刚开门，就来了要买一味草药的人。“全不懂”忙迎上去问：“客官，你买什么药？”来人说：“白芨。”

“假内行”一听慌了，他不知白芨是什么样儿，又不敢说自个儿是个外行，就胡乱在药橱里翻了一通，又装模作样地翻了一阵药书，但还不知道白芨是个么模样。有心随便抓一味药给客人，又怕把“假内行”的名字传出去。怎么办呢？

“假内行”急得团团转。眼看客人等躁了，“全不懂”问：“咱进的药全不全？”“假内行”忙把“全不懂”拉到一边说：“咱可不能说药不全呀！就是折了本钱，也要撑开门面，不然就砸锅了！”“全不懂”忙问：“这怎么办哪？”“假内行”说：“你快上街去买一只全白的大白鸡来，一点杂毛也不能要！”

“全不懂”忙上街买回了一只大白公鸡，递给客人，说：“白芨一味药到了。”

客人说：“俺要买的是一味草药白芨，可不是只白公鸡呀！”

“假内行”忙说：“客人，你是外行，造药铺造的‘乌鸡白凤丸’就是用一抹黑的鸡和一抹白的鸡做的哪！乌鸡就是黑鸡，白鸡就是一味药嘛！错不了，错不了。”

“全不懂”也圆场说：“你看，这白鸡，一根杂毛也没有，不是白鸡是什么？”

客人忙问：“这味药多少钱哪？”

“全不懂”说：“俺刚才从集上买来的，半两银子俺一个儿也不多挣你，你还给半两吧！”

客人说：“一味草药怎么这么贵？别的药铺只卖十个铜钱呀！”

“假内行”忙说：“好，别家卖十个铜钱，咱也卖十个，你拿走吧！”

客人想：这只白公鸡有五斤多，起码值半两银子，眼下只收十个铜钱，合算。拿回家做菜吃也好，再到别个药铺买白芨吧。于是高高兴兴地付了十个铜钱，提着白公鸡走了。

过了一会儿，又来个要买“附子”的客人。“假内行”对“全不懂”说：“老哥，俺是个单身汉，这客人要买‘父子’，怎么办？”

“全不懂”说：“俺一点也不懂医药，你看咋办就咋办吧！”

“假内行”说：“那只好委屈你和你的儿子了。你只管放心跟客人去，家中嫂子俺自然给你照顾好，放心去吧！”

[1] 满腰黄：指腰里钱多。

"全不懂"只好点头答应了。

客人见一个铜钱买了爷俩，正巧家中缺少做活的人，很合算，也就付钱把"全不懂"父子两人带走了。

这时，又一个客人进来，要买"砂仁"和"陈皮"两味中药。"假内行"一听就犯起愁来，在房中踱来踱去，顺步到了门前站了一下。忽见门旁补鞋的皮匠慌张地收拾担儿，挑起就跑；由于忙中有乱，一下绊着块石头，跌倒了，门牙也被磕了下来，血流满面。"假内行"见了，忙奔过去想把皮匠扶起来，说："陈皮匠，你为啥这么忙哪，有什么急事？"

陈皮匠一听更慌了，连忙跪下来向"假内行"磕头说："假先生，你行行好吧！俺家中还有八十岁的老娘和妻子儿女，他们都等着俺挣钱养活呀！你可不能杀俺呵！"

"假内行"说："俺啥时要杀你啦！"

陈皮匠说："这位客人要买'杀人''陈皮'，俺是陈皮匠，你不杀俺会杀谁呀？"

讲述者：鲁中仁，35岁，初小学历，龙池村农民
采录者：张希贤
采录时间：1986年1月
采录地点：新沂县炮车乡

附记

本篇选自《中国民间故事全书·江苏·新沂卷》（知识产权出版社，2007年6月版）。

481

老相好

从前，有个青年人，流里流气，当地凡是知道他的人，背后都称他是个"甩子[1]"。可他自个儿却认为自己聪明，处处吃不了亏。

有一年麦收季节，这个青年人到邻村帮工。到了麦田边，他端详了一阵，发现有座坟墓，可以少割一片麦，也是一件讨巧省工的便宜事，他便顺垄割了过去。别的帮工只好另起几垄割麦。

那青年人割麦占了便宜，蹿到别人前头，便自夸自卖起来："亏这个老相好的帮了俺的忙，给俺省了好多力气。生前你受俺的帮助，死后你又帮助了俺呀！"

正巧麦主人走过来，听了这青年人的话，忙问："大哥，这坟里埋的是俺爹，去年死的，已是八十岁，不知怎与大哥是老相好？"

那青年听了灵机一动，乘机回答："这位老哥五年前路过俺家，正撞着下雨，俺把他请到家中，酒肉招待，又留了一宿。从此俺俩成了忘年交，称兄道弟，不想老哥死

[1] 甩子：方言，流里流气。

了，俺连个信也没接到。”

麦主人一听，忙说：“你与俺爹有厚交情，称兄道弟；俺是他的儿子，当然应该称你做叔叔了。俺父亲去年一病在床，中风不语，因此死时也没有交代，俺也没法给叔叔去信，望叔叔谅解。”说罢，忙又把那青年请到家中，置酒置菜，厚厚地招待了一天，也不要那青年再去割麦，反而多给了许多钱财。

那青年自此以后，更是洋洋得意，为所欲为。

第二年，那青年又到另一村庄帮工收麦。他仍是如上一年一样地察看田地里有没有坟墓。他围田绕了一周，果见边口有一座小坟，便顺垄割起麦来。到了坟前，他又大声说：“老相好哟，你我生前恩爱，指望交好到老，想不到你却撒俺而去！”说罢，蹲在坟边假装哭了起来。

哪知这坟中埋的是一位未出闺的姑娘，因这姑娘生前与人私通，被家人知道了，羞得上吊而死。家中人正恨那个野小子，但不知是个啥样人。今忽见这青年自己在坟前招认了，当着众人面，比骂人老祖宗还狠，如何不气愤呢！麦主人伙同本村众人，一声大喝，奔到坟前，不管三七二十一，按倒那青年一顿穷揍。只打得那青年一佛升天、二佛出世，苦苦求饶，众人一再不肯住手。不大一会儿，那青年头破血流，腿断腰折，众人怕他死了，方才罢手。

那青年直养了一年多伤，才能下床。从此他再也不敢流里流气了。

讲述者： 杨兴启，70 岁，上过私塾，龙池村农民
采录者： 张希贤
采录时间： 1987 年 3 月
采录地点： 新沂县炮车镇

附记

本篇选自《中国民间故事全书·江苏·新沂卷》（知识产权出版社，2007 年 6 月版）。

482

难活

以前有个治病先生，由于治病本领不高，常常医死人，所以许多病人都不敢到他那儿看病。这个医生心情很不好，就到街市上散散心。

一个卖柴的人，不小心用柴担撞了这个医生一下。医生很生气，伸手就要殴打卖柴的人。

卖柴的人连忙向医生一跪，可怜巴巴地哀求说："先生啊，请你老高抬贵手吧！俺柴担撞了你，确是不对，你应该惩罚俺。不过，请你用脚踢我吧，千万别动手啊！"说罢吓得大哭起来。

围观的人，听了卖柴人的话，都感到很奇怪，就问卖柴的人："先生用手打你不是比用脚踢你轻吗？你为何不要他动手呢？"

卖柴人哭着说："众位高邻，你们没听说过吗？经这先生手的人，没有活着回家的！"

讲述者： 孙继言，70岁，上过私塾，民间医生
采录者： 张希贤
采录时间： 1986年11月
采录地点： 新沂县炮车乡龙池村

附记

本篇选自《中国民间故事全书·江苏·新沂卷》（知识产权出版社，2007年6月版）。

483

不是人

从前有个人，叫朱爱喝，他嗜酒如命，天天喝酒。人家不和他喝，朱爱喝就硬拽人同他去。有一次，那人说："俺叫你找三个人喝。"朱爱喝才勉强松手。那人说："你去叫三个人，一个叫草里人，一个是人里人，另一个叫不是人。"说过后就走了。朱爱喝到家后，就问媳妇。他的媳妇说："你蹲着，俺教你。"朱爱喝就稳稳当当蹲着了。

接着妻子说："你头戴草笠，再穿上蓑衣是草里人；俺蹲在桌子上，又怀孕了，不是人里人吗？你整个泥人，他不会喝酒，不就是不是人了吗？"

朱爱喝真的整了一个泥人，夫妻俩你一盅我一盅，也泼一盅在泥人的身上。三盅一泼泥人倒了。他的妻子说："那个人是孬你[1]的。虽然你是人，三盅一喝就不是人了！"

[1] 孬你：方言，故意败坏你。

讲述者：时云喜，50岁，初小学历，农民
采录者：周同领
采录时间：1987年5月2日
采录地点：新沂县时集乡

附记

本篇选自《中国民间故事全书·江苏·新沂卷》（知识产权出版社，2007年6月版）。

484

老搜抠的后事

从前有个老头，是个有名的老“搜抠”。他有三个儿子，可从来不许他们多花钱，连吃油盐都不许他们吃；说一年不吃盐能置几亩田，一年不吃油能买几头牛。果然，全家置了几亩地，买了四头牛，老头非常得意。

不久，老搜抠病重不起，眼看不行了。为了安排后事，把大儿子叫到床前问：“俺要死了你打算怎么办？”大儿子说：“你苦了一辈子，俺打算卖点地给你老人家送殡，买口棺材，做身好衣服。”老搜抠一听火了，骂道：“赶快滚！你不是俺儿，你把俺的家财拆散了。”又把二儿子叫来问：“俺死了你打算怎么办？”二儿子说：“俺想俭省办，用秫秸把你卷起来，用喂牛的石槽当棺材，把你埋了。”老搜抠说：“你也不是俺儿，石槽给俺埋了，怎么喂牛？”又把三儿子叫来说：“你大哥二哥都不会过日子，俺死了你打算怎么办？”三儿子想了想说：“这好办，你死了什么也不办，俺还想在你身上挣点钱。你身上还有点肉，刮下来，再把咱家黄狗勒死放在一起烀[1]，蛮[2]能卖几个钱。”老搜抠一听连声说好：“你这样做才是俺的儿子。不过，俺还对你说：卖狗肉时，可别上东庄你舅那儿去卖，你舅好吃不给钱。”

说完老搜抠便死了。到了阴间，阎王见了非常生气，说：“你这个老东西，一辈子苛刻！”便命令小鬼挑油、抬锅，要把老头放在油锅里煎。老头一听便跪在阎王面前说：“油你送给俺家孩子吃，你就把俺干炕[3]了吧！”

讲述者： 朱殿杰，75 岁，上过私塾，农民

采录者： 孙继荣，52 岁，高中学历，新沂市阿湖镇文化站站长

采录时间： 1987 年 4 月

采录地点： 新沂市阿湖镇文化站

附记

本篇选自《中国民间故事全书·江苏·新沂卷》（知识产权出版社，2007 年 6 月版）。

[1] 烀：方言，煮的意思。

[2] 蛮：方言，副词，满能或很能的意思。

[3] 炕：煎的意思。例：炕咸鱼，即煎咸鱼。

485

死财迷

从前，有个富户是个铁公鸡，不光一毛不拔，看见人家的钱财时恨不得上去夺过来才好。

这天刚合黑，有几个小孩做滚钱游戏。一个小制钱骨碌碌滚到他跟前，他连忙用脚踩住。看几个小孩乱找，他怕露了马脚，便连忙把钱捡起来，含在嘴里。

小孩一问："你见我的钱了吗？"

他一张嘴，咳，钱正巧卡到喉咙眼上。这咋治吧！不能吃，不能喝，请了先生也白搭。眼看要完蛋了，他打着手势让人把他仨儿子找来安排后事。

大儿说："爹一生刻苦，挣下家业，丧事定要讲讲排场。"老财迷一听，气得直翻白眼。

二儿说："爹的心事我知道，不能花大钱，随便操办个杨柳木棺材，埋了完事。"老财迷也是生气，喉咙"呜呜"响，说不出话来。

三儿说了："爹，我看你死后丢了这一身肥肉怪可惜，不如剥了，掺狗肉卖两个钱，合适。"

老财迷高兴了，嘴里"呜喽呜喽"地说："还是小三说得对。不过要记住，剥我时别忘了我喉咙里还卡着个钱咪。还有，卖肉的时候，千万别到王庄去，恁二舅光吃肉不给钱。"

讲述者： 卜凡柯，男，78 岁，大专学历，退休干部
采录者： 于圣连，男，72 岁，大专学历，退休干部
采录时间： 2020 年 11 月 2 日
采录地点： 丰县文化馆

附记

这则笑话源于丰县文化局文艺干部卜凡柯讲述，后收录在《笑林广记》（北京：光明日报出版社，1993 年版）上，在丰县讲传广泛，深受听众欢迎。财迷者村村都有，不足为怪；但财迷到这种程度的人却是十分罕见的，更是可笑的。（于圣连）

486

好赊账

从前，有个贪财舍命的赵大，一天出门做生意，路过一座桥，过桥得给看桥人一两银子才能过去。赵大舍不得，就蹚水过河。

河水太深，赵大水性又不好，刚到河心，就被急流冲倒了。别人把他救上岸送回家，赵大眼看就要断气了。他儿子要给他找大夫，赵大怕花钱，不叫去，便说："我反正早晚得死，也甭看了，你拿杀猪刀把我杀了吧。我死了不要棺材，把我的肉当驴马肉卖了，就能多得几十两银子。别忘了剔去的骨头能烧锅，骨灰能上地，比啥粪都壮。"说罢，眼一闭等死了。过了一会儿，又把眼睁开，对儿子叮嘱道："卖肉时，可别卖给你二舅，那孩子好赊账。"

讲述者： 李传胜，男，55 岁，高中学历，沛县七堡村农民

采录者： 李传喜，男，43 岁，高中学历，沛县七堡村农民

采录时间： 2019 年 9 月

采录地点： 沛县七堡村

487

李老三剃头

清朝末年，俺这地方有个剃头的，因他姓李又排行老三，人家都叫他李老三。按说，这李老三的手艺不错，可他是个势利眼，嫌贫爱富。

一天，有个乡巴佬找李老三给剃头。李老三一见他穿着破破烂烂的，就拿起一条破围巾给他围脖子。那破围巾又脏又臭，又都是头发茬子。李老三又拿起一把掉了牙的剃刀，也不管人家受了受不了，就三下五去二地给刮好了。那乡巴佬二话没说，就从身上掏出八百文钱走了。

李老三一看那八百文钱，心里就打开了算盘："俺给他剃得这个孬样儿，他还给了俺两份的钱；下回，俺可得给剃好点儿，他也许能给俺一吊钱了！"

过了一个月，这个乡巴佬又来剃头了，还是穿得破破烂烂的。可这回，李老三就拿他当大神来敬啦：他拿出了一条崭新的围巾，又用了锋快的新刀子，赔着小心地给这老头剃起了头。那头整整地刮了一个时辰，又是捶肩膀头，又是扒耳朵，又是剪鼻毛，又是捏额头……

可等给钱时，那老头才掏了二百文钱。一见这样，李老三一把抓住转身要走的乡巴佬说："你给的钱不够！"

谁料想人家老头有话打发他："够，够，够！俺这回是给上次的；上次是给这回的！"

讲述者： 张绍修
采录者： 高振东
采录时间： 1987年10月
采录地点： 新沂县炮车镇

附记

本篇选自《中国民间故事全书·江苏·新沂卷》(知识产权出版社，2007年6月版)。

488

拽小辫

从前有个憨子，一天跟媳妇走老丈人[1]。媳妇怕憨子喝酒吃饭时夹菜不知孬好，就跟憨子说，到那儿要坐在窗户底下，小辫子拿细绳子系了拉在窗外，得她拉一下憨子才能夹一回菜。

到了丈人家之后，坐席。女婿上了门，老岳父请了不少人来相陪。媳妇真的拿细绳子把憨子的小辫扯在了窗外。先时媳妇在窗外看着里头人都夹菜时她就拉一下；憨子呢，就乖乖地夹一筷子。大家还都夸憨子怪知礼的。后来媳妇给她娘喊去烧火炒热菜，就顺手捡了块骨头系在小绳子上坠在了窗外。谁知有个小狗看见了骨头就跑去跳着逮，逮一下就扯一下，里头憨子觉着了，不管别人夹不夹菜，扯一下他就夹一下子；谁知小狗啃上了瘾，直蹦直逮直扯，里头憨子就直夹菜，一桌菜都给得夹差不多了。老丈人气得乱骂，把一桌的人都气跑了！

[1] 走老丈人：指到老丈人家。

讲述者： 杨增强，66 岁，退休教师，编辑

采录者： 杨香檀，43 岁，中学高级教师

采录时间： 2019 年

采录地点： 新沂市老干部局

附记

本则笑话曾刊载于新沂当地民间文艺内部刊物。

489

卖地卖了弟媳妇

从前，有兄弟二人，哥哥在家种地，弟弟在外做生意。那年冬天，老父亲生病死了，老大无钱安葬，就托人捎了封信给老二，信中问弟弟没钱葬父怎么办。老二回信写：“就把我家的她卖了吧！”

老大接了信，就把弟媳妇给卖了，把老父亲安葬了。过了几天，弟弟终于赶到了家，得知媳妇被哥哥给卖了，捶胸顿足地说：“哥呀，家里再穷，你也不能把我老婆给卖了呀！”哥哥说：“你把你写的信拿去看看吧！”

弟弟一看，傻眼了！原来他把“地”给写成了“她”了！

讲述者： 杨增强，66 岁，退休教师，编辑

采录者： 杨香檀，43 岁，中学高级教师

采录时间： 2019 年

采录地点： 新沂市老干部局

附记

本则笑话曾刊载于新沂当地民间文艺内部刊物。

490

拍马屁

从前，有一天，俺大李集圩主带着狗腿子到朋友家坐客，他们喝得醉醺醺的，吃得肚子鼓鼓的。然后，宾主闲聊，无非是想点子怎样往上爬，怎样盘剥老百姓，使自己腰包装满再鼓一鼓。正当谈得高兴时，圩主忽然放个屁，使得满屋子里臭气难闻。可是他的狗腿子却说："不臭，不臭。"圩主气得脸红脖子粗，迎面给那个狗腿子一巴掌，随口大骂："妈儿逼的，胡说八道，哪有人放屁不臭的。"狗腿子忙又笑着说："哟，现在臭气才过来，现在臭气才过来，我刚闻到。"

讲述者： 刘荣第，男，86岁，大学学历，睢宁县委宣传部退休干部

采录者： 张甫文，男，68岁，大专学历，睢宁县委宣传部退休干部

采录时间： 2020年7月

采录地点： 睢宁县委宣传部

附记

此故事20世纪70年代在睢宁南部李集镇一带流行传讲，后编入1987年出版的《睢宁县民间文学集成》一书。（张甫文）

491

马下牛

从前，有个财主骑马到城里去。走到一个三岔路口时，不知该走哪条路了，坐在马上急得团团转。正在犹豫不决时，正巧那边过来一个拾粪的老头。财主坐在马上，用鞭子指着老头问："喂！到城里去走哪条路？"老头理也不理，只顾低头朝前走。财主又问："喂，拾粪的老头，我问你上城里该走哪条路？"老头还是头也不抬，只顾朝前走，嘴里还说："顾不得，顾不得。"财主问："什么要事顾不得？"老头说："我家喂的那匹马正下牛呢！"财主听了觉得很奇怪，便又问："马该下马，怎么不下马下牛呢？"老头这才停住脚，瞅了财主一眼，生气地说："气的就是这畜牲不下马，它（他）要是能下马俺还不生气哩！"

讲述者：吴限，男，64岁，高中学历，睢宁县王集镇原文化站干部

采录者：张甫文，男，68岁，大专学历，睢宁县委宣传部退休干部

采录时间：　2020 年 6 月

采录地点：　睢宁县姚集镇大街

附记

此故事原由王集乡东田小学教师胡居平讲述，后由王集乡团委副书记田敬兴采录整理，并于 1987 年入编《睢宁县民间文学集成》。（张甫文）

492

孟仁会算

贾汪东王庄，有个刘起德。他有两个儿子，一个女儿。

刘起德西院邻居刘嬷嬷，是山东人逃荒来到王庄落户的。刘嬷嬷有个远房侄子叫孟仁，十一岁就没有爹娘，十二岁到沧浪池干搓背工。一干干到十八岁，孟仁成了一个大小伙子，白净的脸、双眼皮，一表人才。孟仁家也没什么亲人，就这一个远房姑姑，十天半月他就来看看他姑；时间一长，刘起德就认识了孟仁。刘起德两个儿子已经成家立业；只有一个女儿，十八岁了，还没找到婆家。刘起德认识孟仁后，就看中了他。刘起德托刘嬷嬷提亲，刘嬷嬷觉得刘家小姐长得漂亮，也会干活，和孟仁很相配，刘嬷嬷就给大包大揽定了下来。四月十八传柬，五月初三结婚。结婚时，孟仁说嫁妆不够，钱多给点就可。结完婚，孟仁一直待在家里不去上工。他媳妇说：“你怎么不去干活呢？”孟仁回答说：“我不去了。”

原来刘嬷嬷没把孟仁是个搓背工告诉刘起德。因为搓背工低人一等，就哄刘起德，说孟仁是开小店的。孟仁婚后就不去上工了，坐吃山空；没几天，就把结婚剩下的几个钱全都用光了。没办法，只好去当铺，把花缎被给当了，又混几天。这天中午，刘起德的二儿子刘二进城交粮，顺便拐弯去看妹妹，看她过得怎样；把驴拴在妹妹家门口，到城里溜达去了。哥哥来了，中午怎么吃饭呢？孟仁愁得不得了。当被钱也没几个了，他又准备去当夹袄。他媳妇说："别去当衣服，今天不叫俺哥在咱家吃饭。"孟仁说："那怎么能行？""没啥！"他媳妇说，"我有个好办法，你就照我说的去办。"

快到中午，刘二回来了。看门口拴的毛驴不见了，他就问妹妹："我的毛驴怎么不见了？找不着回家咱爹能揍死我。"妹妹从屋里出来不慌不忙地说："俺哥，你别急，你妹夫会算，叫他给你算算。"这时，孟仁也从屋里出来说："俺哥你别急，我梦梦看。"孟仁双眼一闭："有了。"然后睁开双眼说："俺哥，毛驴没丢，在黄河沿庆云桥西的一个花园吃草。"这时就到晌午西了，刘二一听拔腿就跑。他妹妹就说："俺哥吃完饭再去吧？""不吃了！"刘二到那里一看，果然不假，毛驴还被人拴在路旁树上吃草呢。刘二心想：孟仁还真有两下子。其实他哪知道，是他妹妹做的手脚。

六月十五日，王庄黄团总的一头老母猪快下窝了，突然不见了，派人四处寻找也没找着，急得团团转。刘二听说黄团总的猪不见了，忙对黄团总说："俺妹夫孟仁会算，可准了，你不能叫他给算算吗？"

黄团总就派人进城把孟仁请到家里来。黄团总泡好茶、端上糖果，说："请孟先生多费神，给算算。"孟仁心想：我的娘呀，我哪会算呀？这不叫我丢人现眼吗？孟仁脑子一转就说："给你梦猪，我得在黑天夜里，白天不行。"黄团总一口答应。孟仁坐在客厅直到下半夜，他看陪他的人睡着了，悄悄地出了大门，直奔北山。山西边有座桥，他坐在桥头上累得张口直喘。坐着坐着，忽然听见桥下面"哼哼"的猪叫声。他到桥底一看，桥底没有水，一头老母猪带一窝小猪，他数了数十八只。他看了一会，一拍脑袋：我得回去，这窝猪大概就是黄团总的。他掉头又跑回黄团总的家，天还没亮。鸡叫三遍，孟仁起来说："快叫黄团总来。"有人把黄团总叫到客厅，孟仁说："黄团总，你家的猪在西北边桥底下，还下了一窝小猪，不是十七，就是十八。"黄团总立即派人去找，果然如此。黄团总高兴地赏了孟仁二十两银子。十月份，县官老爷花了二百八十块现大洋买的一匹大白马不见了，请人帮助查找。俗话说，老鼠给猫捋胡子——小巴结。一散会，黄团总就凑到县官跟前说："老爷，城里有个孟仁会算。"接着就把他丢猪的事一说。县太爷一听，立即派两个衙役去请孟仁。

孟仁一听，吓得尿了一裤子："娘哎，这可怎么办？"他把两个衙役请到屋里喝茶，说："你们坐一会，我去解手就来。"他出家门直奔城关，出了北关直向山里跑去；走大路怕衙役追上，干脆走小道。走不多远有一片芦苇棵，他也不顾三七二十一的，钻进芦苇棵里。往前没走多远，听见有马叫；再往前走几步，见一匹大白马在吃芦苇叶。原来白马跑进芦苇棵里出不去了。他心想：这马可能是县太爷要找的那匹马，现在干脆回去。

他跑回家，到家见两个衙役还在屋里喝茶等他。他说："我给县太爷梦马，一定要叫县太爷亲自迎接。"两个衙役说："不知本领咋样，架子倒不小。"只好回府禀报老爷。

县太爷亲自来到孟仁家，说请孟先生多费神，给了赏钱。孟仁盘腿坐在床上，两眼一闭，说："有了。县太爷，你的马在北山脚下的一片芦苇里，马跑到那里出不来了，正在吃苇叶子。"县太爷急忙派人把芦苇塘围住，在芦苇当中果然找到了丢失的大白马。县太爷的高兴劲就不用说了，赏给孟仁二十两银子。从这以后，孟仁会算的名就叫响啦！

讲述者： 陈再红，男，70岁，大专学历，贾汪区城管局退休干部

采录者： 韩圣师，男，58岁，大专学历，贾汪中等专业学校教师

采录时间： 2020年8月

采录地点： 贾汪区城管局

493

巧治病

从前，有一家娘仨，老大在京城当御医，老二在家种地伺候老母。

一天，老母觉得身上不舒服，没吃饭就睡觉了。第二天她就忽冷忽热，病得卧床不起。老二请医生给老母看病，谁知请的医生越多、越有名气，老母病得越重，眼看就要伸腿了。老二怕娘死了，就用独轮车一边推着老娘，一边放上行李，进京找哥哥给老娘治病。

母子俩千辛万苦到了京城找到了老大。老大给母亲仔细地看过后，取出十两银子递给老二说："娘的病没治了。这大热的天，你快回去老娘还能撑到家，慢了就不好了。我也奏请皇上回家料理娘的后事。"母子三人哭着分手啦。

老二强忍悲痛，推着老娘穿州过县往回赶。这天快到家了，一阵雷雨过后，又是烈日炎炎。老娘觉得干渴难忍，喊叫着要喝茶。这里正是一片乱葬岗子，哪里有水？老二叫娘再忍一会。老娘咋呼着说："快要渴死了！"老二看到远处小坑里有点水，水里有两条小蛇在里边玩耍，这水能喝吗？可是他娘一个劲地咋呼着渴死了，他东瞅西找发现个死人头盖骨，就拿起来舀点坑里的水给娘喝。他娘抿着嘴吸了几口以后，就觉得神清气爽，到了贺村就觉饿得慌。

旁边村有个李员外生了个儿子叫李蟠，正在吃喜面，老二上门给娘讨碗饭吃。李员外听说是给病人吃的，又让厨子在面条里磕了俩鸡蛋。老娘吃后，就觉得病像好了似的。

再说老大回家奔丧，一进门就被老娘指着鼻子骂道："你这不孝东西回来干啥？我死了省得你这御医在京城丢人现眼！"老二也不理老大。老大一看娘不像有病的样子，一急，说："老娘你除非喝了千年天灵盖里的二龙戏珠天河水，又吃了状元面、双凤蛋，这病才能好。"这时，老娘、老二都恍然大悟：那天是七月七，下的雨是天河水；蛇，俗称小龙；珍珠是陪葬在死人嘴里的；那小孩长大后能中状元；蛋是两个凤头鸡下的。

讲述者： 于广连，男，80 岁，中师学历，贾汪区教育局退休干部

采录者： 韩圣师，男，58 岁，大专学历，贾汪中等专业学校教师

采录时间： 2020 年 3 月

采录地点： 贾汪区教育局

494

耳沉

一天，有一个老头在场上扬场。恰巧这天没风，粮食中的杂物扬不出去，他便嘟哝道："扬场没风。"这时，有一个老头在场边放羊，听扬场老头说："羊偷吃葱。"心中不乐，大声咋呼说："我的羊啥时偷吃你的葱啦？"扬场老头说："我说扬场没风……"放羊老头打断他的话说："你还说我的羊偷吃你的葱。"两个人你一言我一语地吵起来了。

这时，从东边走来一个和尚，见两人吵得正凶，忙过去劝阻。扬场老头说："我说扬场没风。"放羊老头说："他说我的羊偷吃他的葱。"谁知，和尚听说后，气得不得了，说："我好心劝您，你们还要烧我的袈裟砸我的经。"原来和尚也是个聋子。三个人便吵成团，后来，打官司到县衙，要求县官给公断。

升堂后，县官问他们为何打架，扬场的老头说："我说扬场没风。"放羊的老头说："他说我的羊偷吃他的葱。"老和尚说："我见他们吵架，好心相劝，他俩要烧我的袈裟砸我的经。"县官听后火了，惊堂木一拍说："大胆的刁民，老爷还没开口，你们就说我断案不公。"谁知，这县官也是个聋子。这时，县官下令叫衙役各打他们三十大板，这下惊动了在后堂休息的县官太太。太太连忙来到堂前，问县官是怎么回事。县官忙对太太说："我问他们如何打架，没等我评理，他们三人就说我办案不公。"县官太太一听，把眼一瞪，手指向三个老头说："放肆，你们竟敢说我老娘是个养汉精。"原来，县官太太也是个聋子。

讲述者： 马庭金，男，62岁，大专学历，贾汪中等专业学校退休干部

采录者： 韩圣师，男，58岁，大专学历，贾汪中等专业学校教师

采录时间： 2020年3月

采录地点： 贾汪区城管局

附记

此故事原为龙启芳讲述，后传给马庭金。

495

还是乡巴佬厉害

采录时间：2006年2月

采录地点：睢宁县水利局

有一位老农民穿戴非常破烂，赶着毛驴车往小城里运石料。刚入城门，遇到一街痞无赖，这无赖想戏弄农民，于是，就装作很有礼貌似的问："吃饭没有？"

农民急忙应答："吃过了！"

那无赖立即横眉竖眼，恶狠狠地说："谁问你了？我问的是驴！"

农民一听非常气愤，立即扬鞭对驴就是两鞭子："你这个孬驴真甩[1]，你在城里还有一门亲戚也不早对我说一声！"

周围的人听了齐说："还是乡巴佬厉害！"

讲述者：袁雅敏，男，53岁，大专学历，睢宁县水利局退休干部

采录者：张甫文，男，54岁，大专学历，睢宁县委宣传部退休干部

[1] 甩：方言，甩子、流氓。

496

打驴

有个财主姓张，黑心烂肺，一肚子坏水。

这一天，张财主摇把蒲扇，在门口树底下凉快。抬头一看，见本村的赵大叔牵着头叫驴走过来。张财主绿豆小眼一骨碌，生了个坏点子，对着赵大叔把蒲扇一扬说：“你吃啦？”

赵大叔本来不想搭理张财主，又一想，人家招呼咱，咱还能不吱声？就点点头说：“吃啦。”

谁知张财主把脸膛子一阴说：“谁招呼你啦？我招呼的是这头叫驴！”

赵大叔笑笑说：“哦——你跟叫驴有亲戚哇！”随即把驴拴在树上，顺手脱下鞋，对着叫驴劈头盖脸一阵乱打，一边打一边骂：“不识抬举的东西，刚进村的时候，我问你村里有没有熟人，你说一没朋友，二没亲戚。哪想到你的老岳父就在这里，你为啥还瞒着我呀？！”

讲述者： 梅法坤，男，72岁，高中学历，沛县文化馆退休干部

采录者： 朱迅翎，男，70岁，大专学历，沛县文化局退休干部

采录时间： 2019年7月

采录地点： 沛县梅村

497

教书先生

从前，有一个地主请一位先生教子。地主非常吝啬，每顿吃饭只有一个菜，就是萝卜。先生很生气。

一次东家要请先生喝酒，顺便考考儿子的功课。先生行前嘱咐弟子："如果对对子，你就看我夹什么菜对什么对。"

酒席上，先生一看，菜非一道，然而仍以萝卜为主，心中多有不快，心想，今天非要捉弄一下这个老财不可。

一杯酒后，东家果然要让儿子面试对对子。他先出了个"核桃"，儿子见先生夹起萝卜菜，便对道："萝卜。"东家认为不错，接着又出一个"绸缎"。

学生见老师又夹了一块萝卜，又答道："萝卜。"东家说："'萝卜'怎么可以对'绸缎'呢？"先生含笑说："这个'萝'是'绫罗绸缎'的'罗'，'卜'是'布匹'的'布'。字不同音同，有何不可呢？"

此时隔壁庙堂传来钟鼓之声，东家便以"钟鼓"为题。儿子见先生又夹萝卜，仍对曰"萝卜"。

东家不满地说："胡闹！'钟鼓'怎么可对'萝卜'？"先生从容地说："这个'萝'，乃'锣鼓'的'锣'，'卜'是'铙钹'的'钹'。按照平仄，应称对仗。"先生如此说，东家也只好缄口。

东家想，今天怎么老对萝卜，这次我出个与萝卜毫不相干的，看他对什么。于是出了个"岳飞"。学生仍按先生的夹菜对"萝卜"。东家生气地说："乱弹琴，这根本对不上！"先生说："东家莫急。岳飞是忠臣，咱后村有个孝子叫罗卜。'忠臣'对'孝子'，不是正当巧对么？"

东家实在闷不住了，发现儿子每次答题前都要看看先生脸色，便怒气冲冲地责问道："先生，你为什么只教学生萝卜？"

先生不慌不忙地答道："东家别急。你天天让我吃萝卜，今天好不容易请我一顿，仍然是萝卜。所以我眼睛看萝卜，嘴里吃萝卜，心里想萝卜，头脑里装萝卜，我前后左右都是萝卜，所以只能教萝卜。今天你出对子，对的都是萝卜，不算错。"

讲述者：李玉盘，男，56岁，大专学历，睢宁县信访局退休干部

采录者：张甫文，男，54岁，大专学历，睢宁县委宣传部退休干部

采录时间：2006年2月

采录地点：睢宁县城文化广场

498

吝啬财主

从前，下邳州有一个吝啬财主，做事十分小气。有一天，财主急着要装犁耕地，于是就去请当地有名的木匠师傅伏义。当伏义带了一个徒弟到了财主家后，那财主先是说了半天的客套话，然后又指着他老婆说："还不赶快去逮鸡杀，招待他们！"说着就急忙帮助老婆逮鸡。伏义的徒弟也就忙着去给财主装犁。

其实那财主哪是真心逮鸡，而是故意把鸡赶跑了。然后他假装气喘吁吁地在木匠跟前说："这鸡已跑远啦！实在追不上，咱就买肉吃吧！"说来也巧，叫喊卖肉的屠夫来到了他家门口。财主就赶紧躲到屋里，等卖肉的走远了，他又出来说："我到屋里去拿钱，这个卖肉的怎么又走了，咱就改吃鸡蛋吧！"说着说着卖豆腐的来了。财主想，吃豆腐比吃鸡蛋还要省钱。于是立即改变主意说："咱还是买一块热豆腐招待木匠师傅吧！"那伏义的徒弟听了非常生气，给财主装犁也就马马虎虎。

过了几天，财主对伏义木匠说："看你带的好徒弟，给我装的犁耕地不是深了，就是浅了，那犁一入地实在不听使唤！"伏义木匠却如实回答："老爷！我的徒弟装的是放鸡犁，犁上搭配鸡蛋尖，所以犁入地时是躲屠夫，犁出来是用鸡蛋换豆腐，他可是用尽了心计啊！"

讲述者：邓演化，男，60 岁，大专学历，古邳镇政府退休干部

采录者：张甫文，男，53 岁，大专学历，睢宁县委宣传部退休干部

采录时间：2005 年 12 月

采录地点：睢宁县古邳镇

499

面条换饺子

讲述者：李玉盘，男，56 岁，大专学历，睢宁县信访局退休干部

采录者：张甫文，男，54 岁，大专学历，睢宁县委宣传部退休干部

采录时间：2006 年 2 月

采录地点：睢宁县城文化广场

小饭店齐老板十分吝啬，一个子儿掉到地上还想粘起一个来。一天，遇上了街痞王二赖子，他只得认输。

王二赖来到饭店，叫道："老板，吃饭。"

"来了。"老板人随声至，"吃什么？"齐老板一见是王二赖，知道他是个"街滑子"，就主动建议："来碗面条吧。""好吧，来面条。"王二赖表示同意。面条端上来时，王二赖见邻座吃的是饺子，便跟齐老板说："有饺子，能否给我换一碗饺子，面条我就不要了。"

"行，行。"齐老板答应着，一边连忙让伙计给王二赖煮饺子，一边将王二赖跟前的面条端走。时间不长，饺子端来，王二赖吃完抬腿就走。齐老板在门前拦住王二赖子问道："王先生，你吃了饺子还没付款呀！""我吃的饺子不用付款，那是用面条换的。""那你面条也没付款呐。"王二赖连忙答道："齐老板，你有没有搞错啊，你的面条我根本没吃，为什么要付款呢？"齐老板傻看着王二赖子，脸憋得像鸡嬔蛋[1]一样，果然无话可答。

[1] 鸡嬔蛋：方言，鸡下蛋。

附记

此故事曾在 2005 年《新故事》第 5 期发表。

500

『不吃亏』与『占小巧』

讲述者： 王建革，男，65岁，丰县顺河镇史庄农民

采录者： 孙敦义，男，66岁，丰县文化馆退休干部

采录时间： 2007年10月

采录地点： 丰县顺河镇史庄

从前有个“不吃亏”，跟“占小巧”拜了把子。这天，不吃亏提着一篮子鸡、鸭、鹅毛，去看他的老仁兄占小巧。

占小巧用手一接，说：“兄弟你这是拿的啥礼物？”不吃亏说：“我这是千里送鹅毛，礼轻情义重。”占小巧随手端来一碗凉水，说道：“一路辛苦，喝点吧！”不吃亏一尝，一撇嘴。占小巧说：“我这是君子之交淡如水。”不吃亏这时一看架势，忙起身告辞。占小巧也不挽留。

占小巧起身送客，走了老远，不吃亏始终不开口不叫占小巧回去。占小巧很窝火，走到一个马粪池边，用腿一绊，一膀子把不吃亏扛到这个马粪池。不吃亏在池子里乱扑腾，说：“仁兄你这干啥？”占小巧说：“送君千里，终有一别啊！”

说着，不吃亏已爬上来，一身粪尿，搭腰把占小巧搂结实啦。占小巧忙用手拨拉，说：“兄弟，兄弟，你这是为啥？”

不吃亏说：“我得君之恩，焉能不报（抱）呢？”

501

诓骗老祖

传说大诓家子的祖师爷是诓骗老祖。诓骗老祖姓啥叫啥？何许人也？谁也弄不清楚。因为有人拾了一部天书，是介绍诓骗老祖的情况的；可惜前半部分烂掉了，只有后半部分，还残缺不全，所以只知道诓骗老祖一生教了八个大徒弟。大徒弟叫长欠账，二徒弟叫不还钱，三徒弟叫翻老八，四徒弟叫死不还，五徒弟叫狡猾头，六徒弟叫最难缠，七徒弟叫讹千家，八徒弟叫鬼不沾。他们师徒不管借了谁的债，欠了谁的钱，一辈子也别想要过去。所以大伙都不跟他们共财局。

偏偏也有不怕的。谁呀？丁厚艮。他是专门放账取利，到期不还就不行。你要跑到龙宫，他能追到汪洋大海；你要是跑到南天门，他能追到灵霄殿。所以人们送了他个外号叫"腚后跟"。

诓骗老祖的八徒弟鬼不沾借了腚后跟的一百吊铜钱，原先说到六月初一本利一次还清。到了期限，腚后跟去找鬼不沾要账，鬼不沾总是推三阻四：一会说钥匙叫老婆带着走娘家去了，打不开箱子；一会又说钱被朋友转借去了，一边转来一边还账。今推明，明推后。腚后跟一看鬼不沾想赖账，就把他的绝招拿出来了，整天跟在鬼不沾后面。鬼不沾吃饭，他也跟着吃饭；鬼不沾上厕所，他也跟着上厕所；晚上鬼不沾到老婆房里去睡觉，他也跟着去睡觉，缠着不放。鬼不沾没办法，就说他师傅那里有钱，要腚后跟和他一块去取。目的是请师傅想个法子。

诓骗老祖住在一座高山上。走到一看，大门上写着一副对联，上联是：东拉西扯不还账。下联是：南借北欠一笔销。横批是：诓遍天下。进了大门有一道迎门墙，上面画着一群白鹅，上书：一白内讹（鹅）。再往前走，来到马棚，马嚼环上有字，上刻：左不还（环）右不还（环）。马蹄上也有字，上刻，一律不提（蹄）。腚后跟知道这个地方不是好惹的。

不管怎么说，腚后跟有他的老主意，死缠着诓骗老祖不放。诓骗老祖没有办法，只得编个瞎话，要腚后跟一起到河对岸朋友家去取钱。二人坐上小船去了。刚到河中央，小船猛地裂成两截。腚后跟没防备，一头栽到急流里去了。诓骗老祖以为这下把腚后跟淹死了，就把两截船合在一起，撑着回家了。屁股刚沾板凳，腚后跟又来了。原来腚后跟一个猛子游了三里路，在水下抓了一条八尺长的毒蛇。他把毒蛇一甩，缠在诓骗老祖的脖子上。诓骗老祖吓得没有办法，连说："给钱，给钱。"就这样，腚后跟终于要来了本息，高高兴兴地回来了。

讲述者：曹文英，女，56岁，初中学历，丰县赵庄镇陈楼村

采录者：张念柱，男，51岁，本科学历，丰县赵庄镇张老家村，退休教师

采录时间：2000年6月

采录地点：丰县赵庄镇陈楼村

502

揣肉

从前，有个厨师，一天傍晚和妻子商量明天包饺子吃。

他老婆赶集买回来一斤多猪肉。厨师把肉切下一大块准备剁馅儿，剩下的肉，趁老婆扭脸的工夫，偷偷地揣到怀里了。

老婆发现案板上的肉少了，问道："肉咋少了？"他指了指胸前。

老婆说："你怎么这样没出息！这是咱们自家买的肉，你也往怀里揣呀！"

厨师说："不瞒你说，我是揣惯啦！"

讲述者： 阎振兴，男，86岁，中师学历，退休教师
采录者： 于圣连，男，72岁，大专学历，退休干部
采录时间： 2020年10月13日
采录地点： 丰县文化馆
流传地： 丰县

503

吹大牛的嘴

从前，有个人叫胡诌，在外地转悠喽三年，这天回来啦。他的邻居能喷问道："这阵子你到哪里转喽一圈？"胡诌说："我到的地方可多喽，什么'两面国''君子国''小人国''大人国'……"能喷又问："那准是见喽不少稀罕事？""那还用说么？"接着，他就有鼻子有眼地诌喽起来，"我在'大人国'见到个人，可真大，他眼眶子里能唱八台大戏。我还在里头听喽一出《关公大战杨延景》哩。这个人要是站起来，头顶青天，脚踏黄地，你说他到底有多高吧！"

能喷一听，知道他是吹牛，把手一摆，连声说道："不算高，不算高。我在'无名国'见到一个人，他一说话，上嘴唇触天，下嘴唇触地，这人比你见的高多啦。"

胡诌忙说："你胡诌八扯！他的嘴唇触天触地，他的脸跑哪去啦？"

能喷一瞪眼："这个人不要脸，光有一张吹大牛的嘴。"

讲述者：卜凡柯，男，78岁，大专学历，退休干部
采录者：于圣连，男，72岁，大专学历，退休干部
采录时间：2020年11月2日
采录地点：丰县文化馆

附记

这则笑话源于丰县文化局退休干部卜凡柯讲述，后收录在《笑林广记》（北京：光明日报出版社，1993年版）上，也曾出现在相声大师马季先生的经典相声中。（于圣连）

504

汤里没放盐

有几个人没吃过大酒席。有一回，他几个去走亲戚，亲戚摆上酒席款待他们。上来一盘菜，他们就“呼嗒呼嗒”地吃光一盘，吃得桌子上尽是空盘子。有一道菜是拔丝馍，要叨[1]着滚烫的外裹糖浆的馍块，搁到凉开水里蘸一蘸再吃，这样才不会烫伤嘴。临该上拔丝馍的时候，送菜的先端来一碗凉开水，搁到席桌上，回头到锅屋去端拔丝馍。这几个人拿起汤匙子，一人几下子，把凉开水分着喝净了。送菜的端来拔丝馍，愣着眼看看，吃大席的几个人跟他说：“你跟掌勺的师傅说一声，刚才那碗汤里没放盐。”

讲述者：卜凡柯，男，78岁，大专学历，退休干部
采录者：于圣连，男，72岁，大专学历，退休干部
采录时间：2020年11月2日
采录地点：丰县文化馆

［1］叨：方言，用筷子夹。

505

近视眼

讲述者：卜凡柯，男，78 岁，大专学历，退休干部
采录者：于圣连，男，72 岁，大专学历，退休干部
采录时间：2020 年 9 月 26 日
采录地点：丰县文化馆

弟兄俩都是近视眼。一天，他俩打了一瓶油，回到家门前，老大叫老二开门。老二手里提着油瓶，看看墙上有个钉，想把油瓶挂到钉上再开门。他往上一挂，油瓶掉到地上摔烂了，油洒了一地。原来那不是钉，是个光光蜓[1]。

老大生气打了老二一巴掌，说："你长眼干啥的？还不快开门。"老二找了半天，也没找到锁眼。老大说："真是个无屌用，好好看着，看我是怎么开锁的。"老大要过来钥匙，就往老二鼻子眼里投，一下子把鼻子眼投破了，鲜血直流。于是，二人打起架来，闹到了县府大堂上，请县太爷评理。

县太爷问完案情，说："待老爷将判词写来。"刚拿起毛笔，笔头掉啦，就吩咐衙役快找。衙役也是个近视眼，趴在地上找了半天，摸到了一个枣核子，忙递给县太爷，说："老爷，找到了。"县太爷也是个近视眼，接过枣核子，说："这大热的天，毛笔头子掉在地上一会儿都冻硬啦！"

[1] 光光蜓：方言，蜻蜓。

506

还愿

张三家一旦来了客人，麻六就不请自到，来到就坐，坐下就吃，毫不客气。一天，张三家来了客人，麻六又是不请自到。张三说，没喝酒之前，我先给大家说个笑话听听。

有个人因老娘有病，到庙里许愿说，如果老娘的病能好，我情愿一夜赤身让蚊子叮咬。后来，老娘的病果然好了，这个人只得去还愿。到了庙里，脱去衣服，成群的蚊子叮在他身上喝血。这时，飞来一只绿豆蝇，落在他身上也喝起血来。他生气地骂道："我还愿是让蚊子吃我，没让你个狗日的吃我，你跑来算啥东西？快滚！"绿豆蝇灰溜溜地飞走了。

麻六听出话里有话，在笑声里借故走开了。

讲述者： 黄启光，男，64 岁，初中学历，大鼓艺人

采录者： 于圣连，男，72 岁，大专学历，退休干部

采录时间： 2020 年 9 月 26 日

采录地点： 丰县文化馆

507

你是最优秀的兵

民国时代，某军阀征兵。安国镇西张集村上有一青年胆小怕死，不愿服兵役。他想了三条，认为自己绝对不用当兵了。他对征兵的指挥官说："我近视眼，个子矮，还是色盲。想报效军官，可现在这条件没法去战场打仗呀？"

征兵指挥官一听可高兴毁[1]了："你一定能成为优秀士兵，这条件太优越啦！个子矮，好躲敌人子弹；近视眼就派到最前沿阵地；色盲就更好啦，负伤流血直到死亡都不知流了些什么颜色的玩艺儿。"

讲述者： 吴宝民，男，69 岁，大专学历，沛县县委宣传部退休干部

采录者： 张行文，男，68 岁，大专学历，沛县张集中学退休教师

采录时间： 2020 年 10 月

采录地点： 沛县汉城公园

[1] 毁：坏。高兴毁了，即高兴坏了。

附记

这个故事是吴宝民老家安国镇西张集村原市戏剧编导张祖玉老人所讲，是老人当年下乡演戏时亲眼所见。（张行文）

508

吝啬鬼

古镇古楼有一古爷，夏天专买冬天用的东西，冬天专买夏天用的东西，人称吝啬鬼。有一天，他到古镇古楼去买烧饼。打烧饼的也姓古，人称古哥，做烧饼做了十几年了。他做的烧饼最大的特点是芝麻匀、芝麻密、芝麻香，称之为芝麻香饼。

古爷围着烧饼案子转来转去，将案板的烧饼翻来覆去、覆去翻来，还拍了又拍。芝麻抖落下来，撒了一案子。

“哎，”古哥有些不耐烦，悻悻地说，“不买，就不要瞎翻腾。”

“买，”古爷笑笑说，“你有笔和墨水吗？”

“要笔和墨水做什么？”

古爷看着抖落在案子上的香喷喷的芝麻，馋涎欲滴，心想：怎么吞到嘴里呢？

他说：“既然没有笔，也没有墨水，我就动手了。”说着说着，他伸出指头，在案子上画起来。一边蘸着口水，一边蘸着芝麻，然后含到嘴里，就这样反复多次。见案上的芝麻也蘸得差不多了，只剩下几粒了，就说：“古哥，你的烧饼都是长长的，我要的就是我画的，圆圆的，明白吗？”

“明白了，”古哥什么都明白，忿忿地说，“噢，不要画了，再画案上的芝麻都叫你画完了……”

讲述者： 刘福云，男，78岁，小学学历，沛县朱庄村农民

采录者： 朱迅翎，男，71岁，大专学历，沛县文化局退休干部

采录时间： 2020年7月

采录地点： 沛县朱庄村

509

比酒量

几个人没事在一起闲拉呱，说到喝酒，都说自己的酒量小。

这个说：“我的酒量不能再小啦，沾酒就醉。”那个说：“我还不跟[1]你哩，我闻着酒就醉。”又一个说：“你这酒量比我还大多哩，我是见酒就醉。”还有一个说：“你那酒量还算小？我才不行哩，我看见高粱就得醉三天。”最后一个说：“你几个说起来都比我的酒量大，我见秃子就醉。”众人都说他是胡扯，见到秃子怎么能会醉呢？他说：“我一看见秃子就想起盖酒坛的泡皮来，一想起泡皮就想起酒来了，一想起酒就醉了呗。”几个人都说：“还是你的酒量最小。”

讲述者： 孟广荣，男，81岁，文盲，沛县朱寨镇小张寨农民

采录者： 张雅，女，57岁，大专学历，沛县自来水公司工会主席

[1] 不跟：方言，不如。

采录时间：　2020 年 7 月

采录地点：　沛县朱寨镇小张寨

510

恶报

贾汪北王庄有个王老头，早年丧妻，只有两个女儿在身边，王老头家很穷，以打柴为生，拉扯两个女儿。转眼间两个女儿都长大了，大女儿十八岁，小女儿十五岁，父女三人相依为命。

这一天王老头打了一捆柴，上街卖了二百钱，他满心欢喜，心想不错，今天卖了二百钱，去粮店多买一点大米回家，两个女儿还在家里等米下锅呢。他把钱揣在怀里，朝粮店走去。

走着走着，对面过来一小伙子，一表人才，身穿丝绸褂，一看就知道是个富户的孩子。这个小伙子一把拉住老头说："表叔，赶集吗？"王老头一愣：哎？这是谁叫表叔，我怎么不认识这个亲戚？这个小伙子见王老头上下打量他，就说："表叔你不认识我了？我是你表侄，城南刘家屯的刘有。"王老头又想，这几年过穷日子也顾不上走亲戚，也可能是吧。他就点点头："表侄，我都不认识你了。"

"表叔，你吃饭了吗？咱去饭馆吃点饭吧。"老头又寻思了，卖了二百吊钱，下饭馆我吃饱了，可家里两个女儿怎么办？他一看小伙子穿戴那么好，又想：表侄叫我吃饭，他必定拿钱。去就去吧。

进了饭店，小伙子要了四个菜、一个汤、一瓶酒和两碗面，又吃又喝。吃完饭，小伙子说："表叔，你坐一会，我去一下就来。"说着小伙子就走出了饭店。老头心想：这个孩子出去"解手"，饭菜钱还没算，等他回来再算吧。

坐在桌前一等没来，二等没来，心里纳闷：这孩子解手能解这么长时间？又等了一会还没来，饭馆的伙计来了，说："唉，你这老头还不付钱，坐着等啥呀？"王老头就说："我等我表侄来再算账。"饭店的人又问："他是你表侄？""他说我是他表叔，其实我从未见过他。""哎呀！"饭店的人一拍大腿说，"老头，你上当了。这小子到处骗吃骗喝，吃完抹嘴就走，从不掏钱，你还等他呢？你快付钱吧。"饭店掌柜的一算账，二百钱。老头卖柴卖了二百钱，正好用光了。

再说，老头的两个闺女，在家里等父亲买米回来再做饭，从中午等到太阳偏西，姐妹俩站在门口眼巴巴地盼着父亲回来。

太阳还没落山，只见她爹低着头、愁眉苦脸，一步一徘徊从村口走来。两个女儿一见，忙迎上去问："爹，你怎么才回来呀？我们都等急死了。"小女儿见爹空着手，又问："爹你没买米？等你回来好做饭呢？"王老头眼泪汪汪的，看着两个女儿，"咳"了一声，便低下头回到屋里，坐在床沿上直喘气。两个闺女见此情景，就问父亲出什么事情了，王老头就把受骗的事一五一十地告诉了女儿，然后说道："都怨你爹老糊涂了，叫你姐妹俩受苦了。"两个女儿听完父亲的话，气得牙根直痒痒。姐妹俩一合计，说："爹，你老人家放心，俺姐妹俩非治治他，出口气不可。"

姐妹俩不顾饥饿，收拾几件烂衣服，用包皮包好，出了门直奔刘家屯。

离刘家屯还有一里多路的地方，姐妹俩坐在路旁。一会儿，太阳下山，天快黑了，从北边来了一个小伙子，姐妹俩断定就是骗他爹的人，就故意大哭起来，越哭声越大，越哭越伤心。这小伙子真是骗王老头喝酒的刘有，他骗吃喝完，出了饭店就进了戏园子，听了一下午戏，才出城回家。

他走到这里，见两个姑娘在哭，而且哭得很伤心，就问道："二位大姐从哪里来？怎么在此啼哭？"大姑娘就答道："俺家离这里有十里路，俺母亲去世早，撇下姐妹两个，俺爹又续个晚娘。晚娘对俺两个不好，又生下个小弟弟，对俺俩更坏了，还要把俺姐妹两个卖给人贩子。我们偷跑出来到此，走投无路，跑了一天没吃点啥，又累又饿，忍不住哭起来了。"

这刘有听她说完，又把她俩打量一番：好漂亮的小妮。就试探着问："那你们就到我家住一晚吧？"妹妹说："你这个大哥心眼怪好的，姐姐我们就跟他去吧。"姐姐又问："可知大哥家有何人？"刘有说："爹娘早死了，就我一人。"姐姐假装羞羞答答地说："我们姐妹俩与你成亲如何？"这正中刘有下怀，忙说："走，走，回家去。"

三人来到了刘有家。刘有有个大伯是个富户，他大伯见刘有不务正业，把他父亲留下的家业几年工夫废掉了，气得也不问他的事了。

刘有把两个姑娘领到家中，就去找他大伯。他大伯刚吃完饭，刘有说："大伯，我准备娶媳妇，你老能借几个钱给我吗？"他大伯一惊："娶媳妇？谁家的姑娘肯嫁给你？""大伯要不信，请你去看看。"他大伯让媳妇去看看，果然不假。刘有能娶上媳妇，他大伯当然高兴。虽说平时不问他的事，但毕竟是他的亲侄子，也总是个心事，这下可了了他的愁事。他大伯就借钱给他，又叫大儿媳妇、二儿媳妇送去花被和衣服，他大娘又送米面，又买菜又打酒，当天晚上就拜堂成亲。

一家人忙到半夜才忙完，三人进了洞房，刘有喝得醉醺醺的，看着两个姑娘，甭提有多高兴。

刘有看着两个姑娘说："我们已成夫妻，还不知道二位夫人什么名字？"姐姐就说："我叫东邻，她叫西舍。"三人说着拉着，忽见妹妹捂着肚子"哎呦"一声叫了起来，刘有忙问："怎么啦？"妹妹说："我肚子疼。"只见她疼得直叫唤，床上床下直打滚。姐姐急得直掉泪，刘有急得直搓手："怎么办？"姐姐就说："我妹妹有心口疼病，一疼起来就得吃城里老药店的中药才能好，不然的话会死去。"刘有说："我这就去城里买药。"说着拿起钱就往外跑。刘有走后，姐妹俩就赶紧收拾东西，把钱装好，拔腿就往家里跑去。

鸡快叫头遍了，刘有从城里买药回来，推门一看，屋里空荡荡的，人、东西和钱都没有了，知道受骗了，气得跺脚骂开了："东邻你个孬种骗我，西舍你个孬种哄我。"

在屋里骂不解恨，又跑到院子骂，气得又坐在墙头上骂："东邻你这龟孙孬种，西舍你个孬种龟孙，你们骗我！"他骂着惊醒了东邻西舍的邻居。邻居们听见刘有一口一个东邻，一口一个西舍骂个不停，都爬起来，开门对骂起来。骂着骂着东邻西舍的邻居们都说："揍这个小子，不务正业，半夜三更还骂人。"大伙一哄而上狠揍了他一顿。

刘有的大伯这下气得更不得了，损兵折将，赔了银子、米面，儿媳的花被也搭进去了，这全是刘有这小子做的好事。刘有的大伯去县衙告他，把刘有捆绑下了牢房。

刘有进了监狱被王老头的两个女儿知道了，姐妹两个还不出气，又想办法惩治他。有一天一大早，姐妹俩女扮男装，挎着篮子进了县城。到了傍晚，姐妹俩才到了刘有的牢前。只见刘有缩在墙角，低着头，脸色苍白。姐妹俩女扮男装，再加上牢房里黑乎乎的看不清楚，刘有也没认出来。姐就说："表哥，听说你蹲牢了，特来看看你，给你带点饭菜。"刘有就说："两位表弟，我怎么不认识你们？"妹妹说："表哥好忘事，你忘了，他叫昨儿，我叫今儿。"

刘有想：我蹲牢来看我，大概是亲戚，旁人谁还来此处？昨儿就说："表哥，我们送给你的饭菜你就趁热吃了吧。"刘有肚子正饿着，接过饭碗就喝，也不知道送的啥饭。姐妹俩见他吃完，提着篮子就出去了。出了牢门，姐妹俩一边笑一边往东跑，原来送饭送的是黑麦粥。

半夜时分，刘有就开始坏肚子，一夜也没睡觉，拉了一屋，知道吃饭吃坏了肚子。第二天，狱卒来打扫牢房，见刘有拉了一屋，床上床下到处都是薄屎，气得拿过皮鞭就打刘有，刘有疼得直叫喊："这都是昨儿……"没等刘有说完，牢卒说昨儿拉的也得打。刘有又叫："听我说是今儿……"牢卒没听刘有说完，一边打一边说："今儿拉的更得打。"打得刘有哭爹喊娘，心想：这是报应啊。

讲述者： 韩盛敏，男，78 岁，高中学历，贾汪区青山泉村农民

采录者： 韩圣师，男，58 岁，大专学历，贾汪中等专业学校教师

采录时间： 2020 年 8 月

采录地点： 贾汪区文教局

511

饿掉大牙

从前，张庄有一个叫张三的人。他自以为本领大，整天不安心在家种地，一心想出门做生意赚大钱。他老婆嘲笑他说："你要是做生意，早晚饿掉大牙！"他听了不服气，便带了一大笔钱出门做生意去了。

张三来到集上，东看看，西望望，不知做什么生意好。中午到饭馆吃饭的时候，有个人说："这里的包子真贱，一个包子才要一分钱。在上海，一个包子就要四分钱！"张三听了心里一喜，心想从这里往上海贩包子还真是个好生意哩。一个包子赚三分，一万个就赚三百块，要贩几万只包子，不发财了吗？于是，就在饭店里定做了几万只包子，用蒲包装上，运到火车站，起货件运往上海。

这里到上海一千多里路，等包子运到上海已经过了三天。这时正是六七月天气，闷热无比。他下到一个旅馆，老板闻到有臭味，就问他："客人，贩的什么宝物？"张三说："包子。"老板听了一惊："别开玩笑了，这么热的天气，贩包子岂不要坏？"他连忙打开蒲包，只见包子上长满霉点，蛆虫乱爬，臭不可闻。老板说："熏死人了，赶紧扔掉吧！再放在这里，我这旅馆也没法开了。"他没办法，只好雇人把包子扔到垃圾堆里。钱没赚到手，连本钱也搭上了，腰里的钱花得干焦冰凉；既没法吃饭，又没法住宿，离家一千多里，回家的路费也没有。这一下他可真是驴头不叫驴头——长了脸了。

张三流落上海街头，东街转到西街，南街转到北街，总想找个弄钱的门道。中午时分，他转悠到黄浦江岸边上。忽听有人高声吆喝道："谁拔牙，一块钱一个！"张三想："咦，这真是天无绝人之路！我这满口牙不是可以卖二三十块钱吗？他生怕拔不成，也没细问，上前就说："我拔牙！"拔牙的一看有了生意，就赶忙问："拔哪个？""都拔！"拔牙的一听，喜出忘外，心想，这可碰到个好生意。连忙给张三上了麻药，拿起钳子就拔了起来。张三虽然疼得合眼歪嘴，但为了赚钱，也只好硬着头皮忍受。一会儿的工夫，张三满口牙拔了个干干净净。拔牙的一边拾掇家伙一边说："给钱吧，三十二块！"张三一听火了："怎么，你不给我钱，还向我要钱？""笑话，你拔牙，不向你要钱向谁要钱！"张三气得浑身打战："你胡说！你说拔一个牙一块钱！"拔牙的说："对，我也没向你多要钱。拔一个牙一块，你拔了三十二个，不是三十二块吗？"张三说："你给我三十二块！"拔牙的说："胡扯，你给我三十二块！"两个人你向我要钱、我向你要钱，吵得不可开交。看热闹的人围了里三层外三层，大伙听了半天，才弄清是怎么回事。光吵不拉倒，最后经大伙说合，叫他们谁也别向谁要钱完事。拔牙的听了愤愤不平，张三满肚子委屈无法说出口，只好自认倒霉。他看看身上再无其他东西可卖，只好一路讨饭，转回老家。

这天，张三回到家里，老婆见他蓬头垢面、衣衫褴褛，就知他这生意做得不如意，故意问他道："当家的，这趟生意赚了多少钱？""我……我……"张三"我"了半天也没说出来。老婆又道："钱没赚到，总不会饿掉大牙吧？"张三一听更加羞愧满面，想想这些日子受的苦，忍不住撇嘴大哭起来。他这一哭不要紧，老婆完全看清了，一嘴牙掉得干干净净！真是气不得笑不得。就用指头指着他的额头说："说你做生意要饿掉大牙吧，你还真的饿掉大牙了。看你往后怎么吃饭吧！"没办法，从此后张三只好天天喝稀饭。

讲述者：王玉彬，男，62岁，大学学历，贾汪区教育局退休干部

采录者：韩圣师，男，58岁，大专学历，贾汪中等专业学校教师

采录时间：2020年6月

采录地点：贾汪区文教局

512

吹空

丰县城南有个赵家洼，赵家洼有个“赵大喇叭”，惯会吹牛。一点事到他嘴里，就吹得屋帽子跑天上去。

有一回他上开封府，在一个村子里跟一家姓赵的拉呱，很快叙上了本家。人家把赵大喇叭请到家里，好吃好喝招待了一段时间。后来这个庄上要建家祠，因赵大喇叭是同姓，也请他来商议。他又吹开啦：“您没见过，您不知咱们家祠有多大，可气派啦。”

又过了几天，大喇叭要回家，赵本家要跟他到丰县看看。大喇叭不好推，就领着来啦。第二天，客人提出要看看有气派的家祠，可哪有啥家祠呀。无奈，庄东头有个破关老爷庙，嗨，权充一回罢。

到了庙里头，大喇叭便领着人家瞻仰关老爷几个人的神像。赵本家走南闯北，认得是关帝庙，故意问道：“当中红脸的是谁呢？”“先人赵匡胤。你没看过大戏，陈桥兵变黄袍加身的就是他呀！”赵大喇叭小嘴“叭叭”地说。

“左边白脸的呢？”

“保驾官赵云！你没听过《长坂坡》吗？单骑救主，打仗没跟他再勇的啦！”

“右边黑脸拿刀的呢？”

“赵公明呗！”

“赵公明手执打虎钢鞭，咋又使的刀呢？”

“那还用说，他冲锋陷阵，打虎钢鞭使丢了呗，才又买了一把刀！”

赵本家听他吹得神乎，尽管捂嘴还是笑出声来了。

讲述者： 于浩然，男，52岁，初中学历，丰县赵庄镇刘集村人

采录者： 张念柱，男，60岁，本科学历，丰县赵庄镇张老家村人

采录时间： 2009年10月

采录地点： 丰县王沟镇刘元集

513

干剃头

从前，有个财主叫钱志斗，为人阴毒，人称“铁公鸡”。这时天气渐暖，“铁公鸡”头发长了寸把长，该剃头了。为了省钱，他叫长工李二给他剃。他对李二说：“二兄弟，我知道你家穷，这不，我给你想了个捞钱的门路：往后，你每月给我剃一回头，一回我给你十文工钱，年底结账，一次给清。”

“铁公鸡”叫人搬来把椅子，端了盆热水。李二掂起刀子，一会儿剃好了。清清爽爽，好不惬意。

转眼到了年底，“铁公鸡”心想，就这一回了，不能便宜了李二这小子。眼睛一眨，想了个点子：“二兄弟，这是最后一茬子。这回么，你得给我干剃。”

“咋个干剃法？”

“好说，就是不用水洗，还得剃个干净，不疼不痒。剃得好，一年工钱分文不少；剃不好，我分文不给，说定了。”

李二听了，先是一愣，心想：“铁公鸡”想坑我！好，咱骑驴看唱本——走着瞧！当即说：“那好办。不过，我也有个条件……”“铁公鸡”心想：这家伙老实巴交，谅

他也尿不出一丈二的尿！便说："你讲吧。东家我一言既出，决不后悔！"

李二说："老东家，你先把钱交给我，我要不能给你干剃头，是打是罚凭你。""铁公鸡"心想：你小子一家在我一亩八分地里，谅你跑不了！便交给李二一百二十文钱。

李二接过钱，撒腿就跑。"铁公鸡"急了，在后头穷追不舍。

"铁公鸡"越追，李二越跑，只累得"铁公鸡"大汗淋漓，头上"腾腾"地直冒热气。李二一看，管了[1]！趁着热劲，三下五除二，剃好了！

"铁公鸡"这回叫人拔了毛，气得大眼瞪小眼。

讲述者： 李昌侠，男，45岁，小学学历，丰县赵庄镇小孙庄人

采录者： 赵家祥，男，70岁，丰县赵庄镇赵庄村农民

采录时间： 2019年6月

采录地点： 丰县赵庄镇小孙庄

[1] 管了：方言，行了的意思。

514

漏

从前有个齐老汉，住在山脚下，无儿无女，老两口过日子；住着三间破草屋，喂一头小牛犊。这年冬天一个夜晚，老汉起来解手，推门一看，月黑头加阴天，北风"呼呼"；一抬头，觉着有雪花雨滴落下来。他一边解手一边说："我天不怕、地不怕，狼豺虎豹都不怕。"老妈妈在屋里搭腔啦："那你怕啥？"老汉说："我就怕'漏'。"意思是怕雪雨下大了屋子漏。谁知这个"漏"字刚一出口，就听到大门外有跑动的声音。

常住山边的人都懂得，一听动静就知有野兽。端灯一照，果然是狼蹄印子。老头一看明白了，噢，原来是狼想吃我的小牛犊呀！于是他就爬到大门旁的一棵老槐树上，看看狼怎样才能吃掉牛犊。他在树上蹲了一阵，冻得直打哆嗦，就下来端了个火盆，坐在树杈上烤着手，观察动静。

再说老狼，被老汉吓跑以后，回到山上，见了山神爷说道："这个老汉惹不得，他是天不怕、地不怕，连咱这一族他也不怕，你说他有多厉害。我是不敢吃他的小牛犊啦。"山神爷问："他到底怕啥？"老狼说："他怕'漏'。你见过'漏'是什么样的？"山神爷说："没有见过。"老

狼说：“这个‘漏’厉害得很，反正我是不去啦。”

小猴子在一旁听了，讥笑老狼胆小。老狼说：“有种你去！”小猴说：“你能窜山跳涧，我要像你跑得一样快，准跟你去。”山神爷说：“这样吧，用根绳子，从你腰里系在老狼腰里，它跑也会带着你，行了吧。”老狼、小猴不敢违抗山神爷的命令，只得照办。

老狼和小猴走到老汉家门口，避在门旁听动静。老汉正在树上看着，一见来了两个，一大一小，眼瞪得像铜铃，样子很凶恶，不由得害怕起来，身子一哆嗦，把个火盆弄掉了，正巧砸在老狼身上。老狼惊叫一声：“坏啦！猴哥，‘漏’来啦。”说罢拔腿就跑，窜山跳涧，一气跑到山上。小猴连摔加磨便断气啦，头上的皮被磨掉，露出了白骨头，龇牙扭嘴。老狼一见说道：“猴哥，猴哥，把我累得一肚子两喘，看你恣得还笑哩！”

讲述者： 李文友，男，62岁，丰县赵庄镇李村人，退休职工

采录者： 张念柱，男，49岁，本科学历，丰县赵庄镇张老家村人，退休教师

采录时间： 1998年8月

采录地点： 丰县赵庄文化站

515

扬名碑

很久以前，东庄上有一穷困潦倒的老头，见到富人都在坟前立一墓碑扬名，一日也突发奇想：自己老伴去世半年了，我也要为她立一墓碑，扬扬名。于是找到墓碑镌刻者，说明意思。石匠问：“好。石碑上文字怎么写？”老头说：“好写。就写‘天下谁都不如我’。”墓碑竣工，老头择黄道吉日将墓碑立好，高枕无忧了，整天优哉游哉。

一日，知县巡查至此，见其墓碑上刻“谁都不如我”，顿时怒火中烧，命随从查查谁家的墓碑，如此狂妄。随从下乡查访，不一会，带来一其貌不扬的老头。知县强作镇静问道：“这是您家的墓碑？”

老头答：“是的。”

知县：“天下谁都不如你？”

老头答：“是的。”

知县：“我不如你吗？”

老头：“你不如。”

知县：“那当今皇上哪？”

老头：“也不如。”

知县：“狂妄！”正欲发作，转而一想，我且听听当

今皇上怎么不如他的，然后再治罪不晚。于是强压怒火，故作心平气和地说："说来我听听。"

老头手捋胡须，慢条斯理地说："我和妻子一生，生了九胎十八子、七十二儿郎，你如我吗？"知县听得愣怔半天，随从嘻嘻哈哈。知县无奈，打道回府。进得县衙，连呼升堂；两班衙役，文东武西。知县命将夫人带入大堂，命衙役将夫人重打四十大板。知县夫人一头雾水，不知就里，直呼冤枉。知县说："你还冤枉？我刚才在穷乡僻壤被一老头羞得面红耳赤，无以应对。"

夫人："咋回事？"

知县："你为我生了几个孩子？"

夫人："四个，且有儿有女。"

知县："再打四十大板。"夫人再呼冤枉。

知县说："人家生了九胎十八子、七十二儿郎。你哪，同是女人，你让我一个知县在乡下丢尽脸面，你冤枉吗？"知县夫人怕再挨板子，只得含泪回府。

讲述者： 张正坤，男，78岁，初中学历，丰县赵庄镇张老家村人，农民

采录者： 张念柱，男，52岁，本科学历，丰县赵庄镇张老家村人，退休教师

采录时间： 2001年6月

采录地点： 丰县赵庄镇张老家村

516

二百五传奇

我屙的狗屎

很早以前，丰县城北王庄有王姓之人，因头脑简单、说话粗鲁，人称半吊子，又称"二百五"。

一天，"二百五"挎着叉子拾粪，来到村头上，见前边有个十几岁的孩子，也挎着叉子拾粪。

常言道，同行是冤家。"二百五"见小孩争夺了他的粪路，心里不大高兴。小孩在路边发现了狗粪，正要用粪叉去拾，"二百五"急忙赶上前，大喝道："不能拾！"小孩说："我先见到的，为啥不叫我拾？"二百五说："这是我屙的！"小孩说："这明明是狗粪，怎么是你屙的？""二百五"蛮横地说："不管狗粪狗屎，都是我屙的！"小孩无奈地笑笑："既然是你屙的狗屎，就让你去拾吧。"

爹的棺材里有孬熊

“二百五”家住那庄有个戏班子，本来很红火，近来因连日雪雨，一时找不到台口，戏班人吃喝成了问题。领班的找到“二百五”，请他帮忙。

“二百五”好听戏，戏班答应买他的驴，等有了收入再还他钱。

“二百五”的爹病了几天，医治无效，命归西天。成殓后，“二百五”在家守丧。

戏班的领班前来吊孝，同时对“二百五”说，因名演员跳班，没法演出；他的驴钱也吃完了，没法还了。

“二百五”听了很生气，拍着爹的棺材盖说：“几天没过，我填进一头驴，这里边肯定有孬熊！”

俩钱摸摸仨钱洗洗

一天，“二百五”到徐州做小生意。老伴嘱咐他：“徐州地方大，城市里啥人都有，要多长个心眼，买东西定要看准摸清，别上当。”“二百五”一笑说：“我懂，这还用你教！”

“二百五”在徐州转了半天，没买到合适的货。他转到一个小巷里，见一位老农模样的人坐在墙根吸烟，旁边放着辆车子，车子上蒙着一块布。他想：不知老头儿卖的什么？上前问道：“卖的啥？”老头儿没吱声。又问了两句，老头儿说：“俩钱摸摸，仨钱洗洗。”

“二百五”一听，心中暗喜，心想：便宜，便宜！又怕上了当，问道：“看看行吗？”老头儿说：“不行。”“二百五”怕丢了生意又怕上当，于是说：“光摸不洗。”交了俩钱给老头。老头儿交代：摸时先闭双眼，只能摸一把。“二百五”照办。

老头儿喊着：“闭眼……上前一步……摸！”“二百五”想，只能摸一次，我得狠狠地抓一把。于是伸下手去，狠狠地抓了一把，觉得手上黏糊糊的，没抓到什么。拔出手来一看，啊呀！一手稀屎，连胳膊带袖子都沾满了……

“二百五”急着找水洗。老头儿说：“没交洗的钱，有水也不能给你洗！”“二百五”忙说：“我交，我交，给你钱。”老头儿说：“不行，连摸带洗，一次交五个钱，单洗照样交五个。”“二百五”觉得拿了他的“冤大头”，一气说：“不洗了！”“不洗就罢！”老头儿拉车就走。

“二百五”满手稀屎，哪里去找水洗？赶紧对老头儿说：“五个钱，我洗，我洗……”老头儿脸一沉说：“涨价了，十个！”“二百五”瞪眼了，老头儿说：“不洗拉倒！过会还涨价……”“二百五”实在没法，憋了一肚气说：“俺爹，别再涨了，十个钱，我洗……”“二百五”在老头儿冲刷厕所的半桶清水里洗了手。

便宜猪头

“二百五”首次进徐州做生意上了当，被老伴臭骂一顿。他要二进徐州，老伴交代：“一定要看准，拣便宜货买。”他牢牢记在心里。

他来到徐州，转了半晌，来到一家商店。他左看右看，见商店里摆放着几个又肥又大的猪头，而且都脱了毛，还没有水气。这回是看准了，这时正是腊月天，快过年了，猪头可算过年的好菜。他一问价，论个不论斤，一个十吊钱。“二百五”不由心喜，暗说：“便宜，便宜。”于是把仅有的五个大猪头全买下了。付过钱，装进麻袋里，高高兴兴地回家。

“二百五”天黑到家，高兴地对老伴说：“这回没上当，买了几个便宜的大猪头。我煮了，明天赶集去卖，准能赚钱……”于是找了口大锅，把猪头放进锅里煮起来。

猪头煮好了，掀起锅盖一看，啊呀，变了！原来是一锅粘泥……他气愤地连声骂道：“卖猪头的龟孙，把爹坑了！”

其实，这商店是寿礼租赁店，猪头是能工巧匠用粘泥做成的，经涂色加工，十分像真猪头，是供寿时放在供桌上摆样子的，十个钱仅仅是收的租赁钱，哪料“二百五”下锅煮了。

买豆子与卖葱

“二百五”推着车子，带着几条口袋，邀一位邻居跟他帮忙，到集上去买豆子。在粮食市场与卖主讲好价钱，用大秤过了秤，付了钱，装上车，高高兴兴地推着车回家。

路过一家饭店，“二百五”乐哈哈地说：“吃点！”邻居说：“帮忙是应该的，还吃什么饭。”“二百五”说：“吃的人家卖豆子的。”邻居弄不懂，只好跟着他进了饭店。

酒饭桌上，邻居要“二百五”解释为什么是吃的卖豆子的。他神气地笑道：“过秤时，我用脚踩着口袋上的绳呢！卖豆子的人看见了装没看见……”邻居听了也哈哈笑起来，说：“你弄翻了，过秤时应该脚尖顶着口袋……”

“二百五”长叹一口气：“坏了，自己上自己当了，这回可得记住了。”

过了几天。“二百五”种了些大葱，决定卖给小贩。在用大秤过葱重量时，“二百五”和邻居抬着，小贩扶秤。他没忘买豆子的教训。

过罢秤，小贩付了钱，高高兴兴地走了。“二百五”心里更高兴，要请帮忙的邻居。邻居问他为什么这样高兴，他神气地一笑说：“过秤时，我用脚尖顶着葱捆呢……”

众人一听，都哈哈大笑起来。

高堂与令爱

一天，“二百五”骑着驴带着狗去赶集，刚出庄，遇见邻村的一个小学生在低头背诵着：“高堂……令爱……”他上前问道：“嘟囔啥？”小学生回答：“大爷，我不知道‘高堂’和‘令爱’是什么意思，请您讲讲好吗？”

“二百五”一听，心想：得糊弄他，开开心。于是笑道：“高堂，就是驴；令爱，就是狗。懂了吗？”小学生一笑说：“懂了。”接着他又问“二百五”：“大爷，你骑着高堂带着令爱干啥去？”“二百五”脸一红，扭头走了。

请客

一天，“二百五”邀请张三、李四、王五、赵六到他家做客。张三、李四、王五一起按时到达，“二百五”热情地让茶让烟。

一会儿，“二百五”不住地转来转去，口里念叨：“该来的还没来？”

张三听着不是味儿，心想：“该来的还没来，那么不该来的来了？”他一气走了。

“二百五”不见张三，问：“张三呢？”李四告诉他：“走了。”“二百五”“嗨”了一声：“不该走的走了……”李四想：“定是嫌该走的没走了？”他一气不辞而别。

“二百五”不见李四，问王五：“李四呢？”王五说：“他生气走了。”“二百五”又“嗨”了一声：“我又没嫌弃他，他怎么走了？”王五一听，心想：“不是嫌弃他，定是嫌弃我了？”王五也一气走了。

“二百五”请客，没到的没到，已经到的也都生气走了……

推磨与提亲

有一天，“二百五”领着三个儿子去推磨。“二百五”罗面，两个人抱着磨棍推磨，一个人轮流休息。轮到小三休息的时候，歇起来没有个头。

老大说：“小三，歇够了没有？替替恁二哥。”

老二说：“咱不能攀他，他是爹！”

老大说：“对！他是爹。”

小三一听恼啦，便骂：“哪个龟孙是爹！”

“二百五”一听很生气，开口便骂：“我日恁奶奶的，恁三个龟孙羔子，咱能不瞎骂不！”唉！真是一家子“二百五”。

又过几年，“二百五”的儿子都长大了，求媒人给儿子提亲。媒人问他有什么要求，比如丑俊、高矮、贫富等。他本想说娶个儿媳妇，生男育女，能有个下辈传宗接代；他一慌说成了：“丑俊贫富不讲究，娶儿媳妇就是以后能图个上辈呗……”

吃烧饼

“二百五”进城卖完粮食后，饿极了，便到一家烧饼铺里买烧饼吃。他吃完一个烧饼，不饱；接着吃第二个烧饼，还不饱……一连吃了六个烧饼，仍不饱。直到吃完第七个烧饼，他才感到吃饱了。这时，他突然懊悔起来：“唉，早知道这样，我一开始就吃第七个烧饼，岂不够了，何必白白吃那六个呢！”

配驴、提泥、打兔子

“二百五”家养了一头叫驴[1]，常有人牵着发情的草驴[2]来找他配驴。

有一天，“二百五”正在村头锄地，闺女叫他回家。他问闺女有什么事，闺女说：“到家你就知道啦。”“啥事在这里还不能说？”闺女红着脸小声说：“西庄来了个找驴的，叫你回家配驴。”他一听生气地说：“你娘俩不能配？我配的驴能下骡崽子？”

闺女一听，气愤地说：“你还是个人呗！”

“咋着，不是人还能是个大叫驴？”

又有一天，“二百五”在屋顶修理草房，大声喊着“提泥！”儿子担水去了，老伴正和着面；儿媳妇掐着草，装作没听见。连喊三声“提泥”还是没人搭腔。“二百五”急了，瞪着儿媳妇说：“没长耳朵？”

老伴忙走出厨房，指着儿媳妇怀孕的大肚子回答着：“你没长眼睛？”意思说，她肚子大不能提泥。

“二百五”被老伴填了一肚子“麦糠”，心里很窝火，于是说道：“她的肚子大也怪我？”

儿媳妇一听气了：“你喘什么话！真不是人……”

[1] 叫驴：公驴。

[2] 草驴：母驴。

“二百五”想想自己说的话，也真不好听，难怪儿媳妇生气，忙赔不是说：“都怨我，都怨我……”儿媳妇哼了一声：“想的不错！”

“二百五”说话难听，得罪儿媳妇又得罪了闺女，一怒来到村东头消气。

村东头就是他家的祖坟地，俗称老林。他见两个猎人端着土枪在他老林地里转来转去，于是大声喝斥道：“恁俩想干啥？我家祖坟里还有兔子！”弄得人哭笑不得。

赊小鸡

一天，“二百五”门前来了个卖小鸡的，大家都围着挑拣小鸡。

卖小鸡的赊账。谁买，记上村名、人名、只数、钱数，秋后收钱。农村叫“上小鸡子账”。

“二百五”的儿媳妇拣了10只白色的小鸡，报出自己的名字，让人上了账，没有马上离开，看着人家拣小鸡。

“二百五”拣了10只黑色的小鸡，上账人问他叫啥名字。他心想，一家人还能上两个名？便指着儿媳妇说道：“我的上我儿媳妇身上。”他儿媳妇一听，气得一扭脸。卖小鸡的一看他儿媳妇不愿意，以为他们已经分家单过，两眼直看着“二百五”就是不落笔。“二百五”说：“看啥看，上我儿媳妇身上，上我儿媳妇身上……”一个“上我儿媳妇身上”把大伙逗笑了，也把儿媳妇说气了：“甭想！”“二百五”理直气壮地说：“不上你身上，上谁身上？上你身上，还是我拿钱……”

有人帮腔，连说：“对，对！上你儿媳妇身上，你拿钱。”又引起一片笑声。

挨打与看手相

一个夏天的中午，“二百五”卖香油，担着油挑子、手拿油梆来到一村头上。刚想敲梆子，见路旁树下的一领芦席上半躺着一位年轻漂亮媳妇，袒露着胸前的大乳房，搂着睡觉的婴儿，正向他频频摆手。

“二百五”朝周围看了看，一个人也没有，心里甜蜜蜜地想着“好事儿”，便担油挑子向那媳妇走去。他放下油挑子，笑嘻嘻地凑过去，虾腰[1]问：“大白天，在这里办事儿行吗？”那媳妇说：“你凑近点。”

“二百五”美美地伸过头去，一笑说：“我给你一斤香油，不要钱。”

那媳妇“叭”的一巴掌，狠狠地揍在他的脸上；那婴儿也被闹醒了，“哇哇”地哭起来。“二百五”愣了。那媳妇怒骂道：“你这挨刀的！孩子刚睡着，我摆手，是不叫你敲梆子！”“二百五”手捂着腮帮子，担起油挑子大跑开。

第二天，“二百五”上街卖香油，看见一个相面的先生正在给人看手相，口中念念有词：“男人手如绵，身边有闲钱；妇人手如姜，财帛满仓箱。”

“二百五”只听清“妇人手如姜”一句，高兴地说：“先生说得真准，我老婆的手就像姜啊！”

相面先生问道：“是吗？”

“二百五”说：“昨天被她打了个嘴巴，到现在还火辣辣的。”

讲述者： 卜凡柯，男，78岁，大专学历，退休干部
采录者： 于圣连，男，72岁，大专学历，退休干部
采录时间： 2020年10月7日
采录地点： 丰县文化馆

[1] 虾腰：像虾一样弯着腰。

517

刘二捣玄

先尝后买

刘二小时候很聪明，但也爱捣玄。

夏天蚊虫很多，咬得人们受不了。当时没有驱蚊香，也没有什么能驱赶蚊虫。一天，刘二与小朋友们在山坡上放驴时，捡了些晒干的驴屎蛋，用火点燃，发现驱蚊效果很好，而且没有难闻的气味儿。因此，晚上他们就用驴屎蛋当驱蚊香了。

一天傍晚，刘二和几个小朋友把一些驴屎蛋用荷叶包上，放在小篮子里当驱蚊香上街去叫卖。因为城里人缺这东西，大家都想买了试试。

鳖子财主老万，见别人都围着买，他不知刘二卖的什么，又怕上了当，问道：“刘二，又来骗人了，卖的什么假货？”刘二一笑说：“老不欺、少不瞒，货真价实，一个钱一个，你可以先尝后买……”老万一听高兴了，他爱占小便宜，心想，我就光尝不买。于是说：“我先尝尝。”顺手摸起一个，因为天黑，剥开荷叶，搭嘴狠狠地咬了一口，一嚼，呸！“这是啥味儿？”随口吐了，众人一阵哈

哈大笑……

堵驴腚

一天，刘二和几个小伙伴在河边放驴，忽见邻村的恶少张虎骑着烈马，带领几个打手，兴围打猎而来。他架着黄鹰、兔虎，还跟有细狗猎犬，气势汹汹，横冲直闯，吓得几个小毛驴无处躲藏。刘二的几个小伙伴又惊又怕，慌了手脚。

刘二对张虎的行为非常气愤，待他来到面前，便怒骂道："畜牲，不是东西！"

张虎根本瞧不起刘二他们几个穷小子，忽听刘二骂人，就知道骂的是他，便勒住了马，横眉竖眼，瞪着刘二就要开口大骂。刘二的几个小伙伴都吓坏了，担心刘二这回惹下了大祸。只见刘二大模大样地朝路边的壕沟走去，顺手挖了一团烂泥，又折身回来，走向他那惊呆的小毛驴，转到毛驴身后，一把把泥抹在驴的屁股眼上……

张虎本想大发雷霆，狠狠地骂他揍他一顿；见刘二的举动异常，迷惑不解，便问道："刘二，你这是干什么？"

"怕它放驴屁！"

刘二的一句回言，弄得大家哭笑不得，张虎也无言以对，瞪了刘二一眼，催马走了。刘二的几个小伙伴都称赞说："还是二哥行！掌鞋的不用锥子——真（针）管！""刘二骂张虎，给咱出气了……"

真是：刘二点子妙，竟敢骂恶少；堵上驴腚眼儿，逗得众人笑。

驴的亲戚

恶少张虎怀恨刘二，一心想当众让他丢脸。

一天，张虎和众人在村头路边大树下乘凉，见刘二骑着小毛驴而来。心想，我得治治他。刘二是位讲礼貌之人，便下了驴，牵驴步行。张虎笑眯眯地上前招呼道："怪好不？还歇歇呗？"

刘二见张虎这么有礼貌，忙笑道："不歇了……"张虎面色突然一变说："我招呼你了？我招呼的是驴！"刘二招了个大没趣，众人一笑，面色各异。张虎侮辱了刘二，不由乐滋滋的，十分得意。

刘二不慌不忙，脱下一只鞋，照驴脸上"啪""啪"两鞋底，骂道："你这个不通人性的蠢驴，出门时我问你这庄上有没有你的亲戚，你说没有，你不该欺骗我！你的亲戚招呼你，你为啥不搭腔啊？"张虎听了，半天没词，面色一阵红、一阵青。众人哈哈大笑。

买醋

刘二从小就是个机灵鬼、捣蛋猴，大伙都叫他刘二捣玄。他爹每次叫他去买东西，他总能想法子扣点钱买点好吃的。

这一天，他爹给他一个碗和一文钱，叫他去打醋，心话这回我看你怎么扣钱？

刘二来到大街上，站在那里想点子：有啥法子既能买到醋，又能弄点东西吃呢？

正在这时，从那边过来一个卖凉粉的老头，挑着挑子，一边走，一边吆喝："凉粉，凉粉，两文钱一碗。"

刘二走上前去，亲热地说："大爷，我喝凉粉。"

老头放下挑子，刘二递上一文钱。老头说："两文钱一碗，一文钱咋卖？"

刘二说："一文钱你可以给我半碗。"

老头说："我卖了一辈子凉粉，从没卖过半碗。"

刘二说："大爷，你的凉粉，咱全城第一，我看见你就馋得慌。你老人家可怜可怜我，卖给我半碗吧。"说着把碗递上去，碗里有一文钱。

刘二给老头一戴"高帽子"，他心中高兴，善心大发，说："我今天就破个例，卖给你半碗解解馋吧。"老头切了半碗凉粉，又浇上两汤勺泥醋，递给刘二说："吃吧。"

"凉粉、凉粉……"刘二趁老头吆喝时不注意，又撇了两勺醋放到碗里。

老头一扭脸看见了，生气地说："你这孩子，光醋就值一文钱。”

刘二端着碗，一边吃一边说：“我吃了凉粉，剩下的醋要是不值一文钱，回家得挨揍。”

巧治财主

刘二因为家穷，十二岁就成了老财主黄三怪家的放牛娃。黄三怪不是叫刘二放牛割草，就是叫他上山砍柴，回家还得烧食喂猪，天明到天黑不叫他闲一会；要是慢喽，不打就骂。刘二叫他折磨得像旱天的谷苗，整天抬不起头来。

刘二恨透了老财主，老想找个茬口气气他。刘二打听准啦，年初四这天，黄三怪的三个女婿都来拜年，他就打算在这天搞点名堂。

初四这天，三个女婿真的都来啦。黄三怪把他们让进客厅喝茶吸烟。茶喝足喽、烟吸够喽，黄三怪就说：“三位门婿，跟我到家前院后院转转，看看我住的地方风水好不好。”说着就领着三位女婿出去啦。

刘二就凑这个茬口钻进客厅，将事先捡到的几块干狗屎放在八仙桌上一盘子里，放上请旁人写的一个纸条，就疾麻利[1]溜喽出来，蹲在猪圈前看猪吃食去啦。

黄三怪领着三个女婿转喽一圈，又回到客厅，闻到有臭屎味，一看桌子上有盘屎，可气坏啦！拍着桌子问道：“这是谁屙的？这是谁屙的？”他叫人又换了一张桌子，就拿着纸条儿，到前后院去找家郎院公，问这是谁干的叫他丢人的事。家郎院公都说不知道。他又来到猪圈前问刘二：“你知道不？”刘二特意地说：“知道，知道，冬天要给猪喂热食。”三怪抓住刘二，结结巴巴地说：“不……不……不是的，客……客厅里……”刘二假装明白：“噢，你是说叫我到客厅里去伺候姑爷。”说罢，挣脱三怪的手，撩腿就往客厅跑。刘二前头跑，三怪后边追。三个女婿听见脚步声，也都走出客厅看出喽啥事。三怪追上喽刘二，揪着耳朵问：“客厅桌上的屎是谁屙的？”

“不知道。姑爷来喽，你不指派，谁敢进客厅！”

“你真的不知道？”

“不知道就是不知道，这还有假。”

黄三怪打袖筒里掏出纸条儿，朝刘二脸上一撂：“你看看。”刘二愤愤地说：“我家穷，一天学没上，我咋能认得？你念念吧。”黄三怪指着字，一顿一顿地念道：“我——屙——的。”刘二一跺脚，连连反问：“冤枉人哪！你屙的为啥赖我？你屙的为啥赖我？”三怪当着女婿们的面，叫刘二抢白一顿，又不好发作，气得像运粮河里的蛤蟆——干鼓肚。

省油

刘二去赶集，一天没吃饭，饿得肚子直叫唤，便坐在路边歇着。那边来了个卖麻花的，刘二心想，填饱肚子的机会来了。等卖麻花的近前，刘二自言自语地说：“想当年，我卖麻花，根本不用费油，麻花照卖。”卖麻花的一听，动心啦，问道：“你能把你的法子传给我吗？”刘二说：“可以传给你，但得给我四个麻花，权当学费。”卖麻花的答应了刘二的要求。刘二吃完四个麻花，拍拍手说：“其实法子很简单，我是发[2]人家的麻花卖的。”

讲述者： 卜凡柯，男，78岁，大专学历，退休干部
采录者： 于圣连，男，72岁，大专学历，退休干部
采录时间： 2020年10月7日
采录地点： 丰县文化馆

附记

一组关于刘二捣玄的笑话，在丰县流传十分广泛。所列每则都可

[1] 疾麻利：赶快。

[2] 发：指买。

独立传讲，有的还将他人的同类笑话冠在刘二名下，丰富了刘二系列笑话的内容。（卜凡柯）

518

休妻

张三娶了个非常漂亮的妻子。

过了两年，他跟老婆、孩子去丈人家走亲戚，岳父母高兴得不得了，好好招待了他们。

但是回到家中，张三却要把妻子休了。

妻子问他："为什么休我？"

他说："这次到你家去，见到你母亲满脸皱纹的丑样子，恐怕你将来也是那模样，所以要及早休了你！"

讲述者： 孙清恩，男，79 岁，高中学历，退休干部
采录者： 卜凡柯，男，78 岁，大专学历，退休干部
采录时间： 2020 年 9 月 30 日
采录地点： 丰县文化馆
流传地： 丰县

519

吓哭鞋匠

很久以前，咱丰县县城有一家哥儿俩都爱好写诗，这天到郊外游玩，诗兴大发。哥哥向前方指了指，说道：“就以前边的大山为题，咱弟兄来上一首如何？”弟弟鼓掌赞成。哥哥先作了两句：“一座大山黑乎乎，上头没有底下粗。”弟弟说：“好。下边两句我来续上！——若把大山倒过来，底下没有上头粗。”哥哥连连点头：“有味儿有味儿，好诗也好诗也！”他摇头晃脑地又吟唱了一遍。正高兴中，忽然神色大变，接着号啕大哭，泪流不止。弟弟一时慌了神，问道：“怎么啦？”哥哥说：“这首诗有才气，你我可称当代大才子。你知道，自古才子多短命，看来咱俩没有多大阳寿了。”弟弟一听脸孔登时黄了，忧愁起来，两个人在山前小路口抱头大哭。

这时路上过来了一个下乡补鞋的鞋匠，见二人悲哀不止，连忙上前问其缘故。哥哥据实说了一遍。只见鞋匠听了默默不语，也蹲在路旁放声大哭起来。哥儿俩深感奇怪，连忙问鞋匠为何大哭，鞋匠说：“连大山都能倒过来，您哥儿俩真能吹牛，这山里的牛恐怕都会叫你们吹死的。牛一死尽，我买不上牛皮，补鞋这碗饭我就吃不上了呀！呜呜……”

讲述者： 赵景坤，男，60 岁，高中学历，文化站站长

采录者： 于圣连，男，72 岁，大专学历，退休干部

采录时间： 2020 年 9 月 28 日

采录地点： 丰县文化馆

流传地： 丰县城东南一带

520

雪里吟诗

清末，丰邑有商人、秀才、财主三人，因下雪在庙里暂避。商人诗兴大发，说道："大雪纷纷落地。"

秀才应声接道："乃是皇家瑞气。"

财主摇头晃脑地吟道："下它三年何妨？"

这时，从门外跑来了一个冻得发抖的乞丐，骂道："放你娘的狗屁！"

讲述者：卜凡柯，男，78岁，大专学历，退休干部
采录者：于圣连，男，72岁，大专学历，退休干部
采录时间：2020年9月28日
采录地点：丰县文化馆
流传地：丰县

521

吉利话

古时，丰县有一财主，十分迷信，凡事都要讨个吉利。

除夕上午，财主和两个儿子商议说："该过年了，现在咱每人写一句吉利话，祈盼明年大吉大利。"两个儿子点头称是。

首先，财主提笔写道："明年好。"大儿子想了想写道："倒霉少。"二儿子接着又写道："不得打官司。"写完后，大家称赞了一番，就贴在堂屋的正中。

第二天，邻居们来拜年。一进门，看见那一条幅，有人大声念道："明年好倒霉，少不得打官司！"

讲述者：高昌中，男，56岁，大学学历，原县史志办主任
采录者：于圣连，男，72岁，大专学历，退休干部
采录时间：2020年9月28日
采录地点：丰县文化馆
流传地：丰县

522

写寿联

讲述者：卜凡柯，男，78 岁，大专学历，退休干部
采录者：于圣连，男，72 岁，大专学历，退休干部
采录时间：2020 年 9 月 28 日
采录地点：丰县文化馆
流传地：丰县

老太太的两个儿子为母亲祝寿，请来许多亲朋好友。其中有一位秀才，学问誉满乡里，众人推举他为老太太写副寿联。

秀才欣然从命，提笔写道“这个老太不是人”。众人一看十分惊愕，有人“哎呀”一声，说：“这不是胡说八道吗？”老太太的二儿性情暴躁，就要动手打人，被老大拦住：“别急，等等看。”

只见秀才接着写出“九天仙女下凡尘”。众人转惊为喜，纷纷叫好，儿子也怒气顿消。

秀才写完上联又挥笔写下联，只见“两个儿子都是贼”七个字跃然纸上。满屋里立时没了笑声。有人说：“这咋又骂起俩儿来了？”老太太的二儿气得怒目圆睁，举起了拳头；老大一把拉住：“让他写完，看他究竟想干啥！”

秀才饱蘸浓墨，一气呵成：“偷来仙桃献母亲”。众人齐声喝彩：“真是奇才！”

523

为何当初不吃屎

教书先生与学生对句。先生说："人生自古谁无死。"学生将"死"听作"屎"，答道："谁拉大便不用纸？"先生很生气，叫学生罚站。隔天，先生又问学生同样的问题。这时学生变聪明了，答道："人生自古谁无屎，谁拉大便不用纸？如若拉屎不用纸，除非就是用手指。"先生很恼火，又叫学生罚站！这时，先生看见窗外下着雪，就感慨地说："上天下雪不下雨，雪到地上变成雨。变成雨时多麻烦，为何当初不下雨？"学生又回复先生："先生吃饭不吃屎，饭到肚里变成屎。变成屎时多麻烦，为何当初不吃屎？"

讲述者： 孙清恩，男，79岁，高中学历，退休干部
采录者： 卜凡柯，男，78岁，大专学历，退休干部
采录时间： 2020年8月16日
采录地点： 丰县文化馆
流传地： 丰县

524

邹二大娘

丰县城南有个邹家庄，邹家庄有个邹二大娘。邹二大娘惯会胡诌八扯，能把八不沾连的东西扯在一起，编成一串。你甭说，她有的时候歪打正着，还真能编出个驴头对着马嘴哩！所以说，邹家庄的人有个啥说不清、道不明的麻烦事，都请邹二大娘帮忙去诌。

这一天，邹家庄的学生邹小忘放学回家，一边走，一边背书："此之谓邪举之道也！"背着背着，来到家门口。他娘大声撵鸡，"噢吼"一声，吓得小忘竟把这句书忘了。他怕回到学屋里背不出书来，被先生用戒尺打手心，越想越怕，哭得连饭也不吃了。他娘叫他哭得没法，只好带他去找邹二大娘帮忙。

邹二大娘听了，顺手在门后头摸了杆红缨子枪，指天画地地诌开了：

"枪，枪能通天拄地，地上无人事不成；成是城隍庙，庙里和尚在烧香。

"香，香是香娘娘，娘是娘长爷短；短是短山捷径，径是敬德打朝。

"朝，朝是朝天镫，镫是镫里藏身；申是申公豹，豹

是暴张飞。

“飞，飞是飞天狐狸庆，庆是庆八十；十是十个麻子九个俏，俏是俏冤家。

“家，家是家家门门观世音，音是阴风吹火；火是火烧战船，船上有八个狐狸小妖。

“妖，妖是妖魔鬼怪，怪是怪头怪脑；恼是恼曹操，操是操练虾兵蟹将。

“将，将是大将出征，征是燕王征北；北是百子高升，升是升官图。

“图，图是图财害命，命是命该如此；此是，此之谓邪举之道也！”

小忘喜得一拍腚大声叫道：“对，此之谓邪举之道也！”一溜烟跑了。

讲述者： 齐海风，男，54岁，大专学历，文化站站长

采录者： 卜凡柯，男，78岁，大专学历，退休干部

采录时间： 2020年8月16日

采录地点： 丰县文化馆

流传地： 丰县南部

525

借点

一个人姓卜，另一个姓冢，他俩交了朋友，结拜为把兄弟。一天，冢姓把兄对卜姓把弟说：“咱俩的姓氏都很出奇。你看‘冢’字很像‘家’，只是少一‘点’，好像当官的没有纱帽一样。今日特和兄弟你商量，如果你能将你的‘卜’字腰上的那一‘点’，押在我的‘冢’字头上，使我成了‘家’，不是很好吗？”把弟听了回答说：“借给你一‘点’，使你成了‘家’，也是好事。但是你成了‘家’，我就只好耍光棍了！”

讲述者： 高昌中，男，56岁，大学学历，原县史志办主任

采录者： 于圣连，男，72岁，大专学历，退休干部

采录时间： 2020年9月21日

采录地点： 丰县文化馆

附记

这则笑话常在丰县文人之间传讲，属于文字游戏，具有识文解字的作用，尤受中小学生欢迎。（于圣连）

526

心田不正

从前，有个大财主叫胡心田，心术很坏，专门刻薄穷人。一天遇到张三说：“张三，都说你会讲故事，今天讲个听听。”张三答应，就讲了一个故事：

从前有个姓十的和姓喻的成了亲家。姓十的嫌自己的笔画太少，再说《百家姓》上也没有这个姓，就对姓喻的说：“亲家，你的嘴巴吊在旁边，也没啥用。把那个口字让给我姓古，在《百家姓》上我也可认祖归宗啦。”

姓喻的想，把我旁边的口字送给他，我改姓俞，音还是不变，就答应了。可是，姓十的还不知足，不久又对姓俞的说：“亲家，我这古字的笔画还是太少，你把那个月字也给我，让我姓胡吧！”

对方一听，火了：“想把我的下面掏空吗？你这人真是心田不正！”

讲述者：孙清恩，男，79 岁，高中学历，退休干部

采录者：于圣连，男，72 岁，大专学历，退休干部

采录时间：2020 年 9 月 29 日

采录地点： 丰县文化馆
流传地： 丰县

527

扒皮割耳

两个秀才，一个姓周，一个姓陈；秀才都是花钱捐的，认字不多，认字还常念半边。有一次二人互递名帖。周秀才看了一下对方的名帖说："东兄，久仰，久仰。"姓陈的也看了一下手中名帖，拱手说道："吉兄，久仰，久仰。"周秀才听了不高兴，说道："我明明姓周，你怎么扒了我的皮？"姓陈的回应道："我明明姓陈，只许你割我耳朵，就不许我扒你的皮？"

讲述者： 于圣连，男，72 岁，大专学历，退休干部
采录者： 卜凡柯，男，78 岁，大专学历，退休干部
采录时间： 2020 年 9 月 29 日
采录地点： 丰县文化馆

附记

此则笑话在丰县民间流布广泛，是传统的文字游戏类笑话。多为先生传给学生，学生传给家长，然后不断在民间流传开来。（卜凡柯）

528

脸面

从前，有个地主识字不多，却好卖弄。有一天，他对下人说："我觉得脸和面差不多。以后，该说脸时要改说面，该说面时要改说脸，如请老爷洗脸可以说请老爷洗面。知道了吗？"下人说："知道啦！"

一次地主到朋友家祝寿，酒菜吃饱喝足了，靠在椅背上休息。主人家请他吃寿面，他摇摇头，表示不吃了。下人忙回禀主人家说："我家老爷不要脸。"

讲述者： 于圣连，男，72岁，大专学历，退休干部
采录者： 卜凡柯，男，78岁，大专学历，退休干部
采录时间： 2020年9月28日
采录地点： 丰县文化馆
流传地： 丰县

529

牛不出头

有个富翁，姓牛，十分吝啬。

一个员外去拜访牛富翁，因为半路上下了一阵雨，到了牛家时天已近午。家人对富翁说有员外来访，已到客厅。富翁认为此时到访，无非是想骗顿饭吃，便决计不与他见面，让家人告诉他自己出门了。

员外吃了闭门羹，心中不悦，便在牛富翁家门上写了很大的一个“午”字，然后就走了。家人赶上问他是啥意思，他回答说：“这是‘牛’不出头嘛！”

讲述者： 孙清恩，男，79 岁，高中学历，退休干部
采录者： 于圣连，男，72 岁，大专学历，退休干部
采录时间： 2020 年 9 月 2 日
采录地点： 丰县文化馆

附记

这则笑话讲述者以文字游戏的方法讥讽了富翁的刻薄，别有一番风趣。至今仍在丰县广泛传讲。（于圣连）

530

耳朵在此

采录时间： 2020 年 9 月 28 日
采录地点： 丰县文化馆
流传地： 丰县

新上任的知县因为要挂帐子，对师爷说："你给我去买两根竹竿来。"师爷把"竹竿"听成了"猪肝"，连忙答应"这就去"。

师爷急急地跑到肉店里，对店主说："新来的县太爷要买两个猪肝，你是明白人，心里要有点数！"店主是个聪明人，一听就懂了，马上割了两个猪肝，另外奉送了一副猪耳朵。

离开肉铺后，师爷心想："老爷叫我买的是猪肝，这猪耳朵当然是我的了。"于是便将猪耳朵包好，塞进口袋里。

回到县衙，师爷向知县禀道："回禀老爷，猪肝买来了！"知县见师爷买回的是猪肝，生气道："你、你，耳朵哪里去了？"师爷一听，吓得面如土色，慌忙答道："耳……耳朵在此，在我……我的口袋里！"

讲述者： 于圣连，男，72 岁，大专学历，退休干部
采录者： 卜凡柯，男，78 岁，大专学历，退休干部

531

背百家姓

教书先生叫学生们背《百家姓》，有个学生总是记不住，连第一句“赵钱孙李”也背不出。

于是先生启发式地耐心教他：“赵，就是街坊赵家大爷的赵；钱，就是用来买东西的青铜钱的钱；孙，就是骂人龟孙子的孙；李，先生我就姓李，叫李万年。记住啦？”学生点头。

先生说：“那你背来。”学生高声诵道：“赵家大爷，青铜钱，龟孙子，李万年。”

讲述者： 于圣连，男，72岁，大专学历，退休干部
采录者： 卜凡柯，男，78岁，大专学历，退休干部
采录时间： 2020年9月8日
采录地点： 丰县文化馆
流传地： 丰县

532

蹭饭

从前，有个人叫王二，父母双亡，既无兄弟姐妹，又无妻室儿女，孤身一人。他游手好闲、不务正业，日子过得十分拮据，成天吃了上顿没下顿，于是就经常觍着脸去东邻西舍、亲戚朋友家蹭吃蹭喝。

有一天，他去一个远门老表家蹭饭吃。老表实在讨厌这好吃懒做、习惯蹭吃的王二，想赶走他，又不好直接说出来。这时，天突然下起雨来。老表遂心生一计，写了个逐客令放在客厅的桌子上：“下雨，天留客；天留，我不留。”然后自己借故离开了。

王二看了纸条，便拿起笔来，在纸条上将标点作了改动，然后静等老表回来。

等到日已过午，主人见王二还不走，只好进去问他：“你没看见我给你留的纸条吗？”

王二立即回答：“我看到了。本来我不想住下的，看了你的纸条，不忍拒绝你一番好意，我才没走。”

主人一看纸条，逐客令变成这样：“下雨天，留客天，留我不？留！”感到很无奈，只好做饭招待了王二。

533

写招牌

讲述者：卜凡柯，男，78 岁，大专学历，退休干部
采录者：于圣连，男，72 岁，大专学历，退休干部
采录时间：2020 年 9 月 6 日
采录地点：丰县文化馆
流传地：丰县

从前，有个商人在镇上新开了一个店铺卖酒。为了标榜酒美、招徕顾客，特奉厚礼请来几个秀才，准备写一个招牌，挂在酒店前。

甲秀才挥笔写出“此处有好酒出售”七个大字。店家见了，点头赞许。

乙秀才指出：“这七个字过于啰唆，应该把‘此处’两字删去。”店家细想，也觉得有理。

丙秀才又说：“‘有好酒出售’中的‘有’字多余，删去更为简约。”店家也觉干脆。

可是丁秀才又振振有词道：“酒好与坏，顾客尝后自有评价，‘好’字宜删。”店家没有反对。

这时，甲秀才生气地说：“删来删去，干脆留一‘酒’字，更为夺目。”店家欣然接受。

乙秀才又有意见：“卖酒嘛，不必写招牌，路人见酒瓮自然知道。”店家点头称是。

于是，秀才们告退，商人白白送了厚礼。

讲述者：卜凡柯，男，78岁，大专学历，退休干部
采录者：于圣连，男，72岁，大专学历，退休干部
采录时间：2020年7月26日
采录地点：丰县文化馆
流传地：丰县

534

大裁

从前，有一个县官，想请一个有才能的人帮忙治理县政，就张榜选才。一连几天，也没人揭榜。

有一个裁缝路过，见人家都围着看榜，就挤到跟前凑热闹。他大字不识一个，又有点耳背，跟旁人打听榜上写的是啥。有人跟他说："县官要招大才。"裁缝听了，喜得直搓手："这还不好说？我就是一个大裁，合县坡里[1]谁能比得过我？"他上前一把把榜揭下来。大热天里，差人正急得火烧火燎的，见有人揭榜，立马把他带到县衙里。

县官叫来几个知书达理的人考裁缝。一个主考人出题问："什么是三纲五常？"裁缝随口答："三丈五尺长，折合二十五尺半，足够做一件大褂子，加两件短褂。"主考人一听不对路，说："老爷考的是文章。"裁缝马上说："蚊帐更好做。四周合围，一面留门，上边吊顶子，那就是蚊帐。"县官听出来他是一个裁缝，就说："把他给我拉下去！"裁缝忙说："不能拉，独幅帮衩，那样省布。"县官越听越烦心，当场骂了一句："什么狗屁熊玩意儿！"

[1] 合县坡里：全县境内。

裁缝很在行地说：“听老爷说还有二尺红绸子哩，正好给老爷做个风帽。”

讲述者： 高昌中，男，56 岁，本科学历，原丰县史志办主任
采录者： 卜凡柯，男，78 岁，大专学历，退休干部
采录时间： 2020 年 10 月 11 日
采录地点： 丰县文化馆
流传地： 丰县

535

胖子

从前有个县官，一天，他带着一名衙役去逛大街。走到茅子[1]门前，他要解大手，将走进茅子，一摸身上没带手纸，扭过头来就命令衙役：“疾麻利给我找个棒子[2]！”衙役有点耳聋，把“棒子”听成了“胖子”，就机哩跟斗[3]跑到一家商店门前，一看柜台里面坐着一位掌柜的，腰粗像石磙，脸胖像判官。衙役朝着柜台一摆手：“哎，胖子，县太爷有请。”掌柜的听说县官有请，忽地站起来，二话没说，出了柜台，跟着衙役就走。

二人来到茅子门外。衙役说：“你先等等，我禀报一声。”说着进了茅子：“禀太爷，我把胖子找来啦。”县官也有点耳聋，又把“胖子”听成了“棒子”，忙说：“正急等着，快麻利给我劈开。”掌柜的一听要劈他，吓得脸黄，“扑通”跪倒，紧爬慢爬爬到县官面前连连磕头：“老爷，老爷，我可不是胖子，我是个虚肿。”

[1] 茅子：厕所。
[2] 棒子：旧时人如厕把棒子劈开作手纸用。
[3] 机哩跟斗：慌慌张张。

讲述者：　卜凡柯，男，78岁，大专学历，退休干部
采录者：　于圣连，男，72岁，大专学历，退休干部
采录时间：2020年10月7日
采录地点：丰县文化馆

附记

这是以耳聋误听引起的又一则笑话，在丰县流传非常广泛。

536

相亲

一眼看中

王二："你给我介绍的姑娘，有一只眼睛是瞎的！"

媒婆："对啊！"

王二："你骗我！你当初为什么没告诉我？"

媒婆："我怎么没告诉你啦？当时我说，那个姑娘一眼就看中你了！"

说媒

媒婆领着许二去相媒。到女家一看，姐妹二人正摊煎饼。妹妹烧火，姐姐坐在椅子上摊。长相姐姐比妹妹俊。

媒婆问："你是要烧的，还是要摊的？两个尽你挑。"

许二看了看，说："我要摊的。"

许二把媳妇娶到家后，来找媒婆骂架："你不该操我，她是个瘫子（下肢瘫痪）。"

媒婆理直气壮地说："你自己说要摊（瘫）的，这是

你挑的，咋能怪我？”

讲述者：赵景坤，男，60岁，高中学历，文化站站长

卜凡柯，男，78岁，大专学历，退休干部

采录者：于圣连，男，72岁，大专学历，退休干部

采录时间：2020年10月8日

采录地点：丰县文化馆

537

坑爹

爷俩去饭店吃饭，看见桌子上有一盘芥末，都不认识。

儿子舀了一勺吃了，立时泪如雨下。他爹看见，就问他：“你怎么哭了？”儿子憋了一口气说：“没事，爹，我想我妈了，她老人家一辈子都没吃过这么好吃的东西。”

他爹听了，也舀了一大勺吃了，当时眼泪哗哗的。儿子见状问爹：“你怎么也哭了？”他爹说：“我也想你妈了，她怎么生了你这么个坑爹玩意。”

讲述者：赵景坤，男，60岁，高中学历，文化站站长

采录者：于圣连，男，72岁，大专学历，退休干部

采录时间：2020年10月11日

采录地点：丰县文化馆

流传地：丰县

538

揍爹

采录者：于圣连，男，72岁，大专学历，退休干部
采录时间：2020年11月2日
采录地点：丰县文化馆
流传地：丰县

郭三是牲口经纪，老百姓戏言是“戳牛屁股的”。经他的手买卖牲口，他总是两边都“割耳朵”[1]。有时候，遇到便宜的牲口，他也买回家去，经过“加工”后，再卖个高价。

这天逢会，他牵去一头老牛。买牛的掰开牛嘴一看，发现牛牙有问题：牛牙一旦平口，即为老牛；牛牙中间有凹，就不算老牛。这人问道：“这口[2]是假的吧？”郭三一听生气啦，骂誓赌咒地说：“是真的。要是假的，我摁着俺爹揍！”叫他一忽悠，这头牛果然卖了个高价。

散了集市，同行说：“你咋能骂誓揍爹呢？”郭三说：“我说的是实话，一点都不假。当时，我摁着牛头，俺爹用凿子挖的窝。这不是我摁着俺爹揍（做）吗！”

讲述者：卜凡柯，男，78岁，大专学历，退休干部

[1]“割耳朵”：指从买卖双方都要赚取好处费，也叫捞取小钱。

[2] 口：指牛牙。

539

拆楼

财主死后，把家业撇给了憨儿。家里有只小板凳，非常低矮。憨儿每次坐板凳，都要在凳腿底下垫上点东西。久而久之，憨儿就不耐烦了。

有一天，他忽然心生一计，忙叫仆人把板凳挪到楼上去，以为在楼上坐，板凳就会高了。

等他上楼一坐，小板凳仍然是那么低矮。他气愤地说："人们都说楼高，我看不过是瞎说罢了！"于是命人把楼拆了。

讲述者： 赵景坤，男，60 岁，高中学历，文化站站长

采录者： 于圣连，男，72 岁，大专学历，退休干部

采录时间： 2020 年 10 月 18 日

采录地点： 丰县文化馆

流传地： 丰县

540

看鱼下饭

两兄弟盛好饭，问爹："今天用什么菜下饭？"爹指了指挂在墙上的咸鱼，说："今天吃饭就用它做菜。你们看一眼咸鱼，吃一口饭吧！"

忽然，弟弟嚷起来："爹，俺哥多看了一眼。"

爹安慰道："让鱼咸死他吧。"

讲述者： 孙清恩，男，79 岁，高中学历，退休干部

采录者： 卜凡柯，男，78 岁，大专学历，退休干部

采录时间： 2020 年 9 月 30 日

采录地点： 丰县文化馆

附记

这则笑话收录于 2016 年版《笑林广记》(云南：云南人民出版社)，在丰县讲传广泛，听众很多。

541

快些喝

老子和儿子抬了一坛酒，到集上去卖。途中，不料绳子断了，一下子坛破酒洒。

儿子急得不知如何是好。老子慌忙趴下，“咕噜咕噜”地喝了起来。突然，仰起脸，瞪了儿子一眼，骂道：“混账东西，愣着干啥，咋不给老子快些喝，还想等菜吗？”

讲述者： 孙清恩，男，79 岁，高中学历，退休干部
采录者： 卜凡柯，男，78 岁，大专学历，退休干部
采录时间： 2020 年 9 月 30 日
采录地点： 丰县文化馆

附记

这则笑话登于 2016 年版《笑林广记》(云南：云南人民出版社)，在丰县讲传广泛，听众很多。老子的行动、言语实属无奈之举，但却幽默风趣，令人发笑。

542

两全其美

从前有个姑娘，长得很俊，有东西两家同去求婚。东家的儿子长得很丑，但是家里非常富裕；西家的儿子倒是相貌堂堂，但是家里十分贫穷。

这一下，爹娘也拿不定主意了，便去跟闺女商量个两全其美的法子。

女儿说："那两边都答应下来吧！"父亲听了莫名其妙。

女儿解释道："到东家吃饭，西家去住，这不是两全其美吗？"

讲述者： 阎振兴，男，86岁，中师学历，退休教师
采录者： 于圣连，男，72岁，大专学历，退休干部
采录时间： 2020年10月13日
采录地点： 丰县文化馆
流传地： 丰县

附记

这则笑话收录于2015年版《笑林广记》（湖北：崇文书局），在丰县民间讲传甚广，曲艺艺人据此改编的唱段《两头忙》广为人知。（于圣连）

543

倒霉

讲述者：安在峰，男，64 岁，高中学历，退休干部
采录者：卜凡柯，男，78 岁，大专学历，退休干部
采录时间：2020 年 10 月 25 日
采录地点：丰县文化馆
流传地：丰县

有一个老头眼神不好。有一天他打了酱油后去一个小饭店里吃饭，看见墙上有一个黑点，以为是一个钉子，就把酱油瓶往上面一挂。谁知道那个黑点是个苍蝇，结果把酱油瓶打碎了。他在回家的路上，路边卧着一个黑狗。他以为是一个黑皮袄，就想去拿起来，结果又让黑狗咬了一口。老头垂头丧气地回了家。

过了几天，老头打了酱油后又到那个小饭店里吃饭。见墙上仍有个黑点，以为还是个苍蝇，就用手拍了一下，老头疼得“哎哟”一声。谁知道那天店里的伙计见老头的酱油瓶打碎了，就在墙上钉了一个枣核子钉，结果老头的手被扎伤了。老头在回家的路上，老远就看见前面有一个黑色的东西，拿了一根棍子跑过去，对着那黑东西狠狠地打下去。这时候有个人走过来，生气地说：“你这老头，你走你的路，干么要把我的锅打碎？这不能和你算完。”说罢就把老头拉到了县衙里。

544

盼小偷

乡间有个小偷，夜里来到一财主家窥探，正好被从外面回来的财主看见了。小偷慌忙夺路而逃，情急之下连从别人家偷来的羊皮袄也顾不得拿走。财主从地上拾起小偷丢下的羊皮袄，穿在身上一试很合身，心里非常高兴。

由于这次白白捡了个大便宜，以后他每次夜里回到家时，见到门庭平安无事，心里就很失望，总是皱紧眉头，不住地念叨着："今夜怎么就没来小偷呢？"

讲述者： 安在峰，男，64 岁，高中学历，退休干部
采录者： 卜凡柯，男，78 岁，大专学历，退休干部
采录时间： 2020 年 10 月 25 日
采录地点： 丰县文化馆
流传地： 丰县

545

巧答聋公公

有个老汉，年过花甲，别看耳聋，就是爱打听事。他若问谁啥事，不告诉他还不行。他每次提问，家里人就像对哑巴一样，总用手势、动作来回答。老汉也已习以为常，一看便懂。

一天，老汉门前吹吹打打过了一队人马，这时家里只有一位年轻漂亮的儿媳在跟前。聋老头便问她门外这么多人是干什么的。儿媳妇两手往自己身子两侧一提，做抬轿状表演了一下。聋公公便点点头说："娶媳妇的。男家是哪个村的？"儿媳妇用手往自己屁股里指指，聋老头儿又点点头说："噢，是后山沟的。女家是哪村的？"儿媳妇拿着蜡烛放在灶台上，聋老头儿说："朱（烛）高台子的。谁家的闺女？"儿媳把点燃的蜡烛放进锅灶里，聋老头儿说："郭（锅）得明的闺女。他几个闺女呢？这闺女叫什么名呀？"儿媳用手往两腿之间的根部摸去，公公一笑说："啊，是那个叫小凤（缝）的。这闺女长得真快，不知不觉就出嫁了。"

546

抬杠

从前，有个人，最会抬杠了，方圆百里没人能抬得过他。他想发财，就在家里倒腾了两间屋，开了个抬杠铺，挂上招牌，上头写着："谁能抬过我，奉送白银二十两；谁要输给我，倒拿铜钱五百文。"

这天，有个年轻的打这里路过，看了招牌，不服气。年轻人火气大，就找到抬杠铺的掌柜去抬杠。

"你来抬杠的吗？"掌柜的问。

"不错！"

"那，我问客官，我这院里有棵大杨树，你说上头是风响，还是杨树叶响？"

"这个……"年轻人叫他一问，结结巴巴答不上来，只好输给他五百文铜钱。

年轻的回到家，越想越窝囊，饭也不吃。他爹一问他，年轻的把实情一说，他爹气得一蹦老高："老子自己去！"

抬杠铺掌柜一看来了个老家伙，心想又该发财了，就准备上前搭话。老头子任啥不说，亮开荷叶巴掌，对掌柜的大麻脸上就是一耳刮子，打罢，说："你说是你的脸响，还是我的巴掌响？"

讲述者： 卜凡柯，男，78 岁，大专学历，退休干部
采录者： 于圣连，男，72 岁，大专学历，退休干部
采录时间： 2020 年 11 月 2 日
采录地点： 丰县文化馆

附记

这则笑话在丰县流传甚广，听众甚多。整篇结构布局巧妙，语言幽默风趣，为笑话中的精品。（卜凡柯）

掌柜的大麻脸上立时起了五个手指印，蹲在那里，啥也说不出来了，赶忙叫伙计掂[1]了二十两银子送给老头子。

讲述者：安在峰，男，64 岁，高中学历，退休干部
采录者：卜凡柯，男，78 岁，大专学历，退休干部
采录时间：2020 年 10 月 2 日
采录地点：丰县文化馆
流传地：丰县

[1] 掂：方言，拿。

547 不会说话的王二

再死找我

一财主，年过五十才喜得一对双胞胎儿子，欢喜若狂。不料才七日，其中一子夭亡。管家找王二扔死尸，王二不在，其二子小二说："我去扔。"王小二来到财主墙外（小儿夭亡，忌从大门送出），问："好了吗？"管家答道："好了。"于是一件衣物裹着的死孩子从墙内扔到墙外来，随后又扔过来五枚小制钱当小费。

王小二说："只死一个吗？要是死俩多好，我一头挑一个，比用杈子挎省劲多了。"财主正伤心难过，听了此话气得七窍生烟，找到王二，将其骂得狗血喷头。王二哪敢还嘴，说："老爷，你别跟小孩子一般见识，他不会说话。下次你家再死孩子千万找我，别找他。"

一句没说

财主老年得子，十分高兴。待儿子满月，大摆宴席，

放出话说，全村除王二外，都可来喝喜酒。

大家伙一听十分高兴，每人出十个制钱凑在一起算份子，买礼物。王二道："十文钱只买两个烧饼，这顿大席等于白吃。我长恁大还没上过桌呢，老少爷们，可怜可怜我，就让我也算一份吧。"

大伙都说机会难得，领头的说："要算也行，一要进门藏起来，别让财主看见；二要吃饭时一句话也别说。"王二答应："中，中，中。"

日子到了，大家伙给财主送礼、贺喜，都夸少东家满脸福相，将来必是大富大贵之人。喜得财主两口子合不拢嘴。

开席了，王二才偷偷地上了桌。大伙有说有笑，又吃又喝；只有王二低着头，只顾大吃二喝，一言不发。

散席了，大伙都夸宴席办得丰盛，喜事办得圆满，为王二担心的人也都把心装到了肚里。财主高高兴兴地把大家送到大门外，拱手道别。这时王二上前一把抓住财主的手说："老爷，今天我可一句话没说，您的小孩要是死了与我无关。"

讲述者： 卜凡柯，男，78岁，大专学历，退休干部
采录者： 于圣连，男，72岁，大专学历，退休干部
采录时间： 2020年11月2日
采录地点： 丰县文化馆

附记

这两则笑话讲说时，总将二者连在一起。（于圣连）

548

倒穿靴子

从前有个名叫王三的，早年父母双亡，一个人过日子，终日游手好闲，不务正业。他常到左邻右舍骗吃骗喝，无论谁家吃点新鲜饭菜，他都要想方设法，死皮赖脸地弄点来吃。

有一天邻居刘氏蒸角子[1]，王三从门前路过看到了，就进了刘家，坐下便和刘氏拉起呱来。角子蒸熟了，刘氏怕王三赖吃，一直不开锅吃饭。王三想这样等下去不是办法，于是起身告辞。王三走后，刘氏一家便赶快吃饭。就在这时，王三倒拖着一只靴子，又来到刘氏家中。刘氏见了只好打招呼道："你怎么倒拖着靴子？"王三听了顺口答道："叫我吃角子？"边说边捞起一只角子，三下五除二吞下肚去。刘氏见状，轻蔑地瞅了王三一眼，自言自语道："你这种人真不作假。""什么？你再让我吃俩？"说着又抓起两个角子，狼吞虎咽地吃起来。三个角子下肚，王三觉得还不济事，很想再吃，无奈刘氏早已默不作声，

[1] 角子：丰县传统面食，形同水饺。

看来再用撮口气[1]诓吃是不行了。于是王三又嬉皮笑脸地问刘氏："你猜我还想吃不？"刘氏没有好气地说："我猜你不想吃了！"不料王三马上说道："你没猜准，我还想再吃呢！"于是又拿了一个塞下肚去。接着再问刘氏："你猜我还能再吃一个吗？"刘氏心想：说他不吃，他说没猜准，究竟怎样回答才好？想了一会就说："我猜你能再吃一个。"王三一听拍手笑道："对！这回可让你猜准了！"说着又拿起一个角子走了。

讲述者： 李家浩，男，94岁，退休老师
采录者： 卜凡柯，男，78岁，大专学历，退休干部
采录时间： 2020年10月23日
采录地点： 丰县文化馆
流传地： 丰县南部

[1] 撮口气：顺着别人的话茬说。

549

做贼心虚

从前，有一对新婚夫妻，两口子感情很好。媳妇很爱丈夫，为了给丈夫增加营养，从娘家带来些鸡蛋和鹅蛋，常瞒着公婆、哥嫂，夜晚偷偷煮给丈夫吃，边吃边逗趣逗乐。

一天夜晚，丈夫已上床睡觉，媳妇熄了灯，在另一头上了床。她故意手传脚蹬，从被窝里给丈夫滚送煮熟的鸡蛋和鹅蛋。

再说东庄上有两个盗贼，一个身材矮小，一个身材高大。他们得知新媳妇陪送了一些金银首饰和贵重衣物，夜里便挖窟窿偷盗。他们悄悄地从屋后墙上撬开了砖头，挖开了一个洞。为了安全，大个头的盗贼守候在洞口外观察动静，小个头的轻轻地爬进了屋里，侧耳细听。床上的小两口并不知道。

"招呼着，进来了！"媳妇一边说着，一边将一个鸡蛋从被窝里滚过去。

"是的，先进来了一个小的……"丈夫随后说。

说者无心，听者有意。进了屋里的小个子盗贼一听，吓坏了：漆黑的夜里，伸手不见五指，他们怎么看见的？

难道他们有夜光眼？他一动不动地趴在地上，大气也不敢喘。

再说守在屋后洞口的大个子，听听屋里没有动静了，也慢慢爬了进来。这时，床上的媳妇又把一只大鹅蛋从被窝里滚过去，并说："又一个！"丈夫应道："是的，又过来一个大个的……"这个盗贼一听，不由浑身颤抖。漆黑的夜里，他们睡在床上怎么看得这样清楚？真神了……这时媳妇又问："抓住呗？"丈夫说："等它们靠近了再抓。"两个盗贼听得清清楚楚，吓得屁滚尿流，哪里还敢停留？连滚带爬，出了洞口，仓皇逃跑了。

两个盗贼非常纳闷儿，又担心这对夫妻会认出他们，告到官府。于是二人一商量，以卖桃子为名到他们门前转一转，试试看。

两个盗贼挎着一篮桃子来到这对夫妻大门口，叫卖起来。左邻右舍来了一些买桃子的人，这对新夫妻也出门来看看桃子好不好，要挑几个桃子。这桃子有大有小，媳妇手拿一大一小的两个桃子，大的像鹅蛋那么大，小的像鸡蛋那么大，一笑，小声问丈夫："这两个像不像昨天夜里的那俩？"丈夫说："像！"两个盗贼一听，吓得"娘哇"一声撒腿就跑……

讲述者： 卜凡柯，男，78岁，大专学历，退休干部
采录者： 于圣连，男，72岁，大专学历，退休干部
采录时间： 2020年11月2日
采录地点： 丰县文化馆

附记

这则笑话在丰县传流广泛，知道的人很多。全篇突出一个"巧"字，引发笑声不断，真是应验了一句民间俗话："无巧不成书！"（于圣连）

550

水洗为净

两个看病的先生，同居一屋，经常争论吃的东西怎么算干净。张先生说，眼不见为净；王先生说，水洗为净。谁也说服不了谁。有一天张先生当面把洗脚盆洗干净，给王先生盛汤喝；王先生尽管觉得是干净的，却怎么也喝不下去这个汤。张先生觉得自己是胜利者，轻轻哼着小曲。第二天王先生回屋早，贴锅饼炖小鱼，等张先生回来一起吃。张先生一进门就闻到了鱼香，也许是太饿了，连吃两大碗炖鱼、三个锅饼，哈哈地笑着夸王先生会做饭。这时王先生忽然想起前天夜里尿急，把锅误作尿盆用过，忙问张先生："吃的东西怎么算干净？"张先生说："当然眼不见为净。"王先生说："今天的炖小鱼是用曾经盛过尿的锅做的。"张先生马上感觉一阵恶心，瞪大双眼不知说什么是好了，心里想这小子原来在这里等着我呢！

讲述者： 孙清恩，男，79岁，高中学历，退休干部
采录者： 卜凡柯，男，78岁，大专学历，退休干部
采录时间： 2020年9月30日

采录地点： 丰县文化馆

流传地： 丰县

551

绝招

有个叫差把火的跟师傅学打铁才两年，自以为已经学好了手艺，非要出师不可。师傅挽留不住，便治了几个菜，打了一壶酒，送他出师。吃喝中，师傅说："出师后，一定要老老实实地干活，不要显摆。如果遇到难题，可以随时来问。"差把火答应道："记住了。"

差把火出师后，别人问他手艺学得如何。他说："打铁没啥学头，师傅的本事了了，三年的手艺我两年就学全了。"师傅听说后，随口说道："我还有一个绝招没教他呢！"

差把火赶忙去找师傅，缠着师傅教他绝招。师傅说："你在这里再做一年徒弟，学艺期满我一定教你。"差把火无奈，只好又当了徒弟。一年后，他问师傅："该教我绝招了吧？"师傅说："附耳过来——烧红的铁不能手摸！"

讲述者： 黄启光，男，64岁，初中学历，大鼓艺人

采录者： 卜凡柯，男，78岁，大专学历，退休干部

采录时间： 2020年10月21日

采录地点：　丰县文化馆
流传地：　丰县

异文：绝招

有个铁匠嫌打铁累，就收了个徒弟。他教得马虎，又不给徒弟工钱，一般活还全放给徒弟干。徒弟不乐意啦，要辞职。

铁匠说："有两个绝活我还没教给你，现在辞了，太可惜啦。"徒弟大喜，干活卖力，对师傅毕恭毕敬。

直到师傅病重，徒弟才恳请师傅传授那两手绝活。师傅大喘气交代："一、烧红的铁绝不能赤着手去拿。二、举锤要看清铁在哪里，绝不能往自己脚上砸。最后再多送你第三个绝招，如果你有了徒弟也不想干了，就像我这样，告诉他你还有两手绝招没有教他，就把他留下了。"

讲述者：　韩大光，男，80岁，初中学历，沛县商业局退休干部
采录者：　张行文，男，68岁，大专学历，沛县张集中学退休教师
采录时间：　2020年10月
采录地点：　沛县火车站广场

附记

《绝招》是韩大光先生在20世纪60年代被抽调到农村搞"四清"运动时，所接触处理的一个徒弟告师傅的小案件。因为有娱乐教育功效，已讲述了40余年。（张行文）

552

草格棒

从前，有个老头，辛辛苦苦一辈子，攒下了百多亩地的家业。突然，老头得了不治之症，眼看要翘辫子。他问儿子道："我死了，你咋办理后事？"儿子说："爹，你放心，我给您打个周六的柏木大棺材。"

两天后，儿子请木匠打了个四四五的杨木棺材。儿子夸奖木匠打得又快又好，木匠说："这是四四五杨木的，好打。要是柏木周六的，就费工了。"这话让老头听了个真真切切。

过了一会，老头把儿子叫到床前，说道："儿呀，我腚底下硌得慌，可能有个小草棒。"儿子掀开被子，在爹腚底下胡拉了一遍，说："爹，你腚底下没有啥。"又过了一会，老头还说硌得慌。儿子又胡拉了一遍，说："爹，你腚底下真的没有啥。"老头说："不然，你掰开我的腚看看，有个草棒不？"儿子掰开爹的腚，看了看说："爹，腚里也没啥。"老头说："儿啊，我辛苦了一辈子，攒下这么多的家业，临死可没夹走一个小草棒！"儿子忽然明白啦，说道："爹，我错啦，明天我把杨木的卖了，给您老人家打个柏木棺。"

讲述者： 卜凡柯，男，78岁，大专学历，退休干部

采录者： 于圣连，男，72岁，大专学历，退休干部

采录时间： 2020年11月2日

采录地点： 丰县文化馆

附记

这是由一个真实故事演绎出的笑话，发生在20世纪50年代的讲述者邻村。（于圣连）

553

骂大讳

张李庄，庄子不大，只有二百多口人，却有十多个姓氏。外人说是杂八姓氏庄，多为外地迁来的逃荒户。

村中的张三和李四是渣子局[1]，只要见面，就骂大讳，骂的奇巧话，令人捧腹大笑。两人骂起大讳来，吃亏的总是李四，他骂不过张三。

这一天，张三的母亲死了。张三是重孝子，在丧屋里守丧。李四心想，我今天要骂个不还口的。他是个重孝子，总不能和我对骂吧？李四一进大门，就哭道："我的老婆子呀，你咋死啦，我的……"张三一听，就知道是李四这个狗日的想占便宜。待李四到了丧屋门口，张三立即给李四磕了个头。李四心里比吃蜜都甜，我可骂了一回不还口的。张三磕罢头，招呼李四："俺舅，你来啦！"李四气得一跺脚，说："唉，这回还是没占到便宜。"

[1] 渣子局：拿自己的父母祖宗同别人骂着玩，群众看不起这类人，称为人渣，对两个好骂大讳的人渣称渣子局。局字有聚在一起的意思。

讲述者：卜凡柯，男，78 岁，大专学历，退休干部
采录者：于圣连，男，72 岁，大专学历，退休干部
采录时间：2020 年 11 月 2 日
采录地点：丰县文化馆

附记

这则笑话在丰县流传较为广泛。骂大讳应为低俗的调侃，在社会上常见；虽出言不逊，但亦不伤感情。张三喊李四舅舅，说明李四哭张三母亲是老婆子，是骂自己的亲姐姐，等于骂自己啦。（于圣连）

554

胆小鬼

从前，有父子二人都是胆小鬼。一天，两人在一块锄豆，锄着锄着，儿子看见一条豆虫，吓得"嗷"的一声，提起锄来就跑。父亲不知出喽啥事，也吓得"嗷"的一声提锄就跑。

跑到地头上，父亲喘着粗气问儿子："你跑啥？"

儿子说："我看见一条豆虫。"

父亲把脚一跺："你真他妈的胆小鬼，我当是个蛤蟆咪！"

讲述者：卜凡柯，男，78 岁，大专学历，退休干部
采录者：于圣连，男，72 岁，大专学历，退休干部
采录时间：2020 年 11 月
采录地点：丰县文化馆

555

喝墨水

吴老汉一家人围在一起吃饭，提起本庄的四秀才，都说那人最精。老伴就说："人家是喝过几瓶墨水的，哪能不精？"老汉说："喝墨水就精吗？"儿子说："那还用说，人家都好说谁谁是喝过墨水的，知东道西会办事。"儿媳妇就说："爹，咱不能买点墨水喝吗？"老汉说："行，行。"

老汉从集上买来十锭子黑墨，放在锅里煮了一锅墨水，每人喝了两碗。停了一会，老伴问老汉喝罢墨水精了不，老汉说："精啦，精啦！这会我才知道，胡子亏得长在嘴上，要是长在脚后跟上，下雨走路，不沾的尽是泥吗？"老伴说："不假，你真精啦。我也精啦！这会我才知道，嘴亏得长在脸上，要是长在头顶上，下雨准会往里灌水，那不就把人呛死了吗？"儿媳妇接着说："对，我也精啦！两个妈妈[1]亏得长在胸前，要是长在脊梁骨上，给孩子奶吃，回回得脱衣裳，不光麻烦，还能羞死人。"末了儿子说啦："你们说的都对。喝了墨水我也精啦！鼻子眼不该朝下。要是朝上，有学问的人写罢字，笔杆往里一插，当个笔架，又省事又省钱，多好啊！"老汉一摆手："不行，不行。要是鼻子眼朝上，下雨准往里灌水，看来你没有学精。"儿子说："天不能老下雨，下雨的时候蹲在家里不出门，准不能往里灌水。你不会想法子？看来喝罢墨水你也没学精。"儿子不服老子的看法，老子也不服儿子的说法，你一言我一语，爷俩争吵起来。老伴、儿媳妇就说："您爷俩吵了半天，也没分出个里表[2]，看来你们俩都没学精。"老汉、儿子就说："俺俩没学精，你们俩也没评出谁对谁不对，看来你们俩也没学精。"这么一说，全家人八只眼睛，你瞪我、我瞪你，一发[3]说了一声："咳！这墨水算是白喝啦！"

讲述者：卜凡柯，男，78岁，大专学历，退休干部
采录者：于圣连，男，72岁，大专学历，退休干部
采录时间：2020年11月
采录地点：丰县文化馆

[1] 妈妈：指乳房。

[2] 里表：指道理。

[3] 一发：一齐。

556

啥做的

从前苏北某地，有一位徐容，本是目不识丁的人，却好装作文人雅士的样子。一日到城里闲逛，不觉日已西斜，腹内空空、饥肠如鼓，便买了两个烧饼边吃边走。突然他发现衙门墙前围着许多人，他好奇地过去看个究竟，原来是县府告示。于是他便学着文人样子从右到左一行一行地看起来，嘴里不停地咕哝着。恰在这时来了一位农民停在徐容身边，看徐容衣着打扮像是文人，开口便问："先生，这是什么？""嗯！烧饼。"农夫生气地说："上边是什么？""那上边是芝麻！"农夫更生气了，大声说："那上边黑的是啥？""黑的是糊巴！"农夫气极了，骂了声："啥做的？！"徐容不假思索地答道："好麦，芝麻掺糖稀放在炉子里做的！"

讲述者： 卜凡柯，男，78岁，大专学历，退休干部
采录者： 于圣连，男，72岁，大专学历，退休干部
采录时间： 2020年11月
采录地点： 丰县文化馆

557

假斯文

有个逛青皮的二流子，弄了身好衣裳穿在身上，手里拿个烧饼吃着，在大街上摇摇摆摆，冒充念书人，假装斯文。他见有群人围在一起看布告，就挤进去凑热闹。

黄纸上写着黑字，是通缉杀人凶手的布告。上面写的是谁谁谁，怎么杀了人跑啦，有知情告发的，悬赏多少银子。下边缀着一溜字，写的是什么县、县官是谁。

二流子瞎字不识，也歪着头、瞪着眼、吧咂着嘴看。

旁边有个乡下老头，觉得二流子是个有学问的人，就指着墙上的布告问他：

"公子，那是啥？"

二流子也不知墙上贴的是啥玩意儿，要说不认得又怕老头笑话，就举了举手中的烧饼遮羞说："烧饼。"

老头："那张黄的？"

二流子说："炉子烤的。"

"密匝匝那些黑点点？"

"芝麻。"

"下边那些黑的呢？"

"是我撒的……"

正巧有两个巡捕的衙役从那里路过。

衙役一听有人说“是我杀的”，忙把逮人的铁链子拿出来，往二流子头上一锁说：“好你个坏东西，原来人是你杀的。”

另一个说：“正愁找不着你，你自己倒招供啦。走走走，跟俺到县大堂吃官司去！”

讲述者： 梅法坤，男，72 岁，高中学历，沛县文化馆退休干部

采录者： 朱迅翎，男，70 岁，大专学历，沛县文化局退休干部

采录时间： 2019 年 3 月 8 日

采录地点： 沛县文化馆

558

酒徒

从前，咱张集村有个酒徒，有一天遇到一个朋友，非缠住那朋友要到其家喝酒。朋友说：“我家太远了。”

“不要紧，有二十里路吧，一会儿就到了，我不嫌远。”

朋友为难地说：“我家里太狭窄，连桌子也摆不开啊。”

“别客气，能有个地方让我张开嘴喝酒就行啦。”

朋友又推托说：“我家连个酒杯也没有。”

“没有酒杯子就用碗，整瓶喝也不能叫你作难哪！”

费了好多口舌后，朋友实在没办法，只好请他到家去喝酒。谁知他喝完了一碗还要，没完没了。朋友不好撵他：“看天阴的，要下雨了。”

“下雨了，还怎么回家？”

过了一会儿，朋友又催他：“你看，雨后天晴了。”

“雨停了还忙什么，再剋[1]两碗！”

[1] 剋：方言，吃。

讲述者： 吴庆运，男，71 岁，大专学历，沛县张集中学退休教师

采录者： 张行文，男，68 岁，大专学历，沛县张集中学退休教师，中国通俗文艺研究会会员

采录时间： 2020 年 9 月

采录地点： 沛县张集学校

附记

《酒徒》故事原在张集一带传播半个世纪，后传至县城。（张甫文）

559

读书与生育

张集街上有一个刚结婚还没有生孩子的人，天天因为考虑有了孩子无法抚养而发愁。

一天，听说邻居家媳妇竟然生了个三胞胎，他在前往祝贺与邻居拉呱中替人家担心地说："我正考虑一个孩子就很难养好，你怎么能生三胞胎呢？"

那邻居也愁眉不展，有些生气地说："这可能与妻子爱看《三国演义》有关，她特别喜欢桃园三结义那一段，还整天研究三顾茅庐，这个'三'字在她心里扎了根，所以就生了个三胞胎。"

这人一听吓毁啦，急说："我媳妇爱看《水浒传》上的三十六员天罡星，更喜欢七十二个地煞星，整天念叨一百零八将。看来，我要是生孩子要我的命喽！"

讲述者： 张明，男，67 岁，本科学历，沛县县委宣传部退休干部

采录者： 张行文，男，68 岁，大专学历，沛县张集中学退休教师

560

秃子娶媳妇

有个秃青年，人品才学都很好，就因为秃，没有找着对象。他心里很苦闷，成天怨天怨地的。

这一天，他跑到河边，看到清澈的溪水，溪水照出他的秃脑门，他很伤心。这时来了个放牛的老头，这个老头也很同情他，便给他想了个办法。老头对他说："你买个帽子戴上，不就看不见你的秃脑袋了吗？"秃子一听这个办法很好，于是，就买了一个帽子戴上。果然，不到两天，便有个说媒的找上门。这媒一提就成，于是定下了日子。结婚那天，他戴着帽子，他的媳妇顶着方巾。他不明白她为什么顶方巾，心里很纳闷。

夜里，闹洞房的人都走了，他们要睡觉啦。可是他戴着帽子，她顶着方巾。他趁她不注意，猛地拽下了她的方巾，仔细一看，也是秃脑壳。新媳妇很生气。于是他也脱掉了帽子，说："巧的爹碰见巧的娘，巧极了。你秃我也秃，咱俩都秃。"

采录时间： 2020 年 8 月

采录地点： 沛县家和小区

附记

讲述者张明先生说此故事原流传沛北乡村，经过他二次创作，用了夸张手法，增加了情趣。（张行文）

讲述者：陈诗云，女，小学学历，沛县鹿楼村农民
采录者：张雅，女，56岁，大专学历，沛县自来水公司工会主席
采录时间：2020年9月20日
采录地点：沛县鹿楼村

561

瞎话篓子

小二好砍空[1]，是有名的瞎话篓子。打麦的时候，他二大爷在麦场轧场，看见小二走来，就对小二说："小二，你砍个空我听听吧？"小二说："二大爷，我可不得闲。北河的鱼最多啦，我得上北河逮鱼去。"他二大爷最爱逮鱼，一听北河里有鱼，也不轧场了，拿个网就往北河跑。

小二转个圈回到家里，对他二大娘说："二大娘，不好了，俺二大爷在北河逮鱼，肚子叫鱼拱了个大窟窿，肠子都流出来了，赶快去人把他抬回来吧。"他二大娘一听，慌忙找了几个人，抬着软床子就往北河跑。

小二早跑到北河，见了他二大爷就喊："二大爷，不好了，您家着火了！"他二大爷正穿着裤衩子逮鱼，听小二一说，慌地爬上来，蹬上裤子，双手捂着裤腰就往家跑。正跑着，二大娘抬着软床子跑来了。二大娘一见老头捂着肚子跑，老远就咋呼："老东西，你甭跑，跑断了肠子就没命啦。"二大爷也跑着喊："今天刮的南风，先救堂屋，你抬着个妻侄软床子，值几个钱？"两个人越跑越近，到

[1] 砍空：说瞎话。

跟前一看，二大娘说："你的肚子不是好好的吗？"老头忙说："快回去救火吧！"二大娘说："啥时失火啦？"老头一下子明白啦，是小二砍的空，可气死了！二大爷要揍小二，小二说："你不是让我砍个空吗？"老头听后，一腚坐在地上不吭声了。

讲述者： 张宗信，男，85岁，文盲，韩阁村农民
采录者： 韩方民，男，47岁，高中学历，阎集乡文化站站长
采录时间： 2019年9月25日
采录地点： 沛县韩阁村

附记

故事来源于讲述者张宗信祖传，主要流传在阎集、王店一带。2006年，记录者韩方民曾将此故事整理加工，后被《故事林》刊登。（朱迅翎）

562

瞎话书

很早以前，俺庄上有个夏娃子，从小就聪明伶俐，没少哄那些自以为自己了不起的"大人物"。

一天，邻居周伍碰到夏娃，说："都说你小子能说瞎话骗人，你可骗不了我。你能说个瞎话让我也相信吗？"

夏娃子赶紧赔着笑脸说："凭恁的明智，我哪骗得了恁呀。我不过是从一本叫《说瞎话》的书上学了几句，哄那些不懂事的罢了。"

周伍听了很受用，说："我也知道你骗不了我。把那本叫《说瞎话》的书拿来我看看。"夏娃："我怎么能时刻带身上呢，在家抽屉里呢！要看，你跟我到家去拿？"

"好！"周伍还真跟着去啦。

周伍到了他家，抽屉里根本没有《说瞎话》这本书。他问夏娃，夏娃说："你不是叫我说个瞎话让你相信吗？"

郑望也觉得自己是这一带最明白的人物，更看不起小小的夏娃。

一天，他正在堂屋里摽[1]着二郎腿喝茶，见夏娃从门

[1] 摽：沛县方言，翘。

前经过，就想戏弄他一番，喊住夏娃说："都说你小娃儿呢能把大人哄得团团跟你转，我不信。现在试试你，无论你用什么话，只要能说得我能走出这个门，就佩服你真聪明。"

夏娃忙不迭地尊称："我哪有那本事把恁老哄出屋来呀，我也不过只会把屋外的人能叫进屋里罢了。"

"是吗？那就叫你试试。"郑望还真走出屋来了。

讲述者： 朱广海，男，70岁，大学学历，沛县政府退休干部
采录者： 张行文，男，68岁，大专学历，沛县张集中学退休教师
采录时间： 2020年8月
采录地点： 沛县大风歌广场

563

长故事和短故事

老常最会拉呱，一天他又给一群听众讲故事："话说东汉末年，魏国曹操领兵马百万，要到当阳桥一带，追击仅有三千士兵反叛他的刘备。到当阳桥首先得过当阴桥，当阴桥比当阳桥还狭窄，仅能一兵一骑通过。为了快捷，曹操让二十万骑兵先过。将军带头，扬鞭催马，蹋、蹋、蹋越过小桥。骑兵随后，蹋、蹋、蹋，第一名骑兵紧接将军越过小桥；蹋、蹋、蹋，第二名骑兵也越过小桥；蹋、蹋、蹋，第三名骑兵又越过小桥；蹋、蹋、蹋，第四名骑兵又越过小桥……"

听众甲问："什么时候能过完？"

老常说："这才先过二十万骑兵，还有八十万步兵呢。"

听众乙赶紧说："快换个短的吧。"

老常说换就换："一个小孩去放羊，故事就这么长。"

听众丙没听过瘾："完了？再加长点的。"

"好，小孩放的绵羊羯虎[1]爱吃富苗儿秧，满地都有。

[1] 羯虎：方言，一种绵羊的名字。

那羯虎吃了一棵，又吃一棵，又吃一棵，又……”

听众丙：“这家伙什么时候才能吃饱啊？”

老常说：“还有绵羊中的母羊、山羊没找到爱吃的草哪！恁认为故事多长最好，我就叫它们全吃饱。”

讲述者： 宋传恩，男，66岁，大专学历，沛县人，中国作协会员

采录者： 张行文，男，68岁，大专学历，沛县张集中学退休教师

采录时间： 2020年8月

采录地点： 沛县老县委西楼文学创作团住地

附记

讲述者宋传恩是个编撰故事、讲故事的高手。据本人讲，此故事在他老家龙固镇已流传很多年了，还是他少年时听村上老人讲的。（张行文）

564

鞋匠驸马

张庄有个人叫张三，是个补鞋匠，常在张庄集上给人家补鞋。家里很穷，瞎字不识。

有天散了集，张三收拾好挑子，正要回家，一抬头见旁边有群人在看告示，把挑子一撂，就去看热闹。

原来，墙上贴着一张皇榜，说是皇姑[1]要招驸马。榜上写着一百个梅花篆字，谁能认全，就招谁为驸马。皇榜贴出不少天，多些人都来看，就是没有认全的。

张三往前一挤，监榜的忙问：“你也看，认得几个？”张三说：“一字不识。”监榜的说：“什么，只一字不识？哎呀不简单！能识九十九个，天底下也少找了。”就把张三领到金殿。

金殿上，皇上说：“你叫什么名字？”张三说：“爹给俺起的名，叫张三。”皇上又问：“你真的一字不识？”张三忙磕头回答：“万岁，小的不敢有半句假话。”皇上见张三说得诚实，忙传旨当日与皇姑完婚。张三稀里糊涂就做了驸马爷。

[1] 皇姑：公主。

婚后两天，有个外国使臣要与中原人比哑谜。当场讲明：要输给中原人，情愿每年进贡；要是赢了中原人，中原得向他们国家进贡称臣。

这件事可不是闹着玩的，满朝文武都吓得咬指头，没有一个人敢出来比的。最后大家都说："新驸马爷文才高，还是让他比吧。"皇上一想，不假。就传驸马上殿。张三说："这有啥难的！比就比呗！"

第二天，金殿上外国使臣与张三对坐。只见使臣往上一指，张三跟着往下一指；使臣伸出一个指头，张三伸出四个指头；使臣拍了拍胸脯，张三拍了拍屁股。哑谜打到这里，使臣忙向皇上施礼："佩服，佩服！中原能人真多，我们甘拜下风。"张三心里高兴，大摇大摆地走下金殿，回到驸马府。

皇上忙问使臣："你们的哑谜，咋个打的？请你讲来。"使臣说："我往上指，是说我上知天文；他往下指，是讲他下晓地理。我伸一个指头，是说我皇是一方之主；他伸四个指头，是说你是四方之王，我们当然比不了你们了。我拍胸脯是说我满腹经纶；他拍拍屁股，说我是狗屁不如。不光你们赢了，还笑话了我们。"皇上和文武百官听了，都夸驸马的学问高。

再说张三回府后，皇姑忙问："哑谜打得怎样？"张三说："赢了。他那人哪是做生意的料？不通路。"皇姑不明白，忙问："驸马，你说一遍我听听。"

张三说："他往上一指，我明白他是想叫我给他补帽子。我往下一指，给他说我不补帽子，专补鞋。他伸出一个手指，要给我一吊钱，补双鞋一吊钱咋行？我伸四个指头，跟他说少了四吊我不干。他拍拍胸脯，要我用肚子上的皮补。这家伙不懂，肚子上的皮不结实。我拍拍屁股，告诉他：补鞋还是用腚上的皮子结实。那家伙见我是内行，他能不服气？"

皇姑一听，可喜死了。

讲述者： 樊玉鹏，男，68 岁，高中学历，沛县五段中学教师

采录者： 朱迅翎，男，71 岁，大专学历，沛县文化局退休干部

采录时间： 2020 年 5 月

采录地点： 沛县五段中学

565

忌讳

有个人花斑秃子，头上稀稀拉拉几根毛。小秃犯忌讳，就怕人家说他秃。

这天五更头里，小秃还没起床，就听公鸡打鸣：“几根根！”小秃一听，恼啦：“这个坏东西，我几根根累着你啥啦？！”爬起来把公鸡宰了。

宰了公鸡得煺毛，他就提个瓦罐到井里去打水。水往瓦罐里灌，就听“突突突”一阵响。小秃一听又恼了，把井绳一丢：“他娘的，我叫你再秃！”瓦罐灌满了水，“扑突”一声沉到井底去。小秃说：“不秃我也不要你个龟孙啦！”

讲述者： 梅法坤，男，72 岁，高中学历，沛县文化馆退休干部

采录者： 杨谊，男，53 岁，高中学历，沛县邮电局职工

采录时间： 2020 年 3 月

采录地点： 沛县文化馆

566

驴上炕

从前，有个人叫憨二。其实叫他憨二，他可不憨。

有一回，憨二牵头毛驴做生意去，黑了住在客店里。店小二是个刻薄鬼，老是生着法子算计住店的人。这天，他看住店的人多，眼珠一转，生了个坏点子，就对住店的说：“都听着，店里有白馍馍，有黑馍馍。买白馍馍吃的，在炕上睡觉；买黑馍馍吃的，在草棚睡觉。”

草棚就在牲口棚旁边，臭气难闻，蚊子又多。住店的为了能住在炕上，只好去买白馍馍吃。店小二眼珠一转，又生了个坏点子，把白馍馍的价钱，往上翻了一番。住店的没法，叫苦连天。

憨二来住店，二话没说，买了白馍馍。

店小二可高兴了。晚上掌灯后，就躲到屋里去算账。正算着，就听见前面客店里闹哄哄的。店小二跑来一看，见憨二正往炕上牵驴，驴不上炕，又踢又蹦，把炕踩了个大窟窿。店小二气得不行，要憨二赔炕。憨二说：“你不是说吃白馍馍的睡炕上吗？我买的白馍馍，一点没吃，全都喂了这头驴！”

店小二一听，气得直翻白眼，说不出话来。

讲述者：李传胜，男，72岁，初小学历，沛县八堡果园七堡村农民
采录者：朱迅翎，男，70岁，大专学历，沛县文化局退休干部
采录时间：2019年3月8日
采录地点：沛县八堡果园七堡村

567 卖姜的

门口有个卖姜的，吆唤着快来买生姜。有婆媳两个，疾马跑出大门来。儿媳妇挑姜，老婆婆讲价钱。

老婆婆问："是鲜姜是老姜？"卖姜的说："一色的老姜，这会儿还有鲜姜？"老太太不信，说："老姜还有姜芽子？我看是鲜姜。"卖姜的急了，骂了个誓说："我这姜要不是老姜，我是您亲儿。"旁边儿媳妇一听，恼啦，说："你甭想！"

讲述者：王氏，女，85岁，文盲，沛县鹿楼镇农民
采录者：朱本平，男，63岁，高中学历，鹿楼镇退休教师
采录时间：2020年9月
采录地点：沛县鹿楼镇文化站

568

猫死啦

从前，有一个财主的少爷，自以为聪明。佣人向他禀报什么，只准说一句话，剩下的不用说，他就明白啦。佣人说多了，就要责打罚工钱。

有一天，少爷正在书房念书，只见一个佣人满头大汗，慌里慌张地跑来，便问："何事如此慌张？"佣人一边擦汗一边答道："少爷，大事不好了！"少爷一听，吓了一跳："快说，到底发生了何事？"佣人说："家中猫死了。"少爷听了，"扑哧"一声笑了："我以为出了什么大事情呢！猫死了，扔掉算了。区区小事也值得大惊小怪？"说罢，仍低头看书。

一页书看完，他看见佣人仍站在原地不走，就问："猫是怎么死的？"佣人回答："是吃死马肉胀死的。"

"噢！那么马又怎么死的？"

"马是拉水累死的。"

少爷十分不解地问："家中拉那么多水何用？"

"救火。"

少爷大吃一惊："家中怎么失火的？"

"给你娘烧纸，不巧烧着了房子。"

少爷一听，惊得脸色"唰"地变了，气急败坏地问："我娘怎么死的？"

"你爹一死，你娘悲痛，活活地哭死了。"

少爷一听，暴跳如雷，大叫道："明明是我爹娘死了，你他妈还要绕这么大的圈子？"

佣人说："我要是说多了，不挨打吗？"

讲述者： 鹿启梅，女，48岁，高小学历，沛县七堡村农民

采录者： 张雅，女，56岁，大专学历，沛县自来水公司工会主席

采录时间： 2020年7月

采录地点： 沛县七堡村

569

相亲

南庄的媒婆给东村的小伙喜玉和西村的村姑莲香一介绍，两人就急着见面。看，天刚黑，两人一路拉着呱，渐渐向密林深处的小径走去。

莲香见周围没人，就娇声说：“考你个问题，有人说男人的手臂和女人的腰围正好是一样长的，你信吗？反正我不信。”喜玉作了难：“我还真不知道。不过你放心，下次我带来皮尺，量一量就明白了。”

稍停，莲香又说：“这一会儿，我冷得光想发抖，你看可怎么办呀？”喜玉难坏了，搓脚拧手，连说：“这可怎么办呀？”莲香羞怯地说：“以前好办，我妈妈搂着一会儿就暖过来了。”喜玉连忙说：“现在深更半夜的，路又远，怎么去叫你妈呀？”莲香着急啦，说：“就你这种人，哪个女人能和你亲近？”一句话把喜玉冒犯着了，很不服气地争辩：“想当年，很多女的都争着跟我亲嘴呢！”

“谁？”

“我妈、我姑、我姐……”

“什么时候？”

“我两三岁的时候。”

莲香生气啦：“除一家人外还有吗？”

“有。哦，前年相亲，那个很俊的女孩儿为了我，她命都敢不要。”

“她咋说？”

“你再对我不放手，我死给你看！”

喜玉唯恐莲香还不信，又赶紧接着说：“还有愿意等我下辈子的呢！去年相亲，那个文静女孩委婉地说：‘你想成我男朋友，等下辈子吧。’”

“呸！”莲香飞快地跑入夜色中。其实，男人单身很容易。

讲述者： 张永京，男，68岁，初中学历，沛县安国镇西张集村农民。曾当过生产队的记工员，热心帮助乡亲们的红白诸事，还参加过乡村剧团，到各村演戏。一直生活在乡村，熟悉乡风民俗，很会讲故事

采录者： 张行文，男，68岁，大专学历，沛县张集中学退休教师

采录时间： 2020年8月

采录地点： 沛县安国镇西张集村

附记

故事《相亲》是讲述者张永京年轻时候听他村上人讲的，后又结合个人经历揉进了自己丰富的阅历与内心感悟。（张行文）

570

地好耕，犁子难扛

采录者：朱迅翎，男，70岁，大专学历，沛县文化局退休干部

采录时间：2019年8月

采录地点：沛县大屯街道王坑村

从前，王坑村里有兄弟俩。老大是个聪明人，会泥瓦匠，有一手盖楼房的好本领。老二呢？生成是个糊涂人，小名叫黄黄，又名二笨。他们全家六口人，种着十多亩地，还喂着一头小毛驴。

这年春天，老大对老二说："你去把村东的那块地耕起来，后天种西瓜。"

人家耕地都是绕着墒沟[1]转着耕；老二不会耕地，从地这头耕到那头，再从那头赶着牲口，扛着犁子回来，重新再往那头耕。一上午过去了，地耕得不多，却累得满头大汗。中午下套回家，老大问老二："耕得咋样了？"老二哼了一声说："地好耕，犁子难扛。""地好耕，犁子难扛"这句笑话直到现在还在这个村子里流传着。

讲述者：王兴文，男，85岁，文盲，沛县大屯街道王坑村农民

[1] 墒沟：在一块田地的中间或正在犁的两块土地之间的双犁沟。

571

店小二中榜

王二和张三是好朋友。王二开了个杂货店，张三是个读书人。有一年乡试，张三去应试，想叫王二陪他去，王二只好跟着去啦。

到了京城，张三去应试，王二也弄了一张考卷，展开了一看，连题目也认不全。他想，写着玩吧，就拿出了平时卖货记账的本子，写道："好酒五坛、好烟十捆、果子百斤、纹银……"主考官看了大惑不解，想啊想，忽然想到，这可能是王二中榜后要送给我的礼单吧？

张榜那天，张三看了看榜上没有自己的名字，王二却考中了。

讲述者： 黄后启，男，46岁，高中学历，沛县魏庙镇小楼村职工

采录者： 胡存兰，女，40岁，高中学历，沛县魏庙镇小楼村职工

采录时间： 2020年9月

采录地点： 沛县魏庙镇小楼村

572

父子采药

有父子两个，到山上去采药。走到山脚下，有人对他们说："这座山去不得，山上有五步蛇，咬着人，走完五步就得死。"

儿子听了"哈哈"大笑说："那怕什么？要是真被蛇咬着，我走四步就停下来不走了，叫他个狗日的死！"

父亲一听，踢了儿子一脚，骂道："憨熊！走四步再停下，那不是太危险了吗？要是咬着我，我立时就睡下，一步也不走，这样不是更保险吗？"

讲述者： 王氏，女，85岁，文盲，沛县朱寨镇农民

采录者： 朱迅翎，男，70岁，大专学历，沛县文化局退休干部

采录时间： 2019年8月

采录地点： 沛县朱寨镇文化站

573

搭班唱戏的

有个唱戏的，跑到一个窝班找班主，想搭班唱戏。

老掌班的问他："会唱啥？"他说："会唱《武松打虎》。"老掌班的一听："噫，好！俺这一班戏子，就缺个演武松的好武把子。这出戏多年唱不成，这回管啦！"

老掌班的挂上《武松打虎》的戏牌，上写主演是谁谁谁，唱得怎么好、怎么好，吹得狼烟洞地。听戏的闻讯都拥来喽！

头遍锣鼓家伙打罢啦，那个唱戏的还在后台打盹。老掌班的说："你咋还不上装？"唱戏的说："慌的啥？不慌。"

二遍家伙又打罢啦，唱戏的还是不动窝。老掌班的急了："快着上装吧，啥时候啦？！"唱戏的眯缝着眼说："那慌啥？晚不了事。"

三遍家伙一打，开戏喽。该武松上场啦，唱戏的也没画脸，也没上装。掌班的火了："这戏还唱不唱？"唱戏的从怀里拽出一件布袍子："咋不唱的？咱先说明：我不会装武松，我光会装老虎。把这件布袍子往头上一蒙，腚一撅，叫武松揍死就妥了呗。"

老掌班的把腚一拍："我日他祖奶奶，我可叫你个龟孙坑死喽！"

讲述者：梅法坤，男，72岁，高中学历，沛县文化馆退休干部

采录者：朱迅翎，男，70岁，大专学历，沛县文化局退休干部

采录时间：2019年7月

采录地点：沛县文化馆

574

那还用说

我们这里，有个“坎子”，只要有人说了上句，大人小孩都知道下一句是啥。

啥叫坎子呢？其实就是歇后语。如：张二憨子下饭馆——那还用说。咋弄的这个坎子呢？原来鹿楼乡张庄村有个人叫老二憨子。叫他憨子，他可不憨。论心眼，十个八个不及他。有一天，张二憨子到鹿楼街上下饭馆，一进门，跑堂的王八迎上来啦：“张二爷，吃点啥？”张二憨子说：“那还用说！”

“四盘菜，半斤酒咋样？”

“那还用说！”

酒喝完啦，王八又过来问：“二爷，来个大件吧？”

“那还用说！”

大件吃完啦，王八拿着个饭菜簿子来收钱：“二爷，酒饭钱咋治？”二憨子还是那句话：“那还用说！”

王八不知咋弄的一回事，摸不着头脑，就跑进去告诉掌柜的。掌柜的出来说：“二憨子，你又吃又喝，想不给钱咋着？”

二憨子说：“那还用说！”

“你想当孬熊？”

“那还用说！”

“你……你……你咋揍来！”

“那还用说！”

讲述者：李氏，女，88 岁，沛县鹿楼镇朱寨村农民

采录者：张雅，女，56 岁，大专学历，沛县自来水公司工会主席

采录时间：2020 年 7 月

采录地点：沛县梅村

575

唯命是从

张三是地主家的长工，地主对他很挑剔。有一天，地主对张三说："今后我叫你干啥，你必须马上去干！"张三说："中！"这天，牛跑了，张三正从井里提水，眼看就要提上来啦。地主喊道："张三，快去逮牛！"张三听后，把手一松，水桶掉下井去，就去逮牛。逮牛回来，地主叫张三提水，张三说："没有水桶。"地主问："水桶呢？""掉到井里去啦。""你为啥把水桶扔到井里？""你告诉我，叫我干啥就得马上去干。水快要提上来啦，你喊我逮牛，我只有扔下水桶去逮牛！"

讲述者：杨明太，男，61岁，中师学历，沛县张庄镇退休教师

采录者：李存俊，男，52岁，中师学历，沛县张庄镇阎楼学校教师

采录时间：2019年7月30日

采录地点：沛县张庄镇阎楼学校

576

武松打虎

有两个唱戏的，一个装武松，一个装老虎。

两个人常在一起赌钱。这一天，唱《武松打虎》。开戏之前，两个人又在后台赌钱，装老虎的输给装武松的两吊钱。装老虎的急了，非得捞回来不行。装武松的说："不中，我该上场啦！"

武松上场，拉了会儿架子，又唱了一阵子，老虎上场啦。老虎扑武松，武松打老虎，"乒乓嚓嚓"打了老半天，老虎就是打不死。武松累得吠吠的，急喽："狗日的儿，你咋不死的？"装老虎的说："你不还给我那两吊钱，我就不死，得跟你打早来！"武松一听："咦？这个赖皮，那两吊钱是我赢你的，为啥还给你？打就打，钱是不能给你。"

两个人各带三分气，"稀里嗯咚"又打起来。也弄不清是打的真的还是打的假的啦。台下听戏的一看，乖乖，人家这出戏打得下茬，有看头也。花几个钱看这戏不冤枉！

武松和老虎又在台上打了半天，武松累毁啦，鼓拽不动啦，张着嘴直喘气。打不死老虎，又不能下场。这咋

弄？一狠心："唉！算了吧，那两吊钱我不要啦，舍给你啦。你个狗日的死了行啵？"

老虎一听，笑啦："这还差不离。"来地上一趴："妥啦，你打死我吧！"

讲述者： 王智，男，70岁，中师学历，沛县退休教师

采录者： 梅法坤，男，72岁，高中学历，沛县文化馆退休干部

采录时间： 2020年8月15日

采录地点： 沛县文化馆

577

戏迷

从前，有一位打烧饼的刘老头，是个戏迷。只要听到有人议论戏，他连饭都顾不得吃也要去加入议论。某人知他有这个毛病，有一天路过烧饼炉前，故意把曹操领着八十三万人马下江南的唱句，改说为"八十二万"。刘老头一听大动肝火，与人争论起来。他说是八十三万，那人说是八十二万，两人相持不下。一位过路的人指着烧饼炉子对刘老头说："你的一炉子烧饼全黑了。"刘老头脸也不转地回答道："一炉子烧饼能值几个钱？少了一万人马那还得了！"

讲述者： 孔氏，女，86岁，沛县敬安镇各口村农民

采录者： 张雅，女，56岁，大专学历，沛县自来水公司工会主席

采录时间： 2020年7月

采录地点： 沛县敬安镇文化站

578

瞎眼

有个人盖房子，请来个泥瓦匠。这个泥瓦匠是混人的，啥也不会干。垒墙的时候，垒得一溜斜歪。主人就说：“你垒的啥？眼瞎啦？”

泥瓦匠说：“你才眼瞎呢！”主人说：“我咋是眼瞎？”泥瓦匠说：“你要是不眼瞎，还能请我这样的泥瓦匠？！”

讲述者： 王氏，女，89 岁，沛县朱寨镇农民
采录者： 张雅，女，56 岁，大专学历，沛县自来水公司工会主席
采录时间： 2020 年 7 月
采录地点： 沛县朱寨镇文化站

579

抓阄

胡寨镇一个庄上，有一双年过六十岁的老两口，两个儿子都已经结了婚，生了孩子。兄弟二人意见不合，就分了家，可是两个老人怎么办？兄弟一起商议分养，老大提出要养母亲，老二也争着要养母亲，因为父亲年老多病，母亲还能帮着做饭刷锅抱孩子。兄弟二人争执不下，老大提出抓阄。老二说：“抓阄公道，抓阄后不能变卦。”老大说：“那当然喽，抓着公是公，抓着母是母。”

讲述者： 王氏，女，89 岁，沛县胡寨镇农民
采录者： 张雅，女，56 岁，大专学历，沛县自来水公司工会主席
采录时间： 2020 年 7 月
采录地点： 沛县胡寨镇文化站

580

做官服

从前，有个老裁缝，专给当官的做官服。经他的手做的官服，大官小官都夸好。

这天，来了个小学徒，想跟师傅学手艺。老师傅说："这个容易。有来做官服的，你先问问他当了几年官。要是刚当官，气势盛，走路昂着头，你就把官服做得前襟长，后襟短，这样穿着就合体；要是当了几年官，学得圆滑啦，走路四平八稳的，你就把官服前后襟做得一样长；要是老当官的，经事多啦，好低着头思谋个点子整人，官服就要前襟短，后襟长。"

小学徒一听，把腚一拍说："噫，这个好学！"

讲述者：王氏，女，89 岁，沛县朱寨镇唐庄村农民
采录者：张雅，女，56 岁，大专学历，沛县自来水公司工会主席
采录时间：2020 年 7 月
采录地点：沛县朱寨镇文化站

581

傻丈夫

清末年间，婚姻都由父母包办。有一对夫妻婚后刚满三个月，妻子为了试探丈夫，歪脑筋急转弯，就躺在床上假装肚子疼，急喊丈夫说："我要生孩子啦！快去请个接生婆吧！"

"怎么？"丈夫大吃一惊，"不对呀！我妈常说怀我九个月才生的呀！你离九个月还早哩！"

妻子看了看丈夫说："你呀，真傻。我问你，我和你结婚几个月啦？"丈夫屈指一算答道："三个月呀！"

妻子又问："你和我结婚几个月啦？"丈夫又答："也是三个月。"

妻子指指肚子："孩子在我肚子里有多久了？"丈夫摸摸头说："还是三个月啊！"

"这就对啦，你的记性还好！"妻子笑笑又说，"这三个三个月加起来，你算一算可正好是九个月。"

"噢！九个月原来是这样计算的。"丈夫恍然大悟，"我真糊涂，连九个月也算不出。好啦！现在我就去请接生婆！"说着就高兴地跑出门外并高声大喊："我要抱儿子了，我要抱儿子了……"

妻子哭笑不得，自言自语："真是个大傻瓜。"

讲述者：李玉盘，男，56 岁，大专学历，睢宁县信访局退休干部
采录者：张甫文，男，54 岁，大专学历，睢宁县委宣传部退休干部
采录时间：2006 年 2 月
采录地点：睢宁县城文化广场

582

实在母女

女儿让妈妈套被，自己和面烙饼，母亲同意了。一会儿女儿问母亲："妈呀，我和面水放多了点，怎么办？"妈妈说："傻孩子，再加点面不就行了吗，还用问我？"又过了一会儿，女儿又问妈妈："妈妈，我这面和得太硬了，怎么办呀？"妈妈随口便说："加水嘛，多加点水不就行了吗！"就这样水多了加面，面硬了加水，最后把一袋面加完了，还是太稀了。女儿实在没有办法，又去问妈妈："妈呀，妈，面太稀了怎么办？""再加面呀！"妈妈有些不耐烦地说。女儿也着急地说："面加完了，面袋里没面了怎么办？"妈妈生气地说："这孩子真是笨，一袋面加完了，也没和好面。我套被把自己装进被罩里，实在找不到门出来。如果能出来的话，我一定好好揍你一顿！"

讲述者：李玉盘，男，56 岁，大专学历，睢宁县信访局退休干部
采录者：张甫文，男，53 岁，大专学历，睢宁县

委宣传部退休干部

采录时间： 2006 年 2 月

采录地点： 睢宁县城文化广场

583

喜欢说年轻

一个地主老婆，刚跨入五十的门槛，却老得像六七十岁的老太太。不但驼背，而且满脸皱纹，既像纵横交错的渠道，又像洗后拧干水的衣服。尽管是个名副其实的老太太，但她最喜欢人家说她年轻，最忌讳人家说她年龄大。

李长工说她："太太你高寿啊？"她气得立时把李长工赶出门外。

另一天，王长工问她："太太，你今年有七十多岁高龄了吧！"她又气得大骂人家"眼瞎"，一天都没给那人饭吃。

又有一天，来了一位姓朱的长工。她主动问这位姓朱的男子："你猜我今年有多大年纪？"这位朱长工瞅了瞅她的面容，不假思索地说："大约三十岁吧！"

太太听了，立时眉开眼笑地说："你真好！真是个聪明人。怎么猜得这么准啊！"

这位朱长工回答说："每当有女人要我猜她年纪时，我总是只说她实际年龄的一半，所以猜得比较准。"

讲述者：黄继超，男，52岁，高中学历，睢宁县庆安镇水利站退休干部
采录者：张甫文，男，54岁，大专学历，睢宁县委宣传部退休干部
采录时间：2006年2月
采录地点：睢宁县水利局

584

新县令学狗叫

县衙里有一位名叫曹立的小官，看到新上任的县官，不理政事，整日闷不做声，而一见到丫鬟就眉开眼笑，他非常气愤。于是，有一天曹立对差役说：“别看这位县官不爱讲话，我能叫他学狗叫。”差役不信，就与曹立打赌：谁输了谁请一桌酒席。

这天，曹立见了县令就说：“大老爷到来之前，这里的盗贼很多。请你下令各家养狗，若有盗贼来了，各家狗叫狂作，盗贼就被吓跑了。”

县令听了觉得有道理，随即说：“我们这府里也需要养几只能叫的狗了，那怎么才能得到这样能叫的狗呢？”

曹立说：“我的老家养了一群这样的狗，叫起来‘喔喔喔’的。”县官却笑着说：“你有所不知，好狗的叫声应当是‘汪！汪汪！汪汪汪汪汪汪！’这是一、二、六声很有节律的狂叫，是年轻有力的狗。而叫起来‘喔喔喔’全是掉了牙的无力气的老狗。”

曹立说：“好！我一定给你找来‘汪汪汪’叫的狗。”

曹立退出，掩口而笑的差役只得认输。

讲述者：张朝俊，男，80岁，中师学历，睢宁县姚集镇退休教师

采录者：张甫文，男，54岁，大专学历，睢宁县委宣传部退休干部

采录时间：2006年2月

采录地点：睢宁县姚集镇

585

醉酒测心

从前，俺庄上有一汤姓之人，非常精明能干，后来做贩盐生意发了大财。俗话说，“男人有钱就想作”。老汤虽已年近五十，不但吃喝赌博全占，还在县城东关和西关包了两个小情人。

两个小情人对他施展那种甜言蜜语、温柔似水的情感，常使他忘记了自己的姓名。但生意人老汤总是观前顾后，心里老是不踏实，自感两个小情人的共同点是与自己貌合神离，踏踏实实是冲着自己的钱而来的。老汤在寻乐中也在寻思：人心隔肚皮，虎心隔毛叶。如能找到绝对有效的测试心理的药物或仪器，那该多好啊！

这天，老汤与几个铁哥们请了一位郎中在酒店吃酒。那位郎中说，人在深度睡眠时，他的意志不受大脑神经所控制，这时突然对他说句话，往往能套出真话来。老汤一听高兴至极，也没有心思喝酒了，敷衍了几句套话，便急急忙忙往城东情人那儿跑去。这女人一见老汤来了，就嗲声嗲气地撒娇。可老汤头脑十分清醒，先故意热乎一阵，然后开了一瓶烈性酒，猛灌了城东情人一通。没过多长时间，城东情人就醉得不省人事。两个小时过去了，老

汤觉得这情人已进入深度睡眠，于是运足底气，做了深呼吸，然后冲着她的耳朵大叫一声："老汤回来了！"睡梦中的城东情人先是一个抽搐，从迷迷糊糊之中腾地坐了起来，一把抓住老汤，急匆匆地说："快快快！快从阳台翻出去，老汤是个霸道恶棍，被他看到你就没命了。"老汤一听，当即"啪""啪"猛砸城东情人两记大耳光，狼一般地大吼："你喝我的吃我的，还敢勾搭野男人，快给我滚！"那城东情人发现失言，也不申辩，将脸一板："走就走，有什么了不起的，老不死的！"说完扭着屁股，扬长而去。

老汤气得将租房里的东西乱砸一通，然后又马不停蹄地向城西情人住处赶去。城西情人也是一阵欢喜雀跃，甜言蜜语说个不停。老汤不为所动，又以同样方法将城西情人灌得烂醉。这次老汤没有多等那么长时间，觉得城西情人睡着已有半个小时，便迫不及待地扯开嗓门猛叫一声："老汤回来了！"只见城西情人一骨碌从床上爬起，双手在床上乱摸，恶狠狠道："我的刀呢？快拿刀！咱不要再这样偷偷摸摸啦，干脆把老汤干掉！"老汤吓得"扑通"一声倒在地上，脸色青紫。他慢慢伸出颤抖的手："你！你！你这个贱货，连杀人之心都有。"城西情人迅速回过神来，还未等老汤从地上爬起来发疯，她脚底如同抹了"润滑油"，飞速夺门而逃。

讲述者： 邱士芹，男，53 岁，大专学历，睢宁县庆安镇退休干部

采录者： 张甫文，男，55 岁，大专学历，睢宁县委宣传部退休干部

采录时间： 2007 年 5 月

采录地点： 睢宁县庆安镇政府

附记

此故事原载 2007 年第 12 期《故事林》，并收录到张甫文散文集《碌碌庶民》一书（吉林人民出版社 2007 年 12 月出版）。

586

瞧闺女

过去，因受封建礼教的束缚，人们的举止、言行很不自由，这就是人们常说的“老规矩”。如两人一见面，就得先问贵姓（姓什么）、台甫（名字）、雅传（外号）、尊庚（年龄）、令郎（儿子）、令爱（闺女）等等。对方如能有问必答，就把他当贵客看待；如果答不出来或错答，就被讽刺、嘲笑或者不理。因而，在这方面出现不少笑话。

那年，俺庄有一位老头的闺女出嫁了。那时都兴三天瞧、六天接，否则婆家有意见，说不吉利。还非得去两辈人瞧不可。

到了第三天，这老头就带着孙子去瞧闺女了。新亲上门，那还了得，不仅热情接待，而且还专门请了个秀才和几位地方上知名人士陪客。但是，由于老头对一些“之乎者也”的语言一窍不通，所以在客厅里出了不少洋相！

秀才问：“请问这位嫡亲贵姓？”老头连忙回答：“杏贵我贩桃。”“台甫？”“没有人抬，我使两个筐头担的。”“雅传？”“哪转？我哪也不去，长期摆个水果摊子。”“尊庚？”“昨日耕的？一牛一驴。”“令爱？”“另外，还喂一窝老母猪两个骚羊蛋子。”“令郎几个？”“废话，俺家不靠深山老林，哪来的狼？”“府哪啦？”“斧子被邻居借去挖树啦！闺女，快快喝酒吃饭，讲话王八蛋！”顿时惹起一场哄堂大笑。

讲述者：史芳华，男，72岁，高中学历，睢宁县原朱楼乡文化站干部

采录者：张甫文，男，68岁，大专学历，睢宁县委宣传部退休干部

采录时间：2020年6月

采录地点：睢宁县城九月广场

587

一封圈儿信

小时候，常听东邻刘爷爷讲故事。那天，他讲的那个《一封圈儿信》，很有意思。还是清朝时，咱庄有个姓丁名叫受山的人，从小念过几年书。小伙子长得叫人喜爱，后来娶个聪明的媳妇，小两口感情很好。可是天公不作美，连年灾害，不是去年涝灾，就是今年旱灾，弄得家中少吃无穿。逼不得已，丁受山只好离别家乡，到南乡去谋生，以求积攒点银子好寄回家，养家糊口。一别数年，妻子想念丈夫不已。一天村上的张大叔要去看望和丁受山一起出去的儿子，丁受山妻子便托张大叔给丈夫带去一封信。丁受山接到信拆开一看，纸上画的尽是一些圈儿，一个字也没有。

张大叔也看到信上全是圈儿，便大吃一惊，连忙说：“是我来时拿错纸了，拿错纸了。”丁受山仔细看完后，高兴地笑了：“大叔，没有错，这是一首圈儿诗，我念给你听：

○○○○○○○相思欲寄从何寄

○画个圈儿替

◎话在圈儿外

⊙心在圈儿里

○单圈儿是我

○○双圈儿是你

◎◎你心中有我

⊙⊙我心中有你

【→○月缺了会圆

○→】月圆了会缺

○○○○○○我密密加圈儿

○○○○○○○你须密密知我意

○○○○○○○○○○○○○○○○○○还有那说不尽的相思将一路儿圈到底”

讲述者： 张来芝，男，58岁，汉族，初小学历，官山镇黄圩村农民

采录者： 张甫文，男，68岁，大专学历，睢宁县委宣传部退休干部

采录时间： 2020年7月

采录地点： 睢宁县官山镇文化站

附记

该故事流传于睢宁南部官山、黄圩一带。该故事在民国时期，由原黄圩乡田李村刘保红父亲传讲，后由刘保红传给张金城，张金城又传给张来芝、徐以太等人。文中“常听刘爷爷讲故事”的刘爷爷是指刘保红。此故事发生在睢宁南部原黄圩乡，传出后被编成很有趣味的故事。该故事在《睢宁县民间文学集成》《中国民间故事全书》《江苏省非物质文化遗产普查·睢宁县资料汇编》等资料均有记载。

588

一夜长大啦

有一个读书先生，教儿子认“一”字。不一会儿，儿子就记住了。

第二天，先生擦桌子时，随手用抹布蘸水在桌面上画了一横，想考一考儿子还认不认识“一”字。问了两遍，那儿子怎么也认不出来。

先生说：“这就是昨天教你的‘一’字呵！”儿子睁大眼睛，吃惊地说：“只隔了一夜，‘一’字就长成这么大啦！”

讲述者： 于圣连，男，72 岁，大专学历，退休干部
采录者： 卜凡柯，男，78 岁，大专学历，退休干部
采录时间： 2020 年 9 月 28 日
采录地点： 丰县文化馆
流传地： 丰县北部

589

学识字

富翁有个儿子，老大不小了，还不识字，于是给儿子请了个先生。

先生从最简单的开始教：“一”字是一画，“二”字是二画，“三”字是三画。儿子乐坏了。

儿子把笔一扔：“爹，识字没啥学头，我已经全会了，还用先生干啥！”富翁大喜，辞去了先生。

一日，富翁想请一个姓万的朋友来喝酒，让儿子代写请帖。

从清晨等到中午，还不见写成，便去找儿子。只见儿子一边奋笔疾书，一边骂骂咧咧：“半天才写了五百画！姓什么不好，他妈的偏偏姓万！”

讲述者： 孙清恩，男，79 岁，高中学历，退休干部
采录者： 于圣连，男，72 岁，大专学历，退休干部
采录时间： 2020 年 9 月 29 日
采录地点： 丰县文化馆
流传地： 丰县

590

算命

有个算命先生，给俺庄老梦算过命之后，老梦转脸就走。先生忙喊："哎！哎！你还没给我钱，怎么走了呢？"

老梦转过脸来，不紧不慢地便说："你刚才说你远算一千，近算八百，难道你没算到我身上没有钱吗？"弄得这先生无言可答，脸色憋得像母鸡犯蛋[1]似的。

讲述者： 魏本水，男，69岁，中专学历，睢宁县文联退休干部

采录者： 张甫文，男，68岁，大专学历，睢宁县委宣传部退休干部

采录时间： 2020年6月

采录地点： 睢宁县岚山镇文化站

[1] 犯蛋：母鸡下蛋时的状态。

附记

此故事发生在睢宁县高集乡（现属岚山镇）。20世纪80年代，农村算命打卦盛行，而高集乡王门村农民戈树群就是不信这个邪，当场试验揭露算命先生的骗术："我身上未带钱，你为啥没有算到呢？"那个算命者从此收摊。故事主人翁戈树群讲述自己的亲身经历，经时任原高集乡文化站站长吴限采集整理，入编《睢宁县民间文学集成》。后由魏本水讲述。（张甫文）

591

鬼有核

从前，咱这附近村有个神汉，整天装神弄鬼地去骗人。有一回，船上有人闹病，他去给人家下神，又是敲打，又是蹦跳。跳了一阵，忽然伸手一抓，说：“我把鬼抓来啦，我吃了它。”说罢，放到嘴里“咯喽”“咯喽”地吃啦。一连三个晚上都是这样抓鬼吃鬼。一个小伙子看他天天抓鬼都是在船帮上拿的，心里有点怀疑。等他又下神时，小伙子走近船帮一看，那里放着一骨碌麻花。原来是神汉事先搁那里的。小伙子偷偷拿掉，换了一个干屎橛子[1]。神汉又抓鬼吃鬼，一把抓住了屎橛子往嘴里放。他猛一咬，真不是味，就“噗噗”地往外吐。船上的人问他为啥把鬼吐了，他说：“这鬼有核。”

讲述者： 王玉梅，女，82 岁，小学学历，沛县蔡坝村农民

采录者： 齐俊秀，女，47 岁，沛县三中教师

采录时间： 2020 年 7 月

采录地点： 沛县蔡坝村

附记

故事源于讲述者王玉梅祖传，其外祖母是个故事篓子。此故事多流传于沛县韩坝一带。

[1] 干屎橛子：方言，干硬的粪便。

592

沛县的酒

山东有个老汉，推着辆鸿车子到沛县地卖姜。挨合黑[1]的时候，老汉下了客店；放好姜车子，擦把脸，噙着个旱烟袋，走了出来。

“掌柜的，弄点什么饭吃吃？”

掌柜的满脸带笑，慌得跟二小似的：“客，你睛[2]好啦，保险叫你吃饱喝足。俗话说：丰县的烟，沛县的酒，微山湖里白莲藕。来到俺县旁的没啥好，就是酒主贵。不是吹，什么这个名牌的、那个名牌的，熊！倒闭手撒尿——真不服（扶）它！想当年汉高祖吃狗肉、喝烧酒，一马闯天下……”

这位山东老倌，平日里爱弄两盅；一听这话，喜得屁溜的：“不假，不假。快着弄壶来俺尝尝。”

店家提来一壶沛县烧酒，摆上四碟小菜。山东老头呷一口：乖乖，满嘴喷香，劲头又大，如王母娘娘的玉液琼浆似的。这老头歪着个脑袋，左一口，噫，好酒；右一口，嗯，不孬！摇头晃脑，那个恣哟，甭提啦！

老头卖完姜，回到山东老家。一提起沛县酒，那个话可就稠啦：“嗨，有么说么，人家那酒，四个毛驴拉车——没说（索）头！”

过了几年，老汉病啦。临咽气的时候，孙男弟女一大群，围在床前哭。这老汉一会儿阴，一会儿阳，迷迷瞪瞪的，就是不咽那口气。他儿子说喽：“爹，您老人家还有啥心思？说出来归天成仙去吧。这么老折腾着，俺当儿女的看着，心里难受。”老汉“呼哧呼哧”喘了阵子气，说话啦：“我儿，难得你有这片孝心。旁的我也没么心思，就是那年到沛县地去卖姜，沛县的酒着实好喝，临死我还想闹两口……”

儿子一听，登楞站起身来，说：“爹，您老人家等着。”转身抱个酒罐子，撒腿就往沛县地跑。

从山东到江苏的沛县，远着唻；中间还隔个微山湖，蹚水过船的，你不知道多难走。等到儿子抱着一坛沛县烧酒赶回来，老头刚好咽了气。当儿子的妈啦大哭：“我的亲爹唻，您的个命咋恁孬？沛县酒买来啦，您老人家也没捞着喝一口，死后也不能合眼呀……”

儿子哭哭啼啼数落着，你说咋着吧，老头身子一鼓拥[3]，又睁开眼啦：“咦，我咋闻着有股子沛县酒香？”

儿子麻利地抱过酒坛子：“爹，沛县老酒在这里！”

老汉一骨碌坐起来，双手抱住，“咕嘟咕嘟”咧了半坛子，把嘴一抹，伸手抓过一条毡毡往腰里一束，跳下灵床来：“你们都哭么哩？走走走，随我下园刨姜去！”

讲述者：李玉兰，女，初中学历，沛县故事家
采录者：朱迅翎，男，70岁，大专学历，沛县文化局退休干部
采录时间：2019年8月2日
采录地点：沛县

[1] 挨合黑：夜幕降临之时。
[2] 睛：坐享其成。
[3] 鼓拥：慢慢移动的小动作。

附记

此故事原在 20 世纪 80 年代由丰县文化局业务股长邓贞兰讲述，2005 年由沛县文化局干部朱迅翎进一步加工整理，在宣传沛县酒的活动中获得一等奖。2007 年入编《中国民间故事全书·江苏·沛县卷》(张甫文)。

四　寓言

593

井蛙与秀才

有个秀才提着瓶子到井台去打水。一只井蛙游过来堵住瓶口，说："秀才，我出一道算术题，你能解答出来吗？"

"井蛙不知有大海，你有什么学问，说吧！"秀才的脸上露出鄙夷的神色。

"这井台距离水面有九尺深，而我每次只能跳三尺高。请你快快回答：我得几次才能跳到井台上来？"

"三次！"秀才不假思索地答道。

"咕哇咕哇，错啦错啦！"井蛙哈哈大笑。

看来，哪怕最简单的问题，如果不动脑筋，也会弄错的。

讲述者： 陈正萍，女，40岁，中学教师

采录者： 周伯之

采录时间： 1979年

采录地点： 邳县官湖中学

附记

这则寓言原载于1983年1月号《儿童文学》，后被收入《中国民间故事全书·江苏·邳州卷》（知识产权出版社，2007年6月版）。

594

虱子的对话

冬天的太阳暖烘烘的，富人和穷人身上的两只虱子见了面。

“哟，虱姐姐，一冬天没见面，您怎么变得这么苗条了呢？”穷人身上的虱子有气无力，接着又问，“是不是日子过得不顺心啊？”“咯，别提啦！我的这个主人啊，他身穿绫罗缎，一天三遍换；不让我沾边，怎能吃饱饭？”富人身上的虱子愁眉苦脸，又细细地打量了一下穷人身上的虱子，也摇了摇头：“虱妹妹，看样子你也面黄肌瘦的，难道日子也不好过啊？”

穷人身上的虱子这时挪动了几下干瘪的身子，深深地叹了一口气：“唉唏！我的这个主人啊，他身穿破棉袄，一天三遍烤；甭说吃饱饭，性命都难保！”

在一旁的跳蚤听了，蹦了蹦，自言自语地感叹道：“穷有穷的难处，富有富的难处，真是家家都有一本难念的经哟！”

讲述者：薛华
采录者：高福岗
采录时间：1987年
采录地点：邳县八义集

附记

本篇选自《邳州民间故事传说》（江苏人民出版社，2015年3月版）。

595

兔子、狐狸、驴、猴子

很久以前，马陵山里住着兔子、狐狸、驴和猴子。它们长年累月在一起，脾气也都互相了解。有时也闹些小别扭，如猴子和兔子偷吃驴的饭食啦，猴子骑上驴身乱耍啦，驴大发雷霆啦，但不久又和好了。唯独狐狸会记仇，还常想一些坏主意来和它们作对，猴子和兔子一般是斗不过它的。有一次兔子还差点儿给它捉去下酒了，以致兔子被吓得哭红了眼睛。从那天以后，它们非常生气，决定和狐狸分手，并且得找出一点办法来治治这个狡猾的家伙。可是自己的力量又不足，怎么办呢？它们想啊想，始终没有什么好办法。

有一天，兔子忽然想出了一个妙计，跑到猴子家前，抬起头道："猴哥快下来，我想出来了。"猴子一听非常惊喜，沿着树干下来了。兔子把嘴附在它的耳朵上，一五一十地告诉了它。猴子一听高兴地大叫道："好办法！"

接着，猴子便按计来到狐狸家，对狐狸说："老弟别跟兔子一般见识，那小子不是个好东西，刚才我又和它干了一仗。从今以后咱俩和好，不去搭理那小子。"说到这儿看了看狐狸的脸色，又接着问道："老弟，你说什么肉好吃呢？"狐狸摇晃着脑袋说："只要是肉都好吃。"猴子又道："老弟，我看驴的前腿肉最好吃。我刚才在南山坡的一棵树上找吃的，忽然看见驴正在坡上晒太阳，苍蝇都在叮咬驴的两前腿肉，我猜想驴的前腿肉一定好吃，你想不是吗？我看我们是不是把那个笨蛋……"狐狸听到这里由不解变为高兴，点了点头。于是，它们就一前一后向南山坡跑去。

狐狸心急，一路小跑，把猴子扔在后面。跑着跑着，一想到马上就可以吃到美味的驴肉了，它的口水就沿着嘴边流了下来，腿也不由得加快了许多。到了一看，自言自语道："猴子说的还真不错呀。你看那前腿的苍蝇嗡嗡的，一定很好吃，我何不趁猴子没有来到先吃个痛快！"说完便悄悄地走上前去，狠命地在苍蝇最多的地方咬了一口。此时只见那驴跃起来就跑，并且痛得大声长鸣。由于狐狸咬得太紧，没来得及松开，就被连拖带拽地扔出几丈远。狐狸被摔得鼻青眼肿，肚皮也被拖得血迹斑斑，后来变成了花肚皮。此时躲在暗处的兔子和恰好赶到的猴子，看到这场面，开心大笑起来。憋了好多天的气今天终于出了！可是兔子高兴得嘴张得太大了，一不小心，只听"嘶"的一声，兔子的上嘴唇变成了两半，也就变成了现在的豁样。而驴的前腿那一块被咬的伤口至今还没有愈合，据说到现在已经变为驴的夜眼了。

讲述者： 张震，51岁，高中学历，农民
采录者： 张瑞志
采录时间： 1988年
采录地点： 新沂市王楼

附记

本篇选自《新沂民间文学集成·第一卷（故事卷）》（1988年6月版）。

596

老雕借粮

这一年冬天，大雪下满了山沟洼地，害得那小鸟小兽出不了门。

花喜鹊家里，两天前就断了顿。这大的还能强忍着，那小的可就不省事啦。没法子，喜鹊大叔只得背着口袋，一翅刮到了白鼻子老鼠的门口。

喜鹊见几个老鼠羔儿在门口藏猫猫，就唱开了："小老板，老东家，今天喜鹊来告帮，借两个明年还你仨！"小老鼠听了，忙去禀告给那白鼻子老鼠："老祖宗，门外来了个头戴黑帽、身穿青花布大褂的来借粮呢！""它是怎么说？""它口口声声地唱着——'小老板，老东家，今天喜鹊来告帮，借了俩明年还你仨！'"白鼻子老鼠说："这花喜鹊真会说话，借五升秫秫给它！"小老鼠刚要走，老老鼠又叮嘱道："使那小升量个八成给它就行了！"

不管怎么说，喜鹊总算有了粮食去哄孩子啦。正当它在南山头歇脚的时候，叫也是背着口袋借粮的老雕看见了。老雕问它在哪儿借的，怎样说的。那喜鹊因平常看不惯老雕那粗鲁粗气的样子，就成心摆划它道："我是搁白鼻子老鼠那儿借的。我一进门就唱着：'老猫菜，小猫饭，家有好粮借两石，明年不定还不还！'"喜鹊还没等那老雕横过眼来就说："你快借吧，我得走啦。"说完一翅子飞走了。

老雕记住了喜鹊的话，也展翅刮到了白鼻子老鼠的家门口。它一见小老鼠在那儿打打闹闹，就亮开了嗓门儿喊着："老猫菜，小猫饭，家有好粮借两石，明年不定还不还！"小老鼠一看，又来了一个借粮的，就也赶忙地禀告给了白鼻子老鼠，还把那个借粮说的话一五一十地说了一遍。

白鼻子老鼠问明了借粮人的长相模样，知道那个借粮的是老赖雕，它就对小老鼠说："对它讲，没有粮食！"

老雕在门外见小老鼠一大阵儿才出来，满肚子不痛快，正要发粗[1]，就听那两个小东西说啦："那黑大个子，俺老祖说没有粮食！"老雕一听："怎么没有？真是猪八戒下茶馆——照人下果碟儿！"它就装着听不见，叫小老鼠们靠近儿说。那两个老鼠羔子还真听话，真的向这边凑了过来。

那老雕趁它们没防备，就伸开爪子，一爪子一个飞上了天。这边闻声出来看的白鼻子老鼠可吓坏了，你看它又作揖又打躬："雕大哥，雕大哥，放下我儿两石多！"

讲述者：高立东，农民
采录者：高振东，新沂市炮车镇人，教师
采录时间：1986 年 12 月
采录地点：连云港市新浦区

[1] 发粗：发怒。

附记

本篇选自《新沂民间文学集成·第一卷（故事卷）》（1988年6月版）。

597

更雁打更

一群大雁在一片麦地里上宿，碰巧遇到了个摸雁的。那摸雁的十分狡猾：他先是将火纸媒子亮了一下，这样就叫打更的更雁看见了，那更雁就“嘎啦”一声向大伙儿告警。可是等那些睡觉的大雁醒来要展翅起飞时，那火却又灭了。雁儿们看见没有什么动静，就要再睡；可等刚一合眼时，那火又亮了，那更雁也就又叫了起来，雁儿们又要飞，可又是没看着什么。这样一连几次，那些大雁很怪更雁不安分，总是操它们，于是就你一嘴我一嘴，你一翅我一翅地啄它打它。没法子说，也说不清，更雁只得受着委屈。

可是等那些大雁发够了恨、撒够了泼，再去睡时，那远处的火点儿又亮了起来。更雁刚想再叫，猛地又想到了刚才自己受人家的误解。自己尽忠尽职，还遭到别人的猜疑……这样，它就凄惨惨地叫了一声飞走了。至于那些听到更雁叫声的雁儿们，又以为是在扯谎侃空，也就全都当作没听着，都各人做个人的梦去了。

这时，那个摸雁的人就拿着大口袋一步一步地逼近了雁群……

598

梅花鹿

一天，一只美丽可爱的梅花鹿吃饱喝足后，在河边悠闲地游荡。清清河水映照出它头顶上树杈似的角，八个叉像橄榄枝一样，它越看越美，心里感觉美极了；再看看自己的四条腿，细长丑陋，越看越丑，心里怨怼丑极了。

正当它在河边饮水的时候，突然，一只大灰狼来了！梅花鹿看见狼，扭头就跑，拼命地跑，前跑后赶，相隔不远。正在梅花鹿逃命的时候，头上的角被一个树杈给挂住了，情况很危急，梅花鹿前后腿乱蹬，头乱摆乱摇，想脱离困境。眼看饿狼追上来了，就在这千钧一发之际，梅花鹿用尽全身的力气，拼命地一挣，慌乱之中奇迹出现了，它头上的角从树杈里滑了下来，躲过了这场厄运。

梅花鹿解脱了，逃跑了。几天之后梅花鹿又遛到河边，对着河水照着头顶上的角，看看自己的四条腿，心想：我爱我头顶上的角，引以为荣，却嫌腿丑，感到羞耻。谁能想到，喜欢的角差点要了我的命，憎嫌的腿救了我的命，真是令人啼笑皆非。

讲述者： 高立安
采录者： 高振东，新沂市炮车镇人，教师
采录时间： 1986 年
采录地点： 新沂市炮车镇龙池村

附记

本篇选自《新沂民间文学集成·第一卷（故事卷）》（1988 年 6 月版）。

599

千里驴

有一头喜欢听好话图虚荣的驴子。一天，一只狐狸碰到了这头驴子。狐狸对驴子说："喂，给我骑一会儿吧。"驴子感到自尊心受到了很大的伤害。"你不配！"说着气呼呼地走开了。

狐狸转转眼珠子，跟在驴子的身旁走了一会儿，喜眉笑眼地恭维道："驴老兄，你的脊背真平坦，毛儿真柔和，坐在上面肯定比沙发还要舒服，怪不得人们骑驴不用鞍子。"驴子欣欣然，摆动着耳朵和尾巴，说："我何止脊背平坦，跑起路来才稳当呢！"

狐狸轻轻地拍拍驴子的脖颈，说："骑马担惊受怕的，一不小心就会摔下来；骑驴则万无一失。"

听了狐狸的话，驴子像喝了一大口蜜汁，心里甜滋滋的，于是得意地弯曲着前腿，对狐狸说："狐狸弟弟，那你就骑到我背上玩玩吧。"

狐狸跳上驴背，赞不绝口："好！好！不仅平稳舒服，而且挺快嘛！"

"快吗？"

"快！"

讲述者： 葛修亮

采录者： 葛一友，80岁，粮食系统退休干部

采录时间： 2018年

采录地点： 新沂市新店镇新店村

附记

这则寓言曾刊载于当地民间文艺刊物《湖滨新潮》。

驴子有生以来头一回听到夸奖它跑得快的。过去人们总是责怪它走得太慢，骂它是蠢驴，丢尽了面子。现在它好高兴，打着响鼻儿，用尽全力跑起来，边跑边问："怎么样？"

"真是太快了，简直像飞的一样。"驴子更加兴奋。虽然它已经直喘粗气，汗如雨下，却还在努力地加快脚步，快了还想再快，真的希望自己能飞起来。

狐狸蹲在驴背上继续夸赞："真快哦，好一头千里驴哇！"

"我是千里驴？"

"是的，你真是一头千里驴！"

……

在狐狸的赞扬声中，"千里驴"又拼命地跑了一段，终于精疲力竭，"咕咚"一声栽倒在路旁。

讲述者： 不详

采录者： 石飞，男，71岁，大专学历，副研究员，睢宁人，居南京

采录时间： 2020年10月

采录地点： 南京

600

黄鼠狼送礼

黄鼠狼与守门犬往来密切，是相处多年的铁哥们。一个行贿，一个贪赃；一个明偷，一个装瞎。默契配合，双赢双乐。

春节快临近，主人和守门犬在议事厅商量节日保卫工作，黄鼠狼派儿子给守门犬送礼来了。小黄鼠狼把背上的鸡向守门犬的面前一放，拱手道："守门犬伯伯，一点薄礼，敬请笑纳。"

"该死的东西，有眼无珠，你犬大爷我可不是那种贪财鬼！"守门犬怒目圆睁，叫骂着扑上去，"非打死你这个贼羔子不可！"把小黄鼠狼吓得屁滚尿流，没命似的逃窜。

主人深受感动，翘起大拇指连声夸赞："好，好啊，真是一条廉洁的守门犬！"

守门犬谦卑地一笑："谢谢主人信任，此乃职责所在，无须夸奖。"

事后，守门犬担心黄鼠狼误会，亲自登门赔礼道歉，再三叮嘱黄鼠狼："今后送礼，一定要注意场合，考虑影响，万万不可走漏风声。你那个儿子太不懂事，差一点惹

了大麻烦。”

黄鼠狼不停地赔罪：“小东西太嫩，小东西少脑子。我已经点拨多次，给它讲了送礼技巧，以后就行了，老哥放心。”

讲述者： 石飞，男，71岁，大专学历，副研究员，睢宁人，居南京

采录者： 石飞，男，71岁，大专学历，副研究员，睢宁人，居南京

采录时间： 2020年10月

采录地点： 南京

601

寻找真理的白兔

“世界上什么最宝贵？真理最宝贵。什么样的人最可爱？追求真理的人最可爱。”这是人世间代代相传的箴言警句。

单纯善良的白兔被万物之灵的喧嚣感动了，它决定去寻找真理，做一只最可爱的兔子。

白兔一不做二不休，始终不渝，不断追求，不懈寻找。它从大江南北打探到长城内外，从天山脚下寻访到天涯海角，得到的回应都是漠然一笑，脑袋摇得跟拨浪鼓似的。

这一天，白兔寻找到了兽王国的国都。它来到王宫门外，看见宫门上悬着烫金大字：“真理殿堂”。于是喜出望外，扑进宫门，直奔大殿。堂上，狮子大王威风凛凛地端坐在中央，群臣肃立两旁，殿堂四壁挂满了“真理”的字样，连狮子大王和臣子们的胸前也都别着“真理”的牌牌。

白兔瞧着瞧着，情不自禁地欢呼起来：“啊，我终于找到真理了！”

“肃静！”狮子大王吼叫一声，“狼爱卿，就把这只白兔赐给你作晚餐吧。”

“陛下，我可是为寻找真理而来的呀！”白兔身心战

栗，竭力喊叫。

“哈哈哈……真是一只可爱的白兔。”狮子大王指着自己的大嘴巴说，“真理在这儿！”

白兔惊瘫了，愣痴痴地望着狮子大王。

满堂炸响：“狮王万岁！”“真理万岁！”

白兔使劲地闭上双眼，绝望地哀叹：“真理哇……”

“哈哈哈……”狮子大王狂笑道，“只要朕的牙齿一天不被拔掉，真理就换不了地方！”

讲述者： 不详
采录者： 石飞，男，71岁，大专学历，副研究员，睢宁人，居南京
采录时间： 2020年10月
采录地点： 南京

602

骡子梦碎

骡子是个奇特的物种，驴马交媾而生。公驴配母马，生出马骡；公马配母驴，生出驴骡。因为染色体不成对，生殖细胞不能正常分裂，故而骡子没有繁衍能力，天命绝后。

马王国里有一头骡子，自幼痴迷乌纱，做梦都渴望当官。无奈上苍不佑，尽管它有千里马的血缘优势，也只在王国皇家大剧院赚个道具主管职位，始终未能进入官场，直到退休也没有尝到官味儿。其实，它也没有少搅脑筋，没有少投机钻营。马屁成天拍，礼物经常送，可就是入不了仕途，求不来官运。

光阴荏苒，韶华易逝，小骡子变成了老骡子，但它仍在做升官梦，初一十五烧香磕头，乞求上天赐它一顶乌纱帽，当然越大越好。

老骡子日日夜夜冥思苦想，终于琢磨出了一个圆梦的上上策。时下，社团组织满天飞，我老骡子也可以拉起一个呀。封官许愿，广撒官帽，何愁大家不对我趋之若鹜。尽管社团组织不是官场，可会长也是个金字招牌呀，亦颇荣耀光艳。全国性社团的头目，类似于国字号的大官啊！

一辈子，能熬个县令知府就了不得了；我能由一个寻常的屌丝，摇身一变为顶级高官，终生梦幻，一朝成真焉！

成立什么组织呢？老骡子掂量来掂量去，一要迎合圣上喜好，二要符合时代潮流……有这两条就够了！在马王国，若搞个“千里马基因传承研究会”，绝对新潮时尚，一炮走红，震撼寰宇。

事不宜迟，说干就干。老骡子当即打开电脑，拟章程，定机构，设官位。它自封会长，委任马骡乙、马骡丙、马骡丁为副会长，委任驴骡甲为秘书长，委任驴骡乙、驴骡丙、驴骡丁为副秘书长……一口气炮制了九九八十一顶乌纱帽，随时通过QQ、微信发送，并且上传至马王国官网论坛。

老骡子忙罢，欣喜若狂地嚎叫一声：“哈哈，终生夙愿，一朝成真也！”然后，它用大红纸剪了“会长”俩字，别在帽子上，朝脑袋上一卡，乐滋滋地摇晃起来；接着，往太师椅上一躺，静候圣上的褒奖和属下的感恩。

反馈的信息让老骡子甚感意外，这些不识抬举的玩意儿，无偿施舍的乌纱帽，竟然不要，回复都是同样的一句话：“官帽退回，留你自己享用吧。”

老骡子并不沮丧，它想，马王陛下一定会首肯它的创新精神……

最终结果，更出乎老骡子的预料，美梦彻底破碎。两名钦差破门而入，对匍匐跪地的老骡子高声宣读圣旨：“骡子乃绝后之物种，成立千里马基因传承研究会，罪恶用心昭然，意在影射攻击朝廷，诅咒孤王江山断嗣绝承，罪该万死……”

讲述者： 不详

采录者： 石飞，男，71岁，大专学历，副研究员，睢宁人，居南京

采录时间： 2020年10月

采录地点： 南京

603

精明人做裤子

有个精明人，想做条新裤子，不知道需要多少布。他找出一条旧裤子，拆开拼凑成一块整布，用尺子量量，3尺2寸，于是就到商店里买了3尺2寸布，去找裁缝师傅做裤子。

裁缝师傅接过他的布，用尺子比画比画，又对他的身子端详端详，说：“布不够。”

精明人一听，当即就火了：“怎会不够呢？我原来的裤子就是这么多布做的！”说罢，气呼呼地走了。

接下来，精明人一口气跑了十几家裁缝店，裁缝师傅一个腔调，都说布不够。

最终，精明人恼透了，直跺脚，大发脾气：“哼！他们是拉起帮来讹诈我。我宁愿裤子不做，也不多买布当冤大头，留个傻冒的笑柄。”

讲述者： 不详

采录者： 石飞，男，71岁，大专学历，副研究员，睢宁人，居南京

采录时间：2020 年 10 月

采录地点：南京

604

下棋

黑猫和白猫棋艺相当，堪称对手，十盘有九盘和棋。

黑猫为了赢白猫，私下里邀请白兔、公鸡和鸭子助战。

这一天，黑猫和白猫刚摆开阵势，兔子、公鸡和鸭子就都来了。

白猫和住常一样，沉稳慎思，精心运筹，拱卒、跳马、架炮、运车。黑猫则不然了，每动一个棋子，总要引起一阵吵嚷。

又轮到黑猫走了。它刚伸手去摸马，兔子就使劲地叫了起来："不行，跳不得，快架炮！"

黑猫正想去抓炮，鸭子又喊起来："不行，不行，应该拱卒！"

公鸡没等黑猫伸出爪子，就叼起车便往河边一放，并且不耐烦地说："你们都是蠢货，只有上车巡河才是好棋！"

结果，黑猫适得其反，一败涂地，连输了五盘。

讲述者：　不详

采录者：　石飞，男，71岁，大专学历，副研究员，睢宁人，居南京

采录时间：　2020年10月

采录地点：　南京

605

愚妇探亲

从前，有个愚妇，她的亲戚家住在正南方向五里远的幸福庄。一天，她要去走亲戚。丈夫嘱咐她："一条大道，直往正南走。"

她上路了，向正南方向，走呀，走呀，一气走了二十里。到了晌午，她又渴又饿，走进路旁的茶水摊歇息。

卖茶老人见她气喘吁吁，满脸汗珠，好奇地问："去哪？"

"幸福庄。"

卖茶老人禁不住哈哈大笑："幸福庄早被你给跑过了，赶快回头走吧。"

于是，她又上路往正北方向走，直到红日西沉，她仍在向正北方向赶。

丈夫在家门口望见了她，以为妻子探亲回来了。丈夫见她过了宅前的岔道口，仍顺着大路向北走，连忙跑上去把她拉住，诧异地问："你这是往哪里去呀？"

"往亲戚家去呀！"

丈夫又好气又好笑，说："亲戚家在南边，你怎么往北跑？"

“卖茶老头告诉我往正北走，”她确实跑得太累了，忍不住发起火来，“一个叫我往正南走，一个叫我往正北走。你们是存心欺负我这个妇道人家！”

丈夫无可奈何地说：“唉，都怪你没有正常人的脑子。”

讲述者：不详

采录者：石飞，男，71岁，大专学历，副研究员，睢宁人，居南京

采录时间：2020年10月

采录地点：南京

606

知书达理

从前有一个穷秀才，家境贫寒，买不起鱼，从来没吃过鱼。

他知道鱼是腥的，每逢遇到别人买鱼吃，甚至听见别人说个“鱼”字，就连声叫嚷：“那东西顶讨厌，最难闻，我听见就想呕吐。”

后来，这个穷秀才中举做官了，家里生活发生天翻地覆的变化。有一次，厨师给他烧了一条大鲤鱼，这可是他有生以来第一次面对红烧鱼啊。他夹了一块尝尝，好吃得要命，连声赞美：“真鲜，真香，太好吃了！”随之嘱咐厨师天天给他烧鱼吃。

他的老婆看在眼里笑在心中，问道：“从前你是最讨厌人家吃鱼，怎么现在又说鱼好吃了呢？”

他神秘兮兮地说：“从前不是买不起鱼？……”

“买不起，吃不起，不等于鱼不好吃。”

“哎呀呀，我的婆娘，这说明你太没学问了。享受不到，就必须说反感，这样才不至于伤及脸面和尊严。”

“难怪人家都说，虚伪莫过读书人。”女人狠狠地瞪了男人一眼，嗔怪着说。

男人的嘴咧着，笑了一会儿，说：“不是虚伪，是知书达理。”

讲述者：不详

采录者：石飞，男，71岁，大专学历，副研究员，睢宁人，居南京

采录时间：2020年10月

采录地点：南京

607

不想扯淡

甲乙两人是“爬山爱好者之友”，久未见面，偶然邂逅，甚是高兴，连忙互相通报最新成绩。

甲说：“我昨天爬的山坡，至少有七十度。”

乙不屑地笑笑说：“哎呀，七十度何足挂齿，我前天爬的山坡，足足有一百五十度。”

甲笑得前仰后合。

乙把眼睛一瞪，瞅甲好大一会，认认真真地说：“笑什么？不相信是吧？实话告诉你，去年春天，我还爬过二百五十度的山坡呐。”

甲笑得直跺脚，笑罢，拍拍乙的肩膀，说：“牛皮吹炸了！”

“你说我撒谎？”乙脸色骤变，冷嗖嗖的。

甲只摇头，不说话。

“啊，你竟敢罔顾事实，诋毁我的人品？”

“讲事实就好。”

“我不实事求是？”

“我问你，最陡的山是多少度？”

乙觉得甲太轻慢自己，这个小儿科的常识，我一个

优秀的爬山爱好者怎能不清楚，于是很不耐烦地回敬道：“反正度数越大，山坡越陡；没有最陡，只有更陡。休要把别人都当成傻子。”

甲发现乙恼火了，也严肃起来：“别忘了，天底下最陡的山，也只有九十度。”

“胡扯淡！”

“胡扯淡！”

俩朋友脸红脖子粗，无话可说，不想扯淡，招呼没打，就背道而驰了。

讲述者：　不详

采录者：　石飞，男，71岁，大专学历，副研究员，睢宁人，居南京

采录时间：　2020年10月

采录地点：　南京

608

人行好事莫问前程

很久以前，贾汪城北一个山庄里，住着一户很穷的农民，家中只有母子两人。儿子名叫前程，他娘守寡一直把他带到十八岁，上了几年学，人很聪明，文才不错。后来因家穷得揭不开锅，只好半路失学，以种地为生。

这一年的夏天，前程上山砍柴，忽见西北起了云彩，接着一道闪、一个雷，刮起狂风，下起雨来。前程只得扛起扁担找地方去避雨。等来到半山腰，瓢泼大雨就直倒下来。前程抬头看见前面有一孤墓，前脸立着一个很高很大的石碑，他就到石碑旁去暂避一下风雨。

奇怪得很，这石碑周围有几尺远都不落一滴雨。前程又欢喜又纳闷，向上一抬头，见石碑帽上蹲着一只说山鹰不像山鹰，说大雁又不像大雁的鸟。前程心想，这只飞鸟个头大、分量重，把它逮回家，足够我娘拉馋[1]的啦！前程很孝顺，他娘卧病在家，三天三夜没吃下黄汤热水；家里也缺米少面、断油无盐，又无钱买四两肉，娘馋得很哪！前程想着就流下了热泪。

[1]　拉馋：解馋。

前程把这只大鸟抓住，趁雨不大下，就深一脚浅一脚地往家里奔去。

前程到家，一摸老娘的额头，还发着高烧。他拿起菜刀在磨石上“霍霍”地磨起来。他磨第一下，听得有人问他：“前程，磨刀干啥？”他瞅瞅没人，又磨第二下，又听得有人问他：“前程磨刀干啥？无故杀生要冤冤相报！”

他又瞅瞅还是没人，他又磨第三下，又听得有人问他：“前程磨刀干啥？你放我一命，我保你富贵前程！”

他再瞅瞅，这回瞅准了，原来是那只大鸟在追问他。前程对大鸟说：“我不杀你，我娘有病，嘴里馋咋办？”

大鸟说：“这好办。我嘴里有两颗宝珠，每一颗是花了五百年的道业才炼成的，两颗共一千年，所以我就有了一千年的道业了。送你一颗，你拿到北京皇上那里去献宝，保险高官任你做、骏马任你骑，有无穷的富贵和前程。”说罢一张口，吐出一颗闪光的宝珠。前程接在手里，又问大鸟要第二颗。大鸟说：“不要贪心不足，一颗就足够了！”

前程一把又抓住大鸟，提起快刀说：“你不吐出第二颗宝珠，我立时叫你头身两段！”这大鸟只得张口又吐出了第二颗珠子。等前程收好后，这只大鸟一挺翅子飞走了。在天空叫道：“凤凰！凤凰！我是鸟王。贪心不足，忘了爹娘。铡口染身，去见阎王！”

一年两年，又过了三年，娘的病也好了。前程自得了两颗宝珠，对娘也不如往天孝顺了，他左眼看娘太丑，右眼看娘太脏。平时走路都把脸扬得高高的，把肚子挺得鼓鼓的，连四邻也都不理了。这天晚间他向娘要出两颗宝珠，要到北京去进宝。娘两眼淌下热泪说：“前程我儿，要记住为娘三条交代：先拿宝珠一颗防备半路闪失；到京里不要贪图荣华富贵忘了老娘；更不要忘了乡邻。”前程听过也没说啥，接过宝珠就进京去了。

皇上接过前程的宝珠一看，满朝库房的宝贝都不如这颗珠子好。到晚上金銮殿搁上这颗珠子能照亮满京城，就跟白天一模一样，全城的老百姓都可以看到，您看多来劲！

皇帝问进宝人：“你想要什么官？”前程听说皇姑长得很漂亮，他大胆地回答：“我要皇姑嫁我，招我为东床御驸马！”

皇帝又问：“你家中有什么人？”前程说：“我孤身一条！”

皇帝一来认为他进宝有功，二来又可怜他孤身无靠，三来看他年纪相当人品不差，就真的答应了。从此，东宫见喜，西宫见爱，就把前程招为御驸马了。

时间又过了三年，前程的老娘在家盼望儿子得了官来接她，两只眼想儿子快哭瞎了。这天她辞别乡邻，讨饭进京，千里遥远地去找儿子。

这天她来到京都，只听鸣锣开道，来了一哨人马。听一街两巷乱说，是前程驸马千岁回府。老太婆有了精神，把心一横，准备拦轿去认儿子。

旗牌官禀告了驸马千岁，说：“大街上有一贫婆子，口称是您生身老娘。”前程听罢心里一愣，认为这老婆子早该饿死了，哪知今日找奔京都，这不是往自己脸上抹灰吗？当初进宝招亲曾对皇上说过自幼父母双亡，这是欺君大罪，又落不孝的丑名。她既然来了，就给她如此这般地办吧！这会儿他很生气，吩咐：“护卫人员听着！本老爷自幼父母双亡，无亲无故。贫婆冒认官亲，用乱棍打死，掀入万人坑！”

这一声吆喝，护卫人员如狼似虎，一阵乱棍把老太婆活活打死啦！搬到万人坑。那驸马千岁打死生身老娘后，又一阵鸣锣开道，前呼后拥地回府去看美人享清福去啦！

二鸟进林各蹬一枝。单说京城东边王集子有个孤儿名叫王得官，年二十来岁，卖豆腐为生。这天顶着满天的星星赶早集，小挑子压得“吱呀吱呀”的。路过乱尸坑旁，听得有啼哭声，得官把挑子搁下问道：“你是一人还是一鬼？”坑里回答：“我是人不是鬼！”得官又问：“既然是人，为啥半夜在此啼哭？”

那人又说：“我早年守寡苦熬一儿，得了官职后不认亲娘，又用乱棍把我打死，搬到万人坑。我还阳后心里伤情，在这里啼哭！”王得官听罢，热泪早淌下来，上前赶紧把大娘扶起，集也不赶了，就把老人领回家中。两人又一起诉说身世，都比黄连还苦，就抱头大哭。得官磕头认老人作娘，从此，家里外头有人忙乎，小日子过得透喧[1]。

第二年开春，一天晚黑，娘对得官说："儿呀！从明儿起你就别卖豆腐啦，你上北京得官去吧。"得官说："您老别取笑为儿了。咱穷得小锅冰凉，哪里得官哎！"娘取出一颗宝珠，说明叫儿子进京献宝就能得官。儿子为娘准备了三月的吃用，就磕头辞别老娘进京去了。

真巧，这次验宝的官员正是前程。他一见这宝正是他家的，就奏明圣上，说得官偷了他家的宝珠。

皇上跟满朝文武都不能分清这事的里表，又见这颗宝珠比前程献的更加有成色，大白天能射出一道道的霞光。自从前程害母以后，那颗宝珠就自然地失去了光明，落个石头蛋子，所以皇上对前程也有点不喜欢。满朝文武大臣，见进宝人一脸忠厚，还有平时前程在朝居官，仗皇亲的势力欺压大臣，大家也都不喜欢他，这时众卿一齐口呼"万岁"，要前程和进宝人钻御封的铜铡，验验真假。据说凡属心眼子不正的钻进铜铡口，头、身子就得分家，真正善良的人就太平无事。

万岁准奏，就命人抬来铜铡。这铡是开国皇上封的镇殿宝物，君臣对它都很恭敬。这时金殿上焚起檀香，群臣拜了二十四拜，天地君亲师已拜罢，就叫二人钻铡明心。前程心虚，叫得官先钻。得官当时面向朝廷群臣禀明了这颗宝珠的来历，又说："万一我因短命钻铡死了，请万岁赐白银五百两，当作我进京献宝的皇赏，留给我老娘用。我死到九泉下也要感激皇恩！"

得官的话说得皇上、文武百官个个点头流泪，都一齐称赞：天下难得的孝子！

这时得官挺身而出，从铡口来回钻了三趟都平安无事。下回该前程钻了，谁知他的头刚进铡口，就听"咯吱"一声，把前程的头切掉了。

皇上感念王得官是忠厚仁德的人，于是给左右丞相附耳一番，群臣齐奏："招王得官为东床御驸马！"皇帝又封他为伴君王。

王得官又磕头启奏皇帝恩准三件事。第一件，回家探母；第二，回家拜别乡亲；第三，请皇上在他家乡修座慈敬院，把无儿无女的老人招进院，发皇银奉养终生，再给家乡父老免除皇粮征贡三载。如若不准，小民就辞官不做了；这颗宝珠就奉送皇上，老百姓要它也没啥用处。

天子与群臣点头议论，都认为当朝出此贤臣是洪福齐天了。皇帝随即下圣旨：王爱卿所奏三款恩准，另加封为殷孝王，拨库银十万两，为其母建节烈牌坊，为王得官建恩孝牌坊。并勒碑刻铭：前程、王得官兹因后果，晓喻天下，以惩恶而扬善。

王得官回家接母，拜别乡亲。这时朝廷已拨银命钦差动工，四乡亲友对王得官那个感恩劲就甭提了，对前程都恨到骨头！所以石匠一商议，在石碑下面刻制了一个大乌龟，比作是前程作恶的下场，叫他世世代代被压在石碑底下，落千古的骂名。

王得官心善，老是觉着娘的亲生儿子被铡死了，心里过意不去，向娘几次请求把乌龟扒掉，娘就是不准，对得官说："人行好事莫问前程，你问他干啥？"

讲述者： 权江，男，80岁，大专学历，贾汪区公司退休干部

采录者： 韩圣师，男，58岁，大专学历，贾汪中等专业学校教师

采录时间： 2020年7月

采录地点： 贾汪中等专业学校

附记

此故事主题是劝人行孝道，传承中华传统美德。（许洪武）

[1] 透喧：方言，指不错。

609

雷劈恶少

过去，在贾汪独山圩子村西头，住着一户姓李的人家。这家三代四口人：一对夫妻，一个老爹，一个小男孩。因为三代单传，所以大人对小男孩十分娇惯，这就使小男孩小小年纪尽做些令人讨厌的事。不管你是老是少，是男是女，无缘无故的他就乱骂你。他专跑到大路当中去屙屎，他尿尿从来不在一窝，而是走着尿着，菜上、粮食上、河里、井里他都用尿浇过。他上山下湖，手里不是拿着小鞭就是拿着竹条子树条子，边走边抽打青叶子、青穗子。

他们家北山坡有块地，这一年他们家在地里种了瓜。小孩的爷爷为了看管瓜，便吃住在地里，这小男孩也就天天给他爷爷去送饭。这天中午，小孩的妈妈又把稀饭盛在一个小泥罐里，用碗盖了罐口，让他送去。走在路上，小男孩有屁要放，他就揭开罐盖，坐在口上，对准稀饭放了个大屁，然后又盖严。到地里，他爷爷一掀罐盖，觉得有一股异味，稀饭也有些澄清；尝尝也没什么，于是便喝了下去。过了午时，只见一块乌云从西南直往上蹿，来到正上空，风雷雨交加。老头和小孩赶忙跑到瓜屋躲雨。只听“咔嚓”一声响雷，小孩惨叫一声，老头回头一看，小孩躺在地上。天上云收雨停。此事很快惊动村上百姓，大家纷纷来看。忽然有人惊叫：“这石头上有字！”有识字的人上前一看，只见一块露出地面的石板上清楚地现出两行小字：“鞭打青苗四十五，屁屙糊涂一罐子。”几十年前还能看到这块石板，后来由于开石种田，已找不到踪迹了。

讲述者： 权江，男，80 岁，大专学历，贾汪区公司退休干部

采录者： 韩圣师，男，58 岁，大专学历，贾汪中等专业学校教师

采录时间： 2020 年 7 月

采录地点： 贾汪区中专学校

附记

此故事主要是教育青少年健康成长，不做伤天害理之事，勿要为非作歹。(许洪武)

附录

一

部分讲述者及采录者简介

(按照本卷故事先后顺序排列)

一、部分讲述者简介

姚克明，
男，1934年生，
祖籍南京，中共党员。

中国民间文艺家协会会员、副研究馆员、徐州市文联退休公务员。已编著出版《徐州民间传说》《徐州民间文学集成》《徐州寺庙》《猪八戒出世》和《徐州传统儿歌》五卷，该套丛书获中国民间文艺最高奖——山花奖。获得文化部颁发的先进个人证书，获得参与集成工作五部门颁发的优秀组织奖证书、联合国科教文组织与中国民间文艺家协会联合颁发的组织奖证书。讲述者代表作《“粪耙子”三爷》。

张关氏，
生于1913年，
家住沛县沛城镇那庄。

其父是当地名流，常请来瞎子帮头领李效章说书，并让其住在家中。年幼的女儿凭着好记性，跟着学会讲许多故事，有时还引经据典，多利用古书中的人物，如元曲《西厢记》里的主人公张生，三国时期演杂戏的名角郭怀等。二十世纪六七十年代，儿孙绕膝的她经常将祖传的故事讲给孩子们听。讲述者代表作《屎壳郎夫妻》。

刘树标（1923－1988），
邳州著名鼓书艺人。

在每场书开唱之前，他总是喜欢讲一两个小段子，以招徕听众。《馋嘴婆》便是其中之一。

齐运喜，
男，1955年出生，
中国民间文艺家协会会员。

1980年于徐州教育学院中文系毕业后，一直从事中小学语文教学，2017年退休。曾在上海《故事会》、北京《民间文学》等几十家杂志发表故事作品600多万字，其中获奖作品二十多篇。1985年在山东《牡丹》第5期发表8万字中篇小说《花落有痕》。2000年10月在《福州晚报》上发表故事《迎宾竹》，后由郑州半月刊《小小说选刊》选发在24期头版位置，并选入《中国2000年度最佳小小说》。后来，这篇小说被北京、上海、湛江等多省市选为高考模拟试题，供数以百万计的考生们阅读分析，又被几百家出版单位选入大学和中学的课外阅读教材。同年，在福建一级期刊《故事林》第4期发表中篇小说《当门炮》，当月被评为本期最佳作品并获奖；年终又获“全国新故事大奖赛”二等奖，后被《故事报》《山西文学》等刊物转载，并在2002年全国故事期刊首届评选中获一等奖。1988年发在南京《垦春泥》头版位置的中篇纪实故事《新娘才十四》，获江苏人民出版社举办的“全国新故事大奖赛”二等奖（当时不设一等奖）。该篇被选入“全国优秀故事集”，由江苏人民出版社出版，又被多家杂志转载。讲述者代表作《张木匠戴枷》。

汤培珠，
男，生于1945年，
历任部队、县公安局宣传干部多年。

喜爱民间故事，搜集整理并传讲。20世纪80年代，参与民间文化资源采集整理工作，能熟练讲述本地经典民间故事百余篇。讲述者代表作《“小响么”与拉魂腔》。

时兴智，
1915年生，
铜山县民间文学先进工作者。

2006年，徐州电视台曾以《九旬老人的民间文学情》为题，对他的事迹作过专题报道。讲述者代表作《镜子》。

李玉盘，
56岁，
大专学历。

从睢宁县信访局退休后，对笑话故事创作很感兴趣，经常在《睢宁报》(20世纪90年代初创刊时称《睢宁报》，后改为《今日睢宁报》)《徐州日报》以及《民间故事》等报刊发表自己的作品。讲述者代表作《面条换饺子》。

吴宝民，
69岁，
曾任沛县县委宣传部新闻科长、首任县电视台台长、县广电局党委书记、县委宣传部副部长、市文联副主席等职。

中国作家协会会员，发表作品200余万字，出版《龙的故乡》《深深的脚窝》《大风潮》等小说、散文集10部。书画俱佳，多次获奖，2020年入选《中国文艺榜样年鉴》。讲述者代表作《你是最优秀的兵》。

张明，
67岁，
沛县县委宣传部退休干部。

大学毕业后，任中学教师，又任教导主任。后调县委宣传部，做过通讯报导、《沛县日报》编辑、讲师团长等工作。很会讲故事，特别是幽默笑话；既活跃气氛，又不失教育意义。讲述者代表作《读书与生育》。

朱广海，
70岁，
沛县安国镇訾洼村人。

高级政工师，中国作家协会会员。曾任农技员，镇党委书记，沛县政府副县长、人大副主任等职。曾在各大报刊发表作品200余万字，有多部文集出版。现为沛县文学创作团团长，《歌风台》杂志主编。讲述者代表作《瞎话书》。

宋传恩，
66岁，
商业局退休干部。

现为沛县创作团副团长，内刊《歌风台》副主编，刊物在全国2000多家内刊评比中一直居前20名。先后在《中国作家》《花城》《文学界》等刊物发表作品200余万字，有作品被介绍到国外，出版小说10余部。讲述者代表作《长故事和短故事》。

石飞，笔名虹山。
男，生于1948年，
副研究员职称，睢宁县睢城镇人。

退休于睢宁县原劳动局，后被《江苏工人报》聘为编辑，现居南京。1994年参加中国作协。中国微型小说学会会员，中国寓言文学研究会理事、副秘书长。已发表诗歌、小说、散文、杂文、寓言等作品千余篇(首)，出版小说、寓言作品专集8本，主编出版各类文学作品选集30多本。有多篇寓言作品被介绍到国外。主要作品有：《江苏寓言选》(中国矿业大学出版社1989年6月出版)、《中国寓言新作选》(甘肃少年儿童出版社1992年9月出版)、《中国当代系列寓言精品》(中国国际广播出版社1994年6月出版)、《微型寓言500则》(中国国际广播出版社1991年6月出版)、《当代寓言丛书》(一套12本)等。他的寓言故事主人公，有的是人，更多的是动物、植物，基本上都采用拟人手法。他的寓言所揭示的是人类社会的生态万象，其讽刺、教谕、劝戒的对象是人，是对人类现实的抑恶扬善，深受广大读者尤其是儿童读者喜爱。讲述者代表作《黄鼠狼送礼》。

二、部分采录者简介

张敬东（1953 — 1990），
农民，
邳州铁富镇人。

当地有名的故事手，能讲会写，在《农民日报》《徐州日报》和《邳州日报》等报刊发表过民间歌谣、民间故事传说等30余篇（首）。虽然家境贫困，但笔耕不辍。1990年8月，在稻田喷洒农药时不幸中毒身亡，年仅37岁。

周伯之，笔名柏枝，
江苏邳州人。
1949年3月25日出生，1970年参加工作，
2009年退休。

历任中学语文教师、邳州广播电台编辑部主任、《邳州日报》副总编辑。主任编辑职称。中国民间文艺家协会会员，江苏省作家协会会员。曾任江苏省民协理事、徐州市民协副主席、邳州市民协主席。入选2004年《中国民间文艺家大辞典》。著有作品集《秋叶子传奇》《盘龙窝》《乡里乡外》《古邳情结》《周七猴子的传说》《晚霞余光》等十余部。曾获中国民间文艺山花奖、江苏省民间文艺迎春花奖等。2015年，荣获邳州市“十佳最美老人”称号。

朱迅翎。

1964年入伍，1971年转业沛县文化局，后调入县委宣传部等单位。自幼喜爱文学，1966年开始发表作品，先后在《徐州日报》《新华日报》《雨花》《民间故事》等50多家报刊发表散文、故事等作品50多万字。

齐俊秀。

任沛县三中语文教师，负责该校校园文化。自幼喜欢听故事、讲故事、编故事，是远近闻名的优秀故事家，曾在沛县首届故事评比中获得一等奖。

董尧，
1931年生，
安徽萧县人。

中国作家协会会员，曾任《铜山报》记者、铜山县文联副主席。出版有长篇小说《那年月的一个故事》《天案》和长篇传记文学《北洋兵戈》（10卷），两次荣获徐州市“五个一工程”奖，被评为徐州市优秀离休干部。

王超立，
1941年生，
徐州人。

1966年毕业于华东师范大学中文系，入徐州铁路分局工作，任工会主席。多年来，致力于民间文学的搜集、整理、研究，数十篇作品在国家、省级刊物发表，出版有《姚老黑摆渡》《彭城传说》等作品集。中国民协会员，曾任徐州民协第一、二、三届副主席。

甘信昌，
1946年生，
山东滕州人，徐州市云龙区教师进修学校
教师。

从1970年代开始从事民间文学搜集、整理工作，有多篇民间故事传说在《民间文学》《乡土》等报刊发表。中国民间文艺家协会会员，曾任徐州民协副主席。

阎洪勋，
1933年生，
高中文化，铜山沿湖农场文化站工作人员。

从1986年起从事民间文学搜集、整理、编纂工作。他曾跑遍铜山县原所属的40个乡镇（场），搜集整理了100多万字的民谣、民谚和民间故事传说，发表200多篇（首）民间文学作品，多次获得省、市、县优秀民间文艺工作者称号。

卜凡柯，
男，汉族，
中共党员，1942年8月出生于徐州市丰
县常店镇。

大专文凭，群众文化专业，文化馆员。1964年参加工作，先后供职于郭集、徐庄小学，赵庄中学，马楼乡文化站等单位。徐州市曲艺家协会、戏剧家协会会员。从事群众文化工作数年如一日，注重戏剧、小品、快板书创作。梆子戏《接公公》获1986年江苏省新剧目创作优秀奖、省法治汇演一等奖。小品《还家》获2005年江苏省小品小戏大赛一等奖。《相亲》《宁筋头》《过关》《春雨梨花》《保姆升级》等十多部自编自演作品先后获得省市大奖。小说《麻瞎逸事》《于大发升迁记》《一件皮袄》《于小脚的故事》等十多部作品在省市地方报刊发表。《趣谈丰县民间歇后语》《漫谈丰县民间歌谣》《丰县民间丧葬习俗中的民俗文化》等弘扬传统文化的作品，深受百姓喜爱。参与徐州民协组织编写的《记住那一片家园》，系统挖掘整理丰县坠子、琴书、大鼓、渔鼓、道情、评词、快书等七个曲种的32个唱段，主持录制《丰县传统曲艺集》，主编《丰县曲艺集锦》，为后人留下了宝贵的非遗资料。

杨权业，
男，1952年7月生，
汉族，徐州市铜山区人。

高中文凭，中国书画函授大学毕业。1977年参加工作，历任乡办企业会计、副厂长，乡政府通讯报道员，乡镇文化站图书管理员、科员，初级技术职称。中国民间文艺家协会会员，江苏省民协、徐州市民协会员，铜山区民协第一、二、三届副主席，铜山区诗词协会、铜山老年书画协会理事。在镇文化站工作期间，曾参加《铜山县民间文学三套集成》采编工作。搜集资料10余万字，部分作品入选县以上三套集成。搜集的民歌多首入选《徐州民间歌谣集》，多次受到省、市、县表彰。2007年主编的《中国民间故事全书·江苏·铜山卷》，由知识产权出版社出版。同年参与《江苏省非物质文化遗产普查·铜山县资料汇编》上、中、下三卷的编写。协助民间老艺人抢救整理一部20余万字的评书。曾参加全国读书征文活动，获奖，受到中宣部、文化部、中央人民广播电台等单位的表彰。在2008年第八届“新世纪之声·和谐中国”征文活动中受到表彰，有幸获得参加人民大会堂表彰大会的机会。2016年参与徐州市《记住那一片家园》及《徐州老话》的编写工作。

张雅，
女，1963年9月生，
祖籍江苏沛县，大专学历。

江苏省作家协会会员，中国散文学会会员，徐州市杂文协会会员，沛县民间文艺家协会会员。自幼热爱文学，喜听故事，成年后开始文学创作，先后在《农民日报》《团结报》《中国煤炭报》《扬子晚报》《现代教育报》《中国石油报》《教师报》《作家报》《现代快报》《现代家庭报》《海口日报》《老人报》《合肥日报》《四川工人日报》《江淮时报》《忻州日报》《天水日报》《临汾日报》《茂名日报》《铜陵日报》《荆门日报》《苍梧晚报》《徐州日报》《彭城晚报》《都市晨报》《淮南日报》《宿迁日报》等报刊及网络平台发表散文、故事作品近百万字。多篇散文、故事收录入《第四届中国当代散文精选300篇》《当代作家新创作选粹》《千钟一饮·徐州作家作品选》《彭城花开·徐州女作家作品选》《汉风流韵·中国当代作家精选文集2018夏之卷》等，并有部分作品获省市创作奖。著有散文集《富足时光》。

杨增强，
男，1953年生于江苏新沂。
江苏省民间文艺家协会会员。

1982年毕业于徐州师范学院中文系。做过中学语文教师和新闻记者、编辑。热爱民间文艺，有寓言故事、散文小说和小戏小品发表并获奖。在中国矿业大学出版社、金盾出版社、中国文联出版社出版小说、民间文艺学、成语、谜语故事等多部作品。2013年退休。

韩圣师，
男，1962年2月生，
江苏徐州贾汪人。

专科学历，贾汪中专学校教师。笃力挖掘本地历史、民俗文化，参与撰写出版《贾汪革命老区发展史》《消失的村庄》《马庄村志》《醉美潘安湖》《墨上花开》等书籍。有个人专著《贾汪，那些渐行渐远的记忆》出版。

单玉彩，
1939年生，
曾任铜山县文化馆馆长、县文联主席等职。

擅长讲笑话，被誉为“笑话大王”。2004—2008年，曾任徐州人民广播电台《老单讲笑话》节目主持人。

郭鹏
1933—1988，
中国民协会员、邳州民协首任主席。

1960年代初，开始发表民间文学作品。1965年人民文学出版社曾以《女八路夺枪》为书名，结集出版过他的民间文学作品。讲述者代表作《白菜与兔子》。

二

收录徐州民间故事的图书与资料

搜集整理

殷召义　张甫文　李姗姗
周伯之　杨增强　卜凡柯 等

书名	编著者	出版日期	出版单位	收录故事或有关内容
《徐州民间文化集·风土人情》	殷召义	2004 年	中国文联出版社	收录故事 65 篇
《记住那一片家园——共和国时代徐州市消失的村庄全记录》	殷召义	2017 年	中国文联出版社	收录故事 216 篇
《中国民间故事全书·江苏·徐州市区卷》	殷召义	2007 年	知识产权出版社	收录故事 138 篇
《猪八戒出世》	姚克明	2010 年	作家出版社	收录与之相关故事 51 篇
《徐州老话》	张甫文	2018 年	江苏凤凰文艺出版社	以采录俗语、谚语、谜语为主兼并收录相关故事 96 篇
《古邳揽胜》	宋坤来、张伯龙、陈建超	2013 年	中国戏剧出版社	收录故事 53 篇
《睢宁地名探源》	张甫文	2009 年	知识产权出版社	收录故事 215 篇
《中国历史文化名镇·徐州双沟》	张甫文	2018 年	江苏凤凰文艺出版社	乡镇文史收录故事 46 篇
《江苏省非物质文化遗产普查·睢宁县资料汇编》	张甫文	2009 年	睢宁县文化局	非遗普查资料，其中收录民间故事 560 篇
《中国民间故事全书·江苏·睢宁卷》	张甫文、李文金、殷召义	2005 年	知识产权出版社	收录故事 147 篇
《中国历史文化名村·江苏利国》	张甫文、王振君	2018 年	知识产权出版社	乡镇文史收录故事 67 篇
《盘龙窝》	周伯之	1996 年	海南图书出版社	收录民间故事 54 篇
《中国民间故事全书·江苏·邳州卷》	周伯之、殷召义、殷延明	2007 年	知识产权出版社	收录故事 151 篇
《周七猴子的传说》	周伯之	2007 年	中国文联出版社	收录故事 66 篇
《邳州名人故事》	周伯之、张士伦	2011 年	中国文联出版社	收录古今名人故事 51 篇
《邳州民间故事传说》	周伯之	2015 年	江苏人民出版社	上下集共收 258 篇
《字谜故事集》	杨增强、殷召义	2003 年	中国文联出版社	汉字字谜故事

书名	编著者	出版日期	出版单位	收录故事或有关内容
《晏婴的故事》	杨增强	2010 年	中国文化出版社	齐相晏婴生平故事
《孔子的故事》	杨增强	2006 年	中国移动手机阅读网	儒家创始人孔子生平故事
《老狼精》	杨增强	1979 年	徐州师院中文系《新潮》	民间故事
《新沂留下乾隆诗》	陈焕廷	2022	新沂文化	帝王故事
《博物馆前的碑刻（上、下）》	杨增强 吴冠琪	2022	新沂文化	清代、民国烈女、税官、英雄故事
《中国民间故事全书·江苏·沛县卷》	朱迅翎、殷召义	2007 年	知识产权出版社	收录故事 148 篇
《中国民间故事全书·江苏·铜山卷》	杨权业、殷召义、李伯龙	2007 年	知识产权出版社	收录故事 139 篇
《中国民间故事全书·江苏·丰县卷》	邓贞兰	2007 年	知识产权出版社	收录故事 141 篇
《丰县民间口头文化》	魏翔	2021	江苏人民出版社	地方文史收录故事 62 篇

三

方言对照表

方言	释义
挨合黑	夜幕降临之时。
哀杖子	哭丧棒。
按场	碾压成一片平整硬化场地，便于脱粒晒粮。
俺大	即父亲。
昂昂	趾高气昂。
俺娘	即母亲。
八胡羔子	骂人的话，犹如龟羔子。
白搭	方言，糟蹋原材料，白费功夫之意。一般作为骂人更重语多为“白搭熊”。
摆蛋	下蛋。
摆划	邳州方言，划拉、整理。
败霍完	方言，挥霍浪费完的意思。
板	方言，扔的意思。
傍黑	傍晚之时。
棒子	旧时人如厕把棒子劈开作手纸用。
笆帐子	用高粱秸秆或芦苇围成代替院墙的遮挡物体。
蹦子	又跑又跳，一跳一跳的。
扁菜	韭菜。
标	方言，俊俏。
鳖子	骂人的话，指没有出息的人。
不跟	方言，不如。
不管	不行。
不孬	不错。
不瓤	方言，不错，即不差。
不适闲	手脚不停。指干活勤快。
菜糊糊	农家饭食，用青菜和面粉做成的菜稀饭。
才疑	方言，疑惑之意。
残伪	难治的病。
操	粗话，干，有意使坏。
草驴	母驴。
尝乎啦	幸灾乐祸的意思。
吵胡	胡，方言，吵闹，大声嘶叫。
朝天	方言，即每一天。
成实	饱满，成熟。
车屋	放四轮太平大车的小屋。
吃大户	旧社会每逢灾荒年景，穷人自发组织起来到财主家去强行要粮要物。
痴憨潮愣	方言，痴憨。
冲了	俗语，枪毙了。
踹包	没本事，蠢笨。
窗黄	很黄。
传柬	下彩礼。
出酒	醉后吐酒。
出门子	就是出嫁。
刺挠	用不正当的言行欺负人，逼迫对方离开。
窜了圈	指溜走。
窜圈	跑了。
撮口气	顺着别人的话茬说。
大	邳州方言，爸爸。“俺大”即“俺爸”。
大大	苏北农村方言，即爸爸。
呆家	在家，窝家。
逮着毁	方言，逮着揍的意思。
大卷子	方言，一种面食——蒸馍，形状像鞋底，亦称鞋底卷子。
大砍	此处指胡侃瞎说。
打赖杆子	方言，抵赖。
大老执	料理丧事的主管。
大领	长工。
大马子	指大块头，胖子。
当紧	关键时刻。
叨	方言，用筷子夹。
倒沫	反刍。
捣玄	丰县方言，捣空。
打圈	指周围一圈。
大秫煎饼	大秫秫，徐州东部方言，即玉米。大秫煎饼，即用玉米加水磨成糊状在铁鏊子上烙制成的煎饼。徐州东部人家一种主食。
大秫秫	徐州东部方言，即玉米。
大汪	大水塘。
大汪江	汪洋大海。
打戏	过去招收小学员成立小窝班教戏叫做“打戏”。
打响场	场挖空，放上地塘板，板下系铃铛，打场时一震动就响。
打小锣	方言，两腿发抖的样子。
大烟鬼子	指抽鸦片烟的人。
打拥	形容人很多，拥挤。
登登叫	新沂方言，满满的、实实的。
灯课	夜课。
掂	方言，拿。
颠圈	溜了，跑了。
调时间	即调换。
叼淌	淌指淌血。叼淌即被叼出血。
叠巴叠巴	没有规律胡乱折叠或压缩的动作。
地林	坟地。
滴溜吊片	指衣服破烂。
腚帮子	方言，屁股。
顶幞儿	毛巾。
定疙疤	结疤。
断	方言，追、撵。
短路	断路，即打劫。
短路腰截	拦路抢劫。
短钱	抢钱。
短趟	新媳妇接回娘家，早上接下午送回婆家。
嘟息	方言，瘫倒、趴下。
对报信讲	方言，捎信讲。
碓窝子	石臼。
多	很的意思。
躲滑	偷懒。
嘟剩	就剩的意思。
恶	凶狠。
二八户	雇工的名称，地位比大领低。
二半道	半途，半路。
二乎眼	二道手，指水平不怎么样。
二七	指九。下文一三五、四五都是九，即“酒”的谐音。
二十五辆破车	每辆车有四根轴，二十五辆车故有百轴。
发	指买。
发粗	发怒。
犯蛋	母鸡下蛋时的状态。
泛泡	方言，作怪。
番生春	繁衍。
吠吠	形容累得气喘吁吁。
粪箕、粪耙子	捡拾粪便配套工具。粪箕，由腊条编织而成的高粱粪筐。粪耙子，将粪便钩拾到粪筐中的工具。
粪茅子	厕所。
扶大车	指制造大车。
夫子	民工。
该	方言，欠。
改常	变坏。
盖体	盖的棉被。
钢活	指打铁手艺。
干屎橛子	方言，干硬的粪便。
疙瘩暴云	乌云很厚，马上要下雨。
割耳朵	指从买卖双方都要赚取好处费，也叫捞取小钱。
搁拉	方言，敲打、晃动，使成熟颗粒掉落。
胳拉肢	腋窝
艮	方言，崩掉。

方言	释义
更令	更改。
咯针	方言，带刺的枝条，也叫葛针。
够	摘。
狗段	追赶。
拐	方言，横，不讲道理的意思。
拐本儿	方言，赚的意思。
光光蜓	方言，蜻蜓。
管乎	行、可以之意。
管了	方言，行了的意思。
鬼死	非常高兴的样子。
过蚂蚱	蝗灾。
过一猛子	过几天、过一段时间的意思。
孤桐树	梧桐树。
鼓拥	慢慢移动的小动作。
嗨了	完了。
海猫子	指海边人。
寒里子	冬天里。
喊钱眼	敲竹杠。
好不拉殃	迷迷糊糊之意。
好偷人	指一向好偷人家的东西（财物）。
合	（念各）重量单位，十合为一升。按过去徐州地方一般通称的量器计算，一合等于二两或一两多。
合屋梁	做房梁。
吓慌	方言，吓唬的意思。
吓毁	吓坏了。
嘿个	方言，哪个。
黑价	天黑了。
黑里	夜晚，黑夜。
喝囊	方言，囊，一种植物。
喝闪	吆喝，宣扬。
合县坡里	全县境内。
哄	骗。
鸿车	推车，装载东西较多。苏北多指木轮车。
黉门	古代的学校。
厚	这里指相处很厚道。
烀	方言，煮的意思。
花花绕	坏点子。
皇姑	公主。
慌忙星	启明星的土称。
黄子	方言，家伙。
换荒	收废品。
虎把长	相当于拇指和食指约莫伸开的长度。
毁	坏。高兴毁了，即高兴坏了。
会圆	给胡侃瞎说之人找依据或理由。

方言	释义
胡掳	用手刮刮。
混打瓦啦	方言，指混得很差。
混穷	指过着穷日子。
火亮	灯光。
豁子	指唇裂的人。
牴架	斗架。
家里	方言，指媳妇。
犟	指固执，不听劝导。
将	生。
将才	刚才。
将合黑	天刚黑。
浆窝子	母猪生小猪。浆，音同“将”，邳州方言，意为“生”。
浆子	方言，指粘上了，扯不掉。
交流水滑	表面非常光滑。
叫驴	公驴。
焦页子	当地一种皮薄的食品。
角子	丰县传统面食，形同水饺。
几层天	指几层长辈。
羯虎	方言，一种绵羊的名字。
鸡嬔蛋	方言，鸡下蛋。
机哩跟斗	慌慌张张。
疾马	立马，马上。
疾麻利	赶快。
精细料亮	指一个人具有一表人才、聪明伶俐之形象。
井涯	井沿，井边。
妗子	舅母。
镢子	砍农作物的一种农具。
局子	管抓人的差役。
卡	车厢倒翻水里面，方言叫“卡”。
开伙	方言，开饭的意思，即开始吃饭。
炕	煎的意思。
侃呱	方言，说故事。
砍空	说瞎话。
砍头扒心	方言，很开心。
客	指女婿。
剋	方言，吃。
坷垃	即土块。
坑坑	指麻子。
坷头子	土块。
口	指牛牙。
苦	方言，即挣、赚的意思。
拉巴	指抚养、培养意思。
拉馋	解馋。
拉呼	意为邋遢。指一个人不整洁、不利落。

方言	释义
拉了几顿馋	解馋之意。连续吃了几顿好东西。
濑尿	方言，夜尿尿床。
捞到手	即抓起来。
老爹	指祖父。
老戛	即麻雀。
老几够迷的	方言，指有人特别迷恋。
老林	祖坟。
捞什子病	指缠身的病。
老肘子瓜	一种适于生食、非常甜脆的瓜。后以此比喻一个人不够随和，做事执拗，也叫肘劲头子。
里表	指道理。
立愣	即眼睛一瞪。
利麻	方言，立即，马上。
立马叠桥	形容跑得很快。
林地	坟地。
溜	意为不停地、慢慢地。很溜，水不停地慢流。
溜地	方言，平地。
留嘿个	方言，即“留谁”的意思。
黧眼钻天	形容哄人、骗人很厉害。
搂豆叶	将豆子收割后把地里的豆叶用筢子聚拢起来。
抹	从上往下拿。
妈糊	用面粉蔬菜等做的粥，咸而香。
卖当	方言，做当铺生意的。
麦后	收完麦子之后，即夏收后。
妈啦大哭	即哇啦大哭。
麻利	方言，熟练快速之意。
妈妈	指乳房。
蛮	方言，副词，满能或很能的意思。
满够过	过得蛮好。
蛮声嘎啦语	用外地人口音说的话。
满腰黄	指腰里钱多。
毛道	专门从事偷盗的暗语。
猫尿	方言，酒水。
毛翁	用芦苇花絮俗称“毛缨子”编织的冬穿暖鞋。
毛阴天	方言，即细雾雨，也叫毛毛雨。
卯准	碰准，碰巧。
茅子	厕所。
马时	马上，很快。
马子	土匪。
没哪离	没到时候的意思。
没弄到	指没搞到。
没神下	方言，意指想不出任何办法。
没有一个豆儿	没有一个钱。

方言	释义
蒙住	徐州东部方言，即惊吓得一时迷失方向，不知所措。
门门	方言，指乳房。
弥	涂。
觅	租的意思。
苗子	方言，一种鸟枪。
明儿	即以后的意思。
抹	关键技艺，有抹，即有本事。
谟奸	计谋奸诈之意。
摩拉	方言，做事拖拉，很慢。
抹子	泥水匠用的一种工具，这里借指有本事。
母雷	指这种雷马上就会下雨。
木里木吱	僵硬不灵活的表现。
耐惊	指不怕惊吓。
耐怕	指不害怕。
攮直杠	抬杠。
孬你	方言，故意败坏你。
恁	早期白话，您。
恁些	好多。
娘那个脚的	方言，骂人的粗话。
年上	邳州方言，去年的意思。
尿醋	谓穷得很。
鸟奇	奇怪的意思。鸟的读音应为“屌”。我国古代文学如《水浒传》中鸟是“屌”的代用字。
拧筋理	别理，歪理。
牛经	即牛绳，套牛专用工具。
牛掆	角斗。
腻歪	厌烦。
唔哝吧唧	指说话吐字不清，又不敢大声说明的表现。
弄切	特别厉害。
挪臊窝	邳州风俗。新生儿满月后，抱到娘家住几天以换换新鲜空气，俗称“挪臊窝”。
爬	扒，偷。
犤	音同“拍”，邳州方言，屁股猛然坐下。
排船	准备船只。
筢子	搂柴草的工具，多用竹子制成。
啧	方言，表示正在做什么事的时候。
棚	悬放高处、不占地面的意思。
啧在家	正在家。
瓢把	即头领。江湖上一般把他们的老大或者首脑都称呼为总瓢把子。
撇啦沿来	方言，指盘子的模样。
破皮烂蛋	指破衣烂衫。
蒲种	笨蛋。
起	征集，凑齐。
扦	手握刀片把穗子切割下来。
扦掉	方言，削掉。
前儿个	前天。
枪头子	红缨枪。
强嘴	顶嘴。
俏登	方言，俊俏。
谯楼	鼓楼。
茄子棵	已经开花结果的茄子的高大枝叶。
起根拔梢	指从头到尾。
起那	从那时起。
睛	坐享其成。
情服	心服。
清起	方言，清早。
秋半头	秋天的中间，秋半天。
群	指配种。
穰	软，不硬。
瓤	口头语。
瓤茬	软弱，没有本事。
瓤达	不大一会儿。
嚷道	打招呼，请的意思。
热乎	热情。
肉头户	指财主家。
肉头肘子	指强横无理、非常抠门、难以对付之人。
擩	方言，塞、递。
入了拢	指打铁入了门。
辱子	蝎子尾部的毒针。
赛诸葛	诸葛亮是历史上很有计谋之人，赛诸葛即赛过诸葛亮的意思。
散板	与方言“黄了”同意，指做事失败，没有成功。
三停儿	总数分成若干份，其中一份叫一停。
杀扣	给棺材用钉钉死口。
山杠子	指山里人。
墒沟	在一块田地的中间或正在犁的两块土地之间的双犁沟。
上圈	方言，比喻夜宿、就寝。
烧包	指一个人突然变得富有或得势而忘乎所以的表现。
捎码子	盛钱的大口袋。
烧小香	讨好，送礼。
盛	即存放的意思。
使彩	出彩。
甩	方言，甩子，流氓。
甩子	方言，没用的东西。骂人的话。
爽当	爽快到底。
霜黄黄	方言，表示很黄的意思。
水挑子	钩担和所挑水桶的合称。
树蒲子	本地方言，荆棘条状的小树丛。
秫秫	高粱。
四打	方言，四面。
四可头房子	四合院。
四梢头	指村外四边庄头。
松腔	冷言冷语，风凉话。
馊得扯黏丝子	馊，原指饭食坏了。比喻一个人特别小气。
搜抠	抠门，吝啬。
酥噜	指一种食物香酥绵软好吃。
抬身	指改嫁。
太爷	乡长。
叹	丰县方言，伤心。
汤	粥，稀饭。
特特	方言，特别特别的意思。
甜乎	方言，甜头、便宜、好处。
踢蹬	很快之意，比喻时间很短。
剔鰲	方言，因惊吓异常地睁大眼睛，放出亮光。
头天	即昨天。
透喧	方言，指小日子过得不错。
托门子	为达到某种目的而找门路，托人帮助办事。
土跄子	挡水的土台子。
哇	学唱的意思。
外人	丈夫。
玩	方言，捉弄。
王扁担	方言，蚱蜢。
王茂地	本地知名人的土地，意指胡吹胡扯，不沾一点影子了。
往天	从前，以前。
偎	靠近，走近。偎庄即走近村庄。
窝巴窝巴	没有规律胡乱折叠或压缩的动作。
挝挝屋	方言，闲在屋歇一会的意思。
五茧不结结六茧	指不靠谱。
乌龙院	旧指妓院。
五七	人死后，七天为一限，共三十五天。俗称五七。
下才	本意是下贱。
下店	即住店。
响	指出名了。

方言	释义
响名	名声很响，很有名。
下年	第二年。
小参子	小鱼，白色小扁鱼。
小大姐	未婚姑娘。
小龙	太子。
小秫黍	高粱。
小小虫	小鸟。
小血	这里指特别的爱好（多指不良的）。
下晌	下午。
虾腰	像虾一样弯着腰。
下枣	打枣子。
写仿	旧时小学生练毛笔字的一种方法，即按照影印的样子写字。
新林	新坟。
蹔到	方言，快速跑到意思。
学窝子	方言，指学问程度。
虚黑黑	方言，很黑的意思。
仰不拉叉	四肢伸开，面向上躺着。
养奉	方言，养活、照顾的意思。
洋兴	方言，倔强。
烟火	指后代根苗。
眼斜	眼观不正之意。
淹心	比喻某些人或某些事让人很不愉快，以致悲伤欲绝之意。
魇住	困住。
腌臜	意为心里感到别扭，不痛快，让人恶心闹心。
窑黑子	粗瓷大碗。
腰黄	腰包鼓鼓的，有钱。
要紧茬口	即最为关键时刻。
夜猫子集	五更头里开集，天亮散去，故称。
一板	方言，一扔，即丢在地上。
一蹦子	一阵子。
一发	一齐。
一鼓	风一吹的意思。
引	土话，逗的意思。
硬榷死	方言，即使用比较狠毒的手段致人死命。
硬是	就是。
一派	一泡。
一汪好鱼	贼语，即暗语；代表正是下手作案的好时机。
有劲	指肥力足。
有谟	方言，有点子、有计谋。
有抹	方言，有本事、有面子。
圆右	沛县方言，即先拜拜天、拜拜地，说些吉利好听的话，请老天保佑全家平安。
月地	坐月子。
越俊越往灯影跑	人家越夸他，他越是自我炫耀。
晕沉	方言，不务正业，专想坑蒙拐骗。
砸蛋	指败光。
早清子	即一早上。
早晚	何时的意思。
沾毛赖四两	民间口语，也叫沾毛四两肉。即无赖，人不敢多纠缠，挨到毛，人还没倒地，先赖你四两银子。
找交界	找遍了，全找了。
渣子局	拿自己的父母祖宗同别人骂着玩，群众看不起这类人，称为人渣。对两个好骂大讳的人渣称渣子局。局字有聚在一起的意思。
这何	方言意为这个好事。
整天价	整天，天天这样之意。
真管	方言，真行、有本事。
整治	意为收拾、整理。
真下毒着子缠的哩	方言，指察言观色就知想用计谋暗杀人的摆设。
招上了	传染上了。
治	干，做。治啥即干啥。
治	方言，批评、惩罚或蹲牢等，让其改变恶性的意思。
治钱	指弄钱。
重找	再重新嫁一个。
诌空	说谎话。
转文	即说话不用口语而用文言，以显示自己有学问。
竹端子	量器。
猪尿泡	猪膀胱。动物盛尿器官。
恣	美，心里高兴。
恣毁	得意忘形。
恣腔	指说风凉话。
走老丈人	指到老丈人家。
走了	死了。
钻天入地卷毛犼	阎王老爷的坐骑。

后记

根据中国文联、中国民协关于编纂《中国民间文学大系》的工作要求，徐州市文联、徐州市民协积极行动起来，落实中共中央办公厅、国务院办公厅印发的《关于实施中华优秀传统文化传承发展工程的意见》，主动请缨，得到江苏省民协的有力支持，组织人力物力投入这项宏伟工程。徐州市文联党组书记、主席王雪春主持组建了《中国民间文学大系·故事·江苏卷·徐州分卷》编纂工作委员会，多次召开市、县（区）编纂工作会议；依据《中国民间文学大系·故事编纂条例》，制订了徐州分卷编纂手册和详细的工作计划；定期考查，集中调度，环环相扣，一丝不苟，终于如期完成了《中国民间文学大系·故事·江苏卷·徐州分卷》的编纂任务。

本卷共收录源于徐州或流传于徐州的民间故事624篇（包括异文），分为幻想故事、生活故事、笑话和寓言等“一级四类”编排，总计73万多字。其中，有近百篇发表于《民间文学》、上海《故事会》、浙江《山海经》和江苏《乡土》等省内外权威的民间文艺期刊上，有的在全国或全省民间文学作品评选中获过奖，还有的被列入国家或省级非物质文化遗产保护名录。这些作品比较形象地反映了徐州地区的风土人情，表现了徐州人民的勤劳、智慧和勇敢斗争的精神以及对美好生活的向往和追求。根据“忠实记录，慎重整理”的原则，本卷在编选过程中，始终坚持保存原创作品的面貌，保持徐州地方文化的特色，“原汁原味”；对作品中的方言土语尽量保留，不易明白的地方加以注释，并标明讲述者、采录者以及采录的时间和地点。所选作品的采录时间，有早有晚，最早的是在1963年，最近的于2021年初，前后相距达半个多世纪之久。可以说，这本《中国民间文学大系·故事·江苏卷·徐州分卷》，是徐州民间文学近60年来的精选本，也是研究徐州历史学、地理学、民俗学、语言学等重要的参考资料、不可多得的乡土教材。

在编纂本卷时，我们选用了徐州市所辖的丰县、沛县、铜山、睢宁、邳州和新沂这6个县（市、区）的民间文学“三套集成”，《中国民间故事集成·江苏卷》，《中国民间故事全书·徐州卷》以及《民间文学》《乡土》杂志等书刊所发表的徐州民间文学的优秀作品；得到中国民间文艺家协会和江苏省民间文艺家协会的热情指导；辛勤不倦的讲述者与采录者，为本卷的成书更是付出了大量的心血和汗水，在此一并致以谢意。还要特别感谢汪梅田、崔月明先生等有关专家和学者的热心帮助。

民间故事是民间文学这座大厦的顶梁柱。它根植于山野乡间，土生土长；但也需要培土和浇灌，不能任其自生自灭。因此，把那些世世代代口口相传的民间故事忠实地记录下来，刊布于世，使之不断地传承和发展，这是我们民间文学工作者的神圣职责。坚守于此，幸莫大焉！但抚书思之，我们又感到忐忑不安。毕竟因水平有限、时间仓促，虽尽心努力，万般搜罗，仍有遗珠之憾。特别是对已故的讲述者、采录者的资料，难以查找与核对，仍有不少疏漏。敬请读者和方家多多批评，不吝赐教。

编者

2021 年 6 月